生活挺甜
（上）

徐嫱 著

上海文艺出版社

目录

001	家长会	001
002	父亲缺位	005
003	妇产科男医生的尴尬1	009
004	妇产科男医生的尴尬2	013
005	值晚班	016
006	前置胎盘	020
007	植入性胎盘	023
008	重男轻女	027
009	组织残留	030
010	宫颈糜烂	035
011	急事急办	039
012	髂内动脉栓塞术	043
013	来自葡萄糖的美味	046
014	友情提醒	050
015	车祸产妇	054
016	医生也有爱	058
017	隐患解除	062

| 018 | 传统思想　　　　　　066
| 019 | 晚班结束　　　　　　069
| 020 | 中年妇女的絮叨　　　072
| 021 | 夫妻夜话　　　　　　075
| 022 | 诈尸式教育　　　　　079
| 023 | 补习班　　　　　　　082
| 024 | 观念差距1　　　　　085
| 025 | 观念差距2　　　　　000
| 026 | 家长里短　　　　　　091
| 027 | 隔代抚养　　　　　　095
| 028 | 月子仇　　　　　　　098
| 029 | 矛盾激发　　　　　　101
| 030 | 微妙的家庭关系　　　104
| 031 | 录取通知书　　　　　107
| 032 | 父子关系　　　　　　110
| 033 | 千难万险　　　　　　113
| 034 | 意外邀请　　　　　　117
| 035 | 同学聚会　　　　　　121
| 036 | 差距凸显　　　　　　125

| 037 | 婚姻需要经营 128
| 038 | 和盘托出 131
| 039 | 出谋划策 134
| 040 | 忍气吞声 138
| 041 | 意外发现 141
| 042 | 讨说法 144
| 043 | 妇科门诊 148
| 044 | 门诊 152
| 045 | 门诊加塞 154
| 046 | 人情社会 158
| 047 | 闺蜜劝说 161
| 048 | 医患暖心一面 165
| 049 | 来者不善 169
| 050 | 善者不来 172
| 051 | 无理取闹 175
| 052 | 投诉 178
| 053 | 事出有因 182
| 054 | 私心 185
| 055 | 事件爆发 189

| 056 | 探底 1 | 193
| 057 | 探底 2 | 197
| 058 | 紧急会议 | 200
| 059 | 据理力争 | 204
| 060 | 积极处理 | 207
| 061 | 友好协商 | 211
| 062 | 信任危机 | 214
| 063 | 问题解决 | 218
| 064 | 师徒交心 | 221
| 065 | 医生文化 | 224
| 066 | 医学信仰 | 227
| 067 | 意外早退 | 230
| 068 | 良苦用心 | 233
| 069 | 成年人的崩溃 | 236
| 070 | 成年人的收放自如 | 239
| 071 | 书法班 | 242
| 072 | 兴趣是最好的老师？ | 246
| 073 | 解放孩子的天性 | 249
| 074 | 女人的第六感 | 252

| 075 | 草木皆兵　　　　　　255

| 076 | 殚精竭虑　　　　　　258

| 077 | 先斩后奏　　　　　　262

| 078 | 我有一个梦想　　　　266

| 079 | 需求层次　　　　　　269

| 080 | 具体方案　　　　　　272

| 081 | 从长计议　　　　　　275

| 082 | 安排妥当　　　　　　279

| 083 | 被耽误的摄影师　　　282

| 084 | 光荣退休　　　　　　285

| 085 | 惴惴不安　　　　　　289

| 086 | 退休心理　　　　　　292

| 087 | 感同身受　　　　　　295

| 088 | 缓解退休焦虑　　　　299

| 089 | 迪士尼乐园　　　　　302

| 090 | 好人好事　　　　　　305

| 091 | 老同学相遇　　　　　308

| 092 | 帮人帮到底　　　　　312

| 093 | 新班子　　　　　　　315

094	真正的独立	319
095	手术机会锐减	322
096	父母意外到访	326
097	家乡话的笑话	329
098	上门礼	333
099	卫生差异	336
100	客气一问	339
101	教育方式	343
102	卫生习惯1	346
103	卫生习惯2	349
104	隔夜菜1	352
105	隔夜菜2	355
106	夹心饼	358
107	熊孩子	362
108	打地铺	365
109	洗澡	369
110	脸盆的学问	372
111	分门别类	376
112	折腾的一天	380

| 113 | 同学邀请 384
| 114 | 父亲抱怨 388
| 115 | 老谋深算 391
| 116 | 计划得逞 394
| 117 | 尽力回旋 397
| 118 | 板上钉钉 400
| 119 | 生活费 403
| 120 | 买菜 406
| 121 | 搬房间 409
| 122 | 私房钱 412
| 123 | 房间易主 416
| 124 | 盛情难却 420
| 125 | 小摩擦 424
| 126 | 调和剂 428
| 127 | 安抚情绪 432
| 128 | 思维影响 435
| 129 | 操劳命 439
| 130 | 逛超市 443
| 131 | 熊孩子 447

| 132 | 疯狂购物 | 450
| 133 | 小心思 | 453
| 134 | 买酒 | 457
| 135 | 简易包装 | 461
| 136 | 赴宴 | 467
| 137 | 同学叙旧 1 | 471
| 138 | 同学叙旧 2 | 475
| 139 | 心有余悸的急诊会诊 | 479
| 140 | 怕什么，来什么 | 483
| 141 | 弥散性血管内凝血 | 487
| 142 | 克服魔杖 | 491
| 143 | 酒的处置 | 494
| 144 | 另有处置 | 497
| 145 | 各怀心思 | 500
| 146 | 如愿以偿 | 504
| 147 | 逐客令 | 507
| 148 | 小孩子的把戏 | 511
| 149 | 来自木讷的安全感 | 515
| 150 | 妇产科医生就是接生婆 | 518

| 151 | 爱说教的大妈 522
| 152 | 用来踩的马桶 525
| 153 | 一个谎言圆另外一个谎言 528
| 154 | 马桶的功效 531
| 155 | 硬骨头需得好方法 535
| 156 | 彻底没辙 539
| 157 | 包罗万象的洗衣机 542
| 158 | 寻找时机 546
| 159 | 母亲的关爱 549
| 160 | 告状 552
| 161 | 耐心安抚 555
| 162 | 父辈养老居住方式大讨论 558
| 163 | 隔代抚养的无奈 561
| 164 | 怨恨渐消 564
| 165 | 先下手为强 568
| 166 | 无奈接受 571
| 167 | 考博提上日程 574
| 168 | 各有各的难处 577
| 169 | 申请制 580

170	捣蛋鬼又出幺蛾子	584
171	生意好手	588
172	责任人追究	591
173	教育分歧	595
174	为何现在的孩子比以前的孩子难带？	598
175	死剩下的孩子	601
176	纸上谈来终觉浅	605
177	失去威信力	609
178	传统教育观念	613
179	束手无策	617
180	写作业拖拉磨蹭	621
181	一写作业，鸡飞狗跳。	625
182	取消跆拳道班	629
183	始作俑者	633
184	销赃	637
185	完美洗白	640
186	成功销赃	644
187	早餐	648
188	熊孩子的叫嚣	651

| 189 | 正面交锋　　　　　　　　654
| 190 | 奶奶的慈爱　　　　　　　657
| 191 | 鱼和熊掌不能兼得 1　　　661
| 192 | 鱼和熊掌不能兼得 2　　　665
| 193 | 不为人知的一面　　　　　669
| 194 | 同样的梦想　　　　　　　673
| 195 | 那年那些事 1　　　　　　677
| 196 | 那年那些事 2　　　　　　680
| 197 | 子宫肌瘤加妊娠期糖尿病　683
| 198 | 医生的责任和顾虑　　　　687
| 199 | 不寻常的手抖　　　　　　691
| 200 | 不寻常的麻醉方案　　　　694
| 201 | 手术方案的选择　　　　　698
| 202 | 手抖成谜　　　　　　　　702
| 203 | 手术方案的疑惑　　　　　705
| 204 | 医者的职责　　　　　　　708
| 205 | 秘密揭露　　　　　　　　711
| 206 | 误会解除　　　　　　　　714
| 207 | 再遇友人　　　　　　　　718

208	尴尬的再次相遇	722
209	请客吃饭	725
210	调侃	729
211	戴绿帽子	732
212	生活无处不在的暖心	735
213	重男轻女	738
214	养儿防老	741
215	遥控争夺战	745
216	习性难改	748
217	夫妻情深	752
218	小心提醒	755
219	打破醋坛子	759
220	夫妻商量对策	763
221	琪琪的身世	767
222	惨遭嫌弃	770
223	礼数不周	773
224	眼高手低	777
225	旁敲侧击	780
226	教育影响	783

| 227 | 住宿安排 | 787
| 228 | 不满意的住宿条件 | 791
| 229 | 投资项目 | 794
| 230 | 好项目 | 798
| 231 | 不婚主义 | 801
| 232 | 蔡院长的家事 | 805
| 233 | 离家出走 | 809
| 234 | 失职的丈夫 | 812
| 235 | 真实原因 | 816
| 236 | 意外发现 | 820
| 237 | 回家 | 823
| 238 | 表白遭拒 | 827
| 239 | 建房子 | 830
| 240 | 别有用心 | 834
| 241 | 巧舌如簧 | 837
| 242 | 商量失败 | 840
| 243 | 投资理财 | 844
| 244 | 奔现 | 847
| 245 | 房子的苦恼 | 850

| 246 | 微妙的关系 853
| 247 | 婚姻的哲学 856
| 248 | 爱情观 859
| 249 | 负重前行 862
| 250 | 苦口婆心 865
| 251 | 转行 869
| 252 | 辛苦科研路 873
| 253 | 又生一计 877
| 254 | 操碎了老母亲的心 881
| 255 | 红楼梦 884
| 256 | 来历不明的书 887
| 257 | 盘根问底 891
| 258 | 教育深思1 895
| 259 | 教育深思2 898
| 260 | 意外的客人 901
| 261 | 兄弟口角 905
| 262 | 险露马脚 908
| 263 | 老规矩 912
| 264 | 换学区房 915

| 265 | 现实 | 919
| 266 | 左右夹击 | 923
| 267 | 工作态度 | 926
| 268 | 商量大事 | 929
| 269 | 撕破脸 | 933
| 270 | 彻底闹掰 | 936
| 271 | 发泄情绪 | 940
| 272 | 劝说1 | 943
| 273 | 劝说2 | 946
| 274 | 女人间的控诉 | 949
| 275 | 误会 | 953
| 276 | 误会加深 | 957
| 277 | 人生的意义 | 961
| 278 | 失望 | 965
| 279 | 三观不合 | 968
| 280 | 有惊无险 | 972
| 281 | 跑路 | 976
| 282 | 病倒了 | 980
| 283 | 天文数字 | 984

| 284 | 兄弟各担责任 | 988
| 285 | 心软了 | 992
| 286 | 逃避责任 | 996
| 287 | 袒露心声 | 1000
| 288 | 胃癌晚期 | 1004
| 289 | 身世之谜1 | 1008
| 290 | 身世之谜2 | 1012
| 291 | 身世之谜3 | 1015
| 292 | 生父之谜 | 1019
| 293 | 夫妻和好 | 1022
| 294 | 遇见熟人 | 1026
| 295 | 出院 | 1030
| 296 | 回老家 | 1034
| 297 | 农村的亲情 | 1038
| 298 | 家庭聚会 | 1041
| 299 | 《红楼梦》主人 | 1045
| 300 | 发黄的信 | 1048
| 301 | 核对年龄 | 1051
| 302 | 生父浮出水面 | 1055

| 303 | 认祖归宗 | 1059
| 304 | 水落石出 | 1063
| 305 | 善意的谎言 | 1067
| 306 | 顺水推舟 | 1071
| 307 | 真正的家宴 | 1074
| 308 | 校外办学被查 | 1078
| 309 | 坦白交代 | 1082
| 310 | 剖析真相 | 1086
| 311 | 寻找安慰 | 1090
| 312 | 寻找无果 | 1093
| 313 | 打抱不平 | 1097
| 314 | 三人对峙 | 1101
| 315 | 清白一身 | 1105
| 316 | 告别 | 1109
| 317 | 感悟人生 | 1113
| 318 | 车厢遇见病人 | 1117
| 319 | 医之职责 | 1121
| 320 | 久违的道歉 | 1125
| 321 | 医疗信仰 | 1129

| 001 |

家长会

　　春光明媚，万物复苏，气候宜人而到处生机勃勃，但这并不妨碍华东地区"天气多变、气温起伏波动大"的特点。每到这个时候，街头上就开始上演"短裤与秋裤齐飞，棉袄共短袖一色"的场面。

　　作为华东六省一市里的一市上海也不例外，清明后的一波倒春寒刚过，天气开始回暖了，这不，这两天气温就骤升到了二十八九度，中午直逼 30 度。

　　在上海某附属医院的医生食堂门店可以看到一群穿着白大褂的医生齐刷刷地走进走出，而在食堂的不远处便是住院大楼和食堂连接的长廊。

　　长廊里，只见一个穿着白大褂的医生行色匆匆往住院大楼赶去。定睛一看，他高高的个子，宽宽的肩膀，英俊而淡然的脸，鼻梁上架着一副细框的眼镜，看起来更像个教授，他快速的步伐让人感觉眼镜随时都会掉落一般，而胸前挂着的工作牌显示：妇产科主治医生苏庆春。

　　突然他停了下来，只见他匆忙地掏出裤袋里的电话，不过电话并没有阻止他快速的脚步，一个简单的停顿后，他边走边接起了电话。

　　"今天下午我这边有课，你去开轩轩的家长会啊。"对方直截了当，没半点寒暄的意思。

　　"我这边也有工作呢，而且我今天晚上要值班的，怎么去开啊？"

　　"知道你晚上值晚班啊，正好你下午请个假去开家长会，就当休息了，2 点半开始哈。"

　　"但是我医院里还有事情呢。"

　　"你们医院是不是离了你就不会转了？有事情不会交给别人处理啊，总不可能你女儿的家长会，我们都不去吧？"

　　"那你跟别的老师调一下课嘛。"

　　"我这边调不了，能调我早调了，先这么说吧，有个学生来找我。"

还没等苏庆春开口问家长会要做什么，电话就挂了。

苏庆春一脸无奈地看着发出"嘟嘟……"声的电话，叹了一口气，然后继续前行，走到住院大楼。

他通过医生专用电梯直接上了10楼，10楼便是医院的妇产科病区，他并没有直接回医生办公室，而是去了1013的病房。

"苏医生，您总算来了，麻烦赶紧帮我老婆看下到底怎么回事啊，她说肚子特别的痛。"56号床的家属见苏庆春进来像见了救星似的，连忙站起来说道。

苏庆春走近病人，发现病人脸上冒出了一些虚汗，脸色也有些苍白。

"彭玥，你现在感觉怎么样？"

"医生，这里好痛啊。"彭玥用手指着腹部位子，并用略带沙哑的声音微弱地说道。

"具体是哪里啊？"

说着苏庆春连忙从白大褂的右边口袋里掏出一副还未开包装的绿色手套，迅速戴上，给病人做起检查来。

片刻过后，苏庆春把可能想到的异常都检查了一遍，但是并没有发现什么问题，最后他轻轻地摁了摁病人刚刚做手术的部位。

"是这里吗？"

"嗯。"彭玥表情痛苦地回道。

"哦，是这样的，您是上午做的开腹手术，这里是有伤口的，做手术打了麻药，现在是麻醉慢慢散了，肯定会感觉有点痛的。"苏庆春一脸淡定地回道。

说着苏庆春又看了一眼彭玥正在吊水的处方单，并说道，"你这个药里已经加了止痛的药了。"

"开了止痛药还这么痛啊，"家属焦急地说道，"医生啊，你看有没有什么别的方法啊。"

苏庆春看了一眼旁边的镇痛泵说道："要是实在很痛就按一下这个按钮，可加大量。"说着，他轻按了一下，接着问道，"你还有别的事情吗？"

"没有了。"

苏庆春一脸黑线，刚刚他正在食堂吃中饭，还没吃两口就接到了病人家属的电话，说病人很严重。

因为这个病人子宫肌瘤特别的大,又是开腹做的,对于术后的变化,苏庆春需要时时关注,所以没扒几口饭苏庆春就跑上来了。

可没想到家属火急火燎地把自己叫过来,最后的原因只是术后常规疼痛,其实这些问题值班医生完全可以解决了。

不过,病人没多大问题,苏庆春也还是比较欣慰的。

他无奈地回道:"那行吧,要是没别的事情,那我去开医嘱了。"

说完苏庆春便匆匆离开了。

回到办公室时,苏庆春发现江况正在办公室电脑旁。

江况和苏庆春师出同门,他们的硕士导师都是妇产科副主任陶建国,江况是2017年硕士毕业,毕业后便在附属医院规培,这几个月他轮转正好轮转到了自己科里,也就很自然地在自己师傅陶建国组上帮忙。

"江况,你是在开医嘱吗?"

"是啊!师兄。"

"那正好,56号床要是再找你说肚子痛就给她换种止痛药。"

"哦,好的。"

江况补充问道,"师兄,你不是刚刚才去吃饭的吗?怎么这么快就上来了啊?"

"别提了,"苏庆春并不是喜欢跟别人抱怨病人的医生,便没再提刚刚发生的事情,而是催促道,"你现在赶紧开下医嘱吧。"

"嗯。"

苏庆春趁着江况开医嘱的时间,先是脱了身上的白大褂然后走到旁边的洗手池洗手。

他边洗边说道:"哦,对了,江况,待会你跟师傅说下,下午的手术我上不了,你去做一助吧,下午我女儿开家长会。"

江况听到这话后,先是有点惊讶,而后就不由自主地喜笑颜开,嘹亮地回道:"好啊!"

下午的手术是个大手术,作为规培医生,能上这样一台手术做一助,可是很难得的机会,江况自然欣然接受这个突然的"好机会"。

苏庆春交代完医院的事情后便驱车去了女儿的学校。

苏子轩的学校是苏庆春所在小区的对口学校,离家不到3公里,虽说这所学校在上海不能算得上是重点小学,但是整体师资力量也是能排在中等偏上的。在苏庆春看来,在大上海,孩子能上这样的学校还是非常幸运，想当初，他们两夫妻为了这套房子也是花了不少心血的。

他们现在所住的房子是个90平米的小三房的老房子，位于上海老闵行区，虽然这房子是上个世纪90年代建的房子，但装修还是特别的温馨的。

这套房子是他们当时拿郊区的一套120平米的房子换来的，而郊区那套房子的全款也只够付这套房子的首付，但是这套房子属于学区房，小学和初中都在周边，苏庆春的妻子黄小培也在这片学区里的初中当数学老师。

这里离苏庆春的医院开车要将近1个小时，路程有点远，但是孩子读书和妻子上班都方便，苏庆春觉得非常值。

002

父亲缺位

一般学校开家长会孩子都是放假回家的，但是在上海有很多家庭都是双职工家庭，假如家里没有老人带小孩子又请不起保姆的，这时候家里没人，孩子下课早，父母还都没下班，孩子都是在学校上晚托班，孩子正好在那做家庭作业，等家长下班来接。

所以对于这群孩子来说，家长会他们自然也不可能放假回家，只有在学校跟着家长一起参加家长会。

苏子轩就属于这一类，虽然妈妈黄小培是中学老师，但中学比小学下课晚，苏子轩也不得不跟着其他同学一样，上半个小时的晚托班。而特殊情况，像开家长会这样的日子，都是跟着妈妈待在教室里或者跟其他小朋友一起在学校里面玩。

这一次也不例外，这会滨湖小学1年级7班的教室外面站着一个七八岁的小女孩子，梳着两条小辫，穿着统一的校服，两只黑亮的眼睛荡漾着微波，两侧脸蛋红红的，两条眉毛又细又黑就像化了妆似的，她便是苏庆春的女儿苏子轩。

苏庆春因为职业是医生的关系，平时都比较忙，所以很少有时间操心孩子的事情，从幼儿园开家长会到现在苏庆春都没参与过，这回是大姑娘上轿头一回。

由于黄小培今年是带初一的孩子，在学校也很忙，往常给苏子轩开家长会都是掐点到，这让好胜心强的苏子轩很难过，她每次都要提前交代妈妈要第一个到，可最后都是事与愿违。

这件事情苏子轩在家里提过很多次，苏庆春是知道的，加上这是他第一次参加家长会，所以这次他想给苏子轩立一个好榜样，赶个早，争取第一个到学校。

他下午1点便从医院出发了，按照他的预计，这大中午的，路上应该没什么车，40分钟就能到滨湖小学了。他还特意打电话告诉女儿苏子轩他1点40就能到学校，并答应苏子轩这回一定赶最早一个到。

话说在学校接到电话的苏子轩听到爸爸要第一个到，兴奋不已，中午吃完饭便在教室门口等着爸爸，可是苏庆春高估了上海市区的路况，中午刚过，路上还是有很多车。

直到2点，苏庆春才赶到苏子轩的学校，而到学校门口以后，苏庆春看到了门口人山人海的场面，这时苏庆春才知道什么叫开家长会，一时间停车又成了问题。

而苏子轩则是从教室里空无一人等到教室里快要座无虚席，每回远处看到大人的身影她可以说是延颈举踵，可每每盼来的都是别人的父母。

此时的她站在教室门口不停地看手里的电话手表，而后又向教室张望着，教室里其他家长几乎快到齐了，她心中更加着急了。

于是她拨通了第三个催促电话。

"爸爸，你怎么还没到啊？"

"我到了。"

"你骗人，你刚刚还说到了。"

"爸爸刚刚是到了，没想到你们学校门口这么多车，找了很久车位，不过现在我已经找到了一个停车位，你等下哈。"

"你快一点来啊，别人家长都到了。"苏子轩脸上都憋红了，好像要哭出来了。

"我知道，我知道，2分钟就到。"

挂完电话后苏庆春看了下手机，已经2点15分了。

可是把车停好，下了车的苏庆春却又有一个难题了，他不知道自己女儿教室在哪里，平时女儿开家长会都是黄小培参加，苏庆春也就是女儿小学面试的时候来过学校，而且报名的时候也是由黄小培带着女儿来的，他只知道女儿在一年级七班，但是具体在哪里真不知道。

没办法，他就只有一路看到人就问，这才顺利找到一年级七班的大致方向。

此时已经是2点20分了，离家长会开始只剩下10分钟，苏庆春望见了孤零零站在门口的女儿，连忙小跑过去。

"轩轩！"苏庆春刚开口说话。

苏子轩一直憋着的脸突然哗啦啦地流下了眼泪，并指责道："你怎么才来啊！"

苏子轩这哭让苏庆春猝不及防，苏子轩虽然是个7岁的小女孩，但是平时并不是那种非常多愁善感和敏感的女孩子，在他看来苏子轩是比较淘气的姑娘，大大咧咧的，可是他没想到自己晚来的这件事情女儿会这么在意，居然哭了。

"对不起啊，轩轩，爸爸也不知道这中午的时间还堵车，而且你们学校的停车位太少了，又那么多车，我停车都停了很久。"

苏庆春连忙抱起女儿，解释道。

"你说好第一个来的，结果我都在这里等了你好久了，人家涂西西妈妈都到了，你都没到，她妈妈老是很晚来的。"

"是爸爸不好，轩轩，爸爸保证，下回啊，爸爸一定提前出发。好吗？"

苏庆春说完又非常疼惜地把苏子轩的眼泪擦干并说道，"轩轩不哭了哈，轩轩不是说自己是大姑娘吗？为这种事情可不能哭鼻子了，不然让别的同学看见了会笑话我们的。"

"那你下回不要这么晚来了。"

"爸爸答应你以后一定会早来。"

"一定要比涂西西的妈妈早来。"

"好。"苏庆春虽然不知道女儿口中的涂西西是谁，但还是满口答应了。

"妈妈也要早来。"

"嗯，妈妈也要早来。"

"你要跟妈妈说，我每次跟她说，她都还是晚来。"苏子轩撇嘴说道。

"好，爸爸一定跟妈妈说，让她反省这件事情，不哭了啊。"

苏庆春看她慢慢平静下来了，便轻轻地把她放了下来，并说道："那我们走进去吧，不然让同学看到你这么大了还要抱，更加不好看了。"

苏子轩非常爽快地点头答应了，并豪爽地擦干了眼泪，又欢快地牵着苏庆春的手说道："走吧。"

苏庆春进去一看，教室里黑压压的一片，几乎是坐无虚设，第一次参加这样的活动看到这么多人倒让苏庆春有些紧张，他显得有些拘束，不知道该怎么办。

"轩轩，爸爸第一次来，不太懂我们应该要怎么坐？"苏庆春有些尴尬地低声问道。

"嘻嘻，爸爸真笨，就是坐到我的位子上啊。"

"哦，那轩轩你的位子在哪里啊?"

苏子轩没二话，直接拉着苏庆春走到了第二小组第三排的位子坐下。

"你坐这里啊?"

"是啊!"

苏庆春非常尴尬地抱起苏子轩艰难地坐到了那狭小的位子上，而后苏庆春环顾四周，发现还是有很多家长是带着孩子开家长会的。

妇产科男医生的尴尬 1

苏庆春刚坐下不久,坐在隔壁的一位妈妈便主动打了个招呼道:"您就是苏子轩的爸爸吧?"

"是啊,您好。"苏庆春礼貌地应了一句。

"您好,我是苏子轩同桌涂西西的妈妈。"

苏庆春这会才知道原来女儿口中的涂西西是她的同桌啊。

"哦,您好。"

"轩轩,叫阿姨。"

"阿姨好!"

"轩轩真乖。"对方轻轻地摸了摸轩轩的头发,并笑着说道,"我们家西西啊跟你家轩轩一直玩得挺好的。"

"是吧?轩轩!"

苏子轩抬头看了一眼苏庆春,然后说道:"我跟西西以前是好朋友,但是前几天她把我画画的本子撕烂了,我们已经不是好朋友了。"

对方原本满脸的笑容逐渐消失了。

"轩轩,西西撕坏了你的画画本又不是故意的,道歉了自然还是好朋友了。"苏庆春尴尬地说道。

"可是她到现在都没有跟我道歉。"苏子轩理直气壮嘟着嘴说道。

对方明显有些尴尬了,笑着回道:"那我回去就让西西跟你道歉哈。"

苏子轩明显还在气头上,并没有回应涂西西妈妈。

这让原本主动搭讪的涂西西妈妈非常的尴尬。

"轩轩,阿姨在跟你说话呢?"苏庆春见女儿如此没礼貌,教育道。

但是苏子轩并没有理会,把脸撇到了另外一面。

"真是不好意思啊,这孩子脾气有时候就是有点倔。"苏庆春也没办法只得尴尬地解释道。

"呵呵，没事。"涂西西妈妈倒是很大方，笑了笑。

"对了，您是第一次来开家长会吧？"

"是啊，平时是她妈妈来。"

"呵呵，我知道，我跟黄老师也挺熟悉的。"

"哦，是吧！"

对于这样的场面，苏庆春可不知道该怎么处理，他也不知道该怎么找话题，只能跟傻瓜一样一直赔笑着，然后傻帽般一直尴尬地回"哦"。

好在对方似乎并没有介意苏庆春的冷淡，她顿了顿，而后又问道："听黄老师说您是附属医院的妇产科医生？"

"是啊。"

苏庆春本以为对方只是化解尴尬而尴聊。

没想到苏庆春回复了以后，对方像有预谋一般地带着兴奋的表情问道："苏医生啊，我最近总感觉这小腹啊有坠胀感，而且我那个大姨妈来的时候也断断续续，总是不干净，你说我这是什么问题啊？"

苏庆春一脸尴尬地看着对方，他没想到对方会在这个情况下问自己这样的问题，他心想，"我又不是检查机器，更不是神仙能掐会算，你就这么一说，我哪里就能够知道你得了什么病啊？"

虽说很无奈，但他还是赔笑着回道："你这个情况不好说，最好还是抽空去医院检查一下吧。"

"是吧？我也说要去医院检查下，我家那位还说没事，"对方小声嘀咕着，而后又问道，"那苏医生，我这个病需要做什么检查啊？去哪家医院比较好啊？"

"你这个情况就做个彩超和白带检查吧，"苏庆春可不想在孩子家长会上具体说这些，"具体的一些其他检查等你到了医院，医生自然会根据你的实际情况给你开具化验单的。"

"至于医院嘛，哪家医院都行的，也不是什么大病。"

"那不行哦，小医院也就会看个感冒啥的，我这个病哪里能到小医院去看啊，你们附属医院就挺好的，要不我就去你们医院好了。"涂西西妈妈继续说道，"苏医生啊，你什么时候门诊啊？我去挂你的号好不啦？"

"其实您这个情况什么医院都可以看的，如果您执意要来我们医院也行，不过我就周一上午才有门诊。"

苏庆春说完又补充道，"不过您完全不必等我的号的，去我们医院随便挂谁的门诊号都一样的。"

苏庆春因为是特殊科室，是专门为女性看病的，而这些病症的很多检查都是比较私密的，虽然作为医生苏庆春觉得这些都只是人体的一种器官，但是别人怎么看他就无法预料了，所以平时为了避免一些不必要的尴尬，他可是尽量都不给熟人看病的，不然以后再见面，苏庆春作为男性，看了对方不该看到的地方真的有说不出的尴尬。

"哦，没事，我不急的，苏医生，我就等你的号好了。"

对方明显没有领悟到苏庆春的意思。

就在苏庆春纠结该怎么回复对方的时候，听到了扩音器里老师发出的声音："喂，喂！大家安静一下哈。"

苏庆春就像等到了救星一般，连忙端坐着，对方也很识相地结束了聊天。

"今天很高兴各位家长能在百忙之中抽空过来参加我们第二学期的期中家长会，现在还有个别家长没有到，我们就不等了。"

只见一个约莫30出头，剪着短发，穿着一件非常宽松的长袖裙子的女老师坐在讲台前说道。

听到有家长还没来的时候，苏子轩不自觉地转头看了一眼苏庆春，并小声带着骄傲的语气说道："爸爸，你不是最后一个。"

"是的，爸爸不是最后一个来的。"苏庆春亲昵地低头回道。

"这是我们语文老师李老师，她有宝宝了。"

"哦，你怎么知道啊？"苏庆春听到后仔细看了一眼这位李老师，她人很清瘦，但是肚子却微突，应该是怀孕了，苏庆春凭着自己阅孕妇无数的直觉猜测，这老师估摸着得有4个来月了。

"李老师说下个学期会有另外一个老师接替她上课几个月，因为要生宝宝了。"

"哦，原来是这样啊。"

苏庆春回答完又环顾四周，发现大家都安静听着台上老师说话，便小声说道，"轩轩，老师在说话，我们可不能开小差哦。"

苏子轩听到后笑嘻嘻地转过头安静地听着老师说话。

接下来就是正常的流程，老师先是简单地对学生进行了相应的评价，然后就最近学校发放的一些通知对家长们进行宣贯，并对最近发生的一些主要问题跟家长交代了一遍让家长们注意。

会议中途苏子轩早耐不住趴在苏庆春身上睡着了。

这枯燥的内容，苏庆春也觉得实在无聊，好在一个小时以后，家长会总算是结束了。

妇产科男医生的尴尬 2

本来苏庆春想着家长会结束以后赶紧带着睡着了的女儿回家，没想到老师刚宣布完会议结束，还补充了一句。

"请苏子轩家长、涂西西家长、陈子豪家长、彭琪琪的家长，还有刘振豪的家长留下来。"

苏庆春一听到女儿的名字，突然有种不祥的预感，这不是下课留堂的节奏嘛。

虽然苏庆春没有参加过家长会，但是早听妻子黄小培说了女儿苏子轩在学校里非常顽皮，想来老师单独留下谈话准没好事。

等各位家长陆续走后，苏庆春发现剩下的全是妈妈。

"李老师，是不是我们家西西最近又犯错误了啊？"苏庆春隔壁的家长主动问道。

另外一个家长也呼应道："是啊！"

李老师见大家表情都非常凝重，便解释道："把各位家长留下来也没有别的意思，主要是想跟家长们单独沟通下孩子的情况，各位家长不必紧张。"

"是这样的，涂西西、陈子豪、彭琪琪平时都比较听话，就是上课的时候偶尔会说话，我们的低年级的学生，上课讲话是难免，今天留各位家长呢，也是希望家长平时在家里的时候，可以多给孩子们宣贯这些知识，让他们提高意识。"

"哦，好的，我回家一定好好教育她。"涂西西的妈妈连忙呼应道。

"至于刘振豪呢，最近经常不按时交作业，问他，就说是忘记做了，要么就是作业本忘记带了，不知道家长回家的时候有没有检查他的作业，还有就是孩子还小，上课的时候最好是协助他们准备书包，这样也不容易遗漏东西。"

"老师，真不好意思，平时我上班也很忙，一般都要加班到八九点钟，都是他奶奶在管这些，我回头问问他奶奶看看。"刘振豪的妈妈大声回道。

"我知道大家都很忙，但是孩子教育问题也不能落下。"

"我知道，不过老师，说实话我这个人脾气有点急，教他做作业有时候不理，或者做错了，那我就真忍不住要打了。"刘振豪妈妈振振有词，"所以我都尽量不教他，要么是他爸爸教，要不就是他奶奶。"

"是啊！"涂西西妈妈很有体会地呼应道，"这一年级的孩子是难教啊，我最近为了教她作业都气出一身的病来了。"

这话一出，另外几个家长也连忙呼应。

随即，大家喋喋不休地就教孩子难的问题讨论起来了。

从头到尾苏庆春都没插话，他听到李老师对所有留下来的家长都点名了，就差自己了，就一直等待着李老师的点名，但是李老师似乎一直都没有这个意思。

"各位家长不用在这里抱怨，一年级的孩子是从幼儿园转到小学一个很重要的阶段，我们老师也是一样辛苦的，希望各位家长这段时间也辛苦一下，慢慢地也就会适应了。要不今天就到此结束吧。"

"李老师，您是不是忘记我了？"苏庆春连忙举手问道。

说完他又连忙解释道，"哦，我是苏子轩的爸爸。"

李老师先是目光灼灼地看了一眼苏庆春，而后笑容满面地走下讲台，并说道："哦，苏医生，不好意思啊，让您久等了。留您下来没别的意思，苏子轩最近也挺乖的，虽然之前她经常爱打闹，不过自从上次她妈妈来过一次后，就没有再打架了。"

"哦，那就好。"苏庆春而后带着疑惑的表情问道，"那您今天的意思是？"

"我今天让您留下来，主要是你们附属医院的号平时太难挂了，今天正好看到您过来了，所以趁着今天这个机会想问下您。"李老师笑着解释道，"我这孩子马上4个月了，可以建卡了吗？"

众人听到李老师说苏庆春是附属医院的医生，原本准备离开的，都放慢了脚步。

苏庆春面对李老师这个解释一脸无语，他才明白李老师留下自己的目的。虽然很无奈，但是还是措辞恳切地问道："李老师，您平时是在我们医院看的妇产科吗?"

其他家长听说苏庆春是附属医院的妇产科医生,一个个地都慢慢围了过来。

虽然是稀稀落落的几个人,但还是把原本站在过道中间的李老师挤到了课桌里面。

她先是扫射了周围,而后尴尬地回道:"是啊!就在你们附属医院。"

"不知李老师您平时看的是哪位医生呢?"苏庆春并未受周围的影响,措辞得体地问道。

"蔡君梅医生!"

刘振豪的妈妈听到苏庆春是妇产科医生,不管三七二十一连忙凑过来,并冲着苏庆春大声问道:"你是妇产科医生啊?"

苏庆春这边还没来得及回复李老师,就这样被刘振豪妈妈突然的大声问话打断了。而且她的声音同时也把在梦中沉睡的苏子轩惊醒了。

"爸爸,怎么了?"苏子轩边擦眼睛边无意识地问道。

"没事,轩轩啊,"苏庆春温柔地摸着苏子轩的头发,并说道,"轩轩,要不你先和其他小朋友出去玩玩,爸爸这边有点事情,待会去找你。"

苏庆春说着把怀里的苏子轩放到了地上。

"对,你去找刘振豪一起去玩玩哈。"刘振豪妈妈对于吵醒了苏子轩睡觉的事情丝毫没有愧意。搪塞完苏子轩又继续问着刚刚的话题,"你真的是妇产科医生啊?"

"是啊。"

"那你是哪个医院的妇产科医生啊?"

"苏医生是附属医院的。"涂西西的妈妈也加入了围观人群。

"是嘛,这么巧,我正好想去附属医院检查身体呢,"刘振豪妈妈像是见到了稀罕宝贝似的笑脸盈盈道,"不知道苏医生你是周几坐门诊啊?我想找你看看。"

"周一的。"涂西西妈妈帮苏庆春抢答道。

"那我下周一就挂你的号,可以吗?"刘振豪妈妈问道。

"我也正打算下周一去挂苏医生的号呢,那我们一起啊!"

"好啊!"

本来有个涂西西的妈妈执意要挂自己的号,苏庆春就有些不乐意了,这回倒好,这个涂西西的妈妈倒是约上伴了。

值晚班

正当苏庆春无奈于这两个临时盟友时,不知道从哪个角落里又冒出来一位妈妈:"欸,苏医生,我最近啊,那个来大姨妈的时候啊肚子都很痛,你说是什么原因啊?"

"我也是这个情况啊!"刘振豪妈妈呼应道,"医生,你说是什么原因啊?"

"要不你们稍微等下,刚刚李老师先问了我的问题,我还没有回答呢。"苏庆春无奈地回道。

"哦,不好意思哈,李老师,您先。"刘振豪妈妈这会儿才想起被她挤出去的李老师。

李老师白了一眼刘振豪妈妈,而后笑着回道:"我之前找的一直是蔡君梅医生。"

"哦,蔡主任跟我是一个病区的医生,我可以帮您问下情况,不过按理说您快4个月了,快要到产科去建卡了。"

"是啊!所以我才想问下我该换哪个医生,蔡主任那边我不是一直挂不上她的号嘛。"

"哦,这样啊。"

苏庆春沉思了一会说道,"那建议您就直接去产科挂张国华主任的号吧,他是产科的老医生,挺专业的,您可以先挂他的号,要是实在挂不到的话,我也可以先帮您联系一下,到时候您直接到住院部来找他也可以的。"

"哦,真的啊!"

"那太感谢您了,苏医生。"

"没事的,李老师,您先去挂号吧,到时候挂不到您可以打我电话或者我老婆的电话。"

"好的，好的。"李老师笑脸盈盈地回道。

"苏医生，那我刚跟你说的事情你也别忘记了哈。"涂西西妈妈一直在旁边围观，冷不丁地冒出来一句。

苏庆春都没反应过来她说的是什么事情，另外一个妈妈又生怕错过机会似的连忙问道："苏医生，你可以帮我介绍个经验丰富的医生不？"

"我是有子宫肌瘤的，之前医生说要做手术，我不放心他们小医院说的，即使要做手术啊，那肯定也要去大医院的，你们说是吧？"

"是啊！大医院肯定放心点的。"涂西西妈妈呼应道。

"正好，要不就到你们附属医院去做手术好了。"

"苏医生，你说我刚刚说的那个情况是什么原因啊？是不是也有子宫肌瘤啊？"刘振豪妈妈连忙问道。

一时间苏庆春有种自己在教室里开了门诊一般的感觉，而且是不排号的门诊，这些家长你一言我一语地把苏庆春脑瓜子都弄疼了，根本分不清楚到底她们谁是谁。

"各位妈妈，你们要问可以，但是可以慢慢来一个一个说吗？不然我都听不清楚你们说的是什么。"

"对，对，大家都排个队吧。"刘振豪妈妈这会倒维持起秩序了。

在接下来的半个小时里，苏庆春对围观的妈妈们进行了一轮专业的问诊。

一堆女人围着一个男人，那场面苏庆春就好像万花丛中一点绿，这在别的场合其他男人得多羡慕苏庆春这待遇啊，这万花丛中包围的幸福可是可遇不可求的啊，可这对于苏庆春来说却不是幸福，准确地说是一种煎熬。

眼看着都快到 4 点半了，苏庆春晚上还要值晚班，再这么问下去也没个头。

于是苏庆春站起来说道："不好意思啊，各位妈妈，我今天上晚班，5 点半就要去医院交班了，今天就到这里吧，如果大家还有什么问题，可以到医院来挂号。今天实在是没时间了，各位，不好意思了。"

"好好。"众人回道，"今天麻烦苏医生了。"

苏庆春看着慢慢散开的妈妈们总算松了一口气。

于是他连忙打电话给苏子轩，并联系上已经下课的黄小培，把孩子交给她以后马上驱车回了医院交班。

......

暮色渐沉上海某附属医院,白天还人来人往,喧嚣不已,这会变得安静下来。

住院部前的广场上,三三两两的,有家属陪着病人在散步,一阵阵和煦的春风吹过,似乎给病人吹走了一丝愁云。

借着孱弱的灯光,住院大楼和急诊大楼连接的长廊上出现了一个白色的身影,正快步朝急诊大楼走去。

不远处,急诊大厅灯火通明,对夜幕下医院的人们来说,这灯火似乎亮得让人安心。

不一会儿,白色身影走进了急诊大厅,在亮光的照射下,白色身影显露出他的真容,他便是苏庆春。

上海某附属医院病区有产科和妇科之分,但是急诊会诊的时候妇科和产科是作为大妇产科轮流当班的,今晚正好是妇科病区轮班。而每个科室的值班人员一般至少由三个人组成,分别是一线班、二线班和三线班。一线班一般是规培医生或者是本院的住院医生,二线班为本院的主治医生及副高,三线班为正高,此外,还有助班做配合,也就是研究生班。病房病人的主要工作都是由一线班医生处理,二线班重点工作在会诊及一线班处理不了的工作。

苏庆春作为本院主治医生,当的是二线班,五分钟前他正在办公室整理病历,接到急诊室的会诊电话说是有急症病人,连忙赶了过来。

很快,他便到了急诊室。

"病人什么时候到?"苏庆春问道。

他说话时露出一口整齐微白的牙齿,古铜色的脸上嵌着一双深深地陷了进去的眼睛,但他的脸上却显得非常的淡然,看着是一个性格温和的人。

"快了,马上就能到。"急诊科值班医生李思海回道,"简单说下情况,孙梦,30岁,怀孕32周,二胎,不明原因大出血,正在赶来的路上。"

"就这么简单?"李思海三言两语说完,苏庆春皱了下眉。

"就这么简单。"李思海摇头,作摊手状。

苏庆春没有说话,预感这又将是个不眠之夜。

"哔不哔不……"此时,传来急救车的声音。

声音由远及近，最后停在急诊大厅门口。

"来啦!"李思海喊道，"快!"

苏庆春等人冲出急诊室，前去接应，这时，救护车的门打开了，从上面跳下两个人，迅速地把一张床抬下来。

床上躺着一位产妇，面色因失血过多苍白，整个人处于濒临昏厥状态。白色的床单被染得通红，苏庆春向下一看，发现她的两条大腿都是血，看着真是让人触目惊心。

两边的人汇合在一起。随即，"一，二，三，抬!"在统一的命令下，产妇被换到了急救推车上。

006 前置胎盘

随行来的两位亲属，一位是产妇的丈夫，急得满头是汗，看到医生就像是抓住救命稻草一样，他拽住苏庆春的胳膊，央求道："医生，你一定要救救我老婆啊！你一定要救救她！我不能没有她呀！"

另一位妇人跟在后面，吓得"嘤嘤"地抽泣，看样子一路上是哭过来的。

苏庆春被拽得生疼，他并没有理会家属的意思，一边推着车，一边问道："什么时候出血的？"

"今天下午。"

"下午什么时候？"

"大概……大概……四点多吧。"

"建档的本子带了吗？"

"什么本子啊？"产妇丈夫一脸疑惑。

"就是你妻子打算在哪个医院生产建立生产档案的那个小册子啊。"苏庆春看他丈夫还是不懂，便继续解释道，"就是你妻子平时做检查的病历本。"

苏庆春见对方没说话，又问道，"那你妻子平时产检的报告总带了吧？"

"没……没有……"家属支支吾吾，"我……我老婆这是二胎，生一胎的时候都没什么事，所以也没做什么检查……"

"一次检查都没有啊？"

产妇丈夫低着头没作声了。

虽然苏庆春也不是第一次见这样的病人，但是他每次碰到这样的事情都是很无语，恨不得把家属和产妇都教训一顿，然后告诉他们这简直是拿孩子和产妇的命开玩笑。可最终他也只能回一句："你们真是心太大了！"而后又加快了步伐。

夜晚的急诊大厅不像白天那么"热闹"，苏庆春连同几位医生顺利地把产妇推进了急诊抢救室。

值班护士小琴再次询问家属病史，但没有得到更多信息，便把家属挡在急诊室外。

同时，抢救室里苏庆春正对产妇进行初步体格检查，一旁的李思海沉稳冷静地安排医护人员展开抢救。

"建立静脉通道。"苏庆春指挥护士。

护士立即建立静脉通道。

"血压？"苏庆春问道。

"80/50。"有护士回报。

"心率？"

"130。"

"查血常规、血型、凝血全套、配血。"

"查血常规、血型、凝血全套、配血。"护士复述。

……

"立即进行彩超探查，考虑中央型前置胎盘。"苏庆春凭当前症状判断。

随即苏庆春便和护士小琴把产妇推出了抢救室，并给产妇走了急诊绿色通道做相应的检查。

"医生，我老婆怎么样啊？"妇产丈夫张志成见产妇被推回来了，连忙凑了过来，拉着苏庆春问道。

"别急，我们得先做检查。"苏庆春说道，"你们这么多人在这里也没用，你们一个人先到护士站那边办一下手续，让一位家属跟着我们就行。"

"好好……"

张志成赶紧安排着："妈，你跟着梦梦一起去做检查，我去办下手续。"

妇人连忙点头，然后一路跟着产妇一同去做检查。

急诊的绿色通道检查非常快，不一会儿，彩超探查回报："中央性前置胎盘，胎盘早剥。"

"中央性前置胎盘太危险，如果不紧急手术，产妇会有生命危险。"苏庆春拿到报告后当机立断，"小琴，这个情况紧急，你赶紧打电话给手术室,这个产妇要马上行剖宫产术!"

"好!"

"就说备皮完马上送过去。"苏庆春说完看了下病人的状态,又补充道,"算了,你就说20分钟内病人就送过去。"

"好,好!"

小琴赶紧电话通知手术室。

"理科通知一下麻醉科医生和我们科里一线班的医生江况,让他们赶紧跟家属谈话,然后让他们以最快的速度赶来手术室。"

"好的。"护士回报。

片刻喧嚣过后,急诊大厅前恢复了宁静。

而手术室里,相关科室都迅速到位,开始进行抢救。

随着手术室里时钟"嘀嗒……嘀嗒……"地响,苏庆春和其他医生有序而紧张地忙碌着。

当指针停在19点06分时,传来一声微弱的婴啼,产妇剖腹生下一活胎女婴,护士记下早产的新生儿,1700千克。

从麻醉到新生儿分娩不到二十分钟,然而医生们不敢松懈,因为手术中的产妇还没有脱离危险,医护人员的全部心力都集中在产妇身上。

随后护士反映新生儿肌张力弱,评分8分,新生儿状况欠佳。

手术室的护士一只手拖着宝宝的头,一只手拖着宝宝的屁股把宝宝放到了产妇的面前。

"是个女孩子。"

"你看下,孩子1700克。"

此时经历了痛苦折磨的产妇孙梦已经非常虚弱了,麻药的作用还没有退去,她用微弱的眼神斜看了一眼婴儿。

"这孩子状况欠佳,我们现在要把她送进新生儿科观察。"

孙梦虚弱地只能用眨了眨眼表示同意,而后她又闭上了眼睛,一行泪水流了下来。

"孩子情况也不是很差,你也别太伤心了。"护士安慰道。

"新生儿科的秦医生正在10号手术室,你可以先抱给他看下孩子情况,再给家属看下,然后直接安排新生儿科的病床。"苏庆春安排着。

"好!"

于是护士把孩子包好后便抱出去了。

007
植入性胎盘

护士还未走出手术室,就听见手术台上的苏庆春突然说道:"糟了,这个胎盘怎么出不来。"

苏庆春轻轻地扯了下已经出来了一点的胎盘,他眉头紧锁,然后喃喃嘀咕道:"好像无法完全剥离啊。"

"不会是植入性胎盘吧。"

"植入性胎盘?"江况重复了一遍。

而后他似想起了什么,补充道:"哦,师兄,这个产妇第一胎好像也是剖腹产,会不会是因为这个原因才导致的啊?"

"不过她这个应该做四维的时候就检查出来了啊!"

"嗨!别提了,这个产妇基本没做过什么检查,听她丈夫的口气估计连宫内宫外确诊都没做。"

"不会吧!"江况惊讶不已。

"现在找什么原因造成的已经没有意义了。"苏庆春皱着眉头说道。而后再次尝试手动剥离胎盘,但胎盘还是没有任何脱离的迹象。

"哎,确实是,而且看起来还比较严重。"苏庆春唉声叹气。

江况听到后紧张起来了,因为他知道植入性胎盘是胎盘与子宫牢牢结合,无法分离,勉强分离会引起大出血甚至有生命危险。一般植入性胎盘是剖腹产越多次,越容易发生,4次以上剖腹产,如有前置胎盘,合并植入性胎盘几率将高达一半以上。

江况虽然在临床上待了2年多了,但是这类上了手术才发现是植入性胎盘的也还是很少遇见,因为现在产妇都会做检查,一般都会提早发现,上手术前也都会提早采取应对措施。

"师兄,那现在怎么办啊?"江况有些紧张。

"赶紧通知血库,马上增加三个单位的血量。"苏庆春有力地说道。

"好。"

护士连忙准备。

时间一分分地过去了,江况看着慢慢变少的血浆袋甚是着急,他着急地问道:"怎么血库的血还没来啊?"

"快催催看。"一边抢救的苏庆春瞟了一眼血浆袋,里面的血已经所剩不多了,发话道。

护士看着也着急,连忙又跑去打电话,电话刚拿起的时候血库的血送来了。

"来了,来了……"护士激动地喊道。

见血库的血被送来,江况连忙迎了过去,并接过装血浆的箱子。

但是江况拿着的时候发现血还是冰凉的。

"师兄,怎么办?血还是冷的。"他眉头紧锁,焦急地说道。

"赶紧想办法。"苏庆春没时间考虑这些,此时他正在对孙梦进行大出血的抢救。

江况四下张望,目前没有别的办法了,只好把手里的血袋放进了自己怀里,冰冷的血袋靠近江况胸口时,他不由地抖了一下。

"快没有血了!"护士看着输血袋说道。

江况见状,急得跺脚,焦急地碎碎念道:"快点,快点,快点变热啊……"

胸口凉了,他见效果不显著了,又换到了腋下,就这样他来回用身体把冰冷的血浆捂热

"江医生,快点……"

护士越催促江况越着急,他甚至跳动起来让自己身体的温度升高。

几分钟后,江况终于把一包血袋弄暖了。

"快,快……"身体已经冻得发青的江况连忙把血袋递给了护士。

护士刚换上血浆,便发现不对,连忙喊道:"不好了,苏医生,病人心率快测不到了。"

苏庆春看了一眼心电监护仪。

"小江,你现在赶紧去外面跟家属说下情况,告知病危,我这边想办法先保守治疗止血。"

"好!"江况直直地盯着苏庆春,听着他交代,不敢错过一个字。

"记住一定要说明产妇现在的危重情况,在保守治疗还无法止血之

后，我随时可能因为植入性胎盘导致无法剥离而采取切除子宫的办法，这个一定要说明，然后让他们赶紧签字。"苏庆春补充道。

"好！好！我知道的！"

江况知道植入性胎盘的危害，他也知道现在情况紧急，苏庆春把事情交代清楚后，他便连忙大步流星地走了出去。

这边抱着孩子的护士刚刚给新生儿科的医生那边检查完，江况就先她一步去找产妇家属了。

江况出了手术室的门，还没等喘口气，便喊道：

"孙梦的家属在吗？"

等在手术室外的孙梦丈夫和丈母娘见到医生喊名字，赶紧凑了过来。

"医生，我就是孙梦家属。"张志成连忙走过来回道。

"是这样子的，孙梦剖腹产以后胎盘无法剥离，考虑是植入性胎盘，现在强行脱离的话随时可能出现大出血，苏医生在里面正在处理看是否可以剥离，实在不行就马上需要切除子宫了。"

孙梦的丈夫张志成听得有点懵，"医生，你什么意思啊？"

"什么是植入性胎盘啊？"

"为什么要切除子宫啊？"

"医生你能说明白点吗？"

张志成一连几问。

本来情况就紧急，江况也急不可耐，现在家属还一直问问题，实在是让江况心急火燎。

"哎！现在情况紧急，我也没那么多时间跟你们详细解释，大概情况就是……"

江况话还没说完，护士把刚检查完的孩子抱出来给家属看看。

"你们是孙梦家属吧？"

"是啊！"此时家属们的关注点又转到了孩子身上，全然不理会江况了。

"你们看下孩子。"护士边说边把孩子往张志成方向倾斜，"这个是女孩子，19点06分出生，1700克。"

"现在孩子情况并不是很好，需要放到新生儿科去观察。"

"啊？"张志成惊呼道，"怎么是女孩子啊？"

张志成根本没有想要接过孩子看看的意思。

"医生，是不是搞错了啊？我老婆应该是生的男孩子。"张志成再三确认道。

"我们不会搞错的，确实是女孩子。"话说着护士便把孩子的衣服撩开了，"你们看下。"

"是不是抱错了啊？"张志成问道。

一旁的丈母娘也小声呼应道："是啊！护士，是不是抱错了啊？"

"怎么会抱错呢？你老婆是剖腹产的，我们手术室就你老婆一个产妇，而且生完就是我一直抱着的。"护士无奈地解释道。

张志成和孙梦的妈妈看护士如此笃定也没话说了。

护士见他们一心想着男孩女孩的事情，怕自己刚刚的话他们压根没听到，于是又补充道，"还有啊，这孩子是早产，整个情况并不是很好，我们需要把孩子放到新生儿科去观察治疗。"

"去吧。"张志成挥手道。

"那你们先抱抱孩子吗？"

丈母娘在一旁观察着女婿的回应，一副想过来又不敢过来的样子。

"直接抱去吧！"张志成头朝着孩子的另外一个方向回道。

护士无奈地看了一眼江况，然后愤愤然抱走了孩子。

| 008 |

重男轻女

江况眼看着张志成对孩子性别耿耿于怀的样子,也是气不打一处来,现在已经是21世纪了,他没想到重男轻女的思想还有这么严重的,他真想怼一句:"封建统治已经灭亡一百年了,还非得要儿子,难道你家有皇位要儿子继承吗?"

但江况也只是憋着气心里想想而已,况且眼前他还有更重要的事情要处理。

"你们赶紧在我这边签个字吧,产妇还在手术室里面等着我呢。"江况催促道。

张志成这才反应过来这边还有这件事情。

他突然大喊道:"医生,我老婆还年轻,而且我们还要生孩子的,怎么可以随便就切除子宫呢。"

旁边的孙梦妈妈也呼应道:"是啊,医生,为什么要切除子宫啊?我女儿还年轻,怎么可以切除子宫呢。"

江况看他们情绪有些激动,虽然时间紧急也没办法了,他尽力解释道:"是这样的,你老婆孙梦她是植入性胎盘。"

"植入性胎盘大概意思就是你老婆的子宫和胎盘黏合在一起了,现在孩子出来以后胎盘无法从子宫上全部拿出来,要是强行剥离就会大出血,那很可能会有生命危险,现在苏医生在尝试是否可以剥离,还是不行的话就只有切除子宫了,否则时间一长,出血过大,产妇就有生命危险。"

"不知道我这么说你们明白没有啊?"江况尽量用最简单的词汇跟他们解释着。

"医生,你不知道啊,"张志成直言不讳地说道,"我老大也是女儿,现在这个也是女儿,两胎都是女儿,我肯定还要生儿子的呀,现在怎么可以切除子宫呢。"

"医生，你们帮帮忙，想想别的办法好伐？"

江况看这时候情况这么紧急，产妇的老公居然还在想着生儿子的事情实在是恼火。他长舒了一口气，然后尽力让自己保持理性地解释道："该想的办法我们苏医生肯定都会想的，但是具体是否可行这还是要看产妇的黏连程度的。"

"医生，帮帮忙啊！这女人切了子宫怎么行呢！"

"是啊！是啊！医生啊，麻烦您帮帮忙啊！"孙梦的妈妈也苦苦央求着。

"该用的方法苏医生都会用的，现在他也在采取保守治疗，但是病人的病情的一分钟一个变化，假如保守治疗没有效果的话，还是出血不止，那苏医生肯定要采取紧急措施，马上切除子宫的，否则产妇随时可能有生命危险。"江况解释道。

"这切了子宫怎么行啊！"张志成还是一直在小声嘀咕着这一句，根本没在听江况的话。

一旁的丈母娘看女婿一直纠结生儿子的事情，这边医生又说孙梦随时可能有生命危险。

她看着女婿，带着祈求的语气说道："志成啊，要是梦梦不切除子宫会有生命危险，那还是签了吧！"

而后她又小心翼翼地补充道："主要就是怕再晚点梦梦有生命危险那就糟糕了，毕竟大人的命才重要啊。"

"是啊！赶紧签字吧。"江况都急得差点快跺脚了，"苏医生还等着我的回复呢。"

"我妈妈刚刚打电话说快到了，要不等我妈妈来决定吧。"张志成弱弱地说道，"或者我现在打个电话给我妈妈问下怎么办？"

江况一听，终于憋不住了，大声说道："你现在打电话给你妈妈有什么用啊！"

"你妈妈也不知道这里的情况啊，而且里面躺着的可是你的妻子，你才是第一法人，当然是由你做主了。"

"病人这个时候在手术台上，时间就是生命啊！耽搁一秒钟都会有差错的。"江况继续催促道。

张志成见江况有些发火了，应该是真着急了，他看了看手机，又望着丈母娘眼巴巴地看着自己。"那算了吧，签就签吧！"说完张志成终于在通知单上签了字。

看着张志成签完字了，江况也放心了，他刚想拿走，张志成用力扯着单子不肯放手，说道："医生，麻烦尽量帮想想办法，我们还要生儿子的。"

"好的，我明白的，苏医生会想尽一切办法的，实在没办法的情况下才会切除子宫。"

江况说完便马上跑回了手术室。

江况还没到手术台苏庆春就大声喊道："怎么样？签字了没有啊？"

"签了。"

"那赶紧进行切除子宫术。"

"师兄，真的没办法剥离了吗？"

"不行了，这黏连的太严重了，实在无法剥离，而且现在这流血量太大了，病人在你进来之前都有一次已经测不到血压了。"

"我刚刚都急死了，你再不来我就直接切了。"

"他们家属一直拉着问可不可以不切，我也没办法。"江况解释道，"所以这么晚来。"

"能不切肯定会不切的，但是这个情况是没办法的，再不切人命都保不住了。"

"只是这个家属好像有点重男轻女，说还要生男孩的。"

"现在这么紧急的时候还这么重男轻女，生男孩难道比命还重要啊！"苏庆春气愤地说道，"真是无语了。"

"是啊。"

"赶紧做切除子宫准备吧。"苏庆春发话道。

"好的。"说着江况连忙协助苏庆春做手术。

又经过了差不多一小时的时间，产妇的子宫总算切除了，流血也止住了。

"总算好了。"苏庆春松了一口气。

"是啊！"一旁的江况也是跟着心惊肉跳的。

"产妇先在手术室观察一段时间，等各项生命体征逐渐稳定，再送回病房吧！"

"好的。"

至此这台手术才算是顺利结束，才算是真正的母女平安。

孙梦各项生命体征基本稳定以后，被安排到了妇产科48号病床休息了。只是张志成生儿子的梦破碎了，切除子宫的孙梦彻底不能怀孕了。

009
组织残留

苏庆春下手术室已经是 8 点半了,他回到了妇科病区就会巡视一遍病房,虽然他是值二线班,但是他已经习惯性地只要值班,就会巡视病房,特别是看下那些病情比较严重的病患,确定没什么异常后才会回到医生休息室。

回到休息室他也没闲着,准备继续整理刚刚还没整理完的病例,此时,他感到嘴唇干燥,这才想起自己从晚班交班开始就没来得及喝一口水。正当他伸手准备拿桌上的杯子,电话铃声响了。苏庆春只得跑去接电话。

"苏医生,有急诊,麻烦您过来会诊!"又是急诊室传来的消息。

"好,好,我马上到。"

苏庆春挂了电话,猛地灌了一口水,便又健步如飞地走出了住院部的医生办公室。

苏庆春赶到急诊室时,急诊室里的医护人员正在为病人各自忙碌着。

"苏医生,你来了。"值班医生李思海见苏庆春连忙说道。

"病人什么情况?"

"病人目前考虑中期妊娠行引产术引发休克!"

"休克?"苏庆春问道,"具体什么情况?"

"张小美,女,18 岁,1 个小时前在一个私人诊所做了中期妊娠引产术,曾经有过一次流产经历,产后未休息直接离开了门诊突然下体出血并晕倒在马路上,路人打了 120,救护车到的时候呼之不应,经过心肺复苏以后现在人好些。"

"现在情况呢?"

"现在心率 70 次/min,呼吸 20 次/min,血压 70/50 mmHg。"

"刚刚引产晕倒在路上啊?"苏庆春再次问道。

"对，就是在我们医院不远的那个康和小门诊引产，出来不久就晕倒了。"

"又是康和啊？"

"是啊！"李思海一副司空见惯的样子回道。

"有家属吗？"

"算有吧！"

"算有是什么意思啊？"

"一同来的是一个跟她年龄相仿的室友。"

"那她们有带病例了吗？"

"没有，康和是不会把病例本给她们的。"

"他们真是乱来，越来越无语了。"苏庆春气恼道。

这样的女孩子其实苏庆春也不是第一次见，基本情况问完以后他大致能猜到具体什么情况。

于是他便对张小美进行了简单的查体，流血的情况倒没有他想象的那么严重。

"B超做了吗？"

"刚刚进入急诊通道，B超显示部分胎盘样组织残留，应该是引产没有弄干净。"

苏庆春拿过李思海手上的所有检查报告，仔细查看了一遍。

只见苏庆春拿着报告边看边摇着头说道："这么简单的手术他们都能做成这样子，真是服了他们。我都怀疑他们有没有行医资格证！"

"谁知道啊？"李思海回道，"反正他们手里的急诊病人我可没少接。"

苏庆春无奈地叹了口气，然后问道："现在出血量是多少？"

"500 ml。"

"那要赶紧让血库配血了。"

"已经配了。"

苏庆春仔细又看了一下报告，说道，"她这个情况要马上立即行刮宫术，刮出残留的胎盘样组织。"

"嗯。"

"不过苏医生，"李思海略显担忧地说道，"这女孩子的父母好像现在还没联系上呢。"

"啊？还没联系上啊？"苏庆春惊道，"我以为只是还没到呢。"

"不是,是还没联系上。"李思海说道,"不过她那个小同事正在联系,要不就让那个小同事先签字吧?"

"她这个情况不好说呢,"苏庆春又拿着检查的结果看了一遍,不乐观地说道,"进了手术室什么情况都有可能发生,我们也要做最坏的准备。"

"一个小同事肯定不能签字的,要赶紧联系上家属才行。"

"小琴现在已经在催促联系了。"

李思海有些焦急地说道,"不过到现在小琴也没消息。"

"真是急死人了。"

话说抢救室里医生都在等待着小琴询问的结果,而抢救室外面,一同陪着病人张小美来的工友青青被这个场面给吓到了。

"你不用急,慢慢说。"

青青脸色铁青,嘴巴抖动着说道:"我也不知道为什么会变成这样。"

"前天,是我下通宵班后的休息日,而小美上白班,下午收工后她一副魂不守舍地回来了。"

于是她一五一十地把事情的经过讲出来。

······

"青青,今天上午章明发信息来了,说孩子不要了。"小美的喉咙有些沙哑,嗓音带着哀痛之情。

早已经睡意阑珊的青青听到小美的话后,睁开眼睛,一溜地坐直身子,问道:"不要孩子是什么意思啊?"而后青青又确认道,"他不是说回老家跟他父母说好就来接你的吗?"

"之前是这么说的。"小美哭丧着脸回道。

"那他现在是什么意思啊?"青青着急道,"你赶紧打电话给他啊!"

"打了,我今天收到短信后一直在打他手机。"原本压抑着的小美,突然痛苦地呻吟了一声,然后用右手挡住了眼睛,大声呜咽起来。

"可是他一直是关机状态。"她抽泣着说。

"关机?"青青倒是镇定,"他这是玩失踪啊!"

"青青,你说我该怎么办啊?"小美看着只比她大一岁的青青问道,如同犯了错的孩子想寻求长辈的庇护。说完又看了下藏在宽大的工作服下面已经有些显怀的肚子。

青青也只是跟小美差不多时间出来工作的,这样的事情她也从未经历过，但好在青青比小美懂事，没急着谈男朋友。

青青破口大骂道："章明真不是个东西！去年就打过一回胎了，这又让你怀上了，他现在居然想一走了之，太无耻了！人渣！"

"上次我就跟你说过不要跟他在一起，你非说他好，现在好了吧，弄成这副模样，你这是自作自受。"青青有点恨铁不成钢，又有点心疼小美。

"我也没想到会是这样的，青青，你说我现在该怎么办啊？"

"怎么办？"青青倒是一副姐姐的口吻反问道，"难道你还想生下来啊？只有打掉呗。"虽未经历过这些，但青青却一副司空见惯的样子，继续说道，"你生下来谁养活他啊？而且要是别人知道你生过孩子，将来谁还敢娶你啊！"

"可是现在孩子都快5个月了，还能打吗？"小美一边抽泣一边小声问道。

"可以啊，以前我记得我线上的一个女孩子6个多月了还可以打掉的，好像说那个叫什么产啊。"青青思索了几秒，"对，应该是叫引产。"

青青补充道："不过听那个工友说去大医院的话，没有证明是不给引产的。"

"那怎么办啊？"

"又不是只有大医院才可以引产啊。"青青用一种出奇老练的口吻说道，"对了，前几天我们不是还收到那个医院的广告扇吗？就那个叫什么来着，那个……你上次做流产的那个医院！呃，对，叫康和，好像上面也说可以引产的。"

说着青青立马穿上鞋子，从那堆摆满乱七八的东西的桌子上翻找着她口中的广告扇。

"还愣着干吗啊，跟我一起找啊！"

"哦。"

一分钟后两人在桌子底下，矿泉水瓶堆里找到了那把扇子。

"太好了。"青青拿着扇子笑着说道。

青青轻轻地翻动扇子。

"不管你想要还是不想要，我们都有办法。"赫然醒目的广告语映入眼帘。

下面则写着"无痛人流，轻松第二天上班"的字眼。

翻过另一面则写着：专治妇科、男科、皮肤科等疑难杂症。

"你看，这里写了，流产、引产都可以，而且第二天就可以上班了。"青青指着扇子上的小字说道。

"哦，那我再想想。"

"你还想啥啊！"

"我就是不知道这个医院引产贵不贵。"小美吞吞吐吐地说道，"我记得之前做人流的时候就花了四五千，我觉得有点贵，而且现在章明的电话也打不通啊。"

"你还想让那个混蛋出钱啊，别做梦了，现在是关机，搞不好过几天都是空号了，打不通难道等着孩子出生啊？"

青青继续说道，"赶紧趁着肚子不大，把他处理了，再晚点，这工装都挡不住你的肚子了，要是以后让其他人知道了，你还怎么找男朋友啊！这事情要处理就赶紧处理了，实在不行借钱也要做掉啊。"

小美本身就是个没主意的人，听着青青的话，感觉也有点道理，这眼看都快到夏天了，穿的衣服越来越少，更加藏不住肚子了，这上面说引产完第二天就可以上班了，也挺方便的。

"那我这周末就去吧。"

"明天我正好没有排班，我看你还不如明天就去，我顺便可以陪你，而且周末人多，碰到熟人也不好，而且做完两天后就周末了，你还可以趁着周末不去加班也好休息下啊。"

"那行，明天有你在我也放心些，那我现在就跟我们线长请假。"

说着小美连忙打电话请假。

010
宫颈糜烂

"那些你就不用说了,就说之后的。"小琴可没时间听她这些细枝末节。

"第二天我就陪小美去了那个康和,前台的护士先是问了我们好多问题,然后就把我们带到了楼上一个挂着妇科的房间。"

"当时里面坐着一位四五十岁的短发女医生,她正看着手机,见我们进来了,连忙把手机放下,一本正经起来,护士先把病历本递给了女医生,而后贴在她耳旁说了句话就走了。"

……

记忆把青青拉到了昨天。

女医生拿着病例看了一眼,然后抬头,用带着明显北方口音,微笑着问道:"哪位是张小美啊?"

青青连忙指着小美说道:"医生,她是。"

"来,不用紧张,坐下吧。"女医生先是观察了一下小美,而后又温柔地问道:"怀孕了,是吧?"

小美点点头。

然后,女医生就小美过去史、出血史、肝肾疾病史、月经史、妊娠分娩史和本次妊娠的经过都问了一遍。

小美都一一回应,只是回答是否有病史的时候,小美支支吾吾地说道:"我,我之前流产的时候,检查过,好像有宫颈糜烂。"

"哦,这样的啊,那你这胎其实不太适合哦,宫颈糜烂可能会导致胎儿畸形。"女医生有意引导着。

"那现在还是可以流产的吧?"青青连忙问出了一直想问的话。

"流产不行,她这个已经很大了,药物流产时间已晚了。"

"那怎么办啊?"

"你不想要这个孩子的话,是可以引产的,那些怀孕七八个月后,发现毛毛有问题的,也不能生下来啊,肯定是要引产的。"

"你看,我就说是叫引产吧。"青青还略带得意地跟小美说道。

"那医生,引产痛吗?"小美弱弱地问道。

"孩子,痛肯定是会稍微有点痛的,但是也不会很痛的。"女医生就像妈妈一样的口吻说道,"放心,我会尽量给你做好的。"

"那做完明天可以上班吗?"小美问道。

"哦,这个引产跟流产有点不一样。"女医生并没有直接回答小美的问题。

"怎么不一样啊?"

"简单地说,引产呢,首先我先要给你用药,吃药以后24~72小时后你会感觉到宫缩,等宫缩规律以后,那就是毛毛要出来了,然后我就帮你取出来。"

"毛毛?什么毛毛啊?"青青好奇地问道。

"哦,就是孩子,我们习惯叫毛毛。"

"哦。"

"医生,你说的这个感觉好复杂啊?"小美眉头紧锁地说道,"怎么感觉说的跟生孩子差不多。"

"对,孩子!"医生和蔼可亲地说道,"引产跟生孩子差不多。"

"这个24~72小时这么久,我都不知道能不能请这么久的假。"小美担忧道。

女医生在这边执医时间长了,很懂得察言观色,从小美她们一进来女医生就猜到这两姑娘是周边工厂的女工,她知道这边的工厂里员工请假管得严。

"哦,这个时间没关系,我给你用药了你可以直接去上班,等宫缩规律的时候你再来。"

"哦,这样也行是吧?"

"对啊!"女医生继续说道,"孩子,没事的,我知道你们请假不容易的,到时候你生产完了,我就开药给你回去吃就行。"

"是啊,是啊!医生我们厂里请假好麻烦的,还要扣全勤。"青青呼应道。

"那,医生做这个大概要多少钱啊?"

女医生迟疑了一会回道："引产大概需要两三千吧。"

"哦。"这个价格小美心里还能承受。

"呵呵，那孩子，你考虑清楚了吗？考虑清楚了我就先给你开下检查哈。"

"还要做检查吗？"

"做引产前肯定要做一些检查，我才能知道你的情况，有没有炎症之类的嘛。"女医生说完又善解人意地补充道，"孩子，放心，这些检查大家都要的，也是为你身体负责的，不会给你多开的。"

小美迟疑了一会回道，"那开吧。"

等小美到一楼缴费的时候，收费处说要2100。

"检查费这么贵啊？"小美惊呼道。

"你好，您的这个费用包括很多项的检查，是需要这么多钱的。"

小美无奈地交了钱，而后又做了各种检查，不同于其他医院的是，所有的检查报告在这边都是在30分钟内就出来了。

结果出来以后小美和青青又来找刚刚的女医生。

女医生看到报告以后，一脸愁云地说道："孩子，你这个还真有宫颈糜烂啊，还是中度的。"

"而且你这毛毛也偏小。"女医生说着又把别人的B超片子拿给小美看，"你看，这是人家18周的毛毛，很明显你的比别人小很多，这也算是发育不好的，肯定是要做引产的。"

"哦，那就做吧。"

"不过你这有中度宫颈糜烂，我建议是最好先治好宫颈糜烂再做引产会好点。"

宫颈糜烂这个问题，小美在做第一次人流的时候就被这里医生说过，但是当时问过要做好几个疗程的治疗，费用要五六千块呢，当时她就拒绝了。医生还说有宫颈糜烂可能导致不孕，也就是因为这个原因，小美才没有做避孕措施，哪里想到这么快又怀上了。

"那个糜烂就先不治了，还是先做引产吧。"

女医生见小美态度坚定，也没极力坚持，笑着回道："好，那也行，做完引产之后我们也可以慢慢治这个宫颈糜烂的问题。"

说完女医生又继续说道："那我先开下引产的药，要是你有事情，打完针吃完药就可以回去。"

"好。"

待小美去付钱的时候又是 1000 多。既然已经决定做了，小美也只有付了，反正现在这孩子必须打掉。眼看工资卡已经没钱了，小美只得用花呗付钱。

付完钱，打完针，吃完药，小美便和青青一同回去了。

没想到一个上午就搞完了，吃完中饭，小美想着还能多挣半天的工钱，又回去上班了，一切相安无事。

然而，第二天下午大约 3 点多，小美感觉肚子有些疼痛，她想到医生说的宫缩，心想忍忍就可以了。可没想到 4 点多的时候疼痛更加强烈了，小美有点慌，赶紧请假去了康和。

5 点下班的时候青青也过来了，此时的小美又交了 3000 块，在青青的陪同下进入了待产处理室。

大约 30 分钟左右，护士从待产处理室出来，拿给青青一个单子，说小美的情况比较特殊需要另外再缴纳 3500 的费用。

人命关天，青青没办法，赶紧替工友交了这个钱。

就这样青青在外面一直等到了大约 8 点左右的时候，小美坐在轮椅上被一名护士推了出来。

"怎么这么晚才出来啊！吓死我了。"青青看着脸色苍白的小美说道。

"没事，刚刚娩出孩子以后，病人在里面休息了一会。"护士解释道。

说完护士又朝小美说道："美女，你这个刚刚做完，建议在这边住一晚上。"

"不是说做完就可以走吗？我们之前问过医生的。"青青问道。

"最好是住一晚上观察下情况。"

"哦，那小美，你感觉怎么样啊？你撑得住吗？能走吗？"青青朝小美问道。

小美硬撑着站起来说道："走吧，再住一晚上太贵了。"

说着青青也抱怨着，"是啊！太贵了，刚刚我还给你交了 3500 呢。"

"等下个月我发了工资再还你吧。"

"唉，来，我扶着你走吧。"

于是两人慢慢地离开了康和。

......

急事急办

"然后出来以后没多久小美就晕倒了,我发现她两腿之间还流出了血,就连忙拨了120,然后就送到你们医院来了。"青青一副委屈的样子,强忍着没哭出来。

小琴看青青是吓到了,问了半天都是说一些废话,便继续说道:"那些你就不用再说了,你赶紧打电话给她爸妈吧。"

"我刚刚打了,但是她妈妈电话欠费打不通。"

小琴一脸黑线,合着她问了半天才得到这一个有用的信息。于是她连忙叫了另外一个护士在这边继续跟青青了解情况,自己先回抢救室了。

而抢救室里,李思海正想要去找小琴,便见小琴进来了。

"怎么样?联系上家属了吗?"苏庆春见小琴进来了,连忙问道。

"还有没有哦。"小琴摇摇头。"我跟那陪同的女孩子说了下病人的情况,她好像被我吓懵了,脸色一下子发青,表情也不对了。"

"再问她,她一开始就支支吾吾地说不出个所以然来,让她电话通知家属,她又说病人妈妈电话欠费没打通。"

"那联系不到别的亲戚了吗?"

"没有其他人的联系方式。"

"那就赶紧给她妈妈交话费啊。"

"嗯,我已经让另外一个同事跟她在弄了。"小琴说道,"苏医生,我进来是想问下这个病人还有什么事情要交代的吗?"

"这女孩子目前是引产导致组织残留,但人特别虚弱,手术过程中随时可能出现大出血,风险很大,你打个电话让我们科的江况和麻醉师来跟她谈下吧。"

"好!"小琴说完又补充道,"那要真这么严重的话,我觉得还是等他父母来签字才行。"

话说着苏庆春又看了一眼小美的状况。

只见仪器表上的心率和血压都下降了。

他当机立断:"这样干等不行啊,她这个情况越来越糟糕了,等不了。人先推进手术室,进了手术室后你务必让江况跟着,家属来了就赶紧签字。"

"那费用的事情怎么办啊?"小琴连忙说道。

众人都把目光转向了小琴。

小琴此时有些尴尬,并解释道:"我的意思是她同来的朋友看上去还像个孩子,什么事情都弄不清,让打电话打不通,让交手术费也说没有。"

"所以我怕现在做了手术,到时候她家属又一直没联系上,她们不会就这样赖了手术费用吧?而且现在手术也没人签字啊!"小琴说出了自己的顾虑。

小琴的话也不无道理,苏庆春沉思了一会,而后他再看了一眼小美的情况,坚定地回道:"不行,无论如何这个病人不能等了。"

"要是她家属一时半会赶不到,就先让那个朋友签字,但是一定要说明是家属授权签字的,以免到时候家属反咬我们。"苏庆春说出了自己的方案。

"至于你说的那个费用的问题,你先给她报特殊病案处理吧。"

"但是特殊病案不是要领导签字的吗?而且……"小琴反驳道。

还没等小琴说完,苏庆春铿锵有力地制止道:"这孩子现在的情况紧急,我们不能因为要等家属来缴费而错过了最佳治疗时期的,现在先这样上报了。"

"可是……"小琴还是有点犹豫不决地看着苏庆春。

他很理解小琴迟疑的原因,一是她怕这种情况上级不肯批,二是她怕病人上了手术出了什么意外,而这边家属又一直联系不上,那这个责任谁来承担?要是家属来了交不起手续费,又或是耍赖,那这个都要医生或者科里承担的,这也是小琴担忧的最主要的原因。

"不要可是了,去报吧。"苏庆春言简意赅,"上面不签字的话,就说出了事情我负责。"

李思海赞许地看苏庆春一眼,便朝在一旁发愣的小琴说道:"你还等着干吗,赶紧去申报吧!这种事情只有急事急办了。"

"哦!"

小琴悻悻地离开了。

苏庆春随即安排好手术前的准备,并在李思海的协助下把小美推进了手术室。

而在手术室门外等待的青青,被江况和麻醉师告知术前情况后,彻底吓懵了。

小美家里的情况她是最清楚的,小美父亲早几年前工伤去世了,家里还有两个弟弟妹妹,妈妈又在苏南务工,现在这个情况怎么跟她妈妈说啊。

她吓得抽泣道:"医生,她不就是做了个引产手术吗?怎么会这样啊!"

"她这个引产做得很不彻底,加上之前流产身体就未恢复,身体素质差,而且引产后也没有休息,多种原因造成现在这样的情况。"

"那她会不会死啊?"青青问出了最担忧的事情。

"我刚刚跟你说的只是可能存在的手术风险,不是说一定会发生,但是手术中有很多未知的可能,我们也不能预料的,当然一般情况下是不会有你说的这种可能的。"江况解释道,"现在最重要的是,你先要赶紧联系上病人的妈妈。"

"我知道,我知道,刚刚给她妈妈充了话费,就是还没有回音。"

说着青青又拿起手机,手抖着拨电话号码,并说道:"我再试试看。"

"嗯!"

"喂!"这回电话终于打通了。

青青喊了一声阿姨就止不住地大声哭起来了,她可能不知道该从哪里开始说起,也有可能根本不知道该怎么说。

江况见状,连忙说道:"让我来说吧。"

青青如释重负,泪眼花花地把手机递给了江况。

"您好,请问您是张小美的妈妈吗?"

"您好,我是上海某附属医院的妇产科医生江况,是这样的……"

接下来江况把张小美的情况一一告诉对方。

电话那头的张妈妈声音挺年轻,她比江况想象中要坚强很多,听着也是通情达理的人。虽然刚刚开始有些慌张,但慢慢静下来思维清晰地跟江况了解情况，并答应马上买火车票赶过来。同时，她欣然接受，授权青青先替她签下了术前通知单。

青青抖着手签下自己的名字，看着上面歪歪扭扭的名字，她神情恍然，一个简单的引产手术，怎么会演变成现在这个样子？

012
髂内动脉栓塞术

手术室里，今天的当班麻醉师是麻醉科的副主任，他先是对小美进行了精准的麻醉，而后苏庆春对小美进行了输血，并针对性进行抗休克治疗。

等小美的情况差不多稳定后，苏庆春再进行了刮宫处理，把她体内由于引产残留下来的组织全部处理干净。

接着，他又给予阴道填纱、补液、缩宫止血治疗。

但是 20 分钟后，他发现小美体内仍有新鲜血流出，并且术中共失血 1000 ml，血压降至 60/40 mmHg。

"再增加三个单位的血量。"苏庆春发话道。

"嗯！"护士连忙准备去了。

而后苏庆春又对小美进行抗休克、输血、输液等各个处理，但是苏庆春发现小美的血不但没止住，而且出血量还在加大。

苏庆春见病人情况不妙，他开始紧张了，但他很快冷静下来，知道现在最紧要的是找准出血点，才能有效地止血。

时间一分一秒地过去，他还是没有找准，要是他再找不到出血点，止不住血的话，病人可能随时小命不保，又或者他可以采取另外一个办法，就是通过切除子宫来保命。

此时的苏庆春额头上冒出了大颗大颗的汗粒。

一旁的护士隔几分钟就要擦一次。

"不行，不行！这个病人才 18 岁，切除子宫她的人生就完了。"苏庆春心中不停地念着，并时刻提醒着自己要冷静。

进手术室前苏庆春有过很多风险猜测，大出血、止不住血这应该是他所能想到的最坏结果了。大出血、止不住血意味着要切除子宫，而病人这么年轻绝对不行。

苏庆春还面临着另外一个心理压力,这个病人进手术室前交不了手续费,是他先给她做了担保,要是手术中切除了子宫,他应该怎么跟她的父母交代,而她的父母又会怎么想他。

这些都说不清的!而且,到时候她父母会不会因此而讹上了他?

双重压力让苏庆春倍感焦虑。

"师兄,现在怎么办啊?"江况问道。

苏庆春没说话,他满头大汗。

"不行!不能切除子宫!"这句话又萦绕在苏庆春的耳畔。

可是不切除子宫,那能怎么办?现在止血的方式他都用过了,根本止不住。

"怎么办?"苏庆春自问。

突然另外一个方案闪过他的脑海。

"髂内动脉栓塞术!"

然而,苏庆春即使想到用髂内动脉栓塞术这个方式找到出血点,却仍面临两个问题。其一,这个手术是通过介入的方式来做的,而苏庆春本人在这方面的操作并不熟练。其二,假如髂内动脉栓塞术不成功,一旦延误了,病人随时可能因大出血而导致死亡。此时,面对小美的手术处理方案,苏庆春进退两难,他开始犹豫了。

"病人家属签字了吗?"苏庆春再次确认道。

"病人的妈妈已经授权病人的朋友签字了。"江况解释道,"我跟她妈妈通过电话了,听起来还是比较通情达理的。"

听到家属已经授权签字,苏庆春似乎松了口气。

"师兄,现在该怎么办啊?"江况又弱弱地问道。

"不能切除子宫,她还那么的年轻。"

"可是不切除子宫,这出血又止不住怎么办?"

"进行髂内动脉栓塞术,找到出血点。"

"髂内动脉栓塞术?"江况惊讶道,而后又补充道,"是您做吗?"

苏庆春被江况问得犹豫了,因为他心里没有底,他害怕了。

髂内动脉栓塞术,他不是不会,而是不熟练。而面前的这个病人,她实在是太年轻了,他害怕因为自己的不熟练,手一抖,就造成手术的失败,他更加害怕因为自己的失误,会改变小美即将开始的花样人生。

"今天三线班是谁啊?"

"蔡主任!"江况看了一眼苏庆春,而后试探性地问道:"师兄,要不要让蔡主任过来啊?"

苏庆春深呼吸,并朝护士大声说道:"赶紧打电话给妇产科的三线班医生蔡君梅主任过来,告诉她科里有急诊手术,需要她亲自坐镇。"

"好!"护士干净利落地回道,并马上去联系蔡君梅主任了。

"这个病人血一直止不住,需要马上进行髂内动脉栓塞术来止血,否则只有切除子宫了。"苏庆春再次重复了一遍。"还有现在联系介入室的医生过来帮忙。"

"好。"护士连忙应答。

话说医院晚上值三线班的医生一般是正高级别,也就是主任医师,而一般情况下主任医师是不会像一线和二线班的医生一样整晚留在医院,医院没有什么重大病情的时候,他们一般都在家里待命的。若出现重大紧急事故,二线班医生处理不了的情况,才会通知三线班医生。

好在蔡君梅家离医院并不远,蔡君梅接到电话后马上就赶到了医院。

在蔡君梅和介入室的医生一同帮助下,苏庆春圆满地完成了手术,术后小美的出血量明显减少了,小美的子宫保住了。

这一场手术下来,一直在做助手的江况都替苏庆春捏了一把汗。好在手术成功,对苏庆春来说,他又一次完成了职业生涯中的一个挑战,而每一位医术精湛的医生都是像这样,从一次又一次挑战中积累起来的。

对江况来说,今晚苏庆春的所作所为为这名刚起步的年轻医生树立了榜样,家属没有交钱的情况下苏庆春主动给病人做担保,而后他又赌上自己的声誉,做了髂内动脉栓塞术,这一切为的是挽救一位年轻女孩子的子宫,所谓医者仁心,或许讲的就是这样的吧。

来自葡萄糖的美味

这台手术结束时已经是晚上 12 点多了。苏庆春和蔡君梅经历了紧张的手术后,都有些疲惫了。

尤其是苏庆春,他连续做了两台手术,高强度手术非常耗费体力,而他本身就有胃病,特别容易饿,经过这么长时间的连台手术,他现在是又累又饿,刚才手术中他已经出现头晕眼花的低血糖反应了。

在手术室观察小美病情时,苏庆春终于绷不住了。

他席地而坐,边用手揉着自己已经站麻了的腿,边大喊道:"好饿啊!"

"我也好饿。" 旁的麻醉师呼应道。

在场的医护人员们也纷纷呼应,可是护士找遍了手术室也找不到能吃的东西。

"要不喝点葡萄糖水吧?"麻醉医生建议道。

"好像也是哦,我差点忘了这茬了。"苏庆春非常认同这个建议,笑着回道,"我现在是又饿又累又渴,来点葡萄糖确实是不错啊。"

江况一脸懵地看着苏庆春跟麻醉师一本正经地说笑。

手术室的护士倒是打趣地呼应道:"可是我们手术室只有 5% 的葡萄糖注射液,根本不耐饥啊!"

护士说这话的时候眼里发光,感觉此时葡萄糖都开始变得成了很稀罕的宝贝似的。

"那还不简单啊!"蔡君梅发话道,"小江啊,你现在打电话到科里,让他们送一箱 10% 葡萄糖注射液到手术室来。"

"蔡主任,真的假的啊?"江况用不敢相信的眼神看着蔡君梅问道。

他虽然知道按照常理 10% 葡萄糖注射液是可以直接喝的,但是却从来没见过谁真的直接拿 10% 葡萄糖注射液当水喝的。

"当然是真的啦。"

蔡君梅笑着说道:"这没什么好大惊小怪的,我们以前做时间长的手术,就经常喝葡萄糖注射液,不然急诊碰到大手术没有体力真的吃不消。"

"小伙子,你真没听过啊?"此时已经与苏庆春并排坐在地上的麻醉医生抬头朝江况问道。

"嗯!"江况点点头。

"看来你还是见识少啊,也没受过苦啊!"麻醉医生笑着回道,"像那个普外科或者脑外科的手术,经常是一台手术长达几个小时,跟着他们我也是没少喝啊。"

"呵呵,我刚刚还以为你们开玩笑呢。"江况憨笑着说道,"那我现在就去打电话。"

那头接电话的正好是一位护师,她听到后也是揶揄道:"你们这班饿死鬼,又喝葡萄糖了。"

她虽然这么说,但是挂完电话后没有一刻耽误,马上就把一箱葡萄糖送到了手术室。

苏庆春见到输液的葡萄糖,就像看到饕餮盛宴一般,连忙站起来拿起一瓶,豪爽地打开了,咕咚咕咚地一瓶就下肚了。对于他们来说,在这个又渴又饿又累的凌晨,能喝到葡萄糖注射液,简直是人间极品美味啊。

江况看着大家真是一顿豪饮,也不顾忌了,拿着一瓶也喝起来。

而苏庆春一瓶下去之后,还不解渴,他又拿起了第二瓶,坐在地上喝起来,不过这回倒是慢悠悠地品起来了,就像在喝什么新品饮料一般。

此时,要是有不明所以的人走进来,看到这一群人东倒西歪地坐在地上,手里拿着一瓶注射液,咕噜噜地往口里灌,估计还以为碰上一群神经病呢。

像这种,在大众看来是鲜为人知的事情,可都是医生们的日常,一点也不突兀。

一箱10%葡萄糖注射液在10分钟内便被这6个医护人员一饮而尽了。

两瓶人间美味的葡萄糖注射液下肚后的苏庆春开始有了体力了,他吩咐江况他们把情况稳定的病人送出了手术室。随后,苏庆春和蔡君梅一同来到了手术室的更衣间换衣服。

换好衣服后，体力恢复过来的苏庆春这时才想起手术时的惊心动魄，他可是做得战战兢兢，病人的情况着实让他心有余悸。

他朝一旁同样走出来的蔡君梅说道："蔡主任，不好意思，这么晚还叫您过来，没打扰您吧？"

"嗨！没事。"

苏庆春感叹道："哎，刚刚那孩子真是太险了，我都替她捏把汗，我也正的是把握不好才没办法叫您过来的。说实话，我当时真怕没有其他办法，只能切掉她的子宫啊。"

"是啊！"蔡君梅呼应道，"我看这孩子才18岁，要是真切掉子宫，那下半辈子就完了。"

"就是啊！所以刚刚我也是紧张死了，生怕有差错，保险起见，才把您从家里叫了过来，你应该都睡了吧？"

"没有，我也没这么早睡觉。"蔡君梅回道，"这样的事情是要谨慎点。"

蔡君梅说完停顿了一会，而后又用余光瞟了一眼苏庆春，于是她带着谦逊的语气问道："对了，我听小江说，这个手术上的时候家属还没到，而且费用也没交，是你做的担保是吧？"

"是啊！"苏庆春说道，"可能也就是因为这个吧，所以对这个手术我就更加的谨慎。"

苏庆春所在的妇科病区是有两个病区，而每一个病区都有两个副主任，苏庆春的硕士导师兼上级主任医师是他所在病区的一位副主任，而另外一位便是蔡君梅，苏庆春刚刚毕业的时候组上轮转也在蔡君梅组上待过，蔡君梅对苏庆春的印象挺好的，而且陶建国4月底就要退休了，医院早就计划陶建国退休后提拔蔡君梅组上的一个上级医生到副主任，并让他单独带组，而苏庆春则被划到蔡君梅的组上，当然这点苏庆春并不清楚。

因为蔡君梅一直还是比较看重苏庆春的，看到他今天的行为，她作为多年的医生对苏庆春的行为有些担忧，并带着建议的口吻说道："小苏啊，我觉得呢，你这么做其实风险还是蛮大的。这边家属人还没到，也没签字，按理说是最好不要做手术的，而且那边他们费用也没交齐，你这属于是双重风险啊！"蔡君梅语重心长地说道，"要是这个手术真切除了子宫，她还那么年轻，到时候家属不认可，你该怎么办啊？"

"我知道，但是当时情况不是紧急嘛，我怕等家属来会拖延了病情。"

"我懂你的意思，你本身是好意，也是为病人的病情着想，但是家属不一定懂的。"

014
友情提醒

蔡君梅拍着苏庆春的肩膀，意味深长地说道，"我们医生，治病救人的前提是先要保护好自己。说句自私点的话，作为一个医生，我们第一是保证自己的生命安全，保证自己能好好活着，第二才是尽全力救治病人，只有保证自己的生命安全才能救治更多的人啊！"

苏庆春只好点点头。

"可能你觉得我说得有点严重了，但是谁又知道这个病人的家属是怎么样的啊？是吧？"蔡君梅说道，"不怕一万就怕万一啊，要万一真的碰到那种不好搞的家属，然后这个病人的手术你又没做好，那真的是麻烦了。"

"我们本来是好意，最后在他们那里都不知道会说成什么样的，估计又是什么医生为了赚手术费，为了多赚钱什么的，不顾老百姓的经济情况……到时候我们真是跳进黄河洗不清。"

"这样的事情，我们见得还少啊！"蔡君梅继续补充道，"所以说防人之心不可无啊！我们也是没办法的。"

"当然我这么说可能你会觉得不合适，没事，我也只是说出我自己的想法和看法的，你觉得不合理可以当我没说的。"

苏庆春明白蔡君梅的话，虽然说得有点重，但是句句是为自己考虑，蔡君梅的担忧跟之前小琴的担忧，可谓"英雄所见略同"。

"没有，没有，蔡主任，您说得很对。"苏庆春连忙回道，毕竟在医院里能跟自己说这些话的估计除了自己的师傅陶建国，就再也找不到第二个人了。

苏庆春内心还是很感谢蔡君梅跟自己说的一些肺腑之言的，不过被蔡君梅这么一说他确实有些后怕了。于是连忙又补充道："谢谢您啊，蔡主任，我下回一定会注意的。"

蔡君梅看得出来苏庆春是一位好医生，也明白他做这些事情的初衷，就因为如此蔡君梅才不想让苏庆春失望，才好心提醒。

"嗯，下回遇到这样的事情还是要谨慎一点的，现在的医患关系这么紧张，也是逼得我们没办法，不得不防啊，不然你都不知道什么时候医疗纠纷就莫名其妙地找上门了。"

"是啊，是啊！"苏庆春非常认同蔡君梅的话。"其实我当时也是有些犹豫的，毕竟手续不全，所以我在碰到她手术选择方案选的时候就变得更加的谨慎和保守了。"

苏庆春也是心有余悸，耐心地向蔡君梅解释着自己的想法。

"嗯，你有这种想法是对的，反正这种事情还是谨慎点比较好。以后啊！你还是尽量等家属过来签字了再做手术吧，不然出了什么事情，你有十张嘴也说不清楚的。"

"嗯，我明白了。"苏庆春点点头，而后他又叹着气说道："这种事情真是两难啊，当时我看情况紧急，实在没办法，怕延误了时间，耽误病人的病情，要是真的是因为我的等待让病人病情恶化，那我也是难辞其咎啊。"

"是啊！这种事情啊，确实也难做。"蔡君梅感同身受地说道，"当时那个情况你不救也不对，毕竟是条人命，万一出了什么事情，你自己心理上也过不去那个坎，但是真的救了，到时候出医疗纠纷的风险，也是真的很大哦。"

"嗯嗯！"

"好在这手术还是比较成功的，家属那边应该不会有太多问题。"蔡君梅怕苏庆春听完自己的话会有心理压力，又宽慰道。

"嗯，听江况说这家属还算是通情达理。"

"通情达理就好，没事，没事。"蔡君梅朝低着头的苏庆春拍拍肩膀笑着说。

其实，蔡君梅只是想提醒下苏庆春要谨慎，况且这个话题也不好太深入，不然他怕苏庆春听了自己的话后对救治病人持有消极态度。这种事情只能点到为止了，因为这件事情本身就不是能用对或者错来衡量的。于是她连忙岔开话题道："哦，对了，我听说这孩子还是第二次怀孕了啊？而且居然拖到4个多月才去诊所引产，真是胆子太大了。"

"嗯，是啊！我刚刚接到的时候也是惊讶到了。"苏庆春略带惋惜地补充道,"哎,现在的年轻人真是无知者无畏啊,你看她这么小的年纪,子宫壁就那么薄,估计之前刮宫也是在小门诊做的。"

"是啊!真的是无知者无畏啊!"

"可能家里穷,这么小就没读书了。"

"参加工作,那也不能作为不爱惜自己身体的借口啊!这才多大啊!"蔡君梅无奈地说道,"而且即使你偷吃禁果,也要注意点安全措施吧,怎么一点安全意识都没有呢。这孩子啊,以后要是还这么不爱惜身体的话,以后怀孕都难了。"

"就是啊!太不爱惜自己生命了。"

蔡君梅作为女人,一般她看到这么年轻的女孩子这么不自爱也是非常的痛心,但又怒其不争啊!"这孩子啊,自己有错,父母也有错,这么点大的孩子,只能怪父母没有引导好啊。"蔡君梅继续说道,"听说跟来的就是一个同事,男方都没来啊?"

"是啊,跟来的也是跟她差不了几岁的小姑娘。"苏庆春呼应道,"造成这个情况其实有很多因素,父母没有引导好,自己也不懂得保护自己,看人的眼光就更加不准了。"

"这么小就流产两次,问题是,出了这样的事情,就一个跟她差不多大的孩子跟着去小门诊做引产,这个教育问题,是个大问题啊。"

"是啊!看到她这个样子,我都有点怕自己没教好,以后我女儿也这样,那真的是要气死的。"

"哦,对了,小苏你家也是个女儿?"

"是啊!今年7岁了。"

"那是要好好教育,现在还小,要多陪陪,这教育啊,不光是要钱,还要陪伴,不然等大了就来不及了。"

"嗯,确实,我今天去给她开家长会也发现了,我去她学校晚了点,平时感觉她不是那么敏感的孩子,没想到居然因为我的晚到哭了,我真的很意外。"

"其实这么大的孩子都是敏感的,不要看着性格开朗,其实心里都很脆弱的,我们做医生的工作平时是很忙,但是也不能以此为借口,有时间还是多陪陪她吧。"

"嗯嗯,明白,谢谢您啊,蔡主任,今天感谢跟我说了这么多人生道理。"

"呵呵,客气了。"蔡君梅说道,"我也只是谈谈自己的想法而已,觉得对的就听,错的嘛,就当聊天就好。"

"哪里啊!您说得都挺好的。"

"呵呵……"

说着两人便离开了手术室。

车祸产妇

就当刚刚那台手术，苏庆春和他的同事们在错综复杂的各种通路及监护中抢救病人时十公里外的高速出口附近，一场车祸意外地发生了。

一辆白色轿车里，妻子陈悦由于肚子太大了不方便所以坐在后座，跟开车的丈夫谈论着即将出生的孩子。

他们刚从高速出口下来，想尽快回到自己的家中。行至前面四岔路口，突然拐过来一辆红色跑车，向他们飞速冲来。

红色跑车拐过来的时候就看见了白色轿车，急忙按了喇叭，白色轿车处于盲区没有反应过来。红色跑车猛打方向盘，又是一阵喇叭警示，白色轿车这才反应过来，可已经晚了，两车紧急刹车，轮胎剧烈摩擦地面发出嗤嗤地响……

只听见"砰"的一声，红色跑车还是从后面擦边撞上去了。

车上的安全气囊瞬间被弹开，陈悦丈夫的头重重地撞上气囊，只觉一阵头昏眼花，在短暂的失神后才恢复过来。

"小悦！小悦！"丈夫来不及检查自己是否受伤，回头看后座的陈悦。

在后排的陈悦没有系安全带，又受到剧烈的撞击，此刻被夹在前座和后座之间不得动弹。

陈悦丈夫立即下车打开后门，只见陈悦已经昏死过去了，嘴角微微有血，大腿内侧鲜血殷殷流出。

跑车上下来一位年轻的小伙子，看样子并没什么大碍，当他看到眼前的景象，吓得连连后退。

"小悦！小悦"丈夫拼力呼喊着，然后妻子陈悦并没有反应。

"快！快！快叫120！"丈夫气急败坏地朝小伙子吼。

旁边的小伙子急慌慌地拿出手机拨号……

此时，苏庆春和蔡君梅一顿闲聊以后也准备离开手术室了。

两人走出手术室的时候,苏庆春又是一阵饿意袭来。

"看来这10%葡萄糖注射液也没那么顶饱啊!这才多久啊,我感觉又饿了。"苏庆春打趣道。

"你是太累了,连续做了这么长时间的手术。"蔡君梅说道,"听说你前面还有一台切除子宫的手术啊?"

"是啊!"苏庆春回道,"今天这个晚班值得是真的太累了,感觉从接班到现在就一直在手术室里了。"

"最主要的是我今天晚上吃的食堂,那个咕咾肉又酸又老,我都没怎么吃,所以特别的饿。"苏庆春笑着回道。

"我们食堂那个李师傅走后我就很少去食堂吃饭了。"

"小李师傅走了以后我也很少去,不过这几天不是听说换了个新师傅,没想到这师傅还不如以前的。"

"是啊。"

话音刚落苏庆春的肚子还"咕咕……"叫了起来。

"不行,我要点夜宵了,肚子都饿得咕咕叫了。"苏庆春说着掏出了手机问道,"蔡主任,您想吃点啥?我请客,刚刚感谢您的提醒。"

"我就不用了,这么晚了,我就想赶紧回去睡觉了。"蔡君梅说着还打了个哈欠。

"那我改天再单请您。"苏庆春说道,"今天您赶紧回去休息吧,呵呵,今天没什么大事我不会打您电话的。"

"行。"蔡君梅拍着苏庆春的肩膀说道,"你技术这么好,肯定没问题的。"

"那我就先走了。"

蔡君梅回去是电梯下行,苏庆春回科里是电梯上行,等苏庆春刚进电梯拿起手机点外卖的时候手机又来电话了。

"苏医生,急诊来电,接诊一位车祸产妇,通知您会诊!"

"我去,今天怎么这么多妇产科的急诊病人啊!"一向非常斯文的苏庆春都忍不住爆出了粗口。

"是啊!您赶紧下来吧!"

虽然苏庆春心里是巴不得赶紧去休息下,但他还是立即按了下到1楼的电梯。

刚刚护士口中急诊科的病人就是高速上出车祸的陈悦,此时陈悦已经被送到急诊室抢救，苏庆春一来了解情况后就加入其中。

"病人昏迷，心跳微弱。"急诊值班医生李思海一连接到几个急诊的病人，很明显声音比之前小了，这个急诊班他也是累极了。

"右侧额颞顶部头皮肿胀，鼻腔出血，四肢多处擦伤，其中左下肢骨折。"

"腹部呈现晚孕外形但未见明显外伤痕。"

"呈现孕晚期？没问家属吗？"

"家属正在另外一个处理室处理伤口，具体情况小琴正在问。"

"不好，胎心下沉！"

突然，站在胎心监护旁边的护士喊道。

"糟糕，胎心已经听不到了。"不一会儿，护士又急了。

苏庆春看了下情况不对。

"马上注射肾上腺素，准备执行紧急手术！"

"立即通知新生儿科入手术室！"

"立即通知神经外科、骨科会诊！"

苏庆春的命令简单有力，空气中弥漫紧张的情绪。

这晚上值班虽是轮到妇科病区急诊会诊，但是妇科病区晚上值班的医生就一个一线班的江况，和二线班的苏庆春，三线的医生蔡君梅主任刚刚走，苏庆春也不好再叫她回来了，江况那边一线班也不好一直没人在。于是他又让护士联系了在产科病区当班的医生一同来帮忙。

在急诊科的医生和护士的协助下，很快，陈悦就被推进了手术室。

二十分钟后，胎儿娩出。

因为宫内窘迫，新生儿肤色苍白，四肢瘫痪，没有心跳，没有呼吸！

"快！心肺复苏！"

在手术室等待的新生儿科医生立即对新生儿进行抢救。

一分钟、两分钟、三分钟……新生儿恢复了心跳，但不能自主呼吸，需要呼吸机维持生命。

同时，胎儿娩出后的陈悦马上接受神经外科医生的会诊，确定没有什么问题以后，骨外科会诊医生根据她的实际情况，决定马上进行了另一台手术。

作为妇产科的会诊值班医生苏庆春并没有马上离开，而是一直陪在手术台上以备出现妇产科的一些并发症，这台手术一直持续到天亮，陈悦终于被救回来了。

苏庆春总算可以松一口气了，下了手术台以后他累得直接瘫坐在手术室的地板上，人直接趴在更衣室的凳子上睡着了。

按理说陈悦是个产妇应该安排在妇产科的，但是她又做了个骨科手术，后期要进行伤口处理，但是骨科现在又暂时没病床，所以先把陈悦安排在了妇产科的病房观察一下。而苏庆春作为值班接手的医生自然给她安排在自己的组上。

然而等苏庆春在手术室休息了一会回科里的时候便听到了新生儿科传来的消息，陈悦的孩子被监测出脑电波消失，临床诊断为脑死亡。

医生也有爱

苏庆春这个晚班是一夜无眠。早班交完班以后，他便和组长的主任医生陶建国一同带着组上的医生去给病人查房。当他来到陈悦病房门口的时候，他犹豫了。

苏庆春不知道怎么跟陈悦述说这悲痛的消息，昨天晚上他费尽心力抢救她的孩子，可惜孩子还是没过来，本身受了车祸重创的陈悦还因为这个孩子的缘故造成子宫损伤，以后能不能再怀孕苏庆春也不知道。

他站在门口思索了足足一分钟。

"师兄？怎么了？"一线班的规培医生江况也累了一晚上，他巴不得赶紧查完房早点回家。

"昨天急诊车祸的那个产妇孩子刚刚诊断了，脑死亡。"

陶建国看上去像是50出头的样子，并不像有60岁的人，他两只深陷的眼睛，深邃明亮，很有神；头发有些银白却很整齐。

他一脸慈祥地看了一眼苏庆春，说道："哦，你说的是昨天晚上收进来的那个车祸病人是吧？"

晚上组上收进来的病人苏庆春早上都会跟陶建国先交代一遍。

"嗯。"

"这事情跟你也没关系。"陶建国宽慰道，"那个产妇听说到医院的时候人已经不省人事了，是你极力抢救才把她救回来，已经是很幸运了。"

"要是碰到别的医生稍微一耽搁，可能她都不行了。"

"就是啊！"江况说道，"而且昨天您一晚上都陪在手术台上，已经是对她尽了全力了，我想他们家属也不会因为这个事情而怪您的。"

"哎！我也不是说怕家属怪我，只是心情很复杂。"苏庆春说道，"其实我本以为那个孩子能救回来的。"苏庆春惋惜地补充道,"可能孩子在肚子里待的时间太长了吧,我应该更快速地完成剖腹的。"

"时间主要是在路上耽误的,跟你没有太大关系的,我们做医生的只要做到尽力而为就好,或者那个孩子就是这个命。"陶建国非常淡定地说道。

"嗯,我们只能是尽自己所能了。"

"走吧!"陶建国看了一眼同行的一些年轻医生都停了下来,便发话道。

"嗯。"苏庆春见陶建国他们都进去了,才走进病房。

此时的陈悦已经醒了麻药了,她忍受着术后的疼痛,躺在病床上,祈祷着能发生奇迹。

她多么希望昨晚就是一场梦,她总想着假如昨天她没有同意跟丈夫一同出门去朋友家玩,那就不会有这场车祸,更加不会躺在这该死的医院……

坐在她床头不远处的凳子上,一脸茫然的男人是她的丈夫,他的额头有伤口,看得出来只是进行了简单的包扎,而他的手臂上也打上了石膏。

他受的伤都是皮外伤,都不是非常严重,但是经历了一夜的折腾,他也已经身心俱疲了,只见他无精打采、神情悲伤且无助地看着伤痛不已的陈悦发呆。

旁边多了一位中年妇人,苏庆春猜应该是陈悦的婆婆,只见她眼睛红肿,应该是刚刚哭过。

"苏医生!"陈悦丈夫见医生来了,连忙起身招呼道。

他非常高,估计得快到1.9米了,此时他的身体佝偻着,但还是高过了在场的所有医生,像他这样身高的人,平时站直了会给人有压迫感,但今天他没有给任何人造成这个困扰。

苏庆春勉强挤出一个笑脸,招下手示意他不用站起来。

苏庆春看了一眼陈悦,刚刚进来的时候似乎看着眼睛还是打开的,这会儿倒是闭着的,就像睡着了一样。

"她好点了吗?"苏庆春小声地朝陈悦丈夫问道。

"哦,她刚刚醒了,不过一直说伤口好痛。"

"麻药醒了会有些痛,刚刚我帮她开医嘱的时候已经新开了止痛药,待会护士应该会上的,打了以后看下会不会好点。"

"哦,好的,谢谢苏医生。"

"你老婆昨天做了骨科手术,这两天有什么异常要及时通知我们医生。"与学生苏庆春的感性不一样,陶建国非常官方地说道。

陈悦的丈夫很明显对陶建国的突然发话有些困惑。

"哦,我给你介绍一下,这位是我们陶主任。"苏庆春解释道。

"哦,你好,陶主任。"陈悦丈夫连忙问候道。

苏庆春似突然想起了什么,连忙说道:"哦,对了,陈悦现在的情况,在这里稳定了后,最好是安排到骨科,不过考虑到现在骨科病房比较紧缺,再加上陈悦刚刚生完孩子,所以这两天会先在我们科观察一下,只要情况稳定了,骨科空出病房,就可以转过去了。"

"哦,好的。"

"我刚刚来查房的时候也特意打过电话给骨科了,他们那边大概后天会有病房空出来,到时候会优先安排你们过去的。"

"好的,麻烦你了,苏医生。"

"没事。"苏庆春说完嘴唇嚅动,一副欲言又止的样子。他迟疑了一会,还是缓缓地向前走了一步,小声朝陈悦的丈夫说道:"孩子那边的事情,我刚刚听说了。"

只见陈悦的丈夫此时眼神迷茫地看着苏庆春,让苏庆春实在难受。他关心问道:"新生儿科那边有家属在吗?"

"我爸爸现在在那边处理后面的事情。"陈悦丈夫小声回道。

"哎,你们也想开点吧,节哀!"苏庆春尽量压低了声音不让陈悦听到。

他又轻轻地拍了拍陈悦丈夫的肩膀,想往后退回去。

虽然他的声音压得很低,但陈悦似乎已然洞察了一切。即使她紧闭着双眼,身体却颤抖着,泪水突然止不停地往外流。

之前丈夫和婆婆的举动早就让她有所怀疑,她问他们孩子的情况,他们一直是顾左右而言它,可能做母亲的,本能地对孩子的事情敏感或者是有心灵感应吧,苏庆春的这番言语,倒是让假装入睡的陈悦已然明白了实情。

一旁一直没说话的陈悦的婆婆看到儿媳妇这样,好不容易忍住的眼泪也止不住地又流了下来。

此时，陈悦的丈夫，他作为父亲，作为丈夫，作为儿子，他只能选择坚强。

只见他另外一只没有受伤的手紧紧地握着妻子的手，虽然他没说话，但他却给予她安全感和无声的安慰。

017 隐患解除

苏庆春见状也知道陈悦并没有真的睡着，只见他慢慢地走向前，俯下身，低声地说："陈悦，孩子走了我知道大家都很难过，但是你刚刚做完手术也不要太伤心了。"

这下子，陈悦是彻底明白了，苏庆春的话是真正地宣告她彻底失去了自己的宝宝。

从胎儿娩出到离去，陈悦没有见到他的样子，宝宝也没有看到自己的妈妈。

想到这，陈悦的眼泪不停地流下来，她的心已经破碎成数亿块，透不过气来，她感觉一辈子都过去了。

外边虽然是眼光明媚，可是，整个房间像被黑夜笼罩了一样，没有亮光。

这时陈悦丈夫俯下身，紧紧地抱住了她，他再也控制不住了，泪水喷涌而出，两个人悲伤到骨子里。

婆婆站在一旁实在受不了这个场面，走出了病房。

苏庆春顿时感觉像是犯了错误的孩子一般尴尬，望着这悲痛的场景，苏庆春实在是于心不忍，他甚至有些自责，为什么就没保住孩子？又或者刚刚自己不该走过去跟陈悦说那句话。

陶建国见状，赶紧走过去，轻轻拍了拍陈悦丈夫，鼓励道："你们都好好保重，你们还年轻，还是有机会当爸妈的。"

苏庆春作为陈悦的主刀医生，只有他知道陈悦的子宫，以后怀孕的机会真的很小，但这时候这句话，他肯定不能再说了。这句话无疑是给他们雪上加霜的。

苏庆春只能呼应道："是啊！你们还年轻，以后还是有机会的。"

"谢谢医生！"

"好好劝劝她。"苏庆春手指着陈悦说道。

"嗯！"

"走吧！"陶建国见病人的丈夫还算是稳重也就放心了，便朝苏庆春说道。

"嗯！"

说完苏庆春便和陶建国带着其他人一同离开了病房，一出门苏庆春便看到陈悦的婆婆蜷缩在病房的过道里低声地哭泣。

作为医生，特别是妇产科的医生，见到孩子出生、离开这类事情可以说是家常便饭，即便如此，苏庆春面对这样的场景总是非常的难过，在目前尚且不够发达的医疗面前，医生能做的还是很少很少。

"隔壁房间的49床病人就是昨天小蔡做手术的那个小女孩子吗？"陶建国问道。

还在一旁发愣似的看着陈悦婆婆的苏庆春此时才缓过神来。

"师傅，你说的是张小美吧？"

苏庆春补充道，"对，她是49床。"

"早上我听小蔡说了一下她的情况，小蔡说得对，你以后要注意一下，"陶建国略带责备的语气说道，"再遇到家属不来的情况，你要做手术也要先给我打个电话，不然你就这么傻乎乎地接了病人，出了医疗纠纷真是说不清楚的。"

"好的，师傅。"

"那家属现在来了吗？"

"家属昨天凌晨就到了。"江况连忙回道。

"你见过家属吗？"陶建国朝苏庆春问道。

"还没有。"苏庆春回道。

"你这种情况家属来了怎么还不找他们沟通一下呢？"

"我昨天晚上一直在手术室，下手术之后又在忙别的事情，也忘记了。"

"这事情才是紧要的，你怎么不提前跟家属聊聊呢！哎……"陶建国有些动怒，大家看着都不敢说话。

苏庆春确实是因为车祸的那个病人把这事情给忘记了，他也知道师傅这么说是为自己好，也没敢再解释了。

陶建国知道现在怎么骂苏庆春也没用了。

他略带担忧地说道,"那待会你进去以后,记得好好跟家属沟通下,尽量争取到病人家属的理解!"

"嗯!"苏庆春低着头应答道。

"师傅,昨天病人家属来的时候找过我,我大概跟她说了下情况,看着好像还是比较好说话的。"江况见师兄被骂,连忙帮衬道。

"希望如此吧!"

话说着陶建国领着大家走进了这个病房。

49床是靠最外面,一进门就可以看到,小美已经醒了,但是见医生进来后马上侧过了身子,不知是害怕还是不愿意见医生。她似乎不欢迎这些医生的到来,而旁边坐着一位看着40多岁,穿着非常朴素的妇女正在倒弄刚刚打包上来的白米粥。她一下子见到这么多医生来查房连忙紧张地站起来拘谨地打招呼:"医生早!"

"你就是张小美的妈妈吧?"苏庆春试探性地问道。

"是的,医生。"小美妈妈连忙站起来回道。

"哦,你好,我是张小美的主刀医生,我姓苏。"

"原来您就是苏医生啊,您好。"张小美妈妈一副见到久未谋面的熟人样地说道。

"您好,小美妈妈,有件事情想要跟您沟通下。"苏庆春直接说道。

"哦,您说,什么事啊?"张小美妈妈倒是被苏庆春的一来就有事情搞得非常紧张。

"是这样的,昨天因为张小美的情况比较紧急,所以没等您赶过来签字就做了手术,好在昨天的手术还是比较顺利的。"苏庆春马上就昨天没有签字就上手术的事情跟家属进行沟通。他生怕家属会因为自己的行为而有所误解。

"哦,没事,苏医生,昨天的事情我已经听青青说了,而且江医生也把事情跟我说清楚了。"小美妈妈回道,"我本来还想等今天你们忙完了要去感谢您昨天及时救了小美呢,没想到你们就先来了。"

张小美的妈妈一看就是个朴素善良的人。

陶建国和苏庆春不约而同地互看了一眼。

听到小美妈妈的话他们昨天压在心里的石头也算落下了。

"昨天张小美的情况确实很紧急,还好及时处理了,否则可能子宫都不保了。"陶建国笑着说道。

"是啊，实在太感谢你们了。"小美妈妈双手合十地说道。而后她又转头看了一眼小美，停顿了一会，继续说道，"要是昨天没有医生你们的及时抢救，小美她还这么小，没了子宫可怎么办啊！"

小美妈妈说着又突然哭了起来，"这孩子不争气啊，之前就跟她说过了不要谈恋爱，死活不听。他爸爸又去得早，家里还有两个弟妹，我一个女人家真的很难负担这么多孩子，所以小美才读到初中就辍学了，这孩子啊，就是太容易相信人了，我在苏南那边做保洁，人又不在上海，也实在是管不到她。"张小美妈妈说着还拍了拍张小美的被子，一副怒其不争的样子，抽泣道，"跟她说了不要这么小就谈恋爱，非不听，现在搞成这样。"

这几个医生排排站地看着小美妈妈就这样哭着也不知道什么时候可以插话。

小美妈妈总算停下来以后，苏庆春连忙说道："嗨！这样的事情啊，也不能只怪小美，以后呢，就是确实要多注意，女孩子嘛，要懂得保护好自己。"

"对对对！"陶建国只得在一旁呼应。

"孩子有什么问题就跟我们苏医生说哈。"陶建国说完便赶紧带着医生走到了隔壁的48床。

| 018 |

传统思想

隔壁的48床就是昨天苏庆春夜班急诊的收治的第一个病人——切除了子宫的孙梦。只是他们发现48床并没有家属在身旁陪同。病人也在睡觉，不过苏庆春似乎发现孙梦的眼睛有些微动，似睡非睡的样子。查房这么大的阵仗，苏庆春想着她应该也不可能睡着，猜想着可能是因为昨天切除子宫的事情伤心吧。所以苏庆春并没有打算去主动叫醒她，而是朝隔壁47床的病床家属问道："48床的家属怎么没在啊？"

"刚刚她妈妈还在的。"对方想了想又说道，"估计现在是出去买早餐了吧！"

"这买早餐也不让一个家属在这里看着啊。"苏庆春说道，"她老公不在吗？"

"老公早上开始是在的，"47床家属说道，"后来我看他们家婆婆来了以后，好像吵架的样子，然后她老公也跟着走了。"

苏庆春一脸无语地看了一眼陶建国，而后又查看了一下病人现在打点滴的处方，然后朝陶建国说道："师傅，昨天48床病人切除子宫的手术还是挺成功的，应该问题不大，病人家属不在，要不先去查别的病房吧。"

陶建国看了下病人的医嘱，然后回道："嗯，那行吧。"

说完他便带着大家一起离开了病房。

就这样每个病人都过了一遍就已经9点多了，查完房后这个晚班苏庆春总算是结束了。

当他正准备脱掉白大褂的时候，一位家属突然跑进了办公室。"苏医生。"

苏庆春一看，这人不就是刚刚查房家属不在的48号床孙梦的丈夫嘛。"诶，你来了。"苏庆春应道。

"苏医生，你在忙吗？"

"没事，你是有什么事情啊？"

"我听说刚刚你们来病房查房了。"

"是啊！"

"哦，那有什么问题吗？"

"没什么问题，刚刚陶主任带着我们一起查房，看了下病人情况，没什么事情。"

"哦，这样啊！"

"对了，你妻子昨晚刚刚做完手术，现在情况还不是很稳定，你们家属离开最好留下一个人，特别是查房的时候，这样有什么问题也好及时反应。"苏庆春叮嘱道。

"哦，好的，好的。"张志成问道，"医生，还有什么问题吗？"

"其他没什么问题了。"

"哦。"孙梦的丈夫说完以后顿了顿，然后斜眼瞟了一眼苏庆春，然后悠悠地吐出，"苏医生，你那边没什么事情，我这边倒有一件事情正好想找你呢。"

"哦，是嘛。"苏庆春问道，"什么事情啊，你说。"

要他说的时候，他倒一副嗫嚅之状。"呃……"张志成呢个半天也没说出来。

"有什么事情你就直说。"

"其实是这样的，今天我老婆醒来好像是说，昨天她看到我们的孩子好像是个男孩子，所以我就来问下什么情况。"

"男孩？"苏庆春瞪大了眼睛，一脸疑惑地看着张志成惊呼道，"怎么可能呢？"

"昨天孩子一出来我们护士就给你老婆看了啊，我们在场的都看到是女孩子啊，而且生完以后护士也应该先给你们家属看了才放到新生儿科的吧？"

"是啊！我昨天看的时候是女孩子，可是我老婆说生完孩子的时候给她看的时候明明看到了有'把'的啊。"

"不可能的。"苏庆春肯定道，"我们手术室那么多人都看着的，总不可能我们全体人员给你们掉包了吧？而且那个时间段剖宫产的人就你老婆孙梦一个人，我们想掉包也掉不了啊！"

"我倒不是那个意思,只是想再次确认一下,毕竟我老婆说当时看到的好像是个带把的儿子嘛,而且我妈也说了,从我老婆怀孕开始就一直爱吃酸的,不都说酸儿辣女嘛。而且我妈说她那个肚子的形状尖尖的,说这就是男孩子的怀像,我妈也肯定孩子是男孩的。"

苏庆春在妇产科见的人很多,重男轻女的也不少,封建迷信的也很多,只是像孙梦家这样生完了,给他们看了还一脸质疑孩子性别的还是第一次见。

苏庆春只得无奈地解释道:"你老婆说看到的是儿子,我想是不是她当时人本来就有些意识不清了,加上又很想要个儿子才看错了呢?"

"至于你妈说的那些酸儿辣女还有怀像的说法都是不科学的,也没有任何理论依据的,甚至很多即使拍B超拍出来是女孩最后生下来还是男孩子呢。这个都不准的,我们要以事实为依据。现在事实就是你们生的真的是女孩子啊。"

苏庆春看张志成还是一副不相信的样子,又继续说道:"你要是还不相信我说的话,那我把昨天上手术的医生和护士都叫来吧,我们大家一起做个证,好吧!"

孙梦老公见苏庆春这么说,也不好再纠结了。

"哦,那,那倒没必要。"孙梦丈夫说道,"我只是早上听我老婆说是男孩子,所以有些疑惑而已,毕竟我们自己孩子肯定要搞清楚的啦,而且我老婆现在切除了子宫也不能再生了,那这件事情我肯定是要来确认清楚的。苏医生,你说是吧?"

"你们的想法我也能理解,但是我们十几只眼睛都看得真正的,你老婆生的确认是个女孩子。"苏庆春明明白白地再说了一遍。

苏庆春都这么说了,而且自己当时是守在手术室前的,确实那个时间段也只有自己老婆生孩子。孙梦丈夫只得回道:"那好吧,打扰了苏医生。"说完便灰溜溜地走了。

晚班结束

苏庆春看着张志成的背影,又想起昨天在手术室里江况说的家属一直不肯签字是因为重男轻女还想生儿子,再联想起今天他的这个滑稽的质疑,真是无语,不禁连连摇头。等张志成走出办公室后,苏庆春人似乎已经到了困点了,眼皮都在打架了。于是他迅速脱下刚刚要脱的白大褂,走到洗手池旁洗手。突然又一个病人家属进来了。

"苏医生!"

苏庆春叹了口气!此时的苏庆春真不想再看到病人家属了,但即使自己值班再累,家属找上来了,肯定不能放任不管,虽说此时白班的医生已经接班了,但是值班的医生肯定没有他这个主治医生对病人病情熟悉。于是他洗完手,擦了擦干净便问道:"什么事情啊?"

在得知病人自感非常疼痛后,苏庆春的困意已消失殆尽了。他就像打了鸡血似的又跟着家属去了病房,知道病人因为产后使用缩宫素痛得受不了,苏庆春马上就回病房开医嘱,增加镇痛棒。这医院没有忙得完的事情,苏庆春刚开完医嘱,又有别的病人家属找上门来了。

总算等到下午事情都处理完了,苏庆春也把病人情况跟值班医生再交代了一遍,准备要下班的时候骨科的电话又打过来了,说那边有了床位,假如陈悦病情稳定可以安排去骨科了。

苏庆春就是这样一个人,自己的病人总想事情安排好才下班,于是他又去找陈悦,跟他们家属商量以后决定下午便转到骨科。处理好陈悦的事情,苏庆春才算下了这个晚班,此时已经是下午 5 点了。

过了倒春寒以后,这几天天气变得越来越热了,给人一种夏季即将到来的既视感,人们还没有感受到春天的气息,没几天便深刻地体会到什么叫酷热难耐了。

"上海"就是这样,人们常常说这是一个没有春、秋季,只有夏季和冬季的地方。

现在虽然已经是下午 5 点，但是太阳还未落山，疲惫不堪的苏庆春根本没时间欣赏这些风景，在车库提完车便飞驰一般开回了家。

苏庆春的家离医院开车平时需要 1 个小时才到，遇上堵车 1 个半小时也是很常见的，所以一般他更加愿意坐地铁。地铁需要转车，40 分钟就能到，但是考虑到医生这个行业特殊，临时的加班是猝不及防无法预料的，所以他还是都尽量开车。

妻子黄小培是苏庆春的高中同学，凭借着上海一本院校毕业的履历，2004 年黄小培在江西老家找到了一所重点中学教数学，后来苏庆春毕业留在上海读研究生，2 年以后为了爱情黄小培也跟着过来了，虽然她在老家能进好学校，但上海当时人才济济，大把的研究生，所以前些年黄小培只在农民子弟工学校当老师，2008 年苏庆春刚好研究生毕业，趁着全球金融危机的机会，黄小培借了娘家的钱付了首付，在上海买了一套郊区的房子，在农民子弟工学校一当就是四五年老师的黄小培，在 2010 年终于考上公立的学校，也就是那年他们结婚了。

第二年苏子轩出生了，2014 年苏子轩面临读幼儿园，那时他们才发现周边根本没什么配套的幼儿园，孩子读书问题又让他们不得不开始考虑学区问题。

接下来他们又面临换学区房，虽然房子由 120 平米变成了 90 平米，但是郊区的房子也只够交他们的首付，而且两人的住房公积金加起来还不够申请贷款，最后只得借了一笔钱才算是把这套房子买下来了。直到去年苏庆春才算彻底还清借的钱。

现在这套是上个世纪 90 年代末建的小区，绿化什么的虽然陈旧，但是房间格局还算不错，90 平米的小三房房间是小了点，但还算温馨。房子的设计是一进入玄关能看到厨房，此时妻子黄小培正在厨房忙碌着晚餐。她听到开门声，转头问道："诶！昨天你不是上晚班嘛！怎么这么晚才回来啊？"

"是啊！"苏庆春边换鞋边有气无力地回道，"出了一些状况。"

苏庆春刚把钥匙放在入口的柜子上就问道："轩轩呢？"

"不就在客厅写作业嘛！"妻子边说还把锅铲指着客厅的方向。

苏庆春又望向在客厅写作业的女儿，而一听到开门声的苏子轩早就没心思做作业了，耳朵都在听父母的聊天动向。她一听到爸爸问自己，连忙转了过去，假模假样地做作业。而后用余光瞄到苏庆春向自己走来，就跟老鼠见到猫似的，十分警觉，生怕自己稍有差错就会被父亲批评教育似的。

苏庆春走到苏子轩的旁边只说了句："轩轩，在写作业啊！"

"嗯！"苏子轩连连点头，连头都没敢抬。

"好好做作业哈！"

"嗯。"苏子轩又点了点头。

此时的苏庆春两只眼睛都已经在打架了，根本没心思看孩子的作业了，更加没注意到女儿的紧张，苏庆春这种象征性的对话一结束，便径直回了卧室。这倒是高兴了苏子轩，心想：总算躲过一劫了。

苏庆春回到卧室连衣服都没换倒头就睡了。感觉根本没睡多久就听到叫喊声，"爸爸，妈妈叫你吃饭。"

"轩轩，爸爸昨天上晚班，人好累，你跟妈妈先吃吧。"苏庆春迷迷糊糊地回道。

"哦！"苏子轩二话没说立刻逃离了房间。

随着拖鞋的脚步声越来越远，苏庆春又昏睡过去了。又不知过了多久，苏庆春感觉有人在推自己。"诶！你还不起来吃点饭啊？很晚嘞，再不吃可就只能吃早饭了。"

妻子的声音苏庆春听着熟悉得紧。他迷糊地问道："几点了？"

"10点多了。"

"就这么晚了啊？我怎么感觉我才刚刚睡下啊！"话说着苏庆春慢慢地强迫自己坐了起来。

中年妇女的絮叨

黄小培见苏庆春彻底醒了，便坐在床头一角，关心地问道："你这一回来饭都不吃就睡觉是怎么回事啊？"

"不会昨天晚上值班又没睡觉吧？"

"哎！"苏庆春叹气道，"别提了。"

"昨天晚班真是忙死了，一晚上的急诊手术不说，都快凌晨的时候还送来了一台大手术，几个科室同时做，我后半夜基本都在手术，天蒙蒙亮的时候手术才算结束，之后我就在手术室里面打了个盹而已，估计也就半个小时不到。"苏庆春难得的一次跟黄小培吐露了自己工作的辛苦。

"那你这么累怎么不查完房就直接下晚班啊？"黄小培说道，"不是晚上上了晚班查完房没事就可以回家休息的嘛！"

"下了晚班了你就应该直接回来了，还在医院待着干吗呀？"

"嗨！我也想查完房就下班啊，这不那个大手术又出了点状况嘛。"

"出状况不会让值班医生处理啊？"黄小培嗔怪道，"你都下班了瞎操个哪门子的心啊？"

"那不是我做的病人嘛，"苏庆春小声解释道，"我对他们肯定比值班医生更加了解一些。既然都来找我了，我也不好推辞。"

"你都下班了，有啥不好推卸的啊。"黄小培不以为然道，"而且你这也不算推卸责任啊，你本来就是下班的人。不是我说你啊，你这个人就是工作不够灵活，该下班的时候就应该下班，瞎忙活啥啊？加班医院又不多给你一毛钱加班费。而且平时要是你晚上睡了觉那还好点，昨天一晚上你自己都说了没睡，还不下班等着干吗啊！你可是连续上班了36个小时啊！你这等于就是在拿生命工作，你懂嘛……再说了，现在医药政策这么紧，你们的工资是越来越少了，多劳多得这个已经很不成比例了，我都不知道你还那么卖命干吗啊！"

黄小培就这样嘚吧嘚吧的，没能让苏庆春说一句话，虽然听着都是为苏庆春好，关心他，但是苏庆春上班已经很累了，真的不想再听这么多的絮叨，他需要的是一个体谅自己的妻子，而不是一个领导，一个说教者。

以前的黄小培其实并不这样的，曾经的她是个非常善解人意的女孩子。

当年黄小培为了苏庆春放弃了老家的重点学校，就这样跟着苏庆春在上海一起租房子过了几年非常艰苦的日子，那时候苏庆春读研究生，由于家里没有贴补，她甚至还贴补苏庆春生活费，那时候即使艰苦都没见黄小培抱怨过。

反而是这几年生活慢慢步入正轨了，房子也有了，黄小培变得强势起来了，特别是孩子读幼儿园以后，由于苏庆春工作太忙了，一直帮忙照顾孩子的丈母娘也回老家了，所以孩子基本都是靠黄小培在照顾，加上她的教学工作压力以及买房子以后的经济压力，所以黄小培变得跟其他已婚女人一样爱抱怨了，作为老师的她更爱说教，最近这两年更甚之，有时候苏庆春发现黄小培对着东西都能絮叨许久。

这让苏庆春偶尔有个想法，认为自己老婆是不是提前进入更年期了。

苏庆春明白黄小培刚刚的那番话完全是为了自己好，可他听着总是感觉味道不对，而且苏庆春对于她的利己理论也是不苟同的。作为医生，他认为本身职责就是救死扶伤，这点跟其他职业本来就不一样，这不单单是一份职业，它还是一份责任，苏庆春认为只要在医生这个岗位上就没有下班了就对病人不负责任的这个说法。

即使如此，苏庆春仍然没有反驳黄小培，这些年他也知道黄小培为这个家付出了很多，既然她爱说，那就让她说说吧，苏庆春每每都是憨笑回之。

黄小培见苏庆春又是一副笑嘻嘻的样子，也不反驳自己，也知道自己刚刚观点有失偏颇，毕竟她也是老师，价值观原则上还是比较正面的。

她顿了顿，又解释道："我刚刚也不是说让你不要管病人，我的意思是该我们自己做的事情我们自然要做好，但是你都下班了，而且一晚上都没睡，把情况交代给接班的同事，就回来休息嘛。你又不是铁打的，你看看你现在把自己搞的这么疲惫，明天不还要上班嘛，这身体哪里受得了哦？"

黄小培也是疼惜苏庆春。

"呵呵，我知道了。"

苏庆春依然是憨笑着。

而后他连忙掀开了被子，换上了睡衣，他知道只要他不起床，那黄小培将永无止境地把这个话题聊到底。

但是，苏庆春的算盘打错了，黄小培明显没有停下来的意思，她边看着苏庆春换衣服边说道："你知道个啥啊，我每次跟你说你都说知道了，你还不是每次都这样啊。"

"我跟你说啊，你这样不行的，我跟你说的话你要当回事。"

黄小培见苏庆春还是没说话，继续说道，"诶！对了，我跟你说啊，最近我又看到一篇报道说一个哪里的啊……"

黄小培说着停顿了一会，思考几秒又道，"具体哪里我也给忘记了，反正就说一个40岁不到的外科医生晚上做了台急诊手术，回家后就睡了一觉，第二天就没醒来了。"

"你说这多可怕啊，新闻上说他是过劳死，"黄小培继续说道，"而且他家孩子才2岁多点呢，正经的上有老下有小啊。他这么一走以后让他家人该怎么办啊？我看到这新闻后真是后背 凉啊，生怕你也……"

黄小培没敢说出来。

苏庆春此时已经换好睡衣了，瞥了一眼黄小培，看着她确实非常担忧的样子，表情都是扭曲的，便说道："你说的那都是小概率事件。而且你以为人那么容易死啊？像他这样睡了一觉就没醒来肯定是本身有什么疾病的，不可能说是莫名其妙就死了的。"

"那这个事情谁说得好啊，保不齐就是过劳死呢？"

黄小培可是不以为然，她眉头紧锁，一副亲眼所见那场悲剧的样子。

| 021 |

夫妻夜话

苏庆春看着妻子丝毫没有听进去自己的解释,再次强调了一遍:"即使真的跟你说的一样,那也是小概率事件,没有那么巧的。"

"即使是小概率事件我们也要注意,"黄小培说道,"再说了,你现在也快40了,正经的步入中年了,各种亚健康状态,特别是你胃也不好,更加要多注意身体呢。你可是我们家的顶梁柱,如果你就这么倒下了我怎么办啊?"

黄小培刚说完,连忙又否定道:"呸呸呸……我说的什么胡话啊,我们家肯定不会有这样的事情。"

黄小培总是这样自己吓唬自己,又自己否定自己,可却又喜欢一直围绕着担心的话题一直说个没完,实在是让苏庆春不解。

苏庆春也压根没想听这样的话题,为了阻止黄小培继续滔滔不绝,他连忙回道:"好了,好了,我都知道了。"

说完他又拖着妻子的肩膀用力地往门外拽。

"走了,走了!"

"嘘!"

"你小点声啊,轩轩都睡着了。"黄小培责怪道。

"对了,你还吃饭不?"苏庆春还没等回答,黄小培便说道,"你这胃本身就不好,晚饭还老是不吃,这样可不行。"

"去年你们体检查出胃溃疡的时候,医生不是交代一定要按时吃饭嘛!你看你现在。"

"哎呀,我知道了。"苏庆春不耐烦地回道,"我也没说不吃啊!"

"我这穿好衣服不就是为了吃饭嘛。"

"那你这样也是没按照时间吃饭啊,也不好的。"

"我们做医生的想按时吃饭也没办法啊,"苏庆春说道,"有时候上了手术，我们都预料不到要多久，如果临时碰到个疑难的手术，一时半会也是下不了台的。那时候我总不可能到了吃饭的点了，然后还说：'大家等等哈，手术先停下，我到点吃饭了，得先吃个饭哈。'"

苏庆春一下子把黄小培逗乐了。

"那我倒不是那个意思。"黄小培笑着回道。

"那就不得了，很多时候我们也是无可奈何的，谁不想按时吃饭啊。"

"那最起码你不上手术的时候尽量要准时吃。"

"我知道了。"

苏庆春说着肚子也咕咕响了，"你看，我肚子都被你吵得开始反抗了。"

"你这肚子哪里是反抗我啊，明明是反抗你自己，好嘛。"

"中午我就在食堂垫吧了点，这会子还真的有点饿了。"

说着两人已经来到了餐厅。

"你等下，我先给你热一下菜。"

"不用了，这天气也不是很冷，就这么将就吃吧！"

"肯定要热了，你这胃根本不适合吃冷的饭菜，你等下吧，很快。"

黄小培马上回到了厨房。

苏庆春此时难得的坐到沙发上看了一下手机。

几分钟过后，黄小培把饭菜都热了一下，端到了餐桌上。

"吃饭吧！"

"哦。"

随着叫声，苏庆春连忙坐到了餐厅里离厨房一步之遥的餐桌上。

苏庆春刚一坐下，就端起碗筷，大快朵颐。

黄小培也在对面坐了下来。她难得这样安静地看着苏庆春吃饭，看着他吃得起劲，还帮他夹了平时爱吃的鱼。而后她似嘴唇嚅动，但又是一副欲言又止的样子。

"怎么了？"苏庆春用余光看出了妻子的异样，问道，"有话要说？"

"哦，是啊，我今天正好有一件事情想跟你商量商量。"

"商量？"苏庆春一脸疑惑地看着黄小培。

按照这些年黄小培的习惯，一般的小事情基本不会跟他商量了，都是直接解决了再跟他说的。苏庆春心想：这件事情要不就是她自己解决不了的事情，要么就是大事。

"什么事啊？"苏庆春边扒饭边问道。

"今天轩轩班主任又找我了。"

"是那个李老师吗？"苏庆春问道。

"是啊！"

"轩轩又调皮了？"苏庆春问道，"难怪我刚刚进来的时候，看着轩轩看着我的样子怪怪的。"

"是嘛？"

"是啊！看着我进来连忙假装写作业，也不主动跟我说话。"

"那估计是怕你骂她呗，"黄小培略显欣慰地说道，"她能这么做说实话我还挺高兴的，证明她还有点自知之明的，我就怕她自己不自在啊。"

"她到底犯什么错了嘛？"苏庆春好奇地问道，而后又补了句，"不过昨天我开家长会的时候那个李老师可是跟我说最近轩轩表现挺乖的啊。"

"她那是看人说话啊！"

"什么意思啊？"

"不是听说你昨天开个家长会，被一群女家长包围了吗？这其中不就包括那个李老师啊。"黄小培带着醋意地说道。

"这你怎么知道啊？"

"你以为我没去就什么都不知道吗？"黄小培说道，"我虽然人没去，可是我带着眼线去的。"

"是那个涂西西的妈妈告诉你的?"

"你甭管谁告诉我的，"黄小培说完又用带着质问的眼神看着苏庆春，问道，"你就说说被那么多女家长包围着，你是啥感觉啊？"

"你这不会是在吃醋吧？"苏庆春笑着问道。

"谁吃醋啊！"黄小培连忙否定，并道，"我问你话呢，你赶紧说，是啥感觉啊？"

苏庆春原本以为黄小培只是开个玩笑，没想黄小培一副认真的样子在等着他回复，于是他笑着回道："嗨！你又不是不知道我是妇产科医生。那些女家长找我还能干吗呀。"

苏庆春自问自答道，"还不是问一些关于妇科疾病的问题啊。"

"在教室里面问这些问题，真是无语。"

"对啊！"苏庆春呼应道，"而且还那么多人，你知道的，我最讨厌给熟人看病的，也最烦那种状态的。"

"那你还弄得那么晚,交班都差点迟到了。"

"那我不也是没办法嘛。"苏庆春委屈地回道,"她们那些人就抓着我不停地问各种问题啊,那我总不可能直接走人吧!"

"我也是服了她们,这些其实都是比较隐私的问题,居然那么多人也没不好意思。"

苏庆春转而又说道,"这事情说起来就怪你了。"

"跟我有什么关系啊?"

"不是你告诉那个李老师我是妇产科医生,她们哪里会知道我是妇产科医生啊!"

"那轩轩入学的时候不是要填写孩子情况的嘛,我哪里知道那个李老师这么八卦告诉别人啊!"黄小培喊冤道。

诈尸式教育

苏庆春可不想再聊细这件事情了,也不想再深究这件事。

"算了,不提那些破事了。"他连忙岔开话题道,"对了,你说今天轩轩到底干吗了啊?"

"还能有啥事啊?"黄小培反问道。

"又跟人打架了啊?"

2011年出生的苏子轩属兔,但是却没有一点兔子的温顺,也不像个女孩子,这孩子从小很聪明,特别顽皮,在幼儿园到小学都是这样的,黄小培因为苏子轩顽皮的事情没少被老师叫去教育。所以黄小培说今天被老师叫去问话,在苏庆春看来不是什么大惊小怪的事情。苏庆春也是司空见惯。

黄小培点头应道:"我们家这姑娘怎么跟个男孩子一样啊,老是跟同学打架的。"

"轩轩这孩子向来顽皮,平时也就算了,这回她居然把男同学给打哭了,你说像不像样子,"黄小培说道,"而且每回她还有理。我都被她气死了。"

"把男同学给打了啊?"苏庆春惊讶不已,瞪大了眼睛问道,"到底是什么情况啊?"

"说是他们班的一个男同学,家里很有钱但是成绩很差,跟轩轩坐的不远,他想要抄轩轩的数学作业,轩轩不让,做错了被老师批评了,下课他就把轩轩的作业本撕了,然后你家轩轩就发挥了她在跆拳道所学的把男同学给打了。"

苏庆春听到原委以后,大快人心地说道:"那他这就该打!"

黄小培不满地看着苏庆春质问道:"打架就可以解决问题了吗?"

"发生了这样的事情第一时间肯定是要跟老师反映情况啦。"

"对,对,对,黄老师说得对,"苏庆春憨笑着说道,他忘记自己妻子也是老师。连忙又补充道,"轩轩这事情确实做得不对,怎么可以打同学呢,应该是当场把情况反映给老师的嘛,是吧?黄老师。"

"就是啊!"

"不过这件事情这个李老师也不对,这事情主要原因还是轩轩同学的问题啊,怎么是找你呢?应该是找那个男同学的家长啊,他才应该好好教育下。"

"怎么不找轩轩啊?"黄小培继续发挥老师的权威,说道,"人家男同学再有错,轩轩她也不能先动手打人啊?"

"这是孩子,要是大人这样先打人是要犯法的。"

"而且你是没看到那男孩子啊,被轩轩打得好惨啊,他嘴角都被打得流血了,你女儿下手也太狠了点。还好男孩妈妈在国外,爸爸在开会没时间来,来的就是个保姆,不然人家家长看到了搞不好都要告你女儿的。"

"打得这么狠啊!"苏庆春倒吸了一口凉气。

"你以为呢?"黄小培瞪着眼睛盯着苏庆春,那眼神感觉是苏庆春犯了错一样。"我当初就说别让她学什么跆拳道,你非要她学,一个女孩子家家的,人家都是学舞蹈啊,你倒好,让她学跆拳道。现在好了吧,她在跆拳道上学的东西正好都用在同学身上了,一个七岁的小女孩子比男孩子力气还大。"

"那我当初让轩轩学跆拳道不也是因为她出生的时候身体不太好,想着她学学跆拳道能强身健体嘛。"苏庆春解释道。

"什么强身健体啊?人家姑娘家家的都是跳舞,你女儿倒好,学跆拳道。"黄小培没好气地说道,"你别动不动就打人啊。"

"我跟你说,她现在早就不是单纯的强身健体了,她这是有暴力倾向啊!"

"不至于吧?"苏庆春皱着眉头回道。

"怎么不至于啊!"黄小培说道,"我跟你说啊,她这个动不动打人的毛病真的不行啊,一个女孩子家家的天天打人,什么毛病啊!当然也不只是因为学跆拳道的原因,也跟看那些暴力的动画片有关。我决定了,明天开始,我要收了她的IPAD,家里电视的网我也关了,那个跆拳道班也不去了,好好掰掰她,女孩子就要有女孩子的样子。"

"动画片少看点是好事,对眼睛也不好的,不过那个跆拳道是强身健体的,而且女孩子长大了有点拳脚功夫挺好的,不容易受人欺负。"

苏庆春说着自己的看法,"你现在这个处理方式我就觉得有点过激了,轩轩还小,难免犯点小错误,你慢慢引导应该没事的。我觉得你管是可以管,不过也要有个度,不要一刀切嘛。"

"你懂度,你来管,你来引导好吧?"黄小培没好气地说道,"你平时孩子也不管,这时候倒是批评我的教育方式来了。"

"我也没有批评你,就是觉得你的这方式有点过了。"

"怎么过了呢?"黄小培气愤地说道,"轩轩从幼儿园到现在你什么时候管过啊?你自己不管小孩,你根本不懂管孩子的难处,哪里是你说的那么简单啊。"

"我哪里没管过啊?我昨天不还给她去开家长会了啊?"苏庆春反驳道。

"你别给我提家长会的事情啊,我都不稀罕说你。"黄小培被苏庆春的话激怒了,"昨天实在是碰到学校有事情抽不出时间去家长会,你难得第一次给她开个家长会,居然连孩子的教室都找不到,你还好意思跟我说啊。你就是理所当然地认为抚养孩子是我们做妈妈的任务,只要孩子稍有哭闹或有什么事情,就是要我们做妈妈的去解决问题,偶尔让你做一件事情,你还以为你做了什么大事情似的,感觉做了这件事情就为家里做出了多大贡献一样。你知道吗?你没时间管孩子我不怪你,毕竟你工作忙,但是最让人心寒的莫过于你的'理所当然',哪怕我付出与牺牲再多,你都不会因为我辛苦照顾孩子而感激我,你总是认为一切都是我应该做的。"

"我没有啊!"苏庆春连忙回道。

"怎么没有啊?你看你刚刚就给轩轩开了个家长会就觉得自己做了多大事情一样,你平时不照顾孩子,偶尔扮演一下慈父,感觉孩子还挺乖的,你就觉得孩子根本不难带。"

"你知道她星期几要去小提琴班?礼拜几要去奥数班吗?"

"好,你不管就不管吧,我也没说你什么,但是现在我管着孩子的时候,你又在这里说三道四,你知道你这种行为叫什么吗?"

"你这个行为就是网上流传的'诈尸式教育',那次我看到以后就感觉很对,你典型的就是这样的人,平时不教育孩子,有空的时候就瞎指挥,而且只会说风凉话,站着说话不觉得腰疼。"

"而且我甚至都认为轩轩有点暴力倾向的主要原因就是因为缺乏父爱,所以爱攻击人。"

023 补习班

苏庆春上班本来就很累，这好不容易吃个饭只想清静清静，而且刚刚他的本意也只是觉得黄小培这个一刀切的处理方式有点过了，毕竟孩子还小，犯了错误主要还是靠引导而不是靠大人的威严来强制她做一些事情。

他心里想着，自己就只是想表达下看法，仅此而已，但是令他万万没想到的是他的一句话，黄小培就巴拉巴拉一大堆的指责和抱怨，甚至说出了自己"理所当然"认为孩子就是妈妈的责任的论据，可是苏庆春从未这么认为，他知道黄小培带孩子不容易，可是她就是一副得理不饶人样子，似乎必须得别人承认她是对得才肯善罢甘休。

黄小培的话都没有给苏庆春解释的机会，这强加莫须有的罪名，实在苏庆春心中恼火的很。特别是黄小培一副说教的姿态，感觉就她是对的，别人一定是错的做法更加让苏庆春无法接受，遥想当年，黄小培曾经是一个非常温顺、文静的女孩子。

这些年的婚姻生活，把曾经温顺善解人意的黄小培慢慢地熬成了霸道、强势的中年妇女，最重要的是她还不愿意听别人的意见，丝毫不给人一点喘气的机会。黄小培有些时候在苏庆春看来已经到了刻薄的地步。

纵使眼前的黄小培对于苏庆春来说太过咄咄逼人，他心中纵有各种怨言，但还是不想跟黄小培多计较了。因为苏庆春知道黄小培会如此的激动都是为了孩子好，而且他也知道教育孩子的任务很重，加上对比于她的同事们，苏庆春觉得自己没有给黄小培一个好的生活，为了买房子，家里的经济压力也很大，加上在上海这个大都市里人们的攀比心也很强，这让人心也就变得更加浮躁了，所以他也理解黄小培这样也是被生活给同化了。

有一点苏庆春是很明白的，这时候一旦他再多做解释，那黄小培就更加没完没了了，既然本身不容解释，解释也无用，那苏庆春也就很识趣地闭嘴了。

黄小培看苏庆春不接话了，也就不再提刚刚的事情了。她继续说道："对了，我有个事情要跟你商量。"

"不用商量了，"苏庆春连忙回道，"你觉得合适就行。该收 iPad 就收 iPad，不去培训班就不去吧，我没有意见，只要你觉得对孩子好就行。"

"我想说的不是这个事情。"

"那你刚刚不是说商量事情的吗？"

"我说的不是这个，刚刚只是正巧说轩轩的事情才顺便提起来这事情而已。"黄小培说完还补了句，"这种事情我才不会浪费大晚上的时间跟你在这里商量呢。"

黄小培颐指气使的样子实在让苏庆春看着不舒服，他一脸无语地放下手中的碗，并说道："那你有什么事情就直说吧。不要绕这么久，我这顿饭都快吃完了，你还没说正经事。"

黄小培一看，苏庆春还真的吃完了碗里的饭。

"那我给你再添一碗吧。"

"不用了，这么晚了不能吃太饱。"

黄小培犹豫了一会，随后又说道："也是。那我给你倒杯水吧！"

"不用了，你有事就说吧。"

但黄小培已经麻溜地去倒水了。一分钟以后，她一改刚刚的气焰，突然面带笑容地把杯子递到了苏庆春的面前。刚刚还一脸尖酸刻薄的黄小培，一下子明显地变了个样子，如沐春风，这样的黄小培倒是让苏庆春有些担忧会有事情发生了。

"什么事情啊？你说啊，搞得这么正式。"苏庆春嘴上虽然那么说，心里也担心黄小培有大事情要跟自己说，但是这样雨转晴的黄小培他倒是很享受。

"呵呵，是这样子的，"黄小培小心翼翼地说道，"跟我一起搭班的英语老师谢敏，你还记得吗？"

"我大学同学，我们还吃过饭的。"黄小培提醒道。

"哦，就是那个出国留学两年的那个吗？"

"对，就是她！"

"我之前不是跟你提过跟我一起搭班的老师一直在开补习班嘛，就是她，其实就是平时下课后带一些自己班里的孩子到她家上上课，说是补习，说白了也就是完成一下课外作业。"

"嗯，怎么了？被人举报了？"苏庆春问道。

"什么呀？举什么报啊！"

"没举报，那你突然说这个干吗啊？"

"我是想说啊，她就周末上几节课，挣的这些钱都快赶上我一个月的工资了呢，更别说那些寒暑假补课的钱了，那个收入就更加了不得了。"黄小培说完一脸艳羡地补充道，"她搞这个补习班是真赚钱了啊，前段时间她还换车了。"

"你不是说她老公是一家大公司的高管嘛，那换车不是很正常嘛。"

"人家换车又不是靠她老公的，她是靠自己的好吧？"

苏庆春一脸不解地看着黄小培，这大晚上她兜兜转转一大圈，现在又是买车，又是补习班赚钱，他思忖了几秒，再联想之前黄小培的献媚，猜想她肯定是眼红谢敏买车的事情。

于是苏庆春了然于胸地问道："你也想买车，是吗？"

"我买什么车啊，学校离家里才几十分钟步行就到了。"黄小培想都没想就否定了。

这时候苏庆春倒听得一头雾水了，他百思不得其解地问道，"那你到底是想说什么嘛！"

"直接说啦，我这一晚上都被你绕晕了。"

"这不是又快到暑假了嘛，今年暑假她又约我了，她说光招英语补习班的学生招不到那么多，特别是自己的学生，所以她想让我跟她一起办班，她还拉着我们班的语文老师，我们暑假一起开数学、语文、英语全套的补习班。就主要招一些我们的学生和那些熟人介绍的孩子。"

"所以你是想暑假也到补习学校去开课？"这时候苏庆春才算听明白了黄小培的真实意思，他用怀疑的眼神看着黄小培问道。

黄小培见苏庆春总算 get 到自己的用意了，露出了少有少女般的笑容，连连点头。"对对，我说的就这个意思。"

观念差距 1

黄小培这大晚上的大费周章说了一大堆,这会儿总算是进入了主题,但明显苏庆春对黄小培所说的补习班开课这事情很不感冒,甚至有些反感,他怔怔地盯着黄小培看了许久,然后没好气地说道:"我之前不是跟你说过了不要开辅导班嘛,怎么又提这件事情啊?"

显然黄小培不是第一次提出这个问题了,也不是第一次被拒绝。

"为什么不可以开辅导班啊?"

"我之前不是跟你说了嘛,补习班这东西根本不合法,不要去了。"

黄小培不以为然地回道:"现在开补习班的人多的是,没见有什么啊。而且你是不知道现在补习班多赚钱啊。"说完羡慕的表情都要溢出来了,而后她又举例证明补习班赚钱的事实。

"轩轩的补习费用多高你是知道的,特别是报了小提琴班以后,她每个月补习班的开销都快超过我工资的一半了。"

"高就高呗,反正我们现在还负担得起。"

黄小培见苏庆春根本没懂她的意思,焦急地说道:"我发现你的脑回路怎么老是跟正常人不一样呢。我现在跟你说轩轩补习费用的事情压根不是想讨论我们是否负担得起轩轩补习班费用的事情,好嘛!"

"那你想说什么啊?"苏庆春问道。

"我是想告诉你,现在老师上补习班可是很赚钱的,从轩轩的费用就明显可以看得出来。"

"所以,你实际是想说补习班很赚钱,所以你也想去?"苏庆春不紧不慢地问道。

"不然,你以为呢?"黄小培明显已经没有了刚刚的耐性了,白了一眼苏庆春。

"小培,我们不能因为说补习班赚钱就也跟风去校外补习,这是不对的,知道嘛。"苏庆春说道,"说句不好听的,你们在职的老师按照你之前说的就给熟人和班上的学生去补习,然后收取那么高的补习费用,这事情本来就是不合理的,老师辅导学生学习本来就是天经地义的事情。"

"那我们利用自己休息的事情给他们补习要点加班费不也是很正常的嘛。"黄小培解释道。

"这个事情本身是没问题的,"苏庆春说道,"但是你们要是把握不好就会很麻烦,我听一个同事说,他儿子班上的老师以补习班为由收取孩子高昂的补习费用,实际也就是晚上利用孩子下课早家长又没时间接的现状来补习,听说就是陪孩子写家庭作业而已。

"而且听我同事说,有些孩子不加入补习班,老师还会对那么没有参加补习班的孩子另眼相待。

"最重要的是周末的时间听说讲的就是平时有意留着不上的,让很多没上补习班的学生根本没有学到该学的知识,以此来拉大补习班和未参加补习班学生的差距。"

"没有你说的那么夸张嘛。"黄小培回道,但明显底气不足。"而且我也不可能做出你说的这样的事情来啊。"她又补了句。

"我跟你说啊,小培,你现在觉得你不会这么做,那是你还没到那一步,但是只要你办了这个补习班,你可能就会被利益驱使得这么做了,这就是人性。

"还有啊,即使到时候你能顶住诱惑,不会对孩子们特殊对待,但你能够保证跟你搭班的老师不这么做吗?

"说白了,首先国家是禁止你们这些老师在校外办培训班的,你们这种行为就是违法行为,从道义上来说,你们为了补习费用而有意留着本该讲的知识不讲,这就是违背师德的行为。"

苏庆春以前只是反对黄小培,并没有把自己的想法说出来,这回苏庆春正好有时间,便慢慢地给黄小培捋了一遍。

"你这也太夸张了,而且我敢肯定我和小敏不会像你说的那样的,保证不会因为学生不去补习班就另眼相待。"黄小培回道,"而且我这是暑假班,反正学生们暑假待在家里也没人管,家长都要去上班的,在我们这里既可以学习,还可以顺便替家长看管小孩,这是一举两得的事情啊。"

"好,就算你们不会因为这个另眼对待孩子,那这个行为不也是违反学校规定的嘛，你可别忘记了，当初你可是好不容易才考上这所学校的，而且这几年你这么努力，不要得不偿失。"

"你傻啊，这种事情难道我们还到学校去敲锣打鼓说自己会在校外办补习班啊？而且你以为老师在校外开办补习班的这个事情学校的领导就完全不知情吗？"

"你的意思是说他们也知道？"

"我不能说他们肯定知道，但是至少心里其实是有底的，知道很多老师会到校外办学，"黄小培继续说道，"这种事情我觉得应该只要不是有哪个人特意去领导那边投诉，他们就会睁一只眼闭一只眼。"

"现在的老师在校外办培训班真的不要太多了，你自己看看轩轩的老师就知道了，她才小学一年级啊，他们的奥数老师不就是她的数学老师嘛。"

"轩轩的奥数老师就是她的任课老师？"苏庆春一脸不敢相信地问道。

"是啊！"

"我怎么之前没听你说过啊？"

"我说了，还要你听啊？你啥时候操心过轩轩的学习问题啊？"黄小培一脸嫌弃地说道，"我估计你连她补习班在哪里都不知道。"

苏庆春还真不知道女儿的补习班在哪里，他一脸尴尬地笑了笑表示默认。

"所以啊……"黄小培耸耸肩并摊手道，而后她补充道，"我毫不夸张地说，现在像我这种不开补习班的老师，真的是少有的。而且我说的这个事情我们学校绝对不是个例，大家都是这样的，据我所知，别说是学校领导了，这事情就连教育局都是睁一只眼闭一只眼，甚至很多教育局的领导都把自己的孩子主动送到老师那边补习功课。"

观念差距 2

黄小培见苏庆春还一副不相信她的表情,于是她继续举例道:"你要是觉得我说的都是臆想的话,那我就跟你举个例子,就说我们办公室陈老师的例子。"

"老陈也是带初一的,他们班有一个孩子他爸爸就是我们这个区教育局的,他也报了陈老师的课外补习班。"

苏庆春听到黄小培的言论后,连连咂舌道:"天啊,这样也太过分了,怎么可以这样呢,他一个管教育的这种事情不管还管什么啊?他这种行为说的不好听就叫监守自盗嘛。"

苏庆春这话在黄小培听来实在是太刺耳了,她反驳道:"什么监守自盗啊?你说话不要说这么难听,好伐。"而后她又解释道,"我就问你,你不就是希望自己的孩子好好学习,未来能够前途无量嘛。"

"倒不是说一定要孩子前途无量,我就希望她能够平平安安,幸福地过完一辈子。"

"那想要幸福不是喊口号啊,是不是要靠自己的本事去追求啊?"

"这倒是,以后想要过上自己想要的生活,现在肯定要努力学习,接受更好的教育,才能知道自己想要什么,有自己喜欢的东西可以选择。"

"那还是啊,想要过得好,现在肯定要努力学习更多的技能啊,这件事情说到底都是所有家长的期望,你希望,别人希望,教育局的领导也是父母,他们也希望自己的孩子不要输在起跑线上。说白了都是父母,这么做一切不都是为了孩子嘛。"

"可是孩子读书好,不一定要跟报补习班画等号啊?"苏庆春坚持道,"我们那时候谁报了培训班啊?不都是这么学过来的啊。"

"拜托你好吧,我们那是什么年代,现在是什么年代啊。而且我们那时候除了读书还能干啥,现在呢,这些孩子除了读书还要做很多事情,谁没个特长都不好意思说出去。"黄小培反驳道。

"反正我就是觉得作为老师，作为公职人员在校外办学的这个行为真的不好，家长想要孩子学习好，我能够理解，那也可以按照自己的需求去校外那些专门的培训学校嘛。"

"但是公立学校的老师在学校还是有他的职责所在的，不应该牵扯到这里面来的，不然很多事情就会变得很微妙了。"苏庆春坚持着自己的观点。说完似想起了什么，连忙又补充道，"而且我觉得这个事情国家就应该大力抓这些补习班，国家年年喊减负减负，现在学校倒是按照政策执行了，是真的减负了？小学生下午3点多就下课了，但是孩子们下课后承受的是比在学校里更多的作业，老师甚至因为自己本身开办了培训班而特意多布置一些家庭作业，这都是可能的。

"甚至我怀疑很多老师就是这么做的，按照我那个同事的说法她的孩子就说这样的。

"像这样的话，那些本身就没多少时间辅导孩子的家长只有被迫把孩子放到补习班上了，假如真的是想的这样，肯定是非但没有给孩子减负，而且增加了孩子的学习负担，同时也给家长带来了更多的经济压力。"

"我发现你真的是对我们补习班有很大的偏见啊，根本没有你说的那么复杂的。"黄小培解释道，"孩子这么早下课是因为他们那么大点年纪就只能上两节课，他们也只能消化的了两节课的学习量。

"而且你说的晚托班，很多家长是因为都是双职工家庭，都是工作到很晚，孩子这时候不放晚托班那谁去接啊？

"你以为都跟我们读小学的时候一样，家就住旁边，下课就自己走回去啊？

"且不说住的远近问题，即使很近，现在我们这个环境，你放心孩子那么早下课自己回去啊？出了事怎么办啊？

黄小培一连几问，倒是也让苏庆春觉得确实有些道理。

"你这么说这个晚托班确实有它存在的道理，毕竟那个时代跟现在不一样了，现在那么多拐卖小孩的，让一个小学的孩子自己回家确实家长也不放心，没有专职在家的家长去接，确实也只有留在学校待家长有空来接了。"

"就说啊！"黄小培借机连忙呼应道，"所以没你说的那么复杂，晚托班就是为了解决一下家长不能及时接孩子的问题，你要是家里有专职的

| 089 | 观念差距 2 |

家长会按时接送小孩，根本没有哪个老师会强制你孩子参加晚托班的。"

苏庆春略显担忧地说道："你说的这个晚托班确实是现在的现状所致，没办法，可是这事情我就怕最终演变成了一些老师的强制行为哦。

"只是晚托还是小事情，毕竟也是真的解决了一些家长的问题，就怕那些在校外办学的也要求学生平时或者周末一定要去他们那里补习，不然就另外对待，甚至什么不去就给孩子调到差的位子上，冷嘲热讽之类的，那就很麻烦了。

"孩子还小，所有的价值观都还未系统地形成，这么小就让他们看到这么复杂的事情，真是很可怕的。

"这事情还真不是我想的复杂，这是原则性的问题，别的老师这么做我们做家长的管不了，那些都是教育监管部门的事情，但是我们至少做到问心无愧。俗话说得好，再坏不能坏教育，孩子的教育可是一个国家的根本啊！

"要是孩子没有教育好，那我们国家都得亡了。"

"你这话说得也太上纲上线了吧，不就是报个补习班嘛，被你说得感觉都危害国家利益了。"黄小培嗤之以鼻，"而且你说话能不能不要这么幼稚啊！你好歹也工作这么多年了，说话还跟刚刚毕业的大学生一样。"

"存在即合理！"

"纵然补习班这件事情现在有一些地方是会有它的不合理，但是大部分都是好的，都是为了方便孩子教育的。我们的初衷都是好的。"

"我就不信有多少老师能够不忘初衷？"

"你这是抬杠啊，不信拉倒。"

026
家长里短

　　苏庆春见黄小培还是固执己见,只得无奈地叹了口气回道,"哎,随便你吧,反正我还是觉得你要慎重考虑一下。"

　　苏庆春说着还不忘小声嘀咕道,"原来我觉得老师是一个最纯正、最真实的职业,但是现在看来,你们这个圈子也太乱了。"

　　"我们怎么乱了?"听到苏庆春诋毁自己的职业,黄小培有些不高兴了,质问道,"不都说了,一切都是为了孩子。"

　　"行吧,你说是为了孩子就为了孩子吧。"苏庆春也争不过黄小培,这时候也只能妥协了。

　　黄小培见苏庆春总算是认同了,她看了下手机,已经11点了,心满意足地收拾苏庆春吃完的残羹。

　　等黄小培把餐具放到厨房的时候,苏庆春感觉事情不对,连忙喊道:"小培,你先别忙,我有件事情问你。"

　　"什么事情啊?"

　　"你要是去上培训班,那轩轩怎么办啊?"

　　黄小培见苏庆春总算问到正题了,连忙放下了手里的活,边擦干手上的水边往餐厅走,并说道:"我计划叫你爸妈来上海带一段时间轩轩。"

　　"我爸妈?"苏庆春惊恐地问道。

　　"是啊!"

　　黄小培解释道,"你看啊,暑假的时候你爸妈不正好也没事嘛,反正他们也没工作,在老家也就是带小孩子,正好暑假的时候来上海带一段时间轩轩啊?"

　　"你的意思是想要我爸妈来上海带轩轩,然后你去上你的补习班?"苏庆春整理了下思路完整地重复了一遍。

　　"对啊!"黄小培躲过苏庆春的眼神,假装淡定地回答道。

"你这是在跟我开玩笑吧?"

"我没开玩笑啊,这一晚上的,你认为我会在这里跟你开这个玩笑吗?"

"那,那肯定不行的。"苏庆春想都没想就直接拒绝道。

"怎么不行啊?"

苏庆春此时倒是反应了一会,然后解释道:"我是说我爸妈现在不是在给庆福带孩子嘛,他们家两个孩子,本来带着就很辛苦了。"

"你要说放假的时候偶尔他们带着孩子一起来上海住住玩玩还好,在这里长住带轩轩肯定是不行的啦。"

"拜托,你爸妈就带你那小侄女,好吧?"黄小培说道,"你那大侄子子豪早跟着他亲妈到湖北读书去了。"

"啊?什么时候去的啊?"苏庆春明显并不知情,他对此惊讶不已,并问道,"子豪不是一直跟我爸爸在老家读书的吗?"

"以前是啊,但是今年开始就去湖北读书了。"

"我怎么没听说过啊?"苏庆春一脸疑惑地说道,而后还小声嘀咕着,"这在老家读得好好的怎么突然就去湖北读书了啊?"

"什么时候读得好好的啊?"黄小培讥笑道,"不是我说,他在那里就是混日子。"

说起这件事情,黄小培是最有发言权的,她继续说道,"你们老家那个学校根本不算个学校,学校的师资力量非常差,一个学校都没几个老师,学生就更加少了,几个年级的学生在一起读书,你想想这个能好吗?"

"比一些山里的孩子条件都艰苦,我倒是觉得他跟他妈妈去湖北了对他来说是一件挺好的事情。"

"在你家,你爸妈对他不咋地就算了,你弟弟对他也是漠不关心。"

"嘿,我爸妈对孩子一向是这样,以前我小时候不也是这样。"

"你爸妈这样我能理解,毕竟是孙辈,但是你弟弟这样就说不过去了吧?毕竟是他亲儿子啊。"

"庆福怎么了?"

"你这个弟弟不是我说,简直是太不负责任了,一点都没有爸爸的样子,20来岁就骗着人家姑娘跟他生孩子,也不登记结婚,生孩子户口也没上,"黄小培提到苏庆福一脸嫌弃地说道,"好吃懒做,结果人家姑娘跑了吧，可怜了子豪啊。"

"那时候子豪妈妈走的时候我就说了，赶紧花点钱找人给孩子上户口，你弟弟偏不去，子豪读小学要上户口的时候你弟弟早就娶了你这个新弟媳，更加没打算给人家上户口了。"

黄小培就像分享自己娘家事情一样。

"没户口那他怎么读的小学啊？"苏庆春就像问别人家的事情一样问黄小培。

"所以他一直就在你们村里读书啊，本来村里都不给他报名的，那时候你妈还找了我，让我找了我一个同学才报上名的。"

"我妈还找你帮忙了？"

"对啊！我一个同学在我们县的教育局上班。"

"哦，这样啊，"苏庆春尴尬地笑着说道，"那怎么之前都没听你说过啊？"

"这有什么好说的啊，都是一些小事情，而且我也知道你并不是很喜欢管你家里的一些事情。"

苏庆春此时发现黄小培默默地为自己家里做了许多事情，却从未在自己面前讨好过，这点让他感觉甚是暖心。

"小培，谢谢啊，我家里的事情，你费心了。"苏庆春继而又问道，"那读得好好的干吗又不读了呢？"

"你们村的学校去年就倒闭了，学生都必须要到镇上读书了呗。"黄小培回道，"别的地方又没法读书，最后人家妈妈知道了实在受不了了，把孩子带走了，不过这事情你爸妈看着还挺高兴的，省了一个人的负担。

"这不，子豪走了以后，他们全部搬到了镇上你弟弟家，安心带子涵了。

"其实我倒是很好奇，你爸妈平时不是很重男轻女的嘛，怎么感觉他们对你这个侄女比那个侄子好很多啊？"黄小培打趣道，"哦，对了，春节我回去的时候他们都是在镇上过年的。"

"哦。"苏庆春有些伤感地回道。

经黄小培一提醒，苏庆春才发现自己已经连续三年没回家了，这几年春节都轮到值班，都是黄小培带着女儿回老家拜年的。

他已经许久未见父母了，追溯到上一次与父母见面已经是大前年国庆的时候，那时候侄女子涵才二三岁。

黄小培见苏庆春表情有些不对，问道："你上回回去还是你弟弟补办婚礼的时候吧？"

"是啊。"

027
隔代抚养

"那正好,这回暑假,让你爸妈都来上海常住。"黄小培伺机把主题拉了回来。

"反正我们买这套房子以后他们都没有来过。"

"是可以来玩玩,不过常住带孩子就算了。"

"为什么呀?"

苏庆春结巴道:"我……我爸妈是乡下人,不像你爸妈,他们连普通话都不会说,而且他们没带过轩轩的,很多习惯都不一样的。"

"再说了,即使子豪不在,不还有子涵嘛,暑假她在家里的啊。"

"那让你爸妈一个人在家里带子涵,一个人来上海好了,反正总要有个人来帮我们带带轩轩。"

黄小培说完又慢慢分析道,"你看啊,自从我们结婚,每年我们都要寄养老费回去给他们的,一个月1000,过年还要另外给3000,一年两个人就是一万五了,这些年下来我们花在他们身上的钱都有十几万了吧?"

"同样是儿子,你弟弟别说赡养你爸妈了,估计不让他们倒贴就不错了,而我们每年从未落下过给生活费,现在有需要他们帮忙的,他们就不能牺牲下自己帮帮我们嘛。"

黄小培见苏庆春没回话又慢慢说道,"他们平时不也老说想轩轩嘛,那正好可以来啊,这样轩轩也可以跟他们亲近一些。

"而且,你平时不也说没在父母身边照顾他们,觉得对不起他们嘛,那他们来了我们也可以亲自照顾他们了啊。

"再者说了,爸妈来了我们也可以腾出时间来放在事业上,这不是一举三得的事情嘛。"

"不行,不行,我不能让他们给我们看孩子。"

黄小培听着这话就不乐意了,她问道:"你这话是什么意思啊?"

"他们不一直给庆福看孩子的嘛,我现在也没有要求他们放弃庆福家的孩子,他们完全可以分开一个人看一个儿子的孩子啊,完全不影响的。"

"他们分开带孩子真的不好,我爸爸那个人你是知道的,对孩子并不是很好,你难道放心他来上海带轩轩嘛。"

"那让你妈妈来上海。"

"那我爸在老家带子涵也带不好啊,会不会做饭都不知道呢。"

"那就让你弟弟把子涵暑假接走得了,反正他们夫妻平时也很少看到孩子,正好他老婆也没上班,刚好可以看看孩子。"

"那也不太合适,你是知道的,庆福老婆是后面好不容易才娶到的,听说我爸妈前几年就一直想要他们生个二胎儿子的,现在把子涵带过去他们也不方便,而且他们那边经济也不好,他老婆一直嫌弃他没赚到钱,子涵这要过去经济压力就更加大了。到时候他那老婆又跑了咋办啊?"

"你弟弟都有儿子了,还生什么儿子啊!而且你这个弟媳不是你表妹嘛,不可能跑了啊!"

"算了,我可不想因为我们的事情,影响他们夫妻关系。"

苏庆春用各种在他看来都非常荒唐的理由来搪塞黄小培,因为他从未想过要自己的父母来上海给他带孩子。

"苏庆春,我发现你说话我真是越来越听不懂了啊。"黄小培皱着眉头说道,"他们自己的孩子暑假去他们那里住一段时间,怎么就影响他们夫妻关系了啊!"

"这太可笑了吧?"黄小培嗤笑道。

苏庆春自己也觉得自己这个借口太过牵强了,便又想方设法说道:"小培,别的不说,你就说我爸妈的生活习惯跟我们一点都不同,我爸爸对孩子也一向比较冷漠,他们来了以后我觉得轩轩也会不习惯的,我猜肯定跟我们生活不到一块去的。"

"习惯不同,那大家都多体谅一下嘛,我们毕竟都是一个地方的人,应该也不会差很多吧,再说就两个月的时间,大家忍忍就过去了。"

"没那么简单的,小培!"苏庆春不乐观地说道,"现在家家婆媳关系都那么复杂,你同事的故事你不是经常听嘛,他们不都是活生生的例子嘛。"

"她们都巴不得公婆不跟他们住一起嘛。现在你干吗要找这份罪受啊！

"你想，别人都是恨不得马上跟公婆分开，你怎么倒是跟别人唱反调啊！"

"那我不也是没办法嘛。"黄小培补充道，"你最近打个电话给他们吧，说说这个事情。"

"说了不要让他们来，还打什么电话啊！"

"为什么不打啊！"

"我刚刚不是说得很清楚啊，暑假家里就他们祖孙三个人，你弟弟小女儿暑假带过去他自己爸妈那里玩玩怎么了？

"哦，实在是你觉得不好意思，不让你弟弟把那个小女孩子接走也行啊，就叫你爸妈他们两个人带着那小姑娘一块来上海也没事的呢，我包他们三个人两个月吃喝，他们也好在上海好好玩玩，这不是很好的事情啊。"

黄小培说完又补充道，"而且他们来上海，我也不会要他们做很多事情的，就是让你妈妈做做饭，买买菜，衣服有洗衣机的，然后就是接轩轩下补习班就行了。"

"不是，你不懂，"苏庆春说道，"我爸妈跟我们生活习惯合不来的。"

"怎么就合不来了啊！"黄小培如此退让，没想到苏庆春还是推三阻四的，心中非常恼火，"不是，苏庆春，你到底什么意思啊？

"到底是你爸妈跟我合不来还是你根本就不想让你爸妈过来啊？

"我就不明白，你为什么这么反对你爸妈来上海啊？

"到底是你觉得你爸妈来上海就是我虐待他们呢？还是你自己压根就不想跟他们啊？"黄小培嘲讽道，眼神中带着一种犀利的质问让苏庆春有些心虚。

"我也不是这个意思，我只是不想让我爸妈掺和进我们的生活。"

"什么叫掺和啊？"

"你是他们的儿子，轩轩是他们的孙女，他们给我们帮忙带孩子，看养孙辈在我们那里不是天经地义的事情嘛，而且你弟弟的孩子你爸妈不是一直都带着嘛，怎么到我们这里就变得这么复杂了呢。"

"你不了解我爸妈，我真的不太想要他们为我们的事情操心。"苏庆春回道。

028 月子仇

黄小培本来还想着好好沟通，可是这好说歹说，苏庆春都不同意，一下子点燃了黄小培的怒火了。

"我发现你们一家人都是奇葩啊，父母对儿子不关心，儿子对父母也是小心翼翼，你们到底是什么样的一家人啊。

"本来有些事情我不想提，但是既然话都说到这分上了我就不得不说了，你到底是不是你爸妈亲生的儿子啊？"

"小培，你这说的是什么话啊？"

"你也知道你是亲生的啊？那凭什么你爸妈心里就只想着你那个不争气的弟弟啊。"

"那不是庆福生活困难些，所以他们才多帮衬点他嘛。"

"他们多帮衬点庆福我没意见啊，问题是他们不能因为帮庆福对我们就置之不管啊。"黄小培说道，"你说想当初我生轩轩的时候，你弟弟生孩子早，你爸妈居然为了给他们带子豪都不来给我伺候月子，那时候我还以为他们对子豪是有多好呢，现在看来只不过是个借口而已。"

"这种借口不就是敷衍我们嘛，你妈妈当时带孩子走不开，你爸爸总没事吧？我也不需要他给我伺候月子啊，帮个忙买个菜总可以吧？可是他非不来，你又请不到假。"

"那时候还好我弟弟还没结婚，是我妈妈来伺候我月子的，我们哪有婆婆不来伺候月子的啊！"

"这事情想起来我都是气，可是想想是你爸妈也就算了，不来就不来吧，"黄小培气鼓鼓地说道，"后来我工作，轩轩没人带，又只有让我妈在上海一直带着轩轩，直到我弟弟结婚生孩子我妈才回去。"

"那时候轩轩才2岁多吧？我们多难啊，都要工作，这边孩子又小，你爸妈不来，我们就只有把轩轩送到早教班去。"

"后来轩轩读幼儿园,没人接送,让他们来,他们又说庆福刚生二胎,他们又要带老二,不方便来,我们只有把轩轩放到私立幼儿园继续托管。

"所以你别说我刚刚问的问题有点过了,我是真的经常想,你弟弟是他们亲生的儿子,你不是亲生的吗?"

"我知道这些年你辛苦了,妈妈带轩轩也是很辛苦了,我爸妈没法给我们来带孩子,你也体谅一下,确实我爸妈在对孩子上面是真的不上心,他们以前对我怎么样你是知道的,他们对我都是如此,更何况是我们的孩子呢,所以在这点上,你也想开点吧。"

"所以啊,可是他们对你不好,我们却一直赡养着他们,他们本应该是感激啊,可是现在看来你父母根本没有感觉到,他们这就叫没良心,是很不负责任的父母,甚至我认为你弟弟这么不负责任,就说遗传你爸妈的。"

黄小培这话一出,苏庆春突然大声吼道:"小培,你说什么呢?"

这一声吼让黄小培措手不及,平时苏庆春是个比较温和的人,还是比较少大声喊叫的。

"怎么不能这么说啊!"黄小培虽然觉得自己这么说长辈有些不对,但是心里气不过啊,嘴上还是不饶人地回道,"我说的本来就是事实。

"你爸以前倒好点,对谁都不上心,我也觉得没啥,你妈就是一直对你弟弟偏心,自从你弟弟娶了你大姑家的亲戚以后,你爸爸也特别偏向你弟弟家了,怎么感觉他们的事情就是事,我们的事情就屁都不是呢?"

"有事情就找我,我们有事情嘛,理都不理。

"你看我们每年都每月不落地给他们赡养费,你那个弟弟呢?我估计带孩子不给钱,还是你妈还倒贴的呢!

"而且我们在上海十多年了吧,买房子都两次了吧?每次都盛情邀请他们过来玩玩,可是他们却从来没有来过,过年也总是我们回老家看他们,这不是区别对待是什么啊?

"我就不懂,我们对他们那么好,为什么他们却这么对我们。"

苏庆春知道黄小培对自己家人一直有气,刚刚怒火也稍微平息了一点,好言相劝道:"那庆福不是初中没毕业就出去工作了,也没花家里什么钱嘛,而我虽然读大学和研究生没花家里的钱,至少他们供到了我高中毕业,也是花了家里很多钱的啊。"

"再说了，我曾经就跟你说过了，我读大学的时候就下定决心了，我曾经读书花家里的每一分钱和父母养育我的每一份花销，我统统都是要还回去的。"

"哎，我实在不懂你这是什么想法，反正你弟弟没读书这事情跟你一点关系没有。"黄小培没好气地说，"他没读书都是他自己不争气，不想读书，跟着别人在外面鬼混才读不进去的。"

"我都跟你说了无数次了，他没读书跟你半毛钱关系都没有啊！"黄小培继续补充道，"你不要老是因为这个事情自责好吗，真的跟你没关系。"

"但是总归他得到家里的更少一些，我爸妈后来对他们多照顾一些也很正常，也应该的，而且现在庆福婚姻也不美满。"

"他不美满是他作的。"黄小培继续说道，"而且爸妈要多照顾庆福家我没意见的，之前他们一直偏向庆福，我不也没说什么吗？

"只是现在不一样了，你的工资就那么些，轩轩读书花费也很大，还要给他们每月寄生活费，给钱我也没意见的，但是现在我们的生活压力这么大，让他们帮着带孩子，我去办补习班多赚点钱，不是很正常吗？"

"现在要你去赚那个钱了吗啊！"苏庆春说道，"我们还不至于穷到要去出卖自己的良心去赚那个钱吧！"

矛盾激发

苏庆春的这番话彻底点燃了黄小培怒火。她已经顾不上老师的修养了，大吼道："苏庆春，你说话能不能不要那么难听啊！什么叫出卖良心赚钱啊？我不就是想参加个补习班嘛，你凭什么说我是出卖良心了？"黄小培激动地补充道，"我这就是单纯靠自己的专业技术赚钱，跟你医生没区别，你凭什么侮辱我？"

面对黄小培的质疑，苏庆春倒是显得异常冷静，只说了句："你小点声，吵到了轩轩睡觉了。"

"你还知道吵到了轩轩啊，轩轩出生到现在你们姓苏的谁管过啊？"

"你爸妈没管过，你也一样。"黄小培大声说道，"你说你一天到晚忙忙忙，当个破医生你就卖身给你们医院了。

"好吧，你卖身就卖身吧，有钱也就算了啊，你这么努力也就那么点工资，你知道吗？你赚的那点工资还不如我们县城人民医院的妇产科医生呢，那里生个孩子就有病人送红包，你们的工资加起来还不如他们的呢。

"你还老是一副清高的姿态，感觉别人都不如你似的，你以为你这样就很厉害吗？"黄小培急得眼睛都红了，"哼……不是我说，人家要是知道你的实际情况，还不知道背地里怎么笑话你呢。"

这边苏庆春一如既然的淡定，"小培，你这话就说得不对吧？"

"他们跟我完全没有可比性好嘛，他们背地里收红包难道你认为是好事情吗？"

"那是错误的价值观和道德观，是被人戳脊梁骨的。"

"对，你是自命清高。"黄小培气得呼应点头讥笑道，"你多厉害啊，从小读书就好，高考考个全县第二，你是厉害啊，你有你读书人的坚持，我也能理解。

"可是你读大学，研究生年年奖学金，第一名的成绩考进了附属医院，医院还是给你一个人事代理，你不觉得亏吗？"

"要是当初你听我的话，先借点钱，去读个博士，现在肯定已经是副高，也带学生了，哪里还至于我必须要去办这个培训班补贴家用啊！"

"我坚持要去开补习班还不是因为你自己没用啊！"

苏庆春前面对黄小培的话一直冷静处之，但是这几句话算是说到了苏庆春的痛处了。

当年的苏庆春就是天之骄子，从小学到大学一直如此，大学毕业以后又以优异的成绩保送了研究生，后来还以笔试面试皆第一名的成绩顺利的进入附属医院。而且当时，苏庆春不但考上了附属医院，也考上了本校的博士，但是读博士不像硕士，一方面当时学校本专业的博士没有什么好的课题，这个博士他想要顺利毕业就需要自己投入一些科研费用才能保证毕业，否则很可能面临延毕的风险；另一方面从读大学开始苏庆春因为家里的不支持，所有的读书费用都是靠助学贷款，根本没有那个经济能力，而且助学贷款的时间也快到了，他是急切需要去赚钱的；最后一个理由是随着年龄慢慢大了，他很害怕要是博士延毕而耽误这边为了苏庆春留在上海私立学校当老师的黄小培。所以他经过反复思考还是进入了附属医院，而且当时虽然医院答应编制出来了就马上给他，但是博士的事情就更加不要再想了。

不过这一年一年的博士进来，哪里还有他的编制机会啊，于是这件事情就这样一拖就是十多年，虽说医院里没有编制，苏庆春凭着自己的勤奋也算是同工同酬，但是很多机会都因为这个编制给拖后腿了。

2010年就被聘为主治的苏庆春到现在还是主治医生，要知道当初以苏庆春名校985出身、硕士毕业的身份，回老家最起码也是高层次人才，一般的医院都是要花安家费聘请的，同样学校毕业比他学业差的多少同学回到老家后很多人早就是副高了，都说平台高发展就快，可这个规律在苏庆春这边似乎不是那么回事，同学们的例子已经给了他一个很好的佐证。

在大家看来天子骄子的苏庆春，一毕业就进入了大型三甲还是教研医院，都是各种羡慕，但是现在看来他明显过着高开低走的生活。

不过即使如此，苏庆春从未后悔过没回老家，他不想回到那个地方。

可是黄小培却不一样，当年回到老家的省城，有一所重点学校等着她，她的很多同学和朋友也都在那里，在那里他们可以没有任何房子压力，生活过得肯定也比现在幸福，所以不能回老家在黄小培那里也一直是个过不去的坎，好在后来她考上了现在的实验中学才能填补一些她内心的不平衡感。

苏庆春内心其实是一个对学术有追求的人，因为没钱不能读博士，这事情在苏庆春心里一直是一个心结，当年苏庆春也是综合考虑了两人当时的处境才选择放弃已经考上的博士。

黄小培怎么胡闹都行，但是这事情她还是知道不能一直提的，这就是他们家的红色地带，不能触碰。

黄小培看苏庆春的表情不对，连忙又转过话题说道："我知道没读博士你也是很无奈，我刚刚也不是怪你没读博士啊。

"只是你每天工作忙得都见不到人，轩轩从出生到现在你从来没时间管，都是我在操心，你们家人也从来没有帮助过我们，现在让他们帮下忙，很正常的啊！"

"都说了，我爸妈不会来的。"

黄小培看苏庆春每次提到他家人帮忙的事情都是非常地不愿意配合，之前买房子的时候黄小培让他向家里借钱也不去借，他在同学面前从来都是抹不开面子的，但却宁愿找同学借钱都不向家人借钱实在让黄小培搞不懂。

这回这件事情，黄小培见苏庆春又是一副不肯让他父母牵涉的样子实在让她生气。

微妙的家庭关系

黄小培看着苏庆春还是这个样子，无奈地说道："我算是看明白了，你刚刚说那么多什么补习班的不好啊，说白了你就是不想要你爸妈来上海呗。"

"小培，你以后不要再提我爸妈来上海的事情了，我今天再跟你说清楚一下，我爸妈是不会来上海的，我也不会让他们再为我的事情操劳的。"

"到底是你爸妈本身不想来，还是你没有勇气让他们来啊？"黄小培质问道，"我真是搞不懂你，你为什么这么不愿意麻烦你爸妈，你们是亲人，我们有困难大家一起互相帮助才对啊！"

而后黄小培又说道，"你要是觉得你爸妈来的时间长太辛苦，那可以让他们每年就暑假来，平时的班我不上，总可以吧？"

"说了不行。"

"你电话都没打，你怎么知道他们不愿来啊？兴许他们很愿意上海看孙女呢？"话说着黄小培拿起桌上的电话，说道，"你不打，我来打电话，我让你爸妈来。"

苏庆春见状连忙抢过电话，说道："小培，你别胡闹，爸妈现在都睡了。"

"睡了也可以打，今天我一定要把这事情问清楚。"黄小培一把抢回电话。

"不要打了，"苏庆春用力抢过电话，说道，"而且就算你打了，我爸妈也不会来的。"

"为什么不会来啊？"黄小培好奇地问道，"你问过了？"

苏庆春迟疑了一会，小声说道："之前轩轩读小学的时候我就问过了。他们说当初为了我读书已经花了很多钱，他们已经做得够好了，不想再为我们的事情操心了。"

"我去，他们这是什么意思啊！"黄小培气急败坏，"我就说他们偏心吧，你还一直否定，你大学以后都没花过他们一分钱，什么叫在你身上花了很多钱啊，再说了自从你上班了，我们每年不落地给他们养老的钱，他们怎么不说啊。

"而且那些你高中之前花的钱，照这样算我们也早就还了你读书的钱了。"

黄小培看苏庆春也是无奈，便说道，"好好，不来就不来吧。"

"那我以后也不给他们生活费了，不帮忙我凭什么要赡养他们啊，既然他们算得这么清楚，那你18岁之前花的钱我们早还完了。"

"小培，你不要胡闹。"

"什么胡闹了，我就不给了。"

"你可是老师，怎么可以说出这么大逆不道的话呢？"苏庆春又说，"我们作为子女赡养父母是天经地义的事情。

"他们年轻的时候辛苦供我读书，现在老了，需要我们照顾的时候，凭什么说他们没有给我们付出了，我们就不要赡养啊！

"你这话是没道理的啊。"

"什么没道理啊？请你好好想清楚，到底是我做人没道理，是他们做人没道理？"

"反正我今天把话摆在这里，他们要是不来上海带轩轩，我就不再打钱给他们，你爱咋咋地吧。"说完黄小培便愤然走开了，只留下苏庆春一个人呆呆地坐在餐桌旁沉思了许久。

他不知道该如何去解释自己为什么不想父母过来，更加不知道自己这样做对不对。

苏庆春看了一眼手机，已经凌晨了，于是他默默地把餐厅的灯关了，然后走到了客厅，慢慢地平躺到了两人座的沙发上。

他辗转反侧，无法入睡，一时间高考那年暑假的记忆一下子浮现在他的脑海里。

……

苏庆春是1982年生人，18岁那年，也就是2000年，是苏庆春高考的年份，而这年的暑假是他至今都无法忘怀却又不愿意回忆的日子。

苏庆春的家乡在江西的一个偏远乡村，2000年是中国加入WTO的年份，我国经济环境发生深刻变化，外出打工也达到了前所未有的高潮，苏庆春的老家也不例外，村里年富力强的人都外出打工了，而苏庆春父母却留守在老家。

父亲是个嗜酒且好吃懒做的人，从苏庆春记事开始，父亲就除了喝酒、打人，其他事情做得很少，外出打工这事情他可不想干，而母亲需要守着家里的田地也没法出去。

那年的夏天异常的炎热，暑假开始便是农忙时节，对于农村土生土长的苏庆春来说此时便是一年当中家里最忙的时候，刚放暑假，调皮机灵的弟弟受不了在家里干这么重的农活，偷懒去姑妈家去了。

家里只剩下了苏庆春和父母三人，田野里，熊熊的烈日炙烤着大地，豆大的汗珠不断地从苏庆春他那破烂的背心滚向大地，地面因为汗滴又形成一层蒸汽回流蒸烤着他。

他的父母早就受不了暑热，在田埂上坐着歇息了。

而苏庆春不敢歇息片刻，他积极的干活是希望父亲能够看到他为家里付出的劳动，这样他考上了大学才不至于觉得不好意思或者父亲不会过多地为难。

苏庆春的这个思维在别人那里可能会有些荒唐，但是在他这里读书实在是太奢侈了，而花父母的钱也让他异常地小心翼翼。

有这样的想法是因为跟别人比起来，苏庆春能够读高中已经是万幸，苏庆春中考考上了全县最好的高中却不能读书，于是他求了他妈妈整整一个暑假，而他的妈妈又是瞒着他的爸爸向亲戚借了钱才给他报上名的。

后来他妈妈遭到了父亲一顿毒打，父亲还闹到学校强烈要求退学，经学校老师商量且学校也不想辜负苏庆春这么好的苗子决定这三年免去一半的学费和全部学杂费，苏爸爸才勉强同意让苏庆春继续读高中的。

而大学，他爸爸早就发话了，不论他考上哪个学校也不会给他读的，但是苏庆春只当爸爸说的是气话，毕竟那个年代考个大学并不容易，而且哪个父母不希望自己的孩子出人头地呢，即使平时苏爸爸对苏庆春再差，苏庆春想只要自己肯努力考上最好的大学，爸爸肯定会让他继续读的，所以高中三年他异常珍惜这得来的机会，对读大学他还是抱有希望的。

现在，苏庆春只希望自己多做干点活，尽最大的努力为家里做点实际的工作来为之后考上大学做准备。

录取通知书

正当苏庆春卖力干活的时候,突然听到田埂上有人大喊道:"竿子,癞子说有你的信,他在村头等你。"

竿子是苏庆春的小名,他从小瘦小,但人却长得高,瘦得像竹竿,所以叫竿子。

而癞子则是苏庆春的发小,初中还没毕业就跟着同村的人外出打工了,可是做什么都是三天打渔两天晒网,今年刚跟村里人去干泥工,没到5月份又打道回府了。

苏庆春听到后,连忙放下手里的工具,鞋子都没穿,就飞奔到了村头。

只见上身穿着衬衫,下身穿着黑色长库的癞子带着一群十来岁的小孩子在村头当孩子王。

"癞子!我的信呢?"苏庆春脚上全是泥,一只裤腿挽在膝盖上,一只裤腿被半湿半干的泥土托到了脚踝,紧张地大喊道。

癞子看苏庆春这个样子,先是一惊,而后笑道:"竿子,你这是从泥巴里爬出来的吗?"

"别废话,赶紧拿过来。"

癞子不紧不慢地从裤袋里地掏出那封保存整洁的信封。

这是他等了一个月多的来信,他看到信后激动地抢了过来,但他马上发现自己的手太脏了,信封上留下了他手指的痕迹。

苏庆春尴尬地看了一眼一身整洁的癞子说道:"癞子,要不你给我打开吧,我这手太脏了。"

"这么宝贝,情书啊?"癞子取笑道。

"不是。"

"不是你这么紧张?"

"我确实有点紧张,我猜应该是大学录取通知书。"苏庆春解释道,"赶紧你帮我打开吧。"

癞子听说是录取通知书,初中都没毕业的他自然是非常好奇录取通知书到底长啥样,于是连忙拿过信封,同样迫不及待地想看看录取通知书的庐山真面目。

癞子拆开信封后,只见里面放着一张硬质的纸张,他偷瞄着信封头,小声念道:"录取……"他一下子跳起来,喊道:"还真是录取通知书啊!"

一旁的孩子听到大学录取通知书也一拥而上。

"大学生通知书啊!我也看看。"孩子们好奇地问道。

"去去去……一边待着去,你们别弄脏了我们大学生的东西。"癞子说完又朝苏庆春笑嘻嘻地说道,"厉害啊,庆春,没想到你居然是我们村里唯一的大学生啊。"

苏庆春听着癞子的话,心里更加紧张。

不过似乎癞子只对录取通知的外貌感兴趣,里面内容他却并没有多大兴趣,他拿出录取通知书丝毫没有想窥探里面内容的想法,毫不犹豫地把录取通知书递给了苏庆春。

"诺,赶紧拿去看吧。"

苏庆春望着那张期盼已经的录取通知书,却没有勇气看里面的内容。

此时他嘴巴都紧张得发白了,颤抖着嘴唇说道:"要不,你给我看看是哪个学校吧?"

"哦,"癞子不紧不慢地翻开录取通知书,念道,"复旦大学录取通知书,苏庆春同学,经上海招生委员会批准……"

接下来的内容苏庆春压根没听,他听到复旦大学的那一刻他整个人都腾飞起来了。一切的努力终于有了结果,他一直悬着的心也总算踏实下来了。他连忙高兴地抢过录取通知书,继续看下去。

你已经被录取在我校医学院临床医学专业5年制本科学习。

看到这里以后,原本还笑嘻嘻的苏庆春一下子表情就变了,他突然瘫坐在地上,脸色变得凝重起来。

癞子见状还以为出了什么事情,连忙问道:"竿子,你怎么了?是不是中暑了？"

"没，没什么。"

"你吓死我了，我以为你热晕了呢。"癞子看着苏庆春还在发愣，说道，"竿子，你还傻坐在这里干吗啊，还不赶紧拿着通知书告诉你爸妈去啊。"

"哦。"只见苏庆春慢慢地把录取通知书折好，然后藏进了藏青色的裤袋里，那里应该是苏庆春身上唯一看得清衣服原本颜色的地方了。之后苏庆春便又冷静地走回了地里干活。

苏庆春爸爸见苏庆春回来后，不问三七二十一，第一时间便责骂道："你个废物，又死哪里偷懒去了，这么久才回来。"

"我……"苏庆春刚想解释，便止住了，他不想现在把考上了大学的消息告诉他们，他怕还未来得及高兴就失望。

从小，苏庆春的父亲一向对他们两兄弟不好，特别是当他爸爸喝醉了酒以后，对他们是各种羞辱、谩骂、拳打脚踢，当然不光是对他们两兄弟这样，对他们的妈妈同样不例外。而在他爸爸的嘴里也从来没有一句好听的话，自苏庆春记事以来他的爸爸就从未正式叫过一次苏庆春的名字，即使叫外号"竿子"也从未有过。但凡叫他，都是一些骂人的脏话，在苏庆春的记忆里，估计他爸爸最温柔的话应该就是说"兔崽子，赶紧给我干活去""滚开，废物"。所以他并没打算把这个消息这么快跟父母分享，而是继续默默地干活，希望让他爸爸看到，他其实不是废物，还是能够为家里做点事情。

苏庆春妈妈对苏庆春倒是还好，虽不至于很疼惜，但还算是明事理，而且苏庆春的外婆家当年是地主家，家里给她妈妈读了一些书，后来是因为斗地主，才迫使苏庆春妈妈下嫁给了苏爸爸，对于苏庆春读书这件事情，假如不是他妈妈的坚持，估计苏庆春已经跟癞子一样早就外出打工了。只是他的妈妈在家里也没有什么地位，即使她没日没夜地干活，也从未得到过什么实质性的地位提升，她见孩子被骂得都不想说话了，便打圆场道："刚刚不是孩子被人叫去收信了嘛，而且也没走多久嘛。"

"你这赔钱货，家里事情不干，还给我瞎写信，浪费老子的钱。"苏庆春爸爸就这样坐在田埂上一边骂骂咧咧一边猛力地抽着劣质的烟。

苏庆春则依然是没有作任何解释，而是努力地干活，这才让他爸爸停下了嘴巴。

父子关系

到了天已经全黑的时候，苏庆春一家才收工回家。

回家后，苏妈妈摸黑在厨房里为大家准备晚餐，此时正在灶台前添柴的苏庆春犹豫了许久，终于趁他妈妈倒水回来的机会慢慢地从裤袋里拿出了录取通知书。

"妈，我今天收到了学校的录取通知书。"

"是嘛。"苏妈妈连忙放下手里的水，接过苏庆春的录取通知书，并凑近灶台借着灶台前的火光，仔细地看着录取通知书的内容。

苏庆春妈妈看到录取通知书，也是由衷地替儿子高兴，她虽然不如苏庆春那么博学，但是却知道复旦大学有多难考，看到儿子这些年的努力没白费，她激动不已，也说不出什么太过感人的话，只知道儿子的不易总算有了回报，此时她流下了无声的眼泪，并哽咽道："庆春，你总算不用像妈妈一样一辈子做面朝黄土背朝天的农民了。窝在这里是注定一辈子跟我们一样没有出息。"

"妈，你干吗哭啊。"

苏妈妈边抹眼泪边笑道："呵呵，妈妈这是高兴激动地哭啊。孩子，你终于可以离开这里了，去上海读复旦大学……"苏妈妈迟疑了一会，又说道，"好啊，不枉妈妈当初费尽心力让你读高中，你总算为我争了一口气。"

而后她借着微光，又小声念道："临床医学……"并问道，"这是医生吗？"

"嗯……对，临床医学就是以后当医生的。"苏庆春点点头，并解释道，"我从小的梦想就是当一名救死扶伤的好医生。"

"当了医生好啊，当医生以后自己的身体可以照顾好，也还可以救人，医生好啊。"

"嘻嘻……"

听到妈妈这么说，苏庆春心里也是高兴的，可他立刻又露出愁容，"可是妈妈，你说爸爸会让我读大学吗？"

"读，不管你爸爸怎么想，我们都要读。"苏妈妈坚定地说道，"复旦大学可不是谁想考就能考的，我们砸锅卖铁都要读。"

"可是爸爸……"苏庆春略显担忧地说道。

"你爸爸那里我会想办法的……放心。"苏妈妈宽慰道。

有了妈妈的这句话，苏庆春心里舒服多了。

吃饭的时候，母子俩就像观察敌方剧情一样时刻观察着苏爸爸的脸色，苏妈妈一见苏爸爸表情舒展了，马上假装不经意地说道："那个，庆春今天收到了信，原来是学校的录取通知书，说是考上大学了。呵呵……考上了医生，这孩子读书刻苦努力，也不枉我们供他读这么多年书了。现在出息了，等他毕业我们以后也可以享清福了。"

苏庆春就像是老鼠观察猫一样警觉地观察着苏爸爸的变化，然而苏爸爸听到后没有做一点反应，继续吃着饭，冷静地夹着菜送进嘴里，没有丝毫的迟疑和加速，苏妈妈的话在苏爸爸这里连左耳进右耳出似乎都没有过。

苏庆春见爸爸没发话，心里就更加紧张没底了，一直盯着苏妈妈。

苏妈妈此时其实心里也一样没底，连忙又说道："哦，孩子考上的是个名校，复旦大学。这所学校可不得了，别说我们镇了，我猜我们县都没几个孩子能考上呢。"

此时苏爸爸依然一副宠辱不惊的样子，苏妈妈只得尴尬地微咳了一声，而后继续说道，"对了，我打算啊，等我们收完这季稻谷，就全部拿到镇上卖了给苏庆春交学费，我们去年生的猪仔子这不刚出栏嘛，也卖了。"

苏妈妈话音刚落，苏爸爸突然用力把饭碗甩到了桌子上，并大喊道："你敢卖我一点谷和猪试试。"

苏爸爸的突然爆发倒没有吓到一旁的苏庆春母子，苏妈妈淡定且依然带着笑容说道："孩子考上这个大学非常了不起的，是为我们苏家增光，肯定要去读的嘛，而且以后他在上海读出头来了，我们也好享福了嘛。"

"他去上海，你是不是很高兴啊？"苏爸爸用吃人的眼神看着苏妈妈质问道。

"呵呵,孩子考上了名校我肯定高兴啊,不管在哪里我都为他高兴。"苏妈妈淡定地解释道。

"我看就是你怂恿这个废物报上海的学校的,不然这个废物怎么什么地方不报,偏偏报上海啊?"

"他报哪个学校我真的不知道啊,孩子之前也没跟我说过。"

苏庆春在一旁看得发愣,他不知道父亲居然会找了这么清奇的理由来质疑母亲。

见到父母为自己去上海读书而争吵,他连忙帮衬道:"爸爸,我报上海跟妈妈没关系,报这个学校是我老师推荐的,跟妈妈真的没关系。"

苏爸爸见苏庆春回话了,朝他恶狠狠地骂道:"你个废物还敢跟我说话啊,我今天就把话跟你说清楚,不管你读哪个学校你永远都是废物,出来也是废物,别想浪费老子的钱,老老实实给我在家当个安分的农民,别做梦读大学了。你个白眼狼,给你吃饭就是浪费我家的粮食。"苏爸爸说完把桌上唯一的一盘菜摔在地上。说完他便摔门回了房间,苏妈妈看了一眼失落的苏庆春,安慰道:"别急啊,我再去跟你爸爸好好说下,你先收拾下这里吧。"而后苏妈妈也跟进了房间。

之后的苏庆春就在大堂收拾着被父亲扔在地上的已经五马分尸的盘,但耳朵却竖得直直的,仔细听着房间里父母的对话。但房子就那么大,也不怎么隔音,根本不用苏庆春用心听就能听到里面的大喊大叫。他能做的只是无助且警觉地听着父母的对话而已。

"这个赔钱货吃我的穿我的,现在还做梦想读大学,废物读了大学注定还是个废物,这狗犊子就跟你一样,都是赔钱货,白眼狼……"

"你想啊,他读书了以后才能赚更多的钱来孝敬我们啊。"苏妈妈的语气听得出来还是顺着苏爸爸的想法,努力地劝导着。

"你给我放屁,你们这是当我二百五是吧?读书要花多少钱你以为我不知道啊?别想骗我。"

"现在就让哪个狗犊子死了这条心,我是不会给他学费的,让他给我好好地干活,先把这十几年花我的钱还清了再说,还清了以后他想读书读书,想去死去死,我都随便他,现在,别想给我走人。

"你要是敢再跟以前一样偷偷摸摸地给他去报名读书,小心我打断你的狗腿……"苏爸爸大声警告道。

千难万险

苏爸爸下了最后警告之后房间里开始出现了乒乒乓乓的东西摔砸声，声音越来越大，这些声音已经把他们的吵架声盖过了。偶尔还能听到苏妈妈的哭声，苏庆春敲着被反锁的门在外面无能为力。大概十分钟以后苏妈妈捂着眼睛出来了。

"妈，你怎么了？"

"没事。"

苏妈妈用手掩饰着脸上的伤痕，交代道，"你先在家里待着，妈妈去趟外婆家，一定给你想办法。"

"妈，实在不行就算了。"苏庆春无奈地说道。

"没事，妈妈会想办法解决的。"

苏爸爸此时也出来了，直接朝苏妈妈伸手就是一巴掌："怎么地，你又打算去你娘家借钱？"

"你这是死性不改啊，看我不打死你。"

话说着苏爸爸又伸出了那个凶狠的拳头。

"爸爸，别打妈妈了。"苏庆春一把就抓住了苏爸爸的手，他小声且带着哀求的语气说道。

苏庆春虽然瘦弱且对他父亲非常惧怕，但是他身高有优势，而且护着母亲的急切之心，强有力地制止住了苏爸爸的行为。

"你这狗犊子居然还敢反手，看我不打得你满地找牙。"

苏爸爸试图用力挣脱，反打苏庆春，但明显无用，他的手在苏庆春里面连动都没动。

他实在想不出平时软弱听话且文弱的苏庆春此时哪来这么大的力气。

"爸爸，你不要打妈妈了，我不读书了还不成吗？"苏庆春无奈地说道。

苏爸爸伺机借坡下驴，连忙说道："不读书那还差不多。"

他的手已经被苏庆春抓得生疼，见他还没放手的意思，又大声说道，"你个狗犊子，还不把我手放开，你不读书了我还打你妈妈个鬼啊。"

苏庆春慢慢地放开了爸爸的手，可是这一放也相当于把自己的人生给放弃了。

"早说不读书不就没这回事了嘛。"苏爸爸摸着被抓红了的手说道。苏庆春没理他，而是跑了出去。

"你死哪里去？"苏爸爸大喊道。

苏庆春没理会。

农村夏季的晚上，大部分人家为了省电而不舍得开电风扇，房间里异常闷热，村里的人基本都会搬出竹席睡在房门外。苏庆春老家门前有条河流，外面虽有些风但是蚊子也特别多，苏庆春离开家以后便沿着河边一直走，时不时都能够听到住在房间外面的村民用蒲扇敲打蚊子的声音。时间过了很久，他走累了，四脚朝天地躺在河岸上，望着皎洁的月光，此时他才能感觉到一丝美好。

随着大家慢慢入睡，村里也变得静悄悄了，似乎非常的宁静和安详，但是苏庆春也只有在深夜才能体会这份宁静和安详，梦想和理想是那么的近却又那么的遥遥无望。苏庆春回头望了一眼一片漆黑的村子，他不想过这样为了点电费要忍受蚊子的肆虐甚至不分男女老幼都睡在一起的生活。那一夜他彻夜不眠就躺在河岸旁，思虑自己未来了无生趣的人生。

……

日子就这样子慢慢地过去，苏庆春也不再提读书的事情了，什么录取通知书，什么大学，在他家就跟没发生过一样。而这一切都因苏庆春班主任的到来而发生了改变，大约半个月以后苏庆春高中班主任来村里邀请苏庆春回学校发表毕业演讲，这时他才知道他考了全县理科第二名的好成绩。

而同时班主任也知道了苏庆春无法读大学的消息，当初就是他极力把苏庆春留下来了，现在孩子好不容易不负众望，现在却因为没钱不读大学，他实在不能接受，更加不想一个好苗子就这样毁了，于是他极力劝说苏庆春的父母，又发动村干部，最后还到学校申请到了2000元的助学奖励给苏庆春。

在各种攻势下，得知读大学可以助学贷款以后，苏妈妈下定决心无论苏爸爸如何反对一定要给儿子读书。

2000年8月28日的晚上，趁着苏爸爸睡着了，苏妈妈漏夜离开了家，8月31日天未亮，苏妈妈带着借来的3000块钱递给苏庆春，让他再带上学校给的2000块钱，收拾简单地东西，离开了家。

"庆春，妈妈无能，能做的就只有这么多了，以后你在外面万事都得靠你自己。千万要记住在外一定要好好学习，以后若你能学成就留在上海吧，不要回这个伤心的地方了。"

何美珍留给苏庆春的不只是钱，还有一本她一直珍藏的《红楼梦》。

之后的苏庆春，本硕八年确实没有回来过，一是为了赚生活费他需要在任何有空的时间赚钱，二是他确实不想再回到这个令他伤心的地方。

后来弟弟工作，家里有了电话，苏庆春也只是偶尔春节的时候打打电话给他妈妈报个平安。

2008年，也就是他研究生毕业那年他找到了附属医院的工作，恰逢庆福的儿子出生，苏庆春带着黄小培一起回家了。

眼前的母亲已经苍老了许多，走路的腿也是有些瘸，这时他才知道当初他妈妈给他的那3000元是从娘家多个亲戚家借来的，而得知这件事情后，他爸爸一怒之下真的把他母亲的腿给打断了，2000年的下半年他的母亲就这样硬生生地在家里躺了半年，也没去治，所以才导致现在走路很明显一边腿不利索。

苏爸爸见苏庆春学成归来，完全像得了失忆症一样，对苏庆春各种献媚，并不停地暗示苏庆春赚钱了就应该回报父母。

离开时苏庆春默默地塞给母亲2000块钱就走了，之后并答应母亲给二老一个月1000元赡养费。

就这样，即使在苏庆春再难的时候这个钱都未落下过，这钱对于苏庆春来说不是简单的赡养费，而是他尊严的挽回。

苏庆春曾经少年时经历的一切他都没有跟妻子透露过，只是跟她说家里非常贫困，所以不怎么回家。曾经痛苦的过去，他不想让妻子知道，是不想把这么复杂的家庭关系带给黄小培，也不想让黄小培掺和到自己如此畸形的家庭里面，更加不想要如此肮脏不堪的过去来影响自己原本安静的生活。

这些年来，苏庆春鲜少回家，当然有工作的因素，更多的是苏庆春在回避这个曾经让他伤透了心的家庭，而在黄小培看来只觉得苏庆春家庭观念冷淡，并没有发现别的异常。

　　一年能见面的天数一只手都可以数得过来得黄小培对苏父的印象也就是个不管闲事的普通公公而已。但对苏庆春来说却是噩梦，现在父亲是老了变了，还是伪装苏庆春不知道，但想到一旦他们真的要来上海了，那苏父会怎么样？会不会还跟年轻时候一样喝醉酒就爱施暴、对晚辈冷漠，这个苏庆春真的不知道。

　　对于母亲，苏庆春心中有无限亏欠，曾经苏庆春也单独找母亲聊过，想单独接她来上海，但是母亲坚持跟父亲生活在一起，这让苏庆春也很无奈。而对于他的父亲，苏庆春心中能够接受赡养他，但是却不能够接受跟父亲生活在一起。

　　苏庆春现在也是做父亲的人了，知道父亲再有错还是自己的父亲，甚至在想自己是不是这样做不对，但是年少的阴影让他过不去这个坎。

034

意外邀请

翌日,清晨,一抹阳光洒到了客厅的沙发上,苏庆春立马起来,他怕再晚点会被女儿发现自己晚上睡沙发,于是便默默地回到了卧室。

黄小培见苏庆春睡下了,便警觉地往外挪了挪位子。她和苏子轩虽然离学校近,但由于学校是8点上课,所以她们每天也都起得很早。平时都是黄小培先起床做好早饭,全家人一起吃,之后苏庆春先出发,她和女儿再步行去学校。

昨天晚上苏庆春与黄小培不欢而散之后,即使后来苏庆春睡到床上,两人也没再说话,黄小培起床做饭,苏庆春起床洗漱,都非常默契地一言不发。

一切准备好以后苏庆春只是看了一眼已经在厨房准备早餐的妻子,便直接走到大门了。

"爸爸,你不吃早饭吗?"

正在客厅收拾书包的苏子轩叫道。

"不吃了,爸爸今天有事先走了。"

"爸爸!"苏子轩非常懂事地跑来,似乎有话要跟苏庆春说。

可还没等她走到门口大门就"哐当"一声关上了。

由于苏庆春工作的关系,苏子轩虽然跟父亲从小生活在一个屋檐下,但是苏庆春真正教育孩子的时间非常少,苏子轩内心是非常缺乏父爱的,也许跟黄小培分析的一样,就是因为这点,所以苏子轩在行为上会表现出自己力量的一面。

"妈妈,爸爸是不是因为昨天的事情生我气了?"苏子轩失落地走到厨房小声问道。

"没有,爸爸是真的太忙了。"

"哦。"苏子轩弱弱地回道。

黄小培看了一眼苏子轩，边端着已经煮好的面条走出厨房边说道："不过爸爸昨天晚上说了，轩轩以后不能再打同学了，不然以后可能就考虑不让轩轩再去跆拳道班了。"

"哦。"苏子轩撅着嘴巴地回道。

"不过只要你最近表现好了，我会跟爸爸说让他周末不值班的时候带你出去玩的。"

"耶！"苏子轩笑逐颜开，并伸出两根手指朝黄小培比画着，"可以去玩喽。"

"好了，好了，你赶紧吃饭吧，待会要迟到了。"

"嗯。"苏子轩连忙主动到厨房帮黄小培拿筷子。

而苏庆春没在家里吃饭就直接驱车回医院了，平时早高峰，苏庆春都是7点钟就从家里出发了，这样才能赶上医院8点的准时查房。今天比平时还早，难得早到就在医院门口买两个包子和一瓶奶垫吧了。

路过科室门口的宣传栏处，苏庆春忍不住驻足了小片刻。他望着宣传栏中自己的照片挂在后面，并写着苏庆春，主治医师，擅长：普通妇科、妇科恶良性肿瘤、宫腹腔镜手术。

就这十几个字，苏庆春盯着它们端详了许久。

上海某附属医院是个教研医院，虽然苏庆春自己还没有能力带学生，但是导师陶建国却带有学生，不过这几年因为陶建国也快退休了，带的学生也不多了，所以组上只要是他收的病人，那些研究生师弟、师妹们也会帮他协助管床的，可是主要工作还是要靠他自己。

好在苏庆春是在自己导师的组上，所以做手术的机会陶建国给了很多机会，即使现在苏庆春只是一个小小主治医师的身份，可是大部分手术他都会做，特别是因为导师年纪也大了，在宫腔镜方面没那么熟练了，苏庆春因此也得到了更多的锻炼机会。

目前在宫腔镜方面，苏庆春的手术技能可以说在整个妇产科病区都是一流的。

可是手术再怎么出色，似乎对他评职称都没有什么实际帮助，要想工资待遇上去，病人多是一个，职称和名声也是很重要的一部分，特别是像他现在职称不高的时候，名声要上去就只有靠文章，而想要评职称有质量的文章也是主要的。

苏庆春是硕士，但是实验能力肯定不如博士，即使他算是勤奋了，只要休息就会看文献，也有一些好的想法，但是由于在临床，自己并没有时间去做实验，有好的课题他都会给师弟、师妹们做，但是这种靠自己去摸索的实验效果并不是很好，而且他们也没有人带，实验室又是在大实验室里做，不像有些教授课题多，都自己单独组实验室，在师弟、师妹们的帮助下，苏庆春倒也是发了几篇一区的文章，可是分数都不够高，属于量多，质量却都不是很高的那种，目前最高的文章也就是自己刚刚毕业的时候发的一篇6.8分的文章，其他的都是5分以下的。

这些并不够让他跟那些博士毕业就能发出七八分甚至10分以上的同事们竞争职称，医院的名额就那么多，所以尽管苏庆春升上主治已经快8年了，但依然还是主治。

一直评不上副高，让苏庆春非常困惑。算算日子，到今年6月份苏庆春已经在医院整整干了10年了，天天累死累活，还是一个主治医师，突然感觉妻子黄小培昨天说得也没错，自己为这个家除了付出了点钱真的没做出什么奉献。

现在很明显，自己的收入明显妻子已经看不上了，虽然苏庆春不认同黄小培昨天的话，但是她昨天口中所说的也是事实。

就现在他的收入来看确实很有可能还不如一个县城的二甲医院的妇产科医生的实际收入，在下面县城的小医院，妇产科医生每个月光收生孩子的病人的红包都收得手软，这点苏庆春是有所耳闻的。

这种灰色收入苏庆春虽不能苟同，也看不起，但这个现象在一些地方也是实际存在的，这是不争的事实，而且现在随着国家医药政策的调整，他的工资也是大不如前，唯一能够为家里做的事情似乎现在看来也是捉襟见肘。苏庆春不禁问自己：还能为家里做什么呢？

作为妇产科医生，自己孩子出生的时候正在给别人做手术，孩子周岁生日的时候因为春节值班缺席，孩子第一次上幼儿园又因为值班缺席，孩子的小学除了家长面试的时候必须要去的一次，就是昨天开家长会去过，而且还闹出了不认识教室的笑话。

想到这里，苏庆春不由地叹了口气："哎！"

"早啊！师兄。"

规培医生江况的招呼才让苏庆春回过神来。

"早！"苏庆春尴尬地回道。

踏进科里以后苏庆春的心情马上收回来了，整个人又开启了忙碌的模式。今天查房的时候苏庆春特意去留意了下产妇陈悦的状况,看着状况良好才算是放了心。苏庆春把所有的事情安排好以后刚坐下来,手机便收到了一条短信。

  各位同学们:时光飞逝,岁月弄人,同学之间虽少音讯,但思念之情常在。转眼我们临床本科1班的同学已经毕业十三年了,今定于本周六下午18点在魔都飞翔路港龙大酒店小聚,风吹回了祝福的心絮,雨带来了期盼的视线,让我们重温过去美好的记忆吧,期待那一天我们再度重逢!临床本科1班班长陆飞虎。

035
同学聚会

班长陆飞虎苏庆春是再熟悉不过，他不只是苏庆春大学的班长，也是他大学的室友，读研究生的时候他们更是一同保研上去的，虽然不是一个专业方向，两人关系却一直不错。

不过陆飞虎和苏庆春不一样，当初大家都挤破了脑袋想留在上海的教研医院或者别的地方的教研医院，但是陆飞虎却没有，他当时只进了上海一家非常普通医院，这在当时大家都认为他是屈才了。

可事实却是，陆飞虎工作没几年就被提拔到医务处当了副处长，去年他又顺利成为医务处的正处长，陆飞虎比苏庆春大两岁，即便如此，陆飞虎当上医务处正处长的时候才39岁，算是非常年轻的中层领导了。

苏庆春是2005年本科毕业，大学毕业以后班级总共举办了两次聚会都是班长组织的，分别是2010年的五周年和2015年的十周年，这一次的十三周年苏庆春就不知道是何意了。不过两次大聚会苏庆春都因为工作关系没有去，而是聚会过后陆飞虎又单独找的苏庆春。虽然都在上海工作，但实际碰到的机会并不多，加上苏庆春本来就不太善于交际，好在陆飞虎一向比较热情，跟苏庆春联系还算是比较勤的，最起码每一年会主动联系下问问苏庆春的情况。而且苏庆春两次买房都是向陆飞虎借的钱，陆飞虎对苏庆春从来也都是毫无保留地帮助，因此陆飞虎可以算是苏庆春这么多年来最好的朋友了。

但是同学聚会这样人群嘈杂的场面苏庆春一直都不太喜欢，他也不太善言辞，即使参加了也就是走个过场而已，对他来说没有任何意义，于是他收到短信后想都没多想脑海里蹦出的就是拒绝。

苏庆春刚想编辑短信回绝陆飞虎，但短信还没编辑完，陆飞虎的电话就来了。

"庆春，刚刚的短信收到了吗？"

"收到了……"

还没等苏庆春把话说完，陆飞虎就说道："时间看清楚了哈，本周六，地点我都定了离你家近的地方，这回你可说什么都要来哈。"

"飞虎，我正好想跟你说这事呢，我们医院比较忙，可能没空。"

"大周末的你还忙啥啊，你可是两次都没来哈，我不管，这回怎么说你也得来，前两次我们同学都问起你来了，你再不来我都不知道该用什么理由搪塞那些同学了。"

"真的没时间啦。"

"哪里那么忙啊，人家在很远地方的同学都特意赶来，你在魔都工作的怎么也不好拒绝啊，要是真的忙就看能不能跟别人换个班啥的。"

"我看看吧。"

"不要看看，说好了就来，你再不来，同学们真的要认为你个学霸当初留在最好的医院上班以后就看不起我们这群老同学了呢。"

"我的情况你还不知道啊，我怎么可能看不起你们呢。"苏庆春无奈地回道，"只是我最近家里事情特别多，也没什么心情出去玩，你们玩得开心吧，我就不去了。"

"怎么了？跟弟妹吵架了啊？"

"嗨，也没有，以后有机会再说吧。"

"那行吧，结束后我有时间再单约你吧。"

"嗯！"

……

两天后，便是约定好的聚会时间了。

这天是周六，这两天苏庆春跟黄小培因为上回的事情一直在冷战，上午查完房本来可以下班的苏庆春也没回去，就在科里看文献。

晚上看到8点多，正准备回去的时候他接到了陆飞虎的电话。

"在哪呢？"

"医院。"

"值班啊？"

"没有，现在正准备回去了。"

"那正好，你现在直接开车来皇庭之都吧，我在这里开了几个包间，你过来聊聊天。"

此时苏庆春正苦闷，跟陆飞虎聊聊也好。于是他便驱车去了皇庭之都。

此时已经是9点了，陆飞虎这边同学聚餐之后已经安排好下一个节目，一拨人去楼上唱歌，另一拨人则在包间想打麻将的打麻将，打牌的打牌，喝茶的喝茶。

苏庆春找到了陆飞虎所在的包间。敲了门之后直接就进去了，这个房间是个约莫20平方的包间，只见一位身材微胖、穿着白色衬衣的中年男子正好泡好了茶，一副老干部的派头。

苏庆春一眼便认出来了陆飞虎。

"虎子！"

"诶！春哥。"陆飞虎连忙站起来迎接苏庆春。他虽然比苏庆春大，但是习惯叫苏庆春"春哥"。

"怎么许久不见，你这个头发可见少了啊！"苏庆春难得跟人开玩笑，这也是见到最熟悉的陆飞虎才有的风景。

"你这整个一副老干部的形象啊，刚刚我一进来还以为走错房间了呢。"

"嗨！什么老干部啊，不就是泡个茶嘛。"陆飞虎笑着摸摸逐渐往后延伸的发际线说道，"不过最近这头发是真的掉得厉害啊！赶紧坐。"

坐下后苏庆春又环顾四周。

"这里环境还真不错啊！我住这旁边都没发现还有这么好的地方。"

"你每天就知道忙，哪里会注意这些啊！"陆飞虎边递茶给苏庆春边问道，"对了，刚刚你去跟其他同学打招呼了吗？"

"没呢！"苏庆春笑了笑，"没有这个必要吧？"

"来都来了，肯定要打个招呼了。"

"我这人你知道的，不太会说话，还是算了吧。"苏庆春拒绝道。

陆飞虎犹豫了一会，说道："你觉得尴尬就算了，不过李书记那边，你一定要去打个招呼。"

"李书记？什么李书记啊？"苏庆春纳闷地问道，"你还请了我们学校的老师吗？"

"什么老师啊，我说的是李军啊。"陆飞虎回道。

"哪个李军啊？"

"还能哪个李军啊，就是我们临床1班，大班的李军啊，你忘记了？"

"李军……"苏庆春回忆了一会,说道,"这个名字好像有点耳熟,但是人是真没什么印象了。"

"春哥,不是我说你啊,你这5年的书咋读的啊?同学都不认识。"陆飞虎说完又笑着补充道,"不过也不怪你,呵呵……"

036

差距凸显

陆飞虎这一操作,苏庆春更加纳闷了。

"到底是哪个嘛。"

"呵呵,说起这个李军啊,读书的时候确实太普通了,还经常逃课,除了考试来,我说实话当时我看到他也都反应了好久。"

"那就是嘛,都不熟悉,那你还叫我去干吗呀?"苏庆春不以为然地问道。

"以前的事情一码归一码嘛,现在当然要去了,不认识就更要去见见了,人家现在可是在林州市的一家三甲医院当了院党委副书记了。"陆飞虎说道。

"他是医院的党委副书记了啊?"苏庆春惊讶不已地问道。

"对啊!"

"不会吧,"苏庆春一脸诧异地说道,"这么年轻就当了党委副书记了啊?"

苏庆春这么惊讶也不是没道理的,李军跟苏庆春是同届的本科,苏庆春那时候在班里年纪算小的,但是李军再大现在也不过40出头而已,党委书记可不是混个年纪就能当的,他能在这个年纪就当上确实是了不起啊。

"是啊!确实是少有的这么年轻的党委副书记。"陆飞虎也感叹道。

"厉害!"苏庆春忍不住夸奖道,而后又好奇地问道,"不过你不是说他在林州上班嘛,怎么还来上海聚会了啊?"

"现在交通这么发达,高铁飞机都方便得很,林州离上海本来也不是很远,怎么不能来啊!"陆飞虎说道,"再说了,同学聚会是一次人际关系巩固的最好机会,别说林州了,很多同学在北方不也一样赶来了啊。"

陆飞虎说完又补充道,"哪里都跟你一样人在上海都不来的。"

"同学关系都在那里,哪里是靠一个聚会就能变不好的啊?"

"那总会因为聚会变得更好吧？"陆飞虎说道，"地缘、血缘、学缘这可是最好的三个关系，特别是我们都是一个行业的，以后同学之间的关系可是最牢固的。"

苏庆春笑了笑，没回话。

陆飞虎说完顿了顿，放下手上的杯子，连忙站起来说道："你要是觉得不好意思，我跟你一块去吧，给你引见引见。"

"不去了吧？"苏庆春说道。

"去吧，说不定什么时候他还有什么事情能帮得上咱们的呢。"

"他在林州，又不在上海，跟我们好像也没啥关系吧。"

"你这话说的，感觉人家就一辈子待在林州似的。"陆飞虎不以为然，慢慢地跟苏庆春解释道，"党委书记可是从政的，他还这么年轻以后调走的机会多的是，保不齐什么时候就调到上海来了呢？"

"可是，以前我们同学之间也不是很熟悉，现在人家明显当了领导了，我就这样跑上去会不会给人感觉有点太势利啊？"苏庆春说道，"我感觉这样贴上去反而怪怪的，不太合适。"

"这有什么不合适的啊，我们都是同学，怎么叫贴上去呢，不就说打个招呼嘛，不至于了。"陆飞虎说道，"再说了，我们就是打个招呼，这不叫献媚，叫联络感情。"

陆飞虎继续劝说道，"我们是同学，本身现在也没有什么利益来往的，同学关系可是最铁的，现在不去打招呼，以后真要用上的时候再去找那真是叫硬贴上去，到那会就真的会变成不记得了。"

"这么好的资源，怎么可以就这么白白地浪费了呢，现在好好聊聊，这就叫做物尽其用。"

陆飞虎这一番苦口婆心的解释，见苏庆春还是没起身的意思，便主动把苏庆春手里的茶杯拿下来了。催促道："走了，走了……"

就这样，苏庆春在陆飞虎半推半就下来到了李军所在的包厢。

此时的李军正在包厢里跟同学们打麻将。苏庆春刚一进门就听到了他哈哈大笑的声音。陆飞虎还未走到麻将桌旁，便开玩笑道："在门外就听到李书记笑得开心，看来这局李书记是胡了一把大的啊！"

"还好，还好！"李军转身的时候看到了苏庆春。

此时苏庆春才看清陆飞虎口中的李书记，他是一个头发已经谢了一半、非常消瘦、脸上戴着一个银边细框方形眼镜的中年男子。

虽然苏庆春原本对李军没什么印象，但是毕竟5年的同窗，现在见到面，苏庆春看着他还是觉得有些眼熟，慢慢对上号了。

"哎呀！学霸来了啊！"李军连忙站起来朝苏庆春握手欢迎。

"呵呵……李军，你好！"苏庆春略显生疏地伸出手呼应李军。

"哇……好难得啊！"李军一副受宠若惊的样子开玩笑道，"我们学霸居然都记得我的名字呢。我原以为我们学霸根本不会记得默默无闻的我呢，呵呵……"

"那哪能够啊！我们学霸记性好啊，是吧？"陆飞虎帮帮抢话道。

"那倒也是啊，学霸那不是瞎叫的，记性就是比我们这些学渣强。"

旁边的几位同学同时也呼应着。于是苏庆春便又和另外三位同学一一打招呼。

打完招呼后，李军主动说道："我们学霸似乎好忙啊，每次聚会都没来。这回真是难得能见到你啊，看来某附属医院就是跟我们医院不一样啊。"

"哪里的话，不过是确实不巧前几次我都正好值晚班而已。"苏庆春解释道。

"那这回学霸难得过来，这么好的机会，要不我们打几圈？"李军建议道。

"诶……你们玩吧，我不会打麻将。"苏庆春连忙拒绝道。

"没事，不会打我们可以教你啊。"

"不用了，你们玩吧。"

李军见苏庆春满口拒绝，看了一眼陆飞虎，于是陆飞虎连忙帮苏庆春打圆场。"李书记，你们玩吧，春哥确实不会打，我怕你们叫他啊，反而会扫你们打麻将的兴致。"

"是啊，各位同学你们玩吧，我怕上场反而让你们扫兴。"

"就是，各位同学你们好好玩吧，这春哥啊，是不好意思今天来这么晚来，所以特意来跟各位同学打个招呼的。"陆飞虎说完还特意看了一眼李军强调道，"第一个就是来的你们这里，待会我们还要去旁边的包厢跟其他人打招呼呢。"

"哦，那也行。"李军回道，"那你们有事你们先忙哈。"

"好嘞，各位同学，你们玩的愉快啊！"陆飞虎说完便和苏庆春一块离开了。

037
婚姻需要经营

从李军包厢里出来以后，苏庆春非常尴尬地说道："哎呀，刚刚真是尴尬啊，还好你给我打圆场。"

"呵呵，没事，我知道你不喜欢这个场合。"

"早知道他们在打牌就不来了。"

"诶，来肯定是要来的，见过一次面感情就深一层，来和不来差好多的。"

陆飞虎一向是非常善于交际的人，这点苏庆春是一直知道的，虽然他所在的医院平台不是很高，但也算个小领导，可是他对同学们却都是非常的谦卑，这或许就是高情商的典范吧。

苏庆春对陆飞虎也是佩服得紧，但是他那套苏庆春想学也学不来。

既然刚刚话都说出来了，于是陆飞虎又带着苏庆春跟其他的同学一一都打了个招呼再回到了包厢。回到包厢后，陆飞虎和苏庆春边喝茶边闲聊。

"春哥，你最近怎么样啊？"

"就那样吧！"

苏庆春一副郁闷的样子都写在了脸上了。

"咋了？"陆飞虎问道，"昨天听你说家里有事情，什么事情啊？"

"嗨！家里的事情都是一些琐事啦，也说不清楚。"苏庆春眉头紧锁，叹气道。

陆飞虎看苏庆春一脸愁容，感觉他应该有事情，连忙说道："春哥，你们不会有什么事情吧？"还没等苏庆春解释，陆飞虎又说道，"我跟你说啊，我们班上的同学可都离了好多对了，就光这回吃饭，我发现又新增了几对离婚的。

"你跟你说啊，你可别跟我当年一样啊，你看你那个二嫂子，整天就

128

知道买这个买那个，家里的事情根本不管，我的经验可是实打实地证明二婚真的不如原配的好啊。"

陆飞虎一副过来人的姿态劝说道，"这二婚的女人啊，都太过现实了，全部都是冲着钱去的，没几个真心的，更加别说会委屈自己付出什么了。"

苏庆春见陆飞虎这一下子都扯到离婚了，连忙解释道："嗨，我刚刚说的烦心事就是家里一些烦心事情，倒不至于说离婚了，其实没什么大事情。"

"那就好。"陆飞虎松了一口气，而后又不乐观地说道，"不过，有些话我还是要跟你说，别怪老同学说话直接。"

"没事，你说吧。"

"你这人啊，老实是优点，但是呢，有时候脾气又有点倔，这女人啊，是个很奇怪的动物，一般都是吃软不吃硬的，我劝你啊，平时不要太倔了，家里有事情呢，好好沟通，千万不要动气，更加不要有隔夜气，这样对夫妻关系不利。"陆飞虎劝道。

"嗯，其实说起来都是一些小事情，但是说实话有时候处理起来确实又感觉很让人心力交瘁。"

"你可别掉以轻心，现在你感觉是一些小事情，不当回事，两人闹着，但是那些离婚的人，你以为他们都是为了大事离婚的吗？"陆飞虎反问道。

"那些离婚的人不都一些芝麻绿豆大的小事情，失望绝对不是一蹴而就的，而是一点一点积累起来的，最后真正爆发的时候可能只需要一件小事情便把积压已久的失望瞬间爆发了，一着急上火就真的离了啊。"

"心死是在一瞬间，但是心死之前，其实已经历尽折磨了，所以千万别小看那些小事情给你们带来的隔阂，那些东西很可怕。"

"我知道，但是离婚我们倒真的不至于。"苏庆春再次强调道，他也从未想过，今天他只是说家里一些琐事，没想到陆飞虎谈到离婚了，在苏庆春看来似乎有些小题大做了。

"哥可劝你一句，婚姻这东西很复杂，它本来就是磕磕碰碰、举步维艰的，但或许这才是婚姻的意义吧，它是需要去经营的，是要婚姻中两个人共同努力，互相扶持的。"

"哥给你一个经验，这夫妻之间啊，真的没什么对错，有时候你也不要太较真的，女人嘛，都是刀子嘴豆腐心，不要跟她们多计较就好了，"陆飞虎跟苏庆春分享着婚姻的经验，"而且即使是生活琐事也要好好处理，要有方法。

"你老婆也不容易的，当年为了你留在上海也没少受苦啊，就冲这点你也要好好待她。"

"我知道她有她的不容易，"苏庆春说道，"这几年可能是孩子大了吧，我家里的情况你也知道，自从我丈母娘走后，家里照顾孩子的任务都到小培身上了，我们做医生的又很忙，所以在孩子教育的问题上我们经常会出现一些矛盾，特别是最近一年，孩子读小学以后，问题就越来越多了。

"她是老师，在学校习惯了用教育孩子的方式跟我说话，我知道她也很辛苦，但是你想我们每天下班累得要死还要面对她一副高高在上、教训人的样子，真的是很难好好沟通的。"

"你们孩子现在还是自己带吗？"陆飞虎问道。

"是啊！"

"那是很辛苦哦，你们毕竟两个人都在上班，而且你也没时间照顾孩子，你老婆自己一个人又上班又带孩子确实难得，光下班带孩子去那么多培训班就够辛苦的。"

"是啊。"

"我建议你可以让你爸妈来上海帮忙带带孩子，这样也可以减轻小培一些负担，我觉得你们夫妻关系会好很多的。"

"嗨，别提我爸妈来上海带孩子的事情了，我家情况可能跟别人家的不一样，我爸妈来上海的可能性很小，前几天小培也为这事情跟我吵起来。"

"叔叔阿姨来不了是吧？"陆飞虎建议道，"那就试着请保姆看看。"

"我家里的经济条件是你清楚的，之前买房子借你的钱去年才还清，哪里还有闲钱请保姆啊，现在保姆工资可贵了，而且保姆也不太放心啊。"

"那我觉得这事情你们要好好沟通一下，看看叔叔阿姨那边是否可以通融下，先辛苦几年，等孩子大了就好了。"

"哎……"苏庆春叹气道，"我父母那边其实不是他们说一定不来，而是我不想他们来。"

和盘托出

陆飞虎听说苏庆春父母不来带孩子是单纯出自他的个人想法,十分惊讶地问道:"那你这是为什么啊?"

"你不知道我家里的情况,我爸爸对我不是很好,从小对我就比较暴力,脾气也很差,在我读书这方面更加是各方阻拦。你看我们以前读书的时候我不都很少回家吗?"

"哦,这样啊,我以为你不回家是因为要赚钱呢。"

"也是因为要赚钱,我读书我爸爸是不让的,拒绝给我出任何费用,所以我不得不靠自己赚钱,但是即使我赚到了足够自己生活的钱我也不太想回家,因为实在不想看到我爸爸。"

"这么严重啊?"

"是啊!或许你会觉得我太矫情了,但是很多事情,特别是小时候,经历过的一些痛苦经历,我真的很难原谅。

"特别是在我读书这方面,我更是记忆犹新,我一直不明白,别人的爸爸都是望子成龙,但是我爸爸却一直都不想让我读书,他就想我跟他一样在农村当一辈子的农民,当然我知道主要一个原因是因为读书花钱,可是孩子既然出生了不就要花钱的嘛,所以这点我实在不能够理解,他把我生下来,多吃了他一点粮食都会被辱骂和职责,感觉我出来靠免费呼吸就好了。"

"那你之后还能读那么多书,也是难得啊。"

"是啊,我能读完高中确实是个奇迹,这一切其实都要感谢我妈妈,"苏庆春说道,"那时候我读高中都是我妈妈背着我爸爸去给我报名的,他知道后还把我妈妈打了一顿,后来是学校给我减免学费才勉强上的。

"再到后来我高考之后,即使是我拼尽全力考到了复旦大学,他也坚决反对我读书,不是我们所了解的表面反对,是真的……"说到这里苏庆春停顿了一会，眼里不经意地闪过一丝泪光。

"他是真的很反对，而且还说了，我18岁以后就不要想让家里帮任何忙了……"苏庆春小声地补充道，关于他妈妈为了让他读书被他爸爸打断腿的事情并没有说出来。

"这么说，确实有点狠。"陆飞虎听着也是有些动容。

"后来你是知道的，我大学都是贷款的，要是我不贷款，可能大学都没法读，我记得第二个学期有几个星期我每天都只吃一个馒头，你们问，我说减肥，你们还取笑我说再减就变成排骨了，"苏庆春继续说道，"其实那时候是我没钱了，我只要一有空就出去找兼职、发传单才能养活自己，你们还老是取笑我掉进钱眼里了，你们不知道，要是我不出去发传单，我估计连馒头都吃不起。"

陆飞虎听着苏庆春说这话，心里不免有些伤感地说道："其实我是知道你家里贫困，但是不知道有你说的不给生活费这么严重，也没想到你爸爸会这样，毕竟我们也是做爸爸的人，实在有些不能理解。"

"是啊！我到现在说实话也不能理解，所以也一直过不去这个坎，我实在无法想象我爸爸来上海跟我一起生活会怎么样。"

"嗯，也是。"陆飞虎这会倒是十分认同苏庆春的想法，而后又问道，"以前怎么没听你说过啊？"

"这样的事情也没什么好说的，难道还到处跟人说自己爸爸对自己多不好吗？"

"那倒也是。"

"所以啊，你说我爸爸都这样做了，我还怎么去跟他们沟通来上海帮忙带孩子啊？"

"那叔叔跟你的这个事情，你跟小培说过吗？"

"没有。"

"那我建议你最好把这事情跟小培说下，这样她也能够理解你嘛。"

"这事情主要是我不知道跟她说了她是否真的能够理解，毕竟这世上真的没有什么感同身受，没有亲身体会过，很难理解那种心情，而且男人和女人思维逻辑本来就不一样，"苏庆春说道，"我最怕的是要是我跟小培说了这件事情，她还会因为这事情而痛恨我爸妈，那就更加麻烦了，我是不想因为年少的事情搞得他们关系也不好。"

"那倒也是，不过清官难断家务事，我刚刚那么说也只是建议建议，具体怎么做还是要看你自己了,这个度你自己把握好就行。"

"嗯,我明白!"

说完苏庆春拿起手中的茶杯喝了起来。

……

转眼,一壶茶已经喝完了,陆飞虎继续煮起第二壶茶。

他边煮茶边问道:"对了,最近你工作怎么样啊?"

"工作还不是老样子,天天无休止地忙呗。"

"你们大医院病人多,估计是会比我们医院忙很多。"说着陆飞虎有些疑惑地补充道,"诶!你们不是教学医院嘛,那肯定有很多实习生啊,也有很多进修的医生吧?应该很多人干活才对啊,你是他们的上级医生,不就是做做手术嘛,应该不会很忙才对啊。"

"嗨!进修的医生和实习生不也都喜欢去科主任的组上啊,我师父都快退休了,他们哪里会来我们组上啊,能干活的也就是一些导师的硕士生了,就是一些师弟师妹。而且这几年我师父招的学生也少了,他们也就是帮我师父管管病人,我收的病人主要还是要靠我自己的。"

"你师父什么时候退休啊?"

"不知道,按照年纪今年就退休了,不过现在不是退休年纪在延后嘛,我估计他还要几年吧。不过延后不延后,这都说不好。"

"哦,那即使延后也没几年了,也是快了。"陆飞虎说道,"那你师父退休了,你以后跟谁啊?"

"不知道啊!"苏庆春略带担忧地说道,"所以我也为这事情烦恼啊,说实话要是按照年龄,我师父今年8月份就要退休了,是他真的不延后退休了,我真不知道要去哪里了。你是知道科里的情况的,去到哪里都是分了人家一杯羹,都是要看脸色行事的。"

"是啊!那肯定是不如跟着你师傅好了,他有什么事情都会罩着你。"

出谋划策

新茶已经煮好,陆飞虎边给苏庆春倒茶边问道:"对了,你副高的事情怎么样了啊?"

苏庆春摇摇头。

"今年还没机会吗?"

"估计悬啊,原本我师父在还好,现在要是我师父今年都要退休了,我更加悬了。"

"奇怪了,小黑也是在教研医院,按理说肯定没你们医院好,但是去年他就评上副高了。"

陆飞虎一脸疑惑地问道:"而且我怎么记得你不是去年还是前年为这事情还特意去澳大利亚出国访学了一年啊?"

"前年。"

"对啊!前年你就出国访学了,算是为评副高加分了,而且你文章什么的不都也还行嘛应该没问题啊!"陆飞虎补充道,"你这没评下来是不是那个明文规定的时间到所以卡住了啊?"

"5年时间早就到了,现在不是考评制嘛,去年我就考了,也过了,但是评审没过,"苏庆春说道,"去年院里说是名额不够,优先博士先评。我们医院现在大部分都是博士了,基本评职称都是优先他们,他们基本上都是时间一到就能评上了。"

"这样啊,那我觉得你最好也去考个在职的博士。"

"在职的没啥用的,也学不到什么东西。"苏庆春不以为然道,"除非去正经考个全日制的,但是我这么大的年纪,你也知道我们的生活压力也不小,根本不适合辞职去读的。"

陆飞虎对苏庆春说的话可不苟同,因为他比苏庆春更加懂得医院的内部评审一些参考指标。

他建议道:"庆春啊,我觉得吧,你这个事情不能这么想的,你既然知道一直是博士的问题,那就应该考个在职博士,甭管是否学得到东西,但是考了肯定比没考好。而且我建议啊,你要考就考院长啊,副院长这些院领导的博士。"

"我们院长是内科的,副院长是大外科的或者别科室的,也没有我们妇产科的啊!"苏庆春说道,"我们科博导倒是有好几个,但是都是别的病区的主任医师。"

"不会吧?你们病区都没有博导?"

"前几年是没有,这几年我说实话也不是很清楚。"

"你啊,上班连自己科里谁是博导都不知道,这个真是……"

"我也没打算考,所以没注意那些。"

"也没事,不知道就不知道吧,反正他们也不是领导,"陆飞虎说道,"我感觉要考就考领导的,不行你就考个大外科的,反正都是外科。"

"那有什么意思啊?"

"这意义大了去了,你是院长的学生,聘职称、晋升不都更加方便些啊。"陆飞虎说着又小声说道,"你以为那些人那么快提拔都是跟你一样干等着啊?哪个不是花了点心思啊。"

"你听我的,没错的,"陆飞虎笃定道,"这叫抱着大树好乘凉。"

陆飞虎说完又补充道,"而且,我甚至觉得你们医院这个名额不足的事情都是借口,你们那么大的医院名额肯定是比我们医院多多了,还是教学医院,在我们医院跟我们那一批的硕士都很多人评到了,而且你业务能力还那么强,你不是发了好几篇文章吗?还有国基在手。"

"他们比起你差远了,不还是评上了啊,所以说白了,那些理由都是借口,都是拿来搪塞你的。"

"哎!我文章数量倒是很多,但是分数都不是很高,说实话,现在在临床上哪有时间搞实验啊,都是让我那些硕士的师弟们做的,他们毕竟是硕士,实验室也是跟着大实验室,实力本身就不强,能发的都是一些低分的文章。"

"这文章的事情我觉得就是你太死心眼了,现在临床上有多少人还有时间搞实验啊,不都是拿给公司做啊?"

"公司做?"苏庆春问道,"那样靠谱吗?"

"怎么不靠谱啊?大家都是这样的,就你傻,你要懂得变通。"陆飞虎出谋划策道，"还有啊，这评职称的事情你就得主动出击。"

"怎么主动啊？"

陆飞虎并没有直接回答，而是说道，"我刚刚说的考个领导的在职博士真的很管用，我们班的徐泉不就是考了他们副院长的在职博士，不久就调到人事科当副科长了，所以这个方法其实非常管用的。"

"还有这样的事情？"

"当然啦，所以啊，你说这个大家都知道的道理结果你都还是蒙在鼓里。"

"可是我一个妇产科医生考普外科的博士，也不太好考吧？"

"要是你觉得院领导跟你不是一个科室的，实在不好考，那你也可以试着找找领导走走关系嘛。"

"考博这样的事情怎么找领导啊？"

"这事情怎么不好找啊，事在人为嘛，"陆飞虎拍着苏庆春的肩膀说道，"兄弟，办法是非常多的，随便找个理由找领导吃吃饭，送点礼啊，找机会就说下自己的事情，这事情不就成了啊。"

"要是你实在是觉得为了考领导的博士而考外科的不好，你也抹不开那个面子，那你就考你们另外一个病区的那个博导也行啊。"

"反正只要考个在职博士就好，我跟你说你考个在职的博士对你以后的发展绝对有用处，而且我最近听说硕士以后很有可能就取消评职称了，要想评职称必须是博士。"

"不会吧？"苏庆春连忙问道，"真的假的啊？"

"先不管真假，只要有这个说法，那就是无风不起浪，你听我的，考个在职博士准没错的。"

"嗯，我考虑考虑。"

"考虑啥啊，赶紧报。"

"我跟你说啊，现在学医的真的不读博士不行，你看现在你们医院想进去没博士学历想都别想了，而且现在博士也越来越多了，你一个硕士学历根本没有竞争优势。"

"是啊！现在进我们医院的即使是我们学校的博士都难了。"

"所以说啊！"

"而且有了博士学历，你不但升职称快，就算是申请项目都容易，我知道的是你们在申请项目的时候都是优先博士的项目。"

"好像还真那样的，我这几年申请的项目都好难通过，基本通过的都是博士。"

"就是说啊！"

"你这么说，看来我真的是要考个在职的啦，不然真的是一条路走到黑啊！"

"当然了，前几年我考的时候就跟你说，你还不信，现在这几年的趋势越来越严重了，必须得考博的。"

"嗯，我回头去查查今年我们学校的博士招生结束了没有。"

"对，抓住机会赶紧报。"

自从工作了以后，能碰到真心对自己提建议为自己考虑的人并不多，陆飞虎这些年对于苏庆春来说既是患难时帮自己一把的朋友又是在他安稳时提点自己的人，苏庆春为自己有这样的朋友而感到高兴。

"好，你说的这事情，我回去好好琢磨琢磨。"

"嗯！"陆飞虎看了下手表，说道，"行吧，具体你自己看着办吧，你要跟我一起我们去找同学们聊聊天？"

"算了，我就不去了，刚刚也打招呼了，聊天我也不知道聊啥，"苏庆春看了下手机已经10点半了，"你去吧，我就先回家了。"

"那也行，你回去吧，回去跟小培好好聊聊。"

说着两人便一同离开了包厢。

| 040 |
忍气吞声

翌日便是周末，按照惯例苏庆春还是一大早就回病房查房，病人情况都了解差不多以后，苏庆春继续在医院里看文献，等吃完中饭才回家。

昨天回家晚，妻子黄小培早就睡觉了，两人早上也没说话，今天下午妻子黄小培是要带着孩子去上补习班的，所以苏庆春下午才回家。

回家后的苏庆春想着昨天陆飞虎说的话，便查了下在职考博的情况，发现自己学校的在职博士考试是参加每年的统考，时间早就过了，现在是今年考博分数陆续出来的时间。

于是他又对考博需要的资料等一些事情查了一遍，转眼苏子轩都下补习班的课了。

苏子轩看到苏庆春一个人在客厅看电脑，便跑过来问道："爸爸你在家啊？"

"爸爸一直在家啊！"

"那刚刚你怎么不跟我们一起去吃饭啊？"

这问题把苏庆春问倒了，他抬头看了一眼黄小培。

黄小培连忙拉着苏子轩到电脑桌的另一边书桌上，并叮嘱道："你赶紧写作业，小孩子哪来那么多事情啊？"

这时苏庆春才知道她们娘俩已经背着自己在外面吃完晚饭了。

苏子轩看了一眼黄小培，一脸无奈地掏出书包里的书。

她可无心做作业，一直慢悠悠地拿着书本，同时她眼睛又非常激灵地用余光观察着黄小培。

当她发现黄小培去卫生间以后，马上蜷着身子、踮着脚跑到苏庆春旁边，压低声音朝苏庆春的耳朵旁问道："爸爸，你是不是没吃饭啊？"

"是啊！"

苏子轩先是朝苏庆春嘻笑着，然后没说话，而是继续勾着身子、踮着脚跑走了。

几秒不到的功夫,她便从自己的房间捧出来一堆零食,说道:"爸爸,这些都给你吧。"

苏庆春摸着女儿长长的辫子说道:"轩轩真乖。"

"不过爸爸不饿,爸爸不去陪你和妈妈吃饭是因为爸爸中午在医院吃太多了,有些不消化。"

"哦,我还以为你和妈妈又吵架了呢。"苏子轩一副小大人的样子说道。

"傻孩子,爸爸和妈妈挺好的。"苏庆春尴尬地说道。

"你赶紧去做作业吧,不然妈妈发现你还没做作业又该骂你了。"

还没等苏庆春话说完,就听到卫生间的水声。

苏子轩连忙把手上的零食扔到了沙发上,迅速地跑回了课桌旁,假装一切都没有发生。

黄小培走过来看了一眼苏子轩在安静地写作业,便回房间了。

成功伪装躲过黄小培的稽查苏子轩明显很得意,还朝苏庆春吐了吐舌头。

之后苏子轩便安安分分地做家庭作业了。

……

医院里,周日的下午,一般只有值班医生带着一些实习医生或者进修的医生会在科里。

今天的值班医生是李文敏,她是去年刚刚入职的女博士,还未升为主治医生,只是一个住院医生,所以她当的也是一线班,下午忙完事情以后她便回办公室开医嘱了。

病房里孙梦一家人还在为孙梦生的孩子不是男孩子而非常介怀。

病床上的孙梦更加想不通,明明怀孕的时候所有人都说自己怀的是男孩,为什么生下来的却是女孩。

但让她最难受的并不是这个,而是自己豁出了性命生完孩子之后婆婆人都已经来的路上了,一听说自己生是女孩居然打道回府,继续打麻将去了。

而且第二天早上来的时候对自己生女孩这件事是冷嘲热讽。

孙梦出生在苏南地区,父亲早亡,是母亲一手带大的,她好不容易考上了上海一所一本院校的大学,在读大学期间遇见了隔壁学校碌碌无为的张志成,当时张志成父母在高校区开了一家饭店,生意红火,孙梦也是吃饭的时候碰到张志成的,当时的孙梦长相甜美,性格温和,张志成第一眼就看上了孙梦,后来在张志成的激情攻势之下,两个人在一起了。

毕业之后名校毕业的孙梦听婆家人的话没出去找工作,也跟着丈夫一起在家里帮忙,之后婆家的店也越开越大,分店开了好几个,很快他们便在上海也买了房子。

结婚后孙梦便把孤身一人在老家的母亲接到了上海,刚开始母亲跟着在店里帮忙还算是融洽,无奈张志成家里重男轻女严重,这一切和谐在孙梦生了第一胎女儿之后全部变了,婆家人不再对她那么客气了,总是拿生女儿来说事,接下来孙梦几次怀孕都是女儿更加是让情况变得微妙起来了,这些年她把母亲接到了身边,让母亲和自己都过着看人脸色的日子。

她这胎大家都是打了包票是生儿子的,可没想到居然最后生的是女儿,这可能直接影响她和母亲在张家的地位,强势的婆婆甚至可能逼着没有主见的丈夫跟她离婚。

虽然这些年婆家人对孙梦不是很好,张志成也是个妈宝,没主意的人,这样的婚姻孙梦强要维持没什么意义,可是孙梦软弱,特别是从大学毕业到现在八九年了,孙梦没有任何工作经历,她也担心离开了张家自己带着母亲无法生活,所以就这样带着母亲忍气吞声。

对未来的未知和恐惧这些比生女儿、切除子宫这件事情更加让她害怕。

孙梦看着在一旁一心只顾着玩手机的丈夫以及没一点好脸的婆婆心中无限惆怅。

她突然朝张志成小声嘀咕着:"我这胎怎么会是女孩子呢?我怎么感觉当时孩子出来的时候我明明看到了一个小GG的啊!"

孙梦的声音虽然小,但是她婆婆很快搭上了话:"生女儿就女儿,别在这里说瞎话。人家志成也去问了医生,医生都说了是女孩子。"

"志成问了当时进手术室的其他医生不?"孙梦没搭婆婆的话,继续朝张志成问道。

"都问了,"婆婆没好气地回道,"志成连那个江医生都问了,他也是给你做手术的医生,人家都说确实是女孩子。"

"哎!怎么会这样啊!"孙梦故作叹气道。

意外发现

孙梦婆婆看孙梦的表情，也不死心地补了句。"你这胎啊，也算是我看走眼了，知道是这样，老早也让你去检查了，确定是个丫头片子就直接引产了，也不会有这回事。不过，你这胎我看跟之前不一样啊，而且我们一起的朋友都看着你这胎怀像就是个男孩子。"

"就是啊！我感觉明显跟怀贝贝那时候口味不一样的。"孙梦也呼应着，说完还朝一直拿着手机没参与进来的张志成问道，"是吧？志成！"

"什么？"张志成一脸懵地抬头问道。

"我这胎习惯是不是跟怀贝贝的时候不一样啊？"

"哎，说那些干啥啊，都生了。"

张志成不耐烦地回了一句，然后继续低头玩手机。

"本来吧，生女孩就女孩子吧，我们张家也不是养不起，完全可以之后再生过儿子嘛，"婆婆说道，"谁知道你肚子这么不争气，又没了子宫。"

"这往后啊，我们张家看来是要断子绝孙了。"

婆婆的话无疑是在给孙梦伤口上撒盐，她没再说话了，而是无奈地侧过身背对着婆婆。

孙梦婆婆说完看了一眼孙梦，说道："你还别嫌我说话不好听，这女人哪里有不生儿子的啊，别说现在了，就算是以前志成他老姨生了5个女儿在40多岁还拼了个儿子，这就是女人的命。

"娶老婆为的是什么啊？还不是为了传宗接代的啊，作为一个女人，连生儿子的能力都没有，那还有啥用啊。"

孙梦没再回话，不过即使孙梦的婆婆这么说她，丈夫张志成在一旁也没多说一句，孙梦只能安慰自己他在玩手机，没注意听。

不过她也很清楚即使张志成当场听得真切，也不会为了自己跟亲妈顶嘴的。

孙梦婆婆见儿子和儿媳妇都没搭理自己，也就不再细说了。

"算了，不提了，你好好睡吧。"说完她又看了一眼手机，已经5点半了。她踢着儿子的脚问道："诶！你这丈母娘怎么回事啊？都5点半了还没把饭打过来。"

"5点半还早着呢，"张志成嬉笑着回道，"妈，再等等吧，应该很快就到了。"

"这小的这样，老的也是这样，做事情都是磨磨蹭蹭的，一点也不靠谱。"

孙梦侧着身子，听到婆婆说完自己又说自己的母亲，眼泪忍不住流了下来。

孙梦婆婆实在无聊，此时看到隔壁床张小美的妈妈正在床头柜前整理东西。于是，孙梦的婆婆侧过身探着头朝张小美的妈妈问道："你女儿看着挺年轻的啊，这么早就生孩子了啊？"

张小美妈妈尴尬地回道："哦，没有，没有生孩子。"

"哦，我以为生孩子的都住一起呢。"

"你女儿应该也就刚读大学吧？"孙梦婆婆十分八卦地问道，"她是得了什么病住院啊？"

张小美妈妈并不想回答她的问题，只笑笑。

孙梦婆婆继续说道，"诶！好像你们是跟我们同一天进来的嘛，我想起来了，我听医生说好像我们是同一天住进医院的。"

"我有事情，先出去一下。"张小美妈妈不想聊这些话题，随便以一个理由搪塞了孙梦婆婆便离开了。

孙梦婆婆是个典型的从农村出来的妇女，以前受了很多苦，现在家庭富裕了整个人就不可一世。平时爱八卦，丈夫宠着，在家里又强势，现在家里生意稳定，也不怎么需要自己操心，在家里也是什么事情都是她说了算。她看着张小美妈妈爱答不理的样子还有些不高兴。

"诶，这人什么态度啊！真是的，就随便聊会天嘛，干嘛搞得跟刺探隐私似的。"孙梦婆婆骂骂咧咧的。而后她又看了一眼一直低头玩手机的儿子和侧身的儿媳妇，实在无聊，便拿着水壶出去接水了。

碰巧在接水的地方，她碰到了另一边病床的陪护家属。

孙梦婆婆又好奇打听道："诶，你知道49床的那个女孩子怎么进来的吗？看着那姑娘挺小的样子。"

对方看着约莫50出头，先环顾四周看了一遍，然后小声说道："你还不知道她的事情啊？"

"不知道啊！我今天问她妈妈来着，一副爱答不理的样子。"

"这种见不得人的事情她妈妈肯定不会说啦。"

"啊！见不得人的事情？什么事情啊？"孙梦婆婆一副看热闹不嫌事大的样子打听道。

对方一看就是跟孙梦婆婆一样爱八卦的中年妇人，她看孙梦婆婆不知道情况，像手里有大新闻一般得意地分享道："那女孩啊，是在外面打工被别人搞大肚子，男方扔下她。她没办法就跟朋友一起去小医院引产，最后出事了打120送进来的。"

"这么小就引产啊？那是要丢死人了。"孙梦婆婆说道，"那姑娘看着不是很小吗？"

"是啊！才18岁呢。"

"才18就引产啊！"

"是啊！而且听说这孩子已经她的第二个了。"

"天啊，那真是丢死人了，这么小的孩子就不学好，我就说刚刚怎么问她妈妈不理人呢，原来是怕丢人现眼啊。"孙梦婆婆笑着回道。

"那这样的事情哪里好对外宣扬啊。而且听说这女孩子进来的时候都是休克的，差点死在手术台上了，还好是那个苏医生救过来了，她妈妈都是做完手术才赶到的，这女孩子也算命大啊。"

对方说完继续补充道，"哦，对了，这个女孩子后面同时进来了还有一个出车祸的产妇，也是差点命都没了，也被苏医生救过来了。

"听说本来都是要切掉子宫的，但是都被苏医生治好了，现在是子宫也保住了，人也保住了，这苏医生真是厉害啊。"

孙梦婆婆听到这话脸都绿了。

"听说你儿媳的主治医生也是苏医生吧？真好啊，我们当时不知道，就随便找了个医生。"

对方话还没说完，孙梦婆婆人就走了。

"诶！这人怎么回事啊！走了也不打个招呼。"对方一脸懵地看着孙梦婆婆的人影。

讨说法

孙梦婆婆听到病人家属说苏医生收的病人很危险也都救过来了,而自己的儿媳妇就是正常生个孩子但却莫名其妙被切除了子宫,那她哪里能淡定啊。

本来她就一直为自己儿媳生了两个孙女,而且儿媳妇又被医生切掉子宫的事情大为恼怒,现在听说了这件事情,是气不打一处来啊,哪里还等得了那么多。

只见她拿着热水瓶还没放回病房,就气冲冲地赶到了医生办公室来找苏庆春理论。

孙梦婆婆走到办公室门口的时候不管三七二十一,直接大喊道:"苏医生!"

今天是周末,下午大部分医生都不在,留下的一般就是值班医生和一些实习的助班医生,今天本院值班的医生是刚刚升为主治医生的李文敏李博士。

此时正巧她在办公室里开医嘱,办公室的所有医生都被孙梦婆婆的大喊声给吸引了,这其中也包括李文敏,她见病人家属这么焦急大喊苏医生,猜想她肯定有什么急事。

于是李文敏连忙站起来,转过身回道:"你好,苏医生今天休息,不当班。你有什么急事可以找我,我是今天的值班医生。"

孙梦婆婆走了进来,直接回道:"我不找你,我就找他。"

"他现在不在呢。"

"我好像上午还看到他了呀?"孙梦婆婆怀疑道。

"哦,今天是周末,医院的医生早上会轮班查房,一般查完房都回去了。"

"不过今天苏医生倒是一直在办公室,下午我记得都在的,不过现在已经回家了。"李文敏解释道,"你有什么事情跟我说是一样的,今天是我当班。"

孙梦婆婆没有正面回答李文敏,而是坚持追问道,"那苏医生什么时候来?我找他有急事。"

"他应该明天上班吧。"李文敏弱弱地回道。

"那我明天来找他。"孙梦婆婆干脆地回道。

李文敏刚想说话,孙梦婆婆一个急转身,立刻匆忙地离开了,只留下李文敏一脸茫然地看着门口,嘴里忍不住嘀咕道:"这人什么情况啊!火急火燎的!"

……

火急火燎离开的孙梦婆婆则一路上一直在想为什么同一天急诊进来的病人里面只有自己儿媳妇孙梦切除了子宫,她百思不得其解,越想越火大。

她气势冲冲地跑回了病房,并怒摔手中的热水瓶。

此时孙梦妈妈已经把饭打了回来,正在给孙梦喂着饭。

孙梦妈妈见到她回来了笑嘻嘻地把另外一个饭盒递给孙梦婆婆。

"诶,亲家母,你回来了,赶紧吃饭吧,菜都快冷了。"

"现在都什么时候了还有心情吃饭。"孙梦婆婆一嘴怼了过去,让孙梦妈妈原本笑嘻嘻的脸一下子就冷了下来。

孙梦看着妈妈,示意她不要理了,于是孙梦妈妈只得把气往肚子里咽,继续给女儿喂饭。

孙梦婆婆可不管这些,她看着此时病房里儿子张志成还躺在病床的另一头玩着手机,大声喊道:"志成,别玩了。"

"哎呀,妈,我玩会儿再吃饭,现在不饿。"

"玩什么玩,你赶紧别玩了,出大事了。"

"什么大事啊?"

张志成知道自己的妈妈很爱夸大其词,也没当回事,继续玩着手机头也没抬地回道。

"啧!别玩了。"张志成妈妈走过来抢过儿子的手机大声说道。

大家看到张志成的妈妈这阵势都没发话,孙梦妈妈原本给孙梦喂着饭也停了下来。

平时在家里本身就没有什么话语权的张志成见这阵仗只弱弱地回了

句:"妈,什么事啊,你说嘛,我这正组队玩着呢。"而后张志成又笑嘻嘻地把手机抢了回去。

"我跟你说正事,赶紧把手机关了。"

张志成见妈妈这么严肃,也没敢回嘴了,安稳地放下手机。

"妈,你说吧。"

"我刚刚听隔壁病床的人说那天跟梦梦一起进来的几个非常严重的病人,都被那个苏医生抢救过来了,而且都没切除子宫。"

孙梦婆婆说着看了一眼隔壁床睡着的张小美,大步走到张志成旁边小声说道:"这个床就是跟梦梦一起进来的,听说来的时候人都晕倒了,也抢救过来了,也没切除子宫啊。"

"还有另外一个出车祸的,孩子都没救过来,人家也没切除子宫啊。"孙梦的婆婆绘声绘色地说道。

"真的?"张志成已经没心思玩手机了。

"千真万确。"张志成妈妈言之凿凿。

"儿子,这苏医生看来是看我们好欺负啊?"张志成妈妈眼神犀利地说道,"不然怎么别人都不切除子宫,单单就我们梦梦切掉了啊。"

张志成迟疑了一会,朝被子上摔着手机说道,"太过分了,我就说当初梦梦说孩子是男孩,他非说是女孩子,我找他问清楚,还一副敷衍了事的态度呢。我现在就找他去,问问他到底什么意思啊?"

说着张志成连忙站起来了。

"不用去了,我刚刚已经去找过了,人家今天现在压根没上班。"

"那他什么时候上班啊?"

"明天。"

"那我明天找他去。"

"嗯,你明天肯定是要找他问清楚的,孩子的事情也要问下,搞不好就是他们掉包的呢。"张志成妈妈说道。

说完她还朝孙梦确认了一遍,"梦梦,你不是说你手术结束后看到孩子明明有小 GG 嘛?"

孙梦愣了一会,又看了一眼她妈妈,然后点点头。

"所以,现在看来,就是那个苏医生在搞我们,很可能并不是你当时看错了,我们有可能生的就是个孙子。"张志成妈妈就跟知道一切一般描述道。

"要真是这样的话,我一定要把事情搞清楚。"

"肯定要找那个苏医生搞清楚,凭什么就搞我们啊!难道就是因为没给红包?"

"那肯定就是这个原因了,我就说嘛,为什么那个苏医生态度一直不怎么好呢,肯定就是这个原因。"张志成连忙呼应道。

"要真是那样的话,明天一定要找他讨一个说法,看我们好欺负啊,太没有医德了。"

"嗯!明天我一定去找他算账。"

孙梦和孙梦妈妈就这样站在旁边看着他们母子俩说话,一声也没吭。

张志成知道这个消息后,一晚上在网上搜索关于医院把孩子掉包的事情,还有错误切除子宫该如何索赔的事情。

这一个消息可以说是给他们原本失落的心带来了一线希望,一晚上他们都在谋划着该如何处理这件事情。

……

妇科门诊

翌日便是周一，工作又开始了，每周的周一上午都是苏庆春上门诊的日子。

一大早苏庆春就来到门诊，一般苏庆春都是自己上门诊，今天上午科里没手术，规培医生江况也跟着苏庆春一起上门诊了。

虽然8点还不到，但是门诊办公室门口已经坐满了人，即使大厅有一个大的排号区，但是很多病人因为是看着医生去的，都知道在哪个诊室门口提前等候。大家见医生来了，都围了过去。

"大家等下哈，等叫号了再进来。"苏庆春赶忙说道，不然他连门都没法开了。

苏庆春刚一坐下，江况也来了。

"师兄，早！"

"早！"

江况已经不是第一次跟着苏庆春上门诊了，他非常熟练地打开电脑，只要有人跟着上门诊，苏庆春都会轻松一些，因为开单、开医嘱这些工作跟着一同上门诊学习的师弟师妹都会替他做。

苏庆春也是这样跟着师傅一同上门诊一路学习过来的，不过苏庆春现在自己还不能带硕士，只能在师弟师妹有空的时候跟着来上门诊，以后要是他有学生，那每次上门诊都可以让他们来学习，顺便也可以替自己帮忙。医学生医学生涯的所有经验都是这么一点一点跟着上级医生或者师傅积累出来的。

很快，就到了8点，一到时间，叫号台就准时叫号了。

"请1号余燕燕到5号诊室就诊。"

只见一个约莫20多岁的女孩子拿着空白的病历本缓缓地走了进来。

一看就知道是个看病非常有经验的人，不等苏庆春说话，她便坐到了办公室前面的凳子上。

苏庆春问道："你是什么情况呢？"

"医生，我是这样的，前几天我在我们医院做了人流，但是这几天下面一直有流血……"

"你老病历本没带吗？"苏庆春看着空白的病历本问道。

"没有……我忘记了。"

"那你具体是几天前做的人流？"苏庆春边问边拿着笔准备记录。

"上周一吧……"

"那就是刚刚七天是吧？"

余燕燕迟疑了一会，回道："对，应该是七天吧。"

"刚做完人流十天内出血是正常的，你不必太担心的。"苏庆春淡定地回道。

"但是我这几天总感觉肚脐这边很不舒服。"

余燕燕说完又摸了下肚脐，眉头紧锁，小心翼翼地继续说道，"医生啊，你说……我这做人流会不会孩子的脐带还没弄出来，还在我肚子里啊？"

江况在一旁听到后，忍不住笑出了声。

苏庆春看了一眼江况，江况知道自己行为有些不妥，连忙假装咳嗽一声缓解尴尬。然后苏庆春淡定地解释道："你的肚脐是跟你妈妈连在一起的，宝宝的脐带不是跟你的肚脐连在一起的。"

"医生，什么意思啊？"余燕燕一脸懵地问道，"我有点不太明白，为什么我是连着我妈妈，我宝宝却不连着我呢？"

苏庆春慢慢地解释道："可能是我刚刚没说清楚。这个宝宝的肚脐是连着脐带的，脐带是连着胎盘的，所以你的肚脐可能跟你妈妈有联系，但是你宝宝的脐带跟你肚脐一点关系没有。"

"哦，这样啊！"余燕燕像得到了天机一般恍然大悟。而后她自己也一脸不好意思地笑着回道，"我还以为我们两个的肚脐是连在一起的呢。"

"你这个刚做完流产前几天有点流血应该是没什么问题的。"苏庆春继续强调道。

"哦。"女子还是不放心地问道，"医生，我好不容易挂个号，你要不给我开个B超拍个片子，我也好放心点。"

"你这几天流血真的没太大问题的。"

"医生你还是给我开个检查吧,我这好不容易请个假,还起这么大早排个号。"

苏庆春无奈地回道:"那行吧,假如你坚持要做,那我给你开个彩超检查吧。"

"嗯,医生你开吧,我这好不容易来一趟做了检查我才放心点。"

苏庆春一脸无语地看着江况说道:"你给她开个腹部彩超吧。"

江况也是一懵地看着苏庆春,"好吧。"

待检查单打印出来后,女子才肯离开。

余燕燕刚走后,江况忍不住说道:"真是奇葩啊,平时都是见那些人嫌检查开多了,这回居然还有追着医生开检查单的。"

"嗨,门诊见多了,啥人都有。"

苏庆春的话音刚落只见一个顶着孕肚的看起来年纪并不小的女人走了进来。

"医生,麻烦帮我开个四维彩超检查。"对方直截了当道。

苏庆春一脸疑惑地看着病例,除了名字和可见的35周岁的年龄,整个病例本都是空白的。

"你现在是多少周啊?"苏庆春一脸疑惑地问道。

"6个多月吧,具体多少周我还真不太记得了。"

"你怀了几周都不知道啊?"

"我这是二胎,老大都10岁了,之前也没做过检查,就这几天我来上海看我老公,正好在网上看到说年纪大了孩子可能会有畸形,所以我老公要我来做四维彩超。"

"他说要做就做吧,算了。"孕妇还一脸被逼迫的语气,补充道。

苏庆春和江况互看了一眼。

"那你上一次月经是什么时候啊?"

"上一次啊?"孕妇想了想,"额,好久了,我想想哈。"

孕妇迟疑了半分钟,终于挤出了一句:"可能是11月中旬吧,具体哪天我真不记得了,太久了。"

"是这样的,按照你提供的信息,假如是11月15日经期的话,你已经有26周了,你需要挂产科看。"

"产科不是生孩的才去的吗?我也不生孩子啊!"

"我们医院一般是20周以上或者小于20周但已经在我们医院产科登

记等打卡的都是在产科挂号,我这里是妇科门诊。"

苏庆春说完又一脸无奈地回道,"而且按照你说的,如果想要做四维彩超,一般最佳时间是 22 周~28 周,但是因为四维彩超照的人特别多,都是要提前 2 个月预约的,按照你提供的时间来看你可能去产科预约也有点难哦。"

"怎么做个检查搞得这么麻烦啊。"

产妇一脸不悦地说道,"算了,算了,做个检查推三阻四的。我不做了,麻烦死了。"

说完产妇便拿着病例扬长而去。

门诊

苏庆春一脸无奈地看着病人离开的背影,搞得刚刚错是他引起的一般无措。"这个妈妈也太不负责任了吧,自己怀了宝宝几周也不知道,错过了检查时间还怪别人,真是无语。"

"哎……确实她这个妈妈当得也太不负责任了。"

"我估计啊,头胎也是没做过检查,不然怎么会作为一个孕妇连周期都不知道啊。"

"就是啊,都不知道怎么当妈妈的。"江况说完又补充道,"不过,师兄,我其实对我们妇科和产科门诊区分的事情也有些疑惑。"

"当然不是跟她一样疑惑怎么分的,"江况连忙又解释道,"而是奇怪,为什么我们门诊妇科和产科分得这么清楚,但是住院部又分得不是那么清楚啊?"

"我们住院部不是也产科、妇科都分了吗?"

"师兄,我不是那个意思。你看我们病房不是说是妇科病房嘛,但是我们急诊会诊的时候不是又混在一起了嘛。就像之前我们急诊碰到了产妇疑难问题还不是要处理啊。而且最后我们自己接诊的即使是产科的病人还是要收到我们病区去,你不觉得这样好奇怪吗?这样管理起来也会很混乱啊?"江况把自己的疑问悉数讲了出来。

"那是因为我们医院以前住院部的妇产科是不细分产科和妇科的,当时都在一起,"苏庆春慢慢解释道,"其实我觉得那时候都在一起我们上手的机会很多,学的东西也很多。

"不过医疗的发展肯定是往更加细致和专业的方向走,细分是必然的方向,我们医院应该算是医院里妇科和产妇细分比较晚的啦。

"但是话又说回来,其实妇产科怎么分也还是一个大类,不可能说彻底真正分家的,妇产科本来就是一个整体,作为一名妇产科医生妇科和产科的知识都要懂得，分出来可能是会更专业一些，但是不能因为专业就只学一种，就像你们规培，你待在妇科病区，就不能说产科知识一点不懂，或者是你在产科病区就只会剖腹产那也不对啊，都不够全面。

"我猜医院也是出于这样考虑才让我们急诊会诊的时候不分开，这样也是锻炼医生，让大家学到更多的东西，无论是像你们这种刚刚进入医院不久的，还是实习的学生其实都是有好处的。"

苏庆春话音刚落，听到门口传来嘈杂声。

门诊加塞

几秒过后,嘈杂声依然此起彼伏。

"江况,你去看看什么情况啊?"

"嗯。"说着江况站起来走到门口一看究竟。

江况走到门口的时候,发现诊室门口站着三位女士,其中两位打扮年轻看上去40不到的女人站在一起正在和一位看上去50来岁的女人争执。

"你们怎么这样没素质啊,我好不容排好的队凭什么让你们先进去啊?"50来岁的女人理直气壮地责骂道。

"我们只是想进去让苏医生开个检查,又不看病的,你急什么急啊。"另一边的一位女士解释道,"就一分钟,马上就出来喽。"

"那也不行,看病谁不急啊,而且我们都排了这么久的队。"50来岁的女子毫不示弱地说道,"我们谁看病不是开检查啊,你要开检查也要等叫号的。"

"都说了,我们进去一分钟就出来,你这人怎么这么不通人性啊!"

江况这才明白过来是什么情况,微微咳了一声说道:"你们吵什么啊?要吵架不要在医院门口吵。"

"医生,她们插队。"

"谁叫于海青啊?"

"我,我,我……"50来岁的女子马上拿着号高兴地跑到江况旁回道。

而正在于海青走到江况身边的时候,其中一位女士跟另外一位女士使了个眼色,两人借着这个机会,一溜烟的功夫溜进诊室。

拿着号的于海青就这样看着她们溜进去了,气愤不已:"医生,你看看她们太没素质了。"

江况见状，连忙解释道："您稍微等下，我让她们出去挂号。"

"嗯，赶紧让她们挂号去。"

于是江况连忙又走了进来，并说道："欸！你们怎么这样啊，赶紧去挂号，外面大家都……"

还没等江况把话说完，她们已经围到了苏庆春身旁。

"算了，江况，这是我朋友。"苏庆春连忙说道。

江况一脸无语地看了一眼苏庆春，心想："朋友也不能不挂号硬闯啊！"

苏庆春心领神会江况的意思，尴尬地解释道："这两位都是我女儿同班同学的妈妈。"

"就是，我们又不是乱来的啦，我们是认识苏医生的。"其中一位女士叫嚣道。

江况看了一眼那位女士，然后无奈地走回了自己的位子上坐了下来。

原来刚刚恶意闯进来的这两人不是别人，正是苏庆春在家长会上见过的，还说约好来看苏庆春号的涂西西妈妈和刘振豪妈妈。

一直带头的那位便是刘振豪妈妈。她朝苏庆春笑着说道："苏医生，你还记得我们啊？呵呵，我是刘振豪妈妈。"

"嗯，我记得。"

苏庆春尴尬地笑了笑，但是其实对于她们的出现苏庆春也是非常意外，因为当时在学校他已经顺便把她们的情况都了解了一遍，该怎么处理也都说了，所以苏庆春压根没想到今天她们会再来。

另一位涂西西妈妈也问道："苏医生，我是涂西西妈妈，就是苏子轩的同桌涂西西。"

"我知道！"

"苏医生啊，我们说好今天来挂你的号，就会来的，是吧？振豪妈妈。"

"是啊！"刘振豪妈妈说道，"不过苏医生，我们没想到你们医院的号这么难挂。"

"我们这么早来就没号了。"

江况在一旁斜了她们一眼，心想："到哪个医院挂号不要早来啊！"

"苏医生，你看我们这来都来了，要再挂你的号就只有等下周一了，要不你看可不可以跟挂号的那边说下给我们加塞个号。"

"我们这边的挂号数量是有限制的,现在加不进去的。"

刘振豪妈妈看了一眼涂西西妈妈,然后说道:"那你直接帮我们看下呗,我们这一趟跑来也不容易。"

刘振豪妈妈说着还把自己之前检查的报告放到了苏庆春面前。

"是啊!是啊!苏医生,你们这里的号太难挂了。"涂西西妈妈也呼应道。

苏庆春并没有说话,而是拿起了刘振豪妈妈的检查报告,报告显示她是有 6cm 大小的子宫肌瘤,但是报告还是一个月前的。

"你这个报告是 1 个多月前的,需要重新拍个片子的。"

刘振豪妈妈听到这话原本微笑的脸一下子就变了,她僵硬地笑着问道:"找熟人还要重新检查过啊?我以为找熟人就不需要重新做那么多乱七八糟的检查呢。"

"你这个片子都是 1 个月前的,让你拍片子是为你负责,不然谁知道你的病情这一个月有没有变化啊?"江况没好气地说道。

刘振豪妈妈听到江况的话明显有些不高兴,于是苏庆春连忙解释道:"江况的意思是你这种肌瘤随时都可能在变化,假如你想要在我们医院做手术的话,那我要看下你现在的肌瘤大小才能知道你是否符合手术指标。

"我们不能凭着你在别的医院好久以前的报告而直接收你入院的,这样假如你病情变化了,那我们会出现误诊的。"

"哦,这样啊!"刘振豪妈妈犹豫了一会然后说道,"那检查就检查吧,你帮我开检查单吧。"

"你以前有我们医院的就诊卡吗?"

"没有。"

"那你需要去挂号,不然我们没法给你开检查单的。"

"这么麻烦啊!"

"看病肯定是要挂号啊,不然怎么开检查啊?要入院都没法办啊。"江况补嘴道。

"那我也要去挂号才能开检查单吗?"涂西西妈妈问道。

"对,只要没有我们医院的就诊卡,就都需要。"

"可是你们这里挂号的地方说挂不了号了啊。"

她们需要做的检查其实主要是 B 超和血常规检查,突然苏庆春灵机一动,然后边写字边说道:"你们这样,现在到挂号的地方,就问她们哪个科现在能挂到号，一般你们可以去中医科看下，那边可能人少点，就说健康检查，让他们开这个检查就行。"

说完苏庆春已经写好了两张不同的纸。

"这个是你的。"

"这个是你的。"

分别递给了涂西西妈妈和刘振豪妈妈。

"哦，好的。"涂西西妈妈接过纸，说道，"谢谢你啊，苏医生。"

"你们按照这个检查，结果出来以后可以直接拿给我看，假如结果出来晚了你也可以直接到住院部 10 楼去找我。"

"你到时候把之前的报告也一起拿过来，我需要对比变化。"苏庆春朝刘振豪妈妈说道。

"行。"

于是她们两个各自拿着苏庆春写好的单子高兴地走出去了。

她们出门时还一副得意扬扬的样子瞟了一眼刚刚跟她们争执的那个病人。

这让原本气恼的病人更加恼火，好在此时她听到了广播台又播报了一次她的名字，这才算是平息了她一点怒火。

就这样苏庆春和江况一上午一个病人接一个病人，除了病人离开的时候有时候说会话，其他时间都在坐诊，一上午连上厕所的时间都没有。

人情社会

下了门诊之后江况和苏庆春一起去食堂吃饭。

吃饭的时候江况想起上午那两个加塞病人的行为还有点耿耿于怀。

"师兄,今天上午那两个加塞的人你跟她们熟吗?"江况试探性地问道。

"不熟,我也是上个礼拜才见过她们一面。"苏庆春说道,"上周我不是给我女儿去开家长会嘛,她们也在,她们一听说我是妇产科医生就找我问这问那的,搞得我很尴尬。

"还引起了其他妈妈的围观,你不知道当时搞得我跟猴子似的,相当尴尬,最重要的是还在教室里开了一场临时的门诊,想想我都无语死了。"

苏庆春说到这个还不忘皱了皱眉头,并继续说道,"而且上回我还特意跟她们说了她们的情况并不是很严重,完全没必要一定要来我们医院,即使来我们医院也没必要等我的号的,你看我们医院的号本来就难挂。"

"就是啊!我早上看着她们两个笑哈哈的,在外面跟人家吵架的那个劲,哪里像有病啊,既然知道要来也不提前挂号。"

"我也没想到她们会来,"苏庆春说道,"不过她们既然来了,毕竟是轩轩同学的妈妈,也不好把人往外赶的。"

"那倒也是。"

"其实啊,我是最讨厌给熟人看病的,你知道我们妇产男大夫跟其他科室不一样,替熟人做检查真的很尴尬的。"

江况看着苏庆春拧巴的表情,会心地邪笑道:"这倒是真的,我也是最烦给自己熟悉的女性做检查,她们不觉得尴尬我都觉得尴尬。"

"呵呵,是啊!"

江况听着苏庆春的口气明白了他跟她们两个的交情并不是很深,于是江况便畅所欲言了。

"师兄,我觉得吧,她们今天的行为真是很讨厌,你说是吧?"

"自己要看病嘛,也不早点来挂号,还在门口跟人家挂好号的病人吵架,真是无语,感觉好没素质哦。"

"今天实在是看在她们和你认识,不然真不想理她们,加个塞还理直气壮了。"

"是啊!加塞这样的事情确实对别的病人很不公平,人家花了那么多时间排队,居然就被她们这些想着走关系的人给插队了,很不公平。"

"就是啊!"

"哎,不过我们中国就是这么个人情的社会,没办法。"

苏庆春说完又补充道,"你看,外国人生病第一时间想到的是找医生,而我们中国人呢,看病第一件时间想到的就是有没有认识的熟人医生,没的话再看看能不能通过熟人找到。"

"我们国家确实是这样的。师兄,你看我现在只是在我们医院规培而已,就这样,老家亲戚,甚至以前从来不知道的亲戚都能打上电话来说想来我们医院看病,看能不能帮忙找下医生。"江况这会子倒是跟苏庆春倒起了苦水。

"找就找吧,谁叫我们是亲戚呢,是吧?可是他们来就来吧,还非得让我带他们去看病。"

江况越说声音越大了,"你说就挂个号,看个病,我还得带着你去看医生,我哪里有那么多时间啊,我又不是专业导诊的。

"可是你不去吧,他们说你架子大,有时候真的是好无语啊,甚至我现在会因为这样的事情好有压力,都怕接到我妈妈电话说你有谁谁来医院看病了。

"我真是神烦这个啊!"江况说完还补充了一句。

苏庆春看着江况说着话的时候都是咬牙切齿的,看得出来他是真的很烦这种事情。他笑着说道:"呵呵,你也别太排斥这个,其实说实话,我们作为医生,可以利用自己掌握的医疗知识和专业技能,来为同学、朋友、亲戚或者熟人指点迷津也算是我们作为医生自我价值的一种实现,毕竟我们医生本身的宗旨就是治病救人嘛。

"我们有知识和人脉,病人有需求,能够用我们仅有的资源去帮得病的亲戚和朋友这本来就是两全其美的好事情。"

"这点我也明白，我能够尽量帮忙的，我肯定都会尽力而为的，毕竟谁都会得病，能够在我自己能力范围之内帮助他们我还是很乐意的，但是有时候他们的要求我觉得真的是有点过分了。"

"那倒是的，"苏庆春也是深有体会，并说道，"找熟人看病这件事情是要量力而为的，我们只是医生，也不是神仙，再怎么样，他们还是要尊重医院的规矩的，不能让我们医生为难。"

而后他又补充道，"特别是不能让我们办那些本身就不可能办到的或者违规的棘手问题，就像我老是会碰到朋友住院部没有床位，让我加塞床位一样的，他们认为我们作为医生给他们加塞个床位很简单，可是床位本身就是护士安排的，这都算了，我们找找熟悉的护士说说话人家也能够理解。"

"最无语的是病区的病人都没有出来，他非得让你现在就安排他住进来，这怎么可能呢？难道赶走别人啊？不可能啊！"

"而且护士人家都说有安排的，碰到自己科里还好点，要加塞别的科里的病床那就更加是难为我们了。"

"就是，就是。"江况连连点头呼应，"这个安排床位的事情我也碰到过，之前我就有一个远方亲戚，我都从未见过，我妈妈打电话来说他要进骨科，非得要找我安排床位，我都打过电话问过那边的护士站了，人家说会尽量安排，可是护士也说了前面还有很多确实是早就安排好要做手术的病人，那这个肯定不能排到那些人前面吧？"

"可是人家不听啊，就说我没联系，还打电话找我妈去了，说我不够尽心，真是无语了，本身确实就是没床位，非说要马上进来，你当医院是宾馆啊，想进就进啊。"

"你说气不气人啊。"江况说道。

"呵呵，看来你没少给亲戚找熟人啊！"

苏庆春看着江况一脸沮丧和气愤的样子笑着说道。

"我还真是没少受这熟人的气，最可笑的还有一次一个亲戚让我去给他排队挂号，想到这个我都火死了，这网上预约、电话预约多的是，我凭什么上个班还给你排队挂号啊？"

"呵呵，这确实有点过了。"

"就是说啊，所以啊，我现在一听到熟人找关系都头痛。"

午餐就在两人对找熟人走后门的讨论中结束了。

闺蜜劝说

当苏庆春和江况在食堂大聊"找熟人走后门"的尴尬时，远在 30 公里以外的长湖实验中学的食堂里，黄小培和自己的好朋友小敏也有一番不同的对话。

"小敏，你那个补习班的事情，可能没戏了，我家那位还是不同意。"黄小培略带可惜的表情朝坐在对面的同事说道。

只见对面坐着的小敏，一身连衣长袖裙子，脖子还戴着一根蒂芙尼的项链，一副缪缪的新款眼镜把她突出得特别俏皮，虽然是同事，但是跟小敏的打扮相比黄小培就显得特别的素净，她穿着一条黑的裤子和浅色的衬衣，脸上戴着一副黑色板材框的眼镜，显得特别的古板。

"为什么啊？"

"还不是他那老一套啊！"小培回道，"哎，不想说他了，他就是比我们爸妈那代人还古板，冥顽不灵。"

"你老公怎么这样啊，"小敏边一脸嫌弃地挑着餐盒里的一小根青菜慢慢地递进嘴里，一边说道，"你不是说现在你老公工资不咋地了吗？还那么排斥？"

"是啊！他们的工资是大不如前了，但是还是那副假装清高的样子，我真是没法跟他沟通了。"黄小培说道，"为这事情我们最近还在冷战呢！"

"你老公怎么这样啊，以前觉得他还算是比较绅士儒雅，现在感觉怎么这么大男子主义啊，你工作的事情肯定是你自己做主啊，他凭什么指手画脚啊！"

"哎！我们那边的男的都有点大男子主义。"

"大男子主义可以啊，那你会赚钱也行啊！"小敏看着碗里的菜干脆不吃了，把托盘放到了一边，说道，"小培，我觉得你这事情不能就听你老公的,你看啊,作为女人我们要为自己的事情自己做主。

"补习班首先能赚到钱,而且教育学生也是你喜欢做的事情,说白了这件事情从头到尾都是你的事情,跟你老公半毛钱关系都没有,现在征询他的意见是对他尊重,居然他都不尊重你的选择,凭什么管他啊,直接来就好了。"

"小敏,你不知道,"黄小培说道,"我家情况特殊,你是知道的,轩轩平时上下课都是我去接的,我要是执意去补习班,那暑假轩轩在家就没人做饭了,而且轩轩也有一些补习班,也没人接送了。"

"没人带完全可以请保姆带两个月嘛,轩轩都那么大了,不就是接送一下嘛,完全没问题的,你看我家琪琪,不也是让保姆接送的嘛。"

黄小培有些为难地说道:"那我家条件跟你家条件也不一样,你家在上海是自己有拆迁房子的,我们这手上还有房子贷款,按照现在的保姆情况,要是请个好的保姆最起码七八千呢,两个月就一万多,这太贵了。"

"不贵了,你想想你要是两个月培训班的费用。"小敏说着伸出了三个手指头,并说道,"最起码这个数,要是学生招得多会更多的。"

黄小培听着小敏说的话,又有些犹豫了。

"可是保姆,我也不太放心啊,现在新闻里那么多保姆的负面新闻,总感觉她会对孩子不好。"

"那你真不放心保姆,你可以叫你公公婆婆来带啊,你老公爸妈不都在老家闲着没事嘛,你还每个月寄钱回去。"

"就是啊,我原本也是这么想的,所以我说的时候就跟他说了这个事情,但是他死活不想让他爸妈来,我也是奇怪。"

"为什么啊?男方不应该都希望自己爸妈来到自己身边照顾的吗,"小敏意外地说道,"这点我倒真的是很意外,本来我还想说他爸妈来上海你会不乐意,结果是他不乐意啊!"

"就是啊!我也就觉得奇怪,你说我都不介意他爸妈来了,他倒是介意。"黄小培说道,"不过听他的意思,我感觉是他爸妈不会来。"

"他爸妈不会来?"小敏眼神犀利地转了转,然后说道:"我明白了,我估计啊,他们以为来上海是无偿的服务,所以才不来。"

"什么意思啊?"黄小培一脸疑惑地问道。

"你是真傻啊,不来?"小敏嗤之以鼻,并说道,"暑假时间他们在家也没事，那不来估计就是嫌来上海会给你们做辛苦的带薪保姆嘛。"

黄小培还是一脸疑惑。

"还不懂啊？"小敏说道，"就是你老公不是说他爸妈不愿意来嘛，那你就告诉他们来上海一个月带小孩单独给3000块钱。"

"这总比保姆便宜吧？而且你还放心，爷爷奶奶总不会虐待自己孙女吧？"小敏自信满满地说道，"我就不信了，你给这么多钱，他们乡下的老头老太会不愿意来？"

黄小培不以为然地说道，"可是我每个月本身就给他们赡养费啊，而且来上海以后他们的所有生活费我都会出啊！爷爷奶奶带孙辈不是天经地义的事情嘛，为什么还要单独给钱啊？"

"你看吧？难怪他们不愿意来呢，"小敏一副看破一切的样子说道，"他们来不来都要给赡养费，那来了还要给你们做饭带孩子，你不多给点好处，他们怎么可能会自愿来呢？

"而且你们老家的那种爷爷奶奶就必须带孙辈的这个思想早就过时了，现在是什么时代啊，老年人也有老年人的思想了。"

"可是他们不也义务给老二带孩子啊，别说生活费了，我估计学费都是他们出呢？"

"那是他们的事情，我觉得你不能这么想，特别是你说你小叔子的孩子你公婆在带，他们那可能是从小带大的也亲了，不一样的，而且带得怎么样你哪里知道啊！"

小敏说完又补充道，"所以我觉得你啊，就花钱买个放心，再说了，你拿钱了，他们肯定也会带的好点，划得来的。"

"这么说倒也是的，我给了钱也不算是求他们了。"

"就是啊，出现有矛盾时我们还有底气了。"

"对，对，我之前真没往这边想。那这事情我回去跟我家那位再商量一下。"

"还商量个啥啊，不用商量了。"

"那我不得让他跟他爸妈去说啊！"

"这钱反正是你出，是你请他爸妈来帮忙带孩子，你就自己打电话回去跟他们说，你不是说你们老家那边不是经济并不是很发达嘛，那这3000块钱他们听到了肯定会来的。"

"嗯，那我回去考虑考虑下吧。"

"那你要赶紧哈,你确定了我好提前准备招生呢。"

"我知道,我会尽快做决定的。"

话说着黄小培端起了还剩一半饭菜的托盘说道,"算了,我也不想吃了,走吧。"

048
医患暖心一面

上午苏庆春和江况在门诊忙得不可开交的时候，张志成这边也没闲着，一大早就盯着办公室来回好几趟发现苏庆春一直没来，查房的时候也只是陶建国来了。

张志成见是陶建国，只问苏庆春怎么没来上班，也没跟陶建国说具体情况，反正张志成现心里就认定妻子孙梦发生的事情是苏庆春故意为难自己家人，他只想找到苏庆春当面理论。

得知苏庆春下午会来上班，张志成老早就吃完了中饭，之后他又是隔三差五地到办公室找苏庆春。而苏庆春和江况吃完饭回到住院部已经接近1点了。

在住院部的走廊里他们遇到了病人家属，于是江况便被截胡去病房看病人了，而今天下午3点苏庆春还有一个手术，所以他计划在值班室休息一会。

当他路过医生办公室的时候隐约发现会议桌旁边坐着两个人，她们身边大包的行李箱、小的塑料包、塑料袋等都已经把会议桌一角占满了，好在会议桌的另一边是靠墙的，不然这阵势可能把路给堵了。

苏庆春仔细一看那两人有点眼熟，他走近一看原来是49号床的病人张小美和她的妈妈。

"诶！你们怎么在这里啊？"

小美妈妈见苏庆春来了，赶紧站起来朝苏庆春说道："苏医生，你来上班了啊。"

"诶，我好像记得你女儿今天不是出院了吗？"

"是啊，是今天出院。"

"那你们怎么还在这里啊？是我还有什么手续漏给你打了吗？"苏庆春笑着说道，"我记得出院小结我昨天下班之前就打好了呢！"

"哦，不是，不是。"小美妈妈连忙笑着回道，"苏医生，你误会了。"

"上午陶主任查房的时候让我们去办出院手续，上午我们马上就办好了。"

"哦，办好了就好。"苏庆春说完怔了怔，而后问道，"那你们怎么还在这里啊？"

"是找我吗？还是有别的什么事情啊？"

"呵呵，我们这是在等您。"

"哦？是什么事情啊？"

苏庆春说着便赶紧跟她们一块坐到了会议桌旁。

"呵呵……其实也没什么事情。"小美妈妈质朴的脸上露出浅浅的笑容回道，"我主要是早上没看到您来查房，问护士说您下午来上班，所以就想在这里等您回来跟您告个别而已。"

"哦，原来是这样啊，呵呵，我今天上午都在门诊上班。"

"我听护士说了。"小美妈妈笑嘻嘻地回道，而张小美则坐在一旁一言不发。

说完以后小美妈妈欲言又止。

"你是有什么事情吗？直接说吧，没事。"苏庆春说道。

"小美这孩子还小，不懂事，也怪我没有能力让她读书，这么小就出来工作，才会弄成这样的。当初好在苏医生您心好，我们没有交钱就给小美做手术了，真是太感谢您了。"

小美妈妈眼睛闪着泪花说道，"真的，我们全家都挺感谢您的。"

"嗨，没事，作为医生，治病救人是我的天职。"

"苏医生，您别这么说，我已经听江医生说了，您之前为我们的事情为难了，"小美妈妈说道，"我虽然是农村人，但是道理我肯定懂的，您的大恩大德我们一定记住，更加不会让您这样的好人为难的。"

听到小美妈妈的话，苏庆春心里有种说不出来的滋味，但现在他最大的感触就是当初自己做的决定。

话说着小美妈妈突然从身边的一个袋子里掏出一个小东西，是用黑色小塑料袋包着的。她笨拙地把东西递给苏庆春，说道："我们农村人也没有什么值钱的东西，我看您应该是42码的脚，所以这几天我赶制了一双鞋垫给您。"

苏庆春先是一愣，马上回道："不用，不用。"

"苏医生，您就拿着吧，我妈妈做这鞋垫熬了几个通宵的。"张小美总算开口说话了。

小美妈妈不经意地摸了摸深深的黑眼圈，笑了笑。接着她又把那个塑料袋打开给苏庆春看了一眼，然后又包起来了，说道："我在苏南那边平时打打散工，偶尔也会做一些刺绣，这个材料虽然粗糙了些，时间也有点赶，但也算是我的一片心意，希望苏医生您别嫌弃才好。"

"哪里的话啊，现在我们想要买这样的都买不到呢。"

"那您就拿着吧，这样我们也安心些，不然我真的不知道该怎么感谢您。"

苏庆春犹豫了一会，然后说道："那行吧，谢谢你啊！"

小美妈妈见苏庆春拿了那双鞋垫，脸上又露出了朴实的笑容。

"对了，你们这大包小包是有什么打算啊？"

"我想了好久，还是打算带小美跟我一起去苏南，这不小青给我打包了小美的东西，下午5点的火车票我们就走了。"

"那挺好的啊，孩子跟着妈妈肯定会好些。"

"嗨，我没什么本事，但是孩子在我身边有些事情还是可以稍微照顾到的。"

"这样就挺好的。"

"小美，以后跟着妈妈记得听妈妈话，"苏庆春叮嘱道，"记得女孩子一定要好好保护好自己，以后你要是真有什么病痛之类的，记得一定要是去大医院，这样安全点。"

小美只点点头，没说话。

"这孩子，赶紧谢谢苏医生啊！"

"谢谢苏医生。"小美小声地回道。

"那苏医生，我们就先走了啊。"

"好。"

小美妈妈说完便拉着女儿提起大大小小的包裹。

苏庆春看着她十分吃力，便同她一起提着东西。

"苏医生，没事，我自己来，我们干惯了粗活，这点东西不算什么的。"

说着小美妈妈便一边肩膀扛起来两大蛇皮袋的东西，另外一边的小美则拖着一个行李箱和一些小袋的东西离开了医生办公室。

苏庆春把她们送到了门口。望着她们的朴实的背影，此时的苏庆春心中有说不出的暖意，这或许就是作为医生的力量，治病救人让他感觉到无比的神圣和自豪。

苏庆春再次打开小美妈妈送给自己的塑料单，那是一双绣着"熊猫吃竹叶"的鞋垫，非常的精致，假如她不说是她绣的，苏庆春还真以为是流水线打出来的，非常的工整。摸摸那个纹路，这对苏庆春来说是多么熟悉啊，但又有些年代的陌生感了，这样的鞋垫包含着小美妈妈满满的心意，而这鞋垫的出现也突然让苏庆春想起了他自己的母亲，曾经这种鞋垫一直伴随着他读完高中，读大学以后因为父亲的关系苏庆春很少回去，母亲再也没给他纳过鞋垫了。

苏庆春想着自从大学以后自己跟家里的关系冷淡了很多，突然有些感伤了。

| 049 |

来者不善

小美一家人走后,苏庆春看了下时间已经是下午1点半,这一上午的门诊已经让他太疲劳了,他想趁着这还没开始忙的时间去值班室眯一会儿。

苏庆春把小美妈妈送给自己的鞋垫小心翼翼地放进了办公桌的抽屉里,然后走出办公室,站在办公室门口时他不经意地往右边长廊瞥了一眼,突然发现长廊里正有一位男子大步地向他走了过来。

随后便隐约听到:"诶!苏医生,你总算上班了。"

由于办公室这边的光线比走廊的光线亮些,所以苏庆春只看到一个人影,根本看不清楚是谁。他停住了脚步,站在门口等对方。待那人走近一看,苏庆春才发现是48床病人家属张志成。

"你是找我吗?"

"对啊!"张志成说道,"你总算来了。"

苏庆春看着他气喘吁吁的样子,便问道:"是病人有什么事情吗?"

"是啊!"张志成说完马上又否定道,"也不算是!"

苏庆春见家属的样子有些难看,而且这又前言不搭后语的,猜想应该是有事,便建议道:"要不我们先坐下,你慢慢说吧。"

说着他便把家属领进了办公室。

刚一坐下,张志成便说道:"苏医生……"只是他还没说完,便见到江况走了过来。

"不好意思,打扰你们一下。"

"什么事啊?"

"师兄,师父刚刚打电话来说接了个下面来的急症病人,需要马上上手术,让我也过去。"

"那你去吧,下午的手术我让秦芳芳去做一助就好了。"

"你那个24号床的病人我还没来得及备皮，你能帮我处理下吗？"

"哦，好的，你去吧。"

"我已经让病人5分钟后到处理室等着了。"

"嗯，我知道了，我这边忙完就去处理室。"

江况走后，苏庆春看着张志成一脸不耐烦的样子，于是他致歉道："不好意思啊，正好有点事情，中断了。刚刚我没听清楚，你是说找我什么事啊？"

"苏医生，我今天来，不为别的，就想问你一件事情，一件我想了半天都想不通事情。"张志成没好气地说道。

"什么事情啊？"苏庆春看着他感觉不对，便小声说道，"你说吧。"

"还能什么事，就是为什么别人的子宫都没有切除，而我老婆就是生了个孩子就切除了子宫。"张志成一副来者不善的样子，直接质问道。

张志成这没头没尾地突然把苏庆春问懵了。

"什么意思啊？"

"别人？别人是谁啊？"

"就是那天晚上跟我老婆一起进来的其他病人啊，"张志成声音提高了分贝，"我可听说她们进来的时候都比我老婆严重，但是做手术都没有切除子宫啊，而且我还听说有一个出了车祸的，孩子都死了，那个人都没切除子宫，凭什么她们那样都没有切除子宫就我老婆要切除啊？"

苏庆春这才明白张志成的意思。

"你说的是59床陈悦吧？"苏庆春询问道。

"几号床我哪里知道啊，"张志成气焰有些嚣张地说道，"反正就是跟我老婆同一天进院的。"

"那就是她了，她是车祸入院同时也是跟你老婆一起进院的，可是她的情况跟你老婆的情况不一样。"苏庆春尽力解释道，"59号床车祸早产孩子的那个是因为孩子在肚子里太久了孩子没办法才没保住孩子，而你老婆是植入性胎盘，不切除子宫就会有生命危险。"

"什么植入性胎盘啊，我听不懂，我也不想听。"这时候的张志成有些胡搅蛮缠地朝苏庆春质问道，"我就知道人家进来的时候比我老婆严重多了，都是生孩子怎么可能我家孩子是好好的，但是子宫还切了，他们家孩子命都没保住，子宫却还是好好的啊？"

"我不是说了嘛，他们家孩子过世了只是因为当时车祸压迫子宫，然后羊水不足导致孩子缺氧，主要原因来自于车祸，而且出生时月份也很小，所以才会出生不久后过世的。"苏庆春尽量耐着性子解释道，"而59床病人虽当时危机，但主要伤势还是骨伤和神经伤害，子宫并没有受到太大的伤害，所以并不需要切除子宫。"

"那凭什么他们不要切除，我们要切除啊！"张志成根本没听苏庆春的解释，还在纠结着切除子宫这一件事情。"还有啊，我们隔壁床的49号，那个女孩子听说进来的时候人都休克了，听说你们看在人家年轻还要生孩子才保住子宫的，"张志成此时的态度已经完全不一样了，带着指责，而且声音更大了，"是不是有这么回事？"

"她是还年轻，但是这跟你老婆切除子宫的事情没有什么联系啊？"苏庆春说道，"而且她的病情跟你老婆也是不一样啊。"

此时张志成突然站起来，激动地喊道："你不要一直跟我在这里瞎扯，什么动不动就是她们跟我老婆不一样。我现在就想问你，凭什么我们生过孩子的，子宫就要切掉，他们没生过孩子的就不要切掉啊？你这不是摆明欺负我们生过孩子的人嘛。"

张志成再一次提高了嗓门，并用手指着苏庆春喊道，"我就问你，你是不是因为我们没给你红包，你才切了我老婆的子宫啊？"

此时办公室里大部分的医生并没有来，但还是有一些实习的小姑娘，她们见到这个场面，都惊讶不已，也不敢向前，个个都跟看客一样盯着他们。

苏庆春一脸莫名，他先是环顾四周，看着实习姑娘们诧异的表情，实在尴尬，此时他也很恼火，自己明明跟家属说得很清楚，他还在这里不依不饶，而且还在这里信口雌黄说出自己因为没有收红包就切除子宫的荒唐事情，这实在是对他人格和职业的污蔑。

要是在别的地方苏庆春真想大声跟他理论一番，但是现在在办公室里，这些学生们都刚刚实习不久，对于医疗这个行业的认知都是来自于书本，救死扶伤，一切都是那么的美好，他不想因为自己跟病人的一番真实的争执而影响她们以后的执业心态。

善者不来

思虑良久，苏庆春还是压着内心里那团怒火，他先是长舒了一口气，然后挤出了一点笑容，并慢慢解释道："我怎么会因为你们生过孩子而区别对待呢！

"你刚刚说的那两个病人跟你妻子孙梦的情况都不一样，你老婆是植入性胎盘，一直无法剥离，是实在没办法了才拿掉子宫的。

"而且你说的那个收红包的问题，更加是无稽之谈啊！我既没有收他们的红包，也不可能因为没收你的红包而特意对你们做什么对身体有害的事情的。"

"哼……说得好听，"张志成嗤之以鼻，"谁知道你到底有没有收红包啊？"

"张先生，你这话说的什么意思啊？"苏庆春见他实在是好赖话都听不进去，真是气不打一处来，原本压着的火，又有点上来了，他没好气地说道，"你要是真的不相信，完全可以去问他们病人啊！"说完苏庆春还加了句，"这样，我们现在就把他们的家属找过来，我们当面对质！这样总可以吧？这样大家都说得清楚点。"

"哼……"张志成狡辩道，"你是说得好听。现在我拉着他们来问，他们当着我们的面即使是送了红包肯定也会说没送来啦，你真当我是傻的啊。"

"那行啊，你要怕他们忌惮我的面子，那你完全也可以私下去问他们啊。"苏庆春坦坦荡荡，也不怕任何方式的认证。

"你可别在这里跟我瞎扯了，你以为我们不知道啊，这些红包送出去谁还会到处乱说啊？"

"红包送没送只有你们最清楚，我要真去问他们，给了肯定他们也会说没给啊！"

苏庆春解释得这么清楚了,但是看着家属张志成还是一副不依不饶、蛮不讲理的样子,实在是让他无计可施啊。

"我说得这么清楚了,你还是这么坚持,那我就没办法了。"

苏庆春这时候有些破罐子破摔的情绪了,说完他又再三强调道:"但是我希望你能明白,而且我可以用人格担保就是我没有收他们的红包。

"首先收红包这事情我们医院就是明令禁止的,而且我更加不会因为你们没有送红包,而去切除你老婆本该保住的子宫,我们医疗行为的每一次决定都是以病人当时的状况而选择的最佳方案。"

"现在我老婆的子宫你切都切了,你当然说得好听了。"张志成回道。

苏庆春如此诚恳地表达了自己的想法和行医准则,但是张志成明显没有听进去。苏庆春已经无力辩解了,他叹了一口气,说道:"那要是你实在还是不相信的话,我也没办法了,或者你也可以通过正规渠道去申请鉴定吧。"

"鉴定这个我们肯定会去做的,但是还有一点我需要再跟你确认一遍。"

"你说吧。"苏庆春有气无力地回道。

"我老婆当时生的到底是儿子还是女儿啊?"

苏庆春听到这话,真是有种想要骂娘的冲动,这件事情苏庆春之前已经跟他解释得很清楚了,他没想到家属还在不依不饶地揪着这件事情不放,再次问出来实在是让苏庆春都羞于回答了。

他叹了口气,那股气流足以把苏庆春前额的头发全部吹起。他无奈地回道:"关于这件事情我之前就跟你解释得很清楚了,你老婆生的就是女孩,这个我们当时在场的所有医护人员都可以作证,你老婆看到的假象男孩我也给你解释了,可能就是当时人意识不是很清晰然后自己又迫切希望是男孩而看错了而已。"

苏庆春说完又突然想起之前有个病例也是生完孩子,护士说是女孩,产妇当场否认说是男孩,但他迟疑了一会,想着要不要告诉病人他妻子也有这个可能,却又怕他多疑。

"你说生男孩都是我老婆幻想出来的啊?你在开国际玩笑吗?这也能幻想出来的啊?"

张志成一连三连问。

"这也不是没有可能啊!或者你老婆可不可能当时看错呢?"

173 | 善者不来 |

"苏医生,你是当我傻还是我老婆傻啊?"张志成明显不相信苏庆春。

"我不是说一定是这样,我是说是不是有这个可能呢?"

苏庆春无奈地解释道,"毕竟我们所有人看得很清楚确实是女孩,登记也写得很清楚是女孩的,你老婆偏说男孩,那我也只能这么想了。"

苏庆春看着这时候的张志成倒没有刚刚那么激动了,便抓住这个机会连忙又解释道:"而且我之前也跟你解释过了,你自己可以想象,我们不可能在那么短的时间还给你换个女孩来,那时候我们手术室就你老婆一个人生孩子,现实条件我们既办不到,也不可能这么做。

"好,我们退一万步说哈,即使真的是从天而降出来一个女孩,恰巧又掉到我们手术室,我们也还是没必要换走你家男孩啊!我们图什么啊?您说是吧?"

"这谁知道啊?"张志成嗤之以鼻,并有理有据地说道,"以前就有新闻说妇产科的医生把男孩换成女孩,然后把男孩拿出去交易的。"

"你说的这个新闻我没听说过,也不知道你看到的是哪个国家的,但是这种事情在我们医院是绝对不可能发生的,你大可放心。

"而且孩子买卖那可是犯法的啊,我们怎么可能做那些犯法的事情呢?你这么说不但是怀疑我,更加是侮辱我们医生。"

"我拿人格担保这种事情,在我们医院是绝对不会发生的。"

旁边围观的实习女生们此时也小声呼应着:"就是啊!换孩子,怎么可能呢!"

"切……这个谁知道啊!"

苏庆春一直都真心实意地跟张志成解释,但是张志成却一直是一副毫无信任的样子。

苏庆春无奈地吐出:"既然我说什么,怎么解释你都不相信,那你又为何多此一举来找我多问一次呢?"

这话明显又激怒了张志成:"诶!你这什么态度啊?你是我老婆的主治医生,有问题我肯定要把事情问清楚了啦!"

此时办公室门口突然出现了一位护士,并喊道:"苏医生,处理室有病人在等你。"

051
无理取闹

护士的提醒才让苏庆春想起来处置室还有病人等着自己，于是他连忙回道："好，你让她先等下，我马上过去。"

回完，苏庆春又接着朝张志成说道，"我没说你有问题不能问。刚刚你有不明白，我这不都跟你解释了嘛。"

苏庆春皱着眉回道，"主要是我解释了，你都不听啊，你让我还要怎么解释啊？"

"你这个人怎么说这样的话啊？"张志成一副无辜的表情，说道，"平时我看着你还算是通情达理的医生，没想到就是一个毫不讲道理的人啊。而且现在是你做错了事情，你怎么还有理了呢？"

"我没说我有理，"苏庆春叹着气小声说道，"我只是解释了你反映的事情，说来说去也就是这么回事，再要我说，我是真不知道该说什么了。"

张志成看苏庆春有些敷衍了，突然用力拍着桌子，并抬高了嗓门大喊道："我跟你说啊，别以为我们是老百姓，你们是医院，你们就可以这样糊弄我们哈。我也是认识人的。"

苏庆春此时真是有理说不清，明明是他一直在耐心解释，可对方在这无理取闹，最后他倒打一耙，反倒说自己有意糊弄了，现在苏庆春不只是想骂人了，都有想打人的冲动了。

苏庆春看了下时间已经2点多了，3点他安排的手术病人还在处置室，备皮都还没做。

苏庆春心想：解释得这么清楚了，张志成还是一副蛮不讲理的样子，再跟他多纠缠，也是浪费时间，多说也无意了。

"要解释的我真的刚刚已经解释得很清楚了，而且我马上还有一台手术，要是你没什么别的事情，那我就先忙了。"苏庆春撂下这句话便站了起来准备离开医生办公室。

"哎……你这人什么态度啊,我还跟你说话呢!"张志成见状气焰更加嚣张,手指着苏庆春喊道。

"该解释我也解释了,你要是还是不相信,那我也没办法了,"苏庆春还是憋着气,冷静地回道,"我这边真的还有病人在等着,要不先这样吧,实在还有什么问题等我下了手术再说吧。"

苏庆春边回着话边疾步往处置室方向走去。

"你这是什么态度啊,我要投诉你。"张志成跟在苏庆春后面,大声骂道。

"随便你吧。"

话说着的时候苏庆春已经走到了离科室办公室不远处的处理室。他直接进了处理室,为了病人隐私,马上关上了处置室的门。

张志成跟在苏庆春的后面,见他把门关了,于是他声音更大了,朝着处置室的门骂骂咧咧地说道:"你是什么医生啊!太没有医德了。而且也毫无服务意识,我一定会投诉你,投诉到底!我呸!"

张志成朝着处置室的门呸的时候,处置室的门正好打开,从里面走出一名护士,她手里正端着一些医疗用品。

护士一出门便看到张志成一副凶神恶煞要吃人的样子,吓她一激灵。

她愣愣地盯着张志成看了几秒。

"看什么看啊?"张志成对刚出来还有些懵的护士吼道。

这位护士不是别人,正是张志成老婆的管床医生江况的女朋友陆慧慧。

陆慧慧本科毕业以后就在医院工作了,虽说年纪还小,但是也是在科里待了2年的老人了,在科里大吵大闹的病人她也不是第一次见,而且48号床虽不是她管床的,但是张志成她早就认识了,张志成一家人的事情她也早就听她男朋友江况说过了。

此时她很清楚病人家属在气头上,接话肯定没好处,最佳的处理方式就是见到当没见到,不去多管闲事也不去理会那些是是非非准没错。于是她没说话,连忙低着头端着手里东西默默地离开了。

哪知陆慧慧刚刚转身没走几步,只听到张志成叫道:"诶!那个护士,你先别走。"

此时陆慧慧心中纵有一万个不愿意,没办法,病人家属叫住了她,她也只能停下来了。她转过身，强挤出一点笑容假笑道："你好，请问有什么事吗？"

"我问你啊，你们科主任办公室在哪里啊？"说完他还激动地补充道，"我要投诉你们这个苏医生。"

陆慧慧看着他刚刚的架势自然能够猜到他口中的苏医生便是苏庆春了。

苏庆春的为人整个妇产科科室的同事们都是知道的，他是医生里面出了名的好脾气，为人也和善，处事也比较冷静，即使再有什么急事儿也不跟护士们急眼，不像有些医生自己没做好，动不动就骂护士，所以他在护士们中的风评是非常好的。

之前张志成去找江况问男孩掉包女孩的事情陆慧慧也听江况说过了，张志成一家在陆慧慧心中早就定义为绝非善茬，加上张志成的老婆本身直接管床医生就是江况，这投诉苏庆春不也等于投诉江况嘛。

陆慧慧两方考虑都不想给苏庆春惹事。于是一番深思熟虑过后，她摇摇头回道："我不知道在哪里。"

此时的陆慧慧巴不得赶紧闪人，回完马上转身就要走。但没想到张志成并不罢休。他用怀疑的眼神质问道："你们科主任办公室你怎么会不知道在哪里呢？"

"我真的不认识。"陆慧慧回道。

"什么叫不认识啊？"张志成大声喊道，并连连质疑道，"你是不是这个医院的护士啊？连科主任办公室都不知道，你蒙谁呢？"张志成的声音更加大了。

此时的张志成就像是全世界都得罪了他一样，见谁就吼。

但陆慧慧在科里是出了名的天不怕地不怕，面对嚣张跋扈的张志成她也没带怕的。

她瞥了一眼张志成，沉稳地回怼道："不好意思，我是医院新来不久的护士，对有些我不常去的地方并不熟悉。而且我只是个护士，我的行政直接领导人是护士长，我日常工作也不会去找科主任汇报，不认识他办公室在哪里是很正常的事情。我这边还有事情要忙，要没有别的事情，我先走了。"她可见不得张志成那个态度，根本不想多聊，说完转身就走。

投诉

"欸……你这个小护士什么态度啊,问个事情都是推三阻四的。"张志成喊道。他见陆慧慧并没有理会,便又大声喊道,"你给我站住。"

陆慧慧听到喊叫声,无奈地停了下来。

张志成赶了上来,质问道:"赶紧告诉我科主任办公室在哪里,我没空在这里跟你废话。"

"不好意思,我真的不知道。"

"你放屁,骗谁呢?"

"都说,我是新来的,不认识。"

"你即使是新来,那也不可能不知道科主任办公室的,骗鬼呢?"张志成纠缠不休。

陆慧慧无奈地翻了一个白眼,说道:"不好意思,我还真不知道,你要是别没的事情,我真的要先忙去了。"

陆慧慧这回没再迟疑转身就走了。

"你这小姑娘,什么意思啊?懂不懂得尊重人啊!我还在跟你说话呢,你走是什么意思啊?"

"不好意思,我真的很忙,你说的地方我也不认识。"陆慧慧边疾步边回道。

"放屁,我也要投诉你。你给我站住,你叫什么名字啊?"张志成就站在走廊上大喊道。

陆慧慧头也没回地一直往前走,翻着白眼,咬着嘴唇,嘴里还不停地嘀咕着:"今天出门真是没看好黄历,碰到这样的神经病,真是莫名其妙,火死了……"

很快,她疾步走到了护士站,此时她巴不得赶紧远离瘟神,一个转身进了护士站后面的配药间。

原本陆慧慧以为这样的冷处理，张志成就会知趣的走了，谁知张志成还真跟陆慧慧较起真来了，陆慧慧刚刚进入了配药间，他便来到了护士站。

他走到护士站后，用力拍着护士站的台面，大喊道："你们护士长在哪里啊？我要投诉！"

这一动作把正在护士站电脑前的两位护士吓了一激灵。

护士站前面的两位护士中的一位正开单的护士高丽佳是妇产科的护师，她见状并没有像另外一位年轻护士那么胆怯，而是立马站起来，并面带微笑地说道："您好，先生，我们护士长今天不在科里当班。您先不要动怒，有什么事情您可以跟我说。"高丽佳不紧不慢地说道。

"我跟你说，"张志成斜了一眼高丽佳，并用几近怀疑和鄙视的眼神问道，"你能做主吗？"

"现在护士长人不在医院当班，也不能及时解决您的问题，您有什么问题不妨跟我说了试试看，或许我能给您解决呢？"高丽佳面带微笑从容不迫地回道，"不然等护士长过来也会耽误您的时间的。"

张志成听着高丽佳话觉得也有理，护士长不在，他也没别的办法。于是他再次一次瞥了一眼高丽佳，看着她年龄有40多岁，同时张志成也注意到了高丽佳戴的护士帽上有两条蓝色的斜杠，再看旁边的小护士帽子上是一条斜杠，而后他又回忆了下刚刚的陆慧慧帽子好像连斜杠都没有。

虽然张志成不知道眼前这个护士级别有多高，但是他心想：这个人帽子跟其他人的帽子不一样，肯定是比刚刚那个护士级别高。现在都是官大一级压死人，这人肯定比刚刚那个小妮子级别高的，应该能解决问题，退一万步说，不解决问题至少让那小妮子在领导面前难看也行啊。

于是他便有力地说道："那既然你们护士长不在，我看你也像个小领导，跟你说也行。"

"您说吧。"高丽佳依然保持着微笑。

"别的事没有，我就是要找你们护士长投诉你们的护士。"

高丽佳一听，和一旁的另外一位年轻护士不约而同地互相对了个眼神。而后她笑着问道："好的，那麻烦您先告诉我下您是病人还是家属啊？"

"家属。"

"几号床的家属呢?"

"48号!"

"那请问您是想要投诉哪位护士呢?"

"就那个刚刚从那边走过来的那个护士。"张志成手指着处置室方向。

"往哪边走的呢?"

张志成迟疑了一会回道:"往哪边我哪里知道啊!反正刚刚她肯定是路过了你们护士站的。"

高丽佳先是眉头一皱,然后尽量笑着回道:"您好,是这样的,我们科呢,说大不大,但说小也不小,光护士就有几十个,这时候又是我们科里正忙的时候,人来人往的护士实在是太多了,而且刚刚我们都在这边开单,我真的没注意到刚刚是谁从这边过去了呢。"

高丽佳说完又朝旁边的护士潘雪确认了一遍:"你刚刚看清楚谁从这边过去了吗?"

潘雪头都不敢抬,只低着头连连摇头:"不知道……"

"您看,我们都没有看到呢!"高丽佳问道,"要不您告诉我她叫什么名字吧,这样也避免了错误。"

"名字我哪里知道啊!"张志成倒是很有理地回了句。

"是您管床的护士吗?"高丽佳试探性地问道。

"不是。"张志成说完又补充道,"当然,你们管床的那个护士也不咋地,做事情磨磨蹭蹭,问个事情问个半天也是P也问不出来。但是我今天主要是想投诉刚刚过来的护士,那个护士更加嚣张,一点都没素质。"

"那要不我先帮您查下您的管床护士是谁,好吗?"

"不用了,我今天也不想追究那护士的事情,我今天是要投诉刚刚那个态度极其恶劣的护士。"

高丽佳有些无奈地说道:"那您要是不知道她叫什么名字,我们真的无法帮您找呢!您看您是否可以告诉我,您是因为什么事情要投诉她呢?"高丽佳解释道,"毕竟我们主要还是以解决问题为主嘛,您把问题告诉我,这样也好让我们对自己的工作进行改善。"

张志成刚想说,又止住了,摆手道:"算了,算了,我就说找你没用的,白浪费我时间。"

"我现在不是在跟您处理问题吗?"高丽佳耐心地解释道,"您说是哪里没有给您处理好,我可以帮您沟通然后及时处理的。"

"算了,算了,我不跟你在这里瞎扯了,"张志成不耐烦地说道,"你现在赶紧告诉我你们科主任办公室在哪里就好了。"

事出有因

高丽佳一听，张志成居然为这事情还要找科主任，心里有些慌了，毕竟护士的问题找到科主任那里去，她作为主管护师也是有一定责任的，于是她连忙说道："这事情您就不用找科主任吧？您放心，只要您把她的问题反馈给我，我会帮您马上处理好的。"

"你不要再跟我废话了，"张志成突然大声喝道，"赶紧告诉我科主任办公室在哪里。"

这声调虽然没把久经沙场的高丽佳给震到，但是却把来去匆匆的路人给惊到了。

高丽佳看了一眼周围，心想，家属在护士站大吵大闹，即使没什么事情，让别的病人或者家属看着影响也不好。于是她连忙压低了声音，说道："您别激动，科主任的办公室就在那里。"

说完这高丽佳连忙手指着科主任办公室的方向。

"但是……"高丽佳刚想说话，张志成连忙就朝她说的方向走去，根本没有理高丽佳。

"诶！"高丽佳大声喊道。

张志成依然没有理她。

"高姐，您就别费劲叫了，他根本不理您。"护士站的另外一个护士潘雪见张志成走了以后总算敢开口说话了。

"可是我只想告诉他段主任今天不在科里啊，他去了也是白跑一趟嘛。"

"算了，高姐，我觉得你还是让他自己去找吧，不然你说科主任不在，他还以为你骗他呢。"

"不会吧？"高丽佳用怀疑的眼神回道。

"真的。"

潘雪这时候倒是硬气起来了，站起来说道，"高姐，这个家属我认识,他是 48 床病人的老公,笑笑就是他老婆的管床护士。"

话说着陆慧慧也从配药间走出来了。

"48 号床的家属走了啊?"陆慧慧先是观察了四周,然后笑嘻嘻地问道。

"走了,走了!"潘雪连忙回道。

"走了就好,走了就好啊,"陆慧慧拍着胸口似有些怕他的样子,说道,"他真跟个瘟神似的。"

"慧慧,你怎么知道刚刚 48 号床家属来过这里啊?"高丽佳疑惑地问道,"难道刚刚那个 48 号床家属想要投诉的就是你吗?"

陆慧慧先是和潘雪互对了一个眼神,潘雪像看清一切一般连忙低着头不说话。

"高老师啊,我冤枉啊,"陆慧慧笑着走过来挽着高丽佳的手撒娇道。

"冤枉什么啊?赶紧说,他要投诉的是不是你啊?"

"我是真冤枉啊,我都不知道我什么时候得罪他了?"陆慧慧回道。

"还真是你啊!我就说感觉刚刚好像就你路过这边的。"

"那您还说没看到谁路过啊!"

"我不是怕冤枉了你嘛。"

高丽佳是陆慧慧刚入职时的带教老师,她很清楚陆慧慧的性格,其实刚刚她心里也有点怀疑家属是要投诉陆慧慧,只是这样的事情,她肯定不能断言,既然家属也说不出名字,她正好也装糊涂了。

高丽佳转而又说道,"还好他刚刚不知道你的名字,不然我保都保不了你了。"

"嘻嘻……高老师,谢谢你啊!"陆慧慧摇着高丽佳的右手,亲昵地说道,"爱你呦!"

"你啊,还好护士长不在,不然少不了你的一顿骂。"高丽佳疼惜地教训道。

"高老师,刚刚那个家属想要投诉的是我没错,但是我真的是冤枉啊,"陆慧慧委屈巴巴地解释道,"那人就跟神经病一样的,逮住谁就咬谁,我刚刚就是运气背,正好路过走廊碰到他了而已。我跟你们说啊,我真是比窦娥还冤啊……"陆慧慧说完还露出一副哭泣的脸。

"你看看人家病人家属都被你气得在这里拍桌子,你还好意思在这里说冤枉,"高丽佳说道,"赶紧说,到底怎么回事啊?"

陆慧慧虽然是高丽佳一直带着的学生，内心确实有护短的嫌疑，但是病人家属这气急败坏的样子高丽佳也没底，她担心刚刚家属不会善罢甘休，还是会到护士长那边投诉陆慧慧，特别是家属现在还扬言要找科主任，所以高丽佳一定要了解清楚到底什么情况。

陆慧慧看了一眼一旁看热闹的潘雪，可怜巴巴地诉苦道："高老师啊……我真的是冤枉啊……"

高丽佳眼看着陆慧慧这边想敷衍过去，连忙把陆慧慧的手从她身边甩开，并用严肃的眼神看着陆慧慧问道："你赶紧说到底怎么回事，要是只是小事我这边能给你收拾了就给你收拾。不然到时候捅到护士长那边去了，有你好看的。"

陆慧慧见高丽佳这样子，瞒是瞒不过去了，眼前的潘雪就像吃瓜群众一般盯着陆慧慧想要看好戏呢。于是陆慧慧也是豁出去了，她先卖起来关子来："说就说嘛，不过我说出来估计你们都不信啊。"

"你说呗，说出来，万一我们相信了呢，呵呵……"潘雪笑着回道。

"我刚刚不是去处置室了嘛，然后从处置室出来，突然……"陆慧慧的一句"突然"音调加大，把潘雪吓了一跳。

"好好说话！"高丽佳警告道。

"突然门口就站着那个48号床家属，眼睛直勾勾地看着我，我当时吓了一跳，开始我第一反应还以为是色情狂呢，没想到我还没说话，他便对我大吼大叫，说什么要投诉苏医生，问我科主任办公室在哪里。"

"那然后呢？"潘雪追问道。

"那我当时也不知道他到底是要干嘛啦，于是我就说我是新来的，不认识科主任办公室，结果他就说我什么没有服务意识，要投诉我。你们说我冤不冤啊？"

"冤啥啊？你这就叫闲着没事找事，"高丽佳说道，"人家问你科主任办公室在哪里，你如实告诉他不就得了嘛。你招惹他干嘛啊！"

"可是他说是去科主任哪里是投诉苏医生的，那我……"陆慧慧停顿了一会，然后又说道，"那我肯定也不能乱说了，万一他是到科主任那边诽谤苏医生呢？你们说是吧？"陆慧慧说完想试图得到大家的呼应。

"那倒也是。"潘雪果然配合着。

"就是嘛，苏医生多好的人啊，怎么可能会得罪他呢。再说了，我家小江江就是那个病人的管床医生嘛。"

054
私心

高丽佳听到这里终于明白陆慧慧的意思了,她一副看穿一切了然于胸的样子质问道:"你这是怕他诽谤苏医生吗?我看啊,你分明是怕他诽谤江医生吧?"

"嘿嘿……"陆慧慧被高丽佳揭穿一点也不意外,傻笑着,而后又补充道,"当然我也有这点私心嘛,谁知道他去科主任那里是不是只投诉苏医生啊?老师,你说是吧?这种事情我肯定也要长个心眼的。"

"慧慧啊,平时你不是很灵光的吗?怎么到这个时候还犯傻了呢。"高丽佳眉头紧锁,责备道。

"高老师,您什么意思啊?"陆慧慧不解地问道,"我这不就是长了个心眼嘛。"

"亏你还好意思问,科主任办公室他不问你,难道不可以问别人吗?"高丽佳一脸怒其不争地反问道,"这种事情他随便问个医生或者护士,你认为谁不知道啊?"

高丽佳继续说道,"再说了,他到科主任那里去投诉,他还能瞎胡说来污蔑苏医生啊,肯定是反映事情了,苏医生要是真有理,还怕到段主任那里投诉啊!你这不是相信苏医生吗?"

"我也没有不相信苏医生啊……"此时的陆慧慧有些迟疑地回道,"那我……"

"那你就让他去段主任那里去投诉啊,真金不怕火炼嘛。"高丽佳回道。

"高姐,要真到段主任那里去了,那真说不好哦。"潘雪在一旁插话道。

"什么意思啊?"高丽佳问道,"你这是不相信苏医生呢?还是怀疑我们段主任的智商啊?"

"高姐，你是不知道这个家属啊！"潘雪回道。

"就是啊！"陆慧慧伺机绘声绘色地说道，"我可认识他，他老婆是苏医生急诊的时候收进来的病人，他老婆明明生的是女儿吧，非得说他老婆怀象就是男孩，说生的也肯定是个儿子，前几天还硬拉着我家小江江问她老婆生的是不是男孩？还问是不是我们苏医生给他家孩子掉包了，换成女孩呢？"陆慧慧继续补充道，"你们说这家人是不是很可笑啊？"

"那他孩子出生的时候不是应该就给产妇看了孩子性别的吗？"高丽佳追问道。

"是啊，是看了啊！"陆慧慧肯定道，"这手术我家小江江也在场的，说是当场看到手术室的护士给产妇看了，生完孩子要去新生儿科的时候还给外面的家属确认了的。"

"那他们还怀疑什么啊？"

"所以说莫名其妙啊！"陆慧慧愤愤不平地补充道，"最奇葩的是，她们家属这么说就算了，她老婆作为最先看到孩子的，居然也说在手术室里看到的是男孩，你们说奇葩吧？"

"那这个产妇是什么意思啊？这不是睁眼说瞎话吗？"高丽佳说道。

"就是啊！"陆慧慧总结道，"所以说啊，他们真是不是一家人，不进一家门啊！都是一群无赖！"

陆慧慧说完还不解气，继续抱怨道："他们为这事情还特意找苏医生问过，连带着也找我家小江江对峙了一遍，我家小江江也说不可能，他们还说我家小江江有意隐瞒，他们真是白眼狼啊，当时他老婆做手术，输血都是我家小江江用胸口给他们焐热的血，不回报就算了还反咬我们一口，想到这里我就生气。

"欸！医生这边否定了他们还不死心，还非得拉着笑笑帮他们找手术室的护士对质，然后笑笑解释说手术室的护士她不认识，还被他骂了一顿，也说笑笑有意包庇。

"高姐，你说他这样是不是无理取闹啊？

"笑笑也是跟我一样真是比窦娥还冤啊，我们跟手术室的护士要是没有私交根本不可能认识啊，对吧？"

陆慧慧就这样巴拉巴拉地说了一通。

潘雪也是知道一些情况的，她在一旁早就耐不住性子想插话了，无奈陆慧慧嘴巴没停，这会儿终于抓住机会，她连忙呼应着陆慧慧："就是啊!"

"高姐啊,我也听笑笑说了这事情,他们就为了这个事情把笑笑骂得那是狗血淋头的,她都差点哭了。"

"就是啊,没见过这么重男轻女的,自己生了女孩,还非得污蔑医生给他掉包了,他们是想儿子想疯了,这是笑笑,要是我肯定回怼回去'不会生儿子就不要怪医生'。"

"那还好你不是48床的管床护士,不然就麻烦了。"高丽佳带着调侃的语气说道。

听着高丽佳的话陆慧慧并没有生气,而是一脸嘻笑默认高丽佳的言辞。

护士的工作一般都比较辛苦,特别是妇产科,又脏又累,而且在附属医院,妇产科的病人一向都是人满为患,护士也几乎没怎么停过,工作累责任又大,造就了她们非常细心的性格。而陆慧慧是上海本地的,也是家中的独女,从小家里的条件还不错,属于父母宠到大的那种,她也是典型的90后,有着自己的想法,性格直爽,爱憎分明,自己的看法有一说一,有二说二,而且一张嘴巴也是很厉害。

陆慧慧在整个妇产科算得上比较例外,嘴上功夫很厉害,可以说是巧舌如簧。面对高丽佳的调侃,她虽然默认,但是却不忘为自己争辩道:"高老师,我说的都是真的啦。这样的家属真的不能惯着的,假如人家对我们礼貌相待,我们自然也是以礼相待的,但是他们这样对我们,干吗要客气啊。

"我们护士也是人啊,本来每天都忙死了,还要跟对待上帝一样对待他们,假装微笑,我可做不到。

"而且我刚刚明明没有错,根本没招他惹他,他就莫名其妙地骂人,那我干吗要给他好脸色啊!

"再说了,他们一家人就喜欢恶意中伤人,谁知道他会不会到科主任那边中伤其他人啊,我看他们全家都是一群无理取闹的人,连换小孩子这种事情都能臆想出来还有什么事情捏造不出来啊。"

"就是啊!"潘雪点头呼应。

高丽佳一个白眼望向潘雪,并说道:"你可别学她哈!"

"一个慧慧就够麻烦的啦,我可不想我们科再来第二个慧慧,不然我们脑仁都要被病人投诉痛了。"

"嘿嘿……"陆慧慧笑着说道,"高老师,有你这么说学生的嘛。再说了,我有那么服务态度差嘛。"

"你以为你态度还好啊?"高丽佳反问道。

陆慧慧挠着头嬉笑回应。

055 事件爆发

突然，陆慧慧似乎想起来了什么，连忙朝高丽佳问道："哦，对了，那个48号家属是回病房了吗？"

"回啥病房啊！找段主任去了呗！"潘雪回道。

"啊……"陆慧慧惊讶道，"他还真找科主任去啊！"

"你们干吗告诉他科主任办公室在哪里啊？"陆慧慧转而责备道。

"你这孩子怎么还问这么蠢的话呢，不是都跟你说了吗？我们不告诉他科主任办公室，你认为他就找不到科主任吗？"高丽佳反问道。

"哎……也是。"陆慧慧无奈地回道，"我咋又忘了这茬呢。不过要我说啊，他这次去找科主任，保不齐又会去捏造偷换孩子这件事情呢。"

"应该不会吧？"潘雪怀疑道。

"怎么不会啊？"

"这……你不觉得这个投诉也太没有说服力了吧？"

"这谁说得准啊，"陆慧慧不乐观地说道，"而且你不知道有句话叫光脚的不怕穿鞋的嘛，只要他没皮没脸死赖着这件事情不放，谁又奈何的了他呢？"

"你们是不知道刚刚在处置室我看到苏医生都被他逼得脸都绿了。苏医生是脾气多好的人啊，他都快受不了了，可见这家人有多难缠啊。"陆慧慧说完连连摇头，并啧啧不停。

"哎呦，那要是他真找科主任投诉去，看来苏医生这回是碰到麻烦了。"潘雪也跟着呼应道。

"就是啊。"

"嗨，管他找科主任是为什么事情呢？"高丽佳说道，"这事情也不是我们该操心的。"

"那我不是怕他也投诉我家小江江嘛。"陆慧慧笑着说道。

"就知道你这点小心思。"高丽佳笑着说道,"你放一百二十个心吧,就算家属要投诉医生,也只会投诉上级医生的,人家投诉一个管床医生有什么用啊?"

"那也说不准哦,他这样的人,连我都想投诉,谁知道他哪根筋搭错了会不会投诉我家小江江对他服务态度差啊。"陆慧慧说道。

这种事情高丽佳知道她们在这里讨论也没啥意义,便发话道:"算了,算了,管他投诉谁呢,你们就不要瞎操那份心了。你们也散了吧,这都忙死了,该干什么都干什么去。"

"哦。"陆慧慧看了一眼潘雪,并朝潘雪吐着舌头悄悄地离开了护士站。

……

话说苏庆春这边,他在处置室给病人备皮结束后就直接送病人进了手术室,也没再想刚刚的事情。而张志成那边按照高丽佳所指去到科主任办公室,他敲了半天门也没人理会,张志成只得无奈地回到病房。

这次张志成经历找苏庆春理论失败路上又遇到了直爽的陆慧慧,再到投诉无门实在让他生气,一路上张志成越想越窝火,回到病房以后看到切除子宫的妻子又想到了不能生儿了这事情,更是气不打一处来。

"怎么样啊?"

张志成还没坐下来,他妈妈便焦急地问道。

"还能怎么样啊,那个苏医生就是死活不承认呗。"张志成没好气地回道。

"不承认那我们找他领导去,不怕他嘴硬。"张妈妈说道。

"我知道,我刚刚也去找了他们科主任了,但是他们科主任现在人也不在办公室啊。"

"不在?"张妈妈质问道,"你不会是找错地方吧?现在不是上班时间嘛。"

"妈,放心吧,地方是不会错的,我问了好几个人的,"张志成说道,"而且那个办公室门口都写着科主任办公室的牌子。"

"这样啊……"张志成妈妈拖长了调子,然后看了一眼儿媳妇和她妈妈脸上无辜的表情,知道是指望不上她们了。她看着张志成一脸忧愁地说道,"那……那这事情怎么整啊?我们可不能就这么平白无故地被他们给诓了啊,不然说出去丢死人了。"

"我现在也不知道怎么办了,"张志成说道,"哎呀,一想到这个事情就烦死人啦。"

"儿子,难道我们就这样吃了哑巴亏了啊?"张志成妈妈眼神犀利地看着张志成问道,"我这么多年可是第一回受这等气啊。"

"这事情搞得我也很焦虑。"张志成有些无力地道。

"这事情怎么着也要让他们给我们个说法,"张妈妈毫不放手地说道。

"我知道,可是这一时半会我还真想不出什么办法来,"张志成突然拿出手机说道,"要不我现在到网上搜下看看还能找哪里投诉去。"

"科主任找不到,那就去找管科主任的人。"张志成妈妈说道,"我们必须跟他们干到底!"

"管科主任的?"张志成也是一脸懵,"那是谁啊?院长?"

"这个具体是谁我也不清楚,不过肯定有管的了他们的,"张妈妈建议道,"你要不找下你王叔叔,他人脉广,而且之前他家里也出现过一次医疗纠纷,后来处理得很好,他这方面肯定有经验。"

"也对啊,我怎么把这事情给忘记了呢,"张志成这才想起他们家生意上的一个朋友,这人在上海人脉很广,而且有很多关系。

"那要是明天还处理不好,我就找下王叔叔看看有没有什么办法。"

"不行,这事情要快,不能等明天,梦梦明天可就要出院了,出了院到时候就不好办了。"

"啊?明天就出院啊?怎么这么快啊,我在网上查切除子宫的手术住院最起码要一个多礼拜啊!"

"这谁知道什么情况啊,反正就是刚刚你走的时候,护士就来说明天我们可以出院了。"张志成妈妈一脸狐疑地补充道,"志成啊,不会是他们医生知道我们要投诉所以提前赶我们走吧?"

"应该不会吧?我这还没找到领导投诉呢。"

"这个好难说哦,保不齐是那个小护士看到我们要投诉那个苏医生,让我们赶紧出院呢。"张志成妈妈不乐观地说道,"你还是赶紧趁我们还在医院的时候把这个事情弄清楚先。"

"嗯。"

这时,孙梦妈妈见女婿似乎要走,便拿着一张缴费单交给张志成,说道:"志成啊,这个是刚刚护士拿来的缴费通知单,说是我们进院交的钱不够了,要交钱了,你看什么时候去交下钱吧。"

"妈,你想啥呢,现在还交啥钱啊,事情没搞清楚,这钱我们肯定不交的。"张志成看了一眼单子,接都不接,回怼道。

"对对对!"张志成妈妈连忙呼应道,"现在怎么可以去交钱呢。"

"亲家母,你是怎么想的啊?没看到我们这都在找他们理论吗?"

"可是,要是不交钱,护士晚上会不会停了梦梦的药啊?"

"停就停,不差这一晚上的,"张妈妈霸气地回道,"这钱我们就拖着不交,要是他们医院不给我们一个说法啊,我们明天也不走了,看他们怎么办。我就不信了,他们还能赶我们走不成?赶也不走。"

"对。"张志成呼应着。

"妈,这个单子你先放边上吧,我现在就去打电话给王叔叔,问下该怎么办。"

"嗯,你赶紧去打,问清楚下一步计划。"

"好,我知道了。"说着张志成便走了。只见他在病房外拨通了一个神秘电话之后,便直接到了医院的医务处。

探底 1

当天下午 4 点钟，在外开会的妇产科主任段麒正在张志成来到医务科半个小时后便接到了医务处陈兆天陈处长的电话。

电话里陈处长告诉段麒正他们科里有医疗纠纷投诉到他那里去了，需要他严肃处理此事。

坐在会议大厅的段麒正约莫五十岁左右，额上镌刻着轻微的皱纹，两鬓夹杂着银丝，并没有想象中那么年轻。

接到消息后他眉头紧锁，挂完陈处长电话以后他又连忙电话联系了陶建国，而此时的陶建国也正在手术室，根本没接到电话，这让不知实情的段麒正更加着急。

最近正好是医院等级考核评估的阶段，医疗纠纷这种事情肯定是不能闹大，不然直接影响医院的评估，本来只是个医疗纠纷，但是医务处对这件事情却异常重视，陶建国那边电话又老是没接通，这让段麒正也是惴惴不安。

开完会后，段麒正便马不停蹄地赶回了科里，段麒正原本计划先找陶建国和苏庆春了解情况，可没想到他们两个人还在手术室没有下来。于是他便回到了办公室。

他紧绷着脸，竖起的眉毛下，隐藏着一双被怒火灼红的眼睛，他刚一坐下，又站起来了。"不行，这事情不能坐以待毙，不然病人家属突然再来一个炸弹，可是招架不住。"段麒正在办公室前边踱着步子边想着。想到这时，段麒正突然停下了脚步，走到办公桌上，拨通了护士站的电话。

"小颜在吗？"

"颜护士长今天休息。"接电话的正是高丽佳，她一听就听出来了是段麒正，"段主任，您有什么事吗？我是小高。"

"哦,小高啊,你现在到48号床看下家属在吗?"

"让他们过来一下。"

"好。"

高丽佳接到段主任的电话后猜测应该48床家属投诉的问题,她不敢怠慢,挂完电话以后连忙赶到了病房。

十分钟后,张志成的妈妈和张志成在高丽佳的陪同下来到了段麒正的办公室。

"这位是48号床病人孙梦的丈夫张志成,这位是她的婆婆。"高丽佳先给他们介绍了一遍。"这位是我们妇产科大科的科主任,段主任。"

高丽佳介绍完,段麒正连忙从办公椅上站起来,并握手欢迎道:"你好,张先生。"

"哦,段主任。"张志成显得有些拘谨。

"小高,你先去忙吧。"

"嗯。"说着高丽佳便退出了办公室。

高丽佳离开以后感觉情况不妙,又赶紧打电话给了护士长颜秀梅,并把下午家属和陆慧慧之间发生的摩擦跟她提前报备,以免真的跟陆慧慧说的那样张志成到科主任那边闹后,那自己也难辞其咎。

另一边,段麒正见张志成两母子站在那里有些拘谨,便笑容盈盈地把他们迎到了办公桌旁边的一个两人沙发上。

"来,咱们这边坐。"坐下后段麒正又说道,"真不好意思啊!这个时间把你们叫过来,没打扰到你们吧?"

"没,没有……"一向嚣张的张志成这回倒是变得有些谦卑了。

张志成妈妈看了一眼儿子,看着他似乎有些胆怯,便主动说道:"段主任是吧?"

"对,你好,女士。"

"今天我儿子来找你一直没找到,这赶巧你来找我们,那我们就正好跟你反映一件事情。"

"哦!你们之前找过我是吧?"

"对啊!我儿子找你找不到,这不是你贵人忙嘛,所以我儿子就找别人去了。"

"哦,真是不好意思啊!今天正好我下午在外面开会,"段麒正解释道,"我这不开会的时候接到了医务处的电话,会后马上就赶来了嘛。但陈处长在电话里也没说清,具体情况我还不是很了解,这不正好找你们当事人过来想了解情况嘛。"段麒正笑着说道,"你们有什么诉求和不满尽管告诉我。"

张志成妈妈见段主任态度倒是很恳切,样子看着还有一种莫名的亲切感,于是她替有些胆怯的儿子把这几天发生的事情一一阐述了一遍,包括苏庆春及这几天碰到的护士,服务恶劣的问题也一并反映给了段麒正。

段麒正作为妇产科大科主任,他在处理医患关系的时候是出了名的维稳主义者,当然这个操作方式也是现在大部分医院所秉承的,他们医院也不例外,更别说现在医院正处在级别考核的关键时期,大家都不希望这时候有什么问题出现,他更加不允许这样的问题出现在妇产科。

张志成妈妈虽然一路上都是在指责苏庆春的问题,但是段麒正以一位医生的经验一听病人家属说的情况,已经大致明白了一二了。

虽然他现在不清楚当初苏庆春对病人切除子宫判断是否是合理的,可是调换孩子这件事情,段麒正觉得太匪夷所思了,段麒正可以断定这件事情是他们的个人臆断,他也相信苏庆春不可能做出这样的事情,听到家属这样的阐述,段麒正反而松了一口气。

张妈妈讲话的中途,张志成还时时呼应他妈妈的内容,明显他也开始放开了,讲到护士态度的时候他还忍不住插了几嘴来表达护士对自己的无礼。

就这样病人家属噼里啪啦讲了十来分钟,但从头到尾段麒正都没有插话,只是时而微笑,时而呼应"是,是,是……"

段麒正就想先让他们把情绪发泄完,待张志成和他妈妈总算停下来以后,他一脸笑容并带着惊讶的表情说道:"哦,原来是这样的啊。"

"实在不好意思,本来病人的事情就很让人难过了,现在还遇到这样糟心的事情,确实会生气,这些我都能够理解的。"段麒正先表明态度,以示诚意。

"就是啊!"张志成妈妈气愤地回道。

"你们想表达的事情,我的理解是总共三点内容,我一一给你解答下哈。"段麒正说道,"首先关于你们反映的护士们在工作上不够有服务意识,这件事情我会跟我们护士长沟通,让她做好对护士群体服务意识的提升。"

"对，你们这里的护士素质太低了。"张志成又说道，"我找你个办公室都这么费劲，可见她们平时是多敷衍我们病人啊，就要好好管管，不然真的是严重影响你们附属医院声誉的。"

"对，对，对，这确实是她们做得不对，这个我一定会让护士长查清楚，严肃处理的。"

探底 2

段麒正说完顿了顿，然后语气温和地说道："另外你们反映的第二点，就是关于你说的怀疑孩子在手术室里被掉包的这事情。

"这件事情你们大可放心的，我们医院在这方面绝对不会出现这么大的疏忽，而且我们手术室也是有规定，孩子娩出以后医护人员必须当场跟产妇确认孩子性别。"

"确认是确认了啊，可是我儿媳妇说当时明明看到的就是男孩啊，"张志成妈妈反驳道，"可是护士一个转身到我们那里就是女孩啦！"

段麒正并没有直接反驳对方，而是赔笑道，"呵呵，明白……"

"所以这件事情你一定要给我们讨个说法，凭什么我儿媳妇看到的是儿子，我们看到的却是女儿。"张志成妈妈义正言辞地说道。

段麒正则不紧不慢地回道："好的，关于你说的这个事情我一定会去跟手术室乃至当场的所有医生确认清楚的，请你们一定放心。"

"查，肯定要严查！"张志成妈妈掷地有声地回道。

"嗯，放心，一定严查。"

"我们医院绝对不会让你们病人及家属对医院有任何疑惑的，一定会彻查到底的。"段麒正说完又补充道，"如果真的出现了你们说的事情，一定会严肃处理，绝不姑息。"

"要是真的出了我们说的事情，那不是一句严查和严肃处理就能解决的了，"张志成妈妈丝毫不示弱地说道，"这是犯罪啊，你们在场的医生全部属于互相包庇了，从法律上来说就是共犯，全部要开除坐牢的。"

"对，你说得很对，要真出了你们说的事情，我们绝对按照法律程序走。"

"那还差不多，你一定要给我们查清楚，不能让我们好好的一个孙子就这样被人不明不白地换包了，那就不得了的。"

"明白，明白。"段麒正继续赔笑道，"绝对严查换你们一个公道。还有第三点，关于你们说的苏医生因为你们没有给红包然后断然让本身不需要切除子宫的病人切除子宫这件事情。这件事情我也会调查清楚的，请你们放心，我们一定会如实调查情况，然后给你们一个满意的答复。"

"段主任，你这么说我就放心了，"张志成说道，"之前我找那个苏医生啊，态度及其恶劣。"

"呵呵，是嘛！"段麒正笑着说道，"我们苏医生平时其实不是这样的。可能最近他手术太多，太忙了吧，所以才可能会有些急躁。"

"太忙也不能这样啊，他这样是忽悠我们病人家属啊，说句不好听的就是个无德医生。"张志成

"是，是，是，这点确实是他做得不对。"

"那麻烦你尽快给我查清楚这件事情，还我们一个公道，"张志成妈妈说道，"我们张家怎么可以没有男孩子呢。要真是这样的话，那等我们百年之后，都不知道怎么向地下的张家祖宗们交代啊！"

"明白，明白。"段麒正依然是赔笑着。

这话里话外段麒正都能够感受到张妈妈是非常重男轻女的人，于是他又瞥了一眼张志成，计划从年轻人下手。

"呵呵，其实现在这个时代男孩、女孩都差不多了。"

段麒正说完还冲张志成问了句："你说是吧？"

但张志成并没有回答段麒正，反而是一旁他妈妈回道，"那怎么一样呢？"

明显段麒正想通过张志成攻破的方法并没有奏效，于是他继续朝张妈妈说道，"女士，你看哈，像我们这个年纪的，那时候正赶上计划生育，孩子都是独生子女，那不都是有男孩就男孩，有女孩就女孩嘛。"段麒正笑笑地说道，"像我们院长，包括我自己，也都是只有一个女儿的。其实我觉得女孩子挺好的啊，女儿是我们父母的小棉袄嘛，很贴心的，男孩子嘛更加操心，现在娶老婆啊，什么的男孩子压力都很大。你们说，是吧？"

"只生女孩子怎么行呢？"张志成妈妈毫不客气地回道，"女孩子长大那可是要结婚嫁人的。俗话说得好，嫁出去的女儿泼出去的水，那十个泼出去的水也不顶一个养老的儿子啊，而且儿子可是要传宗接代的啊。"

张志成妈妈一副封建思想的宣贯者一般振振有词地继续补充道："而

且我们家儿子可是几代单传啊，到他这里不可能就这么断了香火的，我们这胎是女儿没关系，生了女儿我们还可以再生，但是现在这个什么苏医生居然这么莫名其妙把我儿媳妇的子宫给割了，这不是断了我们张家的香火嘛。说得不好听点，那叫断子绝孙。"

张志成妈妈的话直接把段麒正给噎回去了。张妈妈的话外之意不就等于在说段麒正和院长没生儿子是断子绝孙嘛，这话让段麒正听着真是越回味越不是滋味啊。原本一直笑脸盈盈的段麒正此时的表情慢慢变了，脸也耷拉下来了。

张志成妈妈说话向来是这样张口就来的，从来都不会考虑别人的想法，只顾着自己高兴和嘴巴爽快，倒是一向妈宝的张志成这时注意到了段麒正的表情有变化，也明白了自己的母亲刚刚说话有点过了。他连忙笑着解释道："哦，段主任啊，刚刚我妈就是随口一说，只是说我们的事情，并没有指你和院长哈。你可别放心里去。"

经过张志成这么一说，他妈妈才反应过来。"哦，呵呵……"张志成妈妈笑着回道，"我刚刚确实只是随口那么一说，不是针对你和院长哈。"

段麒正心中纵有十分不悦，但是他现在更加期盼解决问题，借着这个机会，他也是非常识大局的借坡下驴了。

"呵呵。"段麒正尴尬地笑了笑，"没事。那行，差不多情况我也了解了，现在苏医生在上手术，等他下了手术我会马上就你们反映的情况进行调查落实的。"段麒正继续保持着标准的微笑说道。

"哦，好的。那我们就回去等你的消息哈。"说完张志成便拉着母亲一同离开了科主任办公室。

058
紧急会议

离开科主任办公室的张志成难得一次懂事理地朝母亲抱怨道："妈，你刚刚说那话干吗啊，你这不是戳人家领导的脊梁骨嘛。"

"我当时不也没注意嘛。"张志成妈妈也有些懊悔地说道，转头又狡辩道，"不过，我说的本来也就是事实嘛。你说他们那么大的官连个儿子也没有，当那么大的官有啥用哦。"

"这谁知道啊。"张志成同样疑惑，"反正这是他们的事情，跟我们也没关系，我们反正是要生儿子的。"张志成强调道。

"对，他们的事情我们管不着，但是我们肯定要传宗接代的。"张志成妈妈说完还是一副百思不解的表情补充了句，"哎！真搞不懂他们这些知识分子是怎么想的。"说着两母子一脸不解地回了病房。

……

张志成等人离开段麒正办公室以后，他马上又联系了苏庆春和陶建国。一般科里的医疗纠纷处理方式都是只要有病人投诉，科主任第一时间找当事医生沟通应对方案。此时苏庆春还没有下手术，但是陶建国已经下了，听到消息后陶建国马上来到了段麒正办公室。同时段麒正也把今天下午休息的护士长颜秀梅找来了，他打算跟他们召开一个紧急会议。

陶建国到段麒正办公室后，段麒正把情况大致情况跟陶建国说了一遍，而6点下手术的苏庆春看到科主任的未接电话也马上回了电话。得到这个消息后苏庆春满脸诧异，他从未想过48号床的病人家属，会因为产妇当时子宫根本无法剥离切除子宫而被投诉。因为这个行为在医学上是属于非常正常的医疗手段，他丝毫没有违规，而且也让家属签字了，他更加不会想到家属不但投诉了他切除子宫的事情，还投诉了他调换孩子的事情，这样的投诉是苏庆春干了医生十多年来首例，也可以说是附属医院的首例。

苏庆春此时心中无论有多么的无语，他能做的就是赶紧到科里了解情况。他赶到科里的时候正好在护士站那边碰到了护士长颜秀梅，此时的她正好在护士站跟高丽佳聊着事情。

"颜姐，你今天不是休息吗，怎么过来了啊？"苏庆春好奇地问道。

"段主任找我来开会，说有紧急的事情。"颜秀梅回道。

"现在吗？"

"是啊！"

"我也是去段主任那里。"苏庆春回道，"那我们一起吧。"

"段主任找我们不会是同一件事情吧？"颜秀梅边走边说道。

"不知道……"

"那段主任找你是什么事情，你知道吗？"

"嗨，我这个是因为我的一个病人到医务处投诉我了。"

"48床吗？"颜秀梅问道。

"对啊……您怎么知道啊？"

"我刚刚听小高简单说了下。"颜秀梅笑着回道。

"高姐？高姐怎么知道48床投诉我了啊？"

"听说今天下午病人家属就在这边嚷着要投诉你了。"颜秀梅问道，"怎么回事啊？"

"啧……哎……"苏庆春连连叹气，实在是难以启齿，一时间都找不到怎么描述了，只回了句，"说来话长，那个病人家属实在是无语。"苏庆春倒关心起颜秀梅了，"对了，段主任不会叫你来也是为这事情吧？"

"谁知道啊！"颜秀梅耸了耸肩，并摊手回道。

"那走吧，去了就知道了。"苏庆春建议道。

"嗯……"

于是两人疾步来到了科主任办公室。

一进门苏庆春便看见段麒正和陶建国面色凝重地看着自己。这表情看得苏庆春有些发毛。

"师傅，你也在这里啊？"苏庆春主动说道。

"嗯。"陶建国表情严肃、不苟言笑。

"你们俩一块来了啊，来，都这边坐一下吧。"段麒正此时倒是露出了一丝笑意，说道。

"段主任，这么急把大家都叫来，是有什么事情啊？"颜秀梅问道。

颜秀梅只听段麒正说有紧急的会议要召开，并没听说什么事情，一进来看着大家这样的架势，有一种不祥的预兆。

"哦，秀梅啊，今天其实本来就是苏医生的一个病人的医疗纠纷，叫你来呢，是因为病人家属不但投诉了苏医生还投诉了你们的护士。"

"48床投诉了我们的护士吗？"颜秀梅惊讶不已。

"是啊！你怎么知道是48床啊？"

"哦，刚刚一同来的时候听苏医生说了。"

段麒正说48床病人投诉了护士，颜秀梅基本心里已经有底了。

刚刚高丽佳已经告诉她今天48床家属跟陆慧慧她们发生的事情，以及管床护士笑笑的事情，只是她不知道48床病人最终投诉的护士是谁。

"那不知道他们投诉了哪个护士啊？"颜秀梅试探性地问道。

"具体他也没说明白到底是谁，就说我们科里的护士态度恶劣。"

段麒正说道，"既然你们都到场了，那我就把今天的这个情况详细说下吧！"

"好。"颜秀梅和苏庆春异口同声地回道。

段麒正于是把今天48床投诉经历及刚刚跟他们交涉的情况一五一十地告诉了大家。

"这件事情呢，其实本来是个很简单的事情，主要还是出在我们跟病人的沟通上，特别是病人反应说要来找我反映问题的，结果被护士百般阻挠了，所以他才直接投诉到医务处去了。"

"啊！这样子的啊！"颜秀梅惊讶不已。

"是啊！"

"那这件事情确实怪我们这边没处理好，应该及时跟病人沟通好的。"颜秀梅回道。

"你们护士那边的事情先不说，"段麒正转而投向苏庆春，"先说庆春你这里吧，你是怎么回事啊？病人怎么说你是因为没收红包就切除了子宫啊？"

苏庆春知道现在他怎么替自己申辩也没用了，于是他只回了句："段主任，你等我一下，我先把病人的所有病例调出来给你看吧，看到病例你应该就知道了。"

段麒正是相信苏庆春的,于是他便回道:"好,我们现在在这里等你,你先把48床的所有资料调出来,我正好也要看看。"

"好!"说完苏庆春便起身离开。

苏庆春离开后,办公室里一片安静,谁也没再说话了。

据理力争

大约 5 分钟后，苏庆春带着病人所有的资料再次回到科主任办公室，他主动把病人如何入院、病人手术中出现的问题、术中采取过何种止血方式以及病人在何种状况下选择切除子宫的经过详细地说了一遍，而且后面病人家属中途找过他两次的主要内容苏庆春也说了一遍。临了苏庆春还补充道："我那个手术当时采取的方案是没有任何问题的，我想不管是谁在手术上都会这么做的。"

等苏庆春解释完以后，陶建国作为苏庆春组上的上级医生更作为他的师傅，也发表了自己的看法："段主任，庆春这个病人呢，是急诊收的，虽然他那个手术我没有直接参与，但是第二天庆春有跟我说过，所以基本情况我也是知道的。"

"病人在我组上，我查房的时候也了解了病人的情况，确实是跟庆春所说的一样，当时产妇的子宫和胎盘黏连很紧，很难剥离，这种情况我们都知道如果不及时切除子宫，那么产妇随时可能因为失血过多死亡的。

"据我所知，这家人思想非常传统，重男轻女思想也很严重，说句不好听的，假如庆春当时迟疑了，按照他们说的为了他们以后生儿子，我们坚持按照他们的方案不切除子宫，那么现在可能 48 床病人估计已经躺在太平间了。"

陶建国继续说道："可以说，我们作为医生，当时采取的这种方式对于病人是最佳的选择。"

陶建国说话的时候，段麒正也在仔细看着孙梦的所有检查和病例，段麒正根据自己职业的判断，也知道陶建国和苏庆春说的是对的，而且苏庆春的为人段麒正还是清楚的，所以从病人的谈话开始，段麒正就知道这件事情苏庆春肯定在医疗专业处理上是没太大问题的。

虽然是科主任，但是他比陶建国年轻，平时他还是比较尊重陶建国的。段麒正先是朝陶建国笑了笑，而后小声说道："建国啊，你说的我也知道。"然后他表情一转，"但是呢，现在医院正在进行等级考核，可是容不得有什么不好的事件出现的。这件事情呢，原本在我们科里发生的我们及时处理了还好，可因为各种各样的原因搞到医务处那里去了，这就麻烦了。"

"哎，这事情本来是小事情，现在搞得医务科那里去了，确实麻烦。"

"是啊！刚刚我在外面开会，医务处的陈处长特意打电话给我，再三叮嘱我要处理好这件事情，那我们就要做出处理事情的态度来嘛。"段麒正说完还补了一句，"你说是吧？"

"段主任，你是指要什么态度啊？"苏庆春问道，"主要是当时病人来找我，我也解释了的。"

"你说起这个，我正好要说，病人家属跟我说，他是找过你，但是找你的时候说你态度极其不好？"段麒正说道，"庆春，你这个不对啊，其实这件事情主要源头就出在你这里，本来就是病人对事情的疑惑嘛，你好好解释沟通不就好了。"

"你是怎么了？是最近家里有什么事情吗？"段麒正关心地问道。

苏庆春有些语塞："段主任，我……我这真没怎么说他。"然后苏庆春满脸委屈地解释了一遍。"所有的流程我都是按照正常的沟通方式跟他们好好说的啊，哪里态度恶劣啊？

"反倒是他，我觉得态度不太好，今天中午他找我的时候还在办公室里大喊大叫，这个我们科里的那些实习小姑娘都可以替我作证的。

"我真的是他每次找我，我都跟他好好解释的，只是那个病人家属实在难缠啊，也不听你说的。"

"我不清楚你是怎么跟病人沟通的，反正就是你的错误沟通，直接导致了病人家属对你不信任，他们不但对你的手术有疑惑，甚至还怀疑你这一切行为是因为没有收红包，那这件事情就搞得我们很被动了。"

段麒正说完又朝颜秀梅说道，"对了，说到这，就正好说下你们那些护士啊，他也投诉说问她们事情都是一问三不知，态度极其不友善啊！秀梅啊，你明天上班可是要把这件事情了解清楚，相关人人员要好好教育，另外要好好跟她们宣贯下这个服务意识才行。"

"好的，段主任，我明天上班一定好好跟她们说下。"

护士长颜秀梅先是肯定了段麒正的话，而后又笑了笑继续说道，"不过段主任啊,你说的那个48号床的病人我今天虽然没上班,但是也听小高说过了,听着小高的意思,那个家属确实是有点难缠,也比较奇怪。"

"就是啊!"苏庆春见状也补充道,"他说的那些什么收红包之类的无稽之谈我早就跟他解释过了。但是他还是这样,他看着年纪也不大,但是好像思想比较僵化,阴暗面也比较重,老是把人想得很复杂,我是真的没办法了。"

"而且他们家人的重男轻女思想严重的地步,你们是无法想象的,就拿他们说的生孩子这件事情吧,你看他们生的明明是女孩非得说是男孩,这个您肯定是知道的,我不可能把孩子搞错啊,但是他们非不信,我真是百口莫辩。"

关于苏庆春说的重男轻女这事情要是光他们说,段麒正原本不太相信,到现在还有这么封建的人吗,但刚刚他亲眼见识了张志成一家人的观念,他也能够感同身受地明白,苏庆春说的百口莫辩的滋味。只是现在这时候他也不能替苏庆春说什么,他很明白他自己所处的位子。

"庆春啊,这件事情呢,我也不是说全怪你,但是在事情没发展到这一步的时候提前跟我或者陶主任先沟通下,也不至于现在闹到医务处那里去了。"

"主要是我也没想到他们会因为这么滑稽和无语的理由投诉,"苏庆春无奈地回道,"真的,段主任,我刚刚接到你的电话都不敢相信他们会投诉我。"

"作为医生,你应该有自己的判断,现在事情闹得这么大你自己居然之前一点都没有意识,这就是你的疏忽。"陶建国责备道。

| 060 |

积极处理

面对陶建国毫不客气的责备和质问,苏庆春无话可说,他明白师傅的话是责怪他自己做事情之前不够警觉,以至于导致现在这个局面,虽然陶建国的话表面是责备苏庆春,但是其实他的本意却透露出对苏庆春无尽的担忧。

"师傅,您说的这点确实是我的错,之前做事情不够细心。"苏庆春像犯了错的孩子一样低着头诚恳地承认错误。

"哎……现在责怪也没有用了。"段麒正圆场道,"不管怎么说,这件事情已经到医务处那里了,陈处长也很重视这件事情,那我们就要有我们的态度。这事情还是要马上解决了,不然对你和对医院都不好。"

"嗯,我明白了,那我明天查完房再去找病人和家属协商一下吧,看下家属到底是什么意思吧。"

"明天不行,"段麒正说道,"这事情晚处理不如早处理,听说他们明天下午就出院了,这事情要尽快解决。"

他停顿了一会,吩咐道,"小苏,你这样,现在你就去病房看看家属在不在。在的话,现在我们就当面把问题说清楚,正好你们大家都在。"

"现在啊?"陶建国虽然嘴上对苏庆春严厉,但是还是非常心疼他,"庆春这下手术还没吃饭呢,要这么急吗?"

"这事情必须得快。"

"没事,我晚点吃饭没关系,先解决这个事情吧。"苏庆春说道,"那我现在就去病房看下病人。"

颜秀梅护士长知道苏庆春刚刚下完手术已经很累了,而且他还有胃病,便主动说道:"要不你们坐着休息会吧,苏医生,你也先去办公室随便吃点东西垫吧一下吧。我去病房叫家属过来好了。"

"哦，那也行。"

段麒正说完又补充道，"对了，庆春啊，你上这台手术的时候谁是一助啊？"

"我师弟江况。"

"他还在医院吗？"

"应该在吧，明天有手术，估计还在科里准备。"陶建国抢着回道。

"那你把他也叫来，做个证。"段麒正说道，"不然那个所谓男孩掉包女孩的事情就是一面之词也说不清楚了。"

"好。"

陶建国立马拿出电话找江况。

段麒正看着苏庆春还在，便说道："你没吃饭就先去吃点东西吧。"

苏庆春此时可是没心情吃东西，他想着把事情尽快解决了。"没事，段主任，我就在这里等病人吧。"

……

病房这头，颜秀梅来找48床时，张志成一家听说科主任这么快就召集了大家一起来开会，一副斗志昂扬的气势朝今天刚刚拔掉了导尿管的孙梦说道："梦梦，你也跟我和妈一起去吧？"

孙梦迟疑了一会，说道："我就不去了，你和妈去就行了吧。"

"干吗不去啊，你不是说你在手术室看到宝宝是儿子嘛，你去更加有说服力啊。"

孙梦婆婆说完她还用一副咄咄逼人的眼神瞥了一眼颜秀梅，并说道，"省的有些人老怀疑我们是无中生有。"

"就是啊！"张志诚也呼应道。

孙梦眼神闪烁，明显有点不想去。

颜秀梅看了一下孙梦，说道："你要是觉得身体还能支撑的话，最好也一起来吧，确实当面说清楚会比较好。"

"就是，走了走了。"孙梦婆婆直接用脚踢出了孙梦的鞋子，并催促着，"哪里有那么娇气啊！这明天都要出院了的。"

在大家的注视下，孙梦无奈地穿上了鞋子，跟大家一同来到了医生办公室，而段麒正这边则把这个会议挪到了医生办公室的大会议桌。只见段麒正坐在长会议桌的最顶头，靠里面并排坐着陶建国、苏庆春和江况。段麒正见孙梦一家人刚进来便连忙站起来笑着说道："来，来，这边坐。"

"孙女士也来了?"陶建国也笑嘻嘻地说道。

"哦,这位是孙女士是吧?"段麒正连忙关心道,"怎么样,恢复得怎么样啊?"

"还好。"孙梦小声回答。

"来,来,大家都这边坐。"段麒正连忙张罗着。

只见孙梦慢慢地坐到了最里面与江况对面,中间则坐着张志成,最靠着段麒正的便是他们家的一家之主孙梦婆婆,而颜秀梅自动地坐到了对面和江况相邻。

待大家都坐下后,段麒正先是微咳了一下,而后说道:"张先生,真是不好意思啊,这么晚把你们一家人叫过来。"

"没事,都是为了解决问题。"张志成回道。

"对,你说得很对,都是为了解决问题,这么晚劳烦你们过来也是想大家当面把你们今天反映的问题尽快解决了。"

"在这里我代表我们科非常感谢你们的谅解。今天我看孙女士也过来了,那正好,很多事情我们也好当面解释清楚,我们这边的陶主任、孙女士的主治医生苏庆春医生,以及当时孙女士手术时也在场的江医生还有颜护士长都到齐了。"段麒正一一介绍着大家。

张志成的妈妈根据段麒正介绍顺序,把正对面的人都一一扫射了个遍,她闪烁的目光此时倒流露出睥睨一切的神情,接着她用一种高傲且很不友善的语气说道:"那你们说吧,这件事情打算怎么办。"

段麒正和陶建国心照不宣地迅速交换了眼色,他们心中都在掂量和揣测着这位张妈妈,一看就是来者不善。但是段麒正表面还是淡定从容,并又露出了那招牌笑容,殷勤地说道:"是这样的,刘女士、张先生、孙女士,刚刚我跟我们苏医生和陶主任把情况都了解了一遍,48床孙梦女士的病例我也看了一遍,大概情况也基本了解了。我简单讲下,你们看对不对哈。"

"你说吧。"张志成妈妈发话道。

"好,据我了解啊,孙女士确实是植入性胎盘,当时情况非常紧急又一直血流不止,那种情况下确实需要切除子宫的,否则病人随时可能有生命风险。"

段麒正非常镇定地继续说道,"包括你们家属跟我反映的孩子性别问题，我也打电话问了当天手术室值班的医护人员，他们都能证明当时孙女士确实生的是女孩。"

段麒正本来以为说完他们马上会反应，都做好了应对的话，结果孙梦一家人似乎并没有搭理他的意思。

061

友好协商

段麒正此时尴尬不已，他看了一眼陶建国，又补充道，"哦，对了，我们手术室是没有监控，但是手术室的过道是有监控的，假如你们不相信，我们也是可以调取监控的。"

"还有当天上手术的我们科的另外一位医生，江医生也是孙女士手术时的医生，他当时就在场，也能证明您们的孩子确实是女孩。"

江况听到科主任点名了，连忙接话道："对啊，孙女士，当时我也是在手术室的，就连你手术时输血的血还是我弄热的，你应该记得吧？"

"哦，不光是我，当时我们所有的医护人员都能证明您剖腹产生下的是女孩。"

"可是我老婆明明看到是个男孩啊！"张志成终于回应了，并言之凿凿地说道，"她说清楚地看到了是生了个带把的啊。是吧？"张志成说完还看了一眼孙梦。

孙梦只是点点头，并没有说话。

苏庆春看到孙梦的回应，心中不禁一沉，之前别人说什么都是枉然，毕竟是传话的，但是孙梦作为在场的当事人，她的回应几乎是给苏庆春判了死刑一般。

当时大家明明都看到的是女孩，现在孙梦非得说男孩，这实在是让他难以置信。

"孙女士，不知道您这么说是不是当时您麻药的原因，还是我们护士声音太小了您没听到啊。"苏庆春见他们简直就是睁着眼睛说瞎话，于是他极力为自己辩驳道，"我们医院规定婴儿产下抱给您看的时候，也会跟您说清楚是男孩还是女孩的，而且我记得很清楚当时她们是正常按照流程走的。"

"对啊，当时我也听得很清楚是女孩。"江况也呼应道。

"可是我儿媳妇当时明明就看到了孩子带把的。"孙梦婆婆冷不丁地插话道。

一旁的颜秀梅实在看不下去了,朝对面的孙梦问道:"孙女士,你确定你当时看清楚了吗?"

"你这是什么意思啊?"孙梦婆婆发声反驳道,"我家梦梦都说了看到了孩子带把的,还问是什么意思啊?"

颜秀梅也不示弱,她那冰冷的眼神中透着光,却面带微笑缓缓地说道:"我是指病人当时人有些不清醒也是有可能看错了呢?毕竟我们这些清醒的工作人员都是看得分明。"而后她又用特殊的语调补了句,"就是个女孩啊!"

张志成见颜秀梅说话虽然表面客气,但是却不像其他人那么好说话,总给人感觉一副笑里藏刀的样子,这倒是让他看着有些瘆得慌。他并没有直接回话,而是用手肘用力撞了撞旁边的孙梦。

"我当时看清楚了,是男孩。"孙梦低头回道。

"你看吧,就说我们看清楚了。"孙梦婆婆说道。

"可是你生的明明就是女孩啊,我们也不可能给你换过孩子啊。"苏庆春沮丧又无力地说道。

"你说没换就没换啊!这谁知道啊。"孙梦婆婆厉声回道,"你们因为不收红包把我们子宫都切了,还有啥事干不出来啊。"

"欸!女士,你这话不能这么说啊,"陶建国替苏庆春辩驳道,"刚刚你们一进来段主任就把孙女士当时的情况跟你们说清楚了,当时我们苏医生对孙女士因为植入性胎盘一直无法剥离,导致出血不止的情况下,采取切除子宫的行为在医学上是非常合理,而且是最佳的处理方式,他当时要是一有犹豫甚至孙女士现在不在了都有可能。什么时候他的积极处理变成了因为苏医生没你们收红包而故意刁难有意切除子宫啦?"

陶建国的话一出,直接把孙梦婆婆给噎了一下,于是她和儿子张志成,互相看了一样,然后她大声喊道:"段主任,你们这些话是什么意思啊?刚刚你不是还跟我们要好好帮我们解决问题嘛。"

"我们现在不就是在跟你解决问题嘛。"段麒正说道,"刚刚陶主任和苏医生也只是把情况说清楚嘛。"

"你们这哪里是解决问题啊,不还是推卸问题。"孙梦婆婆明显对这样的解决方式很不满意,气鼓鼓地说道,"问题不是你们这样解决的好吧？你到底懂不懂怎么解决问题啊？"孙梦婆婆再次质疑段麒正的诚意。

孙梦婆婆这样的反击倒是段麒正没想到的，他无奈地看了一眼陶建国。

"女士，关于你们提出的这几个问题质疑，我们就是把实际情况解释给你们听，这不就是在解决问题嘛。"陶建国连忙说道。

"这哪里是解决问题啊，你们这就是互相推卸责任。"孙梦婆婆毫不客气地说道，"刚刚你这个主任说得还好听得很，说一定要给我们一个好的方案。现在呢，不也一样是帮着你们自己医院的医生说话嘛，你们这就是包庇。"

"怎么会是包庇呢？"段麒正说道，"我也没有要袒护苏医生的意思啊，我们现在不就是把实际情况大家当面说清楚嘛，然后我们大家再一起商量一个解决的方案嘛。"段麒正说完还不忘献媚地补了句，"您说对不对啊？"说完又转向苏庆春，"苏医生，你说呢？"

"孙女士，张先生，关于你们说的这件事情，其实我之前跟张先生已经解释过很多次了，可能张先生一直对我有成见，但我所做的一切都是秉着医生的医德，绝对不会做任何对病人不利的事，都是站在病人的角度处理这件事情的，这点请你们一定要相信我。"苏庆春言辞恳切地说道。

"你那是替我们着想吗？"张志成带着挑衅的语气反问道，"替我们着想能把我老婆子宫切了？我老婆才30岁啊！"

"我知道你老婆还很年轻，但是切除你老婆子宫真的是孙女士当时的情况紧急，当时能想的办法我都想了，因为你们之前没有做过检查，没有提前发现胎盘植入，导致手术以后无法让胎盘剥离下来，又一直出血不止，那种情况必须得切除，我们才会采取这个措施，这实属无奈之举。而且当时我们江医生也跟你们说了情况，你们当时也在手术知情书上签字确认了的啊！"

"当时这个江医生匆匆忙忙地就跟我说了下那个情况，说得吓人，说随时有生命危险，那种情况我不签能行吗？不签也得签啊。"张志成狡辩道，"你们那个签字说白了根本不是我们本身意愿的。"

"这样的强迫行为不能算数的。"张志成继续补充道。

"就是。"张志成妈妈如往常一样添油加醋道："那个签字就是被你们逼的才签的，而且当时我也不在，就我儿子和我亲家母在，他们啥都不懂的，根本不能作数。"

| 062 |
信任危机

张志成母子的这句手术知情同意书签了都"不作数",简直把当场的所有医护人员都惊呆了。

手术知情同意书是什么?

手术知情同意书是手术前,医师都要向患者或家属交待,术中或术后可能发生的危险,并就手术有可能发生的危险进行告知,只有让患者或家属签名同意,才能实施手术。

手术同意书是现代医疗制度中医患之间的重要法律文书,这既是病人及家属对自己手术可能带来的危害全部预知,也是医生对病人实施手术以防反悔的一种保障,它是具有法律效应的。

签订手术知情书很多家属都会认为是医生为了推卸责任,而强迫病人及家属签字,目的是为了出了问题不承担任何责任,其实不然。任何手术不确定因素都很多,手术引起患者新的疾病甚至死亡的风险与疾病的治疗效果犹如一对孪生兄弟,一直相伴相随。有时候手术可能达不到根治疾病的目的,达不到患者希望的理想状态,甚至使患者失去生命,所有的外科手术,风险都具有不确定性、不可预测性或者不可避免的特征。

人的生命健康权是受法律严格保护的,患者对自己的身体有处置权,但又不可能自己给自己做手术,而医师有手术技能,但又无权利处置患者身体,所以患者出于治疗疾病的需要,授权医师在自己的身体上实施有风险性的医疗行为,手术同意书的签订正是患者对其身体支配权交付给医生的一个合法过程。

要是张志成低于18周岁抑或者是高于60周岁脑子不清楚,那这样的签字无用论来反咬医生,苏庆春还是能够理解的。虽然这点有点不靠谱,但是这样的情况他们也碰到过,很多家属手术反悔都会说是医生糊弄他们没有自主行为能力或者意识的人,所以一般术前通知单签字的时候医生们为了避免这些问题的困扰都是尽量找直系亲属并且年龄在18~60周岁的人签字才放心。

但是像张志成这样的,都30多岁的人,而且还是病人的丈夫,他签的字居然他妈妈说出来不作数这样的话,这让在场的医生们都凌乱了。他们内心都在质问自己:"这样的年纪,这样的身份,签字都说不算数,那请问谁签字算数呢?"

苏庆春看大家都没说话了,便说道:"你儿子自己签的字不算数,那谁签的字算数啊?"

"看来我说的话你还是没听懂啊,我说的意思是你们这个行为是强制他签字的。"

"你这话不能这么说吧?假如当时你们没签字,我们医生也没给你儿媳妇切除子宫,按照你儿媳妇当时的状况可能现在人都没了。"陶建国说道。

"你这什么意思啊?你这是诅咒我老婆啊。"张志成激动地说道。

"诶,陶主任不是诅咒孙女士的意思啦,他只是猜想是不是有这个可能而已。"段麒正连忙解释道。

"你们这个不是诅咒是什么啊,我儿媳妇现在好好地坐在这里。"张志成妈妈激动地站起来,"算了,这事情我也不跟你们说了,也没什么好说的。"

看着妈妈站起来了,张志成也跟着站起来。

"诶!有话好好说嘛,我们这不就是在商量嘛。"段麒正见状连忙也站起来劝道。

"是啊,有话好好商量嘛。"颜秀梅也说道。

"这事情今天也没什么好商量的,明天再说吧。"张志成妈妈明显没给段麒正商量的余地,说着便跟儿子和儿媳妇一起使了个眼色,于是三人很配合地一同离开了医生办公室。留下段麒正等人一脸懵。

张志成一家人离开后,颜秀梅叹道:"这一家人真是蛮不讲理啊,真的是好说歹说都不听的。"

"主要是不懂他们到底是什么意思,明明情况已经跟他们解释得很清楚了,该有的疑虑也沟通明白了,就是感觉他们听不懂人话的样子。"陶建国纳闷道。

"我看啊，不是听不懂人话，他们这是想敲诈啊！"颜秀梅又露出了诡异的表情。

"不会吧？"江况问道。

"看他们这个样子确实有点像啊！"陶建国不乐观地回道，"不然这事情都这么清楚了，他们还非揪着那些不可能的事情不放是有点奇怪。"

"就是啊，除了这点我是想不到有其他的可能了。"

在大家各种猜测的时候苏庆春没说一句话，他既不想去猜测那些未知的东西，更不想他们说的话成为事实。

"算了，算了，你们也别瞎猜了。"段麒正发话道，"他们现在可能也只是还不太冷静而已，这件事情看来这一时半会也解决不了。"段麒正补充道说道，"庆春啊，你明天上午有事情吗？"

"明天上午有个手术。"苏庆春有气无力地回道。

"那明天你上完手术再好好地找他们谈一谈吧，我就不相信还有讲不通的道理。"

"他们家人可能还真是难说哦。"颜秀梅不乐观地说道。

"应该不会，我估计啊。就是一时对生女儿又切除了子宫这件事情想不通而已。"

段麒正说道，"建国啊，不行，你明天跟庆春一起再找家属他们谈谈，晓之以理动之以情，总是会明白的嘛。"

"嗯。"陶建国回道，"也行。"

段麒正看着苏庆春一副心情非常沮丧样子，便说道，"庆春啊，这事情你也别多想，好好沟通，好吧？"

"好。"苏庆春也只得无奈地回道。

"那行吧，散了吧。"

段麒正说完后，大家都慢慢散了。

此时已经是晚上9点了，下午在手术室里已经站了几个小时，饭没吃就来了这一出，此时的苏庆春真是身心疲惫。现在他或许饿过头了，或许没有心情，反正饭是吃不下了，他只想回家睡觉。

回到家里已经10点多了，家里一片漆黑，他先蹑手蹑脚地推开了苏子轩的门，看着孩子安静地睡着，便回了卧室。卧室里的灯是关的，于是他怕吵到黄小培便自己小心地走到外面的卫生间去简单地洗漱了下便回房睡觉了。可是一躺下，苏庆春脑子里全是今天的事情，孙梦一家人说的话、动作、甚至是表情都是历历在目。当他辗转反侧时,他发现了黄小培也跟他一样,原来黄小培压根没睡,从苏庆春开门进来他去了哪个房间黄小培都听得一清二楚。她也一直在想今天白天小敏跟她说的事情,该如何去处理和选择,是否要征询苏庆春的意见,这些她都在纠结和思忖。但是因为之前两人闹得不是很愉快,一直处在冷战当中,黄小培也不想跟苏庆春主动服软说话。而苏庆春这边,因为工作上的烦心事情,不想让家人跟着一起担心,也没说话。

一晚上两人虽然知道彼此都没睡着,却没有一个人主动说一句话。这一夜苏庆春几乎是临近清晨才合眼。

| 063 |
问题解决

　　翌日，苏庆春顶着深深的黑眼圈上班去了，他还是没在家里吃早餐，前几天是黄小培真的没做，今天她做了，但是却没有叫住苏庆春。眼看着苏庆春离开，黄小培只得把留给他的面倒进了垃圾桶。

　　苏庆春回到医院以后，按照原本的计划，先查房然后上手术，下完手术再跟陶建国一同找48床再好好地谈一谈。但是令他没想到的是，今天的这台手术由于手术室紧缺被临时把手术时间延后到了上午11点。于是苏庆春特意来到48床，发现病房只有孙梦和她的娘家妈妈，苏庆春先跟她解释下情况，然后还特意跟她们说了上午手术推后了，结束了会再找她老公谈一谈。孙梦也爽口管应了。

　　得到孙梦的回复以后，苏庆春便安心地进了手术室，可令他没想到手术比他之前预计的复杂，计划的宫腔镜手术做不成以后又改为开腹手术，手术一下子就忙到了下午2点。苏庆春都没来得及吃中饭，下了手术室第一时间去找48床病人，结果他发现病人并没有在病床上，连家属也不见了。他又跑去找护士了解情况，从护士站了解到病人并没有办理出院手续，之后苏庆春又分别去找了段主任和陶主任，发现他们也都不在科里。于是他连忙拨通了病人家属的电话以及两位主任的电话，他们就像约好了似的都没有接电话，这让苏庆春有种不祥的预感。

　　坐在医生办公室的苏庆春脑海里一下子浮现出无数种可能。

　　此时正好刚刚从家里回到医院的蔡君梅看到了苏庆春一个人坐在办公室的会议桌上发愣，便问道："庆春，你怎么啦？"

　　"哦，蔡主任，"苏庆春这才缓过神来，蹩脚地解释道，"没事。"

　　"你这脸色很难看啊！"

　　"可能只是刚刚上手术上久了，没吃饭吧。"

　　蔡君梅看着放在他办公桌上早就让别人打包好的饭菜说道："那你还

愣在这里干嘛啊，赶紧吃饭去啊！"

"好。"

苏庆春魂不守舍地走到了自己办公桌前，机械地打开饭菜，吃着饭。他一边无力地把饭送到嘴巴里一边小声安慰着自己："可能病人只是一下子接受不了没生男孩子的事情，现在想通了，然后不再追究这事情了，现在应该是在楼下散散步消食去了吧。"

就这样，吃过午饭之后的苏庆春继续着工作。可令他万万没想到的是下午3点半，苏庆春在医院的走廊遇上了他着急要找的所有人，他们就这样神奇地一同出现在苏庆春的面前。

"诶！你们刚刚去哪里了？我找你们很久了。"

张志成妈妈看到苏庆春，一脸笑嘻嘻的，但并没有回答苏庆春的问题，而是朝段麒正说道："段主任，陶主任，那我们就马上办理出院手续了。"

"好。"段麒正回道。

说完张志成妈妈带着儿子和儿媳妇一同穿过苏庆春，就当他空气一般地离开了。

"诶！他们这是什么意思啊？"苏庆春说道，"我还想跟他们商量事情呢，就走了。"

"不用商量了，事情已经解决了。"段麒正这会儿板着个脸回道。

"解决了？"苏庆春一脸诧异地回道，而后还看了一直在旁边一言不发的师傅陶建国。

"什么时候解决的啊？"苏庆春追问道。

"先回办公室说吧。"陶建国只回了句，说完，他和段麒正不约而同地先一步离开了走廊的过道。苏庆春此时真是一脸懵，连忙跟在两位领导的后面。只见他们直接进入了段麒正的办公室。进入科主任办公室以后还没等苏庆春坐稳，段麒正便大声问道："你上午去哪里了？"

"我上午在手术室啊！"苏庆春解释道，"哦，今天我的手术时间延后了，下午2点才下的台。"

"我昨天不是跟你说好了，今天上午你就跟病人沟通的嘛。"段麒正说道，"延后你不会跟病人先沟通好啊！"

"我知道啊，可是我手术前跟病人孙梦解释过了，她也同意啊。"

"那她老公和婆婆同意了吗？"陶建国此时似看到了一点希望，问道。

"当时她老公和婆婆不在啊！我让她转告他们了。"

"哎！"陶建国叹着气回道，"你就没看出来他们一家人就是病人婆婆说了算嘛，她不在就跟没说一样的。"

"可是我跟病人说了让她转告她婆婆的啊。"

"算了，算了。"段麒正无奈地说道。

"怎么回事啊？难道他们又说我有意不跟他们沟通吗？"

"这回没了，"

陶建国说完又补了一句，"不过这回他直接告到院办去了。"

"啊！"苏庆春瞪圆了眼睛朝陶建国问道，"他们跑院办那里去干吗啊！"

"还能干嘛啊，投诉呗！"段麒正猜测道，"他们这一路投诉，看来是有人指点了啊。"

"算了，不管他们是什么原因，谁在后面告诉他们，反正现在问题也处理了。"陶建国说道。

"那处理了也好。"苏庆春说道，"最后怎么处理的呢？"

段麒正听到苏庆春的问话后，先是看了一眼陶建国，然后说道："医院里决定赔偿病人15万，这其中医院承担10万，建国作为你的上级医生承担2万，你作为直接医生承担3万，分三个月在你工资里扣除。"

听到段麒正这话，苏庆春的心一下子凉了。

这件事情来得实在太突然了，让苏庆春所料未及，假如这个事情是自己的医疗错误，那苏庆春也是甘愿领受处罚，但是这件事情跟他的医疗技术毫无关系，纯粹是属于家属的无理取闹，实在让苏庆春觉得很冤，而且因为这事情他还连累了自己的师傅跟着一起受罚，这也让苏庆春非常自责。

"庆春啊，这件事情我也没办法，都是院领导决定的。"段麒正边说边看着陶建国说道，"你师傅也是……"

段麒正话还没有说完，便被陶建国使眼色拦下了。

"我师父怎么了？"

"哦，我是说你师傅被你连累了也连带处罚了。你啊，以后一定要吸取这次经验，多注意点。"段麒正说道，"行了，就这样吧，你们忙去吧。"

"嗯。"陶建国马上站起来，跟苏庆春一块儿离开了段麒正的办公室。

064
师徒交心

苏庆春是紧随陶建国后面离开的。
"你先别走,来我办公室一下。"
"哦,好。"
苏庆春就这样被陶建国叫到了他的办公室,苏庆春预感这回肯定少不了师傅一顿批评,平时陶建国对苏庆春很少嬉皮笑脸,不像别人师徒关系看起来比较随意,陶建国在苏庆春面前一向都是严厉的样子。苏庆春这回也做好了充分的准备。

进了办公室以后,苏庆春自觉地坐到了陶建国的办公桌对面,并主动致歉道:"师傅,对不起啊,这件事情是我的错,没有处理好,还连累了你。"

陶建国坐下后抬头看了一眼苏庆春,倒是出乎苏庆春意料之外地回了句:"没事,这事情也不能全怪你。"

"师傅,今天到底是怎么回事啊?"苏庆春好奇地问道,"他们怎么会告到院领导那里去了啊?"

陶建国也知道苏庆春对今天的处理觉得委屈,于是他便把今天的事情跟苏庆春说了一遍。

原来今天早上一大早,苏庆春在病房没有看到病人家属,是因为他们一早便不动声色地在院办那里等待院领导。正巧他们碰到的就是院长杨帆本人,病人投诉医疗纠纷都投诉到他那里去了,于是他大发雷霆,当即紧急召开了会议,并就这件事情进行讨论。讨论的最终结果是48床以医生医疗事故为由索赔15万。

据说当时病人的态度很坚决不上诉,不医疗鉴定,就是认定医生过失要索赔,否则就把这件事情投诉到卫生局。

院方领导见病人如此坚定,加上病人的婆婆在那里大哭大闹,为了维持稳定，医院领导一致决定答应他们的赔偿要求，考虑到此次事件虽然不是医生的医疗失误，但却是因为苏庆春的沟通导致了主要问题，所以主治医生苏庆春承担20%的责任，赔偿3万块钱的现金，而陶建国作为上级医生也承担连带责任。

陶建国说完还补充了一句，"段主任说得对，这件事情其实本来是个很简单的事情，会弄成这样主要还是因为你在跟病人沟通上存在很大的问题，你要承担责任也是无可厚非的。"

"师傅，我知道。不过我真的没想到这件事情会演变成这个样子，可能确实这件事情从头到尾是我沟通不到位吧，但是您也被我连累了，真的是很抱歉。"

"嗨！我作为你的上级医生，你的师傅，连带责任也是应该的。"陶建国对于金钱的处罚倒是想得很开，而后他又说道，"不过处罚了你就一定要吸取教训。以后处理问题的时候千万不要按照自己的性子来，很多事情不是非黑即白了，不是说你觉得你没做错事情，你就可以不管不顾了。"

"师傅，我其实也没说不管不顾，我也跟病人和家属沟通了的，只是不知道为什么这个病人家属会这样。"

陶建国并没有直接回复苏庆春，而是换了个话题问道，"庆春啊，你来医院也有十来年了吧？"

"嗯，今年整整10年了。"

"哈！这10年过得真快啊！"陶建国长舒了一口气，然后继续说道，"10年这个工龄说长不长，说短也不短啊。"

"是啊！"

陶建国说道："平时我可能对你严厉了一些，你在医院里上班我们也就是聊手术谈病人，但我却几乎没怎么跟你细聊过别的事情，今天你出现了这个问题，其实我也要负一定的责任。"

陶建国这话说得苏庆春一下子心中暖了很多，就像是一个父亲对孩子的告白一般暖心。

"师傅，你别这么说，这是我自己的问题。"

"当初我工作的时候医患关系跟现在的不一样，所以对这方面之前也确实缺乏跟你沟通。"陶建国说道，"现在趁着这个机会正好跟你好好聊一聊。"

"师傅，有什么话你就说吧。"

"你工作的这几年应该是医疗环境变化最快的几年了,随着大家的生活水平提高,健康意识也越来越强了,你应该也慢慢地看到,这些年我们国家的医患关系是越来越糟糕,新闻里也时常报道。我想听听看你是怎么看待这件事的呢?"

"医患关系越来越紧张的问题吗?"陶建国突然这么问,让苏庆春有些意外,他重复确认道。

"对!"

"这个问题啊?"苏庆春尴尬而不失礼貌地笑了笑。

这问题说起来作为医生当事人其实还是比较晦涩的。

"没事,你有什么想说的直接说好了。"

"这个问题比较复杂吧?"

"怎么复杂呢?"

"医患关系越来越差有医疗体制本身的原因,也有医生和患者两者之间本身的问题,就比如:患者对医疗知识的缺乏,医生又普遍工作量大,非常忙,导致了两者之间的信息断裂,说白了就是两者之间不能互相理解,缺乏沟通,导致了医患关系越来越紧张。"

"对啊,你说的这几点都很对,你自己也总结了医患关系这么严重有医生和病人缺乏沟通的问题。而且按照你分析的这几点来看,这些其实都是缺乏沟通所导致的。"

"可是沟通谈何容易啊!"苏庆春无奈地说道。

"就像我们上门诊的时候,一上午看多少病人啊,自己忙得都快喘不过气来,病人还嫌弃我们服务态度不好,冷漠、无情。

"可是他们没想过医生上门诊的时候,经常忙得连上厕所的时间都没有,平均一个病人看诊时间都不到 5 分钟,甚至更加短,哪里还有时间和精力跟你闲聊别的啊。

"即使有心力,难道让后面的病人排着队就等着你慢慢跟病人说病情或者等你在这里跟这个病人嘘寒问暖啊!那不得被后面的病人抱怨死了啊,而且那么多号人,按照这样的看诊方式,一天都看不完一上午挂号的病人,那又是要被骂了。

"师傅,你说,是吧?"苏庆春心里有些虚地补了句。

"嗯,你说得没错,所以说我们当医生的很多时候确实是两难的!"陶建国肯定道。

医生文化

苏庆春见到师傅陶建国对自己的看法给予了肯定，便连忙又说道："就是啊！我们做医生的有时候真的很难做人的。病人这边嫌弃看病难，要排很久的队，那边又嫌弃我们给他看病的时候时间太短，这本身就是个矛盾的个体嘛，在你这里花的时间长了，别人排队的时间不就更长了。"

"嗯，你说得都对，你现在是站在你医生的角度嘛。"陶建国说道，"那我们换过一个角度说，你看哈，大家一说到中国的医疗体制，中国的医生，就喜欢跟美国比，动不动就是美国的医生态度多好，美国的医疗技术多先进。聊到中国的医生动不动就是中国医生有多黑，灰色收入有多高，不收红包就不把手术做好。"

"是啊！师傅！"苏庆春呼应道，"这些价值观不知道什么时候传出来的。我们的工资远比美国的医生低很多很多，而且所谓的收红包最多是少部分医生而已，大部分医生根本没有收红包做手术这个说法的。"

多次得到师傅的肯定以后，有些拘谨的苏庆春变得侃侃而谈了，他继续补充道，"再说了，很多时候这红包都是因为病人或者家属，为了图个安慰自己硬塞给医生的，你我都知道给不给红包手术都是一模一样做的，但大家非得夸大这个红包的价值，实在让人百口莫辩。"

"对！对！你说得都没错。"陶建国说道，"我们再说回来美国医生和中国医生的区别吧。那美国医生的工作量和我们中国医生的工作量，那是没有一点可比性的。"

"是啊！美国医生看多少病人啊，我们得看多少病人啊，哪里还有那么多时间跟病人天天微笑好好沟通啊，有时候走路都是跑的。"苏庆春回道。

"对，但病人不了解啊，这本身可能也是我们国家的医生文化差距就很大。"

"医生文化差距?"这个词语苏庆春是第一次听说,他追问道,"师傅,这怎么说呢?医生文化这个我倒没有想过呢。"

"你看啊,我们中国人谈到医生,一般第一印象就会跟什么联系在一起啊?"

"救死扶伤?"苏庆春不敢肯定地回道。

"对!没错!救死扶伤。"

"一直以来我们的文化里,医生就有这个标签,从小我们被老师教育的也是医生就是救死扶伤的,这就意味着从一开始我们的文化里面医生就是治病救人啊!"

陶建国娓娓道来,"这里本来就不包含病人们要求的安慰和关怀,也就是说从文化上我们医生就是没有被要求过高的服务态度和人文关怀的。而美国的医生文化就不一样。"陶建国继续解释道,"美国的文化是什么啊?美国的医生从医开始,一个很重要的原则,就是那几句话,有时治愈、经常关怀,总是安慰。这句话你应该听过吧?"

"嗯,听过。"

"对,这句话最近我们国家也开始流行起来了,为什么流行起来了啊?"陶建国又问道。

还没等苏庆春回复,他自问自答道,"就是我们国家的医患关系越来越紧张了,大家也发现了医生治病不再只是救死扶伤了,病人要求得更多了,他们想要得到医生更加好的服务态度,想要关怀和安慰。"

"师傅,你这么说还真是这样的,我记得前段时间我看电视,正好看到了一个北京的医生专家吧,什么科的我也给忘记了,反正他也说了这句话,虽然不是原话,但是意思差不多。"苏庆春说道,"也是表达医生有很多工作其实治愈并不一定是主要的,特别是现在我们生活越来越快节奏了,很多得抑郁症的,这种病更加主要是多关怀,多安慰。"

"是啊!可见现在很多地方也发现了这点。"陶建国意味深长地说道,"你看这十二个字,美国医生真的做到了关怀和安慰,一见面就问好,对病人表示同情,虽然抗生素给得少,但是止痛药可是不要钱一样地疯狂给啊,而口头上的安慰更加是不得了,可以说他们把话说得,让病人以为这世界上只有他们的医生最懂他。你之前不是去澳洲待了一段时间吗?应该那边也差不多吧?"

"我在澳洲是待在研究所里，不过是听他们说过。"

"是啊！他们这是把关怀和安慰做到了极致啊，能做到这样，你说哪个病人除非是真的出现了大的医疗事故，不然怎么还会去医闹啊？不能够嘛。"

"师傅，你这中国和美国的医疗差距分析得确实很对。"苏庆春听着也是心悦诚服。

"所以啊……"陶建国拖长了调子，"这也许就是我们医患矛盾紧张的很大一个原因之一吧！"

"可是我们国家和美国的国情也不一样啊，他们一个医生匹配多少病人，我们一个医生匹配多少病人啊！我们根本没那么多时间花那么多心思对病人时时关心。"

"我们的硬件确实达不到，"陶建国说道，"你说这个我突然想起了日本，前几年不是也有很多人都说日本的医疗好嘛，到日本旅游都带药回来的嘛，他们只是分级诊疗做得很好，我之前也看到一个朋友从日本带药回来的，当然这些药品确实我们也是没有的，但是绝对没有大家疯传得那么好，都是夸大其词了。"

"对，不过日本的分级诊疗做得很好，这几年我们国家不也在搞嘛。"

"嗯，我就是想跟你说这个，这分级诊疗其实也就是给三甲特别是特大三甲医院在分流病人，让有限的资源用到需要的病人身上。所以这医患关系紧张的原因啊，不是我们一句话两句话，一个原因两个原因就能够分析出来的，都是互相影响很复杂的关系，就像你说的本身资源短缺的问题，也是个大原因。现在国家政策也慢慢在往好的方向发展，出台了各种政策，就像你说的分级诊疗，还有就像这些年各个地方的国际私立医院越来越多，也越来越专业了，也算是对大型三甲医院的一种分流吧，也是一种好的现象。"

"嗯。"苏庆春点点头十分认同道，"对，这是个好的方向。"

医学信仰

医患关系紧张的原因，陶建国跟苏庆春分析得差不多了，陶建国也就点到为止了，毕竟这个问题也不是他们这样三言两语就能够讨论出来的。于是他便转入了今天的正题。

"所以啊，我们就因为习惯性地认为从病人一进来就是治病救人，也只关心这个，这样也就缺少了对病人的关怀和安慰，就像你这个病人一样。其实他们主要的问题就在于他们重男轻女，不能够接受第二胎是个女儿，而且切了子宫又不能再生了，这才是主要问题。"陶建国试着分剖析今天这个问题的所在，"你既没有意识到这点也没有及时去做这个关怀和安慰病人，这才造成了病人和家属对我们的误解，认为我们是冷血无情、唯利是图、不拿红包不干活的。"

"是啊，师傅，你说得很对。"苏庆春认同道，"确实在你说的关怀病人这方面我做得很少，而且一开始我也没太在意过这些，他们家属几次来找我，我只觉得他们是重男轻女，特别是那个女病人，我感觉她应该也是非常渴望这胎是个儿子，才会一口咬定当时生的就是儿子的。"

"对！你能够认识到这点，算是我前面的话没白说。"陶建国非常欣慰地回道。

"师傅，其实你说的这些我都懂，只是我们工作这么忙，我们的医院规模根本无法匹配现在的病人量，病人实在太多了，而每天上手术、管病人，根本没有那么多时间花在病人身上的，还要时时对病人关心、安慰真的很难做到。说实话，我们的工作量大到我对我孩子和老婆都没时间去关心和爱护了。"苏庆春无奈地解释道，"哪里还有时间去关怀病人呢。"

苏庆春说的陶建国是理解的，虽然他现在作为主任医师，不需要直接管病人，但是也很忙，更别说只是主治医生的苏庆春，而且他也是过来人，他的孩子从小也因为他的工作问题缺少关爱，导致现在跟他并不是很亲密。

"没错，你说的这也是一个事实。"陶建国道，"我们在工作中确实不能做到面面俱到，要求我们跟美国医生一样对每一个病人都时时关心也确实不现实，但是对待那些特殊的病人，比如这个家属找过你两次反映问题，你是不是就应该特殊对待呢？"

"嗯！是的，48床这个病人是我不够仔细，应该提前做好沟通。"苏庆春只得无奈地回道。

陶建国看着苏庆春有些灰心丧志，便说道："我也不是指责你什么，只是希望你能够在以后的工作中多留意这样的事情。"

"师傅，我明白，您也是为了我好！"

"你刚刚说的医患关系紧张的原因，确实不是一句话两句话能说明白的，还有很多其他不同的因素啊。就比如现在网络发达了，导致很多信息被病人断章取义地理解，这个就是我们常见的病人更相信网上的百度搜索而不相信医生，其实那些百度出来的东西很多都有错误，更别说病人拿来断章取义地解读了。"陶建国说道，"还有就是媒体的发达，导致医生行业偶有小人的龌龊行为而被放大，使得整个社会都把医生视为异类，一上来就是一竿子打死，就认为医生都是道德败坏、唯利是图的小人，给病人看病就是想方设法地赚黑心钱，这样一来你说医患关系能好吗！"

"其实我说的这两点总结起来还是病人从一开始就对医生不信任，要是信任了怎么会宁愿相信百度也不相信专业的医生呢。所以不管是病人还是医生，建立对等的信任关系非常的重要的。"

"是啊！师傅，信任确实很重要，假如病人不信任我们，真的是我们怎么说都说不通，就像48床非得说他们生的是男孩一样，真的无力反驳啊。"

"信任这东西，真的是一个很重要也很微妙的东西。"陶建国解释道，"有了它很多无心的失误可能会被理解，但是没了它，即使是小心翼翼地去做也都会被挑刺。"

"是啊！所以建立医生和病人之间的信任关系真的很重要！"苏庆春认同道。

"你能明白和认同这点就很好，其实这点可以贯穿我们整个医生生涯。"陶建国继续说道，"医生，说实话，其实没有办法拯救任何一个人，除非病人他自己愿意被拯救，很多时候，我们医生常常不是在治疗疾病，而是在唤起病人自己对抗疾病的能力。我们能做的一切都是建立在病人信任的基础之上，没有了信任，所谓治病救人也就是失去了它最深处的灵魂。有时候病人诊的只是身体上的病吗？"陶建国用一种苏庆春从未见过犀利的眼神看着他，问道。

这一问把苏庆春给问愣住了。

"我们不知道，也无从得知。"而后陶建国又自问自答道，"就像你这个病人，48号床的孙梦，她到底是不是真的对切除子宫这件事件难过还是为了没生到儿子而难过沮丧呢？我们不知道。学医，从古至今老师教导我们的都是博爱于天下，忧心于患者，而从现在的现实来看，我们每天都处在天人交战的过程当中，然后也都慢慢体会到，理想和现实的差距实在太大。"陶建国的这一席话，真是说到苏庆春的心坎里去了。

"师傅，你说得真的很对，我们原来理想的医生，什么仁心、仁术在我们脑海中树立的一切似乎在现实被无数次地打脸，有时候我会感觉，我们曾经接受的这一切教育和心中的那份信念大部分似乎都成了一个笑话，确实让人痛心啊！"

陶建国说道："即使现实再不堪，但是我们内心的信念却不能垮，作为医生必须要有信念支撑着我们走完这条路。我坚持相信，当我穿上白大褂的那一刻，我对医生这个职业依然无怨无悔。"陶建国说完看了一眼身上的白大褂，"我爱这身衣服，我甚至想过我遗体告别的时候，别人穿寿衣，而我的寿衣便是这身象征着圣洁无瑕的白大褂。"

意外早退

陶建国的这一番话，话里话外都带着一份骄傲和自豪，把苏庆春的情绪都带动了。

"师傅，你说的也正是我想的，自从第一次我穿上白大褂那一刻，我就坚信我会一辈子带着自己的医学信仰走到最后。"苏庆春应景地回道。

"呵呵，那就好。"陶建国略感欣慰地笑了笑。

"不过师傅，"苏庆春顿了顿又说道，"这些年我真的感觉我被现实多次打脸，我不知道是不是我个人的原因，反正我总感觉我的这份医学事业一直都很不顺心，走得异常艰难。"

"我知道今天这件事情，你觉得很委屈，你现在心情不是很舒服，我也明白。"陶建国规劝道，"但是你看着的顺心不一定是真的顺心，别人你就觉得是特别顺吗？或许还有很多我们看不到的，哪个职业都有它的优点和缺点，你要多往好的地方看。"陶建国说道，"而且在现在的这个医疗体制下，也不是说现在，一直以来医生这个职业都是需要我们带着自己的信仰去坚持的，不然真得很难走下去。"

陶建国说出刚刚的这一番话的时候眼神不再是犀利和严肃的，而是透出一种莫名的悲凉感，让苏庆春感觉此时的陶建国倒陌生起来了。

"师傅，我怎么感觉你说得有一点伤感和无奈啊！"

"嗨，我只是有感而发而已。"陶建国说着突然站起来了，边去倒水边假装无意地说道，"哦，对了，我跟你说下，我下个月就退休了。"

"啊？"苏庆春惊讶道，"下个月？"

"师傅，你说的是 5 月份吗？"苏庆春不敢相信地再次确认道。

"嗯，4 月底做完就办手续了。"

"师傅你是不是说错了啊？今天不就是 26 号了嘛。"

"嗯，就是这个月。"

"那不就是做完这周？怎么这么快啊！"苏庆春再次问道，"您之前不是说最早也要等到您8月份生日过完才退休吗？"

"嗨！8月和5月也差不多了。"

陶建国笑着说道，"你知道你师母身体不太好，正好我儿子和儿媳妇这些年一直没生孩子，最近也想着等我退休了，趁着我们还年轻能帮着一块带孩子。"

"那也不差这几月吧？"

"工作没个头的，难得最近他们松口愿意要孩子了，那我早回去也好早要孙子。"

陶建国的解释苏庆春是理解的，生孩子也不是一下子就能够生的，这不还有怀孕期嘛，完全可以等正常退休时间到了再退休的，但是他知道他师傅是什么性格的人，只要决定的事情，怎么劝都是没有用的。

苏庆春无奈地说道："但是这也太突然了点，之前都从来没听您说起过呢。"

"也没什么好说的，反正退休都是早晚的事情，你们也知道的。"陶建国笑着说道。

苏庆春听到师傅提前退休，心中实在是不舍，从硕士实习开始，这十来年苏庆春就跟着陶建国一直没离开过，可以说他跟师傅的感情其实已经跟父子差不多了，反而是他自己的父亲从小都没有关心过他，现在除了春节和平时交赡养费的时候有过交集，平时可以说电话都没怎么打过。

而陶建国似乎替代了苏庆春父亲的位子，在工作中陶建国虽然对他严厉，但是确实真心对他好，特别是苏庆春在陶建国这里得到了其他组上跟他同级别医生没有过的锻炼，这才让他成为年轻的一批医生里面宫腔镜手术的楷模。

能得到锻炼完全都是他师傅的栽培和信任。这一点苏庆春心里很清楚，而陶建国这边也是一样的。他的儿子比苏庆春小几岁，在他儿子小的时候因为工作忙碌的问题他跟孩子相处的时间并不多，长大后他的儿子也不怎么跟他沟通，所以他们两父子的关系也并不是很好，反而是苏庆春，他是陶建国这些年来带的学生中唯一一个留在医院的学生，所以两个人的关系就异常的亲密。

陶建国知道他的离开，苏庆春应该是最难过的一位，毕竟从他入职以来就从未离开过陶建国。他看得出来苏庆春对这件事情很难过，于是他说道："我知道这件事情对你来说很突然，所以今天我正好跟你提前说下，江况他们我还没说。不过你不用担心，等我走了，我让小蔡把你安排到她组上，小蔡人不错，跟着她也挺好的，而且她也挺欣赏你的。"

"师傅，其实我真的觉得你没有必要提前退休的。"苏庆春还是说出了自己的想法，即使他知道可能没有用。

陶建国直接一挥手。

苏庆春死心地望着陶建国。

"这件事情就不要再说了。"

陶建国表面很平静，其实内心也非常难受，但是他这也是无奈之举。

"就这么说吧，你有事情先忙去吧。"

苏庆春无奈地站起来，椅子似乎都带着不满，发出了咯咯的叫声。

待苏庆春离开以后，陶建国便回忆起了下午在院办会议室召开的会议。

……

当时会场上所有人都听到了孙梦婆婆一把鼻涕一把泪地哭诉着苏庆春的罪证。这种情况下杨帆院长不得不做出强有力的回应才能够给家属一个交代，于是他回道："关于你们反映的事情我们会马上严肃处理的。"说完他便朝主管医疗的副院长李青平说道，"青平，医疗纠纷是你管，你看怎么处理吧。"

问题直接转到了李青平的手上，这让李青平也很是棘手，他再三权衡以后当即给出处理意见，就说赔偿病人15万损失费。

孙梦婆婆听到这个处理结果后，哭声马上就变小了，并假模假样地说道："我们也不是为了这个钱，这点钱根本买不回来我们的孙子。"

"对于您儿媳妇的问题我们也很难过，但是现在已经切除子宫也没办法挽救了，这点钱算是我们赔给病人和家属的精神损失费。"

孙梦婆婆看了一眼儿子张志成，张志成回道："精神损失费肯定是要的，就冲你们医生和护士对我们的态度就必须要，而且你们那个医生，实在是太没有医德了，说实话，要不是他，我们估计也不会打扰到你们这些领导，要罚啊，就该罚他。"

"哪个医生啊？"杨帆朝副院长问道。

"苏庆春苏医生，"李青平说完还补了句嘴，"哦，他是老陶组上的医生，也是他的高徒。"

良苦用心

院长杨帆听到李青平的话后看了一眼陶建国，此时陶建国同时也跟杨帆眼神对视了几秒。

杨帆犹豫了一会，而后当着大家的面说道："那这个费用按照医院规定，当事医生和上级医生承担连带责任按照比例来吧，还有取消苏医生半个月的手术权限。"

张志成听到这话后和他妈妈两人会心地互看了一眼，并露出了得意笑容。

段麒正听到院长的决策以后，眼神里露出一丝无奈，刚想说话，坐在一旁一直没说话陶建国突然站起来，他的动作幅度非常大，椅子都被拖得嘎嘎响，着实把段麒正惊到了。

"杨院长，就取消苏医生的手术权限，似乎不太好吧？"

段麒正虽然知道这件事情苏庆春不是主要问题，但这毕竟是院长亲自下的命令，再有疑问也要应承下来，有什么不妥可以私底下再求情。

现在在这么大的会议上，陶建国这样直接说这不是驳了院长的面子嘛，段麒正作为科主任，心里此时忐忑不安，他在一旁小声地阻止道："老陶……有事会后再说吧。"

但陶建国并没有理会段麒正，因为他知道这种事情在会上决定了基本就算是下了定论，是会被记录在案的，所以他作为苏庆春的上级医生和导师，必须为他讨回公道。

"这手术从技术上来说，苏医生根本没有失误，现在取消他手术权限不就等于告诉大家就是他的手术过失吗？"陶建国铿锵有力地说道，"可是这个手术苏医生做的每一个医疗选择都是遵照医生的规章走的，可以说没有任何问题。"

既然陶建国话都说到这里了，作为妇产科主任的段麒正也无法往外撇开了。

他打着圆场说道:"呵呵,是啊!杨院长,这个处罚……会不会让苏医生有消极情绪啊?毕竟这个手术本身并没什么问题。"

"怎么没问题啊!就是他手术过失才把我儿媳妇的子宫切除了。"张志成妈妈毫不客气地大喊道。

杨帆本来还想陶建国毕竟是医院的元老,为医院也付出了很多,想卖他个面子,但是没想到病人家属居然还是这么强硬,此时杨帆也不好徇私,他想要的只是尽快把问题解决,既然病人家属如此坚持,那他偏袒医生就无法解决问题。

"算了,老陶,就这么决定吧。"杨帆迟疑了一会,无奈地说道。

杨帆说完便站了起来,刚想转身离开,陶建国便大声说道:"杨院长,这件事情要处罚就处罚我吧。"

"老陶,别胡闹。"段麒正小声劝道。

杨帆见陶建国脸严肃的样子,连忙又坐了下来,问道:"老陶,你这是什么意思啊?"

"杨院长,我的意思是这次医疗纠纷归根结底还是我的问题,毕竟病人是在我组上发生的医疗事故,虽然苏医生是主治医生,但是我是他的上级医生,作为苏医生的上级医生我没有做好监督工作那出了事情我就该承担主要责任。"

"你的意思是取消你的手术权?"杨帆问道。

"一切责任我来承担,"陶建国回顾整个会议室,笑了笑说道,"至于我的手术权限嘛,就不要取消了。"

大家都听得一脸懵,特别是张志成两母子,更加是诧异不已,张志成妈妈刚想说话的时候,陶建国马上说道:"正好我8月份就到60岁了,本来就马上要退休了,为了给病人和家属一个好的交代,我做到这个月底就去人事科办理提前退休的手续吧。"

"算是给你们家属一个好点的交代了吧?"陶建国说着朝张志成母子看去,他们听着哑口无言了。

当场与会的人员听到这话后也都惊讶不已,特别是隔壁座的段麒正愣愣地盯着陶建国。

陶建国的决定太突然也太意外了,提前退休,这不是小事情,就为了这样的事情,在段麒正看来实在不值得。

"老陶！你不要意气用事。"杨帆回道。说完瞟了一眼在陶建国旁边的段麒正。

"是啊，老陶，别开玩笑。"

"杨院长，我没有开玩笑也没有意气用事，我说的都是真心话，也是经过深思熟虑的。"陶建国说道，"不管这个手术苏医生在医疗处理方案上有没有错误，但是现在既然已经出现了医疗纠纷，这是个不争的事实，那不管他本身的医疗方案对错，都是他处理不当导致的。出现了医疗纠纷就要承担责任，就要有人承担责任，他作为主治医生难辞其咎，而我作为他的上级医生，责任也是无可推卸。"

杨帆听着陶建国话里话外都透着无奈，但是他作为院长，他非常认可陶建国的话，既然已经出现了医疗纠纷，那就要承担责任，要给病人和家属一个交代。

他也是一脸无奈地看了一眼陶建国，而后眼神又转向了家属，他希望此时家属能够看在陶建国如此用心良苦的分上能够网开一面。

但是张志成妈妈此时跟杨帆眼神对视的时候连忙回避了，陶建国都这么说了，家属此时还没有做出任何反应，杨帆也知道该怎么做了。

"那行吧，既然老陶你这么说了，那就按你说的处理吧，"杨帆说道，"青平，就按照老陶的方案处理吧。"

"哦。"李青平似乎都还没反应过来。

说完杨帆便离开了会议室。而张志成见院长走了，连忙得意地站起来找李青平副院长。

"那李院长，我们要怎么办啊？"张志成笑嘻嘻地问道，"就是那个赔偿的事情，什么时候能够付钱啊？"

"哦，后期……"李青平迟疑了一会，然后微咳了一声，说道，"你后期跟段主任对接。"

"麒正啊，这个事情后期你跟踪处理一下吧，按照正常的医疗纠纷的流程处理好了。"李青平朝段麒正交代道。

"嗯，我知道了。"段麒正点点头。

接下来就是张志成一家跟着段麒正和陶建国一同回了科里，然后他们在科里走廊上碰到了苏庆春。

成年人的崩溃

原来陶建国这个意外提早退休都是为了保住苏庆春,但是苏庆春并不知道师傅为他做的一切。此时他只知道自己莫名受到了一个医疗处分,而自己一直跟着的导师也要离开医院了,他心中无限惆怅。

苏庆春离开陶建国办公室的时候已经 6 点多了,此时的他因接连的噩耗,早就没心思在医院继续上班了,于是他回到办公室后,简单收拾了一下便下班了。准时下班这对于他这样的临床医生来说是多么奢侈的事情啊,而他今天因为自己的不幸而有幸享受到了这样的福利。

他一副失魂落魄的样子来到医院车库取车,当他驱车驶离车库来到了正对住院部的马路上时正好碰到一个红灯,他停了下来。突然他回头看了一眼住院部那栋已经灯火通明的高楼,又不由地想起了今天下午发生的事情。特别是病人家属对自己那不屑的擦肩而过的表情刷地一下就浮现在他面前,那是对他的一种挑衅,更是对他从医多年的一种质疑。而段麒正的那句"以后注意"更加让苏庆春费解。

"以后要我怎么注意呢?"苏庆春忍不住自言自语道,"难道我以后每做一个手术,在跟病人或者家属术后谈话签完字以后还要让他们再写个保证书,证明他们的这个签名是真实有效的吗?若真要这样,那这也太滑稽和可笑了。"

想到这里苏庆春忍不住笑了起来。这个笑既夹杂着对病患及家属出尔反尔的无奈,又包含着对自己医疗工作的无力及失望。突然,他听到了"嘟嘟……"的车辆喇叭声,这时他才发现眼前的交通信号灯已经是绿灯了,而前面的车也早已经开走了。于是他马上连忙回神,用力踩油门,驱车离开了街口。

一路上他并没有停止刚刚的想法,特别是今天陶建国跟他说的话不断地浮现在他的脑海里。这么长久的交谈,他们师徒俩还是第一次,但是苏庆春没想到这个第一次，也许也是他们师徒在医院里的最后一次长谈了。

其实令苏庆春真正难过的不是医疗纠纷的赔钱问题，令他更加难过的反而是师傅的临时早退问题以及病人家属的无理指责。当然对于病人和家属的问题，他无力辩驳，只当是自己倒霉，但是师傅的早退实在让他想不通。虽然今年开始苏庆春知道师傅可能要退休了，但医院里有过先例，正高级别的可以延后到65岁退休，所以苏庆春还抱着侥幸的心理想着陶建国这么硬朗，有可能会去申请延后退休，可没想到今天突然就说到月底就走了，这是让他猝不及防。

苏庆春自从进入附属医院，就一直在陶建国组上，对于苏庆春的手术权限陶建国一直放到很开，很多只有陶建国这种主任医生的手术权限他都会让苏庆春主刀，可以说苏庆春是一路在陶建国的庇护下茁壮成长的，如果没有陶建国，苏庆春不可能在这个年纪手术做得这么出色。

此时的苏庆春就像是即将离开父母独自拼搏的孩子一样无助，而这种无助的感觉是他离开父母来上海读书时都未曾有过的。陶建国一路见证了苏庆春的成长，同时总是在他最需要的时刻给他鼓励和帮助，能遇见陶建国让苏庆春着实感到幸运。

车快开到小区的时候，他突然收到了一条微信，他瞟了一眼，发现是师傅陶建国的头像，于是苏庆春马上打开微信，一看，两大段的文字。

> 庆春，我知道这件事情对你打击很大，但是作为医生，我们任何时候都要坚守自己的职业信仰，要相信自己为之奋斗的事业。
>
> 医院其实是一个检验人性最真实的地方，在这里，我们可以看尽人情冷暖，世间百态，而在妇产科，这个生命诞生的地方，它伴着舍与得的纠结，更是把生离死别演绎得淋漓尽致。有人初为人父，百感交集；有人儿戏人生，轻贱生命；有人添丁进口，欢呼雀跃；有人愚昧执拗，重儿轻女；有人相依相伴，不离不弃；有人抛妻弃子，不寒而栗，这里就是人性的缩影，生与死、悲与欢，每天都在上演。而我们医者需要做的是始终保持着自己初心和坚信自己的医学信仰，一定要坚持到最后一刻，永远记住：不忘初心，方得始终！

陶建国的这两条信息，就像是一把钥匙，更像一把刀，把苏庆春一直关着心扉的门一下子打开了。

他大致看完信息后，突然打开了转向灯，掉转车头，把车开进了小区旁边的一个小公园里。

那是一个比较隐秘和僻静的公园，平时他偶尔有空也会带家人来散散步，回想起来，苏庆春已经有几个月没同家人一起来过了，公园里有条小河，苏庆春停下车后便径直往小河边走去。

由于光线的原因，此时河边没什么人，他随便找了河边的一个座位坐下，掏出了手机，而后又再次仔细地读了一遍陶建国的短信。

望着那些文字，从苏庆春硕士第一次见到陶建国之后到他给了苏庆春足够的勇气报了附属医院，最后如何留在医院的这些点点滴滴一下子都涌现在苏庆春的脑海里。突然，他站起来了，抬起右脚用力踢了下刚刚坐着的椅子，嘴里大声喊道："FUCK!"

一向温文尔雅的苏庆春终于在这一刻嘴里爆出了粗言粗语，而他的放肆也祸及了旁边的垃圾箱，垃圾箱因为他的猛力踢打侧翻了。看到垃圾箱倒下，他居然手抱着头蹲了下来，并不时地扯着头发，难过、悲伤、焦虑各种思绪在他内心挣扎，一直压在心中的种种事情终于让他崩溃了。

无数次病人和家属的误解，家里的妻子的不理解，远在他乡许久未见的父母跟自己心里的疙瘩以及即将退休的离开自己的导师这一切都是他崩溃的原因。可是要归主因，苏庆春却也不知道，或许崩溃本来也就不是一件事情，而是一件一件事情累积起来的。

曾经大学因为没有钱，生活拮据，他崩溃过，曾经读研因为做实验一直做不出来，他也崩溃过，但是却从未有过如今天这般痛苦。

| 070 |

成年人的收放自如

成年人的崩溃是从成年的那一刻就开始了,而苏庆春开始知道什么叫崩溃,是从高考得到录取通知书后得知不能读书开始的;而后读大学的时候他也经常因为贫穷而崩溃,但是那种崩溃是可以通过自己努力赚钱解决的;而读研的那时候师傅陶建国虽然说不怎么管他,可总是会在最重要的时候给予他帮助。

苏庆春尤记得有一次,他的实验实在是做不出来,而经费又在燃烧,双重压力让苏庆春实在是受不了了,于是他跑去告诉导师,想要放弃。然而陶建国只淡淡地朝他笑了笑,而后跟他说的一席话,那些话至今苏庆春还记得很清楚。

"每个人的人生都是艰苦的岁月,任何时间我们正在经历的大部分困难都是别人经历过的。实验做不出来没关系,毕竟做不出来也不会像是每天和人的生死打交道那样严重和危机,而且困难来临的同时也伴随着温暖。人生就像曲线循环,有涨有跌,我们要品味痛苦中夹杂着的那些温情,享受每一次磨难过去后明朗的心情。任何当你看来世界可能都塌的时候,第二天你会发现太阳依然照常升起了。"

这席话一直陪伴苏庆春多年,每当他遇到困难的时候都会想起,可这回苏庆春却未能把持住,崩溃了。抑或者说令苏庆春真正崩溃的原因正是因为他师傅的即将离开,让他心里彻底没底了,而一直坚信的医疗信仰似乎也因为这次的医疗纠纷开始崩塌了。

当陶建国的话再次出现在苏庆春脑子里时,他突然想到自己身后已经没有师傅帮助了,但是家里却有人需要他,此时的苏庆春马上明白过来,他不能崩溃,更加不能倒下。

他安慰着自己:"这一切不过是平淡的生活中的悲伤与愤怒,而我不光是自己,我还是一名救死扶伤的医生,也是妻子的丈夫,更加是孩子的父亲。"

他终于明白过来了，现在能做的也只是小心翼翼地发泄，小心谨慎地让自己慢慢缓解，并在最短的时间内恢复到正常状态。于是，在他慢慢整理好思绪后，便小心地把刚刚踢倒的垃圾箱收拾好摆回原来的位子，他甚至检查了下椅子有没有被自己踢脏还试图擦了擦。确认所有的东西都恢复得像刚刚什么都没发生一样以后，他便驱车离开了公园。

成年人的崩溃注定是要像溜溜球一样收放自如的，因为成年人的生活都是苦涩的，但是希望给家人更好生活的心却一直在，所以跟崩溃比起来，还有更重要的事情等着他们，即使崩溃也要收放自如，并以最快的速度恢复常态来应对即将到来的一切。

苏庆春的崩溃亦是如此，只能远离人群，悄无声息。他离开公园以后便回到自家小区，苏庆春在地下车库停好车下车时，突然看到后视镜里自己的脸色非常难看，随后他为了自己让脸上有血色还用双手来回搓着脸，而后又整理了一下自己的头发和衣服。

在等电梯的时候，苏庆春再次看着电梯门口反光照过来的自己，虽然脸色好了点，但是却一脸愁容，于是他朝着反光面挤出了面对家人该有的笑容，看到笑容满意以后他才进了电梯。

……

苏庆春回到家里的时候已经 8 点多了，平时这时候家里应该已经吃过晚饭了，孩子应该是在客厅里写着作业。但是他进门的时候却发现妻子黄小培还在厨房炒菜，女儿还是如苏庆春想到一样在老老实实地做作业。

苏庆春见状就跟什么事情都没发生一样主动走到厨房朝黄小培笑着问道："你们还没吃饭啊?"但黄小培似乎还在生气，头也没回，更加没有回应苏庆春的问题。他只得尴尬地接了句："呵呵……好巧我今天也没吃饭，正好赶点了。"

黄小培依然没有回应。苏庆春只得走回客厅，他直接在客厅的沙发上坐了下来。

此时在客厅做作业的苏子轩见爸爸回来了，开小差的机会总算来了。她伺机连忙走到沙发旁问道："爸爸，你今天回家吃饭啊?"

"对啊，爸爸今天回来陪轩轩和妈妈一起吃饭。"

"太好了，妈妈刚刚做好饭。"

苏子轩说完转而又好奇地问道，"爸爸，你是不是不喜欢跟我和妈妈一起吃饭啊？"

"轩轩，你怎么会这么问啊？爸爸当然喜欢跟轩轩还有妈妈一起吃饭了。"

"那你为什么老是不回家吃饭啊？"

苏子轩的稚嫩地问话让原本伪装着啥事情都没发生的苏庆春突然又感觉莫名的难受。苏庆春就在这个城市工作，跟孩子也同住在一个屋檐下，但是作为医生他每月有固定的几个晚班，还有临时的一些手术或者其他事情，一个月里他能够准时下班跟家人一起吃饭的时间用一只手都可以数得出来。

以前苏庆春并未注意这些，但苏子轩的这次灵魂拷问，让苏庆春明白了原来孩子虽然小，但是却什么事情都知道。苏子轩的话刺痛了苏庆春的心，孩子缺少陪伴让他深感歉意，突然他微微挥着手示意苏子轩过来，等苏子轩靠近的时候他小心翼翼地把她拥入怀中。

苏庆春的突然拥抱明显苏子轩在那里显得非常的突兀，她挣脱开，并说道："爸爸，你弄得我手好痛。"

"哦，对不起啊，爸爸不是故意的。"

"呵呵，没关系，我原谅你了。"

苏庆春露出了标准的后视镜里演练的样子朝女儿笑着回道："爸爸不是不想回家吃饭，而是因为平时爸爸上班要加班，回家的时候你和妈妈都吃完饭了，所以就在单位吃了。"

"那你以后下班能不能不要加班了啊？"苏子轩说道，"这样就可以天天跟我和妈妈吃饭了。"

"嗯，爸爸以后尽量不加班，早点回来陪轩轩一起吃晚饭。"苏庆春点头回道。

"耶，太好了。"

苏子轩说完跑到厨房，说道，"妈妈，爸爸说以后不加班，都回家吃饭。"

黄小培瞥了一眼苏子轩，只"哦"了句，又继续忙了。得到妈妈的回应以后，苏子轩又蹦蹦跳跳地回到了客厅。此时苏庆春才明白孩子的快乐仅仅是一句话就能够给予的。

书法班

苏庆春看到女儿高兴，自己嘴角也无意识地往上扬起了。

"赶紧过来做作业吧。"

"哦。"

苏子轩听到要做作业表情马上就变了，但又不得不去做。

苏庆春知道女儿不爱做作业，突然想起现在已经8点多了，她们还没吃饭。便借着机会朝此时没什么心思做作业，眼睛正在神游，手则在扣指甲的苏子轩问道："对了，轩轩……"

苏庆春话还没说完，苏子轩马上逮着机会迅速地回道："什么啊？爸爸。"

苏庆春似看透了一切一般朝女儿笑了笑，问道，"爸爸只是觉得好奇怪，你和妈妈平时不是下了课7点多就吃饭了吗？怎么今天这么晚才吃饭啊？"

"那还不是因为今天我下了补习班后妈妈又带我去了一个地方啊，那个破地方好远，还要打车才能到的。"苏子轩不太高兴地撇嘴道。

"打车？去哪里啊？"苏庆春问道。

"一个培训班。"

"什么培训班啊？"

"书法，妈妈说给要给我报书法班。"苏子轩嘟囔着嘴说道。

"书法班？"苏庆春惊讶不已，他从未听妻子提过要给孩子报书法班，转而苏庆春又问道，"那今天你到书法班，感觉怎么样啊？好玩吗？"

"一点也不好玩，"苏子轩撇着嘴回道，"没有跆拳道班好玩，那里的小朋友也不好玩。"苏子轩说完又问道，"爸爸，你能不能去跟妈妈说下，让她不要给我报书法班了，我一点也不想去。"

"为什么不想去啊？"

"书法一点也不好玩啊。"

"轩轩，书法可以锻炼我们的文字功底，挺好的，"苏庆春耐心地说道，而后他又用手指着客厅正中间用金边框裱起来的"自强不息"四个字说道，"你看，那几个字好看吗？"

"好看！"

"那是妈妈写的。"

苏庆春努力引导着，"你要是参加了书法班，以后也可以写这么好看的字了。"

"我也能写出跟妈妈一样好看的字吗？"

"当然可以了。"

"那我写得好看也可以挂起来吗？"

"一定可以挂起来了，"苏庆春说道，"不但可以挂起来，而且我们轩轩写的字我们要挂在正中间，要让别人到我们家里第一个看到的就是轩轩写的字。大家看到轩轩写的字这么好看，肯定都会夸奖，说轩轩很棒的。"

"真的吗？"

"当然是真的了。"

苏庆春原以为自己成功地说服了女儿，可没想到她转而又说道：

"可是我还是不想去，那里一点都不好玩。"

苏庆春继续引导着："轩轩，你要不先尝试一个月，假如你学了1个月以后还是不感兴趣，我再跟妈妈说轩轩不喜欢学书法。到时候再不去了，你看这样好不好啊？"

"还要去一个月啊？"

"对啊，你去了一个月，尝试了才知道到底你是不是真的不喜欢嘛。"

"你现在是刚去，感觉不好玩，也许你去了以后发现那里比跆拳道班还好玩呢？"

"好吧！"苏子轩鼓着嘴无奈地回道，而后她又说道，"那你现在就去跟妈妈说，说书法班我就去一个月。"

"这应该你去跟妈妈说啊，我们要大胆地告诉妈妈自己真实的想法。"苏庆春看到平时妻子口中的调皮鬼，这回倒是怯弱起来了。看得出来，苏子轩平时还是有些怕黄小培的，此时她还没有迈开步子。

"没事，你去吧，爸爸在这里看着你，要是妈妈不同意，爸爸会替你说话的。"苏庆春慢慢引导着苏子轩主动表达自己。

苏子轩听到苏庆春的话后，朝厨房方向慢慢挪着步子，正好她快靠近厨房的时候，黄小培从厨房端着菜走了出来。

"妈妈，你给我报的那个书法班，爸爸说可以先学一个月，不想去就可以不去了。"苏子轩小声说道。

黄小培看了一眼苏子轩，没说话，又抬头看了一眼坐在沙发上的苏庆春，还是没直接回答苏子轩的问题。

苏子轩见状转头无助地望着苏庆春，眼神直盯盯地看着苏庆春，她这是在发求救信号了。

苏庆春见状，连忙跑过去，并快速接过黄小培手里的菜。他把菜放到餐桌上后，笑嘻嘻地朝黄小培说道："小培，轩轩可能不是很喜欢今天你给她报的书法班。要不你先让她学一个月，如果她实在没有兴趣也没有必要强迫她嘛，你说是吧？"苏庆春试探性地说道。说完他见这黄小培依然不松口，连忙又补充道，"不过你书法那么好，高中还得过我们县里的奖，轩轩肯定会遗传你的基因的。"

黄小培继续忙着厨房的事情，没回复，苏庆春则依然跟在她身后继续说道，"说不定一个月后你不要她学了，她还跟你闹呢。"而苏子轩此时就像是苏庆春的小跟班似的，跟在他的身后。

"就像跆拳道班一样，你不让她学，她不是吵着要学嘛。所以啊，孩子的这些培训班啊，归根到底还是兴趣才是最好的老师，我们完全没有必要逼她。"

此时已经摆放好碗筷就等吃饭的黄小培终于停了下来，坐在客厅的凳子上，盯着苏庆春，终于回了句："兴趣是最好的老师就是胡扯。"

"这怎么是胡扯呢，不感兴趣你强迫她学习，那也是没有任何意义的啊，学不进去有什么用啊？"苏庆春回道，说完坐到了黄小培的对面，而苏子轩正准备也坐下的时候，黄小培发话道："你坐着干嘛呀，赶紧洗手吃饭去。"

"可是妈妈你还没回答我那个问题呢？"

"这个事情吃完饭妈妈会和爸爸商量好的，我们先吃饭。"

苏子轩用无辜的眼神看着苏庆春。

苏庆春先是看了一眼妻子，然后站起来拉着苏子轩说道："妈妈说先吃饭就先吃饭。"

"来，轩轩，我们一起去洗手。"苏庆春带着苏子轩一同来厨房洗手。他主动帮女儿搓手，摁洗手液。

苏庆春见女儿还是闷闷不乐，小声低语道："放心，爸爸会让妈妈给你就先交一个月补习班费的，相信爸爸。"

"好吧，爸爸你一定要说服妈妈哈。"

"放心。"

苏子轩终于露出了笑容。

兴趣是最好的老师？

今天，苏庆春一家人难得在一起其乐融融地吃了一顿晚饭，饭后苏庆春非常主动地帮黄小培洗刷碗筷，整理厨房，而黄小培则负责检查苏子轩的课外作业。

9点半苏子轩的作业总算是只剩下一套练习试卷了，于是黄小培便说道："轩轩，这套试卷你拿到房间里去做吧，妈妈要和爸爸谈一些事情。"

苏子轩心里早就惦记着爸妈啥时候商量自己书法班的事情了，于是她立马收拾自己的东西回房间了。她抱着东西回房的时候，正好看到爸爸苏庆春从厨房里走出来，她非常机灵地说道："爸爸，妈妈找你有事情。"说完还冲他使了个眼神。

刚洗完碗的苏庆春被女儿告知妻子突然找自己先是一愣，他反应了一小会儿，心里却在打鼓，心想："这时候小培找我什么事情啊？"

因为医院今天发生的事情，苏庆春还没跟黄小培交代，刚刚他在洗碗的时候就一直在想着这件事情应该怎么跟妻子说，可没等到他想好怎么把这件事情告诉妻子的时候，这会儿子妻子倒主动找他来了，一下子搞得他非常的忐忑。

他"哦"了句，连忙把身上的围裙摘下来，走到客厅的沙发旁，他选择了黄小培旁边的一人坐沙发坐下。

苏子轩见爸爸要跟妈妈谈补习班的事情，心里暗自高兴，笑眯眯地回了自己房间。

坐下后的苏庆春有些紧张，他主动问道："小培，你找我什么事情啊？"

"还能什么事情啊？不是你跟我说你女儿要只上一个月的书法班吗？"

听到这的时候，苏庆春松了一口气，笑着回道："哦，呵呵……是啊，你看我洗个碗差点忘记这事情了。"

黄小培说道："你平时不太管你女儿补习班的事情，那我就算了也不说了，反正你工作忙。之前我也跟你说了，既然你不管，平时最好就不要多掺和，但是你今天又跟我提这事情，那我就要好好跟你掰扯掰扯，省得你那些不好的想法影响了孩子。"

"我什么不好的想法啊？"苏庆春纳闷道，"我不也是尊重孩子的意愿嘛。"

"兴趣就是最好的老师这类荒唐的理论还不是不好的想法啊？"

"这怎么是不好的想法了，这不就是事实嘛，'兴趣是最好的老师'从来大家都是这么认为啊，这有什么错啊？"

"那好啊，既然你这么说，我正好用鲁迅先生的那句话回你一句，'从来如此，便是对的吗？'"

"你什么意思啊？"苏庆春问道，"你是不认可这句话是吗？"

"对，我不但不认可，我甚至认为这句话害了很多孩子。"

"为什么啊？"苏庆春一脸诧异地问道，"我感觉没毛病啊，孩子感兴趣的，那尊重她的选择，学习起来不也轻松些嘛，不喜欢的，你逼着她有什么意思啊？"

"好，别的不说，我就从你女儿的亲身经历现身说法，你说兴趣是最好的老师是吧？"

"对啊！"

"那我问你啊，女儿当初学小提琴是不是她自己想学的，一个星期后她是不是吵着不去了？"

黄小培的反问让苏庆春说不出话来了。确实，苏子轩学小提琴并不是黄小培的意愿，而是她自己的选择。

有一天，他们全家路过琴行，看见里面有人在练，孩子驻足望了好久，然后拉着妻子的手说喜欢，想学小提琴。

"当时你女儿那眼神，看得出来她是多么喜欢小提琴啊，我那时候也只当是孩子一时玩笑话，并没有留意，而且你是知道的，小提琴班学习那可是很费钱的，所以起初我并没有想让她学。"黄小培说道，"可是随后的时间里，我看见她只要电视上放小提琴演奏就很兴奋，并模仿电视上小提琴演奏家拉琴的模样。"

"嗯，那时候她是很喜欢小提琴，也跟我说过。"

"是啊，那时候我记得也是跟现在的场景差不多，她那个样子真是很着迷,看得出来当时她是真的喜欢啊,所以我咬咬牙还是决定帮她实现她口中的喜欢。"

"嗯,对啊!"苏庆春点点头。

"那后面的情况你也是知道的,她从一开始的认真、热情,到两个星期后的抗拒,孩子对小提琴早就已经失去了一开始的兴趣了。"

黄小培说道,"后来她居然又跟我说她对钢琴感兴趣。"

"啊?什么时候跟你说的啊?"

"什么时候?还不就是她去小提琴班不到一个月的时候啊。"

"这个我倒是没听她说过。"

"那时候你天天加班,她想说也没时间跟你说了。"

"那后来呢?"

"后来,哼……"黄小培说道,"后来难道我还给她换啊?肯定不换了。"

"但是如果当初,我跟你说的一样,坚信兴趣是最好的老师,她说不去小提琴班了,我就让她不去了,按照她的兴趣学钢琴了,那指不定什么时候,她还会对我说:'妈妈,我不喜欢钢琴,更喜欢某某'。

"我跟你说,我说的这些都不是我臆想,这就是我对你女儿的了解,她绝对是这样的,这点我可以肯定的,喜欢是人的本能,但同时,喜新厌旧也是人的本能,这不光是你女儿,所有人都不例外。"

黄小培补充道,"特别是孩子,她今天跟你说喜欢这个玩具,我们买了回家,明天看见别人手里的另外一个玩具,她又会发现自己好像更喜欢别人的玩具,家里的玩具又丢在一边了。你看我们家里的那些玩具,哪一样买的时候她不是说她喜欢啊,都是没玩个几天,有些甚至几个小时就厌旧了,现在你看她早把它们扔到一边了。"

苏庆春听着黄小培的话似乎也有点道理,他弱弱地说道:"你说的好像也有点道理。不过你说的是她有兴趣的,可能过段时间会没兴趣了,我能够理解,但是假如一开始她就不喜欢,如果强迫她去做,那不是更加不喜欢吗?"

解放孩子的天性

黄小培听到苏庆春的话毫不客气地问道:"这么小的孩子,你确定她真的知道什么是喜欢,什么是不喜欢吗?"

"她现在都这么大了,应该知道自己喜欢什么,不喜欢什么吧?"苏庆春回道。

"好,就算是她知道她现在喜欢什么,但是她知道这个喜欢对她未来有帮助吗?还有啊,喜欢是人本能,喜新厌旧也是本能,但是本能不是生活技能,如果凡事我们都按照她的本能想法走,你又确定她走的那个方向是对她未来有帮助吗?"

"有没有帮助这个我们现在也不好说啊,但至少目前对她来说做喜欢的事情,总比做不喜欢的事情好吧?"苏庆春说道,"而且现在孩子还这么小,对未来肯定没有什么概念的,别说她现在了,就连我们读了大学以后对未来都没什么概念。"

说完苏庆春又补充道,"我觉得啊,她现在还这么小,最重要的应该有一个快乐的童年,我们应该是让她开心快乐地长大,这才是我们的目标。"

"我就知道你会这么说,'孩子嘛,就应该快乐地成长!'"黄小培就像是苏庆春的蛔虫一般,连忙接话道。

"但是你知道吗?你这个看似对孩子好的想法,其实却是在断送孩子的前程。"黄小培又是这副说教的口气,苏庆春听着实在是有些不舒服。

"孩子活得快乐,怎么就是断送孩子呢?"苏庆春质疑道,"我实在不懂你的理论,而且孩子还小,根本没有好与坏之分,我们应该让她过自己喜欢过的日子,不要压制了他们的天性,这不是很好的嘛。"

"不压制天性,哼……"黄小培嗤之以鼻,"你知道那些成功人士,童年都经历了什么吗?就说钢琴王子郎朗,他小时候生活多苦啊,那你认为这个一定是他感兴趣的吗？我看未必吧？"黄小培说完又补充道，"当然我这么说不是提倡他爸爸的教育方式，只是想说任何一个成功的人都不是一味地谈兴趣喜欢，而是坚持。"

黄小培继续说道："前段时间我看了一篇文章，里面写着'强者谈坚持，弱者才谈喜欢'，我觉得这句话说得很对。"

"你说的这些成功人士的经验，或许是这么回事，但是我从来没想过要让轩轩成为什么成功人士。"苏庆春反驳道。

"好啊，既然你这么说，那我就我顺便问一下你，你觉得我们教育孩子的最终目的是什么？是想要孩子成为什么样的人呢？"

"我只是单纯地希望孩子成为一个快乐的人，至于成功不成功我从未想过。"

"你说得很对，而且我觉得，你的这个想法应该是大部分家长的想法，起初并不是所有家长都希望自己的孩子成为凤毛麟角的那个，更多是跟你一样，只是希望自己的孩子健康快乐地生活。但是你有没有想过，你想要孩子长大了还能一直保持快乐，那就是需要她比别人更强的竞争力才能够真正快乐，这点我们工作这么多年你应该心里很清楚，要是工作上不能够保持强有力的竞争力，你何来的快乐啊？而要保持更强的竞争力就注定要比别人优秀，那些优秀的人都有一个共同的特点，他们都是某个行业、某个领域，甚至为人处世上的'强者'。"

黄小培说完又意味深长地补充道："现在的社会很现实残酷，这是个弱肉强食的社会，更多时候不是适者生存，而是强者生存。假如你要想我们的孩子不被现实所淘汰，就要教育她如何成为一名强者，而强者最大的品质就是遇事坚持。强者不会因为一句不喜欢，就否认掉自己的努力，强者讲的是坚持不懈，而不是喜欢与不喜欢。换句话说，我们想要孩子将来有所成就，就要教会孩子如何去坚持自己的喜欢，而不是一味地任其喜欢。"

黄小培说完看了一眼苏庆春，看他没再反驳自己，又继续说道："哦，对了，前段时间一位教育界的教授还提到了，中国教育最大的骗局就是快乐教育、学历无用，以及释放孩子的天性，这三个大骗局，现在正在一步一步扭曲中国孩子的成长。从来没有人生来就喜欢吃苦的，大家都是喜欢安逸、享受的人生，这是人的天性，但恰恰相反，学习本身就是一个吃苦的过程，我们小时候读书老师最喜欢提的那句座右铭你还记得吗？"

"哪个啊？"

"关于吃苦的。"

"吃得苦中苦，方为人上人啊？"

"对啊，唯有吃得苦中苦，才能成为人上人。"黄小培呼应道，"你以为我不想释放孩子的天性，让她自由地成长吗？我也想当个好妈妈，当时现实并不允许啊，当我做了那个好妈妈，等她未来面临人生窘境的时候，会回过头来抱怨我们，埋怨当时我们对她的放养和不管不顾。"

"你这话有点那啥了吧，这怎么是不管不顾呢，我们这是跟着她喜欢的方向发展啊。"

"是啊，但是真正等她被社会的现实啪啪打脸的时候，她就会倒过来埋怨你了。"黄小培说完看苏庆春还是一副不相信的样子，便继续说道，"你还不信啦，我跟你说，我们就是一直被这句'兴趣是最好的老师'给骗了，但是自从我当老师以后，对孩子越来越了解了，才发现这句话根本就是在毁孩子。你还记得我们以前看的一部经典的电视剧《家有儿女》吗？"

"记得啊，宋丹丹演的嘛。"

"对，前段时间电视台重播的时候我正好又看了一下，以前看的时候就图一乐啊，这次我再次看那个电视剧的时候这里面对孩子的教育感触很深啊。特别是有一段，更加是看着受益匪浅，我记得那里面的刘星，他不是身没有一技之长嘛，后来他居然还埋怨他妈刘梅不给他报兴趣班才导致他没有一技之长。人家刘梅也有理由啊，说明明是小时候给他报班，但是他自己不学啊！"

"那没错啊。"苏庆春回道。

"可你知道刘星是怎么说的吗？"

"怎么说啊？"

"我不愿意学，你就不让我学啦？那时候我还小，我还不懂事，难道您这么大年纪了也不懂事吗？您就应该从小教育我，鞭策我。"黄小培扯着嗓子装着刘星的语气说道。

苏庆春一听，点点头："还真是这么个理。"

女人的第六感

黄小培见苏庆春终于认同了自己，做最后的总结陈词。

"所以说啊，孩子还小，本身认知能力不足，无法判断事情的好坏，是否对自己将来的有害。但是我们大人有这么多年的生活经验，难道也不懂吗？刘星说得很对，我们作为父母，就应该给他们做好选择和合适的引导。

"放任孩子成长的行为，无异于在断孩子将来的后路，按照自己喜欢方式成长的孩子，身无技能护体，将来就会寸步难行。

"我们做父母的，如果想要孩子未来可以走得更加顺畅，就要逼迫孩子一把，对孩子的未来负责任。"

"哎……你这么说也对，"苏庆春叹气道，而后他又补了句，"之前是我欠考虑了。"

"不是你欠考虑，是你不带孩子，所以你根本不知道孩子的教育真的不是一就是一，二就是二的，它是一个很复杂的博弈，根本没表面上看的那么简单。"

"也对。"

"所以我之前很反感你那个诈尸式教育，因为你根本不是局内人，不实际操作，所以不知道实际操作中真正的难处和问题在哪里。"

"呵呵……是我欠考虑了。"苏庆春笑着说道，"那她那个书法班现在看上去，她是真的不是喜欢，那你打算让她学多久啊？"

"我已经交了3个月的费用，其实课并不多的，一个礼拜也就一节课，加起来3个月也没几堂课的。"

"哦，就这么点课啊？你跟她说过课不多吗？"

"说过了啊。"

"那她还那么厌烦啊？就这么几节课，忍忍就算了。"

"呵呵……你现在知道说这风凉话了，之前你干吗去了啊？"

"我之前主要也是考虑她实在不喜欢嘛。"苏庆春笑着回道。

"不是我说，小孩子哪里知道什么是真正的喜欢和不喜欢啊，看到新鲜的、简单的都喜欢，习以为常的、辛苦的都不喜欢。"

"也是。"

"你看她写的那字，跟鬼画符似的，所以才想给她报个书法班，练练字。"黄小培说道，"俗话说'字如其人'，我倒不是说让她参加书法班成为什么书法家，只是希望她能够写字端正一些。写一手好字是一个人的内心和精神面貌的外在表现，一个女孩子，穿再好看，妆化再美，那也只是表面功夫，唯有举止修养与笔迹才是内心精神面貌的外在表现。"

"你这说得很对，字写得好确实是如此，而且还很多其他的好处，就像我们高考啊，写作文字写得好都有印象分，而且练字也是修身养性的事情，还能提升思维能力，是挺好的。"

"就是说啊，所以才想让她先学三个月。"黄小培说道，"别的不说，先把这字写端正了，之后再看情况，假如时间允许，还是要坚持的。"

"嗯，你说怎么办就怎么办吧。"苏庆春这回倒是很识相了，而后又补充道，"说起来，带孩子这方面确实我缺少经验，这些年也辛苦你了。"

苏庆春突然这句话，倒是说得黄小培心里一暖。

她笑了笑，说道："那她那个书法班你答应她说先报一个月的事情，你打算怎么跟她说啊？"

苏庆春想了想，说道："轩轩不是一直想去迪士尼乐园玩吗？"

"是啊！"

"那我们这周末的时候就去玩吧，就跟她说补习班已经交钱了没办法退，为了补偿带她去玩，你觉得怎么样啊？"

"这个周末？"黄小培思虑了一会，说道，"这周末不是五一补班吗？"

"哦，那就补完班的第二天，30号去吧。"

"30号你确定有时间？"

"有哦。"

"我听我同事说，迪士尼乐园可是很多人的，要很早就要去，你确定你有时间？"黄小培继续说道。

"有的，"苏庆春说完还补充道，"哦，对了，最近我晚上也都回来吃饭了，你给我多做一份。"

"啊？"黄小培以为听错了，不敢确定地问道，"你说真的啊？"

"真的。"

"你怎么突然这么有空了啊?"黄小培问道。

"平时你们不是常说我没时间陪陪你们嘛,最近就想多陪陪你们呗。"

"我是常说啊,但是也没见你什么时候改过啊!"黄小培说完盯着苏庆春,还是不相信地问道,"你说真的?"

苏庆春被黄小培看得心里发毛,他眼神闪烁,尴尬地笑着回道:"你这么看着我干吗啊,我说的是真的。"

"你们医院不是一直都很忙吗?最近咋这么有时间啊?而且平时你放假不也都要查房吗,都是很晚才回来的。"

黄小培作为女人有着自己神奇的第六感,今天苏庆春的话让她感觉有些反常。

"这次放假不用去查房了。"

"不去查房了?"黄小培听到后更是惊讶不已。

"嗯。"苏庆春看着黄小培,尽力不露声色地解释道,"你不是一直说我很少陪轩轩吗?那我现在就多抽出时间来陪她嘛。"

"你少来哈!"黄小培反驳道,"你是什么样的人我还不知道啊。医院的病人你一直看得比家人都要重要的,怎么可能放下病人陪我们呢?"黄小培担心地说道,"说吧,是不是医院里发生了什么事情?"

"没什么事情。"苏庆春还是强装淡定,但是手却不听使唤地一直调着电视频道,压根没心思看电视。

黄小培把丈夫的一举一动都看在眼里。"庆春,我们是夫妻,有什么事情是不能说的呢,"黄小培说道,"而且今天从你一进来我看就不对,有点太积极主动了。你老实告诉我,医院里是不是发生了什么事情啊?"

任黄小培怎么说,苏庆春仍然是沉默不语。黄小培望着苏庆春,想着这几天发生的事情,两人为之前公婆来带孩子的事情已经冷战几天了,确实也有些是她的问题,于是她说道:"我知道我这个人做事情有时候有点鲁莽和强势,特别是跟你沟通事情的时候确实有时我会语气不太好,也是欠考虑了。我是老师你也知道的,平时上课说话的语气也习惯了,难免会带到家里来。"黄小培说道,"这点希望你能够理解。"黄小培说完先是看了一眼苏庆春,而后又小声说道,"之前关于你爸妈的那个事情也是我太着急了,但是我的初衷都是为了这个家好,为了轩轩好,希望你不要太介意。"

草木皆兵

苏庆春看着妻子诚恳地道歉,想着这几天他自己也有点赌气,特别是父母的事情,他本身就有所隐瞒,现在看到黄小培居然能够主动道歉,心里一下子倒有些难受了。他体谅地回道:"我知道你之前那么做都是为了轩轩好,这么多年一直都是你带着轩轩,你也真的辛苦了。"

"轩轩是我们的孩子,你没有时间自然是我要多花点时间带的,这也没什么。"黄小培说完,又继续追问道,"那你今天到底是怎么回事嘛,怎么突然就不要去查房了?"

苏庆春看着黄小培这是一定要追问到底了,便假装满不在乎的样子说道:"嗨,也没什么事情,就是最近我师傅要退休了,之后我可能调到别的组上,所以我们组上的病人就不收了。就一些老病人,出院了就算是没事了。"

"陶老师要退休了啊?"

"嗯。"

"我还以为他会延后退休呢。"

"是啊,我也没想到他会这么快就退休,之前是一点征兆都没有,也没提起过。"

"哦,"黄小培松了一口气说道,"其实退休也是好事,他今年也60了,好好休息一下,挺好的,这是一件好事啦。"

"哎,其实我也知道退休了他可以好好休息一下,毕竟当医生真的是很辛苦,但是不知道为什么,我听到他要退休了心里真是说不出的滋味。"

"嗨,我明白,你这是舍不得陶老师。"黄小培说道,"你有这种感觉很正常的。"

"也许吧,而且我这些年就一直跟着师傅没离开过,以后要调到别的组上还真会有些不适应。"苏庆春皱着眉头说道。

"慢慢适应就好了。"

"希望如此吧。"苏庆春说着叹了一口气，然后继续说道，"最近我也不知道为什么，总感觉什么事情都不顺。"

黄小培以为他指的是家里的事情，便解释道："不好意思啊，我之前想去补习班也是为了我们生活过得更好些。"

"我知道你也是为了我们这个家，我刚刚其实也不是光说你的事情。"苏庆春停顿了一会，想着这时候既然话赶话了，便说道，"我们医院也有事情。"说完又小声补了句，"我最近手上有医疗纠纷。"

"啊？医疗纠纷！"黄小培听到这个字眼心里就一顿慌，连忙身体挪近了苏庆春，并仔细看了一眼苏庆春，确定他身体没有什么问题，便问道，"什么医疗纠纷啊？你说的这个医疗纠纷什么时候发生的啊？"

"就最近这几天吧。"

黄小培听着苏庆春的话，紧张得心都提到嗓子眼上了，她压着心情小心翼翼地道："那，那家属没对你怎么样吧？"

"没有。"

"哦，那就好，那就好。"黄小培长松了一口，并拍着胸口说道，"吓死我了……我还以为跟之前一样呢。"

"那你这周末不去查房不会跟这个事情有关系吧？"黄小培又再三确认道。

"跟这个没关系啊！"

"那就好，妈呀，吓死我了。"黄小培一副草木皆兵的样子，说道，"我还以为会跟上次那个麻醉药过敏的病人家属一样来威胁你，所以不去查房了呢。"

苏庆春曾经受到了病人家属人身安全的威胁，明显让黄小培有点一朝被蛇咬十年怕井绳的感觉，所以这才一听到医疗纠纷就风声鹤唳、草木皆兵。

"威胁倒没有啦！"苏庆春回道，"这个病人我的医疗处理没有任何问题，我其实没有任何责任，而且也没有并发症，所以他们倒没有对我有什么过激的行为。"

"那上回那个麻醉药过敏的病人不也没关系嘛，她麻醉药过敏就这么巧没抢救过来，那家属还死活赖上你了。"黄小培不以为然地回道，"所以我感觉啊，只要是有医疗纠纷，就要注意，说白了跟你有没有责任都没什么太大关系，还是要看家属是否通情达理。

"我跟你说啊，上回你那个医疗纠纷是真是把我吓死了，我现在一听到你有医疗纠纷，我这个心啊，真是提心吊胆的，那些电视里、新闻里看到的也到处是砍伤医生的新闻，多吓人啊，上回那个家属也是，多危险啊。"黄小培心有余悸地说道。

"嗨，上回那个事情，确实是病人麻醉过敏死了嘛，不过我不也是好好的，没事嘛。"苏庆春安慰道。

"没事那还不是因为你师傅让你在家里休息了几天没去医院啊？"黄小培说道，"要是去了医院谁知道病人家属会干出什么事情来啊？

"而且我跟你说啊，我现在都不知道那个家属会不会在什么时候突然又冒出来对你干点什么冲动的事情。"

"没事了，那个事情都处理好了，而且都过了这么久了。"苏庆春回道。

"这谁说得准啊，我看到有一个新闻就是好久以前的一个病人家属来报复医生的，就是那个儿科医生，你记得吧？"黄小培紧张地说道，"不都说儿科、急诊、妇产科是最容易出现医闹的地方嘛。"

"放心吧，没事的，你说的那个是特殊情况，而且我们那个病人家属赔了钱马上就好了。"苏庆春尽力宽慰道，"这回也没那么严重啦。而且这件事情今天也都解决了。"

黄小培听到解决了，一块石头终于落下来了。"解决了就好啊！"她拖着调子长叹道，"哎……你这个工作啊，真是让我每天都提心吊胆的。"

黄小培听到问题解决后才有心思想别的事情。她似想起来了什么，连忙好奇地问道，"欸，对了，这个病人既然跟你没什么关系，那怎么会还有医疗纠纷呢？"

"你自己刚刚不也说了嘛，医疗纠纷及严重性主要是看病人家属的通情达理程度嘛。"苏庆春反问道。

"那又是病人家属小题大做？"黄小培问道。

"哎……这个病人啊，其实说简单也简单，说复杂也很复杂。"

"到底什么情况嘛，赶紧说吧。"

于是苏庆春便把孙梦的情况跟黄小培一五一十地说了一遍。

殚精竭虑

黄小培听到苏庆春把 48 床孙梦的事情说完之后,气愤不已地说道:"那按你这么说这事情跟你、跟医院都没有任何关系,纯属家属胡闹嘛。"

"胡闹也没办法了。"苏庆春长长叹了口气,"这几年医院处理这样的问题都有妥协的趋势,似乎只要有病人或者家属闹,不管有没有过失,医院领导都是持维稳的态度,他们最希望的就是赶紧解决问题,让病人平息。而且最近又正好碰到医院等级考核,所以上面的领导特别重视这件事情,这件事情的处理结果我自己都是今天下了手术才突然被告知的。他们是巴不得赶紧赔钱了事,这样大家都相安无事了。"

"还赔钱了啊?"黄小培听到赔钱瞪大了眼睛看着苏庆春问道。

"嗯。"苏庆春点点头,"15 万。"

"天啊!不会吧?15 万,这么多啊!"

黄小培咂舌道,"不就是个小手术吗?"

"医药费也没花这么多钱吧?"

"住院所有费用加起来才 3 万不到,这些钱他们说的名目是精神损失费。"

"那你承担责任了吗?"黄小培小心谨慎地问道。

其实这话是从一听到医疗纠纷黄小培就想问的,毕竟这才是直接跟他们的利益挂钩的。

"我是主治医生,需要承担 20% 的责任。"

"20%?"黄小培脑子一转,"那你要赔 3 万块钱啊?"

"嗯。"

苏庆春低着头应答,"分在三个月工资中扣除。"

"天啊,太过分了。"黄小培气得干跺脚,"你们医院怎么可以这样啊。你又没有过错，凭什么现在一出现医疗纠纷不问过失与否就要你们医生赔钱啊？医院有钱大方，为了减少纠纷想赔钱就赔钱是他们的事情，凭什么让你们这些医生赔钱啊。而且现在医改以后本身工资就很低了，工作是有增无减，每天忙得跟狗一样的，这要是在别的单位算上加班费也不止这点钱了。现在这些病人或者家属一无理取闹就赔钱，这动不动就几万，你们一个月工资才多少钱啊，你的工资扣除保险和公积金，再扣除这三个月分摊的一万块钱，到手的钱就够燃油费了。照这么下去啊，你要是多收点无理取闹的病人的话，那医生估计是要带钱上班了。"

黄小培就这样啪啦啪啦地讲了好久，苏庆春都没接话。

苏庆春知道告诉黄小培赔钱了会有这一出，所以早就做好了心理准备，就让她说。他心里也清楚黄小培之前一心想去开办补习班，也是为了家里经济能够好点，现在又听到自己扣工资的事情自然是生气的，苏庆春心想：现在让她发泄发泄也好，不然发泄到别处都不好。

当黄小培终于停下来没说话的时候，苏庆春赶紧安慰道："嗨，小培，也没事，不就是3万块钱嘛，好在我们之前买这房子的借款还清了，也没太大的压力。"苏庆春说完颇有感触地说道，"哎，在上海生活确实经济压力很大，但是，好在我们两个人的住房公积金加起来，只需要还一两千的贷款，而且我们不像别人，也没有车贷，其实跟很多人比起来，我们已经很好了。虽然给轩轩报的各种培训班一个月好几千，加上给爸妈的钱，但其实我们还有一些余钱，所以这事也没关系的，不就是3万块钱嘛，3个月之后我的工资也就恢复正常了，没事。"苏庆春轻轻地拍了拍黄小培的腿，笑着说道。

"哎……我也不是说赔了这3万块钱我们就活不了了，只是觉得太无辜了。"

"要说无辜啊，最无辜的是我师傅，他因为我的事情也连带需要赔2万块钱。"

"啊？陶老师也要赔钱啊！"

"是啊！他是我的上级医生，受连带责任。"苏庆春说道，"这事情我觉得真对不起师傅。"

"陶老师人那么好，不会怪你的，你也别太自责了。"黄小培说道，"谁都不想变成现在这个样子的嘛。"

"很多事情确实都是意想不到的,谁也不知道未来会发生什么,今天这些猝不及防的事情更加让我深深感受到了现在流行的那句话。"

"哪句话啊?"

苏庆春带着一丝无奈地回道:"明天和意外你永远不知道哪个先来。今年我虚岁也38岁了,再过两年就四十了,都说四十不惑,但是我感觉我不知不觉地步入了中年的困惑中。经过这些事情,我还是希望往后余生的生活能过的平稳一些,我实在是不想再有事情折腾了。"说完苏庆春又叹了口气。

"被你这么一说,我突然感觉当初我们还不如回老家生活来得自在和安稳。你看在老家虽然可能工资没这边高,但是家里房价低啊,而且我们的家人、朋友都在那里,我相信以我们两个人的情况一定能让轩轩上老家最好的学校,房子、车子这些事情肯定也不用愁,那幸福指数肯定比这里高多了。"黄小培用带着悔意的眼神看着苏庆春慢慢说道。

"这也不能完全这么理解,小地方有小地方的好,大地方也有大地方的好啊。"苏庆春说道,"要是我们在老家可能过得确实会比这里轻松,但是即使轩轩在老家最好的学校读书可是那个平台也不如这里的,你想高考我们那里要考到上海得是多拔尖的人啊,他努力成为佼佼者争取的就是现在轩轩轻而易举的东西,这就是平台不一样。

"假如我们现在在老家,是幸福了,可是轩轩呢?她可能面临着我们以前一样的尴尬,她还是要经历我们这些拼搏,现在我们在这里,轩轩就可以比在老家的人轻松获得更多的资源、更多的机会。"

苏庆春的一席话,让黄小培诧异不已,这些话按理说应该是出自黄小培之口的,但是她没想到一直图稳的苏庆春会说出这些言论。

"对,你说得很对,我还以为你不会这么想呢,呵呵……在这里平台毕竟要高很多,接触的人和事也都不一样,在上海我们能让孩子不输在起跑线上。"黄小培听到苏庆春今天的这番感叹心里也舒服多了,其实她觉得苏庆春跟她之间就是缺乏了沟通,导致他们很多理念没有得到很好的阐述而误解了。

"也是啊!"苏庆春呼应道,"能够让孩子受更好的教育当然是好的啦,等他们大了我们不能够给她足够的财富,但是我们可以在我们力所能及的条件下给她最好的教育。"

"嗯嗯!"黄小培连连点头。

黄小培心里的疙瘩总算是解开了，医疗事故这件事也算是因祸得福地让冷战了一个多礼拜的小夫妻和好如初了。本来黄小培想伺机跟苏庆春商量让家里老人来照顾轩轩，然后给一定费用的问题，但是她想了想，还是怕苏庆春反对，就又搁置了。

先斩后奏

之后的几天,苏庆春一家都相安无事,黄小培不再提起补习班、父母来照顾孩子的事情,苏庆春也没再提医院的事情,两人的生活状态反而因为这一次的事件变得更加融洽了。

这几天黄小培班上也比较忙,学校期中组织了一场数学竞赛,作为学校的优秀教师,黄小培也是非常忙碌,抓紧着比赛前的时间给一些学生辅导。关于之前小敏给黄小培处理家里问题的一些建议,她也没时间去管。

这天便是周五了,迟迟没有得到黄小培消息的谢敏已经耐不住了。下了第一节课的时候她看到黄小培正在办公室里批改作业,她环顾办公室四周,发现正好也没别人。于是她便慢慢地走到黄小培办公桌旁,故作淡定地先是啥话都不说,只轻轻地敲了敲黄小培的办公桌。

黄小培低着头,看着这架势,吓了一跳。连忙抬头一看,居然是谢敏。

"吓死我了,原来是你啊,我还以为是谁呢,还敲我桌子。"黄小培惊魂未定地说道。

"呵呵……"谢敏憋着笑说道,"你以为是姜主任来找你茬吧?"

"不然你以为谁还会在办公室不好好说话,直接敲桌子的啊!"

"哈哈……"谢敏得意地哈哈大笑。

"赶紧说,找我干吗啊?"

谢敏并没有马上回答,而是先提了提身上的长裙,然后半坐在桌子上,半曲着身子小声问道:"欸!小培,之前我跟你说的你公婆来上海的事情问得怎么样啦?"一副生怕被人发现她们在做什么见不得人的勾当一般。

黄小培边批改作业边摇了摇头。

"你摇头是什么意思啦?"谢敏不解地问道,见黄小培是一脸淡定,又追问道,"到底是没问题,还是没同意呀?"

她看黄小培打着哑谜,可是急死了,直接上手把黄小培面前的作业本抽出来了。

"诶!"黄小培一把抢回了作业本,说道,"你干吗啊?赶紧还给我。"

谢敏拿着作业本的手伸得更高了。

"诶什么呀!我在跟你说话呢,你还有心思批作业,"谢敏着急地说道,"你真是急死个人了,赶紧说呀!到底是没问,还是没答应的啦?"

"没问的啦。"黄小培模范着谢敏的口气回道。

"啊!"谢敏突然站起来,惊呼道,"为什么不问的呀?"

黄小培站起来抢过作业本,并一副哀怨的神情说道:"最近我老公医院出了点事情。"

谢敏看黄小培的样子似乎真有事,便坐到黄小培对面问道,"你老公医院出事情了?什么事情?"她用一种打听八卦故事的好奇心里问道。

"哎,也没啥事,就是出了个医疗纠纷。"黄小培叹气道,"还赔了3万块钱。"

"不会吧?还赔钱了的呀!"

"是啊!"黄小培这回倒是很淡定,"赔了3万。"说完她拍着胸口补充道,"我心痛死了。"

"哎呦!现在做医生也不容易啊!动不动有医疗纠纷的啊!"

"谁说不是呢!"谢敏说完斜眼看着黄小培问道,"那……是不是你老公的问题?"

"不是啦,这就是一个纯医闹。"

黄小培气愤地把事情经过都讲了一遍,而后还补了句,"赔了钱就了事了。"

"哎呦……现在这样的人也真是少见。"谢敏说道,"不过事情解决了嘛,那就好啦。"

谢敏停顿了一会,又问道,"那赔钱了了事了也是好事的,就也没什么问题的啦,你有啥好担心的啦。"

黄小培回道:"你不知道,最近啊,不光是这事情,正好又碰到他师傅要退休了,你想这两件事情加起来,他情绪能好吗?所以这时候,我也不想他再为我这个事情烦心了。"

"哎呦……我不知道你这个脑子是怎么想的,你公婆来上海的事情怎么会让你老公烦心的啦?"谢敏不以为然道,"他父母来跟你们同住,你老公不是更欢喜的呀。再说了,我之前不是跟你说了嘛,这个补习班的事情是你的事情,而且是为了你更好发展的事情,你完全不用跟你老公商量的呀。至于你公婆来不来嘛,那都是你公婆的事情了啦。"

"你说的这个先斩后奏我也考虑了一下。"

谢敏听到后瞪着眼睛盯着黄小培回复。

"但是我想了想,这样好像不太好,毕竟那是他父母要来,我肯定要征求他的意见的。"

"你这个人,怎么还是这么死脑筋的呀。"谢敏手指着黄小培说道。

"小敏,你不知道,我老公跟他们家人的关系好像比较复杂,我觉得还是要征求他的意见才好。"

黄小培虽然不知道苏庆春跟父母的陈年旧事,但是也能感觉到他们的关系跟别人不一样。

"哎呦,你这个人哦,就是这样的。算了,算了,你要不要征求意见就随便你吧,"谢敏说道,"反正我不管你了。但是你得赶紧抓紧时间去问问你老公的哦。"

"这事情不急啦,现在才5月不到呢,不是还要等暑假嘛,"黄小培不以为然地回道,"我还有两个月的时间呢,这段时间我会慢慢想办法的,会尽快答复你。"

谢敏听到后,连忙再次环顾四周,再次确认没有人以后,又用做贼心虚的表情,低声低语地说道:"我跟你说呀,我们那个培训班的一个数学老师,她是别的学校的,最近听说她老公工作要调到北京去了,她也会跟过去,所以培训班正在招接替她的数学老师呢!"

"然后呢?"

"然后我就主动跟我们招人的人把你推荐上去了。"谢敏笑着回道。

"啊?你不会吧!"黄小培惊讶不已,大声呼道。

"嘘!你小点声啊,"谢敏连忙说道,"淡定啦!"

"淡定什么啊?"

"你说的这个事情我完全都不知道,你居然就把我的简历给报到你们培训学校去了,那要是到时候我不去的话以后我得多尴尬啊!"黄小培说道。

"放心了。"小敏镇定地解释道,"我报上去还不是为了把名额优先给你留着嘛!"

"可是我还没考虑好呢!再说我即使要去也只有暑假可以去啊!"黄小培气愤地说道,"小敏,你这事情做的,我真是……"

黄小培气得说不出话来了。

我有一个梦想

谢敏见黄小培这是真的有些生气了,连忙安慰道:"小培,别急嘛,你听我慢慢跟你分析好不啦。"

"这事情都不清不楚的,你就这样……"黄小培没好气地回道,"怎么分析也是这么个道理啊,你做事情最起码征询下我意见吧?"

"这种小事没事的啦,"谢敏笑着说道,"我已经替你想好了,你老公那个小侄女不是就读幼儿园嘛,要是你公婆都来上海,那她也是可以提前来的,毕竟才幼儿园,没事的。"

"我可是提前问过那个老师了,她是5月中旬调走,那还有半个来月的时间让他们慢慢考虑的,实在不行,也可以让你公婆随便谁先来一个嘛,到时候那个小侄女放假了再过来,完全不影响的,反正钱你照给嘛。"

"你想得倒好,要是现在就平时补课,我还给他们3000一个月,你把我当富婆啊!"小培完全不买谢敏的帐,反驳道。

"3000块钱就是小钱了,"谢敏笑着说道,"我跟你说啊,现在让你来我们补习学校又不是为了让你就赚课后补习费的。我们这是为了放长线钓大鱼啊!"

"放长线钓大鱼?你这是什么意思啊?"黄小培一脸懵地朝谢敏问道。

谢敏一副胸有成竹的样子,慢慢解释道:"这其一嘛,你不是担心他们跟你合不来嘛,现在早点来好给你磨合期啊!这其二嘛,我的想法是,到暑假的时候,我们就不去培训学校上课了,自己租个房子单干,自己当老板。"

"单干?"黄小培瞪大了眼睛问道。

"是啊!"谢敏说道,"你是不知道现在培训班多赚钱啊。"

"我们要是去培训学校补习我们拿的那些钱终归是大部分抽给了培训

学校的，你去年得了区里的优秀教师，教学质量大家都是有目共睹的，加上我们本身的一些资源，还有现在我们培养一些忠实的学生，到时候我们单干可以赚得比现在多。"谢敏斗志昂扬地说道。

"我知道培训班赚钱啊，但是你想单干我还真没想过。"

黄小培说完还是一脸不信地问道，"你说得真的假的啊？"

"当然是真的啦。"

"我怎么那么不信呢？"黄小培带着调侃的语调说道。

"怎么不信啊？我就是个干大事业的人啊！"

听到小敏这话黄小培终于憋不住了，放声大笑起来。

"你别笑啊，我说真的，"谢敏严肃地说道，"我连跟我们搭班的语文老师都找好了。"

"谁啊？"黄小培边笑边问道。

"就是9班的秦老师，虽然她不是跟我们搭班的，但是秦老师在我们年级教语文一直都是很好的。"

"你们的实力，加上我这留英3年的英语能力，这简直是补习班三剑客啊，到时候把我们宣传出去，哪个家长不把孩子交给我们啊，要是这次试水做得好的话，到时候平时周末班我们也继续自己弄，请几个人做后勤，再拉几个特长老师，那就马上做大做强了。"

黄小培见谢敏居然还把秦老师也拉进来了，这倒是让她很意外，她的取笑声也慢慢消失了。她向谢敏再三确认道："你确定你不是在开玩笑？"

"当然不是开玩笑了！"小敏说道，"我们单干培训班的选址我都找好了。就在我们学校不远的地方，这样很多我们的学生家里也方便，而且那地方隐蔽，非常适合我们单干。"

黄小培看着谢敏少有的认真的样子，这回是真有点信了，她惊讶地问道："你是真的认真的啊？"

"当然是认真的了。"谢敏肯定道，"不然你以为我为什么去培训班当老师啊？难道我就差那么点钱啊？"

谢敏这问题答得倒是好，当初黄小培也是百思不得其解，谢敏怎么会牺牲休息的时间去补习班补习呢。

谢敏跟黄小培不一样，她和她老公都是上海本地人，家里早就有房子在上海的，两口子赚的钱都是自己花，她老公还是一家企业的高管，根本就不是缺钱的主，完全不需要大周末的不休息还去兼职上补习班。

"你说这个我倒是信，我也是一直很奇怪，以你的性格怎么可能会辛辛苦苦去培训班上课呢。"黄小培开始严肃起来了。

"那就对了嘛。"谢敏也严肃地说道，"小培，实不相瞒，我从小就有个梦想，就是建一所学校，这也是为什么我要当老师的原因。现在我自己去建一个学校可能有点困难，但是我可以从办个培训班开始啊！"小敏侃侃而谈，"我的计划先从我们这语数外三门基本的课程开始入手，慢慢地把我们的培训班做起来，这只是我的前期规划，要是到时候我们那个补习班做大了，我们还可以另外请老师，自己做老板，到那时候我们的三剑客就是中国合伙人了。"

谢敏慷慨激昂地说着自己的计划，黄小培与她同窗且共事多年，知道谢敏做事情一直没什么定性，这个眼神里发出亮光的谢敏，她还是第一次见。她的话把黄小培说得一愣一愣的。

"你居然有这个梦想，我还真不知道，"黄小培一脸艳羡地说道，"你现在还能保持自己的梦想，且还有心力去真正追求它，挺好的，说实话我现在真的是很羡慕你啊。"

黄小培说完又补充道，"不过你这个计划也太突然了吧？而且有点太大了吧？我估计可行性不是很高。"

黄小培性格严谨又谨慎，面对谢敏的这个突发奇想自然是没那么好接受的。

"怎么可行性不高啊！我觉得很高的呀！"谢敏则不以为然地说道，"小培啊，我跟你说啊，我实现梦想的道路近在咫尺，现在最大的问题就缺你的一个允诺。我跟秦老师可说好了，秦老师一听说你会一起来，就马上爽快地答应了，你可不能掉链子啊！"谢敏也是了解自己的老同学黄小培，这会子她是在给黄小培下套子了。

"你这可把我抬太高了哈，我原来以为你只是想我跟你一起搭个班，大家合作熟悉一些也是挺好，可是没想到你野心和魄力这么大。"黄小培有些退缩了，回道，"我看还是算了吧。"

需求层次

　　谢敏见黄小培不吃那套,横着眼朝她质问道:"你这是什么老朋友啊?不帮我实现理想就算了,还在我完成理想的道路上使绊子。"

　　"呵呵……小敏啊……"黄小培看着谢敏这回有些较真了,便赔笑着说道,"你这说的意思是不是你以后要是没有成为谢校长的主要原因就是我了?"

　　"我就是这个意思。"谢敏铿锵有力地回道。

　　"那我倒成了千古罪人了?"

　　"那不是啊!"谢敏瞥着眼,嘟着嘴回道。

　　黄小培看着谢敏这傲娇的样子又好气又好笑,她想着刚刚谢敏的慷慨陈词以及她目光中的坚定,也明白老同学第一次这么认真,她也不好就这样持消极心理。于是她慢慢分析道:"小敏啊,其实我并不是不赞成你的梦想和想法,只是觉得你这个计划可能有点不太靠谱了。这事没有想象中的那么简单啊!"

　　黄小培做事情一向谨慎,也很保守,对于谢敏的这个大胆计划,她实在不敢苟同,更加不相信谢敏能够坚持到底。而谢敏跟黄小培刚好相反,她认为只要自己肯想,就任何事情都可以做到。

　　"怎么就复杂了,只要肯做,即使是复杂的事情也可以简单化嘛。"她反驳道。

　　"可是问题就是,你说的这个事情不是买一样东西、花点钱就能办成的,你说的这事情是办学校,里面可是牵扯到很多很复杂的关系的。"黄小培回道。

　　"小培,别的先不说,我就问你一件事情。"

　　"嗯,你说吧。"

　　"你好好想想,我们女人在这个社会从古代起到一个什么作用?"

"什么作用？"黄小培思虑了一会，"养育后代？生儿育女？"

"对啊，你看你第一反应的就是，我们女人从生下来的使命就是生儿育女，就是生孩子的机器。"谢敏回道，"什么男女平等，那都是扯淡，我们女人从生下来就注定是男女不平等，从古至今都是如此，女人的地位都是处于很低的地位。所有人包括我们女人都认为我们就是要生孩子、养育孩子，然后没有了，很少有人第一时间会想女人是要干一番大事业，成为成功人士的，为什么男人第一时间会这么想，而女人不会呢？"

"因为从远古时期开始，男女的分工就很明确，男人在外狩猎，女人在家生孩子，照顾家里。"

"对啊，就是从开始分工不一样，导致女人地位低下，以至于给人感觉女人就是要依附于男人的，但是现在不一样了，男女是平等的，我们女人也是要工作的，也要生儿育女，但是地位呢？说的平等，但是那些男人是不是只要自己赚得比我们多，就天生有种优势感？"

"这倒是真的。"

"所以啊，凭什么我们要做那么多事情，要照顾家人，还要生孩子、要工作，而男人就只要工作，因为比我们赚得多那么一点就有那么强的优越感啊？还不是因为钱。马克思说经济基础决定上层建筑，我觉得现在是经济实力决定家庭地位。"

"呵呵……还马克思都来了，"黄小培笑着回道，"不过你说得确实没错，现在这个社会就是这么现实，不管你在家里付出多少，人家都不会在意，只会想着谁赚钱多，谁就是大爷。"

"所以说啊，人生一辈子，说长很长，说短也很短，我们现在当老师是一个可以看到干到退休是什么样的职业，平平淡淡，也不会有什么太大的作为，难道你想自己好不容易到人间走一遭就这样碌碌无为地过去吗？而且要说赚钱嘛，肯定老师也就是只能糊口而已，你老公是医生，即使你说他再不济，肯定工资也比我们老师工资高多了吧？难道你老公没有因为自己赚钱高而在家中有无形的优越感吗？"

谢敏的灵魂质问确实把黄小培问住了。谢敏能够问出这样的问题是黄小培没想到的，在她看来似乎谢敏每天的状态就是得过且过，怎么舒服怎么过，至少在工作上是这样的，而生活中，她的老公是自己在国外留学时遇到的同学，两人一直很合拍，黄小培也见过她老公，两人看着感情也是非常好，一副举案齐眉的样子真是羡煞旁人。可今天谢敏的这一论调，让黄小培怀疑自己之前的想法了，或者只是有点感觉谢敏或许并没有自己想象的那么幸福。

这么多年的同学，从这一刻开始，黄小培突然感觉，她根本没有真正了解谢敏。现在的谢敏是衣食无忧，可是她其实想要追求更高层面的生活，用马斯洛的需求理论来说，谢敏已经快达到了自我需求层面。至于婚姻，这事情是冷暖自知，谢敏比黄小培更加现实和务实，她懂得婚姻在这个社会里并不那么的牢靠，这不是说婚姻不重要，而是有很多不确定性，但是事业却是真实的可靠的。而黄小培呢？她现在还处在孩子没人带，工作丢失可能就无法还按揭的不安全状态，严格来说她连马斯洛的第三层的社交需求都没有完全达到。所以现在状态下的黄小培从未想过谢敏所谓的理想抱负，现在的黄小培认为孩子能好好读书，家里能夫妻和睦，平时周末休息的时候能好好休息一下，偶尔像苏庆春说的周末一家三口去市区内玩玩就已经是很幸福了。而谢敏的这么一问，倒是让黄小培开始反思了，她明白谢敏的话，作为女人，这个社会本身对女人就要求太多了，而归根到底，就是从一开始把女人放在不平等的位子。

黄小培有工作还好，像那些真的为了家庭放弃工作，在家相夫教子的人，本身是为了家庭付出最多的，但是有多少因为自己成为了家庭主妇，而丈夫出轨不敢离婚的？她们为了家庭忍受着家人的冷嘲热讽，家庭主妇就是黄脸婆的标签，而男人却不懂得感恩和理解，还认为你是没有用的人，所以各种不尊重和鄙夷。这一切归根到底还是没有经济独立，所以没有话语权。

具体方案

谢敏看着黄小培听到自己的话,在一旁发呆,明白她有所思。很明显现在的黄小培已经没有刚刚那么反对她的想法了,于是谢敏伺机连忙说服道:"小培,我知道你有你的顾虑,孩子没人带,丈夫又不支持。可是你好好想想,你有这么多顾虑是不是主要原因还是自己赚得不够多?没有足够的安全感,所以才要各种考虑?"

黄小培只尴尬地笑了笑道:"也许是你说的那样吧。"

"就是说嘛,"谢敏说道,"我跟你说啊,只要我们真正做起来了,钱赚到了,那以后你就没有顾虑了。什么出来干谁来照顾孩子啊?什么老公有想法啊?什么看不上补习班啊?那都不是事情了。只要你赚了足够的钱,我们就请最贵、最好的保姆,我就不信偌大的上海就找不到能照顾好你家小轩轩的保姆了。到时候你赚到钱,把钱甩到你老公面前,我还不信你老公能够清高到跟钱过不去啊?"

谢敏说到激动的时候还不忘拿起面前的作业本配合着话语甩了一下。黄小培连忙收起刚刚被谢敏甩乱的作业本。

谢敏说得很直接,黄小培听着感觉虽然好遥远,但是她说的那些事情要是真的实现了,她心里肯定是高兴的,特别是她那个甩本子的动作,她心里也是很期待,谁不想自己实现真正的财务自由啊。

她按捺住心中喜悦,小心谨慎地朝谢敏笑着说道:"你说的那些都是后话了。目前的问题,主要是我家里的事情现在还没确定好呢!"

"哎呀……你家里的那点破事,我跟你说,你就按照我说的做好了。我保证你公婆听到一个月单独给 3000 的报酬肯定马上就收拾东西跑来上海了,"谢敏带着傲娇的口气说道,"我就不信他们这些小地方出来的人,年纪大了又没有退休金,看到这钱会不眼红、不动心?"

谢敏作为上海本地人,有着一定的地域优越感,她这话话里话外都透着歧视黄小培公婆的意思，毕竟黄小培和苏庆春也是来自她口中的小地方，心里听着还是会有点不舒服。但是黄小培也无力反驳，因为谢敏说的确实是事实，在她的江西老家，别说像她公婆这样 60 来岁没有退休金的老人了，就连她们当地年轻人的平均工资也才两三千左右，黄小培的弟媳就是在老家县城上班，一个月工资 3000。

对于她的公婆来说，给 3000 费用再加上自己本身给的 1000 赡养费已经 4000 了，这确实不少，她心里是明白的，这些钱足以让她的公婆动心。

"他们或许会答应吧，可是……"黄小培犹豫了一会说道，"可是你要想单干也没那么简单吧？像这前期就是租房子，还有很多课桌啊，什么的都要投入进来，这费用也不少吧！最重要的肯定还要办理各种资质什么的，那些就更加难办了。"黄小培略显担忧地分析道，"而且我们在培训学校只需要负责教育孩子，其他事情也不用管。"

黄小培总算不再一味反对，而是开始针对这件事情分析可行性了。谢敏知道黄小培的性格，她对自己不感兴趣的事情从来不多问，多思考的，现在黄小培在细说，那说明这件事情就有戏了。谢敏认真地听着黄小培的话，不时地还点头呼应。"嗯嗯。"

"还有啊，要是真正自己单干的话很多事情都要操心吧？特别是前面招生什么的都是有压力的，要是投资进来之后做不好，那可是血本无归啊！"黄小培继续说出了自己的担忧，"我觉得为了保险起见还是直接到补习学校补习得了。"

谢敏笑着连忙回道："上课场所和资质的事情你不用担心的，我找的那个地方就是之前一个培训班，他们是因为合伙人拆伙了，现在正好打算转让，就连他们的资质我都跟他们谈过了，可以适当修改转过来。"

黄小培听着谢敏的回答，一看她就是有备而来，而不是空口说白话。"这你都谈好了啊？"黄小培一脸怀疑地看着她问道。

"当然了，你以为我就是一头热，没实际行动的啊！"

"那应该要投资很多钱吧？"黄小培问道。

"预计这个数！"谢敏得意地伸出了三只手指，然后默声发出"shi"的嘴型。

"哇……那太贵了吧？"

"这还贵啊？"谢敏不以为然地回道。"我们这样是捡到大便宜了好吧？正好人家紧急转让。"谢敏说道，"现在干什么不要花这么多钱啊？

而且我说的这个数目还不包括房租,我问过了,那个地方虽然不是很大,但是租金一个月最起码都要1万,而且这个价格也是他们直接转让给我们的,明年要是我们还要续租的话,就要单独找房东另外谈了,他这个房租可是没给我加一分钱,房东要他们多少,就给我们多少。"谢敏说完又补充道,"哦,对了,这个前期的投资费用你放心,我不会让你们掏的。既然开办补习班的提议是我提出来的,那前期投资的所有费用都由我来出好了。"

"这不太好吧?"黄小培说道,"我劝你还是好好考虑清楚,这可不是一笔小数目。"

"不用考虑了,我都想好了。"谢敏说道,"反正提议是我出的,而且说到底这不是为了实现我自己的理想嘛。要是真的做得不好了,我也不能让你们亏本嘛。"

谢敏继续说道:"我的大致计划是这样的,要是我们直接转过来了他们的所有资质,那我们就可以直接招生了。这前期没什么工作人员,你们只要跟着我一起负责招生、上课就行。我想好了,这个暑假啊,不管学生多还是少,我只收所有收益的50%,作为投资成本的回收,剩余收益的50%我们三个人平分。之后嘛,投资成本就不扣除了,就扣除日常的运营成本,剩下的所有利润我4成,你和秦老师每个人3成。你看怎么样呀?"

之后谢敏又有模有样地说出了这几年的计划,还打算扩招后增加各种别的兴趣班,这俨然是中国合伙人的既视感啊。

从长计议

　　黄小培听谢敏说出的条件倒是很诱人，她不需要承担任何风险，就坐收渔翁之利，想想都觉得她是占了大便宜了，这么好的买卖好是好，但是听着总感觉不那么真实。

　　转而她又想了想，谢敏平时就是个没定性的人，就拿大学的时候她追星来说吧，今天喜欢刘德华，明天喜欢郭富城，后天又换成林子祥了；考证也是，今天想考导游证，明天想考托福，后天又改雅思了；她平时的行为把没有定性，凡事不坚持都表现得淋漓尽致。所以，其实黄小培还是有些担心她是否能够坚持的，毕竟做这种事情，开头最难了，现在谢敏说得很详细，一副非做不可的架势，但是开办培训班不是一句话说办就能办的事情，实际执行的时候肯定会遇到很多困难，黄小培想着到时候遇到困难了一直一帆风顺的谢敏很可能马上就撂挑子走人了。

　　想到这里，黄小培又觉得这件事情看着虽然很美，但是肯定是可行性不高的，她又为自己刚刚差点就信了的想法忍不住笑了起来。

　　"你笑什么呀？"谢敏问道。

　　"没什么？"黄小培憨笑着回道。

　　"你还是不信啊？"

　　"不是不信啦，你说得确实很详细，这应该是我第一次见你这么细致和认真地对待一件事情了，但我还是觉得你说的这个事情太大了，实际执行起来肯定没你想的那么简单的啦。我劝你说说就算了，别太当真，几十万也不是小数目，不要就这样打水漂了。"

　　"困难肯定会有，但是只要我们几个同心协力，还怕什么呀？"谢敏认真地回道。

　　"真的没那么简单的啦。"黄小培劝道，"小敏，作为老同学，老同事，好朋友，我真的劝你三思。"

黄小培看着谢敏那焦急的样子，倒是很可爱。虽然她感觉这件事情有些天方夜谭，但是黄小培还是很羡慕谢敏能够把自己真实的想法说出来，羡慕她有敢想敢做的心，更加羡慕她有着黄小培没有的与生俱来的资源。

要论努力，谢敏肯定是没有黄小培努力的，这点谢敏和黄小培都很清楚，她们关系这么好是因为她们现在不但是同事，大学还是同学。

谢敏从小就接受上海市的教育，在20世纪90年代末，21世纪初，谢敏在班上可以说成绩并不是很突出，大学却轻松地进入了上海的985学校，而黄小培当初是全校前5名的成绩才考上了这所学校。

谢敏的父母很早就离婚了，但是谢敏毕业后想出去玩玩，她父母便送她去英国留学了3年，回来以后她便轻松地进入了这所中学。而同样一个学校出来的，黄小培则花了五六年的时间，通过考母校的在职硕士等一系列的努力才进入了这所中学。

要说谢敏的梦想是开办个学校黄小培还是真相信的，不然谢敏不会选择当老师，毕竟平时她对老师这份工作并不是很热情，黄小培猜想她就是奔着办学方便去的吧。平时她对工作的态度从来都没有那么在意，用黄小培的话说就是玩票，没见过像谢敏那样随便的老师，她上课也从来不写讲义，谢敏更看重跟孩子的互动学习，而不是学生们的考试成绩。包括现在她完全没有必要还在培训班教学，而且就主要教她熟悉的口语，报培训班也是，估计真的跟她说的一样是为了吸收更多培训班的经验吧，而不是像黄小培一样为了生活，为了赚更多的钱。

"你就是不信我？"谢敏用傲娇的表情问道。

"真的不是不信你啦，真的只是觉得这件事情其实是一件挺大的事情，你真的没必要操之过急。"黄小培停顿了一会又说，"要是你真有这个想法，我觉得也可以从长计议。"

"从长计议？"谢敏连忙问道，"怎么从长计议啊？赶紧说啊。"

"我跟你说，这件事情可以说是这辈子我觉得做得最认真的一件事情。"

"呵呵，要是真的你坚持了，那还真是的。"黄小培嗤笑着回道。

"所以你要支持我啊！"

"我是支持你啊！"

"那就什么都不说了，我们就直接干起来，我现在就打电话答复他们说地方我盘下来了。"

"别，别……"黄小培连忙拉住她，并抢过电话。

"你先别着急嘛，"黄小培说道，"你说的这个单干我刚不是给你分析了利弊吗？没那么简单的，我劝你还是好好考虑清楚先，毕竟你前面投出去的钱也不少啊！"

"不用考虑了，只要你同意入伙，那我们就可以干起来了。"

"入伙？呵呵，我听着怎么这么别扭啊！"黄小培笑着说道，"这不是贬义词嘛！"

"加入，加入总行吧？"谢敏笑着说道，"呵呵……"

"我知道你的意思啦，呵呵……"黄小培笑着回道，"但是我还是建议你三思，刚刚不是跟你说了要从长计议嘛。"

"怎么从长计议的吗？你又不说。"

"具体情况我还真不清楚。我只知道目前的第一步，你说的先要去你们培训班接替那个数学老师的问题，我都要先回去跟我家公婆沟通情况，"黄小培继续说道，"而且最重要的是你说的这个单干的事情，你这个前期投入可是很多的，我的想法是假如你真的有单干的想法的话，我还是建议你先不要搞那么大。你可以这个暑假先就只租个房子，先试试水。"

"你完全可以先看看自己招生的生源怎么样嘛。"黄小培说道，"我估计啊，现在你还刚刚开始做，肯定生源不是很多，都是一些熟人或者自己的学生，要是那样的话那应该他们认准的是我们个人价值，对那些什么资质和证件不会那么在意的。那完全就没必要找那么大的地方，一个普通的房子就行。假如通过这次试水效果还不错，那你可以再考虑之前你的那个大胆计划。"黄小培这回认真而诚恳地说出自己的想法。

"呃，你说的这个事情好像是这么回事，我得好好想一想。"

"是啊，好好想想先，不要操之过急。"

"嗯，不过你的那个事情赶紧落实一下哈。"

"什么事情啊？"

"喷，就是接替我们培训班老师的事情啊，你赶紧给你公婆打电话，让他们赶紧来上海带你女儿啊，这样你也好安心上补习班啊。"

"哎……其实我一直在犹豫我老公说的问题，要是他们真来了，我们会不会合不来。"黄小培担忧道。

"没那么严重了,磨合磨合就好了。你们不是一个地方的嘛,文化、语言都相通的呀,应该没事的啦。"谢敏说道,"而且你是给了钱的,有什么不对的地方你就直接说呗。"

"你是公婆都不在身边,他们也很开明,所以感受不到一般公婆住在身边的复杂。"

"没事啦,婆媳关系哪里那么复杂啊。"谢敏宽慰着。

"谁知道啊,你现在倒是说得轻松,难道有事找你啊?"黄小培笑着问道。

"有事找我就找我呀,我是不怕公婆的。"

话说着的时候,其他老师都陆续下课回办公室了。黄小培看了一眼手机,才发现两人聊了一节课时间。

"呵呵!算了,不跟你瞎扯了,我们这都聊了一节课了,我这边作业还没批改完,我下节课就要发的。"

"那你赶紧忙你的吧。"谢敏走前又补充道,"我说的事情别忘记了哈。"

"知道了。"黄小培发出嘴型,却没出声。

谢敏笑着缓缓地回到了自己办公室的座位上。

安排妥当

　　这周的周六由于搭上五一劳动节放假调休时间，所以是正常上班，而这天也是4月份的最后一个工作日，这也意味着是陶建国的最后一天上班时间。

　　这些天由于陶建国要退休了，所以他组上没有再接收新的病人，唯有几个是苏庆春自己收的病人，陶建国亲自收的那些病人陆陆续续地都出院了，目前陶建国自己手上亲自接收的病人只剩下两个周二刚做完手术的病人。

　　虽然只有两个病人，但是陶建国还是坚持站好最后一班岗，早上他依然早早来到病房查房，仔细核对每一个人的医嘱，苏庆春的病人他也一个一个依次去看，该走的程序一样不落且细致地做好。

　　组上病人并不多了，江况和苏庆春显得有些闲了，一天两人的心情都非常低落，总感觉空落落的。差不多等到下午4点的时候，陶建国来到医生办公室，此时没什么工作的苏庆春和江况正在办公室里愁眉苦脸地呆坐在电脑旁。

　　那天苏庆春知道陶建国退休的事情后也告诉了师弟江况，江况去年开始在医院规培，一直就跟着师兄和师傅在这个组上，在这里他能够得到师兄和师傅的庇佑，上手术的机会也比其他的规培医生多很多，同一批进来的规培医生很多轮转的基本就是打杂，但是他却参与了几十台一助的宫腔镜。

　　当他得知师傅陶建国马上就要退休，他真是惊讶不已，陶建国身体一向挺好，他一直跟苏庆春一样认为师傅可能会延迟退休，而且居然说马上要离开，这对他来说太猝不及防了，很意外，严格来说是心慌不已。

　　作为师兄的苏庆春比江况更加有工作经验和定力，虽然他也已经有了准备，但是真的要到来的时候，心情也是无比复杂，他们两个师兄弟此时心里都很清楚今天是师傅职业生涯的最后一天，心里都是沉甸甸的。相顾无言，形容的就是现在他们哥俩的状态。

"庆春，江况，你们来下我办公室。"陶建国点名道。

"哦！"苏庆春和江况异口同声地回道。

两个师兄弟互看了一眼，没二话，心领神会地同时站了起来，似乎两人早就做好准备在办公室等着师傅的招呼一般，听消息后就马上乖乖地跟着师傅一同回到了他的办公室。

到办公室后，他们两人非常熟悉且熟练地直接坐到了陶建国的对面。但是坐下后两人脸上都是一副死气沉沉的样貌，空气就像静止了一般，陶建国知道徒弟们是不舍他离开，而如此伤感。此时只能是他主动打破这个氛围了。

他笑着说道："你们怎么回事啊？都死气沉沉的。都要高兴点，我找你们来是说事情的，不是找你们来奔丧的。"

陶建国还是跟以前一样虽然本意是好的，但是说的话听着总是一副训斥人的样子。当然苏庆春和江况也早就习惯了师傅的刀子嘴豆腐心了。

"师傅，今天是你最后一天上班了。"江况委屈巴巴地说道。

"对啊，所以你们更加应该高兴点啊，我这马上就要解脱了啊。"

不过似乎陶建国的话并没有起作用，苏庆春和江况依然是低沉着脸。

陶建国嘴上虽然说退休是解脱，但是心里却不是这么想的，其实他很爱这份职业，现在要彻底退休了其实心里也是不好受。于是连忙换个话题，朝江况问道："江况，你5月份规培轮转去哪个科啊？"

"我吗？"突然被点名，江况显得有些惊讶，局促地问道。

"对啊！"

"师傅，我轮转表5月份还是在我们科里轮转，要到6月份才到产科病区。"

"哦，那你有想好5月份去谁的组上吗？"

江况无力地摇摇头。

"要是没想好的话，那你就跟着你师兄一块去蔡主任组上吧，你看行吗？"陶建国用从未有过的温柔语气对江况说道。

"师傅，您安排去哪里我就去哪里。"

"那行，我回头跟君梅打个招呼，让她带带你。"

"嗯，谢谢师傅。"

"对了，你考博的结果出来了吗？"陶建国继续问道。

"还没有，"江况说道，"5月份应该会陆续出来吧。"

"我们学校应该会晚点，好像华科的应该快了。"

"华科也挺好的，你老家不是在湖北嘛，考回去也好的。"陶建国问道，"那你考上华科的把握大吗？"

"华科应该还好，不过我还是希望留在我们学校。"江况说道，"我们学校要是没考上，我打算明年继续考。"

"要是华科考上了，去华科也不错啊。"陶建国说道。

"师傅，我还是希望留在我们学校，等毕业了我想跟师兄一样留在我们医院。"江况说道，"而且慧慧也在这里，她肯定不会跟我一起去湖北的。"

"呵呵……你想考我们学校也好，不过等你毕业的时候能不能留在我们医院就不好说了。"陶建国不乐观地说道，"现在留院不像原来那么容易了。"

"留不了我们医院，别的医院也行，至少在上海。"

"呵呵……看来我们这个护士陆慧慧还是蛮有吸引力的嘛。"陶建国看着苏庆春笑着说道。

"呵呵……是啊，不过两个人在一个城市工作肯定会好些的。"苏庆春呼应道。

"是啊，我也是这么想的，所以华科基本不会去了。"

"哦，那到时候过了我们学校的初试，要好好准备面试。"

"嗯。"

陶建国说完，停顿了一会，朝苏庆春说道："庆春，你是怎么打算的啊？"

"师傅，你是问什么打算啊？"

"副高的事情啊？"陶建国说道，"我知道去年你没有聘到副高心里有些不舒服，不过今年你因为这个医疗纠纷的事情，我估计会有所影响。"

"哎……师傅，不瞒您说，这副高的事情确实让我很头疼，"苏庆春说完又问道，"师傅，你觉得这次这个事情对我聘副高影响能有多大啊？"

被耽误的摄影师

陶建国听到苏庆春的问题，犹豫了一会，回道："不好说，不过这次你这个事情是杨院长亲自参与的，我估计会有比较大的影响。所以我建议你也机会的话，还是跟江况一样考一下博士，现在到处都是博士，你的学历本身就是个短板啊。你是有实力考博的，之前你毕业的时候不就考到了我们学校的博士嘛。好好准备一下，要不明年你也考下吧。"

苏庆春回道："师傅，您不说其实我最近也在想这个事情，确实现在我的学历是个问题，特别在申请项目的时候明显有劣势，所以我也在考虑是不是要考博。不过我不像江况这样，没有什么家庭负担，我打算今年没聘上副高，明年还是考个在职的博士吧。"

"聘没聘上，我建议啊，你都考下，之前我也没太注意这些，今年发现这个趋势还是很明显，以后没有博士学历在我们医院难混啊。"陶建国建议道。

"嗯，那行，那我就按照师傅的意思，明年考个在职博士。"

"嗯，好好准备一下，争取尽快考上。"

"好的。"苏庆春连连点头。

师傅临退休前还担心着两人的未来，让他们非常感动，但是一想到师傅即将离开了，心中又是莫名的伤感。

大家突然像约好的一样，停了下来，空气又一次像冻结了一般。陶建国再次主动破冰。"你看，你们哥俩怎么还是死气沉沉的样子啊。"陶建国笑着说道，"你们的心情其实我明白的。我不过是要离开嘛，而且我是退休，又不是被开除了，应该高兴点，只是以后不跟你们一起工作了而已。以后，你们同样可以经常来我家里玩啊，退休本来就是一件非常高兴的事情，你们应该为师傅高兴的。"

陶建国自己一再强调退休是件高兴的事情，反而让苏庆春他们觉得他并不是很高兴。

"师傅，你真的高兴吗？"苏庆春眉头紧锁地问道。

"我当然高兴了，"陶建国说道，"我20岁毕业，干了两年又去读了几年的硕士，要是从大学毕业开始算的话我足足在这个医疗行业干了40年了，可以说几乎大半生都贡献给了医疗事业，现在终于退下来了，也算是给我半生的一个交代吧。"

"医生这个职业很特殊，比其他很多行业都忙，很难照顾到家人，我也对家人和孩子亏欠很多，自从干了医生这个行业，自己的私生活也几乎没有了，"陶建国说道，"其实我年轻的时候喜欢摄影的，工作后基本都没什么时间做自己喜欢做的事情，现在退下来了，我正好可以干自己想干的事情了。"陶建国说完又干笑着补了句："挺好的。"

"师傅，你原来还喜欢摄影啊？"苏庆春惊讶地问道。

"是啊！年轻的时候喜欢，我家里现在还保存着我以前用过的相机呢，不过自从工作了，也没时间弄那些了，现在那些相机怎么用，估计我都不记得了。"陶建国笑着说道。

"哦，难怪上回我在师傅家里看到了一部很老的相机，我开始还以为是您儿子收藏的呢，原来是您的啊？"江况这才反应过来，问道。

"是啊，那我是以前用过的。"陶建国说道，"我算是误打误撞进入医疗行业的。"陶建国说完，停顿了一会，继续说道，"其实那时候我是家里人逼着我学医的，志愿表都是我爸妈给填的，那时候我为了这个事情还跟父母一直闹得很不愉快，那时候我的父母是属于为数不多受过高等教育的人，他们看得比我远啊……"

"您原来是被迫学医的啊？怎么以前从来没听您提起过啊？"苏庆春惊讶不已。

"嗨……都是一些陈年旧事，也没什么好提的，"陶建国笑着说道，"而且自从我当了医生以后才发现其实这个职业也挺好的，救死扶伤，能够帮助病人解除痛苦，挺好的，也算是为我们的社会做了一点点贡献吧。其实我挺为自己是一名医生而感到骄傲的，现在我也不恨我父母当初强迫我学医了，甚至感谢他们为我选择了更加适合我的人生。现在要是倒回去，我可能不会再那么任性了，肯定会高兴地来学医，而不会跟父母犟了。"

陶建国说完苏庆春看到了他眼里的一份悲凉和愧疚，苏庆春猜想师傅和师公之间应该因为学医这件事情有心结还没打开吧，不然师傅也不会把这件事情一直埋在心里，对他们也是只字未提。

苏庆春呼应道："是啊，医生这个职业有着它自身的神圣。"

而一旁的江况似乎并没听出师傅这一顿感叹有什么深意，他心里只想着师傅是否能继续留在医疗这个行业，因为在他心目中，陶建国确实退休有点早了。

他看着师傅和师兄都没说话了，便说道："师傅，我听说像我们这个行业退休下来的很多前辈，他们都会返聘回医院上班的。您有考虑过返聘的事情吗？"他试探性地问道。

江况问的，也正是苏庆春想问的，于是他也呼应道："是啊，师傅，你有考虑过返聘的事情吗？"

"这个目前还没打算好。"陶建国回道。

"师傅，您毕竟还是这么矫健，身体也很好，其实能返聘挺好的。"江况说道。

苏庆春看陶建国的表情不对，便说道："江况，这返聘的事情是要看师傅自己的意愿的，师傅要是不是很想返聘那之后捡起年轻时候的摄影也挺好的。"

"我知道啊，但是我看师傅刚刚不也说只是年轻的时候喜欢摄影嘛，现在还是觉得做医生挺好的嘛。"江况不以为然道，"这摄影放下久了，我就怕师傅没以前的兴致了。而且啊，我主要是听说很多人退下来以后没什么事情，很清闲反而会不习惯，还时常会感觉到孤独、失落和自卑，这就叫退休综合征，特别是我们干医生的，工作的时候太忙了，突然停下来了，真的很容易不习惯，要是不能适应啊，这样反而对身心不健康，严重的还容易得抑郁症。"

084

光荣退休

苏庆春听着江况的话,一脸无语地问道:"你这都是在哪里看到的啊?"

"网上啊!"江况回道,"那天师兄你跟我说了以后我就去网上查了一下。"

陶建国看了一眼苏庆春,然后说道:"应该没事,我想我应该过一段时间就会适应吧。这些年我太忙了,也没什么时间陪陪家人,我打算过两天就跟你师娘去国外玩玩。"

江况刚想说话,便被苏庆春抢话了。"师傅,您说得很对,师娘也退休几年了,正好在家里也没事,趁着这个机会出去玩玩,至于返聘不返聘,到哪里返聘的事情等出去玩回来再慢慢考虑。"

苏庆春知道江况是好心,毕竟他们的师娘退下来的这几年他们早有耳闻说师娘在家里闲得发慌,变得脾气暴躁了,所以江况说这话也是怕陶建国退下来也这样。但是苏庆春总觉得陶建国的这次退休来得太突然了,肯定有事情是他不知道的,但是很明显陶建国没打算告诉他们,他也不想打听,以免给师傅造成不必要的困扰。而且陶建国和儿子的关系他是知道的,或许他们退下来正好跟儿子维系好了关系,这对于师傅来说其实也是一件好事,又或者因为退休他捡起来了年少时摄影的爱好也是一件美事,所以他才阻止了江况继续深入返聘这件事情。

"是啊……"陶建国呼应道,"先好好玩一段时间,之后的事情之后再说。"

"嗯。"

"至于你们,以后我不在医院了,要好好跟着蔡主任学习,好好干,可别给我丢脸啊!"陶建国交代道。

"嗯!师傅!"苏庆春和江况一同点头。

"好，那我就放心了。"陶建国说完，看了一眼眼前空荡荡的办公桌，又补充道，"那，那我……"

"走了。"陶建国突然站起来说道，话语中透出了一丝悲凉。

"诶！师傅，晚上我们一起吃个饭啊。"苏庆春连忙说道。

"不用了。"陶建国拒绝道。

"师傅，去吧，这个是段主任早就安排好了的，我们科室的人一起庆祝您光荣退休。"

"光荣退休？"陶建国带着疑惑的口气重复了一遍。

"对啊！"

"不用了。"陶建国说道，"等我回来了再找你们一起再聚吧。"

说着陶建国便拿起来了早就准备好的一袋东西。江况看了一眼苏庆春，来不及劝说，连忙帮着陶建国拿东西。"师傅，我来。"

苏庆春则伺机偷偷地拿起了手机。

江况接过陶建国东西以后，陶建国仔细地打量了这个待了多年的10平米左右的科副主任办公室。此时他的眼神被办公桌后面挂着的"医者仁心"四个字给吸引过去了，他定定地看着这几个字许久。

苏庆春和江况也配合着师傅，站在一旁安静地等着陶建国。

"走吧……"一分钟后，陶建国终于发话了。

苏庆春和江况连忙跟在陶建国的后面，关上办公室的门之后，陶建国又从一串钥匙里面拆出了一把钥匙递给了苏庆春，并说道："你把这个钥匙交给老段吧。"

"好。"苏庆春马上接过钥匙。

此时的陶建国又看了一眼身上的白大褂，才发现自己还穿着这件象征医生的制服。

"哦，呵呵……你看我这年纪大了确实记性就不好了，这白大褂我给忘记脱了。"陶建国说着带着无奈和不舍之情，慢慢地脱下了这件衣服，又慢慢地把白大褂递到了苏庆春手里，但是手一直没离开。

苏庆春知道陶建国不舍脱下白大褂，更加不愿意从此就离开了白大褂，白大褂就是陶建国一辈子信仰的象征，这一切苏庆春都看在眼里。

"师傅，要不这件白大褂您就带回家，留着做个纪念吧。"

"对啊！"江况说着连忙把衣服放到了他那个袋子里面，"师傅，我给您放这里。"

陶建国望着师兄弟们的行为，这一刻应该是他作为老师从未有过的骄傲。他朝苏庆春师兄弟笑了笑，默认着两兄弟善解人意的安排。而后陶建国在走前面，苏庆春和江况就像往常一样跟在陶建国的后面。

路过医生办公室的时候，他放慢脚步，但是还是没有停下来。等三人走到护士站的时候，陶建国发现前面正排排站着许多穿白大褂的人。最前面站着的便是段麒正和蔡君梅。

原来苏庆春听说师傅打算现在就走的时候，连忙发了信息给段麒正。于是段麒正和护士长颜秀梅临时组织带领着妇产科妇科一病区的全体医生和护士们一起在护士站欢送陶建国。

"诶！你们怎么会在这里啊？"陶建国问道。

"怎么？老陶，你还是打算悄悄地溜走啊？"段麒正打趣道。

"没有啊。"

"陶主任，留下来吃饭，让大家都送送你。"蔡君梅说道。

"不了，你们的好意我心领了，等过段时间我再单请你们吧。"

"饭不给面子就算了，不过这个你得收下。"段麒正笑着说道，说罢便从护士长颜秀梅的手上拿过一个金黄色的约长50厘米高40厘米的牌匾。匾额上写着"光荣退休"四个字，落款为上海某附属医院。

陶建国看着这四个字以后心里有说不出的滋味，一下子如翻江倒海一般。

"老陶，赶紧拿着吧。"蔡君梅说道。

"来，陶建国同志，请接收我们附属医院给你颁发的匾额。"段麒正严肃地说道。

陶建国接过匾额，说道："谢谢！"而后苏庆春非常识相地主动帮陶建国接过匾额。

"欢迎陶主任以后有空来附属医院妇产科莅临指导工作，这里永远是你的家。"段麒正说道。

"谢谢！我会记住我们这个温暖的家的。"

蔡君梅主动向前，跟陶建国握手，并说道："陶主任，欢迎常回家看看。"

之后颜秀梅也迎上去，跟陶建国握手。

接着，大家都一个一个地主动走向前跟陶建国握手，有些护士还主动拥抱。

"谢谢大家,感谢你们,也感谢我工作了 36 年的医院,今天我虽然退休了,但只要医院需要我,我定当付出的医疗事业!"陶建国说道。

大家听到后一片掌声呼应。陶建国说完以后便主动离开了,大家连忙给他开路,只见陶建国昂头挺胸地走在前面,而苏庆春则捧着写着"光荣退休"的匾额,和捧着一箱杂物的江况一起走在陶建国的后面。三人都挺直了腰板,精神抖擞的样子就跟走红毯一般,庄严肃穆地离开了大家的视线。

惴惴不安

苏庆春和江况把陶建国继续送到了地下车库，并把所有的东西都放到了陶建国的车里，这样的行为他们也不是第一次做，非常娴熟。等东西放了以后，三人对视了几秒，都没说话，气氛一下子又尴尬起来了。

陶建国又是主动打破了沉默，说道："那……没什么事情，你们就回去吧。"

苏庆春和江况两人眼神凝重地互看了一眼，他们两人都知道这个时候大家心里都不好受，纵有很多不舍，但是作为成年男人，很多话也说不出口。苏庆春作为师兄，他要给在师弟面前做表率，他虽迟疑了一会，但很快回道："那师傅，您路上开车小心点。"

"对啊，师傅，路上小心。"江况也呼应道。

"嗯！"陶建国说完还不忘叮嘱道，"你们回去以后好好跟着小蔡学习，等我过段时间空下来了，再回医院看你们吧。平时有空的时候也可以常来家里玩。"陶建国笑着补充道，"反正现在我和你师娘都是闲人了。"

苏庆春俩师兄弟不约而同地点头，并应答道："嗯。"

"师傅，我们有空会去看你和师娘的。"苏庆春补充道。

陶建国听到应答后，再次看了眼两个师兄弟，然后慢慢地伸出右手打开车门，依依不舍地坐到了车里。苏庆春和江况则并排地站在前面，招呼道："师傅，再见！"

陶建国并没有回应，而是犹豫了一会，便关上了车门。车门关好后，他迅速发动了车子，并没有再跟两个师兄弟再打招呼，而是用力地踩油门，就像有急事急着要去办似的，飞速地开走了。

没几秒车就消失在视线里，苏庆春和江况两人目送陶建国的车彻底离开视线外才开始说话。

"师兄，师傅就这样走了！"江况不舍地说道。

"是啊！"苏庆春低头回道。

"说实话我到现在都还有点反应不过来呢，师傅这退休来得也太快了，办手续什么的都是非常匆忙，"江况说道，"我真的还不敢相信从明天开始师傅就不来医院上班了。"

"哎……谁说不是呢，"苏庆春叹气道，"我也一样还不敢相信这个事情，但是事实就是这样。"

"就说啊，我感觉这几天就跟做梦一样，刚刚师傅开门的时候，迟疑了一会，我在想他应该也是不舍得走的，特别是刚刚他看我们的样子，那眼神看得我那个心啊，不知道为什么总感觉是揪着的。"江况说道。

"啧……哎……我也是，"苏庆春回道，"真是这样的，这感觉太复杂了，其实我也知道师傅是早晚会退休的，但是真的要走了，这心里就是说不出的滋味。"

"对啊。"

"我这平时上手术几乎师傅都在身边，即使是我单独上的手术，但是我这心里啊，知道师傅在科里，所以内心深处还是感觉他就在手术室一样的，所以心里非常放心，也很踏实。"苏庆春说道。

"是啊，无论做什么，只要师傅在，我也是踏实很多。"

"这么多年我下临床基本都是跟着师傅的，还不像你现在还到其他科室转科，我那时候转科都没怎么转科，跟着师傅的时间又长很多，所以心理上有更多的依赖性，"苏庆春皱着眉头略显担忧地说道，"师傅现在不在医院了，我以后的手术，说实话这心里啊，都有些没底了，惴惴不安的感觉。"

"师兄，你手术这么好，手术的时候也会有这样的担忧啊？"江况疑惑地看着苏庆春问道。

"当然有了，平时师傅即使不在手术室，但是我心里知道他在，就像吃了定心丸一样，什么都不怕了，这以后师傅不在科里，我真的……"苏庆春话没说完就停下来了。

"呵呵，师兄，你放心了，你手术那么好，肯定没事的。"江况宽慰道。

苏庆春只尴尬地笑了笑。

"哦，对了，师兄，你还回科里吗？"江况很识相地马上岔开话题道。

"不回了吧。"苏庆春说完低头看了一眼身上的白大褂,边脱白大褂边说道,"你帮我把衣服拿回科里吧,我也回家了,回去也没什么事情。"

"嗯。"江况回道,"今天回去确实也没什么事情。"

江况说完似乎又欲言又止的样子。

"怎么了?"苏庆春问道。

"哦,没事,师兄,那你开车也小心点吧。"江况回道。

"嗯,那你也回去吧。"

苏庆春说完也找车离开了医院。

……

陶建国这头,刚刚他当着两个学生的面倒是表现得非常豁达,可是他用力踩油门的第二秒眼睛便没有离开过后视镜。他一直望着后视镜里的目送自己的两个学生,等车转弯他看不到他们了,他们也看不到他的时候,陶建国的车速马上降下来了,并在车库旁停了下来。

四下无人的时候陶建国才敢放松自己,发动机熄灭的同时他的心也一下子沉了下来。其实对于退休这件事情,陶建国并不是表面上那么淡定和从容的。他作为附属医院的妇产科主任医师,自己又单独带组,平时工作其实非常忙,工作久了就会产生厌倦期,所以年过五十岁后他曾产生过退休的念头。因为退休了就可以成为没有工作压力的自由人,特别是他的孩子在国外留学毕业后坚持要留在国外的那几年,他更加产生了退休的念头。

陶建国身边太多朋友孩子出国后,就基本就不怎么回国了,本来他是坚决反对儿子留在国外的。万一真的拗不过儿子,最后儿子打算留在加拿大的话,他也曾动过念头自己老两口就提前退休跟着他一块去加拿大了。然而在他真正决定要提前退休的时候,心里却有些退缩了,毕竟作为医生,50岁其实还很年轻,很多医生,都是在40甚至50岁才达到巅峰,就这么走了太可惜。

特别是他也有父母,他就这样为了自己的儿子去了国外,那他这个做儿子的无异于跟自己反对的儿子一样了。好在后来他的儿子考虑到家里不但有父母还有爷爷奶奶放不下,最终还是妥协了,回国发展了。

退休心理

陶建国的儿子虽然回到国内好些年了却没有留在上海,而是选择在北京上班。三年前,陶建国的妻子55岁,退休了,然而,她退休以后整个人精神状态都不是很好。第二年他儿子结婚了,当时考虑在北京离家里比较远,加上母亲的这个退休焦虑症,所以在两年前,两夫妻回上海工作了,可是他却没住在家里,而是跟新婚的妻子住到了离陶建国家很远的地方,一家人平时一年也就偶尔见几次面而已。

小夫妻结婚两年,儿子也35岁了,一直也没有要孩子的想法,这点陶建国一直很着急,他也多次催促儿子这件事情,然而接受国外教育的儿子并没有打算生孩子的意思,甚至曾经告诉过陶建国他有不要孩子当丁克的想法。

这点陶建国是万万不能够接受的,但是他儿子表明过心态,他不想在没想好如何教育、抚养前就把孩子生下来。

他儿子做的这一切在陶建国看来纯粹就是为了跟他赌气,怪他以前对他关心得少,对此陶建国也是很无奈,当然也知道亏欠孩子。所以这两年陶建国渐渐又有了退休的想法了,退休了可以慢慢地跟孩子培养培养感情。

而且还有一点,陶建国虽然已经60岁了,但是上面父母还健在,他们都住在医院分的单位房子里,这个房子就在医院旁边,平时陶建国就是偶尔中午休息的时候去看看老父母,他们现在年纪大了,特别是老父亲还有帕金森,他的老母亲还算是健朗,都是靠老母亲照顾父亲。这也是陶建国想早点退休的原因之一。

其实苏庆春和江况一直跟他说的什么返聘,退休继续工作,这些都是大部分医生设想的自己退休的样子,陶建国也曾这么想过,可是回到现实,陶建国明白现实并不是自己想的那么简单。

对儿子的亏欠以及长期独立生活的父母让他感觉亏欠了许多，所以他想着退休了把患有轻微帕金森的老父亲和老母亲接回家一起住。

苏庆春的这个医疗纠纷更是一个退休的最佳契机，这件事情让一直犹豫不决下不了决定早退的陶建国终于下定决心了。可是今天，等到他真正要退休了，这时心理却产生复杂而微妙的变化，心理上一方面想退休，而另一方面又不想退休，毕竟工作了这么多年的事业，总是很多的不舍，所以今天他在办理退休手续时心里感觉很纠结也很无奈。特别是看着自己的学生们对自己又是一副依依不舍的样子，更加让他很难过。

当然退休，给他的最大感触还是失落，陶建国现在虽然是60周岁了，这个年纪对很多人来说已经是老人了。可是在工作中，他依然非常健硕，一台大手术连续站4小时都不在话下，所以陶建国其实从未感觉过自己老了，也从未把自己当成老年人。

但是现在不一样了，陶建国真的退休了，退休就意味着他真的步入老年时期了，这点让他感觉特别的失落，是真的一时间不能接受。虽然如此，但陶建国面对自己的学生时，还是尽量表现得淡定自若，对退休这件事情表现得习以为常，其实他的内心也是非常的纠结和恐惧，更是出现了非常大的落差。

把车停在路口的陶建国冷静了几分钟后，后面有车按喇叭，这时他才再次发动了车。

……

回到家以后的陶建国心情依然非常低落，而在家的妻子陈美霞知道他今天是最后一天上班，作为过来人的她，特意给陶建国准备了一个庆贺宴。

陈美霞早早就准备好了坐在沙发上就等主角回家，听到开门的声音，陈美霞马上站起来，并难得一脸笑脸的站在门口迎接陶建国的这个最后一个"下班"。

妻子陈美霞刚想去主动开门，大门就已经开了，她见到陶建国，满脸笑容地说道："回来了啊？"

陈美霞虽然看着有50多岁，但是她有着上海女人独有的精致，她个子比较瘦弱，头发乌黑，盘着一头精致的发型，像是要参加什么活动一般，整个人打扮得非常显年轻。

陈美霞退休前是在大学工作，是大学财务部门一个小领导，以前常年跟数字打交道的她，工作的时候并不需要做太多的交际工作，所以人际圈也比较单一。但是3年前，她55岁退休了，退休在家休息的她，老公工作很忙，儿子不在身边，本来应该抱孙子的年龄也没有个孙辈，又不用工作，加上本身朋友圈简单，她的生活就变得更加的枯燥乏味。

她每天就买菜做饭，而且中午吃饭还大部分是她一个人，这样的退休状态完全打破了她长时间的生活习惯，让她的生活中多了很多空白，她突然感到孤单、空虚、落寞。

特别是之前她在单位怎么说也是管着十几号人的大财务部门，退休后的她社会地位直接发生了巨大的变化，不像以前一样有着一大帮的下属，有着自己的成就感，现在的她就是个普通的小老太太，失去了人生的价值，这让她总会觉得低人一等了，失落、自卑感油然而生。

退休一段时间后，她慢慢地变得情绪容易急躁，还多疑，陶建国因为工作原因常常会比较晚回家，她总是会猜测他干吗去了，是不是嫌弃她没有用了，对人不信任又特别敏感。

这样的变化明显影响了他们夫妻关系，但陈美霞也慢慢意识到问题的严重性，便瞒着家人一个人偷偷去看了心理医生。心理医生建议她多加入一些活动，陈美霞便报了个老年大学，在那里她结交了新的朋友，做一些休闲娱乐活动，并学了很多新的知识。加上儿子陶睿第二年知道了陈美霞的问题，回到了上海工作，这让陈美霞一下子心情好了许多，加上生活充实以后，她也慢慢度过了这段退休后的焦虑期。

现在以及将来陶建国要经历的退休焦虑状态其实她都懂的，更知道现在的他就需要家人的安慰和帮助。所以陈美霞今天才显得格外的殷勤。

感同身受

陶建国进门后先把一箱东西放在玄关入口的柜子上，然后小声回道："是啊！"

陈美霞看到陶建国的东西，连忙帮着整理，第一眼就看到了放在最上面的白大褂。她好奇地问道："老陶，你怎么还把这工作服也拿来了啊？"

陶建国边换鞋子，边回道："是啊，留着做个纪念吧。"

陈美霞看了一眼陶建国，并没多说话，而是应了句："哦，那留作纪念也挺好的。"说完便把衣服折整齐了，放到了玄关的柜子里面。

"来，洗下手就吃饭吧。"陈美霞说道，"我等了你很久了。"

"嗯。"

陶建国走进客厅，发现没有别人，便问道："欸，今天你没叫小睿他们两口子来吃饭啊？"

陈美霞跟在后面犹豫了一会，回道："哦，小睿媳妇这两天正好到外地学习去了，来不了了，小睿他，他今天有急事，加班了……"

"加班？"陶建国有些失望地说道。

"是啊！"

"就这么忙啊？"陶建国走到卫生间边洗手边说道。

"小睿平时就挺忙的。"陈美霞在餐厅准备着东西，小心翼翼地回道。

"我这退休了，好不容易有时间了，他们也不来家里吃吃饭，晓得他们不来，我们还不如直接去爸妈那边做饭，这样省了他们做饭的。"

陈美霞连忙解释道："嗨，小睿这加班不也是临时通知的嘛，他们公司是日企，加班是常事。"

"在加拿大留学，去哪里人开的公司不好，偏去日本人开的公司，不知道他怎么想的，难道我们中国人的企业就容不下他？"陶建国抱怨道。

"哪个国家的人开的公司不都一样嘛，不都是工作嘛，"陈美霞说道，"再说了，工作也不是那么好找的。"

"他一个留学加拿大的硕士生，怎么找个工作都难了？"此时陶建国已经洗好了手，走进了餐厅，边走路边说道，"当初他回来的时候我就说让他去老蔡那里，人家老蔡单位多好啊，还离家近！"

"非不去。"陶建国继续说道，"这孩子啊，留个学很多东西都变了，他们这些孩子都是忘本。"

"建国，孩子的工作是他们自己的事情，我们就不要管了。"陈美霞劝道。

"我是想管啊，但是也管不了啊。"

"所以啊，知道管不了，那还不如不操这份心，省得让自己自讨没趣。"陈美霞说道，"而且，现在年轻人有年轻人的生活，不来就不来呗，我们两个过也挺好的。"说着陈美霞又补充道，"来，赶紧过来，我做了你最喜欢的清蒸鳜鱼和蒜蓉斑节虾。"

话说的时候两人已经坐到了餐桌上了。陶建国看到妻子做了一桌子的好菜，明白这都是妻子的一番好意，也不好扫了她的兴，便说道："也是，他们有他们的生活，我们过我们的，也挺好的。"

"对啊！"陈美霞说道，"来，我们喝杯酒吧。"然后拿出高脚杯，并倒了两杯已经醒好的红酒，倒出来之后还拿着酒杯在鼻子前面闻了闻味道，而后又小口抿了一下，并赞叹道："嗯，你来的正是时候，这酒啊，醒得刚刚好。"

"是嘛。"

"来，你尝尝看。"陈美霞说着连忙把酒杯递给陶建国。

陶建国配合着陈美霞接过酒杯，也喝了一口，并说道："嗯，虽然我对红酒不懂，但是应该是不错的。"

"呵呵……那还等啥啊，赶紧开动吧。"陈美霞建议道。

"嗯。"

"干杯！"陈美霞主动举杯。

碰完杯以后陈美霞打趣道："退休感觉怎么样啊？开心吗？"

陶建国看着陈美霞，迟疑了一会，说道："你说呢？"

陈美霞笑着反问道："你问我，我怎么知道你的感受啊？"

"那你开心吗？"

"我开始开心，后来不开心了。"陈美霞说道，"这过程其实很复杂，很难用语言形容的。"

"嗯嗯，"陶建国说道，"美霞，我现在总算能够体会你当初退休时候的心情了。"

陈美霞莞尔一笑，回道："这才哪到哪啊？你今天才刚退下来呢，就感受到了啊？还为时过早呢。"

"真的，不用时间长，今天我就感觉特别失落。"陶建国说道，"这回我算是彻底能感同身受了。"

"呵呵……你现在还早着呢，等过段时间那感受才真的叫难受，你才能够体会什么叫真正的失落感。"陈美霞一副过来人的口气说道。

陶建国看陈美霞说得真切，更加担忧起来了，叹气道："哎……这退休真的是，本来感觉吧，不工作了，不是挺好的嘛，可以做做自己想做的事情，可是我这一想，我真的不上班了，还能干啥啊？所以啊，真正的痛苦不是你所谓的失落感，而是空虚，你不知道你要干吗，一个上午比原来的一天都要漫长难耐。"陈美霞说道。

"那你当初是怎么过来啊？"

"我？"陈美霞说道，"就是这么过来的呗。"

"痛苦、失落、自卑以及暴躁、易怒！"陈美霞说完会心地笑了笑。

陶建国听完深感愧疚地说道，"说来真是惭愧，我当时也没太注意你的情绪，还觉得你只是更年期到了。"

陈美霞明白陶建国现在的这种感受，这时候她才是真正能够对陶建国的状态感同身受。

"呵呵，其实我当时也以为是更年期，不过或许也有这个因素吧，综合起来导致我当时的状况非常的糟糕，"陈美霞豁然地说道，"这样的情绪我问过其他朋友，他们退休的时候也会这样，所以我想应该这就是大家说的退休综合征吧。"

"退休综合症？"

"是啊，其实大家都会有这样的感觉，你不是个例，只是不同的人不同的程度而已。"

"哎……或许过段时间我应该就会适应吧，"陶建国说完似想起来什么，连忙问道，"哦，对了，这段时间我们也没什么事情，要不去国外旅游吧？"

"出国?"

"对啊。"

"你不是老说我平时工作忙,没机会出去嘛,这次这么好的机会,我们都有空,好好玩一段时间。"

"好啊,去哪里啊?"

"哪里都行啊!"陶建国说道,"要是实在没想好哪里,那我们就去旅行社,看旅行团最近去哪里我们就去哪里。你觉得怎么样啊?"

陈美霞想了想,回道:"也可以啊。去旅游挺好的,散散心。"

088
缓解退休焦虑

陶建国的提议得到了陈美霞同意，但是却没有想象中的喜悦，眉头依然紧缩，一副愁容之状，这一切陈美霞都看在眼里。她慢慢地放下了手中的酒杯，问道："怎么？去国外旅游你不开心吗？"

"不是不开心，而是我这颗心啊，"陶建国捂着胸口说道，"啧……总感觉缺点什么，一直空落落的。"

陈美霞宽慰道："其实你真的不必太过忧虑，你现在有空落落的感觉也是很正常的，毕竟你一直工作，特别是你的工作特殊，平时就非常忙，现在突然不工作了肯定会有些不适应的。只要这前半年慢慢调整心态，慢慢适应一下，就会好起来的。"

"也许吧！"陶建国说完又问道，"哦，对了，美霞，我记得你刚退休那会好像状态也不是很好，我当时工作忙，确实也没太在意这些。但是后来突然我感觉你人一下子就变了，脾气也好了，人看着心情也好了，特别是你原来对这种红酒什么的也不是很感兴趣，现在感觉你退休以后不但没影响你的生活，反而感觉比以前更加懂得生活了，"陶建国好奇地问道，"你当初是怎么缓解的啊？是做了什么？"他说完又补充道，"难道就是因为去了老年大学上课吗？"

陈美霞淡然地笑了笑，而后回道："算是吧！"陈美霞并不想把自己偷偷看了心理医生的事情告诉丈夫。而后她又补充道，"去了老年大学确实让我改变了不少，在那里不但可以充实我的生活，还可以培养我一些兴趣爱好，有空唱唱歌，跳跳舞啊，在那里我也认识了很多朋友。"

陈美霞说着举起酒杯："就像喝红酒啊，这个也是我一个朋友给我推荐的，说不但可以提高生活情趣，而且我们这个年纪稍微喝点酒也可以促进血液循环，所以我便坚持下来了。"

"嗯，挺好的。"

"其实在那里让我感觉自己也是有价值的，这点比什么都重要，人最怕的就是失去了生活的信念，没有追求，这才可怕。"

"是啊，现在的我感觉一下子没了目标，以前天天工作忙，还要看文献、发文章、评职称、各种压力，突然就这样停下来了，人就没有方向了。"

"你要是真的觉得无聊，要不也跟我一起去学校吧？"陈美霞说着看了一眼在柜台上摆放着的一台老相机，提议道，"那里也有摄影班的。去了老年大学有事情做，你肯定不会觉得空虚的。"

陶建国迟疑了一会，回道："老年学校的事情到时候再说吧，现在我确实也没时间想。"

陈美霞看着陶建国还是没放下的样子，又劝说道："老陶啊，其实退休这件事情也没什么的。不管在职的时候职位多高，人总有退休的一天，这是生命历程中一个必然经历的过程，所以对于退休我们要摆正好心态，一定要有一个正确的认识，别说我们，即使你们院长，甚至国家领导人也要面临这个问题的。"

"你要是现在还没想好，也可以等我们旅游回来再慢慢想去不去，"陈美霞继续说道，"对了，要是你回来以后，不愿意去老年大学学习摄影方面的内容，也可以去学别的啊，老年大学的特长班很多的，什么合唱团啊，朗诵诗歌啊，都可以。"

陈美霞说完又迟疑了一会，建议道："要是你实在觉得老年大学的那些东西学着没意思，也可以发挥自己的余热和特长啊，你那些老朋友退休后不是有很多都返聘回医院嘛，做做门诊也可以啊。"

"这些其实我现在都没心思想，返聘这事情其实我也想过，不过小睿两口子一直没生孩子，加上我爸妈年纪也大了，我其实还在想是不是可以趁着退休可以兼顾他们，只是现在不知道从哪里下手，该怎么做。"陶建国说出了自己的想法。

"哦，那也可以啊，"陈美霞说道，"反正我的想法是，不管你做什么，就是不能闲下来。对于退休的人不能认为退休了就老了，这个想法是很可怕的，我就是怕你也这么想，那就很麻烦，"陈美霞说道，"我知道很多人退休了以后就什么都停止了，其实这才是退休以后患有综合征的最大原因，我们人一定是要活到老学到老的，即使老了，退休了也要善于学习。"

"我们要抱着老有所用、老有所学的态度，不可产生学了没用的观点，不求上进。

"特别是有一点很重要，你以前的圈子的很多熟人都还在上班，又都是医生，很忙，所以现在退休了，要丰富生活就要扩大自己的社会圈子、朋友圈子，重新形成新的生活圈子，了解不同的生活，充实生活。"

"嗯，你说得也对。"陶建国说道，"我其实最近在考虑，等我们休息一段时间，找个机会跟小睿他们好好谈谈，他们不是一直不想要孩子嘛，不是嫌没时间带孩子嘛，那趁着现在我们还算身体好，让他们尽快生孩子，到时候我们来带。"陶建国说道。

"我们带孩子？"陈美霞从未想过陶建国会有这样的传统想法，惊讶不已。

"是啊！"陶建国说道，"现在反正我们两个人都很空，而且我爸妈身体还能自己照顾自己，趁着这个机会能帮他们一点是一点吧，保姆怎么说也不如我们自己带着放心啊。"陶建国说完还征询了一下陈美霞的意见，"你觉得怎么样啊？"

"嗯，也行啊，只要他们两口子愿意生孩子，我自然是愿意带的。"陈美霞说道，"那这事情等我们回国以后找个合适的时间跟他们谈一谈吧。"

"嗯。"

"吃饭吧。"

两人吃完饭以后，陈美霞还特意提议去小区走走。

翌日清晨，陶建国起床的时候看到外面的太阳已经高高挂了，心中一惊，连忙纵身爬了起来，一旁的陈美霞被陶建国这么大的动静惊醒了，她好奇地问道："你干吗啊？"

"好晚了，我要赶紧去科里查房了。"陶建国边翻找衣服边回道。

"查什么房啊？"陈美霞问道，而后她又小心地提醒道，"你忘记了，昨天你不都办好了退休了。"

这时陶建国才反应过来，他停了下来，神情落寞地坐回到床上。

迪士尼乐园

这天是 4 月 30 日，苏庆春说好带着孩子出去玩。前一天晚上妻子黄小培就跟单独在隔壁房间睡觉的苏子轩说好了："迪士尼乐园人很多，我们要早点去排队，晚上早点睡觉。"结果天刚蒙蒙亮，苏子轩便来到了父母房间，见父母还在睡觉，她纵身一跃跳到了床上，喊道："爸爸、妈妈快起床了，去迪士尼乐园排队了。"

黄小培和苏庆春都被惊到了。黄小培先是抬起头看了一下窗外，然后边打着哈欠边看着手机说道："天啊，这才 6 点，你怎么这么早就起来了啊？"

"妈妈，你怎么还在睡觉啊？"苏子轩说道，"你昨天不是说要起早排队吗？"

"是要排队啊，但是这也太早了吧？"黄小培嗔怪道，"而且爸妈都在睡觉，你直接压在床上会吓到我们的。"

此时苏庆春也起来了，他半抬着头看着苏子轩自己都穿戴整齐了，问道："轩轩，你都洗漱好了啊？"

"是啊，你们赶紧起来啊？"

"不早了，赶紧起来啊。"苏庆春看了一眼女儿，又望向窗外，朝黄小培说道。

"可是我昨天看网上说是 8 点半才开门啊？"黄小培说道，"也不用这么早吧？"

这个时候上海天气刚好不冷不热，晚上睡觉的时候盖一床薄薄的夏凉被就刚刚好。话说着的时候苏子轩已经把大人的被子掀开了。"快起来啊。"

"轩轩，你这样是不礼貌的你知道吗？"黄小培训道，"你怎么可以掀别人的被子呢？"

苏子轩没有理会，笑嘻嘻地说道："妈妈，你快起来啊。"

黄小培看了一眼苏庆春，说道："那起来吧，你女儿估计是已经等不及了。"

于是在接下来的半小时里，苏子轩就跟在父母的后面各种催促，6点半他们准时从家里出发。清晨节假日，这么早的时候路上路况还比较好。大约半个小时，他们就到了迪士尼乐园。虽然黄小培已经提前在网上买了票，但是他们可没想到在入园区居然已经是人满为患了。

今天天气炎热，天气预报最高温度已经达到31度，随着太阳慢慢上升，体表明显感受到了炽热，苏庆春看着眼前的景象更是一惊。排在前面最起码有上百人，大部分都是拖家带口，有老人拿着扇子给孩子扇扇的，也有撑着伞的，甚至还有拖着婴儿车在人群中的。苏庆春抬头看了一眼阳光，现在太阳才刚刚升起不久，待会排在人群中随着太阳慢慢升起，那真实够呛啊。

"天啊，怎么会这么多人啊！"苏庆春不敢相信地再次掏出手机看了眼，才7点钟。

苏子轩看到这个景色，抱怨道："我就叫你们早点起来嘛，这么多人，我们还不知道什么时候能进去。"

"没事，我们就排着队，这前面也不算很多人的，"苏庆春安慰道，"而且你看，我们后面的人才多呢。"

苏庆春拉着女儿往后面看，就这几分钟跟在他们后面的队伍还真的就很长了。

排队的快乐，不是前面的人越来越少，而是后面的人越来越多，幸福就是平和的心态。

苏庆春这时候心态倒是挺好的，苏子轩听到爸爸的话，确实没有最开始的烦躁了，而是跟着父母一起排队。苏庆春和黄小培也准备好了所有的东西，顶着烈日排着队，等到9点钟他们才终于进园了。

进园之后庆春被迪士尼大大震惊到了，虽然提前黄小培也做了一些攻略，但是进去以后，发现每个项目排队又是一个问题，由于人太多了，而且地方不太熟悉，因此找玩的地方有些吃力，而且太阳越来越火辣，最后他们就去了几个必玩的地方。加勒比海盗、旋转木马、巴斯光年星际营救以及苏子轩点名要去看的爱丽丝梦游仙境。

从爱丽丝梦游仙境出来已经是下午三四点了，苏庆春和黄小培已经明显体力有些吃不消了，苏子轩则一路上开心不已。

苏庆春看到女儿的样子，说道："看来轩轩是真的喜欢来玩，我们排这么长时间队都累了，她却还是情绪高涨。"

"是啊，你是不知道，她们班上很多人都来过，她一直是羡慕的不得了。"黄小培笑着说道，"也经常吵着让我带她来。"

苏庆春深表愧疚地朝黄小培说道："哎……这事情怪我啊，迪士尼乐园说起来就在上海，她一直说，我都没时间陪你们来，说起来真的感觉愧对她。"

"呵呵，这话说的，怎么感觉突然很煽情啊，你觉得愧疚，多陪陪她就好了。"

突然，苏庆春看到女儿一溜烟的功夫就跑进了人群。"欸，她人跑哪里去了啊？"

"你赶紧去追她吧，我是跑不动了，"黄小培实在是没有力气了，气喘吁吁地说道，"你把她找回这里我们集合，休息一下，等吃完晚饭，我们还要去看烟花灯光秀。其他地方我真走不动了，我听说去看烟花灯光秀最好早一点去选择一个好的位置与视角，不然我们看到的可能都是人头。所以我们休息了就马上过去。"

"好，那你在这里等着吧，我把她找回来。"

"嗯。"

苏子轩本身很少出门玩耍，这好不容易爸妈带着出来玩，人也野了，看到什么热闹和好玩的都向前凑。苏庆春跟妻子分别后，他穿过人群，只见苏子轩在一个人体米老鼠面前驻足。

"轩轩，你在这里干嘛啊？"

"爸爸，你看这个米老鼠多可爱啊！"

说着苏子轩还试图摸了摸米老鼠的衣服，然后说道，"他不热吗？"

"热啊，所以我们要让米老鼠休息一下。"

"怎么休息啊？"

"我们走了米老鼠就可以休息了。"苏庆春说着便拉住女儿，"我们去找妈妈一起吃饭吧，妈妈还在前面等着我们。"

"好吧！"苏子轩一副依依不舍的样子看着米老鼠还朝它挥了挥手，并说道："米老鼠，再见！"

| 090 |

好人好事

苏庆春带着女儿和黄小培汇合以后便就近找了一家餐馆吃饭。饭后黄小培建议休息片刻便开始往烟花灯光秀的场地慢慢走过去。这时候已经是5点半了，但是天上的太阳还高高地挂着，一点都没有要下班的意思。这时候的人也丝毫没有因为已经是傍晚而减少，苏庆春发现往烟花灯光秀的路上人群剧增。路上苏子轩依然是不减激情，这边窜窜那边跑跑，孩子的体力今天苏庆春是见识了，她就像是怪力女孩，有无穷的能量等着去激发。

今天恰逢法定节假日，来迪士尼乐园的人大部分都是拖家带口的游客，只见前面正走着一位约莫60来岁的老妇人，推着一辆婴儿车，车里则躺着一个大约1岁左右的女婴，女婴正在酣睡，但由于太阳还没有彻底下山，老人是一边撑着伞替孩子遮阳，一边推车显得非常费力。

正好走到了上坡路，看着老妇人推车有些费力，苏子轩主动地跑过去帮忙，并喊道："奶奶，我帮你推。"

这一幕正好被苏庆春发现，他欣慰地朝黄小培说道："轩轩这孩子确实挺暖心的，也懂得助人为乐。"

"呵呵，这点你女儿肯定是不会错的，除了有点太过顽皮了。"黄小培自豪地说道。

"顽皮这个嘛，孩子都一样的。"苏庆春为女儿辩驳道。话说着的时候，苏子轩已经很成功地帮老人把婴儿车推上去了。苏庆春继续说道："这阿姨年龄也不小了，还带着这么小的孩子来迪士尼乐园，不嫌累啊？我都累死了，别说她这么大年纪还要带着这么小的孩子。"

"她肯定不是一个人来的，"黄小培笃定道，"肯定是跟着孩子来的。"

话说着黄小培指着离老人5米开外的地方正好有一个30多岁的女人追赶一个四五岁的男孩子。"你看前面有个人女人，那肯定是她女儿或者儿媳妇。"

"你怎么知道啊？"

"我不但知道她们是一家的，我还知道前面那个一直打电话的男的也是她们一起的，还有那个一直在跑的男孩子应该是她们家的老大，这躺在这婴儿车上的是老二。"

苏庆春一脸懵地看着问道："你怎么知道啊？"

"这就是观察力喽，呵呵……"黄小培自信满满地说道。

"你看啊，那个打电话的人，虽然看着很忙，但是打电话的时候眼神却时不时地低头看那个小男孩，他们三个人身上没有什么东西，明显东西都放在这辆婴儿车上。"

听了黄小培的话，苏庆春一看这个婴儿车确实塞满了东西，就连推手的地方都绑着大大小小的袋子。

苏庆春回道："哦，好像还真是的，难怪老人推着婴儿车会这么吃力。"

黄小培越说越自信了，继续推测道："而且就我的感觉这家人里那个女主人似乎并不是很会管事情，或者说对管孩子这件事情上并不是很上心或在行。"

"这你都知道？"苏庆春疑惑不已地问道，"你这又是从哪里看出来的啊？"

"一般妈妈有两个孩子即使两个孩子不能一起看好，最起码一个孩子肯定是能够放心看着的，这个妈妈明显是负责大的，老人负责小的，而这个男人明显对她看大的并不放心，才时不时地注意大孩子，而这个小的他并没有太注意，说明他很信任这位老人，有可能这位老人就是他妈，而不是丈母娘。而且啊，如果我作为妈妈，即使小的孩子睡了，也会时不时地回来观察一下，你看她，我们都在后面这么久了，也没见她看了下，甚至都没有像那个男人一样最起码偶尔回头观察一下。"

"厉害！"苏庆春笑着夸赞道，"不亏是当老师的，看东西就是比我们仔细。"

黄小培的观察力确实很强，毕竟是教数学的，逻辑思维能力也很强，只是苏庆春其实并不太喜欢讨论别人的事情，但还是附和着妻子。

"呵呵，我这是女人的直觉，而且一看那个女的就不是很好相处。"黄小培得意地继续评价道，声音都大了许多。

苏庆春见黄小培的猜测过深了，连忙说道："小培，你猜测归猜测吧，还是小声点，不然被人家听到了会说我们多管闲事，这样就不太好了。"

"嗨，都是路人，谁也不认识谁，无聊说说，没事的。"

苏庆春并不喜欢在后面议论别人，难得放假时间，黄小培爱念叨，所以刚刚捧捧场就算了，再深入他就不想再聊了。而在他们话说着的时候，似乎前面这对夫妻因为一些事情有些分歧，两人在争执着什么。

此时，苏庆春也早不想跟黄小培聊那些别人的八卦，甚至是她猜测的八卦，他眼神看向前方，正好发现推着孩子车的老人突然停了下来，他虽然站在老人的后面，但是是斜着的方向，依稀可以看到老人脸色惨白。

苏庆春作为医生，直觉感觉老人的情况有些不对，还没等苏庆春来得及反应的时候，老人突然身体摇晃了两下，这下苏庆春更加笃定老人情况不妙。于是他连忙跑上前，此时的老人正好身体往后仰，说时迟那时快，苏庆春一把抓住了老人的身体。

站在后面的黄小培刚反应过来。连忙也跑向前。

一直跟在老人旁边的苏子轩连忙喊道："奶奶，你怎么了啊？"

听到苏子轩的叫喊声，他们家人才发现后面的状况。那位黄小培猜测的儿子连忙跑了过来。"妈，你怎么了？"他惊慌失措地把手机都放在地上，用力拽着老人的手臂。

"欸，别动，现在你妈妈的情况最好不要动她。"苏庆春提醒道。

苏庆春话说着的时候，那位黄小培猜测的儿媳妇也赶来了，她还没等男子说话，便大声质问道："你把我妈怎么了？"说完那人还用怀疑的眼神看着苏庆春，那眼神和口气似乎就在质疑是苏庆春她妈妈弄倒的一样。

苏庆春吓得连忙解释道："我刚刚只是路过发现你妈妈情况不对，所以就上前扶了下你妈妈。"

"扶我妈妈？"女人怀疑道，"我妈妈好好的怎么会突然摔跤呢？怎么你又这么巧去上前扶了她呢？"女子明显没有相信苏庆春的解释。

老同学相遇

苏庆春见女子的样子，还真的是跟黄小培猜测的一样很难说话，明明自己是来帮忙的，反倒变成坏人了。此时跟在后面的黄小培也来了，她在远处就听到老公做了好事人家不但没有感谢他，甚至还怀疑是他撞倒了她妈妈的意思。而路上行人也慢慢地围了上来。

还没等笨拙的苏庆春解释，黄小培非常气愤地替苏庆春解围道："欸，你这话是什么意思啊？"

"我什么意思？"女子讥笑道，"哼，我的意思就是我妈这都没倒，你们扶什么啊？怎么偏偏你们扶了就摔倒了呢？"女子非常强硬地质问道。

黄小培也不示弱，回怼道："我们一直在你们后面，你妈妈是自己要摔倒了，我老公看到了情况不对，就上前扶住了你妈妈，而且刚刚我女儿看到你妈妈推着这么多的东西都推不动了，还帮了你妈妈一起推，你这人怎么不识好歹啊。"

"你要是不相信，这里肯定是有监控的啊，你可以调监控啊。"黄小培继续说道。

女子见黄小培说话很强硬，也没再直接回怼黄小培了，而转向还未失去意识的老人问道："妈，你怎么了？""刚刚怎么回事啊？"

"是啊！妈，你怎么了？"一直蹲着的男子也关心地问道。

"阿姨，您好好回忆一下，刚刚是什么情况啊？还记得吗？"在老人右手边一直蹲着还扶着老人的苏庆春也说道。

现在所有人的目光都聚集在老人身上，老人先是看了看大家，而后小声地解释道："我，我刚刚突然感觉人好晕，眼前一片黑，地也在转，后来好像有人拉了下我的手。"

"对啊，就是我拉住了您的手啊。"苏庆春回道。

"是这位先生扶了下我，不然我可能就摔在地上破头了。"

那位男人倒是随和，之前他老婆在跟黄小培理论的时候一直在观察老人的情况，根本没心思理其他的时候，他听到老人解释后，已然明白了情况，连忙朝一直跟着他一起蹲在地上帮忙的苏庆春谢道："哦，原来是这样啊，太感谢你了。"

女子还是不敢相信地继续问道："妈，你真的记清楚了？"

"好了，李青，妈妈这都不说了嘛，是人家帮我们的，别问了。"

黄小培看不惯地说道："你们就不用质疑我们了，倒是你们自己，好好照顾老人，这么大热天让一个老人拿这么多东西，还带个孩子，都不管下。"

"嗯，我们会注意的。"男子此时才抬头看了一眼黄小培。然后他一脸惊讶地看着黄小培，注视了许久，说道："黄小培……"

此时黄小培也才看到男子的正脸。

黄小培也注视了对方很久，然后回道："乐平云？"

"对啊！"

"呵呵，乐平云，真没想到在这里能遇见你。"

"对啊，真没想到啊。"

"是啊！"

两人都跟忘记现在是什么场合一般，这会倒寒暄起来了。

苏庆春此时也站了起来，疑惑地看着黄小培问道："你们认识啊？"

这时黄小培才意识到苏庆春站在旁边，尴尬地笑了笑，连忙介绍道，"哦，这位是我的大学同学，乐平云。这位是我老公，苏庆春。"

"大学同学？"苏庆春没想到会这么巧，惊讶道，"这么巧啊！"

"是啊，真的好巧！"黄小培回道。

"对，我也没想到这么巧。"

"平云！"乐平云的妻子看着老公眼睛都落在黄小培的身上，没好气地提醒道，"妈还在这里呢？"

"哦，对了，呵呵……"乐平云看着妻子又望了望还坐在地上的妈妈，忙说道："赶紧扶妈妈起来了吧。"

"欸，先别扶她，让阿姨就这样坐着先休息一下吧。"苏庆春阻止道。

"为什么啊？"乐平云疑惑地问道，而后看了一眼黄小培。

黄小培笑了笑，刚想解释，就被一旁的苏子轩抢先了一步："叔叔，你相信我爸爸，我爸爸是医生。"

"哦,原来您是医生啊。"

黄小培笑着回道:"嗯,我老公是某妇产科医院的医生,这个是我女儿。"

"你女儿都这么大了啊。"乐平云感叹道。

"是啊!"黄小培笑着回道。

只见乐平云轻轻地把老人放在原地,站起来朝苏庆春伸出了手握手道:"你好,我叫乐平云。"

"你好,苏庆春。"苏庆春连忙也伸手呼应道。

"哦,对了,苏医生,现在我们在园里面找个医生很不方便,您能顺便帮我妈妈看下,她是怎么了吗?"乐平云热情地朝一旁的苏庆春问道。

"阿姨具体情况我也不是很清楚,"说着苏庆春又仔细打量了一下老人,并抬头看了一眼还未落山的太阳,猜测道,"现在这个天气,有可能是中暑了吧?"

苏庆春说着又蹲了下来,朝老人问道,"阿姨,你现在感觉怎么样啊?"

"我……我头有点晕。"老人操着北方的口音,并摸着头小声回道。

"头晕?"

苏庆春想了想,头晕的表象其实有很多种原因,现在一时半会对病人情况也不了解,而且苏庆春毕竟不是内科医生,对于这种急症其实并不是非常了解。他朝乐平云问询道:"阿姨以前有什么病史吗?"

"我妈平时也没什么病啊,"乐平云说完似乎突然想起来什么,连忙又补充道,"哦,对了,我妈就是有点高血压,早几年比较严重,但是这几年都控制得挺好的啊。"

"高血压啊!"

"嗯!"

苏庆春一听有高血压病史便陷入了沉思当中。他想着现在没什么设备,也检查不出来血压到底有多高,于是苏庆春连忙摸了摸老人的脉搏,发现心跳得非常快。他再看了下老人的情况,发现她脸红,于是检查了一下老人的眼底,也有充血。

这下苏庆春开始有些担心老人有轻微颅内出血的可能了,于是又朝老人问道:"阿姨,你现在会感觉恶心呕吐吗?"

"恶心,也有点恶心,我现在感觉没什么力气,胸闷。"老人微弱地说道。

"苏医生，怎么样啊?"男子紧张地问道。

"哦，阿姨这头晕有可能是高血压引起的，"苏庆春说出了自己的猜测，"我看着阿姨的情况像眩晕症，但也有可能是脑溢血。"

帮人帮到底

"啊！脑溢血？"乐平云听到脑溢血吓到了，连忙又问道，"我以为就是中暑了！"

之前被批评之后一直没再说话的乐平云妻子李青听到苏庆春说婆婆是脑溢血，马上喊道："不会吧，医生你可看清楚一点啊，脑溢血可是会死人的，我婆婆现在看着不挺好的啊，不就是有点头晕嘛，老人偶尔有点低血糖头晕很正常的嘛，怎么会是脑溢血呢？"

"我没有说一定是脑溢血，我只是猜测有这个可能，当然也有可能只是普通的中暑了，"苏庆春连忙解释道，"我是一名妇产科医生，并不是内科医生，我看阿姨的情况是有这些可能，而且一切诊断都是猜测，确诊还是要等检查出来了才知道，建议你们尽快送去医院做一下脑部CT。"

乐平云的妻子一听苏庆春捣鼓了半天居然只是个妇产科医生，嗤之以鼻道："搞了半天原来你只是一个妇产科医生啊！"

"李青，行了，哪都有你事。"乐平云大骂道。

"你看妈妈现在不是好好的嘛，什么脑溢血啊，简直是危言耸听。"李青不以为然道。

乐平云的妻子一路就没给苏庆春好脸，脾气再好的苏庆春此时也受不了的，说白了这件事情从头到尾其实跟他也没什么关系，作为医生和路人他该关心、该做的也都做了，既然老人的儿子都在，他也不再想管这闲事了。

"既然你们不相信我就算了吧，"说着苏庆春又站起来了，但是还是补了一句，"不过我建议你们尽快把老人送到最近的医院去。"

"送医院我们自己知道了。"李青回道。

"你能闭嘴吗？"乐平云朝李青恶狠狠地喊道，"人家苏医生是帮我们，你这是什么态度啊？"

李青见乐平云确实生气了，才闭嘴了。

乐平云连忙也跟着站起来，朝苏庆春致歉道："苏医生，真是不好意思啊，我老婆平时说话就是这样的，真的没有别的意思，你千万别生气。"

此时的苏庆春看了一眼黄小培，只见黄小培也是一脸尴尬，原本黄小培也挺强硬的，现在眼前这个人又是她的同学，她也不知道该怎么办了。

苏庆春想着乐平云毕竟是黄小培的同学，现在如果就这么走了，黄小培也不太好做人，便笑着回道："没事。"

"谢谢你啊，"乐平云又问道，"苏医生，那你看我现在具体该怎么办啊？"

"阿姨现在看着虽然不是非常严重，"苏庆春不计前嫌地耐心解释道，"但是高血压引起的很多病症其实有时候来得很急，你们最好的方式就是尽快去医院做个全面的检查，排查病情。"

"哦，这样啊，谢谢啊！"乐平云说道，"那我现在就送我妈妈去医院。"

乐平云说着连忙又蹲下来，想搀扶着老人准备起来。

"欸！你妈妈先别动。"苏庆春提醒道，"现在你们最好还是打120吧。"

"阿姨现在的情况说不好，假如是颅内出血最好不动为妙。"苏庆春继续说道。

"哦，那，好，我马上打120。"

话说着他马上拨打了120电话。

挂完电话以后，苏庆春又帮着乐平云一起在现场让围观的人群都散了。

此时婴儿车里的孩子也醒了，有些哭闹，李青便哄着孩子，但是明显她平时带孩子少，孩子都有些认生，一直看着坐在地下的奶奶，根本没停止哭闹，孩子的哭声让场面搞得更加混乱，围观的路人纷纷提出建议。

"是不是饿了啊？"甲建议道，"你赶紧给她喂奶吧。"

李青匆忙翻找奶粉，她都没找到奶粉瓶，但是找到了水瓶。

"给她喝点水吧。"乙又建议道。

"哦。"李青连忙又把刚刚放回去的水瓶拿出来。

大家的话让李青更加手忙脚乱。而乐平云此时还有个4岁的儿子也在旁边,黄小培看着人来人往的,现在的乐平云一心看着老人,根本没时间管孩子。于是黄小培赶紧把小男孩牵到了身边,好让乐平云一心和苏庆春一起观察着老人的病情变化。

苏子轩看着大家都走了,此时太阳也慢慢落山了,她有些着急了,拉着黄小培的手问道:"妈妈,我们什么时候走啊?你不是说看烟花灯光秀要很早就去占位子吗?"

"轩轩,你等下,你看老奶奶病了,我们要等医生过来。"黄小培回道。

乐平云看到苏子轩明显有些不愿意等了,连忙说道:"小培,苏医生,要不你们有事情就先去忙吧,我们自己在这里等医生就好了。"

苏庆春连忙说道:"没事,阿姨的情况现在还不稳定,我们还是在这里等吧,万一救护车还没来又出了什么紧急状况我也帮忙一起处理。"

"是啊,没事,我们也不是很急,这人命的事情肯定比玩更加重要了。"黄小培说道,"而且你这两个孩子,根本照顾不过来,更别说还要照顾生病的老人了,我们等救护车来了再走吧。"

黄小培说完又耐心地朝苏子轩解释道,"轩轩,你现在跟小弟弟一起玩一会,等救护车来了,我们送走了老奶奶再去看烟花秀,好吗?"

"好吧。"

乐平云知道他们走了,就凭他和一直不怎么带孩子的妻子李青,是真的对付不过来。于是他也没再推辞,而是心领道:"谢谢你们啊,还好遇到了你们,不然我真的不知道怎么办才好。"

"没事,谁都有突发情况。"黄小培笑着回道。

大概20分钟后,救护车终于来了,苏庆春把病人情况简单地给随车医生讲解了一遍,并把老人送上了救护车,等车离开以后他们才放心离开。而在车离开前,乐平云跟黄小培也互留了联系方式。

……

一切结束以后苏庆春一家人才继续赶往烟花灯光秀,并在晚上8点准时领略了"点亮奇梦:夜光幻影秀"的魅力。

之后的假期苏庆春又带着一家人去杭州玩了两天,收假的前一天晚上才回到上海,这应该是他们全家第一次真正的彻底游玩。

新班子

五·一劳动节收假回来以后,苏庆春又开始进入工作。只是回到医院上班的时候,他有些不适应了,医院是这么的熟悉,但是却感觉无所适从,不知道该干吗。正在他不知道该如何是好时,突然听到:"小苏,你来一下。"

苏庆春随着声音的方向一看,原来是蔡君梅站在门口叫他。

"哦。"苏庆春反应了一会,回道,然后马上跟上了蔡君梅。

蔡君梅跟陶建国一样,是妇产科1病区的科副主任,她的办公室正好就在陶建国原来办公室的隔壁。

此时路过陶建国的办公室,苏庆春的眼神不自觉地瞥了过去。

他发现门似乎虚掩着,猜测应该里面有人。

蔡君梅很明显发现苏庆春的疑惑,她主动说道:"现在这个办公室是陈主任在用。"

蔡君梅边说边让苏庆春进到她的办公室。

"陈主任?"苏庆春跟着后面,但却是疑惑不已。

科里姓陈的医生就一位,也是个主任医师,不过她并没有行政级别,他朝蔡君梅确认问道,"您说的是陈之云主任吗?"

"对啊。"

"陈主任不是跟您是一个组的吗?"苏庆春问道,"怎么用我师傅的办公室了啊?"

苏庆春说完顿感自己说错了话,连忙纠正道,"哦……不是,我是指她怎么用科副主任的办公室啊。"

"呵呵……那是因为陈之云主任接替了你师傅的副主任的位子,自然是要接替了他的办公室。"

"啊!这么快就新任命了副主任啊?"

"哼……这种事情自然是很快的。"蔡君梅一副习以为常地笑着回道。

苏庆春顿时有种人走茶凉的感觉。

"那我们组上岂不是现在有两个副主任了?"苏庆春弱弱地问道。

"陈主任现在肯定不会再跟我一起搭组了,"蔡君梅说道,"她现在带着李文敏李博士新开了一组,正好也是替补你师傅那一组的空缺。"

"哦,这样的啊!"苏庆春一脸疑惑。

"不然你以为为什么你师傅让你来我组上啊?"蔡君梅问道。而后又说道,"来,先坐下。"

"好。"苏庆春坐下后又说道,"之前我师傅并没有跟我说这些,我还以为我们这个组就直接撤了呢。"

"撤肯定是不会撤的,我们病区这么大,本来就只有3个组,再撤了那病人就更加多了,只是重组而已。"

"哦……"苏庆春回道。

这时他才注意到蔡君梅的办公室,这个办公室整个结构跟陶建国的几乎一样,不一样的是这个办公室里摆了许多医学书籍,跟陶建国办公室的空荡荡形成了鲜明对比。

"我今天找你过来呢,也没别的事情,主要就是跟你说下我组上的一些情况。说起来我们共事有十来年了吧,不过真正一起上手术的时间很少,"蔡君梅说道,"哦,对了,上回我们正好搭班急诊,倒是一起做了台手术。"蔡君梅说完还补充道,"算是建立了葡萄糖友谊了。"

苏庆春知道蔡君梅说的就是上回张晓美的那个手术,他笑着呼应道,"呵呵……是啊,蔡主任,上回多亏您帮忙。"

"都是为了工作,不存在帮忙这一说,"蔡君梅说道,"哦,对了,之前一直听大家说你的宫腹腔镜做得非常不错。"

"没有,只是大家瞎传而已。"

"瞎传的?"蔡君梅看着苏庆春打趣道,"要是真的是瞎传的,那我就亏了,你可是我找段主任点名要过来的啊,为了你,我都割爱了李文敏李博士,就是看在你这个久负盛名的'宫腔镜一把刀'的面子上的。"

苏庆春被蔡君梅一说,搞得也有些压力了,确实原本李文敏就是在蔡君梅组上的,等于陈之云开组她是损失了两员大将。不过有压力就有动力,现在苏庆春只有这么安慰自己了。他笑着回了句:"一把刀这确实是大家夸张了。不过我以后在组上一定会好好努力，加油的。"

蔡君梅一副看穿一切的样子，淡定自若地笑着回道："你这是不是大家瞎传的，我们待会就知道了。"

"待会？"苏庆春疑惑地问道，"蔡主任，您是什么意思啊？"

"我今天上午正好有台宫腹腔镜手术，你来主刀吧。"

"今天啊？"

"是啊，就上午。"蔡君梅肯定道。

而后她看着苏庆春有些迟疑，便问道，"怎么？你这个一把刀的盛名不会真的是大家吹嘘的吧？"

"一把刀这真的不敢当，我们科里有段主任和蔡主任还有那么多医生，怎么能轮得上我呢。"苏庆春还是非常谦虚的样子回道。

"你也不用谦虚，上回你的手术我也看到了，确实是不错，至于他们传的你是可以号称我们病区的宫腹腔镜一把刀这事情我就不知道是不是真的了。"

当蔡君梅发现苏庆春确实是很有点紧张了，又宽慰道，"你以后跟我一起搭班就跟你师傅组上一样，也不用紧张，该怎么放开就怎么放开。"

"蔡主任，倒不说紧张，只是……我只是这个病人情况还不了解呢。"苏庆春解释道。

"哦，这样啊，"蔡君梅说道，"没事的啦，这个手术就是个卵巢囊肿，不是什么很大的问题。"蔡君梅说着的时候看了一眼手机，继续说道，"走吧，马上要交班了，我们边走边说。"

"嗯，好的。"

交完班以后，苏庆春主动说道："对了，蔡主任，刚刚你说的那个手术病人是什么情况啊？我想先了解下。"

蔡君梅见苏庆春有些着急，看了下手机还早，便说道："哦，那也行。"

说着蔡姐便喊道："江况，你把昨天那个卵巢囊肿病人的病历给苏医生看下。"

"哦。"江况回道，说着便把病历本拿了过来。

苏庆春疑惑不已，朝江况问道："你怎么有这个病历本啊？"

还没等江况解释，蔡君梅解释道："人家小江可是5月1日就来我们组上报到了,这个病人也是他管床的。"

"是啊,师兄。"江况呼应道。

"江况,你顺便把病人的情况给你师兄说下吧。"

"好的,蔡主任。"

094
真正的独立

"病人叫方菲菲，27岁，未婚，无怀孕史，是一个外企的职员，前段时间公司体检检查到了，到医院复查一遍，确认为卵巢囊肿，双侧，一侧7厘米，一侧有8厘米了。昨天入院的。"

苏庆春仔细地查看病人的检查报告，生怕遗漏任何情况。

"那术前准备都做好了吗？"苏庆春问道。

"所有前期准备：灌肠、备皮还有谈话昨天已经准备好了。"江况回道。

"手术约的具体时间是什么时候啊？"

"手术我本来预约是上午10点，但是刚刚手术室打电话来说手术会往后挪，估计要到十一二点左右了。"

同样是换组，江况明显很快就适应了这里。

"哦。"

苏庆春是一脸紧张，一直眉头紧缩地盯着病例资料。

蔡君梅看在眼里，她宽慰道："小苏啊，你不用紧张啦，这个病人情况很简单，稍微过下就行的。"

"我们先去查房吧。"

"嗯。"

于是苏庆春和江况这两兄弟跟着蔡君梅一同去查房了，同样的场景，苏庆春和江况，还有一些实习的医生和进修医生，苏庆春经历了无数次，只是这一次，主任医生换了而已，其他都一样。

查房的时候苏庆春看到即将手术的病人，特别地关心，又对她进行了各种问询，苏庆春做事情一向非常谨慎。查完房后苏庆春又对病人做了进一步的了解，10点过后，江况来通知，病人可以手术了，于是苏庆春做好准备，进入了手术室。

病人推进手术室的时候是 10 点半，全副武装，只露出眼睛的苏庆春先是和病人说了两句话，让病人不要紧张，而后麻醉医生马上对病人进行全麻处理。

突然，苏庆春发现手术时的观摩室外聚集了一些人，这样的手术对苏庆春来说非常简单，手术有人观摩也是常事，但是不知道为什么，苏庆春却非常紧张。

以前跟着陶建国，无论大手术小手术，陶建国都在手术室里陪着他，即使是平时值班苏庆春一个人主刀手术，也没有任何胆怯，可是今天，苏庆春也不知道为什么，就是一台再简单不过的手术为什么这么的紧张。

他拿起来手术刀后突然停顿了几秒钟。跟着一起上台的江况发现了师兄额头冒出大颗粒的汗珠，问道："师兄，你怎么了吗？是不是不舒服啊？"

"没有。"

站在一旁的蔡君梅很快发现了苏庆春的异常，站在身旁小声提醒道："不用紧张，不管谁在，你都是给病人做手术的医生，一切都是靠你自己，而不是别人。"

苏庆春轻轻地舒了口气，点点头。在蔡君梅的鼓励下，苏庆春麻利地对病人进行了处理。

苏庆春这个手术可以说是做得非常的细致和完美，从头到尾蔡君梅没说一句话，只观察着。他的每一个动作蔡君梅都看在眼里。

苏庆春的技术果然不是吹出来了，他手术的每一个动作都非常娴熟，而且没有任何多余的动作，每一次都能精准地把握最佳的尺度，这个宫腔镜手术虽然简单，但是只要手术就有很多不可预料的风险，而手术做得精致还是粗糙直接影响了风险值。

手术室内苏庆春镇定自若，一小时不到的时间便完美地完成了这台手术，苏庆春终于真正地摆脱了陶建国，顺利完成了自己的独立手术，这更像是一个成年孩子彻底分家后，吃到了一顿自己做的饭一般自豪。

这台手术可以说做得非常完美，也算是保住了苏庆春的宫腹腔镜一把刀的颜面，苏庆春嘴角不自觉地露出了笑容。

蔡君梅看完这台手术，她的脸上也露出了满意的笑容。

"小苏，不错啊，你这技术，确实是能称得上是宫腹腔镜一把刀，不是浪得虚名，呵呵……陶主任把你带得很好啊，我们整个科室的医生这么多，比你做的时间长的，手术权限多的，都不如你，你是真不错啊，可见我当初留你留对了啊。"蔡君梅丝毫不保留对苏庆春的赞许和认可。

被人称赞宫腹腔镜做得好，苏庆春不是第一次听，但是平时做手术的时候师傅都在旁边，其实对他来说，那种夸奖其实就是被父母庇护的孩子夸赞，并没有什么。而今天他独立在别的组上被赞扬，他感到无比的自豪，这更想像是在夸赞陶建国，苏庆春只觉得："终于没有给师傅丢人了。"

手术结束的时候已经是中午 12 点多了，正当苏庆春准备回科里的时候，蔡君梅说道："小苏啊，先别上去了，我刚刚叫手术时留饭了，待会就在这里吃饭吧，吃完饭下午还有台手术。"

"还有手术？"苏庆春一脸懵地问道。

"是啊，大概是 1 点半左右吧。"蔡君梅说道，"这下去了马上就要上来的，直接在这里吃吧。"

"哦，好的。"

于是苏庆春和蔡君梅以及江况便在手术室里解决了这顿午饭，饭后江况因为要回科里管病人，就没有参与手术了，跟着来协助做手术的换成了进修的医生。而下午的手术同样是一台宫腹腔镜手术。

虽然之前对病人情况不是很了解，但是凭着对宫腹腔镜手术的熟练程度，苏庆春依然是完美地做完了这台手术。一来就完成了两台宫腹腔镜手术，让蔡君梅高兴不已。

因为苏庆春平时收病人主要是通过上门诊和值班的时候收病人，这几天因为刚刚转到蔡君梅组上，他也没什么自己的病人，所以接下来的几天苏庆春的手术都是蔡君梅给安排的。

可能是因为第一天的"宫腹腔镜一把刀"这个吹得有点过，蔡君梅给他安排的手术居然都是宫腹腔镜手术，苏庆春都不知道蔡君梅从哪里找来这么多宫腹腔镜手术。

一般以前他在陶建国组上，一个星期也就平均一天一台宫腹腔镜的样子，可是这一周才五天，苏庆春就将近做了 10 台宫腹腔镜手术，平均每天都保持在两台的量，他瞬间感觉自己像是开了宫腹腔镜专台手术一般。

手术机会锐减

连续多日重复做类似的手术,让苏庆春开始有些厌倦了,倒不是说他不喜欢不愿意做宫腹腔镜手术。宫腹腔镜的手术其实是非常普通的手术,可以说是低级手术,即使再复杂一点,也就算三级手术,这种手术苏庆春当了多年的主治医师,早就熟悉也通晓了,这对于苏庆春来说毫无挑战性。

而想要成为一名最好、最顶级的妇产科医生,需要多主刀四级手术以及一些新科技、新项目手术,这才让苏庆春感觉有挑战性。

但是作为主治医生,苏庆春的权限也就只有三级手术权限,来到蔡君梅组快半个来月了,苏庆春主刀的一些宫腔镜,只要是主治医生权限范围内的,蔡君梅都能够全权交给苏庆春,只是偶尔有空的时候跟着上下手术,这倒让苏庆春感觉比较欣慰,至少作为上级医生,对于刚刚入组不久的新人医生能这么放手算是对他的一种信任。

可是这些手术苏庆春并不稀罕,他更在乎蔡君梅能主持的那些四级手术,而蔡君梅做这些手术的时候,苏庆春不是正在手术台上,就是偶尔跟着上台了;蔡君梅也会安排其他医生当一助,苏庆春在一旁只有看着的份,连一助的份都没有,更别说能跟之前跟着陶建国一样,可以让他主刀了。

苏庆春是几天不做大手术心里就心痒痒。这天,正好是苏庆春自己上门诊的日子,碰到了一个宫颈癌病人,他收了进来。

心里憋住了劲,既然是他自己收的病人,那蔡君梅就没有让他不上手术的道理,即使是现在还不会放手让他全面主刀,当个一助,顺便协助一下她做一些处理应该是没问题的。

于是从病人进来,到安排手术时间,苏庆春都跟踪得非常好,手术就安排在5月15日的下午2点半开始,一点半的时候苏庆春就做好了所有准备，进了手术室，等开始的时候，蔡君梅才进手术室，而跟她一起进来的还有她一直带着在医院进修了半年的周萍医生，以及刚刚入职不到一年的陈博士。

"欸，小苏，你也来了？"

"对啊，这不是我收到病人嘛。"苏庆春尴尬地回道。

"哦，还以为你今天下午安排了别的手术呢。"

"本来下午是有一台卵巢移位的手术，这不我看您修改了这台手术的时间，我正好也调整了下那台手术时间。"

"这台手术是我跟病人家属沟通后，根据他们的需要修改的，你完全没必要调整那台手术啊。"

"蔡主任，我这不是想这个病人是我收进来的，跟着一起上手术熟悉一些情况嘛。"苏庆春也没好意思直接说自己是想上这台手术才有意推迟那台手术的。

"哦，小周对这个病人也熟悉，你完全没必要修改手术时间的。"

"哦，那……我去问下手术室今天还能不能安排。"

"算了，既然都安排好了，就这么办吧，"蔡君梅有些不太情愿地说道，"那你也一起上手术吧。"

"嗯，好的。"

苏庆春此时可没那么多心思考虑蔡君梅的想法，反正既然来了，苏庆春就想着自己能动手就行。毕竟他才是病人的主治医生，而周萍不过是一位到年底可能就离开医院的进修医生。所以今天这个一助是非苏庆春莫属。

正当苏庆春一切准备就绪的时候，万万没想到，蔡君梅说道："小周，你来协助我。"

"好。"

这话一下子把苏庆春一腔热情给浇灭了。

周萍积极地走上手术台，开腹。

四级手术一般都比较大，做的时候很多实习生、进修生都巴不得挤上台，都想着能有动手的机会。

最后到关腹的时候，苏庆春想着好不容有机会上了，师弟江况又积极主动地申请了这一项工作，苏庆春作为师兄，又是本院主治医生，也不好跟一个规培医生抢这种机会，于是仅有的机会他也让给了江况。

这一台手术下来，苏庆春作为病人的主治医生，只能在旁边负责拉了一会勾，其他时间全程就是旁观者。

这样的待遇是苏庆春在师傅陶建国那边从未有过的，四级手术机会的锐减，让他开始感觉到蔡君梅并没有之前她听说的那么信任自己，甚至苏庆春有种莫名的感觉，就是蔡君梅是有意不让他上大手术的。

苏庆春有这种感觉不是没有道理的，作为主任医师有四类手术的级别，而苏庆春虽然不能主刀四级手术，但是作为蔡君梅组上唯一的主治医生，他才是四级手术一助的不二人选，可是现在的蔡君梅每次四级手术不是安排他上其他手术，就是不叫他。

进修医生相对刚刚进组的苏庆春，确实可能比他更加熟悉蔡君梅的手术习惯，但是即使她再偏爱进修医生，进修医生毕竟早晚是要离开医院的，而且也很少有进修医生直接参与四级手术的规矩，虽说本来进修医生也是来学习技能的，作为上级医生，主要培养对象应该是本院医生才对啊，蔡君梅的这种偏爱，实在让苏庆春百思不得其解。

到底是真偏爱，还是有意打压他，苏庆春实在看不懂、也悟不透。

这样的事情要是偶尔发生还好，但是几次下来都这样，让苏庆春开始有些焦虑，不能得到大手术的机会，这对于外科医生来说是一个致命的伤痛。

手术结束以后，苏庆春一脸愁容地回到了科里。

刚走到护士站的时候，苏庆春的手机响起。

苏庆春拿出来一看是妻子黄小培，他无力地接起了电话。"喂，干吗啊？"

"你今天几点下班啊？"

"还不知道，"苏庆春猜测道，"可能七八点吧。"

"那我们等你回家吃饭。"

"不用等了，我这边什么时候结束还不知道呢。"

"没事，你尽快结束了就回家，我们等你回家一起吃。"

苏庆春还没来得及让她们娘俩不用等了，电话就挂了。

他无奈地叹了口气，又拖着身子回到了办公室，即使此时他心里再有不爽，但是工作还是要做。

明天他安排了两台手术，今天他还是得按照流程做好了相应的术前谈话及其他工作，而且要尽快完成，因为家里还有妻子和孩子等着他回去吃饭。

一切准备都安排妥当以后，他看了一眼手机，已经是晚上 6 点半了，于是他匆忙地收拾了一下，便下班了。

096 父母意外到访

今天的路况比较好，7点半苏庆春就把车开到了小区楼下，工作中再有不爽，但是回到家里，苏庆春都是尽量控制自己的情绪，他不想把不好的心情带回家里，于是他在开门前微咳了一声，这是他习惯的做法，目的是试图把不好的情绪暂时放下。

一个简单的习惯完成以后，他才拿起了钥匙开门，只是他刚插上钥匙还没等拧开门，门就开了。开门的正是他的女儿苏子轩。

只见她兴高采烈地朝苏庆春喊道："爸爸，你终于回来了。"

"轩轩，你怎么知道我回来了啊？"苏庆春嘴角扬起问道。

"因为我听到了爸爸的咳嗽声啊，还有爸爸钥匙的声音。"

"这你都听出来了啊？"

"当然了，我一直在等你啊。"苏子轩自豪地回道。

"你等我干吗啊？"

苏庆春话音刚落，只见一个大约四五岁的小女孩子抱着一个小马宝莉的娃娃也走到了门口。她半撅着身子，头是探出来了，但是却明显能够感觉她有些害羞，半躲半藏地站在苏子轩侧面，但是脸上却洋溢着羞涩的笑容。

"欸，这是谁啊？"苏庆春好奇地问道。

话说着的时候苏庆春同时走进来换鞋子，当他低下头的时候才发现门口的玄关处放了好几大包蛇皮袋，蛇皮袋旁边还有几个塑料袋装着的东西，狭小的玄关明显无法容纳这么多东西，他们只有占用放鞋子的地方。

苏庆春只得蹲下寻找自己的拖鞋，他非常好奇这些东西的主人到底是谁。

他边找鞋子边朝女儿问道："家里谁来了啊？"而同时他也听到了餐

厅传来的说话声，这声音听着是那么的熟悉。

于是他连忙抬头穿过门口的造型望向餐厅，只见餐桌旁有两位老人，一位老人正端坐着，而另外一位老人则背着苏庆春在餐桌上摆弄着什么。

这两位老人的背影对于苏庆春来说是如此熟悉，却似乎又有些陌生。

苏庆春见状抓紧时间终于在一个蛇皮袋的下面找到了鞋子，并尽快地换了鞋子，疾步走了进来。他刚穿过客厅与餐厅之间的造型框，便用试探性的口吻喊道：

"妈？？？"

餐桌旁正在帮忙摆放碗筷的何美珍听到有人叫喊，连忙转过头，发现是苏庆春，笑脸盈盈地迎了上来。

餐厅并不大，走了两步两人便面对面了。何美珍激动地喊道："哎呀，莽子（音译，江西家乡话，大意是长得高的意思，跟苏庆春外号竿子类似)，你下班了？"

苏庆春的妈妈个子不高且身形消瘦，苏庆春印象中的母亲一直是长长的辫子，这两年她为了方便打理，也给剪短了。

而苏庆春仔细一看，母亲的头发不但短了，也白了很多，可能是因为短头发的缘故，看着两鬓的白发更加多了，1960年出生的苏妈妈今年也才58周岁，可是苏庆春却在她的脸上看出了饱经风霜。

原本消瘦的脸就显皱纹，一笑更加是褶子清晰无比了，岁月未曾饶过苏妈妈，但仔细一看，还是看得出来苏妈妈年轻的时候非常漂亮，并未发福的脸虽然有很多皱纹，但是只要不笑的时候还是可以看得出来年轻的时候绝对是个美女，特别是她那双温和的大眼睛闪闪发亮，就是现在总也是闪烁着慈祥的光芒。

苏庆春听到母亲的问话，连忙笑着也用家乡话激动地回道："是啊，妈。"

此时在厨房做饭的黄小培也听到了丈夫苏庆春声音，她和苏庆春虽然是一个地方的人，但是因为生活在外地也为了培养孩子的语言习惯，所以平时从来不说家乡话，这突然冒出一句，黄小培在厨房里还听着有些不习惯。

不过现在她心里可没心思想丈夫说家乡话的事情，她心里还有一件更重要的事情悬着：公婆的意外出现该怎么跟丈夫解释。她人虽然在厨房做饭，但是耳朵却竖得直直的，听着外面的动静。

"累了吧？赶紧来坐下来休息。"何美珍问道。

"不累，"苏庆春连忙随手拖出餐桌的椅子坐了下来。

对于父母的出现苏庆春实在是太意外了，他激动地问道，"妈，你们什么时候到家里的啊？"

"我们也就刚到不久，"何美珍说完又补充道，"也就是下午5点多到的。"

苏庆春此时反应了一会，脑子里也打转，想着：5点多的时候不正好就是黄小培打他电话的时候嘛。

"哦，5点多到家里的啊。"

"是啊！"

苏庆春话说着发现母亲正站在他旁边一直看着自己，便说道："妈，你也坐啊。"

"诶！"何美珍高兴地应着儿子。

而此时何美珍不知是故意还是别有用心，她绕过苏庆春走到了他的背面方向坐下，而她旁边座位正坐着苏爸爸苏铁军。

从进来苏庆春就一直顾着跟母亲寒暄，眼神从未落到父亲身上，这或许就是苏庆春跟自己在较着劲吧。

这会儿母亲用心良苦地找位子坐，苏庆春才不得不把注意力转到了坐在一旁的苏爸爸苏铁军身上。

苏庆春发现几年未见苏爸爸头上的头发居然也已经白了一大半了，此时上海的温度也有28度，但是父亲却穿着一身夹克外套，此时的他正在餐桌上吃瓜子，桌子靠近他的一角已经满是瓜子壳。

苏庆春印象中的父亲不是喝酒就是骂人，如此安静的父亲，苏庆春还是第一次见到，这让白发爬满头的父亲倒显得有些慈祥了。不过再看父亲的精神头却还是跟苏庆春印象中的一样，眼神依然是那么犀利和可怕。

话说苏庆春进来以后，同样不热情的也有苏铁军，他就坐在餐厅听着何美珍和儿子亲切寒暄，却未主动说半句话，更别说会像何美珍那般主动起来迎接苏庆春。就连苏庆春走到餐厅，此时正坐在餐桌旁打量他的时候，他也是头都没回一下的意思，继续吃着他的瓜子。

何美珍知道儿子对父亲的态度，也知道苏铁军对孩子一向这么冷淡，所以她早就有所准备。她主动坐到丈夫苏铁军的身旁一来是提醒儿子他的父亲坐在这里，二来是想让苏铁军也服个软。

家乡话的笑话

何美珍的良苦用心父子俩并不领情,于是她先是主动跟苏庆春眼神示意,而后又伸到桌子下面轻轻地扯了扯苏铁军的裤子,试图让丈夫主动跟儿子打个招呼。但丈夫明显没有主动示好的意思,先是用手甩掉了何美珍的暗示手,而后继续在桌上抓了一大把瓜子津津有味地嗑着他的瓜子。

这一切苏庆春都看在眼里,既然父母都已经打破了当初的说法,来到自己在上海的小家,那他作为晚辈的即使对父亲再有气,也要做出姿态来,毕竟苏铁军再有错说到底也是他的亲生父亲。他更不想让母亲为难,见状,他只得主动小声喊了句。"来了!"

当着父亲的面,那一声爸爸苏庆春还是没喊出口。

听到苏庆春的声音,这时的苏铁军只勉强地转了一个下头,看了一眼苏庆春,但只回了句:"嗯。"而后则又马上低下头用手拨着他刚刚咬开的瓜子。把瓜子剥开进了他的嘴里,他才幽幽地吐出了句,"你下班了!"

"嗯。"

"热吗?"苏庆春主动找话题问道,"要开空调不?"

"不热。"苏铁军直接回道。

"哦。"

两人突然陷入了沉默当中。

何美珍在一旁主动解释道:"莽子,你爸爸不热,你别看他穿得多,他只是怕冷,30度的天都喜欢穿外套。"

"嘻哦,你哪里那么多事情啊!"苏铁军带着责备的语气朝何美珍说道。

"呵呵……"何美珍笑嘻嘻地回道,"自己儿子说说又没事。"说完,何美珍又连忙岔开话题道，"哦，莽子，你看我刚刚还跟你爸爸说你怎么还没下班呢？这说曹操，曹操就到了，真是巧啊。"

"哦，今天医院里有点事情，所以就晚了点回来。"苏庆春连忙看着何美珍笑着回道。

"妈……"

苏庆春话还没说完，苏子轩带着刚刚的那个小女孩子走到苏庆春的跟前，拉着手庆春的手说道："爸爸，你猜猜她是谁？"

苏庆春只得终止了与母亲的话题，然后转过身再次仔细打量了一下那个站在女儿旁边的娇羞小女孩。

她大约四五岁的样子，长得黑黝黝的，一双小圆眼总是灵活地转来转去，小嘴唇很薄，梳着小辫有些蓬松，碎发落在肩上，身上穿了一套绵绸面料的长袖套装，手上和腿上关节处的衣服都起了许多褶皱，那个款式不像穿在外面的衣服，更像是套睡衣。

苏庆春再抬头看了一眼何美珍，此时她正一脸笑容地看着孩子，苏庆春显然已经明白了这孩子的来历。于是他笑着朝一直有些害羞的小姑娘回道："我猜啊，你是不是叫苏子涵啊？"

"对啊，爸爸，你怎么知道她叫苏子涵啊？"

"她是你妹妹，我肯定知道了，"苏庆春说道，"我不但知道她叫苏子涵，我还知道她是跟爷爷奶奶一起来的。"

苏庆春说完又朝小女孩问道，"你今年应该有4岁了吧？"

"对，虚岁5岁了。"何美珍见儿子说普通话，也操着蹩脚的普通话笑嘻嘻地说道。

苏庆春想了一会，笑着回道："哦，是啊，2014年生的，现在虚岁应该是5岁了，我记得是4月份生的，那现在也才4周岁多一点了。"

"对，子涵是2014年4月份生的。"何美珍非常意外苏庆春居然能准确地说出孙女的具体出生年月，高兴地问道，"这你还记得啊？"

"当然记得了。"苏庆春回道。

此时的何美珍心中别提有多高兴，她连忙站起来，拉着苏子涵继续用蹩脚的普通话，笑嘻嘻地朝苏子涵说道："子涵，来赶紧叫'粑粑'。"

何美珍这半洋半土的话立马逗笑了在一旁的苏子轩，她捂着嘴朝苏子涵嗤笑着问道："粑粑？你叫我爸爸叫'粑粑'？呵呵……"

"是啊。"何美珍这回倒是很标准地回道。

"爸爸，奶奶说你是屎？"苏子轩就像八卦的女人抓到了一个重磅消息一般朝苏庆春说道。

苏庆春见状，连忙解释道："轩轩，这个'粑粑'不是屎的那个粑粑，这个'粑粑'是我们老家的话，只是跟你说的粑粑音差不多，但是翻译过来就是大伯的意思。"

"粑粑？那还不是屎啊？"苏子轩取笑道。

"轩轩，不要胡说。"

苏子轩见苏庆春这边没找到笑点，连忙跑到厨房跟黄小培分享了这一新闻。

"妈妈，爸爸老家的大伯就是拉粑粑的意思。"

"轩轩，不能没礼貌。"厨房离餐厅就是几步路的距离，黄小培早就听到了外面的对话了，直接训道。

此时的苏子轩两个地方都没讨到好果子，明白了这个笑话该停止了，她回道："哦！"然后又悻悻地走回了餐厅。

苏子轩的这话搞得何美珍有些尴尬，她赶紧更正道："子涵，叫大伯。"

苏子涵刚来有些认生，苏子轩刚刚也是送了她一个娃娃，才让她们关系稍微近一些，现在又是让叫粑粑又叫大伯，她也不知道该干吗了，愣在那里。

"快叫啊！叫大伯……"何美珍边期待边催促道，"这孩子，太没礼貌了。"

"妈，没事。"苏庆春说道。

"这孩子有点认生，等跟你们熟悉了就会很多话的。"

"嗯，正常的，孩子嘛，要适应环境肯定要一定的时间的，再说她也没怎么见过我们。"苏庆春笑着回道。

"是啊，见得少。"何美珍说道，"别说你们了，就是她爸妈回来啊，都不叫的，非得玩了好久才会慢慢地靠近他们，叫一声爸妈的。"

"庆福他们平时放长假也不回去看看孩子吗？"

"放假就几天他们哪里会回来啊？"何美珍说道，"也就是过年的时候回一次家，所以这孩子也不怎么跟她爸妈亲的。"

"哦。"

苏庆春回完便低着头看着苏子涵,问道,"子涵,你想吃什么吗?大伯帮你买。"

苏子涵看了一眼苏庆春又看了看何美珍,手里依然捧着苏庆春进门就看到的那个小马宝莉的娃娃,没敢开口说话。

098
上门礼

苏子轩从小在上海长大，接受着年轻父母的教育，性格开朗活泼，有什么想法都会表达出来，至少想要什么物质上的东西绝对是有一说一的。而苏子涵则不一样，她从小就跟着爷爷奶奶在乡下长大，父母也不在身边，接受的都是老一辈的教育思想，加上年龄还小，有什么想法并不会那么直接表达出来，何况现在她眼前面对的是一个从未见过的大城市以及并不熟悉的亲戚，更加不敢说话了。

这份胆怯，作为从同样一个地方土生土长的苏庆春是很能够理解的。他明白苏子涵即使想吃什么，都不敢开口，于是苏庆春没再问了，而是直接从口袋里掏出钱包，并在里面拿了五张毛爷爷递给苏子涵，并说道："子涵，来，拿着这个钱，叫奶奶给你买想吃的东西。"

苏子涵似想伸手又不敢伸手，苏庆春于是把钱递给了何美珍。"妈，你给她拿着吧。"

何美珍连忙拒绝道："欸，拿这钱干吗啊，吃的我们自己会买的。"

"妈，没事，你拿着吧，"苏庆春塞到了何美珍的手里，并说道，"子涵第一次来我家里，本来就应该给她上门礼的，这是我们那边的风俗嘛，该拿的，您就拿着吧。"

"不过我身上也就这么多现金了，给少了您也别见怪啊。"

"诶，这哪里少啊，光上回孩子办满月的时候小培就已经给了很多了，这次就不用了吧。"

"上回是上回的，这次是这次的，不一样，拿着吧。"

任苏庆春怎么说，何美珍还是一直做着习惯性的拒绝动作，不肯拿。

一直在旁边嗑着瓜子，两耳不闻窗外事的苏爸爸苏铁军看着面前的景象终于不再置身事外了，他突然朝何美珍大声喊道："人家给子涵的上门礼，我不知道你推脱个什么劲啊？"而后他又补了句，"又不是给你的钱。"

苏庆春转头看了一眼苏铁军,他的话虽然听着不舒服,但是道理确实是这么个道理,苏庆春呼应道:"是啊,妈,爸说得对。"

这句爸算是苏庆春进门后的第一个了,把何美珍激动地,转头就看了一眼苏铁军。

此时苏庆春也意识到了这点,有些尴尬,连忙又说道:"庆福他们现在也不在上海,你就当替他们两口子收着吧,多少都是我的意思。"

"那好吧,我替她先拿着,呵呵……"何美珍眼角笑得全是褶子。

何美珍收下钱以后,还不忘叮嘱苏子涵道:"子涵,还不赶紧谢谢大伯。"

苏子涵依然是一脸羞涩的样子,没说话。

苏庆春高兴地摸了摸孩子的脸,说道:"喜欢吃什么就叫奶奶买好。"

然而苏庆春在内心深处对父母的突然到访疑惑不已。虽然之前黄小培提议让他们过来,他是知道,但是当时他是不同意的,但没想到父母还是来了。不过之前纵有千万种疑惑以及不同意,苏庆春见到母亲和这个小侄女心里还是很高兴。

他低头摸侄女的时候用余光看了一眼苏父,此时一心吃瓜子的父亲,在苏庆春眼里不知为何又变得有些慈祥,尤其是望着他两鬓的白发和额头深深的皱纹,以及有些消瘦的身躯,苏庆春顿时感觉父亲老了,不再像自己印象中的那个脾气暴躁、冷血无情的父亲了,内心莫名地闪过一种心疼的感觉。

既然父母来都来了,他自然不会向父母问起今天的来由,毕竟他们是真的第一次来他家里,这也是苏庆春心中想要的,特别是母亲,他一直很想让母亲享享清福。

正在此时,黄小培端着菜从厨房里面走了出来。黄小培这出来的正是时候,苏庆春知道父母来上海这件事情跟她肯定脱不了关系,不然以他对父母的了解,是不可能主动到访的。于是他直瞪瞪地看着黄小培。

而黄小培这边,对于公公婆婆来上海,而苏庆春提前一无所知,这心里其实也是没底。

黄小培也是无奈,谢敏培训学校的事情已经彻底有了结果,5月中旬开始每周末都要去上课了,加上劳动节在迪士尼乐园的时候,她看到了老同学乐平云家也是婆婆来上海带孩子,看着乐平云老婆那副甩手掌柜的样子，黄小培虽然看不惯，但内心却是羡慕的，带孩子的日子，辛苦又磨人，要是能有条件谁愿意自己带孩子。

两件事情综合到了一起，黄小培权衡了一下，这时候是最佳机会，但是黄小培其实并没有说要他们两老一起过来，在电话里说得好好的，小侄女现在还要读书，老人就一个人先过来帮忙一两个月，等小侄女放暑假了，另外一个老人再来上海，至于小侄女放暑假后，可以送她到自己父母那边，也可以一起带过来。

当然黄小培也说清楚，老人过来以后单独给2000块钱费用，3000块钱黄小培还是觉得有点多了，毕竟他们现在经济压力也不小；想了半天，觉得1000太少，3000太多，最后决定了2000这个数字，加上本身给他们的1000抚养费，这个费用在黄小培看来已经不错了。

他们来上海以后所有的其他费用都由黄小培承担。

不过等黄小培去火车站接站的时候才发现两位老人都来了，而且还带着小侄女一起来了，这是黄小培没想到的。

所以其实到现在为止，黄小培都没好意思问他们是打算一块过来常住还是带着侄女来上海玩玩，毕竟老人才进家门，现在问这些也不太好意思。

此时的黄小培看到苏庆春知道他想问什么，心虚且不失风范地笑着说道："看着我干嘛啊，赶紧帮忙端菜啊！"

"哦。"苏庆春配合道。

不过走到厨房以后，苏庆春先是洗干净了手，然后凑到黄小培旁小声质问道："我爸妈怎么来了啊？是不是你把他们叫来的啊？"

黄小培看着苏庆春一副要抓她错、质疑她的口气，内心虽然有些生气，不过这次她心里也是清楚确实是自己做得不太对。

她难得的少了以往的强势气势，只尴尬地先朝苏庆春笑了笑，不过她嘴上还是回了句："啧……你干吗一副质问人的样子啊，这是你爸妈来上海，又不是我爸妈来上海。你那个样子干吗啊？"说完黄小培露出了难得的谄媚之笑。

卫生差异

苏庆春这一问是多余的,他心里很清楚今天父母的突然到访,不可能是他们主动要来的,他对自己的父母太了解了,当初他的离开,包括之后寥寥无几的回家次数,以及多次叫他们来上海都没来,其实是互相在较着劲。

现在他们突然就这么来了,打死苏庆春也不会相信是他父母主动来的,所以他们的到来苏庆春很笃定一定是妻子黄小培叫来的,但是他看着妻子这个耐人寻味的笑容,心中其实已经不再责怪黄小培了。

不过他嘴上却说道:"欸……你还有理了。你敢说爸妈来上海不是你叫他们来的啊?"

黄小培看了一眼苏庆春,低眼淡笑着回道:"叫是我叫来的啦。"

"那不就对了,你这不跟我打招呼就把我爸妈叫来上海了,这就是不对。"苏庆春说完又补充道,"不过,我也不是怪他们来了,只是这件事情你至少提前跟我说一声吧?"

黄小培笑着说道:"我知道了,我这不是怕你不同意他们来才擅自做主了嘛。"说着黄小培也望了一眼餐厅,此时苏妈妈何美珍又在餐厅收拾各种东西,在苏庆春眼里她的母亲一直都是这样,停不下来,苏爸爸则还是悠闲地嗑着瓜子,苏子轩正和苏子涵在餐厅追逐。

她看着眼前的景象,说道,"你看看他们多开心啊,我就不信你这么久没见你爸妈,你会不开心他们来?"

"他们来了我自然是高兴的。"

"那不就得了。"

苏庆春也看了一眼客厅,苏家父母还是一样,一个忙着干活,一个忙着吃瓜子,而苏子涵则跟着苏子轩并不在餐厅,苏庆春猜想她应该和新来的小堂妹在客厅玩玩具。

确认大家都没关注他时，他才敢小声地朝黄小培说道："问题是现在这不放假，不过节的，还把庆福女儿也带来了，现在不都在上学嘛，你这是让她旷课嘛。你突然叫他们来上海是唱的哪一出啊？"

"我……"黄小培话还没说完，只见苏妈妈手捧着苏爸爸刚刚嗑的一堆瓜子壳扔到厨房的垃圾桶里。于是黄小培停止了与苏庆春的话题，并朝苏妈妈说道："妈，餐厅也有垃圾桶的，就在餐桌旁边。"

"哦，我看到了。"

"那您把垃圾扔那里就好了，不用拿到这里来，太远了，你走路也麻烦的。"

"嗨，不麻烦，我看了下那个垃圾袋还是很干净的，别浪费了一个袋子。"何美珍回道。

"妈，一个垃圾袋值多少钱啊，你跑这么远多麻烦啊，而且你腿脚也不好，完全没必要的。"苏庆春看着一直跛着脚走路的母亲疼惜地说道。

"我这腿脚没事，就走这点路算什么啊，再说了垃圾袋再不值钱也是钱嘛，能省一点是一点，没事的。"

何美珍一向节俭惯了，自然养成了勤俭的习惯。

黄小培听到这话看了一眼苏庆春，知道这时候要是再强说只会自讨没趣，于是她默默地继续炒菜。

何美珍扔掉垃圾以后，看着儿子在厨房，便朝他问道："莽子，要我给你们帮什么忙吗？"

"哦，妈，不用了，你和爸爸就坐着等我们就好了，菜都炒好了，马上就端上来。"苏庆春回道。

何美珍知道儿子心疼自己，她看到台面上黄小培已经准备好的碗筷，便直接端起了碗筷。

黄小培发现婆婆手上拿了许多垃圾，手都没洗就直接端着碗筷，且手指直接伸进了碗里，吓得连忙喊道："欸……妈，妈，您不用忙了，这些都让庆春来拿吧。"

"没事，这点事情算得了什么啊！"

何美珍根本没有领会到黄小培的本意，执意把碗筷端到了餐桌上。

黄小培无奈地看了一眼苏庆春。

何美珍放完碗筷连忙又回到了厨房，这时候黄小培的菜正好出锅装盘，何美珍连忙又赶去帮忙。

337 | 卫生差异 |

黄小培望着即将盛满菜的盘子，生怕婆婆这回又是直接把手放在盘里，弄到了菜，她吓得连锅铲都没来得及放，连忙制止道。"妈，妈，这种事情真的不用您来了，我们来端就好了。"黄小培说完又补充道，"您看您都坐这么久的火车也辛苦了，赶紧去坐会吧。"

"庆春，你还愣着干吗啊，赶紧帮妈端菜啊，妈都坐了这么久火车了，不累啊！"

苏庆春对自己妻子还是了解的，从黄小培的第一次制止母亲端碗他就知道黄小培是什么意思。当然作为医生，苏庆春也是对卫生比较讲究的，他当初反对父母来上海，也有这点原因，当然他不是说嫌弃父母，而是他清楚地知道父母的生活习惯和他们的生活习惯差距大，这样的差距会给大家的生活带来很多不必要的矛盾。

不过话又说回来，苏庆春内心深处也确实不希望母亲这么累，这时的苏庆春自然是心领神会地回道："妈，我来吧，你去休息一下。"话说着的同时他已经迅速把菜端起来了。

苏妈妈见儿子和儿媳妇都婉言拒绝，只能回道："没事，你看，你们都不让我干活，我真的不累的。"

"妈，你这都坐了这么久的车了，怎么会不累啊，赶紧坐下来休息下吧。"

"那也行吧。"

苏庆春放下菜以后，他转身正好看到苏妈妈低着头走路，她有些跛的脚走路明显没有那么麻利，一同出发的，苏庆春菜都上完了，她才走了不到一半路，苏庆春望着母亲的样子，又想到这只脚是怎么跛的，这心里啊，是更加的心疼。

他连忙走向前扶着苏妈妈坐下休息。

"诶，莽子，我这又没老，还没到要你扶的时候呢。"何美珍笑着拒绝道。

"妈，没事，您就让我扶您过去吧。"

"呵呵……这孩子。"

何美珍嘴上拒绝，但是行动还是接受了儿子苏庆春的好意，但并没有让苏庆春扶，而是主动挽着他的手。

这样的亲密接触，他们母子都不记得前一次是什么时候了，这样的记忆是模糊的，或者说苏庆春自打记事以来就不曾跟母亲这般亲密地接触。

| 100 |
客气一问

由于厨房和餐厅距离有限,苏庆春跟母亲何美珍亲密的时间只维持了短暂的几秒钟,但是这几秒对于苏庆春母子来说却是如此的珍惜和可贵。

苏庆春找到了靠厨房最近的餐桌椅子坐下,何美珍则在旁边坐下,而他们坐的对面正是苏铁军,不过不知是苏庆春的习惯性动作还是真有意回避父亲,他头并没有朝父亲方向,而是朝着厨房的方向。

坐下后,他便主动跟母亲聊起了家常。

"妈,你们今天一路坐火车很累吧?"

"不累,小培给我买的车票好快啊,我从来没坐过那么快的车,叫什么来着……"

"是高铁吧?"

"对,就是叫高铁,你看年纪大了就容易忘事,那车真是快啊,不到3个小时我们就到上海了。"

"是啊,现在高铁是挺方便的。"苏庆春说道,"哦,对了,我医院今天比较忙,所以也没空去火车站接你们,"

苏庆春事前对父母到来并不清楚,但是父母毕竟是第一次来他家,没有去火车站接他们苏庆春还是觉得有些不妥,所以就主动就今天没有去接父母进行了一番解释。

"没事,我知道你工作忙,小培去火车站接了就行。"何美珍回道。

"哦,小培去火车站接你们的啊?"

"对啊,我跟妈妈一起去接的爷爷奶奶的,还有子涵妹妹。"苏子轩边追逐着苏子涵,边插话道。

很明显,她们姐俩已经打成一片了。

"哦。"

"妈……"苏庆春还没说完，只听见黄小培喊道，"菜都上齐了，我们吃饭吧。"

何美珍看着这一桌子的菜，说道："哎呀……小培，搞这么多菜啊，太多了。"

"呵呵，没事，多点没事。"黄小培回道，而后她朝在玩耍的苏子轩喊道，"轩轩，带着妹妹一起去洗手，吃饭了。"

黄小培伺机朝何美珍说道，"妈，要不你们也去洗一下手吃饭吧？"

何美珍虽然是乡下妇人，但是年轻的时候在外面当过保姆，加上她当时也读了小学，算是受了点教育，她很快就意识到了儿媳妇的意思。

"老苏，吃饭了，去洗手吧。"何美珍朝苏铁军说道。

"洗什么手啊？"

苏铁军说完看了一眼吃完瓜子后手指留下来的黑色印记，黄小培本以为他看到会马上洗手，没想到他继续说道，"我手就吃了点瓜子，不用洗，很干净的。"

"去洗一下吧。"何美珍小声说道。

"洗什么洗啊，刚进城没多久就瞎什么讲究啊，"苏铁军凶道，"你不要在这里吵死人了。"

苏庆春看到父亲就为这点小事儿凶母亲，童年的那个父亲一下子原形毕露了。

黄小培见状，连忙说道："哦，爸不洗就不洗了，我们吃饭吧。"

说完她又客气地问了句道，"爸，你要喝点酒吗？"

苏庆春是最讨厌他爸爸喝酒的，小时候在他的记忆里爸爸喝完酒就不是人。

他不自觉地看了一眼苏妈妈，而黄小培并不知情，也只是客气地一问。

苏爸爸听到黄小培的建议，马上呼应道："好啊，喝两口。"

"你这里有啥酒啊？"苏爸爸又问道。

"我们平时也不喝酒，就有买来做饭用的啤酒，不过也挺好的，没买多久，可以吗？"黄小培尴尬地回道。

"啤酒啊？啤酒撑胃啊。"

黄小培看了一眼苏庆春，马上说道："哦，我记得过年的时候爸喝过白酒，那我现在就去买白酒吧。"

"欸，小培，不用买了，就喝我们带的米酒好了。"苏妈妈连忙说道。

说完她又看了一眼苏爸爸，说道，"就喝米酒，这到楼下买酒还远着呢。"

"那就喝米酒吧。"苏爸爸无奈地回道。

黄小培明显看出了苏爸爸有些不乐意，是她邀请父母过来的，这第一天就不满父亲的意愿，似乎有些不太好，不过想想也是自己考虑不周，便脱下了围裙，说道："算了，我还是去买吧，也不是很远。"

"小培，真的不要去了，麻烦得很，就喝米酒。"苏妈妈连忙站起来拉着黄小培说道。

黄小培这时搞得有些尴尬，不知道到底是去好还是不去好，她看着苏庆春，试图让苏庆春做决定。

而苏庆春则看了一眼苏爸爸，只回了句："喝米酒就喝米酒嘛，米酒度数低点，喝着也放心。"

"对，对，对，就喝米酒啊，自己家里酿的，也放心，而且在家里也是这么喝的。"

苏妈妈说完便从门口的一大蛇皮袋里面掏出一瓶用雪碧瓶子装的米酒。

"莽子，你也喝点不？"何美珍高兴地拿过来，并问道，"家里酿的，好喝不上头的。"

"不用了，妈，我从来不喝酒的。"

"呵呵，不喝酒也好，喝酒容易坏事。"苏妈妈笑着说道。

"哪都有你的事。"苏铁军说道。

这父母才来多久，场面就尴尬无比，黄小培赶紧说道："我去拿杯子。"

黄小培回厨房的时候发现苏子轩已经帮堂妹苏子涵洗好了手。

"妈妈，你看，妹妹的手指甲好脏啊，根本洗不干净。"苏子轩拉着妹妹的手指给黄小培看。

黄小培仔细一看，子涵的手指甲里确实藏了很多污垢，黑黑的，不但里面很脏，而且指甲还很长。

苏子涵被苏子轩拉着的手连忙缩了回去。

"没事，等妈妈有空了就给妹妹剪指甲。"黄小培看到小姑娘有些害羞了，笑着回道。

"好吧！"

苏子轩刚想把苏子涵带走时，发现她害羞地站在原地，两只手指已经放进了嘴里。

"诶，你不要把手放进嘴里，好多细菌的。"

还没等黄小培阻止，苏子轩已经提前一步说道。

子涵被说得越发害羞，手指在嘴巴里伸得更加深了。

"妈妈，你看，妹妹还是把手放在嘴巴里了。"

黄小培见状蹲下来朝苏子涵小声解释道："子涵，你看你手指甲里黑黑的这些都是细菌，放在嘴巴里非常不卫生，容易生病的。"

说着黄小培试着把她的手从嘴里拉出来。

不过黄小培刚拿出一只，准备拿另外一只时那只手指又放进去了。

101
教育方式

黄小培见这个小侄女不听教，保持着老师该有的耐心，她继续蹲着，小声解释道："子涵，听大妈说，这手指真的不能放到嘴巴里的，这样很不卫生。"说完她又换了种很智龄的语调继续说道，"我们子涵是不是要做个讲卫生的好孩子呀？"

不过无论黄小培怎么说，苏子涵都还是原来的样子，效果依然不佳，眼看着黄小培重复了几次以后还是没有效果，旁边的苏子轩站不住了，连忙跑到了餐厅。

大声喊道："奶奶，妹妹她一直把手指放到嘴里面。"

原本在跟苏庆春闲聊的何美珍听到苏子轩的话反应了好一会，因为在她看来这根本不是个事，更加不值得跟她去告状，所以她想确认一下，以防自己还不顺畅的普通话理解错了孙女的意思，便问道：

"轩轩，你刚刚说什么？"

"我说妹妹手一直放在嘴里不讲卫生。"

何美珍这回仔细地听着，果然还真的是说把手放嘴里，她心想："小孩子把手放嘴里不是很正常的事情嘛。"

不过她转头看了一眼儿子苏庆春，此时苏庆春连忙朝女儿说道："轩轩，这样的事情跟奶奶说干吗啊？直接叫妹妹不要把手放在嘴里就好了啊。"

"我说了呀，妈妈也说了，可是怎么说她也不听。"

此时何美珍才知道原来这手不能放在嘴里，是儿子全家都达成共识的想法，于是她尴尬地笑了笑，忙站起来说道："哦，那我去看看吧。"

何美珍跟苏子轩一同走到厨房，发现苏子涵此时正站在盥洗池旁边愣愣地看着面前的黄小培，两只手指都放在嘴里还一直地交叉搅动。

这场景，不禁让何美珍觉得她这个小孙女肯定是受了这位大妈的训斥。

她大声问道："怎么了？"

黄小培见婆婆过来了，连忙站起来说道："哦，妈，没什么大事。"

"就是啊，子涵她这手老是放在嘴里，我跟她解释好像她也不太听。"

"就只是把手放嘴里？"

"是啊！"

何美珍心想：把手放嘴里你就这么小题大做地让女儿跑过来给我告状，这不是跟小孩子较劲嘛。

但她表面却是笑了笑，然后直接走到苏子涵的跟前，边拿一只手打苏子涵的手一边大声喊道："子涵，不要把手放到嘴里。"

这一打既是打给黄小培看的，也是一解何美珍自己的一点小气愤。

就是这么简单粗暴，而且确实管用，因为苏子涵的小手指直接被何美珍扇出嘴巴了，不过紧跟着的就是被惊吓到的苏子涵马上开始撇嘴，几秒以后，她哇哇地大哭了起来。

在餐厅听到孩子哭声的苏铁军居然在苏庆春回到家以后第一次神奇地挪动了身子，他站了起来，飞速地赶往了厨房。

当他看到苏子涵站在中间委屈地大哭，而其他大人都就这么站着时，他大声朝何美珍喊道："你干什么啊？又把好好的孩子弄哭了，你就是惹祸精。"苏铁军挪动了一步，就像要吃人似的，用手指着何美珍继续喊道。

苏铁军说完话以后，苏子涵的哭声更大了。

此时小小的厨房一下子站着这么多人显得特别的小，苏子涵哭声一大，声音显得更加刺耳了。

而苏铁军的这一系列动作一下子把一直站在旁边一心好意想提醒苏子涵要注意卫生习惯的苏子轩吓到了，爷爷的叫喊声让她的身体不自觉地往后退了几步，并躲在母亲黄小培的身后。

而站在她前面的母亲黄小培同样也被这阵势吓到了，严格说不是吓到了，而是惊讶到了。

她哪里见过苏铁军发这么大火的时候，平时见面也就是春节或者节日的时候，而且到家的时候也都是客人，都是送钱去的，苏铁军虽然表现平淡，但也不至于发火。

而这一出黄小培根本是丈二和尚摸不着头脑，本来她认为孩子吃手或者哭闹就是一件小事情，可以说是普通的不能再普通的事情，怎么突然公公苏铁军就叫喊起来了？

她内心甚至在想是不是刚刚自己没有去买白酒，而惹怒了公公才会这样。

连忙解释道："爸，没什么事，就是孩子把手放嘴里，可能我们说重了。"

"不就是手放嘴里嘛，有什么好说的啊，不干不净吃了没病，我们天天就这么吃的。"苏铁军说道。

而看到这一场景的苏庆春也赶往了现场，他作为最中间的人，肯定要出面，不过苏铁军就为这样一点事情就如此暴怒，苏庆春一点也不意外，苏铁军这样的行为在苏庆春的童年经历里面已经算好了很多了。

只是他没想到这么多年过去了，父亲也老了，脾气还是这么的不收敛，毕竟他才刚过来，也没什么大事情。

但是现在有一件事情是苏庆春更加不敢相信的，他父亲是为了维护小侄女而对母亲暴怒的，这点若非亲眼他看见是一定不敢相信的，毕竟在苏庆春的记忆里，父亲对孩子是最不疼惜的。但是作为这个大家子真正的中间人，他肯定要主动站起来了，并走向前说道："算了，都吃饭吧。"而后他看着一脸憷的黄小培说道，"小培，给子涵盛饭。"

"哦，好。"黄小培连忙回道。

"赶紧给她喂饭。"苏铁军冲何美珍吼完才回餐厅。

此时的何美珍其实是最尴尬的，她本无意让场面搞得这么难看，让儿子和儿媳妇为难，只是情况并不是她所能控制的。此时她能做的只是顺着苏铁军，她尴尬地朝黄小培解释道："她平时不会哭的，可能今天看到人多，就矫情了点。呵呵……没事，没事，你们吃饭去吧。"

话说着的时候她又连忙抱起苏子涵，并哄道："哦哦……没事，没事。"

何美珍本身就瘦弱，也不高，抱起4周岁的苏子涵看着有些吃力，苏子涵头高出了许多，但是还是看着占了何美珍一半的身高。

"都怪奶奶不好，打奶奶。"何美珍拿着苏子涵的一只手拍打着自己的肩膀。

卫生习惯 1

黄小培看着婆婆开始时不好好跟孩子沟通，直接就暴力解决问题，等问题处理不好又是各种哄，这样没有原则的教育方式，她真是不敢恭维。

作为老师的黄小培，是很懂孩子的，她知道孩子最会察言观色，特别是刚刚苏子涵见到爷爷替她帮腔的时候马上哭声就更大了，从这点黄小培敢肯定平时他们在家里没少出现爷爷维护她的事情。

此时黄小培心中莫名的有点小庆幸，庆幸当初苏子轩是她自己带的，不然苏子涵的样子就是苏子轩的模板，那这样无法讲道理且不爱卫生的孩子她可是要花好长时间纠正的。

目前苏子涵还小，其实调整过来还是很容易的，只是她作为一个大妈，说白了就是局外人了，她也不想掺和进来。

面对这样的状况，她只有默默地喊了句："庆春，你给爸拿杯子，我给她们盛饭。"

"好。"

"轩轩，你带着奶奶一起去餐厅吧。"

一切都安排完了，苏庆春走到餐厅的时候，黄小培拉着苏庆春，刚想说话，苏庆春便说道："有事情到时候再说。"

就直接把黄小培给拒绝了。

苏庆春哪里不知道现在黄小培想说什么啊，无非黄小培就是想评论下他的母亲怎么这样带孩子的，他的父亲怎么这么脾气暴躁而已。

这些他早就知道，也不想再在这时候听她在背后说道。

……

苏庆春家里的餐厅并不大，只能够摆下一个西餐长桌，桌子长不过2米，宽大约1米，6个位子，左右各一个位子，上下各两个位子，这样的餐桌特点就是左右两个位子离中间比较远，很难夹菜，所以平时家里三口人的时候左右都是不坐人的。

这样的餐桌主位就是上下位,有客人来了肯定都是留给客人坐的。

何美珍和苏铁军则很自然地选择了厨房对面的上方位的两个位置,苏子轩则老实地坐在比邻厨房的下座位其中一个靠近苏庆春左方位的位子上。

黄小培盛好饭以后发现苏子涵已经不哭了,她正安稳地坐在了何美珍的腿上。

苏铁军则淡定地喝着酒,就像刚刚的事情没发生过一样,苏庆春坐在最左边安静地吃着菜,没说一句话。

黄小培自然先把苏子轩的饭碗给了她,而后把盛好的一个小碗饭放在下方位的另外一个座位上。

黄小培朝正对面的苏子涵笑着说道:"子涵,来,过来吃饭了。"

"你看,大妈刚刚特意给你选了个最好看的小猪佩奇的碗,喜不喜欢啊?"

苏子涵点点头。黄小培心里总算踏实了一些,感觉从公公婆婆进家门以后,也就是这件事情安排得还算是满意。

"那赶紧过来吃饭吧。"黄小培温柔地挥了挥手。

何美珍笑着站起来拿过对面的碗,并笑着说道:"来,我来喂子涵吃饭。"

"她这么大了还要喂饭吗?"黄小培好奇地问道。

"要哦,她这才多大啊,肯定要喂饭的,不然她肯定不会吃的。"何美珍回道。

听到后,黄小培看了一眼苏庆春,苏庆春只回了一个眼神。那意思,做了多年夫妻的黄小培自然知道,苏庆春很明了的就是叫她不要多管闲事。既然老公都这么说了,黄小培还能说啥呢,只老实地坐到了苏子轩的旁边。

她刚一坐下的时候只见何美珍随手拿着小孩子的勺子掠过汤碗里面的汤勺直接在汤碗里舀了一勺汤。并亲尝了一小口,然后又把刚刚小勺里的剩下的汤递给了苏子涵,说道:"嗯,不烫了,吃吧。"

苏子涵随即张口吃着刚刚奶奶为她亲自品尝了的汤。

何美珍为了讨好黄小培,还不忘夸赞道,"子涵,大妈做的汤很好喝,是吧?"

苏子涵点点头。得到苏子涵的应允后,她便继续拿那个小勺子到汤碗里盛汤到小猪佩奇的饭碗里。

何美珍不但吃饭不讲卫生,不用公共汤勺,而且还自己吃了以后再喂给孩子吃的这点实在让人瞠目结舌。

喂孩子吃饭自己亲自尝味道或者冷热,黄小培作为年轻人是最忌讳的,这样不就是大人和小孩混用餐具嘛,毕竟大人常在外面吃饭,很多人都容易感染幽门螺杆菌,别说是大人和小孩了,就连大人和大人之间餐具乱用其实她也是比较忌讳的。

平时他们在家里虽然是自己人,但饭碗都是分得很清楚的,要是有客人来了,餐具都会消毒的,而今天为了卫生,她还特意给公婆和小侄女单独买了碗筷,小侄女则又跟两个大人的碗筷挑得不一样,就是为了避免孩子的碗筷跟大人混淆。

现在她婆婆这一上来就直接上口了,黄小培的一番好意全部泡汤了,她无奈地看了看苏庆春。

黄小培的这些卫生意识其实很多都是受作为医生丈夫耳濡目染的,苏庆春出自农村,他更加知道农村的饮食习惯有多么容易感染这样或者那样的病,但是他只能自己做好自己,却很难启齿这些长此以往的生活习惯,更加不会指望改变父母。

"妈,这小勺太小了,用这个大勺子盛汤吧。"苏庆春只弱弱地说道。

"哦,呵呵……你看我们平时在家都没用过勺子,都没注意这里还有个大勺了。"何美珍尴尬地回道。

何美珍毕竟以前是做过保姆的,虽然在农村待了几十年,生活习惯也早就是农村的习惯了,但是察言观色这点还是没有退步。而且她本身就是个比较敏感的人,对于这次儿媳妇让她来上海,她就犹豫了许久,这些年其实她早就想来上海,一来是怕麻烦儿子,二来丈夫苏铁军压根就不同意她来上海。

这回黄小培打电话邀请她来上海她也犹豫了很久,跟苏铁军商量时,苏铁军自然有他的考虑,现在他们为了孙女读书在镇上租了房子,吃饭也要钱,一想到到上海不但包吃住,还有 2000 块钱,二话没说就让何美珍答应了。然后没打招呼,直接拿着黄小培寄来的 500 块钱买了两个人的车票,举家过来了。

所以在来的路上何美珍也是战战兢兢,既怕丈夫这样的脾气让儿子为难,又怕自己一家乡下人的习性和秉性跟这个儿媳妇不和。

卫生习惯 2

从进门开始何美珍都是小心翼翼的，这会儿听到儿子的提醒以后，她连忙心领神会地换了大勺子。

"不就是喝个汤嘛，那什么勺子都一样，麻烦。"苏铁军边喝着酒边说道。

"大勺子好，方便，省的汤掉桌上浪费了。"

"不方便不会拿到你身边去啊？"

话说着，苏铁军便把原本放在中间的墨鱼排骨汤端到了何美珍身旁。

何美珍见状，连忙说道："不用端过来，我方便舀汤的，而且现在也都盛好了，就放在中间吧，大家都方便。"

她刚要端回去的时候，苏铁军严肃地说道："谁给你吃啊？"

"你是手长，自然方便，可子涵手才多长啊，她够不着啊，就放那里。"

"是啊，妈，就放那里吧，我们大人都方便的。"黄小培说道。

说完她连忙拿起了女儿苏子轩的饭碗，拿起汤勺趁着苏子涵没再单独拿小勺舀汤前先给苏子轩盛了点汤。

而后，黄小培为了自己女儿吃的其他菜不被他们这样"污染"，又很自然地用已经准备好的放在餐桌上的一双没有用过的公筷帮苏子轩夹好菜到了她的碗里，看着女儿平时爱吃的菜都夹完了，她才敢吃饭。

对面的苏子涵就喝了何美珍第一口喂的汤，之后何美珍就着汤的饭她一口没动。

之后大家在餐桌上慢慢吃饭闲聊，苏子涵也熟络了，居然拿着黄小培之前用过的公筷每个碗里都去夹菜，但她平时一看就是没用过筷子的，菜倒是没一块夹到她的口里，都被她翻得桌上到处都是菜。

黄小培看看这样的行为实在太没规矩了，要是苏子轩这样非得被她大骂一顿不可，可这也不是自己的孩子，特别是刚刚叫她不要把手放口里这事情就闹出那么大的动静，这回黄小培也学乖了，不说话，只是在庆幸还好提前给女儿盛好了菜。

而何美珍看到眼前的境况只说了两句："子涵，不要乱动。"见她没有反应，依然任意妄为，何美珍就没再说什么了，而一旁的苏铁军不但没说，见她夹着菜没到口里还时不时乐呵呵地用筷子夹掉在桌上的菜给她吃，只是她只顾着玩，并没有张口。

等苏子涵玩得差不多了，何美珍趁着自己吃饭的间隙，夹了一块鱼肉，她先是用手手动挑掉了大的骨头，然后又放到嘴里咬了咬确认没骨头以后又吐到了苏子涵饭碗的勺子里。

"来，吃鱼，这鱼好吃。"

苏子涵这回居然神奇地张嘴了，看着吃得还很是欢实，何美珍见她爱吃鱼，于是用同样的方式又给她喂了好几次。

黄小培看到这样的景象真是惊呆了，她看了一眼苏庆春。

苏庆春只说了句："妈，你这样吃了又给孩子吃不太卫生啊。"

"是啊，好像不太好。"黄小培连忙呼应道。

"这有什么不卫生的啊，你们小时候不都是这么吃的。"何美珍说道，"没事，我孙女不嫌弃我就行，是吧？"

何美珍说着看了一眼苏子涵，又给了一勺鱼肉，趁着机会何美珍还问道："好吃吧？"

苏子涵点点头。

黄小培看着也是无话可说了，只能安慰自己这反正不是自己的孩子。正在黄小培低头的时候，她发现对面的苏父苏铁军突然把筷子放进了嘴里，并把筷子当成牙签把陷在牙齿里菜往外挑，然后又把挑出来的菜继续放到嘴里吃了。

吃完以后他又把筷子直接在汤里划来划去找排骨，从头到尾无视放在旁边的牙签和汤勺的存在。

黄小培看到这里，顿时想吐，而同时她抬头看了一眼苏庆春，此时苏庆春只低着头不停地夹着身边的那道豆角茄子，苏庆春的习惯黄小培是知道的，她对于饮食方面的讲究都是从苏庆春那边学来的，这点她不能够忍受，苏庆春是更加不能够忍受的。

但是苏庆春不同于黄小培的是，他即使对一件事情再有微词，除非是迫不得已，不然一般不会直接说出来，或者是面对他再熟悉不过的亲人，才会说出自己真实的想法。

苏庆春的父母纵然是他的至亲，但是多年的分别，在他心里有些话早就不是该说就能说的状态了。

看着丈夫这么对卫生要求高的人面对这个景象还能如此的淡定自若，她只有把想要吐的想法硬生生地给憋了回去，但是再要喝那个汤她肯定是没食欲了，就连苏父旁边的菜她本想夹，也不自觉地慢慢把手缩了回来。

只模仿着苏庆春的做法，吃他们很少夹的菜，而黄小培的食欲早就消失殆尽了。

这顿饭黄小培光看热闹去了，自打公公苏铁军的行为吸引了黄小培以后，她就时不时地关注着他，眼看着苏铁军吃得差不多的时候，他突然拿起了一直摆在他身旁的勺子，黄小培本以为他会破天荒地用起勺子喝汤，没想到他是跟婆婆何美珍一样，直接把刚刚的汤盘端了过来拿到自己身边，用勺子一口一口对着汤碗吃，就像是吃自己饭碗里面的汤一样。

看到这里，黄小培再次看了一眼苏庆春，他依然是低着头吃饭，这顿饭吃得黄小培是实在不习惯，但是在本质上黄小培这顿饭就像看了一出戏。

而作为儿子的苏庆春呢？却不认为这是一出戏，他内心有着比黄小培更加复杂的情绪。父母第一次到自己家里来，自然是盛情款待，对于父母的生活习惯苏庆春早就知晓，但早就知晓的习惯不一定是对的，饭桌上能暗示的他都已经暗示了，但是母亲和父亲并没有领悟他的意思，或者从未有过这方面的概念。但苏庆春又不能直接说，直接说出来他怕伤了父母的自尊心，更怕他们多想觉得自己嫌弃他们的到来。可不说嘛，在餐桌上吃饭的女儿一直盯着爷爷奶奶的做法，这既颠覆了他们教育孩子的理念，又会给孩子起到不好的引导。

所以他这顿饭吃得是非常纠结，有口难言。

隔夜菜 1

　　这顿饭，苏子轩的感触不同于父母，平时吃饭习惯了父母教导的食不言寝不语，一家人吃饭的氛围都是死气沉沉的，而这回堂妹苏子涵饭桌上的这些小动作倒是时不时地逗乐了她。

　　在她看来这样吃饭的氛围才有乐趣，只是每次嬉笑都被妈妈黄小培训是不认真吃饭，几度想配合着妹妹行为的她都被黄小培遏制了，也是生气。

　　这一顿饭下来，估计也就只有苏家父母是真得吃踏实了。

　　至于苏子涵嘛，净顾着调戏饭菜了，根本没有怎么吃饭。

　　黄小培看着公公苏镇军喝完汤以后就主动去了客厅，婆婆也放了筷子，她便开始收拾残局。

　　早就放下筷子的苏庆春作为两个家庭的主要纽带并没有离开饭桌，看到桌上那么多的盘子，而且黄小培今天也是真辛苦了，便主动站起来帮忙一起收拾。

　　何美珍见状连忙说道："欸，莽子，你上了一天班了，都累了，不要做事情了，陪你爸爸一起看会电视，这里我来好了。"

　　"妈，没事，我来帮忙吧。"

　　这话黄小培心里听着还挺舒服的，谁知道何美珍依然坚持道："你辛苦赚钱已经很不容易了，下了班难得休息，赶紧去休息吧。再说了，哪有男人做家务的啊，这边就交给我和小培了。"

　　黄小培听到这话后抬头看了一眼确实在帮忙收拾的婆婆，然后她瞪着眼看了看苏庆春。

　　婆婆的这句话黄小培可是很不认同，他们老家重男轻女和那些女人无用论、男人大如天的传统思想黄小培早就有所耳闻，但是那都是黄小培奶奶级别的人物说出来的，到了黄小培父母这个年纪，整体观念还是

352

有所改观的，但是令黄小培没想到是她婆婆这话里话外都透着旧思想。

何美珍的话在黄小培这里听着，感觉就是在说她没工作似的，或者她即使工作也不辛苦的。

平时苏庆春工作忙，在他忙着的时候黄小培做家务，操持家里这些事情也不会有什么怨言，那都是因为苏庆春明白黄小培忙里忙外也是辛苦，只要他有空都会帮着她一起做的，所以黄小培才能任劳任怨。平时他们秉承的原则也是，谁有空就要分担家务，从来没有女人就应该做家务的观念。

这一席话，要放到平时黄小培肯定要理论一番的，可今天婆婆才第一天来，就这么跟她理论，想想也不太合适，黄小培忍了。

于是她斜着眼朝苏庆春咧着嘴道："行了，您忙的话，就先去坐会儿吧？这边让我收拾吧。"

苏庆春也是一脸无奈，朝妻子使了个眼色。

"去吧，去吧！"何美珍催促着。

"那，行吧，你们忙吧。"

苏庆春这个夹心饼也巴不得赶紧离开。

何美珍看着儿子走了以后才转过身，正准备帮忙的时候，她发现黄小培把吃剩的蔬菜倒进了另外一盘小炒肉里面。

黄小培的这个动作何美珍还是挺意外的，来之前她早听说城里的儿媳妇一般都很矫情，她没想着儿媳妇还挺节约，就只有几根菜叶了她也舍不得浪费。

不过，对于她多年的生活经验来说，这荤菜素菜最好是不要放在一起。

她心想：儿媳妇还年轻，可能娘家人也没教过她这些，既然自己来了，有些不对的方式，她能教便要好好教教的。

于是何美珍笑着朝黄小培说道："呵呵……小培啊，那个素菜和荤菜最好不要混在一起。"

黄小培看了一眼何美珍，不解地问道："为什么啊？放在一起不是更加方便吗？"

"这个可不能图方便的，"何美珍解释道，"这荤菜啊不容馊掉，这素菜呢，却比较容易馊掉，放在一起的话馊掉了一样就全部都不好吃了。"

听到这里，黄小培才明白原来婆婆以为她是搜集剩菜，刚想说话，只见何美珍根本没留空隙,继续说道:"我知道你们城里可以把菜都搁在冰箱里,但是素菜和荤菜放在一起即使不馊掉,还是会串味的,而且剩这么多菜,你就多分几个盘子吧。"

说着何美珍还跟黄小培示范了一下,把眼下的荤菜全部倒到了一个盘子里。

黄小培看着婆婆积极收集菜,心想着:别说这些本身就是剩下的,就算是刚刚吃的看到你们这么夹菜我也不敢吃啊。

想到这里她不自觉地自嘲了句:"妈,您误会了,放心,这些我不会吃的,我这么放是准备倒掉的,这些要是明天吃那不都是隔夜的菜了,怎么会吃呢?"

"啊!倒掉啊?"何美珍突然停了下来问道,"这不都是晚上新做的菜吗?都是很新鲜的啊。"

"现在是现做的,但是这菜第二天吃不就是隔夜菜了嘛。"

"隔夜菜怎么了,隔夜菜我们不都这么吃的啊。"

"妈,隔夜菜不能吃的,那里有很多亚硝酸盐,对身体不好。"

"盐?盐我们平时不都吃的吗?"

"妈,我说的不是平时吃的盐,是亚硝酸盐,是一种致病的东西。"

"怎么会致病呢?我们在乡下天天都这么吃的,这身体也没见怎么样啊?"

何美珍说着又看了一眼桌上她已经收集好的一整盘的菜,再看一眼黄小培手里也是一盘满满的,这些菜加起来都够他们老两口一天的菜了,实在舍不得。

于是她思虑了一会,又说道,"小培啊,你别倒了,这都是好菜啊,太浪费了。"

"要是你们觉得吃了不好,就留着我和你爸吃好了,我们不怕的,我们在乡下都习惯这么吃的,别说这是吃剩的,有时候我都会特意做多点菜,留着明天早上下粥吃的。"

黄小培听到这话,实在难以理解,居然还特意留到第二天吃,这操作也是没谁了。

隔夜菜 2

当然，黄小培心里无论怎么不理解和无语，肯定面上也不会做得很难看，这时候更不会当面批评婆婆的不是。

她只说道："妈，这些都是剩菜，隔夜吃了真的不好，我们不要吃，您肯定也不要吃啊。"

话说着的时候黄小培打算把已经装满一盘的剩菜倒进垃圾桶里，何美珍眼疾手快，她迅速拦住了黄小培。

"诶！小培，你别倒啊。"何美珍连忙抢过盘子，说道，"不说了嘛，你们要是觉得这些菜吃了不好，就留给我吃好了，我没事的。"

别看何美珍年纪这么大，但是眼疾手快，力气也不小，让黄小培毫无还手之力。

"妈，这菜我也不可能给您吃啊。"黄小培望着已经被夺走的盘子，无奈地说道。

离开后本来就放心不下餐厅这边的苏庆春，这会儿听到餐厅的动静以后，连忙赶了过来。

"小培，怎么了？"苏庆春问道。

"妈说这菜不要倒了，留着明天吃。"黄小培说道。

"妈，这隔夜菜最好不要吃，对身体是有害的。"苏庆春看了一眼黄小培，又朝一心像护宝贝似的护着剩菜盘的何美珍说道，"而且这些菜也没多少了，都是零零碎碎的，倒了吧。"

何美珍听到后，连忙说道："这哪里是一点点菜啊，这些菜都够我们和你爸在乡下吃一天的了，你们赚钱多也不能这么浪费啊！"

"这哪还有什么菜啊，都是一些吃剩的配料和配菜，你们在乡下的时候能吃一天是太节俭，你们完全没有必要这么节俭的。"

"节约是好事，你们小时候不都是我们这么节俭过来的啊。"何美珍说道,"不然哪里来的钱给你读书啊。再说,再有钱也不能这么糟蹋啊。"

"妈,这不是糟蹋,吃了隔夜菜很容易致癌的,就为了这点钱进了医院那更是得不偿失,多少钱都换不来健康的。"

"吃剩菜还会得癌症啊?"何美珍一听会得癌症,怔了一下。

"不至于吧?我们以前不都是这么吃嘛。"

"妈,以前的很多习惯不能证明就是对的,很多我们家里的饮食习惯都是不好的,包括吃的口味太重,重辣这些,其实对身体都不好的,"苏庆春趁着这个机会赶紧跟何美珍科普一些知识,"俗话说病从口入,您没发现这几年胃癌的病人越来越多了吗?"

"是啊,你姑父前几年不就是得胃癌去世的,而且最近我听说你姑父的姐姐好像也得癌症了,才70不到啊,多年轻啊。"

"所以说啊,您平时可能不在意,但是这些病其实都是一些不在意的习惯慢慢导致癌变的,特别是我们中国人的饮食习惯不像国外是分餐制,大家在一起吃饭特别容易感染幽门螺杆菌。就是引起胃病的一种东西,所以我们那边人不是十个人中九个人有胃病嘛,就是因为这病是可以通过吃饭传染啊。"

"啊?胃病还会传染啊?"

"是啊!"

"不是说我们马上就能改掉这种习惯,只能说尽量在外面要多注意。"苏庆春说道,"这个菜倒了。不要因小失大。"

苏庆春说着亲自从何美珍手中夺走了那盘剩菜,并立刻倒进了垃圾桶里面。

果然何美珍还是听儿子的话,苏庆春说完她也是一愣一愣的,看着倒在垃圾桶里的菜,还不停地惋惜道:"啧……这太可惜了。"

"妈,一点不可惜的,也不值钱。"

"那下次晚上不要炒这么多菜。"

"是啊,小培,下次炒菜看着点量,不要炒这么多。"

一旁的黄小培连忙呼应道:"今天是爸妈第一天来嘛,多点就多点,以后……"黄小培说到这里停顿了几秒,心里想着:以后炒多少不是你妈说了算嘛。

"以后我们看着点准备量。"

话说苏庆春的这波操作,不但把隔夜菜这件事情讲清楚了,也把吃饭的规矩给说明白了,黄小培看着心里真是太舒服了,甚至她还有些得意,就像打赢了一场战役一般。站在一旁看戏的她都想给丈夫打 CALL 了。于是黄小培伺机马上把桌上喝剩下的汤也端了起来,准备走到厨房去倒掉的时候,何美珍又喊道:"你们这个汤不会也要倒了吧?"

"是啊,汤肯定要倒了的。"黄小培肯定道。

"别,别……别倒了,这么好的汤真的不要倒了。"

"吃不完肯定是要倒掉的。"

黄小培说完,心里却想着:要是你们不对着嘴喝汤,那这汤早就喝完了,哪里会剩下啊。

何美珍看了一眼苏庆春,他马上回道:"第二天都不要吃前一天剩的东西,不管汤还是菜,都是对身体有害的。"

听到这话,何美珍迟疑了一会儿说道,"这么好的汤啊!"

"要不……小培,你就别倒了,我喝了。"

"妈,您还没吃饱啊?"黄小培疑惑地问道。

"吃饱了啊。"

"吃饱了那就不要硬撑了,这样对胃也不好的。"

"是啊,妈,晚饭吃太多了不利于消化的。"苏庆春也呼应道。

"那……那我给子涵吃总行了吧?"

"她刚刚没吃什么饭,待会肯定会饿的,我再给她喂点饭。"

既然婆婆都这么说了,黄小培自然回道:"哦,那您想喂就喂吧。"

何美珍见儿子还站在餐厅便打发道:"莽子,你回去坐着休息吧,这边不要管了,我不会留菜了,放心吧。"

"哦,那行吧。"

苏庆春说着看了一眼黄小培便又回去了。

苏庆春走后,何美珍马上跑到厨房里拿了苏子涵的饭碗,重新给她盛了一小碗的饭,把汤里能捞的菜全捞了出来,她见实在装不下了,就夹到了自己嘴里。而倒在碗里的汤都溢出来了,根本端不起来,于是她又俯下身子,自己在碗沿边上喝了几口汤,才算是勉强能端起碗来。

望着婆婆的这波操作,黄小培只有默默地叹了口气,然后继续收拾残局。

夹心饼

此时的苏子涵跟着堂姐苏子轩早玩疯了，在房间到处跑。

何美珍只有跟着她，苏子涵跑到客厅就喂到客厅，跑到餐厅喂到餐厅，苏子涵吃一口饭，嘴边就掉一点所到之处也到处都是饭和汤水。

这一切在餐厅收拾碗筷的黄小培都看在眼里，她真为自己晚上打扫卫生担忧。

刚坐在沙发上没多久的苏庆春看到母亲并没有帮忙收拾餐具，反而开始喂饭了，于是他连忙又来到厨房。

今天的饭碗实在太多，多到平时的盥洗槽里面都放不下，加上父母的到访黄小培本身就是忙前忙后的，这时候她的体力早就有些不支了。

她时不时地扭扭头，来缓解疲惫。正在这时，苏庆春看到了，连忙伸手帮妻子捏捏肩。

"舒不舒服啊？"他温柔地问道。

"舒服！"此时的黄小培才算稍事有些安慰。

苏庆春捏完了肩又看了一眼盥洗池的碗筷，多到都放灶台上了，于是他主动说道："要不我来洗吧？"

这时候苏庆春的这句话对黄小培来说简直是雪中送炭，她转身笑了笑，说道："还算你有点良心。"

她马上解开了身上的围裙，刚想把身上的围裙给苏庆春时，何美珍正好跟着苏子涵来到了餐厅。

黄小培不自觉地转头看了一眼餐厅，只见婆婆的眼睛正好盯着厨房，黄小培连忙又把围裙穿上了，无奈地说道："算了，不用了。"

"干吗不要啊？"

黄小培小声地朝苏庆春贴耳说道："你没看到妈在监视我啊？"

"监视？不会吧？"苏庆春连忙转头，此时何美珍已经跟着孙女们消失在视线里了。

"你想多了,我妈不会监视你的。"

"哎……希望是我想多了吧,反正刚刚你没听她说啊,说是你工作辛苦,不让你做家务嘛。"

"嗨……你说这个啊?"苏庆春这才懂黄小培的意思,笑着说道,"没事,你别太在意了。"

"她其实嘴上这么说,只是心疼我而已。"苏庆春说道,"而且我们家确实都是女人做家务,所以她难免会有这方面的传统想法。"

"改天我找个机会跟她说下,你又不是像她们那样没有正式工作的,对吧?"

"诶,你可千万别这么说啊,这么说感觉是我让你去说的一样,搞不好还说我嫌弃你们亲戚女性都没正式工作似的。"黄小培这边希望苏庆春干活,又怕他去跟婆婆挑明影响自己在婆婆心中的印象。

"你啥时候变得这么墨迹了啊?"

"行了行了,我不跟你说了,这个事情到时候再说了,不过现在你最好赶紧走吧,省得你妈妈盯着这里。"黄小培小声说道。

"好吧,"苏庆春无奈地回道,而后他又看了看洗碗池里满满的东西补充道,"今天辛苦你了。"

黄小培不领情地说道:"你就别站这里添乱说风凉话了。"

"确定不用帮忙?"苏庆春再三确认道。

"不用了。"黄小培显得有些急躁。

"那行吧。"

"你也别闲着啊,看看你女儿做作业了没有,别今天有人来就忘记做作业了。"

"哦,那我去看看吧。"

收到任务了,其实苏庆春心里还舒服一些。

说着苏庆春转身要走的时候,正好看到何美珍在餐厅里,眼睛直勾勾地看着厨房,看到这里苏庆春才知道黄小培说的话也不无道理。

这时候他才是真正的第一次感受到了夹在妻子和妈妈之间的为难。

"妈,你怎么在这里啊?"

"我这不是喂饭嘛!"何美珍端着起饭,尴尬地笑着回道。

"可是子涵也没在这里啊?"

"你看，我这都追不上她们了。"

说着何美珍连忙转头走到客厅了。苏庆春紧随其后，只见客厅里苏子轩正在跟苏子涵嬉闹，父亲则是岿然不动地坐在沙发上看着他的电视剧。何美珍连忙跟在苏子涵身后。

"来，子涵吃一口。哎呀，快点哦，饭都冷了。"见还是没效果，又假装自己拿起勺子吃，"这个肉真好吃啊。"

反正苏庆春看着她是十八般武艺，什么办法都想了，母亲的这个耐心，苏庆春在小时候可是没享受过的。不过这样喂饭的方式苏庆春也实在不认同，看母亲各种办法和说辞都用了，还是没效果，真想想批判一番，但是看着有些跛脚的母亲这么辛苦，又有些于心不忍。于是他拉着母亲来到沙发上，说道："妈，你先休息一会，别喂了，反正她也不吃。"

"不喂哪里行啊，不喂还不得饿死啊？"

"您平时也是这么喂饭的啊？"

"是啊。"

"这也太麻烦了吧？"苏庆春说道，"这一顿饭都吃一个多小时了。"

"是啊，平时就是这样，没办法啊。"

"你不会让她自己吃饭啊，都这么大了。"苏庆春说道，"我们那时候跟她这么大都要去放牛了，别说自己吃饭了。"

"那时候是家里苦，哪里能跟现在一样啊。"

"拿以前跟现在比是没有可比性，但是最起码基础的吃饭还是要会的吧。"

突然苏子涵跑着碰到了茶几上东西，何美珍也有些不耐烦，又朝在跑的苏子涵喊道，"你吃不吃啊？给我死过来。"

这一句吼叫声根本没有效果，倒是一起玩的苏子轩吓到了，停了下来。

不过苏子轩停下来了，苏子涵也就自然停下来了。

见状，何美珍连忙跛着脚跑上去，喂了一口饭。苏子涵吃了这口饭以后又笑嘻嘻地跑了。

苏庆春这回实在看不下去，站起来拉着何美珍回到沙发上，说道："这孩子明显有些皮了。您不能这么吼着喂饭的，没有用，您要跟她讲道理。"

"这么小的小孩子,哪里懂得什么道理啊。"何美珍笑着回道。

"她也不小了,4岁多的孩子其实很多东西你跟她说她都懂得。"苏庆春耐心地说道。

"嘿嘿……是啊,也就才4岁啊,她懂个啥哦。"何美珍不认同道。

熊孩子

苏庆春怔怔地看着母亲，其实在他的印象中，母亲一向是比较通情达理的，他没想到就这样的事情居然跟她讲说不通。苏庆春明白，其实不是跟孩子讲不通道理，而是母亲自己就打从心眼里不认同这个道理。于是他尝试着又换过一种方式："妈，子涵现在应该都读幼儿园了吧？"

"是啊，去年就读了，马上就要读中班了。"

"中班了啊，那真的不小了。"苏庆春继续问道，"那您在家里这么喂饭，到了学校怎么办啊？难不成学校还会喂饭吧？"

"学校不会喂饭哦，学校就是靠她自己吃啦。"

"那对啊，她在学校里面能自己吃，在自己家里怎么就不能自己吃啊？"

"嗨……你还指望她在学校里能好好吃饭啊？"何美珍边舀起一勺饭边回道，"她吃没吃进去我们根本不知道的，肯定就是混日子的，哪里吃的了什么啊。"

"这个您放心好了，在学校里开始老师肯定会教她的，而且老师也会监督他们吃饭的，我觉得您完全可以尝试着让她自己吃吃看，绝对也能吃的。"苏庆春说道，"轩轩两三岁的时候就进了小小班，也都是自己吃饭的。"

"在家也让她自己吃啊，可是她自己就是不吃啊，弄得到处都是饭，而且吃一个小时都没动的，你看现在喂都不吃的，这个孩子啊，好难带。"

"她早晚要自己吃饭的，您再试试看嘛。"

"现在不喂饭那她要饿死的。"

话说着苏子涵正好又路过沙发，苏母见状又连忙大声吼道："你过来不，不要让我动手又打你哈。"

即使是何美珍这么大声叫唤，苏子涵依然没有回应她，而是继续跟苏子轩玩追逐嬉闹。

苏庆春这么耐心地解释，母亲还是听不进去，而且明显母亲的这个方法对小侄女来说根本没有起到任何作用，反而会让孩子面对这个大吼大叫更加熟视无睹，见状他也只有无奈地摇摇头。

而后他突然站起来，大声喊道："轩轩，别玩了，赶紧去做作业了。"

苏子轩听到后马上停止追逐了，"爸爸再玩一会嘛。"苏子轩撒娇道。

"你赶紧去做作业，不然等妈妈忙完发现你还没做完作业，她要生气了。"

苏子轩朝厨房方向看了一眼，她虽然平时也很皮实，但是心里很清楚今天确实已经玩了很久了，只能乖乖地回道："好吧。"

苏子轩眼巴巴地看着妹妹挥手道："拜拜，妹妹，我要做作业了。"

苏子轩离开以后，苏子涵的玩性也没有了。何美珍连忙又去喂饭，不过苏子涵已经不张嘴了。

"我不吃啦……"苏子涵喊道。

"来，再吃一口。"何美珍硬塞着一勺饭到苏子涵的嘴里，苏子涵连忙摇头拒绝，并用手摔开了碗。哐当一声，何美珍手里的碗摔落在了地上。何美珍这时候耐心早就磨没了。

"你这没用的孩子，弄得这房间到处都是饭，看我今天不打死你。"

说着何美珍便用手拍苏子涵的屁股，苏子涵又是哇哇大哭。在一旁看电视的苏铁军这回听到哭声没说一句话，继续看着电视。

而此时的苏庆春和苏子轩都还没进房门，见状苏庆春朝一旁看戏的苏子轩说道："别看了，赶紧回房做作业，待会我来检查。"

"哦……"

苏子轩一颗好奇的心就被苏庆春给抹杀了。

见女儿回房间以后，苏庆春才来到客厅，劝说道："妈，算了，别打孩子了，饭打了就打了，收拾下就好了。"

黄小培听到声音也连忙跑了出来，问道："怎么了？"

"没事，就打掉了饭而已。"苏庆春解释道。

黄小培低头看见茶几旁边刚刚没铺多久的地毯上撒满了饭，这可是她找了好多家店才选中的一款花色啊。

此时她心中真是一团怒火，看看那个哭得稀里哗啦的孩子，心想：这熊孩子早就该打，打得好，不打学不乖。

心中恨得牙痒痒，但是黄小培毕竟是个老师，说话都不会那么难听，她笑着说道："算了，算了，打了就打了吧。"

"什么叫打了就打了啊？"苏庆春反问道。

黄小培反应了一会，这才发现自己说的话有歧义，连忙解释道："啧……我的话你没听懂，我的意思是说饭打了就打了，没关系。"

"哦……"苏庆春说道，"我还以为……"

"以为什么啊？"黄小培此时憋笑着说道，"以为我看热闹不嫌事啊？"

"小培啊，这孩子就是顽皮，真是不好意思，"何美珍见儿媳妇都来了，尴尬地解释道，"那这地毯怎么办啊？"

"没事，洗洗就好了。"

"哦，能洗就好啊。"何美珍说着觉得可气，又打了一下苏子涵，嘴里还念叨，"你这死孩子，就知道添乱。"

"算了，算了，妈，还是个孩子，收拾一下就好了。"苏庆春连忙抱过一直哭泣的苏子涵。

"小培，你收拾一下吧。"

黄小培瞪着眼睛看着苏庆春，她可是不高兴收拾的。苏庆春明白黄小培的想法，他又换了一个口气说道："你收拾一下嘛，妈也不熟悉这个怎么弄。"

黄小培迟疑了一会，点点头回道："好吧……"说着便蹲下来，用卫生纸把饭给捡了起来。

"欸，小培，你别忙了，让我来吧。"

"妈，你别忙了，你带子涵吧，我来帮小培一起弄。"苏庆春说着把手里的苏子涵交到了何美珍手里。

何美珍看着孙女还一直在哭，再看看那委屈巴巴的眼神，又觉得可怜。于是她又开始了刚刚一样的先打后哄的方针政策，只不过此时她已经没时间阻止儿子干活了。

黄小培看着眼前婆婆的教育方式，实在是无语啊，此时她只有低头干活，安慰自己眼不见为净了。

苏庆春蹲下来帮黄小培收拾倒掉的饭时，眼前两米不到的地方便是父亲苏铁军坐的地方，他微微抬头看了一眼父亲，他听到这么大动静居然跟个聋子一样，丝毫不动声色地继续看着电视。

打地铺

黄小培看到苏庆春停了下来，也往他看的方向看。接着她轻轻地推了下苏庆春的手说道："看什么啊，赶紧跟我一起抬下茶几。"

"哦……"

两人又是搬茶几，又是撤地毯，又是拖地的，从头到尾相距不到两米的苏父苏铁军依然岿然不动地看着电视，这种淡定就好像他被一个隔离罩隔离在另外一个时空一样。

等他们夫妻俩合力把地毯拿到阳台洗衣池时，何美珍也终于把苏子涵哄好了。此时何美珍手里的苏子涵已经哭累了，她可能是因为长途坐车的原因，加上来这里也玩太疯了，居然就这样在何美珍的手里睡着了。

何美珍抱着苏子涵实在是吃力，便把孩子先放在沙发上，然后走到阳台，说道："小培啊，真是麻烦你了，搞得你这么晚还在洗地毯。"

"没事，妈。"黄小培回道，"子涵怎么样了啊？没再闹了吧？"

"子涵睡着了。"

"啊……这样就睡了啊？"在一旁帮着冲水的苏庆春惊讶地问道。

"是啊，我们今天早上很早就从镇上坐车到县里坐火车，她第一次坐火车，在车上一直跑，也没睡，可能累到了吧。"何美珍回道，说完又笑着问道，"这孩子现在我放在客厅了，我们晚上在哪里睡啊？我想把她放到房间去睡，你爸爸开着电视声音太大，我怕吵醒她。"

这时苏庆春才想起来住宿这个大问题。

他一脸错愕地看着黄小培，问道："晚上你是怎么安排住的问题啊？"

黄小培淡定地回道："能怎么安排啊？我们这房子就这么大，现在只有先委屈爸妈住书房了。"

"书房？"苏庆春连忙走近黄小培，小声说道，"书房他们三个人是不是太拥挤了啊？"

苏庆春声音虽然小，但是何美珍毕竟就站在不远处，儿子的话她听得真切，何美珍也不是娇生惯养的人，对于条件有限也是很能够理解，她善解人意地说道："没事，小就小点，没关系的。这是大城市，哪里能跟老家一样地方那么大啊，我们也没那么讲究的。"

"妈，你不知道那个书房就只有一张1.2米的床，你们三个人睡实在是有点挤。"

苏庆春说着又朝黄小培问道，"我记得轩轩那间房间好像要大点的。"

"轩轩的房间总面积确实是要比书房大一点的，但是那个房间也只有一张1.2米的小床，而且她那个房间还做了衣柜，放了个比较大的书桌，那个书桌都是打进去的根本不能移动，书房虽然小，最起码没有衣柜和书桌，算起来可以移动的空间比轩轩房间还多一些。"黄小培慢慢分析道。

"妈，您看现在要不就暂时委屈下你们。"

"可是再挤他们三个人1.2米的床也睡不了啊，别说翻身了，就连平躺都躺不了的。"苏庆春不认同道。

"我知道，现在也没有别的办法了，只有先委屈爸爸打地铺了，妈和了涵睡床上。"

"打地铺？不太好吧？"

何美珍见儿子和儿媳妇为了住宿的问题有争执，连忙圆场道："没事，没事，打地铺就打地铺，这天气打地铺也挺好的，又不是在一楼潮湿，打地铺完全没问题的。"

对于打地铺这事情苏庆春是有些介意的，但是他思考了一会，他们这个房子也就90来平米，有3间独立的房间已经算是设计得很合理了，房间要很大确实不太现实，别说是侧卧和书房了，就连他们住的主卧也就是放下一张1.5米的床和一个组合柜就没什么空间了。而且黄小培说得也对，虽然女儿住的那个侧卧，是比书房大一点，但是现在里面放的东西却比书房多很多，而且临时跟女儿苏子轩换房间也不现实。

于是他回道："那小培，要不你带妈一起去书房看下吧，看哪样睡最方便。"

"好。"

话说着黄小培终于脱掉了一直戴在手上的手套和围裙。而后她又叮嘱苏庆春："你也别管这里，赶紧去房间看看轩轩作业写得怎么样了。"

"是啊，莽子，这里你就不要管了，"何美珍也呼应道，"地毯留着待会儿我来洗。"

苏庆春本来还想帮着把地毯洗一下，既然她们都这么说了，他也只好照她们说的办了。

于是他跟在两人的后面，看着母亲吃力地抱着子涵，于是他连忙跑上去帮忙，把孩子抱起来了，跟她们一同来到了书房。

进入书房以后苏庆春发现不住人的房间床上居然有被子枕头。

"这里什么时候也铺了被子和枕头啊！"苏庆春好奇地说道，转头看了一眼黄小培，交代道："你赶紧换一下新的床单、枕头吧。"

"换什么啊，这都是我今天下午新换的。"黄小培笑着回道，"赶紧把孩子放下来吧。"

"哦，难怪，我说我平时在书房怎么没发现有被子和枕头呢。"

苏庆春说着便把孩子放到了床上。之后他又仔细打量了一下书房。这个房间原本苏庆春就是用来看一下书的，放了一个移动的电脑桌和1.2米的床，剩下的空间连走路都显得有些拥挤。

他无奈地问道："小培，这房间你说让爸打地铺，这也没地方打啊？"

"你先别急啊，办法总比困难多嘛。"黄小培淡定地回道。

说着话的时候，她走到了靠窗户的电脑桌旁，轻轻地移动了一下桌子，然后发话道，"来，你帮我一起把这个电脑桌搬出去。"

"搬电脑桌干嘛啊？"

"你傻啊，把这个电脑桌搬出去，这个过道打扫一下不就有打地铺的位子了嘛。"

"哦……对，对，我都没想到这点。"

"你不是没想到，你是心急则乱。"黄小培取笑道。

"呵呵……说不过你。"苏庆春憨笑着回道。

说着苏庆春连忙配合黄小培搬桌子，何美珍在床上拿床单给苏子涵慢慢地盖着肚子，她听到了儿子和儿媳妇的谈话，内心突然感觉有些高兴，嘴角居然不自觉地上扬。

很快，苏庆春和黄小培就把电脑桌搬到了餐厅的一角，而何美珍也迅速地找到了拖把，把房间简单地打扫了一遍。

苏庆春两夫妻回到房间的时候看到房间已经整理得挺干净了，于是黄小培指示苏庆春一起从他们的房间搬来了一床被子、凉席和枕头。

黄小培把凉席和被子都铺在了地上,这个过道有0.9米左右,睡个人还是绰绰有余的。

看着眼前都安排妥当了,苏庆春才回到了苏子轩的房间检查作业去了。而何美珍则把门口的东西都搬进了房间,简单地收拾整理以后则去洗地毯了,黄小培则直接回了厨房继续洗碗。

洗澡

地毯其实也就是一块地方脏了,何美珍很快洗好了。等回到厨房发现黄小培的碗还没洗好。

她连忙说道:"来,小培,你休息一下吧,我来洗碗。"说着的时候她还已经撸起了长袖。

"不用了,妈,我已经洗得差不多了,您休息一下吧。"

"休息什么啊,我也没干什么。"何美珍这点很好,还是比较有自知之明的,她知道这次来上海就是替儿媳妇洗衣做饭、接送孩子的。"我本来也就是来帮忙给你们做饭的,哪能没帮上忙反而给你添更多的麻烦呢。"

何美珍的这句话可是说到黄小培心里去了,公公婆婆来了家里这几个小时,现在怎么折腾她都能忍,但就是怕他们忘记了来的目的,别成了她伺候他们了。

既然婆婆这么说了,她心中也踏实了,暗自高兴。发自内心地笑着说道:"妈!真的不用了,你才刚来,先休息下一会吧。"说着黄小培还高兴地接过何美珍手里的饭碗。

"还是我来吧?"何美珍继续说道,毕竟她对这个儿媳妇的习性并不熟悉,她不清楚儿媳妇是真的客气还是假客气。

"真的不用了,而且我都粘手了,要是您没事,你们坐火车又坐了这么久,您就先去洗澡吧,也不早了。"

"洗澡?"何美珍疑惑地低头闻了闻身上,确认自己身上没有什么特别重的味道以后笑着说道,"这天气也不是很热啊,而且我们来的时候都洗了澡的,不用每天洗一次澡吧?"

"妈,现在也二十七八度了,还是洗个澡吧,这样睡着也舒服一些。"黄小培想都没想便回道。而后又觉得说得不对,补充道,"我不是嫌弃你们脏，只是觉得火车上什么味道都有，还是洗个澡舒服点。"

"哦，那……也行吧。"

何美珍见黄小培这么坚持自己不用帮忙，而且现在又催着自己去洗澡，也就明白自己不该在这里添麻烦了。她小声说道："那我先让你爸去洗个洗澡吧。"

何美珍转身刚走不久又迟疑了一会，返回来问道："那我们是在哪里洗澡啊？"

"就卫生间啊。"

黄小培朝着卫生间方向看去，卫生间毗邻客厅。

"哦。"

何美珍在镇上租的房子根本没有热水器，现在他们到了冬天都是直接热水壶烧水在盆里洗的，而乡下的房子更加没有热水器了，所以她去卫生间看了一眼，根本不知道怎么打开洗澡。于是几分钟后，她又来到了厨房，一副嗫嚅之状。

"妈，怎么了？"

"小培，我……我其实想问下你这洗澡的怎么用啊？"

"您以前没用过热水器啊？"黄小培惊讶不已，问完话以后她才想到她平时回婆婆家，从未在那里住过，根本没注意过他们是否有用热水器。

"在你大姑家倒是用过，但是忘记怎么弄了。"何美珍不好意思地说道。

"哦，这样啊，没事，很简单的，我教你一下就懂了。"

于是黄小培连忙带着婆婆来到卫生间，并耐心地告诉她红色的是热水，蓝色的是冷水，想要多高的温度自己调整就好了。

教完回来以后，黄小培突然感觉自己以前对婆婆家里关心得太少了，后悔之前没注意到这点，早发现这个问题她就会给他们买个热水器的，也有点责备弟弟庆福，他们这么多年都是在家里过年的，居然都没买热水器，实在不知道他们怎么想的，黄小培想着，现在家里没有热水器的估计只有在特别贫困地区了。

何美珍学会怎么开水洗澡后，先是回房间找到了换洗的衣服，然后来到客厅把苏铁军的衣服扔到苏铁军座位旁，朝苏铁军催道："你赶紧去洗澡吧？"

"你吃错药了，现在洗什么澡啊？"苏铁军头都没抬回道。

何美珍低头小声说道："赶紧去洗吧,坐了火车,身上一身的臭味。"

"你没事吧?"苏铁军这回抬头瞪着眼说道,"什么臭味啊?你这才来上海多久啊,穷讲究个啥啊!不洗……"

"你赶紧洗啊,这里不是家里,要注意一下。"何美珍小声说道。而后她又指着卫生间方向,"洗澡的地方就在厕所哈,洗澡的方式跟你姐姐家里的一样。"

苏铁军不耐烦地回道："你催魂啊……看个电视都被你吵死了。"

苏铁军依然是老样子不能心平气和地说话,再平常的一个问题都变成了吵架的言语。跟苏铁军生活了大半辈子的何美珍明显已经摸透了他的脾气。她也没生气,直接说道："今天一定要洗澡哈,你要是不洗,那我就先洗了,不然这么多人。"

说着,何美珍似想起来了什么,连忙又说道："哦,子涵还没有洗澡,我先给她简单地洗一下脸。"

"还是你先去吧,衣服就在你旁边。"何美珍说着便去卫生间找脸盆给苏子涵洗脸。可是她发现卫生间里整齐排列了好多个脸盆,有各种花色和形状,看着都非常漂亮。

何美珍不知道自己能不能用那些个脸盆,正当她犹豫要不要问黄小培的时候,突然发现脸盆的最底下有个不锈钢的脸盆,这脸盆她熟悉啊,农村随处可见的,只是这个脸盆要比平时用的脸盆稍微小一些而已。她想着这脸盆在最底下,又看着最普通,肯定是不怎么用的,所以她很果断地拿起了这个脸盆,装了一盆水给苏子涵擦洗身子去了。

何美珍刚离开卫生间,苏铁军的电视剧也正好播完了,他看了看客厅和餐厅空无一人,又看了一眼座位旁边的衣服。于是他也微微地低头闻了闻自己身上,确实有股火车上的特殊味道,反正现在也没事,心想:洗澡就洗澡呗,反正也不用跟乡下一样烧水麻烦。于是便缓缓地站了起来,拿起衣服后按照何美珍刚刚说的方向去了卫生间。

371 | 洗澡 |

脸盆的学问

苏铁军的姐姐跟他们一样住在镇上，平时冬天他会经常去姐姐家洗澡，所以这个热水器的使用方式对他来说轻车熟路。

而厨房里，黄小培真是花了九牛二虎之力，终于把碗筷以及餐厅厨房收拾得干干净净。

从厨房出来的时候她才想起从做饭到现在都没有上卫生间，她匆忙走到卫生间发现房门紧闭。这套房子是老式结构，并没有做到干湿分离，卫生间里洗澡的和便池都在一起。

正当她转身要离开的时候，卫生间的推拉门打开了，公公苏铁军从卫生间走了出来。出于尴尬，她还假装在门口的洗手池洗了下手。

待公公彻底离开以后，她才匆忙进了卫生间。而眼前的景象把她惊到了。

卫生间只有一个淋浴头和蹲式便池，空间非常有限，而仅有的地砖上全是换下来的衣服，就连内裤也清晰可见，衣服上全是水，根本不像是不小心掉下来的。再仔细一看，衣服上还有很清晰的印子，不像是刚刚放下来的，更像是人踩在上面的。

"难道公公就是脱了衣服直接踩到脚下洗澡的？"黄小培不禁想着。

不过到底衣服怎么会变成这样并不是黄小培最关心的，此时的她内急，就想赶紧解决，但是眼前的状况她根本无法下脚。

直接离开！置之不顾？但是她现在真的很急，家里就这一间卫生间，总不可能就这样一直憋着吧？

正当黄小培站在卫生间门口犹豫不决，进退维谷的时候，已经给苏子涵洗干净的何美珍走了过来。还没走到就发现了黄小培的异常，她连忙走近一看，这一地的衣服，她自己老公的衣服自然是很熟悉的。见状她连忙把脸盆放在门口的洗手池上，疾步走进了卫生间。

她边收拾边尴尬地解释道:"呵呵,小培,你看你爸爸洗澡啊,就这样的习惯,不爱收拾衣服。"

"我也老说他,但是老是不听的。"

"没事,"黄小培在这样的状况下,也只能跟着尬笑回道,"不过这样把衣服放在地下就是有点脏。"

"脏倒不会脏,这厕所多干净啊?"何美珍回道,"这比我们在镇上租的房子好太多了,我们那里是水泥地。就那个地方你爸爸也是这样扔在地下的。"

"哦,这样啊。"黄小培内心是无语的,但表面还装着一脸淡定地回道。

何美珍看着黄小培还站在门口,问道:"你是要用卫生间是吧?"

"呵呵,对,我要用一下。"

"那你进来吧。"

何美珍说着的时候已经把湿哒哒的衣服一次性全部拿了出来,但是拿起来以后何美珍在卫生间门口转了两圈,很明显她不知道要放哪里。

黄小培看着湿哒哒的衣服上的脏水就这样滴滴答答地滴到了地上,连忙又说道:"妈,要不你装到脸盆里吧。"

"哦哦,对,我都一下子给忘记了。"

何美珍经黄小培提醒连忙把刚刚用过的脸盆装上了这些衣服。

黄小培刚想到卫生间拿脸盆的时候,抬头一看,婆婆手里已经拿着一个脸盆,顿时怔住了。这个脸盆正好是她平时用来私用的脸盆。

黄小培对于这方面的卫生还是比较重视的,家里的脸盆,大人的、小孩的、洗脚、洗脸的,她都分得非常清楚。

混用他人的脸盆这点她本人非常忌讳,别说别人了,就算是苏庆春用错了平时都会被黄小培大骂一顿。但是这时候她的婆婆居然用这个脸盆来装她公公那脏的要死的衣服,黄小培真是气恼。她甚至都不知道婆婆是从哪里拿来的?不过现在衣服已经放到脸盆里面了,这是事实,这点黄小培很清楚,她明白她再有意见她的脸盆也都装了公公的衣服了。她再去问为什么婆婆会用这个脸盆,是从哪里拿的,或者指责她怎么乱拿脸盆,都没有什么意义了。于是她很聪明地选择啥都不说。

何美珍看到黄小培一脸吃惊的样子,问道:"小培,怎么了?"

"哦,没事。"黄小培说道,"你把衣服放洗衣机吧。"

"这衣服放什么洗衣机啊?"何美珍说道,"这天气,衣服也不多,直接手洗就好了。"

"那你手洗就手洗吧。"

黄小培已经没心情跟她争辩手洗还是机洗的问题了。看到婆婆离开以后,只微微地叹了一口气,然后又默默地关上了卫生间的门。

……

上完卫生间以后的黄小培看着卫生间里那么多脸盆,对于婆婆不偏不倚拿了自己的脸盆实在无语。

拿任何一个脸盆黄小培都不至于那么气,她越想越气,出来以后纵使身体疲惫不堪,还是忍不住来到了苏子轩的房间。她想跟苏庆春说道说道,这些事情她不好意思直接跟婆婆说,但最起码可以让她的儿子告诉她妈妈做事情要注意一下。于是她轻轻推开门,看到里面的苏庆春正在检查苏子轩的作业。

听到开门声的苏庆春转过头发现了黄小培,看见她微微地朝自己招手,于是便走了出来。

"怎么了?"

黄小培此时实在是很想把刚刚发生的令人触目惊心的事情告诉给苏庆春,来缓解下现在心里压着的惊讶以及无语,更加希望苏庆春在这件事情上能够帮着宣贯一下基本知识。

"你过来。"

黄小培引着苏庆春想到自己的房间好好跟他说说。

两人还没走到房门的时候,只听到何美珍喊道:"莽子,你忙完了?"

苏庆春连忙转身,回道:"差不多了。"

"那你赶紧洗澡休息吧。"

"妈,你洗澡了吗?"

"还没有。"

"那你先去洗吧?"

"我反正没什么事情,让你先洗,你洗完了好早点睡觉。"

"哦,我还没这么早睡呢,你先洗吧。"

"那小培先洗吧?"

"妈,你先洗吧,我们都没有这么早睡觉的。"

"哦。"

何美珍走了以后，苏庆春又朝黄小培问道："你刚刚想说什么啊？"

"算了，没事了。"黄小培此时已经没心思了，"说了也没用。"

说完黄小培就自己走了，看得苏庆春一脸蒙，而后他又回到了女儿的房间继续检查作业。

分门别类

黄小培现在是一身的气,婆婆对苏庆春是真的非常关心,现在让苏庆春去找他妈说这些事,以苏庆春的性格估计也不会去的。但是她又不想这件事情就这么算了,还是要解决这些问题的,她沉思了几秒,又看了一眼手机时间,现在也刚刚9点多点,超市还没有关门,于是她果断地拿了手机出门了。

此时正在门口翻找自己衣服的何美珍看到黄小培好奇地问道:"诶,小培,你现在还要出去啊?"

"是啊。"

"这么晚了,要叫庆春跟你一起出去吗?"何美珍说道。

"不用了。"

"你一个女人家现在出去会不会不安全啊?"

"不会,这是上海现在根本不晚,而且我也走不远,马上就回来的。"

"哦,那你早去早回哈,外面怎么说都还是不怎么安全的。"何美珍叮嘱道。

"好的。"

说着黄小培便出门了。

......

大概30分钟左右,她手里拿着几个脸盆和两个水杯回来了。

此时的何美珍已经洗好澡,而且黄小培看着地板似乎也拖了,她看到婆婆正在阳台洗衣池那边洗衣服。

于是黄小培拿着脸盆和水杯进来,直接去洗衣池那边跟婆婆一一讲解这些脸盆和水杯都是用作什么用途的。

当然关于那个何美珍已经在用的她的私用脸盆,黄小培并没有主动提起。

何美珍听着黄小培的话真是一愣一愣的，也终于明白儿媳妇漏夜出门就是为了给他们买日常用品。只是儿媳妇这是把他们自己没带的所用东西都买遍了，开始是碗筷，现在是脸盆和水杯，何美珍仔细想了想，好像自己没带的现在儿媳妇真是给他们配齐全了。

何美珍并不是那么糊涂的人，一听儿媳妇买了几个不锈钢脸盆，洗脸的、洗脚的和私用的脸盆都说得一清二楚，而且还单独给他们老两口买了喝水的杯子，就知道黄小培这个儿媳妇真是个"讲究"的人。

黄小培这个间接提醒是做得很到位，何美珍也很快明白儿媳妇这是什么意思。

"这水杯买就买了，只是这脸盆还要分得这么清楚啊？"何美珍尴尬地笑着说道。

"好像脸盆真的不用这么多的，我和你爸共用一个就行，别的就留着以后用吧，你觉得呢？"

"脸盆还是要分清楚的，这个卫生我们还是要注意的。"黄小培说完又解释道，"哦，当然我这么分不是说嫌弃你和爸哈，你们没来之前我们自己也是这么分的。"

"哦。"何美珍说完又补充道，"我其实就是怕浪费钱，就为了个脸盆花这么多钱太浪费了，而且现在天气也越来越热了，好像也没必要用脸盆了。"

"这脸盆花不了多少钱的，而且上海的天气现在这个季节温度是很不稳定的，这几天天气是比较好，过段时间估计又会冷了，到时候脸盆还是要用到的，现在先买好以备后用嘛。"

"哦，那分开就分开吧，分开也挺好的。"何美珍笑着回道，而后她又看了一眼清一色的不锈钢脸盆，继续说道，"不过这些脸盆都一样，让我记我还真有点怕会忘记，到时候分不清就不好了。"

"哦，没事，妈，这个脸盆我在外面事先都做好了标记的。"

黄小培说着抬起了脸盆的边沿，指着说道，"你看，这些脸盆旁边都贴着白色胶带，有贴上的就是你和爸的，然后一条杠是洗脸的，两条杠是私用的，三条杠就是洗脚的。"

何美珍看了下，黄小培还真的在每个脸盆外面做好了标记。看到这些标记，她尴尬地笑了笑，心想这个儿媳妇为了让他们不乱用脸盆可是真是"够细心"。

与此同时，何美珍也发现黄小培手里还拿着另外一个特别小的脸盆并没有跟她交代。她就看了看自己放在洗衣池里正在用的那个脸盆，这个脸盆跟她手里的那个脸盆几乎是一样的。

此时她已经明白黄小培手里的小脸盆肯定是替代现在她用的这个脸盆的。何美珍虽然不知道这个脸盆本身用作什么，但是心里很清楚，黄小培肯定是嫌弃自己用过了那个脸盆才替换了的。

于是她用手指着洗手池里的小脸盆，小心地问道："那，这个脸盆我是不是拿错了？它本身是用来干吗的啊？"

"哦，这是我平时用来私用的，"黄小培假装淡定地回道，而后又补充道，"不过没事，现在只要你们不嫌弃就直接用它来洗衣服好了。"

何美珍听到后真是尴尬无比，连忙解释道："我之前真不清楚原来这脸盆是你私用的。我看到脸盆架上那么多，就这个脸盆最常见，而且这个脸盆放在最下面，我就以为是平时没人用的。"

"呵呵，没事……"

"不好意思啊！"

"妈，没事的。"黄小培说着的时候看到水池里满水池的衣服，便说道，"妈，这些衣服你为什么用手洗啊，直接用洗衣机洗啊。"

何美珍连忙回道："没事，这点衣服哪里用得着洗衣机啊，而且都是薄的，手洗洗就好了，很快的。"

但是何美珍心里想的却是：这洗衣机我还能用吗？要真用了的话，我估计你明天都要去买过一个洗衣机了。

其实本来何美珍看到那么多衣服，还真想用洗衣机的，只是刚好黄小培家里用的是滚轮式洗衣机，她不会用，见儿子忙也就没去打扰他，现在何美珍想还好自己是没用，不然儿媳妇又该嫌弃她了。

何美珍继续说道，"没事，我们在家里的时候也是这么洗的。"

"哦，那行吧。"黄小培说道，"那您洗完就早点休息吧。"

"好，你也早点休息哈。"

"嗯。"黄小培说着又看了一眼手上的脸盆然后说道，"哦，对了，妈，这些脸盆我直接给您放在卫生间的脸盆架上哈，您要用的时候就直接在那里拿。"

"哦，好的。"

黄小培说完便走了。

378 | 生活挺甜 |

何美珍看着黄小培走了,再看了看自己正在用的脸盆,心中真是懊悔不已,真后悔自己当初怎么没有多问几嘴,搞得现在如此尴尬。但是她又一想,当初自己犹豫不来的想法是对的,果然这个儿媳妇看着好说话,实际却非常难相处。

112
折腾的一天

黄小培其实心里没有别的想法，只是单纯地觉得生活方面的卫生该注意的还是要注意，等她把脸盆放卫生间的时候，正好苏庆春洗好澡从卫生间出来了。

"你刚刚去哪里了啊？"

"出去给你爸妈买脸盆和水杯去了，"黄小培说着把买好的脸盆放在脸盆架上。

"哦。"苏庆春淡定地回道。

"轩轩做完作业了吗？"

"做好了。"

"澡洗了吗？"

"洗了，刚刚洗好回房间睡觉了。"

"今天这么早啊。"

"也不早了，不过她今天可能是也玩累了，做完作业洗完澡马上就主动回房间睡觉了。"

"哦。"

黄小培说着看了一下手机，已经10点30了。

"哇……就这么晚了啊。"

"是啊，你也赶紧洗澡睡觉吧。"

"嗯。"

苏庆春说完回房间的路上看到母亲还在洗衣服，便说道："妈，不是说了不要洗衣服了嘛，这都好晚了，衣服直接放洗衣机洗就好了。"

"没事，我马上就洗好了。"

"那你洗完就赶紧睡觉去吧。"

"嗯，你也早点睡吧。"

苏庆春说完便回房间了,而二十分钟后黄小培洗完澡也回房睡觉了。

……

父母第一天来上海才不过5个小时,黄小培就感受到了各种不适应,身心俱疲,这是黄小培无法预想到的。

回到房间的黄小培对于今天所发生的一切,真是感叹不已。

看到黄小培进来以后,苏庆春主动地问道:"今天我爸妈突然来上海,到底是什么情况啊?"

黄小培坐在梳妆台前边擦护肤品边说道:"其实刚刚你到厨房问的时候,我就想跟你说的,不巧你妈进来了。"

说完黄小培把苏庆春父母到来的事情全部向他坦白了,并补充道:"而且我之前并不知道你的侄女苏子涵,她也会跟着过来。"

苏庆春听到这句话也惊讶不已,"你怎么不知道他们会来,不是你叫他们来的吗?"

"我确实是打电话给你妈妈没错,但是我是打电话叫你妈过来,并没有让他们都来的,现在是上课时间,我肯定知道苏子涵是要上学的。"

"而且你也看到了,我们这里的房间根本不够他们三个人住,我怎么可能让他们三个人一起过来啊?我这不是给自己添麻烦吗?"

"那是怎么回事啊?"苏庆春疑惑不已。

"谁知道啊!"黄小培也是没好气。

说完她还特意转头,朝苏庆春继续说道,"我跟你妈说得很清楚的,我说你们两个人谁来都可以,只要帮我接送下轩轩就行,而且我也没强迫他们一起来,让他们考虑清楚,假如愿意就来,来了告诉我,我给他们买车票。哪里知道没过多久你妈就打电话给我了,我也是很意外,本来还以为他们要考虑考虑的。"

"之前就只字未提过三人都过来?"苏庆春再三确认道。

"没有,真的一句话都没说。"黄小培说道,"而且当时我还特意问了他们是谁会过来,我好给他们买火车票。"黄小培绘声绘色地说道,"结果你妈妈支支吾吾,就说火车票不要我买,她自己会买,那既然这样我也就没多问了,然后我马上就打了500块钱过去,让她自己买票。"

黄小培也是一脸无奈,委屈巴巴地说道,"谁知道我今天去火车站,看到他们三个人都来啊,我也是惊讶不得了。现在想来你妈当初支支吾吾估计就是为了这个事情吧。"

"那他们这是什么意思啊？好歹也提前打个招呼嘛。"苏庆春眉头紧锁，大惑不解。

"就是啊，提前打个招呼我们也好提前准备住的地方嘛。"

"哎……算了，他们怎么回事先不管吧，"苏庆春说道，"不过，你这边又是什么情况呀？"

"现在是上课时间，你之前不是说即使要上补习班开课，那也是暑假啊，怎么现在这个时间，你就要让爸妈过来了啊？"

黄小培见苏庆春终于问到培训班的事情了，突然停了下来，慢慢地走到床前，把培训班改成平时上班以及谢敏的想法都跟苏庆春说了一遍。

苏庆春听到黄小培那边的课程都安排好了，责怪道："你这件事情怎么不提前跟我说一声了，这些事情可大可小啊，先不说谢敏的方案可不可行，最起码你这直接就报了平时的补习班，假如我父母不来怎么办啊？到时候你该怎么跟培训班交代啊？"

"我做这件事情的时候肯定是有把握的，"黄小培眼神笃定，自信满满地看着苏庆春回道。

"你这是哪里的自信啊？我都不敢肯定我能说服我爸妈来。"

"你以为你父母就是直接这样子来的吗？"

"什么意思啊？"

"我的意思是你爸妈现在直接杀来上海是有原因的，这个原因就是我答应他们每个月单独多加2000块钱。"

黄小培终于道出了苏庆春父母来上海的真相。苏庆春听到后也是很意外，他没想到一向勤俭且老是喊着没有钱的黄小培会为了他父母来上海而另外单独多给父母2000块钱，他不禁抬头怔怔地看着黄小培，自问道：这还是前段时间吵着一分钱都不给他父母的黄小培吗？

黄小培被苏庆春突然这么看着，有些别扭，说道："干吗这么看着我啊？"

"我只是奇怪你怎么会想到另外给2000块钱一个月我爸妈呢？"苏庆春豪气地问道，"那这个钱是包括以前说好给的那1000块钱吗？"

"不包括。"

"那就是现在你一个月要给我爸妈3000块钱喽？"

"是啊！"

苏庆春听到后再次不敢相信自己的耳朵。

"怎么了?"

"没怎么,"苏庆春笑着说道,"只是觉得你怎么突然像变了个人,似乎这并不像你的作风啊!"

"这主意确实不是我想的,是小敏给我提的建议。"

"难怪呢。"

"你这话是什么意思啊?"

"没什么意思了,我只是很意外这个建议你居然采纳了。"苏庆春笑着回道。

同学邀请

苏庆春可没有黄小培这么乐观，他根本不认同黄小培的说法："你以为更改习惯那么简单吗？我劝你还是不要抱有他们会改变生活习惯的想法。

"你想他们现在年纪都多大了，60来岁了，他们习惯了60年的生活习惯，你就不要指望他们来上海几天，甚至几个月就能把几十年养成的习惯说改就能改的。

"我妈妈还好，我妈虽然也是农村出身的，但是她在那个年代，还算是受了一定的教育，她对很多事情领悟力还是比较强的，你跟她说了她只要能做到的应该也能改，但是我爸爸，你今天看到了，他的脾气就是这样的，别说改。他要能把他自己的脾气稍微收敛一下，我都觉得是可喜可贺的事情了。"

黄小培听到苏庆生说他父亲，有些犹豫地说道："应该没事吧？"然后也有些没底气地补充道，"不过你爸爸脾气确实有点不太好，以前我平时就过年回去，也没注意到这一点，这次我发现他真的脾气有点古怪。"

苏庆春看着话都说到这分上了，便说道："关于我爸爸其实有些事情我没跟你说过，很多事情你都要注意。"

"什么事情啊？"

苏庆春迟疑了一会，说道："就是他脾气很不好，我以前没跟你说，只是觉得是我们家里的私事，而且我们跟他们接触得也比较少，所以就没跟你说，包括今天你让我陪爸爸喝酒这个事情，其实我是很不认同的。"

"不喝酒？为什么啊？"黄小培好奇地问道。

"因为我爸爸有酗酒就爱打人的习惯。"

"啊？不会吧？"

"真的，我从小他就酗酒，喝完酒以后还爱发脾气，我们小时候，我和我弟弟就经常被他打，只要他喝了酒就会打人，不但是我和我弟弟，他也经常打我妈，所以我从小就很不喜欢我爸爸喝酒，我也不喜欢喝酒，我不喜欢喝酒的原因，也就是因为我爸爸。"

黄小培这才知道为什么苏庆春一直这么不喜欢喝酒，甚至是很讨厌喝酒的人，原来有这一层的原因。

黄小培看了看苏庆春，说道："那你不早说，我也不知道有这样的事情啊，晓得我刚刚不让你爸爸喝酒了。"

"我估计他现在应该好一点吧，毕竟年纪这么大了，很多性格应该也会慢慢收敛一下了，他年轻的时候真的是非常暴躁，而且说话你也看到了，他说话，基本上从没有几句好话。对我们这样还没事，但是轩轩面对这样子的长辈，这样的爷爷每天对她这样说话，耳濡目染以后肯定对她影响并不是很好的。"

"确实是这样子的，我之前没有考虑到这一点，我也不清楚有这种情况，之前我只是想着你说的习惯不一样，那就最多是生活习惯不一样啊，就像我父母他们喜欢跳舞这类的。"黄小培说道，"我真没想到是这样子的，本来想着习惯不同嘛，大家磨合一下适应一下就好了。"

"算了，反正人都来了，那也只有我们做晚辈的多让着他们了，这段时间你也多委屈点。"

这时候的黄小培明白公婆是她招惹来了，既然都这样，她还能说什么，只能打碎了牙往肚子里咽了。说完眼睛一转又朝苏庆春说道："哦，对了，还有你那个小侄女，她真的就这样不回去读书了？到时候你弟弟不会怪我们吧？"

"你说要不要去问下他们是临时来上海玩几天就回去还是还打算在这里常住到暑假结束啊？"黄小培有着自己的算盘，她其实就是想知道公婆连带小侄女三人来是临时来的还是打算长期住的。

"这个……我也不好问，问了怕你妈他们会以为我嫌弃他们。"

"这个事情我到时候看下找个合适的时间问下我妈吧。"

"嗯，我也是这么想的，呵呵……"

"行吧，今天太累了，早点休息吧。"

今天一天黄小培也是真累了，刚顺势躺下，连忙又坐了起来，说道："哦，我说我今天一直有一件事情没跟你说，差点把这事情忙忘记了。"

苏庆春看黄小培一副慌张的样子，好奇地问道："什么事情啊？"

"乐平云最近想约我们吃饭，你看你什么时候有空啊？"

"乐平云？"苏庆春念了一遍，还是不记得这个人是谁，疑惑地问道，"这人是谁啊？"

"你这是什么记性啊？"黄小培说道，"乐平云就是那天我们在迪士尼乐园碰到的我同学啊？她妈晕倒了，我们还帮他来着。"

"哦，那个啊！呵呵……"苏庆春这才想起。

他的名字苏庆春当时也只是听了一下，根本没记在心里，只记住了他是妻子黄小培的大学同学，要加他微信的时候，苏庆春也只是象征性加了，连备注都没有，他的微信虽然就在苏庆春的微信列表里，但是具体是哪个他根本不知道。

苏庆春好奇地问道："他突然请我们吃饭干吗？"

"那还能干吗呀？肯定是感谢我们呗。"

"谢我们？有什么好谢的呀，我们也没帮他什么忙啊！"苏庆春不以为然道。

"怎么没有帮忙啊？要不是你，他们可能就不当一回事了，而且他妈正要昏倒的时候也是你扶住了他妈妈，要是你没扶住，搞不好他妈也可能摔一跤的。"

"嗨！那只是碰巧我们看到了，也只是随手的一个帮忙，请吃饭不至于。"

"一顿饭的事情，我觉得是应该的，即使别人是帮了他们，那他们也是应该请的，更何况我们还是认识的，再说了，当时那么多人，你有见别人谁顺手了？"

"算了，饭就不用了，"苏庆春说完又问道，"哦，对了，他妈妈后面送到医院是什么情况你知道吗？"

"听说是有眩晕症，现在应该已经没事了。"

"那不就得了，我们不帮忙也不会什么大事，眩晕症而已，也没帮什么忙，吃饭就不去了。"

"他既然都叫我们了，不去会不会不太好啊？"黄小培说道，"毕竟是同学嘛。要不就这周六我们去一下呗，不然他老打电话我也不知道怎么回复。"

"那你去吧，我就不去了，你们是同学，也会有些话题，我去了真不知道说什么。"

"人家是夫妻去,我就一个人去,多尴尬呀。"

"你们是同学,正好,没什么尴尬的,你要是觉得尴尬就不去好了,我这周六正好值班,再说了我什么脾气你还不知道啊?我最讨厌吃饭应酬了。"

"行吧,我到时候看情况吧,能不去我也不去了。"

"嗯,你看着办吧,睡吧,好晚了。"

"嗯。"

父亲抱怨

苏庆春两夫妻在房间讨论着父母事情,而他的父母在书房也没闲着,话说洗完澡回到房间的苏铁军看到他们三人挤在这么小的房间,床又这么小实在生气。

但是他毕竟也是一直过苦日子的人,床小点就小点吧,一躺下去,发现小子涵已经占了一大半的位子,根本没地方挪身,一转头发现了在床旁边靠近窗户的地方有打地铺,于是他心领神会地把小孙女抱到地下睡了,自己则睡在了床上。

一切收拾好,回房间睡觉的何美珍发现房间灯已经关了,为了不打扰到大家休息,她并没有开灯,蹑手蹑脚地来到了床上,本来她想看看孩子有没有踢被子,但是借着窗外的微光,她发现床上躺着的并不是一小孩子,而是个硕大的身躯。

她以为自己老眼昏花,连忙小心地开了床头的台灯,果然,睡在床上的并不是孙女苏子涵,而苏铁军躺在了上面。

还没等何美珍质问他情况,苏铁军倒先抱怨起来了:"你开什么鬼灯啊,晃得我眼睛生疼。"

"诶!怎么是你在这里啊?子涵呢?"何美珍惊讶地问道。

"你叫什么鬼叫哦,子涵还能在哪里啊?"苏铁军右手指了指地铺方向,"不就在这里啊。"

何美珍连忙跃起身子,探着头,苏子涵正整个身子趴在地铺上,就跟只青蛙的姿势一样酣睡着。

确认孩子睡好了,于是何美珍连忙小声问道:"你怎么把孩子放地下啊?"

"你说话好搞笑了,不把她放地下,这个破床你还指望能睡三个人啊?"苏铁军说道,"再说了,你这地铺打得不就是要有人睡地下的嘛?"

"这里是睡不了三个人，那也不能把她放地下啊。"何美珍说道。

"不把她放地下，谁睡地下啊？"苏铁军质问道，"你难道想让我睡地下啊？"

何美珍被苏铁军这么一反问，倒有点不好意思直接说他们本来的安排就是让他睡地下的。

苏铁军的脾气她太了解了，现在要是直接说是儿媳妇安排他睡地下他肯定要跳起来的。

于是她迟疑了一会，说道："这里是二楼，小孩子睡地上湿气比较重，不太合适睡地下，而且这床太小了，我们两个大人睡肯定有点挤，晚上我也怕你翻身都不好翻身。"

说完何美珍又看了一眼苏铁军的表情，确认他不是很生气，继续补充道："我今天晚上倒是计划睡地下，不过这孩子睡觉老是踢被子，睡觉又没个规矩的，到处乱转，这个地铺你也看到了也就只能睡一个人，我带着她睡实在睡不了，但是你带着她睡床上，我又怕你不习惯，晚上你也睡不好，她也睡不好的。"

苏铁军被何美珍这么一说，感觉也对，他一个大老粗可不想管带孩子这样的事情，无奈地说道："你说这么多废话，就是那个地铺必须我睡呗？"

"没说必须啊，就是可能现在你睡地下比较合适。"

苏铁军横眼看了一下何美珍，再看了一眼这张实在太小的床，无奈地起身了，并抱怨道："这熊崽就是这样叫我们来上海的啊？他是怕我在家里睡太好了，所以特意叫我们来上海打地铺的是吧？"

"怎么会呢？他们叫我们来上海也是一番好意。"

此时苏铁军已经离开了床，站在床的左边仅有的一个可以站人的位子上，听到何美珍的这句一番好意，把他听火了，大喊道："什么叫好意啊？说白了他们叫我们来就是让你来洗衣做饭带孩子的，还一番好意。"

他的声音直接把睡着的苏子涵吓得身体抖了一下，眼睛也慢慢睁开了，不过马上又闭上了。

何美珍见状匆忙走到苏子涵旁边，用手轻轻地拍了拍苏子涵的背，并轻声用江西话哼唱道："哦，我宝宝乖，睡觉觉喽。"

很快苏子涵又彻底入睡了。

这时何美珍才又轻轻地坐到了床上，有些责备地说道："你说话小点声,别说孩子在睡觉,这也是在孩子家,说话也注意点。"

"你怕什么啊?"苏铁军虽然是这么说,但是声音也确实小了点。

"他们是请你来带孩子的,不是我们死乞白赖要来的,他们先要搞清楚状况啊,而且他们这么对待带孩子的啊?别说我们是养大他的人,就算是个保姆也不至于住得这么差啊。你看那个电视里保姆都有一个独立的房间,我们这算什么啊?"苏铁军说着还手指着地铺方向激动地说道,"住地下那是流浪汉才住的,他是把我们当叫花子打发嘛。"

"呵呵……你这说的什么话啊,怎么是叫花子啊,再说了,叫花子能给你这么好吃好喝啊?"何美珍知道苏铁军的脾气,只有小心地规劝着,不然她真怕苏铁军闹什么幺蛾子出来。

"切……你不说这事情还好,说这事情我就来气,我们这哪里叫好吃好喝啊?真当我乡下来的没吃过肉啊?连一杯酒都没有,这就叫好吃好喝?"

"那你今天不是喝了米酒嘛,怎么就没酒啊?"

"哦,我们来了吃口饭还要自己带酒的这就叫好吃好喝伺候啊?"苏铁军越说越气,"你是没吃过饭,还是没吃过菜啊?还有那个熊崽的老婆,想到我就气,问我喝不喝酒,结果自己酒都没有买,她什么鬼意思啊?是忽悠我还是把我当傻子耍啊!"

"那不是她要去买嘛,只是我们有米酒,跑下去一趟买也要走好远的路,麻烦嘛。"何美珍解释道。

"没有酒就不要问。"苏铁军说道,"都说他们在上海赚大钱了,买房子买车的,结果一杯酒都舍不得买,还在那里卖乖,当谁是傻子啊?还是什么人民教师呢,看来那句话说得对,老师就是最抠门的、最小气的人。"

"不就是没喝到酒嘛,你至于这么说小培嘛,明天我给你去买总行了吧?"

"你别在这里跟我添堵了,你买跟他们买能一样吗?"苏铁军说道,"这是酒的问题吗?这是他们就不把我们当回事。"

"怎么会呢,你看他们多欢迎我们啊!"何美珍说道,"明天啊,我就跟小培说去,让她给你买一瓶好酒,给你赔不是,总行了吧?"

听到这话,苏铁军才算了消了口气,并慢慢地开始往地铺方向走去。

老谋深算

何美珍见苏铁军总算是动了脚步,知道他也慢慢地接受了打地铺这个事实了,但是想着他们来也不是一天两天,这苏铁军老是这么对苏庆春两夫妻有敌意可不是好事。

苏庆春的气性大,她心里很清楚,这么多年过去了,他总是很少回家,这回来她来上海,并同意苏铁军一起跟来;其实主要目的也是想缓和一下这两父子的关系,不过没成想这才来一天不到,苏铁军就对他们两夫妻成见这么大。

何美珍心里其实对黄小培刚刚的过分挑剔和洁癖是有些微词的,但是面对苏铁军,她是只字都不会提的儿子和儿媳妇的不是的,她只想大家家庭和睦。

望着慢慢把苏子涵抱起放到床上的苏铁军,她小声地说道:"老苏啊,其实说实话人家小培对我们真的已经挺好的啦,从他们结婚开始,每个月从来没有间断过给我们寄钱,这是事实吧?"

"子女赡养老人这是天经地义的,不然我们养孩子干吗啊,养儿不就是防老的嘛,这是他们的义务,再说了,就一千块钱对他们来说算个啥啊。"

"你不能这么说啊,这儿子不赡养父母的人多了去了,一结婚就开始赡养的就更加少了,而且一直以来他们也从没麻烦过我们什么,这回也就是小培因为工作忙,实在没办法才让我们来上海帮接送下轩轩,还另外给我们2000块钱,已经做得很好了。"

"你是只接送孩子的嘛?你不是还要跟老妈子一样伺候他们吃喝,洗衣做饭嘛!"

"这些都是顺带的事情的,在家里做饭也是做,在这里也是做,也不差多做他们三个人的,再说了小培坐月子、轩轩读书我们也没帮过他们什么忙,现在她难得求我们,还给这么多钱,我觉得已经很好了。"何美珍说着又突然抱怨道,"不像庆福,一直是我们给他带孩子,但是从来也不懂得感恩,以前小美在的时候,我们带子豪,她偶尔过年还会给点钱,现在这个琪琪,别说给我们钱,我们没贴钱就不错了。"

"你什么意思啊?你是怪琪琪没给你钱喽?"

"我不是怪琪琪,我只是说我们在莽子这边确实付出的太少了。"

"还少啊?他的书是谁给他读的,大学是谁给读的啊?我们没给他读大学他有今天?"

苏铁军说这话的时候面不改色心不跳,就像忘记了当初苏庆春怎么读上大学的一样,或者这几年他开始强行给自己洗脑,认为苏庆春现在的一切都是他给的吧。

而为了苏庆春读大学被活活打断了腿,到现在还落下病根的何美珍听到这话以后,不自觉地摸了摸她那条腿,心中不自觉地为自己当初做的决定而感到自豪,对她来说,为了苏庆春读书混出个样子,别说瘸一条腿,就算是把她这条腿剁了她都心甘情愿。

不过话说回来,作为始作俑者的苏铁军堂而皇之地把苏庆春能读大学说成全是他的功劳,实在让何美珍胀耳,但是她也不会当面去戳穿这个大家都知道的事实。

只是苏铁军并没有罢休,继续抱怨道,"他现在的一切都是我们给的,结果现在来他家住,居然还让我打地铺,实在是太过分了,我回去都不好意思说我大老远跑上海就是为了来打地铺的。"

"这上海地方就是这样的嘛,哪能跟我们家里一样的,地方有限他们也是没办法啊。"

"没住的地方当初就不要叫我们过来,过来又让住这样的地方是什么鬼意思啊?"苏铁军说道,"而且这个地方哪里就小了,我看他们住的房间就不错,床也很宽敞嘛。"

"那这房子也就那个房间能放稍微大点的床,就连轩轩的房间也是小小的,没办法的。"何美珍说道,"总不能让他们主动把房间让给我们吧?"

苏铁军被何美珍这么一说,脑子一下子闪过一个念头,然后又说道:"算了,我不想在这么跟你瞎扯,说来说去你都是帮着你那个熊崽。"

"我不是帮他,都是实际情况嘛,你今天先睡睡看吧,要是实在觉得不舒服,明天我让莽子把这床移到底,我和孩子睡地下,你睡床上好了。"

"我随便你哦,反正等我们回去了,别人问起我们在上海的情况,我是丢不起这个人哦。"苏铁军已经躺下了,并说道,"算了,懒得跟你扯这些废话,睡觉吧。"

何美珍早就不想再谈这些话题了,她见势马上也闭嘴了,之后两人也再没说话了。

翌日清晨,何美珍很早就起来给大家做早餐,等黄小培和苏庆春起床的时候,热腾腾的韭菜煎饼和稀饭已经搬到了餐桌上了。

黄小培看到一起床就能有早餐吃心里别提有多美,她心想着自己终于得到解放了,再也不用一大早起来给他们爷俩做早饭了。

"妈,你怎么这么早就起来了啊?"

"呵呵,不早了,而且我们年纪也大了,觉少。"

"哦。"

此时跟在后面的苏庆春关心地问道:"妈,昨天你们睡得还好吗?"

"好啊,挺好的。"

而此时正从卫生间出来的苏铁军听到对话后,马上说道:"哪里好啊,不会说话就不要说。"

黄小培见状,连忙转过身来,问道:"爸,您是哪里觉得不适应呢?"

"哪里都不适应,但是那些就不说了,最不适应的就是这个地板,我这本来就是老寒腰,受不了潮的,"苏铁军毫不保留地说道,说着的时候为了配合自己的腰不好,还轻轻地摸了摸腰部,"我这昨天啊,睡了一晚上,腰就感觉特别痛。这医生啊,一直叮嘱我不能睡地板,必须要睡床上,还要舒服的床,不然就会发病。"

苏庆春作为医生听着这话总感觉有很多虚假成分在里面,毕竟在他印象中苏铁军身体一向硬朗,也从未听母亲提起过他有这个毛病,此时他眼神特意转到母亲那边,想试图了解这话的真假。

而此时的何美珍心里也虚了,她可从来没听什么医生说过苏铁军要睡舒服的床,她知道这就是苏铁军又在作妖了,连忙说道:"别听你爸瞎说,没有的事。"

"怎么没有啊,我的病是你清楚还是我自己清楚啊。"苏铁军恶狠狠地回怼道,"而且昨天我肚子痛你没听到啊?"

苏铁军昨天晚上倒是真的喊肚子痛来着,何美珍这会也不知道,苏铁军说的到底是真是假。

计划得逞

黄小培见公公一会说腰痛，一会又说肚子痛，连忙解释道："爸，真的不好意思，昨天这睡觉是我安排的，我原先并不知您腰不好，而且您现在又说肚子痛？现在还痛吗？要不要去医院检查一下啊？"

何美珍一听说要去医院就知道要花钱了，现在进医院少说也要好几百，更别说大城市的医院了，那做检查肯定要花好多钱的，她可不舍得花这钱，于是她连忙说道："不用去医院的，这又不是什么大病。"

"妈，有病就要检查的，"苏庆春说完又朝苏铁军说道，"要是您腰确实不舒服，今天正好就跟我一起去医院检查一下吧？是病就不能拖，要早发现早治疗。"

苏庆春虽然对父亲以前的行为很生气，但是现在听说爸爸病了，心里还是非常担心的。

"检查倒不用，老家医生说了，我这腰啊，只要不瞎折腾一般就不会有什么大的问题。"

"爸，既然病了，最好还是跟庆春一起去医院检查一下，这乡下医生看得不一定准，医院的医生都很专业，去看看吧。"黄小培也呼应道。

"不用检查了，这上海检查多贵啊，别说我们没病，即使有病也要回老家看的，怎么会在这里看呢。"

"妈，既然病了就要花钱的，放心吧，这钱我来出。"苏庆春回道。

"莽子，你爸真没病，你听你爸瞎说呢，"何美珍解释道，"他这腰啊，也就是有点腰椎间盘突出，不是很严重的，家里医生早就看了，说我们到了这个年纪都会有一点的，至于肚子痛嘛，他那就是胃痛，老毛病了，医生叫他戒酒，他不戒酒怪谁啊！"

"真的没什么问题？"苏庆春再次确认道。

"真的没事，你爸没什么太大问题的，你们就别管了，赶紧刷牙来吃饭吧。"

苏铁军眼见着自己装病的计划快要得逞了,结果何美珍在这里一顿搅和,真是气不打一处来,他看着苏庆春他们真的要走了,连忙大喊道:"你这个败家玩意,什么叫我没事啊。"

这声音把苏庆春和黄小培都喊住了,他们连忙停了下来。

苏铁军见状连忙继续说道:"卫生院的夏医生不是都说了嘛,说我这病睡觉要好好睡,不要睡地下啊,沙发之类的。"

"夏医生不是说你胃不好,要注意睡眠和饮食控制,戒烟戒酒嘛,好像没说睡地下什么的事情啊?"何美珍疑惑地看着苏铁军说道。

"那你是没听到,他是跟我说了。"

黄小培定睛看了一眼苏庆春,他们也不是傻子,苏铁军的话已经暗示得很明显了,他们也明白苏铁军唱的这一出到底是什么意思了,这一大早苏铁军又是腰不好,又是胃不好,说了这么多无非就是对昨天打地铺有意见。

一旁的何美珍自然明白苏铁军的真实目的,只是她万万没想到,昨天明明跟苏铁军商量好了,今天让他睡床,她们祖孙睡地下的,也答应得好好的,结果一大早他却当着儿子跟媳妇的面唱了这一出苦肉计。

于是她连忙说道:"那不是跟你说了嘛,晚上你睡床上,我们睡地下嘛,你还说这些干吗啊!"

"那么点地方你们两个人也不好睡啊,再说了,不是你说的子涵睡觉不规律,乱转嘛,我看啊,那地方,她连横着睡都没机会的。"

苏铁军的话都说到这分上了,苏庆春和黄小培也不是傻子,他们两人不约而同地进行了对视,他们已经明白了苏铁军的言下之意了,无非他就是对昨天打地铺有意见,不但是对打地铺有意见,对那个房间他也有意见。

现在是请父母来帮忙,黄小培自然不能做得那么难看,于是她笑着说道:"爸,我知道您的意思,确实我们这里的房子小了点,你和妈还有子涵一起住那里确实挤了一点,昨天晚上我和庆春也正在商量这事情呢,看是不是要换过一张大一点点床。"

"就那个房间,换大床能换多大啊?"苏铁军不以为然地说道,"我看啊,那里最多能放下一张1.5米的床,那可不是我说,要是真的那张床放下了,那也得两面靠墙了,不然根本没地方,而且剩下的位子连一个床头柜我估计都不能放下了。到时候，我们那些衣服啊，什么的东西估计就只有放沙发上了。"

何美珍听了，连忙说道："小培，没事，不用换床那么麻烦的，我们现在这么睡就挺好的。"

"莽子啊，待会你帮我一起挪一下那张床，把它靠左边墙，这样右边就空出来很多地方了，我和子涵晚上就睡地下好了，很舒服的，不要那么麻烦了。"

"妈，你这腿脚本身就不好，睡地下可能会不太好的。"苏庆春回道。

"是啊，还是买大点的床吧，没事的。"黄小培呼应道。

苏铁军见状，刚想说话，只见苏庆春马上回道："那个房间放大床确实跟爸说的一样，放了以后基本没什么落脚的地方，毕竟带着孩子，还是要有空间行走的，而且妈腿脚也不好，晚上起来起夜空间太小根本就不方便。"

黄小培一脸无奈地看着苏庆春问道："那你说怎么办啊？"

苏庆春沉思了一会，说道："我们这个房子也就这么大，要不就让爸妈睡我们那间房间吧。"

这话一出，已经坐在餐桌上大口吃着稀饭的苏铁军露出了满意笑容，他的计划算是终于得逞了，而站在苏庆春一旁的黄小培听到了这话可谓是惊讶不已。她瞪圆了眼看着苏庆春，但是苏庆春根本就没跟她眼神交流。

这让黄小培非常着急，此时她简直不敢相信刚刚自己耳朵听到的，而且她也从没想过有一天在这个她自己的家里，主卧会让给别人住。但是当着父母的面她有千万个不愿意，也不好直接呛回苏庆春的话，毕竟她也要顾忌一点苏庆春男人的颜面。

尽力回旋

现在的黄小培可说是又急又恼,但是却无处可说,好在婆婆何美珍还在这里,她听到这话后连忙否定道:"莽子,这怎么行呢,你们睡的房间怎么可以给我们睡。这可使不得啊,我们就睡这里,挺好的。"

听到这话,黄小培心中暗自松了口气,堵在胸口的大石终于疏通了一下。

但眼看自己的目的就要达成了的苏铁军看到何美珍在这里硬生生地插一杠子,也是恼火得很啊。他刚想把这个臭婆娘骂一顿的时候,没成想还没开口,苏庆春就发话了。"妈,没事的,反正你们住着也是临时的,我们没关系的。"苏庆春说道,"而且这房子说起来也就我们睡的那个房间稍微大点,你和爸难得过来,睡的舒心点也是理所应当的。"

"可是……"何美珍话还没说完就被苏庆春回了过去,"妈,这事情就不用再谈论了,就这么办吧,今天晚上你和爸还有子涵就搬到我们的房间睡觉吧。"

"诶!"

何美珍喊着的时候苏庆春已经转身往卫生间方向走去,看着一副不留一点商量余地的样子。她无奈地看了一眼黄小培,而此时的黄小培更是一脸懵逼,准确来说现在的她可以说是怒不可遏,脸都绿了。

黄小培心中暗自想着:苏庆春现在这算什么啊?自作主张?舍己为人?

但是他舍得不只是自己的利益,还把我的利益也搭上了。

在自己家里自己的房间却让别人给占了,这不是鸠占鹊巢嘛!

演变成现在这样的情况是黄小培之前万万没想到的,此时她根本顾不上跟婆婆沟通了,她也知道即使沟通了也没用,于是她连忙跟在了苏庆春的后面,试图说服苏庆春,看这事情还有没有回旋的余地。

而一旁的何美珍听到儿子这样的决定也是深感不妥，虽然她想不到鸠占鹊巢这么文绉绉的话，但是她还是知道这是儿子和儿媳妇的家，他们睡主卧实在不妥。而且她看着儿媳妇那脸色和神情也知道儿子的这个决定肯定是没有经过她同意的。

　　何美珍想着：就以儿媳妇昨天的生活习惯以及讲究劲，那是肯定不可能让别人占用她的房间的，要是真那样，何美珍真不知道到时候他们走了是不是她还要重新装修呢，且不说这个，就现在她肯定也不会同意这件事儿，即使是儿子强迫，那也是免不了一场争吵的。

　　于是她打算追上去，跟儿子说清楚。可是还没等何美珍走两步，她就被苏铁军喊住了："你干吗去啊？"

　　"我跟莽子说清楚。"

　　"说清楚什么啊，你给我赶紧过来。"苏铁军朝何美珍大声吼道。

　　何美珍看着苏铁军那副样子，也没敢再向前了，于是她慢慢地转身，缓缓地回到了餐桌上，并小声地说道："我们怎么可以睡他们的房间啊？"

　　"怎么不能睡？"苏铁军边喝着粥边不以为然地说道，"这个房子就只有三个房间，他们不是两个人一间，就是一个人一间，而且都是睡大的房间，好嘛，我们三个人一间却睡最小的房间，本来就不对。"

　　"我们人最多，那自然是住最大的那间了，我看啊，这个熊崽啊，这么多年总算是变乖了一点，听得懂人话了。"

　　"你还说呢，你刚刚说的那个睡地铺的事情医生哪里有说过啊？你这不是扯谎嘛。"

　　"我这么说就是要暗示这个熊崽我们不想睡那里。"

　　"你这样不太好吧？这里毕竟是他们的家，我们这样占着主卧肯定不行的。"

　　"怎么不行啊？我发现你总是搞不清楚状况的啊，"苏铁军横着眼睛怒瞪何美珍，"你要搞清楚哦，是谁把他养大的？我们是他父母，他的家就是我们的家，而且我们还是长辈，住主卧怎么了？我看啊，这样的安排才是最合理的，这个熊崽活到40岁总算是第一次做了件正事。"

　　"我们虽然是长辈，可是我们毕竟是客人，睡主卧总归不合适。"何美珍反驳道。

　　"我要跟你说几遍啊？我们是他的父母，吃最好的，住最好的就是应该的，不然养儿子干什么啊？"

"但是这样我总觉得不太好的。"

苏铁军见何美珍这么不听教,不耐烦地喊道:"你不要在这里跟我废话了,这熊崽都说了,你还叫什么叫啊?赶紧给我收拾东西搬房间。"

"子涵还在睡觉呢。"

"那赶紧叫她起来,这么晚了还睡什么睡啊。"

何美珍看了一眼苏铁军,而后抽身离开了餐桌,但是她并没有直接回书房,而是回头瞄了一眼继续得意地吃着饭的苏铁军,确认他没看着自己以后,她一个转身往卫生间方向走去。

话说卫生间那头,在何美珍和苏铁军展开一番讨论的时候,苏庆春夫妇也正在展开一场激烈的博弈。

当时苏庆春撂下话以后回到卫生间,还没等他拿起刷牙的杯子,黄小培已经干了上来,而且一上来便是咬牙切齿地小声质问道:"苏庆春,你什么意思啊?"

"什么什么意思啊?"苏庆春一边淡定地挤牙膏一边悠悠地问道。

"你说什么啊?你这不是明知故问嘛!"黄小培气愤不已。

"我真不知道你问的是什么事情?"

"你为什么莫名其妙把我们的房间让出来给你爸妈住啊?"

"你这才叫明知故问啊?你刚刚没听到我爸妈说的话嘛。"

"那我们搬出去住哪里啊?"

"我们还能住哪里啊,住书房呗。"

"书房?你没搞错吧?"黄小培说完意识到自己声音有点大,连忙又压低了声音低头朝苏庆春问道,"书房那么小,我们两个人怎么睡啊?"

"那昨天晚上我爸妈和子涵三个人都这么睡的,我们两个人怎么就不能睡了?"

"他们是打地铺,难道我们在自己家也要打地铺?"

"打地铺倒不至于,那张1.2米的床其实我们两个人一人睡一头也是能睡的。"苏庆春慢慢地解释道。

118
板上钉钉

黄小培见苏庆春还是一副满不在乎的样子，实在生气，她反问道："你听过谁在自己家里挤在书房一人睡一头的事情啊？"

"呵呵……我也不想的嘛，那现在不是特殊情况嘛，你先忍忍吧。"苏庆春在这时候还能淡定自若地笑着劝道。

"好，就算我们能挤一下，那书房也没有衣柜啊，我们总不可能换一件衣服还要跑到那个房间去找衣服吧？"

"这马上就夏天了，也没多少衣服的，以前我们租房子的时候不是有那种简易的帆布衣柜嘛，你到时候网上买一个放在那个书房不就好了。"

"你……"黄小培被苏庆春气得都卡词了。她反应了一会，而后又继续说道，"不是，问题是这么大的事情，你总要提前跟我商量一下吧？"

"我也是临时想到的，而且你也看到了，我爸爸的意思很清楚，就是不想打地铺，总不能让我妈睡地下吧？她那腿哪里能睡地下啊？"苏庆春和气地解释道，"你就忍忍吧，或者我爸就跟着我妈来几天，过几天就回去了。"

"谁知道过几天他回不回去啊？"

"你不是说当初说好了是让一个人过来的嘛。"

"对啊。"

"那肯定他们三个人一起来是没来过上海，想来玩玩的。"苏庆春猜测道，"应该就忍几天就回去了的，你总不可能他们来上海几天还搞得住得那么不愉快吧？"

苏庆春说完看着黄小培还是很生气，又补充道，"你看啊，要是他们坚持就是不住书房，我爸又闹着要回老家了，你那个培训班不也泡汤了嘛，那到时候也很麻烦的。"

说到这里，黄小培想了想也是，确实现在苏庆春都说了让他们住主

400

卧，她现在自己跳出来不让他们住显的自己一来个恶媳妇，二来嘛，就昨天公公那爆脾气，要是一直坚持不让他们住主卧，搞不好他还真有可能鸡飞蛋打，直接跑路了，到时候估计婆婆即使再想在上海帮忙也没办法了。

此时黄小培是被架在上面了，这事情不同意也得同意了，于是她只得无奈地说道："你说的就几天哈！"

"嗯，这几天我会尽快找个时间去跟我妈了解下情况，看下我爸是打算在这里住多久。"

"那你赶紧去问。"

"知道，我总要找个合适的时间嘛。"

黄小培听着叹了一口气，然后撂下了句："你这就是愚孝。"

说完便气冲冲地走了，而她刚走便碰到了何美珍。

"小培，我想了一下，我们住你的房间还是有些不妥的，你跟莽子说下，我们就不住了。"何美珍说道。

此时苏庆春也发现了母亲，连忙走了过来："妈，不是都说好了嘛，你们住主卧，就这么安排了。是吧？小培？"

黄小培是个非常懂得审时度势的人，换房间她确实很生气，也不能够接受，但是刚刚苏庆春分析的情况她也明白了，即使她万般不愿意但这换房间的事情就是板上钉钉的事情了，既然如此，那她又何必自找没趣呢？还不如做得大度一点。

于是她马上便呼应道："是啊，妈，没事，换房间就换房间。您这腿脚不方便，爸爸身体又不适，昨天是我考虑不周，也确实不知道爸爸这个身体情况。这要是昨天我知道了，其实我们就应该让你们住主卧的，那里毕竟地方大一点，而且离卫生间也近，你们平时晚上起个夜也方便。是吧？庆春！"

黄小培这话，虽然有点假，但是却听着很舒服，于是苏庆春连忙呼应道："就是啊，妈，小培说得对，昨天确实是我们本身考虑不周。现在既然都知道了你们的情况，肯定是你们住主卧的。"

"你爸爸其实就是那么个人，你们别当真，其实他没什么问题的。"

"妈，都说了，不管爸爸的病是真是假，这事情就这么定了，待会上午或者下午您得空了，就把东西都搬过去吧。"

"哦，对了，小培，你什么时候有空收拾东西啊？"

"这早上也没时间收拾了，估计要等下班了。"

"那你下班回来看下那些重要的、必须的东西你收拾一下，都拿到书房，省得老是到时候妈他们住进去了，还跑那个房间拿东西，也不方便。"

"嗯，我知道，等今天下班了就收拾东西。"

苏庆春这两夫妻唱的这双簧也是把何美珍看懵了，她看着明明刚刚黄小培还是一脸的不同意，怎么这会说话却这么爽快了呢。

不管是什么原因，何美珍也没时间也没必要纠结了，既然儿子和儿媳妇都这么说了，她还能说啥呢，只弱弱地再确认了一句："真的要我们住主卧啊？"

"当然是真的啦。"

说着苏庆春看了一眼客厅挂着的挂钟，发现已经7点了，于是他连忙说道，"妈，不早了，我要赶紧洗漱上班去了，这件事情就这么定了。"

说完苏庆春便又回到了卫生间洗漱去了。

"哦……"何美珍看着儿子匆忙离开的背影拖长了调子回道，接着她又朝黄小培问道，"小培，你跟妈说实话，你们真的考虑清楚了。"

而此时的黄小培看着这个时间也连忙说道："妈，现在确实好晚了，这事情就不再讨论了，就按庆春说的办吧。我也去叫轩轩起床了。"

她刚走两步又回头说道，"哦，对了，妈，待会你也尽快吃饭跟我一起出去吧，我正好带您去看下菜市场，让您熟悉下环境，中午我们一般都不回来吃饭的，你中午就做你们三个人的饭就行。"

"好。"

说着黄小培便飞快地向房间走去。

而苏庆春则匆忙拿了个煎饼就上班去了。

黄小培的学校近，吃完饭便提议带着公婆和小侄女去小区旁边的菜市场转转。

苏铁军嫌麻烦不肯出门，婆婆何美珍对路也还不熟悉，于是她也没带苏子涵，自己一人跟着黄小培一起出门了。

生活费

黄小培先直接送女儿苏子轩去了学校,也顺便让婆婆认一认女儿学校的具体方位,苏子轩的学校出了小区的大门,直走就到了,非常好找,何美珍认道也非常顺利。

而学校马路对面拐进去一个小巷子里就是菜市场,黄小培带着何美珍去的第二个地方就是菜市场,菜市场有条近路是直接通向小区后门,为了何美珍平时方便,黄小培还特意带婆婆又绕了一趟小路,一来二去的两趟,何美珍也差不多认识了。

黄小培看了下时间,已经八点多了,今天虽然她是第二节课,但是这里离学校走过去还是有点时间的。于是她说道:"妈,你看下你都认识路了吗?"

"差不多认得了。"

"菜市场这条路就是去轩轩学校的,这条路呢就是回小区的小路。"黄小培用手指再次确认了一遍。

"嗯,我知道了。"何美珍点点头。

"那要是您都熟悉了,我就先走了,这时间也不早了,我要赶回去上课了。"

"嗯,你有事就先忙吧,我这里再走走,应该找得到路的。"

"那行。"

黄小培刚转身还没走两步,何美珍就发现她匆忙地跑了回来,于是何美珍也没走了,就等着黄小培。

"怎么了?"何美珍问道。

黄小培没说话,直接从包里拿出了一小叠钱,看着像是提前准备好了的,钱被放得整整齐齐的。

她说边说话边把钱塞到了何美珍的手里:"妈,这些钱您拿着买菜用吧，我刚刚差点忘记这事情了。"

"不用，不用！"都没移步的何美珍露出喜色但拒绝道。

"妈，之前不都说好了嘛，生活费我们出，这买菜的钱我们出是应该，您就不要跟我客气了，拿着吧。"

"昨天莽子给了一些钱给子涵，我身上还有钱买菜的。"

"那钱是庆春给孩子零用的，怎么能用来买菜呢，您就拿着吧。"

"那，那也不用这么多嘛。"

何美珍也不知道这里到底有多少钱，但是望着一小叠的钱也不少的，于是她只谨慎地从中抽出了两张毛爷爷，多余的还留在黄小培手里。

"妈，您就都拿着吧，上海比老家那里里买菜肯定会贵些的，而且我们这一大家子这么多人，两百块钱也买不了几餐的菜，"黄小培说着又把剩余的钱递给了何美珍，"您就都拿着吧，你们想吃什么菜就买什么菜，我们也没什么挑剔的。"

"这些钱用完了您再跟我说吧。"

"真的不用这么多了。"何美珍继续拒绝道。

黄小培这边时间紧，也没时间多说那么多废话了，再说她老家那些喜欢假意拒绝人的习俗她是早就知晓的。她亲眼见过明明是正当的给的老人过年的压岁钱什么的，有些老人都会假装推三阻四半天的，要是碰到一些年轻的不懂眼力劲的人看到这场景也不好意思推来推去的，就真的不给了，那到时候这年轻人可是要被他们在后面戳脊梁骨的。

所以黄小培也不打算在大庭广众之下跟自己的婆婆来这场假意的推三阻四的，既难看又没什么意义，于是她转移话题说道："哦，对了，妈，一般周一到周五上课的时候我和轩轩中午都是不回来吃饭的，庆春也不会回来，今天中午您就做你们三个人的量就行，到晚上你就加我们三个人的量就行。"

"哦，好。"

"对了，那轩轩今天要去接吗？"何美珍连问道，"她几点下课啊？"

"今天我还没上培训班，您只要做好饭就行了，轩轩我会下班回来顺便接她去补习班上课的。"

"轩轩每周五都有书法课，我们一般没这么早回去的，估计要7点左右到家，庆春差不多也是这个时间到家。"

"哦，好，那我就7点之前做好饭。"

"嗯。"

黄小培看交代得也差不多了，手里还有婆婆没接的钱，于是她迅速把钱塞进了何美珍上衣的宽松口袋里面。并撂下话："钱您都拿着吧，别丢了。"说完她便直接离开了。

何美珍看着儿媳妇这波操作，心里其实也是非常高兴的，虽说嘴上拒绝儿媳妇的钱，但是心里肯定是高兴拿到了这些钱的，有谁不喜欢钱啊，再说这些钱是给她买菜的钱，她拿得也是理所应当，只是当着面她总要假意不要做做样子的。

黄小培的这个行为倒是一下子让何美珍感觉这媳妇也没想象的那么难相处了，至少还是懂得一些做人的道理的。

等黄小培走后，何美珍眼睛睁得铮亮，连忙把那叠钱从口袋里掏了出来。她环顾四周，看着菜市场人来人往实在太多了，定睛一看，前面有个小巷子，似乎没人，于是她连忙走进了小巷，这里与其说小巷不如说是人家垃圾回收站。

一般不是收大垃圾的，确实不会有人来这个恶臭的小角落，而此时的何美珍可顾不得这里的味道，她匆忙走到垃圾场旁边，又鬼鬼祟祟地把钱从口袋里掏了出来，口水吐在右手大拇指上，手法娴熟地数着钞票的数量。

"1……10！"

确认清楚是十张白花花的百元大钞以后，她脸上露出了慈母般的微笑。而后连忙揣进了裤腰袋里面，她这个裤腰可不同于别人的，一般人的裤子口袋都是设计在外面的，她的则刚好相反，口袋是设计在里面的，这种独家设计当然不是厂家考虑周到，而是何美珍自己设计的。

她平时对钱非常谨慎，生怕丢了一分钱，所以一般轻薄的裤子她都会缝上一个小袋子，就是为了放钱，不过这个袋子也确实很实用，别说是10张，就算是再来十张它的容量也不在话下。

钱装进了何美珍自制口袋的那一刻，她心里真是美滋滋的。平时家里管钱的都是苏父苏铁军，她自己身上根本就没有装过什么大额的钞票，拿着这么多现金买菜，何美珍还是大姑娘上轿头一回呢。

确认钱放好以后，何美珍才敢挪动步子，而这时她才闻到了垃圾场散发出的阵阵恶臭的气味，熏得她连忙用右手猛力地捏着鼻子，但是同时她也发现右手离开了钱的"视线"范围，又连忙把右手放了回去，左手上阵。

120
买菜

这笔钱在何美珍心里可是沉甸甸的,她每走两步都要把手往口袋里摸一摸,虽然口袋的设计按照常理没人伸进裤子里是偷不着的,但是她还是不放心。

走到了菜市场人潮汹涌的菜道上,她一抬头,发现这个菜市场非常大,生鲜、家禽、海鲜、熟食等都是分区的。

此时正是菜市场人最多的时候,何美珍抬头望去就是乌泱泱的一堆人,这场景对于何美珍来说真的挺可怕的,倒不是说这么多人她没见过,在乡下,每年到了春节的时候,镇上赶集人也是多的,只是现在的何美珍不一样了,她身上可是带着"大笔钞票"的。

每当抬头看人的时候,何美珍总感觉身旁买菜的人都在看着她,那种眼神让她感觉他们都知道她身上放了 1000 块钱想要偷她的钱或者觊觎她的钱似的。于是,她的右手由之前是几步一确认到没敢再离开口袋的地步了。

平时何美珍买菜的时候货比三家不说,所有买过来的菜那都是要经过她亲选的,那种商家洒水的,菜表有些蔫了的,她绝对不可能让老板算进去的,要是称完菜发现老板给她四舍五入了她非得让老板赔根葱才肯走的。而今天何美珍绕着菜市场走了一圈,看着都是差不多的,路过的每个商贩问她要买什么菜,她都只笑笑然后便走了。

突然来这么大的菜市场,她还真有点怯场了,终于走到尽头的一家菜铺,她停了下来,没地方走了。

"要什么菜啊?"

这回何美珍也没得选择了,她看了一眼,菜铺上好多菜她都不认识,也没见过,想吃也不知道该怎么问。

她思虑了片刻,突然抬起左手指了指几个菜。

"这个，这个……"

她居然让老板自己拿菜了，这可是从未有过的大气啊。

当然她这么豪气不光是今天身上有钱了，还有确实是因为她此时的右手正放在口袋里保护"千元大钞"不方便，左手挑菜也不便，还有主要是有一个原因，她普通话不太好，第一次来这么大菜市场买菜也是真有点怯场，让她讨价还价也没那个能力和气场了。

老板见她不动，再三确认了一下："是要这个吗？"

"嗯！"何美珍点点头，见老板多拿了点，倒是会说，"多了。"

老板也识相，每样菜都给了差不多的量。

菜贩直接按照她的要求称了称菜，最后算了一下，而后用上海话说道："35.5元。"

何美珍在年轻的时候在上海是当过一段时间保姆的，虽然时间已经非常久远，久远到苏庆春还未出生，算起来快40年了，上海话虽然她不知道怎么说，但基本的一些数字她不能说是听得一定完全准确，还是听得懂大概。

"35.5块？"何美珍用蹩脚的普通话重复问了一遍。

菜贩点点头。

"蔬菜都这么贵啊，难怪小培要给我这么多钱啊！"何美珍心里想着，虽然她心中觉得价格有些高，但是今天也是特殊，谁叫她没提前问好价钱。菜钱是儿媳妇付钱，可是转头又想：小培他们赚的钱也是辛苦钱啊，这也太贵了。但是人家老板称都称了，总不可能不要吧？真不要她会不会追着我骂啊？算了，都称了贵也买吧。

在各种思想斗争和再三犹豫以后她还是小心翼翼地从右边口袋里掏出了一百块大钞缓缓地递给了菜贩。

菜贩看到何美珍递出的现金只是看了看，并没有直接收，而后她继续用上海话说道："我这里没那么多零钱啊，你能扫码吗？"

这回何美珍是真的一点没听懂，她看着对方连100百块大钞接都没接，猜想对方肯定是对这钱的真假有怀疑，这是她多年来生活的经验。于是她便用夹着江西口音的蹩脚普通话解释道："这钱不是假的哦，是儿媳妇给我的，是真的。"

对方听到口音以后，连忙用普通话说道："我不是说这钱是假的，我是问你用手机会不会扫码啊？"说着菜贩老板指着上方挂着的一个微信二维码牌子说道,"微信扫码,就是手机扫码,微信不行支付宝也可以的。"

什么扫码,何美珍听都没听过,她抬头看着挂着的那个牌子一脸懵。

"说了这是真钱,不是假钱,你放心吧。"何美珍也不管对方说什么,只一味地解释道。

菜贩老板看着何美珍的样子,也是看出来了,她估计压根不懂什么微信扫码这回事情。于是她无奈地接过何美珍手里的钱,并到隔壁的菜商那里兑换了钱,找零给了何美珍。

这一波操作,何美珍总算是明白了,说道:"就是啊,你看不懂钱早就该找别人看一下的嘛。"

等菜贩把零钱和菜给了何美珍以后,她还说道:"知道了吧,我这钱不是假钱。"

菜贩刚想解释,何美珍转身便气鼓鼓地走了,她便走还边嘀咕道:"这老板,钱都不认识,都不知道怎么做生意,真是的,还冤枉我用假钱,小培会给我假钱嘛,真是气死我了。"

话说着的时候,迎面过来一个人,不小心轻轻地擦了下她的肩膀,这时她又意识到自己右手正拎着菜,生怕刚刚那人是小偷,连忙换过手拎菜,右手则连忙摸了摸口袋里的钱,她根本不敢掏出来,怕钱见光,只能心里一张一张数着钱。确认没少钱以后才敢继续往前走。就这样,她揣着"大笔的钞票"小心翼翼地走过各个生鲜、家禽、鱼类、海鲜菜摊。到了上午十点多她才算是在大力保护钱财不丢的情况下把一天的菜给买完了。

一家六口人的菜也不少,只见她两手提着大袋小袋的菜,但是右手边的菜始终直接贴着裤子。顺着黄小培说的小路,何美珍清晰地找到了回小区的路,一切都非常顺利。

| 121 |

搬房间

何美珍这边总算买完菜回家了,而等在家里的苏铁军可是等得焦急万分,眼看着都快十点半了,8点出去的老伴到现在还没有回来,他倒不是担心老伴走丢了,而是嫌弃何美珍做事情拖拖拉拉。最重要的是苏铁军这边还有事情等着何美珍去落实,所以这一上午的时间他虽然跟着孙女苏子涵在家里看电视,但是心却不在电视上,时不时地走到窗户旁边探头查看何美珍回来了没有。

平时在家里这爷孙俩可是会为了争遥控器吵得不可开交的,苏子涵今天上午倒是高兴了,爷爷终于不跟她抢遥控器了,不熟悉的大伯和大伯母也不在家,最主要的是家里有各种各样吃过和没吃过的零食,平时会管自己的奶奶也不在家里,这一时刻对于苏子涵来说简直比春节还要幸福。

只见她舒心地且一副肆无忌惮的样子斜靠在沙发上,屁股则坐在地上,一只手里拿着海苔,一只手拿着薯片,两只手左边一次右边一次配合得不亦乐乎,一会儿对着电视哈哈大笑,一会儿又自言自语似乎在评论着剧情似的,但是明显旁边的爷爷可没空理她,她明显也没指望爷爷反馈,头也不回地直勾勾地继续盯着电视。

不同于苏铁军无比期盼何美珍回家,苏子涵可是巴不得这个唯一会管她的奶奶不要这么早就回家。

可不管是期待还是不期待,何美珍如期地回家了,听到开门声以后,苏铁军第一时间从沙发上站了起来。

原本何美珍高兴地开门还想跟大家分享一下上海的这个菜市场有多大,可没想到,一开门便看到了脸色难看的苏铁军,只见他耷拉着脸还没等何美珍说话,便不管三七二十一,直接灰头土脸地骂道:"你死哪里去了,这么晚才回来。"

"我这不是去买菜了嘛。"何美珍一脸莫名地回道。

"买菜买半天,你是把菜市场的菜都买回来了啊?"苏铁军骂道,话说完他又看了一眼何美珍手里提着的菜,还真是大包小包买了不少。于是他继续说道,"你怎么买这么多东西啊?"

"人多嘛,菜肯定要这么多。"

何美珍被苏铁军这么一叮,反而有些心虚了,说话的时候手不自觉地摸着右边口袋里的钱。

"那也不要这么多菜啊!"

苏铁军刚想去翻看都买了些什么菜的时候,何美珍生怕苏铁军靠近自己而发现异常,赶紧从袋子里掏出了一袋水果。

"也没买多少,就是看到有些水果比较新鲜,买了点。"

"那买这么菜也不至于要这么久啊?"苏铁军问道,"菜市场离这里好远吗?"

"哦,没有,不是很远。"何美珍提着菜往厨房边走边说道,"我这不是路还不是很熟悉嘛,小培来回给我带了好几次,再说刚刚小培……"

何美珍刚想说儿媳妇给了她1000块钱买菜,她担心被偷小心护着,但一张口她就觉得不妥了。心想着要是告诉苏铁军,他肯定又是要拿去的,这钱肯定不能让他拿走了,不然钱一到了苏铁军那里,再要回来可就难了。这也是何美珍一进来就怕被苏铁军发现自己身上有钱的原因,于是她连忙停住了。苏铁军见她欲言又止,大声问道:"嗨……能怎么样啊,小培带我找了好久的菜市场,又让我走了一圈,我还是有点懵,转了好几趟才找对路。"

"我就说你蠢得要死吧?你还不信,你就是干什么事情都干不好。"苏铁军又找到了数落何美珍的理由了。

何美珍被骂也没还嘴,放下菜以后她从左边口袋里掏出了老年机,一看手机才10点半。

"这不是还早嘛。"

"早什么啊,这都10点多了。"苏铁军说道,"你是什么都不怕晚。"

一上午的经历,何美珍也累了,她走到餐厅的椅子上坐下,这时才想起来苏子涵。

"子涵!"何美珍大声喊道。

"喊什么啊,在这里呢。"

何美珍站起来才发现苏子涵在茶几和沙发之间坐着。

"子涵,你这是在吃什么啊?"

"你别管这么多了,她一上午在这里都是好好的,你干好自己的事情就行。"

何美珍慢慢地回道:"今天中午就我们三个人吃饭,还不用这么早做饭的,不着急。"

他听着何美珍还是不紧不慢的样子,站起来也走到餐厅大声喝道:"吃什么吃啊,你就知道吃,除了吃你就不知道干别的事情啊?"

"我们这也没什么事情可以做啊?"何美珍一脸无奈地回道。

"还没别的事情啊,你个蠢货,我们要搬东西啊,这都忘记了?我就说你就是个蠢货……"

"搬什么东西?"何美珍早就习惯了苏铁军说话张口就是脏话的语气了,只好奇地问道。

"你个蠢货,你要我怎么说你啊,"苏铁军又是一副吃人的样子恶狠狠地质问道,"你说搬什么东西啊?当然是搬房间啊!"

不过苏铁军再大声坐在一旁看电视的苏子涵也没有被影响,可能她已经免疫了苏铁军说话的音量了。

"搬房间?"何美珍一下子还没反应过来,几秒以后她继续问道,"你说的是莽子房间啊?"

"那你以为搬什么房间啊?"

"早上不是说好了等小培他们回来,整理好了东西我们再搬进去吗?"

"等什么等啊!我中午就要睡觉的,难道还要让我等他们回来才能睡午觉不成?"

"他们下午下班了就回来,中午我们就先凑合一下吧。"

"凑合什么凑合啊?"苏铁军肯定道,"今天中午我就要睡到那个房间去,你别给我废话,赶紧搬东西去。"

"可是他们都没有整理东西,直接搬过去会不会不太好啊?"何美珍觉得有些不妥,小心地问道。

"有什么不好的,难不成他们还怕我们偷东西不成?"

"偷东西那倒不是。"

"那不就是得了。"

何美珍还是愣站在餐厅,并没有想行动,她觉得在儿子和儿媳妇没来收拾的房间里自己擅自动东西实在是太不合适了,这种事情她真做不出来,总感觉自己不是小偷胜似小偷。

411 | 搬房间 |

私房钱

几分钟之后,苏铁军发现何美珍还是坐在客厅没动,于是又站起来大声喝道:"你还坐在那里干吗啊,赶紧去收拾啊。"

"就这么进去他们的房间,我总感觉不太好吧?"

"什么不太好啊?"苏铁军回道,"你再给我废话,我待会直接把他们的东西扔到书房去了。"

何美珍一听苏铁军这话,连忙说道:"那……那你别动了,我来弄吧,别到时候把他们东西给弄坏了。"

说着何美珍连忙站起来,不过此时她的手又赶紧放到了口袋不远处,来挡住鼓起的包。

"你回去看电视吧,我来收拾就好。"

说完何美珍便急匆匆地赶回了书房,不过她回书房的第一件事情不是收拾东西,而是在想把这身上多余的钱藏在哪里才能不让苏铁军发现?她四周扫射,发现书房的空间实在是太小了,而且一览无遗,要找到"私房钱"的藏身之地还真不容易。

突然,她发现了床与床垫之间有一个小缝隙,于是她灵机一动,马上找到一个黑色的塑料袋把钱装好,并塞进了床与床垫间的缝隙里面,但是这钱的数量明显有点厚了。于是她掏出8张毛爷爷再次试了试,果然这样刚刚合适。而另外的一些钱,她又在犹豫了,这钱怎么处理呢?

与此同时,苏铁军也没闲着,他见何美珍进房间了,对她买的菜还是不够放心,便独自走进了厨房一查究竟。

他看着何美珍这几大袋的除买了很多蔬菜不说,又是买肉,又是买鱼,还买了水果。这对于一向节俭的苏铁军看来可是大手笔啊。

"这败家娘们,这是要花多少钱啊?"苏铁军气急败坏地说道。

说完他又大声喊道:"你怎么买这么多菜啊,是谁出的钱啊?"

但是此时在房间找私房钱藏身之所的何美珍压根没听到，于是苏铁军便匆匆地来到书房。

只见何美珍正在自己的包裹里翻找着什么，苏铁军的出现吓了她一激灵。

苏铁军此时可没时间质问菜钱的事情，他疑惑地问道，"你这是在干吗啊？"

"没……没干吗啊！"何美珍眼神闪烁地回道。

刚想把多余的钱藏起来的何美珍没想到苏铁军会出现在房间，着实是吓到了，说完她又觉得不妥，连忙解释道，"哦，我这不是收拾东西嘛。"

"收拾东西？"苏铁军说道，"我看你怎么像在藏什么东西啊？"

"藏东西……呵呵……"何美珍尴尬地笑了笑，说道，"也算是藏东西吧。"

"什么叫算是啊？"苏铁军问道，"你藏啥了？"

"也没啥。"何美珍故作镇定。

犹豫了半刻以后，何美珍缓缓地从口袋里掏出一张一百的，还有几张零散的零钱说道，"我刚刚其实是想藏钱。"

"你这哪里来的钱啊？"

"这是小培今天给我的200块钱，我在想我要放哪里合适呢。"

"什么钱啊？"

"买菜的钱啊。"

"小培给的？"苏铁军带着一脸疑惑地看着何美珍问道。

"是啊！"

"刚刚那菜也是拿这钱买的？"

"那当然了，这不还剩这么多钱嘛！"

"哦，"苏铁军松了一口，"刚刚我还想问你怎么买这么多菜呢，是他们给的钱还差不多。我还以为你是拿自己的钱买这么多菜呢。"

"那肯定不会的啦，我也得有这么多钱啊，"何美珍说道，"我身上有多少钱你还不知道啊？除了昨天到你身上拿了20块钱买了一桶方便面给子涵吃，没把零钱还给你，就没别的钱了。"

"刚刚你就是藏这个钱啊？"

"对啊！"

"你真是没见过钱,就这么点钱还要藏什么藏啊?"

"那我不是怕丢了嘛。"何美珍说着又小声地问道,"要不这钱放你那里吧?"

"这点钱你就放身上好了。"苏铁军瞟了一眼何美珍手里的钱,一脸不屑地说道,"不然明天买菜又要向我要,麻烦的很。"

"哦,那也行吧,确实现在每天买菜要花的钱也不少。"何美珍说道,"这里的菜可不便宜。"

"那肯定了。"苏铁军说道,"那这钱她说了算几天的菜钱不?"

"没说,就说用完了跟她说。"

"哼,她们啊,说是赚大钱啊,拿起钱来真是小气,明显这么多人吃饭,拿钱买菜就拿200,这些钱按照你的买法啊,我看啊,根本撑不过三天。"

"嗨,反正她说没了就跟她说。"

"那没了你一定要赶紧说哈,别傻不拉几的自己贴。"

"我哪里能贴啊,也没钱啊。"

"那就行。"苏铁军说完刚想走,突然又停了下来,朝何美珍问道,"哦,对了,昨天熊崽给子涵的钱你放哪里了?"

"子涵?子涵什么钱啊?"何美珍迟疑了一会,假装一脸懵逼地问道。

"你说什么钱呢?不就是上门的钱啊。"苏铁军一脸凶神恶煞地质问道,"你不会把这钱给弄丢了吧?"

"哦,你说这钱啊!"何美珍心里可是跟明镜似的,那里会忘记这个钱啊,只是她不想给苏铁军而已。

"不然你以为呢?赶紧去拿过来,这钱就放我这里吧,不然真怕你稀里糊涂地丢了。"

何美珍支支吾吾地说道,"这钱……我好像……放,放包里了吧?"

"这还能好像?你赶紧给我去找下。"

"哦……我去看看哈。"

何美珍嘴里这么说,心里却在暗自庆幸刚刚还好没把小培给她的钱放到了这里面,不然这一下子就露馅了。只见她缓缓走到床边,从自己带来的大包里慢慢地拿出了那笔"上门礼"。

苏铁军看到后,脸上顿时露出了笑容,他快速踱步走到了床前,一把拿过何美珍手里的钱,说道:"这个钱我就收起来,免得你弄丢了。"

收好钱以后苏铁军还不忘说道,"你这个人记性啊不太好了,真是不合适管。这钱什么时候要用了再到我这里拿吧。"

"哦。"

这钱终究还是没能逃过苏铁军的眼,何美珍虽然不舍,但是她清楚只要过了苏铁军眼的钱,绝对不可能在她身上留着的,现在她唯一庆幸的是没把黄小培给的钱放在一起,这真是明智之举啊。

房间易主

等何美珍如数上交公款以后,苏铁军又叮嘱道:"你别磨蹭了,赶紧收拾一下,搬房间。"

"真的不等他们来了再搬了。"

"我说话你是听不懂是吧?说了中午我要休息,等什么等啊?"

"可是我刚刚看了他们房间东西还挺多的,我们现在搬过去,好多东西都会给他们弄乱了。"

"弄乱了怕什么啊,收拾一下不就好了,"苏铁军说道,"你别磨蹭了,再磨蹭都要到中午了。"

说着苏铁军随便把眼前何美珍装贵重物品的袋了提了起来,又说道,"我先把这包拿过去,你赶紧把别的东西也收拾一下。"

此时的何美珍虽然觉得这么擅做主张很不妥,但是看苏铁军的架势,她也不得不从,不然他今天肯定要闹翻天。等苏铁军走后,何美珍为了以防万一,第一时间把刚刚藏的八百块钱从原来的地方掏了出来,放到了身上,何美珍猜想刚刚她身上的钱苏铁军已经看到了,现在肯定不会对她身上的钱怀疑的,所谓最危险的地方就是最安全的地方。藏好钱,她便开始慢慢整理房间的东西了,等她整理了一包拿到儿子房间的时候路上便碰上了回来的苏铁军。

何美珍说道:"算了,你就不要动手了,我来搬就好了,也没多少东西。"

"没事,我来给你一起搬吧,就你一个人我都不知道我中饭有没有的吃,赶紧的吧。"

说着苏铁军便回到了书房,果不其然,苏铁军一进来并不是搬东西,而是去翻找他刚刚进来看到何美珍藏钱的地方。

他翻了半天,也没找到什么,自言自语道:"还真没藏钱啊!没藏钱鬼鬼祟祟的，真是的，害得老子找半天。"说着苏铁军便甩手离开了书房。

此时何美珍也回来了，问道："诶，你就不搬了？"

"我看了，就那么点东西，你一个人就够了，"苏铁军双手反手放在身后，悠哉悠哉地说道，说完又补充了句，"不过你赶紧哈，我都饿了。"

"哦。"

何美珍一脸疑惑地看着苏铁军回到客厅，她连忙跑回书房，并迅速查看刚刚她藏钱的地方，果然这个地方已经被苏铁军翻得一团乱，看到这个景象，何美珍忍不住笑出了声。

这一局何美珍彻底赢了，面上何美珍对苏铁军一般都是支持的，但私底下两夫妻一辈子就这样斗智斗勇。

话说何美珍把书房里自己的东西很快就搬到了苏庆春的主卧室，但是她看着苏庆春这一房间的东西摆得琳琅满目，真的不知道该怎么动手，从何从手？

"老苏，你过来一下吧。"

"什么事情啊？"苏铁军不耐烦地大声喊道。

"你过来一下吧，我实在是不知道该怎么整理了。"

"该怎么弄怎么弄。"

"这真的不好弄，你过来一下吧。"

苏铁军气得大声自言自语骂道："真是废物，干个什么事情都干不好，没用的东西。"

这时的苏子涵回头看了看爷爷的"小情绪"，不过转身就继续关注着零食和电视去了。

发泄后苏铁军也只有无奈地来到了苏庆春的房间。

他看着床上折叠整洁的被子，梳妆台也摆满了化妆品，虽说东西多，但是房间收拾得还是非常清爽整洁的，他不禁质问道："这不是好好的嘛，怎么不知道收拾了？"

"就是这样才不知道怎么弄啊？"何美珍说道，"你看她收拾得好好的，我这一顿乱收拾，那不是要被他们骂死啊。"

"什么骂死啊，搬房间是之前说好了的。"

"但是我们说好的是等他们来啊。"何美珍明显还在为等儿子儿媳妇回来再整理房间抱着一点希望。

"我发现我说话是不是你听不懂啊？说了半天还在这里跟我说废话，你真的就是会吃饭。"

说着苏铁军站在床脚下蹲下身子，一边双手牵起床单，一边大声喊道："赶紧你牵床头，我牵床尾，直接把这被子挪过去便是啦。"

"就这样啊？"

"不然你还有更好的方法吗？"

何美珍思虑了半刻，悠悠地吐出："哦……"

"你还愣着干吗啊，赶紧啊！"

此时的何美珍也没有别的方法了，只有按照苏铁军的方法照做了。

就这样，苏庆春床上的所有东西，被何美珍和苏铁军直接按照乾坤大挪移的方式，连床单一起打包移到了书房。

书房的床小，放下去枕头都掉地上了，何美珍连忙把床上的被子和枕头整理了一遍。

至于那些黄小培放在梳妆台上的护肤品什么的，苏铁军正要找出个塑料袋打包时，何美珍看到后马上制止了。

"诶，这个化妆品还是别动吧？"

"不拿过去，你打算等到过年啊？"

"我不是这个意思，我是想着化妆品女孩子肯定都比较爱惜的，听老付说这些东西也都很贵，也是小培自己私人的东西，我们还是不要乱动了，要是碰坏了一样可就不好。而且这些东西放在这里也不影响我们中午睡觉，就先放这里吧，这些等小培下班了回来再让她自己搬吧。"

"那这些衣服呢？"

"我们不就住一会嘛，衣柜的衣服肯定不要动了，再说了那书房也没衣柜啊。"何美珍说道，"这些就不动了吧。"

苏铁军想了想，说道："行吧，反正这些东西都不影响我睡觉，这化妆品、衣服什么的，只要他们不嫌弃来回跑，就放在这里我也没意见。"

"就是嘛。"

在何美珍的坚持下，这些才被原封不动地保留了，而黄小培和苏庆春两人也在毫不知情的情况下，自己的房间就这么易主了。

何美珍刚把这个房间的床单铺好，苏铁军立马躺在床上，伸着懒腰喊道："哎，还是大床舒服啊，昨天我都没睡好。"

何美珍看到他那一副得了便宜的样子，也真是哭笑不得。

"你还站在这里干吗啊?"苏铁军转身看着何美珍说道,"赶紧做饭去啊?"

"我这里总要稍微收拾一下吧?"

"收拾什么啊?我都饿死了,赶紧给我做饭去。"

"哦。"何美珍这边也只有无奈地按照苏铁军的吩咐回厨房做饭了。

盛情难却

此时在学校上班的黄小培显然不知道自己的房间已经被公公婆婆占领了。

今天是礼拜五，她正常地上着课，等黄小培下完第二节课准备下班的时候，突然接到了乐平云的电话。黄小培看了看，也知道乐平云来电的意思，想着昨天跟苏庆春商量的结果，她自己也想了想，要是苏庆春不去，她也不去了，她其实对乐平云的老婆并不感冒，到时候也没什么话题。思虑了几秒后，她才接起了电话。

"喂，小培，在忙吗？"

"哦，还好。"

"呵呵……"乐平云直接说道，"不知道之前我跟你提议的请你和苏医生吃饭的事情你们时间确定好了没有？"

"哦，是这样的，我正好也想跟你说这事情呢，我跟我老公说了一下，感觉吃饭没必要了，我们也没帮你什么忙。"

"诶，这话说的，你们那天可是帮了我大忙了，再说了，没帮忙也可以请你吃饭啊。"

"你看要不就这周六行吗？"

"周末我想苏医生应该也不会那么忙吧？"

"他最近医院比较忙，而且这周六他又是值班，真的不方便。"

"哦，值班啊？"乐平云说道，"也没关系啊，那我换成周日，你看怎么样啊？"

"嘿嘿……"黄小培尴尬地笑了笑，说道，"你真的不用这么客气的，我老公他这个人不太爱应酬，即使换成周日估计他也不太愿意出来的。当然跟你没关系哈，他这人就是这样的，平时即使是熟人，他都不怎么爱出来吃饭的，偶尔他们自己科里聚餐都经常不去的。"

黄小培本来想了好多种借口，没想到最后还是把实话说出来了。

"哦，这样啊，"乐平云在电话那头迟疑了一会，而后继续说道，"那可能你老公觉得我们还不是非常熟悉，不太愿意来吧。本来我还真想当面好好谢谢他那天的帮忙呢。"

"答谢的话我昨天已经转达了，"黄小培说道，"不过他也说你母亲的事情，他真的没做什么，别说是认识的人，即使是一个路人，他作为医生看到那样的情况该帮忙的也都会帮忙的。"

"诶！苏医生实在是太客气了，他真是一位好医生，这件事情对他来说可能是小事，但是对我们来说可是帮很大忙了。"乐平云停顿了一会，继续说道，"小培，你看要不这样，你老公可能是真的觉得我们本身不太熟悉，就不太愿意来，这点我也能够理解的。但是你不一样啊，我们可是多年的老同学啊，又这么多年没见过面，我请你吃顿饭，你总要赏个脸的吧？"

"我……我其实明天要去培训班补课，也不是很方便。"

"培训班？是你上课吗？"

"是啊！"

"你还在当老师是吧？"

"呵呵，是啊，我还能干什么啊？不就只能当当老师啊。"

"当老师挺好的。"乐平云说道，"培训班上课那也是有时间的嘛。你们培训班几点下课啊？我到时候直接开车去你们培训班接你去饭店。"

"真的不用客气了……"

"诶，你说这话就见外了，首先是你们帮了我忙，我只不过请你们吃顿饭而已，本来也都是应该的，而且我们也是老同学，你真的不要这么客气的。"乐平云继续追问道，"你们培训班地址在哪里啊？大概几点下课？"

黄小培明显不懂得怎么拒绝人，她听着乐平云的话，实在不懂得该怎么回绝。

乐平云听出了黄小培的犹豫，继续说道："小培啊，我们毕业也有十来年了吧，这么难得又都在上海，原本我以为你在你老家工作的，从未想过会在路上碰到你，这是多么难得的缘分啊！"

"是啊，我们毕业是有十来年了吧。"

"有啊，已经13年了，我们也从青葱大学生慢慢步入中年行列了。"

乐平云又继续说道，"我不管了，老同学，这回你是来也得来，不来也得来的，就这么说定了哈。地方我来安排，明天你老公没空没关系，那我就请黄老师赏个脸过来一起吃个饭吧，不知道黄老师意下如何？"

黄小培听他的口气非常坚持，也有些幽默，这跟她印象中有些害羞的乐平云完全不一样了。

她印象中的乐平云是个害羞、长相非常文静斯文的学霸，那时候可以说是女同学心目中的小男神，但是却是那种只能远观的校草，总体来说读书时期的乐平云给黄小培的印象还是不错的，没想过十来年的功夫，乐平云似乎变得非常老练和风趣了。

本身苏庆春这边坚持不去赴约黄小培就有点不太好意思，面对乐平云这样的盛情，假如她还坚持不去的话，黄小培这心里也确实觉得有点说不过去，毕竟是多年未见的老同学，这点面子还是要给的。于是黄小培回道："那行吧，明天晚上就明天晚上吧，我这边应该是下午6点前会结束。"

"好，那你告诉我你培训班的大概地址，我到那里接你。"

"接就真的不用了，你直接告诉我吃饭的地方吧，我打车过去。"

"哪有让恩人打车的道理啊，你告诉我地址，我去接你。"

黄小培实在是不知道咋回绝了，只无奈地回道："我这边在闵行区XX路。"

"哦，那里啊，那里我很熟悉啊，"乐平云说道，"要不酒店就安排在那旁边的，那边地方我之前住过好几年呢。"

"哦，这样啊。"

"是啊，我是这几年才搬走了，那边我记得有家清湖大酒店吧，那里离你学校不远的，那里的菜挺不错的，你觉得怎么样啊？"

"饭店随便你吧，不过清湖大酒店我倒是认识的，"黄小培说道，"离我这挺近的。"

"那就好，那就这么定了，就定在清湖大酒店吧。"乐平云说道，"明天我会在6点之前准时到你们学校接你。"

"酒店离我很近，我下了课以后直接就过去了，不用来接我了。"

乐平云犹豫了一会说道："那也行吧，待会我订好包厢就把信息发给你。"

"嗯。"话说着黄小培见到一个学生正站在办公室门口敲门。"那要不就先这样吧,我这边有个学生过来了。"
"行,那就先这么说,明天见!"
"嗯,明天见!"

小摩擦

周五下课了以后黄小培按照平时作息一样,下了课就去苏子轩的学校接她,并把她送到了补习班上课,一般下完课加上路上的时间,她们大约在晚上7点左右才到家。

而平时黄小培这时候还要去买菜,即使不去买菜,回家也要准备晚饭,再快也要在8点左右一家人才能吃饭。

而今天,她进门的时候便闻到了一阵香喷喷的菜香味,走到餐厅她看到婆婆何美珍已经准备好了一桌的晚餐心中真是一暖,这可是她最梦寐以求的日子啊。

下班了有人做好饭,拖好地,洗好碗,自己只需要张嘴直接吃,这样的日子该是有多么的惬意啊。

这一天终于到来了,黄小培心中暗自发笑,心想着:这钱没白花啊,早该听小敏的,早点让婆婆过来帮忙了。

而何美珍见到儿媳和孙女回来了,也是一脸笑容地说道:"回来了啊?"

"是啊!妈。"黄小培笑着说道,"饭做好了啊?"

"呵呵,是啊,刚刚做好,你们来得正好。"

"妈,辛苦了。"

"嗨,这算什么辛苦啊。"

"轩轩,赶紧去洗洗手,吃饭了。"黄小培笑着说道。

"不等莽子了啊?"何美珍心里永远都是把儿子放在第一位,生怕大家先吃饭把儿子忘记了。

"哦,他刚刚给我打电话了,马上就到。"

"哦,那正好,我们就等等他吧。"

"没关系,妈,你可以先盛饭给孩子吃,庆春马上就到的,不用等的。"黄小培说着正准备往房间走去。

何美珍看着黄小培这阵势是要回房间了,她这时心里忐忑不安,想着上午他们老两口擅自主张搬了东西这事情做得本来就不对,这回儿媳妇已经回来了她在犹豫要不要跟小培说下。最好还是跟她提前说下,也好让小培有个心理准备。于是她小声喊道:"诶,小培……"

"妈,怎么了?"

何美珍刚想说话的时候,只听到苏子轩大声喊道:"啊……子涵,你怎么把我的书扔地下了啊?"

黄小培被苏子轩的声音给吸引了,连忙赶到了客厅。

她一眼望过去只见苏铁军正坐在沙发上看电视,而苏子涵则席地坐在地上,旁边放着苏子轩平时喜欢看的课外书,而这些书则被放得到处都是,有些在沙发旁边,有些在苏子涵的脚下,有些则被压在一些玩具的下面。

苏子轩看到黄小培过来,连忙告状:"妈妈,你看,我的书都被妹妹弄得到处都是,乱七八糟的。"

"子轩,妹妹可能只是拿来玩下,收拾一下就好了。"黄小培觉得女儿大声对着一个四五岁的孩子有些不礼貌,责备她道。

"妈妈,这些书你平时不都说了要爱惜嘛,怎么可以扔得到处都是啊,而且你看,这本都折成这样了。"说着苏子轩随手拿起一本已经被压得皱巴巴的书说道。

何美珍见状也是难堪,她连忙解释道:"哦,轩轩,这确实是涵涵不对。"说完何美珍又大声对苏子涵叫道,"涵涵,你这孩子怎么回事啊,不是跟你说了不要乱动姐姐的东西嘛。"

苏子涵听到话以后,只愣愣地盯着大家,没回话。

"你这孩子,怎么还不理人呢,"何美珍大声骂道,"手就是贱,乱动人东西。"

"你这是干什么啊?不就是玩了下书嘛,小孩子不玩东西你让她去干吗啊?"坐在旁边的苏铁军发话道。

何美珍听到了以后,没回话,只低头连忙把地上散乱的书一本一本地捡了起来。

其实在他们来之前何美珍已经大扫除了一遍,只是她没想到,就她做饭的时间客厅又被子涵弄成这样了。

黄小培见婆婆和公公这会儿子又为孩子的事情闹得有些不愉快，连忙圆场说道："妈，没事，这些书又没弄坏弄破，没事的，收拾一下就好了。"

"轩轩，你还不赶紧帮奶奶一块把书收拾一下，放回原地。"

"可是……"苏子轩委屈地说道。

"没什么可是，赶紧帮奶奶一起收拾下。"

苏子轩听着妈妈的话，只得心疼地把书一本一本地捡了起来。

见苏子轩没再说话，黄小培这边才放心，而后她看着一脸严肃的苏铁军，便说道："爸，你们先吃饭吧，庆春马上就到了。"

"哦。"

苏铁军头也没回，对着电视敷衍道。

此时的氛围变得有些尴尬了，黄小培可不想多留，于是她连忙赶回了房间。

黄小培走进房间发现床上简直是大变样。

这床单不正是她给父母准备的嘛，而床上放着的也是公公苏铁军昨天穿的外套？

此时她下意识感觉到了不对，连忙扫射了一下化妆台，还好这里还没有变样，于是她连忙走到衣柜旁打开了衣柜。而在客厅一心收拾东西的何美珍反应过来儿媳妇回房间时已经迟了。她连忙赶到了主卧，只见黄小培脸色铁青地看着何美珍并问道："妈，这房间你们是已经搬了一些东西是吧？"

何美珍连忙结巴地解释道："哦……小，小培啊，我刚刚正好想跟你说这事情呢。"

"这不是你爸爸考虑你们每天上班都挺忙的，这么晚才回家，回家还要搬东西太累了，所以我们就先把被子这些简单的东西搬了下。不过，你的化妆品啊，衣服什么的都没动，就是把床上的被子什么的搬了下。"

何美珍的解释黄小培听着也还算能接受，但是作为这家子女主人的黄小培，在自己不知情的情况下，自己床上的东西被动了，心中真是有种莫名的怒火，这就像是自己的隐私被大庭广众暴露在外面，特别不舒服。

何美珍看着黄小培还是一脸不悦，又补充道，"哦，书房里，你们的东西我都是按照你们原来的样子整理好了。你要不来看下吧。"

说着何美珍把黄小培拉到了书房,只见书房里的床上确实整理得干干净净的。而正在此时,她们同时听到了开门声,苏庆春回来了。

126 调和剂

这一天，苏庆春在工作上依然被上级蔡主任打压着不能上大手术，上午做完一个宫腹腔镜的手术，下午就没事了，这段时间在心里可一直不是个滋味。

开门以后，他第一时间也看到了餐桌上早已经准备好的饭菜，而此时孩子们和父亲正在客厅坐着，回家看到孩子、父母这是他多年来一直羡慕和向往的日子，一下子心情也好了许多。

"爸爸，回来了？"苏子轩第一时间跑了过来问道。

"嗯，妈妈呢？"

"妈妈和奶奶在房间。"

"哦。"

"这做好了饭怎么不吃啊？赶紧吃饭吧！"苏庆春喊道。

此时正和婆婆在书房的黄小培听到苏庆春的到来心情并没有好些。

何美珍又连忙说道："小培啊，你看这事情闹得，我们提前没跟你们打招呼就搬东西过来确实不好，我就说你爸爸，反正就住几天，搞得这么麻烦干什么啊？"

黄小培听到何美珍说公公来上海就几天，感觉心中的那团火一下子就浇灭了一半。

望着眼前已经成了的事实，黄小培也不是那么不讲道理的人，于是她终于说道："妈，也没事，我刚刚只是很意外怎么你们就搬了东西，既然已经搬了就搬了吧。"

"我们先吃饭吧，庆春都回来了。"

"嗯，好，对，我们赶紧吃饭了。"

何美珍见儿媳妇总算是说话了，心里也踏实了，连忙借着台阶回道。于是何美珍主动先离开了书房来到了餐厅。

"莽子回来了。"

"嗯,妈,以后不用等我,你们先吃吧,菜都凉了。"说完苏庆春便回厨房洗手去了。

"嗨,没事,也没等多久。"

何美珍说道又朝客厅的苏铁军和苏子涵喊道,"你们赶紧来吃饭吧。"

此时黄小培也来到了客厅,她望了一眼没看到苏庆春,便进了厨房。她站在苏庆春旁边一起洗手,洗手的时候轻轻地拍了拍苏庆春的手,并跟苏庆春使了一个眼色。

"怎么了?"苏庆春小声问道。

"你去看下我们房间吧?"

"我们房间怎么了?"

"还怎么了?"黄小培压低了声音说道,"我们不在家的时候,房间主人已经易主了。"

苏庆春反应了一会,疑惑地问道:"什么意思啊?"

"就你爸妈已经把我们的房间搬了,搬到书房了。"

"搬了就搬了呗,不是早就说好了今天跟他们换房间的吗?"苏庆春不以为然地回道。

"问题是我都还没有回来啊?他们就把我们的被子什么的都搬到书房了,这是不是有点太那个了啊?"

苏庆春这会子才明白黄小培的真正意思,他伸手用毛巾擦了擦手,解释道:"这样啊,那可能是他们觉得我们回来得晚,所以就提前帮我们搬好了吧。"

"什么回来得晚啊?我今天就是正常下班的,而且我听你妈的意思是他们好像是上午都已经搬好了。"

"嗨……搬了就搬了吧,反正回来我们也是要搬东西的,早晚的事情而已。"

"话不能这么说啊,房间我们的,他们在我们没有同意的情况下擅自搬东西总归是不好的,这也算是一种侵犯隐私了。"

"没那么夸张,他们都是乡下人,不会想这么多的,估计纯粹就是为了给我们减少搬东西的负担而已。"

"哼……给我们减少负担还会一定要跟我们换房间啊?"黄小培没好气地说道,"不过,还好我刚刚……"

黄小培的话还没说完，何美珍也来到了厨房给孩子们盛饭。于是黄小培停下来了，苏庆春看到后，没再说话，等何美珍走了以后才小声说道："行了，这事情就不要再讨论了，搬了就搬了。"

"待会儿你去房间看一下还有哪些东西没有搬干净的，你再收拾一下吧。"

"唉……我跟你说我刚刚回来的时候真是很无语啊，你爸妈怎么这样子的？"

"算了，别说了，既然都这样了，再说也没什么意义。"

"怎么没意义啊，你爸妈这随便乱动人东西的行为就不对你知道吗？"黄小培不依不饶道，"这事情你要跟他们说说的。"

"我知道了，找个机会我会跟我妈说的，赶紧吃饭吧。"苏庆春说完便自己也盛饭了，而刚刚进厨房的何美珍早就发现了儿媳妇在跟儿子窃窃私语，她知道自己上午搬东西是不对，而儿子一回来，儿媳妇就去找他在那儿嘀嘀咕咕的，她用脚指头猜也猜到肯定是跟儿子告状了。

她见儿子端着饭碗出来，便主动说道："莽子，今天的事情确实是我们做得不对，这不刚刚你爸是说中午要休息，我们呢，也怕你们工作忙，回来还要搬东西也很累，所以我们就帮你们搬了一些东西过去了。"

此时的黄小培也出来了，苏庆春看了一眼黄小培，朝母亲回道，"没事，搬了就搬了，反正早晚都要搬。不过，妈，下回你搬东西的时候最好跟我们说下，我们房间挺乱的，也好多杂七杂八的东西，特别是小培，她东西很多，提前说下，也好交代下。"

"我知道。"

何美珍说完抬头望了一眼正端坐在一旁，一副老爷等待伺候样的苏铁军是面不改色心不跳地坐在一旁看着热闹，好像这事情跟他没关系一样。

何美珍盯着他看了几秒之后，他不淡定地说道："还看着我干吗啊，赶紧给我盛饭啊。"

何美珍没好气地转身果然乖乖地去盛饭了。

黄小培则和苏庆春互看了一看，老老实实地不说话，吃着自己的饭。

望着吃相依然不敢苟同的公婆们，今天的黄小培明显比昨天淡定多了，因为经过昨天经验教训的黄小培终于也学乖了。

吃饭的时候她早已经给女儿苏子轩提前准备了一个小碗，她要吃的菜都提前夹好了，而自己则换了一个大碗，也是把自己想吃的菜都夹到了碗里，虽然是坐在餐桌上吃饭，但是除了第一次夹过菜以后，她也没再添菜了。

不过这样也不是长久之计，黄小培这心里总想着该什么时候跟他们好好说说，可是心中一想刚刚婆婆的话，公公也就住几天就走了，好像太过分要求也不太好，只想着还是忍忍吧。

安抚情绪

今天饭后,黄小培也不跟婆婆何美珍客气了,在大家还在吃饭的时候,她匆忙把自己碗里的饭吃完,便离开了饭桌。

离开饭桌前,她交代了两件事,第一件事是让苏子轩赶紧吃饭,吃完饭回房间做作业,第二件事情交代好婆婆何美珍,吃饭完后所有的剩菜全部都倒掉。

离开饭桌以后的黄小培直接回了书房,她望着何美珍虽然整理了一遍的书房,看着表面整洁,但是很多摆放方式都不是她的习惯,于是她又把书房床上的东西简单整理了一遍。

望着空荡荡只有一张床的房间,黄小培心中莫名地涌上一种心酸感,这可是她的家啊,她从未想过自己又会住进这样狭小的房间。

一阵忧伤过后,现实让她回过神来,于是她马上又来到主卧间,把平时自己常用的一些护肤品用一个小的收纳箱给打包搬到了书房。还有一些最近可能用到的衣服也从衣柜里拿了出来。

而此时在餐厅里吃着饭的苏庆春听着妻子黄小培来回走路的动静,其实也没什么食欲了,黄小培离开以后他也很快把饭吃完了。他知道妻子现在正在房间整理东西,对于刚刚黄小培对他的控诉。苏庆春嘴上解释说没什么,装着满不在乎的样子,其实说实话他心里也有点不太高兴。

可是那有如何呢?那毕竟是他自己的父母,难道当着妻子的面一起说落他们的不是吗?

这点苏庆春位子摆得很清楚,父母的一些习惯跟他们不一样,他很清楚只是习惯不同,肯定也没什么坏心思;在妻子的气头上跟着一起起哄,这事情他是万万做不到的,特别是还要跟着一起去指责他的母亲更加是不可能呢,在苏庆春的内心深处,其实对母亲,他是十分愧疚的。

可黄小培这边,苏庆春换位思考想着,她肯定是心里有气的,跟父母简单打了个招呼以后，他便也连忙来到了书房。

看着黄小培默默收拾东西的背影，苏庆春心里有一种说不出的滋味，这个房间的大小，不正是他们刚刚来上海毕业不久租住的房间大小嘛。

这个背影是多么熟悉，面对眼前的场景，苏庆春有种说不出的感慨，但是他又是个不会说甜言蜜语的人。

只见他缓缓地走到床前，坐在床上并朝黄小培小声问道："要我帮忙吗？"

黄小培用力扯了扯被苏庆春坐着的衣服，没好气地说道："算了，你不给我添堵就不错了。再说了，这么小的房间，帮什么忙啊，人多只会越帮越乱，算了吧，我自己一个人整理吧。"

"我知道你有气，我爸妈难得来一趟上海，你就委屈下，忍一忍好吗？"

"哎……"黄小培叹着气又看了一眼苏庆春，也知道此时的苏庆春也是为难，再说说到头这公婆也是她叫来了，于是她便说道，"还好你爸爸就在上海住几天，不然我真的有点受不了了。"

"你怎么知道他就住几天啊？"苏庆春好奇地问道。

"我刚刚听你妈说了。"

"哦，这样啊，那她说了正好，我今天还在想这事情要怎么问我妈呢？"

"是啊，来的时候也没说清楚，现在挑明了也好的。"黄小培说道，"至少我知道这个罪受的期限，也有个底。"

说完黄小培还有些不解气地说道："你不要怪我说你爸爸的坏话哈，我真是有点受不了他那个生活习惯了，吃饭……"

黄小培刚想说又看了一眼苏庆春，便解释道："算了，他们的吃饭习惯我就不说了，毕竟这个问题也不是你父母一个人的问题，我看到我很多同事也是这样的，这个是我们中国人几千年来的饮食习惯，这种不分餐制的方式虽然对健康没有好处，但是也没办法一时改变，这个我能够理解，也就不说了。但是你爸爸平时的其他习惯也太那个啥了，就说昨天那个洗澡，还有对孩子的方式，太霸道了，这样对孩子真的不好，至少轩轩看到影响很不好。"

"我知道，这个我昨天不是说了嘛，几十年的老习惯，你想他改肯定不可能的，再说我爸爸没读过书，很多思想都很顽固，不可能听得进去的。"苏庆春难得亲昵地用手拍了拍黄小培的手,并说道,"好了,你就忍忍吧,就几天。"

"哎……"黄小培说道,"得了,反正啊,这些事情都是我自找的,不忍也得忍了。"

说完黄小培便又开始收拾衣服了,没过几秒钟,她突然停了下来,并把衣服仍在床上发牢骚道,"这房间这么小,我们收拾完了的衣服也没地方放啊?这怎么整理呀?"

"不是有那种收纳柜子吗?"苏庆春说道,"就我们以前租房子的时候买的那种帆布的,不行,你就买个那个先用着呗。"

"那都要在网上买,还要好几天才能到货呢,"黄小培撅着嘴说道,"你看看我们现在床上全是衣服,哪里等得了啊!再说了,那个东西你以为不占地方啊?而且刚买来全是甲醛,哪能马上放房间啊。"

苏庆春思虑了片刻,说道:"那东西确实放在房间也占地方,而且不安全,再说也就是几天临时用用,搞不好到货了我爸都回家了。"

"就是说啊。"

"要不就买个收纳箱呗,临时放放衣服之类的也好啊。"苏庆春说道,"我们小区旁边最近不是新开了一家很大的大美联超市嘛,要不我们现在去超市看一下。"

"现在啊?"

"是啊,正好我爸妈他们也来上海两天了,我们也没带他们出去走一走,他们一辈子都住在乡下,也没见过什么世面,正好带他去超市逛逛吧。"苏庆春继续说道,"如果看到合适就给他们买点衣服,明天我就值班了,之后你也上培训班了,没什么时间,趁着现在有时间,给他们买点东西,别到时候我爸爸他们都回去了我们都没带他们出去走过。"

黄小培听着也对,说:"嗯,行啊,那今天去就去吧,买了收纳箱今天也正好可以用。"

"是啊。"

"那你赶紧收拾东西,我现在就去叫他们。"

苏庆春说完便离开了书房。

128 思维影响

苏庆春回到餐厅后,发现餐厅已经没人了,而客厅里,电视依然开着,只见女儿苏子轩和苏子涵两人并排坐在沙发前面的小凳子上看电视,苏父则是依然一个人端坐在沙发上。而电视里播放的却不是动画片,是一部枪战片,明显这个电视机的遥控是由苏父主宰的,但是这似乎不影响这两姐妹看电视的兴致,两人都是目不转睛地盯着电视。

见状,苏庆春大声喊道:"轩轩,你怎么在看电视啊?"

"作业做完了吗?"

这对于苏子轩来说简直是灵魂拷问,她迟疑了半晌回道:"还有一点点。"

"那还不赶紧去做?"

"爸爸,我就看一会,马上就去做。"苏子轩半撒娇半扭捏着地回道。

"不行,现在赶紧去做作业。"

"就看十分钟。"苏子轩一脸委屈巴巴地眼神看着苏庆春。

看着这一脸无辜的表情,苏庆春似乎没有拒绝的理由。

"那你十分钟后赶紧去做作业哈。"

这房子并不大,苏庆春话音刚落,在书房听到动静的黄小培便大声喊道:"轩轩,你赶紧现在就给我去做作业。今天老师都跟我说了,你语文退步了。"

两父女听到黄小培的话以后,不自觉地对视了一眼。

"听到妈妈的话没有,赶紧去吧?"

苏庆春说着走到了苏子轩的身边,主动把她从凳子上拉起来了。

苏子轩小声说道:"爸爸,你就没有一点主见吗?"

"在你学习的问题上,我们必须得听妈妈的,因为……"

苏庆春话还没说完,苏子轩就跟着附和道:"因为妈妈是老师……"

"对啊，你明白就好，妈妈是老师，她有自己独特的教育方式，我们要相信她。"苏庆春笑着说道。

苏子轩一脸无奈地叹了口气，从凳子上站起来的那一刻，她望着悠闲自在的苏子涵，心中说不出有多羡慕，但这边母上发话，她也不敢造次，只得乖乖地回房间。

路上她还愤愤不平地说道，"爸爸，凭什么涵涵妹妹可以看电视我不可以啊？"

"涵涵妹妹还小啊。"苏庆春直接回道。

"可是我跟她一样大的时候，妈妈也不准我看电视啊，"苏子轩不以为然地回道，"那时候妈妈不也是逼着我学口才表演，做手工艺，还有画画啊。"

苏庆春被女儿说得一脸懵，一下子倒不知道怎么回答了。

而后苏子轩继续控诉道，"你看妹妹现在，不但不要学这个学那个，每天只要负责吃饭、看电视、吃零食、玩玩具，其他什么都不用干，我真是羡慕死她了。这才是我理想中的生活啊。"

苏子轩的这些话真是出乎苏庆春意料之外，他从未想过才读一年级的女儿会说出这番话来，时间真的不知道怎么回她了。

他反应了一会，有些结巴地回道："那……涵涵妹妹只是没报那些培训班而已，报了也一样要学的。"

"天啊，不公平啊，为什么她小时候就不用报培训班，我就要报啊？"苏子轩继续说道，"我讨厌培训班。"

"那也不是奶奶不给她报啊，是在老家也没什么培训班嘛。"

"老家这么好啊，那我也想去老家读书了。"苏子轩一脸艳羡地看着苏庆春说道。

"好了，好了，你别废话了，赶紧做作业吧。"

苏庆春说完，便赶紧把门关了，逃离了苏子轩的房间，因为他不知道苏子轩下面又会跟他说什么动摇军心的话，只得赶紧离开了。

逃离了女儿的灵魂拷问之后，苏庆春来到了厨房，此时母亲何美珍正好在厨房里洗碗，而且碗都快洗得差不多了，这倒是有些意外。

"诶！妈，今天这么快就洗好碗了？"苏庆春好奇地问道，"子涵就吃好饭了？"

刚刚吃饭的时候侄女子涵是别别扭扭地也没跟过来吃饭，所以想着这会母亲应该是在喂饭呢。

"嗨……她吃什么饭啊，我盛的那点饭她压根就没动。"何美珍回道。

"啊？没动？"苏庆春惊讶道，"那不吃饭怎么弄啊？是要喂吗？"

"不是，她就压根没饿。"

"这么晚了还不饿啊？"苏庆春问道，"是上午吃多了？"

"哪里啊，上午也没怎么吃饭。"

"那怎么回事啊？"苏庆春听着这话有些紧张了，别不是小侄女刚来自己家就病了吧，连忙问道，"那是不是哪里不舒服啊？"

"她哪里是不舒服啊！她啊，是一天光吃零食都吃饱了，根本就不饿。"

"吃零食都吃饱了啊？"

"是啊，这不昨天小培买的那些零食，今天一天基本被她干掉了。"

何美珍说这话的时候，丝毫没因为自己没控制好孩子的零食而感到自责和担忧，反而嘴角露出微微的笑容，似乎孩子能吃这么多零食还很自豪的样子。

苏庆春听到母亲的话时，真是惊讶不已，把零食当饭吃，这事情要是放在女儿苏子轩身上，苏庆春可是有些微词的，甚至可以说是相当反对的。

这点不光他，妻子黄小培更加是不能容忍的，平时他们对女儿苏子轩这方面控制得很好，一般情况下一些食品是不会入家门的，只是昨天黄小培也是看在亲戚的孩子来了，总要买点东西给孩子打发打发时间。正好家里空着，所以买水果的时候也买点了饼干、薯片之类的东西。但是那个量黄小培按照子轩的定量，最起码是一周的量，苏庆春没想到苏子涵一天就干完了。

当然苏庆春不跟很多家长一样，反对孩子零食一点都不能吃，在他的理念里适量吃一点，还是可以的，可毕竟现在孩子在发育期，吃饭才是最主要的，零食可以适当吃点，但是不能过量，过量就不对了，更加不能因为吃了零食而影响吃正餐，这就更加不行了。

但是苏庆春转头又想，作为侄女，她是来自己家里做客的，吃多了零食也不能说，毕竟孩子嘛，来亲戚家做客，不让吃零食，这让孩子怎么想啊？

苏庆春换位思考自己还是孩子的时候，家里条件差，到亲戚家做客不就是指望着能吃点平时家里吃不到的零食嘛。

　　想到这里，再看看母亲脸上高兴的样子，苏庆春刚冒出想劝说孩子少吃点零食的念头就此打住了。他迟疑了一会只回道："哦，那吃得是挺多的。"

操劳命

对于侄女吃零食这事儿，苏庆春这边算是就这么过去了，他连忙转移话题道，"哦，对了，妈，洗完碗我们一起去超市逛一逛吧？"

"超市？"何美珍停下洗碗问道。

"是啊，你们来这两天也没带你们出去走走。"

"超市就不去了吧？"何美珍迟疑了一会，然后边洗碗边说道，"这都好晚了，待会我还要去催你爸爸洗澡，然后还要洗衣服呢。"

"催爸爸洗澡？"苏庆春一脸疑惑地看着母亲说道，"爸爸这都不是小孩子，还要你去催他洗澡啊？"

"你不知道，你爸爸啊，这天气，在家里都不怎么洗澡的，我不得去监督他啊！"何美珍解释道。

苏庆春这才明白过来，无奈地说道："嗨……妈，您累不累啊？他愿意几天洗澡就洗呗，这你也管啊？"苏庆春继续说道，"再说了，洗衣机在那儿，你给他洗衣服干吗啊，一起放洗衣机里就好了啊，您费那劲干吗啊？"

"这也不是在老家，我们现在是在你们这里，还是要注意干净点的，我不管啊，他肯定就不洗了，再说你爸爸的衣服脏，他洗完澡我肯定是要单独给他洗衣服的。"

"妈，不是我说你，你真的管的事情太多了。"

"洗澡这样的事情，他愿意洗就洗，不愿意洗就不洗呗，这样的事情您真别操那份心了，太累了……"

苏庆春看着母亲的样子都替她累的慌，但是他哪里知道，何美珍管着丈夫洗澡是因为昨天黄小培的那句"赶紧去洗澡"的话啊。

何美珍只小声说道："这也不是在老家，现在是在你们这里，肯定按照你们的习惯来嘛。"

"我们的习惯也没说规定你们一定要洗澡啊?"

何美珍想说自己也是听着昨天小培的话,但是话刚要说出口又停下来了,只说道:"干净点还是好点的,主要是你不知道,你爸爸洗澡习惯不好。他啊,洗澡以后衣服都乱丢地下的,昨天被小培看到了,我看着她那个样子好像很嫌弃的样子,所以我现在都等你爸爸洗完澡以后赶紧给他把衣服捡起来,拿来洗,放在地上的衣服又放进洗衣机我怕小培会不高兴。"

何美珍小声地跟儿子说出来自己心里的顾虑。

"哦,原来是这样啊……"苏庆春说道,"妈,您别多心,小培那可能是一下子不太习惯,也没有嫌弃啦,衣服全放洗衣机里洗,没事。"

"嗨,我洗没关系的,家里也是这么洗的。"

"家里是家里,这里有洗衣机干吗不用啊。"

苏庆春说完迟疑了一会又说道,"不过爸爸这洗澡把衣服全放地下的习惯确实不太好,也不是说不好,主要是这样衣服会比较脏,毕竟卫生间还是比较脏的地方嘛。"

趁着这个机会苏庆春顺便把父亲的一些不好的习惯跟母亲稍微点拨一下。

"还有就是吃饭的时候,尽量不要把筷子放到汤里面去,有公用的勺子,这样稍微卫生一点。"

"这个小培也说了是吧?"何美珍问道。

"没有,我只是说下我的看法,毕竟我们在上海住久了,习惯可能跟家里不一样,这个病啊都是从口入的,而我们老家为什么那么多人有胃病呢,其实跟饮食习惯也有关系的。"

"我知道,你昨天跟我说的那些,我就猜应该是小培她嫌弃我们吃饭习惯不好。"何美珍小声说道。

"没有嫌弃,只是说有些该注意的还是要注意,我昨天不是说了嘛,有一个叫幽门螺杆菌的东西,是会传染的,还有乙肝什么的您都是知道的,当然我说这些不是说你和爸爸会传染什么病给我们,而是说我们这个习惯啊,很容易从别人那里被传染,所以平时吃饭还是要注意这些的。"

"我知道了,你说的这个也没错,那是不好的,肯定也是要注意的,我们平时老家大家吃饭都这样,也没注意过这些,你这么一说,我以后会注意了。"

"哦,对了,还有啊,你说的爸爸那个洗澡的习惯,其实也不是什么大事,你完全没必要等着爸爸,直接跟他说衣服不要放地下不就好了。"苏庆春替母亲着想道,"您这一天做饭打扫卫生的也很辛苦,完全没必要还天天盯着这些事情,多累啊!"

"嗨,你不知道你爸爸多顽固啊,自己想怎么样就怎么样,说也说不得的。"

"他这些年就一点没改啊?"

"江山易改本性难移啊,最多是现在老了,可能稍微比以前好一点点而已,但是你要是说了他哪个筋不对啊,就燥起来了。"

"哎……妈,这些年真是难为你了。"

"傻孩子,说这话干什么啊,我也都习惯了,你妈我啊,就是一辈子操劳命,你也别为我担心了,不忙我也闲不住。"何美珍说道,"不过你说的这个事情,我到时候好好跟他说说看。"

"是啊,也不是批评他,只是这样也方便你收拾嘛。"苏庆春说道,"到时候大家都洗好了澡,一块洗衣服多方便啊。"

苏庆春说完看着母亲还是一副不放心的样子,于是他继续说道:"妈,没事,衣服不都是放洗衣机里洗的嘛,您放心吧,小培不是那么小气的人,你全部放洗衣机里面洗就是了。"

"哦,行吧,我知道了。"

"行了,妈,那你赶紧收拾下,收拾完我们就去超市吧,"苏庆春继续说道,"至于爸洗澡不洗澡,您就不要管了,他的衣服就放洗衣机里洗就是了,不洗就拉倒了,不然以他的脾气,不想洗你老是催着,更加会发燥。"

"嗯,我知道了,"何美珍说道,"不过超市就不去了,你们每天工作这么忙的,又这么晚回家,你们就好好在家休息一会吧。"

"没事,我们每天都这样的,去吧,顺便去给你们买点东西。"

"我们没什么东西好买的。"

"那你不买东西,我们也要买东西啊,只是随便带你们去看看,玩玩。"

话说着的时候,苏子涵正走了进来,问道:"奶奶,我们什么时候出去玩啊?你不是说完晚上可以带我出去玩吗?"

"妈，你看孩子来了两天也没出去玩，也憋坏了。"苏庆春说着又朝苏子涵回道，"子涵，我们马上就去超市玩，想去吗？"

"超市，好啊！"苏子涵笑着说道，"我也去超市玩。"

苏子涵听到后笑着走到了客厅并大喊道，"爷爷，我们要去超市玩了。"

苏庆春看着天真的侄女离开后便说道："妈，赶紧的吧，收拾下我们就走了。"

此时何美珍也没什么话说了，去超市就去超市吧，本来她内心也是想出去玩玩的。

逛超市

跟母亲说好逛超市的事情后,苏庆春便从厨房出来了,此时黄小培也收拾好了,正从书房走了出来。

"怎么样啊?说好了吗?"

"嗯,等我妈洗完碗就一起出去吧。"

"嗯。"

"子轩在做作业吧?"

"在。"苏庆春小声问道,"带她去不?"

"带她去干什么啊?她心本来就很野,带她出去还不得跟着小的一块玩疯了啊,"黄小培说道,"再说都这么晚了,待会回来作业还做不做了?"

"哦。"黄小培的一句话直接把苏庆春说得无话可说了,本来他还想给女儿争取个出去放松的机会的,看来是没希望了。

"那总要跟她说下吧?"

"说什么啊?"黄小培说道,"你跟她说不让她去,她还不得闹啊,别添麻烦了,我们直接走就是了。"

"直接走?那她一个人在家放心啊?"

"你以为她还是三岁小孩子?她有电话手表的,平时你值班,我有点事都是这么出去的。"黄小培说道,"哪会有事情了?再说,我跟她说过无数次了,做作业的事,没做完不要离开房门,等我们回来的时候,估计她作业都没写完呢。"

"好吧。"

既然是这样,苏庆春也无话可说了。

而此时在房间里的苏子轩,早在苏子涵吵着要去超市时,就知道了大家的动向,她这边可是着急死了,妈妈是不会让她出去的,她心里非常有数，这边眼看着快完成的作业，她真是奋笔疾书啊，巴不得自己长了十双手，一下子就把作业写完了。

好在何美珍这边也配合，她收拾完东西，东摸西捡的二十分钟就过去了。

苏子涵这边早就躁动的心有些不耐烦了："奶奶，走不走啊？"

"哦，马上，马上！"

黄小培听到这话，连忙从沙发上站了起来，终于可以出发了。

而正在大家往大门走的时候，苏子轩把门打开了。

黄小培连忙问道："你出来干吗啊？"

还没等苏子轩回话，苏子涵已经看到她了，她大声喊道："姐姐，我们去超市。"

苏子轩这边巴不得有人提起这事情呢，于是她连忙说道："妈妈，我做完作业了。"

"这么快就做完了？"黄小培转头望了一眼苏庆春，已经换了一只鞋子的她又换回了拖鞋，还没等黄小培走出去，苏子轩已经积极地跑过来送上了试卷。

"妈妈，你可以检查一下，今天我就这张试卷。"

黄小培不敢相信地拿起试卷仔细检查起来了。

"妈妈，我也想跟你们一起出去玩。"

"去就去吧，赶紧换鞋子。"

"去什么去啊？我这还没检查完呢，乱写可不算啊。"黄小培说道。

"小培，就让孩子去吧，这大家都出去玩，总不能就留下她一个人在家嘛。"

这句话何美珍早就想说了，只是刚刚问儿子，听说儿媳妇一定让孩子做完作业才行，所以也不敢发话，现在看到孩子出来了，连忙帮衬道。

苏庆春看着黄小培还是一副非要检查个错误来的阵势，于是拿过黄小培手里的试卷，丢到了玄关旁边的柜子上。

"嗨……这都很晚了，还检查什么啊，回来再检查吧。"

"轩轩，赶紧换鞋子，走了。"

"耶……"苏子轩高兴得活蹦乱跳的，但是她还是没敢换鞋子，而是眼睛直勾勾地看着黄小培。而此时早已经换过鞋子在外面等着的苏铁军明显有些不高兴了，大声问道："还走不走啊！"

这时，黄小培才发话道："那待会你去超市答应妈妈不要乱跑，乱买东西。"

"好。"

苏子轩此时才敢换鞋子。

终于，一家人来到了超市。

这是一家刚开不久的大型超市，应该在他们那个片区算是最大的，离他们小区不过5分钟的步行时间。

穿过马路，顺着人流，大家走进了超市，可能是超市刚开张不久，外面在派发各种传单，像是在搞什么活动。

这并不是一个单纯的超市，楼上还有商场，早前这里只是一个比较老旧的百货大楼，经过这一番改建，一下子高端了很多，看着门口的广告就可以知道楼上有饮食、化妆品和衣服等，就跟平常见到的商场布局差不多，而他们今天要逛的超市是在负一楼和负二楼。

一进商场一楼就可以看到超市入口的指引，正当黄小培指着大家往超市入口走的时候，一直牵着何美珍手的苏子涵可不听使唤了，她像是脱了缰的野马一样到处飞奔。这速度，本身腿脚就有些不好的何美珍可是赶不上的，于是黄小培说道："子轩，跟着妹妹，别让她跑远了。"

收到指令的苏子轩高兴地接收了这个光荣而又令人兴奋的任务。

只见苏子涵没跑多久就停了下来，原来她不是被一进去琳琅满目的商品吸引了，而是被一家商店门前摆放的各色气球给吸引了。

苏庆春见苏子涵停了下来，又在视线范围之内，便说道："妈，算了，不要去了，就在这里等吧，反正待会也要回来的。"

于是苏庆春找了个位子让大家都坐了下来，不过大家的眼睛全都在远处的孩子们那里。

苏子涵停下来的这家正好是一家女士服装店，她停在门口不停地拨弄着前面的气球，而旁边不远处正好走来一个泰迪熊的人形玩偶，它手里还拿着许多气球，苏子涵见到泰迪熊以后，又被它吸引了，连忙跑到了泰迪熊面前，而眼前的泰迪熊则热情地伸出手要握苏子涵的手，苏子涵见状，连忙往后退了几步。见此泰迪熊又摇摇头，并把手里的气球递给了苏子涵，此时的苏子涵愣了一下，她是很想要，但是又不敢接，一脸胆怯。

跟在后面的苏子轩跑了过来，此时的苏子轩倒不像平时那般顽劣，有了姐姐的样子,她跟苏子涵小声问道:"你想要吗?"

苏子涵点点头。

"那就拿呗。"

苏子涵又摇摇头。

于是苏子轩接过气球并礼貌地朝泰迪熊说了句:"谢谢!"

熊孩子

苏子轩接过气球正准备递给妹妹苏子涵的时候,发现她已经不在自己的身旁了,再转头仔细一打量,发现她此时已经站在服装店门口的一个模特旁边,眼睛一直盯着那个模特。

苏子轩刚要走向前时,突然,苏子涵走近模特身边,并撩开了模特的裙子。

而此时的模特突然动了,并把短裙放了回去,这把苏子涵吓了一激灵,而正在赶来的苏子轩看到这一幕先是也吓到了,而后又在一旁捧腹大笑,原来这个模特并不是假模特,而是真的人体模特。

苏子涵看着对方把裙子又撩回去了,似乎不再怕了,又去把裙子掀了起来。模特尴尬地又撩回去。如此来回了好几次,苏子涵倒是玩得开心,乐此不疲,而一旁苏子轩看着模特被妹妹调戏的样子,也是笑不可支。

此时在远处观察动向的何美珍发现了,连忙跑了过去,并把孩子拉了过来。

苏庆春看着母亲过去了,连忙跟黄小培说道:"你也去看看吧,我怕我妈一个人弄不过来。"

"行吧,这熊孩子怎么乱撩人家女孩子的衣服啊,"黄小培抱怨道,"真是比轩轩还闹。"

"好了,赶紧去看看吧。"

"哎……"

虽然有怨气,黄小培也还是一刻没怠慢,赶紧赶了过去。

而这边何美珍一把倒是拉走了苏子涵,但是她并没意识他们给模特带来的麻烦,只一心想着阻止这件事情而已。

所以待何美珍拉走苏子涵以后,黄小培在后面连忙朝真人模特不停地道歉。

"不好意思啊，这孩子还小，不太懂事，我们刚刚也没看住，她可能还以为你是假的呢。实在是不好意思。"

模特只能尴尬地看着大家，然后继续摆着姿势站岗。而一直在旁边看笑话的苏子轩还是一直拿着气球咯咯大笑。

此时旁边的店员也来了，说道："你们孩子最好是看着点，这么多人就随便撩裙子，即使是假的也不要撩裙子了。"

"我知道，对不起啊！"

这事情一下子把黄小培弄得很尴尬，跟店员道歉完以后，出门看到模特又低头说了句："不好意思。"然后灰溜溜地走了，而她看着在一旁还在笑的女儿气不打一处来，此时黄小培不好直接跟苏子涵发火，她是有些顽皮，但是毕竟还很小，再说了也是客人，她一边拉着自己女儿离开，一边责备道："你笑什么笑啊？这事情你也要负责任。"

"这跟我有什么关系啊？又不是我掀人家的裙子。"

"刚刚不是让你好好看着妹妹嘛。"

"我看着了啊？"

"你就是这样看着的啊？看着她犯错误你不会拉着妹妹吗？"

"那我哪里知道她会掀人家的裙子嘛。"苏子轩一脸无辜地回道。

"既然让你看着妹妹，她做错了事情你就要负责任。"

此时在不远处的何美珍已经跟黄小培会合了，她听到黄小培的话连忙说道，"这事情啊，是子涵不对。"说着她便用力拍打苏子涵的小手，并指责道："叫你不要乱动别人的东西，非不听，现在还掀人家的裙子，太丢人了。以后你再这样就不带你出来了。"

"算了，妈，她也不太懂事，还是个孩子嘛！"黄小培伺机说道，"我们去超市吧。"

"嗯。"

为了让苏子涵不要乱跑了，这回何美珍是用力拉着苏子涵，才让大家能够在最快的时间内来到了超市。

这家超市真正的入口在负二楼，只有先到负二楼才能上负一楼，所以他们便直接来到了负二楼，而熊孩子苏子涵终于在长辈们的生拉硬拽下来到超市的真正入口。

一出电梯大家就被眼前的景象惊呆了，不知道是因为快周末了，大家趁着超市新开不久,看有没有活动想捡便宜的心态,还是因为别的原因,反正此时超市入口,人群涌动,笑声不断,大多都是大人带着孩子,热闹程度可是比往日热闹好几倍。

超市的入口有标识牌,写得很清楚,负二楼是日常日化品、服饰等专区,负一楼则是生鲜、食品等。他们进去不久便是服装区,到处贴着促销搞活动的小标牌。

以前这边的消费水平,特别是像这样的连锁超市,黄小培大致还是清楚的,不过这家毕竟是新开张的,她还是心里没底,于是一个人悄悄地走进服饰区,随手偷偷地瞄了一眼衣服上的价格,这个属于非常日常超市服饰的价格,相对于一般外面的衣服来说算是相当平价了。

于是她慢慢走到人群中,并主动朝何美珍说道:"妈,你看这边是卖衣服的地方,既然你们都来了,你就帮爸还有子涵都挑套衣服吧?"

"诶,不用买衣服,我们该穿的衣服都带来了,浪费钱干吗啊。"何美珍连忙拒绝道。

"妈,既然都来了,就挑呗,"苏庆春附和道,"别的不说,子涵肯定要给她买两套衣服的,我这个做大伯的说起来都没给她买过什么东西。"

"你昨天不是给钱了嘛,不要了。"

"来都来了,不管怎么说也要给她买两套衣服穿的,"苏庆春坚持道,"再说了我看她身上穿得有点像睡衣,根本不像穿在外面的衣服呢。"

"啊?睡衣?"何美珍一脸疑惑地看着苏庆春,而后再看了一眼苏子涵身上的那身花色衣服,回道,"这哪里像睡衣啊,我们在乡下大家都是这么穿的啊。而且乡下孩子哪还有睡衣和平时穿的区别啊?"

"但是这里不是在我们乡下啊,还是要稍微穿得像样一点的,"苏庆春说道,"再说了,子涵来我这里,都没给她买身衣服,到时候回家也不好看啊。"

"是啊!"黄小培也呼应道,"来都来了,不管她自己有没有衣服,我们买是我们的一点心意嘛。"

"就是啊,而且您看,现在超市刚开张不久,正好搞活动,也便宜的,这时候买衣服正是时候。"苏庆春继续坚持着。

疯狂购物

其实苏庆春本人性格不太愿意勉强或者多啰嗦，这次给父母买点衣服，苏庆春啰嗦也是因为他真的有那份心意，毕竟这些年他除了给父母点钱，也没给父母再多一点别的关爱了，特别是母亲，对于母亲当年为自己的付出，苏庆春心里一直感念，其实是对母亲有多感念，对父亲就有多痛恨。

但是现在他也做父亲了，对父亲的恨意也慢慢地变淡了，可是对母亲的亏欠却从未减淡过，这么多年他也没给母亲亲自买过什么东西，往年偶尔回家的时候也就是黄小培买点年货，都是意思一下，也不是苏庆春自己亲自力的。所以这次母亲来了，他是真心想好好孝敬孝敬母亲的。

所以他才一直坚持，当然他坚持有他自己的真心实意的一面，但是也有风俗所迫的一面。

因为苏庆春的老家，这父母来子女家，子女给长辈置办点新衣服，算是一种约定俗成的不成文风俗，他很清楚老人们其实也是有这个指望的。

先不说他们是否真的需要这一两件衣服，但是这趟来了，回去以后肯定七大姑八大姨会问，孩子给买了什么啊？

子女即使给再多的钱人家也看不到，买了衣服亲戚才看在眼里，买了东西才叫孝顺。

这点即使离开家乡多年的苏庆春还是很清楚的，何美珍就更清楚了，更别说这趟何美珍还带着孙女来，大伯给侄女买点衣服，天经地义的事情，特别是这个侄女还是他们没怎么见过面的。

给他们买衣服，在苏庆春这里是必须买的，而在何美珍那里，其实也是该做的，这也是给自己儿子长脸了，回去她也好说道，所以她其实不是不想儿子给自己买衣服，只是怕花钱而已。

于是何美珍小心地问道："这超市这么大，那衣服会不会很贵啊？"

"妈，贵能有多贵啊，不就是几件衣服的事情嘛。"苏庆春回道，"放心，你儿子买得起。"

说完他又觉得不妥，其实现在这里的衣服贵不贵他并不清楚，因为苏庆春平时对这样的事情真的很少管，就连他自己的衣服基本也都是黄小培给置办的，所以他是真的不清楚行情，但是他思忖了一下，如果给这里衣服就判了个贵的死刑，这样的话肯定会让母亲望而却步。

果然，何美珍一听，连忙说道："那贵就不买了。"

"实在要买就找个便宜点地方再看看吧。"

苏庆春连忙回道："妈，别的便宜的地方在哪里啊？这是上海，别的地方搞不好比这里更贵都说不一定呢。"

苏庆春是很懂得母亲的心理，于是又补充道："不是跟你说了嘛，这里现在搞活动，衣服什么的肯定都很便宜的，到时候等不搞活动了再买肯定亏的。"

"是啊，妈，就在这里买好了。"黄小培也回道。

其实何美珍一直不敢买衣服，一个最大的原因还是怕儿媳妇不高兴，这回黄小培都发话了，她自然心安了许多。

"哦，这样啊。"

苏子轩听到父母都在说买衣服的事情，连忙问道："妈妈，那我可以买衣服吗？"

"你那么多衣服，买什么啊？"

"那妹妹为什么可以买啊？"

"妹妹是因为带的衣服穿不了才买的。"

"这不公平，大家都买衣服为什么就我不能买啊？"苏子轩嘟囔着嘴大声说道。

"都买，你去挑吧，挑到喜欢的想买就买，我们不差这点钱。"苏庆春笑着朝苏子轩说道。

平时苏庆春也少有机会陪女儿买衣服，难得机会，他肯定不会拒绝女儿的要求。

"耶，爸爸最棒了。"苏子轩手舞足蹈地回道。

"我们去挑衣服喽。"苏子轩说着便拉着苏子涵一起到了童装区。

"诶……你们小心点啊，"黄小培叮嘱道，"看着妹妹，别跑丢了。"

"我知道了。"

黄小培说着又朝婆婆说道："妈，衣服你就随便挑呗，不用担心钱的问题，你们难得来上海一趟，想买什么就买什么。"

黄小培这话说得很是大气，不过黄小培能说这话倒是令苏庆春挺意外的，毕竟黄小培还是比较勤俭的，心想着她这应该是不想让自己难做，这点苏庆春还是挺欣慰的。

他偷瞄了一眼黄小培，然后回道："是啊，您看上哪件就去试吧。"

说着苏庆春又朝一旁的苏铁军说道，"爸，你也去看看，看看哪件合适就买了。"

苏铁军倒是不像何美珍那么客气，听到话后没二话直接走进去挑衣服了。

黄小培和苏铁军不自觉地会心互相看了一眼，然后黄小培连忙也带着何美珍到了服装区挑衣服了。

很快，大家都把想要的衣服都挑好了，趁着大家挑衣服的时候，苏庆春也找到了黄小培需要的收纳箱。

一家人很快就来到了负一楼，这里则是食品、生鲜专区，一样样令人垂涎三尺的零食、甜点、蔬菜、水产品、水果都摆放在货架上。

到了这里两个孩子可是再也看不住了，一个兴奋地跑到水果区去拿自己最喜爱吃的金灿灿的橙子、圆溜溜的葡萄、又大又圆的西瓜，毫不犹豫地放进了购物车。另一个，就各种光顾膨化食品以及包装精美的糖果礼盒。

苏子涵这边何美珍一刻也不敢跟丢，苏子轩这边黄小培也跟着，购物车就只有让苏庆春推着了。苏铁军则一副淡定的大佬样子，这边看看，那边瞄瞄，整个事不关己高高挂起的架势。

半个小时的疯狂扫货以后，他们终于结束了负一楼的采购，来到了收银区。收银区那排队的人可是人山人海，目测这个排队队伍，没个半小时是排不到，这排队时间都快赶上了购物时间了。

再一看，旁边有一个区域，人不多，黄小培连忙赶过去一看，自助支付区，这对于黄小培来说还是比较陌生，一问旁边的服务人员，才知道原来可以通过微信和支付宝自助扫码支付，这简直是神操作啊。

于是黄小培连忙把苏庆春喊了过来，两夫妻马上体验了一把高新科技带来的便利。

小心思

在苏庆春和黄小培付钱的时候,何美珍等人则在收银的出口处等他们,何美珍看到儿子和儿媳妇从自助收银处出来的时候手里提着满满的三大袋的战利品,连忙迎了上去朝提着两袋东西的苏庆春笑着说道:"哎呀……这么多东西啊,我来帮你提一个。"

"妈,不用了,我们来就好了,"苏庆春拒绝道,"你帮忙看着她们两个不要乱跑就好了。"

这时候苏子轩和苏子涵也跑了过来,孩子们看到自己买的东西都已经付好钱了,都抢着拿出来。

"诶,现在不要吃,等回家吃。"

"算了,让她们吃吧,现在不吃,妈估计都管不住她们,有东西吃还能安安分分一段时间。"黄小培发话道。

既然黄小培都这么说了,于是苏庆春便把两袋东西放了下来。刚放下以后,孩子们就如饿狼一般在两个袋子里翻找着自己买的零食。零食到手,她们立马拆了吃起来。孩子们吃得高兴,何美珍看着也是高兴。

大家也马上走向前跟苏铁军会合了,此时大家都是满脸笑容,只有苏铁军还是一副苦瓜脸。

何美珍也没当回事,难得孩子们老老实实地跟在后头,何美珍也有空观察超市了。她望着还是车水马龙般的人群,朝老伴边走边说道:"你看,这多大啊,人也多,大地方就是好啊。"

"切……这有什么好的啊。"苏铁军一脸不屑地回道。

"怎么不好啊?"何美珍说道,"想买的东西都能买到。"

"什么想买的东西啊?那是你想买的好吧?"苏铁军一脸不高兴地回道。

这时何美珍才注意苏铁军，发现他居然还是板着一张脸，没有一丝笑意。

"你这话是什么意思，这不也给你买了这么多东西嘛，你还不高兴啊？"

"给我买什么了？"苏铁军质问道。

"那衣服不是给你买的啊？"

"你以为都跟你一样啊？"苏铁军说道，"买件衣服就能把你嘚瑟成什么样啊？真是没见过世面。"

"你见过世面好吧！"何美珍也不想跟他计较，"真搞不懂你，都买衣服了，你还想着怎么样啊？"

黄小培和苏庆春一直就跟在父母后面，他们原本也是很高兴的，终于给父母侄女买了想买的东西，可是他们听着父母的这番对话以后，心里一下子沉了下来。

苏庆春不自觉地抬头看了一眼黄小培，小声说道："爸爸的衣服不是他自己挑的吗？"

"是他自己挑的啊！"黄小培一脸纳闷地回道，"我还怕我们挑得不好，让他自己选，而且拿过来的时候我都问过你妈了，确认是他自己选的。"

"那这是什么意思啊？"

黄小培也是一脸茫然。

眼见着这老两口聊天越聊越不对劲的时候，黄小培连忙走向前说道："爸，怎么看着你今天不太高兴啊？是不是这衣服您买的不喜欢啊？"

苏铁军一脸不屑地说道："这衣服啊，又不是什么重要的东西，都是可有可无的，没什么喜欢不喜欢的。"

这话回得黄小培真是不知道怎么回了。

"你这是什么意思啊？"何美珍连忙说道，"今天小培和莽子好心给你买衣服，你这又是闹什么脾气啊。再说了，你不喜欢刚刚可以不买啊，也没见到你不挑啊？"何美珍继续说道。

"都买我凭什么不买啊！"

"那你都买了，又不高兴是什么鬼意思嘛。"

"衣服对我来说重要不重要你不知道啊？"苏铁军质问道，"我这个人穿啥都一样的，你还想我穿了龙袍就变成皇帝啊？"

"你什么意思嘛,买衣服你也不高兴,你到底想买什么吗?"

"我想买什么你不知道吗?"

"我怎么知道啊?"何美珍一脸无奈地回道。

这一家人好不容易高高兴兴地出来,公公婆婆又在这里吵架,而且还是大庭广众真是不好,在一旁听了这么久的黄小培也算是听明白了,原来公公一直闷闷不乐是因为没买到他想要的东西,于是她连忙圆场道:"妈,这不能怪爸爸,怪我们,刚刚我们只顾着想给你们买衣服了,没想到问一下你们自己想要买什么。"

"你别听你爸的,他就这样的,没事。"何美珍回道。

"不是,既然来了,那肯定要买到自己称心如意的东西。"黄小培说完又朝公公说道,"爸,你还有什么想买的就跟我们说。"

"没事,想买什么就买什么,这不好容易大家一起出来一趟,就是要高兴嘛,总不能说是大家都买了想买的,就爸一个人有想买的没买吧?"黄小培通情达理地补充道。

苏庆春是最见不得父母吵架的,他也呼应道:"是啊,妈,爸想买什么就买。"

何美珍听着黄小培这说得也挺好的,她清楚自己老头脾气的,这要是真的他想买的没买到啊,回去估计要被他念死的。于是她也改变了刚刚的态度,问道:"那你到底想买什么吗?"

"这趁着大家还没走,赶紧买,别到时候返回来麻烦。"

"这,你还用问我嘛,我这个不好穿,就好吃。"苏铁军带着怨气说道。

经苏铁军这么一提醒,何美珍才想起来昨天晚上苏铁军一直在抱怨黄小培他们没给他买白酒的事情,这回来超市,大家也都忙着自己想买什么买什么了,她也给忘记了。

何美珍连忙回道:"哦,你是说要买白酒,是吧?"

"那你以为呢?"

"呵呵……你瞧我这脑子,昨天我们确实说好了今天要来买的,忘记了。"

何美珍这么一说,黄小培也明白了,看来昨天公公那个米酒的事情还记着仇呢。于是她连忙说道:"爸,这是我做得不对,你看我昨天忘记给您买白酒了,今天来了超市又给忘记了。"

黄小培说完又想到昨天晚上苏庆春的话，公公年轻时爱喝酒，耍酒疯的事情，她知道苏庆春很讨厌公公喝酒，现在擅自给公公买酒，她这心里也是没底的，于是她看了一眼苏庆春。

134
买酒

苏庆春在旁边只淡定地看着苏铁军发脾气,他心里是不想父亲喝酒的,但既然父亲话都说到这分上了,还闹起了小脾气,也不好说不买了,那样只会增加更多的事端,他更加不想让母亲为难。不过话又说回来,按照苏庆春老家之前的风俗习惯,按理说,父亲来了,烟酒这两样假如父亲都有吃的习惯,是要意思一下的,不然也说不过去。于是他朝黄小培说道:"那你去给爸买吧。"

听到这话,黄小培立马明白了丈夫的态度,连忙问道:"爸,你想喝什么酒,我现在就进去给您买。"

"进去就算了,这么多人。"苏铁军说道,"这进去的人多不说,排队付钱的人也很多,你这一进去肯定要好久的。"

苏铁军说着指着不远处的一个烟酒柜,说道,"要买就去那里买吧,那不是有现成的酒嘛。"

大家都不约而同地抬头看向了苏铁军手指的方向,在距离大约十米左右的地方,还真是有一个烟酒柜台。

苏庆春这回是明白了,看来苏铁军这边是早就观察好了地形了,早就计划要在这里买酒的,不然刚刚进超市的时候怎么不提买酒的事情,反而要出来再说。

不过无论父亲打着什么主意,无非就是想买酒呗,那既然这样,苏庆春心里想着,满足他就是了。

"哦,这里还真有专门卖烟酒的地方啊。"何美珍回道。

她连忙呼应着苏铁军说道:"小培,那既然这里有,就在这里买瓶便宜的酒喝就好了,进去超市确实是很麻烦。"

此时的黄小培看着远处的烟酒柜倒是发愣了一会,现在是让她为难了。

一般超市的出口都是会烟酒专柜,但是这里的烟酒都是属于高档烟酒,比起超市里面的,价格贵得可不是一星半点,这里也买不到普通的低档货。

黄小培很清楚这点,但是何美珍并不知道,而且这买酒的事情她都说出去了,也不好说不买,这实在让她左右为难。

她看了一眼苏庆春,小声地问道:"真的要在这里买吗?"

说完黄小培还怕苏庆春不懂自己的意思,连忙又补充道,"这里的烟酒都是高档烟酒,一般都是买来送礼的,很少有人买来自己喝的啊。"

这点不用黄小培提醒,苏庆春还是知道的,偶尔碰到什么重要的节日,苏庆春作为下级医生徒弟也是要给自己的师傅意思一下,烟酒肯定少不了,所以在这样的专柜买烟酒他是懂得。

苏庆春一脸淡定,因为从父亲说要在这里买酒开始他就懂了父亲的意思,他本意应该就是要买高档酒的。

"啊?这里的东西都很贵啊?"何美珍听到可不淡定了,她连忙说道,"那……那还是去超市买吧。"

苏庆春回道:"现在很晚了,再进超市还不知道什么时候出来,就去那里买吧。"

"那不行……肯定不行……"何美珍说道,"那送礼的酒怎么可以买来喝呢,就去超市买吧。"说完何美珍又补充道,"不行今天就不要买了,明天我买菜的时候给你带回来,反正今天买了也是明天喝。"

"你买的酒我还不知道啊,不是二锅头,就是牛栏山,还是桶装的,我都喝腻了,这既然要买酒了,肯定是要买没喝过的啦,喝过的再买喝个什么劲啊?"苏铁军可不像何美珍那么好说话,他立马回怼道。

"不就是喝个酒嘛,你还要喝新鲜啊?"

"吃什么不想吃新鲜的啊?"苏铁军嗤之以鼻道,"真是的……"

"说了这里的酒很贵,明天我给你买你没喝过的总行吧。"何美珍无奈地回道。

"你买的酒就没超过30块钱的,不喝。"

这情景搞得黄小培好尴尬,刚刚她自己说了要买,现在又在担心这个价格不想去。场面也搞得很尴尬,只见苏庆春说道:"不要说了,就去这里买,反正难得来一趟,想喝什么酒就买什么酒。"苏庆春说完,便直接往烟酒柜走去。黄小培见状,看了一眼婆婆也跟在了苏庆春的后面。

苏铁军眼见得逞，肯定是最高兴跟上去的一个了。只有何美珍无奈地跟在后面，而两个孩子可没管长辈们的争论，两人手里正吃着东西呢，此时长辈去哪里她们就跟着去哪里。

走到烟酒柜台以后，何美珍粗略地瞄了一下，看着那些酒外面的包装，不说应该也是价值不菲的。

到了何美珍这个年纪眼睛也都有些老花了，但是不远处的一瓶酒她仔细看了一眼价格，竟然需要 799 元，一瓶酒就要这么多钱，着实吓到她了。

对于一直过着节衣缩食的何美珍来说，这样的酒简直是天价，再者说，对于何美珍来说，喝的都是喝进肚子里，然后又拉出来的，完全没必要喝那么贵的。

看到了这么贵的酒以后，何美珍可不淡定了，她朝着苏铁军小声说道："算了，算了，不要买了，这里就太贵了，你看就那一瓶就要 799 块钱，吓死人了。"说着的时候，还用手用力拉着苏铁军往外走。

可她哪里有苏铁军的力气大啊，尽管她用力地往外拽，苏铁军依然是岿然不动。"走什么走啊，来都来了。"苏铁军回道。

"是啊，妈，来都来了，买。"

苏庆春说着又看了一眼柜台前的烟说道，"顺便再买条烟吧。"

说完苏庆春便朝柜台小姐问道："你们这里有什么烟啊？"

何美珍听到后，连忙放开苏铁军的手并迎上苏庆春阻止道："诶，烟不要买，你爸爸早就戒掉烟了。"

被何美珍这么一提醒，苏庆春才想起来，一直烟酒不离身的父亲这次来还真没看到抽过一次烟，本来他还想着哪里不对劲呢，原来是在这里啊。

苏庆春惊讶不已："戒了？什么时候戒的啊？"

"去年就戒了，你爸爸不是有老胃病嘛，去年有一次病得比较厉害，住院了一段时间，镇上的医生就让他一定要戒烟戒酒，这酒他是戒不掉了，烟去年倒是一下子就戒掉了。"

"住院了？"苏庆春诧异地看着母亲问道，"怎么没听说啊？"

作为长子的苏庆春其实并不知道母亲说的父亲去年犯了一次很严重的胃病，甚至还住院了，就连今天上午他们说胃不舒服的事情，苏庆春只想着可能就是父亲为了忽悠他们换房间瞎说一通而已，可没想到还真有这么一茬。

　　作为儿子，苏庆春连这事情都全然不知，他心里一下子有些内疚了，甚至开始怀疑这些年自己是否对父亲太过苛责了。

简易包装

苏庆春看了一眼妻子黄小培。

只见黄小培会心地回道："我也不知道这事情。"

"妈，住院这样的事情，你们怎么不告诉我们呢。"

"嗨，没什么大事，都是老毛病，有什么好说的啊。"何美珍轻描淡写地回道。

而后她又朝苏铁军劝道："这白酒啊，医生也说要戒掉，平时喝点米酒倒是还好点，对身体损伤没那么大。"

"这人寿命天注定，要我戒酒，还不如直接死了算了。"苏铁军回道。

何美珍刚想说话，就被苏庆春拦住了。

他说道："妈，没事，你们难得来上海，喝点就喝点，也没事。"

"爸，你看下，想喝什么酒就买什么酒，看上了就叫服务员拿吧。"

说着苏铁军便高兴地仔细打量柜台，不过说实话，苏铁军这内心啊，喝了一辈子的廉价白酒也是真想喝瓶贵的酒，尝尝是什么样的感受，可是他望着面前这琳琅满目的商品，也真是挑花了眼。再加上售货人员在一旁各方推荐着，这让苏铁军一下子更加不知道怎么选了。

站在一旁何美珍可是比他还急，生怕他挑了瓶贵的酒，于是她凑到苏铁军身旁小声提醒道："你就买个包装最朴素的，肯定会便宜点。"

何美珍这话可以说是一言惊醒梦中人啊。突然让苏铁军想起来一件事情。

苏铁军在老家镇上租房子的隔壁有一个老李头，跟他年龄相仿，他儿子在北京工作，每年都会接他们去北京玩，他又特别爱炫耀，有一回他回来的时候非常嘚瑟地问苏铁军："你知道这世上最贵、最高档的酒是什么酒嘛？"

苏铁军喝了一辈子的白酒，但是要问他最贵最好的白酒，他还真的不知道。似乎猜准了苏铁军不懂行情的老李头得意地说道："肯定是茅台了。"

"那你知道茅台长什么样吗？"

苏铁军虽然不识字，但是电视还是看过的，就回道："不就是那样嘛白瓶子红盖子。"

"那是里面，外面外包你一定想不到是怎么样的。"

"怎么样的啊？"苏铁军好奇地追问道。

"外包装还不如我们这里的三星四特呢，黄黄的，还很薄，就写了个贵州茅台酒几个字，摸上去就跟十块钱的酒包装一样，我开始还以为那酒最多不过二三十块呢。"

"那好喝吗？"

"好喝，肯定好喝了，你知道多少钱不？"

说着老李头手指做出二的手势。

"两百啊？"

"两千……多……！"

苏铁军至今记得老李头说出两千那个得意的表情，实在是让人不舒服又很艳羡。于是，苏铁军连忙再回忆了一遍老李头的描述：黄黄的，纸很薄，看上去很低档，中间还写了贵州茅台酒这五个字。他连忙扫射柜台，其中在右边的一个靠近角落的位置，还真被苏铁军发现了一个外包装黄黄的，看起来最不起眼的一瓶酒。

苏铁军连忙朝售货员说道："拿那瓶给我看下。"

何美珍看到包装以后，心里一阵高兴，想着难得苏铁军这回这么体恤孩子，她欣喜若狂地呼应道："对，就拿那瓶。"

售货员听到后高兴地说道："老先生真有眼光。"

而在一旁的黄小培看到后，她心里很清楚这是什么酒，这会子可不淡定了。

她连忙说道："这酒，包装有点太寒酸了点，要不换过吧？"

"诶，没事，没事，包装差点没事，我们就习惯喝这样的酒。"何美珍回道。

这句话让黄小培一下子下不来台了。

苏铁军可不管别人怎么说，他拿着酒瓶，第一时间是翻找酒瓶外包装的字，找到后他朝何美珍问道："这是不是写着贵州茅台酒啊？"

何美珍听到后，便拿起酒瓶，然后又递远了，念道："贵州茅台酒，对，就是这个酒。"

说完何美珍反应了一会，她虽然是农村妇人，但是却比一般农村妇人见识多一些，她尽管从来没见过茅台酒长什么样，但是却知道茅台酒很贵，于是她朝售货员问道："小姐，我想问，这贵州茅台酒就是茅台酒吗？"

"对啊。"

"啊！那很贵吧？"

"不会的，我们这边都是全国统一零售价，而且现在商场搞活动，我们全场的烟酒都打98折的，现在买非常优惠。"

"那也很贵吧？"何美珍刚想问价钱的时候，只见苏铁军不爽地说道："那就买这瓶吧。"

苏铁军可不跟何美珍那般疼惜孩子的钱，他心里啊，就想要买个最贵的酒，现在在他的脑海里，茅台就是最贵的，只要确认了这瓶就是茅台，苏铁军就可以放心地买了。

所以现在连价钱都没问，他就确定他要的就是这瓶了。

黄小培听到公公这就拍板了，更加不淡定了，连忙苦笑着说道："爸，呵呵，你看要不要再考虑下啊？"

"这里可是还有很多很好的酒啊。"

"不考虑了，就这个吧，"苏铁军斩钉截铁地回道。而后还补充了句，"这不就是按照你妈的意思，尽量买包装简单一点的嘛，那包装费也是要花钱的嘛。"

这回苏铁军倒是说得很通情达理了。

"包装好点没关系的啊，我们喝酒不就图个新鲜感和高档感嘛。"黄小培说道，"您再挑挑呗。"

"不挑了，就这瓶吧。"

何美珍听到也急了，劝说道："是啊，再挑挑呗，那里还有很多包装比这个更加精美的酒呢。"

"你这人什么意思啊，一会叫我挑包装最简单的，一会又要叫我挑包装精美的，买不买啊？不买走人了。"苏铁军大声呵斥道。

"我不是那个意思，我就是想买稍微实惠点的。"何美珍小声解释道，"这茅台酒据说是大富大贵的人才能喝得起的酒啊，我们就是平头老百姓，买那酒干吗啊。"

"你什么意思啊？哦，就当官有钱人能喝是吧？我今天还就要这酒了。"

苏铁军这会也跟何美珍抬杠了。

苏庆春本来是好心想买酒给老人喝，现在眼见着大家为了这瓶酒都要急红脸了，连忙解围道："爸，你确定想要喝这瓶酒吗？"

"对啊，都选了，我今天就要这酒，要么买，要么就算了。"苏铁军强势地说道。

"那既然您喜欢，那就买。"苏庆春肯定地回道。

听到这话以后的黄小培和何美珍都不淡定了，特别是黄小培，连忙凑过来小声地说道："你别开玩笑了，这酒现在好贵了，又涨价了。"

"就是，别买了，别听你爸的。"

苏铁军说道："好不容易出来一趟，买就买了。"

说着他又朝售货员说道："你好，就买这瓶了，麻烦你帮我包起来。"

此时售货员可是很懂得眼色的，连忙又说道："先生，一般我们这酒要买就买两瓶，好事成双嘛，而且现在我们商场搞活动，这酒买两瓶在原来基础上还可以减100块钱。"

苏铁军一听，连忙搭话道："是吗，那是挺划得来的哈。"

"是啊，"售货员说着又朝苏庆春说道，"您看您孝敬父亲也是好事成双嘛，寓意很好的。"

本来买一瓶酒何美珍就感觉太贵了，这会儿售货员还在推荐买两瓶，何美珍可是急死了。

连忙冲了上去说道："孝敬父母的心意在就行，你们售货员什么心理我还不知道啊，巴不得全部卖掉。"

"就是啊。"黄小培也连忙呼应着。

面对身边两个女人的夹击，苏庆春也着实为难，正当他想跟售货员说话的时候，突然听到叫声："苏医生！"

苏庆春转身一看，只见一位打扮靓丽的女人正站在他后面，这女人苏庆春已经见过两次了，也不算面生，此人正是苏子轩同学涂西西的妈妈。

只见她先是朝苏庆春笑了笑而后又看了一眼一旁的黄小培，说道："黄老师也在啊！"

黄小培自然是对她再熟悉不过了，每次见到她都被她巴巴地拉着说个不停，不是她老公有小三了，就是家里保姆不好了，反正全是负能量。之前一直要让自己介绍苏庆春给她认识，她也没当回事，谁知道那次她没去开家长会她马上就跟苏庆春联系上了，现在见到她黄小培可是没好心情的。她依然跟往常一样一脸笑容地说道，"这么巧啊，没想到能在这里碰到你们。"

"是啊！好巧啊！"黄小培无奈地说道。

"这是叔叔、阿姨吧？"

"哦，是啊，这是我爸妈，这几天正好从老家来上海玩。"

"叔叔、阿姨好！"

"呀……轩轩啊，你好啊！"

苏子轩可是也对她没好感，理都没理。

她也是很识趣，连忙抬头说道："你们这是在买酒啊？"

"是啊，给我公公买酒。"

"哦，这里酒品种蛮多的，而且我老公跟这里的老板是熟人，前几天我跟我老公来也买了很多酒。"说着她便走到柜台朝售货员说道，"我是涂总的老婆，跟你们李总很熟悉的，给我朋友打点折。"

说完她又问道，"买的什么酒啊？"

"买的是茅台，已经打了最低折扣了。"售货员回道。

"哦，那就好。"

售货员此时也伺机说道："先生，您考虑好了吗？是买一瓶还是两瓶啊？"

还没等苏庆春回答，涂西西妈妈便说道："那肯定是两瓶了，这茅台包装都是两瓶一个包装袋的，买一瓶你不是取笑我们苏医生和黄老师嘛。是吧？苏医生？"说完她又笑嘻嘻地朝苏庆春问道。

话都说到这分上了，苏庆春也没法拒绝了，只道："行吧，那你给我打包两瓶吧。"

售货员听到以后，连忙笑着回道："好的，先生，我马上开单。"

"不要，不要啦，这太贵了。"何美珍连忙阻止道。

"阿姨，贵点没什么，您就别担心，这是苏医生和黄老师对叔叔的一片心意。"

此时黄小培真是恨得牙痒痒，但是都到这分上了，她肯定也不能拒绝了。

"妈,你和爸难得来一次上海,买瓶酒给爸爸喝是天经地义的事情,你就不要管了。"

说着售货员已经把单子开好了,并递给苏庆春说道:"先生,收银台在您左手边10米左右。"

苏庆春爽快地接过单子,并径直去了收银台。

"小培,你赶紧去说说他,叫他不要买了,太浪费了。"

黄小培这心里也是不想买,但是看着苏庆春这么坚决也不好阻止了。

"算了,妈,买了就买了吧。"

"您看,阿姨,您真是有福啊,有黄老师这么孝顺的儿媳妇。"涂西西妈妈还不忘夸赞道。

此时突然出现了一个中年男子,说道:"张总,车已经在外面了,可以走了。"

"哦,真是不好意思啊,司机来叫我了,我就先走了,"涂西西妈妈笑脸盈盈地说道,"阿姨,得空一定要来我家里玩啊。"说完便走了。

何美珍也是一脸懵,到现在为止也不知道这个人是谁。

"她是谁啊?"

黄小培烦死她了,也不想解释了:"妈,她就是轩轩一个同学的妈妈,一个很烦的人,别理她了。"

说着苏庆春已经付完钱回来了,售货员也打包好了,苏钦军接过这个简易包装的酒高兴地回家了。

赴宴

今天的这次购物在苏铁军买了茅台酒以后算是真正地圆满结束了，回到家以后他也美美地回房间睡那张大床了。

而黄小培这边因公公苏铁军执意买酒之后，她整个人都不好了，回到家她边在书房收拾东西边抱怨，实在是后悔去超市了，今天可是直接消费了她5000多。"更可气的是遇上了那个涂西西的妈妈，我真是烦死她了，感觉每次碰到她都没好事。"

"你不是跟她很熟吗？"苏庆春好奇地问道。

"熟个鬼啊！"

"那上回我去家长会的事情不是她告诉你的？"

"切……我才不屑于要她给我通风报信呢。"

"这样啊。"

黄小培现在可没心思谈她："哎……不想理她了，但是一想到因为她我多花了这么多钱，真是心在滴血啊，我真是恨不得以后都不要见到她。"

女人往往都爱抱怨，这点苏庆春很清楚，他解释道："算了，我们平时也没怎么给爸妈买过什么东西，花点钱就花点钱。"

"我也没说不花钱啊，只是你爸爸买酒就买酒嘛，诶！他别的酒偏偏不挑，非得买那么贵的酒。"黄小培气愤地说道，"你还说你爸爸不认识字，我看啊，他肯定认识，不然怎么可能一眼就选到了茅台啊。"

"买就买了，不要说了，而且他不认识字也看电视的啊，再说了，也就那么点钱。"

"哼……"黄小培一脸轻蔑地看着苏庆春说道，"你说得倒是轻巧，感觉你是发大财了一样。你可别忘记了，上个月医疗事故就赔了3万块钱，下个月工资你可剩不了几块钱，我看啊，再这么下去我们要吃土了。"

上次的事件苏庆春就很不高兴,黄小培这边又再次提起,实在让苏庆春不悦。

"你这话是什么意思啊?难道我这几个月扣钱了就连给父母买点东西的资格都没有了吗?"苏庆春质问道。

黄小培平时看着苏庆春对他父母也没怎么上心,本来想着这会他爸爸花这么多钱买酒,抱怨抱怨几句苏庆春会站在她这边,没想到苏庆春这回居然是这个态度。

黄小培怔了一下,迟疑了一会回道:"我……也不是那个意思,虽然说花这点钱还不至于吃土,那也不至于买那么贵的酒嘛。"

"好了,酒已经买了,这事情已经过去了,就不要再提了。"苏庆春说着翻了一套睡衣便出去了。

见状,黄小培也只能闭嘴了,只当孝敬父母了吧。

翌日便是周六,晚上苏庆春值24小时班,同时也是黄小培第一天去培训班上课。

一大早苏庆春便出门了,而上午苏子轩也有培训班,黄小培早早便也送她去培训班了。而她自己的课程则安排在了下午。

当天下午谢敏带着黄小培先是了解了一下学校情况,然后按照正常的工作流程,黄小培开始了职业生涯第一次真正意义上的校外补课。

虽然知识都是熟悉的,中途接课她也不是第一次,但是还是有些不自在,好在,几分钟过后,黄小培就适应了这个工作环境。

培训班的课不像学校,安排得都比较紧,加上之前的老师已经落下了一周,所以今天黄小培连续一下午都要上课。

下完课已经是5点半了,黄小培看了一眼手机,发现微信上有乐平云的短信。这时她才想起晚上跟他有约,黄小培特别是一想到初次见面跟他妻子闹得并不是很愉快,就更加觉得没意思。

这时黄小培这才想起来谢敏跟乐平云不也是同班同学嘛,她灵机一动:要不找小敏一块去?

想到这里黄小培连忙拨通了谢敏的电话。不巧的是,谢敏的电话居然关机了。"这小敏,什么情况啊,这时候居然还关机。"

于是黄小培又赶忙发微信语音给谢敏。

"你什么情况啊?手机还关机了,赶紧手机打开给我回个信息,我有事情跟你说。"

可是半个小时过去了，谢敏还是没有回，电话依然是关机。黄小培现在也没别的办法了，只有厚着脸皮自己一个人去了。很快六点钟到了，乐平云的电话准时打来了。

"喂，小培，下班了嘛？"对方非常温柔地问道。

"哦，刚刚下班了。"黄小培回道。

"那你现在就下来，我现在正在你们培训班的楼下。"

"啊？你现在在我们学校楼下啊？"

"是啊。"

"不是说不用来接的吗？"

"我正好办完事经过你这里。"

"好吧，那我马上下来。"

乐平云这话黄小培听来也不知道真假，反正不论如何，人家已经来了楼下，她也不好再深究什么了，只得赶紧下来了。走到楼下，只见门口停了好几辆车。

正在黄小培准备打电话的时候，旁边一辆奥迪 A6 系列的车突然闪了红灯，并摇开了窗户。"小培，这边。"

黄小培连忙上了车后座。

上车以后黄小培发现车里就乐平云一个人。于是黄小培问道："怎么你老婆是先去了酒店吗？"

"哦，她今天有事，就不来了。"

"不来了？"黄小培惊呼道，然后又一副失望的样子回道，"哦，这样啊。"

黄小培其实心里还有些高兴，因为乐平云的老婆她真的是不太喜欢，要再见面，说些假情假意的话，这顿饭吃得也太无聊了，现在倒刚刚好，就当是老同学叙叙旧，反而自在一些。

到了酒店以后，他们来到了乐平云提前约好的包厢。

黄小培进到包厢发现这个包厢也就是适合 2 个人的雅间。

坐下后，乐平云非常绅士的把菜单递给了黄小培，并说道："喜欢吃什么菜就点。"

"不用那么客气，你直接点吧，我什么菜都行的。"

"我记得你是江西人，应该爱吃辣吧？"

"呵呵,还好,以前是爱吃辣,不过在上海住了这么多年,也没那么爱吃了。"

"是啊,说实话我们虽然是北方人,但是在上海待久了,也习惯了这边的咸甜口了。"

"对,同化了。"

"那我就随意点点吃的。"

"嗯,你随意好了。"

黄小培看着乐平云非常娴熟地很快便点好了菜。菜点好以后,他看到黄小培的杯子里的水喝了一点,马上又给满上了。

黄小培连忙说道:"谢谢!"

同学叙旧 1

虽说乐平云的老婆没来黄小培心里还挺高兴的，毕竟一想到之前自己跟她的经历就觉得见面也是尴尬，只是这会儿坐下来以后，就只有两个人了，黄小培倒也有些拘束了。

她只安静地看着乐平云点菜，等他点完以后，也不好氛围就这么冷下来。于是黄小培主动问道："对了，阿姨现在身体好了点吧？"

"哦，好多了，上次还好及时发现，吃过药以后就明显好多了。"

"好了就好。"黄小培笑着回道。

只是话一说完，黄小培顿感又没话题了，这个饭局对她来说本来也没什么意思，只是老同学一直打电话也不好拒绝，说实在的，虽然黄小培跟乐平云是同学，但是毕业也十多年了，真的是没什么话题，也不知道该从哪里说起。

黄小培印象中乐平云一直不太爱说话，想着今天是彻底完了，两个不太爱说话的人一起吃饭，真是要尴尬。

可是令黄小培没想到的是乐平云主动问道："对了，小培，那天能在迪士尼遇到你们实在令我太意外。"

"是啊，我也挺意外的。"黄小培连忙呼应着。

"对了，你刚刚说在上海住了好多年，"乐平云问道，"可是我依稀记得你毕业以后不是回老家工作了吗？"

"是啊，当时是回老家了，不过在老家没待两年就又回上海了。"

"哦，这样啊，来上海好，肯定比你们老家发展好。"

"嗨……"黄小培回道，"也不是老家不好，这说来就话长了。"

"哦？这里面看来还有故事啊？"乐平云问道。

时间过了这么久，对于当初来上海的那几年受的苦，黄小培现在也释然了。

她笑着说道："也不是了，只是来上海这个决定，我现在都没搞明白对不对，其实很多事情都有不得已的苦衷，很多时候也不是说自己能控制的，不知道对错，但是又不得不去做。"

"你来上海都是为了苏医生？"

"算是吧。"

"苏医生就是你读大学的时候在医学院的男朋友吧？"乐平云继续问道。

"嗯。"

"挺羡慕你们这样从始至终的爱情的。"

"嗨……没啥好羡慕的，"黄小培说完以后又好奇地问道，"诶，你怎么知道我当时有医学院的男朋友啊？"

"这话说的，都是同学，这点能不知道嘛，"乐平云说道，"要不是因为你有男朋友，估计当时有好多同学都想追你呢，谁承想你名花有主啊。"

乐平云说完又补充道："来上海挺好的，至少在我们中国来说，这里的资源肯定是数一数二的。"

"从长久的发展来看，确实上海平台会比我在老家高很多，不过来这里的幸福指数，说实话高不高就另说了，"黄小培话里话外都透着一些无奈，而后她又补充道，"嗨……反正都有利弊吧，不过至少对自己的孩子教育来说在上海肯定要好太多了。"

"对啊，在上海，用现在的常用的那句话来说，教育就赢在起跑线上。"乐平云说着又给黄小培添了点水，并继续说道，"我毕业以后一直在上海工作，没想过回老家。"

"每个人的追求不一样嘛。"黄小培只回了句。

"哦，对了，你这些年一直在上海，怎么同学会从来没见你参加过啊？"

"呵呵……我不太喜欢参加这样的聚会。"黄小培说道，"感觉也没什么意思，感情深的同学可以单约聚聚，这样还有点意思，超过10个人以上的同学聚会，我认为其实都有点盲目。"

"呵呵……你还是跟读书的时候一样很有自己的想法。"乐平云笑着回道。

"哦，对了，我只知道你在这个补习班上课，那你真正供职的是哪个学校啊?"乐平云继续问道。

"长湖中学。"

"长湖中学!"乐平云说完停顿了一会。

"是啊!怎么了?"

"哦,没什么,"乐平云连忙笑着解释道,"听说过。"

"呵呵……这是一所老学校,也不是市重点学校,去年也才提到区重点。"黄小培说道。

"那个学校挺好的。"

"是嘛!"

说着黄小培突然想起来了谢敏,连忙说道,"哦,对了我们班的谢敏你还记得吗?"

乐平云听到谢敏的名字反应了一会,然后说道:"有点印象。"

"不过她跟我其实不算是一个班的。"

"啊?我们不是一个班的?"黄小培一脸疑惑地看着乐平云说道。

"我跟她属于大班同学,也就是上大课的时候在一个教室,按小班来说,我们才算是真正的同学。"

经乐平云这么一提醒,黄小培才想起来,还真是这样的,当时学校数学这个专业一个班人很多,被分成两个小班,但是大课还是一块上。

"呵呵……你记得还蛮清楚的,你看我差点都忘记了,因为她跟我是一个宿舍的,所以一直理所当然地记成她是我同班同学了,"黄小培说道,"不过,也算是同学吧。"

"要论大范围来算,也算是吧。"乐平云笑着回道,说着乐平云还补充了一句,"不过我跟她不是很熟。"

"哦,其实当时我们班上大学,虽然在一起读了4年书,但是其实熟悉的也确实不多。"

"是啊,主要还是跟自己宿舍的人走得比较近一些。"

"嗯,是啊,我现在在联系的同学用一直手指头都能数得过来。"

"其实都差不多,不过我读大学的时候对你倒是印象很深。"

"呵呵……是嘛,那真的难得。"黄小培说着连忙岔开话题道,"哦,对了,说着我差点忘记了,我刚刚说的谢敏她现在跟我是一个学校的。"

"哦,这样啊。"乐平云淡淡地回道,"那挺巧的。"

"是啊,不过她可不像我一样继续教数学。"黄小培说着又问道,"你知道她现在在教什么吗?"

"教什么啊?"

"英语!"黄小培激动地说道,"意外吧?"

"挺意外的。"乐平云嘴上这么说,但是脸上明显没什么表情,看着似乎对这个事情并不是很感兴趣。

黄小培也不是那么不识趣的人,她很快明白了过来,便赶紧终止了这个话题,心里还在暗自庆幸:还好刚刚没有让谢敏来,不然来了就尴尬了,看着这乐平云对她是真的没啥印象。

同学叙旧 2

乐平云见黄小培突然不说话了,连忙又说道:"我们班这么多同学其实有很多人都不做老本行了,你说的谢敏虽然说不教数学,但起码还是老师。"

"这个我倒不是很清楚。"

"我同学聚会基本有的都参加了,我看很多同学有开公司的,有继续考研跨专业的,也不都是教育行业的了。"

"哦,这样啊。"黄小培说着才突然想起来聊这么久,她其实都不知道乐平云在干吗。于是她又问道,"对了,你现在是在当老师吗?"

"算是吧。"

"算是是什么意思啊?"黄小培一脸疑惑地问道。

"我现在跟几个朋友一起合伙开了一家培训学校。"

"啊?你们开了培训学校?"黄小培惊讶不已。

继续问道,"什么培训学校啊?"

"是跟我们那个培训学校一样中小学生的课程辅导吗?"

"不是,我们主要是从事职业考试培训的学校。"

"职业考试培训?"黄小培一下子倒没反应过来这是个什么样的机构。

"什么意思啊?有点不太懂,呵呵……"

"就比如,公务员考试、事业单位考试,还有我们教师编制考试这一类的,其实说白了帮助他们通过笔试、面试考试。"

"哦……哦,你这么一说那我知道了,"黄小培说道,"原来你现在从事这个工作啊。那挺好的啊,还是合伙人,肯定赚不少钱吧?"

"嗨……就是糊口饭吃。"

"你这都算是糊口饭吃,那我们就是在贫穷线徘徊了。"黄小培打趣道。

"早些年还不错,这几年,从事这样的机构越来越多了,竞争也越来越大了。"乐平云说道。

"嗯,现在各个行业竞争其实都挺激烈的,不过你这个其实真的不错,现在公务员什么的多热门啊,多少人考啊,去年我好像听说一个职位几千人考的都有。"

"是啊,现在是挺多人考的。"

"所以啊,你这个还是蛮有前景的,"黄小培继续问道,"对了,你怎么会想到做这个啊?"

"嗨……说起来这也算是机缘巧合吧,"乐平云说道,"其实我刚毕业那几年也在学校当了几年的数学老师。到 2008 年的时候,一个朋友见公务员考试开始火起来了,我们不是数学专业嘛,公务员考试里面正好就有一个模块是考数学关系的,又正好碰到一些培训班急缺这方面的老师,我那个同学便叫着我跟他一块去培训,反正那时候一个人,下课了也没什么事情,就跟着一块去做了。

"后来做着做着觉得还可以,收入什么的都不错,加上学校里抓得紧,索性我们两个就都辞职了,专心搞这个培训了,再后来看着这个行业越来越火了,我们索性一块合伙开了一个这样的培训班。"

"现在做得也还可以,在上海开了几个分校。"

"哦,原来是这样的啊,那确实挺好的。"黄小培说道,"那你现在可是大老板了啊。不对,是校长了,呵呵……"

"嗨……也不是什么大老板,我其实也就是有这个梦想而已。"

"你从小就有开培训班的梦想?"

"那倒不是,我从小的愿望就是能有自己的学校,虽然现在培训班不算是什么正规的学校,但也算是办教育吧。"

乐平云说着脸上看得出来一脸的自豪。不过黄小培听着这话怎么这么耳熟啊。

"是啊,现在培训班也算是学校,跟你梦想差不多的,你算是很厉害了,这么年轻就实现了自己的梦想,不像我,连自己梦想是什么都忘记了。"黄小培说着又补充道,"挺好的,不过你别说啊,你这个梦想跟谢敏的梦想还有点像啊,她的梦想也是办学校,就连行走的轨迹都很像,她也是先搞培训,然后自己办培训学校。"

"哦……这样啊。"乐平云听到谢敏之后,情绪一下子似乎都低了下来。

"你之前可能跟她不熟悉,不过你们兴趣这么相投,要不什么时候我介绍你们两个见见面,说不一定还可以在业务上切磋切磋呢。"黄小培继续说道,"也谈不上切磋,她还是新手,不像你,经验这么丰富,她啊,最近正好就打算开个培训班,你也可以教教她。"

"呵呵……我其实经验也不是很丰富的,谈不上教她,而且我们虽然都是办教育,但是所涉及的行业其实不一样,你们是针对学生的义务教育课程,而我们是面向职业考试的,其实可以说行业差很远的。"

"这样啊。"

"是啊,俗话说隔行如隔山啊。"

"哦,这样啊,那以后有机会再说吧。"

黄小培听得出来乐平云好像并不是很乐意自己提到谢敏的样子,刚刚也是,现在更加是,这点实在让她非常好奇。她猜想估计是当时他们并不是很熟悉吧,但转头又一想,当时她和乐平云也不是非常熟悉啊,但是上回在迪士尼他却一眼就认出来了自己,想着乐平云是个非常热情的人,怎么这会儿变得好像不太愿意联系同学似的。即使当初不是很熟悉,也算是同学嘛,最起码算是校友啊,可是乐平云似乎对谢敏表现得异常的冷淡。

这实在让黄小培纳闷,不过黄小培又想着估计乐平云认为是同行,不愿意教吧,既然他不太愿意提,那黄小培自然也就不再提了。

之后乐平云岔开话题,聊了聊黄小培和苏庆春的情况,而黄小培也随口了解了下他的情况。

其实黄小培也只是随着口问一下,没想到乐平云直接把他和他老婆怎么认识,怎么结婚,现在什么情况都说了一遍。

原来乐平云的妻子就是他在培训班带的第一届学生,她老婆本来是要考公务员,但是失利没考好,倒是成全了他们这对师生情。

后来在她这个丈夫的努力之下,她还真的考上了一家行政单位的窗口工作,但是自从乐平云跟朋友合伙办学以后,她老婆就一直觉得在窗口工作很累,等他们结婚以后,她老婆刚怀孕便把好不容易考来的工作给辞了,一心在家生孩子。

生完一胎以后又以带孩子为由一直没上班,但是实际孩子都是她婆婆带,这点黄小培从她老婆抱孩子的姿势就能看得出来,他老婆确实不是个带孩子的样子。

后来孩子也读幼儿园了，实在没有理由了，她老婆依然不去上班，就说在家里做代购也挺赚钱的，其实啊，那些东西大部分都是她自己买了。

之后又生了二胎，所以这些年他老婆一直在家没工作，黄小培作为女人的直觉听着乐平云的讲述似乎不太喜欢他老婆现在的状态。

反正是同学的事情，在黄小培这边听听也就算了。晚上 9 点，他们终于结束了这次聚餐，乐平云也非常绅士地把黄小培送回了家。

心有余悸的急诊会诊

在黄小培和乐平云同学叙旧的同时，苏庆春则迎来了又一个晚班，一个月一般苏庆春都有四五个晚班，今天距离他上一次医疗事故接受病人的晚班已经快一个月了。

自从上次出了事情以后，苏庆春对晚班，特别是晚班产科的病人可是慎之又慎，甚至有点害怕接到产科的会诊。

但是医院的晚班规则就是这样，妇科、产科的医生是要轮流去急诊会诊的，好在今天轮到了产科会诊，这也让他安心多了。

不然这颗心啊，一直都是悬着的，总怕急诊的电话来。

今天跟他搭班的三线医生正是他自己组上的主任医生蔡君梅。

不过话说苏庆春来蔡主任组上已经有半个多月了，而苏庆春一直除了做一些宫腹腔镜的手术，基本没做什么大手术，他这心里啊可是憋着一些气的。

当初苏庆春记得很清楚，自己的导师跟蔡君梅关系一直是不错的，所以在导师离开的时候把他安排到了蔡主任的组上，苏庆春其实心里还是比较心安的，毕竟到别的主任组上就怕其他主任不待见，刚刚开始苏庆春也一直这么认为，可是时间一长，大手术蔡君梅宁愿带进修医生，都不愿意带自己实在让苏庆春费解。

纵有万般不悦和不痛快，但是苏庆春却不敢主动找蔡君梅问个清楚，就连间接的暗示都没想过。

苏庆春就是这么个人，即使再有气也不会直接说出来，自己的事情认真做，其他事情实在挨不过面子，也不好意思提，他想着蔡君梅毕竟是自己的直接上级医生，只是这样一来，苏庆春在工作中没有以前那么有激情了。

今天的晚班前半段时间还一直相安无事，作为三线的蔡君梅也就没在值班室出现过，大概到了 12 点左右，突然苏庆春接到了电话。

苏庆春一看，便认出来了这不就是急诊科的电话嘛。

他这心中也是纳闷：今天不是轮到了产科会诊吗？

不过纵有千万个疑问，现在电话来了，他第一时间肯定是尽快接起来，也顾不得多想了。

"喂，妇产科吗？这里有产妇急诊要会诊。"

对方直接了当地说道。

"我这里是妇科，而且今天是产科当班，你打下产科电话吧。"

"我知道，但是今天急诊太多产科病人了，产科的医生都忙去了，冯主任现在也在手术室里，只有找你们了。"

急诊科医生口中的冯主任就是产科的科副主任，苏庆春听着这话，估计确实那边人手不够。

既然是这样，苏庆春也没办法了，不得不去急诊会诊了。

很快，他便来到急诊科，还没走进急诊的大门，苏庆春在外面就听到了喧闹声，走进急诊大厅，只见里面黑压压的一片，偌大的急诊大厅居然挤满了人。

现在可已经是晚上 12 点多了，一般这时候这么多人，不是除了特大型的车祸，就是遇上"大日子了"。

苏庆春见状也加快了脚步，两步并作三步快速赶到了急诊抢救室。

"什么情况啊？"苏庆春一进来便直接问道。

"病人何琼琼，32 周岁，初产妇，怀孕 38＋4，下午突然腹痛，患有妊娠期糖尿病。"

苏庆春一看这个病人肚大如箩，身上全是汗水，看着病人的症状像是快要生了，于是他连忙检查了下已经开了两指。

于是他问道："下午就腹痛了？病人来了多久啊？"

"来了很久了。"

苏庆春再仔细一看病人的样子，说道："这是快要生了啊，干吗不送去产房待产啊？在急诊会诊干吗啊？"

"哎……苏医生，你不知道啊，今天也不知道怎么回事，特别多的产妇，产科那边的医生也人手不足啊，不然也不会让你过来了。加上我们这边今天又有一个高速大型车祸，一连撞了好几辆车子，有五六个外伤病人，现在急诊科的医生全去了那里，我们这里人手也不够啊，所以也有些耽搁了。"

"哦,原来是这样啊,难怪我说今天怎么外面那么多人呢,原来是有大车祸啊,那今天是辛苦你们了。"

"是啊,今天真的特别忙,所以也都耽搁了一会。"急诊医生又说道,"这个病人呢,也特殊,是伴有妊娠期糖尿病,我看了下她的情况,她根本不符合顺产的指标,所以让你们来会诊下,要是需要剖宫产啊,我想就直接送去手术室好了。"

说着他把病人往期检查的结果给苏庆春看了下。

苏庆春看病人的检查报告,这个病人似乎血糖一直控制得不够好,看前几天检查的结果,宝宝也是个巨大儿,加上产妇又是头胎确实不适合顺产。

"这个情况还真不适合顺产,是要剖宫产的。"苏庆春说道,"送去手术室吧。"

"可现在又有一个问题。"

"什么问题啊?"

"就是这个病人家属坚持要顺产啊。"

"这个情况他们家属还坚持顺产?"苏庆春一脸疑惑地看着急诊医生。

说着的时候苏庆春突然发现病人的病例上显示所有检查都是在自己医院做的。

"这病人一直就是在我们的医院做的检查,而且医生就是冯玉月主任啊?"

"是啊!"

"那冯主任应该之前给跟家属说过这个情况不适合顺产?"

急诊医生刚想解释的时候,突然不远处听到护士喊道:"姜医生,你赶紧过来一下。"

"哦,苏医生,你稍微等下哈,我那边还有个急症病人等着处理,我先过去看下什么情况,待会再过来。或者你可以去外面问下家属,他们应该会把情况跟你说清楚的。"

"哦,行吧,你先忙去吧。"

说着急诊医生匆忙地离开了。

现在急诊科是忙得不可开交,苏庆春与其等着姜医生来还真不如直接去问病人家属情况来得快。于是他直接拿着病历走到了抢救室门口喊道:"谁是何琼琼的家属啊?"

"哦,我是。"

突然两三个人拥了过来。

苏庆春看了下,来的是两个年纪稍长的夫妻,还有一个稍微年轻的男子,这个组合苏庆春猜也猜得到,这个男子一定是病人的丈夫,那两个不是病人的爸妈就是公婆。

怕什么，来什么

苏庆春朝男子问道："你好，请问你是病人的丈夫吗？"

"是的，医生，我就是何琼琼的老公。"对方紧张地回道，虽然此时他神色紧张，但是言语间却淡定自如，一看应该是个受过高等教育的知识分子。

"哦，是这样的，现在我们这边有件事情需要跟你们商量一下。"

"什么事情，医生，您说。"

"我听急诊科这边的医生说你们家属坚持要产妇顺产是吧？"

"是啊！"

"是这样子的，不知道你之前是否清楚你老婆有妊娠期糖尿病，而且血糖很高。"

"这个我知道，我老婆产检我都有跟着一起过来。"

"哦，那你应该知道她的情况，按照你老婆现在的实际情况来看，她可能不太适合顺产的，这个我想之前你老婆的产检医生应该也说过的。"

"嗯，这个我知道，我老婆之前产检的时候那个冯医生确实说过了。"

听到这里，苏庆春明显轻松了很多，他连忙说道，"那冯主任跟你们说清楚了就好，以你老婆现在的这个情况是需要剖宫产的。"

"医生，我明白您的意思。"何琼琼的丈夫并没有想象的那么胡搅蛮缠，而是礼貌地解释道，"但是我们的情况可能您还不知道。"

"我们结婚虽然比较早，但是早些年为了工作一直没要孩子，现在事业慢慢进入轨道了才怀孕，所以这么晚才生一胎，我们都是独生子女，都想要生两个孩子，剖腹产听说要等好几年才能再生，现在我老婆年纪也大了，再等几年估计都是高龄产妇了。"

苏庆春本来刚想跟他说晚几年生其实只要身体调养好也没事，可还没等苏庆春说话，对方又继续说道："而且我老婆之前做过胆囊切除的手术,她是疤痕体质,我们都想尽量不要剖腹产,以免又带来别的痛苦,而且听说疤痕体质剖腹产了以后再生也是麻烦的。"

家属都这么说了,苏庆春也没打算再往别的地方想了,只站在医生的角度评估病人的实际情况并如实地说道:"可是以你老婆现在的情况真的不太适合顺产。要是你们坚持顺产的话,产中会有很多风险存在,这个我想冯主任应该跟你们说过。"

"冯主任说过了,我们也知道的,我老婆的情况冯主任是熟悉的,她也同意了我老婆顺产的,不然我们今天也不会来你们医院。"何琼琼丈夫说道。

"冯主任答应你老婆顺产?"苏庆春一脸疑惑。

"是啊,只是不巧现在冯主任在手术台上,我打她电话又一直不接。"

"行吧,那我情况知道了,我会尽快跟冯主任联系的。"苏庆春说道,"你们现在先在外面等着吧。"

说完苏庆春连忙回到抢救室,并让护士马上接通了手术室的电话。

果然,冯主任一听说这个病人似乎了然于胸,并说道:"这个病人确实我当时也建议了剖宫,但是考虑到产妇和家属的意愿,所以我同意他们顺产了。"

"你看下她现在的其他指标,假如没有太大问题就送去产房吧,我这边手术也快结束了,结束后我会马上过去的。"

既然冯主任都这么说了,苏庆春自然按照她的建议,先了解了下病人的基本情况,再让急诊科把病人送进了产房。

接下来的事情跟苏庆春也基本没关系了,处理完以后,苏庆春安心地回自己科里了。

苏庆春回到科里以后,照旧还是每个病房查看了一遍,确认都没什么问题以后,他来到了值班房,一看手机已经1点多了,此时困意袭来,他简单地脱了白大褂连被子都没掀开便倒在值班房上下铺的下铺位上睡着了。

不知过了过久,苏庆春依稀听见了敲门声。

苏庆春连忙睁开了眼睛,看了下手机凌晨4点了。

"什么事情啊?"

说着苏庆春迷迷糊糊地打开了门,只见蔡君梅站在了门口。

"小苏,你跟我一同去下手术室,冯主任那边有个手术比较棘手。"

"冯主任?"苏庆春此时还是晕晕乎乎的。

"是啊,赶紧收拾下,现在就过去吧。"

"哦。"

蔡主任下任务,苏庆春也没时间多问了。

十分钟以后,他们已经穿好手术服来到了手术室。

冯主任见蔡君梅来了,连忙说道:"师姐,你来了。"

冯玉月是蔡君梅真正的同门师姐妹,不过比起师姐,师妹冯玉月似乎晋升得更快一些,但是在很多手术上,她都是蔡君梅带教过来的,所以平时对蔡君梅也很尊重,而且非常信任蔡君梅,不然今天的手术也不会叫蔡君梅过来。

"玉月,什么情况啊?"

"这个病人怀孕时有妊娠期糖尿病,血糖一直控制得不够好,宝宝也成了巨大儿。"

苏庆春一听,妊娠期糖尿病,心想着:这不会就是刚刚会诊的那个病人何琼琼吧?

但苏庆春没说话,只听冯玉月继续说道:"我们本来想剖宫产的,但她顺产指标还行,病人和家属也一直坚持顺产,所以就采取了顺产,刚刚产妇顺产产下了重达4.1千克的宝宝,但是没想到她的胎盘却迟迟不见脱落出来。"

经过冯玉月这么一说,苏庆春已经很确定了,问道:"这病人就是何琼琼啊?"

"是啊!"冯玉月回道。

"你认识?"蔡君梅问道。

"哦,没有,刚刚这个病人来医院的时候产科医生都在忙,所以是叫我去的。"

苏庆春话刚说完,这时才想到冯玉月刚刚说的话。

"胎盘不脱落?"苏庆春心中突然想到了植入性胎盘,心想这不会是植入性胎盘吧!

植入性胎盘这个情况其实也很少见,要及时发现及时处理还是问题不大的,但是苏庆春在附属医院发生了孙梦的那件事情,让苏庆春一听到植入性胎盘就说不出的有点发怵。

"胎盘不脱落没采取措施吗?"蔡君梅问道。

冯玉月回道:"我刚刚决定采用手取胎盘,也通知了各处做好应对紧急状态的准备,但胎盘植入,宫缩乏力,导致产后大出血。"

果不其然,怕什么来什么,胎盘植入。

弥散性血管内凝血

苏庆春现在听到胎盘植入，产后大出血，这几句话，心中就不由得紧张起来了。

"利用宫腔气囊进行压迫止血。"蔡君梅简单有力地说道。

"好！"冯玉梅连忙照做。

但是几分钟后发现并没有奏效，病人出血仍在继续。而且，苏庆春在一旁发现流出来的血渐渐不再凝固了，看到这个情况后，苏庆春脸色一变，表情凝重。他突然说道："DIC（弥散性血管内凝血）。"

大家听到这个词语后都互相看了一眼，而苏庆春的声音也吸引了冯玉月的注意。她瞟了一眼苏庆春，而后又继续对病人压迫止血。

但DIC让大家都不镇定了，因为大家都知道弥散性血管内凝血随时可能给病人带来休克、血管栓塞等风险。

"冯主任看来要切除子宫了。"蔡君梅见止血效果一直不明显，此时不再唤冯玉月的名字了，不乐观地说道。说完见冯玉月听到后迟疑了一会，便问道，"病人今年多大啊？"

"32岁。"

"太年轻了。"

"是啊，师姐，太年轻了，切了子宫以后就不好办了，"冯玉月无奈地说道，"可是不切子宫恐怕止不住血啊！所以我在想师姐你是否有什么办法啊？"

蔡君梅既然来了，也知道这次冯玉月是遇到困难了，而此时她并没有直接回答冯玉月，而是看着第一眼就说出了弥散性血管内凝血的苏庆春。

"苏医生，你看这种情况还有没有别的办法啊？"

苏庆春此时愣住了，他没想到在主刀医生都决定切除子宫的情况下，却会问一直不被她重视的自己。

这个病人的情况苏庆春看着胎盘植入，似乎并没有孙梦当时那么严重，但是孙梦的教训让他记忆犹新。此时他还记得孙梦丈夫张志成和她的婆婆面带狰狞地对他说，自己因没有收到红包而切除子宫的表情。那表情就像是苏庆春欠他们几百万一般的狰狞和可怕，让苏庆春感觉一阵凉风从背后吹过，瑟瑟发抖。

"小苏，你有什么想法没有啊？"蔡姐看着苏庆春发愣，又问了一遍，似乎对苏庆春很信任的样子。

这时苏庆春才从对孙梦的噩梦回忆中抽离出来。

"哦，蔡主任，这个病人确实年轻，切了子宫对她和她的家人来说都太难了，"苏庆春说道，"而且这个病人是头胎，夫妻都是独生子女，都想要两个孩子，所以今天才坚持顺产的。"

"是啊！"冯玉月呼应道，"我也觉得切除子宫这个结果对家属来说太难了。"

冯玉月见苏庆春跟自己有同样的看法，又见师姐一直问他的意见，于是也追问道："那苏医生，你看她现在这样的情况，你有没有什么好的方法啊？"

此时的苏庆春处于非常尴尬的处境，直接说没有别的方法似乎不太合适，毕竟两位在这样的场合主动点名自己，总是要有点表示的，再说了自己刚刚的那些慷慨陈词，不说点建议出来不就等于自己在放屁嘛。

但是苏庆春对病人的情况是真的不了解，他不敢妄加判断。

"她的病例和检查报告都在这里吗？"苏庆春停顿了几秒后问道。

"在。"冯玉月回道。

"拿过来我再看下吧。"苏庆春说道。

话刚说完，护士连忙把所有病人的检查报告都拿了过来，并递给冯玉月，但冯玉月并没有接，而是说道："先给苏医生。"

苏庆春见状，马上接过护士手中的资料，快速翻看了病人所有的检查报告。

此时手术室里所有人都在等着他，他不敢浪费一秒钟。

苏庆春快速地了解了下病人的情况，他也知道这种情况他的决定的重要性，假如他说不行，这里的医生也认可切除子宫，那也是无可厚非。但是自己刚刚话都说出去了，而且这大半个月以来，蔡主任一直对自己不够信任，所有的大手术都不让自己参与，想着肯定也是对自己医术的一种不确认和不认可。

今天对于苏庆春来说是个难得的好机会，蔡主任居然主动问起自己的建议，苏庆春猜想：这时候说不定就是蔡主任对自己的一个考验呢？

直接回复没方案肯定不行，再一想，假如这一举成了，以后蔡主任肯定就对自己的手术技能确信无疑了？那以后四类手术还愁没机会嘛！

再一想，病人才32岁，那么年轻，孙梦家人的行为确实对他来说是可怕的，但是假如当初苏庆春一直坚持不给孙梦切除子宫也不一定啊！

经过孙梦家人的歪曲事实的大闹之后，苏庆春就一直在想假如自己一直坚持止血会怎么样？

这一次，再一次植入性胎盘出现，苏庆春也在想：这会不会是上天给自己的一个机会呢？

苏庆春内心各种想法涌现出来，一种声音在提醒着他："即使有一点机会，还是要争取，而且这个情况比孙梦还轻一些。"

"我试试吧！"在大家的注视下，苏庆春终于下了决定。

蔡主任和冯主任听到苏庆春的回答都是又惊又喜。能有办法自然是喜事，但是苏庆春真的有办法对于她们来说其实也是比较意外的，毕竟她们两个这么资深的人都没有办法。

"你确定有办法止血？"冯玉月不敢相信地确认道。

"嗯，我试试看。"

而一旁蔡君梅思虑了一会，她其实之前跟苏庆春做手术的时候就知道苏庆春的技能非常不错，所以刚刚才会问他的，现在他既然说有办法，蔡君梅也是深信不疑。

她看着冯玉月看着自己的眼神就知道，她在问自己："行不行啊？毕竟这不是儿戏。"

蔡君梅看着师妹确认地说道："让他试试。"

冯玉月是相信自己师姐的，一直以来都相信，所以师姐发话了，她也全然放心了。

"好，那行，苏医生，这边就麻烦你了，我现在去手术室外面跟家属说下情况，这边交给你了。"

"你到外面告知病人我们先采取保守治疗的办法，尽量保住子宫！"蔡君梅补充道，"但是在万不得已的情况下还是可能会切子宫，这个也要告知病人家属。"

"嗯,我知道。"

说着冯玉月立马离开了手术室。

"苏医生,你来。"

苏庆春马上接手上来。

克服魔杖

苏庆春上手术台后立马着手促进子宫收缩、宫颈缝合、宫腔球囊止血、输血、注射纤维蛋白原……而蔡君梅则难得的当别人的助手,她在手术台上身体一动不动,只有手上不停地配合着苏庆春。大家都处于紧张的状态,不敢懈怠半分。

苏庆春也是使出浑身解数,把自己能用的止血办法都用上了。

手术室外冯玉月主任把病人的情况告知了家属。

此时的家属听到结果后,终于不像之前那么淡定了,他苦苦哀求道:"医生,我老婆才32岁啊!子宫可是女性最宝贵的器官,我怎么忍心让她一醒来就听到这样的噩耗?求求你们了,无论如何,请不要切除我妻子的子宫!拜托了!"

"我知道,现在我们手术室里已经请了很多医生上台进行了会诊,统一给出的结论是先用保守疗法,尽力保住子宫,但是真到万不得已的时候,那还是要切除的,不然……"冯玉月没再说下去。

病人家属听到这里,也明白了事情的严重性和可预见的后果,他低沉的声音回道:"冯主任,我明白了。"

"哎……希望你们家属也体谅,我们都会尽最大的努力的。"

"谢谢冯主任。"

何琼琼的丈夫说着没再问了,而是在病危通知单上重重地签上了名字。

冯玉月看着那个已经签好的病危通知单,心里也有说不出的无奈和苦楚。

"等我们的消息吧!"

说完她便回了手术室。

手术里病人经过输血和其他生命支持手段的救治,在所有医生观察了半个小时之后,出血仍在继续!空气中弥漫着恐惧的味道,面对触手可及的死神,大家从容应对,反应迅速毫不慌乱。

"这样不行,需要开腹!"苏庆春此时头上已经冒出了豆大的汗粒。

"好!"

蔡君梅在一旁回答得简单有力。

冯玉月和蔡君梅眼神迅速交流,而后马上配合苏庆春开腹。

这是一场艰苦的较量。每分每秒血液都在流失,必须和死神抢时间!

开腹之后苏庆村立即对病人进行 B-Lynch 子宫缝合,缝合过程中,苏庆春发现每个针眼都在往外渗血,子宫已经基本丧失了收缩能力,病人命悬一线,随时可能发生不可挽回的结果。

此时孙梦一家人的样子又出现在苏庆春的眼前,辱骂、羞辱以及段麒正的那句以后注意点就像放电影一样齐刷刷地在苏庆春的脑海里回放。他们就像是苏庆春的魔障一般挥之不去,他不停地默念,让自己清醒。

蔡君梅也发现护士不停地在给苏庆春擦汗,这个病人说白了不是苏庆春的病人,眼看着病人快不行了,要是再坚持,蔡君梅也怕出什么事情。她可不想一个产科的病人死在苏庆春的手里。

"小苏,尽全力就好!"蔡君梅及时的提醒让苏庆春清醒了,他马上回过神来,全神贯注地继续缝合。而一旁的冯玉月也是聚精会神地盯着仪器,观察各项药量和指标。

然后最坏的情况还是发生了,病人血压开始下降,心率开始上升,很快病人休克。

病情凶险,命在旦夕。

此时除了苏庆春在场所有的医护人员的目光都投向了冯玉月和蔡君梅。

"师姐,看来要切除子宫了,不然命都要保不住了!"作为病人的主治医生,冯玉月略带无奈地说道。

"是啊!算了,现在这样的情况切了子宫是最好的选择。"一旁的产妇医生也呼应道。

蔡君梅看了看苏庆春问道:"小苏,怎么样?"

苏庆春此时顶着所有人的压力,但并没有松懈。他明白现在在场的所有医生都在等他下决定。

护士边擦汗,苏庆春边说道:"病人的各项检查报告再给我看一遍。"

一旁的护士听到苏庆春的话后，连忙把病人的检查报告递了过来，并在苏庆春面前不停地翻动。

"冯主任、蔡主任请你们再给我点时间。"

苏庆春相信自己的 B-Lynch 子宫缝合术和宫腔球囊压迫技术，他更想给自己一个机会，他不想植入性胎盘这个事情带给他噩梦，假如这次他放弃了直接切除子宫，那以后植入性胎盘在他面前都将是个坎。

冯玉月看着苏庆春坚定的样子，又看了一眼蔡君梅。她还是没废话，只是回了一个字。"好！"

简单的一个字，但冯玉月却是背负着重担的，一是病人太年轻了，她不希望切除子宫，但是假如不切除出了事情所有的责任都将在她身上；二是她该不该相信这个自己只是自己师姐推荐的医生的技术呢？她最后还是选择了相信苏庆春、相信自己的师姐。

苏庆春得到冯玉月的肯定后则不停地止血、缝合，并按摩那苍白的像个水母的子宫。

他不肯放弃，努力按摩子宫，只为那哪怕只有百分之一的可能。

最终，在所有医生的注视和配合下，苏庆春坚持了 10 分钟，血终于止住了，DIC 这辆被死神加速着的汽车终于在到达终点之前被他们夺回了方向盘，及时减速并且完成了一个漂亮的反转。而苏庆春在植入性胎盘的问题上总算克服了自己的魔障，找回了原来的手术自信。

病人终于逃出了死神的魔爪，而她的子宫也在所有人都不抱希望的情况下神奇地保住了。

此时已经是早上 6 点了，在场的所有医生看到这个结果后都是瞠目结舌，冯玉月主动带着大家给苏庆春鼓掌庆贺。

"苏医生，我师姐果然没看走眼啊，这个手术交给你，看来是明智之举啊！"冯玉月激动地说道，"我要替病人和家属感谢你啊！谢谢！"

"呵呵，冯主任客气了，都是为病人服务，不必这么说。"

说着冯玉月又说道："师姐，我现在赶紧去通知家属，让他们放心。"

"嗯，去吧。"蔡君梅说着也朝苏庆春看去，并夸奖道："小苏，今天表现不错，我果然也没看错了。"

"呵呵……"苏庆春此时也露出了往常的憨笑。

酒的处置

这一个周六,对于黄小培来说既是第一次补习班工作的新尝试,也是多年老同学的难得聚会。

而苏庆春这边呢,同样也是经历了一个惊险且难忘的夜班,这个夜班不但让他再次面临困境,也让他克服了心里的魔障,同时也算是因祸得福在两位主任面前秀了一把真技能,这对于一向不外显的苏庆春来说确实是个机会。

而这天他们的父亲苏铁军也过着与往常不大一样的日子。

从前一天晚上他因苏子轩同学妈妈的出现,而阴差阳错如愿地买到了两瓶心仪的酒后就兴奋不已,何美珍眼见着他一晚上翻来覆去,估计老伴是心里美的,长这么大喝这么贵的酒还是人生头一回。

清晨,何美珍起床做好早饭,做完以后回到房间发现苏铁军还没起床,平时搁这时候他早就起来了。于是她走到房间,准备要叫苏铁军起床的时候发现他根本没睡,只见他一改昨天晚上的兴奋状态了,他眉头紧锁,略有所思侧着身子躺在床上。

何美珍疑惑地问道:"你干吗呢?都醒了怎么还不起床啊?"

"你甭管!"

一个侧身便转到了另一头去了。

"赶紧起来吃饭了,小培他们都起来了,饭也做好了。"

"你们吃你们的。"

何美珍见状也不想自讨没趣,心想着这人生头一回买到这么贵的酒,苏铁军现在正在为怎么喝?跟谁喝?要不要拿回老家跟人显摆?犯难了。

所以她也不想再多废话了,走到餐厅让儿子先吃了饭,等黄小培和苏庆春他们走了以后,何美珍正在餐厅收拾碗筷的时候才看到苏铁军慢吞吞地从房间里走了出来。

"他们都走了？"苏铁军问道。

"走了！"

听到这个答案以后，苏铁军便直接去了厨房。

"你干吗去啊？"何美珍好奇地问道。

"废话，来这里当然是吃饭了。"

"吃什么饭啊？"何美珍喊道，"你都还没刷牙洗脸呢？"

何美珍只听到厨房里传来一句。

"刷什么牙啊，穷讲究。"

"你这晚上不洗澡就算了，这早上不刷牙的习惯什么时候改掉啊？"何美珍说道，"这里是上海，最起码稍微注意一点吧？"

"注意个屁，你给我少管闲事。"

"你这个样子，让小培他们看到了多不好啊？"

"现在看到了吗？"说着只见苏铁军已经盛好了一碗粥从厨房里走了出来，而后他继续说道，"我跟你说，我的事情你少管。"

何美珍看到眼前的景象也是无奈，苏铁军一向这么邋遢，早上起床的时候高兴就刷个牙洗个脸，不高兴就直接吃饭，管他三七二十一呢。她也管不了，只有小声叹了一口气，然后老老实实地把收拾好的东西拿回厨房洗了。等何美珍洗好碗回到餐厅的时候发现苏铁军已经吃好饭了，餐桌上只留下一个空碗。何美珍只有继续收拾他留下的残局。

往常吃过早饭以后的苏铁军都是雷打不动地要么看电视要么到镇上跟其他老头瞎聊，现在在上海他人生地不熟的，这几天就是只能看电视了。而今天，等何美珍一切收拾好，走到客厅的时候发现苏铁军压根不在这里。

早饭迟迟不起床，饭后呢，也不看电视，这可不是苏铁军的做派。

"爷爷去哪了？"何美珍冲一边吃着零食一边直勾勾地盯着电视看动画片的孙女苏子涵问道。

"不知道！"苏子涵头也没回地回道。

苏铁军上海也不熟，门也没听到开过，此时他不在客厅，只有回房间了，只是这个吃完饭便回卧室，跟个大家闺秀一般，躲着不出来的行迹真不像苏铁军啊。

当然苏铁军这样倒是高兴坏了苏子涵，没人跟她抢遥控器，她乐得自在。

495 | 酒的处置 |

但这反常的行为倒是让何美珍非常纳闷，她一脸疑惑地走到卧室，想看一看究竟苏铁军今天葫芦里卖的什么药？

刚走到卧室门口，何美珍就被眼前的一幕惊呆了。

只见苏铁军正一个人坐在卧室的椅子上仔细地擦拭着自己的"名酒"的外包装，时而傻笑，就像刚刚初恋的青年男女，眼神里充满了喜悦，时而又小声嘀咕着什么，像是有些烦心事，这两个行为，远处看更像是在自己跟自己对话一般神秘和诡异。

"你在干吗呢？"何美珍在门口站了几分钟以后，终于问道。

这突然一问，着实把专注的苏铁军吓得够呛，只见他手一抖，包装袋一滑，差点把酒给打掉了。

何美珍见状也连忙跑了进去，帮着一起接起了酒，这才保住了外包装的完好无损。

接好酒以后，苏铁军先是自我安慰道："哎呀，还好没摔到。"而后便是朝何美珍一顿数落，"你有病啊？说话这么大声。走路也不出声，你偷偷摸摸的，干什么呢？"说完他觉得还不够，又补充道。

"我哪里声音大了？"何美珍冤枉道，"是你自己出神了，好吧？我都站在门口几分钟了你也没发现。"

"你站在门口几分钟干吗呢？监视我啊？"

"谁有空监视你啊？再说监视你干吗啊！"何美珍回道，"我只是看到你一直神神叨叨地在房间里，就没打扰你而已。你到底在干吗呢？""我能干吗啊，你不是看到了嘛，擦酒瓶包装啊。"苏铁军这回声音明显小了。

"你擦个包装都能出神啊！我刚刚就随口一说话，你就吓成了这样啊！"何美珍也一脸无辜，她根本没想到随口一说会吓到苏铁军。说完她又问道，"你今天到底干吗呢？一大早不起床，吃完饭又回房间，现在又是这副魂不守舍的样子。"

"说了我的事情你少管。"苏铁军说完又轻轻地摸了摸酒瓶包装。

"你不会是为该怎么喝它，而这么神叨吧？"何美珍又问道。

"说了我的事情你少管，没听懂啊？"苏铁军大声回道，说完苏铁军又小心地把酒和包装一同小心翼翼地放到了衣柜里面。

另有处置

苏铁军总是一副自己是老子自己说了算的架势,实在是让何美珍不舒服,何美珍刚想转身离开的时候发现床上还遗留了一张白单子,她随手捡起来一看,这是超市开具的购买酒的单子。

她举起手往苏铁军的方向递。

"诶,这发票单子你忘了拿了。"何美珍说着又补充道,"算了,这酒都买了,留着单子也没用。"说完又把手放了下来。

苏铁军见了立刻夺过单子,并说道:"赶紧给我,这个单子没有怎么证明我买的是真的酒啊。"

"这酒这么贵,肯定是真的了,昨天那小姐不是也说假一赔十嘛,"何美珍不以为然地说道,"再说了,这酒是买来喝的,要证明真酒给谁看啊?"

"这你不用管。"苏铁军回怼道。

何美珍见苏铁军这样子,也拿他没怎么样,他爱咋样就咋样,爱证明给谁看她也不想管。只不过何美珍看着刚刚那张发票,想着就一瓶白酒花了这么多钱买,心里真是心疼啊。想到这里,她又忍不住念道:"诶……我不知道你昨天怎么想的,不就是喝酒嘛,喝什么酒不都一样嘛,你干吗非得买这么贵的酒,花那么多钱啊!一想到一瓶酒花了那么多钱,我这心里啊都在滴血啊,"何美珍还一副万分不舍的样子说道,"而且你一买就是买两瓶,太奢侈了。"

"你滴个啥血啊,又不是花你的钱买的,我爱买几瓶就买几瓶。"

"那不是花儿子的钱啊?他赚钱不也是很辛苦的啊?"何美珍疼惜道,"你看他,今天晚上值班,一晚上都回不了家,都在工作,多辛苦啊。虽然不像我们农村干农活那般,但也是辛辛苦苦一分一分钱赚的,哪里能这么花钱的啊。"说完何美珍又重复道,"再说了,不就是喝酒嘛,喝哪种的不都一样嘛。"

"好酒、差酒那味道能一样啊?"苏铁军不耐烦地补充道,"这事情跟你说不清楚。"

"也没说不让你买好酒啊,你也可以买比平时稍微贵点的酒啊,也不至于买这么贵的啊,"何美珍边说边咋舌道,"啧……这一瓶酒就好几千,两瓶就半万了啊!"何美珍越说越起劲,越说越觉得浪费,"买这两瓶酒的钱都够抵我们在镇上将近4个月的伙食钱啊,实在是太过奢侈了。"

"切……你懂个屁,这就是要越贵越好,难得的机会,要买就要买最贵的,莫说是抵4个月生活费了,我巴不得能抵半年的生活费呢。"

苏铁军可没何美珍那份疼惜儿子的心思,他这厢都在嫌买的酒不够贵。

"天啊,你这脑子到底想的是什么啊?你的意思是你还觉得这酒便宜了喽?不就是酒嘛,至于嘛。"何美珍百思不得其解地说道。

"我当然希望这酒越贵越好了。"

"哎……好好……行吧,我知道你想要儿子给你买好东西,也是为了回去跟老张、老李他们显摆,就让你臭显摆去吧。"何美珍一脸无奈地回道。

她这边也是心疼花了儿子这么多的钱,但也知道丈夫的那个虚荣心,这几年搬到镇上邻居天天在他们面前显摆自己儿子赚多少钱的事情,她也看在眼里,想着苏铁军也是这个虚荣心在作祟,而且现在酒也已经买了,事已至此,他们在这里再多说也改变不了事实。

想着何美珍撂下话准备要走了,"我就等着看,你这几千一瓶的酒喝下去会不会成仙!"说完她就转身离开了。

"这么贵的酒,我喝?哼……我可不糟蹋这好酒……"苏铁军小声回了句。

此时何美珍已经走到了房门口,她似乎依稀听到了什么,连忙又转身回头,问道:"你刚刚说什么?你不打算喝这酒?"

"这好酒跟差酒味道肯定不一样,这个说实话我喝了一辈子差酒的老酒鬼还真想喝一喝,但是我自己是什么身份,我自己清楚,我这一辈子注定就是个穷酸命,喝这么贵的酒,我怕遭雷劈。"

"那你自己不想喝,昨天又死乞白赖地要买这酒,是什么意思啊?"何美珍不解地瞪着眼睛看着苏铁军质问道,"难不成你还要给谁送礼不成？"

"哼……我给人送礼？"苏铁军嗤之以鼻道，"那人没那么好命！"

"自己又不喝，又不是送给别人，那你什么意思啊？"何美珍说完，迟疑了一会又用怀疑的眼神看着苏铁军问道，"你不会是想把这酒转手卖了换现金吧？"

"这酒已经买给我了，就是我的了，我想怎么样处理它，是我的事情，你少管。"此时的苏铁军一副被看透的样子，突然眼神闪烁地回道。

看着苏铁军的样子，何美珍基本上也知道自己猜得有七八分了。

何美珍很清楚这高价买来的酒，去转手卖给别人那价格肯定要跌很多，苏铁军这不就是在拿自己儿子的钱白白给浪费了好几百钱甚至更多嘛。这实在让何美珍恼火，她本想跟苏铁军理论一番，但是再一看，苏铁军一副尖酸刻薄、爱财如命又不可一世的样子，何美珍也不想再说什么了。如他所说，酒已经是他的了，他爱喝就喝，想卖掉就卖掉，随他吧。"随便你吧。"何美珍非常生气地说道，说着便继续往外走了。

"诶……你去干吗啊？"苏铁军大声问道。

"我还能干吗啊？"何美珍这会子也没好口气了，回道，"都这么晚了，买菜呗，今天中午小培和轩轩是要回来吃饭的。"

"那你是去菜市场买菜吗？"

"买菜不去菜市场去哪里买啊？"何美珍难得找到机会呛一呛苏铁军。

"哦，那我跟你一块去？"

何美珍开始还以为自己听错了，返回来问道："你说什么？"

"我说我跟你一块儿去菜市场，我顺便去看看这边周边的情况。"

各怀心思

何美珍听着苏铁军这话就知道肯定没那么简单,她不傻,就刚刚苏铁军心里想的那些事情,何美珍早就猜出几分了。

她也终于明白了为什么今天苏铁军一大早开始就魂不守舍的样子,原来是在盘算着怎么把这酒转手卖个好价钱啊。

何美珍想着:苏铁军对这里不熟悉,自然是想让自己给他先引引路,什么看看周边的情况?瞎转转?哼……不就是想看看这周边哪里有可以回收二手高档酒的地方嘛!骗的了谁啊!

她心里跟明镜似的,知道苏铁军的诡计,但是何美珍也不会把真相说出口,不然就以苏铁军的脾气会因为这个话题越说越复杂。

所以她最后只问了句:"你今天不看电视了?"

"不看了,电视哪天看不一样啊?"

"可是你要是跟我一起出去,那子涵就一个人在家里了,这不太好吧?"

"她一个人在家要什么紧啊?就让她一个人在家呗。"

"这里也不是在我们老家乡下,这是在上海,她也不熟悉这里,就放她一个人在这里要是有人来敲门,她打开了,别人偷走东西怎么办?又或者她一个人爬窗户掉下去怎么办啊?还有啊……"

何美珍还没说完,只听到苏铁军不耐烦地回了句。"别废话了,你要是不放心,就带她一块去就不得了,你这个婆娘麻烦的死。"

其实何美珍就是不想带着苏铁军一块出去而已,才找了这么多借口。

"哦,一起带出去也行,"何美珍说道,"不过她现在在看电视,我不知道她愿不愿意去哦。"

"管她愿不愿意去,直接带走,小孩子哪有她说了算了的。"

说着苏铁军就走了出来,直接走到客厅二话没说便把电视关掉了。

一直看得津津有味的苏子涵突然被关了电视也是恼火，吵闹着喊道："啊……我要看电视……"

苏铁军看着眼前的情况，根本不予以解释，直接就走到了门口换鞋子去了。而苏子涵也不含糊，自己又走回到电视机前又开了电视，嘴里还说道："哼……我要看电视。"

"你看，我说了吧，她根本不愿意出去。"何美珍说道。

"费什么话啊，直接拉走。"

苏铁军在门口回道。

何美珍见状只得走向前解释道："赶紧关了电视，我和爷爷要出去了，你也一块去。"

平时要出去苏子涵肯定是高兴的，可昨天晚上自己想吃的都买了，足够她今天一天肆意了，她可不想出去。"我不想出去。"

"赶紧走啊，费什么话啊？"苏铁军催促道。

"说了她不愿意出去。"

"跟她费什么话啊？直接拉走。"

说着已经穿好鞋子的苏铁军直接就走进客厅关了再次打开的电视，二话不说一把把苏子涵拉了出来。这一拉把苏子涵吓愣到了。苏铁军向来做事情就是这么简单粗暴，这时候对苏子涵依然不例外。何美珍可知道这样不行，也不是襁褓中的孩子，想拉走就拉走的，强制拉走孩子肯定哭闹。果然，等苏子涵反应过来的时候，她已经哇哇大哭起来了。

"哭什么哭，给我闭嘴。"苏铁军骂道。

别看孩子小，但是是最懂得看家长脸色的，她知道现在在爷爷这边讨不到好，就对着奶奶何美珍哭泣。

何美珍连忙给她擦了下眼泪，并解释道："爷爷奶奶带你去游乐场玩。"

"你要是不去就在家里看电视吧。"

何美珍果然了解自己的孙女，一听到去游乐场的苏子涵连忙破涕为笑，喊道："游乐场，我要去，我要去游乐场玩。"

"那就赶紧换鞋子吧，不然我们不等你们了。"何美珍拿着她的鞋子说道。

只见她说完苏子涵连忙蹲下来，于是何美珍便立马给她穿好了鞋子。穿好鞋子后的苏子涵就这样安安静静地跟着她的爷爷奶奶出门了。还一路期盼着去游乐场玩呢，她哪里知道她的爷爷奶奶此时都是各怀心思。

苏铁军这边，何美珍带着他按照黄小培教的小路刚走到菜市场门口，苏铁军就说道："你带着子涵去买菜吧，我出去转转。"

"诶！我一个人买菜还带着人不方便，你带着她。"说完何美珍又朝苏子涵说道，"你爷爷带你去游乐场玩。"

此时苏子涵高兴地走到了爷爷苏铁军的身旁。

"去、去、去……跟着你奶奶，是她说带你去游乐场玩，我又没说。"苏铁军用力把站在一旁的苏子涵推到了何美珍旁边。

"你一个人没什么事情带着她啊，我腿脚本来就不好，又要买菜又要看孩子，不方便。"

"我这边有事情，还不知道什么时候回去呢，你带着她。"

"哼……你有什么事情啊？"何美珍嗤之以鼻，明知故问道，"再说了，你就算有事，也不影响啊，你是空着手的，你带着她吧。"

说着何美珍又把苏子涵推回苏铁军身边。这样一来一往，一下子搞得苏子涵不知道怎么办了，此时只能站在两人的中间发愣，不知道该如何是好。

苏铁军有一个万年不变的招数，就是没理也有理。

"我懒得理你。"苏铁军说着便一个人转身就要走。

其实何美珍让苏子涵出来，无非就是想让她跟着苏铁军，让他没法走远，她想着自己买菜拖着个孩子不方便，苏铁军肯定会带着人走的。可是她的计划明显要落空了，苏铁军做事情根本从来不会为他人考虑，只想着自己，他哪里会管何美珍方不方便啊。

"诶！我说你可别走远了，这地方很大，别到时候还要我们找你去。"虽说何美珍对苏铁军有各种不满意，但是一想到他不认识字，这边又人生地不熟的，这会他要走开了，她还真怕他走丢了。

"知道了。"

"你带手机了不？"

"带了。"

"哦，你去吧。"

"废话真多。"

"诶！我们要等你不？"

"等什么等啊，你买完菜直接回去，我到时候也直接回去。"

"你认识回去的路不?"

"认识哦。"苏铁军不耐烦地回道。

说着苏铁军双手放在背后,佝着身子慢慢地消失在何美珍的视线里。

如愿以偿

其实今天苏铁军出门的目的很明确，如何美珍猜测的一样。这酒从他开始怂恿着儿子买就没想着要自己喝，只想着买了转手卖个好价钱换成现金，这可不是他第一次干这样的事情，他这个财迷对于金钱的看重以及吝啬程度在老家都是有目共睹、众所周知的事情。

他在老家的时候，每到过年有什么亲戚朋友送了点好的东西过来，他都从未自己喝过，而是转身便把东西拿到了杂货店，以略低的价格转卖给了他们。所以他今天的目的很明确，就是找个可以给他转手名酒的店主，虽然这边他人生地不熟，但是他毕竟是二手倒卖高手，心里也有底，知道人家不一定会要他东西，但是他也早就听说这名贵的烟酒只要发票在手，重复转让的机会还是很大的，所以刚刚出门的时候他早就把那个购买货物的发票带在身上了。

这一大早他一直在琢磨这事情，无非就是这酒到底是拿回去转让给熟悉的商家还是直接在上海转让。拿回家转让，价格肯定会高，毕竟熟人，但是老家有几个人买得起这贵的酒啊，所以人家即使有心想要也不一定敢接啊，毕竟这么贵的东西烂在手里可就亏大了。在上海转让，价格肯定低一些，甚至可能会碰到欺骗老人的行为，那价格就更加低了，但是这里有个好处就是肯定找得到买家，人家也能马上出手。

两方各有利弊，所以他一直在想这件事情，最后他考虑再三，想着要是拿回去老家的商家不要，那这可是砸在他手里了，思前想后觉得价格低点就低点，总归是换到了现金。

离开何美珍以后，他也是直奔主题，出了菜市场的大门，就看到有一些小的超市类的门店，他连忙跑进去询问。

"你们这么买茅台酒吗？"

店主一听这普通话，还以为是他要买，可是他只是个小型的超市，这样的酒一般也不进，怕卖不出去，于是他回道："我们这边不卖这个酒。"

"不是，我是问你们买吗？不是卖？"苏铁军说着又把自己买酒的小票记录拿给店主，说道，"我刚刚在超市买了，想问问你们回收不回收。"

这时店主才明白过来，说道："哦，你是想问我们是否回收茅台酒啊？"

"对，对……"

"大爷，我们这边本身就不卖这酒，不回收的。"

"哦……"而后苏铁军又问道，"那你知道哪里有回收这样的酒的地方吗？"

"不知道。"

于是苏铁军失望地继续往前走。他一连问了好几家人家都不回收这酒，这让苏铁军有些失落了。在走到路的尽头的最后一家，他也想着这家要是问不到就算了，不行就拿回来家去换。果然，对方还是给出了同样的答复，不回收。

不过苏铁军还是不忘问道："那你知道哪里有回收这样的酒的地方吗？"

"你去对面转弯的那家店看看，那边好像长期回收名烟名酒的。"

这句话对此时的苏铁军来说简直是久旱逢甘霖，他高兴地连忙夺过发票单飞速地跑去了对面。见对面不远处拐角的地方还真有个门店，但是看着这门面，其实并不大，前面几个他问的门店好歹也算是个小超市，这个门面，更像是老家的杂货店一样的。

门口摆着一个大红牌子，苏铁军也不认识字，看了一眼便走了进去。而走进去一看，里面的柜台前坐着一位看上去40来岁，微胖的中年人，看这样子应该是老板。可是仔细一打量，发现那人穿着花色的长衫，嘴里还叼着一根烟，脖子上戴着一根很粗的项链，凶神恶煞似的，此时他正对着电脑看着什么，这样的人在苏铁军的印象中不就是电视剧里那些黑帮老大的形象嘛。

此时他还真有些害怕，心里也在犯嘀咕了，心想：这么小的店能不能收啊？即使能收会不会骗他啊？可是再有疑问，已经跑了这么多地方，也就这里有点像，他只能硬着头皮抱着试试的心态问问啦，不大了觉得形势不对，就赶紧走人呗。

于是他小声地问道："老板，你们这里收酒吗？"

"收啊。"老板正在玩游戏，也没对询问的这个老头抱太大兴趣，只敷衍地回了句。

"那收什么酒啊？"苏铁军小心翼翼地问道。

"只要是名烟名酒就收，那牌子不是写着的嘛。"

"哦，那收茅台的吧？"苏铁军小心翼翼地问道。

"茅台收啊。"

这时老板才从柜台里站了起来问道："大爷，你有茅台是吧？"

"你有几瓶啊？在哪里买的？"

于是苏铁军把在哪里买的、发票之类的全部给了老板。

"怎么卖的啊？"苏铁军终于问到了主题上了。

"我们这边只要烟酒来源渠道正规，提供发票都是7.5折回收。"老板说完又看了一眼苏铁军说道，"而且你这是商场买的，价格略高啊，我们是小本经营只能给你7折了。"

"7折？"苏铁军这边小声嘀咕，那边老板已经在计算机上敲打着把能够最终换得的现金折算出来了。并把计算机拿给苏铁军看。

"诺，大爷，我们就给你这个数。"老板说完继续说道，"这可是我们可以出的最高价位了。"

苏铁军看了看计算器上的数字，有些犹豫，毕竟平时在杂货店，人家给他的折扣可是很高的，最多也就比原价少个十来块钱。

老板看着苏铁军有些犹豫，又说道："大爷，现在形势抓得紧，这茅台酒啊不好卖，我还是看到您年纪大，所以才给您这个价钱的，您自己好好考虑下吧。"

苏铁军听着这话也在理，想着刚刚自己问了好多家都没人要，这酒带回家家里的杂货店能不能出手他心里也没底，苏铁军本来还想还价的，一想到这里，苏铁军便回道："那行，你在这里等着我，我现在就回去拿酒去。"于是苏铁军立马跑回了家拿酒，此时何美珍还没有回来。

不过苏铁军也不是一般的老人，他也鬼得很，为了安全起见，他还是先让老板拿了钱，自己再给酒和发票给对方的。

没想到这老板还真没有食言，直接把钱给了苏铁军，收到钱以后的苏铁军立马点了数，高高兴兴地回了家。

这两瓶酒终于让苏铁军如愿以偿卖了换成了现金。

逐客令

何美珍这边菜也买好了,看着时间也不早了,也未见苏铁军有来找她的迹象,于是她便带着孙女苏子涵回了家。

回家以后,她发现苏铁军还没回来,看了下时间已经快到11点了,于是何美珍连忙准备做饭。刚进厨房不久,便听到了开门声,而还没等门开,何美珍就依稀听到了口哨的声音,这声音何美珍不要太熟悉了,只要苏铁军得了什么好处,就会吹口哨。

听着这口哨声,何美珍连忙也从厨房里走出来了。她先从朝苏铁军打量了一遍,而后问道:"你把酒卖了?"

只见苏铁军难得冲着何美珍浅笑着,但是却只换鞋子也不说话。

何美珍就站在门口等着他回话,没想到换好鞋子的苏铁军压根没打算告诉她,而是继续吹着口哨往房间走去。

"你还真的卖了啊?"何美珍见他那一副得意洋洋的样子,跟在苏铁军到后面追问道。

"那不真的卖了还是假的卖了啊?"

说着苏铁军突然停了下来,并得意地掏出口袋里一叠现金,朝何美珍甩了甩。一副挑衅又猖狂地说道:"瞧见没有?妥妥的现金。"还没等何美珍说话,他转身屁颠屁颠地回房间了。

何美珍看到那现金,一下子怔了,她没再往下问了,只呆呆地望着苏铁军离开的背影。虽然何美珍早上看苏铁军的情形也知道七八分,可是现在酒真的卖了,她这心里啊,一时间也说不出是啥滋味。现在这酒卖了多少钱,儿子亏了多少钱其实她是很关心的,但是她却没有勇气问,因为一旦问了,知道了差额多少只会让她更加伤心,现在的何美珍只想当什么事情都没发生。

迟疑了一会,她又抬头看了下墙上的钟,时间也不早了,她连忙去做饭了,今天中午黄小培和苏子轩可是要回来吃饭的,对她来说这件事情现在更加重要。

她马不停蹄地很快就把饭做好了,此时黄小培还没回来,而客厅里已经恢复了正常,苏铁军和苏子涵爷孙俩正在看电视。

在厨房里做饭时,何美珍一直也在想苏铁军这回做的这件事情,思虑了再三,她慢慢地走客厅沙发旁,并小声问道:"你打算什么时候回去啊?"

苏铁军一听,这是在下逐客令的意思啊?便反问道:"你什么意思啊?"

"我没什么意思,"何美珍表情凝重地回道,"就是你们也来上海几天了,该买的也买了,该玩的也玩得差不多了,想着你们什么时候回去,我好让小培他们买票。"

"回去着什么急啊!"苏铁军敷衍道。

"这子涵当时我就跟她老师请了一个星期的假,下个星期差不多也该回去上学了。"

"小孩子,又是读幼儿园,上不上课无所谓,"苏铁军说道,"再说了,我就带她回去怎么吃饭啊?"

"来的时候我们不是已经说好了嘛,早上就在外面吃,中午反正他们学校有饭吃,就晚上一顿饭,你不愿意做,也可以到外面吃点粉就是了。"何美珍说道。

"哦,你们在这里吃香的喝辣的,我们爷俩回家去天天吃粉。"苏铁军说道,"再说了,还有周末呢?"

"周末不是说了,你不愿意带就带着她去她外婆家。"

"现在我姐那边正好就是农忙时节了,哪里有时间管她啊。"

"我走之前跟姐打过招呼了,她说没问题。"

"她说没问题是不好意思回绝你而已,你还真好意思去打扰他们啊?"

"那你是什么意思啊?"何美珍看着苏铁军又是一副翻脸不认账的架势,问道,"这当初来的时候都说得好好的,你带着子涵就来上海玩个把星期就回去的。"

"什么叫说得好好的,我答应了吗?一直是你在说好吧?"苏铁军看了一眼何美珍,不以为然地回道。

"那你到底什么意思啊?"

"我什么意思你不清楚啊?"苏铁军嗤之以鼻道,"凭什么你可以在上海我不可以在上海啊?"

"没说不让你在上海,不是说了子涵暑假的时候你可以来上海嘛,现在是她要上学啊。"

"哼……你别拿小孩子读书的事情来说事啊,这么点小孩子读什么屁书啊,还不是到学校去玩啊……"苏铁军呛道,"别以为我不知道你的心思,不就是我昨天花了点钱买酒嘛,至于嘛!"

"买酒是买酒的事情,这另说,那子涵读书也是大事。"说完何美珍又补充道,"再说那买酒的事情,你至于要买那么贵的酒嘛。"

"我知道你要说这事情,"苏铁军回道,"哦,儿子给我买点酒孝敬下我,你就嫉妒了?"

"这根本不是那么回事,你要是真的想喝那么贵的酒,那喝就喝了,我觉得其实无论是儿子有心孝敬你,还是你回去有面子,这都是没问题的,"何美珍气愤地说道,"问题是你这酒根本不是自己喝,而是拿来换钱的,你这个行为就有问题了。"

"我卖了还钱怎么了?都买给我了,我想怎么处理就怎么处理。"

"是买给你了,但是那是儿子用来孝敬你的,你现在拿来卖钱,而且你从来没想过要喝,你这就不是简单的孝敬问题了,而是讹诈了。"

"你放屁,讹诈,我什么时候讹诈了?昨天你看到了是他自愿买的。"苏铁军大声喊道,"哦……怎么着?我就花点这个钱你就难受了?"苏铁军越说越大声,"你可别忘记了,这儿子可是我养到了18岁,别说这点钱了,他给我养老送终都是应该的。"

"我今天还跟你说了,我和子涵还就不走了,凭什么你可以待在这里享清福,我们却要回老家受那份罪啊!"苏铁军继续说道,"而且我不是现在突然不想走的,我从一开始来的时候就没打算回去。"

"你……"何美珍听到这话气得没话说了。

"怎么着?这又不是你家,我想待多久待多久,你管不着,"苏铁军继续说道,"你赶紧给子涵的老师打电话,这还有一个月的学费和午餐费,让她给退回来。"

"要打你打,我丢不起那个人。"

何美珍气得从沙发跳了起来,刚想说话,大门开了,黄小培带着苏子轩回来了。

何美珍见状，也不好再跟苏铁军理论了，连忙说道："小培回来了，赶紧吃饭吧。"

之后何美珍像什么事情都没发生一样去厨房准备午餐的餐具。

小孩子的把戏

回家以后黄小培看着家里如往常一样,并没有任何异常,对于公公二手转卖酒的事情以及他决定不回老家的事情她自然全然不知,而此时的何美珍也不敢告诉她。于是她就像往常一样吃饭,饭后则按照原本的计划去了培训班,上她职业生涯的第一次正式校外补习课,而下午的苏子轩也有补习课,好在补习课就在学校附近,苏子轩也熟悉,而她为了确保无误,还是跟婆婆何美珍叮嘱了好几遍,下课时间、接送地址才出门,到了晚上她则如期赴了乐平云的同学宴。

等黄小培吃完晚饭,乐平云送她回家时已经很晚了。她开门以后发现客厅和餐厅一片寂静,到处的灯也都关了,她猜想着这会儿大家应该都睡着了。

不过纵然再晚,她每天晚上必会做一件事情,这件事情她从来不会落下,那就是检查女儿的家庭作业。

以前她就跟女儿有过约定,无论晚上妈妈多忙,都会来检查她的作业,假如她自己太困了,可以先睡,把作业留在书桌上就行了。于是她便蹑手蹑脚地走到了女儿苏子轩的房间,透过门缝她看到了微弱的灯光从房间里射出来。

黄小培小心地推开门,她本以为此时女儿已经睡了,只是留着让她回来检查作业,可是推开门以后发现女儿并没有睡觉,而且还身子坐得挺直地正在挑灯做作业呢。

望着女儿的背影,想到她这么晚了没有偷懒还在做作业,黄小培此时心里顿时有些欣慰。

当然女儿这么努力也是挺让黄小培意外的,毕竟平时的女儿要是有这一半自觉她就烧高香了。

"这么晚了,还在做作业啊?"黄小培轻轻地拍着苏子轩的肩膀小声问道。

苏子轩听着声音后，身子一下子绵软了，而后转身可怜楚楚地看着黄小培，边打哈欠边回头回道："妈妈，你回来了。"

"嗯，"黄小培关心地问道，"今天怎么还在做作业啊？"

"今天补习班的老师布置了好多作业，做都做不完。"说完她还适时地伸了个懒腰。

"是吗？"黄小培说着便翻了下书桌旁的作业，并问道："都有哪些啊？"

"要是真多我下回跟老师说说，你们毕竟才一年级，不能负担太重了。"

但是翻了一会，黄小培也没找到有什么作业，便问道："都有哪些啊？给妈妈检查一下。"

此时的苏子轩才吞吞吐吐地说道："额，这不还没做完嘛。"

这时黄小培才发现苏子轩正在做一套试卷。

"就这一套试卷？"

苏子轩点点头。

"不就一套试卷嘛，怎么多了？"说完黄小培又问道，"你这一套试卷怎么做这么久还没做完啊？"

"你今天是不是很晚才开始做作业的啊？"

果然知女莫若母，确实今天苏子轩见妈妈晚上没回来，爸爸也值班去了，这可是千载难逢的好机会，肯定不能错过了。

下午她在学校旁边的补习班早早的上完课便自己回家了。而回家以后自然是跟着堂妹苏子涵一起放纵吃零食看动画片。

对于何美珍来说才读小学一年的孩子肯定不会有什么作业，写作业的事情她连提都未曾提过，所以苏子轩也就装着啥都不知道，放肆地玩了。

等到晚上大家都准备睡觉了，她才慢吞吞地回房间开始写作业。她知道，妈妈回家后早晚还是会检查作业的，所以她不得不在困意十足地时候无奈地抽出那让人反感的试卷了。

本来刚刚听到妈妈开门声的时候，苏子轩还想假装自己很辛苦的样子来博得妈妈的同情，可没想到这会儿一眼就被妈妈看穿了。

苏子轩先是一愣，而后看了一眼黄小培，笑嘻嘻地反驳道："不是啊……母亲大人,这作业我很早就做了,只是真的太难了。"

"太难了?你刚刚不是说太多了吗?"黄小培反问道。

"也难,也多嘛,呵呵……"苏子轩憨笑着回道,"我写了好久也都不怎么会,写写改改的呢,你看我这试卷都被橡皮擦得快破了。"

说着苏子轩还把试卷拿起来对着书桌上的台灯,希望透着光能让黄小培真的看出点摩擦的痕迹,

黄小培望着女儿苏子轩这会倒是精神抖擞地跟自己辩解起来了,是又好气好想笑。

此时黄小培正好拿起试卷仔细端详了一下,算是配合女儿的"良苦用心",可她再一看,就是一些普通的题目,常见的知识点,这是一张非常简单且再普通不过的试卷,而且就这样一张试卷,题量也不大却只做了一半不到。

看到这里,黄小培有些生气了,问道:"这就是一些普通的知识点,怎么难了?"

"妈妈,对你来说简单,对我来说很难啊,我才多大啊,你多大啊?"

苏子轩说起道理来可是一套一套的,黄小培都懒得跟她狡辩了,很显然她已经知道了自己女儿的小心思了,无非就是想证明自己这么晚还在做就是因为题目难。

她也不想再揭穿了,便说道:"现在很晚了,我不想再跟你争辩这作业是否简单和难,无论简单和难你都得写完。你现在给我赶紧写,写完我检查,写不完我陪你写完再睡觉。"

说着她便起身了,黄小培这话掷地有声,苏子轩听着也是一愣。突然,黄小培又转身,苏子轩看到妈妈转身马上回过身子,假装在做作业的样子。

"还有啊,妈妈希望你要做个诚实的好孩子,而不是总想动一些歪心思来欺骗妈妈,做完了就做完了,你可以直接告诉我,我能够理解有妹妹在这里你贪玩了点也很正常,但是你不可以欺骗妈妈。要是下回我发现你再出现这样说谎的事情,那试卷就不是做一套了。"说着黄小培便开门离开了。

苏子轩听着这话,脸上露出了害羞的表情,她听到关门的声音以后连忙又转身查看了下,确认黄小培真的离开以后。只见她仰天长叹,无奈地摇着头说道:"哎……看来什么事情都瞒不过黄老师啊!"说完一个

513 | 小孩子的把戏 |

转身又看到了那张试卷,只见她用力拿起试卷,然后朝着它哀嚎道,"哎……我可怜的试卷啊,你要跟着我一起熬夜了,哎……我可怜的小命啊,是真苦啊!"

说完她又趴了下来,正好她的小脸对面放着一台小时钟,一看已经是晚上十点了,于是她连忙又坐了起来,开始奋笔疾书。

来自木讷的安全感

离开苏子轩房间以后的黄小培也是马上去洗澡了,等她洗完澡以后又回到了苏子轩的房间。

苏子轩听到房门开的声音后,连忙说道:"妈妈,我做完了。我睡了,好困啊!"说着苏子轩便恍恍惚惚地走到了床边,躺了上去。

"这么快就做完了?"黄小培惊讶不已,毕竟这距离她刚刚离开的时间不过20分钟不到。

"嗯,您仔细检查吧,我睡了。"说着苏子轩一个翻身,还真是闭上了眼睛。

黄小培半信半疑,马上坐到了书桌前,拿起试卷仔细检查,苏子轩还真的在20分钟不到的时间内把剩下的题目全部做完了,而且正确率也很高,基本没什么太大的问题。

黄小培望着这张试卷,此时略感欣慰地说道:"我就说嘛,这张试卷凭你的实力绝对就是简单的题型,这不到20分钟的时间你就完成了。"

说着她抬头望了一眼床上的苏子轩,她并没有回话,而后黄小培站起来,靠近女儿发现她已经睡着了。

"看来你是真的累了。"

黄小培轻轻地摸了摸女儿额头头发,然后帮她解开了头绳并脱了鞋子和衣服,并吃力地把她抱到枕头上,慢慢地盖上了被子。她小心地关了灯,把门带上,离开了女儿的房间。

今天苏庆春值班,昨天两人突然换成了那么小的床,黄小培还真是睡得很不舒服,今天黄小培得了个轻松,一个人霸占了床,这也许是苏庆春值班以后黄小培最乐意的一个晚上了。回到房间以后的黄小培也是全身伸展,直接躺在了床上。

此时,她脑海中突然想起来了今天跟乐平云聚餐的过程,这个聚餐整体来说，还是比较舒服的，可以说很舒心。乐平云无论是从聊天时的谈吐、行为举止都很绅士，各方面黄小培觉得乐平云做得都挺好，这一次的聚餐，乐平云给黄小培算是留下了好印象。

在黄小培印象里，大学时期的乐平云只停留在含羞和努力的样子，其他真的没怎么注意过，这回也算是对同学有了深一步的了解吧。

不过令黄小培唯一遗憾的事情，就是乐平云不太愿意自己聊谢敏的事情，这实在让黄小培好奇，心想着他们即使不怎么熟悉，乐平云也不至于表现得有些抵触的样子。一想到这里，黄小培才想起来之前跟谢敏打过电话的事情，于是她连忙起身拿手机查看是否有未接，然而并没有。她再次打开了微信，发现谢敏居然连微信都没有回。

"这谢敏，什么情况啊？难道还是关机的啊！"

说着话的时候黄小培又拨通了谢敏的电话，还真是关机的。

"什么情况啊？还关机啊！"

黄小培看了下手机已经是晚上10点半了，想着本来今天老公苏庆春要是也去的话，让他见识见识自己的同学多么的优雅和绅士，该是多好的一次教学示范啊。

不过可惜了他值班，而且他也不喜欢应酬，想到这里她再翻了手机微信，发现这一天，苏庆春也没给她发一条信息，顿时有些失落。

苏庆春就是这样，从来不懂得主动联系自己嘘寒问暖，更别说甜言蜜语了。

别说现在结婚这么久了，即使在谈恋爱时，黄小培也没听到过什么甜言蜜语，人家谈个恋爱，过情人节啊，生日啊，送花什么的是常事，黄小培这可是从来没收到过花，过生日总是暗示着要点仪式感，结果他只来了句，你想要什么礼物就自己买吧，我钱都在你那里了。

这句话直接让黄小培再也不想提什么仪式感、神秘感的事情了。

虽说如此，但多年的夫妻黄小培也早就习惯了这种平淡如水的生活，或许这样的生活正是黄小培想要的。

在她心中苏庆春的不巧舌如簧能给予她踏实感，对她不讨好，对别人肯定也不会，这就是黄小培心中的安全感，在物欲横流的这个社会，这种安全感比什么都珍贵和重要。

所以黄小培心中有气，但也享受苏庆春的这份木讷。

苏庆春不打电话，她就打呗。于是她拨通了苏庆春的微信视频。

然而视频并没有人接，黄小培拨通了苏庆春的电话，电话依然是未接，凭着多年来的医生家眷的经验，黄小培猜测此时的苏庆春要不就是在手术要不就是在忙。

原本黄小培是想告诉苏庆春今天自己去跟乐平云吃饭的事情，这电话没通，黄小培也没再打了，只发了个微信："好晚了，我先睡了。"而后她便把手机往床边一扔了。

今天一天黄小培也算是忙碌的一天，一下午紧张的上课已经让她很疲劳了，一个翻身她便睡着了。而此时在主卧室的何美珍，今天却睡不好了，得知苏铁军不打算回去了这事情以后，何美珍这心里就一直惴惴不安，苏铁军的出现给小两口带来很多不便，何美珍比谁都清楚，特别是现在还占着他们的房间，本想着反正也就几天的事情，住着就住着吧，可现在苏铁军这一住就不走了，这总不能让儿子儿媳妇天天上班辛苦疲惫，回家还要挤在那张小床上吧。

再者说，苏铁军不回去，何美珍不光担心他们占住房间的事情，还有苏铁军千方百计地找机会搜刮儿子儿媳妇钱的事情也让何美珍揪心，她生怕哪一个不注意，苏铁军又去占儿子的便宜了。

苏铁军还有不爱卫生的生活习惯，何美珍明白这住一两日忍忍可以，久了肯定会有问题的。可这件事情她该如何解决？又该如何跟自己的儿子儿媳妇说呢？

一夜的辗转反侧也没让她想到什么好办法。

妇产科医生就是接生婆

翌日清晨，黄小培难得可以睡了个懒觉，今天上午苏子轩也终于没有补习课了，这也是她唯一可以休息的时间。到了周日的下午她依然有奥数课，黄小培这边下午的补习班也是安排了课程的。

可她这生物钟已经养成了，到了时间也就准时起床了。

她起床的第一时间习惯了去女儿苏子轩的房间瞧一瞧，看看孩子起床没有。

一般这点苏子轩也基本醒了，不过可能是昨天睡太晚了，今天黄小培推开房门的时候发现苏子轩还在酣睡着。

黄小培轻轻地摸了摸女儿的额头，发现有些凉，就帮她把被踢在脚下的被子拉了起来继续盖在了身上。

往常这时候假如孩子还在睡，她是要叫醒孩子的，但是想着：今天是周末，也不用上课，难得让她好好睡个懒觉。于是黄小培轻轻地盖好被子以后便小心地关上了门。

黄小培起床一直有一个习惯，就是要去上厕所。

正常叫醒了孩子，让她穿好衣服以后她便直奔卫生间，今天也不例外。而正当她往卫生间走的时候，突然，她听到了一声叫喊："小培……"

黄小培顺着声音转身发现婆婆何美珍此时正站在厨房门口朝着她微笑。她猜想着婆婆这是找自己有事啊，于是她边缓缓地朝厨房走去边打招呼道："妈，起这么早啊！"

"不早了，呵呵……"

何美珍笑着说道，"对了，你今天不是不用上班嘛，怎么不多睡一会儿啊？"

"我是难得休息，不过也睡不着，已经有生物钟了，到点就会醒来。"

黄小培无奈地回道。而后才转入正题，"妈，你刚刚叫我，是有什么事吗？"

听到后，何美珍先是腼腆地笑了一下，然后回道："哦，其实也没什么事情的，就是想问下今天莽子不是下晚班了嘛，那他一般早上回来吃饭不？要是他回来，我就给他单独做点吃的，这忙了一天了，肯定很饿了。"

刚刚婆婆叫黄小培的时候，她就猜测婆婆是不是问老公的事情，因为在婆婆心里，这个儿子是最重要的，果不其然啊，还真是。

"妈，不用了，"黄小培淡淡地回道，"他早上交了班一般都会在医院查完房再回来的，早饭也是在医院食堂吃的，是不回家来吃早饭的。"

"那……"

还没等婆婆说完，黄小培连忙又补充道："他一般是中午的时候回来吃饭的。"

"对，对，我正好想问这个。"何美珍会心地笑了笑。

黄小培这是对婆婆的心思猜得死死的，于是她又详细地补充道："要是医院没什么事情的话，他查完房就会回来，一般可能是10点到11点左右能到家，要是碰到医院有什么特殊情况，那估计中午都不会回来的。"

"啊？中午都有可能不回来啊？"何美珍听到后惊讶不已。

"是啊！"

"他可是昨天早上就出门的，这又值了一晚上的班，中午都回不来，要等到下午的话，那算起来他总共上班的时间加起来不就是连续上了30多个小时班吗？"何美珍一脸心疼地说道。

虽然她知道医生要值晚班比较辛苦，但是不知道有这么辛苦。

"是啊。"黄小培依然淡定自若地回道。

"那也太辛苦了吧？"何美珍疼惜不已，连连叹道，"哎！怎么会这么忙啊。"

"那，那他这样连续工作哪里受得了啊？"

"也不是说值班就一晚上不睡觉，假如碰到没什么急诊手术的话，科室又没什么大事情，是可以睡觉的，"黄小培解释道，"不过要是碰到有急诊手术，那就不好说了，有时候一晚上都在手术室里都有可能。"

"就是说啊，还是有连续工作不睡觉的时候啊！这要是碰到那样的时候哪里受得了啊？又不是说就是晚上工作，这白天还要工作的啊，人又不是铁打的,哪里能连轴转啊。"何美珍一脸不敢相信地说道。

"嗨……哪个医院的医生都这样的,也不是只有庆春他们医院,这就是他们的工作性质,无法改变的,"黄小培一副司空见惯的样子回道,"这一入医门深似海啊,医生这个职业那不是一般人说干就能干的了的,这一旦忙起来都是当牲口使唤的。所以说,有大部分医生都不让自己的子女继续学医也就是这个道理。"

"怎么会是这样呢?"何美珍眉头紧锁,还是一副不敢相信的样子回道,"这上海人多我知道,但是没想到居然会有这么多的人生孩子的?"何美珍又补了句。

"妈,这跟生孩子有什么关系啊?"黄小培听着也是纳闷不已,问道。

"那生孩子的人不多,哪里来那么多病人啊?"说着何美珍又继续补充道,"我看我们老家那些妇产科的医生不就是接生接生孩子嘛,看着也挺轻松的啊,而且生孩子都给红包的。哦,对了前段时间你姑妈家的儿媳妇刚刚又生了个儿子,她是真有福气啊,两个儿子。"

黄小培听着婆婆这话画风转得可是够快,搞得她猝不及防,不过话又说回来,这婆婆一向重男轻女,黄小培也是知道的,自从她生了苏子轩以后,见到面就会听到她提谁谁又生了个儿子,好福气啊,黄小培也就是这么听着,但是还是感觉有些不舒服。

"生儿子就有福气了?等孩子大了娶老婆了有他们受的。"黄小培这回也不示弱了。

"那老古话是多子多福嘛,"何美珍也是个明白人,她虽然一来就想跟儿子提生二胎的事情,毕竟原来一个女儿是没办法,现在二胎都放开了,看着他们还没有要生孩子的意思,她也着急了,这回来,其实她也是有这个目的的。

但是这话啊,也不能跟儿媳妇说得太直接,不然不太好,她也是知道的,现在话到嘴边自然是要暗示一下。

既然黄小培都这么说了,她也懂得节制,于是她又笑着补充道,"不过你说得也对,现在我们那边娶个老婆礼金高的吓死人,好多还要房子车子,娶老婆也是够呛。"

"哦,对了,说起她那个孩子啊,她不是二胎嘛,按理说是顺顺利利,但是还是给了接生的医生五百块钱,你想啊,这一天多少生孩子的啊,那一个人500,这钱赚得不是又轻松又划得来嘛。怎么到莽子这里就

520 | 生活挺甜 |

搞得跟好辛苦的样子啊!"

黄小培听着婆婆的话,想着婆婆估计是对老公苏庆春的工作有误解了。

"妈……您是不是搞错了啊?"黄小培解释道,"庆春是妇科医生,不是接生的助产士。"

"妇产科医生不就是我们乡下替人接生孩子的接生婆吗?只是医院高级点,还管点别的病而已嘛。"

黄小培听到这里才算是彻底明白了婆婆这是真的误解了妇产科医生这个岗位。

爱说教的大妈

于是黄小培笑了笑，连忙解释道："妈，那您真是搞错了，这妇产科医生跟接生婆还真不一样啊，可以是说是有天壤之别啊！在上海，也不是说上海，其实在大部分医院，接生孩子那都是助产士的工作，而助产士严格来说其实都不是医生，就是护士。"

"啊？这样啊！"何美珍一脸懵逼地看着黄小培说道，"那就是说莽子不是负责接生的啊？"

"当然不是了。"黄小培肯定道，"他是一名外科医生，主要工作是做手术，像那种常见的妇科疾病啊，宫颈癌啊什么的就是属于他们负责，不过剖腹产倒是归他们管，只不过他也很少负责剖腹产啦。"

"这样啊？"

"当然了。"黄小培看着婆婆的样子还是一副不敢相信的样子，再一次肯定道，说完她继续纠正道，"哦，还有啊，妈，就像您说的那个红包的事情，我们老家那边是比较普遍，这个我也知道，但是那都是我们小县城医院，现在大医院生孩子哪里有什么收红包的事情啊？"

"这个收红包现在医院抓得很严的，基本很少，别说红包了，现在医疗改革就连工资都改革了，现在医生的工资都很低了。"

"哦……这样啊！"

"是啊，现在做什么工作都难，医生这工作啊，不比早些年，现在医疗改革，工资改革，这工作是又辛苦工资又低啊。"

"嗯，都难啊，平时生活还是要省吃俭用啊。"何美珍呼应道。

"那可不是嘛。"

黄小培的这话，在何美珍听来像是话中有话，想着前天晚上老伴买酒的时候儿媳妇就极力反对，她也明白对买酒的事情，儿媳妇是意见很大的，这事情搁谁身上都会有点气，但是现在事情已经这样了，她只能把话放在心里了，并没有再对于工资的事情深入讨论了。

不过何美珍又继续问道，"不过话又说回来，就算莽子不是接生的，那就是做手术的也不会那么忙吧？总不可能每时每刻都有手术吧？"

"像他们这样的大医院，病人多的要死，每天都是忙得不可开交，再说了，医生哪里就是只负责做手术啊，他们还有好多杂七杂八的事情要做呢，要说只做手术，那估计只有到了主任级别了。"黄小培明白她婆婆是心疼自己儿子，说着她又补充道，"不过，妈，你放心，今天庆春应该会早点回来，刚刚我看到他发信息说昨天手术做到很晚的，早上查完房就会早点回来休息的。"

"哦，那是好，工作干得那么晚，是要早点回来休息的，不然身体哪里受得了啊！"

黄小培听着婆婆这是三句话都离不开工作这么忙，谁承受得了这句话，也有点不耐烦了，她说道："妈，您还有别的事情吗，没别的事情，我先上个厕所。"

"哦，那你去吧。"

听到回话后，黄小培连忙往卫生间出发。

通往卫生间的路上是要经过客厅的，黄小培发现苏子涵居然这么早就起来了，而且已经在看电视了。

"子涵，你怎么这么早就起来了啊？"

黄小培笑着跟苏子涵打招呼。

不过苏子涵明显还不知道怎么跟这个大妈沟通，也没说话，只羞着脸，笑了笑。

黄小培见她这样子，也没再多说，本来她也是意思性地打个招呼而已，于是她便直奔了卫生间。不过走到卫生间门口她才发现卫生间的门是关着的，她猜想着里面应该是公公苏铁军了。于是她便慢慢地走回到了客厅，坐在沙发上等卫生间。

坐下以后的黄小培才发现苏子涵这么早居然就在吃巧克力。

她朝一直一边盯着看动画片一边津津有味地吃着巧克力的苏子涵笑着说道："子涵啊，你这么早就吃巧克力啊？"

说完她又怕孩子是嫌弃她吃坏了东西，于是她补充了句，"吃巧克力其实也没事，不过要记得吃完刷牙呢。"

黄小培说完发现苏子涵好像就当没听到一样，未免尴尬，黄小培又随口问了句,"早上起床刷牙了不?"

只见此时的苏子涵居然朝黄小培害羞地笑了笑,然后摇摇头回应了。

"啊?你早上没刷牙就吃东西了啊?"

听到了回应的黄小培又是高兴又是惊讶,高兴是因为第一天苏子涵来家里的时候黄小培坚持让她洗手的事情惹得孩子被奶奶打,这件事情之后黄小培明显感觉到了孩子不太愿意跟自己说话。

今天苏子涵虽然没有直接回答自己,但是总算是跟她交流了,黄小培还是蛮高兴的。

但是作为老师,作为母亲,更作为苏子涵的长辈,黄小培明显对苏子涵的这个答案有微词的,甚至是不满意,现在想来难怪苏子涵这么小蛀牙就这么严重,原来跟平时不注意刷牙也有关系。

于是黄小培很自然地跟教育自己的孩子一样教育道,"子涵啊,你这都这么大了,这不刷牙可不行啊,这不刷牙是很容易蛀牙的呢,特别是早上和晚上,一定要记得刷牙。特别是你还爱吃甜食。你看你这牙齿中间都有点黑了,来,你把嘴巴打开,我再看看里面。"

苏子涵这边口里依然吃着巧克力,只傻愣愣地听着黄小培的说话,黄小培见状以为她不懂,便主动亲自张开嘴巴,"啊……就像这样。"

她这是亲自给苏子涵示范,不过依然没有得到苏子涵的回应,于是她一个伸手直接打开了苏子涵的嘴巴,发现她里面的座牙好几个都蛀了,而且都有洞了。

"哎呀,你看,你这里面好几个牙齿都蛀了,所以一定要记得刷牙啊。"

黄小培这边说着,那边的苏子涵只用一种莫名其妙的眼神看着她。她是在听?还是没听?抑或者是压根没听明白?黄小培其实也不清楚。不过她还是一副苦口婆心的样子,不厌其烦地继续说道,"还有啊,这吃了巧克力以后,即使我们不刷牙也要记得漱口的。你……"

黄小培刚想继续说下去的时候发现卫生间的门打开了,于是她又看了一眼苏子涵不太愿意听的样子便停止了说教。而后自言自语道:"哎!算了……"

现在对于黄小培来说,等厕所是第一要义,看到苏子涵有一些不太正确的行为她只是顺便说一下。于她而言,感觉说了孩子还不太喜欢她,于是她只叮嘱了句,"下回记得要刷牙哈。"便起身走了。

152
用来踩的马桶

黄小培一起身，那边的苏子涵高兴了，连忙转过身去看电视了。

于苏子涵而言，这个大妈确实话有点多，每次跟她说的话都让她有些费解，她自然只当是左耳朵进右耳朵出。

反正苏子涵也不知道她在说什么，至少在她奶奶那里，还没听说刷牙这件事情到底是什么事情，也没让她做过，她可管不了什么蛀牙不蛀牙的事情，反正吃东西是最重要的。

而黄小培也只是作为长辈在知晓的情况下点拨下孩子，至于是否执行，她还真没那份心去管。

她只顾着急忙赶到卫生间，没走几秒黄小培便与从卫生间出来的公公苏铁军擦肩而过，为了表示礼貌，黄小培还微笑着跟他打了个招呼："爸，早啊！"

不过苏铁军可没那么多规矩，虽然明知道迎面走来的儿媳妇在跟他热情打招呼，但是他可做不到对别人笑脸盈盈，他能回应的最多是一句面无表情的："嗯！"

这在苏铁军这边已经算是做到了礼貌至极了，这要是换成别人，苏铁军估计理都不会理。

黄小培看着公公这一副面无表情的样子，再对比自己刚刚一副热脸相迎难免有些失落。而在失落之余她居然闻到了一股怪怪的味道，那味道一时间黄小培实在是无法形容只觉得闻着很不舒服。

再仔细一闻，感觉像是腌菜腐败的味道，想着这从卫生间出来的有点味道自是难免的，所以黄小培也没太在意，只是觉得味道古怪。

但是等她越走近卫生间味道越重，待她刚一推开卫生间的门，一股腌菜严重腐烂的味道就扑面而来，这味道不就是刚刚她路过公公身边闻到的嘛。

那味道实在是呛的不行,再一闻了,有种狂吐的感觉,五脏六腑翻江倒海。

黄小培赶紧用手捂住鼻子,并连忙打开了卫生间的窗户以及排气扇,之后她再拿开了手,那味道还是没消散,她实在受不了又捂住了鼻子,现在仅仅排气扇明显不能让她站在卫生间了,她连忙又拿起来空气清新剂猛力地喷了好几遍,再打开门。

不过经过黄小培这么一折腾,空气清新剂和原来的腐烂腌菜味道夹杂在一起,那味道简直是一言难尽,让她无法待在卫生间了。

她被迫走了出来,只是此时黄小培实在是内急了,也等不了,于是她又捂着鼻子冲进了卫生间,把门关上。她迅速地打开马桶,等她准备要解决内急的时候,发现马桶上有几个淡淡的印子。她好奇地凑近一看,才发现那个难闻的味道是从这里散出来了,味道熏得直接让黄小培作呕。再仔细一看,这并不是人类的排泄物,更像是脚印子,淡淡的,可印子却很清晰,黄小培还自己上脚对比了下,这就是人踩在马桶上的脚印嘛。

这回她才明白过来,这味道和这个印记的来源,应该就是公公苏铁军穿着袜子踩在马桶上上厕所留下来的。只是公公上厕所干吗要踩在马桶上,还有就是这味道得有多少天没洗脚和袜子才能有的味道啊?

这些事情她都很疑惑也为这个行为而感到愤怒,但是现在黄小培管不了那么多了,她只得赶紧用淋浴头冲洗马桶。

不过经过这么一番折腾,黄小培似乎也没那么急了,等她蹲下的时候,无奈地叹了口气……一想到公公上厕所就穿着臭袜子踩在她的马桶上,黄小培的内急也基本消失殆尽了。

从卫生间出来以后的黄小培看到公公正和苏子涵在看着电视,可是这心里啊,说不出来的滋味,她好想直接冲到公公的面前,跟他说上厕所不要踩在马桶上,一是不卫生,二是也不安全。可是这话,她作为儿媳妇,又该怎么开口呢?难道直接质问公公的不是吗?

这不是黄小培的作风,她也不想公公才来几天就把关系搞得这么尴尬。可是她真的无法忍受公公的这个行为。

从卫生间穿过客厅的距离其实很短,但是黄小培这回像是走出了一个世纪那般漫长,她一边注视着公公的状态,一边在想着该怎么开口,她一路喏嚅之状,最终还是没能开口。

走到过道,听到婆婆在厨房里做饭的声音,她想着要不让婆婆转告公公这个行为不对。

可是难道就直接冲进去特意说这事情吗？毕竟说到底还是一件小事情，总是要有个铺垫吧？不然显得自己好像很在意，很恼怒这件事情一样。

可是怎么铺垫呢？正在黄小培思虑的时候，突然听到远处的声音："妈妈！"

原来是苏子轩醒了。

"你醒了？"

"嗯！"

"赶紧去洗漱吧，马上要吃早饭了。"

"哦。"

苏子轩的出现打乱了黄小培的思绪，怒气也消了不少，于是她便回了房。

可她还是不能忘记刚刚在卫生间的那个难忘经历，这事情她想马上就告诉丈夫苏庆春，让他来感受下自己的遭遇。

正当她拿起手机的时候，听到了婆婆的叫声："吃饭了！"

刚刚编辑的几个字，黄小培也删掉了。她走出房间，吃早饭去了。

饭桌上，公公就坐在离她不远处的地方，刚刚卫生间里的那股腐烂的腌菜味道似乎又时不时的闻到了，这让她根本无法正常进食。

她再低头看了看公公的脚。只见他穿着厚厚的黑袜子，其实那袜子的底色是灰色许久没洗了变成了黑色还是原本就是黑色黄小培已经不知道了，她只知道现在肉眼能见到的就是黑色。

他穿着黑色的袜子，脚拖着一双苏庆春多年前的拖鞋，但是脚并不安分，而是跷着二郎腿，鞋子则在脚上面一直抖动。

黄小培这才明白，为什么那味道是时有时无呢，原来是来回抖动的结果。

她再一观察饭桌上的其他人，大家看着都非常正常，安静地吃着早饭。

"难道他们就闻不到这味道吗？还是我自己心里作怪啊？"

黄小培不禁反问自己。

管他们闻得到闻不到，反正这顿饭她是吃不下了。

一个谎言圆另外一个谎言

黄小培这原本盛好的一碗粥,基本没吃三分之一,便放下了筷子。

"妈妈,你就吃饱了?"苏子轩倒是非常灵光地问道。

"嗯,我吃饱了,你赶紧吃吧。"

"哦。"

她一个起身,准备要走的时候还不忘叮嘱道:"对了,轩轩,你赶紧吃,吃完以后记得去复习下下午的课程,今天奥数班的课程是比较难的。"

"哦。"苏子轩无奈地回道。

她现在后悔没事主动跟妈妈说话了,因为她原本的计划是好不容易休息,想陪着妹妹一起看动画片的,而且两人都约好了。但是现实就是这么残酷,她看了一眼妹妹苏子涵,苏子涵会心地憋嘴笑了笑。

正当黄小培转身要离开的时候,她突然停下了脚步,似乎想起来了什么。

只见她朝何美珍笑着说道,"哦,对了,妈,下午我要上课,今天上午要备课到很晚,那上午就要麻烦你去买菜了。"

"好的,你去忙你的,我会去买菜的。"何美珍听到后笑着满口答应了。

对何美珍而言,她这次来上海本来就是买菜做饭的,这是她的本分工作,这点她还是分得很清楚,儿媳妇这么说话虽然没帮到忙,但是却让她这心里舒服不少。

虽然何美珍对自己定位很清,也对每一件事情都拎得清,但是还未离开饭桌的苏铁军听到这话以后可不乐意了。

他毫不客气地说道:"这买菜当然的可以得,只是这买菜肯定是要给钱的,不然就以这里的消费水平,那200块钱不就是一两天功夫就会花完的事情嘛,这可是一大家子在吃饭呢。"

黄小培听着公公这话有些纳闷,想着自己不是给钱给婆婆了吗。

她刚想解释的时候,婆婆何美珍突然说道:"买菜肯定会给菜钱的啦,这个事情你就不要管了。"

"什么不要管了?我们买菜要给菜钱的这是肯定的,总不能让我们贴菜钱吧?"苏铁军带着轻蔑的语调看着黄小培说道,"可是这200块钱,不是我说哈,要是买稍微好点的菜,一天就花完了。"

这回苏铁军说话倒是说得大气,感觉他平时花钱如流水一般,要知道昨天何美珍就买点素菜,他就嫌买多了。

虽说苏铁军的话也没错,但是这话黄小培听着可是很不舒服。

明明她是给了菜钱的,而且也没有限制买菜的质量和数量,她思虑了半刻,想着是不是自己给婆婆买菜钱的事情,她并没有告诉公公?

只是公公这一口一个200块钱,又像是知道自己给钱了,但是又感觉像自己只给200块钱一般,这实在是让黄小培很是纳闷。

于是她回道:"爸,这买菜的钱肯定是要我们出的,怎么会让你们倒贴呢?"

"妈来之前我也说得很清楚,菜钱什么的生活费都是我们出的。"

"说清楚了那就好,只是说清楚就要履行,不要到时候搞得菜钱不够,你妈过惯了苦日子,就天天买素菜,那就不好了。"苏铁军回道。

"我知道的,这孩子们都在长身体,肯定不能天天吃素菜的,要荤素搭配,这个我也跟妈说了,想买什么菜就买什么菜的,对吧,妈!"

"是啊,谁说天天吃素菜的啊!"何美珍尴尬地回道。

"爸,其实我不太懂您刚刚这一直说的200块钱是什么意思啊?我可是没限制一天用多少钱买菜呢?"黄小培接着又问道,"这荤菜、素菜买多少,买多贵的,都随妈喜欢,想怎么买就怎么买。是吧?妈,我原话就是这样的吧?"

"是啊,是啊!"

这时的何美珍可以说是及其尴尬,眼看着自己告诉苏铁军黄小培给了200块钱买菜的事情马上要露馅了。她赶紧走到苏铁军的旁边,硬拉着他,一边使眼色一边小声说道:"你赶紧去看电视吧,这买菜的事情不用你管,我会跟小培说的。"

苏铁军看着一直使眼色的何美珍,何况自己刚刚的话也说得很清楚了，所以他也没再说了。只慢慢地走到了沙发上看电视去了。

黄小培真是纳闷不已，她倒是想把事情说清楚，无奈婆婆把公公打发走了。而何美珍自然知道这事情是苏铁军冤枉了她，也知道此时的黄小培是一肚子的疑问。于是她忙又拉着黄小培进了厨房，小声打圆场道："小培啊，你别生气哈，你爸啊，他就这么个人，说话就是这样，你别放在心上啊。"

黄小培回道："没事，不过妈，爸刚刚是什么意思啊？我有点不太懂诶，他是不是一直以为我跟您控制了菜的购买量或者价格啊？"

"没有，"何美珍连忙否定，说完她又笑着解释道，"你爸这个人你可能不太清楚，他啊，平时在家里是管钱的，所以呢，你给的菜钱的事情啊，我只跟他说了会给钱，没跟他说会给多少。"

"我估计啊，他就自己猜想着你会给我200块钱菜钱而已。"

何美珍还是没有把实话告诉黄小培，她怕黄小培多想。

"哦，这样子啊，"黄小培问道，"那您为什么不告诉他实话呢？我觉得最好是告诉爸，这样也省得以后像今天一样误会。"

"嗨……我主要怕告诉他。"

"怕？为什么怕啊？"

"我刚刚不是说了嘛，家里平时是他管钱的，告诉了他呢，就怕他要去这笔钱，这是买菜的钱，要是给了他，那我不是每天买菜还要向他要嘛，而且他要了过去以后，那今后这买菜啊那就真的可能他会限制用量，那反而搞得很麻烦。"

"哦……原来是这样啊！"

黄小培对这个回答倒也算是理解了。

"是啊！所以这事情啊，我想来想去与其这么麻烦啊，那还不如不跟他说，你觉得呢？"

"要是每天拿钱确实也是麻烦的。"

"就是说嘛，所以你就多谅解一下哈。"何美珍说道。

"我明白您的意思，但是这买菜钱的事情，您还是要跟爸说清楚的，不然我怕他误会说是我们做子女的还要占你们老人的便宜了。"

"这个你放心，我待会儿一定会跟他说清楚的。"

"哦，解释就好，其实我主要也是怕爸误会了。"

"嗯，我知道的。"

马桶的功效

话说完,黄小培看婆婆正准备要走,她想着婆婆主动找她说事情,这岂不是绝佳的互诉衷肠的好机会嘛,于是她连忙喊住了婆婆:"诶……妈!"

"什么事情啊?"何美珍听到喊声后连忙返回来问道。

黄小培先是犹豫了一会,说道:"其实这事情我也有点不知道怎么说。"

"没事,你有什么事情就直接说吧,都是自家人,没什么不好说的。"

何美珍这话虽这么说,但是心里也在打鼓,想着莫不是自己又有什么事情做得不对,让她生气了。

黄小培笑着说道:"其实也没什么,我只是想问下您,我们家里用的是马桶,您们会不会不太习惯用马桶上厕所啊?"

黄小培突然这么一问,何美珍显得有些惊讶。不过她的这个问题确实是个问题。

她是真的不太习惯用马桶上厕所,毕竟在何美珍的老家江西,家里基本都是用蹲便上厕所,即使她到县城装修好房子的亲戚家里,也是用蹲便,可以说她长这么大其实就从来没有用过马桶。

"呵呵……你怎么突然问起这事情啊?"何美珍有些尴尬地笑了笑,并问道。

"没什么,就随便问一问。"

"呵呵……说实话,确实是不太习惯,这两天我上厕所都上不出来,"何美珍这回倒是实话实说。说完她又笑着解释道,"呵呵……这我们老家是什么情况你是知道的,我们那边就没有用马桶的习惯,几十年上厕所也都是蹲着的,这一时半会让我坐着上厕所总感觉像是坐凳子上,根本不像是上厕所,前两天还真是有些拉不出来。"

"不过今天稍微好点了。"说完何美珍又补充道。

"呵呵，妈，其实你说的感受我是很清楚的，我刚刚来上海这边的时候也有些不习惯，这在学校里还好，在家里这边大部分房子都是装的马桶，我们家也不例外，都是这样的，所以慢慢的，我们其实用久了也就习惯了。"

"可能慢慢用就会习惯吧。"

"是啊，这东西就是这样的。"

"不过总感觉这马桶没有那么家里的那个蹲便好，不太卫生感觉，这家里自己人用着还好，要是经常有外人来，其实感觉也不是很好的样子。"

何美珍这时候对这个卫生意识倒是很强了。

"这点倒是，不过我们不是用马桶垫子嘛，而且也经常清洗啊，"黄小培继续说道，"而且其实按照长久的角度和对我们身体的角度来说，用马桶是好的，特别是老人。"

"为什么啊？"何美珍问道。

黄小培解释道："妈，你看，是这样的，我们人体的膝关节啊，它其实是有使用寿命的。"

说着黄小培还用手拍了拍自己的膝关节，以防何美珍不懂。

"这也是有使用寿命的啊？"

"当然了，其实我们身体的每个器官都是有使用寿命的，不然我们为什么老了器官慢慢会老化呢，其实就是这个原因。"

"是，这样的啊，我以为只是人老了，器官也老了。"

"器官老了，也就是使用寿命到了一定程度的意思，这两个是一样的意思。"黄小培慢慢地解释道，"您看，我们家里很多人是不是到老了或多或少的都有关节问题啊？"

"嗯，那倒是，人老了嘛，自然是会有的。"

"其实啊，我们要是用马桶会好很多的，家里的那种蹲便上厕所很损伤膝关节的，用马桶会让我们减少对膝关节的损伤，你想我们每一次蹲下来，其实都是在磨损膝关节的，用蹲便的话其实老人年纪大了上厕所都很困难，所以很多老人，即使是用蹲便，还是会单独买个座椅，方便上厕所，也就是这个原因。"

"哦，这样的啊！"

"是啊，其实只要你们慢慢适应就会感觉用马桶其实很方便的，而且对你们的膝关节会起到很好的保护作用，特别是对您来说，您的腿脚不好，最好是能减少膝盖用力就减少，不然到了年纪大了，就连蹲都难蹲下去。"

"你别说啊，我现在这年纪就感觉每次上厕所啊，确实腿脚很酸胀。"

"所以啊，用马桶会好很多的。"

"哦，"何美珍说完，又笑了笑说道，"不过我们可能是没习惯，总感觉用马桶怪怪的。"

"慢慢习惯就好了，"黄小培倒也是非常体贴地补充道，"您要是觉得不舒服啊，您上厕所的时候在马桶上单独垫几张纸，这样就会踏实很多的。"

这个方法算是黄小培自己曾经的经验，因为刚刚开始用马桶她也是很不适应，总感觉不卫生，虽然婆婆没把这话说出来，但是她还是能感觉得到，所以算是传授经验了。

"哦，好的。"

"哦，对了，还有就是这马桶啊，不能踩在上面，这样其实是很危险的，虽然说马桶不一定会踩破哈，那还是有这个风险的，再者就是你们年纪大了，踩在上面要是一不小心滑了一下，那就麻烦了，那可就是伤筋动骨的事情啦。"黄小培终于说到正题上了。

"哦，那不会，怎么会踩在上面呢，这个我肯定知道的，踩在上面别说危险了，感觉也很吓人啊。"

"呵呵，是啊，"黄小培笑着说道，"不过好像爸上厕所就是踩在上面的，毕竟我们都是直接坐在上面的，他这样踩着也不太卫生啊。当然也是有我刚刚说的那些风险在里面的，很不安全。"

"是吗？你爸爸就这样踩在上面啊？我还真不知道。"何美珍一脸惊讶地回道。

黄小培看着婆婆的样子，应该是真的不知道，于是她又说道："确实我刚刚去上厕所的时候看到马桶上有脚印了。"

"那我待会跟他说下吧。"何美珍心领神会，也算是彻底听明白了儿媳妇的意思了。

"嗯，麻烦您跟爸说下，安全第一嘛。"

"我知道的。"何美珍说道，"那我先洗碗了。"

533 | 马桶的功效 |

"好，那您忙，我也去备课了。"

等黄小培走后，何美珍这心里就一直在想黄小培刚刚到底是什么意思，她宁愿黄小培有话直说，现在她这拐弯抹角地说了一通最后点到，苏铁军上厕所踩马桶上的事情难免让何美珍多想。

这到底是不是黄小培真正的意思呢？

硬骨头需得好方法

何美珍洗碗的工夫一直在想黄小培的话，但是依然不知道黄小培刚刚的那处"马桶诸多功效的"真正的本意是什么？

但是无论如何，何美珍有一点是听得很清楚的，就是上厕所踩马桶上的事情肯定是黄小培介意的，至于苏铁军是否真的踩了，她是不知道的，于是她洗完碗以后马上走到客厅，她想跟当事人苏铁军了解下真实情况。

苏铁军见何美珍急匆匆地走过来，还没等何美珍发话，他先问道："怎么样？买菜的钱拿到了没有啊？"

"买菜的事情你以后就不要管了，没有了我肯定会向他们的要的。"何美珍没好气地回道。

"你以为我想管啊？不是事关钱的事情，我才懒得理呢。"苏铁军倒是一副很有道理的架势回道。

"你放心，我这里反正是没钱的你很清楚，就算是买菜怎么着也不会到向你要钱买菜的地步的。"

"那样最好喽。"苏铁军说完又问道，"这回给了多少钱啊？"

"这个你不用管了，反正你也不买菜。"

"切……不就是200块钱嘛，说得我稀罕管一样。"苏铁军说完又看了一眼何美珍，说道，"我跟你说啊，你买菜也不要那么死心眼，不要看着钱没了才跟他们说，你自己估摸着差不多手上还有几十块钱的时候就要提前说。"

"这买菜啊，是有学问的，你其实也不必那么纠结那么一点点钱，采购嘛，这事情啊，有很多门道的，你晓得不？"

何美珍听着这话，心里清楚苏铁军这是小心提醒并有意暗示自己可以趁着买菜的机会捞点小外快。

不过明显何美珍是没有领情的，她用鄙视的眼神看着苏铁军，并没好气地回道，"这个不用你管，也不用你提醒，我自己知道该怎么做。"

"我是好心提醒你，怕你傻不拉几的不懂。"

"不要老是把别人当傻子，你以为我不明白你的意思吗？"何美珍有些生气地反问道，"但是你要搞清楚，自己的儿子，这种小便宜，我是不会去占的。"

"切……"苏铁军白了一眼何美珍，回道，"随便你！"

"反正我该讲的都讲给你听了，到时候别怪我没提醒你。"

"我谢谢你的好意。"

何美珍说完，一旁在看电视的苏子涵见大人说话说得差不多了，突然走到何美珍身边问道："奶奶，我也刷牙不？"

看来黄小培刚刚的话，苏子涵还是听了进去。只是她突然这么问，何美珍听着显得很突兀，直接回道："小孩子刷什么牙啊？"

"哦。"

苏子涵听着倒是高兴，兴冲冲地又回到原来的位子上继续吃东西了。

经过苏子涵这么一打扰，何美珍倒是忘记了自己来的本意了，等她刚迈出几步的时候才算是想起来，于是她连忙又返回来问道，"对了，我刚刚被你说话打扰都差点忘记正事了，我有事情问你。"

"有事就说，有屁就放。"苏铁军还是一如往常的出口成脏。

"你是不是上厕所直接把脚踩在马桶上啊？"

苏铁军听到这话以后表情一下子变了，也没有直接回答何美珍，而是突然找起了遥控，并调换着频道。

那边看着动画片正津津有味的苏子涵见状，连忙转过身喊道："干吗呀？"

"什么干吗啊，现在轮到我看了。"苏铁军大声凶道。

苏子涵听到后，倒是很乖地回了句："哦！"

这爷孙俩早有默契，一个人看一段时间就换到另外一个人喜欢的电视频道上，这是规矩也是他们和谐相处的法则，谁都不可以耍赖。

"我问你话呢？"何美珍追问道。

"你突然问这个干吗啊？"苏铁军眼神闪烁地问道。

"你不要管我为什么问，我就想知道你是不是真的直接踩在马桶上上厕所啊？"

何美珍的眼神带着质问及责备的口气，让苏铁军听着很不舒服。他瞪大了眼睛看着何美珍回怼道："是又怎么样啊？"

"你那么大声干吗啊？真是的，那个马桶谁用得惯啊？我本身就便秘，坐在那上面就更加拉不出来了，那我总不可能一直不上厕所吧？要解决那就只有踩在上面喽！"苏铁军一副不以为然的口气回道。

"你还真踩在那里了啊？"何美珍生气地说道，"你可知道那个马桶大家都是直接坐上去用的？"

"我知道啊，就是知道才不习惯啊！"

"大家都坐上去，就你踩在上面，你让别人怎么上厕所啊？"何美珍问道。

"你们爱怎么上就怎么上，我可管不着。"

"你这话是什么意思啊？难道让别人就直接坐在你脚踩的地方啊？那得多不卫生啊！"

"愿意坐就坐，不愿意做自己去洗干净再坐，哪里那么讲究啊！"

何美珍见苏铁军是一副蛮不讲理的架势，又换过了一种方式劝道："行，那你愿意踩就踩吧。不过你可别怪我没提醒你，这是个老房子，那马桶都不知道买了多少年了，而且你也看到了它就那么点大，你这么大个人踩上去，踩裂了怎么办啊？"何美珍半劝说半威胁道。

"或者是脚滑了，摔下来摔断了骨头谁照顾你啊？我可跟你说，你别的事情受伤了我还可能照顾你，这要是踩马桶踩滑了掉下来了卧床，我可不伺候！"

苏铁军一听，想想也是有道理，于是他一改刚刚的强势，小声问道："这马桶踩破了不至于吧？"

"那谁知道啊？"

苏铁军停顿了一会说道："可是我这几天都这么踩的也没见怎么样啊？"

"你以为它是软骨头一碰就碎啊？现在偶尔一两次肯定没事，但是你要是继续踩的话，什么时候裂就不好说了，搞不好明天你再踩就裂了也不一定，"何美珍继续说道，"反正别怪我没提醒你，你要是就这么摔瘫了，我是不会管你的。"

此时的苏铁军听着何美珍这话，心里其实也有数了，他不耐烦地回道："行了，行了，我知道了。"

| 硬骨头需得好方法 |

"不要再踩上面了。"何美珍再三提醒道。

"不要再在这里废话了,你给我赶紧滚出去买菜吧,别耽误我看电视。"

彻底没辙

何美珍是了解苏铁军的,他嘴上说不在乎生命长短,其实他是最在乎这个的,不然他也不会去年一听医生说要戒烟就马上戒掉了,这酒没戒掉是真的有瘾没办法。

平时要有什么事情你要劝他,一般他是很难听进去的,但是只要一涉及生命安全问题,他还是会很小心谨慎的,所以何美珍还很有把握她刚刚一席话的分量。

不过何美珍并不满足于此,既然话都说到了这里了,她想着何不顺藤摸瓜把自己最烦心的事情也一并解决了。于是她走近,靠在苏铁军旁边坐了下来,她刚想说话的时候突然闻到了苏铁军的臭袜子味道。

"你这袜子怎么还没换啊?昨天不是叫你换了吗!"何美珍问道。

"换什么啊?这都没穿几天的,不要吵得要死。"苏铁军不以为然地回道。

"现在这天气都是20多度的,你不洗澡就算了,最起码袜子要换下吧,昨天你穿着鞋子到外面去了那么久,全都是汗。"何美珍说着又低头看了下苏铁军的袜子,"你看你这灰色袜子都变成了黑色了,还不换,你是想熏死别人啊?"

"熏什么熏啊?哪里有味道啊?就你多事……"苏铁军完全不领情。

"随便你吧?反正也不是我的脚。"何美珍无奈地回道。

苏铁军看着何美珍这坐下来,说完话也没走的意思,问道:"你还坐在这里干吗啊?赶紧去买菜啊?"

何美珍这想要说的事情还没说,肯定不会走了,她笑着回道:"你看,我想了想啊,你刚刚不是说不太适应这里的马桶吗?我觉得,要不你还是早点回去吧?不然你这个便秘的问题越来越严重也是麻烦的,医生不是说要是一直便秘,就要做手术吗?"何美珍小心地说道。

苏铁军听到这话后，转头就是破口骂道："放你娘的狗屁，我现在拉屎拉得好好的，做什么手术啊？我就不明白了，你这一天天就是要咒死我啊？"

"我跟你说，我可没有诅咒你的意思啊，我就是就事论事嘛，"何美珍此时倒是觉得有些理亏，笑嘻嘻地解释道，"我是听你说你不是坐在马桶上拉不出来吗？所以才有这个猜测的嘛。"何美珍说完又看了一眼此时又把注意力放在电视上的苏铁军说道："再说了，这上海也没什么好玩的，你现在在这里也就是待在客厅看电视，也不出去，这跟在家里看电视不是一样吗？这样想来，在上海跟在家里也没什么区别啊。在这里长久待着完全没有什么意义嘛，那还不如早点回去呢？你说，是吧？"

何美珍就这么一直说，苏铁军也没回一句。等何美珍停下来了以后，苏铁军问道："你说完了吗？"

"说完了。"何美珍被苏铁军问得倒有些不好意思了，尴尬地笑着回道。

苏铁军这回表现得一反常态，异常冷静且不紧不慢地说道："说了半天你就是要我回去呗？"

"我也不是要你回去，就是按照你刚刚说的意思，想着你在这里反而给你带来不方便，那还不如回去，是吧？"何美珍解释道，"咱们何必遭这份罪呢？"

"我跟你说啊，我昨天已经说得很清楚了，不回去就是不回去，你就别在这里废话了，赶紧给我滚蛋……"苏铁军铿锵有力地呛道。

这回苏铁军明显不吃何美珍这套，把何美珍也逼急了，她怒火冲冲地站起来喊道："你这人怎么这么不讲理啊？"

说完她还怕自己的声音太大，在书房的黄小培会听到，而后她小心地又压低了声音，坐下来说道，"来的时候明明说好了玩一会就回去的吗？你现在要在这里常住，让我怎么跟莽子他们说啊？当初都说好了的是先一个人过来，暑假再一起过来的。"

苏铁军可不管这些，他脸都没回，直接对着电视大声回道："我管你怎么跟他们说啊，反正我住这里是住定了，谁来说也不回去。你就别再想打任何让我回去的主意了，不好使！"

"你小点声！"何美珍看苏铁军这声音是越来越大，连忙提醒道，"小培还在家里呢。"

"我就大声,怎么啦?"苏铁军果然声音更大了。

何美珍见苏铁军这么冥顽不灵,实在没有办法了,无奈地回道:"好,行行行,那你要是坚持待在这里,就待在这里吧。"

"切……你早该有这种觉悟了,你再给我废话,我下回就不这么好说话了。哼……"

"随你便,你在这里,那我就带着子涵回去,你就在这里给他们做饭,接送轩轩吧?"何美珍转而又带着威胁的口气说道。

"你要回去随便你喂,反正我是不会做饭接送孩子的,我就跟你说,我这回来了就没打算走。"苏铁军完全不理会何美珍的威胁。

何美珍看着苏铁军这固执、无赖的本性真是无可奈何啊,他想怎样就怎样在他们这个小家向来就是如此,既然话都说到这分上了,苏铁军也不改变主意,何美珍是真的没辙了。她只有无奈地叹了口气,撂下一句狠话便摔门离开了,"那随你便吧,你最好死在这里,我不会管你了。"

其实刚刚何美珍这话也就顶多是假意威胁威胁苏铁军,要是真说她走了,留苏铁军一个人在这里她肯定也是不放心的。

先不说她走了,这里的一摊子事情他帮不了忙,甚至还可能给儿子添麻烦,那她不是害了自己的儿子嘛,至少她在这还可以帮着儿子做点家里的家务,接送孩子,这是他们让她来的初衷。

事已至此,她也没办法了,眼下她看来要早点跟儿子儿媳妇说清楚,也好做打算。

至于子涵那边不回去读书,她也要跟老二庆福沟通下,不然她也怕这老二二婚的媳妇生气。

这些因为苏铁军一意孤行留下的烂摊子,都得何美珍去解决,这就是何美珍这些年的生活常态。

包罗万象的洗衣机

何美珍离开以后,苏铁军先是看了一会电视,也不知道是刮了什么风,他居然想到了何美珍刚刚说的袜子的事情。

他先是低头看了看袜子,并且来回脚转了转,以便看到脚底板,自言自语道:"这哪里脏啊?才穿 4 天的袜子。"

说着他突然抬脚,想试着闻闻自己的袜子到底是不是真的味道很大,不过还没等他把袜子伸到自己的脸前,已经有一股刺鼻的味道扑面而来,苏铁军自己都不觉地发出了一句感叹:"我去……还真有味道啊!"

于是苏铁军连忙一脸嫌弃地把脚拿开了。

这回他倒是难得听一回何美珍的建议,居然自觉地走到了房间去换了袜子,换好了袜子以后,他像往常一样把袜子放在原地。

可是等他走出了房间以后,他还是感觉不对,他又返回来了房间。

他其实也知道这是在儿子家,生活上还是要注意一点,毕竟那袜子确实味道难闻,于是他回到房间以后用两只手拎着袜子走了出来。

他先是去了卫生间,转了半天也不知道该把袜子放哪里?

毕竟他平时真的没管过这些生活琐碎的事情,无论在哪里,这些事情都是何美珍在操持,他从来不用操心,衣服、鞋袜换在哪里就放在哪里。

突然,他听到了阳台上洗衣机转动的声音,于是他灵机一动,连忙两只手指夹着臭袜子走到阳台上。

"这洗衣机还没停?放不放啊?"苏铁军又自问道。

犹豫了半刻,他最终还是把正在运作的洗衣机打开,并快速把他的臭袜子扔了进去等他准备要离开的时候,发现洗衣机并没有继续转动了,于是他又停了下来。

"什么情况,怎么不动了啊?"苏铁军疑惑地看着洗衣机,自言自语道。

说完他还轻轻地用手拍了拍洗衣机。

但是还是没有动静。

这回倒是让苏铁军犯难了。

平时苏铁军真的是"十指不沾阳春水"，油瓶倒了都不扶的人，洗衣机一打开就不转了是什么原因他还是真的不知道。

而此时何美珍也出门了不在家，经他用手拍，用脚踢了都没动静以后，他真的一下子不知道该怎么办？

于是他又来回转了一圈看了看洗衣机，实在不知道怎么办了。

反正在这里瞎转也没有办法，于是他又跟什么事情都没发生一样回到客厅看电视了。

大约十来分钟以后，在书房备课的儿媳妇黄小培有些口渴了，她先是小心地打开了女儿苏子轩的房间，看了看女儿正在写作业，便没有进去打扰，而是直接走到了厨房倒水。

今天苏铁军的眼睛就跟老鹰一下，虽然他在看电视，但是眼睛早就盯着黄小培的动静。

他看到她走进了厨房，又走到了餐厅，犹豫了一会，最后他还是喊道："诶，小培啊，你去看看那个洗衣机怎么不动了？"

"啊？不动了？"

"是啊！我刚刚在这里看电视，突然听到洗衣机不动了。"苏铁军可没打算把洗衣机不动的责任归到自己身上。

"哦，爸，不动了可能是洗好衣服了，没事。"

"你妈才刚刚出去，好像她也是刚刚才洗的，应该没洗完吧？"苏铁军委婉地说道。

"这样啊？那你刚刚有没有把什么东西放进去啊？这洗衣服是在运作的时候放了东西就会停下来。"

"没有，没有，我刚刚看着电视，去动洗衣机干吗啊？"苏铁军连忙否定道。

黄小培听到后也是深信不疑，毕竟公公看着电视没事打开洗衣机干吗啊？

"哦，那要是没洗完就真的可能是坏了。"

黄小培说完了，便把杯子放下，慢慢地走到阳台去查看究竟了。

假如是洗好了，她也顺便把衣服晾好。

可是等她走近洗衣机打开一看，被眼前的景象吓到了。

洗衣机里满满的肥皂水，满满的衣服。

"天啊，怎么会有这么多衣服啊？"黄小培惊叹道。

最重要的是最外面居然放着她有些眼熟的袜子。

"这不就是公公早上穿的袜子吗？"黄小培心想道。

这洗衣机怎么一下子停了她一时间不知道什么情况，如果按照公公说的突然停了，她现在猜测最大的可能是衣服放多了。

此时她也没别的招了，只得跑到卫生间找到几个盆把所有的衣服都捞出来，在她捞衣服的时候，真是被里面的东西给惊到了。

里面不但有公公的臭袜子，还有两条孩子的短裤以及大人的内裤，那个大人的内裤黄小培猜想是婆婆何美珍的。

黄小培连忙把衣服分类，内裤全部掏了出来，而公公的袜子，她同样拿了另外一个脸盆装了出来。

之后她又盖上盖，按了开始启动按钮发现洗衣机正常运行。

而在客厅里的苏铁军明显也在关注这里的动向，听到洗衣机转动的声音以后，他大声问道："没坏吧？"

黄小培此时心里真是一股子气，但是她又能怎么样？难道跟什么事情都不知道的公公发火吗？她只有无奈地回道："哦，没坏，应该就是衣服放多了，所以停了吧。"

"哦，没坏就好。"

苏铁军这回是松了一口气，确认洗衣机没坏以后，他便安心地看电视了。

而阳台上的黄小培真是心情一言难尽啊，此时的她真想发火，但这火又能向谁发呢？

叹了一口气以后，她只有把其余的衣服又全部放了进去。

而内裤她则放到了阳台上，本来她想直接放在阳台的洗衣台的，但是走了一步以后她想了想自己女儿的内裤还在里面呢。

于是她又返回去，自己撸起袖子用力放开了水。

这衣服黄小培越洗是越生气，她小声发牢骚道："天啊，怎么会有人把内裤和袜子都放在洗衣机里面啊？真是无语！"说着的时候她又自我安慰，"还好我昨天洗完澡以后把衣服洗了，不然我放衣服就要跟袜子一起洗了，真是……"

此时黄小培已经无法找到合适的语句形容自己的心情了。洗完内裤以后，她再看了看旁边的袜子，犹豫要不要一并也洗了，可是她想了想今天拿袜子的样子，还有站在远处都能闻到的味道，最终她还是没有勇气下手。

她直接把它浸泡在阳台的洗衣池里，而后便端着杯子回房间了。

寻找时机

洗完婆婆和两个孩子的内裤后,黄小培可是一肚子气回到房间,当她正准备继续伏案在那狭小的且临时搭放在床上的桌子上的时候,她这心里啊,顿时一窝火。

她想着这是自己的家,现在自己居然要沦落到窝在这么小的房间连个像样的桌子都没有的地方备课工作真是可气,特别是再一想到刚刚自己打开洗衣机里面的景象,更越想越不是滋味。

黄小培平时的习惯是内衣和袜子绝对不允许放入洗衣机里面洗的,毕竟洗衣机里面是大杂烩,内衣又是比较隐私和贴身的衣物,放在里面恐怕会交叉感染,袜子更加是这样的道理,假如放了袜子进去的洗衣机,黄小培是不能够接受把自己的衣服放进去的,袜子怎么说还是有很多真菌的。

别说这些,原来女儿3岁前她连孩子的衣服都不会放进去的,现在孩子也大了,外面的衣服她是跟着大人的衣服一块洗的,而这一切黄小培所认定的洗衣服法则她自然而然地认为婆婆也知道,所以婆婆刚来的时候她想到了脸盆分类这些告诉婆婆,这个想都没想,认为这就是常识,可是她今天万万没想到婆婆居然就像大杂烩一样什么都往洗衣机里面放,她真是有些后怕啊。

甚至她这时都在想,要是自己不把这个洗衣服的常识告诉婆婆,会不会有一天自己打开洗衣机的时候发现里面居然还在洗鞋子!!!

想到这里她自己都忍不住嗤笑了并连连了叹了口气,突然又推开了放在床上的小折叠桌子,并自言自语道:"不行,这事情我要马上就跟妈说清楚,不然真的不知道会怎么样?"

之后的黄小培也无心备课了,只见她走到女儿轩轩的房间,看了看轩轩的学习进度,并帮她辅导起课程来了。

大概过了半个小时,她在房间里听到了开门声,知道有人回来了,眼看着女儿预习得也差不多了,便同苏子轩一同从房间出来了。

而一个周末好不容易才休息一上午时间,却被妈妈拉着预习功课花了一大半时间的苏子轩出来以后,终于问道:"妈妈,我现在可以看电视了吗?"

"可以看半小时吧。"

"耶……"苏子轩手舞足蹈地说道。

"不要看久了,不然眼睛会近视,上次你体检医生就说了,要少看电子产品。"

"IPAD和手机才是电子产品,电视又不是电子产品。"苏子轩回道。

"电视也是电子产品啊,电视不要用电啊?"黄小培气愤地说道,"只要用电的,有电子屏幕的都是电子产品。"

"哦,好吧。"苏子轩这回败下阵来。

"只能看半小时哈。"黄小培再三叮嘱道。

"知道了。"苏子轩无奈地回道,此时的她也不想跟黄小培辩解了,这要放在平时她可是要跟她来回几个回合不可,但是今天给她留下的空余时间可不多,半个小时就半个小时,总比没有好,于是她回完话以后连忙跑到客厅加入了苏子涵的阵营里面。

黄小培见女儿走了以后,便来到了门口,这回进来的无论是婆婆和丈夫苏庆春黄小培都有事情要说。

她抬头一看,是婆婆何美珍买菜回来了。

黄小培也不是个冲动的人,她先是跟婆婆打招呼:"妈,你回来了?"

"是啊!"何美珍边换鞋子边笑着回道。

黄小培看了一眼地上的菜,大袋小袋有好几个袋子。

"买了这么多菜啊?"

"是啊,今天中午难得你们都在家,我多做点菜。"

"哦,也是,这么多菜,要不我来提进去吧?"

黄小培客气地说道,但是并没有动手。

"欸,不用,这菜啊,都很脏的,特别是鱼,我自己来就好了。"

说完何美珍马上把菜提到了厨房。而黄小培则跟在后头,但是并没有进厨房,而是在厨房不远处的餐厅随便找了个位子坐了下来。

坐下以后的黄小培心里正在盘算着该怎么找时机跟婆婆说洗衣机的

事情呢？正在她思忖着对策的时候，婆婆何美珍正洗好手，从厨房走了出来，径直往洗衣机的方向走去。直接把洗衣机的盖子打开了，看着还未洗完衣服的洗衣机她惊讶地说道："欸……怎么衣服还没洗完啊？我难道没出去很久？"

何美珍还不敢相信，掏出手机看了看时间，又自言自语道，"这时间好久了啊！"

黄小培看准了这时候正是个好时机，于是她连忙站了起来，说道："妈……"

可是她话还没说出口的时候，只听见大门又开了。这次开门的不是别人，正是忙了一晚上手术，刚刚下晚班的苏庆春。

何美珍见儿子回来了，也没时间应儿媳妇了，连忙走到了门口迎接儿子的到来，她看到儿子提着一个小包正在换鞋子，连忙帮苏庆春拿下包，并说道："莽子，回来了啊？"

"嗯。"苏庆春经过一夜的晚班，明显很疲倦了，他小声地应答。

"吃饭了不？"

"吃饭？什么饭啊？"苏庆春一下子被问愣了，反问母亲道。

"早饭啊。"

"哦，早饭早吃了，"苏庆春此时已经换好了鞋子，并用眼睛扫射了一眼客厅和餐厅，并回道，"现在您问我，我还以为是中饭呢，呵呵……"

虽说他人很疲惫，但是经过昨天那一个大好机会，此时苏庆春心情明显不错，还跟母亲打趣着。

"怎么样啊？听小培说你昨天一晚上都在忙啊？"何美珍跟在苏庆春的后头关心地问道。

"是啊！做了一晚上的手术，今天早上五点多才睡了一个小时。"苏庆春边往妻子黄小培所在的餐厅方向走边回道。

"天啊，就睡了一个小时啊，那现在还不得困死啊？"

"还好。"苏庆春找了个黄小培旁边的位子坐下，淡定地回道。

"什么还好啊，这一晚上都在忙，又只睡了一个小时，谁受得了啊，赶紧去睡觉吧？"何美珍冲着还没有回房间的苏庆春满脸疼惜地说道。

548 | 生活挺甜 |

母亲的关爱

一下班就受到了无限荣宠的苏庆春这一时间还真有些不习惯，毕竟这样上班的方式对于他来说已是家常便饭。

他曾经还经历过一晚上没睡，第二天又忙到下午的时候，今天这个这对他来说只能算是小菜一碟了。

于是他笑着回道："妈，我先不睡觉了，马上就吃中饭了。"

"什么先不睡啊，赶紧给我去睡觉，不然身体根本吃不消，中饭还早呢。"何美珍根本不听苏庆春的话，说完连忙用手把苏庆春从椅子拉起来，并喊着他去睡觉。

苏庆春也拗不过母亲，他看了一眼一旁的黄小培，黄小培朝他笑了笑，没说话，苏庆春便站起来说道："行吧，那先去洗个澡吧。"

"还洗什么澡啊，赶紧去睡觉。"

"还是先洗澡吧，不然哪里睡得着啊。"说着苏庆春便离开了客厅。

原本打算坐下来说会话的苏庆春就这样被母亲赶着走了，而黄小培就这样坐在旁边像旁观者一样看着这两母子的对话，一句话都没说。

婆婆何美珍对丈夫苏庆春向来就是这样的"关心"，黄小培早就习惯了，刚刚苏庆春看她的时候，她知道丈夫想要她说点什么，至少是劝说婆婆的意思，但是她也知道自己那时候说什么话都没用，说多了反而会让婆婆认为自己不够关心丈夫，所以她就只有老实地当个旁观者，这样还来得自在。

眼看着丈夫还没来得及跟自己说一句话便径直回了书房之后，黄小培连忙也跟了上去。

现在不管苏庆春是否找自己有事情，反正她是要找他说事情的。

回到房间的苏庆春，第一反应并不是找洗澡换洗的衣服，而是整个身子躺在了床上，手里带着的包则直接放在了地板上。

他全身舒展，伸了个大大的懒腰，真是舒服啊！

紧随其后的黄小培此时已经进来了。

她看着丈夫的样子，并没有说话，而是第一时间给他翻找换洗的衣服，苏庆春生活习惯，她作为妻子早就了如指掌了。

平时苏庆春值班无论天气如何，他都是会带衣服去科里换，即使是冬天，他也有这个习惯，特别是袜子和内衣，这个肯定是要带的。

昨天苏庆春一晚上都在手术，只睡了一个小时，黄小培自然知道他肯定也没时间洗澡了。

苏庆春手里的包就是装提前准备好换洗的衣服，既然没洗澡，那里面准备的衣服也应该是干净的。

于是黄小培也随身坐在了床沿上，一边在地板上的包里翻找衣服一边朝苏庆春问道："怎么样，累不累啊？"

"还好！"躺在床上的苏庆春回道。

"晚上只睡了一个小时，你确定现在不睡啊？"

"现在都这么晚了，马上要吃中饭了，睡了我就不想起了。"

"那也是。"多年的夫妻，黄小培自然是明白苏庆春的意思，于是她又说道，"那你赶紧去洗个澡吧，等洗完澡我有事情跟你说。"

"什么事啊？"苏庆春听到有事，这心里啊，一下子就悬着了。

"你先去洗澡吧，清醒清醒，待会再说。"黄小培边递给苏庆春衣服边回道。

其实父母来上海跟黄小培一起生活，他早就想到过会有很多摩擦，他们各自的性格苏庆春是了解的，很多生活习惯他也是知道的，自然明白住在一起一时间肯定会有很多不习惯的地方。

昨天晚上值晚班，苏庆春这心里就有点担心，怕他们会相处不了，今天一回来，其实苏庆春就想问下黄小培家里情况是否还好，这下好了，还没等苏庆春问，听着黄小培这说话的架势，苏庆春就感觉有事。

家庭的事情，本来就是又小又复杂，一时间说也说不清楚，于是苏庆春便回道："行吧，那我洗澡吧。"说着便拿着衣服去了卫生间。

何美珍见儿子回来了，也没时间管洗衣机的事情了，她连忙回了厨房，迅速地为大家准备中饭。

很快苏庆春便洗好了澡，而黄小培在书房就竖起了耳朵听着外面的动静，她并没有等苏庆春自己过来，而是察觉到苏庆春出来以后也赶忙

550 | 生活挺甜 |

走了出来。

苏庆春洗完澡以后先是把衣服拿到了洗衣机旁,此时的洗衣机已经停止运作了,他本想打开了把衣服放进去,却发现里面的衣服还没晒。

自言自语道:"欸……这里的衣服还没晒啊。"

在厨房里听到声音的何美珍连忙跑了出来,说道:"哦,是没晒,刚刚洗好的,还没来得及晒呢。"

苏庆春看着母亲系着围裙,刚刚应该正在切菜,手上的油脂还依稀可见。忙回道:"哦,没事,那您去忙吧,我来晒衣服。"

"没事,没事,你不管这些,你现在赶紧去睡觉,我来晒。"何美珍可舍不得儿子干家务,更别说现在还是刚刚下完晚班。

有空做做家务,这在苏庆春看来再正常不过了,更别说只是晒晒衣服这种举手之劳的事情,这在苏庆春看来根本不是事情。他坚持道:"妈,我来晒吧,哪里有那么困啊?再说我洗完澡人都清醒了,等吃完饭再睡吧。现在您赶紧去做饭就好了。"

"不用,不用,我来。"何美珍连忙抢过苏庆春手里的衣服。

苏庆春看着母亲拿了自己刚刚换下来的衣服,连忙又拿了回去,说道:"这是我刚刚换的,不是洗了的。"

"刚刚换的也一样,放在这里,我待会给你洗。"何美珍说道,"你赶紧回房间,睡觉去。"

黄小培就这样站在一旁,又在看热闹,眼看着苏庆春又快拗不过婆婆了,连忙走向前,说道:"妈,你去做饭吧,现在也不早了,庆春也饿了,我来晒衣服吧。"

何美珍见儿媳妇来晒衣服,再想想儿子确实也应该饿了,便回道:"那行吧,小培,你来晒吧。"说完她又补充道,"莽子,你就不要站在这里了,赶紧回去先休息会,睡不着也躺在床上休息,总比在这里做事情好。你这上班不比别人,一直站着,还没得睡,肯定是累得要死,身体是扛不住的,不要在这里硬抗,赶紧回去休息。"

"这孩子啊,从小就不懂照顾自己,"何美珍说完又冲黄小培说道,"小培啊,你平时要多帮着点哈。"

"哦。"黄小培听着这话,心里那可不是个滋味,但是应承着。

告状

黄小培平时最看不惯婆婆何美珍一点，就是她总是一副男人在家里就不该干家务的做派，这可能跟她自身的生活经历有关，毕竟在她家里，公公是从来不做家务的，小时候对待孩子她其实也是能自己做的事情都自己做，实在是没办法才让孩子们帮忙，所以她算是苦了一辈子的人。

其实在这样的环境下，黄小培倒是很纳闷苏庆春没有学坏，而是非常尊重女性，平时说实话，虽然他没替自己做太多事情，但是那都是工作的原因，只要他有时间，日常的家务还是会做的。

不过他的弟弟庆福就没那么好了，明显被婆婆惯坏了，不然他的第一任妻子也不会跟他离婚，好吃懒做他全学会了。

所以每次婆婆那副惯着孩子的样子，她都是很看不惯，现在她听着婆婆这话，什么叫不比别人啊？这难道不就是说自己工作轻松嘛。

黄小培听着真是刺耳，可也不好发作。只见她一副取笑且带着略微不满的语气朝丈夫调侃道："是啊，你赶紧去休息吧，不然累坏了身体，我们可付不了这个责任呢。你可是我们一家之主，顶梁柱呢。"

苏庆春听着妻子黄小培这一副阴阳怪气的强调自然知道她是呛自己，但母亲何美珍现在就在这里，他知道这些话其实黄小培就是说给母亲听的而已。

而自己母亲的性情苏庆春自然是知晓的，小时候实在是家里穷，她也没办法保他太多周全，但也正是因为母亲的保护，他才能读大学，这点苏庆春很清楚，现在在母亲力所能及的范围内，无论自己多大，她肯定还是一样处处为他考虑。

虽然对于现在的苏庆春来说，母亲的这种关爱有时候有点自私了，但是这也是母亲一心想为自己做的，只能默默接受，反驳就显得太不孝了。

所以现在他也很清楚地明白，要是他迟迟不走，母亲定然也是不会离开的。

于是他只好一句话没说默默地回房间了。

果然何美珍见苏庆春走了，也赶紧回到厨房忙去了，毕竟儿子等着吃中饭也是急事。

刚刚阳台热闹的场景，一下子只留黄小培一个人孤零零地站在阳台晾晒衣服了。

其实本身就是晒个衣服，没什么大不了，但是黄小培一想到婆婆只准自己晾，苏庆春沾都不能沾的行为实在是生气。

现在她也只能自我安慰是苏庆春刚刚值完晚班，很累了要休息了，不然真的很火。

等她晾晒完衣服以后，便赶忙回了房间，有些该说的事情她真的快憋不住了。

回到房间以后黄小培发现苏庆春已经侧着身子躺在床上了，像是睡着了。

此时的黄小培就像是鼓足了气的气球，感觉就要炸了，她刚想用力推醒睡着了的丈夫，可手伸到他背上的那一霎那，她又停了下来。

她还是不忍心就这样把累了一晚上的丈夫吵醒。而后她自己叹了口气，非常窝火地自言自语道："气死人了，说等我说事情的，就睡了。"

说完她刚转身想走，便听到苏庆春一个转身，嘴里喃喃地说道："啊，你说什么啊？"

"你没睡着啊？"黄小培惊讶地问道。

"睡着了啊，但是一听到你气鼓鼓地进来，又不敢睡了。"苏庆春笑着回道。

"切……那你就是压根没睡着。"

黄小培心里明白丈夫的心意，肯定是等着自己，不然以他睡觉的速度和沉睡度，肯定听不到走路声的。她知道丈夫这回是拿她打趣呢。于是她笑着坐在了苏庆春的旁边。

"你有什么事情啊？说吧。"苏庆春先发制人。

"还有什么事情？你确定不知道？"黄小培先是反问。

"当然不知道啊，说吧，别卖关子了。"

"那这事情可多了去了。"

"多的话,那就挑重点和主要的说吧,说实话我现在是真的有点累了,要不是等你晒衣服回来,我真的要睡着了。"苏庆春有些疲惫地回道。

"就是……"

黄小培这刚想说,反而一下子卡住了,苏庆春要她挑重点,但是说实话她想说的其实都是一些家庭芝麻绿豆大的小事情,真要挑重点还真挑不出来了。

"你说嘛。"

"啧……你要我说主要的,还真挑不出来,反正都是一些小事情,"黄小培说完又补充道,"但是虽然都是小事情,可是实在让人很受不了。"

"比如呢?"苏庆春倒是很淡定。

"比如就说你妈,这洗衣机里你知道她都放了什么进去洗吗?"

"放了什么啊?"

"袜子、内衣、内裤,"黄小培现在说起来都是怒气不减,"就连子涵和子轩的内裤你妈都混进去洗了,这还不算什么,她居然还把你爸爸那双臭袜子也放进去了。"

"你是不知道啊,你爸那袜子得有多脏啊,我估计打他从老家来到现在都没换一次,在几米外都能闻到味道,"黄小培现在说起来都感觉能闻到那挥之不去的味道来。

想到这里她还做出了恶心的动作。而后她还补充道:"真的不是我夸张。"

"真不知道你爸爸咋想的,穿那么久的袜子也受得了。"

"哦,对了,说起你爸,还有啊,我今天居然发现你爸爸上厕所就穿着他那双奇臭无比的袜子就这样踩在马桶上上厕所,你说奇葩不奇葩啊?"

说完黄小培还现身说法,亲自站起来做了个苏铁军上厕所时可能做的动作。

就这样,黄小培一直喋喋不休地诉说苏庆春父母的罪状,而这边苏庆春则是一如往常在一旁安静地听着,没插一句话。

听到最后,他只是淡定自若地回了句:"就这些吗?"

"这些还不够啊?"黄小培张大了嘴巴瞪大了眼睛盯着苏庆春反问道。而后她顿了顿,又补充了句,"哦,当然事情还不止这些,还有很多我看到奇葩的事情,我也都不想说了,你也累了,我就挑重点说呗。"

161
耐心安抚

黄小培说完转眼看了一下苏庆春,她发现刚刚自己如此卖力地说了这些事情却像是一场独角戏。

黄小培不指望丈夫跟她一样气得咬牙切齿,但最起码对自己说的事情有所表示,至少是惊讶,可苏庆春非但不惊讶,反而一副了然于胸、司空见惯的样子。

这让黄小培是又气又恼,而后她沉思了一会,总感觉不对。

于是她一脸不可思议的样子看着苏庆春问道:"欸……我发现我说的这些你怎么一点都不奇怪啊?难道你之前就知道这些吗?"

苏庆春一脸真诚,摇摇头,并简明扼要地回了句:"不知道。"

"那你怎么一点也不惊讶啊?"黄小培反问道。

"因为我了解他们。"苏庆春又是简单且准确地回道。

苏庆春的这句话在黄小培这里可以说是掷地有声啊,这一下子倒让黄小培哑口无言了。

苏庆春看着黄小培的样子,知道她也是有很多气。

于是他突然起身坐了起来,并非常体贴地解释道,"小培,其实我明白你现在的心情,你跟他们生活上有很多习惯不同,不能适应是自然的。而他们是什么样的人我也是很了解,就是因为对你们双方都了解,所以我也知道他们对你所要求的很多东西是真的做不到的。"说完苏庆春还看了一眼坐在旁边还是气鼓鼓的黄小培,继续说道,"就像你刚刚说的我妈在洗衣机里什么都放,这我虽然没亲眼看到,但是我绝对是相信你说的,也能够理解我妈确实能干得出来这些事情。"

"这你还理解啊?"黄小培气愤地说道,"谁家洗衣机里什么都放啊?内衣、内裤、袜子怎么可以混到一起去洗呢?这是常识啊!"

"这在你这里是常识,在她哪里可就不是了,就像吃隔夜菜认为是再正常不过的事情,而你也认为隔夜菜会致癌,是常识,可她不知道啊?对不对?"

苏庆春非常有耐心地解释着,"这是一样的道理,你不告诉她,内衣和袜子不能混洗,或者洗衣机里不能洗内衣和袜子,她是压根不知道的。在她眼里,洗衣机既然是洗衣服的,她就理所当然地会认为只要是平时洗的东西都能放进去,因为在她的脑海里,她压根就对这个没有概念,你懂吗?"

黄小培的性格比较急躁,特别是这两年,越发明显;而在医院里待久了的医生,性格难免也会变得急躁,每天面对那么多病人、家属的质问以及高负荷的工作量,根本很难再做到淡定从容的面对每一件事情,毕竟谁都有脾气的时候。

这几年,特别近两年苏庆春的日子越来越不顺心了,性格也难免有些急躁了,但是他骨子里的本性还是在的,面对紧急的事情,他还是能够保持冷静的状态,不然一旦心浮气躁,像昨天晚上那样的手术,他是拿不下来的。

所以现在,即使面前的黄小培气急败坏,甚至说话有些冲,他依然能够慢慢地把自己想说的小心地解释清楚,也是难得的。

而黄小培也不是个蛮不讲理的人,看着苏庆春这么慢条斯理地跟她剖析了问题的前因后果,她也明白了这件事情上,她其实也是有错的,至少婆婆本质并不是有意这么做,只怪自己当初省事,自以为她什么都懂,才搞出现在这些事情来。

她小声地说道:"那你这么说,也对吧,是之前我没想到你妈会这些都不懂,但是你爸爸,那个不要我说吧?"

"至于我爸,其实他能做出什么来,我都不惊讶的。"

黄小培听着苏庆春的话总感觉是话里有话的,而后她又看了看苏庆春的脸,也是一脸无奈的样子,她虽说是又气又恼,但似乎又对苏庆春发不起火来了。

"你爸爸真的是……哎……真的是不想说了。"黄小培唉声叹气。

"我爸爸就是那样的人,我之前也跟你说过了,他是一辈子都把我妈妈压在头上的,在哪里都把自己当老大,他现在其实不喝酒的情况下能安安分分地我觉得已经不错了。"

黄小培听着苏庆春这话,有些气地回怼道:"那按照你的意思他现在就只这么作，我都应该感恩戴德了。"

"我不是这个意思，我是指我爸爸其实做事情比较自私，从来都是考虑自己，这点不只对你、对我，即使对照顾了他大半辈子的我妈也是如此，他做事情又很作，就是自己想怎么样就怎么样，现在你说的这个事情在我看来真的不算什么大事情。"

"那什么叫大事情啊？难道等他把我们家房子拆了才算是大事情？"黄小培这是越听越来气了。

"小培，你不要这么轴好不好啊，我不是这个意思，我只是想表达，我爸爸做事情就是这么任性，希望你理解。"苏庆春说完看着黄小培的样子，又语气缓和地劝道，"再说了，你想想我爸爸不是也就来几天嘛，你就忍忍吧。也不想，他老人家来上海住几天，受一肚子气回去，然后跟大家抱怨你这不好，那不好吧？"

苏庆春这点抓黄小培很准，知道黄小培是个爱面子的人。

黄小培想了想苏庆春说的话也是有道理的，毕竟公公也就住几天，再受不了也要忍忍，不然等他们回去了，说出去也不好听。

于是她只有无奈地叹道："哎……行吧，既然都这样了，我还能怎么样呢？"

话音刚落，她似乎想起来了什么，连忙问道，"对了，你赶紧去问问你妈，你爸打算什么时候回去啊？这也来了好几天了吧？"

"这也没来几天啊，就这么去问也不太好吧？"

"又没让你直接去问你爸爸，你问你妈妈不就好了？"黄小培说道，"你妈对你那么好，肯定不会生你气的。"

"再等几天我再问问吧，现在主动去问真的不太好，毕竟他难得来一次上海。"

"那你尽快啊，我现在可是每天都在煎熬啊！"黄小培毫不客气地说道。

黄小培这句煎熬苏庆春听着有些不对胃了，毕竟那是他的亲生父母，也是第一次来上海，而且还是黄小培自己叫来的，现在才几天又催着让回去，怎么说也是长辈，她用这么不太友好的词语，苏庆春真有些不舒服。

"煎熬，那也是你自找的。"苏庆春这是第一次没好气地回了句，"他们不是你擅作主张叫来的嘛！"

苏庆春的这话，就像是在刺黄小培的软肋，一下子黄小培陷入了沉思。

父辈养老居住方式大讨论

黄小培依稀记得当初自己多么坚决要求公婆过来带孩子,而丈夫强烈反对的场景。

跟别的家庭相比,人家都是男方强烈建议把公婆接到身边,而女方反对,他们则恰恰相反,自己亲儿子倒是反对把父母接到身边,曾经黄小培一度怀疑苏庆春太不孝顺而且没人情味。

现在公婆来了,他们来的第一天,饮食、生活习惯黄小培已然有些看不惯,但是当时她看在自己工作忙,有求于父母的分上,还是有些耐心和忍耐力的。

但是经过几天的接触,现在的她明显忍耐力已经差不多慢慢消磨殆尽了,特别是对没有帮到自己任何忙的公公,她的好感度已经达到了负数。

体会了这个中滋味,黄小培才算明白了当初丈夫的决定是多么的明智,刚刚苏庆春的话虽说不好听,但是黄小培也明白,他说得确实没错。

她现在心里也在跟自己暗自赌气:"我这真是自作自受啊!"

想到这里,她有些惭愧带着自责地语气朝苏庆春说道:"哎……或许你说得没错,现在搞成这样,确实是我自找的。我这回是真的明白你说的那句话了,这生活习惯不同,想要生活到一起去,摩擦和矛盾真的是很大。"

"很大啊!"说着她还连忙再补了句。

苏庆春看着黄小培现在的样子,曾经那个独断专行,强势霸道的架子一下子没了,倒是好笑,只是没敢出声。

而后黄小培看了看自己现在住的环境,又说道,"你看看我们现在住的,哪里像个家啊,我跟你说我上午备课,都是窝在床上备的,想想都憋屈得慌。"说完她又顿了顿,说道,"我想了想,与其这样,我这次补习班上完了还是就算了吧，暑假班我就不去了，看来那些钱真不是我能赚的，没那个命啊，我还是老老实实地赚自己本分的工资吧。"

苏庆春听到妻子有这样的感悟，倒是非常的欣慰，曾经他可是无数次跟她解释没必要去培训班，分析了无数个弊端，可她就是不听，现在倒好，父母才来几天，她似乎就领悟到了这里面的利害关系了，想想他也觉得好笑。

果然一万句善意的劝诫都不如当事人一次的失败教训来得可靠和有说服力啊。于是他笑着回道："你能有这样的觉悟，我还挺开心的，那说明我爸妈也没白来，呵呵……"

"那这事情，回头你跟妈妈去说下吧，当时是我叫他们来的，现在说暑假不需要他们在这里了，我也有些说不出口，"黄小培说道，"我这边呢，最近我也跟小敏回了，跟她说暑假班的事情就算了。"

"可以啊，这事情就这么决定了。"

"好。"

能够得到这样的结局，苏庆春还是很高兴的，他看着黄小培一脸不舍和无奈的样子，劝说道："这事情既然都这样决定了，你也别难过，其实我觉得任何事情都有得有失的，你也别太在意了，要是你真的喜欢给孩子们上课，等轩轩大了，你再去补习班也可以的。"

"行了，我知道了，你也别再劝我了，凡是有利有弊，有得有失，我明白的。"

苏庆春拍拍妻子的肩膀，以表安慰。

"经过这件事情，我算是明白了，有些事情真是强求不来的。"

"那是啊，"苏庆春回完又说道："不过话又说回来，其实老人有老人的习惯，我们年轻人有年轻人的习惯，不能因为他们的习惯跟我们不同，就一味地否定他们，并认定他们的做法就一定是错的，其实他们无论做什么，都是有自己的想法的，或许在他们看来，我们的一些习惯他们也是看不惯甚至不认同的。"

"这些家务事情啊，其实没有什么对错，只是错在把不同生活习惯的人硬凑在一起而已。"

"你说得倒也没错，不过现在我不上补习班是解决了燃眉之急，那父母终归要老的，等老了他们还不是要跟子女生活在一起，就你弟弟那样的，要让他照顾你爸妈我看可能性很小，到那时候不硬凑在一起也要在一起住了嘛。"黄小培说叹道，"哎，到时候也是麻烦的。"

苏庆春不认同道："其实我不这么认为，谁说父母老了就一定要跟子女住在一起啊？你确定老人跟子女住在一起就会幸福啊？安享晚年吗？"

面对苏庆春的这个反问，黄小培既惊讶又意外，她没想到一向传统死板的丈夫会说出这样的话，即使黄小培这个平时看来比较前卫思想的人都不敢想的事情，毕竟中国的传统就是养儿防老，父母年纪大了早晚还是要跟子女住在一起，以便照顾。

她瞪大了眼睛看着苏庆春回道："你怎么会这么问啊？我们那边不都是老人年纪大了跟着子女一起生活的嘛！"

"我还是想用鲁迅先生的那句话回你，'一直这样难道就是对的吗？'"

苏庆春说完继续解释道，"我反而认为很多的父母老了，跟子女住在一起生活得根本不舒心，诚然，他们确实老了想要多看看孩子，可是，跟孩子们住在一起会有很多的矛盾，而且他们住在子女的家里总有住在别人家里的感觉。"

"我曾经看到一个报道说我们中国的老年人跟着子女住在城市里根本不开心，甚至抑郁，因为他们首先对城市的生活不习惯，第二是在家里做着事情却老被嫌弃，不做事情更加被嫌弃，就感觉里外不是人，他甚至不知道自己每天要干什么，有时候该怎么坐，坐在哪里？他都会考虑半天，生活得根本不踏实。设身处地想想，假如等你老了，你是愿意跟着轩轩夫妻拘束地住在一起，每天还要考虑孩子们喜欢自己怎么样，自己该怎么样？还是愿意自己住在自己家里，安稳地过着自己想干吗就干吗的日子啊？"

"那肯定是愿意自己自由自在地住在自己家里好啊！"黄小培想都没想就回道。

"所以说啊！换位思考，我觉得老人们跟我们的想法其实应该是一样的。"苏庆春回道。

隔代抚养的无奈

"那可不一定哦,"黄小培不乐观地说道,"我们这一代人都是受了高等教育的,有自己的想法,而像我爸妈和你爸妈这代的老人可不一样了。他们都是典型的50年代的人,年轻时生活在水深火热的日子里的,也是土生土长在农村的,受过的教育本身就很少,思想就更加传统而且固执,就像你爸爸,典型的固执己见的代表,他们我想应该不会这么想吧?"黄小培说完又补充道,"而且我感觉他们不但不会这么想,甚至他们还会认为你的这种想法纯粹就是为了推卸责任不赡养他们而给的托词呢?"

"我从来没有说过我们不赡养老人啊,该给的赡养费我们肯定是要给的啊,只是觉得没必要住在一起互相让大家为难而已啊。"苏庆春反驳道。

"可是话虽然是这么说,即使是爸妈觉得没事,我觉得老家左邻右舍的人看到都会指指点点的啊,他们会说你看他们家孩子都住在外面享福,却把老人留在老家受苦。"

"我觉得你就是太在意别人的观点了,到底是享福还是受罪只有老人自己最清楚了。"苏庆春说道,"你是想要大家表面的夸奖而父母过得水深火热还是父母过得清闲自在呢?真的不必太在意那些闲言碎语的,乡下人,每天没事坐在一起最喜欢做的事情就是八卦,无论你做得多好,都能说出点事情来,这样的言论真的没必要太在意的。"

苏庆春说完又补充道,"我就很认同国外的老人跟子女分开居住的养老习惯,这样大家都不干涉对方,都保持着自己的生活习性,其实很好,老人也可以保持自己的习惯,想要干吗就干吗,想要吃什么就吃什么,想什么时候吃就什么时候吃,子女也不用顾及老人的习惯,等节假日的时候大家一起走动走动,就像亲戚一样,偶尔见见面反而大家都看谁都顺眼,这样其实更加有利于家庭和睦。"

黄小培内心其实并不太认同他的观点，说起来，黄小培虽说县城人，但是却是受传统思想影响最深。但苏庆春既然都说到这分上了，再想着这几天跟公婆之间相处的日常，这一想到要是到老了，他们还是这样跟着自己生活在一起，而且是长时间生活在一起，那她真的是受不了，现在苏庆春的观点无论黄小培认可不认可，从她自己的利益出发，苏庆春的话只有利而无害，她自然不会再反驳了。

"你说的这点倒还真是，住在一起肯定早晚是你看我不顺眼，我看你不顺眼的，别说是隔代之间了，就连夫妻之间都难免有矛盾的，更别说古来就有的婆媳关系了。"黄小培认同道，"或许就是这个居住养老问题吧，不然怎么历代我们国家都有婆媳关系不和睦的说法呢，说白了就是我们的养老观念问题。"

跟着苏庆春的思路，黄小培还分析道："所谓养儿防老，就是老了要跟着子女生活在一起，这一开始啊，就是我们搞错了，或者误读了，认为养儿防老就是老人老了子女就一定要亲自来照料，其实赡养的方式很多种，只是我们自认为赡养就是老人跟孩子住在一起。"

"对啊。"

话说到这里了，黄小培又想了想说道，"不过呢，说是这么说，这不要生活在一起是简单，首先，这老人能有这么高觉悟的就很少，再者说，现代的年轻人有时候也确实是离不开老人啊，这是个双重命题呢。"

"你说的国外的养老方式我也理解，他们存在就有他们的合理性，而我们的这种传统观念存在也有它的合理性。"

"怎么说呢？"苏庆春反问道。

黄小培解释道："你看啊，我们中国的国情是大部分家庭都是双职工家庭，这个你不可否认吧？"

"嗯！"

"可国外呢，很多家庭都是女人在家全职抚养和教育子女，有更多的时间花在家庭上，那么这样在孩子小的时候，他们根本不用操心孩子教育的问题，而我们这样的双职工家庭就没有办法兼顾了。"

黄小培终于还是把话题引到了隔代照顾孙辈的问题上来了。

"你看看现在的孩子们，幼儿园还好，这小学读书下课都多早啊，没有一个全职的人根本没办法接送孩子，所以才会有之前我说的晚托班的合理性，可你非得不认可，还硬说是教师们有意补课赚钱，其实真的是现在的无奈不得不让孩子们晚托，不然那些家里只有双职工的父母不可能去接孩子下课的。"

"而我们之前能没有那个烦恼，是正好我工作的特殊性，上下课时间跟他们差不多，加上学校之间又离得近，才没有接送孩子的烦恼，但是大部分人的是做不到像我这么早就下班的。"

"像这种情况下，要是家里的老人不帮衬着接送下孩子，那就只有让其中一个人不工作了，"黄小培剖分析道，"可是，你看，现在我们的这个社会生活压力多大啊，谁不是房奴，车奴啊，还有孩子的教育费用都非常的高，要真让一个人全职带孩子那经济压力太大了，除非都跟涂西西的爸爸一样，是个大老板，那还有可能做到。

"这又引申到了另外一个话题，要是真不工作，谁不工作啊？那我想大部分家庭都是女人不工作，毕竟女人的工资待遇比男人还是差些，而且更加善于操持家庭事务，可是你想想为了家庭而牺牲工作在家里做全职太太的又有多少是幸福的呢？

"我听的太多了，也看到太多为了家庭放弃事业为家庭付出了一切，等孩子大了，要出来工作的时候发现自己被社会淘汰了，还要面临被丈夫嫌弃甚至出轨的风险，更加是得不偿失啊！

"我们国家离婚的成本太低了，社会诱惑又大，根本没有几个男人能够真正理解女人的付出，这个时代对女人太不公平了，要求太高了，如果你选择成为一个职场女性，就会有人说你是个糟糕的妈妈，如果你选择成为一个全职妈妈，又会有人觉得这不算是个职业，甚至有无数个潜在风险，现在是女人也都是受过高等教育的，她们会衡量利弊，很多时候女人还是不愿意放弃工作在家带孩子的。

"那两夫妻都工作了，孩子怎么办？"黄小培说道，"说到底，这时候还不是要老人来帮着带孩子啊？这就是我们这个时代隔代抚养的无奈啊，父母跟着子女住在一起照顾孙辈还算是好的，像你侄女子涵这样的直接跟着爷爷奶奶生活的留守儿童更加可怜，但是这在我们国家却不是少数，而子涵更不是个例，据说现在留守儿童都有几千万了。"

黄小培边摇头边说道，"我们国家儿童总人数才多少啊？相比起这个数据实在是太多了，可这就是现实啊。"

怨恨渐消

黄小培的话不无道理，苏庆春之前一直只想着国外的养老方式如何好，是未曾考虑中国的实际情况，确实老人养老跟子女住在一起，还有一个原因是帮着子女带孩子，这样的抚养关系，自然会导致父母到老了自然而然地会认为要接父母到身边来。

还没等苏庆春说话，黄小培又说道："这就是我们的现实，其实都不是单一来说的，都是很复杂地牵扯在一起。"

"制度和传统思想就是如此，不像国外，人家很多国家的女人在家里做家庭主妇是被认可是一份工作，丈夫发的工资都是打到妻子的卡里，而且离婚不但要分家产还要给到老的抚养费，如果我们国家也能做到这点，我想是会有很多女人还是甘心离职在家里为这个家庭付出的。"

"其实你说得也没错，女人辞职在家里带孩子是有很多问题，在女人那边有很多风险，而站在男人的角度，其实也是有问题的，至少女人辞职在家，那么男人的经济压力一下子就变得很重了，"苏庆春认同道，"你说这个社会对女人不太公平，其实不只是对女人，男人也很惨的。"

"我们的国家男人没有一个像女人一样的外在所谓的'更年期'，女人做得不好，赚得少，自然会认为女人本身就该这样，而男人则不同，似乎他天生就该比女人赚得多，且多很多才算是对这个家庭负责，但是社会分工其实是差不多的，导致男人在工作上面压力更加大，这时候他们只有自己独自悄悄地度过'中年危机'，独自忍受各种压力，这种痛苦其实是女人无法想象的。"

只听过女人抱怨不公平，黄小培还是第一次听说男人抱怨的，苏庆春的这话说得也有些突然，让黄小培很是意外，她也从未有过苏庆春这般的角度，也从来没听苏庆春说过所谓男人压力的事情。

她想着苏庆春最近是不是工作压力太大了，才会有这样的感叹。

于是她疑惑地问道："你这说法倒是很清奇的啊，我还是第一次听人这么说，怎么你会有这样的角度啊？是不是最近工作不顺利啊？"

"没什么，只是随口那么一说而已，这话题扯远了，"苏庆春连忙结束了话题。

苏庆春因为学历、背景普通，在医院一直压力很大，现在师傅的退休，蔡主任的不重视，更加让他喘不过气来，自然会有这种感慨。

可是这一切黄小培都不知道，苏庆春也不想说，只是话赶话说到了这里有感而发而已。

现在面对黄小培的质问，苏庆春明显知道自己说多了，他的压力是黄小培分担不了也解决不了的，说多了只会给黄小培徒增烦恼，所以他只有赶快结束了不该说出来的话题。

而后苏庆春连忙转变画风，意味深长地说道："小培，其实说起来，这次我要感谢你这次的坚持。"

"感谢？什么意思啊？"

"我之前不支持我爸妈来上海其实不光是因为怕我们和老人之间生活上有摩擦，还有一些自己是私心，我这心里啊，对父母接来上海住其实一直都非常的矛盾，一边是想着接父母过来，他们年纪也大了，多孝顺孝顺他们，但是一想到以前的那些事情，心里又过不去。"

"这回他们来了以后，我这心里的疙瘩，一下子感觉消了很多，或许以前只是我自己跟自己过不去而已，现在父母真的在旁，特别是我爸爸，我能够感觉到我的内心其实根本没有自己想象的那么讨厌他了。"

"呵呵，那是肯定了，毕竟是自己的亲生父亲，哪里有那么多的恨啊。"黄小培笑着说道。

经过这番聊天，黄小培这心里似乎也身心舒畅了许多。

"过去的事情都过去了，无论有多少不愉快，就让它过去吧，你也别再为难自己了。"她还劝说苏庆春来了。

"嗯。"

苏庆春刚要说话的时候，听到外面喊道："吃饭了！"

"我妈这么快就做好饭了。"

"是挺快的啊。"

"那吃饭吧！"

"嗯"

两人不约而同地站了起来。

而后黄小培连忙说道："对了，我刚刚说的事情你尽快跟你妈说下。"

"什么事啊？"

"还能有什么事情啊？一个是你爸爸什么时候回去的事情，还有就是暑假他们不用来的事情呗。"黄小培白了苏庆春一眼，一脸嫌弃地看着他说道，"合着刚刚说了这么多你就忘记了？"

"呵呵……没有，只是一下子不知道你指什么事情嘛！"苏庆春笑着解释道。

"你不是不好意思问你爸爸的事情嘛，正好两个事情一块说，这样也好点。"

"知道了。"

"千万别说是我要问的啊！"这时候黄小培还不忘别人的眼光。

"行了，我会看着实际情况见机行事的。"

"那就好。"

"走吧！"

苏庆春实在是觉得黄小培太啰嗦了，就这样的事情交代半天，其实该怎么说他心里早就清楚了，也不可能没事找事说是黄小培执意要问的问题，她们婆媳关系好对他来说比她们自己看的都重要。于是便先走出来房间。

苏庆春刚出门便碰到了母亲何美珍。

"诶，就起来了？我刚刚还想去你房间喊你吃饭呢。"何美珍说道。

"哦，刚刚你喊吃饭的时候我就听到了。"苏庆春没讲自己压根没睡，也是怕母亲又在身边唠叨要多睡觉的事情。

"呵呵……我刚刚声音是不是太大了啊？把你吵醒了。"

"没有人声音大，只是我睡得浅而已，"苏庆春说道。

说完苏庆春继续往餐厅走，只是何美珍并没有走。

"妈，走了，吃饭去了，你还愣着干吗呀？"

"我去叫小培吃饭。"

"不用叫了，她知道吃饭的，马上会来。"

何美珍看了一眼书房还没有人出来问道："你叫了小培没有啊？"

"叫了啊，走吧！"

苏庆春说着便拉着母亲走。

这时候本来是两母子很好的相处机会，苏庆春刚想说话，苏子涵突然蹿了出来。

"奶奶，我好饿啊，给我盛饭。"

"哦，好的。"

说着何美珍赶忙跑去厨房了。

绝佳的机会就这么错过了。

先下手为强

自从苏铁军来到家里以后，黄小培和苏庆春吃饭就比原来快了许多，这主要归功于他们实在是看不习惯苏铁军的饮食习惯。所以就只有自己吃快点，早点离开餐桌，眼不见为净了。

他们两夫妻在这件事情上倒是非常有默契，黄小培还是如往常一样，开饭前先帮女儿苏子轩把饭菜都夹好，自己也把要吃的提前夹到碗里，吃完不管还饿不饿这顿饭就算结束了，她绝对不会再盛第二碗饭而重新夹被大家乱翻的菜，这倒是给了她一个很好的控制饮食减肥的机会。

而苏庆春这边，倒是没有那么刻意，他是有些看不惯父亲的习惯，但是毕竟是自己的爸爸，几十年的习惯他早就适应了，吃饭快只是因为他在医院工作，平时工作忙吃饭都是跟打仗一样，习惯了快速吃饭，这样的环境下，饭后他自然不可能还待在桌上看着自己不想看的景象了，逃离是在所难免的，也是情有可原。

今天，他们两夫妻在大家才刚开饭不久便前后不到一分钟就都放下了碗筷。还不约而同地一同回了房间。

而在一旁吃饭的何美珍见状，也放下了碗筷，紧随在他们后面。

这边黄小培回房刚关上门，便听到敲门声。

"欸……这谁敲门啊？"她好奇地看着苏庆春问道。

苏庆春也是一脸懵，刚刚脱了的外套马上又套了回去。

黄小培连忙开门，只见婆婆何美珍满脸笑容地问道："还没睡吧？"

"哦，还没呢，这刚吃完饭没这么早睡，"黄小培问道，"妈，你也吃完饭了？"

"哦，我吃完了。"

"这么快！"

说完她转身看了一眼苏庆春。

两夫妻对何美珍的到来都是纳闷不已，何美珍平时吃饭的速度他们是知道的，这速度确实是太快了，而且即使她吃完了饭，不应该是在喂小侄女饭吗，即使是饭喂完了，那不应该是去洗碗吗，为什么会来他们房间呢？

这点实在让黄小培疑惑不已。

"妈，有事啊？"同样疑惑的苏庆春主动问道。

此时的何美珍已经走进了房间，不过狭窄的空间，只够她走两步就被堵在了床前。

"呵呵，是有点小事想找你们商量商量。"何美珍就站在床前笑着回道。

听到何美珍说有事情找他们，两人不约而同地交汇了一下眼神。

"来，妈，您先坐。"

苏庆春让何美珍坐到了床沿上。

何美珍原本想坐下的，但是刚一屈身，发现自己身上还有围裙，连忙又伸直了腰板回道："不坐了，说完我就走了。"

"哦，那您说吧。"

何美珍刚想说，她看了一眼站在一旁黄小培，说心里话，其实黄小培站着，她还真有点不敢说。

于是她说道："小培，你们坐吧，我说点事情就走，子涵她还在等我喂饭呢。"

黄小培马上意识到了婆婆的不自然，连忙坐了下来。

而苏庆春看着妈妈拘束样子，连忙说道："妈，没事，您说呗。"

"这事情说起来呢，说是大事也不算大事，说小事呢，它也不小，所以我想趁着你们两个人都在，跟你们两个一起商量下。"

何美珍这会子倒是打起了哑谜来。

不过听着母亲这话，苏庆春倒感觉应该有大事，不然以母亲的性格，应该会先跟自己商量下的，现在他都蒙在鼓里，看是真有事啊。

"是有什么重要事吗，您说嘛。"苏庆春连忙问道。

"事情其实，怎么说呢？"何美珍这会又欲言又止，而后还微微咳了一下，以缓解尴尬。

"妈，你有话就直说呗，我们都是一家人，有事情没必要藏着掖着。"黄小培看着婆婆进来半天，支支吾吾也没说出个事情来，有些急了，说道。

其实何美珍进来就是说事的，只是没听到儿媳妇黄小培发话而已。这回听到黄小培终于说话了，她连忙回道："小培，你说得对，我们都是一家人，有事情就要大家一起商量的。其实事情是这样的，原本我和你爸爸刚刚来的时候是计划他带着子涵只来玩几天就回去的，毕竟子涵那边也要上学的嘛。"

"对啊！"苏庆春回完看了一眼黄小培。

"可是你爸爸他这两天也不知道哪根神经搭错了，说不想回去了，说是回去他一个人也不知道怎么照顾子涵，我当时就拒绝了，但是后来一想，你爸爸说得也对，他那个人莽子你也是知道的，平时是连扫帚倒地了都不扶起来的人，他哪里能带得了子涵啊。

"想着把子涵放到她外婆家吧，现在农村又碰到了农忙时间，你姑妈家里也是很忙的，根本没时间照顾子涵的。

"而且你爸爸是什么样人你也知道的，他只要决定的事情，别人就很难劝服，我昨天就说了，他就是一口咬定我在上海他也要在上海。"

黄小培和苏庆春一听，面面相觑，黄小培的眼里不止是惊讶，还有对苏庆春的质疑，她甚至在怀疑这件事情是不是老公跟婆婆串通好的来诓自己。

不过她看着苏庆春也一脸懵的样子，猜测他是真的不知道的。

何美珍是个聪明人，这事情其实她原本完全可以关着门跟自己儿子先商量一下，看下儿子的态度，再让儿子跟媳妇商量下。但是她并没有这么做，而是直接当着儿媳妇的面就把话说开了。

她这样一个是怕儿子为难，二个是她知道儿媳妇是个要面子人，这件事情她心里即使再有不满意，一般是不会当着大家的面直接拒绝的，说白了这件事情，她当着儿子两夫妻一起说，其实就是做好了留下来的准备了。

而黄小培这边一听就不对了，原本她还想着让丈夫问公公什么时候走的事情，现在倒好嘛，婆婆先下手为强了，别说是什么时候走了，她直接说留下来了，这怎么让她问走的事情啊，婆婆何美珍唱的这一出，不是直接把她的想法给堵死了嘛。她这心里啊，一下子火不打一处来。

生活挺甜
（下）

徐焰 著

上海文艺出版社

166
无奈接受

虽说心里有一团火,可面上黄小培还是笑着说道:"妈,爸爸这想跟您一起住在一起的想法我是理解的,毕竟你们两位一直生活在一起习惯了,这一时间分开还真会有些不适应。"

"不过,这子涵跟您刚刚说的一样还在上着学呢,现在才5月份,就直接不去了不太好吧?是吧?庆春!"

黄小培说完把话转到了苏庆春这边,她希望丈夫赶紧帮她回绝了。

"是啊,妈,子涵这还有1个多月的课要上吧?"苏庆春也连忙意会地呼应道。

"这个我知道,当时我也是这么考虑的,不过你爸爸说得也对,这子涵才多大啊,才幼儿园,上课跟不上课一样,她上课你以为能学什么啊?还不是在幼儿园里玩,"何美珍说道,"不去就不去了吧,还能省一个月的学费呢。"

何美珍这回复的,让作为人民教师的黄小培真是哭笑不得啊。

"妈,你这话就说得不对了,这去学校和不去学校肯定不一样了,即使是幼儿园,那在学校里怎么说也能学点知识,即使是您说的在玩,那耳濡目染,老师讲的一些知识怎么说都可能听一些进去的。"

"小培,你不知道,我们镇上的幼儿园,就教教跳舞,玩玩玩具什么的,不像上海这边,学不到什么东西的,"何美珍解释道,"这幼儿园就是费钱的,以前莽子和子涵他们爸爸那时候不都没读过幼儿园还不是照样读一年级啊!子涵他爸爸自己不争气就不说了,莽子这不读幼儿园不一样考大学啊,所以说这幼儿园读不读都一样。"

"这以前跟现在怎么可以一概而论呢,以前是幼儿园本身就没有大范围普及,大家上一年级的时候其实知识水平是差不多的,可是现在不一样啦,别说幼儿园了,现在读一年级是要考核的,很多家长为了迎接这个考核，都在想方设法给孩子报幼升小的衔接班。"黄小培说道。

现在黄小培能想到的唯一突破口也只有子涵这里了，自然是要据理力争的。

"小培，你说的都是上海吧？我们镇上不都是这么报一年级啊，没听说读个一年级还要考试的呢。"

何美珍其实已经听出来了黄小培的意思，但是黄小培直接把话说清楚还好，现在拐弯抹角地说读幼儿园的事情，她就有些不高兴了，何美珍对孩子的教育其实还算是很上心的，现在黄小培这么说，那岂不是在说她对孩子教育不重视嘛。

何美珍这一辈子没什么拿的出来的，唯有自己对孩子教育的这件事情上，她觉得是最值得说的，毕竟当年就是因为她的坚持，儿子苏庆春才能成为村里第一个大学生，这件事情一直是她值得骄傲的事情。

现在黄小培不就是在说她不懂孩子教育嘛，这是在践踏她最骄傲的事情啊，她自然不乐意了，虽然苏铁军说的那一套孩子读书不读书都一样她不认可，但是在她看来幼儿园读和不读相差不大，至少在他们镇上是如此，别说他们还给子涵按照年龄去上了幼儿园的，在她老家有很多父母在外地，带着孩子这边读读，那边读读，偶尔换了地方又不上的，或者跳着读的都是常事，也没见说因为这些一年级不能报名的，这件事情就让她觉得黄小培有点拿着鸡毛当令箭，太刻意了。

而在一旁的苏庆春听着两人的话，明显闻到了一丝丝火药味。

"妈，其实小培说得也没错，我们以前跟现在不一样了，孩子读幼儿园肯定是会学到东西的，但是按您说的，就请个把月假，倒是也不会落下什么知识，毕竟孩子现在也不大，学校应该教的东西也不多。"

苏庆春倒是会说话，谁也没得罪。

何美珍听到儿子的话以后，倒是非常高兴，她得意地回道："是啊，我们也没说不给子涵读幼儿园，是说请个把月的假影响不大。"

此时，看着自己明显落入下风的黄小培白了一眼丈夫苏庆春。

"不过，妈，我觉得子涵这个事情，也不是这么简单的，假如不去的话，庆福那边应该也不好交代吧？"苏庆春连忙又补充道。

黄小培听到丈夫的话，就像抓住了救命的稻草一样，连忙呼应道："庆春说得对啊，庆福他们才是子涵的父母，他们才有权决定子涵是否要请假啊。说实话即使是我们觉得子涵请假一个月没什么，这要是庆福两口子知道了，他们该怎么想啊？"好不容易又找到了说辞，黄小培是要抓住机会的。

"子涵毕竟是他们的孩子，他们听说子涵为了玩，要请一个月的假，肯定是不会同意的。"而后，黄小培又补充道，"到时候他们两口子肯定会怪我们做大伯大妈的不懂事，为了让孩子能够在上海玩，硬是让她不上课的，那可真是不太好了。"

说完，黄小培还有些得意，毕竟作为父母，哪个会同意孩子为了玩请一个月的假啊，所以这话一出，黄小培是胸有成竹，甚至都想好要是婆婆还是推三阻四的话，她就当场打电话给庆福。

不过，何美珍一脸淡定地回道："庆福那边我也考虑了，所以我昨天听你爸爸说这事情后，晚上就打了个电话征询过他们两夫妻的意思了。"

"他们怎么说？"黄小培追问道。

"庆福说的跟你爸爸一样，说没关系，愿意住多久就住多久。"何美珍回道。

"那你问过她妈妈了吗？"黄小培还是不死心。

"问了，她妈妈就在旁边，也同意。"

黄小培一听，彻底没辙了，这结果实在出乎她意料之外，在她的意识里，哪有父母不是拼死拼活地要自己孩子赢在起跑线上，能多学点东西就多学点东西啊，别说是子涵现在这个年纪，她自己的女儿自3岁起，她就给她开始报各种跳舞啊，口才等补习班了，生怕轩轩落在人后面。

其实这件事情黄小培的思路没错，失算就失算在她没考虑到她的小叔和弟媳是初中都没毕业的人，他们对孩子的学习是没有任何概念的，甚至是读书无用论者，不然弟媳也不会没上班，也不带孩子在身边受教育，而让孩子放在小镇上跟爷爷奶奶在一起，过着想学就学不想学就不学的日子。

事情已经说到这分上了，此时的黄小培已然找不到任何理由拒绝了。

苏庆春，作为儿子，母亲提出来父亲想在自己家里多住一段时日，这也无可厚非，不可能拒绝的。

何美珍的如意算盘算是达到了，儿子儿媳妇都没有拒绝，他们就这样安稳地住在上海了。

考博提上日程

转眼一个月就这样过去了。

这个月里,苏铁军继续过着自由散漫且小心眼算计儿子儿媳的日子,不过他不像之前那般每天就知道待在家里看电视了,某天他路过彩票店,发现门口挂着横幅写着本店于某日中奖 300 万的信息,从此他都是雷打不动地去那家店买彩票了。

何美珍则每天任劳任怨地照顾着这一家的吃食,偶尔呢,催催儿子媳妇生二胎的事情,虽说每天看着儿媳妇的脸色过日子不舒服,但能够跟儿子住在一起她还是非常的高兴。

黄小培这边呢,因为婆婆和公公继续在上海,虽说在生活和饮食习惯上公婆的行为几乎没什么改变,即使有苏庆春在一旁劝说,但是黄小培也依然无法理解他们的习惯,不过婆婆的到来,让一直过着家务几乎全包的黄小培彻底从家务活中解脱出来了,这点黄小培是十分高兴的。

现在下班以后的黄小培终于体会到了多年未曾体会过的惬意——回家就有饭吃,房间有人打扫,只需要管管孩子作业。

如此清闲舒适的日子她想想也很美的,这要是一时间婆婆走了,让她继续干活,她还真有些不习惯了,再加上她领了第一个月的补习班发放的额外收入以后,就更加舍不得割舍这额外的惊喜了。

公婆来了以后家里的支出也确实多了很多,但是跟这份自由和成就感比起来,她慢慢还是感觉能包容的,所以她后来也没再跟谢敏提暑假补习班散伙的事情,现在临近暑假,谢敏那边已经如火如荼地操办起自己的小事业了。

总的来说,这个小家庭偶尔还是会有些矛盾,但是大家各自都有自己的底线和隐忍点,所以表面上还算是相安无事。

而这个月的苏庆春可不像他们那么轻松了。

这个月医院里也发生了不少的事情，对于他则有两件特别重要的事情让他揪心不已。

第一件事情就是他心心念念的今年职称评审结果出来了，果然不出大家所料，他还是没有评上主治，反而是跟他调换工作组，入职两年左右的李敏博士评上了主治。

无论是在医院的资历还是手术的技能，李敏都是没办法跟苏庆春比的，不过，李敏是博士，他是硕士，李敏有一份高分的SCI，而他只有几个分数不起眼的SCI，数量是比李敏多很多，但是人家评委看重的并不是数量，而是质量。

这件事情对苏庆春的打击是比较大的，所以自从结果出来以后，苏庆春就开始考虑好友陆飞虎的建议了，一是从在职博士着手，第二就是考虑是不是该跟医药公司合作了，其实苏庆春手上一直有一个很好的研究课题，只是苦于没人去做实验，所以一直搁浅了，现在分数的打击，让他开始不得不考虑是否要采用他之前看不起的方式了。

当然这段时间给他打击比较大的不光是职称没有评上的事情，另外一件事情就是蔡君梅对他的态度。

上个月因为苏庆春晚上值班的那个急诊手术，他以为会得到蔡君梅的认可并且开始重用他，可是令他没想到的是一切都未曾变化，他还是一样在组上就跟独立出来一样，自己做自己擅长的手术，而四级手术大部分都是蔡主任带着组上入职不到1年的博士和其他进修甚至轮转的医生做，这实在让他费解和苦恼。

苏庆春在想，或许这件事情又认证了陆飞虎的另外一句话，博士终归还是医院的重点培养对象，无论自己在医院资历多久，工作多努力，技能多出色，依然敌不过人家是博士这个现实。

这天，苏庆春带着自己的师弟江况刚刚从手术室出来，这台手术还是他擅长的宫腹腔镜手术，而此时隔壁手术室里则是蔡君梅在做的另外一个四类手术。

本来苏庆春自己不上台，是会去观摩一下的，但是一想到这些天发生事情，早已经没心情去观摩了。

苏庆春对这些四类手术说起来其实还是比较熟悉的，他不去观摩也不算什么大事情，可是作为规培医生的江况，其实这样的手术还是比较少见的，一般都会去观摩，可是今天令苏庆春意外的是江况也没去，而是跟着他一起进了回病房的电梯。

苏庆春好奇地问道："江况，你怎么不去4号手术室观摩啊，听说今天是台大手术，你可以去看看，上面我在就行了。"

"师兄，我还是在上面看着吧，而且今天也没心情去看。"江况蔫蔫地回道。

江况做事情一向比较积极，性格也乐观开朗，平时都是嬉皮笑脸的，很少看到这样情绪低落的时候。

于是苏庆春关心地问道："江况，最近看你好像情绪都不是很高啊？这不太像你啊，怎么了？"

面对师兄的问询，江况也没有隐瞒，回道："哎，师兄，我最近确实心情不太好。"

"怎么了？"

"哎……一言难尽！"

苏庆春也不是个刨根问底的人，既然师弟不愿意说，那他也不会多问。

最近苏庆春因为发生的那两件事情，让他考在职博士的事情已经提上了日程了，不过距离他上次考博已经是十年前的事情了，现在他网上查了一些信息，发现跟自己原来的制度还是有很大不同，本来一直想着江况这两年都在考博，对这些信息肯定很熟悉，就想找机会问他的，可是苦于一直很忙，总是忘记问了。

今天正是好机会，不过话刚到嘴边，他突然想起来之前江况说自己博士复试的时间应该就是这段时间的，于是他先问道："哦，对了，江况，我记得你之前说博士面试就是在6月份的，到时间了吗？"

"到了。"

"那结果出来了吗？"

"出来了。"江况弱弱地回道。

听到这个回复，苏庆春再想想他最近的表现，已经能猜出了这博士面试的情况来，但是他还是问了句："哦，出来了，那结果怎么样啊？"苏庆春说完还补了句，"你看我最近工作忙得也忘记问你这个事情了。"

"呵呵……师兄，没事，"江况苦笑着回道，"反正也没过。"

"是哪个学校没过啊？"苏庆春记得江况这博士初试是过了两个学校的，所以为了保证自己信息的准确性，他还是详细地问了下，毕竟这师弟考博其实也是大事。

各有各的难处

"华科的我就没去面试,没过的是我们学校。"江况回道。

"啊……?华科你干吗不去啊?"

苏庆春惊讶不已,之前他倒是听江况说过一嘴,但是当时只当他是开玩笑,或者在苏庆春看来,其实为自己找说辞而已,他没想到江况真的没去。还没等江况解释,苏庆春又说道,"华科不是也挺好的嘛,有很多专业其实比我们学校还强呢,而且我记得你家里不就是武汉的啊,去那不是刚好离家近嘛。""而且武汉也是新一线城市,九省通衢,交通等各方面都便利,我前段时间还听说你们那里对优秀人才也非常好,特别是那边的科研院所也很多,感觉完全不比我们这里差啊。"

工作多年的苏庆春其实是说出了这么多年来自己的心声,上海毕竟不是他的老家,多年来,他也没有太多的归属感。

"师兄,我知道华科是很不错,不过慧慧不是在我们医院嘛。"江况淡淡地回道。

"这小陆在我们医院跟你去华科没什么必然的关系吧?"

江况无奈地解释道:"他们家就她一个女儿,是不可能让她离开上海的,而且她也是难得进我们医院,工作也挺稳定的,我不想让她放弃这里。"

江况去华科读书就意味着陆慧慧也要离开上海,离开医院的说法,苏庆春听着就更加不能够理解了。

他又追问道:"江况,你这华科读书,跟小陆在医院工作,离不离开上海应该都没有直接关系吧?怎么你说的感觉你去华科读书,小陆就一定要辞职跟着你一块去一样呢,你完全可以去那边读博士,毕业了再到上海找工作的嘛,这样小陆也可以继续在我们医院上班,你也不耽误读书的啊,至于以后会不会继续在我们医院工作我觉得就没必要强求,只要都在上海就好了啊。"

苏庆春说出来自己的想法。

"哎……这事情说起来更加复杂了。"江况顿时眉头紧锁,低头细语地回道。

此时两人已经下了电梯,来到了科里。

苏庆春看着江况那样子,本不想再问了,不过此时的江况可能心里也憋了太多的事情,没处说,正好碰到师兄问,便一诉衷肠了。

"师兄,你可能不知道,其实我爸妈一直都非常想要我考武汉的,我是独生子女,硕士的时候就想我回去,但是我保研了,没办法就让我在上海读了硕士,后来我考博他们就天天打电话让我报家里的学校,我就是迫于他们的压力才考了华科。"

"那你爸妈这样的想法也没错,父母肯定希望子女离家近点。"苏庆春回道。

"我知道,但是这里不是有慧慧嘛!"江况说完继续补充道,"师兄,你刚刚说得倒是没错,我是可以到华科去读博,到时候再回上海工作,但是你说的这些其实都是理想化的。

"一来是我爸妈都是事业单位的,他们本来就不太喜欢自己未来的儿媳妇是个护士,毕竟护士和医生都很忙,以后结婚了家庭好难兼顾,他们还是希望我找个朝九晚五的老婆,以后可以方便照顾家里,现在我跟慧慧还谈着恋爱呢,他们都隔三差五地张罗给我介绍对象,这要是我回了武汉,我爸妈八成是不会再同意我再离开武汉找工作的,"江况慢慢说出了自己的无奈,"另外呢,即使是到时候我冲破了我爸妈的百般阻挠,毕业了就来上海工作,那慧慧那边呢?"

"她又会等我吗?"江况表情凝重地说道,"这个我真的不敢确定。"

"应该会吧,小陆虽然看着大大咧咧,但是跟你的感情还是很好的。"苏庆春说道。

"即使慧慧肯等我,她爸妈呢?"江况不乐观地自问自答道,"慧慧她也是独生子女,今年她都27岁了,我也28岁了,她爸妈一直都催着我们赶紧结婚,她爸妈都不知道我报考了武汉的学校,要是听说我要离开上海三年,他们还会同意慧慧等我三年吗?"

"而博士科研又不是想做出来就能做出来的,我自己又能保证一定能在三年内准时毕业吗?

"说实话，这个我也不敢肯定，我只能说是自己全心全意地付出，努力去做，但是科研这事情本来就有很多未知数的，哪有说付出了就一定有结果的啊！

"别说毕业的事情，现在社会这么浮躁，我们的感情我又不能打包票不会因为距离和时间而改变，真的，我真的不知道，我刚刚说的这一切其实都是未知数。

"所以之前跟师傅说的那些话其实不是开玩笑，我是从一开始就没打算回去华科读书的，只是给我爸妈一个交代而已。"

江况面色凝重地一连说出了好几个问题，苏庆春这才明白一向乐观积极的江况，原来也有这么多烦心的事情，这一切，以前苏庆春从来都没听他说过，他只知道江况和陆慧慧，这两小年轻平时看着感情不错，一直以为两人过得顺风顺水，从未想过他们之间原来还有父母的阻挠搁在那儿，原来真是各有各的难啊。

不过话又说回来，这么多的阻碍和诱惑，江况还能保持对陆慧慧的坚守，而且江况能够在通过华科的初试都不去复试，也足以看出他的勇气和决心了。

现在能够对爱情如此坚守和忠贞的人真的不多见了，此时苏庆春看着江况倒有一些佩服了。

不过因此而失去了华科的机会，作为师兄苏庆春也替江况感到遗憾，特别是他体会过自己硕士常年被博士碾压的日子的时候更加觉得错失这个机会太可惜了。

可那又如何呢？每个人有每个人的选择，他也只能尊重。于是他无奈地回道："哦，原来是这样的啊，这确实是一言难尽啊。"

"是啊，所以我这次考试是孤注一掷，把宝都押在我们学校了，可谁又知道会是这样的结果啊？"

"那我们学校的结果大概是什么时候出来的啊？"

"就是前几天吧。"江况回道。

"这么大的事情，怎么之前也没听你说过啊？"

"嗨……这种事情也没什么好说的，反正都没过，说了也没什么意思，说多了都是泪啊！"

此时苏庆春也能明白江况的感受，确实本来就没过，也不是高兴的事情，难道到处说唱啊。

申请制

苏庆春现在能做的也就是轻轻地拍一拍江况的肩膀以表安慰了。

"今年没过也没事,不还有明年嘛,你反正好小,明年再考嘛。"

"不小了。"

"你还小,真的,你这个年纪是最好的年纪,那些30多岁辞职去考博的人还大把的有,别说30多岁了,现在甚至40岁的人了都有考博的,所以跟他们比起来,你其实还是有很多机会的,别气馁!"

苏庆春就差说自己这个年纪实在是因为家庭的原因,不然还真想也脱产去考博,但是生活不允许啊。

可这些心里话他是不会说出来的,苏庆春不像其他人,心里爱藏事,很多事情都不愿意去说。

他其实还是很羡慕现在的江况的,同样是被女朋友牵绊,但是不同的是,江况其实还是有选择的,至少家里那边经济是支持的,可以让他来年再战,不像自己当初,即使是考到了都没得选,只有尽快就业这一条路可以走。

相比起自己,江况又是何其的幸运呢。

可人就是这样的,没法比,从一出生就注定了不公平,这点苏庆春长到这年岁了,还是懂得这个道理的。

说完,苏庆春似又想起来了什么,连忙问道,"哦,对了,那你面试的时候没找过师傅帮忙吗?"

"怎么说师傅在我们医院也工作了这么多年,那些博导其实说起来还都是师傅的后生,怎么着师傅说了肯定会给师傅一些情面的。"

"找了,但是也没什么用啊,你关系硬,还有比你关系更加硬的呢,"江况苦笑着说道,"而且我报的博导也不是我们医院的。"

"哦,这样啊,"苏青春问道,"那你怎么没报我们医院的博导啊?"

"我们医院的博导好少,机会更加小,所以就没报。"

"那倒也是。"

"哎!现在是一年比一年难了。"

"为什么啊?"苏庆春追问道。

"其实这次我面试没过主要的一个原因还是因为现在学校开始搞申请制考核了,因为留给了申请制博士名额,所以留给考试的学生名额越来越少了。"江况说道。

"申请制?是什么意思啊?你是说直博吗?"

"不是直博哦,这是一个新出来的规定,就是有一个标准,只要条件合格的人,可以不通过考试,直接申请就可以读博士了。"江况解释道。

"啊?现在还有这样的规定啊?"苏庆春惊讶不已,因为在他印象中,博士不都是要通过考试才可以的嘛。

"是啊,这个制度刚刚出来不久的,现在很多名校都开始实行了申请制,你想每年招录的名额又没增加多少,可是现在的形势是每年考博的人数是越来越多,我们学校又每年基本都是国家线,也就是英语分数高一些,但是过线的人还是非常多的,这样一来,申请制的制度一出,把考试的名额一下子就占用了很多,那通过考试这个途径录取的机会是越来越难了。"

"那你不可以也通过申请吗?"苏庆春问道。

"我的条件还过不了。"

"有什么条件啊?"

"条件挺多的,比如发的文章,各种吧,具体我也忘记了。"

"哦,"苏庆春问道,"那这个其实还真有点碰运气,要正好自己报的导师没多少人报名,这个机会才大点。"

"是啊,考博有时候真的靠点运气的,我一个考场有一个人外省人,考我们学校考了5年,我真的挺佩服他的,每年都过线,但是每年面试的时候不是碰到博导有自己直博的学生,就是博导自己本身有很多学生过线,基本没什么机会。"

"那个人确实是运气很差啊,这样说来,过了初试是靠本事,过面试真是运气更大一些啊。"

"是啊!"

"不过你反正读本校的,可以提前多方打听下嘛。"

"我报的那个博导是个领导，我接受了去年的教训，还真的特意去打听了，他每年会招收2个学生，可是谁想到，又碰上他已经有一个申请制的名额给了出去，本身过了初始线的就好几个人，还有一个是他自己的学生，那我们能怎么办啊？真的太激烈了，没办法啊。"

"哎！那倒也是，自己的学生肯定是会优先考虑的，这事情也不能怪师傅了。"

"嗯，我也理解，也没怪师傅，这真的是我自己的运气问题。"江况无奈地说道，"经过这两年考试我也算明白了，这考博啊，应该顺其自然，真的也不能太轴，一条路走到黑，或许我该想想有没有别的出路了。"

"别的出路？"苏庆春疑惑地问道，"什么意思啊？"

"在医院规培这两年我也知道是留不下来的，明年再考不上博士，那我还能干吗啊？肯定是找工作了，与其明年找工作，我还不如现在看到有合适的先去试试吧。"

"你这样想也是没错，做两手准备肯定是要好的，"苏庆春继续说道，"不过以我这么多年的经验来看，这考博啊，真的是我们学医的必经之路，我建议你到什么时候都不要放弃，不要到时候跟我一样，评个职称都评不下来。我吃亏就吃亏在学历上。"

"师兄，你现在除了职称之外，我觉得都挺好的啊，你看你的宫腹腔镜技术这么好，在我们医院都是数得上数的，多厉害啊，我都一直以你为傲呢。"

"可千万别以我为傲，我自己都是自顾不暇啊！"

"你现在不是挺好的嘛，以前师傅多信任你啊，现在蔡主任也一样啊。"

"那都是表面的，很多事情你还不知道，一般上级医生还是比较重视博士的，"苏庆春自嘲道，"不然蔡主任怎么会每次上大手术都是叫上陈博而不是我呢。"

苏庆春这会儿也不知道怎么了，突然抱怨起来了，可能真的时间憋太久了也想发泄发泄吧。

"师兄你怎么会突然这么想啊，我觉得蔡主任很信任你啊，你看，你每次手术她连去都不去，就是充分的信任你啊，至于你说的大手术没叫你去，我觉得应该是她认为你能够独当一面，做别的手术又觉得你可能对那些手术已经了如指掌,所以多给新人机会吧,或者只是碰到手术时间冲突而已。"江况不以为然道。

"也许吧,"苏庆春嗤笑着回道。

师弟要这么理解,就这么理解吧,苏庆春也不想跟他解释自己有多么希望能上四类手术。他连忙扯开话题道:"哦,对了,好像下个月你就要转科了吧?"

"是啊。"

"去哪个科啊?"

"急诊。"

"哦,那你要多注意哈。"

听完,江况还特意抬头看了一眼苏庆春,然后两人不约而同地笑了起来。

正在此时,突然有个病人进来喊道:"苏医生在吗?"

苏庆春连忙应答。

短暂的小憩,大家又开始忙碌的工作了。

捣蛋鬼又出幺蛾子

通过今天跟江况的谈话，苏庆春才发现原来蔡君梅对自己的特殊安排在别人看来那都是对自己的照顾啊，这点实在让苏庆春太意外了。

可见那句话说得对，这世界上从来没有什么感同身受，只有冷暖自知，别人也永远无法真正进入到你的内心去理解你内心的痛苦和挣扎。

这或许就像鲁迅先生在《而已集》里写的一样，楼上一个男人病得要死，那间隔壁的一家唱着留声机，对面是弄孩子，楼上有两个人在狂笑，还有打牌声，河中的船上有女人哭着她死去的母亲，人类的悲欢并不相通，而我只觉得他们吵闹。

在人生的道路上，每个人注定都是孤独的旅客，人间万千光景，悲欢喜乐，跌宕起伏，唯有做自己的摆渡人，他人爱莫能助。

话说今天的苏庆春算是彻底明白了这个道理，也算是看透了一些东西，不再想那些不着边际的事情了，或许江况的角度也对，他不该死抓住自己的想法不放，那样只会为难自己，医生的工作，无论做什么，都应该兢兢业业、勤勤恳恳，唯有这样他才算是对得起自己这份职业和这份信仰。

今天苏庆春回家比较早，7点钟就准时到了。

回家后，他发现难得的电视机是关上的，客厅空无一人。

苏庆春好奇地问道："欸，妈，子涵他们都去哪里了啊？"

"子涵跟你爸在房间。"

"啊？在房间？"

"是啊，最近你爸迷上了什么彩票，现在天天在房间研究彩票走向呢，子涵好奇也跟着一块去了。"

"爸现在天天都买彩票啊？"

"是啊，天天跟着了迷一样，天天买呢。"

苏庆春听到父亲有事情做其实也高兴，只是这彩票就像赌博就怕陷进去，那就麻烦了，于是他提醒道："这彩票偶尔玩玩还好，不要太迷恋了就行。"

"我知道，我跟你爸说过的，"何美珍说道，"你爸这个人你也知道，平时没什么乐趣，这现在买彩票，天天研究也是好事，总比他天天无聊瞎折腾好。"

"那倒也是，只要懂得节制就好。"

苏庆春说着从口袋里掏出一千块钱递给何美珍。

"欸，你没事又拿钱干吗啊？前段时间不是给了嘛。"何美珍说道，"而且这平时的钱，小培都有给我的。"

"那是买菜的钱嘛，上回是给你们买夏天衣服的，这钱是给你平时买点自己想吃想穿的，小培给你的那些钱都是算好的，肯定不宽裕，还有啊，现在爸不是爱买彩票嘛，那不也要钱嘛，你就拿着好了，不过这钱你可别给爸，不然他用不用就不知道了。"苏庆春小声说道。

这都是儿子的一片心意，何美珍也没再拒绝。

苏庆春见母亲接过钱心里也是高兴，从母亲来上海以后，他已经是第二次背着妻子黄小培给母亲钱了，这钱其实苏庆春没有别的意思，他只是想让母亲在上海过得舒心，毕竟黄小培那边给的钱就只是日常生活用度，都是算得很死的。

之后苏庆春又朝母亲问道，"对了，轩轩呢？"

"轩轩在房间呢？"何美珍小声说道，"今天她好像被她妈妈骂了，人都是她妈妈去接的，一回来就关在房间里没出来过。"

"这样啊，那我进去看看。"

"嗯，你去看下吧，你让小培也别太为难孩子，毕竟她才7岁，犯点小错误在所难免的。"

"我知道。"

"差不多十分钟就可以出来吃饭了哈。"

"知道了。"

说着苏庆春便来到了苏子轩的房间。

他小心地打开了门，苏子轩听到开门声以后低头斜眼看了一眼苏庆春。

"看什么看，赶紧写作业。"

一旁的黄小培大声斥责道。

于是她连忙又转过头去继续写作业。

"怎么了？"苏庆春笑着问道，"这气氛不对啊？"

苏庆春说完又看着在一旁一脸严肃的黄小培问道，"又被你骂了？"

"我哪里敢骂她啊，"黄小培一脸苦笑着，又带着挖苦的语调说道，"她多能啊，我哪里敢骂她啊！"

"她再能还有你能啊？你看你把她吓得都不敢说话了。"

"你女儿要真那么乖就好了。"

"到底怎么了？"苏庆春继续问道，只见黄小培是气不打一处来，还是没理苏庆春，于是苏庆春转而朝苏子轩问道，"被妈妈骂了？"

还没等苏子轩回话，黄小培便没好气地说道，"我哪里敢骂她啊，是我又被骂了。"

"你又被骂？"苏庆春听着一头雾水，追问道，"什么意思啊？"

"怎么了？哼……这要好好问问你的宝贝女儿啊！"黄小培嗤之以鼻。

还没等苏庆春转身质问苏子轩呢，黄小培已经憋不住气，气愤地说道，"我今天又光荣地被他们班主任叫去谈话了，我自己作为一个老师三番五次地被老师叫去谈话那感觉真的是说不出来，反正是丢死人了。"

"啊？又被叫谈话了啊？"

苏庆春惊讶不已，转过头来看轩轩的时候，她原本还一副看热闹的脸赶紧逃避问题地转回去了。

"轩轩，你怎么又把你妈妈叫学校去了啊？是不是你又打人家了？"

苏子轩原本还想这爸爸能给自己说几句好话，这会看着爸爸跟着妈妈一起来质问自己了，感觉情况不妙，她赶紧假装写字，低着头不说话。

于是苏庆春蹲到了苏子轩的桌子旁边耐心地教育道："轩轩啊，先不要写字了，爸爸跟你说话呢？爸爸不是跟你说了吗？你不能太调皮了，跆拳道教的那些是为了你强身健体用的，不是用来打同学的。

"而且打架是不能解决问题的，有什么事情要好好跟同学说嘛，我们是和平社会，尽量能动嘴就不动手啊。"

尽管苏庆春说了这么半天，但是苏子轩明显没有回他的意思。

"轩轩，爸爸跟你说话，听到了吗？你不能再跟同学打架了，"苏庆春见不回话，严肃起来了，"你看你把你妈妈气的。"

"不，这回你是误会你女儿了。"

"怎么说啊?"苏庆春这会儿坐到了女儿的床上,问道。

"这回人家不打架了,人家现在在班级可是红人了,谁都巴结不过来呢。"

"什么意思啊?"

"现在她是班级小组长了。"

"小组长?"苏庆春说完还看了一眼苏子轩,夸赞道,"不错啊,现在还当了小领导了啊。"

"什么小领导啊,不要在这里传输乱七八糟的思想好吧!"黄小培说完又说道,"说起来这事情就怪你。"

"怪我?"苏庆春一脸无辜地说道,"这跟我有什么关系啊?"

"怎么跟你没关系啊,就上回,你去开家长会,不是给他们那个李老师介绍了医生嘛。"

"对啊!"

"好嘛,自从那次以后啊,你女儿就荣升为小组长了。"

"哦,这样,呵呵……那也是好事啊!"苏庆春笑着说道,"原来介绍个医生还有这等好事啊,晓得我之前早去开家长会就好了。"

"好什么好啊,就是这小组长坏了事。"

"什么意思啊?"

"什么意思啊!哼……我都没脸说出口,"黄小培咬牙切齿地说道,"你女儿啊,居然胆敢利用小组长的关系在检查同学作业的时候进行金钱交易了,只要同学给了钱的就可以不写作业了。"

生意好手

苏庆春听了后,简直不敢相信自己的耳朵,连连惊叹道:"啊……不会吧?她还能干出这样的事情来啊?"

"不相信啊?来……我让你开开眼界!"黄小培说着就甩出一张纸扔在苏子轩的书桌上。

那是一张已经被捏得皱巴巴早看不出形状的灰白色纸,苏庆春先是看了一眼女儿,只见她看着那张纸,连忙把脸转到了另外一边,于是苏庆春朝妻子问道:"这纸是什么意思啊?"

"你看看不就知道了。"

于是苏庆春连忙接过纸,慢慢地展开已经褶皱不堪的纸,那纸就像是被时间蹉跎得像个垂死的老人,看着似乎年代久远一般。

可仔细展开,苏庆春发现那张纸不就是跟女儿平时写字用的是一样的嘛。再仔细一看那已经磨得有些模糊的字才发现那字体太熟悉了,这不就是女儿的字嘛。

此时他再一次低头看了一眼女儿,而此时的苏子轩早就没心思做作业了也在看他,等她发现爸爸在看自己的时候,又是低头假装做作业了。

"咳……价目单……"苏庆春小声念着。

"抄作业 10 元一次,保证正确率 20 元一次,代写作业 50 元一次……"再往后苏庆春就没念了。

因为后面还有更加明细到各个科目,甚至还有合并几个科目一起优惠的折扣,再往下居然还有针对补习班的报价,这太详细了,详细的苏庆春都有点不敢相信这是一个 7 岁小孩子能想到的。

"怎么不念了啊?"黄小培反问道,"继续念啊?"

"算了,不念了吧。"苏庆春尴尬地回道。

"不好意思念吧?"黄小培气愤地说道,"今天她老师可是当着我的面把所有的内容都念完了，我那个时候恨不得找个地缝钻进去。

"想想都太可怕了，一个这么小的孩子，居然能做出这么细思极恐的事情，报价单她都能想得出来，这是人才啊，她这可以说是一条龙服务啊。"黄小培狠狠地看着苏子轩深情并茂地描述着苏子轩的光辉史，"她这本领不去做生意真是屈了才。"

"要不你就不要读书了，直接去做生意好了?"黄小培说完又看着女儿说道，此时的苏子轩依然是假装低头写作业。

黄小培可不是苏庆春，她可不吃苏子轩这套。

只见她大声地朝苏子轩喊道，"你别装模做样地做作业了，现在爸爸妈妈正在跟你说话呢，不要写作业了。"

"听到没有!"黄小培又提高了音贝。

此时的苏子轩只好可怜巴巴地抬头看着黄小培应答："哦。"

然后就像个犯人一样老老实实地坐在凳子上听着审讯。

黄小培看着女儿这样子真是又气又恼，就这样的一件事情，她从回家到现在还没处理好，无论自己怎么说女儿都是那个没皮没脸的样子，她也是实在没办法。

"你来管吧，我实在是管不了了。"她朝丈夫无奈地说道。

苏庆春知道妻子的脾气，这气一上来啊，就喜欢吼孩子，这样其实在他看来根本问不出什么来。而对于女儿今天做的这件事情，在他看来也是又惊讶又好奇，当然，作为家长孩子做出如此"叛逆"的行为，他肯定也是有些生气的。

可是，一直以来，苏庆春都是一个乖乖男，可以说从读书到现在一直安分守己，在学校他从来不敢做一点忤逆的事情，什么不完成作业、迟到，上课开小差都不敢；甚至读小学的时候，他都巴不得第一个到教室，来表示自己遵守纪律，这样的自己其实现在苏庆春想来挺为自己感到可悲和无趣的。

人都说长大了，回首童年，自己的学生时代，一定要做一些无悔的事情，可是从小到大他感觉自己从来没有一件事情值得去回忆和品味的。

现在女儿倒是跟他相反，这么小就做了他长这么大都不敢干的事情，他这心里啊，其实还是有点赞赏女儿的勇气的，但是他肯定不会说出来。

只见他哭笑不得地朝女儿说道："轩轩，你这倒是挺有生意头脑的啊，别说我小时候，就算是放到现在我都想不到这么细致的价目单来，我真是很好奇你是怎么会想出这么新奇的方法啊？"

听到爸爸这么说，苏子轩此时倒有些得意了，还颇感骄傲地说道："厉害吧？"

黄小培听着是气不打一处来，原本还想让苏庆春好好教训教训孩子的，可没想到，苏庆春居然会这么跟孩子说话，这话哪里是在责备孩子啊，明明是变着法子在表扬孩子啊。

这可不行，黄小培瞪圆了眼睛看着苏庆春，连忙反问道："你这是什么意思啊？什么叫新奇！还有生意头脑啊？怎么地？你的意思她这么做还很厉害喽？你是不是还打算要给她一个大大的奖励啊？"

"那倒不是，呵呵……"苏庆春解释道，"我就是好奇她啥时候学到了这些歪门左道的。说实话我都想不出来这样的方法。"

"就是说啊，谁知道她每天脑子里都想些什么啊！"黄小培没好气地说道，说完她又补充道，"我跟你说，我现在看着她老师都不好意思了，真的没脸了，人家心里估计在想，我作为一个老师，居然教出这样的孩子来，肯定在想我天天不管孩子了，我真是冤枉死了，作为一个老师，天天管孩子，居然把孩子管成这样，真的太丢人了。"

黄小培做事情，第一件事永远想到的是对自己造成的负面影响，别人的看法，这点苏庆春实在是不感冒，现在不说孩子对错，先说孩子现在的行为放在学校确实不对，但是作为家长第一件事情应想到是如何引导孩子，而不是对自己的负面影响。

"好了，好了，算了，既然都发生了，教育孩子才是关键，不要想那些有的没的。"苏庆春没好气地说道，

"什么叫就算了，这样的事情怎么能就这么算了呢，她收人家的钱不要还啊？"

"还，那肯定要还。"苏庆春肯定道，说着他连忙朝女儿说道，"轩轩，所有你收了同学的钱如数都要还给同学们，听到了吗？"

苏子轩连忙点点头示意。

172 责任人追究

黄小培看着女儿的反应，生气地说道："你看她吧，就知道一个劲的点头，她还，她能还个鬼啊！"

"你是不知道啊，就这不到半个月的时间，她老人家总共就收了人家两千块钱啊。"

"啊？这么多啊？"苏庆春听到这个数字也表示惊讶，毕竟这报价单最高也就50块钱，那业务量也是惊人啊。

"这些金额还是人家学生自己上报上来的呢，有没有遗漏我都不知道呢，"黄小培说完继续说道，"对了，就那个上回抄她作业，被她打的那个富二代小男孩，你还记得吗？"

"是上回轩轩把人家打流血的，然后家里就只来了个保姆的那个男孩子吗？"苏庆春问道。

"对啊，就是他。"黄小培肯定道。

"他又怎么了？"苏庆春问道。

"就那小男孩子啊，现在可是人家苏子轩老板的最大客户了，就老师那边给我的名单，我看了下，光他一个人，就有一千来块钱了。"黄小培说道。

"就他一个人就一千啊？"苏庆春惊讶不已。

"可不是嘛，现在人家有钱了是优势了，可以光明正大地抄作业，"黄小培冷笑道，"所以啊，我严重怀疑这两千块钱的真实性啊，很有可能有些孩子为了隐瞒自己的行为没有报上来的。"

"没有遗漏，就这么多。"苏子轩肯定地说道。

"那么多人，你哪里都记得，你现在自己的钱怎么花的都不记得了，还记得那些。"黄小培嗤笑道。

"我记得的，他们每个人给我的钱我都有记账的。"

"每个人你都记账了啊?"苏庆春又是一脸懵地问道。

"当然了,不然他们反悔了,我也不好退钱啊。"苏子轩回道。

苏子轩的这话,让苏庆春再次佩服她的生意头脑,小小孩子做事情滴水不漏啊。

黄小培可没心思注意孩子的什么生意头脑,只想着趁着这机会反问道:"好,那行啊,我姑且不管你那个记账的真假性,就按这个数字来,总共就收了两千块钱,那现在你告诉我,你自己身上怎么就剩 800 块不到了啊?剩下的一千多到哪里去了啊?"

苏子轩又被妈妈问到了难题,唯一的好办法还是沉默,不说话了。

"啊?就只剩下 800 了?"一旁的看客苏庆春又是一脸惊叹。

"800 不到哦,我今天翻了她书包,只剩下七百九十几块钱了,你说她怎么还啊?"

"那钱去哪儿了?"苏庆春问道。

"你问我啊,我哪知道啊,"黄小培瞪着眼睛说道,"你问她去啊?"

这事情可不能含糊,钱花掉倒没事,就怕没用到正途上,于是苏庆春再一次走到了女儿的旁边,并找了个小凳子坐下,小声地问道:"轩轩,你告诉爸爸,你这钱都用到哪里去了啊?"

此时的苏子轩突然又沉默了,不说话。

"你看吧?我就说这孩子没得救了,刚刚我问了半天也不说,"黄小培说道,"今天在她老师那里,她说就买零食了。"

"那说了买零食了就是买零食了呗,那还有什么好再问的啊?"

"买零食你也信啊?她一个 7 岁的小孩买零食能花掉一千多块钱?"黄小培反问道。

"好吧,就算买零食我信了,那你买零食了总得告诉我大头具体花在哪里去了吧?也不说,气不气人啊?"

黄小培这话也有道理,问清楚孩子具体花钱花在哪里也是对她的一种保护。

于是苏庆春又朝女儿问道:"轩轩,你告诉爸爸这些钱你都花到哪里去了啊?花了就花了,但是你这钱花了,爸爸妈妈是不是要给你补这个窟窿啊,那我们替你补钱了,最起码要有知道你钱花在哪里的知情权吧?"

为了宽女儿的心,他还不忘补充道,"你放心,无论这笔钱你花在哪里爸爸都不会怪你的,你只要告诉爸爸花到哪里了就行,这就是一个知情权而已。"

苏子轩看了一眼苏庆春,平时苏庆春管她管得不多,但是她还是挺听得进苏庆春的话的。

于是她小声地说道:"那笔钱,我给子涵买了个玩具,还请同学吃了东西,然后就在学校门口买了点小东西,具体是什么我也不记得了,玩玩我也就丢了。"

"哦,就这些是吧?"

苏子轩点点头,没回话。

黄小培听到后加大了嗓门用怀疑的口气问道:"就这些你就花了一千多?"

苏子轩还是只点点头,没说话。

"你这孩子怎么不说实话呢?不可能就这样花了一千多块钱啊。"黄小培还是不肯罢休,追问道。

"好了,孩子都说了就花在这里肯定就花在这里了,再说了,买东西有贵有便宜,花了一千多也是有可能的。"苏庆春说道。

此时的黄小培虽然对苏子轩的话有些怀疑,但是既然问不出来了,她也没话说了,只是气愤地发泄道:"我真的无语了,这孩子啊,我都不知道脑子里每天装着什么,居然能想出这样的事情来。"

说完她又补了句,"我估计啊,她这是遗传你们家的人呢,你没看到你爸爸算账多精啊,我甚至怀疑她这想法搞不好就是你爸爸教的,不然一个小孩子怎么可能懂这些啊?"

"轩轩,你说,这方法是不是你爷爷教你的啊?"

这孩子做错了事情,做父母的好好教育教育他们这点在苏庆春看来是无可否非的,也是责无旁贷。但是苏庆春发现黄小培有一点很不好,就是孩子一有错就会怪罪到别人身上,动不动就说是基因遗传不好。

现在好了,自从父母来了以后,她更加变本加厉了,孩子一做错事情,就喜欢把责任扯到老人头上。这点苏庆春很反感,平时黄小培虽然会说,但好歹还是含沙射影地说,比较委婉,这回倒好,直接当着他和孩子的面这么问,这实在是太有失做老师和做子女的风度了。

原本苏庆春还跟黄小培一直是打趣的脸这一下子就拉了下来,他白了黄小培一眼,然后小声地反驳道:"你别瞎说哈,这一码事归一码事，你作为老师教育孩子这点最起码要分清楚。作为子女的更加就不能这么说父母了，而且这还是当着孩子的面，我都不知道你怎么说得出口？"

教育分歧

　　黄小培其实也是图一时嘴快,这回过神来她也知道这样当着孩子的面说她的爷爷的确不太妥当。但是她有自己的自尊,就回了句:"反正我们家人都是本分的人,没见过这么调皮的孩子。"

　　"我们家人也都是安分守己的人,再说了,孩子调皮是本性,很正常,你这话说得感觉她做了什么伤天害理的事情一样。"

　　黄小培没有再继续刚刚的话题,而是转到苏子轩这边,她对着苏子轩大声说道:"这孩子再调皮的我也见过,但是我当老师这么多年了,也没见过这么干的。说,这事情到底是你自己想出来的还是别人教的啊?"

　　原本还安静地看着爸妈审讯的苏子轩吓得连忙又低下了头。

　　苏庆春看着黄小培这架势,是非要问出是谁教她的才罢休的样子真是有点生气了。

　　"你这是干吗呀,其实她无非是做了一些不适合她这个年纪做的事情而已,你不要搞得跟犯了罪判死刑似的,而且我感觉孩子做错了事情,你老是想把责任推卸到别人的头上,你不觉得这样不好吗?再说了,更不要老是分你家、我家的,真的很难听。"

　　苏庆春这话说语气虽然不重,但是听着其实挺重的。

　　自从公婆来了以后,黄小培这一段时间也感觉到自己确实对公婆有意见,或者就因为这样所以在处理一些事情上会带着个人情绪,也有失偏颇吧。

　　可她这么说也是有自己的道理的,事实上自从公婆来了以后女儿苏子轩变化确实很大,公婆的一些不好的行为她都学会了。

　　比如:吃饭的时候也会跟着公婆一样拿筷子到处乱翻菜,然后又不吃,说她就说大家都这样;还有现在她是完全不忌口,什么零食都吃,也不管是不是什么油炸啊,垃圾食品啊,反正不该吃的东西该吃的她都吃，只要是婆婆觉得能吃的都会买给孩子吃，黄小培知道后教育她，她也不听了，还有理由说是妹妹都吃了，她肯定能吃；其实还有很多很多生活的习性，都慢慢地跟公婆同化了。

其实这些才是黄小培生气的真正源头。

她没好气地说道："我刚刚虽然那么问有些不对，但是我也不是无中生有，你想想你女儿最近是不是变了很多，就连脏话都能随口就来了。"

黄小培说的这个苏庆春其实也知道，他爸妈生在农村，说话口里面爱说脏话，但是那些其实都是口头禅，根本不是说骂人，都这么大年纪了，让他们改也是很难改的。

他语气缓和地说道："那些其实都是可以好好教育的嘛，有教无类嘛。"

"你不知道有样学样啊，家里什么样的，孩子自然会学，她这个年纪最擅长模仿人了，这才一个来月的时间，活脱脱变成乡下姑娘了。"

"别老是乡下、乡下的，我也是农村人，不要对农村有这么大的歧视好吧？再说了，不好的，我们可以教她啊，告诉她哪些不好的，不能做嘛，"苏庆春解释道，"你不要老是想着她做了什么错事就一定是谁谁教的，孩子这么大了，有自己的想法和判断，你告诉她对错，她是懂得的。犯了错误，你每次对着她这样大吼大叫，你认为能问出什么东西来吗？她哪里会听啊，"苏庆春继续说道，"而且你作为老师，你不觉得你这样的教育方式有点问题吗？你能不能好好地，心平气和地跟孩子好好谈一谈啊，这样光吼她是没有什么用的。"

黄小培当了多年的老师，而且在教育成果上可以说还是非常不错的，多次被评为先进老师，现在一名医生，而且是平时不怎么管孩子的医生来质疑她的教育方式，也是让她有些恼火了。

她大声回怼道："我是老师，有自己的教育方式，还轮不到你一个医生来批评和教育我。再说了，你以为我想吼她啊，是她实在是不听话啊，我说什么，她都不听，还有自己一套说辞，比我都能说，你让我怎么办啊？你就是站着说话不腰疼，我还是那句话，你要是那么能耐，那你去教育她啊？孩子也不是我一个人啊，你做爸爸的也可以好好教育教育她啊。"

在孩子的教育问题上，苏庆春跟黄小培从来就没站在一条线上过，各有各的想法。

但是苏庆春这点很好,他知道自己因为工作的关系陪家人时间少,平时确实在孩子教育上妻子黄小培是操了很多心的,在他看来妻子很多行为是不对,但是她也有自己的角度和立场,没有功劳也有苦劳,更加不能以偏概全。

于是他连忙又解释道:"我刚刚也不是说在质疑你的教育方式,我只是觉得你干吗非得一副逼她说出她这个想法一定是别人教的才甘心呢?我是说,现在问题出了,我们作为父母,第一时间是不是应该想好怎么让她改正,以后不再犯了才是最重要的嘛,而且没必要就这么吼孩子嘛,冷静下来好好说嘛。"

正在两人僵持的时候,突然听到了何美珍喊道:"吃饭了!"

苏庆春知道遇到这样的事情,他们两个人在这里辩论也是没什么用的,而且黄小培非常固执,特别是涉及到教育孩子的问题上更加是固执己见。

他知道今天无论怎么说,黄小培都是不服气的,与其这样闹得不愉快,还不如不再提了。于是他听到妈妈的话以后,马上转移话题,"好了,好了,先吃饭吧,有什么事情吃完饭再说吧。"

"今天她还想吃饭啊?"黄小培恶狠狠地看着苏子轩说道。

"这孩子犯错归犯错啊,吃饭还是要吃的嘛,这都这么晚了,孩子肯定也饿了。"苏庆春劝说道。

一旁的苏子轩也连忙配合道:"妈妈,我知道错了,我现在是真的好饿啊,我回来连口水都没喝呢。"

"你看吧,把孩子吓得,连水都不敢喝。"

"就她那胆,我能把她吓得不敢喝水?我怎么那么不信呢,我看你是死性不改,毫不知错。"黄小培没好气地说道。

话音刚落,苏子轩的肚子便咕咕地叫了起来,她的肚子倒是非常配合苏庆春。

为何现在的孩子比以前的孩子难带？

苏庆春见状，那肯定是顺着这个绝佳的时机帮衬道："你看，孩子的肚子都叫了，这总不会是骗你的吧？"说完他又语气缓和地朝黄小培说道，"好了，好了，再有什么事情都等孩子吃完饭再说嘛。毕竟她还是个孩子，现在正是长身体的时候呢，你还是她妈妈呢，肯定也是不忍心让她就这么饿着啊，是吧？"苏庆春说完看着黄小培并没有回话，又补了句，"好了，好了，你是大人，就不要这样跟小孩子怄气了。"

苏庆春这话说得也是没错，人心都是肉长的，更何况黄小培还是十月怀胎生下苏子轩的人，这看着孩子饿肚子肯定心里也是心疼的。

今天尽管在别的老师面前她是丢尽了脸面，一番心思的教导也变成了徒劳，甚至苏子轩就当是耳旁风，左耳朵进右耳朵出，这一切都让黄小培气愤至极，但是再生气，说到底她毕竟是苏子轩的母亲，现在孩子饿了，硬是不让她吃饭黄小培也是于心不忍的。

于是她朝这会儿一直乖乖地坐在椅子上的苏子轩说道："那你真的饿了的话就先吃饭，等吃完饭再找你算账。"

苏子轩听到妈妈发话后，突然大声呼喊："耶！"

她这一喊就像是一个等着判罪的犯人突然被告知无罪释放一样高兴，而后她又瞬间以迅雷不及掩耳之势从书桌旁窜了出来，并迅速地跑到了门口。

这一声耶是把一旁的父母吓到了，与其说是惊吓不如说是惊到了。

这时候的黄小培人都还在气头上呢，她看着苏子轩听到吃饭就这么兴奋，明显没有悔过的意思，刚刚自己的一片苦口婆心岂不是又白费了。

而此时的苏庆春看着女儿这翻脸比翻书还快的情绪也是一脸懵啊，他转头看了一眼黄小培，没想到此时黄小培也在看他，两夫妻不约而同的对视让两人同时苦笑了起来。

这个场景真的应了那句话：真的是亲生的，没办法，不然真是忍不住动手要猛揍她一顿了。

　　黄小培看着苏庆春冷笑道："你看吧，这就是你的女儿，她就是这样的，你说气不气人啊？"

　　"有时候我真想一巴掌扇过去。"黄小培气得咬牙切齿地说道，"不光打，真的，要真按照她做的事情来，有时候我都有打死她的冲动。"

　　"呵呵……你也别说气话了，真打你舍得啊？"

　　"怎么不舍得啊，我们小时候谁没挨过打啊，他们这代人就是过得太幸福了，我看啊，她就是欠揍，打几次估计就好了。"

　　"算了，别为这事情生气了，孩子嘛，都是顽皮的。"

　　"谁跟她一样顽皮啊，"黄小培气愤地回道，而后她又停顿了一会补充道，"当然我也知道，现在的这些孩子啊，大部分确实都是这样难带的，前不久我还看了一个新闻说一个家长被孩子气得进去心脏搭桥了。"

　　"都气得家长进医院了，可见现在的孩子得多气人啊，这真的就是现实啊，现在的这些熊孩子太气人了，"黄小培突然感叹道，"你说我们以前老一辈的那些孩子那么多，怎么感觉带着那么轻松啊，对比现在的带孩子跟伺候祖宗一样真的天差地别啊。"

　　"难道真的是我们那时候的孩子跟现在的孩子不一样吗，还是说上一辈的人带孩子辛苦我们根本就不知道啊？"

　　"上一辈的带孩子你还指望跟我们这代人一样带孩子啊？"苏庆春反问道，"那时候的孩子不都是混日子过来的嘛。"

　　"以前家家户户孩子都多，根本不可能像我们现在这样管孩子，别说细心照料了，在我看来上一辈的对孩子简直就是放任，甚至可以说那个时代的孩子就是自生自灭。"苏庆春继续解释道。

　　"那不至于吧？"

　　"真的，"苏庆春说道，"其他的我不敢说，反正我知道的我们上一辈的人就是这样的，很多人能活下来都是靠运气活过来的，"苏庆春说道，"你看我爸爸现在就只有一个姐姐吧？"

　　"对啊！"

　　"你不觉得按照那个年代不计划的情况下，生育率这么低很奇怪吗？"苏庆春问道。

　　"对啊，是很奇怪，我爸妈那时候都是姐妹五六个的，甚至还有七八个的,不过你爸妈不是因为你爷爷早逝才生的孩子少吗?"黄小培问道。

"我爷爷过世的时候我爸爸虽然才几岁,但是那时候他已经 50 岁了,在那个年代不算早逝了,只能说是他生我爸爸生得晚而已。"

苏庆春继续说道,"你爸妈姐妹多,可能也跟你们家里那边的经济条件好有关系吧,反正我们那边养孩子可没那么容易,生的孩子都活下来的太少了。"

"其实我奶奶当时根本不只是生了两个孩子,她实际生了 5 个孩子,我爸爸是最小的,其中一个老大是婴儿的时候夭折了,老二那时候正好闹饥荒,饿死的,另外一个老三是养到几岁的时候病死的。"

"啊?以前怎么没听你说过啊?"黄小培好奇地问道。

"这有什么好说的啊,那时候我爸爸都还没出生,不提也不会说起的,我也是小时候听我奶奶说过而已,再说了,当时那种情况大家都习以为常,我还听我奶奶说以前村里有个人怀孕了回娘家,结果孩子生在了路上,孩子生下来的时候就死了,结果她就把孩子扔掉了,直接一个人回来了,家人问她孩子呢,她就说死了扔了,最重要的是家人听了也就这样,多么淡定啊!"

"天啊,你说的这个是传说吧?"

"是真的,那时候的人本来饭都吃不饱,对孩子真的淡薄,那时候孩子没成年就死了的连坟地都没有,都是随便扔的,特别是那些小于 3 岁的,家长处理起来更是随便,以前我们村里就有一个地方专门扔孩子尸体的。"

"你说得太吓人了。"

"是很吓人,但是却是真实的。"苏庆春肯定地说道。

死剩下的孩子

黄小培家里从父辈那代就在县城工厂工作,在上辈人的眼里,她爸妈可是铁饭碗,虽然也经受过一些生活的不易,但是生活条件肯定是比苏庆春好太多。所以苏庆春刚刚说的那些传言在她看来真有点匪夷所思。

苏庆春知道黄小培不理解,便继续解释道:"我知道你觉得这个乡下人谣言有点假。远了不说,就说我家的那些个姑姑大伯吧,她们总是真实身边的人吧?其实他们也难逃刚刚我说的那种命运。你看平时电视剧里怎么皇宫的孩子都那么容易死啊,是不是认为那些什么孩子动不动流产啊什么的都是那些编剧瞎编的?"

"难道不是吗?"黄小培反问道,"皇帝哪里真的那么多妃子都生不了孩子,或者生了也被害死了啊?"

"你说哪些被害死的可能有戏说的成分我倒是认同,但是真实的历史上,小孩子的存活率确实是很低的,因为那个年代真的医疗不发达加上连年征战生活水平有限,养活孩子是真的不容易,在我们爸妈那个年代稍微好些,但是还是躲避不了生活条件的限制。"

"我们爸妈不至于吧?"

"怎么不至于啊?你想想我们爸妈都是什么年代出生的啊?

"你像现在还是有很多不懂医学常识的一些长辈反对产检,老是说她那个年代都是这么生的,也没见谁有问题啊?

"其实只是她不知道,或者是自己幸运而已,其实很多生下来残疾的,只是通讯不发达他们不知道而已,但不知道不等于没有。

"所以我那些个大伯、大姑夭折的还有饿死的我也不奇怪,但是另外老三是一个姑姑,养到几岁了,病死的就稀奇了。"

"病死的有什么稀奇的,我反而觉得这个最不奇怪了,就算是拿到现在,医疗水平不能说是很发达,但是最起码是史无前例的发达吧?那不照样有生病的夭折的孩子啊。"黄小培不以为然道。

"生重病过世是很正常，可是你知道我那个姑姑得的是什么病死的吗？"

"什么病啊？"

"拉肚子！"

"啊？不会吧？"黄小培惊讶不已，"你说的是什么年代啊？那时候屠呦呦还没发明青蒿素吗？"

"那时候确实还没有发明，但是她得的病，我感觉并不是无药可治，"苏庆春说道，"因为我听我奶奶说只是上吐下泻，拉的身体都蔫了，现在学医了就知道其实那时候可能她就是拉得电解质紊乱了，然后没有得到及时的处理而已才病情恶化的。"

"那为什么不送去医院啊？"

"送医院不得要钱嘛，那时候家里都比较穷，就想在家拖着呗，后来听说死的时候我爷爷奶奶都还在地里干活，那时候好像是说挣工分的，家里离地里也很远，都是早上出去，晚上才回来，回来的时候人都硬了。"

"天啊，这太可怕了，"黄小培惊讶不已，"真不敢相信这样的事情发生在自己身边啊。"

"所以说啊，不是说那时候的孩子好带，根本就是那时候的长辈没用心带，说句不好听的，那个年代能活下来的孩子纯粹都是死剩下的。"苏庆春说道。

"死剩下的？"本来这话题听着这话题还挺严肃的，但是黄小培听着苏庆春的这词实在是忍不住笑出了声，"你这词语形容的，真的是……"

黄小培这下子真的想不出什么好的形容词了，只是竖起了大拇指！

"我说的是真的，而且我家里这样的情况并不是个个例哈，我小时候听我奶奶说我们村里很多这样的，就像我刚刚说的孩子生了就丢了，全家都很淡定，不只是孩子的妈妈，这得多可怕！"

"当然可能我说的这些离我们有点远，就说我们这代吧，充其量只能叫养活，而他们这代10后呢，才是真正意义上的养育，所以说啊，你别老怪这孩子顽皮，其实这真的是孩子天性，也别觉得老一辈的带孩子轻松，其实放在现在，他们带着也一样不轻松。"

苏庆春终于又回到了主题了，说完他继续补充道，"当然了，现在的孩子这样难带，还有一个原因是因为现在的孩子很多都是独生子女，家里没有别的孩子，确实会让家长的注意力都在他一个人身上，所以难免他们脾气有点惯，家长呢，也有点激进。"

"你说的这个还真是有这个可能哦，"黄小培认同道。

而后她感同身受地说道，"我们小时候不至于你说的像你爸爸那个年代那么夸张，父母也就是两三个孩子，虽然说小时候我弟弟他们也很顽皮，但是却不敢这么大胆，哪里敢跟父母顶嘴啊，更别说做出这么过分的事情了。"

"就是说啊，说到底孩子都是顽皮的，只是现在的孩子这么调皮又任性其实是很多原因造成的，也不能一味地怪孩子，轩轩这样肯定不是个例，应该是说天性使然吧，所以你也别太较真了，而且孩子顽劣，我们做家长的也有一定的责任。"

"但是一个孩子，谁都不舍得那么严厉，才会造成今天孩子这么难管的局面的。"

黄小培本来还一直觉得自己在教育孩子的问题上是不是真的问题很大，是不是自己方式方法错了，在她看来以前的长辈带孩子都是那么的轻松，到自己这里怎么就这么难呢。

现在听了苏庆春这一席话，这心里还倒是好受些了，苏庆春的角度其实算是比较公平的。

话虽这么说，道理也懂，但是要是事情落到自己头上了，其实还是做不好，特别是一想到苏子轩的各种行为她还是很生气。

于是她说道："或者是你说的孩子天性就是这么顽皮吧，所以啊，你平时老是说我说话大声，就知道吼，试问谁不想心平气和地跟她好好说话啊？可是现实不允许啊？今天你也看到了，我是苦口婆心跟她说一堆大道理，你看看她，听到吃饭魂都跑走了，真是要气死人啊，"黄小培叹道，"不大声喊真忍不住，我想这天底下没有谁想当泼妇，想当恶毒的妈妈，都是被逼的啊。"

苏庆春听到黄小培这番自白，也明白她并不容易，更何况刚刚苏庆春自己眼睁睁地看着女儿这反差，还能说啥啊，想说好话都没机会了，只好改成劝说老婆了。

"哎……好了，好了，我也知道管孩子不容易，你也辛苦了。先吃饭吧，吃完饭再说。"

| 死剩下的孩子 |

"吃什么饭啊,我气都气饱了,哪里还有心思吃饭啊。"
"不吃饭那怎么行呢,赶紧来吃饭吧。"
说着苏庆春推着妻子的肩膀从房间走了出来。

176

纸上谈来终觉浅

说不吃饭那是黄小培的气话，现在已经 7 点多了，其实她也早就饿了，出门口她便直接去厨房洗手了。

而苏庆春则直接来到了餐厅，何美珍看到儿媳妇的脸色不好看，便走来小声朝儿子打听道："什么情况啊？"

"还能怎么啊？就是轩轩闯祸了呗。"

"轩轩怎么了？我刚刚问她，她说没事啊。"

"她当然说没事了，她就是个没心没肺的孩子。"

"到底什么事情啊？看她妈妈那个样子。"何美珍追问道。

小孩子的私人事情，苏庆春也不打算跟母亲细说，只回道："嗨……小孩子嘛，就是一些打打闹闹的事情，刚刚我在里面也教育了一下她，她还是跟没事个人一样。"

"嗨……小孩子打打闹闹那是再正常不过的事情了，不是我说你们，你们就是对孩子要求太严格了。"

何美珍对孩子一向是比较宠溺的，苏庆春哥俩小的时候她是实在没能力去宠他们，但是现在家里条件也好了，她可是看不惯对孩子太凶了的。

特别来上海这一个月以来，她一直认为黄小培对孙女苏子轩太过严厉了，动不动就是这个不能吃，那个不能做的，在她看来黄小培就是缺乏母亲该有的仁爱。

这点她早就看不惯了，于是她继续说道，"这孩子嘛，谁都调皮啊，说说就算了，你们是大人干吗那么较真啊。

"我看啊，这小培啊，就是当老师当久了，把自己孩子也当学生一样管太严了，干吗老是对孩子那么凶啊。

"你有空得跟小培说说，别这么凶对孩子，会吓到孩子的。"

苏庆春听着母亲的话，也知道她这是疼惜孙女，但是在孩子的教育问题上，别说母亲，就连他自己都没有多少机会插手。

再说了，对于母亲教育孩子的方法，苏庆春可不认同，首先他认为偶尔教育教育孩子是应该的，不然她不长记性，一味地宠溺对孩子来说就是害了她；其次他对于母亲教育孩子的方式并不认可，特别是现在摆在面前他们对侄女苏子涵的教育，他就很不认可。

很多时候他都很想说，但是毕竟不是自己的孩子，也不是自己带，想着说母亲带孩子也不容易，说了怕她心里不好受。

但是，在教育自己孩子的问题上，他宁愿相信黄小培的，虽然她有时候也有点过激，但是总比母亲一味地惯着好，所以现在母亲让他去说服黄小培，自然他是不愿意的。

于是他笑着回道："妈，小培管轩轩的事情你就不要管了，她毕竟是轩轩的妈妈，该怎么管她自己肯定有分寸的。"

"有分寸什么呀？你是没见到小培刚刚进来的样子啊，那眼神就感觉轩轩闯了天大的祸一样，吓死人了，"何美珍说道，"别说孩子了，就连我吓得都不敢多问。"

"妈，这样的事情你就别管了，吃饭吧。"苏庆春扯开话题道。

何美珍见儿子没当回事，刚想再说的时候发现黄小培已经从厨房盛饭出来了。

她还是有点怕黄小培的，见黄小培出来了便很识相地端起苏子涵的饭碗喂饭去了，也就没再提这件事情了。

黄小培出来后看出了婆婆的异样，她瞪着眼睛看了一眼苏庆春，然后大声喊道："轩轩，赶紧过来吃饭。"

在厨房洗手的苏子轩听到后，连忙跑了出来。

饭后，他们两夫妻依然是最快速度吃完的，等两人回房间的时候，黄小培主动打听道："刚刚你妈问你什么了？"

"没问什么啊。"

"真的？"黄小培用怀疑的眼神看着苏庆春。

"就问了下轩轩今天发生了什么事情。"

"就这些？"

"就这些啊。"

"我怎么看着你妈那样子怪怪的，好像是看到我出来了就不说了啊？"

黄小培小声嘀咕道,"你妈不会是问你要生活费了吧?"

"没有啊,她向我要生活费干嘛啊?"苏庆春这时倒反问起黄小培来了。

"没有就好,最近啊,我感觉你妈这生活费要得是越来越勤了,刚来的时候一千块钱还可以用十天,现在一个礼拜不到就没了。"黄小培说道。

"嗨,这家里这么多人,一个礼拜一千块钱也很正常啊。"苏庆春解释道。

"可是我们周一到周五中午又不回来吃饭的。"

"正常的,现在物价这么高,而且,现在天气也热起来,水果也多了,偶尔买点水果,吃个西瓜什么的就花不少钱的。"苏庆春说道,"要你就给,我妈肯定是花多少要多少的,这吃饭的钱你可不能克扣啊。"

"知道了。"黄小培回道。

她看到苏庆春这会儿已经打开了电脑,便说道,"你别玩了,去看下轩轩吃完饭没有,吃完了让她写个检讨书,好好反省下今天的事情。"

"你去吧,我这也要看文献。"

"你不是老是声称我对她大吼大叫不好嘛,今天你去,我今天晚上正好还有课要备呢,没时间。"黄小培借着这个机会也想给自己放放假。

她看着苏庆春在犹豫,于是又补充道,"这孩子也不是我一个人的,难得你今天这么早回来,看文献什么时候都可以看,实在要紧,你也可以晚点看嘛。现在,你先去监督轩轩写作业吧,也让你知道知道到底监督孩子学习有多难,省得你每天就知道纸上谈兵,只有让你真实地经历一下,你才真的懂得教育孩子有多难。"

"纸上谈兵谁不会啊?"黄小培说完还偷瞄了一眼苏庆春,用着挑衅的腔调说道,"纸上谈兵终觉浅啊。"

黄小培这是在激苏庆春呢,她就是想让苏庆春好好体会下带孩子的痛苦,省得他老是觉得自己教孩子好简单。

本来黄小培也就是试试,可没想到这激将法对苏庆春还真管用,他居然回了句:"那行吧,你忙吧,今天我去监督她写作业。"

苏庆春也想知道知道到底教育孩子有多难,再加上刚刚黄小培那气势,这要是再去找苏子轩估计又是一顿数落,苏庆春想想,去就去吧。

这结果倒是让黄小培喜出望外,她高兴地说道:"那行啊,我今天也放一晚上假。"

　　说完她马上催促着，"那你赶紧的吧，也不早了。"

　　苏庆春看了下手机，没回话，乖乖地离开了房间。

失去威信力

苏庆春这脚还没离开房间,只听到黄小培说道:"让她检讨书一定要详细地把事实交代清楚哈,不得隐瞒。"

"知道了。"

"哦,还有啊,你一定要看着她写,不然她会偷懒的。"

黄小培又大声补充道。

此时苏庆春已经走出了房门,也没再回应黄小培了。

黄小培这事无巨细的交代在苏庆春看来,其实已经成为了一种唠叨,苏庆春很是无奈,但也不能说什么,好歹她交代的也是为了孩子好,而且她也是很辛苦,面对这份唠叨,苏庆春从来都是无可奈何,最好的办法就是逃离。

于是他加快了脚步,以防到时候黄小培又怪自己没有回应她。

等他回到餐厅,发现餐厅除了剩下的残羹冷炙空无一人。

于是他连忙扫射了客厅,好在母亲还在客厅,于是他朝还在给侄女苏子涵喂饭的母亲问道:"妈,你知道轩轩去哪里了吗?"

"不在那吃饭啊!"何美珍头也没回地应道。

"哪有人啊!"

何美珍听到后第一时间并不是回复苏庆春,而是趁着苏子涵停下来的间隙,连忙一口饭塞进了她的嘴里,才转头看了一眼餐桌。

这时她才发现就一会的功夫餐桌上已经空无一人了,就连苏铁军也不在那里了。

"欸,刚刚还在呢。"何美珍好奇地说道。

"我估计吃完饭回房间了吧,你爸人也不见了,死哪里去了?"

"不会又去研究他那个彩票去了吧?"何美珍小声嘀咕着。

说完,她又大声朝把注意力放在电视上的苏子涵吼道,"给我赶紧吃饭。"

这母亲是在大家都还没动筷子就开始喂饭的，现在大家都吃完很久了，还在喂饭，苏庆春实在看不下去了，便又老生常谈："妈，你就让她自己吃吧，这都吃了多久了，您自己都还没吃饭呢，这菜全冷了。"

"嗨，没事，现在天气热，冷就冷点。"

话音刚落，她又大声喊道，"你个鬼孩子，不要跑了不？再跑我弄死你啊。"

这会儿苏子涵又对电视不感兴趣了，到处乱跑了，何美珍还是一样在后面追赶着。

何美珍的话总是说得这么狠，但是实际上从来不会真正打孩子，最多就是吓唬吓唬，典型的刀子嘴豆腐心。

既然说服再次无果，苏庆春便作罢了，他猜想着女儿应该回房间了，便直接往轩轩的房间走去。

他猜想得没错，苏子轩在看到父母吃完饭走了以后，连忙扒了扒饭便回房间了。

这一下午，从回家到现在她就一直被妈妈黄小培看着，都没空闲一下，这会儿正是个好时机，她还不赶紧抓住机会，不然到时候妈妈来检查作业，她又没机会玩了。

所以回到房间后的苏子轩第一时间便拿出来了IPAD。

正在玩游戏玩得起劲的时候，听到了开门声，她吓得大惊失色，慌慌张张地把IPAD插到了被子里面。

然后一个转身，迅速拿起笔，还没等本子翻开的时候，就已经听到了大人的脚步声。

此时的她身体紧绷，故作镇定，慢慢地翻开了作业本。

"轩轩，在干吗呢？"苏庆春看着女儿努力的背影问道。

苏子轩听到是爸爸苏庆春的声音，绷紧的身子一下子便松散了许多。

她连忙转身惊呼道："爸爸，你这是要吓死我啊，我以为是妈妈进来了。"

"妈妈进来有什么好吓的啊？"

"她就是母老虎，你说吓人不？"

"轩轩，你不能这么说妈妈。"

"嘿嘿……"苏子轩冲苏庆春笑了笑，然后慢慢地站了起来，轻轻地从被子里掏出了 IPAD。

"你不好好写作业，拿 IPAD 出来干吗啊？"苏庆春疑惑地问道。

"爸爸，玩一下嘛，我今天一回来就被妈妈逼着问着问那，都要休息一下。"苏子轩便撒娇边说道。

"轩轩，妈妈那样都是为了你好，不要玩了，赶紧去写作业吧。"

"爸爸，我作业都快写完了，先玩一会游戏，很快就好。"

苏子轩说着的时候已经进入了游戏的界面。

"听话，赶紧去做作业，现在也不早了。"苏庆春现在还是非常有耐心地劝导着。

"再玩十分钟，我就剩一点点作业了。"

苏庆春看自己说话女儿是真不当回事，此时他顿感黄小培说得也对，他在孩子面前一直都太好说话了，导致现在孩子对他说的话根本不听，完全失去了父亲的威信力。

于是，他突然推开苏子轩眼前的 IPAD，并语气凌厉地朝她说道："轩轩，赶紧去写作业。而且你现在还不只剩你自己的那个作业了。"

"为什么啊？"苏子轩问道。

"妈妈交待了，你今天还要写一份详尽的检讨书。"

苏子轩听到要写检讨书，不淡定了，心思也没在游戏上了，连忙问道："检讨书？什么检讨书啊？"

"你说什么检讨书，"苏庆春说道，"不就是针对今天发生的事情进行检讨。妈妈可说了，你要写一份详尽的情况说明，把事情的来龙去脉都一五一十的在上面交代清楚才算过关。"

"天啊，我怎么这么命苦啊。"苏子轩听到后，用手拍着脑袋喊道。

"好了，别喊，与其在这里无病呻吟，还不如赶紧去把作业写完。"

"哎……"苏子轩唉声叹气道。

苏庆春似乎想起来了什么，又说道："哦，对了，还有啊，今天妈妈有事情，你的作业就由我来负责检查，包括那份检讨书。等我检查完了，合格了再交给妈妈。"

"您来检查啊？"苏子轩嘴角上扬，激动地问道。

"是啊，"苏庆春催促道，"赶紧把你做完了的作业拿出来吧，我来检查，这时间也不早了，我也还有事情呢。"

"爸爸，您有事情就忙呗，就不要管我了。"苏子轩这下子来劲了，连忙说道。

"那怎么行呢，你的作业我肯定要检查。"

"检查当然是要检查的了，"苏子轩灵机一动，连忙解释道，"爸爸，我是说啊，您看您这么忙，我就不麻烦您陪着我了，我呢，先自己在房间认真地写作业，现在呢，您就去忙自己的，不要在这里看着我写的，那样多浪费您时间啊，是吧？等我全部作业写完了，再把所有的作业都拿给您检查不就得了。"

传统教育观念

苏子轩这会真是巧言善辩，为了争取更多的娱乐机会她可以说是使出了浑身解数，说得也是头头是道啊。

其实原本苏庆春也觉得在这里看着孩子写作业太浪费时间，所以本来他的计划也只是交代一下女儿做作业，等她做完再来检查即可。

可出门前妻子黄小培却再三交代要自己亲自看着孩子写作业，加上他刚刚进来的时候女儿一心想要玩游戏的态度，怕自己走了她马上就玩游戏去了，到时候几点开始写作业都不知道。

现在他反倒认为这个方式不妥当了，还是要按照妻子说的办，毕竟她经验丰富一些。

于是他说道："算了，你不是作业还剩不多嘛，那你就先写着，我先把你做完的作业先检查了，这样也节省时间。"

只见苏子轩可怜巴巴地看了一眼苏庆春，撒娇道："爸爸，没那个必要吧？"

"赶紧地，别说废话了，把作业拿出来我检查吧，好晚了。"

苏子轩见已经没得商量了，只好无奈地放下了手中的 IPAD.

然后慢慢地拿出书包，又缓缓地抽出了一张试卷递给苏庆春。

"这是什么啊？"苏庆春问道，

"做好的作业呗，你不是说今天是你检查嘛。"苏子轩没好气地说道。

"哦，呵呵……"

苏庆春明显还没有进入角色，于是连忙接过苏子轩手里的试卷。

正当他想看下题目的时候，只见苏子轩突然站起来了，而后便往外走。

"你这是干吗啊？"苏庆春问道。

"喝口水啊，总不能做作业不让喝水吧？"苏子轩这看着有怨气啊。

"哦,那去吧。"

苏庆春说完连忙又问道,"你这试卷做完检查了吗?"

"检查了。"苏子轩边跑边回道。

一转眼的功夫,她已经离开了房间。

苏庆春拿女儿也是没办法,喝水就喝水吧。

苏子轩离开房间以后,苏庆春便坐在女儿旁边的位子上,慢慢地看着试卷了,可他这仔细一看试卷,可就坐不住了。

光是前面两道题就让他气不打一处来。

试卷的第二道题叫遣词造句。

题目如下:

我喜欢_____

我的爱好是_____

我的梦想是_____

结果苏子轩写的答案是:

我喜欢玩

我的爱好是看电视

我的梦想是当大老板

"这孩子怎么脑子里想的不是玩,就是赚钱啊?哪里像个孩子的样子啊。"苏庆春小声嘀咕着。

要知道苏庆春可是真正的接受传统应试教育长大的孩子,当然他也是真正尝到了应试教育甜头的人,那时候的他也只有努力读书才能让自己从偏僻的农村来到上海这个大都市。

假如没有好好读书,或许他现在也只有跟弟弟一样在外面打工了。

所以看着这样的答案,苏庆春是很不满意的,这个答案太不符合他那个年代的标准答案了。

于是,等苏子轩走进来,还没等她坐下时,苏庆春便责备道:"你这试卷里面写的都是什么啊,不是玩,就是玩,好几个地方写得都不对啊,你这跟没有检查一样啊!"

面对爸爸的责备,苏子轩就跟说别人一样,淡定地回道:"哦。"

说完她跟没事的人一样,拿出另外一份还没做完的作业,低头伏笔。

苏庆春看着苏子轩这个态度,有些生气了,他大声说道:"你干吗啊?"

"写作业啊。"

苏庆春这回真急了:"我不是说你这里好多错误的嘛,你还跟个没事人似的,还有心思写什么别的作业啊,赶紧把这个错误的先订正过来啊。"

"爸爸,有错误那是难免的嘛,有什么好奇怪的啊,"苏子轩不紧不慢地解释道,"我这里还有作业要写,我先把作业先全部写完了,再订正你那里的吧。"

苏庆春对苏子轩这个态度真是不满意,小时候他对知识是多么的渴求,从来没人教,要是给老师的作业,错了,即使是老师批改下来没人看到都会脸红,难过一上午。

现在女儿倒好,有人当面指出错误,不着不急,而且不当一回事的态度让他有些恼火了。

苏庆春说道:"你现在是学习期,有错误是很正常,但是你不觉得你的态度不够诚恳吗。"

"我很真诚啊,"苏子轩淡定自若地说道,"爸爸,你第一次检查作业,不要这么急嘛,慢慢来,平时妈妈都是检查出来了错误,我统一一起订正的。"

"今天是我检查作业,就按照我的方式来,"苏庆春大声说道,"你那边就先不要写了,先把这几个错误订正过来。"

苏子轩看了一眼父亲,有些急眼了,这才放下手里的笔,无奈地说道:"好吧。"

然后慢悠悠地问道,"哪里不对啊?"

"还哪里不对,好多不对的。"

苏庆春说道,"你看这里,人家问你喜欢什么,你怎么写喜欢玩呢?"

"这有什么错的啊,我就是喜欢玩啊。"

"这里应该写喜欢花啊,小动物啊,或者别的什么的啊,"苏庆春解释道,"还有啊,这里,爱好是什么,你说爱好是看电视,这样不对啊,爱好应该是看书啊,画画,人家其实就是问你喜欢什么,平时妈妈给你报的那些补习班,你都喜欢哪一项?"

"可是爸爸,我就不喜欢花呀,小动物啊,还有你说的妈妈报的那些特长我都不喜欢,我就是喜欢玩,还有躺在家里看电视。"

"那个就不说了,再说说这个。"话说着的时候苏庆春用力地指着试卷的第三栏，就是问梦想是什么的那栏。

"人家这里问你梦想是什么，你怎么写的是当大老板呢?"苏庆春诧异地问道。

"我的梦想就是当大老板啊，"苏子轩不以为然道，而后她一脸自豪地解释道，"爸爸，当大老板多好啊，又不用上班，还有好多好多的钱用。"

"最主要的是，当大老板还有一帮的小弟跟着，啧啧……想想都很美好啊。"说这话的时候苏子轩还不停地摇头，似乎此时的她正徜徉在一群小弟跟在自己身后的环境里，特别的陶醉。

束手无策

苏庆春看着女儿的那如痴如醉的样子真是大开眼界了。

他吃惊地说道:"小弟???……"

"轩轩,你这脑子里是怎么想的啊。"

说着他还轻轻地敲了敲女儿的后脑勺,然后继续说道,"还小弟呢,你这是香港电视剧看多了吧?不知道的还以为你是黑社会大姐大呢,真的是,小弟都来了,那叫员工,知不知道啊?"

"你这还好是跟我说,要是跟你妈妈说,非得收拾你一顿不可,估计你那个跆拳道班就彻底没法去了。"

"员工跟小弟不都一样嘛,反正都是跟在我后面的。"苏子轩不以为然地说道。

"那肯定不一样了,哪个公司的老板叫自己员工小弟的啊?这个称呼就不对。"

"好吧,那员工就员工吧,反正当老板有人跟在后面就好,想想,那么多人见到我就叫我,那得多威风啊。"苏子轩说道。

经过苏庆春的解释,让苏子轩没有一点对大老板这个梦想动摇的,似乎还添了几分激情。

苏庆春见女儿还是对大老板这个梦想非常的痴迷,实在是纳闷不已,他无奈地说道:"不是,轩轩,我就不明白了,你的梦想怎么会是当大老板呢。"

说完他又解释道,"我的意思是,我们小时候老师问梦想是什么,一般都是回答,想当科学家啊,医生啊,老师啊,或者是宇航员啊,这一类的。当然,我倒不是说强求你一定要当什么,但是最起码你给我选个稍微有知识含量的梦想吧。"

在一个从农村出来,靠着自己读书才能够出人头地的苏庆春眼里对于所谓常见的从商大佬他还是有很深的误解，骨子里就下意识地认为当老板的就是没读书投机倒把的才赚到钱的，所以他对女儿的理想是当老板这件事情是非常的抵触。

"可是我不喜欢当医生啊，我可不想像您一样，每天都那么忙，起早贪黑的，那样的生活有什么意思啊，我才不要呢。"苏子轩说道。

女儿的话刺痛了苏庆春心，原来在女儿心里自己的职业是这么的一文不值。

苏庆春转念又想，孩子的话其实也没错，医生这个职业苏庆春是纯粹靠着自己的医生信仰，救死扶伤的信念支撑着的，不然就这样的工作量，确实很难坚持。

而且医生工作这么辛苦，其实他也不想自己的女儿走自己的老路。

于是他解释道："轩轩，你误会爸爸了，爸爸虽然自己是医生，但是从来不强迫你一定要做医生，相反，爸爸其实更加赞同你不要选择医生这个行业，诚然这个职业很神圣，能够为社会做贡献，但是却牺牲太多太多了，所以我们家只要有一个人做医生就足够了。"

听到苏庆春的话，苏子轩也是松了一口气，她一直以为爸爸是想自己做医生。

说完，苏庆春又补充道，"我是觉得医生很辛苦，你就不要做了，但是像妈妈当老师这样的不是挺好的，女孩子做老师教书育人，也很好啊，而且还有很多时间照看家人。"

"我才不要当老师呢，"苏子轩连忙否定道。

"为什么啊？你不是说医生很忙嘛，那老师说起来还算是不错的啊，又不是很忙，还有寒暑假。"

"老师都太凶了，全都是凶巴巴的，我最讨厌老师了，"苏子轩回道。

苏庆春听着，刚想往后面的什么科学家啊，宇航员那边继续说，但是还没等苏庆春开口，苏子轩似乎已经知道自己爸爸想说什么了，连忙补充道，"爸爸，刚刚你说的其他梦想我也不喜欢。"

"我就喜欢当老板，当老板有什么不好的啊，"苏子轩再次强调了一边，"反正我就喜欢当大老板，又不要上班，还可以赚好多、好多的钱，还有小跟班多好啊。"

"轩轩啊，当大老板哪里是你说的那么简单啊，他们也要上班的啊，并不是你想的那样不劳而获的。"苏庆春试图解释苏子轩对大老板有误解，而把她带入正规。

但是苏子轩根本不买账，她不以为然道："上班就上班呗，反正你们不也都要上班嘛。"

"反正我就是想当大老板，就跟涂茜茜的爸爸一样，还有司机，多好啊。"

"涂茜茜？"苏庆春反应了一会问道，"就是你那个同桌涂茜茜吗？"

"对啊！"

"你不是不喜欢她嘛？"

"我是不喜欢她啊，但是我很羡慕她爸爸的工作啊。"

这话没毛病，苏庆春看着女儿这会儿倒是事情分得很清楚，但是他看着女儿的那劲头，这当老板的决心不是一天两天了。

他想着自己跟苏子轩这般大的时候还在跟着爸妈地里插秧，别说理想了，能上学就不错了，家长说什么就是什么，哪里跟现在的孩子一样，自己都有主意，家长好难干涉。

苏庆春此时已经感觉到了自己辅导孩子的无力了。

他无奈地叹了口气，并说道："哎……既然是你的梦想，那就按照你真实的想法走吧，想当大老板从商就从商吧，跟着自己的感觉走，也没错。"

"不过就算你这道题目对了，但是前面的那两题，你写的什么玩啊，看电视啊，这些答案都是不对的哈。"

"为什么啊？"苏子轩问道。

"因为它根本不是出题老师的本意，你这是曲解了出题者的意思。"

"那你怎么知道出题老师是什么意思啊？"苏子轩反道，"我觉得我说的就是真实的想法啊，老师本来就说写下自己真实的想法啊，我觉得这个答案完全没有错。"

面对苏子轩的解释和坚持，苏庆春再次一脸的无奈。

苏子轩说的确实也有她的道理，做这样的题目本来就没有固定答案，就是写出自己真实想法，但是在苏庆春的应试教育理念里面，他解释的答案其实就是出题者的目的，他也坚持认为他的答案才是对的。

而且在他的脑海中，从小他的老师就是这么教他的，他也从来都是按照这个思维模式去考试的，屡试不爽。

但是当他想要再解释给女儿听她的答案不是不对，而是不合理的时候,他又哑语了。

  因为他真的不知道该怎么去说服女儿,此刻的他有些慌了,他作为一个硕士生,居然发现对一年级的学生辅导显得有些束手无策了。

写作业拖拉磨蹭

苏庆春转念又想了想，女儿写的答案其实也没错，她写的确实也是自己的真实体会，要是强硬地要求她修改答案，苏庆春怕自己会给女儿带入一种歧途，反而让她不知所措。

于是，他沉思半刻以后，只好无奈地说道："行吧，这道题就算了吧。"

就这样，在苏子轩的坚持下，原本苏庆春认为错误的答案全都变成了对的。

原本苏庆春还想通过辅导作业，增加自己的威信力，但是经此一役，他感觉自己的威信力是有减无增啊，特别是看着女儿得意洋洋的样子更加是让苏庆春有些不好意思了。

于是他又说道："前面的那几道题就算了，那另外这道题你怎么解释啊？"

"哪道啊？"

"就这道。"

说着只见苏庆春手指着最后一道阅读题目里面的一道小题目。

题目是：用"旁边"一词造句

"这道题目你都空着的，别说也是你认为应该空着所以就不写哈。"

只见她看了看题目，不紧不慢地说道："哦，你说这道题啊，这可不是我不做，真的是它题目本身就出错了。"

"题目出错了？"苏庆春惊讶道。

苏庆春想过女儿多种想法，都想好了该怎么去解释，但是万万没想到女儿这回居然会这么回答。

他哭笑不得地问道，"你倒是跟我说这道题哪出错了啊？"

"你看它说用'旁边'的词造句，可是它旁边都没有词，怎么造句啊?"苏子轩幽幽地说道。

苏子轩的话,再一次让苏庆春语塞了,他从未想过就这么一道简单的题目女儿居然有这么清奇的思路。

他先是笑了笑,说道:"哦,原来你是这个意思啊,呵呵……你这么解释也没毛病,不过它这道题目的意思只是说用'旁边'这个词语造句,仅仅是指'旁边'这个词语。"苏庆春解释道。

"就是说旁边啊,但是它旁边根本没有啊。"

"不是,你没懂我的意思,我是说就仅仅是'旁边'这个词语,跟它旁边是什么的没关系。"苏庆春继续耐心地解释道。说完他还怕女儿不清楚,又说道,"你明白我的意思吗?"

苏子轩摇摇头。

"就是这里跟你用'那边'、'这边'造句是一样的,不要管其他的,单单只是指这个词语。"

"哦,我知道了。"苏子轩这回总算是明白了。

苏子轩的这句我知道了,真是让苏庆春好有成就感啊,他笑着说道:"明白了就好,那你赶紧写吧。"

"哦,好吧。"

可是一分钟过去了,苏庆春除了看着女儿东翻西翻的,就没见她动笔写字。

于是苏庆春着急地问道:"轩轩,你这是干吗呢,还不赶紧写作业啊。"

"爸爸,不是我不写啊,是我笔不知道去哪里了?"

"啊?笔不见了?"苏庆春问道。

"是啊,不知道去哪里了。"

"书包找了吗?"

"找了,没有,整个笔袋都不见了。"

"那会不会落在学校了啊?"苏庆春问道。

"没有啊,我下午回来的时候都写作业了的啊。"

"那估计就在房间里,找找吧。"

于是两父女又开始整个房间找笔了。

两分钟后,他们终于在苏子轩床上找到了笔袋。

但是等她掏出笔准备要写的时候,又发现笔芯没有了。

"爸爸，等等哈，我换个笔芯。"

说着她又跑到了床上找到笔袋，换笔芯去了。

苏庆春看了下手机已经快9点了，这还什么都没干呢。

于是他催促道："轩轩，你速度快点，这都好晚了，赶紧的，不然要拖到好晚了。"

"知道，知道。"苏子轩回道。

但是她也只是口头回了而已，动作并没有见加速。

苏庆春看着真是着急，他气得叹道："哎……就写这么点作业，你怎么这么磨蹭啊。"

"爸爸，这不能怪我啊。"苏子轩边装笔芯边说道，但是话音刚落，刚刚装进去的笔芯她一按就掉了。

苏庆春看着这样的情况，也起身帮女儿一起弄，但是越帮笔芯越不配合。

"爸爸，你别弄了，越弄搞得我越弄不好。"

苏庆春听着这话，还有点责怪他的意思，他只好退回去让女儿自己弄了。

从苏庆春解释完"旁边"这道题的意思以后已经十分钟过去了，苏子轩的笔才算是完好无损地回归了原位。

苏庆春看到女儿走过来后连忙催促道："笔弄好了赶紧写吧。"

只见苏子轩刚一提笔，还没写第一个字，又放下了手中的笔。

"又怎么了？"此时的苏庆春早没了刚刚进来时候的那个耐心了，大声地问道。

"爸爸，先等等吧，我现在先出去下。"

"你又出去干吗啊？"苏庆春问道，"这不是刚刚才喝的水吗？"

"我不喝水，我这回是尿急，想上厕所。"

"哪有那么急啊，"苏庆春生气地说道，"先憋一会，你认真把这道题做完，就一个造句而已，很快的。"

"不行啊，爸爸，再不去我要拉裤子上了。"苏子轩说着用手扶着肚子，身体半弯着。

"怎么会拉裤子上呢，哪里有那么急啊。"

"怎么不会拉裤子上啊，前几天我们班上的李可欣她上课的时候就把粑粑拉身上了，就是因为太急了，来不及拉裤子上了。"

"人家那个是拉肚子,跟你不一样。"苏庆春试图解释道。

"怎么不一样啊,都是很急,"话说着的同时,苏子轩再一次把身子弯了弯,并用可怜巴巴的眼神看着苏庆春乞求道,"爸爸,我真的好急啊。"

作为医生,苏庆春还是很清楚,憋尿憋屎对身体都不太好,苏庆春也实在是说不过女儿,再者说,看着女儿的样子,他肯定也不忍心让她憋着难受。

虽然此时的苏庆春这心里都很急了,但是总不能因为写作业把孩子的身体搞垮了吧,于是他无奈地说道:"行吧,那你快点去哈。"

见苏庆春话音刚落,苏子轩一溜烟地跑了。

苏庆春望着女儿的样子,再看看时间,突然发现自己来了将近一个小时了,但是女儿却什么都没干,这心里啊,更加着急了。

一写作业，鸡飞狗跳。

就在苏子轩还没走一分钟的时候，苏庆春发现房间的门突然推开了一点点缝隙。

苏庆春侧身一看，是妻子黄小培。

只见她探着头打量了一下房间，就跟做贼似的。

苏庆春看到妻子的样子也是好笑。

"你这是干啊？"

黄小培没回话，继续打量，发现女儿不在，便推开了门。

此时的她才腰杆挺直了，问道："怎么就你一个人啊，轩轩她人呢？"

"她去上厕所了，"苏庆春问道，"你怎么过来了？"

"我那边备课弄得差不多了，不放心你们，就过来看看情况呗。"

说完黄小培带着调侃的语调问道，"怎么样啊，今天这辅导了一个来小时感觉如何啊？"

"感觉不怎么样。"苏庆春灰着脸回道。

对于这个结果，黄小培一点也不意外，她看着丈夫眉头紧锁，面无喜色，就像是受了多大委屈似的，实在是没憋住笑。

"你终于知道我每天的痛苦了吧？"

黄小培这会儿还有点幸灾乐祸。

"这孩子怎么这样啊，一会这，一会那的，感觉做事情非常的拖拉、磨蹭，"苏庆春说道，"她平时也不这样啊。"

"呵呵……我亲爱的苏医生，请你摆正好心态，你都说了这是写作业，不是平时好吧？"

黄小培说完看着苏庆春的情绪不高，又宽慰道，"反正你感觉不怎么样那是正常现象，感觉好才奇怪呢，教孩子写作业哪里那么简单啊。"

黄小培说完似想起来了什么，又问道，"哦，对了，她检讨书写完了吗?"

"没有。"苏庆春摇摇头。

"那作业呢?"

"也没有。"

"啊!不会吧?什么都没写啊?"黄小培问道,"那你们这一个来小时在干吗啊?"

黄小培这话算是对苏庆春灵魂质问啊,搞得苏庆春都不知道怎么回答了。

不过这个问题不光是黄小培,他自己也在想,这一个小时自己都干了啥。

苏庆春也是委屈啊,他这一个来小时可以说是尽心尽力在教孩子,但是这成效也确实不高。

"我这……"苏庆春无奈地说道,"说实话也不知道都干了什么,反正我也没闲着,但是就是啥事情都没做。"苏庆春说完又道,"从我一讲来,她不是喝水就是上厕所啊,还有刚刚光给她找笔都找了几分钟,你看这才多久啊,她都跑出去两次了,哪里有时间写作业啊。"

"三心二意的,一点也不专注。"

"她平时写作业的时候不会也是这样的吧?"

"呵呵……你说的这个太正常了,"黄小培笑着说道,"你以为辅导作业那么简单啊,她平时就这德性,有时候还抠抠指甲,玩玩玩具呢。"

"她一做作业就是屎尿多,有一次,我记得也就一个小时候不到吧,她老人家跑了4次厕所,喝了两次水。她还给我有理了哦,说是喝了水当然就要拉尿了,难道想让我拉裤子上啊,我差点想打她了。"黄小培慢慢叙述这女儿的数宗罪。

"这样可不行啊,这样左走右动的心思哪里能在学习上啊,"苏庆春说完又补充道,"不过你打也没用啊,要好好跟她说。让她树立正确的学习观。"

"树立正确的学习观,你说得轻巧,你要是那么能,现在你好好跟她说啊,"黄小培嗤之以鼻道,"我反正已经没办法了。"

"没办法,想办法嘛。"

"哪里那么容易啊,我什么办法都想了,都没用,到后面实在没办法了,只要她一写作业吵着要喝水我就不让喝,看她还有什么借口跑出去。"

"不让喝水也不行啊,总不能就这么渴着吧?"

"渴不死,这写作业才多久啊,再说了,吃饭的时候都喝了汤的,她压根就不是真想喝水,就是想出去走走,"黄小培说完继续补充道,"对了,她出去你要规定时间的哈,你要是不说好,搞不好拉个尿十分钟都回不来。"

"这孩子,还会耍这样的小心眼啊。"

"你以为你女儿是个善茬啊,她精着呢,"黄小培说道,"其实学校说作业多也不多的,哪里有写到那么晚的,大部分时间都是她拖来拖去拖得那么晚的。"

"这样可不行啊,这才小学一年级,那以后往后走,作业多了,那岂不是更加麻烦,这么小,规矩还是要立起来的,不然真的很麻烦。"

"你真是站着说话不腰疼,说起来什么都感觉很简单一样,我还不知道这样不好啊,我也想给她立个好规矩,但是还要她配合啊,"黄小培解释道,"刚刚我不是说了,什么办法都想了,但是不管用啊,那个写作业不让她喝水不也是没有办法了,被逼无奈才出此下策嘛,一切不也是为了减少她出去的次数。自己不想办法,就知道在这里唧唧歪歪的。"黄小培不满地回怼道。

"我也不是说你这样一定不对,就是说你这个办法不是长远之计,治标不治本啊。"

"我也知道是治标不治本,但是真的很难的,现在的孩子,嘴巴比你还灵光,你给她讲道理,她的道理比你还多,怎么教啊,真的好难教的。"

黄小培这话要是之前的苏庆春那是万万不信的,毕竟苏子轩现在才是个7岁的孩子,但是经过今天他自己亲自辅导了一次作业之后,他算是真实体会了一把黄小培说的话了。

他无奈地叹道:"哎……她的嘴巴确实很会说,我刚刚发现自己都有点说不过她了。"

"就是啊,呵呵……你总算明白了吧。"听到丈夫的回答,黄小培笑了起来。

"都说生孩子容易,教育难。就是这个道理,"黄小培说道,"前段时间我看网上专门为孩子写作业的场景还编写了个段子。"

"你等下哈,我正好截屏了,我念给你听哈。"

黄小培说着把手机拿出来,很快她便念道:"你听着哈,她是这样写的:不写作业时,母慈子孝,连搂带抱!一写作业时,鸡飞狗跳,呜嗷喊叫!前一秒如漆似胶,后一秒叮咣就削!我们给孩子的爱,就像是'新贵妃醉酒'里的那句:爱恨就在一瞬间!"

苏庆春听到这话说得真是贴合事实,笑着问道:"还有这样的段子啊,那句不写作业母慈子孝,一写作业鸡飞狗跳是真的很绝啊。"

"对啊,都是肺腑之言啊。"

话说着的时候,苏子轩终于蹦蹦跳跳地回来了,她看到妈妈黄小培在房间先是一惊,然后结巴地问道:"妈妈,你,你怎么来了?"

那表情就跟老鼠碰到猫一样。

黄小培也先去投以她一个凌厉的眼神,然后说道:"刚刚干吗去了?"

"我就上了个厕所。"

"不是跟你说了写作业的时候要专注,一心一意的嘛,你这老上厕所的毛病又犯了?"

"不是,我真的是尿急。"

"你写作业跑来跑去心是不能定的,下次注意点,能忍就忍。"

"知道了。"

"赶紧去写吧。"

苏子轩听到后连忙回到书桌,并快速地拿起笔,一刻也不敢耽搁。

此时的苏庆春看到女儿的样子才知道妻子的待遇跟自己教孩子的待遇真是天壤之别啊。

确认女儿在认真写作业以后,他抬头看了一眼妻子,忍不住竖起了大拇指。

取消跆拳道班

黄小培看到老公的样子，憋笑着，而后她探头看了一眼确认女儿真的在认真写作业后也安心了。黄小培自己的事情也做得差不多了，她看了下时间，不早了。于是她轻轻地走到苏庆春跟前，小声说道："行了，你去忙你的吧，这里还是交给我吧。"

"算了，我这第一次辅导她写作业，要有始有终。"苏庆春倒也硬气。

黄小培看着丈夫那认真的样子，真是忍俊不禁。而后，她尽力地控制住自己的情绪，微微地咳了一下。"那行啊，我那边反正还有一点点内容还没完结的，你既然这么坚持，那我就去忙了，待会再过来。"

"你去吧，你忙好就睡觉了，这里就不要管了，今天这里我能搞定。"

这话听着倒是挺好听的，就是黄小培总觉得怪怪的，可能真的是苏庆春以前没管过孩子，这下子她还真有点受宠若惊的感觉。黄小培朝苏庆春笑了笑，便离开了。

话说黄小培的威力那真不是盖的，虽然她走了，但是就那么一会会，苏子轩就老实了许多，不再这捣鼓那捣鼓了，终于老老实实地低头写作业了。

在9点半的时候，她终于把作业交到了苏庆春的手里，而等苏庆春看完，批改完已经是10点钟了，苏庆春总算是歇了口气。

"这教你做作业比我做一台手术还要累啊！"苏庆春不禁感叹道。

"那当然了，做作业多辛苦啊，做手术多好玩啊！"

"做手术好玩？"

"肯定的啦，拿着手术刀想割哪里就割哪里。"苏子轩回道。

"谁告诉你做手术是想割哪里就割哪里啊？"苏庆春直勾勾地盯着女儿问道。

"我看电视上不都是这样的嘛。"

"肯定不是这样的啦,我们的一个动作和行为都是有目的的,而且非常精确,差一分一毫都不行的,你以为过家家啊。"

苏庆春再想解释的时候,感觉女儿也不能明白,便说道,"算了,说细了你也不懂,很晚了,你赶紧睡觉去吧。"

"好吧。"苏子轩似懂非懂。

"诶……等等,我差点把那个保证书忘记了,你写完保证书再去睡觉吧。"

"保证书早写好了。"苏子轩说着慢慢地从书桌上抽出一张纸。

"这么快啊!"

"那当然了,保证书嘛,对我来说小意思。"

苏庆春用怀疑的眼神看着女儿,而后接过保证书,粗略一看,才几行字。

"就这么点啊?"

"意思到了就够了。"

于是苏庆春没再说话,仔细品读了下女儿的保证书。

保证书

我保证从今以后再也不乱收费,不打架,尊老爱幼做一个好孩子,假如我做不到的话,就往死里揍,我绝无怨言。

保证人:苏子轩
2018 年 6 月 23 日

行文非常规范,一看就是个老手。

"不是说好了要把事情经过都写清楚嘛,这也太简单了吧?"

"没那个必要吧?这个事情的经过我在学校都跟老师和妈妈交代清楚了,也没什么好写的,至于操作流程嘛,刚刚也说清楚了,该交的钱我也都上交给妈妈了,我觉得这样就够了。"苏子轩解释道。

苏庆春看着时间也不早了,保证书嘛,确实也就是保证以后不再犯做个证据,于是他回道:"行吧,那我这个就交给你妈妈了,你赶紧洗漱睡觉吧。"

"好嘞!"苏子轩高兴地站起来,马上掏出 IPAD。

"欸,不能再玩 IPAD 了,好睡了。"

"就玩5分钟,我今天有个学习的课程还没打卡呢。"

其实苏庆春也不懂女儿说的学习课程打卡是什么意思,反正听着是学习,那他想着应该是必须做的事情,也没再多说了,只回了句:"那你早点打卡完,早点睡觉了,好晚了。"

"嗯,知道了。"

之后苏庆春拿着那份保证书来到了自己的房间,此时黄小培已经躺在床上玩手机了。她看到丈夫进来,连忙坐起来问道:"都做完了?"

"做完了,喏,这是她的保证书,你过目一下吧。"

苏庆春边打着哈欠边伸手把保证书递给了黄小培。

黄小培一看,不满地说道:"就这么简单,怎么行呢?"

说着她连忙站起来,准备往外走。

"你干吗去啊?"苏庆春问道。

"让她重新写啊,这写的算什么啊,她也太敷衍了事了。"黄小培气愤地说道。

说着黄小培又把怒气转到了苏庆春头上。

"她就写成这样样你也让她过关?"

"那我能怎么办呢?她就是写成这样的嘛。"苏庆春无力地说道。

苏庆春是了解妻子黄小培的,以她的性格,现在去找苏子轩,那一定是先把她教训一顿,然后又是各种说教,等到要按照她要求写完,那估计没到十一二点是没法结束的。于是他又态度缓和地说道:"你要是觉得实在不行,就让她明天重新写吧,现在都好晚了,今天她也累了,让她先睡觉吧。"

黄小培听到苏庆春的话,突然停下了脚步,她也是知道自己脾气的人。"也行,这个让她明天交给老师吧,明天另外再写一份详尽的给我,不然她不长记性。"

"行吧,那你明天跟她说吧,"苏庆春已经很疲劳了,小声地回道,"我去洗澡了。"

他刚走出门,似想起来了什么,又补充道,"对了,我觉得你有空啊,要好好掰一掰正她的价值观了。"

"什么意思啊?"

"今天人家作业上问她梦想是什么,居然说想当大老板,赚大钱,跟她哪个同学的爸爸一样。"

"赚大钱的梦想也没错啊。"黄小培不以为然道。

"我倒不是觉得这个梦想不好,只是她认为大老板就是不用干活,还能赚很多的钱,最重要的是她说当老板有一帮小弟跟着,有大姐大的感觉,这都是啥啊?"苏庆春无奈地解释道。

黄小培听到后也很诧异。

"天啊,这姑娘脑子里每天都想着啥啊?"

"就是说啊。"

"我感觉,那个跆拳道班还是算了,总感觉她去了以后戾气好重啊,"黄小培说道,"一个女孩子家家的,动不动就是跟黑社会一样,真是吓人,以后长大了谁敢娶啊。"

原本苏庆春还觉得给女孩子报个跆拳道班,能够让她强身健体,最重要的是以后还可以保护自己。现在看着女儿的情况,觉得黄小培说得也对。

"那你要是真觉得她是因为参加了这个培训班戾气这么重不去就不去了吧。"

"我原本就不同意她报这个班,是你非要让她去的,那上完这个月就不去了。"黄小培说道。

"嗯,行吧。"苏庆春说着便拿着衣服离开了房间洗澡去了。

始作俑者

翌日清晨,苏子轩早早地便被黄小培叫了起来。

"妈妈,我真的好困啊,我再睡会。"

苏子轩闭着眼睛回道。

"睡什么谁啊,赶紧起来。"黄小培并不买账,朝着睡意惺忪的苏子轩大声喊着。而后又叮嘱道:"你今天把保证书务必交给你的班主任哈。还有啊,你别以为那份保证书给了你老师就完了,我这里还不过关,你写的那些根本就是敷衍了事,今天下午下课回来以后,你给我把事情的经过、操作流程以及可能带来的后果还有教训全部给我写清楚,字数不能少于500,听到了吗?"

"听到没有?"

"哦。"

苏子轩用右手轻轻地摸着眼睛,憋着嘴回道。

"你那份给老师的保证书我给你放书包了,千万别忘记给老师了。"

"嗯。"

说着苏子轩半个身子又躺了回去。

黄小培一个转身发现女儿又躺着了,连忙说道:"啧……你还睡什么睡啊?赶紧给我起床。"

说完见苏子轩没动静,她便再一次走向前亲自把女儿从被子里薅了出来,并把她的衣服扔在了床上。"赶紧给我换睡衣。"

此时的苏子轩唉声叹气道:"哎!我怎么这么可怜啊!"

"可怜什么啊,我跟你一般大的时候这个点早读课都下课了。"

苏子轩还能说啥呢,她就这样半闭半睁着眼睛把衣服换好了。黄小培见她换好了衣服才出门了。而后苏子轩则慵懒地出去洗漱了。

而今天客厅跟往常一样,苏铁军早早地就坐在客厅的沙发上看着电视了。他看到苏子轩出现以后，连忙朝苏子轩使了个眼色，看样子他应该是在等苏子轩出来，那动作非常的娴熟，明显这不是第一次。

苏子轩也是很快心领神会。她回头看了一眼，爸爸妈妈并没有在后面，然后无精打采地走到了爷爷跟前喊了声："爷爷！"

此时的苏铁军完全没有爷爷该有的样子，而是贼眉鼠眼地看着苏子轩，手伸得老长，媚笑说道："赶紧拿来啊！"

"今天没有了。"苏子轩有气无力地坐到了苏铁军的旁边回道。

两人的谈话非常顺畅，且没有半点爷孙之间的慈爱，更像是同辈间的谈话。

苏铁军明显对苏子轩的这个回答不满意，质问道："为什么啊？前天难道没作业吗？我看你前天不一直在房间写作业嘛。"

"作业倒是有，"苏子轩欲言又止，"就是……"

"你就是什么啊？那有作业怎么会没有钱呢？"

苏铁军说完瞪了眼朝苏子轩，然后问道，"你不会还想独吞吧？"

苏子轩转头看了一眼爷爷，叹道："哎……爷爷，不是我想独吞哦，而是我的事情昨天被老师发现了。"

"啊？"

苏铁军先是一惊，然后停顿了几秒，又问道，"那你爸妈现在知道不？"

苏子轩点点头。

"都知道了啊？"苏铁军说完又补充道，"难不成昨天你妈一回来就把你拎回房间就是因为这个事情啊？"

苏子轩还是没说话，只唉声叹气地点点头。

听到这以后，苏铁军怔了一下。

他们的事情终于败落了，其实苏子轩通过职位收取同学一定费用的事情从头到尾都是苏铁军一手策划的，昨天黄小培的猜测也没错，当时黄小培提到这茬的时候，苏子轩别提有多紧张了，生怕把爷爷牵扯出来。

不过好在苏子轩的嘴巴很严，才算是保住了苏铁军这个军师的身份。

但是苏铁军可不是苏子轩，他听到事情被揪出来了，第一反应便是朝只有七八岁的孙女问道："那你不会把我供出来了吧？我们之前可是有协议的，利润平分，出了事情我不负责任的哈。"

"放心吧，我没把您供出来。"

苏铁军听到这里才松了一口气,然后他顿了顿,又问道:"那现在被发现了,怎么弄啊?"

"把钱全都退回去呗。"

一听到钱全部退回去,苏铁军可不淡定了,他第一时间是身子往后退了退,然后说道:"啊?不会吧?全退啊!我那钱早就花光了,怎么退啊?我可没法退哈。"

"放心吧,爷爷,你那钱我没跟我妈妈说,只说自己花掉了。"

"那,那还差不多,算你还守信。"

苏铁军只顾着自己,丝毫没有关心孙女被这事情揪出来且独自把这事情承担下来的后果。更加没有问这钱不够了,苏子轩怎么办?这时候的他巴不得这事情跟他一点关系都没有,反正钱他都收了,责任孩子担了。

苏铁军看到孙女好像情绪不高,只安慰了句:"没事,被发现就被发现了,反正你爸妈肯定也不会拿你怎么样。"

就这么一句轻描淡写的话,便把自己的责任推得一干二净了。

苏子轩还小,她只知道当初跟爷爷说好了,不泄露这个秘密,这就是她该做的,也想不到责怪爷爷什么,但是现在的她被妈妈逼着去写那么复杂的保证书是真让她头疼。可这点爷爷根本帮不了她,她识趣地说道:"爷爷,那没事我先去刷牙了,不然我妈妈又要骂我了。"

"去吧,去吧。"

苏铁军见苏子轩走后,也坐不住了,连忙回了房间,小心地把门关了起来,然后从床上的垫子里翻出来自己因为教苏子轩赚钱方法而获利的钱。

这些钱全是一些散碎的零钱,苏铁军用一个塑料袋装起来的,全部都是50、20、10、甚至还有5块的,虽然多,但是却被叠得整整齐齐的,就像是银行等着要换散钱那般规整。这一看就是苏铁军平时很用心仔细整理的。

苏铁军拿出钱以后再一次数了数里面的金额,足足有875元啊。

这些钱基本都是苏子轩每天早上跟今天的场景一样按5成的比例分成给苏铁军的。虽然听到事件败落了但是苏子轩并没有把他供出来,但是苏铁军还是感觉不够踏实。他生怕这事情还有被牵扯的可能,特别是他拿着那么多零钱,到时候即使是想推卸责任,面对这么多的散钱他也是解释不清楚的。

  这么多的散钱，相当于他的犯罪证据，他不能就让它们这么继续躺在床垫下面。于是他慢慢地坐在了床沿上费尽心思在想：怎么转移这笔赃款。

184 销赃

苏铁军在房间思虑了许久，突然想到了一个好地方。

那个地方非常隐秘，在房间衣柜靠墙最里面有一个小洞，苏铁军猜测着应该是这房子原来买来的时候衣柜就有点坏了，然后他们怕进老鼠，就拿了一个破旧的洋娃娃堵着。

这么隐秘的地方，他当初找到也是机缘巧合，这个地方藏钱简直是绝佳之地。

于是他连忙把又压在床底的钱拿了出来，然后从衣柜最底部抽屉的一个角落里拿出了那个补洞的已经破旧不堪的洋娃娃，把洋娃娃背后的拉链拉开，那里便是茅台酒钱的藏身之地。

这娃娃非常的破旧，一看就是孙女不要了的，里面肚子里的棉花也多，足够伪装，任谁也不会想到他会把钱放在那里，即使有人看到了也不会猜到那里会有钱的。于是苏铁军把那笔钱也准备放进娃娃后背，只是这次的这笔钱总数不多，但是数量却很多，加上又都是旧钞散钱，苏铁军废了好大的劲才把拉链拉上。但是拉上以后，苏铁军再一看，不对了，那娃娃被这钱已经顶得变形了，就像塞了一本书进去一样，最主要的是现在塞那个洞也不太好塞了。

"不行啊……这太明显了。"苏铁军自言自语道，"我不能因为这点钱把那个大头给牵出来了。"

于是他马上又把钱拿了出来，然后把娃娃放回了原位。正在他拿着钱坐在床上思虑该怎么办的时候，房门突然打开了。只见何美珍走了进来，并喊道："吃饭了。"

这一喊，真是把苏铁军吓一激灵，但是他眼疾手快，马上把装钱的袋子揣进了上衣的外套里面，并迅速拉上了拉链。

现在的上海中午温度已经接近 30 度了，但是早晨还不算热，20 来度,而苏铁军则依然穿着他的外套,这回也正是他的外套给了他一个完美的掩护,不然这钱就会一览无遗地暴露在何美珍的面前了。

"你干什么啊?咋咋呼呼的,一天到晚就知道叫,不会好好说话啊?"苏铁军藏好了钱以后,大声朝何美珍责备道。

何美珍原本是好心叫他吃饭的,一上来就被劈头盖脸地骂了一顿真是莫名其妙。

"什么咋咋呼呼的啊,我就叫你吃个饭。"

"饿了我自己会去吃,要你叫啊。"

"你真是好心当成驴肝肺,莫名其妙,"何美珍说道,"再说了,这大白天的你关什么门啊?难不成你刚刚在房间是在做什么见不得人的事情啊?"

"什么……见,见不得人的事情啊,我能做什么事情啊,你下次说话给我注意点哈。"苏铁军结巴道。

"切……大白天关门,做好事才怪呢。"

"你不要乱放屁哈。"苏铁军依然是很强势。

何美珍看到苏铁军的样子,也懒得跟他理论了,直接白了一眼苏铁军,转身便要走了。不过何美珍的出现倒是让苏铁军想到了一个好主意。

等何美珍刚刚走到房门口的时候,苏铁军又突然喊道:"欸……你等等。"

"又什么事啊?"何美珍不耐烦地问道。

"你过来啊。"此时的苏铁军明显态度比刚刚好了。

"有话就说,有屁就放。"

"你每天买菜是不是都要零钱啊?"

"你问这个干吗?"

苏铁军不说话。先是走向前门外探了探头,然后拉着何美珍进了房间。

"你到底想干吗?"何美珍看着苏铁军那贼眉鼠眼的样子,猜想也没憋什么好事,她质问道。

"嘘……你小点声。"说着苏铁军又小心地把房门关了起来。

"你大白天关门干吗啊,鬼鬼祟祟的……肯定又没什么好事。"

"啧……叫你小点声。"

苏铁军说着便小心翼翼地打开了上衣的拉链,从里面掏出了那袋钱。

看到这么一大袋的钱，还没等苏铁军说明原委，何美珍便惊呼道："天啊，你从哪里来的这么一大包的钱啊？"话说着的时候人也凑了上去。

"都跟你说了小点声。"

"这是自己家，怕什么啊，"何美珍不以为然道，而后她继续追问道，"赶紧说啊，你这些钱哪里来的啊？那不会是你偷的吧？你刚刚那个样子不会就是藏着钱吧？天啊，难怪我进来的时候你就跟做贼似的，原来真是做贼了啊？"

何美珍并不知道那袋子里到底有多少钱，反正就是一大袋，她感觉肯定钱不少，等不及苏铁军回复她已经自行脑补了一大段的剧情了。

"行了，别瞎猜了……"苏铁军终于听不下去了，打断了她的思绪。

"钱从哪里来的你就不要管了，我拿这些钱给你看呢，就是想跟你换点整钱。"

"换钱？"

"对啊！"

"换钱可以，但是前提是你要先告诉你是从哪里弄来的这么多零钱？这么多零钱现在除了卖菜的老板或者超市真的弄不到。"何美珍又开始了猜测模式。

何美珍说完了看了一眼苏铁军，他一点也不着急，真是急坏了何美珍了，她又问道："你赶紧说啊，到底怎么回事啊，急死个人了。"

"你管我哪里来的啊，我就问你换不换吧？"苏铁军虽然是求何美珍换钱，但是却还是一副高高在上的姿态。

何美珍现在可不比以前在老家身上没有钱，买点菜花个10来块钱都要伸手向苏铁军要的何美珍了，现在她也是手握现金的人了，身板比以前硬气了许多，更何况这钱来路不明，她肯定不会轻易跟苏铁军换的。

"你不说清楚这钱的由来，我是不会跟你换的，"何美珍继续说道，"反正我可以用散钱，也可以用整钱，而且拿着整钱说实话还方便点。"

何美珍是知道的，她越是急苏铁军越是淡定，越不会说的，所以她也学乖了，不再直接问了。

何美珍一副无所谓的样子还真是让苏铁军开始动摇了，他开始拿不准了。

完美洗白

正在苏铁军犹豫的时候，何美珍一个转身，要走的架势。苏铁军见状，连忙一把拉着何美珍的衣衫，把她拽了回来。

"是不是我说了，你就给我换了？"

"说清楚了我就肯定给你换，反正又不是少钱，整钱零钱我都可以。"何美珍这是身上有钱了，人也自信了，说起话来也是一套一套的。

苏铁军先是看了一眼何美珍，然后开启了甩锅模式。

"说起来这零钱的事情就怪你。"

"怪我？神经病……你偷东西还怪我啊？"何美珍怒怼道，"我什么时候叫你偷东西了？"

苏铁军也不直接否定，而是继续甩锅道："当然怪你了，谁叫你每次拿钱买彩票都是抠抠搜搜的啊！"

"你说的真的是，那钱是小培拿来买菜的，又不是给你拿来买彩票的，而且因为你买彩票，搞得现在开销都大了好多。"

"大什么呀，你一天才给我几块钱买啊，现在开销大只不过是因为天气热了，你水果买得多了，都跟你说了，不要买那么多水果，这水果多贵啊，少买一点水果，我几天的彩票钱就来了。"

"你以为我想买水果啊，那么贵的，是小培每次都交代了要买哪些水果的。"

"那是她交代了，就不要说花多了。"

"她倒也没说什么，就是我觉得每天花这么多，是真不好意思。"

"你不好意思个屁，又不是你一个人吃了。"

"即使是没钱买彩票，那你也不至于偷钱啊？你不知道偷钱要坐牢的啊？"

苏铁军看到何美珍还在提偷钱的事情，实在是听不下去了，责骂道：

"你给我闭嘴啊，什么偷钱啊，说得那么难听。你不会说话就别给我瞎说，闭嘴可以吧！"

何美珍此时早顾不得苏铁军刺耳的话了，听到钱不是偷的，她心情一下子舒畅了许多。"不是偷的，那这钱哪里来的啊？"

这正儿八经问了，苏铁军又开始沉默了。于是何美珍冷嘲热讽道："我是不会说话哦，你会说？""说了半天也没说出个屁来，都是些废话。"

"什么叫废话啊，我换这些零钱就是因为你不给钱让我买彩票呗。"

"怎么又跟我扯上关系了啊？再说了，我之前不是一直都给你钱了嘛。"

"哼……说得好听，哪一次你拿钱是痛快的啊，每次都唧唧歪歪的，"苏铁军慢慢说道，"所以我这会也寻思了，你不给就算了，我反正也有钱。我不是卖茅台酒的还有一笔钱嘛，所以我一咬牙，就把钱拿到彩票店的老板换了一些零钱。"

"啊？你把那钱拿出来了？"

"对啊！"

苏铁军可是出了名的铁公鸡啊，进了他口袋的钱能掏出来，真是个大新闻。

"真的假的哦？"何美珍一脸不敢相信的样子问道。

"这钱都在这里还能有假啊？"

"这钱真不是你偷来的啊？"

"你当我是傻子还是当别人是傻子啊？我怎么可能偷钱呢？再说我偷钱能偷人家一堆零钱啊？"苏铁军反问道。

"那倒也是，没偷钱就好，刚刚把我吓得。"何美珍说完又继续说道，"不过你能把钱拿出来买彩票我还真有点不敢相信。"

"这事情摆在面前还能有假啊？"

"那你换多少了？"

"一千。"

"啊？？？你换了一千块钱零钱啊？"

"是啊。"

"你傻啊？换1000块零钱干吗啊？你不是每次才买几块钱的彩票嘛。"

"对啊，我就因为买的钱不多，怕每次拿一百的丢了嘛，所以才换的啊。"

"那你也没必要一次性换那么多啊，一百一百的换还差不多。"

"我不是看着你每次拿一百的买菜别人找错钱嘛，所以想着给你也换一些零钱，说起来我这都是为了你好。"

"真的？"何美珍将信将疑。

"当然是真的了，这么多零钱在这里还能有假啊？"

苏铁军说着又扬起那袋零钱。

"那也不至于换这么多啊，这不像你风格啊？"

"我说话你要是不信，就不要问。"苏铁军这回明显不高兴了。

钱确实摆在何美珍的面前，她纵有怀疑，也不得不信了。

"那你是什么时候换的啊？"

"就前几天。"

"前几天你不是还找我拿钱买彩票了吗？"

"你给的那些菜钱哪里够买啊，要是万一中了奖，也就那么点，你给的那点钱根本不够，所以我自己都加注了。"

"那中了不？"

"没有，哪里那么容易中啊，要么容易中，大家都是百万富翁了。"

何美珍听苏铁军这么一说难免又有一些失落。突然想起来了昨天儿子跟她提醒的事情。于是她说道："你这彩票不要买那么多，一两注就行了，我们没有那种发财命，你玩玩就行了，别整天做那个美梦。"

"这你就不要管了，你就说这钱你换不换吧？"

何美珍想着这么多零钱，要是不换，那苏铁军都拿去买彩票就是打水漂。于是她回道："我给你换几百吧，省得你把这钱全花了。"

何美珍边从口袋里掏钱，边问道："你那里总共有多少钱啊？"

"800多。"

"啊？你已花了一百多啊？"何美珍瞪着苏铁军问道。

"哎呀，花了多少不用你管了，那是我的钱，我愿意买多少就买多少，你就说能换多少吧？"

"老苏，我跟你说，这彩票真的是有瘾的，你还是不要再买了。"

"你怎么这么多废话啊，就给句痛快话，换不换？"苏铁军不耐烦地催促道。

"我换，但是我有个条件。"

"哪里这么多屁事啊，不换拉到。"

"我给你换800，但是你要答应我以后每天只买1注。"

"爱换不换。"

苏铁军说着便想走了。

这回换苏铁军霸气了，苏铁军也是很了解何美珍的，这抑扬顿挫的方式苏铁军是屡试不爽。

何美珍赶忙拉着苏铁军，说道："只要你以后每天只买一注彩票，我就给换，而且我还外加多给你500块钱，你看怎么样？"

186 成功销赃

苏铁军一听,这零钱不但换,而且还能多给500块钱,这么好的生意,他肯定愿意了,嘴角不禁洋溢着得意的笑容。

买彩票这事情,买不买?买多少?都是苏铁军自己决定的事情,即使自己买多了,何美珍也不知道,再说了,刚刚说的那些什么何美珍给的钱买彩票不够的言论其实都是苏铁军诓何美珍的。

像苏铁军那么抠搜的人,怎么可能舍得花很多钱在彩票上面,当初他会买彩票也是因为第一次花了2块钱他中了5块钱觉得赚到了才坚持买的,但是实际从头到尾他买彩票每次都是一注2块钱,从未多买多一次,就这,每次没中他都心疼死了。

他跟何美珍那么说无非想掩盖这800多块钱的真实由来,还有一个原因是他多说点平时才好找何美珍多拿点钱而已。所以何美珍的这个条件,其实在苏铁军那里根本就不算是个条件,这就是他平时操作的习惯而已。现在能又把这笔零钱换了,还能得到500块钱,简直是美不胜收啊。但是他并没有外露自己的喜悦,而是小声问道:"你会有这么好心?另外给我500块钱?"

转而又觉得不对,"等等……你这500块钱哪来的啊?"

"难不成是你买菜存下来的?"苏铁军疑惑地看着何美珍问道。

还没等何美珍解释,他似看懂了什么,露出了诡异的笑容。

"哦,我知道了,我说你要钱要得这么勤呢,原来是这样的啊,"苏铁军自行领会,并讪笑道,"呵呵……你什么时候也变得这么猴精了,还在那里怪我买彩票花了钱,原来你钱都留在这里了啊。不过也好,你总算听我的啦。你不错嘛,就这么一个来月,你就存到了500私房钱,可以,可以……"苏铁军说完又露出了得意的笑容。

"你这都是什么跟什么啊?"何美珍翻着白眼看着苏铁军说道,"给你钱就给你钱，什么乱七八糟的啊！"

"跟我你还装什么啊？拿了就拿了，又没怪你，早就教你这么做了，不然我们来上海干吗啊？不就是为了多弄点钱嘛。"苏铁军也是直言不讳。

"你给我打住，我来上海纯粹是为了帮帮莽子他们，不要乱说话。"

"是帮，是帮……"苏铁军笑着说道，"那我们也不能白帮嘛，那上海保姆你知道多贵不？我跟你说，我前几天买彩票的老板都打听了，人家这边请一个保姆可是要这个数。"说着苏铁军竖了大拇指和食指，"他们给我们的那点钱那就是打发要饭的，都不够请半个保姆的，懂不懂？你当初还嫌给多了，哼……我说你就傻。现在你这么做就是对的，懂吗？没什么不好意思的。"

苏铁军越说越离谱了，何美珍实在听不下去了，"你赶紧给我闭嘴哦，我们跟保姆能比吗？保姆是谁？我们是谁啊？而且我们也就是帮着孩子做下饭，偶尔接送下轩轩而已，这在我们老家哪个老人不要做的啊？你看谁要钱了啊？这这话以后不要说了，被他们听到了，多尴尬啊？"何美珍羞着脸说道。

"尴尬什么啊，我说的就是实话，怎么地？哪条法律规定爷爷奶奶就必须要带孙女了？又有哪条法律规定父母就有义务给子女做饭的啊？"苏铁军不以为然道。

"算了，我真不想跟你在这里胡扯了，"何美珍说道，"那五百块钱我就实话跟你说吧，是莽子让我给你的。"

"莽子？"

"对啊，他听说你最近在买彩票，就让我把这钱给你拿去买彩票，让你偶尔玩玩。"何美珍继续说道，"你看看，儿子多孝顺啊！听说你最近买彩票还专门拿钱给你买彩票，这世上哪里有几个这样的孩子啊？你再看看你刚刚说的话，像个当父亲说的话吗？"

"说实话，我原本啊，还真不想把这钱给你，但是想想这也是儿子的一片孝心，可没想到你居然把这钱想得这么歪，真是后悔答应把这钱给你了。"

何美珍话虽然这么说，而且苏庆春也交代了，钱不要直接给苏铁军，但是当她拿到这钱的那一刻，她就做好了准备给苏铁军了，不是她不爱钱，她也爱钱，也想藏点正当的私房钱，但是她更想在苏铁军面前表现

645　|成功销赃|

苏庆春对他的孝心和好。

这钱啊，其实何美珍早就想好了找个合适的机会跟苏铁军说，来讨好他的，这回来上海她本来一个重要的原因就是想改善两父子之间的关系。

苏铁军一听说何美珍有点后悔了，连忙说道："别啊，后悔什么啊，反正是莽子给我的，你有啥好后悔的啊，你无非就是个传话筒而已。"

"哎……给你就给你吧，"何美珍表现得一脸无奈，"不过儿子这是真有心啊，还知道另外给钱给你买彩票，真是难得啊，你看看你每天除了想要搜刮孩子的东西，什么时候想过他们啊？还有啊，我拿钱给我的时候都没好意思跟他说你平时买彩票的钱本来就是从我们的菜钱里面抠出来的，不然我都不知道他会怎么想。"

"这你可别说啊。"苏铁军连忙叮嘱道。

"我知道啊，你当我傻啊，这肯定不能说了。"

何美珍沉思了一会，继续说道："不过，你以后别再想那些什么我们来上海是他们占了便宜之类的事情了，你看看莽子单独给我们补贴的还少啊？这之前又是买衣服，又是买酒的，那钱算下来能比保姆给的小啊？"

"行了，知道了，赶紧换钱吧。"

何美珍听完便低头数了数钱，共13张递给了苏铁军。

"正好小培刚刚给了我一千的伙食费，这里是1300，你给800零钱我就行。"

苏铁军看到钱，喜滋滋地接了过来，迅速点了点钞票数量，确定数量对了才低着头把他那袋钱打开了。数了75元留了下来，其他拿给了何美珍。

何美珍接过钱，连忙也数了起来。

"放心吧，数量肯定没错，难道我还能骗你不成啊？"

"那数数清楚肯定好点的。"

"随便你吧，你慢慢数吧，我吃饭去了，饿死了。"

"欸，你等等。"

"还有什么事情啊？"

"别忘记了我们说好的，以后每天只买一注的彩票。"

"知道了。"

"还有……"

"还有什么事情啊?"

"你过来。"

苏铁军现在是得了何美珍的便宜,不然真没那个耐心了。他缓缓地走到跟前,问道:"到底什么事啊,赶紧一块说完。"

"那500块钱的事情你不要告诉小培哈,这是莽子自己给的,让小培知道了怕她误会。"

"知道了,知道了,你以为都跟你一样傻。"

说着苏铁军便得意地离开了房间。

早餐

自从何美珍来上海以后早饭就做得很早,经常是黄小培和苏子轩人还没起来,饭就做好了,等她们起床要吃的时候,早餐基本就冷了。

何美珍早饭做得这么早,其实就是为了让自己的儿子苏庆春能吃到早饭,至于其他人是否愿意吃得这么早,晚起的人吃的早餐可能冷了这件事情,她可就管不了了,还有一个主要原因是何美珍觉得吃点冷的没什么大不了的。

为此黄小培也向苏庆春抱怨过一两次,让婆婆尽量不要这么早做饭,毕竟她们的学校离家里很近,早上真的没必要为了一顿早饭起那么早,特别是孩子现在还是长身体的时候,能多睡会就多睡会。

苏庆春也体谅妻儿,为此还特意跟母亲说了好几次,叮嘱母亲不要这么早做饭,他完全可以去医院食堂或者外面随便吃点包子就打发了早餐的。

但是何美珍可不管这么多,苏庆春在她那里可是心头肉,只要能早早为儿子做好早饭,其他的她压根就觉得不重要,毕竟在她看来儿子才是家里的顶梁柱,工作那么辛苦,早餐肯定要吃好。

所以何美珍还是依然一大早就把苏子涵叫起来,然后为儿子尽心地准备早餐。

这也许就是何美珍的性格,比较的固执,不太爱听人劝,非常护着自己的儿子。

黄小培看着多次反映都还是这样的结果,也就不再提这件事情了,改变不了别人,只有改变自己了。

所以她也明白了,想吃热的就自己自觉地早点起床,起晚了要么到外面吃要么自觉吃冷的。

好在现在已经慢慢步入夏天了,再冷也不会冷到哪里去,而且天亮得也早，经过十来天的折磨和纠结以后，黄小培似乎也慢慢开始习惯了跟苏庆春一样早起了。

原本她是没有喊上苏子轩的习惯，一般都是自己吃了早餐再带着苏子轩到外面吃点，但是今天起床一想到女儿做的那些事情就来气，所以才把她早早叫起来，让她早点清醒，反思昨天的过错。

今天因为苏子轩的早起，他们一家人难得早餐一起围桌吃饭了，这以前可是从未有过的，毕竟苏庆春早上查房，要很早就起来，跟女儿一同共进早餐真的是件稀罕事。

就连苏子轩看到苏庆春都纳闷道："爸爸，怎么今天你跟我们一起吃早饭啊？"

"对啊，因为你今天起得很早。"

"我是被妈妈叫醒的。"苏子轩一脸无辜地看着苏庆春回道，说着她还用手掩了下打哈欠的嘴巴。

正在此时，苏铁军也从房间里高兴地走了出来。

此时的苏子轩正好跟苏铁军有个眼神的对视，原本笑容满面的苏铁军见状后脸色一下子变了，并连忙逃避了苏子轩的眼神。

他坐下后看到苏子涵也已经坐到了饭桌前，正在用勺子瞎挑着碗里的面。

苏铁军看到后，直接破口骂道："你婆婆就干不了什么正经事，现在吃饭的时候还不过来给你喂饭，整那些乱七八糟的破事。"说完他便大声朝房间喊道，"你还不死过来喂饭啊？子涵这都还没吃呢。"

苏庆春看了一眼父亲那凶恶的嘴脸，只长长地舒了口气，然后低头吃着自己碗里的面。

何美珍听到喊话的时候正好钱也数完了。

她倒是很识趣，马上跑了出来。

当她看到桌上已经被苏子涵挑得到处都是面，又是一顿臭骂："你这孩子怎么回事啊，搞得这桌上乱七八糟的。"

说着便又跑进厨房拿抹布来擦了擦粘在桌上的面条，那面条应该是何美珍去房间喊苏铁军的时候已经盛好的，现在时间长了，早就坨了，这会儿子粘在桌上一时间根本擦不干净。

"妈，你就别管了，先吃饭吧。"苏庆春说道。

"嗯，这一时半会还真难擦，我待会再一起弄吧。"

"你赶紧吃饭吧。"

"嗯！"

何美珍回完，也没见她去盛面，而是端起来苏子涵的碗，给她喂饭了。

看到这里，苏庆春也没再说话了，只顾着自己吃面了。

虽然前面有苏铁军的大声喊叫，但是并没有破坏这个难得的早餐。

这样的富有生活气息的氛围其实苏庆春感觉也不错，而黄小培也很轻松，她再也不用为女儿吃饭慢的问题而困扰了，她愿意怎么吃就怎么吃，反正时间还早得很，完全可以随她自己吃。

现在饭桌上，应该就只有苏子轩最不乐意了，因为她刚刚动手吃饭的时候，黄小培就在旁边唠叨开了。

"轩轩，我刚刚跟你说的事情你千万别忘记了，"黄小培又一次提醒着苏子轩那令人烦躁的事情，"保证书要给老师，还有你下午回来给我的那份保证书要保质保量地完成。"

"知道了！"苏子轩不耐烦地回道。

"哦，对了，下午的那个保证书，你最后一条不要忘记加一项：从即日起没收IPAD，并禁用一个月，一个月以后再归还。"

原本正在吃着奶的苏子轩听到这话差点没把奶吐出来。她微微呛咳了一声，大声朝黄小培质问道："为什么没收IPAD啊？"

"还为什么？"黄小培嘴笑道，"你说为什么啊？"

"我就是不知道啊，"苏子轩理直气壮道，"您说的保证书我会写，作业也做了，什么都按照您说的做了，凭什么还要没收我的IPAD？"

"还凭什么，你做错了事情你认为写个保证书低头认个错就完了？"黄小培反问道。

苏子轩听到后，迟疑了一会，说道："那都认错了，还不够啊？"

"轩轩，我跟你说啊，你这就不是认错的态度，事情做错了，你要懂得反思，自己到底为什么做错了，以后该怎么办？"

"我不都说了，以后不再犯了嘛。"

"这还不够诚心，做错了事情，假如没有应有的惩戒，你是不会记住的，没收IPAD就是给你的惩戒。"黄小培回道。

188 熊孩子的叫嚣

苏子轩听到这话以后，不自觉地看了一眼对面的爷爷苏铁军，此时的苏子轩很想爷爷在这个时候作为长辈能劝劝妈妈，帮她减轻处罚。

本来这件事情就是因爷爷而起的，而且她也信守诺言，没有揭发他，即使爷爷不站在曾经同盟的角度，站在长辈爷爷的角度也该稍微维护一下孙女吧。

但是当她抬头可怜巴巴地望着苏铁军的时候，苏铁军还是跟刚刚一样，两人眼神一交汇，苏铁军便连忙闪躲了。

苏铁军明显不想趟这趟浑水，淡定地吃着面，他就跟平时一样，一副事不关己高高挂起的姿态，虽然是大家在一个饭桌上吃饭，他似乎永远都是自己吃自己的，不管外界发生了什么事情只要不涉及到他的利益他都是不闻不问。

倒是一旁的奶奶何美珍听不下去了，她劝说道："小培啊，这孩子犯了错，认了错就可以了，就没必要没收她东西吧？更何况轩轩这态度已经很好了，很乖了。"

黄小培现在已经听够了婆婆何美珍对孩子的袒护了，特别是那些站在她那老旧思想的角度的袒护她实在是受不了，这样的袒护在黄小培看来，不是帮孩子，而是害了孩子。

但是婆婆的话，她也不好当着大家的面直接怼回去，只是沉默，不想再解释了。

苏子轩听到了奶奶的话，连忙也说道："是啊，妈妈，我已经认识到错误了，就不要没收IPAD了。"

黄小培没回话，只看了一眼苏庆春。

这事情原本是他们两夫妻昨天商量好了的，而苏庆春在其他人面前对妻子的工作还是比较支持的，他也是心领神会。

便朝母亲何美珍说道："妈，轩轩做错了事情，得到一定的惩罚也是应该的，不然她根本意识不到问题的严重性。"

"还意识不到啊，我看她昨天吓得不轻啊。"

"妈，您就别说了，毕竟小培是老师，她对管教孩子更加有分寸的，没收轩轩的IPAD自然有没收的道理。"苏庆春继续解释道。

苏庆春原来是被苏子轩列为维护她的第二大堡垒的，爷爷那边要是没作用，她就打算启用这个坚实的堡垒的，可令苏子轩万万没想到这个堡垒还没开始启用就已经倒向了妈妈，她真是气愤不已。

只见她狠瞪了苏庆春一眼，但是苏子轩也不是一般的孩子，家长说一句话她就会屈服的，她拧得很。同时她也很聪明，她知道母亲黄小培的软肋就是补习课，在黄小培看来补习班的课是大事，重中之重，于是她灵机一动。

"妈妈，你没收我的IPAD其实我也没意见的，可是我现在每天晚上不是还有一节编程课嘛，没收了IPAD我该怎么办啊？"

黄小培还真的没想到这一茬，她先是一愣，然后说道："还真是啊，我差点把这个给忘记了。"

"就是说嘛，这没了IPAD根本没法学习了啊。"

苏子轩看母亲这表情，感觉自己的这招应该有戏。

正当她有些得意的时候，苏庆春突然冒出一句："那编程课就跟着也停一个月呗。"

苏子轩此时真想堵着爸爸的嘴巴，只见她又朝父亲翻了个白眼，说道："停一个月的课那不好吧？"

"我们这个课程是不等人的，我要是停了一个月岂不是进度比别人慢很多。"苏子轩继续朝黄小培诉苦，"妈妈，我到时候再上肯定跟不上别人的。"

"这种编程课，我们以前连听都没听说过，也就你妈妈喜欢给你报，再说了，即使是错过了当时的直播，那到时候肯定也有视频回放的吧？看回放不就行了。"苏庆春说道。

对于黄小培报这么多乱七八糟的课程苏庆春一直是很反感的，他感觉孩子还这么小，没必要压抑他们的天性，不参加补习班反而可以让她保持住本心，让他们知道自己真正想要什么，也有更多童年的乐趣，现在孩子人这么小就搞得忙碌不堪。说起来什么都会，但是实则什么都不精。

652 | 生活挺甜 |

特别是经过昨天晚上的辅导作业，苏庆春更加发现了一个很大的问题，女儿的思维太过发散，而且很多思想观念都不是很端正，所以他现在更加不喜欢孩子接触太多社会上的东西了。于是他朝黄小培说道："这个编程课学的到底是干吗的啊？我都没懂这么小学编程干吗。"

"编程课是为了增强她的逻辑思维能力的，"黄小培回道，"你说的到时候看视频也是可以的。"

黄小培说完朝苏子轩回道："就按照爸爸说的，编程课这个月停了，到时候你就看录播的视频就好了，我们又不急着去比赛，慢就慢点要什么紧？"

苏子轩听到这话已经明白自己的最后一棵救命稻草也没有了，只默默地低头喝奶表示默许了。

没过一会，黄小培似想起来了什么，连忙又说道，"哦，对了，还有一件事情忘记跟你说了，昨天我跟你爸爸也商量了下，从下个月开始你就不要去跆拳道班了。"

黄小培报的这些什么编程课啊、奥数课啊、英语课还有书法课等各种课程，苏子轩其实都不喜欢，可以说都是被逼的，这些补习班里，唯一她喜欢的也就剩下跆拳道班了，现在眼看着这唯一喜欢的补习班都要被取消了，苏子轩这回可不认了。

她大声喊道："IPAD都没收了，凭什么还要取消跆拳道班啊？"

"跆拳道班取消是因为你自从学了这个以后戾气就太重了，动不动就跟同学打架。"黄小培回道。

"我最近哪里有打架了？你乱说。"

"你以前打的架还少啊，再说了，就算你最近没打架但是你的戾气却没有减少，"黄小培厉声训斥道，"你看看你自己每天脑子里想的都是什么呀？当老板，收小弟，这些是你一个小学生该想的吗？"黄小培反问道，"再说了，这跆拳道班原本你要报的时候我就不同意，一个女孩子家家的学什么跆拳道啊。"

"你耍赖，不公平，而且重男轻女，凭什么女孩子不能学跆拳道，男孩子就可以学啊，再说了我明明没有犯错，你凭什么要取消跆拳道班。"苏子轩这回是气急了，脸都涨红了，朝黄小培大喊大叫。

说完她还是觉得不够，恼怒地站起来继续说道："别以为你是老师就想怎么样就怎么样，你就是欺负我是小孩。"

正面交锋

苏庆春看到女儿的架势和语气,就像要跟人打架一样,实在是戾气太重了。于是他连忙训斥道:"轩轩,你是怎么跟你妈妈说话的啊,妈妈取消跆拳道班自然有取消的道理的。"

"哪里有道理啊,她就是欺负人。"苏子轩此时眼泪已经从脸颊流了出来。

还没等苏庆春解释,苏子轩又朝苏庆春哭诉道:"爸爸,你什么时候也变得跟妈妈一样了?以前你不是很支持我学跆拳道吗?"

"我之前是支持你学习跆拳道,当时给你报这个班一是为了能够让你强身健体,二是你一个女孩子也好保护好自己,但是从你几次三番地跟同学打架来看,你确实不太合适再学跆拳道了。"

苏庆春又提到打架的事情,可是在苏子轩看来那都是过去式了,爸妈还老提,这再次点燃了苏子轩的怒火,她边哭边喊道:"我都说了,我现在不打架了,你还说。"

"是,没错,你最近是没打架了,爸爸要表扬你,"苏庆春小心地解释道,"但是你不觉得即使你最近没打架了,但是戾气很重吗?"

"怎么重了?我又没有打架。"苏子轩不服气地质问道。

黄小培在一旁气得回怼道:"你现在戾气还要有多重啊?"

黄小培一说话,苏子轩又开始不淡定了,直回道:"我没有,就是没有。"

看到女儿这么不讲道理的样子,黄小培真是气不打一处来,气得脸也涨红了。

好在一旁的苏庆春见状,连忙抢在妻子前说道:"你看看你刚刚都那个样子对妈妈了,你这是要准备打妈妈架势了,还不重啊?你想想你现在才多大啊?怎么可以那样子呢。而且昨天你说你的梦想是当老板,理由却是当老板身边可以带一帮小弟，小弟是什么称呼啊？是黑社会啊？"

此时的苏庆春还是能够保持理智，慢慢地跟女儿解释。

苏子轩这会子看着已经说不过苏庆春了，只甩出一句："哼……爸爸你就是个叛徒。"

黄小培听到这句"叛徒"心里的火一下子点燃了。

只见她突然站起来，用力拍了下桌子，由于用力过猛还把她正在吃的筷子也给震桌子下面了，而一直在吃着面条的苏子涵吓得直接停了下来。

何美珍在一旁看着，心里是急得要死，之前想插话又一直插不上嘴，这会儿看儿媳妇居然在饭桌上拍桌子，也是生气，刚刚想开口的时候，苏庆春明显意识到了母亲的举动，连忙朝何美珍摆了摆手，暗示她不要管。

儿子都这么说了，她也只有憋回去了，但是她还是不甘心，她不好出面，作为家里最年长的爷爷总可以吧？于是她把期望转移到了苏铁军身上，原本她倒是不会有这个指望的，可是，最近她发现苏铁军跟苏子轩走得挺近的。

她想着按照平时苏铁军护着苏子涵的架势，想着都是孙女，他应该也会护着苏子轩。

然而她转头看苏铁军的时候发现，苏铁军对目前发生的一切淡定自若，还是一样若无其事地吃着面，就好像这一切跟他一点关系也没有。

还没等何美珍跟苏铁军暗示便听到黄小培气呼呼地大喊声，"苏子轩，你太过分了，叛徒是什么意思你知道吗？看来以前我们是真的对你太好了，IPAD没收两个月，跆拳道永远取消，以后你也别想再学了。"

苏子轩听到这个决定以后，原本停下来的眼泪再一次迸发出来了。她没说一句话，直接把手上的碗筷扔了，撒腿就跑回房间了。

黄小培见状，气急败坏地喊道："你现在不吃饭，以后你别想吃了。"

苏子轩听到后并没有停下脚步，只是哭声更加厉害了。

何美珍看到这里可不淡定了，她想帮帮孙女说话，但是又使不上劲，而后她发现苏铁军依然是镇定自若地在吃面条，眼见着已经吃完了面，想着他能说句话，没想到情况弄得这么僵了，他只是轻轻站起来抽了一张纸巾擦了擦嘴巴，便离开了桌子，从头到尾没说一句话。

何美珍看到这里，彻底明白了苏铁军这边是没指望了。于是她连忙放下碗,一边朝黄小培说着:"你们这是干什么呀?"一边跟在苏子轩后面跑。

并小声喊道:"轩轩,轩轩,听话,赶紧回来吃饭。"

黄小培见婆婆这又是要去当和事佬了,立马喊道:"妈,你别理她,让她好好在房间反省反省!"

"反省什么呀,她还是个孩子啊,你们两个大人怎么可以这么说她呢?"何美珍停下了脚步,很不满地说道。说完还带点讽刺的口吻补了句,"还拍桌子,像什么样子啊,你们就不怕这样会吓坏孩子的。"

黄小培本来就被女儿气到了,现在听着婆婆这冷嘲热讽的话更是来气,她冷笑道:"哼……我吓到她,我还就怕吓不到她了。"

何美珍对黄小培对孩子的态度一向是不满的,这回算是一股脑子就上来了。

"小培,不是我说你,你虽然是个老师,但是你刚刚的那个样子像个老师的样子吗,还拍桌子,像话吗?别说你爸爸和我还在这里呢,即使不在这里,你也不应该拍桌子啊。我看啊,轩轩说得也没错,你就是一天到晚自以为自己是老师,了不起,老是以老师和家长的身份去压制孩子,这样就是以大欺小,没什么了不起的。而且,你作为一个妈妈,干吗总是跟自己的孩子过不去啊?"

何美珍的种种对老师的一番言论,这在黄小培看来简直是对她职业的一种侮辱,老师这份职业,在她看来还是很神圣的,而且她管教自己的孩子也从来都是站在家长的角度,从未想过以老师的身份去压制孩子。

以前对婆婆何美珍所有的忍耐也彻底崩陷了。

奶奶的慈爱

此时的黄小培也是毫不客气地朝婆婆何美珍回怼道："妈，你说这话是什么意思啊？我作为老师怎么她了？我不就是让她好好学习，犯了错误改正错误吗？我干什么了？"

"你干什么了你自己不知道啊？"何美珍也是不客气，"你这样天天摆着个脸给孩子，哪个孩子受得了啊？"

"我怎么就摆脸色给孩子看了？我自问问心无愧，"黄小培说道，"哦，当然我不会像您一样，每天对孩子是有求必应，不管是能做到不能做的，只要她们要求您都答应。可是您认为您那样娇惯孩子就是对的吗？"

"我那样总比你好，动不动就是这个不能吃，那个不能看的。"

黄小培说得那么清楚了，没想到婆婆还是执迷不悟，于是她也不再顾忌那么多了，直言不讳道："您看似的慈爱其实是害了他们，您知道吗？"

说完她还看了一眼此时又在用筷子往外挑面的苏子涵，说道："就像子涵，长这么大了，都不会自己吃饭，而且还不会刷牙，这说出去都是笑话。这就算您的教育，哼……您认为您这样的教育就好了？"黄小培讪笑道。

何美珍一听更是生气，"怎么就不好了？莽子他们不是我从小带大的啊，没见哪里有问题啊？现在他不是好好考上大学还当了医生啊？"

"呵呵……"黄小培重重地问道，"您确定您小时候是这么带他的吗？"

黄小培这一问，直接让何美珍沉默了几秒，然后她有些迟疑地说道："我怎么就不是这么带他的啊？"

"哼……我看未必吧？"

"你这是什么意思啊？"

在黄小培和何美珍争锋相对的时候，苏庆春坐在一旁只是安静地听着，他知道两个人对对方都有意见，现在让他们发泄出来了也好，但是这眼看着情况不对了，语言越来越激烈了，再让她们说下去就不是对孩子教育问题的分歧了，可能是人格的侮辱了。

于是苏庆春直接站起来解围道："行了，都少说一句吧，该上班的上班去，该买菜的买菜去。孩子的事情一代管一代，好坏都不要妄加评论。"

黄小培听到后，也直接离开了饭桌，拿着包就直接摔门而去了。

待黄小培走后，何美珍不满地朝苏庆春抱怨道："你看她这是干吗呀，以前我哪里敢这么对自己婆婆的啊？最起码我也是她的长辈啊，她那是什么态度啊，哪里有人民教师的样子啊？"

"行了，妈，你也少说两句吧，"苏庆春说道，"而且您也别老是人民教师怎么怎么样的，小培也只是在气头上而已，而且我之前不是跟您说了吗，轩轩的事情您不要多掺和，教育孩子的事情上还是听她妈妈的。"

"我也没说什么啊，只是你看看她那个样子，对孩子总是凶巴巴的，哪里有个当妈妈的样子啊？"

"都跟您说了，现在人教育孩子的方式跟以前不一样了，而且现在的孩子跟以前也不一样，他们聪明着呢，思想也很叛逆，不好好教育，很容易给她养成不好的习惯的，"苏庆春继续说道，"而且刚刚小培的那句话也是对的，对孩子千万不能过度溺爱，不然只会害了她的。"

苏庆春说完还怕母亲听着这话伤心，然后又补充了句，"当然，妈，我知道您也是为了轩轩好，但是这轩轩一直是小培在管，我很多时候也不好多掺和，而且很多事情我们也不是很清楚前因后果，所以能不管就不管吧。"

何美珍看着儿子样子诚恳，只说了句："我也没说要管她，只是这刚刚做得也太难看了点。"

"我知道她刚刚当着大家的面拍桌子是不太好，我会说她的，但是教孩子的事情您以后尽量还是少掺和吧。"苏庆春说完拿起桌上的手机看了下时间。

"妈，这时间也不早了，我该上班了，不然待会堵着怕迟到了。"

"哦，那到时间就去吧，别迟到了。"何美珍听到儿子说会迟到，早已经把刚刚的不愉快忘记了，连忙说道。

"嗯，今天就麻烦您送下轩轩去学校吧。"

"知道了，家里的事情你就别管了，好好上班去吧。"

"嗯。"

说着苏庆春拿起手机穿好鞋也出门了，而何美珍一如既往地把苏庆春送到门口见到他关了门才走了回来。

何美珍并没有直接回桌餐，而是走到客厅的苏铁军面前，抱怨道："你刚刚干吗啊，闹成那样也不说一句。"

苏铁军抬头看了一眼何美珍，不紧不慢地说道："说什么啊？"

"还说什么，我们刚刚都那样了，你也帮着我点。"

"帮什么帮啊，你就是多管闲事。"

"怎么多管闲事了，这孩子的事情怎么能看着不管啊？你没看到刚刚轩轩都急成什么样了？"

"你管急成什么样啊？他们的事情他们自己愿怎么闹就怎么闹，关你屁事。"

"我说你这人怎么这么冷血啊，轩轩好歹是你的孙女啊！我是觉得你最近跟轩轩走得不是挺近的嘛，你们看着关系挺好的啊。"

"好不好这事情跟你没关系，他们的事情你要管随你，但是别带上我。"说着苏铁军继续看着电视。

何美珍真是气急败坏，只甩了一句："就知道看电视，看死你算了。"

说完她又去餐桌拿了刚刚苏子轩还没喝完的牛奶来到了她的房间，一起跟来的还有苏子涵。

"轩轩！"何美珍轻轻地推开门，小声喊道。

苏子轩见奶奶和小堂妹进来，连忙把脸上的眼泪擦了。

"好了，好了，别哭了，刚刚是你妈妈不对，我都让你爸爸好好教育你妈了，别理她，赶紧喝奶，喝完奶我好送你去学校。"

何美珍一边劝苏子轩一边把奶瓶放到了苏子轩的面前。

"我不想喝。"

"奶肯定是要喝的，不然待会饿肚子怎么办啊？"何美珍说道，"你妈妈那个人就跟神经病一样的，说话也不会好好说，跟个孩子也置气，你别理她，饭是奶奶做的，你要怎么吃就怎么吃。"

此时的苏子涵也在一旁说道："姐姐，喝奶吧。"

| 奶奶的慈爱 |

苏子轩看了一眼奶奶和苏子涵，终于露出了笑容，开心地接过了牛奶。

"这就对了，赶紧吃吧，吃完我送你去上学。"

"嗯。"

鱼和熊掌不能兼得 1

今天早上在家里发生的那一阵口角黄小培摔门离开以后就有些后悔了，毕竟婆婆是长辈，有些话她感觉自己说得也有些太直白了。但是只要她一想到婆婆那么维护女儿的表情以及平时跟她说了有些不能吃的还非得给孩子吃她又气得咬牙切齿，愤愤不满。

快走到学校的时候她才反应过来因为自己的意气用事，导致女儿没人送去学校了。

自从婆婆来了以后，平时早上还是黄小培送女儿去学校的，偶尔下午碰到她补习班课比较紧，她才会让婆婆去接孩子。

现在她人都离开了家，早上孩子怎么送让她有些担忧。

黄小培看了下手机，时间倒是还很早，她完全有回去接孩子送去学校的时间，可是黄小培转念又想着：刚刚明明自己那么冲动地离开了，再回去会不会有点尴尬啊？

犹豫了再三，最后她还是拨通了苏庆春的电话。

而此时的苏庆春正好也离开了家，人已经走到地下车库提车了，刚准备开门便看到了妻子的电话。

还没等苏庆春开口，只听到黄小培说道："你还在家吗？"

"没有啊，我已经出来了。"

听到这里，黄小培沉默了一会，其实此时她的心里也没底，不知道苏庆春对于今天早上她跟婆婆发生的口角到底是怎么个看法，会不会怪自己。

此时她其实已经做好了被苏庆春一顿数落的准备了，毕竟那个是他的母亲，这通电话在黄小培看来其实就是找骂的，但是没办法，为了孩子，她还是得打。

不过令黄小培没想到的是，苏庆春只问道："怎么了？"

只字未提刚刚的事情，这倒让黄小培非常的惊讶，她反应了一会说道："哦，没什么事，我还以为你在家呢，没想到你这么快就出来了啊？"

"你走了我不也走了。"

"哦。"

苏庆春知道黄小培这电话肯定不是为问这个，于是又追问道："你是有什么事情吗？说嘛。"

"我……还能怎么啊？我这不是人来学校了嘛，出来我才想起来我走了那轩轩谁送去学校啊？"

苏庆春电话里头听到这话时，嘴角不禁地往上扬，但是并没有在电话里头表露出来，而是带着调侃的语调回道："哦，你就是为这事啊。没事，不要急，她去不了学校就不去学校呗，趁机也好好好治治她，你看她刚刚那样子，太过分了。"

苏庆春的这话，听着黄小培心里真是舒服，这婆婆在那边质疑她教育的方式不对，此时的黄小培就更加渴望得到丈夫苏庆春的理解。

这句话简直比一句"你是对的"还要让黄小培高兴。

黄小培还不忘呼应道："是吧？你也觉得她确实做得过分吧？"

"当然了，这孩子确实是平时我们惯坏了。"

"是啊！"

"所以啊，这次也是个好机会，好好治治她，不能一点规矩都没有，想怎么样就怎么样。"

"教训下是可以，不过这学校肯定是要去的啦，不去上学算怎么回事啊？"

"那你现在不生她气了？"苏庆春再次试探道。

"生气归生气，读书归读书嘛，"黄小培继续说道，"你到哪了？要不你现在回去送下她，现在还不算很晚，应该不会耽误你。"

"我现在已经走很远了哦，可能回不去了，现在正是堵车厉害的时候，再回去，肯定迟到的。"

其实此时的苏庆春只坐到了车子上，压根连车都没发动。

"那怎么办啊？"

"我觉得吧，不去上学就不去吧，就一天课不上不要紧的，你跟她老师请个假，我们正好趁现在晾晾她，省得她以后再嚣张。"苏庆春在车里不紧不慢地跟黄小培说道。

662 | 生活挺甜 |

虽然苏庆春这么说，但是实际他也只是想顺顺黄小培的气而已，他太了解黄小培了，特别是通过昨天给孩子辅导作业，他更加能够体会这么多年来妻子的辛苦，同时他也知道黄小培肯定不会让孩子不上学的，这么说无非是让给黄小培出出心里的那口气，特别是刚刚母亲和她的争执，他作为丈夫、儿子真的不好去评判任何人的是非，但是对于妻子的付出他还是看在眼里记在心里的，苏庆春不会像别人一样说一堆好听的给妻子听，但是偶尔的幽默也还是有的。

"你开什么玩笑，这都快期末考试了，怎么可以不去上课呢。"黄小培丝毫没有意识到苏庆春的玩笑，连忙又说道，"不行我还是自己回去一趟吧，她饭也应该没吃，正好我买份生煎包给她。"

苏庆春听着黄小培还是很关心女儿，终于憋不住了，笑着说道："行了，行了，刚刚逗你玩的呢。"

"你也别回去了，我刚刚已经跟我妈说了，让她送轩轩去学校。"

"真的？"

"当然是真的啦。"苏庆春笑着说道。

"那你妈答应了？"

"什么叫答应啊，她送自己孙女去学校不是很正常嘛。"

"哦。"这时黄小培才安心。不过转而她又说道，"你这人，早跟我这么说不就行了，刚刚还跟我开什么玩笑啊？"黄小培嗔怪道。

"那我不是看你今天也急了嘛，现在人舒服多了吧？呵呵……"

"你无聊啊！"

"不是我无聊，我是为了这万千学子着想啊，谁让你是老师啊，这要是老师心情不好啊，上课的时候也是魂不守舍，那我还真怕你误人子弟呢。"

"什么鬼啊，还误人子弟，别瞎说哈，我好歹是拿过奖的老师。"

"我知道啊，黄老师，就是因为这样，我才更加不敢因为家里的事情拖你黄老师的后腿啊！"

"切……懒得跟你说。"

"行了，不要生气了，轩轩那边你就不要担心了，好好上班吧。"

"知道了，"黄小培说完，又补了句，"那你妈那里，她没事吧？"

"嗨！刚刚跟她说了，没事，她那个人就那样，你也别多想，她无非就是心疼孩子，你平时说话也稍微注意点，让着点她，毕竟她是长辈。"

这时候两人才终于不得不提起了刚刚的事情。

"我刚刚确实也是有点冲动了。"黄小培倒也识相。

"好了，你也别多想，我不跟你多说了，我这要开车呢，不然真是要迟到了。"说着苏庆春就挂电话了。

黄小培看着已经挂了的电话，原本还鼓着嘴的她顿时忍不住笑了起来，这也许就是黄小培与苏庆春在平淡无奇的生活中独有的小确幸吧。

鱼和熊掌不能兼得 2

黄小培和苏庆春的相处之道就是这样,虽然苏庆春在很多事情上喜欢逃避,也不懂得浪漫,更加不会花言巧语,但是在大问题面前,总是能够站在合理的立场去给黄小培温暖。

其实对于刚刚的口角,大家都是为了图一时的嘴快,把话说出来了,都觉得难听,但是已经收不回去了,而作为中间者,能够让双方都不至于那么耿耿于怀,这点他做到了。

经过刚刚的那通电话,黄小培心情确实好了很多,但是她一想到婆婆来到上海以后,似乎家里就多了很多鸡毛蒜皮的小事情,小矛盾、小别扭更是时刻不离,这让黄小培是真的有些不舒服。

她是个爱憎分明的人,很不喜欢这样的不痛不痒的事情天天纠缠着自己,而且这样的小事情看似没什么,但是一想起来就闹心,还是会影响人的心情,这就像是被小鱼刺卡到了,虽说不影响身体,但是总觉得不舒服。

回到学校以后,她状态虽然比之前出门好了很多,可说心情愉悦那是不可能的。第二节课的时候她看着上课时间差不多了,便从办公室走去教室。

当她迈进教室门的时候发现讲台上已经有一位老师,这人黄小培很熟悉,在讲台的正是她的好朋友谢敏。

谢敏看到黄小培先是一惊,然后朝着无精打采的黄小培调侃道:"怎么滴,黄老师,你这是打算改行教英语了?"

黄小培连忙抬起头看了一眼门口的牌子,这时她才意识到自己走过了一间教室,她上课的教室在隔壁房间。她连忙笑着跑了出来。逗得教室里面的其他同学哈哈大笑。

下课铃声响起以后,谢敏出了教室门正好又看到黄小培走在她前面。

她向来八卦,刚刚那件事情,足以让她笑话黄小培好几天,这回看到了黄小培肯定不会放过。

"黄老师!"她大声喊道。

黄小培听到叫喊声便停下来等谢敏了。

谢敏边走便问道:"我说黄老师啊,你今天状态不对啊?干吗了?"

"没什么。"黄小培敷衍道。

"还没什么啊,这教室都能走错?这你可是第一次啊!"谢敏说道,"你都这样说没什么,告诉谁谁信啊?"

谢敏一向是八卦,而且这些年黄小培也习惯跟她分享自己的生活了,于是她也不见外地回道:"嗨!别提了,今天跟我婆婆撕破脸了。"

"啊?这么快就打起来了啊?"

谢敏是真的看热闹不嫌事大,丝毫不掩藏自己的兴奋和好奇。

"那倒没有,只是早上吵了下嘴。"

"就只是吵了下嘴啊?"谢敏似乎有些失望地问道。

"嗯。"

"不就是吵个架嘛,你就这样,至于嘛你……"

"都吵架了,那以后见面多尴尬啊?"黄小培说道,"我都不知道晚上回去怎么办。说话还是不说话?"

"尴尬什么呀?那是你家,你想说话就说话,不想说话就不说话呗,这有什么好纠结的啊!"

从谢敏平时的语气中黄小培一直感觉她和公婆之间关系融洽,现在她对吵架这事情居然这么不以为然,倒是让黄小培很意外。

"这还不尴尬啊?都犟嘴了,主动说话怎么好意思啊?不说话嘛,同在一个屋檐下又感觉有点过了。"

"这没什么不好意思的,就像你跟你老公吵架了,最多冷战几天,难道以后还老死不相往来啊?要是你觉得没什么,你完全可以就当什么都没发生,日子该怎么过就怎么过呗。"谢敏一副司空见惯地样子建议道。

黄小培觉得谢敏说得有一定的道理,但是她还真是第一次跟长辈正面发生冲突,跟她自己的父母也从未有过,跟公婆这么多年来往少,自然更加没有了。

虽然今天早上她们之间的口角不至于到那么严重的地步,但终究还是有一点的侮辱言语的,让她当什么事情都没发生真的是很难做到。一想到现在这么尴尬的处境黄小培就万分后悔当初斩钉截铁地让公婆来上海的决定。

她懊悔地说道:"哎……这事情说起来就怪我。"

"怪你干吗啊?"

"要是当初我不坚持他们来上海,就不会有这样的事情了。"

"欸……你可别这么说啊,这当初让你公婆来上海是我建议的,你这么说,不就是在怪我嘛。"

"没……我肯定没有怪你的意思。"黄小培连忙否定道,"你当初也只是建议而已,最后决定权不还是在我嘛,"黄小培继续解释道,"我当初啊,真应该好好想想我老公的建议,毕竟他对他的父母最了解。现在在家里,我真是左右都不是人了,那边我老公各种劝,我非得让他们来,现在好了,瞒着我老公让公婆来了,他们的习惯和生活方式我又实在受不了,但又不好直接说,谁叫当初是我叫他们来的呢。"

说到这里,黄小培倒是略感欣慰地补充了句:"好在现在的局势我老公也没有怪我,不然我真的是要钻地缝了,我这就是吃饱了没事干,搬起石头砸自己的脚啊。"

"嗨……这事情你老公怪你干吗啊,那可是他父母啊,他父母做得不好的地方,怎么可能怪到你头上。"

"那不是当初是我让他们来的嘛!"

"那又怎么样?说到底有问题的是他父母,又不是你,你就别在这里自己怪自己了。"谢敏铿锵有力地说道。

谢敏向来比较高傲,自我感觉良好,不像黄小培,虽然黄小培不太喜欢谢敏的那股傲气,但是有时候却也是羡慕她的那种心态,至少不会向自己那样因为这样的事情而烦恼。

谢敏看着黄小培还是一副闷闷不乐的样子,便又开解道:"你就别再多想这事情了,既来之则安之。再说了,有得必有失啊,鱼和熊掌哪里能兼得啊!是吧?你想想看自从你公婆来了以后,别的不说,最起码你不用再花时间在那些没有任何意义的家务上了吧?还有啊,你现在还可以下班上补习班的课,偶尔还可以借口出去逛一逛街,这以前约你,哪里有这个时间啊?不是也挺好的啊!"

"你说这点倒是真的,我婆婆来了以后我确实家里的家务轻松了许多,也确实有更多的时间花在自己身上了。"

"那不就对了，现在这样的状态多好啊，你可以做自己想做的事情，你婆婆那里受点委屈就受点吧，再说了，也没什么受委屈的，有什么不乐意的就说呗，那是你家又不是她家，说到底你才是女主人啊。要是实在没用，你也就睁一只眼闭一只眼呗，总不可能什么好处都你一个人占了嘛。"

谢敏的这一席话倒是说得真是在理，经她这一番提醒，黄小培也算是明白了：确实这世间的事情本来也就是有得必有失，得到了自己的自由，但是肯定要忍受其他的束缚，这是没办法的，鱼和熊掌哪里能兼得啊！

不为人知的一面

黄小培这么一想,这一直卡在心里的那根刺,也算是咽下去了。

"小敏,你这么说也对啊,哪里能什么好处都我得了啊!"

"就是说嘛,所以你没什么好纠结的,想开点,那些破事都不算是事,没必要放在心上。"

"嘿嘿……"

话说着的时候,她们已经走到了办公室。此时的黄小培似想起来了什么,示意谢敏不要进去。

然后两人走到了不远处的一个小角落里,谢敏问道:"什么事情啊?"

"倒没什么事情,就想问下你,你那个补习班的事情现在办得怎么样了啊?"

"哦,这事情啊,嗨……大部分都齐活了,现在就还有些技术问题没处理好。"谢敏回道。

"啊?还没处理好啊?"黄小培惊讶道.

毕竟这已经是快6月底了,眼看马上就要暑假到了,事情没办好她还真不知道该什么办呢?她着急地补充道:"怎么还没弄好啊?什么技术问题啊?"

"这说了你也不清楚,应该快了吧。"

谢敏说完停顿了一会,继续说道:"其实我现在有一个主要问题。"

"什么问题啊?"

"我爸不是特殊单位的嘛,我不太适合在外办理营业执照。"

"我在想,要不我把法人换成你,你介意吗?"

"我是法人?那这学校不就是我的吗?"黄小培其实不懂这些,只知道营业执照谁的名字就是谁的。

"对啊!"谢敏回道。

"那我有什么好介意的啊,只要你不介意就行。"

"我当然不介意了,你,我还有什么相信不过的啊,其他人我倒是不放心,所以这几天也在犹豫怎么跟你说呢。"

"嗨……这有什么啊,没事。"

"那我就拿你身份证去办了。"

"可以啊。"

"只要这个办下来了,其他就快了。"谢敏笑着说道。

"那要赶紧啊,这时间好紧了,这两天补习班的老周又问我暑假怎么安排了?我都不知道该怎么回答了。"

"老周那边别理她,她也问我了,我直接就说暑假去旅游。"

"那你除了这个问题其他还要多久才能解决啊?你这房子都租好了,我这边很多学生都开始找我报名了,到时候开不了班可怎么弄啊?"黄小培眉头紧锁,还是非常的担心。

"我这个问题解决了,其他问题也就不是太大的问题,就是签个字的事情,你现在那边招生不要停,怕什么啊,直接回复了,班肯定能开的,这个你放心,我现在那帮学生好多都付钱了。"

"行不行啊?"黄小培还是一脸不敢相信地问道。

"肯定没问题,放心吧。"

虽然谢敏说得很肯定,但是黄小培还是不放心,毕竟谢敏以前从来没开过培训班,而黄小培家里这头的事情就够她操心的,加上她对这块也没啥经验,手续问题上再着急,她也是爱莫能助。想到这里,她突然想起来乐平云,他不是一直搞培训这块的嘛。

于是黄小培连忙说道:"哦,对了,小敏,我突然想到个人,他可能帮到你。"

"谁啊?"

"说起来这个人,你应该也有印象。"

"到底谁啊?"

"乐平云!"

黄小培说完,谢敏表情一下子就变了,但是黄小培根本没注意到这些微妙的变化。

她还记着上回自己兴高采烈地告诉乐平云谢敏的事情,没想到对方一点都不 care,搞得她非常的尴尬,这回,换了个人,同样的事情再来一遍，黄小培只想着别再出现之前一样的尴尬就好。

黄小培见谢敏迟迟没说话，连忙问道："怎么？你也不记得他了？"

吓得黄小培赶忙又解释道："这个乐平云就是我们大学的时候大班的一个同学啊，长得挺高的，我记得以前他还是个团支书还是什么来着。"

谢敏听着黄小培解释，迟疑了一会，只回道："记得。"

"就是啊，我就说嘛，就算我们小班不是一个班，但是大班还是在一起上课的嘛，搞什么活动都在一起，即使人不记得，最起码名字会有点印象的。"

"你刚刚一直不说话我还以为你也不记得呢！"

"你说也，是什么意思啊？"

"哦，没什么……"黄小培可不想告诉谢敏，乐平云说不记得她的事情，不然这得让一向高傲的谢敏多尴尬啊。

"你怎么突然提起他了？"谢敏继续问道。

"他也在搞培训啊，而且好像做得很大，有好几家分校呢。"

"你怎么知道啊？"

"我上个月遇到过他。"

"什么时候啊？"谢敏追问道。

黄小培回忆了一会，说道："好像第一次遇到是五一劳动节的时候吧，在迪士尼碰到的。"

"第一次？那你们之后也有见面。"

"对啊，之后他还请我吃了一次饭，"黄小培解释道，"主要是他想请我们家苏医生，你是知道他的，不愿意去应酬，我没办法啊，老同学也不好意思拒绝就去了。"

"他请你老公吃饭干吗啊？"

"嗨……这说来就话长了，那次我们碰到他的时候，正好他妈妈不舒服，我老公帮了下忙而已。"

"就这样？"

"对啊！"黄小培回答完，又觉得不对劲，问道，"欸，你怎么对这事情这么好奇啊？"

"没什么就问问呗！"

原本还一脸严肃的谢敏又露出了笑容，然后说道："你不是也不太喜欢吃请的事情嘛，怎么你老公不去，自己却屁颠屁颠去了呢？"

"我是不想去啊，那还不是因为他再三邀请，太热情了，又是老同学都不好意思拒绝，说起来啊，那天我是真尴尬啊，本来还想叫你来着。"

"你可拉倒吧，叫我？"谢敏说道，"我听都没听你说过这事情，还叫我！"

"真的，我当时真的打了你好多电话，也发了微信，可是你电话一直关机，微信也不回。"

"不可能，我从来不关机的。"谢敏直接否定道。

"真的，当时我也觉得很奇怪怎么我下了课一直联系你都联系不到，后来我因为家里的事情，回头也忘记问你那天怎么回事了。"

黄小培看着谢敏还是怀疑的态度，于是她为了自证清白连忙打开了手机，翻阅了手机聊天记录。

谢敏一看，5月中旬的一天黄小培还真的打了好多电话给自己。

再看下那个时间，谢敏回忆了一会下，这时候她才想起来，那天不正是她跟丈夫大吵了一家，之后关机离开了家的日子嘛。

那天他们再次因为丈夫外面情人的事情吵架了，这已经不是第一次了，谢敏的老公在一家外企当高管，钱虽然赚得很多，但是身边从来不少那些花红柳绿的花边新闻。这次是被她直接发现了，两人大吵了一架，之后的几天她都住在娘家没回家。

丈夫跟她的关系也是促使她这么努力工作的原因，其实说真的，当初的谢敏根本不会想着周末去什么补习班，无非是偌大的家里却没有人气，为了麻痹自己，她才想到去补习班。而这回开办补习班，也是她想为自己的未来做个打算。但是这一切，她从未跟黄小培说过。

同样的梦想

在黄小培面前,谢敏的生活一直是她羡慕的,有个会赚钱的老公,家里还有保姆,住着大房子,从来不用为了钱而操心,想干吗就干吗。

而谢敏在她面前从来也都是表现出他们两夫妻有多恩爱,不会像黄小培一样,家里有什么事情都往外说,她能说的都是一些高兴的、令人羡慕的事情。

此时的她看着手机只淡淡地回了句:"哦,就是那天啊!"

"是啊,我没骗你吧,你那天怎么回事啊?微信不回,电话不接,还关机,这是玩失踪啊,那天你到底干吗去了啊?"

"嗨……没干吗,那天不正好是周末嘛,我下了课就跟我老公一起开车去一个山上玩去了,那边很偏远,没什么信号。"

谢敏还是跟往常一样,在黄小培面前秀那早已让她失望至极的婚姻。

"哦,难怪呢,我说你没事关什么手机呢,还是你好啊,周末还可以跟老公一起出去浪漫。"

谢敏只朝黄小培笑了笑。

她是不想再提这件事情,连忙扯开话题道:"对了,你说乐平云也在开培训班,他在哪里开啊?"

"这个我就不知道了,就听说开了好多分校,听着应该挺大的,我猜应该做得挺好的。"

"哦,开了好多分校了,那他还在当老师吗?"

"没当了,说是好久前就没做老师了,全职搞培训班了。"

"那应该不是我们这种类型的补习班吧?"

"对啊,你怎么知道啊?"

"哦,我猜的嘛,感觉他应该做的跟别人不太一样。"

"这你还真猜对了,他是做那种职业考试的培训班,就像公务员考试啊，这一类的。"

"哦，知道了。"

"看他那个样子，混得应该是不错的，他可是个正儿八经的校长啊，"黄小培说完又补充道，"哦，对了，说起来这事情真是好巧，你知道吗，他居然说他从小的理想就是自己开办学校。没想到吧？他的理想居然跟你的理想一模一样，是不是好神奇啊？"

谢敏明显没有黄小培想象的惊讶，只淡淡地回道："哦……"

"欸……你难道不惊讶吗，你们两个人梦想都一样的。"黄小培好奇地问道。

"这有什么好意外的，全国有 14 亿人口，有同样理想的人不都多了去啊。"

"那倒也是哦。"

谢敏看了一眼黄小培，假装不经意地问了句："他孩子现在应该也挺大了吧？你见过吗？"

"我还真见过，那天正好他就是带着孩子去迪士尼乐园玩我们碰到的，"黄小培说道，"他孩子倒不是很大。"

"是吗？"谢敏继续追问道，"多大了啊？"

黄小培看了一眼谢敏，问道："我发现你怎么对他家事很感兴趣啊？"

"都是同学嘛，好奇问问呗！"

"呵呵……他还是比较有勇气哦，可能也是家里有条件吧，他可是生了二胎，而且都是儿子，以后可有他受的了。"

黄小培继续说道："我记得那天我看到的大的那个好像也就四五岁的样子吧，小的估计就 1 岁左右。"

"哦，这么小啊。"

"是啊，是挺小的，都是三十四五岁才生的吧。"黄小培说完又补充道，"他在上海生二胎，老婆还能全职，是真的赚到钱了啊，也真是佩服他们。"

"他老婆没上班啊？"

"没有。"黄小培提到他老婆心中就忍不住吐槽，"不过他老婆……"

"他老婆怎么了？"谢敏连忙追问道，"他老婆不会是我们同学吧？"

"那倒不是，他老婆挺年轻的，看着最起码比我们小很多，哪里能是我们同学啊。"

"哦，那你刚刚说他老婆干吗啊？"

"我刚刚其实是想说他老婆看起来不怎么友善。"

"你怎么知道啊？你们吃饭他也带他老婆去了？"

"吃饭的时候倒是没见到，不过当时是说带的，但是真正到了吃饭的时候她又有事没去了，"黄小培说道，"我见到他老婆的时候其实就是第一次碰到他们的那一次。那一次就感觉她不怎么好说话，对她印象不是很好，感觉怪怪的，我估计她对我印象也不好，所以我感觉那次吃饭搞不好就是人家的借口而已。"

"第一次见面人家就对你不友善，你是怎么人家老婆了啊？"

"我可没怎么啊？是她污蔑我们在先的，明明是她婆婆摔了还说是我们撞倒的。"黄小培连忙解释道。

"哦，这样啊。"

"就是啊，感觉没什么素质的样子，反正第一次见面我们就闹了一些矛盾。"黄小培说完又觉得自己这么评论同学老婆有些偏颇了，马上又补充道，"嗨……反正我也就见了一次，这么感觉也都是我的片面看法哈。可能本人不是这样的。对了，你那个手续不是有一些没办好的嘛，你可以问问他啊，他做这行这么多年，对这些手续应该是很熟悉的，要不你问问他看。"

黄小培说完又想到乐平云当时听到谢敏感觉不是很熟悉的样子，又补充道："或者你觉得不太熟悉可以把现在那些有问题的告诉我，我问下他。"

"没事，这些手续我怕告诉你，很多你也不清楚，还是我自己先办着吧，实在不行再问下他。"

"那也行啊。"黄小培当然乐意这事情不掺和了，本身自己也是很多事情。

"那他的电话我待会微信发给你哈，不懂就问下他，我觉得都是同学，不熟悉慢慢联系了就熟悉了呗。"

"嗯。"

说着黄小培便拿出了手机，发现时间也不早了，便说道："哎呀，都这么晚了啊，我第三节还有课呢，先不说了，号码我找到了就发你。"

说着便离开了。

谢敏听到乐平云的消息以后，其实很想打听更多的事情，但是无奈黄小培着急走，看着黄小培匆忙离开的背影，她这一时间不知道为什么有种莫名其妙的感觉。

等谢敏回到办公室以后，微信突然响了起来，谢敏打开一看，是黄小培发来的里面正是乐平云的电话号码。

那年那些事 1

谢敏回到办公室以后又打开手机微信，眼睛就被屏幕上乐平云的电话号码给定住了，望着那串没有感情的数字，谢敏心情却无法平静，看似仅仅只是几个数字，但是对于谢敏来说，这些数字意义确实非凡的。

因为她和乐平云的关系本来就不是黄小培想象的仅仅是同学那么简单，他们之间的关系可以用千丝万缕来形容。

这层复杂的关系要从谢敏入学开始说起了。

那年是 2000 年，秋天，这对于南方城市的上海来说根本没有任何秋天的气息，天气还是非常的炎热。

大家纷纷踏上了知识的沃土，打开智慧的天线，尽情驰骋和探索，走入大学的殿堂。

同一年，黄小培和苏庆春从江西老家来到了这个陌生且繁华的城市开始了自己的大学生涯，而一起入学的还有谢敏和乐平云。

那年他们都是那么的年轻有朝气，对于未来他们也都有自己无限的畅想。

入学手续刚办好，大家还没来得及认识来自四面八方的同学们就开始了为期半个月的大学军训。

军训的时候，她们数学专业的学生不分班都在一起军训，大家谁也不认识谁，只知道是一个班级的，休息的时候也是各自为营，要么躲在阴凉的地方找个站在隔壁的人聊聊天，要么找宿舍的熟人八卦一下帅哥美女。

很快，那个高高瘦瘦且有些帅气的标兵乐平云就吸引住了一大帮的女同学，虽然都是穿着统一的军装，但是乐平云那高挑且健硕的身材很快就从一大帮的男同学里面凸显出来。

特别是他那浓密的眉毛叛逆地稍稍向上扬起，长而微卷的睫毛下，有着一双像朝露一样清澈的眼睛，英挺的鼻梁，像玫瑰花瓣一样粉嫩的嘴唇，还有经过军训以后大家都被晒得黝黑的时候，他那白皙的皮肤只是有点红，在人群中似乎更加白了，所以休息的时候乐平云很快就成为了女同学们谈论的对象，而谢敏也立刻变身了小迷妹。

军训以后，大家各自分到小班上课，乐平云又在班干部选拔中成为了团支书，从那以后谢敏经常能够听到他们班女生对他的议论，而谢敏则彻底地对这位同学产生了好感，在打听了确定对方没有女朋友之后，谢敏就更加确定了自己的目标，一定要把这个人追到手。

自此以后谢敏就开启了对乐平云的无限关爱，她还时常上课的时候偷偷溜到乐平云所在教室的后面默默地看着乐平云上课。

当时作为同室友且还是跟乐平云同班的黄小培，谢敏并没有想到寻求她的帮助，因为那时候的黄小培刚刚从江西老家来到上海，对于这样的一个陌生城市，她恐惧又向往，也带着老家亲人们的期盼，她一心就想着读书。平时基本不怎么在宿舍，除了周末她几乎很少跟室友们聊天。

而谢敏因为是本地人，她每到周末就会回家住，加上本来就不是一个班级的，所以刚刚开学的第一年，即使是室友，谢敏和黄小培两人的关系并不好，可以说就是同在一个屋檐下的陌生人。

当时，黄小培同班一起考来上海的就只有她和苏庆春，正好她所在的学校离苏庆春所在的医学院还挺近，所以他们两个人自然地走得比较近了，有于地理的特殊性，两个人属于很自然地发展成了男女朋友关系。

那时候的黄小培，除了上课学习，一有时间就往苏庆春的学校跑，对于自己班上以及宿舍发生的其他事情根本不关心。

也就是在这一年，谢敏对乐平云展开了激烈的攻势，俗话说男追女隔成山，女追男隔层纱。正是因为这些原因，谢敏从未想到过让这个近水楼台先得月的室友帮忙，当然谢敏也很自信靠她自己也能做到。

正当谢敏认为自己对这份感情唾手可得的时候，她却被乐平云婉言地拒绝了。

乐平云来自北方的一个省会城市，虽然是土生土长的北方人，但是他的父亲却是南方人，当年他父亲插队到了北方，然后娶了北方的姑娘，就在当地定居了。

所以乐平云有着北方男性独有的直率，但也兼有南方男人的细腻，对于一直以上海姑娘自居，有些高傲的谢敏，乐平云并不是很喜欢，既

678 | 生活挺甜 |

然不喜欢，他也不会拖着别人，在谢敏的多次暗示以后，他非常直接地拒绝了她。

谢敏苦苦追问原因，乐平云只回了句："大学这四年我就压根没想过要谈恋爱，我们还是以学业为重吧。"

这话在谢敏眼里其实就是托词，什么不想谈恋爱？谁信啊！只不过是不喜欢而已。

确实，乐平云当时真的只是托词，他也不是不想谈恋爱，是真的对谢敏没有好感，感情这种事有时候说不清楚，你不知道她哪里不好，但是就是知道这个人不是自己想要的。

对于谢敏，乐平云就是这种感觉，他并不是很讨厌谢敏，但是就是对她没有好感，没有好感他就不想强求，更加不想将就，乐平云父母的爱情就是那种认定了就是一辈子的人，乐平云希望自己的爱情也是这么的甜蜜和长久，所以他面对谢敏的示爱，不想骗自己，也不想骗谢敏，假如抱着试试的态度，到时候又觉得不合适了，那样在乐平云看来对于谁都是一种不负责任。

而这件事情曾经一度对谢敏的打击很大，第一学年的第二个学期谢敏几乎都是恍恍惚惚地度过的。

而过了没多久，一次社团活动，让乐平云真正认识了黄小培，黄小培的认真、勤勉以及有责任心的态度深深地吸引了乐平云，那个时候，乐平云就告诉自己，这个女孩子，就是自己认定的人，是那种一时间你不一定能说出对方多少优点，但是她就是她，就是那个认定的人。

那年那些事 2

那时候的黄小培，每一个动作在乐平云眼里都是一个复杂的情绪，每一句话都是一道阅读理解题，这种感觉乐平云从来未有过。

这个人，乐平云似乎已经认定了，当他默默观察许久以后，他决定采取行动，但是那个时候他突然发现了黄小培已经有了个在学医的老乡男朋友还是高中同学，而他们两个人的关系似乎非常的牢固，每个周末黄小培都会去找他。

他也慢慢发现平时黄小培都很严肃，只有快到周末的时候可以在她眼角看出那么一丝高兴和愉悦，那种他知道那是真爱。

就这样乐平云的这份暗恋和挚爱还没有开始就被现实扼杀在摇篮里了，虽然如此，乐平云并没有自怨自艾更没有像谢敏一样一蹶不振，因为他知道黄小培的这份爱情也是真爱。

只要对方是幸福的，乐平云并不想打扰，那时候流行的所谓挖墙脚对于他是不光明的且对于感情是一种污蔑，所以他自从知道黄小培有男朋友的事情以后就从未在外人面前表露过自己的心思，而是把这份爱默默地埋在心里，并且一直在背后默默地关心着黄小培的一切。

之后的乐平云则继续努力学习，大学四年，他真的做到了没谈过一次恋爱，而谢敏在第二学年就开始淡忘了乐平云，谈起了新的恋情，可是没多久又无疾而终，重复几次以后，等到快毕业的时候她又是单身了，而这几年谢敏也发现乐平云一直都没有找女朋友，这多少给了谢敏一些安慰，她甚至开始怀疑当初乐平云跟她说的要努力学习这个托词是真的，因为他真的做到了不谈恋爱，好好学习了，对于这样的男人，谢敏就更加爱慕了，也让谢敏又开始抱有一丝希望了。

特别是大学快毕业的时候，大家纷纷回到了自己所在的城市教书，而乐平云却争取到了一家上海的学校，这让谢敏更加确定了自己的猜测。

于是她再一次鼓起勇气找到乐平云表达自己的好感，而乐平云则再一次婉言地拒绝了她。那一次经过，谢敏至今还历历在目。

谢敏看着乐平云冷漠的脸质问道："你为什么总是这么的决绝，不试试你怎么知道我们不合适呢？"

"现在就觉得不合适了，睁一只眼闭一只眼去试试，最后还是发现不合适，那时候我就是在耍流氓了。"乐平云说道。

这句话谢敏听着莫名有些感动，而后她又问道："好，你要是真的对我没有好感，那你为什么要想尽一切办法留在上海工作？"

"上海是大城市，这里的机会更多，我留在上海只是想尽快实现自己的理想和抱负。"

"理想？抱负？"

"是啊，我的梦想从来都不是当一名老师，而是为社会做更多的贡献。"

"那当老师不也是辛勤的园丁，可以为社会做贡献嘛。"

"老师能做的贡献毕竟少，我想有自己的学校，为更多的人造福。"

乐平云说这句话的时候谢敏感觉到了他身上正在闪闪发光。

也就是乐平云的这句话，让谢敏从此有了自己的梦想，那就是跟他一样，倒不是跟乐平云说的那么伟大，她只是想跟着自己爱慕的人的脚步走。

"好，那我以后的理想也是这个，我愿意跟着你一起实现你的理想。"

"谢敏，真的，我们不是很适合，你有你的骄傲和理想，跟我不是一路人。"

"我的理想就是跟你一样啊，我刚才跟你说了啊？"

"我想要的理想伴侣并不是需要为了我而去讨好什么，她可以有自己的理想，自己的抱负，我会尊重她。"乐平云说这话的时候似乎心中在照着谁描述，表情里都是亮光，可是谢敏知道那个亮光不是对自己的。

"你是不是有了心上人了？"

大学这几年，谢敏除了中途有过男朋友的时候没有对乐平云进行骚扰，其他时间，乐平云都感到了来自她的无尽压力和苦闷，现在既然毕业了，不必再顾忌对方的面子了，乐平云也直言不讳地说道："对，没错，我其实一直有自己欣赏的人。"

"是谁？"

"是谁不用你管。"

"我知道,肯定是黄小培对不对,我平时找你,你除了问她,其他的时候都是冷冰冰的。"

"既然你都知道了,那我也不隐瞒了,确实是她,我理想中的灵魂伴侣就是她那样的。"

"可是她早就有男朋友了。"

"我知道啊,所以我并没有去打扰她,甚至她从未知道我对她的好感。"

"你就是为了这样一份不值得的暗恋,4年都不谈恋爱?"谢敏不敢相信地问道。

"我认为这份纯真的爱意才是最值得的,这也许就是我们的不同。"

这回谢敏是彻底死心了,她走了,去了国外读硕士,并找到了新的男朋友,回国以后他们就打算结婚了,但是在结婚前谢敏还是去乐平云的学校找了他。

那时候的他正好就是在一家机构做辅导老师,所以刚刚黄小培说的他现在的从业范围,谢敏一点也不意外。而谢敏这次找到他,就是想告诉他,她要结婚了,假如乐平云愿意,她还是不会结婚。但是乐平云只说了句:"祝福你,找到了自己真正适合的人。"

听到这话以后谢敏离开了,并彻底删除了乐平云的所有联系方式,这一别竟是十来年。

回国以后的谢敏不知道要干什么,最后还是当了老师,再过几年,她无意中发现黄小培考到了她所在的学校,大学4年,之后也从未联系过的她们再次见面各自都结婚生孩子了,慢慢地谢敏就跟黄小培成为了好朋友,但是对于当年的事情,谢敏只字未提。

乐平云这个人也成为了过去式,这次黄小培突然提起也是让谢敏惊讶不已,甚至她有一瞬间以为他们两个是不是发生了什么。

但是谢敏看着黄小培的样子,应该也只是真的泛泛之交吧,可是十来年不提的人,突然再一次提起却让谢敏心中不能平静了,想着自己这十来年的婚姻,真是一地鸡毛,年少时那种纯情的爱情故事再次让她向往。

谢敏再望向那一串号码,但她却没有勇气拨通,只无奈且不舍地放下了手机。

子宫肌瘤加妊娠期糖尿病

经过苏庆春的情趣沟通以及谢敏的不以为然以后，黄小培对于今天早上发生的事情也没那么在意了。

到了下班时间也就正常下班，下班以后按照往常的习惯直接去了苏子轩的卧室查看学习情况，苏子轩则跟早上事情没发生一样，看到妈妈来了马上把自己准备好了的保证书给了黄小培，黄小培看了一眼那满满一页纸的保证书，只说了句："以后以此为戒，不要再犯同样的错误了。"

"嗯，知道了！"说着苏子轩还自觉地交出了IPAD，并说道，"妈，说好了一个月，一个月到了就还给我。"

"嗯，说好了一个月就会还给你的。"

苏子轩很爽快地把IPAD给了黄小培，然后继续写作业。

而何美珍看到儿媳妇回家后直接去了孙女房间，再想想儿子今天的话，也就没再提早上的事情了，家里一下子就跟往常一样回归平静了。

时间就像流水，缓缓地流过，很快就到了7月，学校都陆续放假了，而谢敏捣鼓的那家补习班如她说的一样该办的手续很快就办妥了，也顺利开班了。

在开班当天，黄小培还打趣这是谢敏人生中做的最坚持的一件事情。

这个补习班跟原来黄小培上的补习班不一样，这个是她有份额的，所以做起事情来非常的卖力，每天工作也是起早贪黑，不但要教授课程，还有负责招生，不分昼夜，感觉她似乎每时每刻都在拿着手机回答着永远回不完的家长问题。

这个暑假黄小培是真正进入了忙碌的模式，对于苏子轩的学习也没那么多时间了，只给她报了平时上的补习班，并没有多加。

这照往年可没那么容易啊，往年暑假的时候，黄小培可是会给苏子轩增加很多暑假班的，现在她也确实有点力不从心的，只有按照往常的时间让婆婆送去离得近的补习班了。

而医院里,苏庆春则继续过着他日复一日的工作,一直在一个组上的师弟江况也转科去了急诊。

蔡君梅对他态度一直没变,忽冷忽热。

这天早上查完房以后蔡君梅叫住了苏庆春。

"小苏,上午没手术吧?"

"没有。"

"那你跟我一起去下冯主任那里。"

"冯主任?"苏庆春纳闷道。

"是啊,她那边有个比较复杂的病人,上回那次手术以后这玉月啊对你印象很好,这回特意叫我把你一块叫去。"

"哦。"

苏庆春说完便跟着蔡君梅一同去了产科的办公室找冯主任。

此时医生办公室的冯玉月正在跟另外一个医生说话,她看到蔡君梅和苏庆春以后连忙跟自己身边的医生结束了谈话,并大步走到了蔡君梅的跟前说道:"来了。"

"嗯。"蔡君梅直截了当地说道,"什么情况啊?"

"病人她是一个高龄初产妇,今年46岁。"冯玉月说着朝旁边的医生喊道,"小李,你把刚刚那个病人的资料拿过来。"说着又朝蔡君梅强调道,"主要是她还有两个巨大的子宫肌瘤加妊娠期糖尿病。"

蔡君梅一听,脸露难色。

"这么高龄初产妇还有两个巨大子宫肌瘤,还有妊娠期糖尿病啊?"蔡君梅倒吸了一口凉气,不乐观地说道,"那是真的好复杂啊!"

话说着的时候小李已经把病人的病历等相关资料拿到了他们面前。蔡君梅并没有接过病历,而是朝苏庆春说道:"小苏,你看看吧。"

"哦。"此时的苏庆春连忙接过病人的资料,开始翻阅起来。

"是啊!所以才让你们一起帮忙嘛。"冯玉月回道。

"她以前做过手术?"苏庆春拿着一个检查报告问道。

"对,她的经历其实也很复杂,她曾在2年前在别的医院做过一次巧克力囊肿的开腹手术,剥去了囊肿。"

"开腹做的?"苏庆春追问道。

"没错!这个我也问过病人,怎么不是通过宫腔镜?病人说也不是很清楚,就说当时医生没说什么就这么做的,所以我猜可能是当时的囊肿已经很大了不方便宫腔吧。"

"没有哪个医院做手术的记录吗?"

"没有,病人说找不到了。"

"哦!"

冯玉月继续说道:"病人是术后经过很长一段时间才算是顺利怀上了孩子,之后就到我们医院产检,但妊娠并没有常规性地阻止'卵巢囊肿'生长的脚步。"

"她初次产检时就说挂的我的号,当时我就发现了她左侧卵巢10×9×8厘米、右侧13×12×10厘米大小的囊肿,这当时就完全达到了手术的指征。"

"可是当时如果执意进行手术,必然对胎儿和产妇都有影响,但是不做手术的话,随着胎儿的长大,盆腔空间越来越小,卵巢就很有可能会被挤到腹腔,引发卵巢扭转、破裂、甚至坏死,危及母婴性命。"

"当时就这件事情我还特意跟陶主任沟通过这事情。"

"我师傅吗?"苏庆春插嘴道。

"对,卵巢囊肿你师傅在这方面还是非常有经验的,经过跟他的沟通,我也表达了家属的意愿,并针对囊肿去与留的风险利弊进行了全面的评估,最后我们一致同意患者的意愿,还是决定采取了带瘤继续妊娠的治疗方案。"

"之后我也一直严密观察产妇的囊肿变化,计划是等到孩子足月后,行剖宫产手术,取出胎儿,然后再一并剥除囊肿。"

"可后来我没想到,随着孕妇的孕龄增加她的体重出现了过度增长,伴有妊娠糖尿病,我便立即调整产妇的饮食计划还推荐她做孕期瑜伽。"

"好在产妇还算是非常地配合,母体和胎儿的体重在孕后期都得到了有效的控制。"

苏庆春总算停下了翻阅病历,突然问道:"哦,那现在是什么情况啊?"

"现在的情况是今天早上7点,产妇突来分娩征兆,她这才35周零一天,产妇早上8点多被送进了我们医院,本来我原计划手术是找陶主任帮忙的,这个患者需要切除囊肿,而且盆腔是否有粘连我们还不知道,现在陶主任退休了，就只能找师姐你了。"

"病人之前做的手术是开腹的，那很有可能有粘连。"苏庆春带着肯定的语气说道。

医生的责任和顾虑

冯玉月看了一眼苏庆春,然后回道:"是啊!所以说这个手术可能会很复杂,这不只有找你们了。苏医生,现在时间紧急,病人的大概情况你现在了解了吧?"冯玉月看着病例材料朝苏庆春问道。

"嗯,差不多了,病例我也粗略地看了一遍。"苏庆春说道,"您刚刚情况也差不多说了下,我基本了解了,只是我有一个疑惑。"

"哦?什么疑惑呢?"冯玉月说道,"你说。"

"其实这个病人的情况我觉得在这时候剥离囊肿要比平时风险要大很多的。"苏庆春继续说道,"如果从规避手术风险来看,我觉得是不是可以让患者生产后,哺乳期结束,再来做卵巢囊肿剥离术啊?"

"是啊!"蔡君梅也呼应道。

"我明白你们的意思,"冯玉月说道,"一般情况下,这个患者这种情况我们是应该考虑风险而让手术延后的。但是这个病人情况比较特殊,她已经做了一次开腹手术了,如果我们第二次开腹不一次性把囊肿处理完,她势必还要面临做第三次开腹手术,这会对患者造成很大的伤害啊!"

冯玉月继续解释道:"而且你们也看到了病人的囊肿已经很大了,其潜在性风险会随时触发。"

听到冯玉月的话让苏庆春顿时感觉到了冯玉月作为主任医生的责任心,其实这样的病人,要是放在以前苏庆春也是会义无反顾地支持冯主任的方案,但是经历过这么多事情以后,特别是之前的那起直接导致师傅提前早退的医疗事故让苏庆春开始变得犹豫了。

为了自己不再有医疗事故,安全起见他还是觉得没必要冒这么大的风险去做这个手术的。

但是,说实话站在病人的角度,能较少一些伤害就尽量减少一些伤害，特别是年纪这么大的产妇，从这个角度冯主任这样的手术确实是最佳的方案。

假如这个病人是自己的家人抑或者是确定这个病人不会手术后出了问题医闹，那苏庆春也会毫不犹豫地支持这样做。

但是现在，他对病人的信任度已经下降了，他再也不敢说病人出了什么事情家属一定不医闹了，而且从这个手术的难度上来说，不成功的概率和其他不可控的因数很多，他觉得现在这样手术方案其实风险很大。

苏庆春面对如此正义凛然的冯玉月没说话，只看了一眼蔡君梅，蔡君梅也心领神会地看了一眼冯玉月。

冯玉月自然很清楚他们两个人的意思，她解释道："我知道你们的担心和疑虑，可是我们做医生的，不能因为自保，害怕出医疗事故，就把更多的风险和痛苦留给患者吧？你们说是吧？"

"呃……玉月啊，其实你说得确实没错，但是你确定跟病人家属沟通好了？这个病人情况很复杂，很多术中和术后的并发症我们都很难预料的。"蔡君梅作为冯玉月的师姐，再次提醒道。

"我知道，这个病人家属我们跟了很久，病人和家属都还是很通情达理的，包括之前的那个保胎的决定其实我们也是经过很多挣扎以后才做出的决定，我不能肯定地说这个病人家属在发生特别的事后不会追究责任的话，但是我感觉他们追究责任的概率会比较小，这也是我最后选择这个方案的原因，"冯玉月继续说道，"这个病人太不容易了，我相信她。"

苏庆春看到冯玉月的样子，感觉那似乎是曾经的自己，那么笃定。

"对，冯主任，你这句话说得很对，刚刚是我考虑不周了。"苏庆春赶紧就自己刚刚的提问表示了歉意。

"不是你考虑不周，只是你不知道病人曾经遭受过多大的痛苦而已，我相信你之前见过病人就会跟我一样考虑了。"

"嗯，冯主任，那我明白了。"

冯玉月见苏庆春不再有顾虑，便笑着说道："那我们现在就去手术室吧？"

"现在就去？"苏庆春问道。

"是啊，不是听师姐说上午你们都没有安排手术吗？"冯玉月说道，"而且现在产妇已经在手术室里了，我们产科的医生现在应该已经在跟她进行剖宫产了。根据这个产妇的情况，剖宫产后随时可能发生产后出血、子宫收缩乏力的可能，所以我们要赶紧上手术了。"

蔡君梅拍了拍苏庆春的肩膀说道："去吧，我们一块去。"

冯玉月话音刚落，只见护士站一个护士跑进了医生值班室，并说道："冯主任，手术室打电话过来，让你马上过去一趟。"

"哦，好的。"冯玉月回道。

"我们现在赶紧过去吧，估计孩子快出来了。"

"嗯！"

……

在大家疾步去手术室的路上，冯玉月继续把病人的情况跟大家详细说了一遍，而听到冯玉月的分析后，苏庆春更加明白了病人的病情严重性。

一路上他脑海里一直在思考这个病人的病情，他见过的病人很多，在大部分手术面前还是非常有自信的。

但是今天这个手术就复杂多了，要是说单纯的剖宫产或没有腹腔粘连的卵巢囊肿剥离术并没那么难，但是今天他们要给产妇做的是复合手术，而且产妇之前已经有过一次开腹手术史，难度和风险就远远高于常人了。

所以苏庆春一路走得都是非常的沉重，他虽然没有看到病人，但是对她的情况一点也不乐观。

很快他们换好衣服，进入了手术室。

手术室里，产科的另外一名医生已经把胎儿取出来了。

"怎么样啊？"冯玉月朝产科医生陈青问道。

"冯主任，你来了，孩子刚刚出去，待胎盘取出后就交给你了。"陈青回道。

陈青是苏庆春的研究生同学，她看到苏庆春进来了，还打了个招呼。苏庆春也点了点头。

冯玉月领着苏庆春和蔡君梅一同在液晶屏下面观察着产科医生陈青的手术。只见她很快便熟练地取出胎儿胎盘，并完美地缝合了子宫。而此时苏庆春并没有心思去观察她的手术，他的心思全部放在了观察产妇的盆腔环境了，苏庆春发现病人的盆腔似乎有充血。他眉头紧锁，不敢眨眼，怕错过一点问题。

很快，产科医生陈青缝合好了子宫。

"冯主任，我这边结束了，算是圆满地完成任务了，现在交给你了。"产科医生陈青说道。

"好。"

说着苏庆春和蔡君梅一同跟着冯玉月慢慢地朝手术台走去。

不寻常的手抖

在上手术台的路上,蔡君梅突然朝苏庆春说道:"这台手术你主刀。"

原本苏庆春以为只是来辅助的,可没想到这么大的手术蔡君梅居然让他主刀,这令苏庆春太意外了。苏庆春转头一脸懵地看着蔡君梅,可蔡君梅眼睛只看着手术台方向。

"蔡主任,我主刀不太合适吧?"苏庆春弱弱地说道。

蔡君梅转头看着苏庆春,眼神笃定地回道:"有什么不合适的,今天你主刀,我辅助。"

"可是今天的手术还是挺复杂的,我其实也没100%的把握。"

"没事,我和冯主任都会在旁边协助你。"蔡君梅鼓励着。

冯玉月经过上次的那次手术,对苏庆春的技术还是很认可的,不然她也不会让蔡君梅叫他过来,但是原本她也以为是蔡君梅主刀。

对这样的决定她也有些疑惑,也转头看了一眼蔡君梅。

蔡君梅明白师妹的眼里的疑惑,立刻解释道:"今天就小苏主刀,没问题的。"

既然师姐都这么说了,冯玉月也不再质疑了,于是点点头,然后朝着还有些不自信的苏庆春鼓励道:"苏医生,放心,有师姐和我在,你就大胆干好了。"

面对这样的临危受命,又是人命关天的大事,苏庆春不敢怠慢,只见他肯定地回道:"好!"说完便迅速地走上了手术台。而陈青则走到了液晶显示仪那边去观察手术进展。

上了手术台,苏庆春一看病人的情况,他脸色马上就耷拉了下来,面露青色。

患者的病历上手术前苏庆春其实已经了解清楚了,而且刚刚冯玉月也跟他说了情况,刚刚他也一直在观察情况,算是做好手术艰难的准备,可真正当他看到患者盆腔内状况时，依然诧异不已。因为病人的境况远比他预估得要糟糕的多。

病人最大的右侧囊肿足有婴儿头大小，左侧的也有成年男性拳头般大小，是多房性的子宫内膜异位性囊肿和包裹性积液，囊肿壁薄的地方薄如蝉翼，里面的积液晶莹可见，整个囊肿与周围组织肠管、大网膜广泛粘连。

当然看到病人的这个情况诧异的不只是苏庆春一个人，还有在手术台上的另外两个主任医师。

冯玉月和蔡君梅见到这个情况后第一时间不自觉地互相看了一眼，从她们的眼神中看得出来这个手术确实很难很复杂。两人心领神会又不约而同地转头看了一眼苏庆春。此时即使隔着口罩大家都能感觉到苏庆春脸色的变化。

这一切站在不远处的陈青都看在眼里，她明白手术的难度，原本有些担忧的陈青看到大家的表情更加忧心了。这要是因为卵巢囊肿导致手术失败，陈青在病人那边也是难辞其咎啊。

这种情况大家都知道术中随时会有大出血的意外，而这个病人比常人有着更加复杂的盆腔环境。这边子宫未恢复、盆腔粘连等各种因素增加了手术的难度，同时也会延长手术时间；而另一方面手术时间一旦延长，又会增加产妇感染的风险。如此复杂的剖宫产合并卵巢囊肿摘除，无论对医生，还是对患者来说，都是一次巨大的挑战。这一点在场所有医生都非常的清楚。

手术室里一下子变得安静起来，空气都如凝固了一样，大家除了能够听到"滴滴"输液水的声音了甚至就连自己的呼吸声都能够听到了。

冯玉月望着一直发愣的苏庆春心中有些担忧了，她能感觉到苏庆春的难处，

"苏医生，你觉得，可以吗？"冯玉月小心翼翼地征询着苏庆春的意见。

苏庆春没直接回话，而是看了一眼自己的上级医生蔡君梅。此时的蔡君梅只怔怔地站一旁用同样疑惑的表情看着苏庆春，也不置可否。

此时的苏庆春明白这事情还是得自己拿主意。于是他先是深吸了一口气，然后朝冯玉月点点头，并说道："病人的情况确实比我想象的还要复杂的多，不过我会尽我所能，全力以赴。"

苏庆春的这句话相当于接受了这次的挑战。

冯玉月听到了这话非常沉稳地回道："好！我也相信你能做到，你毕竟是老陶的学生，肯定行的。"此时冯玉月也就只有鼓励了。

蔡君梅还是如往常一样，坚定地说道："小苏，放轻松，我们都在，没事的。"

"嗯！"

蔡君梅的话其实就是苏庆春的定心丸，他马上就进入了状态，投入工作中。

在附属医院有着十多年手术经验的苏庆春，只要站在手术台上，即使这个手术再难，但是只要一上手，他都能够非常镇静、胸有成竹地应对。

很快，苏庆春找到突破点，他仔细分离粘连，交替电凝止血，一点一点儿分开，分开一点凝一点。

蔡君梅则在一旁当起了苏庆春的一助，这是苏庆春从未享受过的，主任医师给他做助手。开始蔡君梅也配合得很好，每一次的分开蔡君梅都尽力让苏庆春的视线清晰，血渍清理也很及时。

手术台一上台特别是开腹手术其实拼的是体力活，所以外科医生大部分是男性也有这个原因。而妇产科因为科室的特殊性，女医生还是居多的，不过在苏庆春的师傅陶建国看来，手术做得好的依然还是男医生，毕竟体力活在那里，所以他们科历届科主任大部分都是男性。

而这个手术男女差别也很明显，开始蔡君梅配合得还不错，不过大概半小时左右，蔡君梅突然出现了手抖的现象。

作为外科医生，上了手术，必须保持镇定，最忌讳手抖，特别是宫腔镜，但是随着年龄的增长，人的手指不可避免地没有那么稳了，这也就是为什么业内有种说法是外科手术其实并不是医生年纪越大越好，特别是上了一定年纪的外科医生上手术不可避免得会有些抖，这也是后来苏庆春的师傅陶建国上手术少的原因之一。

今天的蔡君梅作为助手刚刚抖一下苏庆春倒也觉得没什么，他只觉得蔡主任一是女性，二是年纪大，就没当回事。但是蔡君梅望着眼前的情况却不淡定了，她额头突然冒汗，一旁的护士则不停地在擦汗，而后这个抖动幅度在蔡君梅的紧张下似乎越来越大。

蔡君梅为了不让情况变得难看，竭尽全力地控制着自己的手，但是事与愿违，似乎蔡君梅越控制，手抖的越厉害。

693 | 不寻常的手抖 |

200
不寻常的麻醉方案

此时,在一旁辅助的冯玉月也发现了这个问题,她非常好奇地看了一眼蔡君梅,毕竟蔡君梅按说年纪大有点手抖能理解,可这么抖太奇怪了。

蔡君梅明显感觉到了冯玉月的余光。可是她怎么似乎越尽力控制越把事情搞砸了。

冯玉月关心地问道:"师姐,你怎么了?"

"没事。"蔡君梅尽力掩饰自己的紧张情绪。并吩咐道,"继续吧!"于是大家马上又投入了紧张的手术。但是没过几分钟,手抖再次出现,蔡君梅现在这样的配合已经有些影响到苏庆春手术的进度了。

苏庆春看了一眼蔡君梅,说道:"没事,蔡主任,你慢慢来。"

这句话苏庆春只是希望蔡君梅不要急,可是蔡君梅似乎很在意这件事情,在她听着似乎苏庆春是在跟她说:"你不能再稳点吗?"

这个手术本来就特殊,手术时间绝对不能拖太长,不然有感染风险,这点大家都很清楚。

蔡君梅做为主任医师有自己的职责,她不能因为自己也不想因为自己而影响了手术的进度。于是她略显尴尬地解释道:"这手术有些复杂,我可能太紧张了,要不玉月,你来给小苏做一助吧,其他人我不放心。"

"好!"冯玉月并没多话,而是直接接上了蔡君梅的工作。

主任医师因为紧张主动退出手术这太少见了,苏庆春一脸疑惑地看了一眼蔡君梅。接上手术的冯玉月发现了苏庆春的分心,立刻提醒道:"仔细手术,不要分心。"于是苏庆春心思又被拉回来了。

他继续一点一点儿分开,分开一点凝一点,冯玉月上手后苏庆春的手术速度明显快了很多,很快分开的地方干干净净,根本不会因为出血导致看不清分离,也不会因为分离不好,导致囊肿破裂影响分离或大出血，更没有损伤其他组织器官。

他的技术娴熟而精湛，在液晶显示屏下观看的陈青更是忍不住地时时朝同样退到二线的蔡君梅啧啧称赞。

不久后，苏庆春非常完美地剥除了囊肿，保留了卵巢组织，而且同时清理好盆腔粘连。这个手术可以称得上完美。

大家都惊讶于苏庆春手术的娴熟，早就忘记了蔡君梅术中那不起眼的手抖。可这事情苏庆春却觉得很奇怪，一个久经战阵的主任医师因为这样的手术紧张到手抖得那么厉害，简直不可思议，苏庆春总感觉没那么简单。但总的来说，这次手术圆满成功也是喜事，苏庆春也不好对上级医生的工作过做多揣测和怀疑，事情过了也就过了。

下了手术回到科室已经是午饭时间了，于是大家各自吃饭去了。

今天下午苏庆春原本有台宫腔镜手术，但是刚吃完饭回来的他听说病人家属临时取消了，上午的手术他实在是太累了，所以饭后没事的苏庆春索性跑医院的值班室稍作休息。

大概半个小时左右，苏庆春突然听到了有人叫他，他睁开眼睛一看是蔡君梅。连忙解释道："蔡主任，我下午手术取消了所以在这里打个盹。"

"我知道，"蔡君梅笑着说道，"是这样子的，我这边下午2点钟有个手术，你跟我一起上吧。"

苏庆春一脸懵地看着蔡君梅，要知道除了被派去和其他科室合作，这么久以来蔡君梅自己上的手术这还是第一次主动让他上手术。

蔡君梅看着苏庆春没有直接回复，又问道："怎么样，还吃得消吗？"

"当……当然没问题，"苏庆春结巴道，说着连忙起床了。

"不着急，手术2点开始呢，你先休息下吧。"

"没事，我先准备准备，"苏庆春说道，"您先回办公室休息吧，麻好了我再叫您。"

"行，你找小徐要下病人资料吧。"

"好。"

话说完苏庆春激动地回到了医生办公室，并找徐医生要到了病人的资料。

蔡主任亲自上台的手术，苏庆春心想着肯定是四类手术，这样的机会他可是好久没上了，这心里别提有多高兴，想着估计今天自己的手术终于让蔡主任认可了，自己以后在科里再也不用做单一的手术了。

可当徐医生跟苏庆春介绍病人情况的时候，苏庆春瞬间心凉了半截，原来这只是一个子宫肌瘤的手术，实在是太常规了，一点也不值得他们两个人都上台。但是既然蔡主任都说了，他也不好意思推辞了。

于是苏庆春只简单看了下病人的检查报告，子宫肌瘤才6厘米，虽然是在粘膜下肌，但是做宫腔镜手术取出肌瘤这个手术对于苏庆春来说太简单了，这样的手术苏庆春都不知道做了多少台了，对苏庆春来说这样的手术是游刃有余。

就这样的手术，蔡君梅这个主任医师做主刀医生，苏庆春这个主治医师做助手，这在苏庆春看来真的是一种浪费。尽管如此，也只有硬着头皮上了，但是刚刚的那种所谓重用的猜测让苏庆春开始打消念头了。术前准备的一些工作苏庆春也没注意看，加上上午的手术也很累，所以他又趴在桌子小眯了一会。

1点半的时候他便去了手术室，到手术室不久麻醉师便开始替病人麻醉。苏庆春突然发现麻醉师给病人打的腰麻。可是苏庆春知道宫腔镜是需要气腹（打气让肚子鼓起来），这样才可以使手术视野更好地暴露，而这样的操作是需要病人在全麻的情况下进行处理的，同时也可以避免手术的痛苦。

于是他好奇地朝看着有些眼生的麻醉医生问道："这病人怎么是半麻不是全麻啊？"

这个麻醉医生应该是来医院不久的，虽然这样，可他也并没有给苏庆春好脸色，只白了一眼苏庆春，而后继续干自己的工作。因为麻醉医生是很讨厌外科医生对他们麻醉质疑的，虽然外科医生是病人的主治医生，但是在麻醉方面他们才是专业的。

苏庆春看到这新来的麻醉师这样的态度也是来气心想我本来就是好心提醒，怕他是新人搞错了，没想到他是这态度，于是苏庆春继续说道："你有没有看清楚啊？这手术不是腰麻。"

麻醉师没好气地回道："我们麻醉方案最终的选择还是要看病人的意愿和主治医生的建议，这个病人就是腰麻。"

"可是这台手术是宫腔镜，腰麻怎么够啊？"苏庆春继续质疑道。

麻醉医生没再理他。苏庆春看着麻醉医生的态度实在有些恼火，好心提醒非但没有感谢还碰了一鼻子灰，好在他这个人性格一向比较温和，这要是碰到别人估计要好好跟这新来的理论一番的。

　　苏庆春也没再说什么,而是赶紧去核对手术方案,用事实证明给他看。

　　不过等他看到手术方案以后他愣住了。原来是他错怪了麻醉科医生,病人的手术是开腹手术治疗所以做的是腰麻。

手术方案的选择

苏庆春的脸一下子就红了。好在这位麻醉医生也没再说话，不然苏庆春真要尴尬死了。尴尬过后苏庆春又不禁疑惑了：按照这个病人的实际情况完全没必要开腹啊！宫腹腔镜才是她最佳的选择。

当然这个问题他不能再傻傻地问麻醉医生了，正当他满腹狐疑的时候手术室的门开了，原来是蔡君梅来了。

于是他连忙朝蔡君梅询问道："蔡主任，怎么这台手术不是宫腔镜手术吗，刚刚我看麻醉师打的居然是腰麻。"

"哦，是腰麻，这个病人是开腹手术。"蔡君梅淡淡地回道。说完她看着苏庆春还是一脸疑惑的样子，便继续解释道，"这个手术方案是综合病人的实际情况最终选择开腹的。"

因为是腰麻病人其实是清醒的，所以苏庆春凑近蔡君梅小声地问道："这个病人的情况我之前看了下完全可以做宫腔镜手术的，再不行也可以宫腹腔镜联合手术啊，怎么是最终选择开腹做啊？这样创伤会很大的。听着而且我看着病人还没有结婚呢，做了开腹手术那以后粘连的可能性要高很多啊。"苏庆春这话就像在质疑蔡君梅一般，他说话一向就是这么直接和简单。

"开腹确实不如宫腔镜好，这个我肯定知道。"

苏庆春听着马上感觉到了自己刚刚语言上的不委婉，于是连忙又解释道："不好意思，蔡主任，我没有质疑您的意思，只是觉得这个病人似乎没有必要做开腹。"

"手术方案是病人及家属最终选择的，就是开腹手术，"蔡君梅肯定地说道，"这个你就不要管了。"蔡君梅说完之后看了一眼苏庆春，然后又补充道，"这个病人情况也比较特殊，选择开腹手术一是费用会低一些，还有手术本身会做得干净一些。"

"哦。"

一般临床上涉及到费用问题的时候，确实是让医生很为难也很敏感。

"宫腔镜费用是高一点，但是这个手术也不大，也差不了多少吧？"苏庆春说道，"既然她都决定来做手术了，这点钱跟可能存在的风险相比真的没必要这么较真。"

"嗨……这手术费用的事情没有什么差不多，有时候差几百块病人都要怀疑我们有意为了多赚钱故意的，你就不要再为这个事情纠结了，手术的方式最后选择还是要遵从病人的想法，我们肯定不好强制的。"蔡君梅说完又继续补充道，"而且这个病人的这个肌瘤有 6 厘米，还是在粘膜下肌，还是开腹保险一点吧。"

"粘膜下肌 6 厘米完全可以做宫腔镜，这么大的我之前做过好几台，都是没问题的，之前我还有个病人将近 7 厘米的我都做了宫腔镜。"苏庆春坚持道，"即使做不了宫腔镜，那也可以做宫腹联合手术嘛。"

"你说的这个也都是因人而异的，而且也要看实际情况。"蔡君梅似乎有些不认同苏庆春的意见，似乎也不太想再跟苏庆春纠结这件事情。只说道，"这事情就不再讨论了，手术方案家属已经签字了。"

"哦……那病人坚持就没办法了，我只是觉得病人这么小就做开腹手术有些可惜了。"苏庆春无奈地回道。

尽管蔡君梅解释了这是家属的意思，但是苏庆春似乎有点不能接受。他明白在选择手术方案的时候医生是要遵从家属和病人的意见和想法，但是作为医生还是有点不能接受这样的手术采取开腹的方案。

毕竟一台手术是要综合考虑很多因素的，当然他也知道传统开腹手术具有容易操作、医生做起来比较熟练、成功率高、费用合理等优点。但是缺点却是更多，比如开腹手术就意味着手术中出血较多，创伤较大，肚子上会留下较长的手术疤痕等问题，总的来说就是开腹手术对病人的损伤大。

虽然宫腔镜手术会比开腹手术费用高点，但是优点却很明显：出血少、创伤较小、手术后恢复较快，肚子上只留下 3 个小孔。而且假如病人曾经做过剖腹产、阑尾炎或其他开腹手术，肚皮已经破相，更加有必要选择宫腔镜了。

苏庆春这个手术的女孩子年纪并不大，也没有开腹手术经历的，但是一旦做了开腹手术，那术后子宫粘连的风险可是比宫腔镜手术大的多，这对于未生育过的女孩子来说尤其重要。

对于手术费来说，这些开腹存在的潜在风险才更加重要，再加上病人的肌瘤并不大很大，宫腔镜下能够完成。所以苏庆春实在是觉得就这么开腹做手术太可惜了，假如这个病人是他的，他也会极力说服家属和病人采取宫腹腔镜做。

但医生有时候就是这样，就跟蔡主任说的一样，很无奈，你真心替病人着想，却经常会有病人怀疑你的本意。无论如何，为了避免一些不必要的纠纷，一般情况下医生还是尊重病人和家属的决定。

此时的病人其实人是完全清醒的，她似乎听到医生在一旁窃窃私语，有些担忧地说道："医生，怎么了？是有什么问题吗？"

蔡君梅看了一眼病人，马上给了苏庆春一个眼神，并走到手术台上，说道："哦，没事，我们只是在讨论一些手术上面的事情。"

"哦，我还以为是我手术有什么问题。"

"不用担心，我们还没开始，没问题的，放心好了。"蔡君梅安抚道。

"那什么时候可以开始手术啊？"

蔡君梅看了一眼钟表，回道："很快了，你先稍微休息下。"

安抚好病人以后，她便走回去跟苏庆春说道："这事情不要再提了。"

"嗯。"

既然蔡君梅都说了是病人的选择，那苏庆春觉得再可惜也没办法，也没再提这事情了。

手术开始以后，苏庆春便配合蔡君梅做手术。

开腹以后，苏庆春发现病人的肌瘤比他预想的要多很多，他突然感觉要是他自己宫腔镜做这台手术可能也会有些吃力，不过宫腹腔镜联合应该是没问题的。一想到病人还没结婚，他又有些惋惜了，心想：就这样的一个肌瘤要开腹真的而不值得啊。可是无论苏庆春一万个觉得不值得，再惋惜也没办法了。

医生经常也是这么无奈的，明明有一些比较好的医疗方式，但是你告诉病人，病人总是会以另外一个角度考虑医生的出发点，这也会让医生在手术上会选择一些比较保守的治疗方式。这很无奈也很现实，苏庆春对于这样的问题也无可奈何。

现在这台手术虽然跟苏庆春所预料的不一样，但是完全可以做腔镜。而且开腹手术对于手术医生来说，在操作方面倒是要简单、熟练一些，而且视野开阔，做得会比较干净，像这台手术，假如做腔镜，那是很考验一名医生的技术的。不过，苏庆春相信这是难不倒蔡主任的，话说就目前的手术来看，苏庆春猜测这台手术不出意外的话，蔡君梅应该很快就能完成肌瘤切除。

202 手抖成谜

果不其然，大概半小时左右，蔡君梅就在苏庆春的协助下把肌瘤切除了。

正当蔡君梅进行伤口清洗的时候苏庆春发现她的手抖起来了，这次的手抖就像上午一样，先是轻微的，而后慢慢地开始幅度变大。

这种手抖再一次吸引了苏庆春的眼球，他再次用疑惑的眼神看了一下蔡君梅那紧张的神情，这次他再一次确定这种手抖不一般。

现场手术的不光是苏庆春，还有一些进修的医生和学生，这种情况下，苏庆春第一反应是赶紧接过蔡君梅的手术。于是他问道："蔡主任，要不我来？"

只见蔡君梅头也没抬地回道："不用！"

蔡君梅这样的回答，让苏庆春也很无奈，其实他只是想帮她，但是他也明白这个时候蔡主任换下来可能会有损她的面子，于是他也没再多问，继续配合着蔡君梅。

好在这次的手抖明显没上午那么持续，很快蔡君梅便稳定了下来，苏庆春便尽力地配合着蔡君梅清创。

手术在苏庆春配合下清创也很快结束了，终于到了缝皮的时候。

缝皮工作属于外科医生入门第一步，一般学生跟着上手术一是为了学习手术经验，二就是为了能上手，当然作为非本院的医生，手术肯定没机会上的，所以缝皮便成为了他们手术上手的唯一机会，当然要是遇到人手不多的时候，本院医生又看得起，扶扶镜子、缝缝皮还是会给机会的。

苏庆春也是这么一步步走来的，所以只要他上手术带着自己的师弟师妹们，苏庆春都会把缝皮这个机会让给他们。

上级医生到了一定的年纪，基本不会再做缝皮这样的工作，不过，苏庆春一直听说蔡君梅做手术非常的谨慎，所以今天苏庆春作为一助，他猜想缝皮的工作蔡君梅肯定会让他做。

他也是做好了缝皮的准备，他其实也许久没有缝皮了，也怕手生，想正好趁机练练手。

可是不知道是不是刚刚出现手抖让蔡君梅更有表现自己的想法还是什么，原本完全没必要亲自上手的缝皮工作蔡君梅居然没多说话就直接上了。

"蔡主任，要不现在就我来吧？"苏庆春还是小心翼翼地说道。

"没事，我来，我可以的。"蔡君梅坚定地回道。

既然主任医师这么坚定，身边又那么多人看着，苏庆春肯定也不好多说什么。于是苏庆春便站在一旁看着。

可令苏庆春没想到的是到了缝皮的时候蔡君梅的手抖再次出现。

蔡君梅当初在附属医院是出了名的缝皮高手，那伤口缝得是又密又美观。

可现在蔡君梅缝的这两针苏庆春看着明显不如以前了，而且看得出来蔡君梅的手似乎已经没什么力道了，再加上手抖问题，才没缝的几针在苏庆春看来一点不美观大方甚至有些粗糙。

于是苏庆春又主动请缨："蔡主任，您这手术做得很好，您站了这么久也累了，要不我来缝皮吧。"

苏庆春说话还是很注意蔡君梅的形象的，更何况病人现在其实是清醒的。

蔡君梅看了一眼苏庆春，只见苏庆春给了她一个眼神。

蔡君梅明白苏庆春是真心想帮自己的忙，便回道："好吧，你来吧，我确实累了。"

"嗯，那您去旁边休息一会吧，这边交给我。"

苏庆春接过来后，只见他进针、穿出、打结一气呵成。下针准确的方向，下手精确的力度，精准的判断力以及恰到好处的穿入深度和弧度，均匀以及稳定的手法，都是看着简单但是那个熟练度却是需要多年的锻炼才能有的。

就这样，苏庆春三下五除二，缝皮很快就结束了。看到苏庆春缝皮完了，蔡君梅连忙走过去观看结果。她惊讶于这缝线的均匀程度就像流水线的手法。

"你这缝皮的手法也是越来越了得了啊！都快达到了流水线的水平

了，太匀称了。"蔡君梅忍不住夸奖道。

"蔡主任，您过奖了，当初我这缝皮的手法还是您教的呢，您记得吗？"

"呵呵，当然记得。"

"所以在您面前我怎么敢说缝得好啊，您可是原来我们附属医院出了名的缝合高手。"

"嗨……那都是过去式了，长江后浪推前浪啊，你现在都比我好啊，再说我教的人很多，有你这造诣的却很少啊，别谦虚了。"蔡君梅还没等苏庆春回复，便走到手术台，跟病人小声地安慰道："手术结束了，一切都很顺利。"

"结束了啊？"病人不敢确定地问道。

"对，结束了。一切都很顺利。你稍微休息会，过会护士便会把你送回病房的。"

"哦。谢谢！"

说完蔡君梅便往手术室门口走去，苏庆春看得出来蔡君梅似乎在有意回避他。于是他便也很识相地停止了这个话题。

不过蔡君梅这手抖的问题，苏庆春心里总是有个疑问。

苏庆春回到科室以后反复地回想蔡君梅手抖的样子，按照年龄手抖不该是这么严重的，苏庆春越想越觉得不对，再仔细一想，上午蔡君梅情绪不对，猜想她估计也是因为这个问题，不然她见识那么多这样的病例怎么会紧张呢？

可是这事情是蔡君梅的私事，苏庆春即使再好奇也不好去问她，苏庆春更怕像自己猜想的那样事出有因，那再问就更怕伤了蔡君梅的自尊心了，于是这事情苏庆春就打算这么过去了。

眼看着已经五点多了，苏庆春去病房看了下病人回来发现好多病例都没整，便在办公室里整理一下病人的资料，而蔡君梅则正好有病人找她，去病房了。

正在此时，突然有个中年男性走了进来问道："请问蔡医生在吗？"

"哦，她现在有事情去病房了，您有什么事情跟我说。"苏庆春回道。

"哦，医生，你好，我是34号床龚玥的爸爸，她说她觉得肚子好痛。"

"34号床？"苏庆春一想，这不就是他刚刚做了手术的病人嘛。

"哦，那我跟你一起去看看。"

于是苏庆春跟着龚玥的爸爸一同来到了病房。

手术方案的疑惑

苏庆春来到病房以后看到病床旁陪着一个中年妇女,应该是病人的母亲。

她见到苏庆春进来,连忙站起来焦急地说道:"医生,你总算来了,麻烦帮忙看看玥玥怎么回事啊?手术室下来没过多久就一直喊痛。"

苏庆春听到后连忙把目光转移到了病床上。

出手术室的时候他看了下彭玥状况还不错,这会儿看着她脸色苍惨白,眼神也有些漂浮。

"龚玥,你现在感觉怎么样?"

苏庆春问道。

"医生……我……感觉肚子……好痛。"龚玥微弱地说道。

"具体是哪里啊?"

说着苏庆春马上从口袋里拿出一次性手套戴上,然后轻轻地摸了摸龚玥刚刚做手术的部位。

"是这里吗?"

"嗯……"龚玥表情痛苦地轻声哼道。

"哦……"苏庆春了然于胸,然后说道,"你这里是刚刚做完手术,然后现在麻醉也在慢慢醒,所以会感觉有点痛。"

"那医生你能不能帮开个止痛药啊?不然孩子哪里受得了啊?"龚妈妈央求道。

"是啊。"龚玥爸爸也呼应道。

"可以。"说着苏庆春便看了一眼彭玥现在在打针的处方单,而后他说道,"我看蔡主任已经开了止痛的药了。"

"开了止痛药还这么痛啊?"龚玥爸爸连忙问说道。

"点滴什么时候打的啊?"苏庆春问道。

"下手术不久就打了，得有一个来小时了吧。你看这瓶都快打完了。"龚玥爸爸回道。

还没等苏庆春说话，龚玥妈妈又接话道："医生啊，你看这打了止痛针还这么难受是不是证明没有效果啊？"苏庆春刚想说话，又被龚玥妈妈打断了，"医生，你看有没有什么别的方法啊，总不能就这样让孩子干痛着吧？"

"是啊，医生，你看玥玥疼得都出虚汗了。"龚玥爸爸也呼应道。

苏庆春看着他们终于停了下来，才有机会说话，"她刚刚手术结束刀口有点痛是正常的，这个止痛针刚刚打一个小时可能效果还没那么好。"

"一个小时还没效果啊？是不是这药不行啊？"龚玥妈妈再次质疑道。

这个止痛药是他们常规使用的药，整个效果还算是不错的，苏庆春其实只想表达即使止痛针效果再好，毕竟是做了手术的刀口，有点痛是正常的，但是似乎病人的爸妈无法理解。又想到这个病人是开腹做的，要是宫腹腔镜可能还不至于这么痛，这手术方案原本就是病人选择的，现在又各种怪，实在是无奈。

他只有小心建议道："要不等这个药打完，我给她换一种止痛药试试看吧。"

"那赶紧换，用最贵的药。"龚玥妈妈肯定道。

"对，用最贵的药"龚玥爸爸一副不差钱的样子说道，"别说几百块钱了，几千块钱都要开啊，我们既然来了医院就是为了治好病，钱可以再赚，健康钱去买不到的。"

"是啊，是啊，医生麻烦赶紧帮我们开。"龚玥妈妈也点头呼应道。

苏庆春听龚玥父母这话就好奇了，本来其实病人要是做宫腔镜不用这么痛苦的。于是苏庆春略带疑惑地问道："这开腹手术病人是会多遭一些罪的，创伤也大。其实当初真的没有必要因为一点手术费而选择开腹的，宫腹腔镜病人恢复快很多，创伤也小。"苏庆春这话里话外都有点责备他们的意思。

没想到，龚玥爸爸也是一脸无奈地说道："哎……我们也知道微创好啊，那不是蔡主任说玥玥的这个子宫肌瘤已经超过了宫腔镜手术的指标嘛，没办法才这么做。怪只怪我们发现得太晚了。"说完龚玥爸爸十分自责地补充道。

听到这里苏庆春诧异不已：怎么家属这边的说法跟蔡主任的说法完

全不一样啊？这再次引起了苏庆春的好奇，于是他连忙说道："哦，没有达到宫腹腔镜指标啊？那没办法就只有开腹了。"

"是啊，蔡主任也是这么说的。"

"哦，那就没办法了，"苏庆春连忙岔开话题道，"那……要是没别的什么事情我先去开医嘱了。"

"好好。"龚玥爸爸回道。

听到龚玥爸爸的话后，苏庆春迅速撤离了病房。但是在回办公室的途中苏庆春却整个人都不好了。无数个问题刷地一下进入了他的脑海里："为什么蔡主任和家属说的不一样？到底谁说谎了？"

想着家属说话的口气、穿着以及对孩子关心的样子，苏庆春怎么也不觉得他们是会为了这点手术差价让自己孩子受苦的父母。毕竟他也是为人父，能够明白刚刚病人父母的那份焦虑，当孩子受苦的时候他也宁愿这份苦由自己承受。刚刚家属也说了，是蔡主任说病人的病情没有达到宫腹腔镜的指标，这话他感觉不是专业人士告诉他，他肯定不知道。所以蔡君梅的那个为了钱让孩子承受更多的痛苦，他有点不相信。

说实话，现在同为父母角度的苏庆春甚至更愿意相信家属的说法。可是，一旦相信了家属，那就意味着蔡主任说谎了。而她——蔡君梅，为什么会说谎呢？

这个问题再一次让苏庆春陷入了深深的困境里。蔡君梅作为主任医师，对于医学的判断首先肯定是不会错的，这点苏庆春很肯定，那她又是出于什么考虑去决定让病人做开腹手术呢？难道是手术前有什么自己没有发现的问题，最后让作为主治医生的蔡君梅决定病人只能做开腹手术？带着这些疑问，苏庆春终于来到了办公室。

医者的职责

苏庆春对于这件事情产生了前所未有的好奇之心，路过值班室时并没有直接进入，而是直接来到了主任医师的办公室，不过他敲门以后发现没人回应，再一看手机，已经是下午六点多。苏庆春猜测蔡君梅已经下班了，只好悻悻地回到了医生办公室。

苏庆春其实不是那么八卦的人，对于很多事情也不喜欢刨根问底，但是面对自己专业上的问题，他却从来表现得异常认真和谨慎。

这跟他从事的行业有关，医学这个行业跟其他行业真不一样，来不得半点马虎，任何的稍有不慎，对于病人的伤害就是一辈子的事情，他想去问清楚事情的原委无非是想知道到底是不是自己的医学判断出错？

可是回家的路上，他又对自己如此执着追究真相的行为开始反问是否值得？

这一夜他辗转反侧。

苏庆春也知道作为下级医生对上级医生如此质疑是非常不妥的，但是作为医生，他又觉得他既然知道这个手术的问题那就不得不去把问题搞清楚。当然他也希望自己的猜测是错的，但是无论是自己错了还是对了，这件事情他选择去拆穿就是对自己以后处境的一种探雷。眼看着以前不怎么受待见的自己刚刚取得了蔡主任的信任，现在这样刨根问底不就等于去找事吗？可不去问清楚，他又过不了自己心理这一关。

翌日清晨，苏庆春照常跟着蔡君梅以及其他同事去病房查房。

交班时他看到蔡君梅，还是没有勇气直接问，但当来到龚玥病房的时候，苏庆春实在无法逃避自己的内心。他最后还是决定冒着再次被冷落的风险鼓起勇气主动开口了，不过他没直接找蔡君梅，而问龚玥状况："怎么样？今天没那么痛了吧？"

今天的龚玥明显比昨天状态好很多，朝苏庆春回道："舒服了一些。"

"是啊，昨天晚上开始的时候玥玥还是觉得不舒服，之后慢慢就睡了，还好，我本来还以为这一晚上会折腾得没法睡呢。"龚玥妈妈作为唯一陪床的家属在一旁补充道。

"那就好。"苏庆春说完便向蔡君梅解释道，"昨天下手术以后病人说伤口很痛，所以我给加了镇痛泵。"

"哦。"蔡君梅听完朝病人及家属说道："开腹手术术后伤口不可避免得会有些疼痛的，要尽量克服一下哈。"

"嗯，我们知道，好在苏医生昨天开了这个镇痛泵好了很多。"

"那就好，那还有别的不舒服吗？"蔡君梅继续问道。

"没有。"

"早上护士体温测的都正常吗？"

"正常。"

"那行，好好休息吧，有什么事情就来办公室找我。"

蔡君梅说完便带着大家离开了病房。出了病房以后苏庆春特意追到了蔡君梅旁边说道："蔡主任，昨天我给病人开医嘱的时候听他们说原本他们也是希望选择微创腔镜下手术的，说是您告诉他们不符合腔镜指标才选择开腹的。"

蔡君梅一听苏庆春这话突然停下了脚步，并转头看了一眼苏庆春。心里想着：他这分明是来质疑自己手术方案选择错误的嘛！苏庆春也不怵，直面蔡君梅那犀利的眼神，他有着自己对专业的自信以及对职责的信仰。而跟在旁边的医生却都是一头雾水，看到蔡主任突然停了下来，还以为有什么事情，纷纷停了下来。

蔡君梅看着大家也都停了下来，便苏庆春朝说道："这事情先不聊了，等查完房再说吧！"

"好。"

苏庆春一点都没感觉到蔡君梅的不悦，还是一副打破砂锅问到底的样子。

查完房后，众人路过医生办公室时，蔡君梅说道："小徐，你待会把龚玥的病例给我拿到办公室来。"说完还补充了句，"要所有的。"

"哦。"徐医生一脸疑惑地回道。

"小苏，你跟我来一下办公室。"蔡君梅说完便往办公室走去。

而一头雾水的徐医生先去看了一眼远去蔡君梅，然后望着苏庆春纳闷地问道："啥意思啊？不是手术已经结束了吗？"

苏庆春对于蔡君梅这个举动自然了然于胸，他就是想要知道这个手术到底藏着什么秘密，于是他问道："怎么了？病例没整理好啊？"

"那倒不是，今天倒是真赶巧了，还好我昨天让那些学生整理了，要是平时这昨天才做完的手术完整的资料还真不一定齐全。"

"整理了不就行了，你去拿来呗，我去下办公室。"说着苏庆春便也去了主任办公室。

其实经过昨天一晚上的思考他没什么顾虑的了，也豁出去了：问了，假如因此得罪了自己的上级那大不了还跟以前一样，大手术没机会上呗，但是这事情就这么憋着不问，不当回事，他这一辈子心里都过不去。

已经做好最坏打算的他也没什么可怕的啦，这番去蔡主任办公室他已经做好了要面对蔡君梅大动干戈的准备了。

来到了办公室门口，他依然非常绅士有礼貌地敲了敲门，听到里面的回应他才进去。

蔡君梅见到苏庆春笑着说道："来了，把门关上吧。"

蔡君梅表面并没有苏庆春想的那么凶神恶煞，反而看着比平时还要和蔼可亲一些，这倒让苏庆春有些不知如何是好了。他就这样愣站在一旁。

蔡君梅看到苏庆春那不自然地望着，笑着调侃道："你刚刚不是有话要说嘛，怎么现在又胆怯了？不说了？"蔡君梅反问道。

"也没什么。"苏庆春尴尬地回道。

"现在你没事找我，我可有事找你。"蔡君梅说道，说完她看着苏庆春还是一拘谨的样子，便继续说道，"快过来坐吧，别傻站着了，你不是对34号床病人的情况很感兴趣吗，那今天我们就好好聊聊吧。"

苏庆春听到后，连忙上前坐到了蔡君梅的对面。

秘密揭露

苏庆春坐下后想着可能会被蔡君梅奚落一顿,可令他没想到的是蔡君梅不但没有发作,反而是一副笑脸看着苏庆春。这让苏庆春心里更加没底了,场面一度陷入尴尬。

还好蔡君梅马上打破了僵局,只见她边喝水边淡淡地问道:"小苏啊,你知道老陶退休后找过我一次吗?"

苏庆春听到后诧异不已,他万万没想到蔡君梅居然突然跟他聊起了自己的师傅,于是疑惑地问道:"您是说我师父吗?"

"对啊,就在他去旅游出发前的一天。"

"哦,这……我还真不知道。"苏庆春回道。

"他回国以后又去北京了,你知道吗?"蔡君梅又问道。

"啊?他又去北京啦,这……我也不知道啊……"

"呵呵……看来你师傅的动向你不是很清楚呦。"

"说实话,他退休后我也没怎么联系过,也就是发过一次微信,当时他还在国外。"

苏庆春有些愧疚地说道,他之所以愧疚也是因为师傅的早退他隐约能感觉到跟自己有点关系,但是自己其实在处理人际关系上面并不是很好,显得有些冷淡。

"呵呵……老陶是真的待你不错,上回他特意来找我就是为了你。"蔡君梅用长辈的口吻说道。

"为了我?"苏庆春不敢相信地问道。

"是啊,那天他特意把我约出来我也很好奇,虽然一直也是闲聊,但是他一直跟我再三强调他这个徒弟性格有些执拗,让我有个准备。"蔡君梅继续说道,"后来回过神我来才知道那次聚餐他的主要目的其实就是让我多体谅你,可见他对你是真的用心良苦啊。"

"是啊,我师父虽然说平时对我很严厉,但是也是真的对我很好。"苏庆春委实觉得自己做得不够好。

"也难怪他这样,毕竟你是他在这医院唯一的学生,而且他那儿子也一向跟他不怎么亲近,他对你上点心也是正常的。"蔡君梅一副感同身受的样子剖析着这件事情。

"他对于我来说也更像个父亲,可惜我做得并不好。"苏庆春想到自己这段时间也真的没怎么关心师傅,再想到他为自己做的事情就更加愧疚了。

"要真说起来,你是该多关心关心他,"蔡君梅说完连忙又解释道,"当然那些都是你们师徒的事情,我一个外人也不便多说,你也不要有太多的心理负担。今天提起这事情其实是想跟你说起先我也没觉得有什么,想着像你们这些年轻的后辈技术过硬的有点傲气也是能理解的,不过今天我倒是见识了你师傅说的执拗的真实含义了。"说完蔡君梅笑了笑。那笑容非常的亲切,倒让苏庆春觉得自己像个恶人,"坏小孩"!

"蔡主任,我其实也没有别的意思,只是……"苏庆春刚想解释,直接被蔡君梅制止了,只见她说道:"你不用解释的,我明白你只是有疑惑而已,有疑惑提出来很正常,我支持你的,而且我也不想我们在一个组上工作大家有隔阂,你这样做是对的。"

蔡君梅话音刚落,便听到敲门声,进来的人正是徐医生,只见她拿着一坨子纸质资料,苏庆春猜测这肯定就是龚玥的病例资料。

"都准备齐全了吗?"蔡君梅问道。

"齐了。"

"那行,都放着吧。"

"好。"

放下东西后徐医生麻溜地关门离开了。

"你看看吧?"蔡君梅朝苏庆春说道。

"龚玥病例吗?"

"是啊!"

"之前我已经看过的。"

"你再仔细看看……"蔡君梅还是坚持着。

苏庆春只好拿起病人的病案再看了一遍,这回他发现了好几张他之前没见过的检查单。其中有一张检查单是入院后的腹部彩超,显示肌瘤多而且最大的有 7 厘米。这是苏庆春之前没看到的，他之前看到的那个报告他再看发现是较早些时间的。现在他终于明白蔡君梅为什么会选择开腹手术了，毕竟从这个报告来看肌瘤既多又大。反而是实际状况比报告看到的要好些，苏庆春有些尴尬地说道："这张报告昨天我还真没看到……"

"那如果是你看到了，你还会坚持腔镜做吗？"蔡君梅淡淡地问道。

"这……"苏庆春突然语塞了。

"我知道你无论是宫腔镜还是腹腔镜抑或是在腔镜下面联合手术你都做得很漂亮，但是我们不提昨天现场看到的结果，你只说你看到这些检查结果，你该怎么选择？"蔡君梅直逼问题。

"这件事情确实是我太武断了，因为我不是主刀所以手术前我对病人的情况了解不够，这点我确实需要检讨。"苏庆春立马就承认了自己的鲁莽。同时他也庆幸有这样结果，因为假如跟他想的那样，那就不是一个简单的医疗问题了，那就涉及到职业道德了。此时他反而松了口气。

"我们做医生的，不同其他行业，来不得一点马虎，任何一个遗漏对病人来说都是不公平的，你上手术前要对每个病人的情况了如指掌才能正确地选择治疗方案。"蔡君梅说道。

"嗯……我明白。"苏庆春连连点头。

蔡君梅说完又看了一眼苏庆春，说道："当然这件事情也怪我，毕竟这个病人一直是小徐在管，临时把你叫上来时间也确实紧张，我也能够理解！"

"不，这事情确实是我不对，不管是不是我管床，上了手术我就该对病人情况吃透，而且就算之前搞错了，至少后面我应该为了慎重起见再去详细研究下病例再来找您的。"苏庆春对错误认识得倒是很透彻，丝毫没有推卸责任的意思。

蔡君梅看他态度诚恳，自然也不没有再责备的意思，而且这件事情苏庆春虽然有对病人不熟悉的错误，但是他认真对待每一个病例的态度她还是很满意的。而正在此时，蔡君梅突然又手抖了。这手抖再次引起了苏庆春的注意。其实苏庆春并不是个鲁莽的人，今天这么冲动主要还是因为昨天手术时蔡君梅出现的多次手抖，让他感觉事情没那么简单，他脑子里想的就是这些，根本没想到查病人病案的事情。

误会解除

蔡君梅此时也注意到了苏庆春异样的眼神,她也不自觉地看了一眼自己的手,然后说道:"我知道你这两天对我这手很关心啊。"

苏庆春看到蔡君梅似乎识破了自己,也坦诚布公了,"蔡主任,既然您已经看出来了,那我也不瞒您了,其实说实话昨天的手术我会那么草率地质疑您也就是看到您手抖的事情。可能您会觉得我很冒昧,但是我从进医院开始,很多事情都是跟着您学习的,我昨天看到您手抖的样子,真的替您着急,您这手是怎么了?"苏庆春说的也是心里话,其实他是真的担忧蔡君梅的手。

苏庆春的师傅陶建国跟蔡君梅家是世交,两人关系一直很好,蔡君梅在医院这么多年也是最信任陶建国的,所以在陶建国退休的时候让自己最心爱的徒弟跟了她也算是对她的一种信任。而蔡君梅面对这个世交的徒弟也是很欣赏,既然话都问到这里了,而且都在一个组上再想瞒也很难了。于是蔡君梅说道:"既然你问了,那我就告诉你吧。我这手抖确实跟你猜的一样,并不是常规的手抖,而是因为帕金森。"

"啊?帕金森?"苏庆春惊讶不已,忙问道,"您不是还年轻嘛,怎么会得这个病啊?"

"嗨……这病也不是说一定是年老人得的,有很多病例是跟我这个年纪的人得的。"蔡君梅看着似乎对这病倒是挺释然的。

"什么时候的事情啊?"

"得有几个月了。"

"那……不严重吧?"

"现在还算是轻微,发现得还算是及时,用药还算能控制住,不过有时候手术确实会有点力不从心。特别是腔镜手术。"蔡君梅强调道,"所以你师傅走以后我就想让你过来帮我,也是这个原因。"

苏庆春顿时才明白为什么来到蔡主任组上以后自己变成了专门做腔镜手术了。

"原来是这样啊,那我师父知道您这情况吗?"苏庆春又问道。

"我跟他说了一嘴,不过他不知道现在会影响手术。"蔡君梅说完又笑了笑。

从那个笑苏庆春感觉到了一种心酸和无奈,这是对亲人朋友强忍着的坚强。反而让苏庆春难过了。他尽力宽慰道:"蔡主任,您也别担心,应该坚持用药会好的。"

不过这句话听起来又是多么的无力啊,作为医生他们两个人都知道帕金森基本难治愈,最多控制减缓发病而已。蔡君梅也知道苏庆春是好意,只说道:"希望慢慢会控制好吧,不过像昨天那种情况我也是少见,要是以后真一直这样,那我真的就要离开手术室了。"

"不会的,肯定会好的。"苏庆春否定道。

蔡君梅只笑了笑,而后交代道:"这往后你就要多辛苦一下,手术可能不光上镜了,开腹估计你也要帮着我点了。"

"没关系的,我能上都尽量上。"

"我知道你很努力,我这原本啊,还想着就让你做做腔镜,不要太累,经过昨天的手术来看,现在我这情况看来是时好时坏啊,你要是不上台我这心里还真没底啊。"

蔡君梅的这话更加让苏庆春无地自容了,想想当初他因为蔡君梅没让自己跟着上手术还有点以小人之心度君子之腹的感觉。苏庆春惭愧地说道:"蔡主任,您放心,只要是我能做的,一定全力以赴。"

"嗯。"蔡君梅说完又补充道,"哦,对了,我这情况医院里除了老陶和你,没让第四人知晓,就连小徐也不知道,所以我希望不到特殊情况,请你也替我保密。"

"嗯,我明白的。"

这样的事情本来就是蔡君梅的私事,而且说来可大可小,苏庆春也是懂得分寸的。

蔡君梅说完似乎又想起来了什么,连忙又问道:"哦,对了,我突然又想起来了一件事情。"

"什么事啊?"

"你师傅那天还特意提起你升副高的事情,让我帮着提点下,我这最

715 | 误会解除 |

近因为自己的事情,加上家里最近也挺多事情的也给忘记了。好像你这次副高职称还没过是吧?"

"是啊。"苏庆春有些失落地回道。

"你也别难过,好事多磨嘛。"

蔡君梅现在自己的事情也是自顾不暇,反倒安慰起苏庆春来了,这让苏庆春大为感动,"嗯,我明白的,这事情其实我现在也看开了,没事的。"

"这副高啊,你说不在意嘛,也不可能,我也是过来人,你现在的心情我也是明白的,这毕竟是对自己职业的一种认可,但也急不来,"蔡君梅说道,"你也别太着急,早晚会轮到的,说起来我职称评得也比较晚。"

"对了,你最近有没有什么好的课题啊?"蔡君梅又问道。

"课题?"

"对啊,这评职称文章也是考核的重要指标啊。"

"我之前有一些课题,但是苦于没有实验,都是让师弟师妹们帮着做,但是他们都是硕士,说实话能力也是有限,也没在比较强的实验组,都是东一榔头西一棒子的,结题的时候都是拖拖拉拉拖好几年的,文章发出来的也都是低分的。在文章方面我也就是胜在数量上,而且大部分稍微有点质量的还是我自己读书的时候写的,所以在文章方面我确实不如现在的这些博士,他们比我有很强的科研优势,至少博士期间都发了不错的文章。"

"那你在这方面就要努努力了,确实我们在临床上工作本来就很忙,再去花很多时间在科研上会有点力不从心。"

"是啊,这每天上班都很忙,能有点时间休息就不错了,现在家里孩子都在抱怨陪她的时间少之又少,这再把时间压缩了,那估计孩子都不知道我这个爸爸了。"

"哎……医疗工作者就是这样的,但是没办法,既然选择了从事医生这个行业,我们的时间就注定不能给到家人,虽然说起来冷血无情,但医生就是这样,不光要会手术,科研也不能落下,不然也就只是会拿刀的技术人员,且永远达不到高精尖这个水准了。"蔡君梅深有体会地说道,"努努力,想想办法,总是会有办法的。"

"嗯,我知道了,尽力而为吧。"

"对,尽力而为,不让自己后悔就好,至于怎么做你自己衡量吧。"

"嗯,明白了。"
"行了,那没什么事情你就先去忙吧。"
"嗯。"
说着苏庆春边站起来离开了蔡君梅的办公室。

再遇友人

苏庆春离开主任办公室以后，一身轻松。这几个月来压在心里的那个疙瘩终于解开了，他高兴地回到办公室，还没等坐下就听到有人喊："苏医生！"于是苏庆春又开始了这一天的忙碌。

苏庆春在医院忙碌的同时，黄小培这边也没停着。培训班这边自从开班以来就如火如荼，每一天都在不断增加学员，黄小培他们都是又当老师又当接待员。这不，中饭刚吃完她便接待了一位家长带着孩子来看培训班的场地，黄小培接待他们完送出去的时候在不远处隐约看到了个熟悉的背影。

由于天气炎热加上光线的照射，把她的眼睛刺痛的厉害，黄小培只好拿手放在额头前再次打量。此人不是别人，正是乐平云。

此时正在和一行人一同出现在门店外面打量着什么的乐平云似乎也察觉到了远处的目光。他转身一看，惊讶地喊道，"小培？"

黄小培听到叫声后站在原地朝对方笑了笑，而后她大声问道："你怎么会在这里啊？"但她并没有向前的意思。

乐平云先是跟身边的人打了个招呼，连忙又朝黄小培方向跑了过来。"你怎么在这里啊？"乐平云也问道。

此时黄小培才发现乐平云看着比五月份清瘦了许多，人也黑了很多，估摸着是天气热的原因吧。反正整体感觉人似乎很憔悴，不过他脸上的温暖的笑容还在。

"你还没回答我，你怎么在这里呢？"黄小培笑着说道。

由于乐平云身高的优势，黄小培抬头看他的时候放在额头前遮挡烈日的手依然没放下。

乐平云反应了一会，笑着说道："哦……呵呵……我是在这里看门店啊。"

"看门店？"

"是啊，我们打算在这一片开个分校。"

"又开分校啊？厉害啊你。"

"嗨……总是要发展的嘛，现在我们学校在各大区基本都有分校了，就差这个区没有校点了。"

"哦，那你们看得怎么样啊？"黄小培说完还看了一眼刚刚乐平云一行人的方向，看着他们似乎正在严肃地讨论着什么事情。

"这几天看了几家，就这家还好，我们这个校点原本计划开得也不大，主要是方便学生们报名，跟办事处类似。"

"哦，这样啊，那你现在过来不耽误你时间吧？"

"没事，我们其实已经看得差不多了，刚刚只是出来看看整体这边的人流量以及醒目程度而已。你觉得这里如何啊？"说完乐平云还询问了下黄小培的建议。

黄小培看了看，手指着离她不到四个门店的位置问道："是那家吗？"

"对啊，你觉得如何啊？"

"那里原来我记得也是做培训班吧。"

"对，以前确实是，是做小学培训的，里面的空间还是挺大的。"

"我就说有点印象，那应该不错啊，不过你不是做职业教育的嘛，怎么会选在这里啊？"黄小培不解地问道。

"这旁边不是有一所师范大学的老校区嘛。"

"哦，对了，现在改成主要做成人教育了。"

"是啊，这里我们其实开课有个好处，还可以租赁里面的教师。"

"哦，原来是这样的啊，那是挺好的，这个位置也不错。"

"是吧，那就好。"乐平云说完才发现光顾着自己说话了，连忙追问道，"对了，这个时间你又怎么会在这里啊？"

"我学校就在这里啊，你忘记了？"

"没啊，你学校在这旁边我怎么会忘记呢，我是指现在不是放暑假了嘛！"乐平云回道，"现在又是大中午的。"

黄小培抬头看了一眼乐平云，笑而不语。作为曾经也当过老师的乐平云看着黄小培那欲言又止的样子，自然是明白了什么。他反问道："你在上课啊？"

黄小培笑着点点头。

"但是你不是在那边上补习班吗？"乐平云手指着自己之前接过黄小培的方向。

"没去那里了，这里是我们自己办的，之前跟你说过的，跟谢敏一起。"

"哦，这么快就弄好了？"乐平云听到谢敏的名字后明显没有刚刚那么自在了。

"是啊。"

"厉害厉害！"乐平云竖起大拇指。

"嗨……就是小打小闹，跟你没法比。"

"你太谦虚了，这么短的时间就把一个培训班给弄好了，我们都做不到的。"乐平云对黄小培的夸赞从来都不吝啬。

"我几乎没帮什么忙，主要还是谢敏，前期都是她在弄这些事情的。"

"哦……"黄小培再次提到谢敏，乐平云直接就没接话了。

黄小培说着才发现两人就在正午的烈日下聊了半天，赶忙说道："今天天气太热了，要不请你的朋友一块进去坐坐，喝杯凉水，凉快凉快。"

"不用了，我们刚刚也只是出来外面看看而已，里面也是凉快的。"

"哦……"说着黄小培望向乐平云之前的方向，确实之前的一行人已经不见了。估摸着应该是已经回去避暑了。于是黄小培便说道，"那你朋友有事，你就进去看看吧？"

黄小培再次发出邀请。

"远吗？"

"就在这里。"黄小培抬头指着正在前方的一个小门店。由于这门店之前也是做培训机构的，时间匆忙她们几乎就是直接用了，连招牌都没改。

"云教育？"乐平云念了一遍。

"呵呵……这还是人家的招牌，我们都没来得及改。"黄小培笑着解释道。

"哦……"

现在正值七月，中午的日头实在太烈了，她也快熬不住了，连忙催促道："太热了，赶紧进去坐下吧，顺便你这个专业人士也给我们提点建议呗。"

乐平云犹豫了一会。

720 | 生活挺甜 |

黄小培实在不愿意在烈日下聊天了，便说道："这都到门口了，都不进去，太不给老同学面子了吧？再说你朋友他们也进去休息了，现在天气这么热，估计一时半会也不会走。"黄小培哪里知道乐平云和谢敏曾经的那段故事吧，毫不避讳地再三邀请道。

乐平云看了看店面里面，试图想看看能不能看到谢敏，他也不好直接问，思虑了一会，再看着脸蛋已经被晒得通红的黄小培，终于松口了，"那好吧。"说着两人一同走了进去。

208 尴尬的再次相遇

乐平云想着这培训班既然是谢敏主办的，这个时间正是大中午，想着以原来谢敏的性格，应该是不会愿意吃这个苦还在学校的，所以他也算是跟自己打了个赌，猜测她不在。可是乐平云哪里知道他们这个培训班才刚刚起步，连个前台都没有来得及请，都是他们几个老师自己轮流值班的。

刚穿过前台就看到一个很大的柜台，在柜台的正前方隐约可以看到有一个人正低头在做什么。对方听到有人进来的声音，头也没抬地问道："怎么样啊？那家长怎么说啊？"

这人不是别人，正是埋头核算这几天费用支出的谢敏。

"小敏，你看谁来了。"黄小培笑着说道。

"谁啊？"

话说着的同时谢敏也抬起了头望向门口方向。

虽然谢敏已经好多年没再见过乐平云了，但是就在她抬头的第一时间便发现了站在黄小培旁边那个高个子的乐平云。她直接怔住了。

乐平云此时也发现了眼前的人便是谢敏。他突然停止了脚步，两人的眼神就这样对视了一眼，乐平云连忙转移眼神，此时的他表情一下子也变得微妙起来。可黄小培根本没有发现他们两个眼神交汇时的尴尬和无措。她看到乐平云停了下来也跟着停下来，并朝谢敏说道："赶紧出来吧，还愣着干吗呀。"黄小培说着便把乐平云引到了不远处的接待桌旁，还马上给他去拿了一瓶冰镇的矿泉水。"喝口水吧，凉快凉快！"

"今天外面真是热啊，得有38度了吧。"乐平云只小声应答道。

黄小培拿完水以后也坐在了乐平云旁，待她这系列动作结束以后发现谢敏还没走出柜台，于是她又催促道："小敏，赶紧啊，出来招待老同学啊。"

"哦……"

谢敏回了话以后才缓缓地走了出来，黄小培哪里知道此时的谢敏心理有多么紧张啊。她也想马上出来，看看这个多年未见且时常出现在梦里的男人啊。可是她又不敢也不知道该对眼前的这个男人说什么，他又是否还记得自己，是否介意曾经的过往？乐平云的出现实在是太意外了，她还没准备好，就被黄小培活生生地拉出来了。

"赶紧啊。"黄小培笑着问道，"还记得他吧？"黄小培见谢敏还是没说话，便问道："你不会忘记了吧？我之前跟你说过的。"

说着话的时候谢敏已经被黄小培拉着来到了乐平云的面前。乐平云见到谢敏后也很绅士的站起来了。该来的还得来，乐平云虽然不愿意见到谢敏，但是既来之则安之。而且事情都过去这么多年了，大家也都各自组成了家庭，也没什么不敢面对的了，这点乐平云倒是做得很好，虽然他内心并不愿意见到谢敏，但见到谢敏的时候还是主动打招呼道："谢敏，你好，好久不见。"

"你好，好久不见。"谢敏拘谨地回应道。

"你还记得谢敏对吧？"黄小培倒是很意外，原本以为以之前两人的表现感觉应该是互相都没啥印象的，还想着要她介绍呢。"我就说不可能不记得嘛。"此时的黄小培就像是个局外人说着局外人的话，但大家都没有去揭穿这一切。

"记得，我当然记得了，当年我们都是在一个大班上课的。"乐平云笑着回道。

"对啊。"黄小培说完才发现此时三人都傻傻地站着聊天，于是她又说道："都站着干吗啊，坐吧。"

谢敏这才稍微缓了点过来，招呼道："哦，对……赶紧坐吧。"

坐下后，谢敏也慢慢适应了，便用质问的语气问道："你们这是怎么遇到的啊？"

黄小培抬头笑了笑，没说话，她的这一举动让一旁的谢敏看着一愣一愣的。其实黄小培只是觉得他们遇见好巧，没有别的意思。但是谢敏此时看着黄小培，总感觉那个笑显得特别的暧昧，让她很不舒服。虽说多年未见过谢敏，但是乐平云对曾经的谢敏是很了解的，谢敏向来善妒，曾经因为看到他和一个女同学讨论题目，之后找到别人，让她离自己远点。这让这位女生特别的尴尬，还特意来跟乐平云解释。此类种种的霸

| 尴尬的再次相遇 |

道行为也是乐平云一直对谢敏印象不好的原因。她在处理乐平云的事情上向来太过霸道又自私。

乐平云看着眼前的谢敏还是跟当年一样，他连忙解释道："说来巧了，我正好来这边办事的时候就遇到了小培。"

谢敏还是一副不相信的样子看了一眼黄小培，问道："真的？"

黄小培点头示意她，看着谢敏还是一脸狐疑。见状，黄小培又把具体两人的遇见过程说了一遍。谢敏这才算勉强相信了。

其实这么多年谢敏一直知道乐平云大学时就对黄小培有好感，所以从黄小培说见到乐平云的时候她就有些奇怪。这回她自然也是靠着女人的直觉感觉没那么简单，但是她哪里知道黄小培对乐平云曾经的那点心思毫不知晓啊。而乐平云也在疑惑，就谢敏的性格怎么会跟黄小培又到了一起，她们按理说根本不是一类人。曾经的谢敏是多么的高傲。但乐平云不知道女人在爱情面前有时候就是这么盲目。其实平时的谢敏也就是个寻常女人，这么多年她跟黄小培相处也还算融洽。

此时最尴尬的是乐平云，现在真后悔刚刚进来了，他看着谢敏的样子，虽然多年不见，但感觉还是像从前那般语言刻薄犀利。他连忙打量四周，转移话题道："你们这里弄得挺不错的啊。"

"是吧？听小培说你现在开了很多培训学校啊。"谢敏略带轻蔑地回道，"跟你比起来我这里就是小作坊。你说的不错到底是真的还是假的啊？"

"当然是真的。"乐平云尴尬地回道。

"小敏，人家可是专业的，肯定是认真的啦。"黄小培打圆场道。

"对啊，我都忘记了，你现在可是教育家了。"

"教育家？呵呵……你说的？"乐平云说着的时候看了一眼黄小培，那眼里全是黄小培。

"对啊，你做这么大，称为教育家也没错，是吧？小敏！"黄小培笑着回答，而后她转身看了一眼谢敏。可她顿时感觉谢敏的表情不太对，不耐烦里透出了恶狠，于是她连忙收起了笑声。此时的她才发现氛围不太对劲，她连忙微咳了一声，缓解尴尬的气氛。三人瞬间陷入了沉默当中。

209 请客吃饭

乐平云看着谢敏的样子,知道自己现在不受欢迎了。连忙站起来说道:"那个……我那边还有事,要不就先过去了。"

"啊?就走啊?不多坐会儿?"黄小培惊讶道。

"不了,我那边还有事等着我一起商量呢。"乐平云说着的时候人已经离开了接待桌的椅子。

"哦,这样啊。"黄小培也跟着站起来了,说道:"那你有事就先忙。"说着跟在后面补充道,"我送送你。"

此时黄小培转身看了一眼还坐着的谢敏,赶紧给了她一个眼神。谢敏这才明白过来,也站起来,跟着黄小培一起把乐平云送到了门口。

乐平云走后,黄小培纳闷地朝谢敏问道:"小敏,你今天是怎么回事啊?"

"什么怎么回事啊?"谢敏反问道。

"你难道一点都不觉得你今天很奇怪吗?"黄小培再次疑惑不解地看着谢敏问道

"怎么奇怪了?"

"怎么奇怪?就是你对乐平云的态度啊。"黄小培解释道,"平时你对其他人不是这样的。"

"怎么,我对他不好你生气了啊?"谢敏问道。

"你这是说啥呢,我有什么好生气的啊,只是你这行为举止太奇怪了吧?"黄小培不解道,"虽然说大家多年未见,但是好歹也是校友嘛,你这搞得很不待见人家一样。不说同学、校友情分,最起码也是同行吧,你搞得怎么见面就跟仇人似的总是怼人家啊,早知道这样我就不叫他进来了,搞得现在多尴尬啊。"黄小培还补充道。

被黄小培这么说谢敏才发现自己有些太过激了。"我真的有对他很不客气吗？"谢敏疑惑地问道。

"有啊，不要太明显了啊，你看人家话都没怎么说就走了。"

"怎么，他走了你好可惜啊？"谢敏口气又变成了刚刚那个样子。

"我不是看他是做教育这方面的还是专家，想让他来我们这里指点指点嘛。"黄小培说道，"我怎么发现你今天说话阴阳怪气的啊？"

"真的就是让他来指点的？"谢敏还是一脸怀疑的样子。

"当然是指点啦，不然还能干吗啊，"黄小培唉声叹气道，"多好的机会啊？被你浪费了。"说着黄小培便一脸遗憾地走回了办公室。

谢敏看着黄小培的样子，再想想刚刚自己的行为，觉得确实有点过了。毕竟这么多年过去了，大家也都快四十的人了，还跟读书的时候一样未免太小家子气。谢敏想了想做人还是要放得开，该放下的早晚还是得放下，于是心里突然冒出一个想法，连忙追上黄小培，问道："小培，我刚刚真的很失礼？"

"不然你以为呢？"黄小培白了一眼谢敏，"搞得我都尴尬死了，原本想着让人家来给我们提点宝贵意见的，这是多么难得的机会啊，结果你一副人家想要偷学的感觉。还很不待见人，刚刚你那样子只差轰人走了。"

"有那么夸张吗？"

"当然有了，毕竟是第一次见，你好歹也客气点啊，就算你不认识，就当是我朋友你也不能那个样子嘛。"黄小培有些不高兴了，毕竟人是她主张带进来的，现在搞得如此收场她也是尴尬的。

谢敏连忙解释道："不好意思啊，我刚刚大中午没睡觉也是有点懵了，我现在给你赔个不是总可以了吧？"

"你给我赔不是有什么用啊？"黄小培说道，"你对不起的又不是我。"

谢敏犹豫了一会说道："要不……要不我晚上请他吃饭，算是赔礼道歉，你觉得怎么样？"

"吃饭？"黄小培好奇地问道，毕竟这弯转得有点快。

"对啊，你觉得怎么样？"

"好是好，就是不知道人家愿不愿意哦。"

"那就麻烦你联系下他呗，你打电话给他，他肯定会来的。"谢敏说道。

"我是不好意思再打电话给他哦。"

"好小培,你就帮帮忙嘛,你也不好就这么难堪吧,你可别忘了今天可是你自己把他请进来的,反正我本身跟他接触也不多,你以后觉得见面不尴尬就行。"

黄小培想了想,确实是这么个道理。谢敏一向都懂得怎么去做黄小培工作。她看到黄小培在犹豫就知道十拿九稳了,继续说道:"你自己看着办哈,反正我弥补的态度已经表示了。"说着谢敏就走了。

黄小培想了想反追着谢敏问道:"确定今天吃饭啊?"

"当然了,这择日不如撞日,反正请客就今天,过时不候哈。"

黄小培问道:"那定在哪里啊?"

谢敏偷笑着回道:"地方你选,我请客。"

"这还差不多,那就去幸福里吧,那里环境好像不错。"

"行,就定那里。"

"那我现在就打电话给他?"黄小培问道。

"打吧。"

"总怕他会不会因为刚刚的事情拒绝啊?"

"不会的了,放心。"

"真的。"黄小培疑惑地说道,"那我试试吧。"

"嗯。"说着黄小培便拿起了电话。

此时的乐平云已经离开了刚刚他们所在的门店,正开着车。看到黄小培的电话,他连忙接通了。

"在忙吗?"黄小培问道。

"哦,没事,你说。"

"今天晚上有时间吗?"

"是有事吗?"

"也没什么事情,这不是刚刚你来我们这边还没来得及给我们指导工作嘛,所以想你晚上有空就请你吃个便饭。"黄小培委婉地说道。

"指导工作真的谈不上,你们已经做得很好了。"

"你太谦虚了,不管是指导工作还是朋友聚餐吧,今天晚上 7 点幸福里餐厅哈。"

"吃饭真的没必要了吧,更何况等我们学校定了,这今后见面的机会还多着呢。"

"你们已经定好哪里了?"

"差不多了吧。"

"那很好啊,正好庆祝下。"

乐平云其实心里是很想跟黄小培吃这顿饭的,因为回到家里他也是一个人,最近家里发生的事情也让他很烦心,工作上久了,很多私人的事情也不愿意说,真能说上话的根本没几个。但是他知道今天这顿饭,不可能绕开谢敏。可转而他又想,既然新校区定在这里了,而且他以后还是这边的主要负责人,不可能绕开谢敏的,既然躲不开,那还不如早点把僵局打开。于是他回道:"那行吧,不过说好晚上我请客,一起叫上谢敏吧。"

"不用你请客,我们来,说好了是我们请你的。"

"哪有女士请客的道理,就这么定了,时间和地方就按照你们的来,我现在在开车,先这么说哈。"

"哦,你在开车吧,那先这么说哈。"黄小培说着连忙挂了电话。

调侃

谢敏见黄小培挂完电话，其实内心很想知道结果如何，但还是佯装淡定地问道："答应了吧？"

"应该算是答应了吧。"

"什么叫应该啊？到底他来不来啊？"谢敏问道。

"来是来，不过他说他请客。"

"那来就行了，谁请客无所谓。"谢敏满意地继续走回了柜台。

"那我跟我老公说声晚上不回去了。"

"嗯。"

此时医院里的苏庆春正在手术室里做术前准备，无法接电话。黄小培看到电话未接，便给他发了个微信，然后电话叮嘱婆婆少做点饭后继续忙工作了。

夜幕降临，谢敏驱车载着黄小培提前来到了原定的餐厅幸福里。此时太阳还未彻底落下山，黄小培这边还埋怨谢敏来太早了，毕竟培训班晚上还有课，只留另外一个老师在那边黄小培都不放心，怕她忙不过来。黄小培哪里知道谢敏有多么期待这次的晚餐啊。对于中午的表现谢敏很是自责，所以一下午她都在憧憬着能在晚上的聚餐给乐平云留下个好印象。很快她们就来到了预订的位置坐下，还没等服务员过来谢敏就催促着黄小培："你打电话问问他来了没有啊？"

"不用催了吧？这还有十多分钟才到七点呢。"

"那你给他发定位了吗？"

"发了，早发了。"

"那他收到了吗？"

"应该收到了吧，"黄小培边喝水边回道。

"什么叫应该啊？收到了就收到了，没收到就没收到。"谢敏问到，

"他没给你回信息啊?"

"没有。"

"那你再发一次吧,怕他没收到。"

"不用了吧。"

"怎么不用啊,没回信息肯定是没看到了。"

"我发的时候他应该是还在开车不方便回信息,之后可能也就忘了回了。"黄小培猜测道。

"你还是再发一个定位吧,以防万一嘛。"谢敏又催促道。

"现在发会不会感觉是我们在催他的意思啊?不太好吧?"

正在两人纠结是否要发这个信息的时候包厢的门开了。乐平云先是跟引路的工作人员致谢,然后款款地走了进来。

"你们就到了?"乐平云看到已经落座的两人惊讶道。

"我们刚到而已。"黄小培笑着回道,而后看了一眼谢敏似乎在说:还好没发信息。

乐平云进来后很自然地坐到了离黄小培近的位置。谢敏看到乐平云坐下后,便吩咐服务员给乐平云单独再拿份菜单。乐平云看到菜单以后马上说道."菜还是你们点吧,我都可以。"

"那怎么行呢?说好请你吃饭的,肯定是你点了,你有什么喜欢吃的菜自己点吧?"黄小培说道,"我们也不知道你爱吃什么。"

"说好的我请客,真的不用客气了,你们爱吃什么就点什么,我真的对点菜不在行。"

谢敏听到后便说道:"还是你点吧,而且刚刚我们也点了两道菜。"

"就是啊。"黄小培也呼应道。

乐平云见状也就没推辞,看了会菜单,便向服务员说道:"来份蛋黄南瓜、盐焗鸡。"

"哦,这两份菜这位女士刚刚都点了。"服务员回道。

乐平云抬头看了一眼谢敏,这两道菜其实是乐平云一直都喜欢吃的菜。他没说什么,然后继续点了几个菜就打发服务员走了。最怕空气突然安静下来。三人一下子又不知道该说什么。

谢敏突然灵机一动,说道:"对了,刚刚忘记说了,你老婆晚上方便过来吃饭吗,叫她一起过来吧。"

谢敏这心里可是憋着想知道眼前这个拒绝她多次的男人最后娶了何

方仙女。

黄小培听到后也呼应道:"哦,是啊,我给忘记说了,你赶紧打电话给你老婆看看方不方便过来啊!"

其实黄小培心里可没这么想过,第一次的不愉快,她可不想要第二次。但是话到这里肯定不好意思说不让来。

"什么方便不方便啊,就算是吃了饭也可以过来玩玩嘛。"谢敏说道。

"对啊,你赶紧打电话让她过来吧。"

"不用了,她一般这时候都在家带孩子,不方便出来。"乐平云果断拒绝了。

黄小培听到乐平云的理由心想他那老婆哪里是带孩子的人啊,她也不是没见过他老婆带孩子的样子,都是两个孩子的妈妈了,连喂个奶粉都不会的,她估摸着乐平云这么说最多是她原本就不愿意来而已。

"那带孩子也一起来嘛。"谢敏依然坚持道。

"不用了,孩子还很小,不方便来。"乐平云说道。

"也对,他们家老二确实很小。"黄小培打圆场道。

"是啊,孩子太小了,等以后有机会再说吧。"

"嗯,那以后有机会一定要带出来我们看看啊。"谢敏说道,"我可听小培说你老婆又年轻又漂亮的!"

"哪里,也不小了。"

"不会是90后吧?"谢敏笑着问道。

"没有,也是80后,80末。"

"那也比我们小很多啊,有机会一定要见见。"

乐平云只笑了笑,没回话。

她们哪里知道就在半个月以前他已经跟他的老婆正式办理了离婚手续。现在别说他老婆了,就连孩子们都被他母亲带回老家了。现在他那偌大的三室一厅就只剩他一个人住了。但离婚这样的事情也不是什么光彩的事情,他也不好意思说出口,而且他的离婚更加是个笑话。因为他是被老婆戴了顶大大的绿帽子,且长达2年之久他都不知道。

这说出去不就是个笑话嘛,离婚的时候他老婆两个孩子都不要,房子也不要,就这样净身出户了,走得非常爽快,很多人可能从经济的角度觉得乐平云不亏,不但孩子得到了,家产也一分没少,可是在乐平云看来,这其实是对他的一种严重羞辱,自己是得有多不堪才会让妻子如此不管不顾毫不留恋地离开呢。

戴绿帽子

乐平云这事情的爆发点还要从他第一次请黄小培吃饭说起。

那天原本乐平云是真的叫了妻子一起吃饭的,无奈妻子拒绝了,理由是代购工作需要沟通,乐平云一直没觉得妻子这份工作是真的在做,想着妻子不过是不愿意见自己的朋友而委婉地拒绝。乐平云也就不强求了,哪知道在他吃完饭回家的时候看到一辆保时捷停在小区门口,正当他准备按喇叭的时候,从车里走出一个人。

这个人的背影他太熟悉了,正是他的妻子。而妻子今天穿了一条他都没见过的非常性感的裙子。乐平云刚想打电话给妻子,却听到车子按了下喇叭。妻子听到喇叭以后马上走了回来并走到了驾驶位旁,这时候车窗也摇了下来,对方拿出了一个限量版的普拉达新款女士包包。妻子看到包后立马接过来,并亲吻了驾驶位的司机。

乐平云看到这里心里顿时懵了。突然他听到了汽车喇叭声,这声音正是排在乐平云后面的车子发出来的。而此时妻子也发现了排在正后面的车子正是丈夫的。她也愣住了。

不过保时捷里的司机并没有注意到这点,而是不耐烦地朝着窗外说道:"好了,马上走。"说着他又给了乐平云妻子一个飞吻,才掉头离开。

放在路口的保时捷是走了,但是排在后面的乐平云却愣了,他不知道刚刚的事情怎么发生的也不知道怎么结束的。他脑子里只有嗡嗡的响声。后面的司机不耐烦了,再次按了喇叭。乐平云妻子看到乐平云一直没有发动车子,走了过来,并对后面的人致歉道:"不好意思啊,马上开。"说着她便敲了敲乐平云的车窗,示意他开车。

此时乐平云才被拉回到现实当中,他马上发动了汽车,本来乐平云的妻子想跟着上去的,没想到乐平云一个油门,迅速离开了。只有妻子拿着那限量版的包包站在小区门卫处。

乐平云回到家以后直接回了房间，几分钟后妻子也进来了。但是意外的是妻子就跟刚刚什么事情也没发生一样，该洗澡洗澡，该护肤护肤。

乐平云躺在床上实在看不下去了问道："你难道不想跟我解释一下刚刚发生的事情吗？"

"没什么好解释的，就是你看到的那样。"乐平云妻子边拍打着脸边回道。

"你什么意思啊？"乐平云气得站起来走到妻子面前问道。

"没什么意思啊，就是你听到的意思。"

"你就不想解释下，哪怕是告诉我这只是第一次，无心的，我也会相信的。"

"可是并不是那样，你看到的这件事情经常发生。"

此时妻子还在脸上抹东西。乐平云抢过她手里的护肤品，强忍着伤痛继续问道："那你打算怎么办？"

"随你啊！"乐平云妻子还是一副满不在乎的样子，并抢回了乐平云手里的护肤品。

"你们这样多久了？"

"多久有什么意义吗？"

"对你来说没有，对我来说有。"

妻子看了一眼乐平云，回道："有两年了吧。"

"两年……"乐平云听到这话简直不敢相信自己的耳朵，耻笑道。而后他冷笑着，"呵……我真傻……以前还真的以为你在做代购，原来那些东西都是别人送的。离婚吧。"乐平云失望地说道。

他本来也只是想着说说气话，让妻子服服软，没想到妻子淡定地回道："好啊！"

乐平云实在看不过妻子那满不在乎的样子，大声质问道："你是不是巴不得离婚啊？"

妻子没理会乐平云的质问，而是走到衣帽间抱了一床新被子出来。

乐平云追在妻子后面追问道："你说话啊，是不是啊？"

妻子听得不耐烦了，突然把被子扔在地下，并大声喊道："是，我早就想离婚了，要不是怀了老二我在两年前就跟你离婚了，我差点把他打掉了，实在是不忍心。我现在看到老二就生气，就是因为他耽误了我的幸福，这两年我在这里过得就跟行尸走肉一样，我的心早就不在这里了。

733 | 戴绿帽子 |

要不是看在孩子的面子上，我早走了。"

两人的声音已经惊动了在隔壁房间的婆婆，她轻轻地敲了敲门，然后开门问道："你们怎么回事啊？孩子们都睡了，吵架也小点声音。"

母亲看到地下的被子，感觉不对，平时两夫妻偶尔也会吵架，但是摔东西这是第一次见。于是她问道："怎么了？"

乐平云看到母亲连忙解释道："妈，没事，您赶紧回去睡觉吧。"

"没事那就别大晚上的瞎闹，早点睡觉吧，不早了。"母亲叮嘱道。

"有什么不好说的啊，妈，我们要离婚了。"妻子直言不讳。

"离婚？"

母亲听到后感觉不对，忙说道："平云怎么回事啊？这离婚了不是闹着玩的。"

"妈，不是他要跟我离婚，是我要跟他离婚。"

"为什么呀？青青，这日子过得不是好好的嘛。"

"我外面有人了，过不下去了。"妻子说完便转身走到衣帽间，不久就收拾好了一个行李箱，衣服也换了。

"青青，你这是干什么呀？有事好好说嘛。"乐平云母亲见儿媳妇这是要离家出走，连忙拉着箱子。

"妈，我刚刚已经说得很清楚了，我要跟平云离婚了，不是他的错，是我外面有人了。"

母亲听到这话又看了一眼满脸委屈的儿子，慢慢地松开了手。妻子毅然决然地摔门而去。母亲听到摔门声，看着儿子无奈地喊道："妖孽啊。"说完便离开了乐平云的房间。

只留乐平云一个人在房间。以后妻子再也没回过这个家了，半个月后一份离婚协议书寄到了乐平云的单位，里面清楚地写着孩子和房子她一样都不要，只要求尽快地解脱。那段时间乐平云一直活在自我怀疑和痛恨当中。最后他还是在六月底签了那份离婚协议书。之后母亲为了让他冷静冷静，带着两个孙子回了老家。

生活无处不在的暖心

原本说好的吃饭是为了赔下午鲁莽怠慢的礼,结果黄小培看着这一上来谢敏似乎又把乐平云搞尴尬了,连忙转移话题道:"嗨……你急什么呀,以后他们要是新校区开过来了,那见面的机会多的是。"说完她还给谢敏一个眼神,让她别再提这事情了。然后她又朝乐平云笑着说道,"来喝点水吧。"

谢敏也知道自己有点过了,连忙也转移话题道:"哦,对了,你们那个学校店面找得怎么样啊?什么时候定下来啊?"

"应该快了。"乐平云回道,"我们这种新开校区已经做出经验来了,基本很多东西都是可以复制的,会很快。"

"就定了那个位置?"谢敏问道。

"是啊。"

"那一般你们开一个新校区要多久啊?"黄小培问道。

"要是要改装的话大概一个来月吧,如果不改装那半个月就好了。"

"这么快啊。"谢敏做这个是有发言权的,她弄这个前前后后都花了两三个月,而且还没改装,还不包括选址的时间。她连连叹道,"那你们是做得真不错啊,这效率太高了。"

"就是啊,我就说我们早就该来向他讨教经验的嘛。"

"呵呵……要知道这样是该早点来讨教经验的。"谢敏笑着回道。

其实她不过也是客气话而已,真要让她来找乐平云,她可做不来,她在乐平云面前向来不服软,更加不想让乐平云看不起自己。乐平云也知道谢敏这点,所以在黄小培最初提出的时候他就委婉拒绝了,不是不愿意帮同学,而是他太了解谢敏了。然后这里的三人只有黄小培像个局外人,而没有黄小培,这个局无法组建。

乐平云笑了笑,"经验倒是谈不上的。"

谈到他的专业自然有话题，慢慢地他也打开了话匣子，大聊了办教育这些年来的经验和教训。这个聚餐才算是真正的朋友聚餐该有的氛围。

在黄小培和朋友聚会的时候苏庆春也忙完了一天的工作回到了家。今天在医院跟蔡君梅的一段大聊心事以后他也开始反思自己这些年的工作和生活。特别是这些年对师傅陶建国的态度，苏庆春虽然内心是对陶建国就像父亲一样尊重，但是就跟蔡君梅说的一样，他自己有时候在表达情感上太欠缺了，不太擅长与人沟通，虽然说这么多年师傅已经知道他的秉性，但是不能因为自己的秉性而去放任自己，不然再好的亲情也会被自己的冷淡而冲淡。

苏庆春通过蔡君梅的画外音似乎理解到了师傅的失望。于是离开蔡君梅办公室以后，苏庆春趁着空暇的间隙拨通了师傅退休以来的第一个电话。

接到电话的师傅确实很开心，而且也表达了自己的意外。此时师傅和师娘确实在北京，原来他们回国之后发现儿子和儿媳最近请年假去北京旅游了，他们为了跟儿子培养感情也一块去了，这回他们是一家人去旅游。而且听师傅说这次的旅游，他们一家人的感情增进了许多，苏庆春也为他们开心。

挂完电话以后，苏庆春整个人似乎都轻松了。而同时苏庆春也听进了蔡君梅关于文章的建议，拨通了同学陆飞虎的电话，就陆飞虎之前说的关于与医药公司合作的事情进行了详细地了解。一切都谈得很顺利，今天苏庆春等于一下子了却了好几件心事。

今天应该是他这几个月来心情最好的一次。回家后，他看到母亲已经把饭做好了，吹着口哨去洗手了。饭桌上，侄女终于在苏庆春的教育下开始尝试自己拿着勺子吃饭了，而父亲虽说还是跟以前一样一板一眼，但饭桌上的一些坏毛病也慢慢改了。女儿苏子轩也安静地吃着饭，从来不跟餐吃饭的母亲今天居然发现也是坐在饭桌上一同吃饭了。

今天没有黄小培的晚餐似乎大家吃得都很自在，苏庆春不知道是不是因为自己心情好的缘故，看着大家吃饭的样子都高兴。平时黄小培在的时候总是强调：食不言、寝不语。搞得原本好喜欢八卦闲聊的母亲吃饭的时候也不怎么在饭桌上大谈七大姑八大姨家的奇葩事了。

今天何美珍的话不知什么时候开始就多起来了。"小培今天什么时候回来啊？"

"不知道。"苏庆春边给苏子轩夹菜边回道,"妈,怎么了?"

何美珍犹豫了一会说道:"呵呵……也没什么。"

苏庆春看了一眼母亲那欲言又止的样子,想着肯定有事,便问道:"是伙食费没了?"

"没有……没有。"

"用完了就说,没事的,我待会给您拿。"话说着的时候,苏庆春就站起来,准备去找钱包。

何美珍见状忙叫住儿子:"莽子,你干吗去啊?"

"给您拿伙食费啊。"

"真不用,伙食费小培前天才给的呢。"

"真的?"

"这我有什么好骗你的啊,没钱了不就没法做到了嘛。"

"那不够了就跟我说,没什么不好说的。"

"我知道了。"

"那您问小培,是有什么事情找她吗?"苏庆春不解地问道。

"嗨……没什么事,我就问问。"何美珍说完又补充道,"对了,今天庆福打电话来了。"

"哦,是吗,最近他们两口子怎么样了?"苏庆春边吃饭边问道。

"他们挺好的,他老婆怀孕了。"何美珍笑着说道。

"是嘛,怀孕了,那是好事啊,多久了?"

"说是刚刚两个月了。"

"挺好的,挺好的。"苏庆春知道他们夫妻一直想要再生一个孩子,自从生了子涵也有五年了,一直没动静,现在知道有了,也替他们高兴。

"子涵要做姐姐了。"苏庆春笑着说道。

一旁的苏子轩听到也问道:"爸爸,那我做姐姐吗?"

"当然了,婶婶生了小弟弟小妹妹,你肯定也是姐姐了,你是大姐姐,子涵是小姐姐。"

两姑娘听到都要做姐姐了,高兴地手舞足蹈。

重男轻女

何美珍看到两孙女听到做姐姐很高兴，便纠正道："轩轩，这涵涵是亲姐姐，你只是堂姐哦。"

"为什么啊？"苏子轩不解地问道。

"因为是婶婶生的小弟弟啊。"

"哦。"

"你自己想不想要有亲弟弟啊？"

"想。"

"那等你妈妈回家跟你妈妈说，让她赶紧给你生个小弟弟。"何美珍高兴地说道。

苏庆春知道母亲总是催他们生二胎，可是在上海生活压力多大啊，现在一个就够他们辛苦的，所以他们两口子早就决定只要一个，不然也不会拖到现在。他看到母亲这样教唆女儿，有些不太高兴，便说道："妈，你这是干吗啊，不是跟你说了这样的事情你不要掺和嘛，更加不能让孩子加入。"

"我不掺和行嘛？你看你们都多大了，都快四十的人了，我跟你们这样大的时候你都读大学了。再不生都生不出来了。"何美珍补充道。

"不是跟您说了好多次了嘛，我们只生一个，不会要二胎的。"苏庆春再次强调道。

"开什么玩笑啊。"

"我没跟您开玩笑。"苏庆春解释道，"这上海生活压力多大啊，养一个孩子都吃力，更别说两个了。"

"吃什么力啊，你们两个都是国家单位，我们那里人家打工的都至少生两个孩子，没见饿死的。"何美珍坚持道。

"那生孩子哪里是只需要养大啊，教育好他才是最难的，您知道光孩子读书各种补习班要多少钱嘛。"

"那个可要可不要，有钱就去，没钱拉倒。"

苏庆春听到母亲的话真是一脸无语。"养孩子重在质量不在数量。"

"你懂什么呀，有人才能旺。"何美珍说完看了一眼苏铁军，说道，"对吧？"

苏铁军在这件事情上反而表现出了很少有的超前意识。

"这生孩子是他们的事情，你管那么多干吗啊？"

何美珍见没讨到好处，置气地说道："你要是就一个儿子不生二胎我倒是能理解，如今就一个轩轩就不生了肯定不行了。"

苏庆春无奈地说道："妈，这事情您就别管了，也别在小培面前提了。"

"怎么不提啊，不提你们还打算拖到什么时候啊？"何美珍每次提到这事情都很生气，转而她又说道，"哦，对啊，庆福今天还说他们这回都去验血了，怀的是个男孩子。"

苏铁军听到这话以后，突然激动地问道："真的啊？"

"是啊，都说是拿着香港验血了，花了好几千呢，这还能有假啊。"

"那太好了，这真是喜事啊。"苏铁军激动不已。此时他的行为跟刚刚对待苏庆春生儿生女问题的淡然似乎形成了鲜明的对比。

当然面对这样的差距苏庆春反而是轻松的，他听到母亲的话，弟弟这又怀了孙子，也算是分担了自己的一点压力，笑着说道："哦，那也挺好啊。"

"就是啊，我这盼他生儿子都盼好久了。"何美珍说完停顿了一会又说道，"莽子啊，你说他老婆之前流过产，这次好不容易怀上了，是不是要特别小心啊？"

"琪琪她以前流过产吗？"苏庆春好奇地问道。

何美珍看了一眼苏铁军回道："流过。"

"哦，这样啊，那是自然流产还是人为啊？"苏庆春作为妇产科医生很自然地问道。

"什么意思啊？"何美珍不解地问道。

"就是是自己怀不住了流掉的还是不想要了主动去医院做掉的。"苏庆春其实认为自己多余问的，弟弟、弟媳一直想要孩子，应该出现流产也是没法保住，但苏庆春是医生，他有些自己的谨慎。

739 | 重男轻女 |

"都是自己主动做掉的。"

"啊？不是本身就一直想要孩子嘛，干吗怀了还做掉啊？"苏庆春对此是毫不知情，也是非常意外。

"那不是之前检查了都是女孩嘛。"何美珍解释道。

又是因为女孩子，苏庆春听到这里真是觉得恼火，他不解地说道："女孩要什么紧啊，都是自己孩子，生下来不都一样嘛，这为了生儿子而流产太不值得了，而且这女人流产对身体损伤是很大的。"

尽管苏庆春这么说，但母亲还是一副不以为然地样子，"那肯定要生男孩的嘛，他们的条件也养不了那么多孩子，就只能生两个，这第一胎是女儿没办法，那二胎肯定是要男孩的啦。"听何美珍的口气这流产她不但是支持，甚至有可能也参与了。

苏庆春在医院待久了，见了太多重男轻女的老人，特别是之前自己经历的那场医疗纠纷就是重男轻女引起的，更加痛恨重男轻女这个观念。而且在这些重男轻女的人群里，居然是女性居多，婆婆抑或是年轻的妈妈，他实在不能够理解，自己都是女人为何如此重男轻女。今天苏庆春倒是庆幸黄小培不在家里，不然要她听到了这话又是要生气的。本来母亲最近就老是催她生二胎，她就很反感了，要是听到二胎是女儿都可能要打掉的说法那她还不得气死。这不是把人的生命当儿戏嘛。

面对母亲何美珍的重男轻女苏庆春也曾无数次地劝说，但是总是无果，这几十年根深蒂固的观念，他也是很无奈啊。"妈，我跟你说过多少次了，而且刚刚都说了，这生男生女都一样，都是自己的孩子，只要好好培养好就行了。"苏庆春再次提醒道，"以后要是小培在这里你可千万别说这样的话啊。"

"呵呵……小培在这里我肯定不会说了，我这就是看到小培不在嘛，再说了，我说的也没错啊，女孩子早晚都是嫁出去的，这俗话说得好，嫁出去的女儿泼出去的水，那生了不还是跟没生一样啊。"

苏庆春听到母亲这话已经无语了，他也终于明白当初那个病人婆婆的那一番刷新他三观的话了，现在看来真不是她奇葩，原来自己的母亲也是这样，半斤对八两而已。

养儿防老

苏庆春长叹了一口气说道:"妈,这生女儿怎么就和没生一样呢,都是孩子不都一样嘛。"

"那可差远了,生儿子可是要养老送终的,女儿会吗?"何美珍反问道。

"这都什么年代了,哪里还有什么养老送终的说法啊。"

"怎么没有啊,这可是千百年来不变的规律,你以后老了难道还指望轩轩来养你们啊?"

"我们生孩子从来没想过要他们给我们养老送终,只想他们过得好就行。"

"那是因为你就是一个女儿,所以也就没指望了撒。"

苏庆春听到这话,感觉已经语塞了。"行吧。"苏庆春又慢慢分析道,"您要说大家都希望一儿一女凑成好字我倒是能够理解的。可问题是庆福不是已经有子豪了嘛,已经算是有一儿一女了啊,真的没必要为了再生个儿子而折腾他老婆了。本来依我看他们的经济条件生个子涵就够了,要是琪琪觉得孩子少,也可以再生个,但是没有必要为了生个儿子就流产。这真是乱来啊,要是是我的病人我都会说。"

"子豪那算什么呀?"一直在一旁的苏铁军终于又开腔了。

"就是啊,子豪也不能算数啊!"何美珍也呼应道。

"子豪怎么就不算数了?他不是庆福儿子啊?"苏庆春反问道。

"子豪虽然说是庆福生的,可是,现在他都被他妈带走了,还不是和没有一样啊,将来庆福他们养老送终也不可能指望他啊!"何美珍倒是振振有词。

苏庆春又听到生儿子养老送终的话了,毕竟他也是为人子,再为这样的事情跟父母争辩只会让他们觉得自己是在推卸责任。他本意其实只是想表达他从未想过要让自己的子女去为自己做什么，现在他知道他是说不过母亲的，只好不提了。"行吧，说不过你们。"苏庆春无奈地低头继续吃饭了。

何美珍见儿子缴械投降可没想就这么快罢休，她追问道："不是，我刚刚问你的话你还没回答呢？"

"什么话呀？"

"哎呀……就是琪琪她以前流产过对这胎孩子有影响不？"

"现在您知道问有没有影响了？"苏庆春负气地回道。

"这孩子，问你正事呢。"

"当然有喽，不然我刚刚说那么多干吗啊。"

"那具体什么影响啊？"

"这个就很复杂，那要看她什么时候流产的，流产了几次喽，"

"这跟次数也有关系啊？"

"那当然了，每一次流产刮宫子宫都会变薄，要是次数多了，可能怀孕都怀不上，或者怀上了也会保不住。"苏庆春回道，"而且每个人的体质都不一样，有些子宫薄的怀孕打个喷嚏孩子就流产了，而有些人怀孕干体力活都没事。"

"打个喷嚏就流产，有这么严重吗？"何美珍半信半疑。

"肯定有了，不然现在哪会有那么多不孕不育的啊，很多都是年轻的时候不注意，流产多了导致的。"苏庆春说完看着母亲的表情不对，问道，"不会琪琪也不止一次流产吧？"

何美珍听到后看了一眼苏铁军，回道："她流了三次了。"

"三次！"苏庆春诧异道，"难道都是因为怀女孩子自己主动流产的啊？"

何美珍点点头。

"真是无语！"苏庆春翻了个白眼，无奈地说道。他作为妇产科医生从未想到自己身边会有这样的医盲，"这样的事情怎么都从来没听您们说过啊。"

"这样的事情我们觉得也没什么好说的啊。"何美珍倒是很淡然地说道，"那老陈他家儿媳妇不是也流了好几个后来才生的孙子嘛。"

"每个人的体质都不一样怎么可以比呢，再说了人家生孩子受了那些苦哪里会告诉你们啊！"苏庆春真是又气又恼，"您知道吗，我们医院每天都会碰到这样因为流产等各种原因来保胎保不住的。"

何美珍听到这回孙子可能保不住，也是吓到了，"真的那么严重啊？"何美珍再次问道。

"当然了，这样的事情我骗你们干吗啊？"

"那现在怎么办啊？"这会儿何美珍才紧张起来了。

"琪琪现在人感觉怎么样？"

"没听说有什么问题啊。"何美珍回道。

"哦，现在没什么不舒服就好，之后慢慢观察吧，不过还是要多加小心，注意产检。"

"哦……"

何美珍说完又看了一眼苏铁军，只见苏铁军给了她一个眼神，并没有说话，于是何美珍又说道："莽子，其实我今天正好还有个事情想跟你说。"

"什么事啊？"

"这不今天庆福打电话来说琪琪怀孕了，他们那边也吃不好，你知道庆福那个人，哪里会照顾人啊，所以他们打算让琪琪回老家养胎。"

"回老家养胎可以啊，他们两个人在外面租房子住，确实也是吃不好睡不好的，对胎儿发育也不好。"

"就是这么说啊，可是这时候你是知道的，你姑妈他们家种地的这时候是农忙，没空管琪琪，可我们又在上海，他们回去还是一样没人照顾。"

"哦，对啊，姑妈那边估计现在也没什么时间照顾她。"

"就是啊，所以我想要不让琪琪来上海暂住几天，等你姑妈那边忙完了再回去，她在娘家住一段时间正好我们这边暑假结束了也回老家了，都不耽误。"何美珍说要继续说道，"正好琪琪也好久没见过子涵了，她也想孩子了。"

"来上海，可以啊。"苏庆春想都没想便回道。

"真的啊？"

"当然可以啊，只要她身体受得了坐车。"苏庆春回道。

"那琪琪过来小培不会有意见吧？"何美珍终于问出了自己真正的担忧。

"不会，小培没那么小气，而且不就住几天嘛。"

"那就好！"何美珍说完又问道，"那……这事情是你跟小培说还是我说啊？我好尽快回复琪琪她们。"

"嗨……这样的事情有什么好说的，直接跟琪琪说想来玩就来，没事。"苏庆春不以为然地说道，"正好他们也没来过，只要身体吃得消，什么时候来都可以，小培没那么小气的。"苏庆春补充道。

"还是跟小培说一声好点。"何美珍担忧地说道。

"我知道了，您放心好了，待会她回来我就跟她说总行了吧。"话说着的时候苏庆春已经吃完饭了，"妈，我吃完饭了，先忙去了，"苏庆春说完还不忘叮嘱女儿道，"轩轩，赶紧吃饭，吃完饭去写作业。"

"哦……"

苏庆春听到后就离开了饭桌。

遥控争夺战

苏庆春回房间以后就开始看文献，医生的生活状态就是这样：只要有时间就在学习，这份职业从来就没有停止学习的说法。他们也真正诠释了什么叫学无止境。

毕业这些年虽然苏庆春从未间断过看文献，想课题，可苦于自己工作忙没法亲自做实验的问题，一直没有发出高分文章。而今天经过蔡君梅的提醒，他也明白了自己原来那非常禁锢的想法其实说白了就是不思改变，光看文献也是远远不够的，他甚至在想：或者这才是这么多年来他一直原地踏步的主要原因吧。

如果说之前的同学聚会陆飞虎给了他一个提醒，那蔡君梅今天的话相当于给了他一剂强心剂。让他真正明白自己这样真的不行，好在经过今天的反思，他终于也有了努力的方向了。

一个是在职博士的事情，他现在是下了决心要去考的，现在博士学位才是敲门砖，自己的学历太不占优势了，想要晋升，就不得不去提升学历这个硬件。另外还有一个就是科研成果了，高分文章他太欠缺了，现在他也才明白这跟博士学历也有点关系，都是相辅相成的，所以他跟公司已经谈好了合作，不过他还想把自己的课题完善完善。

就在苏庆春挑灯查文献的时候，黄小培那边的聚餐也该散席了。自从乐平云打开话匣以后，聚餐的氛围才算是真正的步入正轨。乐平云和谢敏这两个冤家居然吃着吃着就意外的喝高了，这是黄小培没想到的，毕竟平时他们两个都不是放任自己的人，怎么会在这样的场合把自己灌醉了。而且明明大家就只是聊着工作上的事情，也都挺正常的，并没有什么情绪制高点啊，怎么就能喝成这样呢？这让在一旁吃饭的黄小培很是纳闷和不解啊，可以说她就没怎么喝酒，都不知道什么时候开始他们就自嗨起来了。

其实黄小培哪里知道他们两个只是借着酒兴来发泄自己婚姻的不如意啊！可是，他们又怎么会把这样的事情摆在明面上呢，只有借着酒兴麻醉自己而已。三个人的聚会，却各自有着各自的不如意，但却都无法让对方理解，这或许就是成年人的世界吧。有一种无法诉说也永远无法让别人感同身受的无奈。

饭后他们各自叫了代驾，而乐平云也主动要送黄小培回家，这时候谢敏倒是难得的没有了醋意。因为酒过三巡，她早就认清事实，他们各自都已经不是当年的那个人了，又何必再纠结于那些不着边的让自己不痛快呢。

回家的路上乐平云一直在跟黄小培说自己今天很高兴，很感谢再次遇到她，让他明白生活也可能有不一样的活法。其实黄小培并不太懂乐平云的意思，只当他是喝醉了说的一些胡话而已。

黄小培回到家已经是晚上九点半了。

现在正值夏季，太阳下山的也晚，回家以后黄小培发现公公苏铁军居然带着子涵还在客厅。

他们在客厅并不是在看电视，而是在为一个遥控器争吵。

"爷爷，都到时间了，你看了好久。"苏子涵在苏铁军手里抢着遥控。

苏铁军一个手抬高，遥控器就到了苏子涵够不着的地方，并说道："等会儿，我这就看最后一集大结局了。"

"爷爷你耍赖。"苏子涵负气地说着，同时她并没有放弃，而是站到了沙发上去抢遥控器，眼看着手快够着遥控器的时候，苏铁军一个反手，遥控器又遥不可及了。

急得苏子涵直气道："哼……你骗人。"这样的场景黄小培已经不是第一次见了，也见怪不怪了。虽然黄小培不赞成小孩子一直看电视，但是公公苏铁军的做法也让她很是惊讶，她从未见过一个大人能这么认真地跟孩子抢遥控器。

曾经见到过一次最让她惊讶的是，公公苏铁军上卫生间口袋里都揣着遥控器，家里其他人想要看电视找遥控器是不太可能找得到的，都是要找到他们祖孙才行，因为你不知道遥控器此时被他们祖孙为了躲避对方跳台而藏到了哪个角落里，甚至有一次遥控器找到了，但是跳不了台，何美珍纳闷了好久还以为电视坏了，还找了苏庆春，也是各种弄，最后苏子涵淡定地走过来，把里面的电池正反调整了一下就来了。

五岁的孩子居然能想出这样的办法去防止别人换台，黄小培猜想肯定也是有样学样，不然她哪里知道电池有正负极啊。所以今天看到爷孙俩抢遥控器，只要不影响女儿学习，她也就不想多管了。

　　黄小培一般习惯是回来以后先洗手，于是便把包放在玄关，直接忽视眼前的景象径直往卫生间走去。不过她发现卫生间的门是关着的，想着估计是婆婆在里面，于是她便来到了厨房洗手。只是来到厨房以后，眼前的景象又是让她又气又恼。

　　只见厨房的洗碗池装满了水，里面泡满了筷子和碗，一些没有倒干净的食品污垢都贴在洗碗池壁。望着眼前的景象，她无奈地嘟囔着："无语……怎么又把碗和筷子泡水里啊。"之所以说又是因为婆婆的这个习惯黄小培已经跟婆婆说过很多次了。

　　何美珍总是习惯吃完饭不及时洗碗，但是碗却又要泡在水里，她认为把碗泡在水里久点碗好洗点。而黄小培却认为这样不但碗洗不干净，而且还会让原本还不算很脏的碗直接在水里培养细菌了。碗还好点，那木筷子一泡就有严重的水浸味道，时间久了还会发霉，而这筷子已经是婆婆来以后黄小培换的第三批筷子了。

　　纵然黄小培已经跟何美珍说过无数次，她每次也都是满口答应下次不会，但是似乎都是左耳朵进右耳朵出，黄小培看到眼前的一幕，要是平时她宁愿自己赶紧把碗洗了了事，但今天实在太累了，只无奈地把里面已经泡得都有味道的且油腻腻的筷子拿了出来。然后换了个水池把手洗干净了。

习性难改

黄小培洗完手以后便回房拿睡衣准备洗澡了,回到房间她看到苏庆春还在电脑前忙碌,便凑了过去。

"看文献啊?"黄小培虽然没怎么喝酒,但是还是有点酒味。

"喝酒了?"苏庆春问道。

"嗯嗯……"黄小培点点头,然后不自觉地闻了下裙子。

"味道很重啊?"黄小培笑着问道。

"没有,只是你身上的体味我太熟悉了,现在没了,就只剩下其他味道了。"苏庆春打趣道。

黄小培听了以后,笑着轻轻地用手捶了一下苏庆春的肩膀,并说道:"真的?"

"当然了。"

黄小培羞笑着亲了苏庆春一口。

"今天跟谁一起出去了啊?居然喝酒了。"苏庆春问道。

"乐平云。"

"又是他啊,怎么你们现在经常约着吃饭啊?"苏庆春略带醋意地说道。

"哪啊,我不也是这几个月第一次遇到,小敏也在,是她请客,我们同学聚会。"

"哦……"

"想什么呢你?"

"没想什么啊,就随口一说嘛,我相信我老婆。"苏庆春笑嘻嘻地回道。

"那还差不多。"黄小培继续说道,"不跟你说了,我洗澡去了。"

"嗯,去吧。"

说完苏庆春继续看文献。

黄小培翻找出睡衣后便离开了房间。

出来的时候发现卫生间的门还没开，便在侧面的沙发上坐下。她发现公公苏铁军坐在沙发上眼睛死死地盯着电视屏幕，而苏子涵则在一旁玩玩具，可见刚刚的战争是公公赢了。等她转过眼神才发现公公居然只穿了一条内裤，而脚下似乎踩着一条毛巾在来回擦脚。这夏天天气热，在家里穿得少点黄小培也能够理解，平时苏庆春偶尔也会只穿内裤出来，但是只要女儿在，黄小培都会提醒他要注意影响。而现在不光是原来的三口小家，这可是祖孙三代都在的，公公这洗澡只穿内裤出来的习惯实在不太雅观。

为这事黄小培也早就跟苏庆春说过，让他去提醒下公公，毕竟家里有孩子还有她这个儿媳妇，看着还是比较尴尬的，为此她还特意给公公买了两套换洗的睡衣。但睡衣买了以后也就是刚刚买的那几天穿了，之后还是老样子，有时候他见到自己来了就把放在旁边的睡衣搭在肩上，也不过是自欺欺人而已。

今天的公公明显注意力都在电视上，根本没在意黄小培在没在家里，他这样的行为实在让黄小培很尴尬，也很无奈。于是黄小培连忙转移注意力，不过另一件事情又突然印入她的视线。

黄小培定睛一看，她简直是惊呆了，那踩在公公脚下的哪里是毛巾啊，明明是跟公公身上穿的一样款式的内裤啊。内裤就这样放在地毯上任由脚去踩着……去踩蹦……这是黄小培从未见过、也从未想过的事情。且不说那地毯经常踩在脚下有多少灰尘，单脚踩着内裤就足够让人恶心的啦。她犹豫了好一会：到底该不该跟公公说这样不卫生呢？内裤毕竟是贴身衣物啊！

正在她犹豫不决的时候，卫生间的门打开了，正好，黄小培也不用思考那么多了，洗澡去了，眼不见为净。她刚起身，婆婆何美珍抱着换下来的衣服已经走过来了。

她见到黄小培主动打招呼道："小培回来了。"

"嗯。"

何美珍说着就很自然地捡起了公公踩在脚下的内裤，那动作是多么的娴熟，这引起了黄小培的注意。于是她放慢了脚步，她很想知道婆婆是如何处理这内裤的，正当她转身的一瞬间，发现婆婆已经迅速地把刚刚抱出来的衣服连同公公那擦了脚的内裤一同丢进了洗衣机。看到这里，黄小培再次无语了。她很想马上阻止婆婆这一行为，但是想着婆婆刚刚那一系列的熟练操作可见这样的行为已经不是一次两次了。再阻止也于事无补了，她只叹了口气默默地回卫生间洗澡了。

等她洗完澡把换下来衣服拿出来准备放洗衣机旁的时候路过厨房，看到婆婆这时候在洗碗。于是她忍不住走进去说道："妈，这碗不要浸在水里面，要是不急着去洗就放那里，浸了就要赶紧洗，不然里面很容易滋生细菌。"

"我没浸多久啊。"何美珍回道。

这句话黄小培多么熟悉啊，这话要是之前何美珍说，黄小培还是信的，可是某一个周末的时候，她亲眼看到过婆婆从中午浸到晚上的碗。她去说的时候，婆婆何美珍也是那句："我没浸多久啊。"

这话黄小培现在听来比敷衍了事还气。但是毕竟是长辈，黄小培觉得自己已经说得很清楚了，说过了也不好。于是只有无奈地说道："尽量不要浸吧。"

"我知道。"

黄小培看着婆婆的态度，也不想再提了。而后，她又说道："哦，对了，妈，那洗衣机里之前我不是跟您说了不要放内裤嘛。"

"我没有放啊。"何美珍狡辩道。

"可是我刚刚看到您把爸的内裤放里面了。"

"噢，那是男人的内裤，不脏的。"何美珍笑着说道。

听到这话黄小培彻底无语了。

婆婆何美珍的话可能放在别人那里真的会听不懂，但是黄小培这回听懂了。

因为她曾经有过类似的经历。

小时候黄小培在奶奶家住过一段时间，那个年代洗脸洗脚洗屁股的盆还没分开的条件，每个人就用一个脸盆用到底，她有一次不小心拿了爷爷的脸盆就被奶奶数落了好久。大意就是你一个女孩子怎么能用到男人的脸盆呢，多脏啊，而且还千叮咛万嘱咐地跟她说：千万别让你爷爷发现了，不然他会骂死你。那时候的黄小培实在不明白怎么女人就比男人脏了？

再后来，黄小培把这事情告诉母亲，母亲的解释是爷爷很封建，认为女人每月来经期，是不吉利的事情，天生就是脏。而现在婆婆说话的口气不就是跟奶奶如出一辙嘛。黄小培也终于明白：原来之前自己告诉婆婆内裤放洗衣机里很脏，她理解成了女人的内裤会把洗衣机弄脏而不是自己本意的洗衣机会弄脏了内裤。

这或许就是教育背景及文化差异导致的有些你习以为常的事情变成了另一个背道而驰的事情吧。这点黄小培无法改变婆婆，婆婆也无法被说服，既然如此，黄小培又何必跟自己较劲呢。她听到这里已经知道自己说再多也只能是多余，便抱着换洗的衣服离开了厨房。

夫妻情深

黄小培把衣服放到正在运行的洗衣机旁的水池旁便走了,平时她除了内衣自己洗以外,其他衣物都是放在这里让婆婆跟其他衣服一起放洗衣机洗的。

今天放下以后她走了没多久又想到刚刚公公擦了脚的内裤也在洗衣机里面,还是折回来了,并把自己的衣服放进脸盆里洗了起来。好在是夏天,也就是一件连衣裙的事情,很快她便把衣服洗好了。

这时候客厅里灯已经灭了,公公他们也回房休息了,只留婆婆一人还在厨房忙碌。其实看到婆婆这么晚了还一个人拖着不太便利的脚在厨房忙碌,黄小培也是心疼的,婆婆何美珍其实完全没必要这么晚还忙,她完全可以吃完饭就洗澡。可是她黄小培又很无奈,她也不只一次提醒婆婆,不要搞得这么晚。但她偏不听?每天吃完饭都要拖拖拉拉弄到好晚才来收拾这些残局。黄小培望着灯光下忙碌的婆婆,只叹了一口气,然后便离开了。回房间前她先去女儿房间查看了一遍,发现房间灯关了,孩子已经睡了,便回自己房间了。

此时已接近十点半了,她发现苏庆春还在忙着看文献,本来她还想跟苏庆春抱怨下刚刚发生的事情,看着苏庆春也是很辛苦,便打消了念头,而是关心地提醒他:"还在看啊,赶紧睡吧,好晚了,明天你还要早起呢。"

苏庆春抬头看了一眼手机,"哇……就这么晚了。"

"是啊,赶紧睡吧,你这早上还不像我们可以多睡会,六点就要起床的人,不能熬夜。"

"嗯,是该睡了,我明天上午还有手术呢。"

"那赶紧睡吧。"

"嗯……"苏庆春说完也关了电脑,连忙爬床上睡觉了。今天母亲交代他跟黄小培说苏庆福两口子要来上海的事情他早就抛之脑后了。一沾床就打起呼来了。

几天以后,也就是七月中旬的某一天,苏庆福两口子终于踏上了来上海的高铁车。这天正好是周末,何美珍早早地就去菜市场买了好多菜回来,等待下午小儿子和儿媳妇的到来,而苏庆春则上午查完房,中午也回家吃饭了。

这时候反倒是黄小培最忙。现在黄小培的补习班日渐成熟,学生也越来越多了,虽然前台已经找到了,但是周末的时候他们几个老师还是要轮流值班。这个礼拜就轮到黄小培值班。正好培训班就在黄小培学校不远处,离家开车也不过十分钟不到的路程。苏庆春难得中午在家里吃饭,想着黄小培一个人在外面吃饭,不忍心让她天天吃外卖,所以今天就跟黄小培约好给她从家里带饭过去。

苏庆春心疼老婆等太久,自己也没在家里吃饭,而是让母亲一起打包了两份饭菜,他打算陪老婆一块在补习班吃饭。苏子轩见爸爸要出去,也嚷着要跟去,苏子涵看姐姐这是要出去玩,也起哄要跟着,这大中午的,而且她们饭还没吃,苏庆春无奈只好答应她们回来带好吃的,人不要去了,不然在车里空调还没冷就到了,怕她们两姐妹中暑。摆脱两姐妹后苏庆春终于在十二点的时候出门了。

苏庆春所在的小区是八九十年代的老房子,虽然有一些地下车库,但是很少,这大周末的苏庆春没抢到,中午回来的时候只能把车停在楼下。今天天气异常的炎热,火辣辣的太阳像个大火球炙烤着大地,好在房屋旁的树多,在太阳的照射下原本茂密的树木都蔫了吧唧地弯下了腰,知了在树上知了……知了地叫着。

苏庆春家楼下正好有个小蘑菇亭,蘑菇亭旁有一棵像是长了几十年的老树,特别的高,跟别的树不是一批的一样。平时到了下午这里可是围满了老人,现在也就稀稀拉拉的两三个人坐在一起闲聊,只见他们摇着蒲扇,时不时地还帮趴在一旁哈着气的小狗降降温。

苏庆春看了一眼老人,微微地笑了笑,其实这些老人他并不熟悉,但是却都很眼熟,大部分也都是住一栋甚至同一个楼层的,虽叫不上名字,但是住了这么多年了,苏庆春见到他们还是会微笑点头,表示打招呼了。

跟老人打完招呼以后他迅速地打开了车门,一阵火热的气体扑面而来。苏庆春先是把手里装着午餐的袋子放在副驾驶位置，然后连忙打开空调。

之后立马又撤出了头，但是想到里面的温度会影响饭的口感，苏庆春又忍着高温拿出了饭再撤回到楼梯下面。几分钟后，苏庆春才敢回到车里。

中午路况非常好，大约六七分钟后苏庆春就来到了黄小培给他发了定位的培训班。这里他也是第一次来，下车前还特意跟黄小培打了个电话确认了下门店的名字。这么久了黄小培她们还是没改名字。确认没错，他才敢从车里出来。他径直进去很快便到了前台，他看到有一个半露的头，虽然是低着的头，可苏庆春一眼就看出来是妻子黄小培。

黄小培在那边似乎忙碌着什么，根本没有察觉到苏庆春进来了，他很快看到了不远处的接待桌，坐下后才喊道："忙什么呢，那么专注，赶紧来吃饭了。"

这是黄小培才发现来人了，立刻站起来，发现了丈夫苏庆春，她站起来笑着冲苏庆春说道："诶……你怎么就来了。"

"我刚刚就在外面。"苏庆春边把饭菜从袋子里拿出来边说道。

"哦，我还以为刚从家里出发呢。"

"赶紧出来吃饭吧！"

"等等哈，我这里还有一点点东西，忙完就吃。"黄小培继续低头忙碌地说道。

"哦，那快点啊。"苏庆春说完饭菜都摆好了。

黄小培抬头看了一眼苏庆春就跟个陌生人一样傻傻地愣坐在接待桌发呆，笑着说道："你看你的样子，那么拘谨干吗啊，你没事先参观参观，我马上就好。"

小心提醒

苏庆春听到妻子的话以后看了一眼自己,确实有点傻,便站起来左看看右看看。他的样子就像家长来视察环境一样,时而还探个头看看里面的教室,时而还不忘夸奖道:"你这里弄得其实还不错嘛。"

"是吧?谢谢苏医生夸奖。"黄小培听到后露出了笑容,这样的夸赞,对于黄小培来说太欣慰了,毕竟当初丈夫是很反对自己上补习班的。

"现在学生都走了吗?"

"是啊,中午学生都被家长接回家吃饭了,今天是周末嘛,家长都在家里的,肯定要带他们回家吃饭的。"

"哦,那倒也是。"苏庆春说完已经走到柜台前了,问道,"那你们为什么不可以也直接关门回去吃饭啊?反正又没有学生。"

"嗨……我们哪里有那么容易啊,这大中午虽然没有学生在,但是要是有家长来咨询补习班的事情怎么办?"黄小培解释道,"我们这是开门做生意,人家看着我们关门还以为不开了呢,那我们不就错过了一笔生意了嘛。"

苏庆春听着黄小培这生意经倒是很熟练了,笑着说道:"哦,那倒也是哦,呵呵……"

说着他已经走到了柜台的右边,突然发现在柜台右边正中间的一个小小位置上挂了一个营业执照在墙上。他好奇地说道:"怎么你们补习班也要办营业执照啊?"

"当然了,没有营业执照也没法开张啊,我们是合法的好吧!"黄小培抬头看了一眼苏庆春回道。

"不错嘛,还有模有样的。"苏庆春笑着夸赞道。

"那是……"黄小培傲娇地回道。

此时苏庆春发现营业执照里面的法人居然是妻子黄小培的名字。他指着营业执照诧异地问道："欸……这营业执照里法人的名字怎么是你啊？"

黄小培看了一眼上面，笑着回道："没想到吧？"

"你不是说这主要是谢敏弄的吗？怎么是你的名字啊？"苏庆春继续问道。

"嗨……不是她爸爸单位特殊嘛，说是要回避。"黄小培解释道，"所以她就写了我的名字，其他人她也不放心。"

"那写你的名字没事吧？"苏庆春略感担忧地反问道。

"应该没事吧？"黄小培回道，"只要她不介意，我想我应该是不受影响。"

"确定啊？"

"她说她爸爸单位特殊，我爸爸又没有政府工作，有啥受影响的啊。"黄小培也没多想，只回道。说完看到苏庆春还是一脸担忧的样子，又连忙解释道，"没事，写我的名字有影响小敏肯定会跟我说的，放心吧。"

苏庆春是个医生，对做生意这块一点都不了解，黄小培也一样，他只是看到这营业执照好好的谢敏自己不写自己的名字，写妻子的，觉得比较奇怪，就多问了一句而已，听到黄小培说没事，他也就放心了。

"哦，没事就好，这种事情我们也不懂，你要谨慎点。"苏庆春放心道。

"知道了，放心吧。"

"那就好，忙完了不？"

"差不多了。"

"那赶紧吃饭吧，待会菜就真的凉了。"

"嗯，好。"

黄小培说完便从柜台走了出来。她看到桌上已经摆得整整齐齐，用小碗装好的三菜一汤，高兴地说道："哇……今天的菜好丰盛啊。"

"赶紧吃吧。"苏庆春说着便把准备好的勺子递给了妻子。

黄小培刚接过勺子，便听到了不远处发出的声音，"小培，忙完了吗？出去吃饭吧！"

说完他们才看到入口进来了一个高大的身影，这真是未见其人先闻其声啊。苏庆春看到进来的男人也不自觉地抬头仔细打量了他一番，这人戴着一副无框的眼镜，瘦高的身材，穿着非常正式的西裤和粉色衬衫，脚下穿着一双擦得锃亮的皮鞋,他此时不自觉地低头看了一眼自己,一身休闲装加上一双运动鞋,跟这个男人比起来自己更像是刚刚打球回来的大学生。

再仔细一看,苏庆春感觉这人怎么看着有点眼熟?但是苏庆春每天接触的人太多了,也一时想不起来这人在哪里见过。而黄小培见到对方进来,连忙站起来回应道:"你来了,我已经准备吃饭了。"

对方这时才发现苏庆春在这里,只见他朝苏庆春热情地打招呼道:"哦,苏医生今天也在啊!"

苏庆春虽然对方看着眼熟,但是他真的一时不知道对方叫什么名字,只礼貌地朝对方笑了笑,回道:"呵呵,嗯,是啊。"而后他一脸地纳闷看着黄小培。

丈夫的举动她自然是很快明了了,忙说道:"忘记了?这是我同学乐平云啊。"

"哦,呵呵……记起来了。"苏庆春憨笑着回道。

"哎呀……看来我长得不够有特色啊,让苏医生把我给忘记了。"乐平云不失时机地打趣道。

"嗨……哪里的话啊,是我平时就比较脸盲,实在不好意思。"苏庆春尴尬地解释道。

"是啊,他这个人很脸盲的,别说见过一次面了,有时候他见过几次面的人都记不住人家,你不是例外,呵呵……"黄小培笑着补充道。

"那是苏医生工作平时太忙了,见的病人和家属也多,自然不容易记住人的,很正常。"乐平云帮着解释起来了。

"呵呵,他那就是脸盲。"黄小培直言不讳。

乐平云看到夫妻两手里都拿着勺子,知道自己来的不是时候,很自觉地说道:"呵呵……那你们先吃饭,我就先回去了。"

"欸,要不一起吃点。"黄小培说道。

苏庆春可是知道这饭就是两人份的,所以这样的客套话他说都不说,听到黄小培这么说,总感觉有点虚假。但是黄小培这时候也是尴尬,总要说点什么,也就是说说而已。

这点乐平云也清楚,别说这饭食不够三人份,就算是有三人份乐平云肯定也是不会做这个大电灯泡的。他非常识相地说道:"不了,你们吃吧,我约同事一起出去吃好了。"

"哦,那下次我们再约。"黄小培说道。

"好的。"乐平云走之前还不忘朝苏庆春说道,"苏医生,什么时候你得空了,我约你。"

"好。"

"上回你忙没来,下回可不能食言哈。"

"嗯。"

"那行,你们先吃饭吧,我走了,拜拜!"

乐平云说完后总算离开了。

打破醋坛子

苏庆春看到乐平云终于走了，也算是松了口气，放松地坐了下来。刚刚的情况在他看来真是感觉非常的尴尬，总感觉自己做了什么亏心事似的。而等坐下以后，他会想起刚刚发生的事情又感觉特别的别扭。特别是看到妻子黄小培和乐平云之间的对话，感觉他们之间是那么的熟悉，似乎还掺杂着一丝丝的暧昧。他们之间的状态跟他第一次见到两人的感觉一点都不一样，这让作为丈夫且稍微有点大男子主义的苏庆春有些不太舒服。

他坐下后，先是停顿了几秒，然后用疑惑的眼神朝黄小培问道："你刚刚干吗让他也一起坐下来吃饭啊？多尴尬啊！再说我们也没准备他的啊。"

"那我不是客气一下嘛，人家哪里会真吃啊。"黄小培笑着回道，然后也跟着坐下享受午餐了。

苏庆春看着黄小培一副若无其事的样子，似乎是没什么事情，但是他总感觉哪里不对劲，便问道："这个乐平云怎么会到你这里来找你吃饭啊？这大周末的。"

"嗨！我忘记告诉你了，他在我们这个补习班旁边新开了家分校，他不是也是搞培训的嘛，现在他正好就负责这边前期的装修工作，所以天天都在这里啊。"

"哦，我还以为他是特意来这里找你的。"

"特意找我干吗啊？吃中饭啊？"黄小培笑着反问道，说完黄小培嗤笑道，"开什么玩笑，人家是因为就在这旁边，估计中午没人一起吃饭，就叫着我一起吃有个伴呗。"

"哦，他新学校就开在这旁边啊？"

"是啊，离我们这里不到50米，很近。"

"50 米不到，这么近啊？"

"对啊，是好近。"黄小培边说话边回道，"这事情说来也巧了，那天我送家长出去看到他也是很意外。"

这时候苏庆春带着醋意问道："听他刚刚那说话的口气感觉你们是不是经常一起吃饭啊？"

"也没有，他们来这里才不到一周呢，也就是昨天我们一起吃了个中饭，昨天算第一次了。"

"真的？"苏庆春说道，"那不是那天你喝了酒的时候也是说跟他一起吃饭的嘛。"

"对啊，那天就是第一次碰到他的时候，谢敏请客吃饭的。"

"那不就是两次，哪里止一次啊！"

这男人有时候纠结起一件事情，比女人还难缠，苏庆春平时其实不是这样的人，他这一说，黄小培才意识情况不对，这是吃醋了啊。她笑着说道："你这是吃醋了吗？"

黄小培说完自己都忍不住笑了。

"好难得啊，我们苏医生都会吃醋啊！"

说完她还捧腹大笑。

"我们都是结了婚的人，你吃啥醋啊！"

苏庆春很严肃地说道："你这一男一女的天天一起吃饭，也不太合适，假如我天天跟一个女护士或者女医生一起吃饭，你会怎么想啊？再说了，这结婚的人我觉得就应该懂得回避，懂得一定的分寸，而不是说因为自己结婚了，然后就毫不避嫌了，我反而觉得更加应该避嫌才对。"

"那人家昨天打电话问我这周边哪里有合适吃饭的地方，我肯定要告诉他了，那他正好又问我有没有吃饭，我当时也是真没吃饭，总不能说吃了吧？"黄小培耐心且自得其乐地解释道。这可是她结婚这么多年来少有见到苏庆春吃醋的时候，她倒是很享受这种盘问。

"昨天就算了，以后叫你去吃饭就不要去了，老是一男一女出去吃饭，别人看到还以为你们是干吗呢。"苏庆春强调道。

"好，全听苏医生的，要是以后遇到只有我们两个人的时候我尽量不去，没吃饭也说吃饭了。"

"不是尽量不去，就是不去。"

"好，没吃饭我也说吃饭了，让他没法钻空子，总行了吧？"黄小培笑着回道，"那人很多的事候，比如小敏人家都在，同学聚聚我总不好推辞吧？"

"人多了倒没事，其实我也不是说不让你跟他一起吃饭，就是觉得你不要跟人家走这么近。"苏庆春感觉自己刚刚说的话似乎也有点小孩子气，便又解释了一遍。主要还是刚刚乐平云给他的感觉很怪，所以让他突然变得些许敏感了。

黄小培听完苏庆春的解释后，憋着笑，点点头。"嗯，呵呵……知道。"

苏庆春看着黄小培这一直在憋着笑，问道："你老是笑什么啊？"

"我笑这么多年都没见你这么在意我跟谁吃饭，跟谁一起走近了。怎么现在反倒在意起这些了？"

"是吗？"苏庆春反问道。

"对啊，平时除了上班也没见你关心别的东西。"

"以前我确实对你欠关心，这个我检讨。"苏庆春经过师傅的事情也明白以前的自己是太过冷淡了。

苏庆春这转折倒是让黄小培猝不及防，"你这是咋了，今天突然转了性了，这不像你啊，还懂得检讨自己了。"

"人总要改变的嘛。"

"啥事情刺激你了？"黄小培不敢相信地讥笑道。

"我关心自己老婆还要刺激啊？"

"嘿嘿……"黄小培笑着说道，"那倒没，只是你这转的我……"

"咋了？"苏庆春说道，"不高兴？"

"关心我当然高兴喽，只是你这要求的是不是有点过了？"

"我刚刚说的虽然有点严重，但是话糙理不糙啊，结婚的人是不要跟异性走太近嘛。"苏庆春反驳道。

黄小培看苏庆春那一副正经八百的样子，知道他这回是认真的，连忙说道："没有，没有……你刚刚的话一点都不严重。我现在觉得你说得很对，我以后坚决不跟男性朋友走太近，省得我们苏医生担心。"

"那还差不多！"苏庆春终于收起了那严肃的神情。

"可以吃饭了不？"黄小培问道。

"当然可以啊，刚刚也没让你不吃饭啊！"

"就你刚刚那样子，我可不敢吃饭。"

"这话说的，我又不是老虎，还能吃了你了？"
"能哦，你不知道有时候你的样子，就是那种不怒自威的样子，是有点吓人的。"
"哪有那么夸张啊，平时也没见什么时候听我的啊。"

220 夫妻商量对策

苏庆春这时才打开自己的饭盒,并说道:"吃饭了,吃饭了。"

黄小培看了下手机,已经1点多了,"哇……就一点了,是要赶紧吃饭了,我们很多家长1点半就会送学生来上课,别人都来了我们还在吃饭不太好。"

"就一点多了。"苏庆春说完也看了下手机,可不是嘛,已经一点十几分了。于是他连忙趴着饭说道:"那是要赶紧了,我2点钟还要去火车站呢。"

"啊?去火车站?你去火车站干吗啊?"

"如果火车站还能干吗啊,接人呗!"苏庆春边吃饭边回道。

"接人,接谁啊?"黄小培纳闷地问道。

"接庆福他两口子啊。"苏庆春很自然地说道。

"啊?庆福……庆福他们要来上海了?"

"对啊!"苏庆春说完才想起来,自己自始至终都忘记跟妻子说过他们夫妻要来的事情。

"就现在啊?"黄小培又问道。

"嗯!"

"怎么之前都没听说过啊?"黄小培好奇道,"今天临时告诉你的啊?"

苏庆春看黄小培一直问,连忙解释道:"不是,他之前就跟妈说了,妈也告诉我了,就是我这几天一忙就忘记告诉你庆福他们要来上海玩几天了。"

"哦,你早就知道了。他们怎么突然想到来上海玩啊,不是说在深圳那边还开着店嘛。"黄小培疑惑地问道。

"是啊,这不是琪琪怀孕了嘛。"

"啊……琪琪真的怀孕了啊!"

"当然是真的啦。"

"我还真没想到他们还真的要再生啊,之前还以为开玩笑的!"

"这事情有什么开玩笑的啊,那当然是真的了。"

"你不觉得他们的情况根本没必要生嘛。"黄小培说道,"先不说他们的经济条件不行,之前子豪就是爸妈养的,现在子涵也是,再生一胎,不知道他们是咋想的。"

"而且这俩孩子都没见他们养好,再生一个还不是数量多了,质量只会越来越差。"

"这种事情你就不要管了。"

"我就是觉得好奇嘛。"黄小培转而又道,"不是,她怀孕了跟来上海有什么关系啊?"

苏庆春说道,"她身体不太好,原本琪琪打算回家调养身体,结果爸妈来上海了,主要是子涵来上海了,他们夫妻也就春节的时候见过孩子,这不想孩子了嘛,所以打算来上海看看子涵。"

黄小培一听琪琪怀孕回来是养胎,就感觉这事情没那么简单。

"那琪琪这是回来养胎不会在我们这里长住吧?"

"那肯定不会了,人家也就是来看看孩子,再说了我们这里他们也没来过,来玩玩很正常。"

"他们真的说了是来玩几天的?"

"你想啥呢,人家庆福那边还开着店呢,这回也就是送琪琪回来而已,就琪琪那脾气庆福不在你想留还留不住呢,现在姑妈他们家正好也忙,所以想着要来上海玩几天,过几天姑妈那边忙完了她就回去了。"

"哦,那就好。"黄小培安心道。

"瞧你说的,他们好不容易来,多住几天也没什么。"

"你也别说我小气,其实我也不是说嫌弃他们来,是现实很残酷,"黄小培慢慢剖析道,"你想想他们来了要增加多少开销啊。"

"那能多花多少钱啊。"

"你是不当家作不知柴米油盐贵啊,你医院因为那次事故的事情,这个钱才刚刚扣完,这几个月你爸妈来了以后我们的生活成本又一下子翻倍增长,我们现在花得都入不敷出了。"

"那爸妈来还不是因为你这补习班啊。"

"我知道啊,我是说假如没这补习班的钱,我们都要喝西北风了。"

"嗨……"苏庆春说道,"下月我工资就正常了,生活肯定没问题,不差琪琪他们这点吃饭钱。"

"好,吃饭钱不说,你想过他们来了怎么住吗?"黄小培问道。

这个问题倒真是难倒苏庆春,他还真没想过这么细的事情。苏庆春是什么样的人黄小培自然知道,他哪里是会操作这么小事情心的人啊。

"你看啊,我们房子就那么点大,你爸妈和子涵来了以后就挤死了,现在琪琪他们来了住哪里啊?"

"不行住酒店嘛。"

"住酒店?你说得轻巧,你知道在我们那边最便宜的酒店多少一晚吗?"黄小培说道,"大床房最便宜的保守估计都要五六百。他们一来三天还是五天都不知道,就按五天算那最起码2500了,这钱是他们出还是我们出啊?"

"他们来上海,肯定我们出这费用了。"

"所以啊,这无故多出几千的开销,还有啊,这还是我们保守估计,假如他们住得一高兴,住个七天八天甚至十天的,也不是不可能的,就像你说的好不容易来趟上海还不好好玩玩啊,那这住宿费就惊人了。"

"还真是啊!看来这住宿确实是个问题。"苏庆春被黄小培这么一点破才觉得这住宿还真是问题。

"就是嘛,你这人啊,考虑事情就是这样。"

"那他们来了到底怎么安排啊?"

"现在知道问我了?"黄小培嗔怪道。

"那我之前也没多想嘛,想着反正他们来玩也是好事,也确实是最近忙给忘记了。"苏庆春解释道。

"就你忙,我还不知道你啊,你估计就觉得这是小事,没什么好商量的。"

被识破的苏庆春憨笑着。

"行了,床到桥头自然直,等他们来了晚上再说吧。"

"行吧。"苏庆春说完见两人已经把饭吃完了,于是连忙又收拾好餐具。

他看了一下手机已经一点半了,忙说道:"不跟你说了,我现在要去车站接他们了。"

"嗯,你去吧。"

这时候门口已经进来了学生,他看到黄小培在便礼貌地打着招呼:"黄老师好!"

"齐振智,你好。"

黄小培说完朝苏庆春交代道:"你赶紧去吧,开车小心点。"

"嗯。"

说完苏庆春所有的餐具装都进了袋子里,轻声应了一声便提着袋子离开了黄小培所在的补习班。

琪琪的身世

离开补习班以后，苏庆春便直接开车去了火车站。由于路上堵车，苏庆春到火车站的出口时庆福他们已经下了火车，等苏庆春打电话给弟弟庆福的时候。就有见一个身材微胖、皮肤黝黑且身高中等偏下的中年男子一只手拉着一个行李箱，行李箱上还放着几袋东西，另一只手则挽着一个穿着宽松裙子，打扮还算清丽的女人。

这个跟苏庆春外貌差距有些大的中年男子便是他的亲弟弟苏庆福，他们两个人从小就被人调侃不像亲兄弟，不仅是身高差距大，就连皮肤也是一个白，一个黝黑。而且庆福比苏庆春还小六岁，但是可能由于他初中没毕业就出去工作，也受了一些苦，比苏庆春显老一些，所以有时候他们两兄弟站在一起总是会被误会苏庆春是弟弟。不过这两年苏庆福也开始做点小生意了，似乎还白嫩了一些，但跟哥哥苏庆春的书生气比起来还是显得苍老了些。

苏庆春很快发现了他们，朝他们用力挥手。苏庆福也看到了哥哥，也挥手呼应，并加快了脚步。很快他们便过了闸机通道，苏庆春热情地走向前。

琪琪第一个时间跟苏庆春打招呼："哥！"

苏庆春也关心地问道："琪琪，累到了吧？"

"还好。"琪琪笑着回道。

话说着的时候苏庆福也憨笑着喊道："哥，等很久了不？"

"没，我也刚到，我还怕错过时间了呢，来，我帮你拿东西。"

"诶，不用了，东西也不多。"

"没事。"苏庆春说着帮苏庆福拿行李箱上的几袋东西，"走吧，我们去停车场。"

"呵呵……好的。"苏庆福说着又小心地挽着妻子琪琪的手，看得出来苏庆福对妻子还是非常的疼惜。

"琪琪,你这一路坐车没有不舒服吧?"苏庆春边走边问道。

"还好。"

"我这一开始还怕你怀着孩子坐这么久的车会不适应。"

"这高铁还好,挺快的。"琪琪回道,"而且现在也三个月了,稳定了。"

"哦,那就好。"

一路上苏庆春对琪琪可以说是非常的热情,各种关心。这是苏庆春对苏庆福之前的妻子所没有过的,其实苏庆春的关心一方面是出于母亲之前跟他说的琪琪的身体状况,他作为哥哥也作为妇产科医生本能的关心,但最主要的还是因为琪琪不光是他的弟媳,更是他的表妹,所以会比其他人更加热情一些。这换着旁人,苏庆春是很少这么多话的。

琪琪本是苏庆春姑妈的女儿,也就是苏铁军唯一的姐姐的女儿,按理说苏庆福和她是表兄妹是不能结婚的,这个当时黄小培听说苏庆福二婚的对象是琪琪也是大吃一惊。后来黄小培才知道原来琪琪并不是姑妈亲生的,而是领养的孩子!所以法律上苏庆福和琪琪虽然是表兄妹,但实际并没有任何血缘关系。

说起琪琪的身世,她可以说是很不幸,因为出生就被亲生父母遗弃,但也可以说很幸运,因为她被苏庆春姑妈领养了。而琪琪的亲生母亲不是别人,她正是苏庆春姑父的亲妹妹。

据说琪琪的亲生母亲,也就是苏铁军姑父的妹妹生了好多个女儿一直没生到儿子,第三个就是琪琪,还是女儿,他们觉得实在养不起便有了遗弃琪琪的想法,而苏庆春的姑妈则生了两个儿子一直想要个女儿,当时计划生育情况也不允许,所以当她第一次看到琪琪的时候就被她可爱的眼神深深吸引了,他们早就知道这胎小姑子生的是女孩可能就会遗弃,所以苏庆春姑妈回家后就跟丈夫商量,最后决定把琪琪领养了。

琪琪的亲生母亲听说大哥要领养自己的孩子肯定是高兴的,最起码不用遗弃或者送给别人,这样其实跟养在身边一样,所以也欣然答应了。

说琪琪幸运是因为她被苏庆春姑妈家领养以后得到了更多的关爱,无论是苏庆春家,还是姑妈家都是两个儿子,没有女孩子,琪琪一下子变成了团宠,虽然在那个年代大家的生活条件都不富裕,但是琪琪的哥哥们都比她大很多,所以无论是在穿衣还是吃饭方面琪琪都是用最好的。

琪琪从小长得也可爱，连带着苏庆春一家人也很喜欢她，小时候苏庆福就喜欢去姑妈家跟小表妹一起玩，琪琪是 90 年的，在她们家，苏庆福跟她是年纪差距最小的，所以两人从小就要好。

　　就连一向不喜欢孩子的苏铁军也特别喜欢琪琪，这也许就是为什么苏铁军对待苏子涵比苏子轩和苏子豪好很多的原因之一吧。

　　不过也就是因为从小被家人宠着导致了琪琪的性格比较跋扈张扬，小时候家里的哥哥们都让着，只觉得这个妹妹可爱，可长大了就是不懂事了，她初中时没毕业就在学校里不学好，后来索性出去打工了。打工没多久就跟厂里的外地人谈恋爱，苏庆春姑妈好不容易养大个女儿，可不想就这样嫁到外地去了，心想：那不是白养了嘛。

　　让琪琪断掉关系她也不听，苏庆春姑妈操碎了心，最后无奈只有苏庆春的姑父赶到琪琪所在的城市强把她拉回了家，后来索性春节在家给她相亲早点结婚算了。

　　原来觉得这样就太平了，可哪想琪琪生了一个儿子以后就跟家里婆婆闹矛盾，最后一气之下就离婚了。当时离婚的时候她孩子才几个月，自己也才二十出头，全家人怕她带着孩子不好再婚，且男方也不肯放弃儿子的抚养权，所以一拍即合，让琪琪净身出户。

　　再之后琪琪也陆续相亲了好多人家，不过不是她看不上别人就是别人看不上她，后来苏庆福跟他那未领证的妻子分手以后两人不知怎么的就走到了一起。

　　当时大家都很惊讶，由于亲属的关系何美珍开始是有些反对这门亲事，但苏铁军却意外的赞同，而且极力撮合，何美珍见苏铁军这样，后来也没反对了，很快他们就领证了。

　　第二年子涵就出生了，不过话说回来自从苏庆福跟琪琪结婚以后，他倒是收了很多性子，不再爱赌博了，也会正儿八经地找工作了，这也许就是人们所说的一物降一物吧，虽然苏庆福没说赚大钱，最起码算是真正开始过日子了，这两年都胖了许多，可能就是婚姻带来的幸福肥吧。

惨遭嫌弃

琪琪由于很早就离婚，而且也从未在外人面前提起过这件事，所以苏家人也很默契地从不提这个孩子。现在算来琪琪的那个儿子应该也有十来岁了，但是琪琪自从离开那个家以后就再也没去见过那个孩子，这可能也是因为当时年纪小再加上没怎么带过孩子，所以对孩子没什么感情。

这点琪琪跟苏庆福倒有点像，他对于之前的那个儿子也可以说是不管不问。一心想要生两人共同的孩子，这或许是他们两个婚后的默契吧。但是说实在的，他们对两人共同孕育的苏子涵也没见多好，常年都是爷爷奶奶带，春节好不容易回家也都是打麻将，所以苏子涵跟父母的感情并不是很深。

这其实也是苏庆春反对他们生二胎的原因之一，因为他们都各自有各自的儿子，根本没必要再拼命生共同的二胎儿子。

再加上虽然生了孩子，但他们对孩子的教育和关注都不够，这样来看，那还不如不生。

在苏庆春看来，他们虽然年纪也不小了，但是心理上却还像个孩子，只关心自己，根本没有父母该有的担当。

苏庆春纵然对他们有一些看法，但毕竟是自己的亲弟弟，他这些想法也就只是在自己心里想想而已，就连黄小培他也不会说出口，因为这样做只会增加黄小培对苏庆福的反感，毕竟一直以来黄小培对苏庆福的作为都不是很喜欢。

黄小培有这样的想法也不怪她，毕竟苏庆福一直以来做什么都做不成、做不久。从他出来工作开始，干过各种销售，卖过房、卖过保健品；在工地上做过小工、泥工；在汽车维修厂当过学徒，却三天打鱼两天晒网，然后跟着别人去工厂做裁缝，觉得没前途就想学理发，将来开理发店，结果理发还没学半年又觉得辛苦，听人说厨师赚钱，甚至他还去帮过后厨切菜。反正这么些年他几乎大部分行业都做过，但是没一个行业坚持得了一年。

所以当初苏庆福前面那位女友跟他分开了，黄小培反而为那女孩子庆幸。

不过这几年苏庆福好了一些，至少一个工作能坚持下去。去年他觉得琪琪跟着他打工辛苦便想着跟朋友一起合伙开一家沙县小吃，让琪琪就跟着收银就行。这个决定得到了全家人一致同意，他还向苏庆春借了五万块钱投资，看当时他那信誓旦旦的样子，苏庆春马上就答应了，当然这件事他从未告诉过黄小培，因为他知道要是告诉黄小培那她肯定是不会答应的，说是说借，这些年下来苏庆春借给这个弟弟的钱还少啊？可从没见他还过，所以苏庆春这钱也没打算让他还了，这钱就是去年全年的年终奖加当月的绩效工资和平时身上偶尔存下来的一点私房钱凑到一起的。

当时苏庆春只告诉黄小培当年因为单位效益不好没有发年终奖、当月也没有什么绩效，就这么蒙混过关了。

令苏庆春欣慰的是这次苏庆福还真是不错，从去年到现在一年半了这店还在开，也算是没白费他的心血，黄小培听说他现在开店稳定了，也终于开始对这个弟弟刮目相看了。

没多久苏庆春的车已经开到了小区里面了。

苏庆福早前打工倒是在上海待过，那时候哥哥苏庆春还在读书，现在算起来也有十来年了，来苏庆春家还是第一次。

一直以来苏庆福都认为哥哥苏庆春是医生，嫂子是老师，而且之前买了房子，后来又卖了、换了一套房，想着肯定是个不错的地方，但是下了车他才发现这是一个很老的小区。

苏庆福很自然地说道："哇……这小区挺老的。"

苏庆春并没有回话而是帮着拿东西，并指引大家走楼梯。

走进楼道以后苏庆福更加不淡定了，他发现楼道栏杆都是用生了锈的钢筋围起来的，楼梯也都是水泥，那水泥经过时间的洗礼都变黑了，楼梯每层有三户，看着门口的门都挺旧的。一个不小心他还踢到了由于水泥缝隙而突出的位置，一个踉跄差点摔倒。

苏庆春见状连忙提醒："小心点。"

"哎呀……哥，怎么你们这里这么旧啊？"苏庆福抱怨道。

"是啊，这是老小区，就是这样的。"苏庆春解释道，而后还不忘提醒跟在后面的琪琪，"琪琪，你注意点哈，这里的楼道光线比较差，要注意脚下。"

这时候苏庆福倒是很快就停了下来了，等妻子琪琪。"是啊，琪琪你小心点，这里好几个地方坑坑洼洼的。"苏庆福说完又补充道，"我一直以为上海的房子都是高楼大厦，没想到还有这样的房子啊。"

"这里确实挺旧的，好像还没有我们在广东租的房子好。"跟上来的琪琪也是直言不讳。

这个房子老苏庆春早就听黄小培娘家人抱怨过，他也是见怪不怪，不过不在上海生活的人哪里知道这上海的房价啊。而且这老小区虽然旧了些，但是它好在是学区房，要知道，在上海，有多少人为了这样的房子拼搏一辈子啊。这些弟弟苏庆福是不会明白的，苏庆春也懒得跟他解释。

"呵呵……哪个地方都有老小区。"苏庆春淡然地回道。

"哥，我记得你们以前买的不是新房嘛，干吗好好的新小区不住换到这样的地方来啊？"

"之前那边虽然是新房，不过不是学区房，而且离你嫂子和我上班的地方都很远，所以就换到这里来了。"苏庆春说完还补充道，"我觉得挺好的。"

"那是你习惯了，这楼梯都这么暗，哪里好啊，"苏庆福一脸嫌弃地说道，"再说学区房那么多，也不必换到这种地方来吧？"

"呵呵……有这样的地方我和你嫂子都觉得挺好的，你说的那种很好很新且交通很好的学区房子不是没有，只是我们哪里买得起啊！"苏庆春倒是也直爽。

"你和嫂子可都是精英啊，咋还买不起啊？谦虚了吧？"琪琪说道。

"我们算什么精英啊，在上海像我们这样的人多得是，我们就是个普通老百姓，能有这样的房子住就已经很不错了。"苏庆春也是毫不避讳。

礼数不周

苏庆福和琪琪听到后互相看了一眼。

正在此时苏庆春打开了门,说道:"来进来吧!"

还没等苏庆福和琪琪走到门口,何美珍听到开门声就着急地来到了门口玄关,跟着她一起来的还有苏子涵。

苏庆春看到苏子涵,笑着说道:"子涵,看谁来了啊?"

只见苏子涵怯生生地把头探出门外。

琪琪看到苏子涵,打招呼道:"子涵!"

听到喊声以后,苏子涵却条件反射地整个身子缩了回去。

此时何美珍也探出头来,叫道:"琪琪,来了!"

苏庆福和琪琪听到母亲的声音,同时喊道:"妈!"之后他们也加快了脚步。

何美珍听到叫声以后,满脸的笑容都要溢出来了。

苏庆春放下东西以后并没有换鞋子,而是朝已经走到门口的苏庆福两口子说道:"你先进去吧,我出去一下。"

"哥,你出去干吗啊?"

"你带着琪琪先进去,我去买点水果和吃的来。"

"我跟你一块去吧?"

"没事,你坐了这么久的车累了,休息下,我自己去。"说着苏庆春便下楼了。

何美珍则忙着帮苏庆福提行李箱,引着他们进来换鞋子。换好鞋子以后,苏庆福便打量了一番房子的大致结构。而此时在房间刚刚睡好午觉的苏子轩听到动静也出来了,跟着苏子涵一起站在玄关旁,迎接他们。

"子轩,傻站着干吗呢?叫人啊!"

苏子轩虽然跟苏庆福和琪琪见过的次数并不多,加起来估计用两只手都可以数得过来,不过早几天就听奶奶天天念叨叔叔今天要回来,所以她听到奶奶发话后,连忙笑着喊道:"叔叔、婶婶好!"

琪琪的注意力跟苏庆福不同,她看到乖巧的苏子轩,忙称赞道:"呀……子轩都这么大了,真乖啊。"

"呵呵……"突然获得了夸奖的苏子轩嘴里乐开了花。

"子涵,叫妈妈!"琪琪看着躲在苏子轩身后的苏子涵,说道。

无奈苏子涵并不给力,听到这声音反而跑到客厅去了。

"欸,子涵,听到没有啊?"何美珍跟在后面喊道,"这孩子还有点认生。"转身对苏庆春和琪琪说道,"你们坐车累了吧,赶紧来客厅坐。"

苏铁军对待琪琪跟其他人可不一样,在他们站在门口闲谈的时候苏铁军也关注着玄关那边的举动。

房子本身就不大,玄关到客厅不过几步之遥而已,而当时琪琪和苏庆福的注意力也全都在苏子涵身上,所以压根没有注意到苏铁军。

此时琪琪走到客厅才发现苏铁军,第一个开口喊道:"爸!"

苏庆福却没跟在后面,而是跟相亲的人似的在房子里到处转悠查看,几乎每个角落都没能逃出他的参观。

客厅里的苏铁军看到琪琪高兴地站了起来,说道:"来了。"而后他便挪出了那个正对电视机,一直以来专属于他的位子。这位子至今他也就让过琪琪,可见琪琪在他心中的位置非同一般。

不过琪琪并没有领情,而是坐到了离苏子涵较近的位置上。"来,子涵,过来坐。"琪琪喊道。

苏子涵听到母亲琪琪的话反而站在原地扭捏起来了,此时正好苏子轩走了过来,她一把拉住苏子轩的手就跟着苏子轩跑开了。

苏铁军见状,怪道:"这孩子,妈妈都不叫的,回来啊!"

"呵呵……爸,没事,她还有些认生。"

"这孩子,就是被你妈惯坏了,太胆小了。"苏铁军少有的话多。

何美珍就站在一旁反驳道:"她从小就这样,跟我有什么关系啊。琪琪,她就是认生而已,别听你爸的。"

琪琪笑着回道:"没事,慢慢就好了。"

这时候苏庆福终于参观完了,琪琪看到苏庆福便说道:"你把给大家买的衣服拿出来啊。"

苏庆福刚坐下,边吃着东西边回道:"哦,好。"

说完他便起身翻找行李箱里的东西，不到一分钟就拿出来几袋东西递给琪琪。拿过袋子以后，琪琪先是查看了一下，然后递给坐在一旁的何美珍。

"妈，这是给子涵买的两条裙子。"

何美珍见状站起来高兴地接过裙子，立马打开。"哎呀……好漂亮啊。"何美珍展开给苏铁军看。

"浪费那钱干什么呀，小孩子长得很快，根本没必要浪费钱。"苏铁军笑着说道。

"就是啊，子轩这里好多旧衣服，而且你哥也给子涵买了好多衣服，都穿不过来呢。"何美珍也呼应道。

"来了总要买点东西给她，不然她更加不跟我们亲了。"琪琪回道。

"那倒也是。"何美珍笑嘻嘻地回道。

琪琪说完又把剩下的袋子一一递给了公婆。

"爸，这是给您买的衣服，妈，这是给你买。"

"哎呀……你怎么还给我们买衣服啊？浪费钱。"苏铁军又说道。

"就是。"何美珍笑盈盈地拿着衣服呼应道。

"爸，花不了多少钱的。"琪琪说完又补充了句，"来之前我们逛了好多地方，本来也想给轩轩买衣服的，但是不知道她喜欢什么，也怕嫂子看不上，就没买，嫂子不会怪我们吧？"

何美珍听到后停顿了一会儿，其实刚刚她收到衣服的时候本来准备拿到房间给苏子涵试衣服的，但是想着琪琪他们肯定也买了苏子轩的，就一直等在这里想将两个人的东西一块拿去，这样也让两个孩子一起高兴。

可她没想到琪琪他们居然会没给苏子轩带任何东西，毕竟他们带着苏子涵在这里吃住了这么久，来哥嫂家住总要意思一下的。就算来了哥嫂家不买贵重东西，但明显知道家里有个孩子，大老远来总是要表示一下的，不买衣服买个玩具啥的也是他们做叔叔婶婶的心意嘛。

一句不知道买啥就打发了，让她觉得琪琪两人有点不太懂礼数了。但既然东西没买已经是事实而且都这么说了，她也不好直接怪他们，只尴尬地笑着说道："应该不会，小培不是那么小气的人。"

话虽这么说，但是何美珍其实心里还是有点不舒服。

苏庆福和苏庆春都是何美珍亲生的，虽然手心手背都是肉，可其实何美珍内心深处从小更加喜欢苏庆春一些,可能因为苏庆春从小比较让她省心听话吧,而苏铁军原本对这两孩子是差不多的没啥区别,都是比较的冷淡,但自从苏庆福娶了琪琪以后,苏铁军对待苏庆福明显好了很多。

苏铁军知道琪琪说没带啥来让何美珍有些不高兴,可他却说道:"买什么啊,轩轩又不缺啥,买衣服就是浪费钱。"

"我们也是觉得怕轩轩看不上我买的,到时候还尴尬,所以想想还是算了。"苏庆福跟着解释道。

"就是。"苏铁军说完又补充道,"来,琪琪,赶紧吃点东西。"

224

眼高手低

何美珍听到大家都这么说也只跟着笑了笑。而后苏庆福突然问道:"妈,哥这里的房子多少钱啊?"

"不知道啊。"

"爸,你知道不?"苏庆福不死心转而又朝苏铁军问道。

"你妈都不知道我哪里知道啊。"苏铁军摊手道。

苏庆福明显有些失望。

"估计也花不了多少钱吧,又旧又小,我刚刚去看了下没有一个房间大的,都是小得可怜,"苏庆福说着又环顾四周,"特别是这客厅,啧啧……除了放下这个小沙发就只能走路了,还没我们在镇上租的房子大。"

"这哪里有可比性啊,上海的房子多贵啊,我们那里的房子你还不知道啊,都是按套卖的,这里这么贵,大小哪里能跟老家比啊。"何美珍不认同道。

"妈,不光是大小的问题哦,咱们那边虽然是租的没啥装修,但最起码大而且光线好。你看这里的餐厅,虽说有个阳台但是一旦晒个衣服再加上前面的路把光线全挡光了,哪里还好啊,这客厅估计不开灯都不行吧?"苏庆福各种看不上眼的语气,眼神里更加透着浓浓的鄙夷。

"客厅就坐坐没光线也不影响。"何美珍回道,"再说了,你要那么大干吗啊?打拳还是打架啊。"

"还打拳呢,人都站不了几个,最起码大点,人住着总是舒服点吧。"苏庆福继续说道,"再说了,我刚刚去看了你们住的那个房间也太小了,除了一张床啥也放不下,而且那床我估计也就一米二,翻身估计都不能翻。"

琪琪看着苏庆福说道:"要不要那么夸张哦,翻身都翻不了?"

"真的，不信你去看看。"苏庆福认真地说道。

"你说的东边那间啊？"何美珍猜测道。

"对啊！"

"哦，那间现在是你哥哥和嫂子在住。"

"啊？他们住那么小的地方啊？"苏庆福惊讶不已。

"原本是书房，你哥看我和你爸带着子涵不方便，就把主卧让给我们住了。"何美珍解释道。

"哦，那还差不多，不然你们根本没法睡嘛。"苏庆福说着又连连摇头，"哎……我一直以为我哥和我嫂子在这里赚大钱，没想到就住这样的地方啊。"

何美珍从苏庆福口中听到了满满的嫌弃和看不起。"这房子哪里不好啊，不就是老了点嘛。"何美珍回道。

"妈，这房子哪里是老了点啊，我估计它比我年龄都大。"说着又是啧啧摇头。

"嗨……这里是上海，又不是我们江西，那房价肯定不一样了，上海的房价多高啊，你没听过啊，在上海这寸土寸金的地方，能在这里住就已经很不错了。"

何美珍对这里非常满意，从来不会有嫌弃这里的意思，而且苏庆春作为她最为之骄傲的人，他能在上海立足她就很欣慰了。

"再贵那也不致于住这样的地方啊，连个电梯都没有，那楼道乌漆麻黑的。你看人家电视里演的上海多繁华啊，哥这里真不是我说，让我住我都不愿意住，太狭小了，而且旧。真不知道他们这些年咋受得了。"

苏庆福虽然常年在外打拼连老家镇上的房子都买不起，但却看不上苏庆春这儿在上海有学区而且是小三房的房子。他从来都是如此眼高手低。他一个人说着不够劲，还拉着琪琪说道，"琪琪，你是不知道，我刚刚看了那房间还真不如我们在广东租的房子。你来看看。"

苏庆福再一次邀请琪琪来观看。

琪琪也是真好奇，立马起身，似乎真的打算去巡逻一番一看究竟！

何美珍见状说道："好了，庆福，这琪琪都坐了一路车了，还没好好坐呢，拉着她去到处走干吗啊。"

"没事，妈，早就知道大哥在外面有出息，读书多，我也想看看他们家里怎么样。"

"家里有的是时间看,你也不急在这一时,你这才休息多久啊。"

"没事,妈,我们转转就来。"说完她起身离开了沙发。

何美珍无奈地看了一眼苏铁军。苏铁军根本没有理何美珍,他们走后就光看电视去。

几分钟后琪琪和苏庆福返回了客厅,琪琪嘀嘀咕咕道:"哎呀……这房子是真小啊!"果然,琪琪跟苏庆福不是一家人不进一家门,也是个眼光高的人。

"行了,你们两个一进门就是这小那旧的,又不是相亲看房,你们这么挑三拣四又没让你们买。"何美珍终于忍不住了,没好气地怼道。"再怎么说这里是你哥家,你们嫌这嫌那的让你哥咋想啊?"

"妈,你这是干什么呀?我也没说啥啊。"苏庆福笑嘻嘻地回道,"也没嫌弃啊。是吧?琪琪。"

苏庆福很喜欢拿琪琪当挡箭牌,因为他知道全家这时候都会让着琪琪。于是琪琪也是心领神会地说道:"是啊,妈,庆福没别的意思,觉得大哥读了那么多书还在医院上了那么多年班,而且嫂子也厉害,只是觉得他们可能会住大房子而已。"

苏铁军看着何美珍还是一脸不高兴,责备道:"琪琪他们也是实话实说,你在这里气个什么劲啊?"

何美珍也知道老二的性格,再说他们也是第一次来,这才坐下没多久,她也不好给脸色。于是她也很快领悟,说道:"我知道你们没别的意思,但毕竟这里是你哥家,当我们的面就算了,待会当你哥嫂的面千万别这么说,不然他们听着也不舒服。"

"知道了,您当我傻啊。"苏庆福笑着回道。

"你还坐着干吗?去切西瓜啊。"苏铁军趁机打发何美珍。

"哦,还真是啊,我差点给忘记了。"何美珍笑着连忙站起来。

"一点眼力劲都没有,你妈是越老越糊涂了。"苏铁军怼道。

"诶……妈,不用了,这不是有水果嘛。"

"要的,要的,那瓜说是什么品种,特别好吃。"苏铁军说道。

"是啊,特别甜,你们等下哈!"何美珍说着便去切西瓜了。

旁敲侧击

何美珍切好西瓜她是一块也没吃,放下以后再看下手机已经快四点了,于是她说道:"琪琪,你们先坐会,我准备做饭了。"

"妈,这么早做饭啊?"琪琪看了下手机说道,"不用这么早,你也先吃点西瓜吧!"

"没事,你们坐着,今天啊,你哥让我买了好多菜,好多要提前准备着。"何美珍笑着便去了厨房。等她走到门口的时候门又开了,只见苏庆春提着大包小包的东西走了进来。她第一时间去拿东西,然后连忙打量了下袋子,里面的东西全是一些吃的喝的。她小声责备道:"买这么多东西干吗啊?"

"给琪琪他们吃啊!"

"那也不用买这么多啊!"何美珍又压低了声音,"我之前就买了东西。"

"买都买了,您就不要管了。"

苏庆春换好鞋子,刚想提东西的时候,何美珍立马两手提着东西吃力地走到了客厅,大声说道:"你看你哥又买了这么多吃的。"

苏庆春本来觉得母亲腿脚不方便,但还是追不上提着东西的母亲。

苏庆福看到母亲放在茶几上的东西,说道:"哥,你买这么多吃的干吗啊,我们又不是小孩子。"

"又不是给你买的,我是给琪琪买的,现在琪琪是两个人,要多吃点,多补充坚果类食物和鲜奶,这些都是孕妇可以吃的。"

"你也不用买这么多啊!"苏庆福边说边翻看袋子里的东西,光鲜奶就有好多种类。

"嗨……买了就买了,这都是你哥的一片心意,再说是给琪琪吃的,你管那么多干吗啊!"苏铁军是只要给琪琪买的东西再多也不会觉得多的。

何美珍心里是不高兴大儿子花这么多钱的，本来她就对老二两口子来这里一点表示都没有就有些气，但面上还是不会做得那么难看，她现在对待琪琪也有点讨好的成分，毕竟琪琪现在怀着孩子。

她笑着说道："对，琪琪，买了就多吃点，这都是你哥的一片心意，老二，你就不要吃了，这些都是好东西，都给琪琪留着。"说完她便去厨房了。

苏庆春知道今天母亲准备了很多菜，怕她一个人忙不过来，还不忘说道："妈，我跟你一起帮忙吧。"

何美珍是最见不得男人下厨房的，特别是她这个大儿子，她认为这个儿子事业有成，更加不该干家务，她连忙拒绝道："帮什么忙啊，你好好坐在这里跟你弟弟他们聊会天。"

"就是，哥，哪有你去厨房干那活的啊！"苏庆福也呼应道。

他这么说话当然有他的道理，因为他是从来不会管家务的事情的，虽然他现在合伙做的生意就是餐饮，但是他在店里的主要工作也就是采购食品，偶尔店里忙的时候帮帮忙端个东西，即使是现在跟琪琪在一起，他对琪琪再好，也还是琪琪做饭，假如琪琪不做，那就吃外卖，好在他们开的是饮食店，也不会缺吃的。

"赶紧坐下歇会吧！"

"就是，赶紧坐着吧。"

苏庆春见大家都这么说，想着自己作为主人不在这里陪着他们好像也不太好，便在客厅里陪着琪琪他们两口子闲聊了。

大约下午6点半左右的时候，何美珍基本把饭菜准备好了，她赶来客厅询问苏庆春黄小培是否回来。

这时苏庆福他们才想起来这周末的嫂子居然在上班。

这两天周末是补习班学生最多的时候，所以黄小培他们三个原始合伙人约好的值班是一天排两班，晚上守在教室的今天是谢敏，这个黄小培早就跟苏庆春说好了，所以她晚饭是会回来的。苏庆春说黄小培会回来吃饭，而后又看了下手机，也该到了，便又拨通了黄小培电话，得知她已经准备回来了。于是何美珍决定等她回来一起吃饭。

苏庆福两口子早就听说父母来上海就是因为嫂子要在补习班上课，于是有些财迷的苏庆福便打听道："欸，哥，像嫂子这样在补习班上课是不是工资很高啊？"

"还好吧！"苏庆春淡淡地回道。

"还好是多少啊？有没有一两万一个月啊？"

"这个我具体也不是很清楚。"

"你没问啊？"

"我一般不问这些。"

"哥，你心真大，这有什么不好问的啊？"

"她的钱是她自己辛苦赚的，我既不想花也不想干涉，只要她喜欢做就行了。"

苏庆福听到大哥的话以后尴尬地笑了笑，而后又问道："听说上海的工资很高啊？是不？"

"还好吧，应该也要看行业的吧！"

"我听说都挺高的，就连一个工厂的普通仓库保管员都可能一个月有1万的工资。"苏庆福说得是满脸的羡慕。

"这个我真的就不清楚了，我对这些行业几乎没有接触，不过即使工资高，消费也是高的，最后能存下来的估计也不多，跟这里的房价比起来，这个工资也只是杯水车薪。"苏庆春对于上海的高房价、高消费是很有体会的。

"工厂里面都是包吃包住，能花多少钱啊，再高的消费跟他们估计也没什么关系。"苏庆福说道，"所以我觉得嫂子这补习班啊，一个月少说能赚几万。"

苏铁军一听黄小培一个月能赚几万，眼睛也亮了，问道："啊？就一个补习班能赚这么多啊？"

"应该能的。"琪琪跟着呼应道。

听两口子的口气之前应该就讨论过。苏铁军一听，心里一沉，想着他们来这里帮着带孩子做饭，一个月才收3000的费用看来是真要少了。

不过很快这个猜测得到了苏庆春的否认："几万肯定没有，虽然上海工资比别的地方高些，但是几万一个月不至于。"

苏庆春这么否定也有他的道理，虽然他对妻子的具体收入不知道，但是他对自己的收入是知道的，自己累死累活每天在医院一个月工资也没多少，想着妻子在外面只是上几节课，怎么可能有这么高的工资呢。

教育影响

虽然苏庆春各种解释，但是苏庆福两口子总是否定道："不可能，肯定有的。"这时候门开了，黄小培回来了。

苏庆春真是不愿意再跟弟弟、弟媳纠结这个问题，听到门开了连忙站起来说道："吃饭吧。"

黄小培进来以后第一时间走到客厅和琪琪他们打招呼，"琪琪，庆福，来了。"

"是啊，嫂子！"琪琪也站起来了。

"饭还没熟吗?"黄小培看着大家都还没吃饭便问道。

"早熟了，这不等你嘛。"已经在客厅打量菜品的苏庆春回道。

"等我干吗啊，赶紧吃饭啊。"黄小培笑嘻嘻地放下手里的包继续喊道，"琪琪、庆福赶紧吃饭吧！"说完她便回厨房洗手去了。

苏庆福见嫂子发话了忙拉着琪琪一块入座。

在餐桌前的苏庆福发现原本不大的西餐桌上摆满了菜，估计有十来道菜，鱼虾鸡肉应有尽有。

"哇……做这么多的菜啊，哪里吃得完啊。"琪琪最会说话。

"这么多的人，吃得完。"苏庆春边挪凳子边回道。

此时的何美珍也从厨房拿出碗筷，听到琪琪的话又不忘夸赞一番："这些菜啊是你哥哥点名买的，特别是那个虾说是一定要买新鲜大的，说你是孕妇多吃了好。"

"呵呵……大哥真是贴心仔细啊，不像庆福，他都从来不会注意到这些。"

"那大哥是医生嘛，他肯定比我懂你要吃什么了。"苏庆福狡辩道。

这时候黄小培正走出来，琪琪还不忘跟黄小培表扬道："嫂子，你真有福气，大哥真细心。"

黄小培听到后笑了笑，说道："你哥有时候确实挺细心的，但有时候也会气死人。"

说完她发现孩子们都不在又问道："诶，轩轩她们呢？"

"在房间，我去叫吧。"何美珍放下手里的碗筷回道。

"妈，不用了，我去叫吧。"

说完黄小培便离开了，大家看到何美珍摆放碗筷，也纷纷帮忙。此时琪琪发现公公还没起身，忙喊道："爸，吃饭了。"

"他又不是客人，吃饭不要叫。"

苏铁军平时就是这样，吃饭的时候总慢吞吞地一个人最后上桌，似乎总要体现自己大家长的重要身份和地位一般。在琪琪喊了以后他才缓缓地关了电视入座了。

而黄小培走到苏子轩房间推开门的时候发现她们两姐妹正在玩IPAD，两人专注到丝毫没察觉到黄小培的到访，黄小培见状便小心翼翼地走向前，想看下她们到底在看什么画片这么起劲。令黄小培没想到的是她们不是在看动画片，而是在玩游戏，一种她也没见过的游戏，时不时苏子涵还在旁边指挥苏子轩怎么办，不过苏子轩并不买账，自己玩自己的，但也并不妨碍苏子涵观看。就这样黄小培在一旁足足站了一分钟后苏子轩才发现黄小培来了，她下意识地关上IPAD并迅速地把它扔在了床上。

"不用藏了，我已经看到。"

苏子轩和苏子涵看到听到黄小培的话都盯着她，笑嘻嘻但不说话。

"轩轩，你刚刚玩的是游戏吗？你什么时候开始玩的啊？谁教你玩的啊？"

黄小培一连几问，但是并没有问出什么，两人都是一副现场抓包无言以对的样子直勾勾地看着黄小培。

她也知道这样再问也问不出什么结果，便说道："以后别玩了，知道吗？"

"哦！"苏子轩倒是很爽快地就答应了。

"赶紧吃饭吧！"

一说完两人刷地一下从床上跳了下来，并瞬间逃离了犯罪现场。

黄小培最近因为补习班的工作确实也疏忽了对女儿的管教，但现在的她明显有些力不从心了，转而她又想：好在现在是暑假，孩子偶尔玩玩，放松放松也无可厚非。想到这里她也就不再纠结刚刚的事情了，也跟着出来吃饭。

今天他们家算是大团圆了，就跟过年一样，人全部都到齐了，何美珍高兴，还提前给大家准备了酒，当然这酒也就是给苏庆福和苏铁军准备的，苏庆春无论什么时候都是不会沾酒的。

饭后，难得黄小培不用去补习班上课，便开始辅导苏子轩的作业，平时黄小培晚上都是有课的，只有周六和周日的晚上值班才没排课，最近这两个礼拜也是补习班最忙的时候，她也一直没顾上孩子的教育问题，今天原本也想休息一下的，可是看到轩轩都开始玩游戏了，所以她有些不放心，便去亲自辅导孩子。

这不辅导不知道，一辅导吓一跳。进到房间她发现女儿又在玩 IPAD，而且再一检查作业发现女儿最近这几个礼拜几乎没怎么写作业，之前的本子自己教到哪里作业本就写道哪里，也没任何进度。

她还想着是不是补习班女儿单独用别的本子写，再一问并没有。于是她质问道："怎么你们没有作业的吗？"

苏子轩看着黄小培吞吞吐吐地说道："没什么作业。"

黄小培心里纳闷了，是不是今年的补习班老师不留作业了，于是她在再看了下暑假作业，也是没写两页。原本她就规定好了女儿除了补习班的作业，暑假作业每天也要完成两页，现在可是已经过去大半个月了，居然是这样的进度，让她非常的恼火。于是她再次质问女儿："轩轩你怎么暑假作业也没做啊？"

苏子轩看了看，弱弱地回道："反正暑假还很长，等开学的时候我再一起写完就好了。"

"我之前不是跟你说很清楚的嘛，做作业要循序渐进，每天写两页。"

"可是结果不都一样吗，反正都是开学以后老师才要的，不管过程怎么样，反正结果是做完了就行。"

黄小培听到这话有点火了，"谁跟你说暑假作业等开学之前写完就好了啊？做作业就为了这个结果吗？"

"可是爷爷说都一样的啊！"

黄小培听到这里已经无语了。

"我不管爷爷怎么说，反正我告诉你学习是循序渐进的，难道你每天吃饭也可以饿几天不吃，一吃就吃个饱吗？"

苏子轩听到后不再反驳了。

黄小培继续说道:"从今天开始,你给我按照我要求的每天完成学习任务,我有空就会检查,假如再发现这样的情况,你的IPAD我会再次没收。"

"哦!"苏子轩很爽快地就答应了。

黄小培再要说话的时候房间门打开了。

住宿安排

进来的不是别人，正是苏庆春。

苏庆春看黄小培一顿怒气，问道："怎么了？"

"还能怎么了，你的好女儿读书是越来越厉害了，作业不写就知道玩IPAD。"

苏庆春一听觉得现在是暑假，真的没必要把孩子逼得那么急，便解释道："嗨，都暑假了，孩子偶尔玩玩就玩玩。"

"玩什么呀，你不知道你在玩的时候别人在认真读书，这就是差距，到时候怎么赶得上别人啊。"

"不至于！"

"怎么不至于了，你看看别人家的孩子这时候都在干吗，你女儿在干吗！"

苏庆春看黄小培有些激动，走进来小声说道："别把孩子逼太急了，欲速则不达，不要适得其反了，"说完他又朝在一旁被骂得有些发愣的苏子轩说道，"你赶紧写作业去，别惹妈妈生气了。"

"哦！"

苏庆春说完便把黄小培拉到了自己的房间。

"你干吗呀？"黄小培不解地问道，"我还在教育你女儿呢，拉我出来干吗噢？"

"嗨……轩轩那边没什么大事，现在我们这里却有件大事等着要你做决定呢。"

"大事？"黄小培疑惑地看着苏庆春问道，"什么事啊？"

"现在还能有什么大事啊？不就是庆福他们两口子怎么住啊？"苏庆春回道。

"切……我还以为有什么大事呢。"黄小培嗤之以鼻。

"这是不是大事啊，再不决定他们就没地方住了。"

"这不是还早嘛。"

"早晚不都得安排啊，而且琪琪是孕妇也该早点休息。"苏庆春回道。

其实这问题还真不是苏庆春本意来问的，因为这样的事情他这么早根本想不起来，是何美珍吃完饭后偷偷来问苏庆春的。

其实就是何美珍不好意思直接问儿媳妇而已，这个问题是个棘手的问题，现在地方就这么点大，都住满人了，怎么住都不好安排，原本她打算自己和苏铁军住客厅，反正现在是夏天，也方便，可架不住苏铁军不愿意委屈自己，他觉得客厅没空调。

其实在老家他哪里用过空调啊，晚上开早了电风扇都会被他骂浪费电，非得在外面乘凉到天黑了实在受不了蚊子的叮咬了才肯回房间开风扇。

在何美珍看来苏铁军就是矫情，现在在客厅打地铺也比在家里舒服啊。

可各种商量苏铁军还是不同意，苏铁军想得也是好，没地方住就让老大给他们开酒店住，所以她也没办法了，不敢擅自做决定。

黄小培其实心里也有底，知道问这事情也不是苏庆春作风，现在肯定是大家都没主意了才找到自己的。她没直接回话，而是瞪眼看了他一下。

"你看着我干吗呀？"苏庆春被看得也有点别扭，说道，"问你怎么了？"

"现在知道问我了？"黄小培没好气地说道。

"呵呵……你看你是不是还在为没提前告诉你琪琪他们来而生气啊？"

"那当然了，他们来之前你们一丝风水都不透不跟我说，现在好吧，人来了发现安排不了住宿了就知道找我，你们把我当什么了？这种事情换谁谁不生气啊？"黄小培倒是理直气壮道。

"好了，之前是我考虑不周，没给你这个女主人提前打招呼。"苏庆春倒是非常识趣。

"女主人？你还当我是这个家的女主人啊？"

"什么叫当啊？你一直都是啊。"苏庆春笑着说道，"好了，别生气了。"而后苏庆春又说道，"我知道你不是这么小气的人，呵呵……"

黄小培说强势，但是也有小女人的一面，她同样受不了男人的好话，特别是苏庆春这个平时很少说好话的人。只见她笑了笑。

"你赶紧想现在怎么安排吧?"苏庆春又补充道,"我们这里房间本身就很小,而且也住得满满的,再加人好难了。"

"哼……我还以为你不知道现状呢!"黄小培说道,"这样的情况不摆明了吗,要么外面住,要么打地铺。"

苏庆春弱弱地说道:"外面住我刚刚打了我们楼下那个酒店的电话,现在是周末他们没什么空房间了,只剩下一间800多一晚的,而且那房间后天人家也定了。"

"其他便宜的更加没了,不然就是好远的,这琪琪是一个孕妇,住太远了来家里也不方便。"

"现在知道酒店难住吧,不光费钱还不一定有房子给你住。"黄小培一副了然于胸的样子。其实今天下午她听说苏庆福两夫妻要来就打听了周边的酒店,这样临时订房间的根本没几家能订到。

"之前是我没想那么多。"苏庆春检讨自己倒是毫不逊色,"现在怎么办啊?"

"还能怎么办?只剩下在家里打地铺呗。"

"让他们打地铺不太好吧?毕竟琪琪还是个孕妇。"

苏庆春小声地回道。

"那你要是心疼你那个弟媳兼小表妹辛苦,那就你自己辛苦了。"

"什么意思啊?不会是让我去打地铺?然后让他们住我们住的房间吧?"

"不然呢?"黄小培横了一眼苏庆春,说道。

苏庆春迟疑了一会儿,回道:"我打地铺其实没事的,我是怕你不愿意啊。"

"我才不跟你一起打地铺呢,我跟轩轩一起住。"

苏庆春一听,还真的,女儿那房间虽然不大,只有一张一米二的床,睡一个大人一个小孩子还是可以的。

"对啊,我怎么没想到啊!"苏庆春明显对这个安排很满意,他笑着回答道。

"你除了最简单的住酒店你还能想啥啊?"黄小培趁机挖苦了苏庆春一番,不过苏庆春也不生气,只要问题解决了,黄小培怎么说都无所谓。

只见他听到解决办法以后就笑嘻嘻地离开了房间并把安排告诉了

母亲。

  其实黄小培这么说也不是临时起意，她自从知道酒店情况就考虑好了，而且酒店那边她也只是打听打听而已，那么贵的住宿费而且时间还不确定，即使房间充足她也不一定会同意住酒店，现在这样的情况最好，也没什么好顾忌的了，无非现在就是委屈下丈夫而已。

  反正这是他家人，他自己乐意，黄小培也就不管了。

不满意的住宿条件

苏庆春离开房间后便把安排告诉了母亲何美珍,何美珍一听儿子住客厅,问道:"你这工作每天很忙,又要值班,在客厅能睡得好吗?"

"嗨……没事,妈,反正时间也不长,而且目前也确实没有更好的安排了。"

"哎……你爸这人真的是本来我们没事住客厅完全可以的,可是他偏不?摆谱他最厉害。"何美珍抱怨道。

"算了,就这样吧。"

苏庆春虽然心里对父亲的行为也有点不太高兴,倒不是说他要住那里,而是他心里也觉得自己住的那个书房也是很小的,让琪琪住着也有些委屈她,琪琪本来一家人住主卧是最好不过了。但父亲是怎么样的人他也是清楚的,对他苏庆春从来没有过任何苛求和幻想。

苏庆春继续说道:"妈,我现在就和小培回房收拾东西,你待会就跟琪琪他们说,让他们把东西……"

"我去帮你收拾吧,你休息下。"

"不用了,妈,好多我们的东西你也不知道怎么弄。"

"哦,那行吧。"

说完苏庆春便回房间收拾东西了。目前这个安排可以说是最好的安排了,黄小培知道苏庆春把安排告诉他们以后便开始收拾东西。何美珍则把在客厅看电视的苏庆福叫到了自己的房间,并把安排告诉了他。当大家都认为这是目前最好的安排的时候苏庆福得知这个消息可是满脸的不高兴。他有些气,满脸嫌弃地朝何美珍说道:"啊?我们就睡那房间啊,那地方也太小了点吧?"

"你哥这里就这点大你也看到了,原本我打算跟你爸和子涵一起住客厅把房间让给你们的,可是你爸也不愿意住沙发,"何美珍犹豫了一会继续说道,"要是你不愿意去住你哥那间房,我去跟你爸说说让他和我一起去你哥那房间住,你和琪琪就带子涵住这个主卧。你在这里等着,我去跟你爸商量下。"

何美珍自己感觉这个方法也不错,说着就准备走出去跟苏铁军商量这件事。

苏庆福对那个主卧也没满意到那里去,一听还要带孩子住,连忙拉住何美珍,并立马回绝道:"诶……妈,妈,算了,算了。"

"没事,你爸知道是琪琪住,他应该会换房间的。"何美珍以为苏庆福怕苏铁军不同意,她哪里知道是苏庆福自己不乐意啊。

"妈,我不是那个意思。"

"那你是什么意思啊?"何美珍问道。

苏庆福犹豫了一会,回道:"这琪琪还怀着孕呢,她怎么带得了孩子啊,万一碰到她肚子咋办呢?"

"你可以带着子涵睡一头嘛。"

"算了吧,我也没带过孩子,再说了子涵也不一定会跟我们。"

何美珍也算是听明白了,反正就是他们自己不愿意带孩子睡觉。

"那如果是这样的话就没有别的办法了,你们也就只有住那个房间了,要不就是住客厅。"

苏庆福眼睛一转,看了一眼何美珍,问道:"妈,之前哥不是说可以去开酒店吗?怎么又不去了?"

原来苏庆福和琪琪可一直在等着苏庆春给安排酒店好吃好住伺候着呢,所以其实无论在这里住哪个房间他第一反应都是不乐意的。

"酒店那事情你哥说了打电话问了,说是定太晚了都没房间了。"

"啊?没房间了?"苏庆福不相信地问道,"不可能这么巧吧?这旁边不是也有几家酒店吗,不可能都没房间了吧?"而后他又追问道,"是不是嫂子不同意开房间啊?"

"你想哪里去了,你哥说了,现在是周末了,酒店没房间很常见。"

"真的假的哦?"苏庆福还是一脸怀疑。

"你哥说没房间就是没房间,不会骗我的。"何美珍说完又补充道,"再说了,你们就是来玩玩的,你还以为是来享福的啊,我们自己是什么啊,还住什么酒店啊。"

何美珍本来就不同意苏庆春住酒店的提议,责备老二道:"住酒店得花多少钱啊，没必要，就这么住住就行了，搞得那么麻烦干吗啊。"

苏庆福看着何美珍感觉也没啥回旋余地了，有些失望地回道："那我不是看琪琪怀着孕嘛。"

"怀孕就要住酒店啊？家里住不得啊？谁也没说怀孕一定要住酒店。"

"那不是酒店条件好点嘛。"

"反正你哥说旁边酒店都问了，没有房间了，你要是不信可以自己出去问，要是你真要住酒店，也可以自己单独去远点地方找。"何美珍白了一眼苏庆福，没好气地说道。

苏庆福一听要自己去找酒店那不还得自己出钱啊，他可不干，这点他倒是很像苏铁军，从来不会让自己吃亏。见状他只好无奈地回道："那……我自己去找多麻烦啊。"

"那不就行了。"

"算了，反正也就是住几天，我跟琪琪说说吧。"

苏庆福还感觉很委屈的样子。

何美珍实在是看不下去了，说道："你行了，你哥为了让出这房间自己都住沙发了，你嫂子也跟轩轩挤到了一起，再说你哥他每天忙得要死都没法睡好，你就知足吧。"

这时候苏子涵跑进房间来喊："奶奶！"

"什么事啊？"

"你过来。"苏子涵拉着何美珍说道。

何美珍听到后便说道："那这事情就这么说定了，你赶紧叫琪琪去洗澡睡觉吧，这人这么多，排队洗澡都要好久时间。"说完她便跟着苏子涵一起离开了。

苏庆福看着母亲离开以后也彻底对酒店的事情不再抱有幻想了，于是他也走出房间把安排告诉了琪琪并准备洗澡去了。

晚上回房间以后，他睡在床上还是各种抱怨自己，琪琪当然也跟着一起开始吐槽这里的不便了。

而当他们舒适地睡在房间吹着空调的时候，苏庆春则一个人睡在短小的沙发上，接受着夏日里房间的闷热，沙发上即使放了张小凉席也无法解除热浪的感觉。特别是时不时还有蚊子萦绕在耳旁，实在是让他不适应。

| 793 | 不满意的住宿条件 |

投资项目

苏庆春就这样左手赶偶尔出现但却非常烦人的蚊子，右手时而拿起许久未用的扇子来抵御风扇都不能解决的暑热。时而还要接受隔三差五的人来上厕所，那冲厕所声是此起彼伏，就这样，这一晚他几乎没怎么睡。

第二天他闹钟还没响就听到厨房噼里啪啦的响声，原来是何美珍起床做早饭了。他无奈地看了一眼手机才刚刚六点钟，刚一翻身想继续睡的时候又听见卫生间冲马桶的声音。他叹口气，觉是没法睡了，于是他无奈地坐了起来，起床后还是哈欠连天，匆忙洗漱后就去上班了，饭也没吃。

黄小培吃完早餐便去了培训班，而何美珍洗刷完毕以后则跟往常一样去菜市场买菜。

今天琪琪和苏庆福在家里没事说也想出去，所以跟着何美珍一起出去走走，苏铁军看着兴起也跟着一起出去，还带着孩子们也一块出去了。

苏铁军之前买彩票连续花了几次钱没再中奖也就没买了，但是因为买彩票他对周边的环境倒是熟悉了很多。琪琪觉得菜市场无聊，于是苏铁军就主动提议带着其他人到别的地方走走。还没离开菜市场多久就看到几个穿着打扮非常职业的几个人递给苏铁军等一行人几张宣传单。

苏庆福看到后第一反应就是卖房子的，连连拒绝道："不买房。"

"先生，您好，我们不是卖房子的，我们这里有高收入的投资项目，您可以看下。"

苏庆福想都没想，推辞道："不要不要。"

业务员见苏庆福没兴趣又把注意力转移到了苏铁军这。苏铁军还没等他说话，就摆摆手拒绝他手里的宣传单。

"老先生，您不用担心，我们是正规平台，跟银行一样的安全，随存随取，简单操作，但是高于银行几倍的利息。"

高于银行几倍利息这句话马上吸引了苏铁军，原本已经走过业务员的苏铁军停下来脚步问道："你们跟银行一样安全？"

业务员见苏铁军感兴趣连忙跑了上去又把宣传单递给了苏铁军，并解释道："对啊，我们绝对安全。"

说着他又翻开宣传单里前面的内容给苏铁军读了一遍："我们公司是通过国家安全认证的金融融资机构，绝对的安全，而且您看，各大银行年利息率是1.9，我们的月利息率高达6.8，假如是按年存的话根据金额大小还有高达15的利息率。"

"15？"苏铁军问道，"那是一万一年1500利息吗？"

"对啊。"

"存十万一年就是一万五了？"

"对啊！"

苏铁军继续问道："那要存多少利息率是15啊？"。

"只要一次性存十万以上利息率就是10，以后每加十万块的话就加三个点，最高可以到15个点。"业务员边说边指着宣传单上写的阶梯回报率。

"二十万就是13个点，三十万就是15个点。还有我们有一个最好的优点就是每个月结算利息，当然您也可以不取，我们会自动转存利息为本金非常方便。"业务员趁着机会继续说道。

苏庆福走在前面看着苏铁军还没走，便也走了回来。"爸，干吗呢，走了。"

"庆福，他这个好像挺不错的，投资利息好高啊。"苏铁军这会儿明显眼睛里有光了。

"投资都有风险的，别到时候血本无归。"苏庆福以前赌博输的钱也不少，倒是难得领悟了一些道理。

业务员见状后连忙解释道："先生，您误会了，我们这个就是金融储蓄，跟银行一样的，只有利息的，没有任何风险的。"

"当然我们公司也有您说的高额投资项目，"业务员说着又从那一大坨单子里的反面翻出一张宣传单递给苏庆福，说道，"这个就是我说的回报率会更好的投资项目，所以是我说实话那个是高投入高风险，所以我其实并不建议你们去买个项目。毕竟那个还是有风险的，我们的钱都是辛苦赚来的，也不容易。"业务员深深了解大家的心里。

苏铁军听到后也认同道："对，那种投资有风险的还是算了，这个是……"说着他还把自己手里的宣传单递给了苏庆福。而后又把苏庆福手里的宣传单还给了业务员。

苏庆福一听这业务员说的话倒也实在，特别是有对比，于是他便放下了防备心看了一眼那张所谓储蓄业务的宣传单。他看着高额的利润，先是看了一眼苏铁军，然后用怀疑口气问道："这个真的假的哦？这么高利润。"

"先生您放心，我们是正规机构……"业务员淡定自若，又按照刚刚跟苏铁军说的讲了一遍。

"我听说网上很多这样高利息的骗局。"苏庆福倒是有些戒心。

"先生，你说的网上的我知道，那些都是虚假的，我们不一样，大公司在这里，你们就放一百二个心吧，我们公司总部在香港都上市了，"这业务员还补充道，"你们要是不相信可以来我们公司参观下，我公司就在这里不远的地方，我可以马上带你们过去，我相信你们去了以后一定会消除疑虑的。"

苏庆福和苏铁军互看了一眼，都是一脸狐疑。

"你们放心，去了不办理也没有关系的，"业务员马上打消了他们的顾虑，"你们看，这都是我们的客户。"说着他拿出一个文件夹，里面有很多人去参观的照片和公司的照片。

苏铁军和苏庆福看到这里都开始犹豫了。此时走在前面和孩子们一起都参观完了一个店面的琪琪才发现两父子不在门外。她环顾四周，才发现不远处的两人，于是她撑着伞走过去问道："你们在干吗啊？走了。"

"琪琪，我，我和爸想去他们公司看看。"苏庆福吞吞吐吐道。

"去那里干吗啊？"

苏庆福也没明说，业务员连忙解释。

琪琪一听，感觉不靠谱，连忙说道："走了，走了，热得要死，回家了，有机会再说吧。"

说完琪琪便拉着苏庆福走了，苏铁军其实很想去，但见状，也不好坚持，也只有跟着他们一起走了。

业务员在后面追着苏铁军说道："叔叔，要不您去看下，绝对不会让您失望的。"

"再说吧。"苏铁军无奈地说道。

"那您要是什么时候有空可以打名片上的电话,也可以加我微信,有什么问题可以随时咨询我。"

"哦。"苏铁军说完便走了!

好项目

虽说因为琪琪的出现把这个业务员打断了,可业务员的话早就记在苏铁军的心里。回家以后他看着那张名片,思来想去都觉得这么好的机会不能错过。于是下午吃过饭,他偷偷地喊了苏庆福到一边。"今天那个小伙子说的事情你觉得靠谱不?"

苏庆福自己手上没什么钱,那事情过去了也就过去了,根本没多想,这再次被苏铁军提起,也是一脸茫然无措地回道:"什么小伙子啊?"

"啧……你什么记性啊,就今天早上我们碰到的那个小伙子啊,说存钱利息高的那个。"苏铁军说着还把宣传单和名片都从身上掏出来,生怕苏庆福搞错。

苏庆福看到后这才想起,"哦,您说那个啊,不知道真的还是假的,不过要是真的听着利息是不错,十万一年就是一万的利息,要是存三十万,那一年就是四万五的利息了,相当于很多人一年的工资了。"

"是吧?我也觉得不错。"苏铁军笑嘻嘻地回答道。

苏庆福看着苏铁军乐滋滋的样子,连问道:"爸,你不会是有30万要存吧?"

"我哪里有三十万啊,我不就是觉得这利息高嘛。"苏铁军连忙警觉地回道。

"哦……"苏庆福一阵失落,本以为有什么大发现呢。

苏铁军斜眼看了下苏庆福,建议道:"要不,下午我们去这公司看下,他们到底真的假的?"

"爸,有什么好看的,我们又没30万哪管他真假呢?就算是有十万的利息我们看着也是白搭啊!"

"我们没有你哥可能有啊!"

苏铁军的提醒让苏庆福似乎有些盼头了,连忙问道:"哥说借钱给我们啊?"

"你这脑子,莫不说他有没有这个钱是未知数,就算有,我们说借钱去存你说你哥能答应吗?退一万步说,他有钱又同意借给我们,你认为你嫂子能同意吗?"

苏庆福摇摇头。

"那不就是了嘛。"

"那您说我哥可能有干吗啊?"

"只要这个公司是真的,那钱的事情总是有办法的嘛。"苏铁军淡定地回道。说完,他又补充了一句:"我听琪琪说你们把广东的店盘出去了?"

"是啊,不然我哪里有时间陪琪琪一起过来啊。那工作每天天不亮就要起来做早餐,忙死了,一个月也就赚两三万块钱还要跟他们平分,到手等于一万左右,我们两个累死累活的就那么点,没意思。"

"不做就算了,反正现在琪琪也怀孕了,也不适合做了。"

"就是啊。"

"那你盘店出来得到了多少钱啊?"苏铁军又问道。

这时苏庆福才知道父亲这是在打自己盘店钱的主意。他连忙回道:"哪能有多少钱啊,当初我就投资了十万,这买东西什么的折旧费合伙人给我算了两万进去,最后只退了 8 万给我。而且,这……还是借的我哥的。"

"你紧张什么啊?我又没说要你那钱。"苏铁军白了苏庆福一眼。

"哦,呵呵……那我不是以为你想借我这钱嘛。"苏庆福笑着回道,"我也不是说不借,不过寻思着是不是要还我哥呢。"

其实苏庆福压根没想过还钱给苏庆春,这次他来上海还指望着能在上海找个什么活或者做点小生意,要是合适都计划着再借点钱呢,只是话说到这份上,父亲是什么人他也清楚,可怕这钱就这么被父亲绕进去了。

两人此时也都心领神会,互相都怕被算计,于是苏铁军主动说道:"还什么呀,他也不急着用钱。你那钱你也放心,现在是你的就是你的,不过我有个想法。"

"什么想法?"苏庆福问道。

"假如那个公司真靠谱的话,那我们可以合作啊!"

"怎么合作啊？"

"不是钱越多利息越高吗？既然你那钱现在也没什么用，我们可以放一起，这样大家都得到了好处。"苏铁军说完偷瞄了一眼客厅里正在忙碌的何美珍，然后小声说道，"我跟你交个底，我这里也有几万块钱的棺材本，再向你哥借点，凑到三十万，到时候利息我们一人一半。"

"向我哥借？怎么借啊？"苏庆福凑近问道。

"只要把那个公司的事情搞清楚，之后的事情我自有办法，你到时候只要配合我就行。"

"现在最重要的还是把那个公司搞清楚，其他都好办。"

苏庆福听着这事情感觉还不错，反正现在身上这钱也不是他的，躺着赚钱的事情他当然愿意去做。于是他马上拍板道："行，那我今天下午就跟您一起去看看。"

"嗯，那休息一会我们就过去。"

"休息什么啊，现在就去吧。"听说要去苏庆福巴不得马上就走。

"急什么呀？现在在大中午的，人家都还没上班呢。"

"应该中午公司也有人吧？"

"即使有人这人中午的去，人家看着我们就像有多急似的。"姜还是老的辣，苏铁军此时比谁都着急，但是他却能做到处事不惊。

"那也是。"

"两点半我们准时从家里出发。"

"好，那我先回房间眯会儿。"说着便笑嘻嘻地走开了。

下午两点半，苏铁军两父子准时从家里出发前往宣传单所在的地址。

那个地方是在离小区不远处的一个办公大厦内，整个一层都是那家公司的，里面装修得也非常气派。苏铁军去之前打了电话给那个业务员，于是业务员非常热情地招待了他们，而且来咨询的人也不少。业务员还请出了所谓的部门经理给他们再次详细地介绍了产品，并把已经成交的客户记录给苏铁军看。

苏铁军这怀疑的心已经放下不少。等出门的时候，苏铁军正好碰到了一个老大爷，那个大爷正是同一个小区的，他连忙问来意，得知大爷也是这里的客户，他是到了月份来领利息的。听到大爷说已经安全地领了两个月利息，苏铁军再次笃定这个项目跑不掉了，于是高兴地和苏庆福回家了。

不婚主义

苏铁军和苏庆福去了那家公司以后这几天每天都在想怎么弄钱。当然主要还是苏铁军在思考，而苏庆福也就是在旁边催催，他从来都是喜欢坐享其成的，在家偶尔带着琪琪到处逛逛抑或者是到黄小培培训班旁边转转。

这回来上海他是有点想找工作，可他那心性也就是想想，除非是工作找到他，让他主动一家一家地找不太可能。

他这一瞎转，一玩就是一个多礼拜，在这里好吃好喝的伺候着，其乐无穷，乐此不疲，但这可苦了住在客厅的苏庆春。

这其中有一天他是晚上值班的，对比起在家里一晚上的闷热和闹腾他甚至感觉值班也不错，虽然一直在忙，但碰到没有急诊会诊或者疑难病例的时候其实偶尔还是可以休息下，最重要的是可以在舒适的温度下休息。

这天下午，苏庆春跟着蔡君梅上四类手术，一台手术下来蔡君梅净看着苏庆春打哈欠了，脸上也顶着熊猫眼。她想着是不是苏庆春最近是真累到了。自从他们把话说开以后，蔡君梅有大手术都会叫上苏庆春，一时间苏庆春也确实比以前忙多了。蔡君梅看着手术做得差不多的时候，她关心地地问道："小苏啊，你最近是不是很累啊？"

"还好。"苏庆春边打哈欠边无力地回道。

"这还好啊，我怎么看你最近老是哈欠连天啊，"蔡君梅说完又补充道，"是不是最近累到了？你待会不是还有一台腔镜手术嘛，要不你就别上了让小徐替你上，下了这个手术回去好好睡一觉。"蔡君梅对苏庆春还是很关心。

"嗨……蔡主任，没事，我以前跟着我师傅一天两三台很正常。"苏庆春笑着拒绝道。

"那你怎么最近看着好像很疲劳的样子啊。"

"我倒不是累到了，主要是没睡好。"

"你不是前天值班的嘛，是一晚上都通宵吗？现在还没睡好啊？"

"倒不是值班的原因，主要是我弟弟他们来上海了。"苏庆春解释道。

"你弟弟来上海不是高兴的事情吗？怎么会搞得你这么累啊？"蔡君梅疑惑不已。

苏庆春也是有苦难言啊，只笑了笑。家庭琐事他不太喜欢往外说。

蔡君梅作为上级医生加上作为女性独有的八卦，又追问道："是你弟弟来了让你晚上没睡好？难不成天天晚上让你陪打牌啊？"

苏庆春看着蔡君梅一直追问，见着手术也稳定了。于是苏庆春就把苏庆福来上海住宿的问题跟蔡君梅说了一遍。

蔡君梅听到后笑了笑："原来是这样啊。那你这样实在不行还是要去开酒店，老这样缺觉肯定不行。"

"主要是离得近的酒店都没房间了，不过他们应该也快走了吧，也来一个多礼拜了。"

"哦，"蔡君梅说完又说道，"你爸妈还挺有福气的，两个儿子都在身边，挺好的，你们现在挤在一起空间是小了点，不过一家人聚在一起也是其乐融融啊。"

"是啊，我们一家人难得住在一起这么久。"

"你爸妈真幸福了，生了你们两个这么孝顺的儿子。"

"嗨……我那弟弟其实也不太省心，一直没什么好的工作，这两年才算稳定开了家店。那已经不错了啊。""其实赚钱不赚钱的都无所谓，说实在这个年代只要不懒，都能过好日子，你爸妈这是子孙满堂，算是安享晚年，多幸福啊。"蔡君梅说道，"我估计你爸妈比我大不了几岁，你再看我，我今年都54岁了，孩子常年在国外，过个年也不回家，就跟没生孩子一样。"蔡君梅似乎打开了话匣子，"你说不回来就不回来吧，早日成家也行啊，可是我这左盼右盼，连个男朋友都没找过，我有时候都在怀疑她是不是跟外面说的那样不喜欢男人啊。"

平时蔡君梅在苏庆春眼里是那种比较严肃而且不爱家长里短的人，今天没想到她会跟自己说这么隐私而且这么家常的事情。苏庆春听到她的说法后笑了笑，安慰道："应该不会的吧，婚姻这事情有时候还是要靠缘分的，急不来。"

"小苏啊,你是不知道啊,我女儿是 86 年的,今年都 32 周岁了。"

"86 年的啊,那跟我弟弟同年。"

"就是说啊,你说你弟弟大儿子都小学几年级了,我这个连个男朋友都没有,急不急人啊。其实我们也不是那么封建的,你说要是她真的不喜欢男孩子跟我们说也行啊,至少让我们知道她一个人在外面有个伴不至于让我们担心嘛,要是真那样,现在科技那么发达,也是可以通过各种渠道要孩子的,我们也不会反对的。只要有个家,生个孩子也让我们有念想啊,也不会那么担心她一个人在外面孤单了,你说跟她一般大的同学好多孩子都打酱油了,真的愁死我们了。"

苏庆春这一听蔡君梅真的想得远也想得多,心想着搞不好人家在外面早有男朋友了只是不愿意告诉家长而已,毕竟现在年轻女性都是以事业为主。看着蔡君梅这都快跑偏的思想他尽力劝说道:"蔡主任,应该没你说的那样严重吧?其实现在很多女性都很独立,想着先拼事业不想那么早结婚而已,或者她早有男朋友了,怕你们催婚就没跟你说而已。再说她没结婚可能还没有找到合适的吧,这种事情也急不来的,宁缺毋滥嘛。"苏庆春笑着说道。

"什么没合适的啊,就是不找,人家都是担心女孩子早恋,我倒好了天天催着自己女儿谈恋爱。""大学毕业后就从来没找过一个男朋友,我和她说是什么不婚主义,真是让人操心,我和她爸爸都快退休了,以后在家里没个孩子真是冷清。"

"不婚主义啊?"苏庆春听到这个词也是很惊讶。

"是啊,你说气人不气人啊。"

"呵呵……不婚主义,这个其实我们可能是老思想,好像现在很多人都有,别说她在国外了,就连我们中国甚至上海也有很多这样的。"

"这些年轻人说得好听是思想开放,说得不好听是不负责任。"蔡君梅没好气地说道。

"话也不能这么说,其实他们也有他们的想法,现在生活压力多大啊,养个孩子也是真的不容易。"

"钱的事情不用他们操心。"

"其实不光是钱,还要有精力,教育孩子才是真正重要的事,没有教育好宁愿不生,其实从这个角度来看他们是比我们更加负责,就像我弟弟孩子倒是生了几个,现在他老婆又有了,但是说实在的他的孩子他真的是只管生不管养的,生了都给我妈带。"苏庆春说道,"所以比起我弟弟这样的,我觉得你女儿的做法是更加的负责,她可能只是还没做好准备而已,再说了现在的年轻人读书多,她又是接受国外教育的,自然想得更加开放一些。"

蔡院长的家事

"开放什么呀，动不动就什么不婚主义，其实她就是跟她表姐学的。"蔡君梅话里都能听出怒气来。蔡君梅本来很少聊她家的事情，今天不知怎的说着还起劲了，继续说道："你是不知道啊，我那侄女都四十多了，你是80年的吧？"

"对啊。"

"那她比你还大三岁呢，也没结婚。"

"哦，那是挺大的了。"

"就是啊，现在人在西雅图一家实验中心做研究员。"

"那工作挺好的呀。"

"她工作是没得说，年薪也高，可是就是个人问题一直没解决，这几年都没回来过，我哥也是愁死了。"

"你哥？您说的这个是蔡院长的女儿啊？"苏庆春知道蔡君梅有个曾经在医院当副院长的哥哥。

"是啊。"

蔡君梅嘴里的哥哥苏庆春虽然不熟悉但也听说过，或者说认识，只是副院长不认识他而已。她的哥哥叫蔡君青，原来也是这家医院，而且是呼吸科的专家，不过早几年就退休了。而苏庆春作为一个普通的医生也只是认识人家是领导，况且科室也不对口，对方自然是也不认识苏庆春的。但苏庆春的师傅跟蔡院长挺熟悉的，就跟蔡君梅一样是从小的交情，所以关于他的事情苏庆春倒知道一些。听说他退休以后去了一家私立医疗机构当名誉院长，也还是在继续着呼吸科的科研工作，可以说他在这个研究领域造诣非常的高。

"哦，原来您说的是蔡院长的女儿啊，你这么说我倒想起听师傅说过他女儿在国外的一家生物研究所工作。听说是很不错。"

"是啊，工作是没问题啊，就是她这个个人问题一直烦人啊。"

"呵呵……她们见识不一样，可能对这个想得比较开！"

"哼，她们是想得开，也不考虑考虑下我们长辈的想法啊！"蔡君梅嗤之以鼻，说完又接着抱怨着，"她就跟我哥一样，轴得很，我那侄女也是苦命，才几岁的时候我哥就跟我那强势的嫂子离婚了，我爸妈那时候也有工作，我哥这工作就更没时间了，还是我那时候读书，偶尔能带带她，其实从小她怎么长大的我都不知道。我哥可以说是又当爹又当妈地拉扯着孩子，这么些年他硬是一直也没再找个伴，早些年说为了孩子不找，后来孩子长大了又说工作忙怕耽误别人，你说这是什么道理啊？"

"哎……他也是让人操心的人。"

"反正吧，他现在年纪大了，我们也不催了，好在他也算是事业有成，不结婚也算是成就了自己的事业吧，但就这个女儿也是操碎了他的心，现在退休了返聘还不是因为待在家里没事做啊。""现在劝他找个伴也还是不找，不知道他咋想的。"

"呵呵……可能蔡院长习惯一个人了吧。"

苏庆春听着蔡君梅这一顿说，才知道原来从头到尾就是她在着急，听她说的，苏庆春猜测蔡院长和他女儿估计都感觉现在状况挺好的。

"哎……这习惯太可怕了，就跟她们俩姐妹一样，最怕她们也习惯了。"蔡君梅担忧道。

苏庆春此时真不知道该怎么说了，毕竟蔡君梅跟他诉说是信任自己，但他真的觉得蔡君梅是自寻烦恼，可也不能直说。于是他连忙岔开话题道："诶……蔡院长那时候我记得独生子女政策好像没那么早啊，我们老家那边跟蔡院长那般大的基本孩子都好几个，两个都算少的，蔡院长那时候思想就这么开放，提前实行独生子女政策了？"

"那倒没有。"蔡君梅迟疑了一会儿说道，"其实我哥有两个孩子，女儿是老二，还有个儿子是老大。"

"哦，原来是这样啊，我一直以为蔡院长就一个孩子呢。"苏庆春这是真不知道。

"你来医院晚，可能就不知道，其实我那侄子也是医生，而且也曾经是我们医院的医生。"

"是吗，还真没听说过呢，就连我师傅也没提起过。"

蔡君梅迟疑了一下说道："嗨……这事情过去好多年了，大家也不想多提了。"

"不想提了？"苏庆春一脸疑惑，猜想着是不是蔡院长离婚了儿子跟了妈妈，也就没问了。可没想到，没过多久，蔡君梅突然说道："我那侄子早在2003年非典的时候就过世了。"

苏庆春听到后震惊了，原本以为蔡君梅是为了回避特意隐瞒家庭关系，没想到是过世了。看着蔡君梅现在似乎都非常伤心的样子苏庆春觉得有些不好意思，连忙致歉道："不好意思啊。"

"没事，事情都过去这么久了，"蔡君梅说道，"说起我那侄子，实在太可惜了，他也是我们家的骄傲。他真的很优秀，刚参加工作就是先进个人，谁知道那年非典来了。"

"非典的时候过世的，难道……"苏庆春没把话说完。但是大家都知道是什么意思。只见蔡君梅点点头。然后缓缓地说道："他26岁就硕士毕业成为了医院呼吸科最年轻的主治医师，一直以来他都很优秀，那年非典来了，我们医院成为了定点医院，他作为一名党员又是呼吸科年轻有为的医生，他义无反顾地冲到了前线。可万万没想到他最后居然感染了。"

"那时候我还在读大学，我记得非典的时候感染了很多医护人员，当时在学校的我们也都很感慨。"

"是啊，那场战役真的很惨烈，现在想起来都犯怵，那病情也发展得太快了，谁都没想到就一个多月的时间人说没就没了！那年他才28岁啊，多么年轻啊。"

"28岁真的是最好的年纪啊。"

"就是啊，而且那时候他才结婚没多久，他老婆以前也是我们医院的医生，那时候我那侄媳妇都怀孕了三个月了。算是遗腹子吧。"蔡君梅说着的时候眼里都泛着泪花。

"哎……真的好可惜，他也真的很伟大啊。"

"是啊。"

"那后来那孩子生了吗？"

"生了，我那侄媳妇人也算不错，她娘家人都建议她打掉，但是她坚持生了下来，这点我们全家都挺感谢她的。"

"是啊，那她挺有勇气的！后来呢？"苏庆春追问道。

"孩子生下来以后我哥本来想带那孩子的，毕竟侄媳妇还年轻，带着孩子也不方便再婚，可我哥跟嫂子离婚早，那时候我哥还是呼吸科的主任，我们的工作你也知道哪里有时间管小孩子啊，其实他带也就只能请保姆带，我那侄媳妇疼惜孩子最后决定孩子她自己带在身边。没过多久我那侄媳妇也辞职了，孩子就被他妈妈带到了国外，一去也是十几年，早些年我哥还会去看他，现在人家再婚了，我哥也不方便去。"

"哦……"苏庆春听到后也非常的感触。

"现在等于这个孙子也是时常见不到的。"蔡君梅说着又叹道，"所以我是很羡慕你爸妈这样子孙在侧的，多幸福啊。"

"听您这么说，感觉蔡院长也是比较辛苦的，我们平时看到的只是光鲜的一面。"

"是啊。"

这时候手术也已经进入了尾声，苏庆春看着蔡君梅也累了便说道："您去休息下吧，手术差不多了，现在交给我吧。"

"嗯。"蔡君梅说着便退出了手术台。

离家出走

手术结束以后苏庆春看着已经五点多了,下午这台手术蔡君梅可以说是畅所欲言,把心里那些不痛快全盘托出了,也让苏庆春更加了解了她,苏庆春猜测或者她是因为自己得了这个病更加忧心家里的事情所以才找他发泄一下。

原来的蔡君梅在他看来一直是女强人的感觉,没想到最近接二连三的事让他也感觉到了蔡君梅的无奈。像蔡君梅这般生活条件优越的人也有着自己的无奈和烦心事,可见生活从来都没有什么万事顺遂,都是各有各的难。此刻的苏庆春更加感觉自己的生活状态其实并没有自己想象的那么糟糕了,毕竟生活本来就是如此。

下了这台手术苏庆春还有一台腔镜手术等着他。这种手术蔡君梅一般都不上,所以简单交代以后她就下班了,只留苏庆春在医院等手术。看着时间也不早了,那边手术台的人还没下来,不知道要等到什么时候,于是他打了个电话告诉何美珍自己不回去吃完晚饭了,也不用他们等。之后他自己去食堂吃了晚餐,回来不久手术室那边也来电话了,台位空出来了,于是他马上又上了手术。

这台手术还算是很顺利,但是做完也已经是晚上将近九点了。这一天苏庆春下午连续站了四个多小时,晚上又是将近两小时,人已经很疲劳了,加上这几天一直没睡好,更加是疲惫不堪。当他拖着身子换好衣服去拿手机时候发现时钟已经显示九点整了!

只是打开手机才发现有十多个未接来电,对于医生来说有这么多未接可是很吓人的,他生怕是自己的病人有问题,连忙打开未接,一看还好没有陌生电话,那就证明不是家属打的,再仔细一看他发现除了第一个七点多是妻子黄小培打的,其他全是母亲何美珍打来的,最近的一次就是刚刚不久以前。

苏庆春一看顿感不妙,心想:这电话打得这么密肯定有什么事情!于是他赶忙想回拨过去,还没等他点击发送的时候手机突然又响了起来。母亲何美珍的电话又来了。

苏庆春连忙接起电话,还没等苏庆春开口就听到了电话那头母亲慌张地声音:"哎呀……莽子,你终于接电话了,你怎么一直不接电话啊!"

"妈,我不是说了在上手术嘛,怎么接电话啊。"苏庆春解释完又忙问道,"是家里出了什么事情啊?这么急。"

"哎……真是烦死了,你现在赶紧打个电话给小培吧。"

"打电话给她?怎么了?她现在还没回去啊?"

"啧……哪里啊,她早回来了。"

"那打电话给她干吗呀?"

"哎……刚刚她跟你爸吵了一架,然后就走了。"何美珍焦急地说道。

"啊?走了?去哪了?"

苏庆春听到后惊讶不已。

"我也不知道啊,我打了她无数个电话也不接,所以只有找你了,你赶紧打电话给她,让她赶紧回来吧。你爸这个人就这样,你好好劝劝她。"

苏庆春听说妻子走了人也慌了,都来不及问原因就连忙挂了母亲的电话,并拨通了妻子黄小培的电话,可是对方却是提示已关机。

苏庆春实在太累了,还要处理家里这一摊子事儿,更加是疲惫不已,他实在站不住了,直接坐到了地上,然后又回拨了何美珍的电话。还没等苏庆春开口,何美珍就问道:"怎么样啊?"

"她手机都关机了。"

"啊?关机了!"何美珍小声念叨,"刚刚还是开机的啊。"

"肯定是被你电话打烦了呗。"

"那怎么办啊?"

"妈,到底什么情况啊?"

"你什么时候下班啊?"何美珍没直接回而是问道。

"我现在就下班。"

"那你下班赶紧去找找她。"

"哎呀……我到哪里去找?你们到底什么情况嘛,为什么吵架啊?"苏庆春无力又无奈地再次问道。

"不是我，这回是你爸还有……哎呀……这一时半会也说不清，具体等你回来再说吧。"

"行吧，我现在就回去。"说完苏庆春就挂电话了。

黄小培是什么性格苏庆春很清楚，这么多年虽然她有时候有些强势但离家出走这样儿戏的事情她从来没干过，自己父亲是什么样的人他也再清楚不过了，他想着这回估计黄小培是真生气了。

于是挂完电话以后他连忙又拨通了黄小培的电话，还是显示关机了，这让他真着急了，连忙换了手术服直接提车回家了。一路上他不停地拨着黄小培的电话，可还是关机。

回到家以后的苏庆春打开门第一时间打量了一下客厅，只见苏铁军和苏庆福他们像没事人一样在客厅看电视，而何美珍则一个人坐在餐厅坐立不安。

何美珍见苏庆春回来连忙跑过去说道："你总算回来了，找到了吗？"

"我哪里知道去哪儿找啊？"苏庆春边换拖鞋边回道。

"那怎么办啊？"何美珍焦急地说道。

"到底发生了什么事啊？"

何美珍看了一眼客厅，苏铁军只斜看了一眼她。于是何美珍眼神示意了一下苏庆春，便慢慢地往自己房间走去。苏庆春知道母亲的意思，是不好当着大家的面说。于是心领神会跟着也去了主卧。

苏庆春刚进门何美珍就把卧室的门关了，说道："这事情说起来就怪你那该死的爸爸，没事瞎打牌干什么呀？"

"打牌？这跟打牌有什么关系啊？跟谁打牌啊？"苏庆春纳闷道。

"还能跟谁啊？不就是老二……"何美珍迟疑了一会儿又补充道，"还有轩轩。"

"什么……跟轩轩打牌？"苏庆春惊讶不已。

"难怪小培会生气，这么大的孩子，怎么可以教她打牌呢。"

"是啊，我哪里知道啊，他们打牌的时候我在厨房做饭，知道我肯定会说他们的。"

"小培就为这事离家出走啊？"苏庆春觉得黄小培虽然会为这事生气，但不至于就走人，于是又问道。

失职的丈夫

"那倒不是,小培当时回来看到他们打牌确实就很生气,但只说了不要教孩子打牌,可是,后来吃完饭小培回房间也不知道轩轩跟她说了什么,她就突然冲出来跟你爸吵起来了。"

"你爸那个人你是知道的,脾气差,声音又大,在家里谁敢说他啊,那小培说他他肯定不高兴了,就跟小培吵起来了,然后吵着吵着小培就走了。"何美珍说道。

"那他们什么原因吵架呢?"

"这个我也搞不清楚,当时我在洗碗,出来的时候就听说什么收钱,拿钱什么的。"

"收钱?什么钱啊?"

"我也不知道啊,还没等我劝小培她就怒气冲冲地走了,现在问你爸,你爸也不说。"何美珍说着又怒骂道,"你爸这个神经病从来就知道惹祸,脾气还臭,我巴不得他赶紧跟着庆福两口子回去,在这里只会添乱。"

"哎……真是无语,没一天消停。"说完苏庆春怒气冲冲地准备离开。

何美珍连忙叫住:"你去干吗呀?"

"还能干吗啊?去问问轩轩到底怎么回事呗。"

"我问了,她说是什么补习费的事情。"

"补习费?"

"是的,但我也搞不懂到底是什么意思啊。"

"行了,我知道了,我去问问她吧。"

"莽子,现在不是找原因的时候,我们现在主要是先找到小培。"

这时候何美珍倒是比苏庆春更加理智。

"怎么找啊?"苏庆春现在也是没头绪,"也从来也这样过,我都不知道往哪里找。"

"找你知道的人问问看啊!"

"小培上海又没亲戚,找谁问啊?"

"她没亲戚在上海总有朋友吧?你打电话问问她朋友看。"何美珍建议道。

"她朋友我也不熟,没一个有电话的。"苏庆春无奈地回道。

此时的苏庆春才发现自己这个丈夫做得真的很不称职,她身边有什么要好的朋友,朋友的电话号码他都一无所知,似乎能跟黄小培联系上的除了她的电话,其他什么都没有。

"那要不打她爸妈电话问问?"

"不要了,小培一般都是对家里报喜不报忧的,这样的事情出了肯定不会告诉她爸妈的,而且现在都这么晚了,也不是什么大事,最好不要让他们知道,免得让他们也担心。"

"那怎么办啊?"

"小区楼下找了吗?"苏庆春问道。

"找了,她刚刚走,我就在小区楼下找了一次,没见人。"

苏庆春无奈地坐在了床上。他再次拨通了黄小培的电话,提示依然是关机的。苏庆春此刻更加心急如焚了,突然,他直接站起来推门走出去了。

"诶!你去哪儿啊?"何美珍追问道。

"还能去哪啊?找她啊,都这么晚了,难道让她一个人就在外面过夜啊。"

苏庆春这话说得很大声,似乎有意说给其他人听的,当然也是说给不称职的自己听的。

"你不是说不知道去哪里找吗?"

"那也得找啊,我先去她补习班看看关门没有。"

"对啊,我怎么忘去哪里了,搞不好小培就去了补习班,那你赶紧去吧。"

何美珍说着已经走到了客厅,并朝苏庆福喊道:"老二,你赶紧跟你哥一块去看看。"

苏庆福听到后很不情愿地站了起来。

"不用了,我自己去。"

此时在房间的苏子轩也听到了刚刚的动静走了出来，喊道："爸爸，我跟你一起去找妈妈。"

"不用了，你赶紧睡觉。"苏庆春说着就用力关上了门。

苏庆春走后，何美珍又打发着苏庆福去小区楼下再找找。

苏庆福不耐烦地说道："刚刚都找了，还去干吗啊？"

"中午吃饿了晚上就不吃了？再说刚刚可能不在，现在又回来了呢！"

"不能够吧？"

"什么不能够啊？"何美珍怒骂道，"你还不愿意去啊，刚刚不是你也不会闹这么大事情出来，我刚都没跟你哥说你嫂子出走你也有份。"

"这跟我有什么关系啊？"苏庆福无辜地看着何美珍说道。

"刚刚你不掺一脚能把矛盾搞得那么僵啊？你就是个搅屎棍。"

琪琪在一旁听着也打发苏庆福："你赶紧出去再找找，哪里那么多事啊，兴许嫂子就在楼下，只是自己不好上来而已。"

"琪琪说得对，你总要给她一个台阶下。"

"好吧，我再去看看吧。"琪琪都发话了，苏庆福现在就是个妻管严，自然是赶紧麻溜地执行，

"见到你嫂子多说好话，"何美珍叮嘱着，说完还是不放心，"算了，我跟你一起去，你这张嘴我真怕你又惹小培生气了。"

"妈，您就别去了，赶紧哄子涵睡觉吧，琪琪又带不了孩子。"

何美珍转头看了一眼已经困意十足的苏子涵拉着已经熟悉的妈妈琪琪的手一脸茫然，虽然人是站着的，但是头已经斜着靠在琪琪的腰上了。再看看苏子轩也是一脸困倦的样子，何美珍也是左右为难。

琪琪看着婆婆确实着急，而且这里毕竟是嫂子的家，他们怎么说都是客人，客人在主人家把主人气跑了，这算怎么回事？于是琪琪便说道："是啊，妈和爸带俩孩子先睡觉吧，我和庆福一起去找找。"

"诶……你就别去了，这大晚上的，你一个孕妇出去多危险啊。"苏庆福连忙否决了。

一直不吭声的苏铁军听到后啧说道："琪琪，你就别去了，外面不安全，这出去出了什么事谁负责啊？"

"就是啊，我会好好找的。"

琪琪听到苏铁军这么说，只好留下。

"琪琪你就别去了，孕妇大晚上出去也不吉利。"

"就是，不就是找个人嘛，我一个人就足够了。"

"那你仔细找。"琪琪叮嘱道。

"知道了。"

"看到了你嫂子千万记得说好话，小培那人就是刀子嘴豆腐心。"何美珍再三叮嘱苏庆福。

"行了，我知道了。"说着苏庆福便关门离开了。

之后何美珍把苏子轩和苏子涵两人叫回了苏子轩的房间，并安抚两个孩子一起睡着了。

真实原因

在苏庆福慢吞吞来到楼下的时候苏庆春已经驱车来到了黄小培所在的补习班,虽然现在已经是晚上十点多了,但是左右街区因为有一些餐饮店还在做夜宵所以这一片还是灯火通明,丝毫看不出已经是晚上十点的痕迹。

苏庆春远远地已经看到黄小培所在的补习班灯还是亮着的,心里一下子就燃起了希望。因为按照补习班的上课时间是晚上九点半就结束了,苏庆春猜测黄小培肯定在里面。停好车以后他快速跑了进去,果然,此时黄小培正坐在之前苏庆春来的时候坐的小圆桌旁,而她旁边还坐着一个穿着比较讲究的女人,这个人正是谢敏,她的样子苏庆春是有点印象的,毕竟曾经一起也算是吃过饭的,虽说是多年前的事情,但黄小培的朋友苏庆春见过的也就那一两个!

此时的谢敏很远就发现了苏庆春,她连忙站起来酸道:"哟……苏医生来了,这真是稀客啊!"说完她还用手小心地拽了拽黄小培。

此时黄小培也抬头看了一眼,马上把头转到另外一个方向了,苏庆春则笑嘻嘻地看着大家并大步走了过去。

"苏医生,你好啊!"

"你好,小敏!"

"哎呀……你居然记得我的名字,我真是受宠若惊啊!"谢敏的嘴巴从来都是这样不饶人,苏庆春一来就是一顿调侃。

苏庆春尴尬地笑着回道:"当然记得。"

"那真是难得啊,我们得有好几年都没见过面了吧!几次约你一起吃饭都没有机会,我还以为您贵人多忘事呢!"

"呵呵……之前确实比较忙。"

"但是再忙家里的事情还是要管好的。"

谢敏跟黄小培是多年的同事又是同学，苏庆春知道她这样说也是为黄小培出气，只憨笑着回道："是啊！我确实工作太忙有些事情做得不太好。"

"知道就好，"谢敏看着苏庆春倒也实在，替黄小培出气了以后也很识相，便说道，"行了，我就不在这里添乱了，你们聊吧。"谢敏说着就离开了。

苏庆春看着谢敏走后就慢慢地挪着步子走到了黄小培旁边并坐在她旁边。

"你来干吗啊？"黄小培斜眼看了一眼苏庆春问道。

"我来替我爸爸道歉的。"苏庆春回道。

"你道什么歉啊？你知道发生什么事情了吗？"

"无论发生了什么事情，我都知道肯定是他不对，我知道你不是个胡搅蛮缠无理取闹的人，"苏庆春这张笨嘴拙舌在黄小培面前最拿手的就是主动服软，绝对不讲道理，先认错，因为他知道跟妻子讲道理永远是讲不过她的。

"你这都气得离家出走了，更加是他的问题了，但是他这个人就是那样的，说话嘴巴从来不把门的，他对谁都这样的，你别太放心上。"

果然，这方法是屡试不爽，苏庆春这话黄小培一听这心里的气就消了一大半了。黄小培横眼看着苏庆春问道："还算你明白状况。我肯定不会无缘无故跟你爸爸吵架，再说跟他吵没意思，只是这次他太过分了，你知道吗？"

"他这回又怎么了？"

"你真不知道？"

"我哪里知道啊，我今天手术做到九点，下班就听到我妈说你离家出走了，吓死我了，哪里来得及问什么原因啊，找你肯定最重要。"

"什么离家出走？我只是临时有事。"

"那你干吗关机啊？"

"那不是被你妈电话烦死了嘛。"

"哦哦……原来是这样啊！"苏庆春问道，"那就好，刚刚听我妈说的吓死我了。"

"不过今天我也是真的气到了。"

"今天到底发生了什么？"

"哎……说起今天这事我就气，我问你啊，你爸最近是很缺钱吗？"

"缺钱？什么意思啊？"苏庆春纳闷道，"他在这里有吃有喝应该不会缺钱吧？"

"还什么意思，要是他不是有什么事情急需要用钱，那你爸就是掉进钱眼里去了，"黄小培说道，"你爸爸为了要钱强迫轩轩跟他打牌，打钱的，就为了轩轩那点零花钱。"

"这不至于吧？"

"不是亲眼看见我也不敢相信，还有啊，你还记得之前轩轩在学校里做作业收钱那招式吗？"

"记得啊！"

"也是你爸爸教的，好处就是得到的利润你爸要分一半，我就说轩轩怎么可能做出那么详细的标准呢。"

"这不可能吧？"

"怎么不可能，这都是轩轩今天跟我说的，要不是你爸爸逼她再用这方法在补习班继续营业，轩轩也不会求助于我。"黄小培怒气冲冲地说道，"你说气不气人啊，他好歹也是爷爷，怎么可以这样教孩子呢？"

"问题是这事情我找他理论他还理直气壮，说这没什么大不了的，这就算了，你弟弟还跟着凑热闹，居然说这想法不错，好无语啊。""说起你弟弟还有件事情我没跟你说呢，他不知道为什么老是来补习班到处问学生他们补习费多少钱，还老是问我一个月工资多少，他到底想干吗啊？他这样也很影响学生们的学习啊！"

"这我真不知道，之前他倒是问过我，我就说没多少。"苏庆春无奈地说道。

"不是，问题是我赚多少钱跟他有什么关系啊，莫名其妙。"黄小培说完又补充道，"还有啊！"

"还有啊？"苏庆春冷汗都出来了。

"当然喽，"黄小培说道，"就你弟弟回来第二天你爸爸就找到我，讲了一大堆什么现在消费太高了之类的东西，反正最后的意思就是跟我说我们给的3000块钱太少了，我猜这肯定也是你弟弟跟你爸爸说的。"

"庆福到底想干吗啊？"苏庆春无奈地叹道。

"你问我，我哪里知道啊，他是你弟弟又不是我弟弟。"黄小培猜测道，"所以我想是不是我没给他加钱所以就打了轩轩的主意。"

"哎……"苏庆春听到这里也是很气,但他们都是自己的家人,面对自己的家人他又能说什么呢?也是无可奈何啊!

黄小培看着苏庆春眉头紧锁也知道他对这个事情也是很无奈,便说道:"算了,我也知道你没办法,但是我可跟你说,他们这样你忍得了,我可忍不了,其他都是小事,但是对轩轩那样绝对不行。"

"行了,我知道了,这事情我会找庆福好好说说的,也不知道他到底在搞什么鬼?"

黄小培听到苏庆春准备去跟家人谈谈,这也是目前最好的方法了,也就放心了。

意外发现

苏庆春看着黄小培这气应该是消了不少，又看了下手机已经快十点半了，便提议道："这都好晚了，我们先回去吧？"

此时谢敏也出来了，看着两人应该谈得差不多了，她也不失时宜地劝道："是啊，小培，你赶紧回去吧。"

"我等你一起吧。"

"不用了，我这里还有个学生等家长过来接呢，还不知道什么时候过来，你先回去吧。"

"陈俊的家长又没来啊？"黄小培问道。

"是啊，最近他家保姆回家了，他家长总是最晚的一个。"谢敏也是无奈。

陈俊这孩子就是黄小培自己班上的学生，他家的情况黄小培多少知道一点，他爸爸是做生意的，一直很忙，父母在他很小的时候就离婚了，这些年一直是他爷爷奶奶带，上学期开始不知道为什么突然他爸爸开始管了，但是说是他管，其实就是把孩子交给保姆而已，什么大事还是要找他爷爷奶奶。

"他爸爸也真是的，说是自己带，我看还不如他爷爷奶奶上心呢。"

"谁说不是呢，嗨……你赶紧回去。"

"要不今天我在这里等吧，这也很晚了，别让你们家老张担心。"

黄小培嘴里的老张就是谢敏的丈夫，可是她哪里知道谢敏的丈夫已经好些天都不回家住了，哪里会管谢敏晚上回不回家啊。

"没事，我习惯很晚睡，他也知道我工作性质，你们赶紧回去吧。"谢敏对于家里的私事还是硬撑，从未透一丝信息。说完她又走进了教室，其实也是有意回避刚刚的问题。

正在黄小培纠结的时候苏庆春的电话又响了，一看是何美珍打来的，他又补充道："你看，妈又来催了。"说完他便接起了电话。

黄小培看着这架势，想着回去就回去吧，于是她走到前台准备收拾包。

正在此时门口走进来一位女士，看着大约三十岁不到，只见她穿着宽松的裙子，挎着普拉达的限量版包包，脸上画着精致的妆容。

黄小培忙打招呼："你好！"说完连忙走向前，并继续说道："有什么事情可以帮你吗？"说完她才真正与对方对视，突然，她发现这个人怎么有些眼熟，她疑惑地问道："你是不是乐平云的老婆啊？"

虽然此时眼前的女人比之前黄小培看到略微胖了一些，但是乐平云的妻子当时跟她有过对话她记得很清楚她脸上侧面的一颗痣。

对方被黄小培这么一问，吞吞吐吐起来："你是？"

"哦，我就是乐平云的同学啊，你忘记了，就是五一的时候我们还在迪士尼乐园见过的，记得吗？"黄小培尽力解释道。

"哦……"对方脸色一下子变了，但也算是默认了。

看到她的回复黄小培更加确认了自己的猜测，想着她应该是来找乐平云而又错了地方，于是她连忙说道："你是不是找乐平云啊？"

"他不在这里，他在那边。"

黄小培积极地帮着指正方向。

此时对方更加尴尬了，好在谢敏出现了，她看到了那女子，说道："诶……陈俊妈妈，你总算来了！"

"陈俊，赶紧出来吧，你妈妈来接你了。"

李青看到谢敏赶紧走向前说道："谢老师，我接俊俊回去。"

"麻烦你下次早点，就剩他一个人了。"

"我知道，下次会注意。"

话说着的时候陈俊已经背好书包走到了谢敏旁边。看得出来陈俊更愿意亲近谢敏而不愿意靠近他的"妈妈"。李青看到陈俊出来连忙拉着他迅速从黄小培身边离开了补习班。而一旁的黄小培凌乱了，一时间都来不及问李青到底什么情况，只呆呆地看着她离开。

谢敏看着黄小培的样子，以为她还在跟苏庆春怄气，看着还在打电话的苏庆春，她小声说道："好了，他人也来了，差不多得了，说到底也不是他的问题，问题还在他家人身上，让他回去好好说说就行了，别伤了夫妻之间的关系。"

821 | 意外发现 |

"不是……"黄小培还处在刚刚的震惊之中没有抽离出来。

"什么不是啊，赶紧回去吧，我可要关门了。"

此时苏庆春也挂了电话，谢敏连忙又说道："赶紧把你老婆带回家吧，再不回家我可没时间陪了。"

"知道知道。"苏庆春笑嘻嘻地回道。

"走吧，小培，你看现在补习班也要关门了。"

"不是，你刚刚看到了那个进来的女人不？"黄小培问着苏庆春。

苏庆春回忆了一会，看到了，不过没注意。

"那人不就是乐平云的老婆嘛。"

谢敏听着黄小培的话，看她这是气糊涂了。笑着说道："我说小培，你这是气傻了吧，刚刚那个是陈俊的后妈。"

"后妈？"黄小培纳闷不已，小声嘀咕着，"难道世界上真有这么长得这么像的人？"她再一想刚刚对方的反应，又觉得不对。"不对，我一定没看错，她这个后妈是什么时候结婚的啊？"黄小培追问道。

"这谁知道啊！"谢敏笑着回道，而后又觉得黄小培的表情有些不对，她又补充了句："应该是不久前吧，我也是听陈俊奶奶说的。"

"你还记得乐平云老婆下巴这边有颗痣吧？"黄小培朝苏庆春问道，"就这里啊。"说着她还按照自己的脸比画了一下。

苏庆春回忆了一会，回道："好像是吧。"

"就是啊，刚刚那个人肯定是乐平云的老婆，她进来的时候我也能感觉到她认出我来了。"黄小培继续说道："可是她怎么就成了陈俊的妈妈呢？"

"难道？乐平云离婚了？"

"那也不至于这么快吧！"苏庆春说道。

"为什么呀？"黄小培问道。

"刚刚那个人虽然我没看清，但是我隐约看到了她的肚子，应该是已经怀孕三个月了。"

"真的假的？"黄小培诧异道。

"她怀孕倒是真的，这个我也听陈俊奶奶说了，就是这个女人怀孕了，所以着急结婚了。"谢敏说道。

"三个月？"黄小培说道，"难道我们之前碰到他们不久就离婚了？"

黄小培还是非常坚持见到的就是乐平云的老婆。

回家

谢敏看着黄小培这么坚定,再结合陈俊奶奶描述的陈俊后妈的情况,她也开始怀疑了。"你说的是真的?"

"当然了,你刚刚没出来之前我还跟她聊天了,她明显也认出我来了。"

"那按你这么说乐平云应该早在五月份就离婚了。"

"按你说的刚结婚两个来月那就是五月份我刚刚碰到他们不久就离婚了,搞不好上回我们吃饭的时候她没来就是已经离婚了。"黄小培越想越觉得细思极恐,"不对啊,就算是那时候离婚了也不至于就已经有三个月身孕了啊!"

"难道……"黄小培没往下说,但是作为成年人大家都知道是什么意思。

谢敏看着黄小培,说道:"难怪见他老婆一面,他老是推三阻四的,原来是这样的原因啊,难怪了……"

"你是说乐平云有意隐瞒离婚的原因是因为他老婆婚内出轨觉得太难看?"

"那不然呢?你看瞒着我就算了,连你也瞒着可见他是真的觉得太难看了啊!"

"哎……这样的事情确实是太难看了,不过也不是他的错,也没什么不好说的。"黄小培说道,"何况我们都是同学,也没必要瞒着呀!"

"嗨。各人有各人的想法呗。"谢敏听说乐平云离婚了,这心里有说不出的感觉,特别是他离婚这么久还能一直隐瞒着,让她感觉更加不一样了。

"那你说这碰到他老婆,不是,他前妻的事情要不要跟他说啊?"

"说什么呀,人家离婚都没跟我们说,你认为他会愿意听到你看到他老婆跟别人结婚的事情吗？"

"可是毕竟他也在这里，他前妻老是来接陈俊，难免会碰到啊。"黄小培担忧道，"那到时候多尴尬啊。"

"放心吧，她这回碰到你了肯定不会再来了。"谢敏猜测道。

"也是，再见面，我都觉得尴尬了。"

"就是啊，要是真跟你说的一样，傻子才会再来。"

"那谁来接陈俊啊？他家保姆不是请假回老家了吗？"

"这她自有办法，不用我们操心，实在不行，搞不好她直接给陈俊转补习班了呢。"谢敏继续说道，"行吧，你们早点回去吧，也不早了。"

"就是啊，别人的事情你就别操心了。"一旁的苏庆春早就想走了，他做了一天的手术已经困得不行。

之后黄小培便和苏庆春一起回家了，等他们回到家的时候已经晚上十一点多了，家人也都睡了，只有何美珍还在客厅等着。

何美珍听到开门声连忙起来了，发现黄小培也回来了，这颗心也踏实了，便说道："你们赶紧睡觉吧，不早了。"说完她又回头说道，"对了，明天老二他们回老家了！"

"啊？明天就回去啊？"苏庆春问道。

"是啊，他们早该回去了，在家里你这住也住不好的，给大家也添乱，明天我让他把子涵也带回去了。"

"那谁带子涵啊？"

"他们自己带呗。"

"庆福不是开店做生意嘛，怎么带啊？"

"他这回来就是店盘出去了，我盘算着，反正他没事做，琪琪这身体状况也需要人照顾，还不如他今年直接在家找点事，顺便照顾琪琪。"何美珍说道。

"哦，那也行。"

何美珍转身的时候又强调了句："明天你爸也回去。"

"啊？你让他走的啊？"苏庆春问道。

"没有，这回倒是他自己要走的。"

苏庆春听到后看了一眼一旁的黄小培。

黄小培一听，突然觉得是不是因为自己的事情所以公公也走，虽然她心里一直不喜欢公公，但是经过吵架以后他走了，总感觉自己是个罪人似的，这心里听着也不太舒服。

"其实今天我也没有别的意思，只是希望他不要那么教孩子而已。"黄小培小声地解释道。

"嗨……小培，你也别放心上，你爸这个人就那样，他要回去就回去呗，正好，以前我就巴不得他走，现在难得他主动提出来，也是好事，他在这里也就是添麻烦，回去了我也舒服点，省得他在这里天天骂人。"何美珍这心里确实是真高兴苏铁军要走，他在这里是真的给她添了不少麻烦。

"那也行吧，那我现在给他们买票。"苏庆春说道。

"你别费心了，我听庆福说已经在网上买好了票，明天上午十点的。"

"十点啊，我明天上午有个手术可能送不了他们了。"苏庆春朝黄小培交代道，"要不明天你给他们打个滴滴吧。"

"好！"

"不用了，他们自己这么大了，自己会打车，你们就别管了，赶紧去睡觉吧。"

"我知道了，妈，你也赶紧去睡吧。"

何美珍离开客厅以后，黄小培便去洗澡了。

等她出来的时候发现苏庆春已经累得在沙发上打着呼噜。

黄小培这心里一下子有些负罪感，她慢慢地走到沙发旁，小声喊醒了苏庆春。

"洗澡了！"

苏庆春睁开眼睛时眼里全是红血丝，可见他是真的累了。他睡意蒙眬地回道："哦！"然后缓缓地坐了起来。

黄小培小心地朝苏庆春说道："诶……你说你弟弟他们突然说回去是不是跟今天的事情有关啊？"

"谁知道啊，可能吧，"苏庆春说完又补充道，"你就不要管了，管他是不是呢，回去就回去吧，回去也好点，我这几天在沙发上睡得也是腰酸背痛的。"

他们回去了也解放了苏庆春，终于有可以睡觉的床铺了，而且父亲苏铁军在家里确实没少惹事，闹出矛盾来，走了也好，家里也安生了。

"我想了想今天这事情，无非还是你爸想要钱，现在庆福回去了琪琪也没上班，他们也没啥积蓄，我在想爸是不是因为这个而想要多加钱啊?"

"不知道。"苏庆春真没心思想这样的事情。

"之前给的3000块钱我想了要是他们真觉得不够,那从下个月开始就给四千吧,正好庆福他们回来了,子涵也不用妈带了,以后妈也可以安心在上海给我们带子轩,估计这样他们应该也不会有意见,你觉得呢?"黄小培说道。

对于钱的事情苏庆春从来没有太多想法。"行啊,你觉得怎么办就怎么办吧,"说着苏庆春打起了哈欠,"我要去洗澡了,实在是太累了。"

"去吧!"说着黄小培也回房间了。

表白遭拒

第二天早上,由于要赶火车苏铁军和苏庆福起了个早,稍微收拾了一下就走了,苏庆春太累了,等他稍微眯了一会儿准备起来的时候发现他们人已经走了。

这招呼都不打就走了也是苏铁军在置气,而苏庆春上午很早就有台手术,也没心思想那些事情,只简单地洗漱完就去医院了。

苏铁军走后苏庆春一家终于解放了,黄小培他们也终于可以回自己房间睡个踏实觉了,再也不用每天看着苏铁军那板着的一张脸了,更重要的是他们终于又回归到了原来的生活状态。

而补习班里真如谢敏预料的一样,没过两天陈俊就不来补习班了,退班的时候都是让他奶奶来的,理由就是下学期要转学了,不再来这里了。

陈俊这"后妈"的一顿操作更加佐证了黄小培的猜测。黄小培和谢敏面对这一情况觉得最难的还是见到乐平云该怎么处理?而乐平云本人呢,自从上回叫黄小培吃饭遇到了苏庆春就很自觉地避嫌了,他是个很自律和懂分寸的人,不然读书那几年知道黄小培有了男朋友也不会把自己对她的好感隐藏得那么深。

现在看到黄小培和苏庆春两人感情很好,即使是自己已经离婚了也不想去打扰到她。所以那次的尴尬遇见以后这些天再也没见他来补习班找黄小培了,而黄小培自当是以为乐平云在忙,不会多想,不过他不来反倒是减轻了黄小培的负担。

以黄小培的性格,乐平云要来了,她还真不知道该怎么跟他说他前妻的事情,装作什么都没发生黄小培真的做不到,总觉得那样是对朋友的欺骗。

在处理感情问题上,黄小培反而没有谢敏稳重和有经验,谢敏虽然一向对很多事情不上心，当然也是因为她天生的家庭条件优渥让她不需要操心一些事情，但是在感情方面谢敏却总是遇人不淑。

对乐平云这事情谢敏可是看得很清楚或者说她因为自己的处境更加懂得乐平云现在的心情，作为朋友，此时的不过分关心才是对他最大的尊重。

这句话是谢敏告诉黄小培的，意思是让她不要跟乐平云提起这事情，也不要旁敲侧击，假如作为朋友，谢敏这样的处理方式是没错，可是谢敏对黄小培这么说更大的私心还是来自于自己对乐平云久久不能割舍的那一丝丝爱情。

这时候乐平云越不说，谢敏知道他越在意这事情，表现为越淡定证明越放不下，此时表面风平浪静的乐平云内心谢敏猜测应该是最寂寞的时候。她不让黄小培去关心也是怕乐平云再度对黄小培产生好感，这样的机会她自然要亲自上。所以在得知这件事情后的某天晚上，谢敏突然拨通了乐平云的电话，约他出来，只说自己有事。

乐平云因为之前两人的关系本来想回避的，但是电话里听着谢敏的声音像是喝了很多酒，他感觉情绪不太好，于是答应了她。

原来这天晚上是谢敏的丈夫事隔一个月再次踏进家门，不为别的，只说想离婚，那边小三孩子刚刚出生了。

谢敏此时正在自己的家里喝闷酒，自从她发现丈夫的事情以后就把孩子送到了娘家住，此时家里就她一个人，她见到乐平云就是一顿诉苦，把自己的状况也是全盘托出。

借着酒兴她慢慢地坐到了乐平云旁边，尽管如此，乐平云还是保持着该有的礼貌和绅士风度，很自觉地跟谢敏拉开距离，安慰道："那是他的错，你完全没必要这样难为自己，喝多了酒对自己身体也不好。"

"反正也没人关心我，喝醉了就喝醉了。"

"你不能这样自怨自艾啊，为了别人的错误来惩罚自己真的不值当，别喝了。"说着乐平云抢过她手里的酒杯。

此时的谢敏醉意蒙胧地反问道："难道你就不恨那些出轨的人吗？"

"出轨的人自然是可恨的，可是保重自己的身体才是最重要的。"

"哼……你就真的不恨？"谢敏瞪着乐平云，那眼神感觉能杀人，

"你什么意思啊？"乐平云反问道。

"没想到都到这时候了你还能藏得这么深。"谢敏讥笑道，"你这是为

什么呀？就那样的人值得你这么去维护吗？""还是说你怕我笑话你吗？我不会笑话你的，错误的是她，不是你。"谢敏说这话的时候人身体都快靠到乐平云肩上了。

"你什么意思啊？"乐平云警觉地站起来问道。

"你紧张什么啊？难道我说错了吗？"谢敏继续说道，"别装了，你老婆前几天都到我补习班来接她的继子下课了，而且我看她现在都怀孕几个月了，别说你不知道啊？"

乐平云之前虽然隐约能感觉到前妻身体上的变化，但是她真正有没有怀孕他是真不知道，现在听到谢敏这么说不可能没有感觉。但已经离婚了，他也不想再提这事情。

现在既然谢敏都知道了，也就不想再隐瞒，便说道："你已经知道了，那她已经有了继子自然是已经结婚了，跟我也没关系。"

"可是小培明明说劳动节的时候还看到你们夫妻好好的，那她不就是婚内出轨嘛，这你都能忍？"谢敏继续逼问。

"犯错的不是我，我问心无愧就好，至于别人，那是他们的事情，他们能够过得心安理得也是他们的事情。"

"你就不曾想过用同样的方式惩罚他们？"谢敏此时已经暗示得很清楚了。说完她又把手搭在乐平云的肩上，并用妩媚的眼神看着他。

乐平云看着今天穿着暴露的谢敏，也已经知道她今天找自己来的真正意思了，他再次挪开了自己的身子，并说道："小敏，你醉了，赶紧去睡吧，很晚了，我也该走了。"

"平云，这么多年，我对你怎么样你是知道的，既然你已经离婚了，你还怕什么呢？"谢敏说道，"这难道不是老天给我们的机会吗？"谢敏再次紧逼。

"我不会用别人的错误来惩罚自己。"乐平云只淡定地回道，而后便离开了。

谢敏的再次表白又以失败告终。

建房子

苏铁军走后这些天黄小培和苏庆春各自忙着各自的事情井然有序，而其中一天黄小培也迎来了补习班开办以来的第一次发工资。

原来谢敏承诺的是最初的三个合伙人平分利润，但是计划赶不上变化，再加上他们之前对补习班的情况也了解得少。补习班一般都是先收钱再上课或者还有预交一部分钱的，所以按照之前的核算方式也不合理，加上规模扩大又增加了很多工作人员，所以在分利润方面谢敏反复研究，又找了最初的两位老师商量了下，这第一个月每个人都只发一万工资，其他所有的钱都留到八月底，从八月份开始他们三个也跟雇佣的老师一样底薪加课时费，值班费另算，剩余的利润再分成。

黄小培他们自然是同意，毕竟当初他们没有付出什么成本。现在补习班的工作让黄小培越干越有斗志了。

时间过得很快，转眼就八月中旬了，突然有一天，黄小培推门回家发现公公苏铁军出现在客厅沙发的老地方。

黄小培真是惊讶不已，之前可没听说公公会来。

"诶……爸，您来了？"黄小培笑着喊道。

"嗯……"

苏铁军转眼看了一眼黄小培应了一声仍继续看电视。

"子涵和庆福他们来了不？"黄小培东张西望，笑着问道。其实她是紧张，生怕他们又来。

"他们没来。"此时何美珍已经从厨房里端了一盘菜出来了，回道，"他们来干吗啊，就你爸一个人来了。"

"哦……这样啊！"黄小培这心里可是松了口气。

"怎么爸来了也不跟我说一声啊，我好提前给他买好票啊！"

"嗨……他这么大的人了还不会自己买票啊，再说了，庆福在家呢，不用麻烦你。"何美珍回道。

其实黄小培哪里是真的想给苏铁军买票啊，她只是觉得公公这回来得突然客套一句而已。

"小培，莽子马上回来了，你也准备洗手吃饭了。"何美珍说道。

"哦，今天他这么早回来啊。"

"是啊！"

话说着的时候门正好就开了，进来的正是苏庆春。

"诶……刚说你，你就来了。"黄小培调侃道。

"爸到了不？"苏庆春问道。

"来了。"黄小培点点头。

"哦……"说着苏庆春便走到客厅跟苏铁军打了个招呼。

苏铁军依然是老样子，点头示意了一下，仅此而已。

苏庆春也没多说啥便去洗手吃饭了。

饭后黄小培实在是想不通公公这突然回上海是啥意思，洗完澡便回到房间纳闷地朝苏庆春问道："怎么你爸回来也没听你说起过啊？"

"我也是上午的时候才听我妈说的！"

"那之前也没听妈提起啊！"

"她也是今天庆福打电话才知道的。"

"临时来的啊？"黄小培好奇道。

"不知道，应该是吧。"

"这么奇怪？你说是不是他在家里跟琪琪他们吵架了，所以才来上海的吧？"

"应该不会吧？我爸对琪琪是比我们两兄弟都好，而且琪琪对我爸也一直不错，应该不会。"苏庆春边看文献边回道。

"那他怎么突然会来上海啊？太奇怪了吧！"黄小培小声嘀咕着。

"可能是因为建房子的事情吧。"苏庆春猜测着。

"建房子？建什么房子啊？"黄小培连忙问道。

"其实这事情具体我也不清楚，我也就前几天听我妈说起过一点。"

"她怎么说啊？"

"好像是说我们老家准备开始建设新农村，我们村里很多老房子都要推翻了重建。"

黄小培一听，激动地问道："啊？那不是拆迁啊？"

"好像是！"

"那不建房子有钱补吗？"

苏庆春看着黄小培激动的样子，就知道她理解错了意思，连忙解释道："不是，跟你想的不一样。"

"我说的这个就是把村里一些密集的老房子统一拆除，所有村里的人都可以在那里建，但是除了这次机会以后都不能私自建宅基地。""不过我家是后面建的，建到了比较远的地方，不在规划的范围，但是听我爸的意思是想趁着机会在村那里建。"

"那要自己出钱不？"

"当然要咯，说是要20到30万左右，装修费肯定还不算，其实说白了这就是国家规定建统一标准的房子，但是还是我们自己花钱而已。"

黄小培一听要另外出钱，便说道："那要另外出钱就算了吧，反正老家也很少去住，而且我们的老房子又没拆，那些老房子拆了的是没办法，不建不行，我们这个另外花二三十万完全没必要。"

"是啊，我也是这个意思，老家又不去住，而且我们老家那房子也是九几年建的，偶尔回去完全可以住。"

"就是啊。"黄小培呼应道

"不过听庆福的口气是他们想建。"

"他们居然会想建？他们不是嫌弃老家不好才在镇上租房子住嘛。"黄小培好奇不已。

"是啊，这回谁知道他们咋又变了，其实我觉得在老家再建一栋房子还不如拿这钱在老家镇上买套房，之前听说我们那里镇上一套100来平方的房子也就二十来万。"

"是吗？这么便宜！那还真不如买套房子，这样也方便以后子涵读书，或者他们有这些钱还不如到县城付个首付买套小点的房子，这样从长远的角度来看对子涵读书肯定是好的。"

黄小培考虑问题都是先考虑哪里对孩子教育好。"庆福他们想建房子，看来这回他们在广东开店是赚到钱了。"黄小培又笑着补充道。

"应该是吧，不过他们也是该买房子，也老大不小了，这眼看琪琪还要生老二，一直租房也不是办法，要是有钱肯定是早买比晚买好。"

"就是吧，子涵也马上读一年级了。"

"是啊，不过你让他按揭去县城买就算了吧，就庆福那个心性，按揭每个月要还钱，他三天打鱼两天晒网的，到时候估计这按揭费都是让爸妈还了。"苏庆春以对弟弟的了解分析道。

"那倒也是。"

别有用心

翌日便是周六了，上午查完房没有什么事情苏庆春就回家了，而黄小培的补习班是周末会更加的忙碌。赶在午饭前回家的苏庆春难得可以在家里坐坐。

此时同样坐在客厅沙发上的苏铁军则明显不同于往常，他见到苏庆春回来了马上神神秘秘地进了厨房，原本苏庆春也没太注意，不一会儿母亲何美珍和苏铁军一起从厨房出来了，并走到了苏庆春面前，苏庆春这一顿莫名……

"怎么了？有事？"苏庆春问道。

"呵呵……之前我不是跟你说过老家建房的事情嘛！"何美珍边说边坐了下来。而苏铁军则又回到了他的老位置坐下。

苏庆春转头看了一眼父亲，只见他难得地朝自己笑了笑。苏铁军一般很少跟苏庆春说话，有事也是让何美珍转达，此时苏庆春已经明白了母亲这回也是来转达"圣御"的。

"是啊，怎么了？"

"你觉得可行不可行啊？"

既然母亲问到自己的意见，苏庆春自然就把昨天跟黄小培聊的想法都告诉了大家。最后还补充了句："其实这事情既然是庆福买房，只需要征求他的意见就行，我们也就是给给意见的。"

"什么庆福买啊，他哪里有这个能力啊。"何美珍直接否决道。

从始至终黄小培和苏庆春都默认为苏庆福执意要建房是他自己有这钱，仅仅是在考虑要不要建而已。听到母亲这话苏庆春才明白原来建房子是要他出钱，父亲这突然来上海，也让他终于知道所为何事了。

何美珍看苏庆春没说话，然后又看了一眼苏铁军，继续说道："莽子，你看你们虽然很少回家，但是偶尔回家总是要有个住的地方吧？老家那房子虽然还在,但是我们好几年都没回去住了,根本没法住,镇上我们也不能一直就租房子吧?要是真跟你说的那样老家有房子没必要再建,但是可以考虑在镇上买房子,镇上我们生活也习惯了,真让我们回老家住还觉得冷清呢。你说是吧?老苏!"

"是啊,镇上买也好的,都熟悉了,生活也便利。"

其实这些话都是昨天晚上苏铁军怂恿她说的,原本何美珍也是一百个不愿意,但是一想到琪琪这第二个孩子都快要生了,还没有个落脚的地方,也确实不容易。现在趁着自己在这里帮忙,看下老大能不能帮点忙,不然就靠老二,估计孩子长大了房子都买不起。所以何美珍也就答应了,而苏铁军给出的要求也是唯一的,就是一条,房子必须买,至于是老家建还是镇上买他都无所谓。

说白了这件事从头到尾都是苏铁军一手策划的,什么苏庆福想买房子,这都是苏铁军和苏庆福商量好了的说法,而他本人就压根没想过买什么房子,对他来说房子不房子的真的没那么重要,反正老家有房子,再不济住老家就得了,他对生活条件还真没那么讲究。

他最在意的就是钱,养老的钱,这才是他最踏实最安全的事情。而这个以买房子而起的幌子得来的钱他就是为了投资。

这还得提一下之前的那个投资公司项目,那天看了以后他可是深信不疑,一直想着该怎么去多弄点钱好生更多的钱,而之后跟苏子轩打牌要她继续干之前的赚钱买卖也就是为了钱。

之后他又假借跟黄小培吵架回家也是借着这个机会回去把老家存的定期取出来好来上海投资,这些天他和苏庆福在家里净想着该如何从苏庆春这里名正言顺地弄到一笔钱。

老家拆了房子建新农村是真的,也就是听到这个风声才让他心生此计。这一切都在苏铁军的计划里,而何美珍却真的以为他们要买房子了。苏庆春就更加不知道这里面的真正缘由了。

何美珍也懂苏庆春的不容易,连忙又说道:"莽子,你弟弟的情况你也知道的,他那个人没什么本事,干什么也都干不长久,要靠他一个人买房子真的很难,你作为哥哥的帮帮他,你们就这两兄弟了,你不帮他,他真的过不起来。我想过了,这房子的钱肯定不能让你全出,我知道他那个店不干了也拿到退了的一些钱,这房子真买了你们大家各出一半,那房子的名字啊,就写我和你爸的,等我们过世了你愿意要回去就卖了,钱你们还是平分，要是你觉得看不上你愿意房子留给你兄弟你就留，都随你。"

母亲话都说到这分上了，苏庆春还能说什么呢？他自知这房子他买是没有任何作用的，说是给父母买，说白了就是帮弟弟苏庆福买房子，但弟弟就这个能力，真的就像母亲说的一样，他就这么一个弟弟，他不帮，谁能帮啊。

可他自己的经济实力他也是知道的，之前为了帮庆福开店，他都是绞尽脑汁，而且也是碰到去年医院效益还算不错，发了点奖金才算凑齐，现在自己因为之前医疗纠纷的事情工资才算正常发放，这又要钱是真没有了。

"妈，你说的意思大概我明白了，但我和小培在上海这些年也没赚到多少钱，也就勉强供这房子，再要多拿出点钱真的不容易。"

"我知道你们也不容易，要不你和小培商量一下看看。"何美珍说道。

一听说没钱苏铁军就说道："要是你没有，你不是也有朋友嘛，那些医生同事什么的，向他们借点，他们肯定有钱的。"

苏庆春从来不愿意麻烦人，别说是为这事了，就连当初他自己买房了也只找了郑飞虎借钱，而且现在这世道，借钱也不是你想借就能借的。

"借钱哪里那么简单啊。"苏庆春无奈地回道。

"那你们总是要想办法的嘛！"苏铁军直接把责任推给了苏庆春。

"行吧，我先跟小培商量一下吧。"

"还商量啥啊，又花不了几个钱。"苏铁军瞥眼看着苏庆春不耐烦道。

"那肯定是要跟小培商量的，这买房子怎么着也是大事。"何美珍在旁说道，"那就等你跟小培好好商量一下再说吧。"

巧舌如簧

苏铁军本来这钱就不是真用在买房子上而是急着投资去的，哪里等得了啊。"还商量个啥啊，人家房子也不等人的。"苏铁军焦急地说道。

"买房子这样的事情不至于这么急吧？"何美珍反问道，"你以为是买菜啊？"

"你懂什么呀，这些天我都跟庆福到处看得差不多了。"苏铁军说道，"就差钱到位了。"

"你之前不是说打算到村里建房嘛，怎么镇上的房子你们也看了？"何美珍疑惑不已。

苏铁军迟疑了一会儿回道："你以为我跟你一样傻啊，这镇上买房子的事情我早就想到了，不然你以为我这半个来月在家干吗啊？镇上合适的房子我早打听得差不多了，房价什么的也问清楚了。"

苏庆春这一听，父亲这回来哪是商量是否买房子的事情啊，那就是让自己拿钱的。现在的他是骑虎难下，似乎不得不出这个钱了。他只有无奈地回道："我们现在的情况确实也没多少钱。要是您真的要买……"

苏庆春还没说完，苏铁军就回道："肯定是要买了，不然我们住哪里啊？"

苏庆春看着父亲的表情，似乎不买日子就没发过一样，他真想回过去一句：以前怎么住现在就怎么住。但是他又想到自己的母亲，这么多年也是辛苦了。还是算了！

"行吧，要是真的必须买，那我觉得要不就把你们现在租的房子买了吧，不是过年就听庆福说那房东要卖吗？说是二十万，我觉得这个价格差不多，我们各出十万，正好那边你们也住习惯了，也省得搬了。而且那边是一楼，妈腿脚不好，买那里生活各方面都很方便，等过几年有钱了再简单地装修一下。"

何美珍一听,连忙响应:"对啊,买那里挺好的,周边的邻居也都熟悉,我平时也不用走楼梯,还是莽子想得周到。挺好,挺好!而且现在暂时还省了装修费。"

"好什么好啊,那里一楼,湿气重的要死,而且也好老,买房子肯定就买好点的啦。"苏铁军一脸看不上的样子。其实他不是看不上那房子,而是看不上那房子的价钱,太低了,不够他讹人的资本。

"哪里湿气重啊,我们以前在老家谁不住一楼啊,也没见谁说湿气重。"何美珍反驳道。

"那是以前人没有意识,既然要买房子肯定要买好点的。"

"买楼层高的我这腿脚也走不了啊!"

"那可以买二楼和三楼啊,总比一楼强啊,有一套房子镇政府那边新建的,我之前看了在二楼,特别好,价格也挺好的,一百四十平才三十万,四室两厅。"

"三十万,太贵了,再说要那么大干吗啊?"何美珍一听价格就不同意了。

"你懂什么啊,大房子有什么不好啊,到时候轩轩他们过年回老家不要住啊,我们自己就要三个房间,四个房间才刚刚好。"苏铁军解释道。原本他就是让何美珍来劝苏庆春的,没想到她倒反对起来了,于是他又是一顿怼:"你不懂就不要在这里瞎掺和,这个地方大小才刚刚合适,难道还跟这里一样挤在这巴掌大点的地方啊。"

"那房子大谁不知道住得舒服啊,还用你说啊,但是大不也贵啊,钱不是你赚的你倒是说得轻松。"何美珍怼道,"再说了你不都说老二就只有八万块钱嘛,那这房子三十万哪里买得起啊。"

"想办法嘛。"

"怎么想办法啊,既然都说好的两兄弟各出一半那就是各一半。"何美珍继续说道,"再说了,老二说得好听出八万,那钱说白了还不是莽子之前借给他的啊!说得好听大家各出一半……"

这会黄小培也不在这里,何美珍有什么话也就直言不讳了,其实她原本对买房子这事情就有点微词,但是看在老二真的是没能力的分上才答应来劝说一下大儿子,可是看到苏铁军趁机打劫,非要买什么四室两厅的大房子她就不乐意了,这说是30万大家一起出,但是要真买了,老二什么能力她知道,剩余的钱还不是要让老大出。这件事情其实大家都是心知肚明的。

"你不会说话就闭嘴……"苏铁军被何美珍气得没话说了，只恨不得把何美珍的嘴巴缝上。

"我是实事求是，都是我儿子，我谁也不偏袒，你也别当大家是傻子。"何美珍回怼道。

"你什么意思啊？我偏袒谁了？"

"偏袒谁，这不是一清二楚嘛。"

眼看着两人争得面红耳赤，似乎马上又要打起来了，这样的场面苏庆春实在不愿意看到。看母亲为这事跟父亲又杠上了，他也知道是为自己好。他大声喊道："行了，你们也别吵了，这事情我会跟小培商量一下的。"

"妈，那房子在一楼，确实是湿气重，您关节本来就不好，刚刚是我考虑不周。"

"嗨……没事，我之前不都这么住的嘛！要买就买那20万的，要不就不要买。"何美珍发话道。

"既然都买了，就买好点，"苏庆春说道，"爸说得也没错，既然一楼湿气重最好还是找个高一点的，妈你腿脚也不好，也不能太高了，最好能找个二楼或者三楼的，贵一点就贵一点。"苏庆春考虑得还是很周全，特别是母亲的实际情况。

"你看看，还是莽子细心，那我赶紧打电话跟庆福说一下，让他和那个老板说下。"苏铁军说道，

"不过我们那边房子看好了就马上要交钱的，好的房子也不是等着我们的，所以这钱估计要提早准备了。"

"不着急，这事情我肯定要跟小培商量一下的，这事情也不是小事，而且我们身上也确实没什么存款。"

"就是，你急个啥啊，买房子急不得，可以再多看看，而且这事肯定要跟小培商量的，买房子也不是儿戏，是大事，你好好跟小培说说看。"何美珍应答道。

苏铁军这钱急着拿去投资的，可是着急。"那你尽快啊，我们老家房子也抢手，别到时候看到了又被别人买了。"苏铁军再三叮嘱。

"嗯，我知道了。"苏庆春无奈地离开了客厅。

商量失败

晚上黄小培回来以后看着心情很不错,许久没见她哼小曲了,饭后苏庆春问道:"今天怎么了?这么高兴?"

"呵呵……今天发工资了。"黄小培得意地看着苏庆春回道。

"哦……"

"严格来说算是奖金,工资还没到发的时候,"黄小培高兴地分享道,"上个月我们不是说奖金要看自己的业绩嘛,这个月好巧有好几个我的学生都交了下个月的补习费,还有很多都是我接待的外班的学生,运气还不错,今天小敏特意提前发了奖金。"

黄小培看着是非常的得意,但苏庆春因为买房子的事情根本没心思想那么多。

"怎么?我领了奖金你还不高兴啊?"

"没有!有钱自然是高兴了。"

"就是嘛!"黄小培继续说道,"到月底还有钱哦。"

"不错吧?"

"是挺好的。"

苏庆春说道:"小培啊,我有件事情想跟你商量下。"

"什么事情啊?"

"昨天不是说我爸来是为了建房子的事情嘛。"苏庆春说道,"今天他们就跟我说了这事情。"

"真的是为这事来的啊?"黄小培好奇地问道。

"嗯!"

"那老二真的想建是吧?"

"不是,情况可能跟我们想象的不一样。"

"什么不一样啊?"

"不是老二想建，是我爸想要建，也不是建，是想买房子。"

"你爸？买房子？"

"是啊！他说老家房子许久不住人了，也不太会回去了，所以想要么趁着这个机会建个新房子要么在镇上买房子。"苏庆春解释道。

黄小培是个聪明人，这买房子由庆福改成了公公，她就已经知道是什么意思了。她反问道："那现在是什么意思啊？是要我们也出钱吗？"

"嗯，今天他们跟我商量也就是这个意思，说他们老两口也没什么钱，这房子买了就我们两兄弟各出一半，房子就写我爸妈的名字，等到他们不在了，房子要不就卖掉我们平分钱，要不就转给庆福，让他给我们市场价。"苏庆春尽量把话说得好听一点。

"哼……这谁跟你说的？你爸啊？"黄小培嗤之以鼻，"他们倒是会盘算啊，什么叫老人过世了就把房子卖掉啊？我们肯定是不会要那房子了，真把房子卖掉老二住哪里啊！那到时候难道我们还真能让他必须出那个市场价的一半给我们才让他们住啊？肯定不可能的啦，这话倒是说得好听，什么叫老人买房子啊，说白了，我们就是帮老二他们买房子，我说呢，怎么突然回来了，原来就是来要钱的啊。"黄小培气呼呼地说道，"我看这主意啊，就是老二出的，搞不好老二之前就把这事情想好了，之前那个事情还记得吧？我说你爸怎么感觉好缺钱的样子，他在我们这里也不需要什么钱和开支，现在看来他也是被他们两口子给逼的。"

苏庆春被黄小培这么一分析，好像感觉也对，"还真有可能。"

"什么叫有可能啊，肯定就是，就你爸对琪琪的态度，恨不得把她当祖宗供着，现在又怀了二胎孙子，肯定琪琪在他面前抱怨没房子住之类的，所以他就想着赶紧趁着孩子没出生前买房子。"黄小培非常自信地分析着整件事情，她把苏铁军想得太伟大了，至少还会为老二策划着一切，她哪里知道苏铁军这心里除了自己是最重要的，其他的事情真的都是小事。

"那怎么办呢？今天他们来找我就是说钱的事情。"

"你答应了给钱啊？"

"没有，我说跟你商量一下。"

"那就好，这事情肯定不能答应的啦，当我们是傻子！"

"话不能这么说，我看这情况肯定钱我们还是要给的，毕竟他们考虑的也是对的，这一直租着房子也不是办法。"苏庆春说道。

"租房子是他们的事情，有能力可以自己买啊，那我们当初买房子的时候不也是靠自己啊。"

"但是庆福他们不是自己也没能力买嘛。"

"没能力怪谁啊？"

"可是毕竟爸妈也还在老家嘛。"

黄小培看着苏庆春的口气，质问道："你什么意思啊？你就是打算当这个冤大头喽？"

苏庆春低着头不说话。

"苏庆春，你不是吧？我们什么情况你不知道啊？我们哪里还有钱给他们买房子啊？"

"没办法也得想办法嘛，现在不就是商量这个事情的嘛。"

"没钱怎么想办法啊，难道让我们去抢银行啊？"

"我问了，老家的房子也不是很贵，房子差不多30万左右，加上装修就算10万吧，那也就是40万，假如我们各出一半的话就是20万，我们卡里还有5万块钱，你不是在补习班有一些钱嘛，到过年再加上我们两个的年终奖，应该是能够凑齐的。我想要不我就先到飞虎那边借15万，到时候年底了我们再还给他。"

黄小培一听，气愤不已，大声回道："苏庆春，你脑子进水了啊。我们这么些年年年还钱，今年好不容易存了这5万块钱，好嘛，你马上就挥霍出去，还要为了你弟弟又去借钱，当初我们买房子的时候你死活不肯去借钱，现在为了你弟弟，居然肯去借钱，你到底是怎么了？""你弟弟就那么重要啊？这可是我们辛辛苦苦赚的钱，不是大风刮来的。"

"我知道是不容易，但是不也是没办法的办法嘛。"

"不行，我坚决不同意。"

"小培，你不能不讲道理嘛。"

"什么叫我不讲道理啊，是你们不讲道理好吧，他们住的房子凭什么要我们出钱啊？"

"那不是我爸妈也要住啊？"

"老家又不是没房子，要是他们老家要装修，作为儿子，我绝对同意出这个钱，但是现在他老二明显就是给自己买房子，却挂着老人的名义，这是当我们是傻子啊。"

"事情都这么说了，就算了。"

"怎么能就算了，就不给。"说着黄小培直接回床上睡觉了，再也没理苏庆春了。

投资理财

隔天便是周末，正好轮到苏庆春值班，他起了个大早，可没想到父母已经在餐厅等着他。他知道父母这是要结果，此时的苏庆春真是左右为难，那边妻子死活不同意买房，这边又是各种期盼巴不得自己立马就把钱拿出来。他真是搞得骑虎难下啊！看着父母那渴望的眼神，他无奈地回道："再等等吧！"

"什么意思啊？"苏铁军第一反应就是很不高兴，质问道。

"就是再等等呗，也不急。"何美珍笑着解释道。

"什么不急啊！"苏铁军喊道。

"你这么大声干吗啊！"何美珍说道，"这种事情急也急不来的。"

"那房子不等人啊！"

"哪里有你说的那么着急啊，要真卖了就再买别的呗，我就不信了有钱还能买不到房子。"何美珍这话也说得没错。

但苏铁军可不答应了："那房子那么好，错过了机会我看你到时候到哪里买……哼……"苏铁军说完就气愤地走到了客厅，还打开电视把声音放得很大。

何美珍看着苏铁军的样子连连叹气，而后跟苏庆春解释道："别理你爸爸，他就这样的人。"

"这事情看来还是要等等，小培可能还不太愿意。"苏庆春小声解释道。

"那怎么办啊？你爸这样子，感觉就是非买不可的架势。"

苏庆春无奈地看着母亲，说道："我想想办法吧。您就别管了。"之后苏庆春便上班去了。

而这天苏铁军可不安分了，在家里各种骂骂咧咧的，含沙射影，中午还不吃饭，美其名曰买不了房子活着也没意思。何美珍看苏铁军这个样子实在受不了了，打通了苏庆春的电话，并把苏铁军的情况告诉他。

苏庆春也实在是拿父亲没办法，纵然他也神烦这个父亲，可那又能如何？毕竟是自己的亲生父亲。他交代道："妈……钱的事情我想办法吧，但是可能也不多，最多十万吧，实在不行看下能不能找可以按揭的，按揭费我出。"

"嗨……不行就买那一楼的，十万加上老二的八万也差不多，我就不信这么些年你爸几万块钱都没有，既然他那么想买房子，他自己肯定也要想办法。"何美珍说道，"你也别太有心理负担，更加不要为这些事情跟小培置气，我今天早上看到小培的脸色可是很难看啊。你是不知道，你们吵架，我跟你爸在这个家里住着就好尴尬。"

"我知道分寸了，行了，你就这么跟爸说吧，不过最好不要让小培知道这事。"

"嗯，我知道。"挂完电话何美珍就把这消息告诉了苏铁军，他一听表情马上变了。

"那实在不行十万就十万吧，不过那一楼的房子肯定不要，我打电话跟老二说说，让他再到处看看有没有便宜的。"

"嗯，那也行。"

晚上苏庆春得空的时候打通了陆飞虎电话，在隐瞒黄小培的情况下向他借了十万块钱。

陆飞虎跟苏庆春的关系跟别人不一样，之所以苏庆春能向他借钱且愿意跟他说自己的私事是因为在大学陆飞虎因为车祸住院了一个多月，作为室友的苏庆春毫无回报地照顾他，两人因为这件事关系也变得越来越好。

陆飞虎是个知恩图报的人，而且苏庆春是什么样的人他也知道，陆飞虎社交能力很强但科研能力可以说几乎没有，他能在下面的医院很快当上领导跟他个人社交能力有关，当然没有苏庆春带着他的名字发了几篇文章他也没那么快晋升。苏庆春的文章在他的医院可能是小文章，但是在陆飞虎那里已经足够用了。

十万对于陆飞虎来说并不是个问题，而这十万对于苏庆春来说就像是他作为成年人的尊严。苏庆春再三强调钱会分两批还，分别是两个春节。

陆飞虎笑笑："没事，不急！"

苏庆春是真不愿意借钱，但生活又无数次逼迫他去做不愿意做的事情。钱到账以后他马上就转给了父亲，并再三交代让老二尽量不要找一楼。确实钱不够他会在想办法。而苏铁军收到钱后第一时间自然是取了出来，并把从家里定期取来的八万块钱还有在上海卖茅台、黄小培给的几个月补贴以及七七八八的钱加起来刚好凑到了二十万。

这与之前想的三十万还是有差距，于是他又打起了苏庆福的主意。他先是把上海这边苏庆春跟他的套词对了一遍，并再三交代假如苏庆春来询问房子的事就说还在看。然后又把还差十万就能达到最高利息的事情告诉苏庆福。苏庆福是什么人苏铁军也是清楚的，他一直都不相信苏庆福就只有八万块钱，肯定有所隐瞒。果然苏庆福一听只差十万就到了15个点的利息，忙说道："那要是真这样的话，我看能不能找我朋友借两万。"

"能借到自然是最好的，不然就差两万少了好多利息的。"苏铁军回道。

如苏铁军想的一样，挂了电话没几分钟苏庆福就打来了电话，说钱已经借到了。就苏庆福的风评，以前可是会赌博的时候，别说两万，在苏铁军看来他能借到两千都是别人瞎了眼了。当然这件事情苏铁军肯定也不会去纠结了，钱到手就好。

第二天，苏庆福便把十万块钱打了过来，收到钱后苏铁军马上便去投资公司把钱安心地交给了他们。苏铁军回家的路上想着以后每个月都有几千的安稳进账，这心里都是美滋滋的。

846 | 生活挺甜 |

奔现

整个八月都是在炎热的太阳下笼罩的，苏家因为苏庆春从同学那边顺利借到钱给父亲而变得安宁了。之后的日子里苏庆春没再跟黄小培提买房子的事情，而黄小培则以为买房子这事情在自己的强烈反对下也就这么不了了之地过去了，苏铁军因为知道这笔钱是苏庆春的最大极限也没再强逼，从小孙女那边惯用的一些小把戏因为黄小培的那次吵架苏铁军也知道分寸了，毕竟这是在儿子家，他也安分了许多。

全家人就这样默认此事就这么过去了，黄小培需要婆婆在家里帮忙，苏铁军需要黄小培每月给的4000块钱，在这种平衡之下，苏铁军这回妥协了住书房，而黄小培对于苏铁军的那些不卫生不合理的行为都是尽量忍着。

九月份如期而至，苏子轩终于开学，也开启了她二年级的时光，原本黄小培还想着反正公公苏铁军在上海也没事，现在学校开学了，他回老家还可以接送下苏子涵，这样苏庆福还可以出去工作。

可苏铁军因为这边投资理财的"事业"，哪里舍得离开啊，一句我回家没啥作用搪塞了大家，他就这样一直待在上海。

要知道，在上海到了日子，他就可以按时拿到该得的利息，这让他更加有底气和自信了，当然留在上海同样也是为了守着公司，以防他们跑路，即使他心中再相信这个所谓理财，心里还是会担心。

第一个月他收到钱后马上告诉了老二庆福，庆福得到了利息也相信了这个"美事"，不久又打来了5万块钱，说是借大舅子的钱，至于钱到底是不是借来的，苏铁军可管不着，钱多利润就更多，他自然是高兴的。

黄小培的培训班因为开学以后也是方兴未艾，忙得不亦乐乎，至于乐平云的那些家事她也没时间去纠结。

这段时间谢敏的婚姻也已经走到底，9月底便离婚了。她的孩子一直外婆在照顾，他们现在所住的高档小区的那套房给了谢敏，孩子也判给了谢敏，相对于别人死活要孩子抚养权不同，谢敏的老公对这个判决没有太多争议，两人离婚时都很平静，没有太多的纠葛。

十月份开始雨水变多了，落叶纷纷，鸟儿越来越少在树枝上露面了。很快地，鸟鸣声悄然杳去，冬天也就姗姗而来了，树上的黄叶，好像凋落得特别快。似乎前些天还是绿黄绿黄的，一夜寒风来袭，就只看到光秃秃的树枝了。

上海的冬天又湿又冷，虽树叶凋零，但是在这里你永远不会有一叶知秋的感叹，因为这个城市人潮汹涌，拥挤、浮华充斥着每一个忙碌的人。

转眼，春节就快到了，原本苏庆春打算就让父母在上海过年的，这样他们也不用回老家了。谁知苏子轩刚放寒假的第二天，老家来电话，琪琪生了，她如愿以偿地生了一个6斤6两的大胖小子。

得到这个消息何美珍别提有多高兴了，她盼孙子盼太久了，正好苏铁军这个月的"利息"也领了，老两口一天都等不得，当天便遣着苏庆春买火车票要回家。

第二天，苏庆春俩开车送父母上了回老家的高铁，而这边黄小培的补习班还在上课，正好又是过年，苏子轩也放寒假了，他们两口子现在工作忙也没太多时间去照应女儿，想着反正马上就过年了，加上苏子轩也好久没见到妹妹苏子涵了，在她的强烈要求下，黄小培终于同意她跟着爷爷奶奶一起回了老家。

不过，这次何美珍回家是伺候月子的，不是回去玩的，可没时间和精力去照顾苏子轩，所以下了火车何美珍就把苏子轩送到了县城外婆家，跟苏子涵连面都没见着。

黄小培的培训班到了年二十四以后也陆续放假了，而苏庆春医院里一直忙到大年三十才放假，当天上午苏庆春查完房没什么事情了，简单地跟值班医生交代以后他们两口子便搭上了高铁回丈母娘家过年，下了高铁已经是晚上6点了，正好赶上了年夜饭。

这些年由于苏庆春跟家里的关系紧张，春节要么不回老家，即使回了老家一般也都是在丈母娘家里过，今年因为何美珍他们去上海，关系虽然缓和了，但他们似乎已经习惯了这种生活模式。

初一，苏庆春照旧带着一家三口回了老家，今年跟往年可不一样，苏庆春想着之前买了房子，现在按他们老家的风俗去了可是要喝乔迁酒的。

虽然苏庆春自己没时间喝，但他老早跟黄小培说了苏庆福买房子了，黄小培以为是苏庆福自己单独买了房子的，两人商量了还准备包个大红包。

可是等苏庆春下了车，打电话问该去哪里的时候，得到的回答是还是回父母租住在镇上的房子里，此时的琪琪还在坐月子，没错，他们还是住在镇上原来租住的房子里。难道是没装修？还是就是买了那套房子？两人一路过去都在犯嘀咕。

之前买房子的事情苏庆春给了钱以后就没再过问了，听到还是住在原来的地方，苏庆春心里有底，想着可能是因为钱不够，最后他们还是买了这套房子。

可是到了那里，他看到装修依然是原来面貌的，一点改动也没有，毕竟那房子原本只是刷白了一下，几年下来由于有孩子已经变得又黄又乱了，更别提地面还是水泥，连地砖都没有铺。

他看到眼前这个样子，趁着黄小培不在的时候，还特意跟苏庆福说道："这房子买了毕竟还是好旧，还是应该稍微翻新一下，住着也舒服点。"

苏庆福听到翻新房子先是一愣，回道："我没事翻新它干吗啊？"

"这房子都买了，就是自己的房子了，肯定要有个新家的样子了，"苏庆春还问道，"是不是钱不够啊？"

这时苏庆福才反应过来，毕竟当初这买房子骗钱的事情是苏铁军的主意，苏庆福就是配合着打了个照应，不是苏庆春提醒他都差点忘记了买房子这回事。

房子的苦恼

苏庆福思虑了半晌,跟苏铁军打着配合:"嗨……这房子不太好,还没买呢。"

"没买啊?为什么不买啊?"苏庆春惊讶不已,"之前不是火急火燎要钱嘛,怎么后来又不买了。"

"不是不买,那……那不是之前看上的房子已经被人买走了嘛。"

"不是妈说实在不行买这房子嘛,刚刚来的时候听说继续到这里来我还想是不是就买了这套房子呢,我还纳闷怎么买了也不稍微装修一下呢。"

苏庆福听说买这套房子,抬头看了一眼自己所住的房子,一座自家房东按照商品房款式建的六层楼,虽说面积不小,但这房子毕竟是在一楼,而且几乎是按照店面的格局做的,大是大,一点都不像居家住的。

他一脸的不屑道:"要买也不会买这房子啊,也太不合适了啊!"苏庆福自己赚钱能力不行,但口气却不小。"不买在镇上的农贸市场边上,最起码买到镇政府新开发的那边去啊,买这里算什么啊。"

"哦,这样啊。"苏庆春被苏庆福说得也有些不好意思了,总感觉自己还不如弟弟格局高似的。

"那妈他们知道房子没买成吗?"

"那当然知道了。"

"我看爸妈挺急着要买房子的,之前那房子没买上别的房子你也多看看,说实话,我一直以为你们已经买好了房子呢,也怪我一直忙工作的事情也没想到问句。"

"嗨……哥,房子我这段时间一直在看着呢,就是没有合适的。"苏庆福看着苏庆春对房子这事情还这么上心,倒有些尴尬了,他回道。

"你也别太挑,现在家里两个孩子了,找个面积合适的就赶紧买了。"

"我知道。"

"遇上合适的，实在价格贵点也就贵点，这房子肯定是一直在涨价的，别等着房价越来越贵，到时候就更加买不起了。"

"哥，我知道的啦，再说了，我们这是小镇，你以为是上海啊。"

"我们老家一没有工业，二没有好的交通，这里的房子都是按套卖的都不是按平方算的，说白了都是一些有点钱的自己建的商品房，又不是什么开发商，涨什么价啊？"

"那物价在上涨，房价肯定也会上涨的。"

"放心好了，就算是涨，那肯定涨不了多少价的，最多原本卖20万的，隔年卖22万而已。"

"那也是涨啊，我不在家里，反正这房子的事情你上点心哈。"

"知道了。"

苏庆春看着苏庆福似乎不太上心，又说道："你想想即使房价不涨，那我们也是刚需，早晚都是要买的，总不能让大家一直跟着租房子住嘛。"苏庆福不以为然，其实在他心里房子真没那么重要，手上有现钱用才是王道，这点倒跟苏铁军想法很像。

"行了，哥，我知道了。"苏庆福最后还补了句，"这买房子也急不来。"

苏庆春听着弟弟这态度，看来买房子估计是没那么快了，这买房子的钱本来也是偷摸着给父亲的，苏庆春原本想着钱给了，买房子买了也算是了事了，所以听着过了就也过了，反正说白了买哪样的买哪里终归是他们住，只要他们乐意买哪里都好，所以也就没再关心这事情。

可是回到老家以后，他才感觉到父母没地方住也不是那么回事，毕竟他们年纪也大了，他们是该有个安定的地方了，倒又让他感觉到了之前母亲没房子想买房子的心情了，毕竟想着老有所依。所以才跟弟弟苏庆福多了这几句嘴，但说到底苏庆春原也就不是那么爱管闲事的人，家里的这些事情也很复杂，这么多年过去了，很多事情要想起来，他又会有不想管的冲动。

按照弟弟的意思，父母都知道房子没买成，而该出的钱他也出了，该说的话也说了，他也就不想再操心这件事情了，再看看弟弟的态度自然也就没再想提这事情。

当天吃完中饭，苏庆春便带着黄小培及孩子一起走了下外婆家的亲戚。苏庆春是个懂得报恩的人，当年父亲极力反对他读大学，是母亲漏夜到娘家才给他凑齐了学费的，所以这些年只要回来了，苏庆春一定会回外婆家，现如今外婆已经过世了，但是舅舅家他也是会去看看的。在舅舅家简单地坐了一会，他们便回了镇上。

原本黄小培以为苏庆福房子买了，还打算留下来住一晚，哪里知道还是原来的房子，再一听说这房子都不是买的，因此准备的红包就继续躺在包里。她嫌没地方住，加上初三苏庆春医院就要值班了，于是当天走完亲戚以后还是又回了县城娘家住，初二下午他们又坐了高铁回上海。

正月十六学校准时开学，黄小培的补习班也开始营业了，而苏铁军在家过了一个年就开始惦记着何美珍在老大家做事的那点工资，这一直在家可是没钱的，于是他盘算等琪琪刚满月就遣着何美珍回上海了。

当然苏铁军着急回上海还有一件比这工资更重要的事情，那就是又到了他收利息的日子了，他自然是比谁都积极，加上这一个年过去了，那公司还在不在，会不会跑路了他心里还真是没底。

这时候苏铁军可不管琪琪刚刚出月子是否照顾得过来小的，更何况家里还有个大的孩子要管，苏庆福是不是忙的过来？

苏庆福也是知道父亲急着去上海的用意，两人一商量，也是一拍即合，终归那边钱才是大头，他跟琪琪一商量还是同意了。

钱对于苏铁军来说才是最重要的，其他倒还真就都是小事了，黄小培这边开学了也是希望婆婆能早点过来，但是纵然她心里百般想婆婆过来也不忍心、不好意思提出来。而何美珍这厢也觉得该多照顾一段时间，至少等孩子到了二三个月以后再去上海，可她架不住苏铁军的那张嘴。

刚刚过了正月十五不过两天，也就是琪琪刚刚满月的第二天，苏庆福就给老两口买好了回上海的火车票了。公婆这么快就回上海，且庆福他们都同意了，也着实惊到了黄小培，但对她来说终归是好事。

回上海后苏铁军便马不停蹄地去了投资公司，好在公司没跑，该得到的钱还是拿到了，他这颗心也是安心了。

微妙的关系

初春,乍暖还寒。

转眼就开学两个多礼拜了,这段时间苏庆春一家人倒是过得挺安稳的,苏铁军有了自己的固定"收入",没那么折腾,大家也都得以清净了。

黄小培的培训事业随着他们慢慢有效的经营,也是做得越来越红火,原本在黄小培看来做什么事情都没什么热情的谢敏也不知道怎么回事,自从离婚以后,整个精力都放在补习班上了,非常的努力,这连黄小培都没想到。

当然这样的好处是,补习班越来越好,这也是件好事,不过随着谢敏的婚姻失败,黄小培慢慢感觉她们之间的关系没原来那么好了,当然表面还是原来一样,具体哪里不对黄小培也说不上来,反正就是有种说不出的隔阂。

一天晚上,黄小培值班,今天又有一位家长来得比较晚,到了十点才姗姗而迟,终于送走了最后一个学生,当她准备关门的时候发现谢敏还在柜台前没走。

黄小培好奇地问道:"欸,你还没走啊?我以为你早走了。"

"还没。"谢敏的话有些敷衍,连头都没抬。

于是黄小培走到柜台前,看了下谢敏,发现她原来是在核对今天的收支情况。

"哦,你还在忙呢?不早了,早点回去吧。"

"你先走吧,我再待会。"

黄小培知道其实以前这些东西谢敏都是月底才弄的,完全没必要这么早弄,而且谢敏并不住在这个区,回家还有点远。她也是出于对朋友的关心,但看谢敏并没有买账的意思,黄小培觉得有些尴尬,她笑了笑,然后为了缓解氛围，还打趣道："小敏啊，你现在是真的好认真啊，当初真是我小看你了，没想到培训班这事情你真办成了，而且还办得这么好，这条街上现如今就属我们补习班最多学生了。"

谢敏这时才抬头看了一眼黄小培，然后斜眼笑着回道："人不是永远都活在过去，也不是每个人你都能看懂的。"

这话呛得黄小培都感觉没话说了。

谢敏说完也觉得自己语气有些过了，又解释道："其实以前的我可能是安逸给麻醉了，现在离婚了，反而想开了，一切都还是要靠自己，靠男人是靠不住的。"

这话其实黄小培听着也是奇怪，因为当初加入补习班的时候谢敏不就是这么劝自己的嘛，怎么现在到这里又开始说她自己才领悟的？难道之前她说的那些话只是激励激励她而已，而她自己本身却没那么想吗？

黄小培也不想多追究到底谢敏这话是什么意思，更不想拆穿她的前后不一致，只笑着呼应道："哦！"

这时候突然听到了门口有人进来，正好也缓解了尴尬的气氛。两人不约而同抬头，进来的人原来是乐平云。

自从谢敏再次告白乐平云，并把他前妻的事情丝毫不顾及乐平云的感受全部抖出来之后，大家虽在一个街区工作，算起来路程不到50米，但是两人却足有一两个月没说话，可能是大家都有意回避吧。

后来谢敏离婚了，情绪一直很低落，乐平云一次正巧路过的时候看到了她和黄小培，他也不好再装着看不见了，乐平云其实也不是那么太斤斤计较的人，而且说白了没必要为已经不存在自己世界的人跟同学怄气，毕竟大家是多年的同学，有着深厚的友谊，于是，乐平云这次主动跟大家打招呼。自那以后，三人的关系又开始趋于稳定。

而这次之后对于乐平云离婚的事实大家也就默认了，不再提起他前妻的事情，加上他前妻也自觉地带着继子退学了，他的前妻就这样在他们的世界消失了。

虽说关系趋于稳定，但是由于谢敏对乐平云的感情，加上她已经离婚的实际情况，乐平云知道自己心里对谢敏真的没有那种想法，既然没有，就不要给别人造成错觉，这点分寸乐平云很懂。

他不想跟谢敏之间的来往不清不楚，所以一般在两个人独处的时候他都是尽量跟谢敏保持着一定的距离，以免让谢敏产生误会。

黄小培这个局外人曾经是糊涂的，但是她也不傻，随着时间的推移，她也慢慢发现了两人的微妙变化。

这段时间她更加知道了谢敏对乐平云的想法，她作为两人共同的好友，有时候还会打趣着："你们两个现在都离婚了，也都是单身，反正也是熟人，知根知底，还不如在一起，也算是上天的一种恩赐和撮合。"

可是这个玩笑黄小培一说马上遭到了乐平云的否决："小培，别开玩笑，感情这种事情不是都单身就可以凑合的！"

乐平云的这句凑合听在谢敏心里是那么的心寒啊，当然乐平云不是不知道，他就是想让谢敏打消念头。之后谢敏也明白了，他们终归是有缘无分，心想着可能乐平云真的觉得上一段婚姻伤得太深，不想再结婚了吧。

后来，还是谢敏把这事情说开了，乐平云也不再介怀了，于是三人又难得的重归好朋友的关系，这也让谢敏更加珍惜这份友谊了。

话说回来，谢敏看到是乐平云进来了，原本一直低着头的她终于抬起头且露出了笑容："欸，怎么是你啊？"

黄小培看着谢敏这表情的转变，心里也是感觉怪怪的。

"我刚刚准备开车回家，发现你们这边灯还是开着的，就进来看看碰碰运气，没想到你们两个还真都在啊。"乐平云笑着回道，"这么晚了，怎么你们还不走啊？还有学生吗？"

"本来确实有个学生，不过现在家长已经接走了。"黄小培回道。

"哦，那就是没事了。"

"没什么事了。"谢敏回道。

听到谢敏的回答，黄小培还转头看了她一眼。

"那正好，一起去吃宵夜吧？"乐平云提议道，"我知道一家店，就在我们这边不远处，刚刚开不久的，环境不错，听去过的同事说挺好的。"

"哦，夜宵你们去吧，我是要走哦，这么晚了。"黄小培忙回道。

"一起去啊？反正明天你不是好晚的课嘛！"谢敏很想去，因为回家她也是一个人。

"不了，太晚了，你们两个可以去啊，我是听说有家新开的夜宵店不错的。"说完黄小培还朝谢敏使了个眼色。黄小培其实是很想撮合谢敏和乐平云的，这时候这么好的机会她肯定是不会去当电灯泡的。

婚姻的哲学

乐平云一听黄小培不去，他便说道："那要是觉得太晚了就算了。"

"现在才十点多，对你们来说哪里晚啊，回家也不用辅导孩子功课，多好啊，我是没办法，也想跟你们一起去的，但是无奈还要辅导孩子，我女儿估计现在还等着我去检查作业呢。"黄小培解释道，"你们赶紧去吧？"

其实苏子轩今天的学习课程早已经通过IPAD发给她检查了，现在估计女儿都睡着了，这么说只是不想掺和在他们中间而已。说着黄小培便很识相地就走了。

黄小培走后乐平云无奈地看着谢敏，谢敏笑着说道："呵呵……小培这人就这样，家里的事情看得比什么都重。"

"呵呵……是啊！"乐平云也呼应道。

"那我们怎么着啊？还去吃宵夜吗？"

"去啊，只要谢大美女你愿意去，我当然OK的啦。"

局面已经成这样了，而且吃宵夜的事情是乐平云自己提出来了，要是就这么拒绝谢敏，也太不给谢敏面子了。他也只有欣然接受了这个事实，而谢敏自然是高兴不已了。

两人很快找到了离培训班不远处的那家新开的夜宵店，环境确实不错，一点不像想象中的夜宵摊。乐平云很豪爽地点了一些吃食，还要了几瓶酒，两人也是有说有笑的。

"小培说得对啊，现在我们两个还真挺像的，都离婚了，孩子也都不在身边，都是孤家寡人一个，别说十点了，就是两点钟也是早的。"乐平云边倒着酒边说道。

"是啊，回家以后也不知道干吗，躺在床上就剩下数羊了，有时候数到一千，发现还越数越清醒了。"

"呵呵，还真是。"乐平云笑着呼应道。"不过要是三个人，就更加热闹一些。"

本来两人有说有笑的，这乐平云没事又提起了黄小培，让谢敏有些不高兴，原本嘴角上扬的谢敏一下子就耷拉下来了。她看了一眼乐平云，故作笑意地说道："嗨，小培这个人就是这样的，她就是对婚姻太迁就了，为家庭付出太多，她啊，这心里只装了她那个家。"

谢敏伺机表达一下黄小培对家庭的看重。"现在她婆婆来了还好点哦，以前你是不知道啊，我跟她同事这么多年，但是就是周末跟她一起逛街的次数用手都数得过来你信不信？"

"哦？是吗？不是都说女人爱逛街吗？"乐平云也搭着话。

"是啊，可是她也不是说不爱逛，而是没时间逛，她一到周末不是陪孩子，就是她老公休息陪老公，根本没有什么自己的时间，偶尔总算能抽出点时间来跟我逛逛街吧，不是给孩子买东西，就是给她老公买衣服，自己从来不怎么舍得花钱。她跟苏医生啊，是真的感情好啊。"谢敏说完又瞟了一眼乐平云。

乐平云听到谢敏的话，只淡淡地回道："现在像小培这样愿意为家庭付出的女人是越来越少了。"

谢敏本意本来只是想表达黄小培跟丈夫恩爱，为了家庭愿意付出一切，没想到乐平云居然卡到的是这个点。于是她便也呼应道："倒也是啊，以前我吧，总觉得是她傻，这么为家庭付出，还总是劝她。"

"劝她什么啊？"

"劝她干吗不好好地活出自己啊，为了家庭把自己活得那么累值得吗？"

"或者她并不觉得那种付出累呢？"

"是啊，现在到了这个年纪我才知道她的快乐，要是我也有一个夫妻和睦的家庭，真心对自己的丈夫，我也愿意为家庭付出一切。"谢敏嗤笑着说道："我现在反而开始羡慕她了。"说完她拿起酒杯便是一饮而尽。

"小培是很好，在我们这个时代，物欲横流，除了在农村，估计真的很难再找到像她这样的女人了。"

无论谢敏说什么，乐平云总能找到夸耀黄小培的点也是让谢敏无语了，她现在感觉自己真不该在乐平云谈起她的时候多聊起她，因为这样话题只会没完没了。于是她反驳道："可是，她这样的人也有她不好的地方,太过付出了,最后就怕生活会给她来个致命一击。"

"致命一击?什么意思啊?"

"呵呵……"谢敏笑了笑,然后说道,"她这样的是很好,但是也是婚姻最容易出问题的人,太妥协了,而且一旦出了问题也是最不能承受的。你难道不觉得她这样日复一日的陪伴,满腔全心全意地付出,到最后会输给了一种叫作新鲜感的东西吗?现在这个社会这么复杂,人心浮躁,婚姻更加是飘忽不定,随时都可能出现一个人来闯进你的生活,到那个时候伤的最深的还不是为了家庭付出最多的人嘛。"

谢敏的解释让乐平云感觉到她刚刚所谓的羡慕黄小培似乎只是一句嘴巴上的说辞,其实内心根本还是不认同黄小培对婚姻的做法。而她这样的总喜欢计较婚姻里谁付出多,谁得失多的人,是乐平云最不喜欢的,这也许就注定了他跟她不是一路人。

乐平云说道:"也许你的这个利益平衡,得失多少说法是对的,或者说我们这个社会的价值观已经变成了这个样子,但是正因为如此,我才觉得像小培这样的人是我们这个社会所难得,其实你说的这些我觉得小培不一定不知道,但是她经过这么多年社会的洗礼还是能够保持这对婚姻、对感情初心的想法,是我最佩服和敬仰的。"

"说实话,我也很羡慕苏医生有那么好的福气能娶到她的,"乐平云补充道,"当然我也相信苏医生不会像你说的一样出现不该出现的人的。"

"这个可不好说啊,谁说得准谁呢?"谢敏说完然后看了一眼乐平云,觉得他可能不太认同,然后又笑着解释道:"当然我也只是说像小培她这样的一类人面对婚姻变化的时候抗风险能力低。"

"也没有说她一定会遇到我们一样的问题,苏医生我也是熟悉的,看着还算是比较老实,应该不会有事吧。"

"小培是个有智慧的女人,即使万一遇到你说的那样的情况了,我相信,她也会有办法解决的。"

爱情观

乐平云真的话里话外都透着对黄小培的崇敬，实在让谢敏看着羡慕甚至有一丝嫉妒。谢敏定睛看了一眼乐平云，趁机试探性地问道："要是她真的遇到了这样的事情，你真的希望她能解决了吗？"

"当然希望她能够解决了，而且我也相信她能够解决。"乐平云这样的笃定反而让谢敏觉得不可思议。

"你说实话，你现在就对小培没有半点意思吗？"谢敏假借醉意，又问道。

"你什么意思啊？"

"你就回答我有没有？"

"有意思又怎么样？没意思又如何？"

乐平云的回答让谢敏更是云里雾里，他也知道谢敏不满意这个答案，更加知道她一直想要这个答案，便解释道："我大学的时候确实曾经对她有过想法，但是那也是过去的事情了，我心里有一件事情我是很清楚的，就是无论小培如何，注定我们是不可能的。别说现在她婚姻美满，就算是以前她还没结婚的时候我都不敢奢望。"乐平云这话说得都能感觉到那种暗恋人说不出的苦涩和绝望。

"那假如她也离婚了呢？"谢敏还是不肯死心，伺机套话。

乐平云听到这话以后迟疑了几秒，说道："不可能的，小培不会离婚的，我知道她很喜欢苏医生，一直都喜欢。"

"我是说假如，假如遇到什么意外呢？"

"人生哪里有那么多假如？我们是生活在现实社会。"

"呵呵……也是，我们生活在现实生活，而不是在假如、如果的世界里面。"

乐平云看着谢敏对自己一再地试探，便说道："还有啊，小敏，有一件事情我其实一直想跟你说，但是没有机会，现在，我想告诉你，其实我认为的感情从来不是得到。"

"那是什么啊？"

"是只要她好，我就觉得开心。"乐平云这句话回答得铿锵有力。

谢敏看着乐平云有些迟疑。

于是乐平云又问道："你看过电影《灵魂摆渡之黄泉》吗？"

"看过，不过对剧情不太记得了。"

"我记得我看《灵魂摆渡之黄泉》这部电影的时候有一句话印象特别深，好像是那个年轻孟婆说的。"

"那部电影台词确实很优美，你说的是哪句啊？"

"具体台词不记得了，但是大意我还记得，是：'只要是我真心喜欢的人，唯愿他好，他好时，我就开心，他不好时，我就不开心，只要他好，我好不好我都开心，那才是真心喜欢。'这句话我很认同，也是我对爱情的想法。"

乐平云伺机表达了自己的爱情观，谢敏似乎明白了，也不想再追问那个傻傻的问题了。

"嗨……其实像我们这个年纪再谈什么感情都有些矫情了，也觉得好笑。"乐平云又补充了句。

"矫情？"谢敏重复了一遍，看着乐平云那无望的眼神，再想想自己这些年的婚姻，终于明白了自己错在哪里。

"对，或许我最大的错就是老是谈感情，总是奢望要有那如初的爱情，实际很多婚姻都是利益的交换。"谢敏继续说道，"也许成年人的世界，从来就没有纯粹的爱和喜欢，从我们离开学校开始，这就已经成为了无法改变的事实，两个人的结合，本来就是外表、思想、物质、性格综合产生的一种情愫的表达，而且还是暂时的，并不是永远的，这其实就是一场生意而已，任何一条落后了都可能被淘汰。而那时候我们还在谈感情，确实矫情。"

乐平云听到谢敏的解释惊讶地看了她一眼，然后只笑而不语。黄小培这个保媒拉线的人得亏跑得快，才让他们有那么好的机会相处。

黄小培回家的路上边走边想着最近发生的事情。最近黄小培越发给感觉到了谢敏的不同，原本读书的时候她曾经也感觉到过乐平云对自己的好感，但是当时也只是感觉，加上自己有男朋友，且乐平云的节制和

| 生活挺甜 |

恰到好处的分寸，让她后来打消了那个念头，甚至认为自己"花痴"或是错觉。

这么多年过去了再次见面，大家都是各有婚姻，黄小培就更加没往那处想过，只当乐平云是多年不见的老同学那般对待。

可是自从那次乐平云遇到苏庆春之后他的小心翼翼让黄小培感觉他有些过分生分，再加上最近几个月随着谢敏婚姻的失败，她看到了谢敏对乐平云的态度，更感受到了乐平云在三个人相处时感觉与自己一个人相处时的感觉的不一样。这时候她开始又有了大学时偶有的"错觉"。

且不说自己有美满的婚姻不该有这样的想法，就算是自己跟他们一样是单身，她知道自己都应该跟乐平云保持距离，因为谢敏，她在自己面前的态度在离婚以后已经表现出很明显对乐平云的好感了，这点黄小培就知道更不该有一丝错误的想法，即使她们只是纯洁的朋友之间的友谊也该保持距离了。

谢敏是什么性格，什么样的人在几个月前黄小培可能会拍着胸膛说很清楚，很了解，但是在她突然离婚这件事情上黄小培开始怀疑自己了，怀疑自己是不是真的了解谢敏。

平时的谢敏给她的感觉是婚姻美满，可是她后来突然告诉黄小培，她离婚了，没有一点征兆，黄小培既惊讶又意外。问她什么原因，不是一直挺好的嘛。结果谢敏告诉她自己的婚姻一直都是一地鸡毛，伤痕累累。

这样的回答要换做别人，黄小培会认为是羞于告诉家丑，可是黄小培认为她是自己最要好的闺蜜，自己什么事情都会告诉她，她却对自己似乎很见外，甚至让黄小培突然感觉很陌生，甚至不如一般的朋友。

平时黄小培还觉得她对什么事情都不上心，但是对于感情的事情她感觉到了谢敏的缜密和小心。

这么多年的朋友直到她离婚黄小培才知道她的婚姻真相，这对于黄小培来说真的后怕，也算是明白了谢敏感情的小心，所以她也开始很小心地维持着三人的关系。

所以她开始有些有意无意地回避乐平云，也是尽力地撮合他和谢敏，或许现在撮合谢敏和乐平云是黄小培能想到的最好的相处模式，只有这样才能表明自己的态度，才能让谢敏和乐平云知道，她真的当大家是朋友，没有任何别的想法。

负重前行

时间过得很快,一会黄小培便回到了家,此时已经快十一点钟了,猜想大家都睡觉了,于是她简单地洗漱后便蹑手蹑脚地回到了房间。而此时房间的小灯还是开着的,苏庆春则伏案在敲打着电脑。

"欸,你怎么还不睡啊?"黄小培问道。

"没呢,最近有篇文章马上要投稿了,我要再仔细看看,核对核对数据。"

"哦。"

黄小培看到苏庆春佝偻着背,似乎非常的疲惫。看到丈夫这么辛苦她不禁感叹道:"你说你们医生真是辛苦啊,这读书的时候有考不完的试,而且还不跟别的科目一样,能画个什么重点,你们却都是重点,那么厚的书也就这么硬啃下来,这好不容易等到毕业工作了,又是各种职称考试,职称我们也有,可是也没见你们这样年复一年地发文章,多累啊!"

"哎……谁说不是!"

"忙完了吗?"

"差不多了。"说完苏庆春转了转脖子,又扭了扭肩膀。

黄小培看到此情景之后便走到苏庆春身边,随手就帮着他按了按肩膀。

"舒服吧?"

苏庆春笑着点点头。

"用力点。"苏庆春伺机说道,"再右边一点,那边好酸啊。"

苏庆春说着也感觉到有点累,不自觉地摸了摸已经疲惫不堪的眼睛,且把身子靠着椅子上,任由黄小培按。

"你也别太累到自己,每天上班那么辛苦,回来还要挑灯看文献,写文章。"

"没办法啊,不写怎么办啊?学医就是这样,学习永无止境。"

"这医学啊,真不是人干的,太累了。"黄小培抱怨道。

"那有什么办法,都已经入了这一行,就只有砥砺前行了。"

"哎……确实也没办法,总不能让你转行吧,你也只会这个。"

"就是啊,"苏庆春对于这个话题也是很无奈,只有转移话题道,"你怎么今天这么晚才下课啊?"

"嗨……总有些家长拖拖拉拉地接孩子,加上补习班也有点事情,就到这么晚了。"

"算了,别捏了,你也挺累的,站了一天了,晚上还要去补习班上课。"苏庆春拉着黄小培坐到了床沿旁。

"我还好了。"

"你也别逞强,要是真的觉得太累了,就不要去了,你看你原来都能准时回家,现在总是忙到深夜。"

"不去上补习班怎么办啊?现在生活压力这么大,能贴补点就贴补点,"黄小培说道,"而且现在我在谢敏那边赚的也比其他补习班多。我其实还好,再怎么样都比你好点,最起码我们也就上课,其他时间还好。"

"那你们白天学校上课,晚上不是还有课嘛,也是够累的,嗓子都受不了。"苏庆春难得这么一本正经地关心黄小培,黄小培心里听着也是高兴。

"嗨……还好了,也都习惯了,嗓子不好是老师的职业病,大部分人都一样,没办法避免的。"

"所以你也量力而行,身体扛不住就算了,我们还不至于说不去补习班日子就过不下去了。"

"我知道的,我会把握分寸的,"

黄小培说完又说道:"其实我工作倒也不辛苦,这样的生活状态很充实,反而让我很有成就感。"

"那就好,反正你要是觉得不开心,就离开,没什么大不了的,不要给自己太大压力。"

黄小培说完又想到最近办公室因为谢敏跟乐平云的事情,自己确实不如从前那么自由和放松了,那种心里开始小心翼翼的感觉并不好受,

863 负重前行

但她也不想跟丈夫提起这事。

只是不禁想到这事就有些感慨:"嗨……说白了到哪里都一样,要赚钱都是辛苦的,谁的钱好赚啊!"

"呵呵,也是,大家都是负重前行,生活不容易啊。"

"就是说啊,"黄小培说道,"所以啊,你还老是说轩轩梦想当大老板不好,我现在反而觉得从商没什么不好的。"

"你以为当老板不累啊?老板不也一样很辛苦,公司那么多人等着他发工资,你看多少老板是轻松的啊,哪个周末还在玩啊,都是在谈业务,忙事业。"

"是辛苦啊,干什么不辛苦啊,但是最起码人家当老板有钱,都是一样辛苦,但至少他们不用跟我们一样为那么点钱担忧吧?"黄小培说道,"你看看我们,受了高等教育,凭知识吃饭,在别人眼里总感觉我们一个医生,一个老师,多幸福啊,多好啊。他们哪里知道我们可能在为他们看都看不上的房子而拼搏啊。"

"我们这快40岁的人了,一家人都挤在这80年代的老房子里,还每个月有那么重的房贷,根本不敢休息,工作更加不敢有一丝的怠慢。"

"还有啊,我们那些在老家生活的同学,都是二胎,甚至还有三胎的,我们能吗?"

"说什么国家开放二胎最大受益的是我们这些有单位但不敢因为生孩子丢了工作的人,有什么用啊,说是开放了,我们能生吗?"

"就我们现在的生活条件根本没有经济能力再承担一个孩子,你看你妈还老催我们生老二,她以为我不想要给轩轩一个伴啊?我也想啊,可是我们的经济条件根本不允许,可以说生二胎这个想法我想都不敢想。"

黄小培也不知道怎么的,今天又开始唠叨起来了,可能是因为最近谢敏的事情,让她开始又感觉有些焦虑了。

苏庆春也就这么听着,看着她说得差不多了,才说道:"好了,我知道了,我妈现在不是没再催你了嘛。"

苏庆春说完看了手机,说道:"现在时间不早了,你赶紧去洗洗睡觉吧,好晚了,明天还要早起呢。"

"我刚刚已经洗了,你赶紧去洗洗吧。"

"好!"说着苏庆春便离开了,他也不想再听黄小培抱怨了,毕竟糟糕的情绪是会传染的。

250 苦口婆心

这一夜乐平云和谢敏畅聊到凌晨两点,大家都醉醺醺的,乐平云叫了代驾把两人分别送到了各自的家。如此的本分,让有些装醉的谢敏不知该赞叹他的绅士还是该怪他的无情。

第二天,两人都照常上班,黄小培还想着昨天那么好的机会,他们是不是该发生点什么,回到学校看到谢敏是哈欠连天,更加笃定他们后来是去吃饭了。

出于好奇和"媒人"急切的想知道结果的心理,她还是没忍住打听。"昨天后来你们怎么样啊?出去吃夜宵了吗?"

谢敏点点头。

"那玩得开心吗?"

"还好。"

"还好是什么啊?"黄小培问道,"有没有什么实质性的进展啊?"

谢敏看着黄小培,迟疑了几秒,并没有回答。

"你看着我干吗啊?"黄小培问道。

"你希望我们有实质性的进展吗?"谢敏反问道。

"当然了,你们怎么说也是知根知底的熟人,无论是外貌和事业都很登对啊,我觉得要是能成也是一件佳话了。"

"那就借你吉言,希望早点能成。"谢敏说完,笑了笑。

"那我就等着喝你们喜酒了。"

黄小培说完看了下时间。"先不聊了,我要去上课了。"说着便走了。

这节课谢敏没课,黄小培走后,谢敏突然陷入了沉思。

她反复想着黄小培说的话,作为朋友她已经无数次地对黄小培试探了,对于乐平云对黄小培的感情她真的很在意,但是现在看来似乎又真的是自己多想了。

想想这些天一直对黄小培不冷不热的态度，她开始感觉是不是在乐平云这件事情上自己对黄小培有些刻薄，毕竟她真的是挺无辜的，说到底乐平云没接受自己，是他的问题，跟黄小培真挨不上什么边，即使谢敏自己心里猜测乐平云的拒绝可能跟黄小培关系，可那又能怎么样？难道因此迁怒于黄小培——这个可能自己都不知道内情的情敌？想到这，谢敏长叹了口气。

在感情面前，她总是如此得多疑，过分的渴求一些不可能的事情，在前段感情里，她就是这样，太过苛求对方，反而把对方推到了小三手里。她想改变，想跟乐平云昨天说的那样豁达，想做到所谓喜欢一个人，只要他好，自己都开心。道理她懂，可是真要做到，何其难啊！

现在她也不想想这些，抽出一本教案，修改起来，现在也只有工作能麻痹她了。

人生的事情就是这样，从来没什么是一帆风顺的，总有起起伏伏，坎坎坷坷。

按理说谢敏的生活条件比起黄小培好得多，但是婚姻确实一团糟，好不容易脱离了那千疮百孔的婚姻，接下来又困扰于眼前的人。而黄小培有个同甘共苦的丈夫，但生活条件却比谢敏差得多，家里的关系也复杂很多。

上天对每个人都是公平的。

而苏庆春这边忙了许久的文章终于写得差不多了，已经进入了最后的修改工作，过不了多久他就准备要投稿了。

他一直心心念念读博士，现在申请制名额越来越多了，假如他这篇文章能够顺利发出去，申请博士的机会又增加了几分。

今天是苏庆春值班，他去急诊会诊的时候居然遇上了师弟江况。江况在师傅退休不久就不在本科室上班了，之后苏庆春也没见过江况，也就是春节的时候大家在微信上商量了下怎么给师傅拜年，但是却没见面。

"欸，你怎么还在急诊轮转啊？你不是出了我们科就说去急诊的嘛，这么久的啊？"苏庆春好奇地问道。

"哦，没有啦，我之前去急诊轮转的时间跟一位同学换了，我先去别的科，这个月才到的急诊。"

"哦，难怪，我说怎么以前也没碰到过你呢。"

"师兄，最近科里怎么样啊？"

"还好，你呢？最近怎么样啊？"苏庆春问道，"我记得你今年是不是就规培结束了啊？"

"是啊，6月份就结束了。"

"哦，那你有什么打算吗？"

苏庆春又补充道："今年考博怎么样啊？"

"我……今年不打算考了。"

"啊？为什么不考啊？"

"我的情况再读几年博士，慧慧都30好几了，可能不会等了，"江况笑着回道，"再说我也不一定能考上，既然这样还不如早点工作，稳定下来。"

江况虽然是对着苏庆春笑，但是苏庆春能够感觉到江况的无奈，江况其实本身的条件非常好，只是硕士导师没碰到同时是博导，不然以他的条件直博很容易，可要是直博读别的导师的，那就难了。

前两年他考博了，但是总是运气不好，不是碰到这个原因就是那个原因了，要是真就这么放弃读博了，苏庆春真的觉得很可惜，特别是他工作了以后才知道对于医生来说，学历是多么的重要。

"就你的基础，今年肯定能考上的，要相信自己。"

"嗨……我的自信早没了。"

苏庆春听出了江况的失落，笑着宽慰道："嗨……你别灰心啊，也别给自己太大的压力，抱着考考的心态就好，这样或许反而会有你意想不到的结果呢。"

"我可不指望还有奇迹。"

"不是奇迹，你是有这个实力的，"苏庆春说完迟疑了一会，想了想又说道，"不过你想稳定找工作先上班也没错，毕竟也这么大年纪了，经济压力也是有的，更何况你这边还有慧慧一家人的期许，你要是真的觉得只考博风险太大了的话，那也是可以两手抓的嘛。考博也考，工作也找。"

"反正就这么放弃读博真的可惜了，你是不知道，对于医生来说，学历真的很重要，以后不论评职称还是申请课题都会因为学历而吃亏的，我就是吃了学历的亏，所以深刻明白学历对一名医生的重要性。"

"你应该报名了吧？听我说，别放弃，一定要去试试，考不考得上再说嘛，不要给自己太大压力就好了。"

苏庆春也是苦口婆心啊，师傅退休了，在医院里，江况也是他唯一的师弟，其他师兄师姐们的工作都不在这里，他自然地对江况有种特别的感情，就跟对自己弟弟一样，别人的事情一般苏庆春是不会多嘴的，但是对江况他还是比较上心的。

转行

江况也明白师兄的意思，更加能够切身感受到他苦口婆心，但他却回道："师兄，其实我，并没有报名。"

"啊？为什么呀？博士学历真的对医生很重要，你千万不要跟我一样一大把年纪了还在想着考博，那样真划不来。"

江况似意味深长地说了句："我知道，但是我其实也不打算继续当医生了。"

"啊？"

这个回答实在让苏庆春惊讶不已，作为临床医生，他深刻感受到了他的辛苦，就在昨天黄小培还在抱怨，但是，他从未想过放弃医生这个职业。

不当医生这样的想法，可能任何一名医生都会偶有此念头，但是真正说出来的时候大凡也都是抱怨一下，真正付诸行动不干了的还是少。

这样的事情不是儿戏，苏庆春听着江况的架势，却不像是说说而已。于是他追问道，"你这是什么意思啊？为什么突然不想当医生了？你是最近发生了什么事情吗？"

"没发生什么事情，"江况回道，"就是单纯不想干临床了。"

苏庆春想着江况最近在急诊轮转，急诊的工作很忙也很累，他是知道的。苏庆春才想着江况突然有这个想法是不是在急诊的时候发生了什么不好的事情，才顿生念头。于是他忙又宽慰道，"其实啊，医生的职业就是这样的，偶尔是会碰到一些难缠的病人或者家属，但是你不能因为他们而放弃自己的事业啊，这完全没有必要嘛，这种气可不能置哈，也得不偿失啊，而且大部分的病人还都是很好讲话的，那些都是小概率事件，忍忍也就过去了。"

江况看师兄有些急，似乎也会错了意，便忙解释道："师兄，我最近真的没发生什么事情。这事情我也不是冲动想的,而是思虑很久的,我也不会因为那些不相干的人左右我的人生的。"

"那你到底怎么想的吗?怎么会有这种想法的啊?"

"其实这两年规培,我已经深刻明白了我其实当临床医生并不是很合适。"

"怎么不合适了?"

"临床医生的工作实在是太忙了,可以说整个人整天几乎都待在医院里,根本没有自己的私人时间,也不可能有时间照顾家人和陪伴孩子,"江况娓娓道来。

"而慧慧呢,本来就是护士,也不像嫂子是老师,平时上下班都很准时,而且还有寒暑假,她这样的白班晚班颠倒本来不规律,特别是她还在妇产科,师兄你是最清楚的,她们的工作量很大,太忙了,要是我们两个人都这样工作的话,以后我估计连生孩子的时间都没有,更别说照顾孩子了。"

江况说的情况苏庆春是明白的,所以医生和护士在大家看来是很合适的搭配,但是其实真实的情况却不是如此,医生找护士的真的比较少,医生找医生的反而还多些,当然这跟护士和医生本身的学历差距也有点关系,大部分医院里的护士还是大专或者本科学历的,而医生几乎起步都是硕士,年龄上自然也是有差距的。

医生和护士都是要值班的,比起护士,男医生反而还愿意找女医生,但是更多的医生却是没有找医疗行业的,因为他们都太忙了,谁都希望在自己抽不出时间来的时候另一半能够有更多的时间来照顾家庭。

所以其实就像江况说的,老师其实是医生的首选伴侣职业,毕竟他们有寒暑假,有更多的时间花在家里。

"医生工作确实很忙,但是……"苏庆春欲言又止。

其实苏庆春想说夫妻两个人总要有一个人牺牲,毕竟江况学医实在是辛苦,从大学5年,到硕士3年,再到现在规培2年,都花了10年的时间,说不干医生就不干医生是不是太可惜了。

他想说与其江况放弃医生,是不是可以让条件稍微差的那个也就是让慧慧放弃护士这个职业,但是苏庆春没说出口,他知道这样说太自私了。

慧慧虽然是护士赚的没有医生多,但是职业从来就没有高低贵贱之分,又有何理由可以让她放弃自己热爱的事业?

苏庆春马上停止了自己刚刚的想法，然后改口道，"我是说是否可以让慧慧看下能不能换过一个轻松点的科室。"

"其他科室都一样，护士都是要跟我们一样，到哪里都要值夜班，都是很忙的。"

"反正我觉得你就这么放弃太可惜了。"

"不放弃怎么办？现在硕士找工作哪里那么简单啊！"

"你要不找师傅想想办法看。"

"算了，没用的，现在各大医院的硬性条件都摆在那里，必须要博士，师傅也没办法的。"

"那你规培结束以后怎么计划的啊？你们打算了吗？"

苏庆春看到了江况的决心，也就不再劝说了，只问道。

"我打算考我们医院的 opo。"

"opo？这是干吗的啊？我怎么从来没听说过啊。"

"呵呵，其实我也是不久前才了解到的，其实就是器官移植工作。"

"哦，我们医院招这个岗位是吧？"

"是啊。"

"器官移植？那是干临床吗？"

"不是，其实就作为医生和病人之间的第三方协商纽带的工作。"

"哦，那就是类似文职行政类工作了？"

"差不多吧。"

"那这跟你学了这么多年的外科似乎没啥关系啊？"

"说没关系也可以，但是也不是一点关系没有，至少这个职位也是要医学的基础的。"江况继续解释道，"不过这个岗位其实就是任何一个有医学知识的人做都行，也不是做临床的，要求本科学历就可以，而且也不是编制内岗位，是合同工，不过我也挺满意的，只要能待在医院工作，而且不是干临床也不会那么忙，挺好的。"

"那慧慧同意吗？"

"同意啊，就是她看到了这个职位让我报名的。"

"哦，你们要是两个人都商量好了，都觉得好，那也挺好的。"

"是啊，很难得有工作是能够留在我们医院的。"

"那现在这个岗位报的人多不？进展到哪一步了？"

"我刚刚考完了笔试，估计不久面试通知就会出来了。"

"哦,那就祝你成功吧。"
"谢谢师兄。"
苏庆春这是来急诊会诊的,看着时间差不多就跟江况话别了。

辛苦科研路

苏庆春在回科里的路上一直在想江况的事情，其实苏庆春还是觉得江况的决定太草率了，也可惜了，但是他又能怎么样呢？

说白了这是江况自己的事情，也是他自己做的决定，加上这几年苏庆春自己也已经看到一些人不从事医疗这个行业了，说实话确实现在的医疗环境越来越不太好了，对医生的要求也越来越高了，原本他感觉医生就是治病救人，现在光有技术明显是不够的。

你还要有良好的沟通能力，不然工作起来会很累，而且有很多的风险，这种身心的高风险真的很容易击垮一个人的信心，特别是刚刚入行不久的人，他们的心理承受能力本来就没有那么高，加上原本在学校里美好的幻想破灭，而且现在的就业压力又大，着实会让一些人有退缩的念头。

他也知道江况不是到了万不得已，应该不会这么选择，想当初江况刚刚读完研究生来实习的时候是多么有冲劲的小伙子啊，别人不做医生苏庆春不惊讶，他不做临床了真是苏庆春万万想不到的。

现在既然都这样了，他又能说啥啊，对于江况现在的处境他没有任何帮助办法，也解决不了，只有祝福了。

回到科里以后苏庆春又想到了自己，如今40来岁了，每天起得比鸡早睡得比狗晚，还是一个主治医师，而且家里呢，根本没法照应，像江况说的，要不是小培这么多年的辛苦付出家里都不知道成什么样子了。

钱也没有赚到多少，当初要不是毕业不久，小培到娘家借钱付了郊区的那套房子首付，之后碰到了房地产市场价格上涨，那现在的这套老房子根本就买不起，要以他的能力实打实地赚钱在上海凑足钱付首付，那估计自己全家现在还在租房子。

现在想来自己是钱没赚到家没顾到，再一想自己之前经历的医疗纠纷以及每天的工作压力，他顿时感觉江况的选择或许是明智的。虽然他不懂刚刚江况说的工作具体是什么，但可想而知肯定比临床医生轻松。至于其他的，只要夫妻合心一切都会有的。

想到这的时候他已经回到了科里，本想坐下休息一下喝口水，只是水杯刚抬起就有人喊道："苏老师，手术室那边床位空出来了。"

"哦！"

苏庆春无奈地赶紧喝了口水便跟着刚刚喊自己的实习医生去了手术室。每天的工作就是这样，连轴转，经常连喝水的时间都没有。

今天这台是四级手术，蔡君梅也上台了。

她的帕金森虽然一直在用药，但是效果却不是很好。上了台以后她除了一些主要环节上手其他都是交给了苏庆春。

这一台手术下来，已经到了下午2点多，他们便在手术室里把中午准备好的已经冷掉的饭吃了。

吃饭的时候苏庆春想起来了自己的文章，一方面他考虑到这段时间来蔡君梅对自己的一路照顾，第二呢，蔡君梅工作经验比较足，想让她提点意见，于是他笑着说道："蔡主任，我有一篇文章，是关于卵巢癌方向的，这题目我前前后后花了几年了，最近写得差不多了，要投稿了，我想您是否有空可以帮我看一下？"

"哦，是吗，可以啊！"蔡君梅欣然答应了，"你回头发我邮箱上，我抽空看下。"

"谢谢啊！"

"嗨，没事！"

苏庆春看了一眼蔡君梅，然后继续说道："这篇文章其实我算是准备了挺久的，就是实验数据是最近才算彻底完成的，而且我也已经跟美国的一家期刊联系了，可能有8分多。"

"哦，是嘛，那不错啊！"蔡君梅说道，"前段时间我碰到你师傅了，听他说最近好像马上又要开始聘副高了，让我提醒下你，你说这事我才想起来。"

"是嘛，今年又开始了。"

"呵呵……是啊，我不知道他哪里来的这么早的消息，不过看得出来你师傅对你的职称很上心啊。"

"可能他也觉得我这么大年纪了，还是个主治不忍心吧。"

"呵呵，其实你也还好了，40岁还年轻，不过假如你这个文章能在那个之前出来，那今年你的机会我估计还是比较大的。"

"真的吗？"

"应该是的，跟你一批进来的应该也没几个和你竞争的了，剩下的可能也就是些资历比你少一些的博士了。"

苏庆春一听博士跟他竞争，这心里就又不敢抱希望了。

"蔡主任，说实话我现在对这个都不敢抱希望了，希望越大失望也就越大。"

"嗯，摆正心态是好事，你今年可以试着考个博士看看。"

"嗯，我知道，其实这文章我主要还是希望能快点出来申请张主任的博士。"

"哦，这样啊，那是要抓紧了。"

"是啊，所以还要麻烦您了。"

"没事，我会尽快去看看的。"

苏庆春看着蔡君梅，继续说道："对了，我想把通讯作者写我们两个人的名字，您觉得怎么样？"

"这个不太好吧，我可是什么都没干啊，那多不好意思啊！"

按理说学生带老师的名字是人之常情，要是作者愿意，带上其他人的也说得过去，但是蔡君梅在苏庆春这个文章上并没有帮到什么忙，通讯作者就这么带着似乎也不太好，蔡君梅并不是那种喜欢占人便宜的人，所以她便拒绝了。

"呵呵，没事，在卵巢癌方面您也是专家，而且我这不是也需要您帮着修改修改嘛。"

"其实修改真谈不上，只能说帮你看看，把把关而已。"

"您担得起，写上您的大名或者还更容易过审一些呢。"

苏庆春的话其实是抬举蔡君梅，假如文章合作的是一些业界有名的人确实可能会起到苏庆春说的效果，但是蔡君梅还没有达到那个级别。

蔡君梅知道这是抬举自己，既然苏庆春这么坚持，而且也是好事，她也就默认了。而后她又补充道，"哦，对了，最近因为某些论文造假的事情搞得这文章审核很严了你知道吗？"

"听说过。"

"现在各大院校乃至医院对于文章都查得非常严，你的文章数据方面一定要看清楚。"蔡君梅提醒道。

"我知道,文章我们肯定是要谨慎的,您也不必担心,您通讯作者是没任何问题的。"

"好吧,我会尽快去看看。"

"好的。"

说完两人便一同离开了。

其实苏庆春发文章加蔡君梅的名字她是很高兴的,这一来是证明苏庆春对自己足够的尊重,二来嘛,作为一位医疗从业者来说文章其实还是很重要的,即使她是一个将要退休的人,也不会怕多的。

可是蔡君梅又是一个很谨慎的人,这不光是她,大部分人其实都一样的,因为文章这东西带着自己的名字就跟自己的利益捆绑在一起了,有利益就有害,假如出了什么事情她也一样逃不了干系。

所以对这种自己没有参与的东西,她更加谨慎,即使是自己的学生,她发表之前也是要再三斟酌仔细校对的。

对于苏庆春的好意她是很高兴的,可心里也是非常不放心的,所以才说要自己看看,她一定是要自己看过了才肯挂自己名字的。

科研这一项工作是非常谨慎的,容得不一点造假,而它又有个特性,就是不确定性。

试想一下,一项实验实验者可能都需要几百次甚至上千次的验证,有细胞实验,还有动物实验,而每一个大实验背后又是无数个小实验组合而成的,每一次的错误和污染都会造成数据的错误和偏差,人们有时候又会出现了一个的结果就会使用那个数据,但是却有可能保证不了很高的重复率。

这就是偏差所在,而且每一次的失败对实验者都是一种打击,所以科研工作其实不是那么好做的,需要很强大的内心,也需要花大量的时间,有时候一个课题可能二三年都做不出来,甚至需要三五年才能勉强出来。

而苏庆春的这个项目就是之前交给师妹做了三年做到半途人家都毕业了还没结束,苏庆春自己实在没时间在实验室里,所以最后交给了专业的公司帮忙完成最后的数据。所以,蔡君梅的谨慎是对的,也是应该的。

又生一计

下了手术以后苏庆春就记着这事情,马上把写好的文章发给了蔡君梅,并让蔡君梅帮着尽快审核,因为他想尽快发表靠着这文章申请到今年的博士资格。

就打开电脑用U盘拷出自己文章的时候他都没闲着,这点功夫就来了两三波病人问询病情。

好不容易把文章发了他便打电话告诉了蔡君梅,蔡君梅知道苏庆春比较急,于是收到文章后她也马上去看了。

而苏庆春之后又有两个术前谈话,一切忙完以后看了下手机又是晚上7点多了,他收拾好一切后便驱车回家了。

今天回家的时候正好碰到黄小培也在吃饭。

"欸,你怎么今天也这么晚啊?"苏庆春边往厨房走边问道。

黄小培先是看了一眼雷打不动坐在老位子客厅看电视的公公苏铁军,然后回道:"先吃饭吧。"

苏铁军也跟着黄小培的眼神回头打量了下客厅。

此时客厅只有父亲一人。

"轩轩呢?"

"妈带着在洗澡。"

"哦。"

说完便去厨房洗手准备吃饭了。

吃饭的时候黄小培明显跟往常不一样,不说话。

苏庆春看她那样子,心想着:"不会又吵架了吧!"但是只要黄小培不主动提,他也断不会主动提起,这样还省去了一些烦恼。就当不知道。

等吃完饭后他回到房间,看到黄小培正在梳妆台拿着计算器在算着什么。

"你在干吗呢?"

"你爸……"黄小培没说完就停了下来。

"我爸怎么了?"

"你爸向你借钱了吗?"黄小培问道。

黄小培这一问,把苏庆春问住了。他不知道黄小培是指什么钱?什么时候?会不会是问之前借钱买房子的事情?难道自己向陆飞虎借钱的事情被发现了?转而他又想,应该不会,要是发现了那小培应该不会这么淡定。

黄小培看苏庆春一直不说话,再次问道:"到底有没有啊?"

"你为什么这么问啊?"苏庆春说道,"我这每天很忙,跟他说话的机会都很少。"

"哦!"黄小培拖长了调子。

"你怎么突然这么问啊?"

苏庆春问道。

"嗨……刚刚你爸跟我说借钱了。"

"借什么钱啊?"

"还有什么钱啊?买房子的钱呗。"

"买房子?"

苏庆春这厢自是纳闷不已,心想着当初买房子的时候不是已经拿钱出来了嘛,怎么又来借钱了,但是这自己拿出的十万块是背着黄小培的,他肯定不会说出来。

"是啊,去年你还记得老二一直吵着买房子邀着我们一起买我们没答应的事情不?"

苏庆春看着黄小培,没说话,只点点头。

"他看来不花点我们的钱是不会买了,现在不邀着我们买了,就说借钱。"

"借多少啊?"

"5万!"

"他是看好了房子?"

"不知道,就说有比较合适的房子,要30万块钱,他向别人借了还差5万,所以向我们借。"

这么一解释,苏庆春算是明白了,看来他这个弟弟过年的时候是听进去自己的劝了,这回真是去找房子了,居然已经看到了30万的。而且明显他也学乖了,不向自己开口,直接让父亲找了妻子,这样反而不会让他难做。

"哦,只差5万那就借呗。"苏庆春先是看了一眼黄小培的脸色,然后笑着回道。

"他们诚心买房子,只差这5万,既然都让爸找到我们了,而我们作为大哥大嫂的也没有拒绝的道理。"黄小培回道。

其实黄小培当初他们说建房子她是很不同意的,现在老二自己既然要自己买房子,对她来说是好事啊,至少不会再拉着她一起集资给爸妈买房子了。

而且现在也说得很清楚是借钱,又不是不还的,他们还说得很好,说等两年就还上,确实让黄小培也没不借的道理,而且只要这房子买了以后他们再也不会打一起买房给父母养老的主意了。所以黄小培权衡了下利弊,决定这钱借。

苏庆春一听黄小培这么爽快,都有些意外,毕竟当初在他刚刚毕业不久,为了凑齐郊区的那套新房的首付,她到处借钱,唯一在自己家没借到一分钱,还怕她还记着这仇呢。

"呵呵,小培,你说得对。"苏庆春问道,"那你这是在做什么啊?"

"算账呗!"

"什么账?"

"还能什么账啊,就是我们的存款啊!"黄小培说道,"我看了下我们这里有定期10万是存了两年了,还没到期,就这么取出来划不来,活期有4万多,加上我们两个这个月的工资再扣除这个月的生活费、按揭费还有给妈的辛苦费,差不多应该会剩余1万多,加起来正好就是5万多点。"

"那刚刚好。"

"嗯,他说多了我也拿不出来了,也就这么多了,不过还要等到10号发了工资以后才有。"

"10号,那也快了,应该他们没有那么急吧。"

"爸的意思是能越快越好。"

"这么急啊?"

"那也没办法了,再急也没用,我们也只有10号以后才有。"黄小培说道,"我刚刚是这么跟爸说的,他好像还有些不高兴呢。"

"哪有买房子这么急的啊,而且也没办法。"苏庆春说道。

"就是啊。"

得到丈夫的肯定,黄小培这会倒是释然了,说道:"那你也这么想就行了,待会我跟爸说去。反正要就是 10 号以后,实在等不了就没办法了,别到时候说我们不借。"

"嗯。"

说着黄小培便走出了房门,并把情况分析给苏铁军听了一遍。苏铁军一听,居然满口答应了。

黄小培高兴地回来告诉苏庆春这个消息,这算是各自达成了认同,各自安好了。

其实苏铁军借这钱哪里是苏庆福买房子啊,而是他眼见着那边投资越来越顺利,最近又出来了一个新政策,只要是老客户追加投资,利润在原来基础上再提升两个点,苏铁军一听这消息马上跟苏庆福商量了。

两人最后做出决定,继续找苏庆春借钱,但是这回他们知道不能再找苏庆春了,买房子简直是个完美的借口,可以正大光明找黄小培借钱。于是就出现了现在这一幕。

操碎了老母亲的心

很快便到了 10 日，今天正好是苏庆春值班，黄小培也算是有心的人，知道公公对这笔钱比较急，当天钱到位了她马上就通过网上银行把钱打到了苏铁军提供的苏庆福账号上。

钱打过去以后她怕庆福那边没有发现还特意打电话告知了，以显诚意。而苏庆福收到转账电话后，挂上电话马上便去银行又把这笔钱转给了苏铁军。

苏铁军收到钱以后自然是马不停蹄地赶到了投资公司，把这笔钱悉数都交给了工作人员去管理了。

至今为止，他们两父子陆陆续续在这家公司投资了 40 万，每月的收益按照他们预想的话，那有将近 7000。

7000，这笔钱可以当老家两夫妻的工资都有富余，对苏铁军来说是一笔相当不错的稳定来源，现在他们父子约好的，每月收益平分，再加上何美珍每个月还能从黄小培那边得到 4000 的辛苦费，这样一来苏铁军每月等于稳定收益 7500 了，现在睡觉只要想起自己每个月都能有 7500 的进账，他都能笑醒。

苏铁军想着从前过惯了苦日子，也没赚过什么大钱，没想到老了居然还赶上这样的好事，这可是稳定收益啊，而且只能越来越高，甚至比一些曾经羡慕的铁饭碗的退休工资都高啊，他最近常常用时来运转来形容自己现在的生活。

晚上黄小培回来的时候还特意跟苏铁军说："爸，钱我已经转给庆福了。"

钱虽然是以苏庆福的名义借的，但是毕竟是由公公苏铁军转达的，所以黄小培还是把情况告诉一下公公，省得他还惦记着这事情。

苏铁军只淡淡地回道："哦！"

黄小培还纳闷之前公公催死了，现在怎么听到转账了这么淡定呢。

她哪里知道这笔钱苏铁军早就知道到账了，而且都已经通过他转到了别人的口袋里了啊。

"让庆福房子买好了好好装修，难得买房子，装修也不能马虎，过年我们也好去暖暖房。"黄小培边吃饭边笑说道。

"哦……"苏铁军依然是淡淡地应道。

何美珍从厨房里端出了轩轩的饭碗，正好就听说买房子装修的事情，她一听房子有着落了，也是高兴，忙搭话道："怎么，庆福的房子选好了？"

何美珍其实对这两父子做的事情是一点都不清楚，之前借钱买房子倒是通过她，但也是怕苏庆春不借才通过母亲的，这回，苏铁军他们断定以何美珍的想法是不会再主动找老大再借钱的，所以这回他们跟何美珍只字未提买房子再借5万块钱的事情。

这回苏铁军是他自己主动单独找的黄小培。

"对啊，妈，您还不知道啊？"黄小培笑嘻嘻地说道。

"我不知道呢。"

"呵呵……庆福这次保密工作做得还蛮好的，"黄小培说道，"妈，他说已经选好了，我打钱过去的时候还跟我说这两天就可能签合同了。"

"啊，真的啊。"何美珍惊讶完回过神才注意到黄小培前面的话。

"打钱？他向你借钱了？"

"嗯，5万。"

"又借钱！"何美珍想都没想就说了出来。

"又借钱？什么意思啊？"黄小培问道。

苏铁军看何美珍都要露馅了，忙解释道："之前他不是向你们说过一次买房子的事情嘛。那回不是没说好嘛，后来他也没买成。"

"哦，是啊。"何美珍也呼应着，此时她忙补漏洞了，"我在想他怎么又来借钱了。"

"上回那不是说合着一起做嘛，我是觉得没必要，现在庆福说是自己单独买，看好了一个不错的房子，正好就差5万块钱。"

"哦。"

何美珍一听，看着黄小培丝毫没有想象中的难看，猜着黄小培没发现自己刚刚的不慎嘴漏也安心了。但是转而又想，黄小培对这笔钱的用处这么详细而她自己却丝毫不知道这件事情总感觉有古怪。于是又看了一眼苏铁军。

苏铁军看到何美珍望着自己，问道："你看着我干吗啊，买房子是好事啊。"

"那不是还借钱了嘛。"何美珍瞪苏铁军问道。

因为之前买房子到时候就说好了老大家就出10万，本来何美珍以为房子就买了，结果迟迟没有买房子的后续消息，等回家以后才发现房子压根没买，后来何美珍留了个心眼还特意问了自己的房子，问自家老二有没有打听卖房子的事情，房东回答的是从来没问过，这事情就让何美珍开始怀疑这钱的去向了。

她知道老二是什么样的人，曾经赌博可欠了不少债，所以怀疑这买房子的事情是不是就是捏造的，可是一问老二，他回答得却是滴水不漏，说知道房东的底价了，压根就没想买这房子。

何美珍还是不放心，因为当初苏铁军也说会出一部分钱，所以还特意让他去打听下是不是老二找了房子，那钱千万别让他花在别的歪道上。

她哪里知道苏铁军这回跟以前也不怎么待见的老二搅和在一起啊，她从苏铁军那里得到的也是没选上好房子的答案。这才让她放心。可这次老二居然略过自己找到了老大又要钱，不得不让何美珍留个心眼，这回房子是否会真的买到了？

"借钱那不是正常，买房子谁还没借过钱啊，再说了，这借钱不是老二找老大借的嘛，你看着我干吗啊，又不是我借的。"

"那这回房子肯定能买到吧？"何美珍反问苏铁军。

"这我哪知道啊，"苏铁军回道，"你要问老二啊。再说了，刚小培不是说了嘛，老二说就这两天的事，估计那就快了吧。"

何美珍慢慢放松了警惕，问道："那他打算买在哪里啊？"

"这我哪里知道啊！"

"他没告诉你啊？"

"没呢！"苏铁军又补充道，"管他在哪里呢，反正说快了就是好事。"

"快了是好，但是他上回不也说买房子，后来不一直没下文嘛，搞得我都有点不敢相信他了，再说老二这孩子做事情确实有时候也是不靠谱。"何美珍又质疑道。

"上回没买成不是说了钱不够嘛。"

红楼梦

面对苏铁军的回怼何美珍也无力反击了,只无奈地说道:"真搞不懂他们,买那么大的干吗啊,能住就行,再说自己本身就没多少钱,还挑三拣四的,这不好那不好的,按照他们的挑法整个镇上的房子都看遍了也不一定能选得上。"何美珍说完又补充道,"要不你最近抽空回家去看看,帮他把关把关。"

"我有什么好把关的啊,房子最后还是他们住得多,我一个老人,跟他们看上的肯定不一样了。"

"老二这孩子从小做事情不着调,你去看看至少可以让他多注意着点,别让别人骗了。"何美珍当着黄小培的面不敢说出自己担心他拿着钱不是去买房子,而是去赌博。

"你儿子精着呢,都30好几的人了,骗什么啊,再说了不也有琪琪在家嘛,我回去顶啥用啊,不去。"苏铁军急忙回击道。

"我主要是怕他这房子啊,又……买不成。"何美珍只差把话说白了,各种暗示苏铁军。

"买不成那可能就是不合适呗,急什么啊。"

"啧……"何美珍见苏铁军总是没接到自己的用意有些急了,但又不知道该怎么暗示。

黄小培见婆婆有些着急,似乎很担心的样子,便说道:"妈,买房子这事情啊,其实也急不来,假如没买成估计也是哪里出了问题,有问题及时发现是好事,买房子也不是买菜,这买房子容易卖出去又没那么简单呢,这时候我觉得庆福谨慎点是应该的,要是着急忙慌地买了,反而怕以后后悔。"

"就是啊,小培说得没错,买房子还不就该谨慎点啊,不然买回来后悔都来不及,这回啊,是老二办对事情了,你还老是在那里瞎叨叨。"苏铁军忙跟着黄小培的话附和上去。

何美珍听到两人都这么说了，而且把话再挑明了也不好，而且她想到的这些都是猜测而已，或许真如大家所说的庆福是在认真地选房子呢。于是她无奈地说道："那我待会打个电话，让他多注意注意吧，这楼层啊，漏水的什么的都要注意，可千万不能买顶楼，不然肯定容易漏水。"

"对，这个是要交代一下，还有这房子什么时候交付，是不是现房也要搞清楚，最好是现房。"黄小培也提醒道。

"嗯，我知道，我现在就打电话问清楚下。"说着何美珍便去房间找手机了。

电话里苏庆福是丝毫不露本色，把母亲也是骗得团团转，并说过两天就回去跟老板签合同，很快房子就会到手了。

何美珍一听，这房子看来是真的有着落了，也是高兴，既然钱已经借出去了，那这擅自多借钱的事情她也不再纠结了。

第二天便是周六，今天正好黄小培补习班不当班，她难得的上午可以休息一上午。

最近天气一直是阴雨沉沉的，恰逢今天太阳当空照，暖暖的，非常的舒服，原本黄小培还想睡个懒觉，结果太阳透过窗帘直接射到了床上，把她眼睛都刺醒了。

这么好的天气，就这么睡着似乎都辜负了，于是她便起床吃饭，然后把橱柜里的衣服全都拿出来放到阳台上晒了晒。并趁着这么好的机会把自己的房间也整理了一番，正当她准备把房间的书架移下位子的时候在书架的背面地下发现了一本掉落的书。

那本书看着应该是掉进去很久了，上面满是灰尘，她捡起来轻轻拍了拍才勉强把表面的灰尘扬去。但可能书本身太旧了，封面斑驳泛黄，但似乎纸张保存得还好，再仔细一看发现这是一本非常久远的《红楼梦》，这本书黄小培从来没见过。

按理说这书架上的书应该就是他们两个的，可是苏庆春的书除了医学方面的，她就从未听说过还有别的书，更别说这么旧的书了，看着比他年纪还大。

黄小培猜想这会不会是原来的房主留下来的，但是搬进来的时候他们都做过大扫除了啊，没理由这么一本书都没发现。

出于好奇，黄小培又仔细一打量，发现这本书居然不是小说，抬头题目后面还紧跟着两个字锡剧，下面还写着编剧是谁，最底下则印着几个字：江苏人民出版社。

锡剧，流行于沪宁沿线以及杭、嘉、湖地区和皖南城乡的地方传统戏剧，现在是国家级非物质文化遗产之一。

黄小培虽然不是这边的人，但是在上海这么多年，还是偶有听说过的，看到这里黄小培就更加断定这书不是苏庆春的啦，他一个江西人怎么可能会有这么老的锡剧的书呢。没这个可能。

不管这本书是谁的，既然在这里了，自然勾起了黄小培的好奇，她又翻开书发现里面就跟剧本一样有很多唱段，还有图片，简单地翻了一下，这应该就是一种锡剧的剧本。

再翻到扉页，发现这本书居然是1956年出版的，果然是历史久远啊，这本书比黄小培父亲的年龄还大呢。

在她准备把书盖上的时候在封面的第二页发现有几个字，那个字应该是拿笔写上去的。终于能找到主人了，可是在书架后面光线昏暗，加上时间久远字迹都有些模糊了，于是她拿着书走到了卧室的阳台前，仔细一看模糊地可以看到那个字迹端正有力。

书山有路勤为径，学海无涯苦作舟。

最后还有落款，赠予美珍。

"美珍!"

黄小培念了一边，原来这本书是别人赠与的，难道这本书的主人叫美珍？

"美珍!"

黄小培再念了一遍，总感觉这名字有点熟悉，但是又不知道在哪里看到过。突然一个念头唰地出现在她的脑海。

"美珍，婆婆不就是叫美珍嘛。"

婆婆的全名黄小培是真不知道，因为她也从来没问过苏庆春，公公平时也很少叫婆婆的名字，喊她经常都是骂人的话，但是偶尔还是会听到喊一声美珍的。

但是黄小培并不知道这个美珍具体是怎么写的。现在看到这个名字，猜想这会不会就是婆婆的名字啊？

来历不明的书

这本书可能是婆婆的,这只是黄小培脑海刷得一下的念头,之后她马上否定了自己。

即使婆婆名字真叫美珍且也是这么写的,黄小培也认为这应该只是一个巧合而已,这本书就是婆婆的基本不太可能。

因为黄小培印象中公公连很多常规字都不认识,听丈夫苏庆春也说过公公就没读过什么书,现在认的字估计仅限于自己的名字而已。

既然这书是别人赠予的,那公公赠予完全可以排除了,先不说那字笔力雄健有力,别说是大字不识几个的公公写了,就连学了好几年书法且一向自居还不错的黄小培也认为不及那人的字。

而婆婆呢,倒是听苏庆春说念过几年小学,倒是有些见识,但是也仅限于比公公多认识几个字,稍微懂一些知识而已,虽说这本书里写的字不是书的主人写的,是别人送的,那送的人绝对文化程度很高,在婆婆那个年代她哪里又有机会认识学识那么高的人啊。

即便是认识,人家送书最起码是会送给懂这本书的人吧?黄小培再看了看眼前的这本书,别说婆婆了,就连自己作为读了这么多年书且还是一名老师,翻开都有很多不懂得。

这本书怎么可能会是送给她那个在黄小培眼里只有柴米油盐酱醋茶、小心计较的婆婆呢。

后来她也不想了,也猜不出什么所以然来,反正也没什么事情,她便慢慢地翻开了书,徜徉在文字的海洋里。

也不知道过了多久黄小培房间的门打开了。

她抬头一看是苏庆春。"诶,你怎么回来了啊?"黄小培边翻着书边问道。

"今天是周末,查完房没事就回来了呗,而且现在也不早了,我看妈饭都快做好了。"

"啊，这么快饭都做好了。"

"哪早啊，已经到了饭点了。"

"不会吧，几点了？"

"快十二点了。"

黄小培不敢相信地打开放在旁边的手机，一看果然。"天啊，怎么就这么晚了。我这一上午感觉刷地一下就过去了。"

说着黄小培便从阳台旁边的小椅子上站了起来，并伸了伸懒腰。

"你一上午干吗了，这么忙？"

苏庆春看着黄小培这一副疲惫的样子。

"我还能干吗啊，一上午都在收拾东西呗。"

"你不是一个月才轮一次周六上午休息的嘛，我还以为好不容易来到周末你会好好睡上一觉呢。"

"我也想睡一会儿啊，但是真的作息习惯了到点就会醒来，真没有睡懒觉的命啊，"黄小培说道，"然后看着今天难得出太阳就把东西拿出来晒晒，估计过两天又要变天。"

"哦。"

苏庆春昨天晚上值了一晚上的班，遇到了两个急诊手术，忙到凌晨2点多，之后又被护士叫起来了几次，一晚上是根本没睡，此时他正躺在床上想趁着这机会打个盹。

黄小培看着苏庆春躺在床上，便拿起今天发现的书走到床前说道："我跟你说我今天发生了一件怪事。"

"什么事啊？"苏庆春有气无力地问了句。

"你看，这是什么？"黄小培说着还特意把这本书拿到了苏庆春眼前。

原本苏庆春眯着的眼睛看到眼前有东西便用力睁开，看了一眼，然后又闭上了。

黄小培原本想着苏庆春看到这么老旧的书应该也会跟着自己一样好奇，没想到他看了一眼那本书丝毫没有波澜地闭上眼睛，并问了句："这书你在哪找到的啊？"

"书架后面，你说奇怪吧，我们明明当时搬进来的时候到处都打扫了，也没发现这书啊，你说是不是见鬼了？"

"见什么鬼啊，那书是我放在书架上的。"

苏庆春说完还嘀咕了一句,

"我说怎么一直没看到呢,原来是掉书架后面了。"

"不会吧?你放的?"黄小培不敢相信地说道,"你知道这是什么书吗?看清楚一点。"

黄小培猜想苏庆春看错了,还特意把书的封面再次放到了苏庆春的眼前。

苏庆春看着黄小培一惊一乍的样子,回了句:"我知道啊,这是一本《红楼梦》。"

"这不是普通的《红楼梦》。"

"我知道啊,这是一本锡剧的剧本,里面扉页还题了字。"苏庆春闭着眼睛淡淡地说道。

"你还真知道啊。"黄小培此时开始不淡定了,"你怎么会知道啊?"

"都说了,这本来就是我放到书架上去的,我当然知道了。"

"这真是你的书?"黄小培再次确认了一遍。

苏庆春明显已经有些不愿意回答了,只点点头。

"怎么以前没听你说过你还研究过锡剧啊?"

"研究啥锡剧啊,我连自己专业都没那么多时间研究,我也不懂那个那剧。"

"你不研究,也不喜欢,那你买它干吗啊?"

"不是我买的。"

"这不是你在旧货市场买的?"

黄小培想着这书这么老,猜想肯定是苏庆春在旧书摊上淘的。

"不是啊。"

"那你书哪里来的啊?"

"我妈给的。"

"你妈给的?"黄小培再次惊呆了,"不会吧?"

"这是你妈的书啊?"

"你妈真叫美珍啊?"

感叹之余她又连问了好几个问题。

"是啊!我妈叫何美珍,你不知道吗?"

"我哪里知道啊,又没听你说起过,你妈怎么会有这样的书啊。"

苏庆春解释道:"嗨……其实这书原本主人也不是我妈。"

"我知道，这书是别人送给你妈的嘛，可是你不是说你爸不会写字嘛，也没进过学校，怎么可能写出这样的字啊？"黄小培质疑道。她想当然地认为那个年代送东西的人都是自己情人。

"我没说是我爸送的啊，我爸那个人哪里会是这本书的主人啊，估计他连红字都不认识。"

"就是啊，那这书会是谁送的啊？"

"不知道，就听我妈说是一个朋友送的。"

"一个朋友？什么朋友啊？"

"这我哪知道啊。"

"欸，我跟你说啊，这书里面的字可是写得非常不错，一看就是练家子，你妈到哪里认识这样有学识的朋友啊？再说你妈那个年代，这送书应该关系也不一般吧？"

"不知道。"苏庆春明显对黄小培的无聊猜测不愿意理会。

盘根问底

黄小培今天是对这书产生了极大的兴趣，可没工夫顾上苏庆春愿不愿意回答了，她又问道："你没问啊？"

"她就说是一个朋友送的，我问那么细干吗啊？"

"那既然是她朋友送给她的书，干吗她又给你啊？"黄小培说道，"这不是很奇怪嘛。"

"这有什么好奇怪的啊，这书是我来上海读书那年她给我的，虽然我不知道她为什么给我，但是肯定也是她的一片好意。"

"她就这样给你书，就没说点什么吗？"黄小培的好奇心被彻底打开了，似乎不打破砂锅问到底这心里都是堵着的。

苏庆春叹了口气，明显不怎么想再理会黄小培了，为了避免她再问，他一个翻身，屁股对着黄小培，并闭着眼睛。

黄小培此时管不了苏庆春不理了，话题都到这里了，肯定要继续问下去，这或许就是女人的八卦心，拦都拦不住。只见她用手轻轻地扯了扯苏庆春衣服，见没反应，又用手肘怼了怼他的背。

"哎呀，别问了，我都困死了，先睡会。"

"这马上就要吃饭了，还睡什么啊，你说说看嘛，你妈给你书的时候跟你说啥了？好好回忆一下。"黄小培用带着渴求的眼神看着苏庆春，并笑嘻嘻地朝他说道。

苏庆春斜眼看了一眼黄小培，实在觉得她很八卦，真心不想理了。

黄小培也明白这是婆婆的私事，自己有点刨根问底了，但是耐不住这好奇的心，她好声好语地接着解释道，"我的意思是你妈这样从来不看书的人突然给一本这样的书给你，你不觉得太奇怪了吗？她当时给你的时候肯定说了什么，你好好想想。"

苏庆春知道拗不过黄小培了，不告诉她肯定会一直问的，便随口一句:"她能说什么呀,不就说好好读书之类的话,那年我高考正好来上海读大学,我猜想她也没什么跟读书有关的东西能送给我的,家里也就只有这本书,至于我有没有用估计她也管不了,就觉得是书,跟我匹配就给我了呗。"

苏庆春其实都懒得去想,只随口这么一回而已,就是为了堵住黄小培的嘴。

"哦,那也有可能。"黄小培似乎认同了这个说法。

"只是我感觉好奇怪,既然是朋友送给你妈的书,应该也是送你妈喜欢的东西吧?怎么之前也没听过你妈喜欢锡剧啊?而且那个朋友既然要送东西给你妈,应该送她喜欢的类似什么衣服啊,头花啊什么的,似乎这些才更加适合那个年代和你妈才对,这人送什么锡剧给你妈啊?你妈哪懂这个啊?"

"这我不清楚。"

"就是啊,你也奇怪吧?这个朋友送这书给你妈就跟送一个厨师一台钢琴一样,说得不好听的,再好也是摆设啊!"黄小培继续说道,"而且这锡剧原本就是江浙沪这边的地方特色戏曲,那送这个的人要么就是这里的人,要么就是热爱锡剧的人,反正怎么想,你妈这一辈子都没离开过江西的人怎么会认识这两种人呢?"

"这我哪知道啊。"

"你不觉得奇怪吗?"

"这有什么好奇怪的啊?"

"这难道还不奇怪啊?

"一个乡村的妇人家里收藏着一本锡剧《红楼梦》,而且我刚刚查过了,这本书还是绝版的,还挺有收藏价值的呢,再说了,也从来没听你妈说过喜欢红楼梦和锡剧啊!以我看啊,这事情实在是古怪得很。"

"嗨,你想那么复杂干吗啊?这本书兴许就是她路上捡到的一本书。"

"瞎说,这明明是人家送给她的,都有落款,赠与美珍。"

"也许这字就是她自己写上去的呢。"

"她自己没事写这个干吗?"

"怕被人知道是捡的呗,乡下人得到一本书难得。"

黄小培嗤之以鼻道:"你妈能写这么好的字?就算是我信,你估计都不敢信吧？"

这话里是满满的讽刺。

"哎……就是一本书，你想这么多干吗啊？管它呢。"

苏庆春真的不想再跟黄小培为了这一本旧书掰扯这么久了，他打了个哈欠，说道："我昨天一晚上没睡，要睡觉了，不说了，你待会吃饭的时候再叫我。"

黄小培看苏庆春是真的不想再说这事情了。自从知道这本书是婆婆的时候，她内心的好奇心就像洪水开闸一样，一发不可收拾，特别是她越细想就越好奇了，她真想把这本书拿到婆婆眼前直接问她书的来历。但是转而又想，这事情也不好直接问婆婆，假如真是跟苏庆春猜的一样是捡的，那多尴尬啊。

算了，反正就是一本书，黄小培也不纠结了，权当就是捡的吧，而且虽然在那个穷乡僻壤的地方捡到这样一本书，而且保存得还这么完好的可能性小，但似乎这个可能跟别人送给她的比起来，或许这个捡到的可能性还真的最大。

她最后只好无奈地说道："这本书估计就是你妈捡到的，只是碰巧人家正好送给了跟你妈名字一样的人而已，不然以这书主人的学识怎么可能送一本这样的书给一个大字不识的乡村妇人呢。"

苏庆春被黄小培的大字不识的乡村妇人激到了，他突然说道："什么叫大字不识几个啊？这句话你可以形容我爸，但是不能形容我妈。"

"你妈不也就比你爸多认识几个字，差不了多少。"

"那差多了，无论是见识还是学识，我爸跟我妈都没得比，你也别这么小看我妈，我妈现在可能在你眼里确实跟其他老太太没区别，但是她年轻的时候其实很好学的，只是后来我们兄弟俩出生了以后没有那个时间了，也没条件让她学习，她跟一般的乡村妇孺还真的有点不一样，我记得我读初中的时候在家背《醉翁亭记》卡壳了，她居然能把后面一句给我背出来。"

"不会吧？你妈都能背出《醉翁亭记》？"

"她能不能全部背出来我不知道，但是她能在我随机的一句卡壳中就补上后一句肯定是对这篇文章非常熟悉的。

"后来我才知道我初中大部分的古诗词她基本都知道，而且都学过，从那时候开始我才知道她比我想象的厉害多了。

"我小时候读书没有人赞成，就只有我妈一直坚持让我读，要是没有她，我肯定连初中都毕不了业，不是不会读，是不让读。"

苏庆春说着自己母亲的时候眼里都有光。

教育深思 1

黄小培听到苏庆春说的话都愣神了。看着他说完了，惊呼道："天啊，你说的这个人还是不是我认识的那个每天就知道催我生二胎，有些重男轻女的婆婆啊？"

"我妈现在确实思想有些跟不上时代了，但是她其实也是为了我们好，两个孩子以后有个照应。"

"两个孩子是两个孩子，她就是很明显的重男轻女。"黄小培反驳道。

"其实我也没搞明白她在那个年代读了那么多的书应该是思想开明的人，不知道为什么在这件事情上确实有些故事。"

"就是啊。"

"我想她变成这样也是这么多年在老家被洗脑的吧，跟着我爸，你想想能还保持着这么清晰的头脑已经算不错了。"

"那倒也是，比起你爸，你妈还是有很多突出的优点的。"

"所以啊，你别老是怀疑这个，怀疑那个，她能看懂这本《红楼梦》这点我是从来不怀疑的，所以她给我这本书的时候我也没多想，还有啊，她写的字也很好，现在她很少写字可能退步了，但是我小时候看到她给过好多人家写过对联，现在是不兴写对联了就没写了而已。"

"晕，你妈还会写对联，那我真的看不出来。"

"看不出来吧？所以啊，别老是一句大字不识地说她，她就是思想传统了一些，但是比起很多跟她差不多年纪的人，她简直是最优秀的，反正我心目中是这样的，她从小就是我的偶像。"

"这……还真刷新了我的三观啊，不是，你看我都语无伦次了，我是说你妈还真是让我另眼相看。"黄小培为了纠正自己的错误手脚都用上了，似乎在用全身的力气解释。

苏庆春看着黄小培手舞足蹈地解释自己的错误，憨笑着。

"你笑什么啊，确实很意外啊。"

而当小夫妻说话的时候，突然听到门外一声喊叫："吃饭了。"

"我妈叫吃饭了，吃饭去吧，不说了。"

"哦……"黄小培拖着长调，似乎这一下子都还没适应婆婆这一"超能技能"。

当黄小培跟着苏庆春从卧室走到客厅的时候，正好看着腿脚不好的婆婆从厨房端出了一碗汤一瘸一拐地走了出来，她的这个瘸腿平时黄小培还没怎么注意，不知道怎么地今天突然变得好明显了。

黄小培再对照着本尊想了想刚刚苏庆春说的话，这简直不可思议。眼前这个系着围裙，满脑子都是重男轻女且有些跛脚的妇人居然是那本书的主人？而且都能随口背出《醉翁亭记》：简直是反差太大了。

此时黄小培居然站在前面小愣了一会儿。

何美珍看到黄小培站在一旁不动，还喊道："小培，吃饭了。"

"哦。"这时她才从自己的惊异中抽离出来，忙跑到厨房洗手去了。

自从黄小培知道了婆婆年轻时的一些故事之后，似乎对她说话都客气了好多，而且跟她说话黄小培怎么感觉还有一股亲切感，这难道就是传说中的"跪舔"？

黄小培不愿意承认自己是一个对人不对事的人，可现在从自己的表现来看不得不承认这一事实了。

转眼又过了十多天，这个周六黄小培值班，中午就没回家吃饭，而苏庆春因为科里工作忙，这个周末也没在家吃中饭。

一天的值班让她也甚是疲惫，现在补习班的生意是越来越好了，她也越来越忙了，原本的操作已经让他们这几个起初的合伙人都有些架不住了，现在谢敏针对学生的兴趣又特意招了几个全职的老师在补习班坐镇，但很多老学生还是黄小培他们自己带，毕竟是一直带着，而且很多都是自己班上的学生，只有亲历亲为了。

今天黄小培在补习班听到了一个消息令她有些忧心，更确切地应该说是为自己的孩子操心起来了。

原来是她班上一个成绩很不错的孩子，今天家长来接的时候跟黄小培说自己孩子可能下学期要转学了。

黄小培很好奇，这读得好好的，而且这孩子成绩一直不错，为什么要转学啊？而且黄小培所带的还是重点班，就这些疑惑，她咨询了下家长，原本是想劝家长不要随便给孩子转学，对她的学习没好处。

后来家长的回答让她震惊了。

原来这位学生的家长对于孩子目前的成绩还不满足，她认为一个学校的教学氛围及学生氛围对于教育起着非常重要的作用，自己的孩子现在在黄小培班上成绩一直是第一、第二，从未跌出过第三名，可是家长却说自己女儿这个成绩在另外一个学校就连普通班的前十名都不如，只能算是重点班的中等成绩，甚至都不如中等。

这位家长说得真切，且深恶痛绝地说道："我的女儿在这样的教学环境下只会不思进取，永远享受在这第一名、第二名的虚名里面。中考不是跟一个学校的同学竞争资源，而是跟整个上海的孩子们一起竞争重点高中，而我女儿却一直活在自己永远是第一、第二的学习氛围里，她根本不知道自己真正的实力，很容易误判自己的能力，而且最可怕的是她现在也真的以为她自己很厉害，只要轻轻松松就能得第一、再不济也能考前三名，殊不知自己却被别人远远地甩在了后面。"

黄小培刚想反驳这位家长，想说她是不是太激进了。只是黄小培刚一开口说话，那家长又说道："我知道这跟你们没有关系，我也不会怪你们，孩子整体素质就是这样，也不能为难你们。但是我自己的孩子因为她在这样的环境下无法再拔高了，我是非常心痛的，俗话说没有压力就没有动力，你想想要是我女儿放到那样的高氛围高分数的环境下她想偷懒都不敢，只要一放松，人家就分分钟碾压她，她还敢懈怠吗？我一定要让她见识到什么才是真正的学霸，不让她麻痹自己。

"所以我决定了，下学期我一定要转学，黄老师，你是一名很好的老师，您也曾经是个学生，您应该能够深刻体会到学习氛围有那么的重要。"

教育深思 2

　　黄小培见这位家长说得真是激动澎湃,看的出来她真的是为了孩子谋划了许多,但是想法是好的,可黄小培还是觉得她说的有些异想天开了,转学哪里那么简单啊。
　　"我明白您的想法,您也是为了孩子好,可是我们不是初中是走学区的嘛,转学恐怕没那么简单的吧。"黄小培也不想打击这位家长,只实话实说而已。
　　"我知道,为了孩子,我愿意换房子。"
　　"换房子哪里那么容易啊,我听说现在好的学区房子都特别贵,而且好多还特别的小,重点是还很难找到。"
　　"古有孟母三迁,在那么困难的时候孟母都知道为自己的孩子创造好的学习氛围,何况是我们呢,再难我也要想办法找,只要是这个方向对的,功夫不怕有心人嘛,而且现在离下学期还有点时间,我相信我一定能找到的。"
　　"你真的想好了啊?即使是找到了,换到了那么小的地方你们能适应吗?孩子能适应新环境新学校吗?"
　　"我想得很清楚了,一定要换,孩子现在还小,适应能力也很强,我相信她一定会慢慢适应的,黄老师,你是不知道啊,我前段时间去了一家重点中学参观,才知道一个地方的学区直接反映的是一个孩子的素质啊,那些重点学校学区的孩子整体素质都要高些,这不是我危言耸听啊,是真的,他们的父母整体素质都偏高,自然孩子也是一样的,我去了以后就更加笃定要把孩子送到这样的学校来。
　　"你想想这样孩子以后长大肯定都是大有作为的,即使我的孩子并没有特别的优秀,那她这些优秀的同学也是一笔财富啊。
　　"所以砸锅卖铁我都要到最好的学区去买房,孩子读书时间不能等,我们苦点就苦点,到时候孩子学成了我们还愁住不到好房子嘛。"

那位家长说完拉着黄小培的手,继续说道:"黄老师,您也有孩子,您应该能够感同身受我现在的心情吧,我现在的良苦用心我相信孩子以后也能够理解的。

"真的,黄老师,你还没到我的年纪,你可能还不能理解,我以前为了事业甚至都考虑过不生孩子,后来拗不过家人在 36 岁的时候才生了她,到了我们这个年纪,才算看明白自己事业都没那么重要了,孩子的教育才是最重要的,在我们年轻的时候人家或许会问我们做什么工作的赚了多少钱,但是等孩子长大了,即使我们再能干,别人都是问你孩子做什么的,赚多少钱?

"这就是现实啊,所以再苦我也要把孩子供上去,我现在工作都辞了,我打算好好陪孩子中考,我相信你为了孩子好也会跟我这样做的吧?"

这一问把黄小培问住了。她突然发现自己作为老师,觉悟似乎没有这位家长高。

或者说黄小培此刻才发现原本自己一直以为为了家庭付出了很多,现在跟这位家长比起来自己真的小巫见大巫,反而是自己这段时间似乎太注重表面的自身轻松了,忽视了这位家长所谓的孩子最重要。

想想这段时间自己为了能够把补习班做好,为了所谓的自己的事业,对于孩子的学习确实有些松懈,而对于这位家长说的教育环境,黄小培似乎也忽略了,曾经苏子轩在学校里老是打闹,自己只想到了换班级,却没想到自己的孩子或者根本不适合这个学校的教育模式。

而且就像这位家长说的我们这个学区不算差,但也一定说不上有多好,这边住的人也鱼龙混杂,什么人都有,就像她说的好的学区那些孩子的素质和父母的素质都整体高一些,而现在自己所在的学区孩子的素质实话实说是参差不齐的。

环境决定一个人的命运走向这句话原本黄小培还不那么认同,她此时又突然想到了婆婆何美珍,她不就是个被环境被生活所迫的"曾经的有为青年吗?"

现在仔细想想苏庆春跟自己讲的年轻时的何美珍,虽然他没有细说她是如何努力,如何学习的,但是在那个年代,缺吃少粮、重男轻女的年代,特别是她还是个女孩子,能够做到不畏世俗,坚持学习,还能够真正地做到那么高的学习储备量，那份素养也是一般人无法比拟的，黄小培猜测她那时候一定也是人中人凤，绝对是个翘楚。

可是再看看现在的婆婆，黄小培丝毫看不出她之前的半点学识迹象，有的只有柴米油盐和无尽的生活斑斓，甚至跟那个时代一样，重男轻女。

黄小培相信何美珍也曾痛恨过那个时代的不公，不然不可能坚持让苏庆春一定要读书，她应该是希望自己的孩子能够帮着自己读上大学，完成自己的未完成的梦，可为什么偏偏现在的婆婆却活成了自己曾经批判的人的模样呢？

这是为什么？

你能说何美珍年轻的时候没有努力过吗？很明显她努力过，争取过，不然怎么可能随口就能背出多年以前学习过的一篇及其普通的文章呢，可见她对学习从未放弃也从未忘记，只是现实生活又不得不让她妥协。

设想一下，假如何美珍生活不在农村，而是在城里，假如她生活的地方没有重男轻女，而是让她也继续读书，或许何美珍也是一名老师，或者机关干部，更或者以她的能力都能成为一位领导也未可知。

无论她成为什么样都有可能，但是她绝对不会活得像现在这个样子，如此狼狈、如此卑微。何美珍或许就是被环境误了一生的真人实例吧。

想到这黄小培不禁后背一身冷汗，她想婆婆何美珍在年轻时每个晚上是怎么过的？面对这样不公平的生活环境，而自己却满怀理想和报复，那压抑着的理想和向往的生活无法达成该怎么去平复心情，那么多的夜晚她是该多么的漫长和难熬啊。

或许这时候，黄小培又突然明了了婆婆何美珍为什么在丈夫准备去读大学的时候把那本写有"书山有路勤为径，学海无涯苦作舟！"的书送给自己的儿子了，或许那本书无关锡剧和红楼梦，它只是代表着自己未完成的心愿和理想。

她仅仅只是希望自己的儿子带着自己的希望离开农村，离开那个令两人都伤心的地方罢了。

意外的客人

这一天黄小培对于教育和环境的影响想了很多,看到婆婆的现状她为她不公,但更重要的是她明白了,自己应该把心思花在孩子身上,对于孩子之前发生的种种乌龙和犯的错误,她都开始反思自己。

突然,她也有了一个新奇的想法:"为了孩子,换房!"

当然换房不是小事,她想今天回家跟丈夫好好商量下。今天她值班,等晚上忙完黄小培才匆匆忙回家吃晚饭。待她一开家门便听到家里非常的热闹。而且门口明显多了几双不认识的鞋子,正当她要换鞋子的时候突然听到一阵小孩子的哭声。

黄小培这厢还纳闷怎么会有婴儿的哭声。

正在这时候,苏庆春从客厅缓缓地走了出来。

他表情怪异地朝黄小培说道:"庆福和琪琪来了。"

她一听心里一惊:怎么这两人又来得这么突然没有一点征兆,黄小培再看着丈夫苏庆春的样子,她猜测他对弟弟和弟妹的出现也是很惊讶。

"庆福和琪琪?"黄小培一脸纳闷地看着苏庆春,心想着琪琪不是刚刚生孩子不过两个来月三个月都没到呢,怎么来上海了,怎么这回又从未听大家提起过啊,这真是把自己家当旅馆了想来就来想走就走啊。

这时又听到孩子的哭声,问道,"这是孩子在哭啊?"

"嗯。"

"孩子也带来了?"

苏庆春点点头,然后催促着,"赶紧进来吧。"

"什么时候来的啊?"黄小培边换鞋边问道。

"应该是下午吧,其实我也是刚刚回来不久。"

这时只见婆婆何美珍端着一盆水正从自己的房间走了出来,嘴里还念叨着:"这孩子拉了好大一坨屎啊。"她抬头见黄小培已经回家了,忙说道:"小培,你回来了,赶紧吃饭吧,我们都等着你吃饭呢。"

"等我干吗啊,你们先吃嘛,"黄小培尴尬地笑了笑,然后问道:"琪琪来了?"

"是啊!"说着黄小培在客厅看到苏庆福和苏铁军两人正和苏子轩一起看着电视,然后朝里面打招呼道:"庆福来了。"

"嗯,是啊,嫂子下班了?"

"是啊。"

然后黄小培又到处打量了一番,问道:"怎么没见到子涵啊?"

"她要上学,没空带她来,放她外婆家了,带来了我们也带不了,调皮得要死。"

经过这段时间带孩子,看得出现庆福早就厌倦了,满脸的嫌弃。

"哦。在姑妈家那边读书了?"

"没有,我妈也来镇上住了,就顺便跟着带子涵了。"

"哦,这样啊。"

"还聊什么啊,吃饭吧。"

放了脸盆的何美珍忙招呼大家吃饭。

"是啊,赶紧吃吧,开始就不用等我的。"

黄小培出于客气还是先去房间跟琪琪打了个招呼。

"琪琪呢,我去喊她吃饭。"

"不用喊她了,我直接把饭端过去吧,现在孩子正在喝奶呢。"何美珍回道。

"哦,那我去跟她打个招呼吧。"

何美珍说着先是看了一眼苏庆春,然后说道:"好啊。"

说完她便积极地领着黄小培往房间走去,去主卧的路上何美珍可能是为了让黄小培好接受,还主动解释道:"琪琪和庆福带着孩子不方便住我们那个房间,所以庆春让她住进了你们的房间,没事吧?"

"没事!"

黄小培嘴里说没事,其实还是很在意的,一是他们两夫妻这次来上海也不提前打个招呼就直接来了,似乎太不把这个大嫂当回事了,就当这里是自己家了一般。

二是她房间是比较早的木地板,这住着孩子不免要经常用水、拉尿等,这些水一旦护理不好留在了地板上,那地板就特别容易烂掉,婆婆对地板的护理也不懂，之前她拖地就湿漉漉地把拖把放里面拖黄小培就说过，但何美珍也没当回事，只是都拧干了，不碍事，可黄小培明明看着拖把拿起来都会滴水，为了避免矛盾她也不想再说了，只说了句，以后尽量不要拖了，她自己会拖。

现在孩子搬到那里住那水是免不了的了。但是既然苏庆春都已经安排好了住处，而且人都搬进去住了她总不好把人赶出来吧。

"不过要注意水不要放地板上，要尽快擦干就是。"

"我知道，小培啊，待会我和你爸把我们睡觉的房间腾出来给你们住。"

"哦，没事，妈，这事待会再说吧。"

说着的时候已经走到了房间。

一进去黄小培便看到琪琪靠在床头那边喂奶。

"琪琪，在喂奶呢。"黄小培纵有不高兴，但是面上也没做得那么难看。

"是啊，嫂子回来了。"

"嗯，是啊，刚回来。"黄小培说着特意凑到跟前看了一眼孩子，"我看看，这孩子一个月不见见长不少啊。"

"呵呵，还好。"

"欸，这回怎么突然来上海了啊？之前没听你们说起过啊。"黄小培笑着问道。

表面是出于关心，实际是怪他们没有提前打招呼，琪琪没看出来，但是何美珍懂得黄小培这话外的意思，于是她忙解释道："本来也想提前告诉你来着，但是我也是今天上午他们出发才知道要来的。"

"是啊，这庆福，一天一个想法，别说妈了，我也是昨天要出发前才听他说要来上海的。"

"哦，你也是提前不知道啊？"

"不知道哦，他这个人做事情就是这样，冲动得很，搞得我昨天晚上匆忙地收拾东西。"

"是有什么急事啊？"

黄小培从侧面打听苏庆福他们这次大概会住多久。

"嗨，没有什么急事，他就说在家待腻了，打算来上海找工作。"

"啊，来上海找工作啊？"

"是啊。"

"不去广东了?"

"不去了。"

"之前那边不是挺好的嘛。"黄小培这心里瑟瑟发抖啊,找工作不会想着在这里常住吧?忙又说道,"这庆福在广东那边有基础,来上海就是新人了,没有基础工资就很低了。"

"他这人东一榔头西一棒的,哪里会在一个地方待长久啊,我也不管他了。"

黄小培知道琪琪也管不住苏庆福,也就没再说啥,只说道:"要吃饭了,你是出去吃还是在房间吃啊?"

"我就不去了,嫂子你去吧,妈,你随便给我端点饭来吃就行,这孩子坐火车的时候闹得很,我也没怎么睡好。"

"哦,那你赶紧喂完奶吃了饭就睡会吧。"说完黄小培很自觉地离开了房间。

261
兄弟口角

黄小培听说苏庆福这回是要来上海找工作的,还拖家带口的,哪里像找工作的样子啊,这没找到工作肯定是要在自己这里住了,现在带着孩子,她都不知道找到工作他们会不会走,要是一直不走,自己这么点的地方该怎么住人啊。

且不说没地方住人,就算是家里很大,这么复杂的关系也很难相处啊,本来婆媳关系就难相处,现在又加了个妯娌,黄小培从小就听家里老人说不要嫁两兄弟,就是因为妯娌是一对冤家,古来就很难妥善处理好嫂子和弟媳的关系,黄小培现在是两个复杂的关系都要处理了。

这样肯定不行,特别是还带一个这么大点的婴儿。但是现在黄小培心里终有许多不快,也不便在弟弟和弟媳刚来就表现得太难看。

饭桌上,黄小培问起了苏庆福工作的事情,"庆福啊,听琪琪说你这回是打算来上海找工作的啊?"

苏庆春原本以为弟弟只是来上海玩玩,一听要找工作也是很惊讶。

"是啊,我在广东开的店不打算做了,也没意思,每天累死累活的也赚不到几个钱,我打算来上海看看,找找有没有合适的工作,"苏庆福借机说道,"嫂子,你和我哥在上海时间长,看下有没有合适的工作可以推荐啊?我要求也不高,只要双休,工作稳定,工资万把来块钱就行。"

黄小培听着这口气,看了一眼苏庆春。

然后说道:"我哪里有那么大的本事还有工作推荐啊,我就是一名普普通通的老师,没那么大的能耐认识老板,你可以问问你哥,看他有没有熟人有工作介绍的。"

说完黄小培嗤笑着瞥了一眼苏庆春,此时苏庆福也赶忙把目光投向了他,苏庆春对苏庆福道:"我哪里能认识什么人还能给你介绍工作啊,我除了医院,什么地方也不熟,也不认识几个人。"

"帮着问问呗。"苏庆福嬉皮笑脸。

"说了没有,你以为我在上海是干吗的啊,我就是一个普普通通的医生,你嫂子也就是个老师,我们的生活圈非常简单,根本不可能认识什么公司老板的,"苏庆春本来就对弟弟这频繁换工作的做法很不赞同。

"再说了,庆福,不是我说你,你在广东那边不是做得挺好的啊,干吗说不干就不干了,而且你在广东那么多年,怎么说也是有点基础的,朋友也都在那里,这突然来上海,你相当于从头开始,完全没必要嘛。"

"哥,你是不知道,在那里跟人合伙赚不到什么钱的。"

苏庆春听到弟弟说话的轻佻样子又想起他当初在自己面前借钱开这家店的时候多么的信誓旦旦,并且说以后会带着琪琪好好经营这家店的,苏庆春这才借钱给他开店。

现如今两年不到,借钱的事情他只字未提,就这样直接说不干了就不干了,那岂不是拿自己的钱打水漂嘛,好在这钱是黄小培不知道的,要是知道了借了钱那现在既然店不开店退伙了,也不是倒闭,之前为开店借的钱肯定是要还的。

但是毕竟是自己亲弟弟,钱一是他偷偷借的,不好催;二是真的兄弟啊打断骨头筋还连着。他能怎么说啊?从前他该说的该劝的都说了,又能怎么样呢?还不是一样吊儿郎当左耳朵进右耳朵出的啊。难道还真要撕破脸跟自己弟弟闹翻就为了让他还钱啊?苏庆春肯定不会这么做,现在他唯有好心劝说了。

"你觉得合伙赚不到钱也可以自己单干嘛,你都干了几年也是熟门熟路了,你现在不是刚出来工作的小伙子了。你现在可是已经30好几的人了,有生活压力了,现在也有两个孩子要养,不是我打击你哈,你要是在上海重新找工作,以你的工作经验和学历,真的很难找到合适的工作。即使找到了工资也不会有多高,你不要抱太大希望。"

苏庆春这话也是实话实说,以苏庆福的学历和能力,估计也只能找到卖苦力的工作了。

黄小培听到苏庆春的话,心里暗自点赞,其实她也想这么说,只是碍于情面不好意思直接戳穿而已。

虽说是实话,但是苏庆福一直是个眼高手低的人,自己定位从来也不准,本想着这回来上海大展拳脚的,哪知道还没出门就被泼了这么大一盆冷水,可是不高兴了。

"哥，你这话说的，我就不能找到好工作了？你也别小看人啊，现在这个社会并不是读书了就有多少本事，你看看多少老板是小学才毕业的人啊，我好歹还读了初中，不比他们强啊，"苏庆福继续说道，"我们村的矮子，小学跟你是同班同学吧？

"人家初中不也没读完吗，你再看看人家现在，西安买了套房，三亚买了套房，村里还建了栋别墅。再看看你读书总多吧，我们村里第一个大学生，第一个研究生，是很厉害啊，但是现在不还是住这样的房子嘛。"

苏庆福这是典型的读书无用论还有这话里话外慢慢地是各种对苏庆春的鄙视。

听到这话黄小培明显有些不高兴了，苏庆福这对苏庆春说话一直不怎么尊重，现在时间久了黄小培也习惯了，但是他这满口对自己房子的嫌弃是真让她不高兴了，她此刻真想直接怼过去一句："你要是觉得这里不好你可以不来住啊！"

但是她没说出口，本来这两兄弟火药味就这么重，可不能再火上浇油了，而是说道："庆福啊，你这话说的是什么意思啊？你这是打击了一大片人啊。

"这读书和不读书的最后结果不是看赚多少钱来衡量的，读书是为了增长自己的学识。

"按你说读书多就能赚很多钱，那那些博士毕业在大学当老师的，一辈子勤勤恳恳，也没赚多少钱，可能真的不如你说的你们村里那个没读初中的人，但是他们为社会所作的贡献能一样吗？这是不能同日而语的。"

苏庆福看着黄小培有些不高兴了，倒是知道一些分寸，毕竟这是在人家家里，再嚣张就真的过头了。

"嫂子，我这只是说个个例，没说所有读书的人都混得不好，你看我哥这话里话外不都是瞧不起我们没读多少书的人嘛。"苏庆福赔笑着。

险露马脚

黄小培见苏庆福还算是客气，便替苏庆春圆场："你哥刚刚说那话也没有歧视你的意思，只是说现在上海工作也比较难找，可能找到好工作的概率小。"

"不是概率小，除非是自己做点什么生意，不然以你的情况要进入一家好的企业几乎不太可能。"苏庆春说话有时候就是不知道转弯，比较耿直，这也是黄小培一直说的，他情商低。但是他内心其实也不是针对苏庆福，更加不是鄙视他学历低，只是单纯觉得他不切实际。

这话明显苏庆春的不会表达再次把苏庆福又激怒了，"那我就找个给你看看呗。"苏庆福带着赌气的口气回道。

何美珍看着这两兄弟说话的氛围有些不对，忙岔开话题道："工作慢慢找，也急不来，但你哥说得也对，你就是太好高骛远了，要务实一点，上海这边人才这么多，多少学历高的啊，你想找到大企业好工作真的难。而且读书多肯定比没读书好啊，你要是读书了哪里至于这几天换一个工作啊，你看你都多大的人了，工作换了几十个吧？再看看你哥，人家当医生多好啊，还不是你读书少。"

"是哦，我是没我哥的命哦。"这话酸的，听在苏庆春和黄小培耳朵里真不是滋味，说得好像他没读到书是因为苏庆春似的。

可事实他读书不读书跟苏庆春真没关系，别人家可能出现老大读书了老二没钱所以没办法，可苏庆春读这个大学除了开学第一年家里花了点钱，其他的他没花家里一分钱，再说了苏庆春比苏庆福大6岁，他读大学的时候，苏庆福才小学毕业呢，完全沾不上边的。可是苏庆福总是用一种因为苏庆春自己才没读上书的感觉，实在让人听着不舒服。

"行了，你不是没你哥的命，是没有读书的能力。"何美珍直言不讳，自己的儿子什么心性她最懂，虽然都是她生的，可这两个儿子差距不是一般的大。

一个性格沉稳内向、一个开朗外放，一个勤勉自律、一个好吃懒做，一个善良老实、一个满脑子的鬼主意，一个从小酷爱学习明确自己的奋斗目标、一个从小就知道在田野里玩耍不知道读书所谓何用。这简直是两个极端。

何美珍为了缓解两兄弟的尴尬，岔开话题道："对了，还没来得及问你房子买的怎么样啊？都交付了吗？"

"没买！"

"啊？没买？"

此时大家的注意力都到了苏庆福身上，只有苏铁军就像置身世外一样，自然这件事情他最清楚不过了，这买房子从来都是个说辞，自然是不可能买到了。现在就看苏庆福怎么圆谎了。

所有人的目光都转移到苏庆福身上，他也有些紧张，毕竟这事情就是他们理亏，面对大家的质疑，他先是看了下父亲。

本来想着父亲帮着一起解释下，没想到苏铁军低着头吃饭不说。

这边何美珍继续发问："你嫂子不是说打钱给你了吗，怎么没买啊？"

"没买成就是没买成呗。"苏庆福明显还没想到怎么圆谎。

这样的回答不但何美珍不满意，在座的黄小培和苏庆春一样很不满意，但是他们不是最急的，最急的是何美珍，她害怕之前自己的猜测是真的。

"为什么没买成啊？这钱也打了。"何美珍追问道。

"妈，这买房子哪里是我们想买就能买到的啊，我看到的那房子等我准备去交钱的时候人家快我一步就买走了。"

"我们那边的房子有那么抢手吗？"何美珍质疑道。

"妈，你以为是以前啊，现在房子都很抢手的。"

"那别的房子你也可以买啊。"

"我后来是看中了一套房子，在镇政府新开发的地方，这回这个可不像以前的那种私人做的集资房，我们这回看到的是正经八百的商品房，很不错的。"

"那你就去买呗。"

"妈，你以为这买房子跟买菜一样啊，有钱就可以去买的啊。"

"那有钱了当然就可以买了。"

"哪里那么简单啊，那里现在都还没建好呢。"

"还没建好？那什么时候能建好啊？"

"估计一年左右吧。"

"啊？不会吧，还要一年？"

"额……也可能半年。"苏庆福按着何美珍的反应，再看看哥嫂脸色也不好看，想着说一年是不是太长了，会不会他们觉得时间太长了钱会要回去？于是他又忙改口。

"到底一年还是半年啊？"何美珍看着儿子一会一年一会半年的，真的没准信，再次问道。

"人家跟我说可能半年，最晚一年，妈，这工程的事情谁说得那么准啊。"

何美珍无奈地看着苏庆春，此时两母子心领神会，用眼神进行了短暂的交流。其实作为自己至亲的人，才能有那么隐隐的不确定，这个不确定和怀疑就是来自于对苏庆福的了解。

苏庆春面对弟弟的两次三番没买到房子也有过怀疑，但是他更加愿意说服自己相信这个唯一的弟弟，苏庆春就是这样，有时候说话直接，但是对弟弟还是真的疼爱。

何美珍再问道："你确定是这样的，没拿那钱去做别的事情。"

何美珍其实指的是拿着钱去赌博，但苏庆福一听这话不淡定了，"我，我这肯定是拿钱去买房了，不然还能干吗啊，是吧？"

此时苏庆福明显没有刚刚那么硬气了，声音都小了很多，都有些结巴了。

苏铁军一看苏庆福已经快招架不住了，而且何美珍又说拿钱去做别的事情，他知道再问估计苏庆福兜不住了。于是帮衬着："哎呀，建房子这种事情有好多意外的事情的，下雨做不了，天太热也做不了，哪里能说得那么准啊，说了半年估计是指不出意外半年就能完工呗，实在是有什么意外那一年内肯定搞定，就是这个意思嘛，这都听不明白，蠢死了。"

苏铁军的做法就是第一时间怼何美珍，这样她才会有所收敛。

"只要是房子在建，准备买这房子倒是一年和半年都没事哦。"

"那房子肯定在建了，这回等到时间了就去买呗，也不急在这一时。"

苏铁军成功地把何美珍绕到建房子这件事情上了，原本她所担心的事情这会儿一下子还真给忘记了。

面对于没及时买到房子，黄小培就更加不会多想了，在她脑海里房子都是期房，要时间太正常不过了，自然也就不会怀疑。

苏庆福见大家不再质疑，终于松了口气，忙扒了饭就主动要给琪琪送饭了，他算是躲过此劫了。

老规矩

今天饭桌上黄小培对苏庆福表现的态度不是很满意,特别是他语言中流露出的对苏庆春说话的轻蔑,黄小培都不知道苏庆福哪里来的自信,在她看来这可是在自己家,苏庆福也太过嚣张了。

饭后当她正要回房间的时候发现自己的房间已经被占领了,就更加感觉一肚子怒火,怎么在自己家还搞得这么狼狈呢!

不过苏庆春倒是像没事个人似的,事情过去了也就过去了。

今天苏铁军不知道是不是因为饭桌上借钱的事情快要露马脚有些担忧,还是因为别的什么事情居然不看电视,早早就回自己房间了。

原本苏子轩看着电视终于有机会让她看了,她还想趁着这个好时机看会电视的,可当她打开电视还没几分钟就被黄小培喊着回房间做作业了。

苏子轩虽然这心里真想看电视,但是她也怕黄小培,特别是怕她迁怒动不动就没收IPAD,想了想还是划不来。便识趣地回房了。

苏子轩走后,现在客厅终于只剩下苏庆春一个坐在沙发上了。黄小培本来赶走女儿也就是有事找苏庆春,她也走了过来。一屁股坐在了苏庆春旁边。

她知道婆婆何美珍在厨房,就轻轻地用手指怼了怼苏庆春,问道:"欸,今天这怎么睡啊?"

"老规矩呗!"

"什么老规矩啊?"

"你跟轩轩睡,我睡沙发!"

黄小培一听,当场都想直接把苏庆春骂过去。然后看了看正在厨房收拾碗筷的何美珍,压低了声音:"没有没搞错啊,苏庆春,为什么我又跟轩轩挤啊,那床就1.2宽,睡一个大人本来就小,还带着个孩子,而且现在不像之前夏天，大冬天的被子都占了好多地方，怎么睡啊。"

"现在克服一下嘛，不然能怎么办啊？就这么点大的地方。"

"你妈刚刚不是说他们腾出那房间给我们睡，他们睡客厅嘛。"

"这客厅这么点大，两个人根本不好睡。"

"咋不好睡了，把这个沙发打下来，不就行了。"

"哎呀，算了，我妈本来腿脚就不好，睡这里不好。"

"你妈腿脚不好睡这里刚刚好方便上厕所。"

"哎呀，不方便的，两个老人家睡客厅，说出去都不好听。"

"这有什么啊？"

"算了，小培，先坚持几天吧。"

"什么坚持几天啊，你弟弟那口气还没听出来嘛，人家打算在这里找工作，找不到工作肯定不打算走的，就算找到工作了他都不一定会走，在这里好吃好喝的伺候着，是我也不会走啊，"黄小培讥笑道，"我就觉得好笑了，他刚刚满嘴不都是看不上我们这个老房子嘛，现在干吗又赖着不走啊。"

"小培，说话不要那么难听嘛。"

"我说话还难听啊，他说话才难听呢，他刚刚那张嘴也没饶过人啊，我都不知道你怎么想的，刚他那么说你，你也能忍。"

"他也没说什么，只是在他眼里估计只要赚钱了就是有本事吧，"苏庆春说道，"后面我不也说他了嘛。"

"你说他什么呀，你那说话确实也是够直接，但是说的却是实话，本来就是嘛，他一个30大几的人，没有学历，工作是做了无数个，可是哪个他是精通的？哪个不是三天打鱼两天晒网的啊，可以说工作经验他就是全无，还指望着能赚大钱，他可以说就是不切实际、好高骛远，按照他的要求，我估计很难找到工作的。"

"这个你就不要管了。"

"我怎么能不管了，他要是找不到工作可是吃我们的喝我们的，而且还是吃着我们骂着我们啊，这不就是吃着奶骂娘嘛，这事情换谁谁不气啊？"

"嗨……庆福就是这样的，从小读书少，也没多少文化，没办法，我就这么一个弟弟，能怎么样啊？难道真的赶他走啊？"其实苏庆春何尝不知道这些事情呢，但是他也是很无奈的。

"我跟你说，他老是这样自作主张也不商量一下就来可不行啊，怎么着我们才是这房子的主人,他把我们这里当旅社了,想来就来想走就走的,真的毫不尊重人啊。要我说啊,他既然是来上海打算长期待下去的,那就没必要待着我们这里,完全可以出去租房子啊,我们这么点大的地方,这么多人临时挤挤还差不多,长期肯定不行了。"

"租房子等他找到工作再说吧。"

"那就这么说定了哈,等他们找到工作无论他们什么态度,你都要去提,让他们搬出去哈,我们这里真的住不了。"

"知道了。"

黄小培听到这里才算是安心,不然真怕这日子过个没头。话说完,她又看了一下苏庆春,今天因为自己学生换学区的事情,她本来就打算跟苏庆春商量是不是也要为了孩子的学业换房子的事情,现在看到苏庆福那个样子,她更加有了换房的念头,心想着:等到时候换到小地方了,看他还怎么纠缠。

于是她打算把自己今天的想法告诉苏庆春。苏庆春一听要换房子就不乐意了。

"现在在这里住着不是好好的啊,换什么房子啊?"

"不是跟你说了嘛,换房不是目的,换到好的学区才是真正的目的,一切都是为了你女儿的学业考虑的。"

"现在轩轩在这个学校不是好端端的嘛,换学校干吗啊?"苏庆春说道,"我觉得完全没必要折腾。"

"怎么就好端端的了?"黄小培反问道。

"她最近不是表现都还行嘛,也没见犯什么太大的错误啊,最近这段时间都没有见到老师叫你去学校吧?"

"没有被老师叫去学校就叫好啊?你对她要求也太低了吧?"

"总归是进步了啊。"

"就这样也叫进步啊?最多叫进入正常轨道,就她这样怎么行啊,成绩没有一点提升,还是一样每天就知道玩IPAD和看电视,是大的错误没犯,小的错误一大堆。"

"小孩子嘛,喜欢玩和看电视那是人之常情。"

"你不懂,对一个孩子来说学习环境真的是太重要了。"说着黄小培又把今天那位家长跟她讲的环境容易麻痹孩子的上进心的事情又说了一遍,试图也得到苏庆春的理解。

换学区房

苏庆春对孩子的教育观念跟黄小培向来就不一样，他一听黄小培对学校满满的贬低之意，他倒是要给学校正名了。"你这话说的，不知道的还以为现在轩轩的学校有多差呢，你别忘记了，这学校当初还是你自己选的呢。我记得你以前不是说这个学校很好嘛，现在怎么这里就那么不行了呢？"

"以前是以前啊，我承认我以前的眼界确实短小了一些，对于当时的状况来说我们能进这个学校是还不错，而且这个学校以前我也是没了解透，就是听大家的风评，以为很好，没想到实际管理不好，最主要的是这里的学生整体素质参差不齐。"

"每个地方都有不同的人群，这很正常的。"

"那不一样，好的学区，孩子整体素质就是要高一些。"

"素质高又怎么样？哪里都有好学生，哪里都有坏学生，读书是靠自己的。"

"谁说的啊，环境很重要的好吧？所谓近朱者赤近墨者黑就是这个道理。"

"那按照你这么说，我们小时候在农村读书，身边有几个跟你说的一样高素质的人啊？大家父母都是农民，都是满口粗话的，成绩也都不好的，大部分可以说都是小学才勉强毕业，初中也一样，那我们不也一样高考考到了上海吗？俗话说师傅领进门修行看个人，会不会读书还是靠自己，怪不了别人。"

"我们那个时候是没条件，也就是整体学校环境、氛围不好，所以才会有那么多人没读到书嘛，要是都跟现在一样，那种条件下也只有自控力极强的人才能够脱颖而出，不然你何至于是村里第一个大学生呢？真的，学习氛围和环境对一个孩子来说真的很重要，这点绝对没错。"黄小培继续说道,"而且我跟你说啊,我已经打听好了,我发现市立一小是真的不错,那里的老师也都特别的好,认真负责,而那一片的学生很多都是大学教授的子女。"

"大学教授的子女素质就一定高吗?"

"不说一定,至少是普遍偏高嘛,现在你没听说吗,那些高考的状元大部分家庭都是出自中产家庭,因为他们才有时间真正地教育孩子。而且他们那里的很多英语老师都是外教,其他的老师也全部都是985学校出来的老师,我也特意了解过了,我很多同事都是挤破脑袋想把孩子送到市立一小,小敏她的儿子就在市立一小,虽然她都没怎么管过孩子,孩子都是她妈带的,可是她儿子门门都考满分的,所以我打算等轩轩这个学期结束了,下个学期也转到他们那个学校去。"

"市立一小?"

"对啊!"

"那不是重点学校吗?"

"是啊,你也知道是吧?"

"我听同事说过。"

"就是说啊,你都听说过,可见他们学校是真的不错啊。"

"市立一小好是好,但是越是这样的学校越难进,而且轩轩都已经二年级了,也不好转学啊!再说了市立一小也不是我们这里的学区啊!"

"所以啊,我今天就是想跟你商量把房子换到那边去啊。"

"那里的房子可不便宜啊。"苏庆春慢慢被黄小培带到了换房子的节奏上。

"不便宜那是肯定的,我这么想的,我想把我们这套房子卖了,换市立一小那边学区的房子。"黄小培自信满满地说道,"我问了小敏,她说只要我们换到那边的学区房,其他事情她就能帮我们托关系搞定的。"

苏庆春看了一眼黄小培一副认真的样子,说道:"小培啊,市立一小是很好,我也承认,但是换房子不是那么简单的,你不要太理想化了,而且我们这套房子才换几年啊!"

苏庆春继续说道,"还有啊,当时我们换这房子借的钱前年才算还清吧,现在身上根本没什么积蓄。"

"我们还有20万的存款。"

"那边的房子你以为这20万就能补上差价的吗?那边的房子可是比我

们想象的贵太多了，以我们现在经济能力根本买不起的。"

"我都说了是换房子，就是把我们这里的房子卖了再买那里。"

"我们这里房子你以为能值多少钱啊？我估计换上那里的房子最多付首付，甚至都不够的，我们要是住房公积金贷款，那首付就更加高得吓人。"

"我们组合贷款啊！"

"我知道组合贷啊，问题是人家银行批给我们的是按照房屋评估价批的，那些房子的房价本来就是虚高，最后我们差的钱全部要通过首付补足，我猜应该绝对是一笔不小的数目。"苏庆春有了之前二手房交易的经验对这里的门道还是清楚的。"还有因为高额的房贷，那我们不但首付可能要借钱，按揭可能也更加高了，我们好不容易熬到两人的住房公积金就差不多抵消房贷的日子，干吗又要去过那紧巴巴的生活啊。再说了换到那边去，你上班不是也挺远的吗。"

"我上班的问题没事啊，而且我也问了小敏，她那边的一个老小区就有套房子在出售，那边正好有直达我们学校的地铁，不远，我转个地铁不到一个小时就到我们学校了，很方便的，而且这样的话我早点起床坐地铁还锻炼身体呢。"黄小培说道。

"那房子虽然只有60平米，旧是旧了点，但是我们稍微装修一下，两房两厅还是可以改出来的，而且价格也没你说的那么夸张。"

"小培，这二手房交易里面弯弯绕绕很多的，没你想的那么简单。"

"我知道啊，所以我打算等休息了亲自过去看看。"

"别去了，60平米才多大地方啊，你看我们现在，都住得这么挤，到时候更加没地方住了。"

其实黄小培也有自己的小心思，她就是想苏庆福这两口子在这里赖着不走没有头，所以才想房子换小了总没得地方赖了吧。

"也不小，老房子均摊不多的，收拾收拾肯定能挤挤的。"

"两室的怎么挤啊？爸妈住哪里啊？"

"妈到时候可以跟轩轩一起住嘛，我买大点的床。"

"那爸呢？难道赶他走啊？"

黄小培没说话，其实她是真的有这么想过，最好公公就别在这里，但是这话说出来多不孝顺啊，她也不是那么不懂情理的人，所以沉默不语。

"两室太小了,真的不太可行的,除非让我妈不要在上海帮忙了,但是那样你的补习班的事情估计就泡汤了。"

黄小培被苏庆春这么一说,似乎也有些打消了念头,补习班工作现在她做得正好,要真放弃确实舍不得,而且去到那里可想而知生活质量肯定没有现在高,毕竟真的由俭入奢容易,由奢入俭简难啊。更何况现在苏庆福他们可能找到工作就搬走了,所以她也没再强硬了,在换学区这件事情上说白了她还是没有那位家长果断,只是有种被说服的感觉而已。只说了句:"得空我去看看,要是还不错也可以考虑一下。"

现实

这换学区房的事情并不是小事,黄小培跟苏庆春商量无果后也没放心上,倒是谢敏记着这事情,几次提到可以带她去看看那边的房子。

而苏庆福他们已经来了一个多礼拜了,也没听到找到工作的消息,这跟女儿挤在1米2的小床上真是难受死她了。

本来孩子睡觉就不安分,晚上还老是踢被子,时常踢到她,基本上了床就跟僵尸一样不敢动弹,翻身都怕压到孩子,现在的她恨不得自己打个地铺在地下挤挤都比现在强,可打地铺她现在都没那条件了,女儿的房间放了书桌和椅子后压根就伸不开腿。

一次下午两人都没课,补习班也没排她们的课,是个不错的机会,经谢敏再次提起那边的房子的事情,黄小培还真跟谢敏一起去了那边的中介,看了一些房子。

那边的房子确实如苏庆春所说,老旧、小而且房价贵,但是却是有市立一小的学区。

"哎……"黄小培看着高额的房价叹了口气说道,"我知道好的学区房子贵,没想到会这么贵。"

"嗨,好的学区房就是这样的。"

"我虽然那边的房子没有挂出去,但是我都能猜到即使换到这里的60平米的房子我们都差钱啊。"

"钱的事情你不用担心,实在不行我借给你。"

谢敏在钱的问题上确实一直没那么在意,一是她的父母原本就是上海本地人,有套老房子,拆迁补到了一套房还有钱,她是独生子女,她父母这些钱不给她花给谁花啊?二是她跟前夫离婚的时候前夫把当时在住的一套洋房给了她,还分了50万的现金,所以谢敏从来不缺钱。

谢敏这是满满的诚意,黄小培看她这么仗义心中也是高兴,但是这借钱也不是不还的,也还是一样有压力的。

谢敏看着黄小培还是很犹豫,于是说道:"这孩子教育才是最重要的。"

"可是我怕过来了我们也不是小学一年级,会不会进不了啊?"

"这个你放心,我妈的老同学就在这所学校当副校长,肯定没问题的,放心好了。而且真的要来了,我还可以让我妈的同学给轩轩安排一个很好的班级里去。"

"真的?"

"当然了。"

"不过这里也确实离我们学校不近啊,平时上上课还好,要是补习班值班,或者晚上有课的话也是麻烦了些。"

"你可以买辆车嘛,要是觉得补习班晚上回来太晚了害怕,我也可以让他们给你安排白天的课,晚上的课就尽量少上。"

"白天除了周末我其他时间也没什么空啊。"

"那总是要有舍有得的嘛,其实这样也好,你不是老抱怨现在补习班课时多没时间陪孩子嘛,现在这样不是刚刚好嘛。"

"这倒也是,我回去跟庆春商量一下。"

"嗯,不过我可提醒你哈,这里的房子都是很抢手的,是不等人的,你别商量着房子就卖出去了。"

"我知道,但这事情也急不来。"

"行,反正你自己好好考虑,我跟你说啊,你要买就尽快买哈,孩子的教育是第一位的。"

谢敏在这买房子的事情上比黄小培还着急,而且很操心,买房子她催着去看房,学校她找人找关系办,买房子缺钱了也毫不犹豫地借,在别人看来简直是中国好闺蜜啊。

其实并不像别人想的那么简单,谢敏这么做就是为了一件事情,让黄小培尽量离开补习班,因为她还是认为她和乐平云一直关系搞得这么不清不楚就是因为黄小培悬在她和乐平云中间,要是她在补习班待着,乐平云总是看到她,这心里肯定会永远容不下自己。

但是她直接赶黄小培走肯定抹不开面,毕竟当初是她信誓旦旦地找到黄小培开的这个补习班,但计划赶不上变化,谁知道半路上会杀出个乐平云啊,她知道只要黄小培去了这个区,那在补习班工作的事情即使不会泡汤也会慢慢地减少，到最后她自己肯定就自觉退出来，这样岂不美哉，省了自己做恶人的机会。

谢敏对钱不在意，因为她不缺钱，她缺爱情，所以她对感情是认真的也是很决绝的。可有这样心思的谢敏黄小培并不知道，她这边还在想着谢敏真是好，能认识和交到她这样的朋友简直是她的福气，其实抛开乐平云这事情，谢敏对黄小培其实也还算是不错。

黄小培本来想跟苏庆春说下今天看到房子的情况，可是打了好几个电话他都没接，猜测他是不是在做手术，想着等回家再说吧。

等回到家以后她发现苏庆福正葛优式躺在沙发上吃着自己昨天给女儿苏子轩买的奶，看着电视，脚放在苏庆春放在外面睡觉的被子上，真是好不悠闲啊。

原来这样的闲人家里有个公公，但是公公虽说脾气不好，可表现得也没他这么难看，苏庆福是真的把这里当自己家里一样了。

忙碌了一天的黄小培走进来的时候看着这个样子心里是不舒服的，凭什么自己和苏庆春每天忙死忙活地赚钱给他们好吃好喝的，她真有点想说他，但还是忍住了，只赔着笑脸问道："庆福啊？工作找得怎么样啊？"

"就那样吧。"

"就那样是咋样啊？呵呵……"

黄小培慢慢地坐到了旁边，苏庆福这时才坐了起来，他估计也不好意思了。此时何美珍也从厨房走出来，看到黄小培问工作的事情，也凑了过来，"工作不好好找，整天就在家里好吃懒做。"

"我怎么没去找啊？你前几天没看到我出去啊？"苏庆福对着母亲那声音可不小。

"找了，那工作呢？"

"哎……别提了，我原本以为大上海的工作很多，这几天我出去才发现也没啥公司的，工资也低，本来我还想将就找个仓管干干算了，结果他还要求什么物流管理专业，一年以上工作经验，晚上还要值班，不就是6000一个月的工作嘛，还要求那么高，不知道他们老板是不是脑子坏掉了。"

"仓管员有6000，不错了，证明那家还是大公司呢。"黄小培说道。

"这还不错啊，就他这样的条件要是在广州，没8000谁干啊？晚上还要上班的。"苏庆福嗤之以鼻。

"很多公司晚上要出货,仓管员晚上上班也很正常嘛。"黄小培说道。

"晚上都要上班,那也太累了。"

266
左右夹击

黄小培一听，果然不出所料啊，苏庆福找工作真是眼高手低，当然她听到苏庆福说这样的话也不意外，毕竟前面有他随便找个万把块钱的工作就好的金句在那里她也就见怪不怪了。

这苏庆福要是黄小培自己的亲弟弟，估计她会当场回怼过去一句："就你的能力，老板能发6000发你就算是不错了。"她想要他认清现实，但是眼前的这位"不切实际的神仙"毕竟是小叔子，她不能明说，毕竟自己是个外人，这点黄小培认识得很清楚。只见她笑了笑，说道："其实6000工资我真的觉得已经不低了。"

"就是啊，6000已经很好了，能当我们老家两个人的工资了。"何美珍也呼应道。

"妈，这里能跟老家比吗？老家房价多少？这里房价多少啊？"苏庆福说道，"再说了6000能顶什么用啊，还累死累活的。"

"你是人没能力口气却不小啊，6000还能顶什么用？你说能顶什么用，6000可以买奶粉，买尿不湿还可以给子涵交房租，不是我说，你能赚到6000一个月就烧高香吧，即使是3000都比在家里强。"何美珍其实也急死了，这小培挤在轩轩房间，儿子又住沙发，他们倒是好好住在房间里舒服着，他们不尴尬，何美珍都尴尬。她也巴不得老二赶紧找到工作搬出去住。

"3000？妈，你也太看不起你儿子了吧？"

"不是我看不起你，我是想让你切实一点，有工作就去做，不要挑三拣四的。"

"我要求也并不高啊，有工作就去做的。"

"那刚刚那个仓管员你干吗不做啊？"

"那种工作我是不去哦。"

"那你想怎么样啊？这工作工作不好，那工作工资低，你这样是找工作的态度吗，一点诚意都没有。"

"我诚意满满的好吧，妈，你别催了，你让我再找找呗。"

"你要找到什么时候啊？"何美珍问道，"我可跟你说啊，再找不到你就搬出去住，你这里别让大家都住不好。"何美珍说道。

这话说得黄小培心里真舒服，终于有人说公道话了。

"妈，你这是干什么呀？赶我走啊？"

"就是赶你走，不好好找工作，就知道天天混日子，我跟你说，你赶紧出去给我找房子，我随便你找不找工作，反正再住一个礼拜，不管你找到工作也好，找不到工作也罢，赶紧从这里搬走。别在这里碍眼。"何美珍这是下了逐客令了。

苏铁军一听，说道："你这是干什么呀，这琪琪还在带着孩子呢，赶他们出去住哪里啊？这工作都没找到，哪里有钱交房租啊。"他是真心疼琪琪。

"年轻人肯定就要有压力了，不然他每天只知道吊儿郎当。"

"妈，哪里有这么说自己亲生儿子的啊。"

黄小培见婆婆和小叔子为了这住房子的事情有点剑拔弩张，倒搞得有些不好意思，但是她是支持婆婆好好教训教训小叔子一顿的，不然他真不懂什么是现实。但是，看现在的样子，苏庆福并没有领情。于是黄小培跟着补充一些婆婆未提到的。"庆福啊，其实那家公司一个仓管员给6000工资真的不少了，你像我们补习班的老师都是4000一个月。"

"不会吧？才4000啊，真的假的啊？嫂子！"苏庆福一脸不敢相信地样子看着黄小培。

"是真的啊，这我没必要骗你啊，是多少就是多少啊，不过这个工资再加课时费就是总工资，而且这还是全职的工资，不像我们这样兼职的，兼职的就压根没基本工资了，就是课时费。"

"这样工资的太低了吧？我还以为你们在那里上班最起码一个月有几万呢？"

"几万？呵呵……怎么可能呢？"黄小培笑着解释道，"你以为抢银行啊，几万块，哪里有那么好赚钱啊。"

"不是吧？嫂子，你们当老师的，我听说很多一节课都好几百的，那不是10节课就好几千。"苏庆福怀疑道。

"你到哪里看到几百块一节课啊？"

"我看广告里很多都是的啊。"

"你说的估计是一对一辅导，或者是特殊补习班，但是那样的很少，即使有那也是补习班收的钱而不是给老师的，你想补习班也是要成本的，还有自己也要赚，再分到老师能有多少啊？还有啊，你说的这样的课程是很少数的，大部分还是大课，赚不了多少钱的，大部分一天下来，说得口干舌燥都没有你说的钱多，而且多少老师都嗓子不好的，咽喉炎等等，我们都有职业病的。"

"一天到晚说话那也是太辛苦了。"

"就是啊，我给你说啊，在这个年代，想要赚钱，干什么不辛苦啊？"黄小培说道，"就拿你哥来说吧，你也看到了，什么时候见过他人啊，每天都是忙得要死，做一个手术经常要连续站几个小时，吃饭就更不用说，上了手术什么时候下，什么时候吃饭，哪里有准点的啊，一个月还有五六个晚班，也没有周末休息，过年轮到值班了，即使是大年三十都要上班，总辛苦吧？一个月到手的工资也才比你说的仓管员高出一点点。"

"不可能吧？就多一点点。"

"就是这样多，你不信可以去问问你哥啊。"

"那上海工资真没我们广州高。"

"不是说没有高工资的，那工资高的也是很多的，但是我们干什么活就拿什么工资，那些拿高工资的承受的压力和痛苦更加是你无法想象的，"黄小培说道，"你要知道，不管做什么事情没有不辛苦的，想要赚钱就要付出努力，老板不是傻子。不辛苦的工作他会请你？拿高薪就别指望舒服自在，你还想着跷着二郎腿看着电视就能拿高薪啊？你认为老板会乐意吗？给了高工资就是要承受高工资的压力，这就是现实。所以啊，庆福啊，你也别怪嫂子说话直了，我建议你还是不要期望太高，有工作先做着，总比在家里待着强吧，毕竟我们都是有生活压力的人。"黄小培这番话就是告诫苏庆福不要好高骛远。

何美珍听着也是连连点头，她是个聪明的人，看黄小培的脸色就知道她不高兴了，所以她也早就察觉到了黄小培对苏庆福来到家里后的不痛快，她催着苏庆福赶紧搬走其实也是为了不让家庭闹出更多的矛盾。

工作态度

苏庆福自小就是懒散的人，自从工作以来也从来没有什么正行，一份工作都是干不了多久就不想干了，又一直习惯于依赖家里的帮助，所以他一直以来都很自私也很无用。

工作上面一无是处，本来都说上帝给你关上了一扇门，就会开一扇窗，工作不行，做人应该会不错吧？但是并没有。

做人方面他的情商一直都很低，不然也不会工作这么多年连一个朋友都没有，他自然是没有何美珍的警觉性和自觉性，他只会认为母亲是对他怒骂和发泄情绪，仅此而已，骂过了也就过了，等黄小培和何美珍走了，他根本没有反思事情的本质问题出在哪里，而是继续看电视虚度光阴。

黄小培看着自己想表达的婆婆也已经表达了，心里也踏实了，原本黄小培以为那天的谈话会深深地刺痛苏庆福，为了能帮着苏庆福早点找到工作，她还帮苏庆福网上写好了简历，并叮嘱每天可以上网去投简历。

她以为这个礼拜苏庆福的工作肯定能找到。可是一个礼拜过后，他还是依旧舒服地躺在家里。

其实在苏庆福这里，也有他自己的道理，现在哥哥这里有吃有喝有住，自己妈也会帮着媳妇带孩子，每月按照分成他还可以从父亲那里拿到一笔还算不错的钱，干吗要大冷天的出去找工作啊？真的应了他自己的那句话：慢慢来，有合适的就去，没合适的就拉倒。

苏庆福是真的享着原本不属于他的清福了。他的清福是建立在哥哥嫂子的痛苦之上的，他不知道现在的黄小培和苏庆春每天晚上都怎么睡觉的，他从来也不懂得换位思考，假如这是他的家，让着哥哥嫂子们好吃好喝，自己每天晚上都无法睡好，他会怎么想？

又是一个周末，黄小培见苏庆福似乎工作还没有着落，心里开始急了。她又假装关心地问道："庆福啊，这个礼拜工作还没合适的啊？"

"嫂子，这个礼拜你没看到啊，周一、周二下雨好冷，我没出去，周三不好容易出个太阳嘛，早上又起雾，我就睡晚了，周四我出去人力市场看了下，没什么人，也没什么单位，周五我猜他们都快周末了也不会招人。"

黄小培这一听气不打一处来，合着这五天他就出去了一次，居然下雨、起雾都不找工作，这个借口简直是太让黄小培窝火了。果然是没有压力就没有动力啊。心想着按照他这样的节奏那今年估计都找不到工作了。

她压着火说道："这找工作下雨天不去找不至于吧，现在是春天梅雨季节，经常会下雨的，而且假如你不愿意出门去人力市场，我不是给你注册了网上账号嘛，那里有很多公司招人啊，你想做什么岗位都可以投啊。对了，我记得我注册的时候看到了几家公司不错，我还给你投了简历，有公司叫你面试了吗？对了，我记得叫什么奇的公司，还不错啊，工资写着包括提成基本能拿到1-2万的，甚至更高，很适合你的要求啊。"

"哦，你说的那家公司啊，有打电话给我。"

"那你感觉怎么样啊？"

"那公司不行。"

"啊？怎么不行啊？不是挺符合你的要求吗？"

"那是找电话销售员的，要一直打电话的，不适合我。"

"你不是不愿意做体力活嘛，那电话销售不正适合你啊？"

"打电话给别人推销，然后别人就挂了，多尴尬啊，那种工作我可干不了。"

"那还有一家做业务代表的，也可以啊！"

"你说的那家我压根没去面试。"

"为什么呀？"

"什么业务代表啊，就是个跑销售的。"

"销售不也很好吗，很赚钱的啊。"

"你没看到那里写着要出差啊，这老往外面跑，我是不喜欢哦，"苏庆福说完还一顿抱怨，"嫂子，你给我投的那些都是什么工作啊，不是电话销售就是业务代表，那些根本不是什么好工作，估计都是皮包公司，哪里做得长久啊。"

"怎么会是皮包公司呢,我记得有家房产中介也很好啊,现在卖房子都非常赚钱。"

"卖房子的那都是什么啊,每天赔笑,还每天培训到很晚,那工作我干过的,不行。"

黄小培先不想跟苏庆福理论他对电话销售和业务代表有多么大的误解,但就他的实际条件,黄小培找遍了全网,也就这些岗位比较适合他的高薪、工作环境还要好的要求。

她都是出于一片好意,可是苏庆福非但不领情还对自己一顿抱怨真是好心当成驴肝肺,但这一切黄小培都忍着,现在是他赖在自己家不走,自己倒成了"孙子",这就像借钱的和欠钱的人的角色互换一样的,现在债主要求欠债的还钱,不但不能大声说话还要求爷爷告奶奶般低声下气。于是她又赔着笑说道:"那你觉得我投得都不好,你可以自己投嘛。"

"我去看了下,网上也没啥好工作。"苏庆福又是这么一句打发了黄小培,然后继续看着电视。

黄小培听着不禁发出了几声冷笑然后便离开了客厅。

又过了一个礼拜,情况依旧。现在的黄小培越是看到苏庆福舒心地躺在沙发上吃着东西,看着电视,这晚上就越睡不好。

最近苏庆春每天都很晚回家,黄小培很想跟他聊一聊自己苦闷的心情以及那边看到二手房的情况。可是苏庆春要么回来就睡,要么客厅里有别人在没机会。

黄小培这日子过得感觉都快透不过气来了,这个房子似乎依然不属实于她。现在晚上她下了班都尽量不回家了,因为回到家里每个空间似乎都是人,要么就是孩子的哭喊声,她实在是受不了了,宁愿待在补习班值班。而黄小培的变化,苏庆春因为工作忙碌并没有察觉,即使发现了有所变化也当她发发小脾气,毕竟现在的现状他也无法改变。而最该有觉悟的是苏庆福,他更加没有发现自己的出现给这个家庭带来了多大的负担,他无法感同身受、无法换位思考,只会一味的掠夺。

商量大事

转眼就到了四月份了，原本清明节何美珍还打算回老家扫墓，顺便看看苏庆福他们，现在都在上海，她趁着这个机会提议回去，但是并没有得到苏庆福的响应，而是一句："跑这么远回去扫墓没必要。"

苏铁军也是没打算回去的意思，既然大家都这样，何美珍也没再坚持，主要是她坚持没有用，她原本的目的就是想让苏庆福回去，他们不回去她回去也没什么意义了。

家里的状况就这样，一点都没改变。现在苏庆春一直忙着自己的工作，而苏庆福和苏铁军悠然自得地领着自己的那份好福利，而黄小培每次回家就看到他们父子俩占着客厅的沙发闲散地看着电视，自己则连一个坐的地方都没有这心情实在不佳，似乎这个家里真的没有她的容身之所，她也越来越不愿意回家了。这些何美珍都看在眼里，她很急，但是却没有任何办法。

谢敏看到最近黄小培情绪低落，知道她是因为家里小叔子来了以后占据了家里的房子而苦恼。

于是她又再次重提买房子的事情，并且伺机在黄小培面前煽风点火说苏庆福他们夫妻现在的行为有多么的无耻和无赖，建议她正好通过卖房子的机会甩掉这个寄生虫。

黄小培是知道换新房子的利弊，但是现在小叔子的做法似乎已经吃定他们了，她也没得选择了。这天她下班很早，回到家里以后便找到了何美珍。"妈，你在忙吗？"

"怎么了？"正在洗菜的何美珍问道。

"我有一件事情比较纠结，想找您商量商量。"

商量事情这是对自己的尊重啊，忙问道："什么事情啊？"

"不急，等您忙完了再说。"

"没事，你现在就说好了，我这边马上就搞完了。"

何美珍边用围裙擦着手边走到餐厅坐了下来。

"妈，我打算把这房子卖了。"黄小培倒是直截了当。

"啊？好好的怎么突然想着卖房子啊，为什么啊？"何美珍听到这消息非常惊讶，声音也大了起来，而此时在客厅看着电视的苏庆福和苏铁军也听到了这一劲爆消息，一听要卖房子，都竖起来耳朵聆听。

"妈，不是好端端的，我其实想了很久，之前一直跟庆春商量，他也没个准主意，你看他最近也太忙了，经常这么晚回家，我想他估计也没时间想这些吧。"

"那这卖了房子以后住哪里啊？"

"卖了房子不是不买，还会买的，"自从黄小培知道何美珍以前的事情之后，对她说话都客气了许多，"妈，是这样的，我把这房子卖了呢，其实是为了轩轩换到别的学区去读书，说白了主要是为了轩轩读书，现在的这个学校虽然说还行，但是并不是最好的，有一个市级重点小学，我正好也有朋友的朋友在那里当校长，说只要房子买到了那里就可以把轩轩安排到最好的班级读书。"

"哦，这样啊，那你说的这个学校在哪里啊？"

"离这里挺远的。"

"那你以后上课方便吗？"

"为了孩子，我都无所谓的，妈，你是不知道一般进到这所学校有多难啊，他们学校升学率好高，换房子确实很麻烦，但是我想了想，为了孩子的学习还是要换。"黄小培说道，"这不是庆春一直没空嘛，所以我想跟您商量商量，毕竟卖房子买房子这事情是大事嘛。"

何美珍见儿媳妇这么有诚意地来听取自己的意见也是对自己的一种尊重，也很高兴，她欣然地应道："哦，这样啊，这房子是你和庆春买的，说实话我们没有资格去评价和建议，但是刚刚听你说换房子是为了轩轩读好的学校，那我觉得麻烦点就麻烦点，为了孩子读书好，什么都是值得的。"

何美珍对孩子读书这事情从来都是非常支持的。

"是吧，妈，你也觉得好，那我就换。"

"那那边的房子找好了吗？"

"找好了，"黄小培紧接着又说道，"有一套60平米的房子，两室两厅，我之前就看好了，只要是我们这边的房子出手了就可以买了。"

"60平米？是不是太小了啊？"何美珍一听房子这么小，有些迟疑了。

"是挺小的，但是妈您刚才不也说了嘛，为了孩子学习，再难也克服嘛，原本我还有些犹豫，现在我觉得您说得太对了。"

"但是两室两厅是不是太小了啊？"

"不小了，您不知道啊，那边的房子因为是学区房特别的抢手，就这已经算不错了的，而且别看60平米的房子可是比我们这里的房子贵多了，"黄小培说完感觉到了何美珍的迟疑，于是她又继续补充道，"不过妈，你放心，那边是两室的，但是我去看了，房间都还不算太小，老房子嘛，均摊不是很多，到时候小房间我们也买个一米五的床，你和轩轩完全可以一起挤挤的。"

话到这里，黄小培今天商量的意思何美珍已经听出了一点了。而在客厅的苏庆福和苏铁军也听得真切，两室的房子，且只考虑到了何美珍的住处，这明摆着就是赶苏庆福他们走的意思嘛。客厅的两父子先互相看了一眼，苏庆福当时便想站起来跟黄小培理论，被苏铁军拉住了。对他摇了摇头。苏庆福还是没领会意思，想要冲上去。

苏铁军这才小声说了句："你干吗啊！"

"我去跟她理论啊！"

"你去什么呀，有你妈在，放心吧！"

苏庆福这才坐了下来。而被他们寄予厚望的何美珍是个有自知之明的人，这些天她早就发现了黄小培的不痛快，可是奈何她也管不了这没出息的二儿子，她也明白黄小培的意思，也懂得她现在当着她的面直接说出来的意思，但她能反驳吗？她不能。

在这件事情上，黄小培确实是直接用换房来反抗苏庆福他们的入住，纵然何美珍她也觉得黄小培用换房子这的大事来反抗的行为有些过激了，但是她又能如何呢？这房子说到底本来就是人家的，这些天大儿子和儿媳妇是怎么住的她也是看在眼里的，凭什么自己的房子自己住得这么憋屈和窝囊。

她看了看黄小培那坚定的眼神，没再多说了。只见她起身站了起来，然后回了句："既然你已经想好了，而且这房子也是你的，你想怎么办就怎么办吧。"之后便走了。

　　黄小培说了句："谢谢妈的支持！"

　　何美珍听到后回头看了一眼黄小培，没再说话了。

撕破脸

苏庆福在客厅观察着何美珍的动向，他看到何美珍一直都没有反驳黄小培的想法，这回可真站不住了。突然，嗖地一下他就站了起来，大摇大摆地朝餐厅走去。他边走边大声问道："嫂子，我刚刚在那边听到你说打算把这房子卖了啊？"

黄小培本意就是想让他们听到，这会儿苏庆福主动来质问她，也正是合她意了，于是连忙转头大声应道："是啊，我确实有这个打算。"

"你卖房子是什么意思啊？"

"没什么意思啊，就是卖房子啊。"黄小培应对自如。

"就是卖房子？我看没那么简单吧？"苏庆福大声质疑道，"你这早不卖房子，晚不卖房子，偏偏在我们来这里住一下就卖房子。这难道还不明显嘛，你这是要赶我们走啊？"

黄小培现在其实还不想跟苏庆福撕破脸，毕竟目前大家还共处一室，总要挂着点面子，于是她笑着解释道："没有赶你们走的意思啊，你可别误会哈。我呢，换房子主要还是为了给轩轩换学区，你想啊，反正你们找到工作就要搬出去的，我们正好下学期也要换地方，就是事情都赶到一起去了不是。"

"哼……你说得好听，什么换学区房啊，这轩轩书读得不是好好的嘛，莫名其妙换什么房子呀，我看你就是借口，就是想找赶我们走的借口。"黄小培给的面子，苏庆福明显没打算接着，而是紧逼黄小培，"再说了，卖房子哪里那么简单啊，这房子又不是你一个人的，我哥还有份呢，他不同意你也别想卖，你想赶我们走也没那么容易。哼……换学区房，我怎么那么不信呢，你这套把戏就骗鬼去吧！"

原本黄小培还想给大家一个面子，给个台阶下下，但是刚刚苏庆福这说话的口气与语调直接让黄小培忍不了了。

"这房子是我的名字，我想卖就卖，我不需要给你什么理由，你爱相信就相信，不爱相信拉倒。"

"妈，你看嫂子说的这是什么话啊，我们毕竟是一家人啊。"

苏庆福见黄小培也很强硬，知道自己说不过，便拉着何美珍加入自己的阵营。

何美珍也不是个不分青红皂白的人，她听到后，大声朝苏庆福喝止道："行了，庆福，你给我少说两句，你嫂子说得没错，这房子本来就是她和你哥的，他们愿意怎么处置是他们的权力，我们管不了。"

"妈，你怎么可以这样说呢，这房子虽然是他们的，但是你和爸是他们的父母，他们有权利孝敬你们了，你听听她刚刚说的什么呀，买60平米的房子，就两个房间，那摆明不就是让你和我爸滚蛋嘛。当初您可别忘记了，是她叫你们来上海帮忙做饭的，现在好了，不想要你们就直说嘛，说什么换房子，这是什么意思您还不明白嘛，她这是不把你们当人看啊，想你们来就来，想你们走就走啊。"苏庆福干大事的本事没有，但是吵架拉帮的本领倒是一流。

原本何美珍其实也挺能够理解黄小培的，但是被苏庆福这么一说，确实也觉得心里不是个滋味。而苏铁军知道黄小培一向不喜欢自己，这回趁着苏庆福的话跟着帮腔道："庆福说得对啊，我知道你一直看我不顺眼了，现在就是要赶我们苏家人走啊。你说看我们姓苏的好欺负啊！"

黄小培看苏庆福把大家的氛围点都起来了，忙解释道："爸、妈，我真的没有要赶你们走的那个意思，我换房子也确实是为了轩轩。"说完黄小培便狠瞪了一眼苏庆福，继续道，"但是至于庆福，你，我确实是不想你在这里住了，我今天就实话实说了吧，也没什么好藏着掖着的。这些天我也忍йте很久了，你说，凭什么我和你哥在外辛苦赚钱，你占着我们家啊，你看看我和你哥每天都是怎么住的啊？你哥每天做手术上班累死了，回家，就睡在这里。"

黄小培气不过，说着便走到了苏庆福刚刚躺的沙发位子，还掀开了被子，"而且他还要忍受你的臭袜子天天塞在他的被子里，是我都要恶心死。而我呢，每天跟轩轩挤在1米2的床上，伸脚都不敢伸，晚上怎么睡的姿势，到了早上起来就是那个姿势，动也动不了，再看看你们，你们倒是睡得舒舒服服的。我就问你凭什么呀？这是我家啊。"黄小培这回是一下子全爆发了，把心底所想的也都说出来了。

苏庆福一听，结巴地解释道："那我不是现在暂时没找到工作没办法嘛，都说了等我找到工作就搬出去了，你至于这样小气嘛。"

"我小气？"黄小培嗤笑着，"是啊，我小气，我应该自己的房子不住让你们住，我去流浪对吗？"

"你这是什么意思啊？我可没那么说啊，别血口喷人啊。"

"我血口喷人，是，你没说，但是我自己的房间让你住，没得到一丝感谢，好吃好喝地伺候着你，最后得来的是我小气。还有啊，你说你找工作，你觉得你说出来自己相信吗？你这下雨、起雾不出门，销售不干、辛苦的工作不干，就你的要求，别说你了，就算是大老板也不敢提这个要求，你认为你这样的条件还能工作吗？我估计整个上海都没有哪个庙容得下你这么大一尊佛的吧？"

"你这是什么意思啊？"苏庆福大声问道。

"我没什么意思，只是实话实说而已。"

"你还实话实说，你就是……"苏庆福一下子都语塞了，不知道怎么形容，然后幽幽地吐出一句，"你这就是乱骂人。"

"呵呵，自己都想不出来话了吧？"

"我是不想跟你计较，你一个当老师的说话这么难听，怎么教育学生啊，你这叫误人子弟。"

"我误人子弟？呵呵……我怎么就误人子弟了？"黄小培是最讨厌别人侮辱她职业的。

"就是误人子弟，乱骂人。"

"我哪里乱骂人了？我就是实话实说，你根本就没有心去找工作，你只想待在家里白吃白喝，说白了，像你这样的人，说得好听叫啃老，好吃懒做，说得不好听就是寄生虫，就是寄生在你哥哥身上的一只懒虫。"

"你……"苏庆福论说话是真的说不过黄小培，这时候气得牙痒痒，但是又不知道该怎么还嘴。

彻底闹掰

正在大家僵持的时候苏庆春开了门。苏庆福看到苏庆春来了，赶忙第一时间走到门口大喊道："哥，你快来管管你老婆吧，她要赶爸妈走啊。"

苏庆春这一下班看到眼前大家站在客厅表情凝重，也是被弄懵了。但一听苏庆福说小培要赶走父母，猜想着是不是她又和父母吵架了。于是他走进来第一时间说道："小培，你这是干吗呀？爸妈再怎么做错了也不能赶他们走啊，他们毕竟是长辈。"

黄小培一听很是窝火，反怼道："苏庆春，你不要不明事理就做老好人好吧，我什么时候说了赶走你爸妈啊？"

"你这还不如直接说呢，哥，你来评评理看，刚刚就是你老婆当着我们大家的面说这是她的房子，她要卖掉，要换到60平米的地方去住，这说出去谁信啊？这不就是摆明要赶爸妈走嘛，还说得那么道貌岸然的，装可怜呢！"苏庆福拉着苏庆春解释着。

苏庆春一听，黄小培又在打卖房子的主意，也很是生气："小培，你怎么又在想卖房子的事情啊，不是跟你说了，不要买嘛，那么小，我们怎么住啊？"

"你看看吧，我就说我哥不同意吧。"

"行了，庆福，你少说两句。"何美珍看着苏庆福在这里添乱，呵斥道。

"妈，你怎么还帮着她啊，她都要赶你走了。"

黄小培现在看到苏庆福在旁边挑拨的样子就恶心，本来想解释的也不想再跟苏庆春解释了，赌气地说道："是啊，我就是要换房，我就是想赶你们走，怎么了？这是我家，我愿意怎么住就怎么住，愿意卖就卖，你们管不着。"

"你看看啊，哥，嫂子这是没把你当回事啊。"苏庆福这是在点燃火啊。

"庆福，你再不闭嘴现在就给我滚出去。"何美珍再次呵斥了苏庆福的大嘴巴。

"好啊，你们都赶我走，我走好吧，"苏庆福嘴上说走，但是却没行动，而是转到黄小培那边说道，"我不就是欠你们20来万块钱嘛，你至于这么针对我嘛，搞得跟我不还一样。"

苏庆福说出这话的时候，何美珍气不过跑上去就是一个大嘴巴煽了过去。

"妈，你干吗啊，居然为了这20来万块钱打我?"苏庆福大喊道，"好，我走!"说着苏庆福就跑进了房间。

何美珍知道之前苏庆春借给老二的钱是没经过黄小培的，现在苏庆福说漏了嘴，自然会把事情搞得越来越复杂的，其实她只是想要苏庆福闭嘴而已。而话已经说出来了，收是收不回去的，黄小培听到这20来万，满脸的疑惑看着苏庆春问道："刚刚庆福说借了20来万块钱是什么意思啊?"

何美珍见情况不好，连忙走向前安抚黄小培："小培，你听妈说，庆福这个人从小没正形的，刚刚是说了胡话，你别当真哈。"

"胡话？呵呵……"黄小培冷笑道，"妈，你信这是胡话吗？是胡话你刚刚为什么打他了?"黄小培用冰冷的眼神看着何美珍质问道，这让何美珍一下子真的不知道该如何回答。

苏庆春知道事情败露了，也不想再隐瞒了。"小培，庆福说得没错，除了你借的那5万，我确实单独又借了20万给他。"

"这钱你哪来的?"

"一部分是年终奖留下来的，一部分是借的陆飞虎的。"

"借的?"黄小培冷笑道，"你居然借钱给他去挥霍。嗯，苏庆春，你厉害! 算我以前看错你了。"黄小培含着泪冷峻地补了句，说完转身边走了。

黄小培走后，何美珍用力捶着苏庆春的胸膛，责怪道："你干吗要认啊，死不承认就好了。"

"妈，现在都闹成这样了，还能不认吗?"苏庆春也是无奈。

"哎……造孽啊!"何美珍抹着眼泪说道。

"我瞒着小培借钱给庆福是不对，但是刚刚她也不该赶你们走啊。"

"她哪里赶我们走啊，小培刚刚只是来跟我商量要不要换房子的。"

"那刚刚庆福说是要赶你们走。"

"庆福能有几句好话啊，是他自己找小培吵架的，自然要说小培的不是，他是什么人还不懂啊。"

苏庆春一听，这回是明白了小培是真委屈了，他开始有些懊悔了。

"你现在，赶紧去房间好好劝劝小培。"

"算了，让她冷静冷静吧，现在去只会让她更加生气。"

两人正说着话的时候只见小培提着一个密码箱出来了。

"小培，你这是干吗啊！"何美珍一把拉住了密码箱。

"这个家，我是待不了。"黄小培说着便用力甩开了何美珍的手，摔门而去。

"你还愣着干吗啊，赶紧去追啊？"何美珍怒骂苏庆春。

"让她冷静冷静吧，我们都需要冷静冷静！"

"冷静什么呀，赶紧去追啊！"

"妈，现在我们这个家，追回来让她继续跟轩轩挤着，只会让她更加窝火的，出去住住也好，心情还好些，等过两天我再去接她。"

"也行，现在在这里确实住着窝火，这样，这两天我就让庆福出去租房子，赶紧搬走，别再这里添乱了。"何美珍说着便走进了苏庆福他们现在住的房间。推开门后她看到苏庆福还在床上逗孩子玩，气愤地质问道："你干吗啊，怎么还不走啊？不是说要现在就走的嘛？"

"妈，你让我走去哪里啊？"

"你还知道自己没地方可去啊？"

"那我就是没地方可去才在这里住嘛，受着这窝囊气嘛。"

"你还窝囊，你看看你都把你嫂子气走了。"

"啊？嫂子走了啊？"琪琪一听，惊讶地问道。

"是啊！"何美珍说道，"还不是他闹得。"

"不是跟你说了嘛，我们是住在别人家，要注意一点说话。"琪琪这回也怪罪道。

"我冤枉啊，我也没说啥啊！"

"你还没说啥啊？你这张嘴巴就没消停过，"何美珍下最后通牒了，"我跟你说，你这两天给我立刻出去找房子。"

"这一时半会我到哪里去找房子啊?"

"找不到就给我滚回老家去,不要在这里作妖了,你看看你把你哥家弄成什么样子了。"

"这跟我也没关系啊,又不是我要让她卖房子的,是她自己作好吧?"

"我不想再跟你多说废话了,反正两天内,你要么搬走,要么回家。"何美珍说完便离开了。

发泄情绪

黄小培提着箱子离开家以后，走到小区门口才发现自己不知道往哪里走，这么多年在上海，她发现自己在这个时候连一个收容自己说说体己话的朋友都没有。

这种情况要是放在以前，黄小培第一时间想到的就是谢敏了，因为她一直把谢敏当自己闺蜜的。

可是这些月以来，特别是从谢敏离婚开始，黄小培觉得谢敏已经不是自己曾经认识的了，或者说她从来就未真正了解过谢敏，现在她在这个时候也不敢再打电话给谢敏了，因为她不知道自己的行为在谢敏那里是可笑幼稚还是讥讽。

她关掉了手机，就这样拖着箱子在路上走了好久好久。寒风吹在脸颊上显得异常的寒冷和刺骨，也不知道过了多久，黄小培打开了手机，可是令她没想到的是，她的手机一个未接来电都没有。她实在是太心寒了，但是内心还存有侥幸，安慰着自己：苏庆春现在是不是在满世界找自己所以没时间打电话。

等到找不到了肯定会打来的，最起码给自己一个解释，可是她左看手机右看手机，还是没见打来，为了安慰自己等待的心情，她想打电话跟别人诉说，诉说自己的心情，可是翻遍了手机通讯录，发现每一个可以谈心的。最后，她只拨通了家里的电话，可是她打过去的时候发现他们已经睡下了，她也只简单地问候了下就挂了电话。

黄小培自然是不会告诉父母现在自己这里发生的一切，再看看手机，苏庆春还是没有打电话给自己。正在她关手机的时候，听到了微信的声音，她连忙打开手机，果然是苏庆春发来的，可是收到的并没有解释，而是只有一条冰冷的微信："小培，我知道这些天你也累了，正好趁着这个机会你也冷静冷静，在酒店住几天也好。"

这是什么啊？黄小培内心一万个问号，此刻心中更加心灰意冷了，在这偌大的上海，自己只有这个家，在这样的大晚上，自己一个人离开了家，丈夫非但不追自己，还让自己就在酒店住几天冷静冷静，这算什么？他又把自己当什么？

黄小培是越想越生气，为了这个家她是省吃俭用，连一套贵点的化妆品都没有，朋友也没几个，出了门似乎能容得下自己也真的就只有酒店了。

就这样，她兜兜转转不知不觉拖着箱子居然来到了补习班不远处的酒店，她在门口徘徊驻足了许久。刚想进去的时候，突然听到有人喊了一声："小培！"

黄小培转头一看，刚刚叫住自己的居然是乐平云。对方见黄小培回头了，马上跑了过来，"天啊，小培，还真的是你啊，我刚刚以为自己看错了。"

"哦，平云啊，你怎么会在这里啊？"黄小培尴尬地问道。

"我这刚刚下班准备回家啊，你又怎么会在这里啊？你平时不是很早就回家的吗？"乐平云说完又低头看了一眼黄小培拿着一个行李箱。

而此时的黄小培不自觉地想隐藏那个旅行箱，可无奈，它实在是太大了，想藏也藏不住。

乐平云看着黄小培的样子，似乎哭过，知道黄小培今天肯定有事情，便关心地问道："小培，你怎么会这么晚拖着行李箱在酒店门口啊？"

黄小培面对质问，尴尬地笑了笑，没说话。

"怎么了？是发生了什么事情吗？"

"嗨……也没什么事情。"

"没什么事情你这大晚上的提着行李箱要住酒店啊？你不要骗我，说，是不是苏医生欺负你了？"

"没有。"

"小培，你这是不当我是你朋友啊，有什么困难和不愉快的就说出来，不要憋在心里，"乐平云问道，"是不是吵架了啊？"

黄小培沉默了一会问道："你有时间吗？"

"有啊。"

"那我请你吃宵夜。"

"好。"

"你等等我,我先把这箱子寄存下。"

黄小培说着指了指酒店。

乐平云心领神会,点了点头。"那你去吧,我在外面等你。"

"嗯,好,那你等等我。"说着黄小培便去开了个房间,并把东西寄存到酒店。

此时的黄小培正需要找人发泄心中的苦闷,乐平云的及时出现可以说是上天完美的安排。

之后乐平云带着黄小培来到他平常常去的一家店吃了点东西。经过一番问询以后,黄小培把今天发生的事情全部告诉了乐平云。

"你说,这件事情是不是我做错了,不该通过换房子而间接赶他弟弟走啊?"黄小培也在反思自己。

"小培,你这个人就是太善解人意了,像苏医生弟弟这样的人就是社会的蛀虫,你早就该对这种人说不了,我真是佩服你还忍到现在,你做得没错,你就应该直接赶他们走,你不懂,对付这样的人你不能有好的态度,不然他们只会欺软怕硬更加在你面前有恃无恐。

"现在撕破脸了也好,至少他不会再那么肆无忌惮了,也会收敛了,哪有三十好几的人天天不去上班啊,人家是啃老,他这是啃哥嫂啊。"乐平云直言不讳。

"你真的觉得我没错?"

"你没错,真的,小培,你别多想,更加不要太自责,这件事情从头到尾都不是你的问题。"

"其实他弟弟那样我也没什么,大不了大家闹掰了,以后少走动就是了,毕竟我是跟他过日子,不是跟他弟弟过,可是我最气不过的是他居然背着我偷偷给他弟弟那么多钱,而且还大部分是借的,你说我气不气啊?"黄小培边说边咬着牙,"而且他居然还不听我解释,只听他弟弟,他弟弟说什么他都相信,一进来就劈头盖脸地骂我,一点都不相信我,我们认识20多年了,居然这点信任都没有,这才是最让我心寒的。"

话说到这里的时候黄小培委屈地哭了出来,"这些年我为了这个家付出了一切,省吃俭用,周末不敢跟朋友出去买衣服,生怕太贵,平时有什么好的东西都是留给他们父女俩,买什么第一时间想到的就是他们,他这些年也没管过孩子,都是靠我一个人,我这样的付出没有得到任何认可,到头来只有无尽的指责,我这都是为了什么啊?我是真活该啊!"

劝说 1

说完黄小培端起一杯酒一饮而尽,喝完还呛咳了。乐平云看到后马上站起来抢过酒杯,并轻轻地拍了拍她的背。"小培,你别这样,喝不了就别喝了,这酒啊,是穿肠毒药,喝多了伤了身体。"

"俗语说酒是穿肠毒药,但是仍然有人以身试药,既然明知毒药伤害身体,还要喝,只能说明离开了这剂毒药他更加生不如死。"说着黄小培抢过酒杯,继续自斟自饮。

乐平云看到黄小培如此伤心,也是非常难过,尽量劝道:"小培,你这是干吗啊,真的为了这点小事伤了自己的身体不值得啊。"

"哼……身体!"黄小培冷笑道,"现在又有谁在乎我的死活。"

乐平云听着这话是多么的沮丧和悲痛,他就坐在黄小培的对面,这个他多年来一直思慕的女人现在说出这样的话,他很想张口回应一句:"我在乎",但是他没有,话都到嘴边还是硬生生地憋回去了。"小培,婚姻的事情很复杂,而且我也是个失败者,也没有什么资格来劝你,但是我知道为了它去伤害自己的身体真的不值得,身体是自己的,其他都是身外之物。"

其实乐平云也就是劝劝别人,曾经的自己不也是很长一段时间借酒消愁嘛。人就是这样,劝别人的时候道理都是一套一套的,但是事情真的到了自己头上又都是当局者迷。

"呵呵……我也是个失败者。"

"不,你已经做得很好了。"

"你就不要再挖苦我了,我自己的情况是什么样我自己知道。"

"不,我真的没有挖苦你,你和苏医生的婚姻看着有些小打小闹,但是那都不是事,这个世界上就没有百分之百契合的夫妻,更没有百分之百完美的婚姻,我曾经看过一篇报道,再美满的婚姻他们都有 50 次想离婚的冲动、100次想砍死对方的想法，所以你现在遇到的问题真的是婚姻太常见的小问题了。

"其实现在你们的问题是你小叔子在这里造成的，你也说了，你不是跟他结婚，说白了只要他离开了你们现在就没有矛盾，所以何必为了这样一个仅仅是你们婚姻中的过客生气呢？

"真的，做为男人的角度，建议你真的别跟他吵，不值得，人都说有智慧的夫妻，遇到矛盾都会想着去如何磨合，而不是如何吵赢对方。"

"这我知道，我没跟他吵，吵无法解决问题。"

"对啊，你这做得很对。"

"但是最无语的就是我们没怎么吵，可他也没给我任何的解释，哪怕是对今天发生的事情道歉都没有，这是什么啊？是态度问题，是对我的不在乎。"黄小培顿了顿，又说道，"我知道，我们现在其实最大的问题是他不信任我，他还背着我偷偷借钱给他弟弟，现在是我也不相信他了。一段婚姻假如连最起码的信任都没有了，那还有什么意义？"

"小培，说实话苏医生这瞒着你借钱给他弟弟是不对，但是你有没有想过他是不是在没办法的情况下才借的呢？按照你说的他弟弟那个秉性很有可能是逼迫苏医生让他不得已而为之的，但是他又怕你知道后会不借，而以他弟弟的脾气假如不借又是一场大闹，他应该就是为了家庭和睦，减少纷争才出此下策的呢！"说到底他这也是善意的谎言，一切还是为了这个家庭和睦。"

"即使是像你说的那样，但是他最起码要提前跟我说下吧，或许我会借呢？我也不是那么不讲道理的人，只要是合理的只要有我都会借的，他现在是干吗啊？找别人借钱给他弟弟，别人莫名地成为了我的债主我都全然不自知，"黄小培继续说道，"说白了，他就是对我不信任，而且他弟弟那样的人，他这样屡次借钱只会让他变本加厉，我估计应该也是以前的有求必应才导致他现在的如此肆无忌惮吧。"

"他弟弟那样估计他也是没办法了，我相信他也努力过，但毕竟是亲兄弟，难道真的要老死不相往来嘛。"

"我也没让他为了这些钱跟他弟一定要闹成什么样，只是真的他太放纵他弟弟了，在处理家里的问题上，其实我一直觉得他太软弱了，以前他爸爸对他那么无情，现在不还是一样该怎么样还是怎么样，这些他弟弟都看眼里的，自然不怕了。还有，我今天这样出来了，他连挽留都不挽留我，到现在我一个人出来了这么久了连个电话都不打给我，这才是最让我心寒的，他心里就没有我。"

"这……确实是他的不对，怎么着你也是一个女孩子，这么晚了在外面也不安全啊。"

"就是啊，你一个外人都知道，可是他却不为所动，毫不关心，这才是让我对这段婚姻反思的。最可怕的是我走出来以后发现我除了那个家在这偌大的上海什么都没有……哼……"黄小培说完冷笑了一声，含着泪水又是一饮而尽。

乐平云是尽自己最大的努力去劝说黄小培，可是看着黄小培刚刚那个样子，真是难过，最可怕的就是笑着笑着就哭了的感觉，那才是真让人心疼的。

这一夜黄小培彻底喝醉了，之后不省人事地趴在桌子上，乐平云看到她不行了，忙站起来询问："小培，怎么样啊？"

黄小培抬起头一声："我没事！"然后又趴在了桌子上，平时黄小培就不怎么喝酒，现在是真的醉了。

此时乐平云靠在黄小旁边坐了下来，并轻轻地摸了摸黄小培的头发，这是他第一次这么近距离地接触黄小培。看到眼前如此痛苦的黄小培，这内心不禁泛起一丝丝涟漪。之后他便开车送黄小培回了酒店，怕黄小培因为喝酒过量后半夜会身体有恙，便躺在旁边的沙发上睡下了。乐平云是个极度有自控力的人，就是因为对黄小培是真的在意，才有了这种近乎可怕的自控力。

劝说 2

翌日清晨，黄小培伴着头疼从酒店里醒来，睁开眼的那一刻她顿时感觉头疼感更加强烈，手不自觉地摸了摸额头，自言自语道："我这头怎么这么痛啊！"

之后她又感觉一阵口渴难耐，她不自觉地到处打量，发现床头柜上放了一瓶矿泉水，于是她坐了起来准备拿水喝的时候才发现这周边环境怎么这么陌生。一打量床头柜，这压根不是自己家里啊！

一阵害怕油然而生，再一看她才发现自己连衣服都没脱，就连外套都还在身上。这不是她的习惯啊！再一看床头放着行李箱，她努力回想才想起自己昨天跟苏庆春吵架一气之下就离家出走了，这时她才意识到自己原来住在酒店。

意识慢慢清晰了，她再四处张望，又发现就在床不远处的沙发上似乎正躺着一个人，那人此时正用大衣盖在身上酣睡着。

面对眼前的一切黄小培懵然不知所措。为什么自己会穿着衣服就睡着了？为什么自己会和一个男人共处在一个房间里？这些信息太可怕了。难道是在做梦？她用力掐了自己的手，生疼！没做梦！那这人是谁啊？

一种不祥的预感涌上她的心头，她不敢再多想，而是第一时间再次低着头打量了一下自己，确认是全身裹得严严实实的。"应该是没发生什么不该发生的事情吧？"黄小培反问着自己。但是任凭她怎么想都想不起来昨天晚上发生的事情。

正在回忆昨天晚上发生了什么事情的时候，沙发上的男人似乎听到黄小培的动作，被惊醒了。他看了一眼已经坐起来的黄小培，咻地一下就起来了。"你醒了？感觉怎么样啊？"

这时黄小培才看清对方。"平云？"黄小培摸着头一脸疑惑地说道，"你怎么会在这里啊？"

"你忘记了?"

"我就记得之前我在酒店门口看到了你,然后一起去吃宵夜了,之后就不记得了。"

"之后一点都不记得了吗?"乐平云问道。

黄小培再次试着回忆,但是真想不起来,她摸了摸脑袋,感觉越想越头晕了。她摇摇头,回道:"真不记得了。"

"看来昨天晚上你真的喝醉了。"

"我喝了好多酒吗?"

"其实你喝的也不多,就两三瓶啤酒的样子,不知道怎么就醉了。"

"我都喝了两三瓶酒啊,那是很多了。"

"哦,呵呵,那可能你是以前没怎么喝过酒,所以没喝多少就会醉吧,也有可能心情不好,酒不醉人人自醉吧。"

"哦……"黄小培沉默了一会又问道,"那你怎么也会在这里啊?"

黄小培看着还没穿上外套的乐平云又问出了刚刚同样的话。"我……我们怎么会在一间房间啊?没有发生什么吧?"黄小培看着乐平云尴尬地问出了自己的疑惑。

乐平云低头看了下自己,连忙把外套穿了起来,忙解释道:"哦,你千万别误会,我只是昨天看你喝醉酒了,把你送回了酒店,本来我打算走的,但是走的时候看着你人好像不太清醒,怕你后面会有什么不舒服,所以就在沙发上睡下了,你放心,我就一直在沙发上,我连你的外套都没敢给你脱,怕你误会。"

黄小培虽然后来喝断片了,事情也不记得了,但是看着自己衣服确实完整的,而且乐平云的为人她也是信得过的,便回道:"哦,原来是这样啊,那真的谢谢你把我送回酒店。"

"没事。"说完乐平云也觉得再待在这里尴尬,忙又说道,"那你要是没什么事情我就先走了。"

"哦,好。"

乐平云挥了挥手便慌忙地离开了。

黄小培虽然知道两人之间并没发生什么,但是毕竟一晚上孤男寡女的共处一室,她还是觉得有点羞愧和自责。

她开始为昨天主动叫乐平云一起吃宵夜而后悔,但毕竟是已经发生了,她也没办法挽回了,她尴尬地捂着自己的脸,吃宵夜就吃宵夜怎么还喝过头了呢，还好没发生什么，不然真要后悔一辈子，想着以后绝对不能再喝酒了。

此时一股冲鼻的味道出现了，她低头一闻发现身上还是一身的酒味，忙站起来拉开窗帘准备洗澡。打开窗帘以后她被阳光刺到了眼睛。

"哇……天都这么亮了。"

于是她忙找到手机，一看已经 9 点钟了，好在今天是周六，学校放假。再一看手机上有两个未接来电，都是苏庆春打的，一个是早上打的，一个是昨天晚上 12 点打的。

正在黄小培疑惑怎么自己一点都没听到铃声的时候才发现手机不知道什么时候开到了静音。她再打开微信，发现又有几个苏庆春的未接视频，还有一条短信："你怎么不回信息啊？你找到酒店了吗？"

这条信息就是在黄小培收到之前苏庆春短信的半个小时以后发出的，黄小培猜想苏庆春是看到没回信息才发了这么多个视频吧。

刚想回拨回去的时候，她立马打断了这个想法。"你一晚上都不找我，现在知道急了，我就晾晾你，看你急不急。"

之后她放下手机，开始慢慢地找衣服去洗澡。洗完澡已经 9 点半了。

然后她再慢慢悠悠地打开手机，看了看补习班排班表，本来她想看下下午几点上课，这时她才发现今天上午 10 点她有一节课。于是她连忙吹干头发，穿好外套便急匆匆地出了酒店。

还好这酒店跟补习班就是一条马路之隔，等她跑到补习班时正好十点了。

坐在前台的谢敏看到从来没迟过到的黄小培气喘吁吁地跑了进来好奇地问道："小培，你今天怎么回事啊？第一次看你来这么晚啊，再晚我都要打电话给你了。"

"哎……别提了，我忘记今天有课了。"

"啊，这也会忘记。"

"先不跟你说了，我先去上课，下了课再跟你细说哈。"

说着黄小培便回了教室。

女人间的控诉

等黄小培下了课,已经是上午 11 点了,此时的她已经饥肠辘辘了,这时她才反应过来自己就没吃早餐。

眼见已经到了吃午饭时间了,一般周末的时候只要不值班她都会回家吃中饭,毕竟离得近走十来分钟就到了,所以大家到了中午点饭的时间默认不会给她点。

今天,她下了课看着时间差不多了,便走到前台朝前台的姑娘说道:"小王,待会中午点餐时候你帮我点份。"

"小培姐,今天是周六,中午你是不值班的,下午又 4 点才有课,不回去吃饭啊?"前台好奇地问道。

"不回去了。"

在一旁正在核对资料的谢敏听到了,走过来问道:"干吗,今天中午打算跟我们聚餐是吧?"

"是啊。"

"家里饭菜不香啊?我们可是羡慕死了中午可以回家吃饭啊。"

"家里饭吃多了也不好,"黄小培说完又不自觉地补了句,"也回不去。"

虽然就是一句小声低语,但是却听在谢敏的耳朵里。

"回不去?什么意思啊?"

黄小培的话点起了谢敏的八卦心,加上她有史以来第一次的迟到,实在是不得不让谢敏好奇起来了。她赶紧凑上前问道:"你今天有情况啊。怎么了?跟苏医生闹矛盾了?还是你那个婆婆啊?"谢敏凭着经验问道。

"哎……一堆糟心事不想再提了。"黄小培叹了口气说道。

谢敏看着黄小培的脸色确实也不太好。她先是思虑了半晌,然后问道："我说，你是不是昨天跟苏医生提卖房子的事情，他没答应所以两人吵架了啊？"

黄小培看了一眼谢敏，先是点头，然后又摇摇头。

"你这是干吗啊？到底是不是啊？"

黄小培原本打算吸取以前的经验教训，既然谢敏懂得收敛自己的婚姻状态，证明她其实在自己面前是有所保留的人，所以本不想跟以前一样傻傻地把太多自己家里的私事透露太多给谢敏。但黄小培跟谢敏不一样，也藏不住太多的事情，而且她并没有谢敏的城府，一点都架不住谢敏多问。

经谢敏这么一追问，她也就没忍住，最后还是把昨天发生的事情包括自己昨天就不在家里住的事情告诉了谢敏。

谢敏一听苏庆福的事情也是气不过。大骂道："我去，苏医生的弟弟也太过分了，怎么会有这样的人啊，苏医生也是，为了他弟弟跟你置气真是不值当，他那弟也是奇葩中的奇葩啊。最主要的是为了他那个弟弟居然还敢背着你借钱给他弟弟用，这就更是可恶。"

"是吧，你也觉得可气吧？"此时的黄小培终于找到了与自己想法一样的人，感觉特别的有同理感。

"当然了，他这是什么啊？说得好听叫欺骗，说得不好听就是背叛了。"

"今天他敢背着你悄无声息地借这么一大笔数目的钱，那明天指不定什么时候还能背着你干点别的什么来呢？"

"就是说啊，这事情我也是越想越气，可以说细思极恐啊。"

黄小培频频点头，谢敏似乎说出来自己一直窝火的主要原因，似乎在对男人的事情上女人天生有神奇的共鸣和共通感。一点就通，一说就能说到所有女人所有困惑和担心的点子上。

"就是啊，这件事情苏医生可办得不漂亮啊，我平时看着他挺老实的一个人，没想到居然也是这样的人，真是人不可貌相啊。"

谢敏说完是满脸的不屑与鄙夷，她其实本身就很痛恨婚姻里的欺骗，可以说她的破裂也是从欺骗开始的，深受其害的她怎么会放过这次对男人的怒骂和鄙视呢。

当然这是评价别人，她还是看了一眼黄小培，想知道她本人的态度，谢敏看着黄小培似乎也是非常认同的样子，于是她继续说道，"这件事情遇上的是你，要是我，哼……"她没说完。

黄小培听着好奇，这件事情放在别人身上会怎么做，于是她追问道："你会怎么做啊？"

"我会怎么样？"谢敏自问自答，声音也提高了分贝，"我肯定当场就让他弟弟滚蛋！你倒好，这明明是他们的错，你还傻不拉几的自己走了，那你现在这样岂不是正着了他弟弟的意吗？"

黄小培先是愣了几秒，然后回道："我，我当时也没想那么多，就觉得好气，就走了。"

黄小培哪里有谢敏的心思啊，她只是普通的单纯为了家庭全心付出的女人，对于家庭发生的事情，内心深处想到的并不是互相伤害。

谢敏还觉得不解气，继续强调道："我都不知道你走什么呀，就应该是他们走嘛，还敢借钱，直接让他们还钱，还完钱再走，别想占便宜。"

"现在他们应该没钱还吧？"

"这谁知道啊，他一个这么抠搜的人，钱能花哪里去了？搞不好人家是借你的钱自己存起来都有可能。"

"那这个应该不是，我估计是借钱买房子吧。"

黄小培还是第一时间想着他们的难处的，并没有把事情想得那么复杂。

"这钱借去干吗的，什么时候借的你没问吗？"

"没，他也没说。"

"哎……你也是真傻啊，这都不问下，反正吧，要我啊，当时就应当机立断让他们都走。"

"现在闹成这样，应该他们也住不下去了吧？"

"这谁知道啊，按照你说的，你那个小叔子脸皮那么厚，搞不好这回来上海就是想趁机赖上你们了。

"不走了，什么找工作啊，我看都是借口，他那哪里是找工作的态度，要放我，也不走啊，走啥啊，反正这个家就你一个外人，现在你都走了，那他不是更加好了，悠然自得地待在你家想干吗就干吗了。"

"不至于吧？我婆婆还在家里呢，而且我婆婆也早就让他搬走了，现在看着我走了肯定会让他搬走了。"

黄小培这次出来的小心思其实也不过是想把问题抛给他们，让他们自己主动走人。

"晕死……你想得也太简单了吧，看来你是真傻啊，你婆婆是谁啊，那可是他亲儿子啊,她是帮你还是帮自己亲儿子啊,你婆婆也就是当着你的面作做样子而已。"

"应该不会吧。"

"你还不信,你就看着好了。"谢敏一副看透一切的样子。

误会

正在此时，黄小培的手机突然响起来了。黄小培一看手机是苏庆春打来的犹豫了一会。

谢敏斜着眼看了一下发现是苏庆春，便说道："好喽，劝你回家的人来了。"但是她又看出了黄小培的犹豫。"干吗，赶紧接啊？"

"我接了说什么啊？"

"要你说什么啊，接了他自己会说啊，肯定是来解释昨天那事情的呗。"

"昨天的事情他还好意思解释啊？解释了也没用。"

"赶紧接啊，人来给台阶下就赶紧下。"

等黄小培刚想接电话的时候，电话已经不响了。黄小培尴尬地拿着手机。

"你看看，叫你犹犹豫豫地。"

"那我要不要打过去啊？"

"打过去就算了吧，要是他真有诚意肯定还会打过来的。"

果不其然，还没过几秒钟，电话再次响起。

这时，黄小培又看了一眼谢敏。

"你看着我干吗啊？赶紧接啊！"说着谢敏便自觉地回避了。

黄小培这边其实也是满心欢喜，想着苏庆春肯定是为昨天的事情来道歉，叫自己回家的。她马上接通电话。那边苏庆春一开口便是："你昨天怎么一直没接电话啊？"

"手机静音了。"

"哦，那昨天你在酒店住得还好吗？"

黄小培也是嘴硬："好着呢，比家里舒服多了，这些天我第一次睡得这么沉。"

倒也是实话,喝醉了酒之后黄小培是真的不省人事,怎么睡着的都不知道,连乐平云在自己房间都不知道,自然是睡得很沉。

"那就好,既然你在酒店睡得舒服,那你就多住几天吧。"

苏庆春这句话直接把黄小培说愣了,心想着:你不该是劝我回家的吗。顿时她感觉苏庆春这就是对自己的不关心,原本还以为他会为昨天自己住酒店的事道歉,没想到居然还让自己继续外面住,这不是给自己成心添堵嘛。此时她怒火中烧,气愤地大喊道:"苏庆春,你这什么意思啊?"

当然苏庆春说话是个爽快人,也不会藏着掖着,他解释道:"小培,我没有别的意思,你别误会,这不是你觉得家里挤就在酒店先住两天,等这两天庆福他们搬走了你再回来,这样也舒服点。"

苏庆春的这个解释一下子让黄小培舒心多了,现在黄小培只要听到苏庆福马上要搬走,便是比吃山珍海味还高兴。

"他真的愿意搬走吗?"

"现在这个情况,他不搬走也没法住了,再说现在确实家里这样长久也不是办法。"

"那他找到工作了吗?"

"不知道,应该没吧。"

"没找到工作他能这么快搬走?"黄小培质疑道。

"那也没办法,反正我妈已经给他下最后通牒了,这两天就搬走。"

黄小培听着这还差不多,心里也舒服了许多。

"哦,对了,正好这个周末你也休息一下,家里轩轩我会看着,你好好玩吧,你也好久没出去逛逛了,等周一你再回家吧。"

"什么时候回家是我的事情。"说完黄小培便挂了,但是嘴角上扬,心里却是高兴的。

谢敏老远就看到黄小培挂了电话。再一看黄小培的这似笑非笑的样子,似乎气也消了不少。

其实刚刚黄小培接电话的时候,她又反思了下自己刚刚说的话,发现自己似乎话语里有悖自己最近的计划,她的目的是要让黄小培和家人好好商量搬家的,刚刚那会自己在黄小培面前对苏庆春是一顿怼,这可不利于他们的夫妻关系。

别到时候自己这么一掺和把他们搞糊了,那真是痛快了嘴,误了大事了。好在现在看着黄小培心情不错,才安心。于是她慢慢地走了过来问道:"怎么样啊?饭还要点吗?不要点我现在取消还来得及哈。"

"点哦,我才不回去呢。"

"还不回去啊?我跟你说,我刚刚说归说,但是苏医生说实话也是个实在人,你也别太拿着了。"我看就算了,吵吵架就得了,你这在外面住久了可没好处,别到时候真搞得不好收场了。"谢敏又一改刚刚的观点,劝了起来。

"你这是干吗呀,一个电话过来你人都变了,难道刚刚庆春收买你了啊?"

"什么收买啊,说得那么难听,你认为你家苏医生是那样的人吗?"谢敏说道,"我刚刚也只是气不过而已,其实想想苏医生这么做肯定有自己的难言之隐,夫妻嘛,有时候还是要多体谅一下的,早点回去吧。"

"那就要看他表现了。"黄小培也就是表现得矜持一点,其实内心早就打定主意周一回去了。

"呵呵……你们啊,我反正也是局外人,随便你了,不过有时候晾晾他们也好,省得还以为我们女人就注定围着家人转的呢。"

"就是啊,所以我想通了,这周要出去玩,要去买衣服,要消费。"

"欸,这就对了,女人还是要对自己好点。"

"是啊,这回我是想明白了,干吗自己辛辛苦苦赚钱还苦着自己啊。"

"就是啊,但是,话又说回来,你住几天就回家,也别真的伤了夫妻和气。"谢敏又强调道。

"我知道了。"

"对了,你现在住哪里啊?"

"哦,我就住对面的假日酒店。"

谢敏听到后突然怔住了,脸色一下子煞白了。因为刚刚她来店里开门的时候正好看到乐平云从这家酒店里出来,而当她问起乐平云怎么在这里的时候,乐平云慌张地解释道:"昨天加班太晚了,所以就没回家。"

当时谢敏还觉得奇怪,开车回家不就行了,但是也没多想,觉得实在太晚不回去住酒店也无可厚非。可是现在听说黄小培也住在那家酒店,这不禁让她开始猜测昨天晚上他们是否是在一起了?

黄小培看着谢敏一下子不太对劲,就问道:"你怎么了?"

"哦,没什么。"

谢敏没有去问黄小培，求证这一事情。因为她怕黄小培的回答跟她想的一样，虽然不问，但谢敏心里却有自己的判断，即使她不问可作为成年人的她也能猜到这世上没有那么巧合的事情。

更何况是他们这两个本来关系就不清不楚的人，谢敏甚至瞎想搞不好他们两个早就暗生情愫，不然一直顾家的黄小培怎么会赌气住酒店，这可是从未有过的先例，也许就是有乐平云这个后盾在这里才这么硬气。

谢敏甚至猜想：乐平云一直不跟自己好的最主要的原因就是因为黄小培吧，不然他一个单身的怎么可能禁得住自己的诱惑，原因就只有一个，他已经有了女朋友，只是有意对自己隐瞒而已。

为什么隐瞒女友？只能是这个女友不可说不能说。一顿猜想后，谢敏似乎笃定了这一推测，突然用一种从未有过的眼神望向黄小培，搞得黄小培一脸惊诧。

"你干吗这样看着我啊？"

"没什么，只是感叹：这个世界上的事情有时候真的不是自己表面想的那么简单。"

"是啊，人心叵测啊！"

"对，人心叵测。"

谢敏话音刚落就听到前台喊道："敏姐，你们的饭来了。"

听到饭来了，黄小培连忙跑去拿饭了，她太饿了。她哪里注意到此时的谢敏看着她的眼神是多么可怕啊。

误会加深

黄小培全然不知因为自己的一句话而让谢敏产生了大误会的事情,下午正常上课,第二天她按照计划约着本来也没有课的谢敏出去逛逛,结果被谢敏以没时间为由拒绝了。

黄小培起初也奇怪,想着昨天不是约好的嘛,但转念一想,补习班的事情那么多,她也不像自己就是个补习老师,肯定有很多自己临时的事情要处理,所以也没多想,最后还是自己去外面走了走,可黄小培平时就很少逛街,这冷不丁地突然有时间逛街而且还是自己一个人还真的有点不适应。

她这才发现原来自己的生活除了这个家真的没有什么,就连一个人逛街都那么的不适应。就这样逛着逛着她不知道怎么地突然走上了回自己小区的路,看着那条熟悉的路她不禁反问自己:这些年自己这样的生活是否真的有意义?

人活着的意义又是什么?是为了家庭一辈子默默无闻;还是创出自己一片天,实现自己所谓的理想抱负?

黄小培不知道,此时的她似乎非常的迷茫和困惑。

但前面的路她却清晰地知道她不能再往前走了,于是她叹了口气转身离开了,但是现在她又能去哪里,也只能回酒店了。而正打算回酒店的时候电话突然想起。她拿起手机一看,是乐平云的电话。

乐平云从昨天尴尬地从酒店走出以后就再没消息了,这回黄小培看到他的来电,莫名有些不自然了,虽说昨天乐平云已经解释清楚两人之间很清白,但是毕竟乐平云前一天看到了自己的窘样,难免还是有些尴尬的。但她还是缓缓地接起来电话。"喂!"

"欸,小培,"对方的声音听得出来很高兴,"今天你怎么样啊?心情好点了吗?"

"哦，挺好的。"

"昨天你跟苏医生把事情说开了吧？"

黄小培沉默了片刻回道："说得差不多。"

"那就好，那昨天应该回家住了吧？"

这时黄小培又犹豫了一会儿，回道："嗯，回，回家。"

电话那头乐平云感觉到了黄小培的犹豫，他问道："怎么了？你这话听着怎么很犹豫啊？你不会昨天还没回家吧？"

黄小培此时没再说话，她向来是个不太会说谎的人。

乐平云感觉不对，忙问道："你没事吧？"

"没事，我昨天确实还没回去，不过我真的说开了，你不用担心。"

"说开了还不回去啊？"

其实说实话黄小培现在也觉得为什么自己要在外面躲着苏庆福他们啊？那里本来就是她的家。

"哎，有些事情说不清楚。"

"要是你说不清楚，要不我去跟苏医生说？"

"不用了，谢谢你啊。"

"别说什么谢了，这苏医生也真的是，你一个女人他老让你在外面住算是怎么回事啊？"

"嗨，也没什么，他只是说等他弟弟搬走了回去更加方便点。"

"行吧，虽然我不太同意他这么做，但是既然你们已经商量好了那就行了，"乐平云说道，"对了，那现在你不能回家，今天又是周末，你有课吗？"

"下午没有。"

"那你现在在干吗啊？"

"就逛逛街！也挺好的，难得的机会。"

突然电话那头乐平云似乎停了几秒，而后再听到了一句："哦，你就在酒店门口逛街啊？"

黄小培一抬头才发现自己真的走到了住的酒店门口。

"你怎么知道啊？"

"你回头。"

黄小培回头一看，乐平云正在对面自己补习班不远处的地方朝自己挥手。她连忙回应乐平云，也挥了挥手。

而黄小培朝着补习班这边挥手的行为正好被补习班的前台小王看到了。她还一脸纳闷地小声说道:"小培姐向我招手干吗啊?"

"小王,你这是中午没睡醒吧?小培下午都去逛街了,现在在对面朝你挥手干吗?"这话被在旁边核对资料的谢敏听到了,她笑着说道。

这么一说,小王也觉得奇怪,于是她站了起来,为了确认自己看到的还戴上了眼镜。

"真的,敏姐,你看,她现在还在挥手。"小王说道,"难道她是找我有事?"

"找你有事不会打电话啊,挥手谁看得到啊?"

"也是哦,那她是朝谁挥手啊?"

前台小王的这句话引起了谢敏的注意。"小培真的在对面啊?"

"真的,敏姐,不信你自己看啊?"

看着小王那么笃定的样子,谢敏把手头上的工作放下来,也抬头看了一眼,对面确实现在站着一个人,但是她却看不清楚。

为了确定人确实是小培,她连忙到柜台上翻出了自己很少用的眼镜,这时她发现那人的轮廓确实有点像是黄小培。出于好奇,为了确定是不是真的是黄小培,她还特意走到了门口。

虽然马路上的车来来往往,但是今天黄小培穿的是米色的双面呢子她是知道的,那件衣服是她在唯品会淘的,而且颜色还是谢敏选的,所以这件衣服她记得很清楚的,还有那个包也是黄小培今天出门背的,此时她确定了对面的人确实是黄小培。

谢敏正想喊黄小培的时候,才发现马路对面正有一位男子朝黄小培走去,而此时那人已经过了马路了,黄小培朝着那人笑了笑,看来黄小培刚刚招手的对象正是这位男子。

谢敏本以为这人是苏医生,她再一看,这人正是乐平云。没错,就是他,即使是隔着一条马路,她也认得出乐平云的背影。谢敏于是就站在门口看着他们俩会干吗?只见二人在酒店门口闲聊了一分钟左右便一起进了酒店。此时的谢敏心中一阵怒火,真想跑上前质问他们的关系,但是理智告诉她要冷静。

其实刚刚在酒店门口,是乐平云问黄小培怎么会在酒店门口逛街,所以黄小培说明了自己的当时情况。乐平云便主动提出要去酒店陪她聊会儿天,这种情况下黄小培也不好意思直接拒绝,何况黄小培其实知道谢敏对乐平云的想法，现在他们就站在补习班对面，她生怕这一幕会被谢敏看到，便连忙答应了。

她哪里知道世界上的事情就是这么的巧，谢敏不但看到了这一幕，还看到了昨天早上乐平云正从她所说的酒店走出来呢？

人生的意义

乐平云其实也没别的意思，只是单纯觉得黄小培一个女人，现在跟家人吵架住酒店也是可怜，再看她无聊得只有压马路了，就想简单地陪着她而已。

可是回到酒店以后乐平云明显感觉到了黄小培的不自然。而且也离得自己很远，感觉自己似乎是个大坏蛋一样，这样的感觉让乐平云很不舒服。他问道："小培，我怎么感觉你现在很怕跟我单处相处啊？感觉我会吃了你一样？之前你可不是这样的，你在我心目中一直是个很坦荡的人，有话就说，有事就办，但是现在你总是吞吞吐吐，躲躲藏藏似的。"

黄小培尴尬地笑了笑："你感觉到了？"

"我又不是傻子，怎么会感觉不到呢，前天你那个情况，要不是我执意问你也不说，今天也是，问你干吗，又说在外面，还好我看到了。我们都是朋友，有什么难处你就说，没什么不好意思的，我们同学这么多年了，当初苏医生还那么帮我，没什么不好的，我可是把你当作我最好的朋友，你这样真的让我很难受。"

乐平云这会子把话说开了，黄小培这心里其实也一直压着这事。

"平云，其实我实话实说，现在的这种感觉我也觉得怪怪的。"

"就是啊，干吗呢，我们是朋友，朋友就是有事情可以分享，有困难可以一起帮忙，你怕什么啊？"

"那你知道我为什么会回避吗？"

"是因为谢敏？"乐平云反问道。

"对啊，你都知道因为小敏了，还问啊。"黄小培说道，"你应该有感觉到小敏自从离婚以后对你是有那个意思的吧？其实我每次跟你开玩笑说你们两个都是单身何不凑到一起并不是开玩笑，也算是真的撮合你们吧。"

黄小培其实对乐平云的这个友谊还是很在意的，毕竟她在上海的朋友真的不多，所以异常在意朋友得失，就把自己的想法说了出来，"当然我也是真心希望你们两个能在一起，毕竟你们两个是我最要好的朋友。"

"所以你就处处回避我，就是怕谢敏对你产生误会？"

"算是吧，虽然我们三个都是同学、朋友，但明显小敏对你想法，我就要懂得避嫌了，更何况我们两个人还一起共事。"

"我知道你的意思，你是个很懂得分寸的人，我也知道你这么做肯定是考虑到谢敏实际对我们两个单独相处有忌讳才会这样做的。"乐平云直接说出了真正的原因，"但是你不觉得这样很可笑嘛，首先我并不是她的男朋友，她有什么资格去管我身边有哪些朋友啊？"

"没有，你误会了，小敏没有直接让我不跟你接触。"

"我知道她不会明说，但是她绝对发出了让你感觉到了不该与我多接触的信号了。"

这时黄小培沉默了。

"我其实比你更懂谢敏，她是什么样的人，我很清楚，当第一次听你说跟谢敏很熟悉的时候我都很诧异。"

"为什么？"

"她跟你根本不是同一类人。还有啊，我并没有那方面的想法，而且我已经跟谢敏明确说过多次了，我们真的不可能的，我们根本不合适，"乐平云继续说道，"我今天把这事情跟你说清楚，就是不想为了谢敏这没有意义的想法而失去你这个朋友。"

"可是我看得出来小敏真的很在意你的，你真的不考虑了吗？或许你试着去谈谈，会发现合适呢？"

"小培，感情的事情是不能勉强的，我很清楚，我和谢敏根本不合适，说白了我们的三观根本就不合，那又何必勉强在一起呢，真的不用试。"

"哎……也是，感情的事情不能勉强，我也是建议一下而已，看着你们两个都单身，就想着撮合一下。"

"小培，这种事情怎么可以乱撮合呢。"

"呵呵……我其实当时也没多想。"

"我知道，你也是一片好意。"

两人把话说开了，氛围一下子也变得融洽了许多。

"对了，你刚刚到底干吗去了啊？"

"我是真逛街去了，但是突然发现一个人没有什么意思，然后走着走着就在思考人生。"

"呵呵，思考人生啊！"

"是啊，你觉得可笑吧？我刚刚真的在想，我人生的意思是什么？感觉我的人生真的没啥意思。"

"其实人生的意义这是一个很大的问题，你也不必困惑，每当一个人陷入到困惑、迷茫或者感觉到生活空虚的时候都喜欢对自己深深地反思。而且大多数人都会遇到这个问题或者将来会遇到这个困惑，其实这个问题本质就是现在的生活无法令自己满意而已。"

"对，对，对，应该就是你总结的，我就是对现在的生活开始感到困惑了，我感觉我这些年一直为了这个家操持，可是现在因为他弟弟的事情，我自己被迫离开了家才发现真的自己就是个局外人，满心付出的心血似乎都付诸东流，我的丈夫、我的孩子、我的家我付出了一切的地方似乎一下子都可能不是我的。"

"小培，其实我觉得你没必要这么沮丧，更没必要钻牛角尖，你现在婚姻的状态其实还是可以的，你看看我和谢敏就知道，都是一地鸡毛，"乐平云说道。

"可是我只能感觉我家才是真的一地鸡毛啊。"

"其实人想要满意的生活很难。因为人本质就是永远都不满足于现状，不仅仅对自己，对周围的世界也是这样的。几乎每个人都会有某种心灵上困扰，被它们绑住，即使最聪慧的人也不能逃脱。它们让我们总是感觉人生不得意，我们常常被它缠绕不清。"

"对啊，也许是你说的这样，要有意义的人生或者就是对于现在的生活满意，你要觉得人生有意义，前提就是满足现状，但是人从来都不会满足于现状，没钱的时候希望有钱，有10万的时候觉得自己为什么没有一百万，有一百万的时候又在想为什么没有一千万，所以这就是伪命题。"黄小培也相应了发表了自己的想法。

"你说得对，人从来就是不满足于现状的，而且一旦不满足于现状就容易被困惑，一被困惑就会怀疑人生，然后就会被那些不好的情绪所困扰，从而产生一些不好的想法，就有了惰性，就觉得再努力也一样，没意思，然后慢慢地安于现状。

"人为什么会贫穷？就是因为他们安于现状，安于贫穷，他们没有努力过吗？应该有，只是努力后打击了，然后就怀疑人生，之后就产生了惰性，既然这样，还不如安于现状，慢慢地开始习惯于现状，就不会去启发心灵，试图改变现在的处境，创造富裕的生活了。我们克服惰性，也就是人生的很多困扰，把那些不好的、消极的想法变成积极得态度，那么，美好的未来就会展现在眼前，自然就会看到人生的意义了。"

"哇……你这很深刻啊，果然是办了这么多年的教育，对这些分析得也这么透彻。"黄小培听着乐平云的这一席话也是佩服得五体投地。

"嗨，不过是生活上碰到了太多的坎，吸取经验做了个总结而已，但是即使道理再懂，也不一定能过好这一生，因为大部分人很难知行合一。"

黄小培竖起大拇指，点点头。"你厉害，总结得太对了。"

之后两人又聊了一会儿，便一起去吃饭了。

失望

这一天,黄小培和乐平云聊得很深,也聊了很多,这次的聊天可以说把大家的心结都打开了,经过这样的坦诚相待,黄小培在处理乐平云和谢敏三人之间关系的时候也清晰了许多。

她也认同乐平云说的,其实只要大家光明磊落,没必要遮遮掩掩的,更加不希望因为这些感情的事情影响到他们之间这难得的友谊。

转眼便到了第二天,这天便是苏庆春和黄小培约定好了回家的日子。

经过乐平云的开导,黄小培已经想开了许多,想着苏庆春做的那些背着自己的事情或者确实是为了大家好,现在她也选择再一次相信苏庆春,既然他都说了会跟弟弟说清楚让他尽快搬出去,那她猜想事情应该也会理清楚的。

今天下午学校下了课,她满怀心情地回到家,想象的应该是自己几天不回家,而且苏庆春都把回家时间定好了,家里应该是对她夹道欢迎,并做好了一桌子的好菜等着她呢。

可等她推开门的时候发现家里依旧,苏庆福和苏铁军躺在沙发上看电视,而婆婆何美珍在厨房忙碌着。

何美珍一听到门开了赶紧走出来,发现是黄小培忙说道:"哎呀,小培,你终于回来了,赶紧进来。"

这时琪琪应该是听到了动静抱着孩子也从主卧走了出来,笑着喊道:"嫂子回来了!"

黄小培看着眼前的一切,她愣住了,她万万没想到家里跟自己想的一点都不一样,苏庆福一家没搬走,看样子也是依然没出去工作,她既诧异又失望。

何美珍看着黄小培环顾四周,表情不对,赶紧帮着黄小培把旅行箱提进来。但是遭到了黄小培的拒绝,她用力按住了旅行箱。并冷冷地问道："庆春呢？"

"庆春今天值班，不过他交代了你今天会回来，我都买了好多菜了，就等着你回来呢。"何美珍又朝客厅喊道："庆福，赶紧出来啊，帮你嫂子拿下箱子。"

苏庆福这时候才慵懒地抬了下头，扔了下手里的遥控，慢慢吞吞地床上拖鞋走了过来。

"不用了，我只是来拿衣服的。"黄小培说着连鞋子都没脱便去了女儿苏子轩的房间。

正在写作业的苏子轩看到妈妈回来了，高兴地说道："妈妈，你终于回来了？"

"轩轩乖，好好做作业吧。"黄小培说着便开始收拾衣服。

苏子轩看清楚母亲是来拿衣服的，感觉不对，问道："妈妈，你干吗收拾衣服啊？"

"轩轩，妈妈这段时间学校有点事情，会在外面住一段时间，你好好学习。"

"妈妈，你干吗呀？"苏子轩站起来问道。

此时何美珍也走了进来。拉着黄小培收拾衣服的手说道："小培，你这是干吗啊，这里就是你的家，你老在外面住算是怎么回事啊？"

"妈，你真的觉得这里还是我的家吗？"

"小培，现在确实是情况特殊，你再忍几天，过几天庆福肯定找到工作，找到工作就搬出去。"

黄小培听到这话不禁冷笑，苏庆春明明跟自己说的是不管找不到工作今天都搬走，结果现在又变成了找到工作就搬走。但是她已经无力跟婆婆争论这些了。"等他找到工作，估计孩子都长大了。"

"很快的，你别急。"

黄小培不想再跟何美珍多说话了，原本她很相信婆婆，但是真的如谢敏所猜测的一样，婆婆跟她说的话永远只是场面上的，最后还是会护着自己的儿子。她迅速地甩开了何美珍的手，收拾了几件常穿的外套便拖起了箱子。

"妈妈，你又要走啊？"苏子轩喊道。

"是啊，轩轩，妈妈刚刚不是跟你说吗，妈妈最近学校比较忙，会在外面住段时间，你有事情可以打电话给妈妈。"说着黄小培便拉着箱子走了。

"小培，小培，你听我说啊！"

何美珍就这样跟在后面，而其他人就跟看戏一样就这么看着也不说话。

黄小培去意已决，何美珍是拦不住的。等黄小培走后，何美珍马上拨通了苏庆春的电话，把情况告知了他。

此时还在值班的苏庆春一听才想起来本来打算今天告诉黄小培苏庆福的事情，但是一值班就忙忘了。于是他马上挂了电话，想打电话给黄小培解释，但是此时已经黄小培已经对苏庆春失望透顶了。

且不说他骗自己说苏庆福今天会走，就连他今天不上班都不说下，她那满怀期待一家团圆的梦想就这样破灭了。她哪里还会接苏庆春的电话啊，在她看来苏庆春原来的诚实守信的优秀品德全没了。

夫妻之间最怕不是说谎，因为说谎其实还是证明在乎对方的感受而去找一些托词，最怕的是说谎都不掩饰下，那才是真的让人心寒至极。

现在的黄小培感觉就是苏庆春说好的日子，不但没有兑现承诺，还自己逃得远远的，根本不在意自己。这样的人，似乎已经不是自己曾经认识的那个人了。看着他的电话只会顿生厌恶之情。怎么可能再听到那令人厌恶的声音。

在苏庆春连续打了三个电话四个视频还未接的时候，护士又来电说急诊科会诊，让他过去，没办法他只有先放下这件事情了。这是个急诊手术，会诊完他马上就进了手术室，等他从手术室出来的时候已经是晚上10点了。

他再次拨通了黄小培电话，依然是没有接。微信视频又继续打，但是一样是没有接，不过在几分钟以后苏庆春收到了黄小培的一个微信信息。"我们离婚吧！"就是简短的几个字，但是却让苏庆春悲痛不已。他马上又拨通了视频，这回黄小培没让他继续打，而是直接挂了。这让苏庆春一时间不知道如何是好。再想打电话的时候，护士又来了。

"苏医生，19床病人说人很不舒服，让你过去下。"

"哦！"苏庆春看了看手机，犹豫了一会儿还是关了，病人的事情也是紧急的，于是他又去了病房。

医生的工作就是这样，有时候忙得真的身不由己，现在的他真想赶紧离开医院去找黄小培当面解释清楚，但是他不能，此时病人还等着他。

三观不合

这次离开家的黄小培真的心灰意冷，可能就是因为进门前有多的幻想就会对眼前的景象有多失望，离开家的时候她已经下定决心了，这样的生活她不想再过了。

后来她继续回到了之前住的酒店，看到苏庆春的电话她真实心生厌恶，已经不想再听他说一句话了。在她脑子里感觉只会听到"谎言"，再三犹豫之后，她还是把离婚的信息发给了他，之后便关机了。

这也一夜，她彻底无眠了，想起了很多读书时候的事情，想到了自己刚刚毕业在外面租房子的那段艰苦的日子，房间连卫生间都没有，做饭的地方也是公共的，当时找了个私立学校上班，虽然很苦，工资也不高，但是每天下班都是很开心的，等着苏庆春回来，两人挤在10平米不到的房子里一起准备晚餐。

曾经，黄小培跟苏庆春说，我们现在应该是人生最苦的时候，熬过了，以后日子肯定会越来越好了。可是，黄小培现在躺在酒店的床上，想到的居然是她自己认为人生最穷的阶段，那时候虽然穷，可两个人的心都是在一起的，虽然穷可是却是最开心快乐的阶段。

不知道为什么，现在条件比原来好了，黄小培却再也没有开心过了。想到这里她又流下了眼泪。

第二天黄小培带着肿了的眼睛去学校上课被谢敏看到了，她问道："你怎么回事啊？这眼睛。"

"哦，可能睡晚了水肿。"

"昨天晚上你回去了怎么样啊？你婆婆是不是大鱼大肉的伺候你？"谢敏打趣着，其实心里也是想了解黄小培家里的情况的。她也很想知道黄小培和乐平云的关系，好更加确定她的猜测。黄小培听到后看了一眼谢敏，但没说话。

谢敏感觉就不对，问道："怎么了？是没给你好脸色还是干吗啊？"

黄小培沉默了一会儿，说道："我跟庆春提离婚了。"

"啊！你不会吧？"

谢敏听到后跳了起来。

"真的。"

"为什么啊？"

谢敏连忙问道，其实她的内心很想问是不是因为乐平云，但还是没问出来，而是没等得及黄小培解释，她就劝说道，"你别冲动啊，这婚姻的事情不是儿戏，别开玩笑。"

"我没有开玩笑。"

"苏医生不是挺好的啊，是不是有些话没说开啊，你要是不好意思，我去帮你说。"

"小敏，你别了。"

"我跟你说，吵吵架是很正常的事情，再说你们的问题就是你那个小叔子，反正说白了是你们过日子，跟他也没啥关系啊，等他走了不就好了，你说是吧？"由于是在办公室里，谢敏尽量压着声音劝说着。

"哎……小敏，有些事情真的说不清楚，我们的导火线是他弟弟，但是问题主因却不在他弟弟，这么多年来，他对这个家，对我真的没关心过，这样的婚姻你觉得有意义吗？反正给我的感觉就是这段婚姻我过得很失败，就像他说的我们大家真的需要时间好好去冷静下了。"

"你们已经够冷静了，这不都冷静好几天了嘛，我跟你说冷战可不能时间长了，时间长了就真容易出事。"

"呵呵，出事，能出什么事，都没有留着的必要还怕出什么事？想起来真可笑，我之前是太高估我在这个家庭的位子，也定位错了，总把自己当成缺一不可，总以为离开了我，他们都没法过日子，现在想来真的可笑之极啊，其实这个世界谁离开了谁都一样，我真是太把自己当回事了，哼……"黄小培说完冷笑了一下，便回到了自己的位子上批改作业了。

谢敏看着黄小培的样子，感觉到她这回是真认真了。此时她这心里想到了一万个劝说她的理由，可都被黄小培最后一个冷笑给憋回去了。

这样的局面不是谢敏想看到的，黄小培这离婚的预警对她来说太不利了，而且越来越偏离她之前规划的蓝图。她想用各种办法帮着黄小培挽留婚姻，她单方面认为只有这样在乐平云那里她才有希望，可是她又不知道该如何去帮黄小培挽留这段她也不清楚是否该挽留的婚姻。

可她再一想那天看到他们两个进出酒店的场景，若真如自己所想，挽留与不挽留对自己还有意义吗？即使是挽留住了黄小培的婚姻，乐平云就真的能跟自己在一起吗？这都困扰着谢敏。

今天下了课，黄小培照例回到补习班继续工作，就在补习班，谢敏对黄小培做了最后的试探。"小培，我在想，你要是觉得我是个女人不太适合去帮你找苏医生谈，要不我们去找乐平云，他们都是男人，肯定有很多共通的想法，我想让他去找苏医生把你们的误会化开再好不过了，你觉得呢？"谢敏对一直心情低沉的黄小培建议道。

"不用了，没用的。"黄小培直接拒绝了。

"怎么会没用呢，乐平云看着挺会劝导人的，或者苏医生听他的呢。"

黄小培这边本来就对苏庆春的做法也很大意见，还让自己朋友去找他，那岂不是在证明都是她自己的错嘛，没有这样的道理，让自己的朋友找他只会让他感觉是自己在求他，这是黄小培不能接受的，还有一个最主要的原因是现在他们的婚姻出现的问题并不在这样，无论谁去求谁都不是问题的主因。

所以现在的黄小培是万不能同意自己朋友去主动找他的。"真的不用了，现在的问题不在他那里。"

"那在哪里啊？"谢敏问道，"难道在你在这里吗？"这才是谢敏最想知道的。正当她满心期待想等着黄小培答案的时候，黄小培只是看了谢敏一眼，然后说道："小敏，我们的问题其实不在谁出了问题，而是我突然发现我们在很多问题上想法都不一样。"

"什么问题啊？"谢敏追问道。

黄小培迟疑了一会回道："哎，这一时半会儿也说不上来。"

"说不上来还是你不愿意说啊？"

谢敏的这话让黄小培顿时感觉到她有些生气。她忙解释道："不是不说，就是这种事情好难用语言说，或者是太多了说不上来。"

"很多？"

"是啊，就像我之前说的，我感觉在这个家里我定位就错了，还有很多诸如类似这样的事情，就是我突然感觉我们就不在一个频道上，一件事情想法一点都不一样，也可以说成另外类的'三观不合'吧。"黄小培说完便去上课了。

在黄小培看来现在她已经说得很清楚了。她想表达就是失望是一点点积累起来的，自己的离婚是很多原因堆积起来的，并不是一件事情说清楚就能化解的，现在的这个事情只是一个导火线，仅此而已。可是谢敏却认为黄小培只是在敷衍自己而已，一切的原因都只是因为黄小培跟乐平云有私情。

有惊无险

在黄小培这边单方面提出离婚的时候，苏庆春一直想解释，但是一个晚班让他连稍微坐下来的时间都没有，到了第二天，他再打电话的时候黄小培也没接，所以他想着这事情可能电话里也说不清楚，想等着自己休息便去找黄小培，可今天他是真忙，好不容易等到7点多下班准备回家的时候，他又接到了蔡君梅的电话。

"小苏啊，你在医院吗？"

"没，刚刚回家。"

"哦，我有件事情跟你说下啊，就是你那文章的事情。"

苏庆春一听文章的事情就比较急，这些天他可是一直等着蔡君梅的消息，因为他想要通过这篇文章去申请博士还有职称的，可自从给了蔡君梅之后一直没有下文，他也不好意思催。

"怎么了？"

"你的那篇文章你先不要急着发。"

"啊？是出了什么事情吗？我看着等了一些时间就先发过去了，但是应该还没这么快审核。"

"你已经发过去了啊？"

"是啊，呵呵，我不是怕晚了他们审核得也晚嘛，蔡主任现在文章是有什么问题吗？"

"问题这个现在还不好说，其实那天你给我看的时候我就看了，但是当时就感觉你后面的数据有点问题，所以当天我就特意把这数据发给了我哥，让我哥那边的实验室复核了下这个数据，今天他们实验出来了，发现这个数据不像是你们做出来的，倒是像盗用了别人的数据或者是随便给的一个数据，跟实验结果不太相符。"

"啊！不可能啊，我所有的数据都是实验结果原图拍出来的。"

"你确定啊?"

"我确定啊!"苏庆春说完又问道,"蔡主任,你说的是哪个啊?"

"你待会回去看下,我发给你邮箱了,这个数据出了问题不是小事,你回去仔细核对下。"蔡君梅叮嘱道。

"哦,好的,我回去马上核对清楚。"

文章的事情也不是小事,原本打算直接去补习班找黄小培的苏庆春没办法,只好直接回家先处理这事情,毕竟黄小培那边一时半会儿也说不清楚,还是先处理紧急的事情。

等苏庆春回家打开电脑以后发现蔡君梅发给他的数据正是让生物公司帮忙做的那一部分数据,这个数据被蔡君梅一说,他也没底了。

于是他连忙找了那边的联系人,但是那边的联系人却笃定是自己做的结果,无奈他只好把实际情况告知了蔡君梅。蔡君梅还是信不过,毕竟这文章是挂着她的名字。于是她说道:"这文章的数据不是小事,还是要谨慎,这样,现在我哥那边的实验室挺大的,他们既然复核了数据,肯定也是做了前期的一些实验,为了安全起见我还是让我哥哥那边的人帮忙做出一组他们的数据来,我估计结果相差不会很大,但是我感觉他们的数据肯定是比这个准确的,假如偏差很大,我们再看下,这样就知道这个数据的真假了。"

这帮着复核数据还肯单独做后期的实验本来就是很难得的事情,而且做实验是要花费很多经费的。苏庆春转而担心道:"可是我这个实验后期有很多东西都是做好的,合成了的,这他们要做要花很长时间和费用吧?"

"这事情说来也巧了,正好是我哥那边有个人做了跟你类似的实验,所以很多数据都可以用的上,不然他们也不可能这么快就给我回复信息,至于费用的事情,你别担心,这就是最后一点工作也花不了多少钱,钱的事情你放心吧。"

"真的,那太好了,真是太谢谢您了,也谢谢蔡院长了。"苏庆春激动地说道。

"没事,既然现在都已经到我这里来了,我就会把这事情办好,而且这篇文章我也知道对你很重要,我会让那边尽快把他们的实验数据发过来的。"

"真是太感谢了。"

"嗨,没事。"

"那他们这个时间还赶得急吗?"

"只能尽量让他们加快速度了,现在主要是你那边先稳住,审核的事情先让他们缓缓。"

"好的,我明白,这边我会处理,那边就拜托您辛苦一下了。"

"没事!"蔡君梅说完便挂电话了。

苏庆春对于蔡君梅今天的行为真是打心底感谢,这做实验不是小事,她在帮自己审核的时候就帮着把有疑问的地方再重新做过来纠正数据的错误这点实在是让苏庆春没想到,如此的负责任也是少见的。

苏庆春想着这也真是自己的福气,遇到这么好的带组主任,也只有她才有这个能力,放着其他人,哪里有那样的哥哥啊。

蔡君梅有个先天的优势就是自己没有太多的名利追求,但是却有个非常有实力的哥哥,据说蔡院长现在虽然是返聘到一家单位,可那边给他单独弄了个非常大的实验室,科研方面都已经做到数一数二了。

现在苏庆春真是后怕,还好当初把文章给蔡君梅看了,不然这样发出去,要数据真有问题,那可真是要出大事了。现在总算也是有惊无险了。

这件事情处理完已经到了晚上 9 点多了。

等他打电话给黄小培的时候,她那边才刚刚下课不久,看到苏庆春电话她终于接了。

"小培,昨天我值班很忙,今天也是忙到现在才有空。"

"那你就继续忙吧。"

"不是,我其实只是想解释下,我一直没找你是因为在工作。"

"然后呢,还有什么事情吗?"

"小培,你别这样,我知道昨天的事情是我没提前跟你说好。"

"算了,过去的事情就让它过去吧,我不想再提了。"

"那你不生气了?"

"没什么好生气的了。"

"那你明天就回家吧,我去接你。"

"苏庆春,你怎么还是不明白我的意思啊,我昨天不是跟你说了嘛,我们离婚吧。"

"为什么啊?"

此时还在客厅住着的苏庆春尽量压低了声音。

"不为什么,也许只为你不懂我,我也不懂你吧。"

"小培,我知道最近这些事情是我不对,可是有时候我也没办法啊。你是知道我这个家就是这样。"

"对,我知道你这个家是这样,所以我就该默默忍受是吗?"

"我不是这个意思,我只是觉得你可以稍微让步一下。"

"我还不够让步啊?我自己的房子都让出来让他们住了,你还想我怎么让啊?"

"我知道,可是……"

"苏庆春,算了,就这样吧,不要再说了,我也累了。"

黄小培说完便挂电话了,她实在不想再跟苏庆春纠结这些事情了,说多了只会更累,丝毫解决不了任何问题。

281 跑路

苏庆春其实也很无奈,他知道这么多年自己为这个家付出得少,本就挺亏欠黄小培的,所以在生活中他能让着黄小培都是尽量让着。

可是自从父母来上海以后,似乎打破了他们原来的默契和稳定,特别是现在弟弟又带着弟媳和孩子一起到自己家蹭吃蹭喝,这让原本就不怎么满意的黄小培更加恼怒,也让他焦头烂额,可是,苏庆春从小父亲对他就不好,这些年他又一直跟父亲冷战,处理家庭的事情他一向不擅长,可以说很糟糕。

现在面对这一切,即使是已步入中年的他一样不知道该如何处理。

不知道怎么处理,苏庆春就只能让这事情就这样僵持着,因为他也暂时找不到解决的办法,那最好的办法就是不处理,以不变应万变,这是苏庆春习惯的处理方式。可是他不知道家庭的事情很复杂,并不是说逃避和不处理就能够解决的。

而眼前的一切何美珍则是看在眼里,急在心里。她现在看到苏庆福每天都会骂他,喊他出去找工作,骂他迟迟不搬走,可是骂也只是骂,毕竟是自己的儿子,她也不可能真的赶他走,毕竟这还有琪琪和小孙子在,要是真只有苏庆福她早直接把他的东西扔出去了。没办法,她只有每天的言语攻击了。

苏庆福虽然脸皮厚,可最近母亲也把他骂烦了,工作也一直找不到合适的,他现在也只有投资那点希望了。

眼见着马上就到了分成的日子了,苏庆福拉着苏铁军想一起去投资公司走走,他还想着自己也算是这边的客户了有点关系,想问问是否可以在这里找到份工作,就像那次看到的销售员一样发发传单也好。

苏铁军这也有二十来天没去哪里了,原本他是经常会去转转的,生怕公司有变,可慢慢地他已经完全相信了,也就去得不那么勤了,今天苏庆福邀着去，他在家也受够了何美珍的唠叨，便答应跟着一起去看看。

可他们走到那栋办公楼楼下的时候发现这里似乎多了好多人，坐电梯的时候还发现有些人搬椅子之类的，他想着估计有公司正在装修。

等到了投资公司的楼层才发现电梯口挤满了人，有抬桌子的，有搬椅子的。苏铁军顿时感觉不对，因为这层楼他来过很多次，就只有那家投资公司，于是他连忙跑了过去一看，原本华丽的前台已经被拆得招牌都看不到了。

苏庆福也感觉不对，问道："爸，你是不是走错了地方啊？"

"怎么会呢，我都来过无数次了。"

此时的前台还有人在搬东西。

苏铁军赶忙跑过去问道："你们这是干什么啊？这里的公司去哪里了？"

对方先是打量了一眼苏铁军，然后问道："你也是这的客户吧？"

"是啊！"

"赶紧看看还有没有什么值钱的东西赶紧搬吧，他们跑了。"

"跑了？"

"跑了？什么跑了？怎么会跑了？"苏铁军惊慌失措，拉着对方的衣服问道。

"你还不知道呢，就是跑了，我也是这里的客户，就前天这里的公司全部跑路了，昨天这里有好多客户挤在这里，警察都来了，昨天这里都贴了条子，今天很多客户看到了以后气不过把这值钱的东西都搬走了，其实也不剩啥了，你还不赶紧去看看，有什么可以拿的。"

苏铁军一听当场腿就软了，还好苏庆福一把拉住了苏铁军，他喊道："爸，你没事吧？"

"现在怎么办啊？我们的钱不会就这么被卷走了吧。"

"我怎么知道啊！要真卷走了怎么办啊？那可是我的全部家当啊。"

"那也是我的棺材本啊！"苏铁军说完又补充道，"你现在还不赶紧去看看有什么能拿的。"

"哦，哦，哦……"苏庆福说完也赶紧去"抢东西"，可是等他去看的时候发现整个楼层已经空空如也，除了墙面，就连鱼缸都有人拿。地上就剩下几个一次性的杯子了。他捡起杯子走到苏铁军面前说道："爸，只剩这些了。"

苏铁军看着眼前已经空空的墙壁，傻眼了，他瘫坐在地上根本没精力理会苏庆福。

"爸，现在怎么办啊？"苏庆福再次喊道。

"我怎么知道怎么办啊？"

"当初就怪你，没事投什么资啊，现在好了，人家都跑了，我们的钱就这么没了。"苏庆福这时候倒是怪起了苏铁军。

苏铁军没理他，而是立刻扶着墙自己摇摇晃晃地走到了刚刚跟他说话的人面前问道："这位兄弟，你知道他们去哪里了吗？"

"这哪里知道啊，我要是知道了天上都找他们去了，坑了我20万啊！"对方气狠狠地说道。

"我们可是坑了50万啊！"苏庆福喊道。

"那你们还在这里干吗啊，赶紧去派出所啊！"

"去派出所干吗啊？"苏庆福问道。

"报案啊！"

"对，报案！"

苏铁军这才反应过来，于是他们两个人又急匆匆地赶到了最近的派出所，可走到派出所他们才发现不光是那里，这里也挤满了人，等他备案的时候才发现那些人都是跟他一样，都是那家公司的受害者，到这时候苏铁军才真正意识到问题的严重性。

原来这家公司的老板前几天就跑到国外去了，这家公司成立也就不过一年多的时间，就是为了集资，打着高利息的幌子骗取大家的信任，最后融资几亿以后便跑路了。

这样的事情他只在电视上看到过，他没想到现实真的有这样的，而且还被他遇上了。而被坑的不只是他，还有很多很多跟他一样的，而且大部分被坑的都是跟他年龄差不多的人，他现在开始后悔自己当初的贪心了，要不是自己为了贪那么点利息，那这些年他苦心存下来养老的钱也不会就这么没了。

在派出所排队做完各种笔录花了2个多小时了，等他回家的时候已经是中午12点多了。他们一进门，就被何美珍劈头盖面地骂道："你们干什么去了，这么晚才回来，打电话也不接，下次这么晚回来就不要吃饭了。"

面对何美珍的怒骂，两人啥话也没说，都跟行尸走肉一样面无表情地走到了客厅,也不说话。

何美珍这才察觉到了他们的异常。她走到客厅,再打量了一下苏铁军,只见他脸色惨白,一副魂不附体的样子。她再看苏庆福,虽然比他好点,但也是少有的没了精气。

"这是怎么了?"面对何美珍的质问,两人依然不说话,只是呆呆地坐在哪里,眼里无光。

病倒了

何美珍看两人表情都不对劲,连忙走进房间把琪琪喊了出来。

"琪琪,你赶紧出来,这父子俩从外面回来以后跟中了邪一样,不知道怎回事?"

"中邪?"

"是啊,问什么都不说话。"何美珍担心道,"你赶紧过来看看。"

琪琪一听感觉也不对,连忙抱着孩子走了出来。

何美珍拉着琪琪来到了客厅,看到两父子还是刚刚的样子,说道:"你看,一进来两人就坐在那里一动不动的。"

琪琪知道苏庆福今天是去投资公司问工作的事情,于是她抱着孩子朝苏庆福问道:"庆福,你这是怎么了?你不是今天去找工作了吗?是人家没看上你吗?没看上就没看上呗,你至于嘛,就像碰到鬼一样的。"

"我们真碰上鬼了。"苏庆福这才说话。

"啊?"

"不是,比鬼还可怕的人。"

"好好说话。"何美珍骂道,"赶紧说,发生了什么事。"

苏庆福知道母亲并不清楚投资公司的事情,现在这事情要再跟她说的话估计马上就会把自己赶走了,原来还好点,现在他真是没钱了,可不敢再说了。

"妈,我们是真遇上鬼了。"

"好嘛,遇上鬼了也好,把你吓吓,也可以让你知道什么是天高地厚。"

何美珍可不信什么鬼魂,现在看着苏庆福会说话,感觉也没什么大事。苏庆福见母亲也不再追问,便拉着琪琪回了房间,并把情况告诉给了琪琪。琪琪一听也是吓到了,但同样不知道该怎么办,她急得在房间团团转。而就在此时，她突然听到了一声喊叫："琪琪，快来啊，你爸出事了。"

他们一听连忙跑了出来，只见苏铁军坐在餐厅里，而何美珍则扶着苏铁军。

"妈，怎么了？"

"你看，你爸刚刚突然吐血了。"何美珍焦急地喊道。

苏庆福一看在苏铁军面前的碗里确实有血，再看苏铁军脸色惨白，嘴角有血渍，眼神飘忽。

"爸，你怎么了？"

苏铁军此时似乎意识都有些模糊，没说话。

"怎么回事啊？妈，刚刚不是还好好的吗？"

"我也不知道啊，我刚刚喊他吃饭，他也没说话，就跟着过来吃饭，可是刚刚吃一口，就突然咳嗽，然后就吐血了。"何美珍吓得声音都有些变了。

"那怎么办啊？"苏庆福也是慌了神，冲何美珍问道。

此时的何美珍也是吓到了，不知道如何是好。

"你还问妈干什么呀，赶紧打电话给哥啊。"一旁的琪琪倒是比其他人清醒一些。

"对，对！赶紧给你哥打电话。"

"哦！"苏庆福连忙掏出手机，紧张得手机都掉了，等他捡起的时候手都在抖。

"你赶紧啊！"何美珍催促着。

苏庆福哪里见过这样的场面啊，一时间真的手脚发软，都不知道哥哥的电话号码在哪里找。琪琪实在看不过去了，抢过电话，帮他拨通电话后才把电话还给苏庆福。苏庆春一听，感觉情况不对，立刻让他们叫了救护车，并嘱咐让救护车把父亲送到他们医院。

人送到医院的时候已经是下午1点半了，苏铁军的意识越来越不清楚了，医院这边苏庆春早早就等在急诊科门口，等救护车一到他就跟着急诊科的医生一起把苏铁军抬了出来。

经过一番抢救后苏铁军终于醒了，但是经过急诊科、消化内科、胃肠外科、神经外科的医生统一会诊，怀疑苏铁军是胃肠道问题，最后把苏铁军收治到了胃肠外科，就等各项检查出来了。

而这个胃肠外科的陈小泉医生正好是苏庆春大学的同学，他先是单独拉着苏庆春到一旁说道："苏庆春，你爸这个情况可能结果不太好。"

"最严重可能是什么啊？"

"就现在的已经出来的检查结果和你爸爸的症状，可能是胃癌。"

"啊？胃癌！"苏庆春抬头看了一眼陈医生，问道，"可能性有多大。"

"有七八成的可能，"陈小泉拍了拍苏庆春的肩膀，安慰道，"希望最后的结果是那二三成吧，不过概率会比较小，你要做好心理准备。"

"那要是胃癌的话，有手术机会吗？"

"其实我跟你说实话吧，你爸爸这个情况我们基本可以断定是胃癌了，现在等结果就是看下到了哪个阶段了，早的话肯定考虑手术，但是晚期而且有转移的话我们就不考虑手术了。"

"那晚期的可能有大啊？"

"七八成！"

这个结果把苏庆春惊到了。

癌症！

晚期！

这真是没有一点点防备。苏庆春怔住了，这时他才懂这位老同学刚刚的意思。

"这要不要跟阿姨说啊？"

"胃癌的事情先不要跟我妈说吧。"

苏庆春原本想瞒着何美珍的，哪承想何美珍看着医生和自己儿子在一旁嘀嘀咕咕地，她就觉得肯定有事瞒着自己，于是走了过去，正好听到胃癌这句话。

"胃癌！医生，你说他爸爸得了胃癌？"何美珍问道。

这时陈小泉才发现何美珍，忙说道："哦，阿姨，我刚刚是跟苏庆春说怀疑叔叔可能是胃癌。"

何美珍听到医生说的话后不停地跟主治医生重复道："医生，他平时没什么病的，怎么会得癌症的，而且他才60多岁啊。他不可能得癌症的，他今天可能只是遇到了什么事情，状态不太好而已。"

"阿姨，现在只是怀疑，一切还要等检查结果出来，您也别太过担心了。"陈小泉解释着。

"可是他真的身体一向挺好的，没什么病的，以前也就是偶尔会肚子痛而已，不会得癌症的。"何美珍总是强调苏铁军的情况，试图想告诉医生他误诊了。

"是啊，我们也都希望叔叔的结果是好的。"陈小泉说完尴尬地看着苏庆春。

苏庆春知道现在的陈小泉很难做，于是他先是安慰母亲："妈，小泉都说了结果还没出来，您就先别急了，或者到时候结果出来啥事都没有呢？"

"是啊，阿姨，现在都是猜测而已，您先别急嘛。"

"应该没事的。"何美珍像是在安慰自己，又像是在祈祷。

"要不，庆春你先拿着这些单子办下手续。"陈小泉把手里的几张单子给了苏庆春。

"哦，好的。"

"那我先忙了，有什么事情随时叫我。"

"好的，谢谢你啊，辛苦了。"

"没事！"说完陈小泉便离开了。

天文数字

苏庆春拿着单子朝母亲说道:"妈,你先回病房吧,我先去办下入院手续。"

"要我跟你一起去吗?"

"不用了,您先回去休息下吧。"苏庆春说完才发现一直没看到苏庆福,问道,"庆福呢?"

"他在病房呢。"

"哦,他在病房也好,看着爸。"

"他看个啥啊,人都吓傻了。"

"那你就回病房吧。"

"我不想回病房,我现在看着庆福就来气,就是他,也不知道带着你爸去哪里了,才把你爸搞成这个样子的。"

"妈,现在这样了,你也别怪庆福了,我看他也确实是吓到了。"

"他从小就没什么本事,今天看到你爸吐血了,吓得电话都不敢打,还是琪琪帮着打的120,真是气死我了,没一点用的人。"何美珍叹道,"现在你爸还没醒,也不要人,我跟你一起去办手续吧,你上班也忙,带着我走了一遍到时候我也认识路。"

苏庆春现在也确实是上着班,以后要住院了他肯定也不可能时时在身边看了,让母亲熟悉熟悉路也好。于是他便带着母亲一路办了手续。

而在病房里陪着苏铁军的苏庆福就跟何美珍说的一样早就慌了神,他看着父亲吐血,进医院抢救室,再从抢救室出来,人还没醒。

现在他在医院里一时间也不知道要干吗,就呆呆地坐在苏铁军旁,什么话都没说。

换到病房后大约半个小时苏铁军终于醒来了,他躺在病床上看到只有苏庆福在,便问道:"你妈呢?"

"不知道。"

"我这是得了什么病啊?"

苏庆福呆呆地回道:"不知道。"

他今天是一下子所有的钱没了,父亲又突发疾病住院,这样的人生起伏在苏庆福所经历的这 30 多年还是头一次遇到,他整个人都傻了,根本没缓过神来,至于父亲问什么其实他根本没听进去。

此时苏醒过来的苏铁军其实意识已经比较清晰了,他看着苏庆福这一副呆若木鸡的样子应该也是为上午的事情伤心,也没再问了。

他这一想到今天钱都被卷走的事情也是难过啊,长长地叹了口气,便闭上了眼睛,也不知道过了多久他又睡了过去。

等苏庆春办好所有手续回到病房的时候苏铁军已经睡着了。

"爸这是一直睡着都没醒啊?"苏庆春问道。

苏庆福只要摇头。

"是醒来过还是不知道啊?"

苏庆福还是魂不守舍的样子,没回答他。

何美珍看着苏庆福还是一副神游的样子,更是来气,她用力拍了拍苏庆福:"你哥问你话呢?"

"什么啊?"

"你说问什么啊?你爸爸刚刚醒过没有啊?还是一直都睡着的啊?你是不是睡着了啊?"

"哦,醒过,刚刚醒了说了几句话又睡了。"这时苏庆福才算有些气力。

苏庆春看着苏庆福似乎好了一些,便问道:"今天到底怎么回事啊?我听妈说爸是跟着你一起出去后回来就变得很木讷了,后来吐血了,你们到底去哪里了,发生了什么事情啊?"

苏庆福支支吾吾的,"没,没发生什么事情啊。"

"庆福,爸今天都这样了,你还不打算说啊?"

"爸得了什么病啊?"

"现在还不清楚,医生还要等最后检查结果出来才知道,但是可能不会太好,手术在所难免了。"

"要开刀啊?"

"是啊!不然你以为打几瓶吊针就可出院啊?"

"哥，我真的不知道爸会这样的啊。"苏庆福声音都变了。

"今天你们到底发生了什么事情，你赶紧说吧。"

苏庆福先抬头看了一眼苏庆春，然后又转头看了一眼母亲，结巴道："今，今天这事情我都不知道要从何说起。"

"那就挑你想到的说。"

苏庆福知道现如今这事情是想瞒也瞒不住了，于是便把投资公司的事情告诉了大家。

何美珍一听，在旁边边打苏庆福边责怪道："我就知道你买房子的事情有鬼，没想到你居然拿着这钱去投资了，现在好了钱都被骗了吧？"

"妈，我也没想到事情会变成这个样子啊。"

"你小子从来都不走正道，这回还带着你爸，作孽啊。"

"妈，天地良心啊，这回真不是我叫上爸的，是他叫上我的。"

"你爸那个人多么小心啊，再说了，他哪里懂什么投资啊，不是你叫上他，他怎么可能知道啊？"

"妈，这事情真的是爸最早提出来的，就去年我第一次来上海，我和爸在路上遇到个销售员，是他拉着爸，然后爸拉着我一起投资的，而且骗哥建房子要钱的主意也是爸出的，真的这回我就是个从犯而已。"苏庆福委屈地说道，"晓得是这样，我是不会投进去的，那里还有我小舅子的钱啊。"

"什么，青峰你都把他拉进来了啊？"

"那不是这投资的钱越多，利息越高嘛，所以我就借了点他的钱。"

"你啊……要我说你什么好啊，青峰在工地上干活不容易，你居然也……"何美珍气得说不出话来，又是一顿用手捶了过去，然后说道，"你从小没干过一件正事，不但把你爸害得住院还骗青峰和你哥的钱，现在因为你这借钱的事情还把你哥和你嫂子搞得关系这么僵，我现在恨不得没生你。"

"妈，算了，现在都这样了，再说也没什么用了。"苏庆春劝说着母亲，但是他心里也是很气，巴不得把弟弟狠揍一顿。

但是现在说这些也没用了，最重要的是怎么把问题解决了。于是他又问道："你们报警了吗？"

"报了，我和爸一上午都在派出所做笔录呢。"

"那派出所怎么说啊？"

"还能怎么说啊，他们尽力追讨呗，被骗的也不只我们一个，还有很多人，不过听说老板都逃出国了，追回来应该难了。"

"啊？为什么追不回来啊？让警察去国外找啊！"何美珍说道。

"妈，国外那么大，你让警察去哪里找啊？犹如大海捞针一般。"

关于这样的民间融资机构骗局苏庆春也听说过，这种情况大概率是要不回来了。

"那怎么办啊？"

"现在能怎么办？只有认栽了。"苏庆春说完又问道，"你们加起来到底投了多少钱啊？"

"五十万！"苏庆福小心地伸出了一只手，说道。

这数目对于何美珍来说简直是天文数字啊，她怎么也没想到他们会被骗了这么多钱。

她狠狠地朝苏庆福质问道："天啊，你们这是哪里骗来的50万啊？"

"有哥之前借我开店的和后来买房子的10万加上嫂子的那5万就是25万，爸那边拿了20万，青峰那边5万。"苏庆福把钱的来历一一说明了。

兄弟各担责任

何美珍听到苏庆福的解释以后,更加惊讶于苏铁军的钱。

"你确定你爸拿出来20万?"她不敢相信地再次确认道。

"当然确定了,这钱我们算得清清楚楚怎么会有错呢?"

"天啊,20万啊,这些钱他是从哪里来的啊?"

"这我就也不知道了,其实当时我也觉得很奇怪,平时他老是说没钱的,怎么突然拿出这20万的!"

"你就没问?"

"我问这干吗啊,反正又不是拿我的钱,有钱投资就好了。"

"也是,你是三不管的人,不过,他这钱到底是怎么来的啊?不会也是找别人借的吧?"何美珍不禁猜测道。

"应该不会吧,爸这样的人应该不会自己借钱,也没人会借钱给他,我估计也就是这些年他一分一分攒下来的养老钱吧。"苏庆春分析着。

何美珍是了解苏铁军的,苏庆春说得也没错,苏铁军这样的人是不可能去借钱的。

她呼应道:"你说得也对,谁借钱给他这个小气吧啦的臭老头子啊,大概率这些钱就是他自己的吧。"说完她不禁又叹道,"哎……这么多年他连一件衣服都不舍得买啊,在家里每天就吃些咸菜什么的,我多吃点咸菜都要被他骂,可以说真的是省吃俭用啊,没想到居然存到了20万。

"这20万可是他这辈子一分一分攒下的,我估计就是他的棺材本了,应该现在全拿出来了,也难怪他会被气得吐血了,这回就这么全没了,搁谁都受不了啊。"这话何美珍说得倒是很自然,没有想象中的那般不舍。

其实对于何美珍来说这钱是真的跟她没关系,无论有没有被骗,她都知道这笔钱是不会花在自己身上的,肯定是苏铁军为自己的晚年做准备的，所以自然也就不会那么难过了。

"那问题是现在怎么办啊？"苏庆福突然又问道。

"什么怎么办啊？"

"这被骗的钱不光是有爸的，还有青峰的钱啊？"

"你现在知道有青峰的钱了？"何美珍说道，"当初你干吗去了啊？"

"青峰本来就在工地上做小工那么辛苦，老婆也跑了，赚的那点钱都给孩子读书了，估计这些钱也是他的全部积蓄了。"

"是啊，这是他全部的钱。"

"那你还骗他。"

"妈，我真没有骗他，我当时不是看着有钱赚嘛，想着他也不容易，就拉着他一起入伙，想让他多赚点嘛。"

"赚什么赚啊？有钱赚也是给起早的人，你这么个懒虫即使天上掉馅饼也不可能被你捡到的，还有钱赚？说出去谁信啊？也就青峰，他是个老实人，只有他会相信你。"何美珍毫不客气地指责道。

"妈，都这时候了，您再说这样的话有意思吗？"

"有意思没意思我都要说，不说你是不会长记性的，你想想，你都害了多少人啊？"

苏庆春看母亲和弟弟就这么在病房里吵着也不是个事，便说道："行了，这是病房，你们都小点声，别把爸吵醒了，而且其他病床的病人也都在睡呢。"

何美珍先是看了一眼旁边的病床确实很安静，她压低了声音，说道："我真是作孽，不知道怎么生了个你你这样的孩子。"

"妈，你也别说了，这热水瓶的水没了，要不您去打点水来吧。"

苏庆春想支开母亲，也好让大家都冷静冷静。

何美珍也知道这样在病房不好，便说道："行吧，那我就先去打水了，我也不想再看到这个小畜生。"

说完她便拿起了热水瓶，但是刚走两步她又回头说道，"我可警告你啊，你现在是别指望你哥拿钱了，自己想办法，要是被我发现你还打你哥的主意，以后别想我给你带孩子。"何美珍说完便离开了。

等何美珍离开后，苏庆福可怜巴巴地看着苏庆春。这回苏庆春也终于明白了，这个弟弟就是个无底洞。

"你别看着我，我现在也没钱了，之前给你的钱都是找我同学借的，你也知道为了这个你嫂子都在跟我闹离婚了,我既没有能力给你还也不会给你还了,你实在是太让我失望了,这个钱,只有你自己想办法了。"苏庆春终于懂得拒绝了。说完他又看了一眼病床上的父亲,轻轻地拍了拍苏庆福,示意让他出去。

两人走到门口,苏庆春又说道:"还有一件事我要跟你说,趁现在妈不在,爸这个病我跟你说实话吧,医生说他可能是胃癌。"

"啊,癌症!"

"你小点声啊,是怕爸爸不醒是吧?"

苏庆福先是探头看了一眼病房里面没动静,问道:"那严重吗?"

"你说呢,癌症能不严重吗?而且我同学跟我也交底了,爸这病很可能是晚期,要是癌细胞没转移,就要做手术,这是大手术,后期的手术费用可能也需要很多钱。"

"啊?那怎么办啊?我们哪里来的钱啊?"

"这个手术费我会出。"

"那就好。"

此时苏庆春瞪了一眼苏庆福。苏庆福忙解释道:"我这不是没钱嘛,你让我拿也拿不出来啊,你不是也没钱吗?"

"爸的住院费我会想办法,就不要你操心了。"

"哦。"

"你自己欠的那些钱你自己想办法吧。"

"好吧。"

"但还有一件事情我要你帮忙。"

"什么事情啊?"

"我这天天上班很忙,只能偶尔来看看爸爸,妈腿脚也不好,而且还要照顾家里,所以我想要是等爸爸做手术了,身边肯定要一个人贴身照顾着,你住院费不出,总要帮着照顾下爸爸吧?"

"哦,这个啊,那……那是自然,我会照顾的。"

"行,那我们就这么说好了。"

"欸,你们都站在外面干吗啊?等下你爸醒了怎么办啊?"打水回来的何美珍看着两兄弟都站在外面斥责道。

"妈,现在爸情况基本稳定了,我那边还有事情要做,我就先回科里了,有什么事情再打我电话或者找陈医生。"

"嗯，你去忙吧，我有事会找那个医生的。"

"好，那我走了，"苏庆春拍了拍苏庆福的肩膀说道，"那爸你就多费点心吧。"

"哥，我知道了，你走吧。"

苏庆春听到后便安心地回自己科里了。

心软了

从一开始苏庆春和何美珍进来不久苏铁军就醒了,他原本因为钱被骗的事情没心情说话,后来就这样听着大家说起投资公司被骗的事情就更加不想掺和进来了。这事情说到底最大责任在他,当初不是他贪图那点利息也不会搞成今天这个样子,他要是说话无异于是自己找骂。所以他就这样在床上假装睡觉,听着他们你一句,我一句的。

后来苏庆春为了不让他听到他们说话,单独把苏庆福叫到门口的时候他本来打算起来的,但是当他睁开眼,打算喝口水的时候,无意中听到了苏庆春和苏庆福说的那些话。

胃癌!

做手术!

他都听得清清楚楚。

此时端在手里的水杯都差点滑落,他生怕外面的人听到,赶紧扶住了杯子。

"我居然得了癌症!我怎么会得癌症?我什么时候得的癌症?是不是一定要做手术啊?不做手术是不是马上就要死了?我还能活多久?"这些问题一下子萦绕在苏铁军的耳旁。

很快他就听到了何美珍的声音,等何美珍和苏庆福进来的时候他马上闭上眼睛假装睡着。

"欸,你爸还没醒啊?"

"是啊,可能是累到了吧。"

"现在几点了啊?"

"5点多了。"

"天啊,就5点多了,完了,轩轩5点半从晚托班要下课了,怎么办啊?"

"要不让琪琪去接吧?"

"琪琪也不认识他们学校啊,而且还带着这么小的孩子,不方便去啊。"

"那怎么办啊?"苏庆福再次看了下手机已经5点10分了。

"不行,你先在医院看着你爸,我现在就打车回去。"

"现在打车也赶不到啊,而且马上就到晚高峰了,你赶到学校估计都6点多了。"

"那我给老师打个电话让她等等。"

"老师会等那么久吗,再说了,万一爸这边醒来有什么事情怎么办啊?"

苏庆福其实还是担心自己照顾不过来父亲。

"你爸醒了就醒了呗,有事找陈医生,你哥不是说了嘛,再说你哥还在医院呢,你怕啥啊?"

"你就不会让嫂子去接啊,你现在去了都晚了。"苏庆福这倒是提醒了何美珍。

"对啊,我都忘记了这事,现在你嫂子和你哥正冷战,我都一直愁着该怎么去打电话劝小培,现在正好是个机会。"

"就是嘛。"苏庆福说道,"对了,你顺便告诉下她爸住院了,让她有时间过来医院照顾下爸,怎么说她也是儿媳妇啊,我一个大男人也不知道怎么照顾人,您这腿脚又不方便,琪琪带孩子更加不方便了。"

"说了这么多,你就是不想照顾你爸呗,我跟你说你别想了,这事情因你而起,你不照顾你爸谁照顾啊?"

"妈,她来照顾爸那是天经地义的事情啊。"

"什么叫她照顾你爸天经地义啊,你才是天经地义的,你是你爸养大的,她只是个儿媳妇,没有这个道理。小培你就别指望了,更何况现在她都在跟你哥闹离婚,能来看都不错,还照顾你爸,你在做梦呢?行了,我不跟你说了,免得耽误了接轩轩。"何美珍说着便拿着电话走了出去。她先是润了润嗓子,然后才拨通了电话。

因为之前的事情,她还生怕黄小培不接电话,没想到没过多久电话就接通了,她先礼貌地问道:"小培,在忙吗?"

"没事,妈,您说吧。"

"我有一件事情想让你帮忙,不知道你是否有空啊?"

"妈，您说吧，什么事情啊？"

"我现在人在医院，没法去接轩轩下课，你能帮我接下她吗？"

"可以啊，我马上去接轩轩。"

"谢谢啊！"

"妈，您说这话就见外了，对了，您怎么在医院啊？是哪里不舒服吗？"

"哎，我没事，是你爸病了。"

"爸病了？什么病啊？"

"一时半会儿也说不清楚，反正现在在住院，现在时间也不早了，你要不先去接下轩轩吧。"

"哦，好。我马上就去。"

黄小培挂了电话看着时间也比较晚了，没多想便赶紧去学校接轩轩了。接到轩轩后，她还向轩轩打听了下公公的病，听到轩轩的回答是没听说生病，她想着那应该问题不大。所以黄小培本来只想把轩轩送到楼下就回去，但是都到家门口了，她也拗不过孩子，轩轩死活要拉着黄小培回家。没办法，黄小培便想上楼上坐坐让孩子把作业写完了就走。可回到家一问琪琪才知道公公是被救护车接走的。再问琪琪，她也不知道现在情况怎么样，就刚刚进去的时候在抢救，后来一直没联系了。

救护车拉走的，还在抢救！黄小培也是个善良的人，一想到这些还是比较担心公公的情况的，还是没忍住打了苏庆春的电话。苏庆春那边看到黄小培电话，连忙接了起来。

"听说你爸生病在抢救啊？"

"是啊，你怎么知道啊？"

"妈让我去接轩轩，回来听琪琪说的，那爸现在怎么样啊？"

"已经出来住进病房了。"

"什么病啊？"

苏庆春停了几秒回道："可能是胃癌。"

"啊，怎么会这样啊？"

"谁知道啊。"

"那现在怎么办啊？"

"先等结果吧，可能会做手术。"

"要做手术啊？"

"是啊，其实能做手术已经是好的结果了，假如不能做手术，那就……"苏庆春没有把话说下去，然后转移话题道，"今天麻烦你接轩轩了，这几天估计你都要接她了，我妈应该会一直在医院。"

"我知道，我会去接的。"

"那行吧，先这样了，我这边还忙着。"

"好。"

"哦，对了，你那里钱够吗？我是说住院手术费。"

"这个再说吧，手术不手术还不一定。"

"那行吧，你先忙吧。"

黄小培挂完电话以后，这心里说不出来的滋味，毕竟是苏庆春的父亲，再不喜欢他总归是自己的公公。回到轩轩房间以后，她问道："爷爷怎么了？"

"病了，住院了，最近你下课都由我来接你吧。"

"真的啊，那太好了。"

小孩子的世界对于生死，还没有那么多的概念，生病住院，对于爸爸是医生的她来说，认为只是很普通的一种状态，因为爸爸也经常值班住医院，没什么大不了的。

之后黄小培辅导完轩轩功课，看到家里还是冷锅冷灶，琪琪又带着个孩子也没办法做饭，于是她便帮琪琪做了晚饭。但任琪琪怎么留她，她还是走了。

逃避责任

医院这边，苏庆春忙完手头上的工作已经是7点了，这时他才想起还没吃饭，现在初春，7点多天已然暗下来了，想着父亲病床那边有弟弟庆福在，应该会给父母买好饭菜的。可是当他准备吃饭问要不要带点什么东西的时候才知道母亲他们压根没吃饭。于是他马上去外面打包了点吃的带到了病房。

"庆福，你怎么这么晚了也不出去给妈打点饭啊？"苏庆春一来便责备道。

"你们医院这么大我也找不到哪里可以打饭啊。"一边玩手机一边吃着饭的苏庆福问道

"食堂在哪里你不会问下啊，而且到了点的时候每一层病房也都有人送饭来的，你稍微留意一下就知道了。"

"这我真没看到。"

"你也真是，这样的事情还要人说啊。"

"算了，你别说了，他心里只有看手机，哪里会管这些啊，我们的饭你以后也别管了，我会去买。"何美珍无奈地说道。

"妈，您腿脚不方便，最好还是庆福去买吧。"

"买我也没钱啊！"苏庆福小声嘀咕着。

"没钱你可以找我要饭卡啊。"苏庆春实在是生气。而后他又看了一眼父亲，问道，"还没醒啊？"

何美珍摇摇头，然后接过苏庆春手里的饭。

其实苏铁军一直没睡，此时的他似乎在经历许久的思想斗争，今天一天他感觉自己似乎过了一年那么漫长。在刚刚假装睡觉的时候他想了许多，关于死亡，其实他并没有准备好。原本他还在担心那些钱被骗走了，下半辈子该怎么养老，现在这个癌症消息一来，反而他看开了。

这钱生不带来，死不带去，或者上天早就注定了，这些钱他是无福消受的。一瞬间他这一生的过往突然全部浮现在自己的脑海里，就像放电影一样过了一遍。他慢慢也就想明白了，便睁开了眼睛。

"欸，爸，你醒了？"

已经吃好饭，正在收拾残局的苏庆春是第一个发现苏铁军睁开了眼睛。

"怎么样啊？老苏啊！"

苏铁军只看了一眼眼前的两个人，并没有回应。

"饿了吗？刚刚莽子打的饭，我看你睡着了就没叫你，现在我喂你吃。"何美珍说着马上站起来。"莽子，你把这病床摇起来。"

苏铁军挥挥手。"不要了，我不饿。"

"不是饭，是莽子给你打的汤，肉汤，很好喝的。"

"不喝了，没胃口。"

"没胃口你多少喝点嘛。"

"不要了。"苏铁军说完便转了一个身，没再理他们了。

何美珍无奈地看着苏庆春。

"算了，不吃您就喝掉吧，现在可能确实胃也不舒服，吃不下。"

"行吧。"

何美珍说完又朝苏铁军说道，"那你饿了随时跟我说，我给你去买。"

苏铁军没回头，也没回话。

苏庆春也让何美珍不要再打扰他，让父亲好好休息一下。因为他们知道钱对于苏铁军来说就是命，所以突然遭受这样的打击即使没病估计也是吃不下的。明天苏庆春又轮到值班，他看了手机已经到了晚上8点了，于是他说道："明天我值班，要不今天庆福你就在医院守夜，我和妈就先回去，家里还有轩轩和琪琪他们呢。"

苏庆福一听就自己一个人在医院，吓得喊道："啊？不会吧，你们就让我一个人在医院啊？这医院晚上住着也太吓人了吧？"

"这有什么好吓人的啊，医院里每个房间都是人。"

"医院里到了晚上会有鬼吗？"

苏庆春听到苏庆福的话，无奈地回道："当然没有了，你都在想什么呢，你现在也是30好几的人了，怎么这都会怕啊？"

"那胆小跟年龄也没啥关系啊，我就不信你不怕鬼。"

何美珍看着苏庆福那样子实在看不过去了，便说道："算了，你们都回去吧，我在医院陪着你爸吧，等到时候要是做手术了，要起床我实在弄不了庆福你再来吧。"

"那也行，到时候我和妈两个人一起，也有点照应，方便点。"苏庆福一听马上答应了。

"要两个人干吗啊，人家医院晚上陪护没有特殊情况都是一个人。"苏庆春实在看不下去了，说道，"你放心，到时候做完手术后我会来值班的，今天只是因为我明天正好跟别人换班了，我怕今天晚上在这里明天一天会没精神，等我不值班了，我自然会来替你。"

苏庆福这才没说话。

这一切苏铁军都听在耳朵里，他知道苏庆福推三阻四的，也没什么责任心，从来他也没指望自己病了能靠得上他。于是他转过身来说道："你们都回去吧，我现在也没什么事情，自己一个人可以。"

"也是哦，爸反正现在看着也没什么事。"苏庆福连忙呼应道。

"这不行，现在晚上还是要有一个人的，万一有什么事情呢。"苏庆春还是不放心。

"是啊，你爸一个人在这里我也不放心，还是我留在这里陪着他吧。"何美珍说道。

苏庆春想着刚刚明明跟苏庆福说好了，自己出钱，让他多照顾点，现在怎么陪个床就这样推三阻四的呢，这是变卦了吗？他看了一眼庆福，知道庆福这个人没什么责任心，但是父亲病重，这样的事情做儿子的怎么逃得了在床前尽孝呢？这件事情，他还是坚持让苏庆福来。

"庆福啊，我们刚刚不是说好了的吗？住院费用我会出，但是我上班也确实没那么多时间能陪在床前，妈腿脚也不好，而且家里也要妈做饭，现在最好的就是你能留在这里照顾爸了，你放心，等我值完班，我一定会替你的。"

"算了，他就是没啥用的人，我来吧，你跟庆福回去吧。"何美珍实在看不下去了，说道，"他在这里帮不到忙的，只会碍眼。"

就在大家都在争执的时候，苏铁军又发话了。

"行了，就让你妈在这里吧，我跟她也好好说说话。"

苏庆春知道父亲的身体状况，而且他也拿这个弟弟没办法，但是自己明天要值24小时，今天在这里怕明天状态不好，也没法替母亲，只好答应了父亲。让母亲在医院里陪夜了。

等兄弟两走了以后,苏铁军又好一阵没说话,何美珍看着他应该也没心情聊天,现在也还早,便收拾收拾床头柜的东西。

祖露心声

苏铁军思虑了许久,还是决定把事情说开了。他转身看着一直在床头柜整理东西的何美珍喊道:"美珍!"

苏铁军叫何美珍很少喊她名字,偶尔喊了都是大声喊叫,这一声何美珍都不知道多少年没听到过了。她非常意外地看着苏铁军问道:"欸,你叫我啊?"

"是啊!"

"呵呵,这一时间你这么叫我,我还真有些不习惯呢。"

"你别忙了,陪我说会话。"

"好啊!"

何美珍说完放下手里的东西,然后连忙搬着凳子坐到了苏铁军的病床前。

"这些年,我脾气不太好,委屈你了。"苏铁军细声细语地说道。

苏铁军突然如此温柔地说话,都让何美珍有些不习惯了。

她笑着说道:"你这是干吗啊,突然这么小声说话,还叫我名字,我这真不习惯啊。再说,这些年你什么样的人我还不知道啊,我都习惯了,没什么委屈不委屈的。"

"你恨我吗?"

"恨你干吗啊?这话问得莫名其妙。"

"你这条腿你忘记了?"

何美珍这时不自觉地低头看了一眼,说道:"嗨,事情都过去了,提什么恨不恨的啊,夫妻之间再有什么矛盾,过去了也就过去了。"

"我这些年确实对不住你啊。"

"你今天怎么了,干吗突然说这些啊?"

"我怕我再不说就来不及了。"

"为什么来不及啊?"何美珍说完,猜想着苏铁军是担心自己的病情,于是忙安慰道,"嗨,你是不是担心你的病啊,你别担心了,你没什么事的,过几天就可能出院了。"

"你就别瞒我了,其实刚刚你们进来的时候我已经醒了,后来庆春也把我的病情告诉庆福了,我全听到了。"

"你听到什么了?"

"我得了胃癌。"

何美珍心情一下子沉重了,她其实这心对于苏铁军的病也"打鼓",不知道医生之前告诉她的是真是假。

现在一听苏铁军说是苏庆春说的,她这心里啊,也不好受,可是她还是尽量宽慰着苏铁军:"你别听庆春瞎说,人家医生都说了检查结果还没出来,他跟我说得很清楚的,你不会有事的。"

"我自己的身体我自己清楚,现在说是检查结果没出来,但是庆春他是医生,他既然都说了,估计基本上可以确定了。"

"不一定的,医生都说了不一定,他一个妇产科医生哪里懂啊,不会有事的。"

"我最近总感觉这胃不舒服,应该是有问题的,我知道,只是我不知道会这么严重。"

何美珍其实这心里啊,对于苏铁军得的病也是很担忧,现在听到苏铁军说苏庆春跟老二说这话,她也怀疑苏铁军是不是真的得了这病,一下子也没绷住,流下了眼泪。

"不会严重的,就算是他们说的胃癌,那我们也可以做手术的,现在医药这么发达肯定能治好的。"

"癌症哪里那么好能治的啊?我知道的,老李头不就是得了癌症,做了手术,然后老是化疗,不还是没过几个月就过去了嘛。"

"不会的,庆春自己是医生,肯定会想办法的,现在多少癌症的人都做手术了,很多都能活很多年的,再说还不一定是呢,放心,你不会有事的。"

"我这个身躯,能活到现在也就够了,别折腾孩子们了,做手术又折腾人,又浪费钱,没必要了。"

"你这说的什么话啊,有病就要治,钱的事情你放心,庆春说了手术费他会出。"

"算了,别难为他了,现在他的情况我也清楚,原本就没什么钱,再借了钱给庆福,现在这些钱也没了,哪里还有钱啊。"

"你别说了,能治一定要治,"何美珍哭着说道,"砸锅卖铁也要治。"

"不要了,临走前身上还挨一刀,多受罪啊,回头到了阎王老子那里连个全尸都没有,何必呢,别为难孩子了,他已经被我们折腾得够呛了。"

何美珍听着苏铁军的话,更加止不住流泪了。

"美珍,你别哭了,你这辈子过成这样也是我害的,当初要是我肯放你走,或许你会过得很好的,都是我害得,现在要是我走了,你或许跟着庆春过得还舒心一些。"

"你别说傻话了,你不会有事的。"

"我突然想回家了。"

"好,只要结果出来,没事我们马上回家,要是真的是那病,也做了手术我带你回家。"

"你听我说,我不想死在手术台上,更加不想客死他乡,我只想回老家。"

"我知道,病好了马上就带你回家。"

"你知道吗?刚刚我睡着的时候梦见了我妈,她还是穿着以前最喜欢穿的那套麻布衣服坐在老家的门口,我看到她笑着问我:你和孩子过得怎么样?我没敢回答。"

"你干吗不回答啊?"

"我怕她怪我对你们不好。"

"没有,你对我们已经很好了。"

"真的吗?"

"真的。"

"你不怪我打断了你的腿,不怪我不让庆春读书?"

"不怪了,都过去了,而且现在庆春读书了,也出息了。"

"是啊,你当初的决定是对的,是该让他读书,我妈当初的决定也是对的,要是没有你们,我这一生更加没有意义,或许我早就在哪个午夜醉酒死了。"苏铁军动情地说道。

"别说了。"

"不,我要说,我这辈子,最对不起的就是你和庆春,小培她也是因为我才要跟庆春离婚的，我想做一件事情，你要帮我。"

"什么事啊？"

"我想等周末的时候你把小培叫来，我想当着她和庆春的面道个歉。"

"你真的决定这么做？"

"嗯，这事情必须做，不做这事情我没法去跟我妈交代，我怕到时候到地底下见到她，她怪我。"

"好，这事情我帮你，我会约好小培的。"

"嗯。"

"你早点睡吧，别再想事情了。"

苏铁军这些年少有时间跟何美珍这么说话，这回何美珍也明白，估计苏铁军是真的感觉到自己时间不多了，虽说她不信鬼神，但是农村却有这种说法，人病重了，假如想回老家了就是真的不行了。

苏铁军的这番交代让她感觉很不好，她很害怕这样的场景，可又不得不去面对。

胃癌晚期

自苏铁军住院以后,何美珍每天都在医院照顾,一天都没回家,何美珍表现出的关心出乎大家的想象,因为平时大家看着这两人关系似乎不好,经常吵架,互相看不顺眼,根本没想到何美珍会这么对苏铁军,所以苏庆春原本计划的是两兄弟轮流照顾,可何美珍根本不愿意离开医院。

这些天黄小培也是很自觉地去接送苏子轩,而琪琪这边因为带着孩子,根本不方便,到了中午她就一个人和一个三个月大的孩子在家,吃饭都是个问题。

苏庆福看着母亲每天不在家不能照顾琪琪,父亲病重自己也不想在医院照顾,一番思量以后,在父亲住院的第四天,他带着妻子还有儿子只跟何美珍打了个电话便离开上海了。

何美珍接到电话,已然知晓这个小儿子现在是要逃避责任了,此时她只有无奈地说道了句:"行吧,你要回就回吧。"

"哦。"

苏庆福说完支支吾吾,也不挂电话。

"有什么话就直说吧。"

"呵呵,妈,还是你懂我啊,你那里还有钱吗?我这回去身上也没什么钱。"

"我平时身上真没钱,钱以前都给你爸了,只有之前小培给的买菜的一些钱在门口的钱包里,你都拿去吧。"

"您就没点私房钱?"

"没有,这些钱你要就要,不要拉倒。"

"要,要,那我就直接拿走了。"

"拿去吧。"说完何美珍气地挂断了电话。

苏铁军看着何美珍气呼呼的样子问道："怎么了？"

"庆福想带着琪琪回家。"

苏铁军先是愣了一会，然后说道："回就回吧，他在这里也做不了什么事情，而且琪琪一个人带着孩子在家里也没人做饭。"

"他其实就是拿琪琪找借口，不想来医院照顾你。"

"算了，不来就不来吧，你也回去休息吧，这些天你也累到了，我这里不要人都可以的。"

"那肯定不行了，住院没个人怎么行啊。"

"我还是有福啊，能死在你前面。"

"别说丧气话。"

"真的，哦，对了，轩轩现在怎么办啊？"

"轩轩有小培呢，这几天听说都是小培接送轩轩，晚上还给琪琪做饭，庆福就是个没什么用的人，回家都不会做饭，还等小培回来做，一事无成就算了，连基本生活都不会，我真的是恨不得没生他啊。"何美珍气呼呼地说道，"他走了也好，指望不上他干什么，只要不添乱就行了。"

"嗯，他这孩子从小确实就是懒鬼，吃不得亏的人，即使他会也是不愿意的。"

"是啊，这点啊，真的……"何美珍没说下去。

苏铁军也懂意思，没再说这话题，而是说道："对了，小培现在回家，那不是刚刚好，她和庆春关系好点了吗？"

"我问了，听说每次做完饭又走了，这孩子性子也是刚烈啊。"

"哎……还是没放下啊。"

"是啊！"

"周末是哪天啊？"

"明天就是周六了。"

"那你跟小培说了吗？"

"我问过庆春了，她说小培平时、周末都很忙，就这周日的晚上有空。"

"那就周日的晚上吧，你帮我叫下她来医院。"

"你确定啊？"

"确定嘛，你叫她来。"

"好。"

而就在这天下午，苏铁军的结果全部出来了，陈小泉把苏庆春叫到了办公室。"庆春，叔叔的结果全部出来了。"

"那怎么样啊？"

"胃癌，四期。"

苏庆春听到后沉默了许久，他又问道："能手术吗？"

"手术意义不大，不建议手术，已经转移到远端淋巴结上了，其他脏器也有转移。"陈小泉小声地说道。

"怎么会这么严重啊！"

"叔叔之前就没有什么症状吗？我估计很早就已经有表现了。"

"之前一直有听说他腹部疼痛，他老说是胃痛老毛病，不打紧，我也没在意。"

"那就对了，假如早一年来检查的话，即使是早半年，都是有手术机会的。"

"这事情怪我，没上心，这半年我也发现他瘦了许多，可就是没放心上，哎……"

"哎，你也别太自责了，胃部肿瘤就是这样的，经常容易被耽误，发现的时候就是四期。"陈小泉安慰道。

"那现在还有住院的必要吗？"

"现在我们不是在控制出血吗？等稳定了，假如想出院也可以出院。"

"那后面呢？"

"后面如果在医院我们只有出现症状就对症处理，减少疼痛而已，在家里的话我会开一些止痛的药，我建议是可以下周观察下就出院，没必要待在医院的。"

"我知道了。"

陈小泉看着苏庆春脸色很不好，又安慰道："庆春，这事情既然已经发生了，你也别太难过。"

"我知道了，辛苦你了。"

"嗨，说什么话啊。"陈小泉说道，"哦，对了，这事情要是阿姨和叔叔问起，我要告诉他们吗？这几天我只要见到阿姨她就问我结果出来了没有。"

"我估计你不告诉他们，也猜得到，我爸最近老是跟我说要回老家。"

"那，那这事情是你跟他们说还是我说啊？"

1006 ｜ 生活挺甜 ｜

"我说吧。"

"也行。"

"那我先回去了。"

"嗯!"

苏庆春出了医生的办公室,鼻子一阵酸,他连忙走进了医生的公共卫生间。在卫生间里,他不断地用手敲打着墙,他在责怪自己之前的大意。父亲今年才60多点,这些年来虽然一直对自己不是很好,但是终归是自己的父亲,他一下子真的很难接受这个结果。

在卫生间他调整好情绪以后才回到病房。他并没有直接告诉他们苏铁军得的病的严重性,只说结果出来了,是胃癌,但是问题可能不是很大,但是医生建议没必要做手术,吃点中药应该效果会更加好点。

何美珍一听不做手术,高兴极了,她冲苏铁军说道:"我就说嘛,不用做手术,吃中药好,不折腾人,副作用还小,那我们什么时候可以出院啊?"

"等出血和疼痛控制住了就可以出院了。"

"那是什么时候啊?"

"估计下周吧。"

"哦,那就好。"

苏庆春见母亲那高兴的样子,实在是看不下去了,借口去打饭离开了病房。

身世之谜 1

这天，黄小培接完轩轩回家发现琪琪和庆福不在家，打电话一问才知道他们回老家了，现在家里就轩轩一个人了，她担心轩轩一个人害怕，便打算在家等苏庆春回来再走。

到了晚上8点多，苏庆春才回家。苏庆春回家的时候看到客厅留了饭菜，空无一人，家里很安静，再走到轩轩的房间发现黄小培正在辅导轩轩做作业。

她看到苏庆春回来了，抬头喊了声："爸爸，你回来了。"

"嗯！"

"桌上留了饭菜，你去吃吧。"黄小培说了句。

"好！"苏庆春说完便关上了门。

这感觉苏庆春多么熟悉啊，曾经他们家就是这样的温馨和安静，家里留着他喜欢吃的饭菜，房间里妻子陪着女儿做作业。

其实苏庆春已经在医院里吃了饭，但是看到饭桌上黄小培给他留的饭菜，他还是吃了。刚吃几口，黄小培便从房间走了出来，她坐到了苏庆春对面问道："爸怎么样了？"

"今天结果出来了，胃癌晚期。"

"那有手术机会？"

"癌细胞转移了，没机会了。"

"那怎么办啊？爸妈现在知道吗？"

"不知道，我没告诉他们，就说情况还好，没必要做手术，吃些中药就行，下周可能就出院了。"

黄小培听到后，跟着苏庆春一起沉默了许久。然后说道："接下来你怎么打算啊？"

"看他们吧，我本来打算让我爸在上海一有情况方便去医院，不过我爸的意思好像是想回老家吧,我随便他们。"苏庆春说道,"庆福他们也走了。"

"我知道。"

说完两人又沉默。

许久之后,黄小培说道:"那你先吃饭吧,我走了。"

"庆福都走了,你就留下来吧。"

"不了,明天我早上会来接轩轩的,你可以直接走。"

苏庆春看了一眼黄小培坚定的眼神,没再挽留了。黄小培也直接走了。

很快就到了周日,一早何美珍就打了黄小培的电话,让黄小培有空来下医院。

其实这些天黄小培也一直想去医院看看老人,她也怕这次不去以后没机会见到公公了,便爽快地答应了。到了晚上,她一下课便带着轩轩一起去了医院。

苏铁军看着轩轩来了,便让何美珍带着轩轩出去玩,支开了孩子,只留下苏庆春和黄小培两个人。

苏铁军看着两人一个站床这边,一个站床那边,便喊道:"庆春,小培,你们过来,我有话想跟你们说。"

黄小培一听,忙跟苏庆春一起走到了病床前。

"小培,我知道自从我和你妈来上海给你们带来了很多麻烦,我这个人脾气不好,习惯也不好,我知道因为我你们没少吵架,如今到了离婚这一步,我和你妈都有责任。之前庆福的事情都是我的责任,是我鬼迷心窍了给他出了那样的主意,都是我的错,这些事情是我做的我都认了,现在闹成了这样,我都是活该的。"

"爸,您别这么说。"

"小培,你先听我把话说完,我知道这些年你为这个家默默付出了很多,比起别的家庭,你这个妻子和妈妈当得确实委屈。"

"爸,我都明白的,您别说了。"

"小培,我要说,你确实不容易,我代表苏家今天给你道个歉。我原来对庆春的工作不清楚,可我在医院这些日子,终于知道了他为什么没什么时间顾到家里了,他们太忙了,也终于感受到庆春作为医生的一员他们背后的付出和不容易啊,没日没夜的加班,急诊还有手术,他们牺牲的是自己的小家，可换来的是千千万万家庭的幸福啊。"苏庆春在一旁听着有些动容，他说道："爸，您别说了。"

"到了我这个岁数，生死已经看得很淡了。我们都是从苦日子熬过来的，其实无论在哪个年代的人，日子总是有很多的苦，但是只要夫妻两个心能在一起，把日子过起来，这生活就是甜的。我希望你们也好好过日子。"

苏铁军说到这里的时候伸出了手，苏庆春一看忙伸过手。

"小培，来。"

黄小培看着，也把手伸了过去。

"你们一定要好好过日子。小培，答应爸。"

苏铁军近乎哀求。

黄小培见状，含着泪点点头。

"谢谢你小培。"

"爸，您别说了，早点休息吧。"苏庆春说道。

"庆春，我今天叫你们来，不光是为这事，还有一件事情，我想当着你们的面说，这个事情压在我心里40多年了，我不想带到土里去。"

"爸，您有什么事您就说吧。"

"庆春，我知道你从小到大我对你都不好，你怨恨我吗？"

苏庆春犹豫了一会，说道："以前确实很恨您。"

"呵呵，是啊，其实我也恨过我自己为什么这么狠心，但是我只要一看到你，就忍不住想到我的过去，想到你妈，想到你是怎么来的，一想到这些就恨不得找个地缝钻进去，所以对你只有打骂才能发泄我的情绪。"

苏庆春和黄小培两人疑惑地互相看了一眼不知道苏铁军是何意。

"爸，您这是什么意思啊？"苏庆春一脸茫然地问道。

"庆春，你不是我儿子。"

这话一出，苏庆春愣在了原地。

"我知道这件事情对你来说很难接受，这个秘密我守了40年，原本我想带到土里去的，但是我不想等我死了带着遗憾离开，更不想回到土里被你奶奶骂，她对你很好，你也是她的希望。可是我差点断送了她的希望，还好你妈把你送上了正轨，不然，我真的没脸去见你奶奶了。"

"爸，您是不是病糊涂了？说胡话啊？"

"我现在很清楚自己在说什么。"

正在这个时候,何美珍带着轩轩也回来了。她看着大家的状态,知道苏铁军已经把事情说完了。

苏铁军看着何美珍便说道:"我把事情都跟孩子说了,具体的事情就由你告诉他们吧,我累了,也想睡了。"

何美珍点点头,然后她朝苏子轩说道:"轩轩,你在这里陪着爷爷睡觉,我和爸爸妈妈出去一下,就在外面,你有事情,随时叫我们就行。"

"好!"

身世之谜 2

等苏庆春和黄小培都带着疑惑走出病房以后，何美珍在病房外的椅子上讲述了她的过往。

这事情还要从何美珍的父母开始说起，原来何美珍的父亲是一位出色的老师，母亲也是受了私塾教育的女人。

很小的时候何美珍父亲便过世了。何美珍和两个哥哥与母亲相依为命，原本还在上学的何美珍也被迫不再读书，并跟着母亲和两个哥哥一起搬到了父亲的老家，在何美珍十六岁的时候为了家里的两个哥哥能早点娶到老婆，母亲被迫把她嫁给了临村的苏铁军。

苏铁军没有读过书，家里就一个母亲和一个姐姐，按理说何美珍是不会看上苏铁军这个文盲的，但是因为苏铁军父亲当年当兵时在部队死了得了一笔高额的抚恤金，这笔钱大部分都用在娶何美珍上，这笔钱而且直接解决了她两个哥哥娶媳妇的问题，还有听说苏铁军人也还算不错，所以何美珍就这样被迫嫁给了苏铁军。

初到苏家，虽然苏铁军是个文盲，但还算是个老实人，何美珍即使再不愿意，但在那个年代嫁鸡随鸡嫁狗随狗，她也无可奈何，好在婆婆对她还算不错，大姑子也早就结婚了，还算过得安分。

可结婚一年多她的肚子都没有动静，婆婆带着他们去检查才发现苏铁军先天有疾病。

这件事对于这个花了大价钱为儿子娶老婆生儿子传宗接代的婆婆来说简直是如晴天霹雳，不过不生孩子这事情对于才17岁的何美珍来说还不算什么，在她心里嫁给这样的文盲可以，生不生孩子都无所谓了，反正一辈子就在农村。

但婆婆并不愿意接受这一事实，于是她提出了一个在现在都很大胆的想法："借精生子"。

这种事情在农村可是不得了的大事情,她没想让何美珍就在老家,而是让她一个人远走上海,让她去上海跟别的男人怀孕再回来,至于跟谁生,他们都无所谓。

这个可怕的想法当时就遭到了苏铁军和何美珍的一致反对,但是当时婆婆当场就给何美珍跪下,求她为苏家留下血脉,即使不是苏铁军亲生的,但是只要是何美珍生的他们都认了。

原因是因为当年苏铁军爸爸去部队参军,就是苏铁军母亲一个人带大这些孩子,所以虽然生了几个孩子,但是都夭折了,最后只剩下苏铁军和他姐姐两个人,苏铁军的母亲不想看到他苏家就在她手里没了后,她不能让这个家如此凋零。

1979年春,出于婆婆的强迫,带着苏家的使命何美珍只身来到了上海,可当时的何美珍并不是真的想"借精生子",而是觉得这对于她来说就是一种解脱,她终于可以正大光明的离开农村,过上自己自由自在的生活了。

初到上海,她人生地不熟的,找了许久的工作才找到在一家人家里当保姆,那家是因为夫妻都在工作单位,上面的长辈也都是单位的,所以没时间看两个孩子。所以让她看孩子并做饭。

那家人全家都是读书人,对保姆要求也高,当时也是看着何美珍读了一些书才雇了她,主家的孩子一个三岁,一个一岁,何美珍在老家也带过亲戚家的孩子,对带这样的孩子还算是得心应手,而进了那家之后何美珍也是尽心尽力地照顾他们的孩子,但是时间不久她就发现主家的女主人跟男主人关系不好,经常吵架,女主人娘家人应该是当很大的官,看不上男主人。

这家男主人温文尔雅,工作很忙,家里的老大当时3岁,女主人根本没时间理孩子,经常都是很晚很回家,男主人只要有时间就会督促何美珍教孩子认一些字,顺带着教会了何美珍很多知识,而这位男主人便是那本锡剧《红楼梦》的主人,他听说了何美珍早年因为父亲的原因没有继续学业的事情甚为可惜,鼓励她好好读书,还把这本书送给了她。

何美珍很崇拜男主人的学识,男主人也很看好何美珍如此刻苦的孩子,何美珍当时极为珍惜这个机会,带孩子的同时也在好好努力,而且听男主人说现在恢复高考了,谁都可以通过考试改变命运,于是她也打算参加高考。

可有一天男主人跟女主人又吵架了，男主人在外面喝醉了酒回家，在何美珍帮他醒酒的时候他们逾越了禁区。那一夜之后，大家都为此感到羞愧，不久后，她便发现自己怀孕了，这对于何美珍来说真是无心插柳柳成荫，这个孩子的到来倒是完成了婆婆的使命，可是自己一心想要高考的梦想可能就破碎了。

在她经过深思熟虑以后还是决定留下这个她崇拜的男人的孩子，于是不久她便辞职走了，男主人并不知道她怀孕了，他猜何美珍是因为自己的那次冲动而离开，从而一直对自己责备不已。

在那之后何美珍再也没来过上海，也没见过男主人，隔年的春天，何美珍在婆婆家生下了苏庆春，寓意欢庆春天，其实还有一层意思是她和男主人是去年春天相遇的。

何美珍是怀孕以后马上回老家的，村里人对这个孩子没有一点怀疑，而何美珍也有幸一举得男，可是把婆婆高兴坏了。

可此时的苏铁军却不是滋味，他知道不能生孩子是自己的问题，但是让自己的老婆出去跟别人生孩子带回来这让他十分痛苦，他因此也很憎恨上海，对于苏庆春怎么来的，他只字未问，就是怕这孩子是何美珍动了真感情得来的。

但生完孩子以后的何美珍还一心想要高考，这让苏铁军很不舒服，他隐约也能够感觉到何美珍的变化，他猜到，这孩子应该就是鼓动她读书的人的，这让苏铁军顿生醋意。

之后再看到苏庆春时不但在提醒他，他不会生孩子，还在提醒他，何美珍给他带了一个大大的绿帽子，所以原本还是很敦厚老实的苏铁军开始变得爱喝酒，脾气也变得很暴躁了。

身世之谜 3

苏庆春听母亲说这些的时候一言不发,他还不敢相信刚刚听到的这一切。

黄小培此时能够明白苏庆春的感受,是谁也一时间也受不了自己不是父亲亲生的这一事实啊,可听婆婆这么一说,黄小培也才明白公公的不容易。

她感叹道:"哦,这么说爸也确实不容易,他这脾气也就是那时候才变成这个样子的是吧?"

"是啊,他以前人是挺好的,挺老实的,要是他刚开始是这样的,即使是家人逼我,我也是万万不肯嫁的。"

"那也难怪了,难怪爸一直对庆春那么不好。"

"是啊,原本他奶奶在的时候还好,后来他奶奶过世了,他爸变得脾气更加差了,动不动打骂他,其实他哪里是打骂他啊,只是在为自己的不育找发泄口而已。"

"哦,难怪刚刚爸会那么说了。"黄小培说完看了一眼苏庆春。但是反应了一会,顿时又感觉哪里不对,她又问道,"不对啊,妈,您不是说爸是不能生育嘛,那后来庆福是怎么回事啊?"

这句话问完苏庆春似乎也才想起这事情,也抬头看了下母亲。

何美珍一副为难的样子。

"妈,难道后来爸这病治好了?"

其实苏庆春也愿意相信这个说法,因为在他看来,从小似乎爸爸对苏庆福都比对他好。

此时他直勾勾地看着母亲,也想知道这个问题的答案。

何美珍迟疑了一会,似乎不打算说。

"妈,是有什么不方便说的吗?"黄小培问道。

"哎，也没有不好说的了，现在都这样了，我就告诉你们吧，其实庆福他，他是我跟另外一个人生的。"

"啊？"

这个答案令黄小培惊讶不已。同样也惊到了苏庆春。这个答案岂不是告诉他们，母亲给父亲带了两次绿帽子，这简直是太不可思议了。

此时的苏庆春一时间都不知道说什么了，一向在他心目中完美无瑕的母亲什么时候变成了这个样子？再一想到父亲，如果说第一次是纯粹为了孩子，那么已经如愿生了个儿子，按说已经是完成了传宗接代的任务了，那苏庆福的出现又算是什么？苏庆春不敢再想下去了。

黄小培其实也不能理解，她不解地问道："这样啊，那我怎么感觉爸对庆福比对庆春好啊，我还以为庆福才是亲生的呢，所以他才这样对他的，那爸知道庆福的事情吗？"

"当然知道，这事情说来其实也是奇怪，确实你爸从小就对庆春是看不顺眼，但是对庆福确实没那么大的气，但是你们要说他喜欢庆福，疼他，这也是说不上，他最多的是没有那么嫌弃庆福。"

"那这是为什么啊？"黄小培继续问道。

"可能是因为庆福的生父吧。"

"他的生父怎么了？"

"他的生父就是个畜生，用现在的话叫渣男，对你爸来说这样的人，他反而没那么厌恶吧。"何美珍说完又解释道，"其实原本是没有庆福的，本来我生完庆春就打算把孩子给他们，我自己去外面工作，自己赚钱供自己读书，也算是还了他们家的恩情了，可是你奶奶不同意我们离婚，没办法，那个年代人言可畏，何况离婚呢？根本没有我想的那么简单。

"我梦想着继续读书的机会因为他们不肯放开我而被迫搁浅了，后来我也想着就在他们家好好过，但是哪里知道没两年他奶奶就过世了，自从他奶奶过世以后他爸爸对庆春各种看不顺眼，老是找机会打孩子，跟我吵架，我气不过便带着庆春回了娘家，我自己就去省城打工。

"我一个女人有孩子要养，生活真的很艰难，原本继续读书的想法后来才知道简直是天方夜谭，我哪里来的钱养孩子还要供自己读书啊，没办法，我在外面做服务员的时候认识了一个厨师，他是个离了婚带着个孩子的人，原本他答应跟我结婚，一起抚养两个孩子的，可是等我怀孕的时候他便在人间蒸发了。

"后来我没办法，怀着孩子准备回来跟他爸离婚办手续，他爸听说我怀孕了，知道我一个女人带着孩子过日子也不容易，他没同意离婚，并答应帮着我一起照顾孩子，这点我真的很感激他，他内心还是很善良的。

"最后，我在他的支持下生下了庆福，也把庆春接了回来，慢慢地我也明白了，这就是我的命，我后来就没再想过别的了，想着这一辈子也就这样吧，注定我是要跟着你爸过一辈子的。"

"哦，原来是这样的啊，这么说爸也挺爷们的。"

"是啊，这点他确实做得很好，比庆福生父强太多了，现在想来，或许你爸对庆福比对庆春好点，还有一个原因就是因为他的亲生父亲才让我看清现状吧，他会觉得正是那个男人够渣反而帮了我们这个家吧。

"还有加上后来庆福又娶了你姑妈的女儿，在他看来他这辈子没什么亲人，他姐就是唯一亲人，跟他姐家有关系的人他都觉得是亲，自然就对庆福也就好点了。"何美珍说出自己的想法。

"哦，也有可能是这样的。"

就在两人聊着的时候，一直没说话的苏庆春突然问道："那庆福知道这个事情吗？"

"不知道。"

"那您打算告诉他吗？"

"不说了吧，他跟你不一样，你从小就懂事，他从小就没正形，庆福那小子跟他亲爸一模一样，没有良心的，亲情也淡漠，现在还把你们害得这么惨，到时候他要是听说你们不是亲兄弟，还不准会干吗呢，他亲情太淡薄了，太无情了。

"再说了，这个秘密是你爸隐瞒了一辈子的秘密，现在告诉你只是希望你不要对他记恨，只要你能够理解他，也算是了了他一桩心事，至于庆福不如不知道的好，他那个大嘴巴，还不知道会把这事情往哪里说呢，这个秘密最好是到你这里就这样深埋了，这也算是圆了你奶奶的愿了，希望苏家圆圆满满。"

"嗯！"苏庆春点点头。

"我知道从小你爸就对你不好，他这些年心里也是委屈，苦啊，又不能说，只能埋在心里，你也别太怪他了，怎么说也是他把你们兄弟俩养大的，要不是他，我真不知道我一个女人带着你们两兄弟该怎么过。"何美珍看着苏庆春说道。

  苏庆春继续点点头。这回苏庆春也是彻底明白了父亲这些年对自己做的一切的原委,从前受的一切委屈一瞬间化为虚无。

生父之谜

事情发展到现在，黄小培已经大概知道公公和婆婆今天叫自己来医院的意思了。

对于丈夫苏庆春的身世，她也是既惊讶又好奇，她看到丈夫现在一个人低着头坐在椅子上也不说话，可能对于他来说这件事情还需要时间消化，毕竟任谁突然被父亲告知自己不是亲生的，而且是母亲跟别人在外面生的孩子都难以接受。

其实这件事情并不比告诉自己是抱来的打击小，甚至比抱来的还打击大，因为现在的情况比起抱养来的，更加难面对父亲。

这些年苏庆春对父亲的态度一直耿耿于怀，现在知道个中缘由以后这心里的滋味也只有当事人最清楚。

其实何美珍也一直不愿意把这事情告诉苏庆春，所以这些年她即使在最难的时候都没有跟苏庆春透露一丝一毫，她也害怕苏庆春生自己的气。

可现在苏铁军自己的意愿如此，而且要是苏铁军真的过世了，到何美珍自己过世的时候也要把这事情说出来的，那个时候怕苏庆春会更加恨自己，所以既然早晚都要说，那就合了苏铁军的心意吧。

何美珍现在看到儿子的样子，也感觉羞愧于大家，毕竟这事情说到底无论出自什么原因，都是自己做了确实是对不起苏铁军的事情，说完以后她也坐在椅子上陷入了无尽的沉默。

对于身世这件事，黄小培倒是一位十足的旁观者，虽然是丈夫的事情，但是说到底这件事情真的无法感同身受。

婆婆说完后她倒是比其他人更加的思路清晰，这件事情原委婆婆已经说得很清楚了，但是她发现还有一件事情婆婆却一直在回避，她也很好奇，那就是苏庆春的生父。

婆婆一直以他来称呼，从头到尾都没有说他叫什么名字，干吗的，住在哪里？但是听着婆婆言谈的内容里面，她也可以推测到这个人其实现在还活着，应该离得他们也并不遥远，既然话都到这里了，而且事情也挑明了，她便想把事情弄明白。于是她擅作主张，朝何美珍问道："妈，那庆春的父亲按您说的意思应该就是地地道道的上海人了？"

"算是吧。"

"那他现在……"

"行了，小培，别问了。"

还没等黄小培把话说完苏庆春便制止了她，苏庆春知道黄小培要问什么，但是他不想知道。

何美珍看了一眼苏庆春，只见他一脸的沮丧，思虑了一会儿回道："是啊，小培，其实你想的我也知道，我刚刚之所以不说也是有我的原因的，对于庆春的亲生父亲我想他自己都不知道这个世界有他的存在，而且他们苏家的本意也是不想让他知道。

"我觉得这么多年都没说，就没必要再提了，说实在的那个人除了是给了庆春生命，其实其他的任何事情都跟我们的生活毫不相关，至于他叫什么名字，干什么的，住哪里？我觉得也没必要知道了。

"真的，他其实跟我们真的毫不相关，我想以后他也不会出现在我们的世界，如果说刚刚我还有些犹豫，现在我已经很肯定了，对于这样的人，真的没必要多打听了，我也不想说。"

何美珍说完了一眼苏庆春。黄小培听到这里，也跟着何美珍的眼神一起看了看苏庆春。苏庆春并没有抬头。

何美珍小声地说道，"莽子，我希望你能了解妈妈，尊重妈妈的决定。"

"行了，妈，这件事情就这样吧，关于那个人的事情我也不想听，也不想管，随便他是谁吧。"

"嗯，这事情就到这里吧，我也不想提那个人，我更加不希望他来打扰我们的生活。"

在关于苏庆春生父的身份上，苏庆春两母子居然出奇地达成了一致的观点。

既然是这样，黄小培作为这件事情真正的局外人，自然不便再细问了。而且其实这件事情说白了，只要苏庆春自己不愿意去找生父，她也是没必要强求的。

之后三人又陷入了一阵沉默。也不知道过了过久,何美珍抬起头看了一眼手机,说道:"时间也不早了,你们早点带着轩轩回家吧。"

黄小培第一时间回应了何美珍:"嗯,好,是时间也不早了。"

何美珍突然站起来朝黄小培动情地说道:"小培啊,今天很感谢你能来听你爸和我讲这些,都是一家人,也不怕你笑话,谢谢你的不计前嫌。"

"妈,您这说的是什么话啊,我本来就想来医院看看爸的,可学校也一直忙加上轩轩一直也在上学,我就不方便过来,现在正好有这个机会。"

"我知道你一直忙,在这时候你能照顾轩轩我就很高兴了。"何美珍继续说道,"这段时间我也知道庆福他们来打扰到你们了,也给你们带来了很多麻烦,这些天你和庆春闹成这样,我们都有责任。"

"妈,您别这么说。"

"哎……我这个小儿子啊,我自己也是无可奈何啊,他真的是所有不好的都遗传了他那个不知道死活的亲生父亲了,你看看,之前怎么赶他都不走,现在看到你爸病了住院了要照顾马上就逃之夭夭了,"何美珍边叹气边摇头说道,"哎,作孽啊!生了个这的孩子,也是怪我没教好。不过塞翁失马焉知非福呢,这件事情其实也是好事,他在这里也帮不到什么忙,只会连累大家,走了也正好少给大家惹祸了。"

何美珍说完又用一种接近祈求的眼神看着黄小培并拉着她的手说道,"小培啊,孩子和庆春都需要你,庆春这孩子从小也不太会说话,我希望你看在轩轩的面子上,早点回家吧。"

黄小培听到这里有点尴尬了,也不知道该怎么回答了。

"妈,您别说了,我们先回去了。"苏庆春缓解了黄小培的尴尬,说完话便往病房走去。

何美珍见状轻轻地拍了拍黄小培的手,放开温柔地说道:"行吧,那你们赶紧回去吧,时间也不早了。"

"嗯,妈,那我们就先回去了,爸这边就辛苦您了。"

"我这边没事,放心回去吧。"说完何美珍和黄小培便一起走进了病房。

夫妻和好

　　黄小培和何美珍回到病房的时候发现苏庆春从病房旁边的椅子上抱起来已经熟睡的苏子轩，而此时苏铁军并没睡觉。
　　只见苏庆春说了句："我走了。"便直接把孩子抱出去了。
　　黄小培见状，急忙地说道："爸，您好好休息吧，我和庆春先回去了。"
　　"嗯，路上开车小心点。"苏铁军叮嘱着。
　　"好的。"
　　黄小培说完便跟二老挥手离开了。她以为苏庆春先走了，没想到走到病房外便看到了苏庆春站在门口等自己。他看到黄小培出来了，也没说话，就继续走。走到地下车库的时候，苏庆春把孩子先放到了后座，之后黄小培也跟着要进去。"你坐这里吧，轩轩睡在后面不太好坐。"
　　"没事，我就把她头放在我身上好了。"说着黄小培便进去了，苏庆春看着她这么坚持并没有再说了。
　　其实平时黄小培都是坐在副驾驶座的，以前还看过一个段子说，副驾驶座都是要留给妻子坐的，他们以前还为这事情讨论过，黄小培还说过叫苏庆春不要叫别的女人坐副驾驶座，因为那里是她的专属位子。现在的黄小培似乎有意回避苏庆春了。
　　一路上两人都没说话，苏子轩虽然人小，但是这么多天妈妈一直没回家，她也知道父母之间出现了问题。
　　不知道什么时候苏子轩突然睁开了眼睛，她睡意惺忪地突然说道："妈妈，你一直不回家是要跟爸爸离婚吗？"
　　黄小培一听，非常的诧异，她问道："小孩子别乱说，谁告诉你这些的啊？"
　　"没有人告诉我，但是我们班很多同学爸妈离婚都说是这样的。"

黄小培看了一眼在开车的苏庆春，他没有说话。"小孩子别胡思乱想，妈妈都说了，妈妈最近是因为学校事情太多，有个事情要忙，所以临时住在外面。"

"你别骗我了，我知道你是因为叔叔和婶婶还有小弟弟占了住的地方才不回家的，但是现在他们都走了，你就回家住吧。"

这话说得黄小培一时间都不知道怎么接话了。"行了，小孩子别乱想家长的事情，赶紧睡觉吧。"

说着她便让苏子轩趴在自己身上继续睡觉了。之后苏庆春回头看了一眼他们母女，依然没说话。

等苏庆春开车路过黄小培所住酒店的路口的时候，她让苏庆春停车，但是苏庆春没同意。"先回家吧，我有话要跟你说。"

她没有再坚持，抱着孩子，默认了苏庆春的说法。

回到家后，苏庆春先把轩轩放到了房间，然后回到客厅，他看到黄小培坐在客厅似乎有些拘束，于是他就在她的旁边也坐下了。"小培，这段时间辛苦你了。"

"什么？"

"我爸住院这段时间你不计前嫌照顾轩轩，还帮琪琪他们做饭。"

"哦，那都是小事。"

"你这个人就是这样的，虽然说话难听，但是心却很善。"苏庆春说道，"其实之前你说的事情我这段时间也考虑过了，确实这些年就像爸所说的委屈你了。"

"算了，都过去了，就别再说了。"

"有些事情可以含糊，有些事情却要说清楚。"苏庆春说道，"关于之前借钱给庆福的事情确实我做得有些欠妥，其实我每次都有跟你说，只不过是侧面问过你，但是看到你的态度都是不借，我又拗不过庆福，最后还是心软了，但是无论我有什么理由，借钱出去而且还是从别人那里转借钱出去就是不对，总归我们是一家人，应该跟你商量一下的。

"还有就是这笔钱，庆福和我爸拿去投资公司做投资，后来钱被人卷走了，所以这钱大概率是要不回来了，这也是我爸突然病倒住院的原因。"

苏庆春这回是对黄小培坦诚相待，把所有的事情都告诉她了。

"你说的被骗的事情我知道了。"

"谁告诉你的啊?"

"你妈,就是第一天她让我接轩轩的时候,我打完你电话,就又打了她电话问了下爸爸的情况,后来她就把这事情告诉我了。"

"哦,也好,反正事情说开了我这心里也舒坦了,"苏庆春说道,"这事情我们谁都没想到会发展成这样,但是既然已经发生了再怪谁也没用了。"

"我知道,这几天其实我也想明白了,钱说实话没了都可以赚,更何况爸已经这样了,我不会怪他的。"

"谢谢啊!"

苏庆春说完停顿了几秒,然后又说道,"我知道我对这个家付出得少,跟着我一直委屈你了,之前你提出离婚的事情,我也想了,我不会强求,假如你坚持要离婚,认为离婚了对你来说是件好事,那我尊重你的选择,就离吧,只要你以后日子能过好,我也是开心的。

"哦,还有,我想了下,房子就给你吧,你一个女人在上海也不容易,轩轩也跟着你吧,我知道她跟着我不如跟你好,你是老师,肯定会好好教育她的。"

苏庆春的这段肺腑之言在黄小培这里可以说比千万句甜言蜜语都管用。

她看着苏庆春笑了笑,问道:"房子、孩子都给我了,那你怎么办啊?"

"我一个大男人,没住的地方可以去租房子,这个你就不要担心了,只要你们母女俩过得好就行。"

"你真这么想?"

"自然是的,那你看着时间吧,什么时候你有空就去办下手续吧。"

"傻瓜!"黄小培笑着说道,"我要真走了,我看你连饭都不知道怎么吃。"说着她突然站起来。"走吧!"

"去哪里啊?"

"跟我一起去酒店拿行李啊,这么晚了,你难道放心让我一个人走出去吗?"

"拿行李干吗啊?"

"你说干吗啊?你这人是真笨还是假笨啊?"

"你愿意回来了?"

"不然你还想我明天早上一大早起来接轩轩啊,这几天我都是好早就起来的,而且还要花钱住酒店,多浪费钱啊,你都不知道这些天我心疼死了那些钱。"

苏庆春看到黄小培又回到了原来那个喋喋不休、爱抱怨的样子,忍不住笑了起来。

"你笑个屁啊,赶紧走吧,再晚我估计房费就要全扣了。"

"哦哦……"

说着苏庆春便跟着黄小培一起去酒店拿行李了。两人因为父亲的住院也终于把话说开,也和好了。

294
遇见熟人

转眼便到了4月下旬，苏铁军也已经住了一个多礼拜的院了，这天是周三，苏铁军按照计划下午出院，原本苏庆春计划着下午自己去办出院手续的。哪里知道医生查完房告知何美珍今天可以出院以后，她便急匆匆地想尽快办理出院，她不知道主治医院已经跟苏庆春商量好了，只知道要出院了就是好事，便马上打电话告诉苏庆春来办手续，但是苏庆春的电话一直没人接。

她在医院待得已经厌倦了，现在能够出院肯定希望越快越好，眼见着两个电话还没接，她便自己亲自来到妇产科找苏庆春。

这几天在医院里她也熟悉了一些路，每个楼层其实结构都差不多，很快她就找到了医生办公室，她先是站在门口打量了一下，没看到苏庆春的身影。于是她小心翼翼地站在门口朝里面问道："请问苏庆春医生在吗？"

"苏医生做手术去了。"只听见过道正走来一位中年女性医生回道。

"你找他有什么事啊？"

那人越走越近，何美珍才注意到此人大约50来岁，中等身材，穿着白大褂，盘着精致的头发，看上去非常的有气质和修养。

此人不是别人，正是跟苏庆春同一个组的主任蔡君梅。蔡君梅微笑着跟何美珍解释了一番："苏医生今天上午有手术，估计要一段时间才能上来。"

蔡君梅说话的时候何美珍看着她似乎非常的眼熟，于是她又打量了一下。

蔡君梅看着何美珍那样子看着自己，又问道："您是病人家属吗？"

何美珍这才发现自己有些失态了，忙解释道："哦，不是，我不是病人家属。"

"那您是哪位啊？找苏医生有什么事？"

"哦，不好意思啊，我是他妈妈，我刚刚打他电话一直没接，所以就上来找他了，我之前不知道他在做手术。"

"哦，您是他妈妈啊！您好，您好。"

蔡君梅前几天就听苏庆春说他父亲住院了，便说道，"我跟小苏是一个组上的同事，我姓蔡。"

"姓蔡？"

何美珍听到这个姓之后眉头突然紧缩，心跳也突然加快了，她又仔细看了下对方工作牌上的名字。

蔡君梅三个字赫然在列。

何美珍看着蔡君梅的工作牌都快愣神了，还不自觉地小声念了句："蔡君梅！"

蔡君梅还是第一次碰到有人看到自己的工作牌直呼自己全名的，特别是何美珍那看着自己的样子，也是让她有些尴尬："大姐，您是有急事找小苏吗？"

"哦，没……没什么急事，"何美珍结巴道，"就是他爸爸这几天不是住院了嘛，今天查房的时候医生通知说要出院了，我本来想叫他去办出院手续的。"

"哦，办出院手续啊，不急的，下午办也行。"

"哦，这样啊，那没事，下午办就下午办吧。"

"大姐，您也别急，等他下了手术看到电话肯定会去找您的。"

"是啊，那好，那没事我就先走了，打扰领导了，再见。"

何美珍似乎很急着要走，挥了挥手便转身了。

这时蔡君梅才发觉眼前的这个人挥手的动作有点眼熟。她再想想刚刚何美珍看自己的样子，猜想着两人应该是认识的。

她喊道："欸，大姐，我们是不是哪里见过啊？"

"应该没……吧。"何美珍回答得有些犹豫。似乎她有难言之隐，有意回避蔡君梅。

蔡君梅听苏庆春说过自己的母亲一直在老家，以前没来过上海，听到何美珍这么说，想着应该只是自己多想了。"哦，应该也是，我们按理说不会见过面的。"

"呵呵，领导，我有事就先回去了，再见。"何美珍礼貌地笑着跟蔡君梅再次挥别,然后转身便离开了。

正是这个挥别转身加上微笑一下子让蔡君梅恢复了曾经的记忆。"欸,你是不是小美姐啊?"

蔡君梅终于想起来了,何美珍这回想回避也没法回避了。她回头笑了笑,回道:"是啊!"

"真的啊,这么巧啊,你还记得我吗?我是小君。"蔡君梅高兴地介绍着自己,生怕她忘记了。

"记得,呵呵……我刚刚看到你的工作牌了。"

蔡君梅低头看了一眼自己的工作牌,笑着说道:"那你刚刚看到了怎么也不叫我一声啊?"

"我这不是也怕认错嘛。"

"是啊,我们得有40来年不见了吧?是怕认错了,要不是刚刚你跟我挥手,让我想起我每次去我哥家吃饭你跟我挥手的样子,否则我还真记不起来呢。"

"是啊,确实好长时间了,大半辈子了,我也都老了,变了样了。"

"呵呵……是啊,是大半辈子了,确实都变样了,我们都变老了。"蔡君梅感叹道。

"没有,小君,你看着还是好年轻,看着至少比我小十来岁,我是真老了。"

"哪里啊,我也老了啊,"蔡君梅激动地说道,"今天实在是太意外了,我从未想过这辈子还能见到你,你知道吗,你走以后啊,我好想念你啊,我哥也是,他常在我面前夸赞你,就是不知道你当年怎么那么突然就走了。"

"呵呵,当时家里临时有点急事,就回去了。"

"那后来你也不回来看看我们,我们都很想念你啊,后来我哥家换了好几个保姆都不如你好。"

"你哥……"何美珍迟疑了一会,"还好吗?"

"他就那样吧,后面还发生了很多很多的事情,这一时半会我都说不清楚,"蔡君梅说道,"这样,你现在不是在上海嘛,什么时候我约着我哥跟你一起,我们吃个饭,老熟人叙叙旧。"

"不用了,不用了。"

"你不必拘束,虽然我们接触的时间不长,但是我们真把你当亲人,"

蔡君梅说完又不禁叹道,"哎,真没想到啊,苏庆春竟然是你的儿子啊,这世界真小啊。"

"是啊,好巧,我也没想到他有朝一日会跟你是同事。"

"真的是,我认识你的时候你还没结婚吧?好快啊!小苏都这么大了,我记得你就比我大不了几岁吧?我女儿啊,都还没结婚呢。"

蔡君梅说完的时候正好有个病人家属路过喊道:"蔡主任,我是20床的病人家属,我老婆昨天做的手术,现在人有些发烧。"

何美珍见状,趁机说道:"小君,那你有事就先忙。"

"好,那就这么说定了,改明儿我约下我哥,请你吃个饭哈,他要是知道我见到你了,肯定也很开心的。"

"真不用了。"

"别客气了,就这么说定了。"蔡君梅说完便跟着那个家属走了。

出院

何美珍望着蔡君梅离去的背影，赶紧逃离了现场，她庆幸这个家属的到来，让她得以逃脱这个尴尬的场面，何美珍做梦也不会想到在自己儿子的医院里会碰到蔡君梅，更加没想到她居然跟自己的儿子是同事。

一路上她都在回想与蔡君梅这奇妙的相遇。回到病房，苏铁军都收拾好了所有的东西，就等着办出院手续了。

他看到何美珍一个人回来的，而且一副不在状态的样子，便问道："你怎么了？魂不守舍的，医生跟你又说什么了吗？"

"哦，没有，我刚刚只是找莽子，没找到他而已。"

"打电话没接啊？"

"嗯，我都去他科里了，说是去手术了。"

"哦，他在手术就手术嘛，等等他吧。"苏铁军自从病了以后，性情温顺了很多，说话声音都变得很小了，但是之后他又不放心地问道，"那今天办不了出院了？"

"我问了别人，说是下午办也行。"

"哦，下午啊，你看我这都收拾好了。"

"没事，等莽子手术完应该就会过来吧。"

"嗯，那就先在这里等着吧。"

何美珍没有跟苏铁军提遇到蔡君梅的事情。

大约到了中午 11 点，何美珍接到了苏庆春的电话，他现在才下手术。何美珍告诉了他今天出院的事情，他表示知道，并会马上去把手续办好。

半个小时后，苏庆春来到了病房。何美珍看到苏庆春忙问道："怎么样？手续都办好了？"

"还有些东西没弄好。"

"还没弄好啊？"一直盼望着出院的何美珍可是一刻都不想待了。

"妈,这个不急,要是你们想先回去就先回去,不影响的,下午我来办。"

"那能回去还是先回去吧,在这里待着也怪别扭的。"苏铁军朝苏庆春温和地说道。

"行,东西都收拾好了吗?"

"早收拾好了。"

"那我先带你们去吃饭,待会吃完饭再来拿东西。"

"还回来干吗啊,我们直接拿着东西去吃饭吧。"何美珍可不想再来医院。

"那也行吧,我们走吧。"

之后苏庆春带着二老去了平时他常去的一家比较干净的快餐店。简单地点了点吃的。

跟何美珍很着急走不一样,苏铁军是病人恨不得马上离开医院,离开医院在他看来病就好了一半,而何美珍虽然在医院也待久了,想走,可她最着急的是怕再碰上蔡君梅。

对于蔡君梅家里的一切,何美珍早就尘封在记忆里,不想再提起,而且其他时间还好,偏偏是在苏庆春知道自己的身世之后,这样的遇见实在让何美珍很难解释清楚他们的关系。所以她很想马上逃离,当然她更加害怕蔡君梅告诉苏庆春她们认识的事情,现在的她巴不得蔡君梅就当自己是个过客,遇见了也就忘了,刚刚那些什么吃饭的话最好就是客套话。她默默在心里祷告,"对,就是句客套话,应该没事!"可她还是很不放心,吃饭的时候不停地观察着苏庆春的变化。

吃饭的时候苏庆春也发现了母亲一直看着自己,奇怪地问道:"妈,你看着我干吗啊?是有什么事吗?"

"哦,没,没事,吃饭吧。"说完她便仪式性地拿筷子挑了几粒米放进了口里,之后又假装不经意地说道:"今天我去你们科里找你了。"

"哦,你去我科里了?"

"是啊,我看没接电话,比较着急就去你科里了。"

"妈,我一般没接电话都是去手术室了,你不用一直打电话找我的,我下了手术看到电话就会回的。"

"我知道了。"

"对了,我今天去你们科里遇到你们那里的一个姓蔡的医生了,她也告诉我你去做手术了。"

"姓蔡的,"苏庆春想了想,自己科里也就蔡君梅一个人姓蔡了,他笑着说道,"哦,你是说蔡主任吧?"

"蔡主任?"

"是啊,你说的是一个女的吧,50来岁。"

"对,她是你们那里的主任吗?"何美珍问道。

"是啊。"

"哦,原来她是你们那里的一把手啊?"

苏庆春明白母亲理解错了意思,忙解释道:"哦,不是,她这个主任是指主任医师,你说的那个主任是科主任,是两码事,一个是行政职位,一个是职称。"

"什么意思?"

"反正就是她的级别到了主任医师的级别,但是并不是你说的科主任,科主任就是你说的一把手,当领导的意思,"苏庆春解释完还补充了句,"其实她也是有能力当科主任的,自己有资历有实力,以前还有个当副院长的哥哥,但是似乎她不是官迷,并不追求这些东西。"

"啊?她,她哥也是你们医院的啊?"何美珍一阵惊慌。

"是啊,还是我们医院的副院长呢,不过现在退休了。"

"哦,退休了。"

"是啊,她哥好像比他大十来岁吧,具体不清楚,不过蔡院长人家退休了也很厉害啊,返聘到另外一家医院建了一个好大的实验室,在业界是很牛的人物啊。"

何美珍看苏庆春对蔡院长的情况说得是清清楚楚,好奇地问道:"你跟这个蔡院长很熟吗?"

"我哪里能跟这样的领导熟啊,我工作没几年他就退休了,我也就是在照片上见过他而已,偶尔见到也是远远地看过,他都不认识我。

"不过蔡主任是我组上的主任,跟她我倒是很熟,而且她跟我导师也很熟,所以关系还是不错的,她对我也挺好的。"苏庆春说着还带着一点自豪。

"哦!"

"对了,妈你问这些干吗啊?"

"我,我不是今天看到她,感觉她人蛮好的嘛,不像其他领导那样看起来很有距离感嘛，所以就顺便问问。"

"是啊，她人是挺平易近人的，平时她对病人也挺好的，你今天碰到她也是好巧啊，你这是刚好问到她了，问到别人还真不知道我在哪里呢。"

"是啊，是挺巧的。"

何美珍说完便低着头吃饭了。

问到这里何美珍差不多已经知道蔡君梅没跟苏庆春说她们之间的事情了。她默默地松了口气，猜想儿子要么没见到这个蔡君梅，要么就是蔡君梅根本没把自己当回事。何美珍希望是后者。

吃完饭后，苏庆春便亲自送他们上了出租车才回医院。

回老家

其实今天上午苏庆春是下了手术室便给父亲办理出院手续了，压根没遇到蔡君梅，下午苏庆春还有一台宫腔镜手术，送完父母以后他回医院便去了胃肠外科，把上午没办完的手续继续办完，之后他便直接进了手术室。

这台手术下台的时候已经是快5点了，回科里还没到办公室他又遇到了病人家属找他，之后还有一个术前谈话，就这样，一忙又到了晚上7点。

此时的蔡君梅早下班了，现在她对苏庆春越来越放手了，除了四类这种大手术，一般蔡君梅没特殊情况都会直接交给苏庆春做，原来她还会跟着上台，现在连上台都不去了。

这倒是锻炼了苏庆春的技术，经过这段时间的磨炼，苏庆春的四类手术都做得炉火纯青了，其他组上跟他一样资历的人，手术技能方面基本可以被甩出几条街了，就算是其他组上的主任，有些都不一定能跟他比。这其实都是得益于蔡君梅的信任还有自己的勤奋。

回到家家人已经吃饭了，给他留了饭菜。

今天晚上黄小培因为公公出院也调了课，早早就做好了晚餐。

等苏庆春吃完饭后，何美珍把苏庆春和黄小培一起叫到了客厅，此时苏铁军一个人睡在床上，经过这次住院以后苏铁军明显精气神不行。

"莽子，小培，我跟你爸商量了下，打算让你爸一个人回老家，我还在这里帮着做饭，小培要上补习班，你这里也少不了人，过两天我们就选个周末和我一起把你爸送回去，我再跟你一起回来。"

何美珍说出了自己的决定。

黄小培一听这个想法倒是好，兼顾了自己这里，但是让父亲一个人在老家似乎又有些不太好，她纠结地看了一眼苏庆春。

看得出苏庆春似乎也很为难，于是她说道："妈，不是说好了，就让爸留在上海，现在送爸回去感觉我们做晚辈的推卸责任一样，您就让庆春尽了这份孝道吧，而且庆春也是医生，对爸的护理也懂些，再者说在上海爸毕竟就医也方便很多，万一有什么事情也好及时处理啊。"

"是啊，妈，就让爸留在上海吧，都方便一起照顾。"

"算了，不要麻烦你们了，你爸现在反正慢慢吃着中药调理身体，也好的，何况回老家其实是他自己的意思，这回清明也没回家看你奶奶，他最近老是说梦见你奶奶，他估计是想她了，"何美珍说道，"哎，回去就回去吧，这万一要有什么，也方便，他也安心。"

苏庆春是知道父亲的身体状况的，在他们老家，有落叶归根的习俗，很多人生病在外，即使病危了也要打着120送回老家，只是为了能死在老家，埋在老家，这才能瞑目。

其实现在何美珍虽然不知道苏铁军的病情有那么严重，但是知道得了癌症也熬不过多久，所以大家其实现在心里也都有数，回老家是早晚的事情。

苏庆春思虑了片刻，然后说道："爸现在回老家其实也不是不行，只是他一个人在家肯定不行，也没人照顾他，我实在不放心。"

"庆福不是在家嘛。"

"庆福就算了吧，我现在已经不敢再相信他了，之前我跟他说得好好的他在医院陪夜的，就这样反悔了，那还是我们在这里他都这样，要是真的让爸一个人回去了，估计爸的一日三餐他都不能保证了，更何况别的。之后爸的情况会发展成什么样我们都不好说，要是瘫在了床上，没法自己吃了，是指望不上庆福的，到时候别说三餐了，估计连去看看都做不到。"

"那不至于吧，毕竟是亲爸……"黄小培说完赶紧补充道，"我是指庆福至少认为是亲爸，不至于会这样吧？"

"这还真不好说啊。"何美珍也有这个担忧，"所以其实我也是比较担心的，庆福这个人确实没什么人情味，真的是我自己的儿子我自己知道，不是我夸张，别人再不济还是可以拿出点优点来的，他是一点优点都没有，连最起码的一点善良和同情心都没有，这点也是怪我，没管好他。"

黄小培听到这话，也算是真的领教了苏庆福的人品了，但是人再无情，再差，他也有肋点嘛，苏庆福的软肋就是琪琪。

"那即使是这样，不是还有琪琪嘛，庆福最听琪琪的话了，爸对琪琪可是很好的，抛开这层关系，爸还是琪琪的舅舅呢，庆福不管爸，她肯定不忍心的。"

"你可别指望琪琪了，表面上是庆福听琪琪的，但是实际上就是个没主意的人，最后还不是听庆福的，不然你以为他们俩怎么会过到一起去啊？都是一丘之貉！"苏庆春这回倒是颇有见地地分析了弟弟和弟媳的相处之道。

"还真是，琪琪那孩子从小确实就没主见。"何美珍也呼应着。

"那要不爸还是留在上海吧？"黄小培见回家是无解了，便建议道。

"但是你爸真的想回家了，我估计他的时间也不长了，"何美珍自己猜想着。

何美珍的话也是惊到了苏庆春和黄小培，他们一起瞪着何美珍。

何美珍解释道："这几天，你爸他老是说一些以前的事情，还有过世的人，都说人一旦老是回忆过去，回想去世的人，那他离离开这个世上也不远了，所以他想回家就回去吧。"

"行吧，爸要是真想回去就回去吧，不过他要是回去了您肯定是要跟着的，您也回去吧，您不在身边照顾他，他这心里其实也是会惦记您的，我知道您也不放心他一个人回去。"苏庆春最后终于下了决定。

何美珍确实也不放心苏铁军一个人回去，但是她也知道上海这边也需要她，她做事情还是很有分寸的，直接说出来回去肯定不太好。

"那我回去了，你们这边怎么办啊？"

"我们这边自己想办法吧，以前您不在上海的时候不也是这么过嘛，小培，你看这样行吗？"现在问题抛到了黄小培这里了。

她犹豫了一会说道："行吧，妈，确实您不回去大家都不放心，我这边我会想办法的，大不了补习班的课我让他们少排些就是了，就是爸那边，我和庆春也没法回去帮忙分担，就要辛苦您了。"

"嗨，说什么辛苦啊，老伴老伴，不就是老来的伴，最后的依靠嘛，这时候这个任务就是我的，也是我应该的，我也很乐意。"何美珍语重心长地说道。"行了，那就这么说定了，要不这周六莽子你就送我们回去吧？有时间不？"

"这周六下午我有时间的，到时候周日我请个假，让别人帮我查下房。"

"好，那就这么说好了，时间也不早了，你们也早点休息去吧。"说完何美珍便起身回房间了。

297 农村的亲情

到了周六，苏庆春早早查完房便回家了，但到家已经是10点多了，他买好了下午1点多回老家县城的动车票，何美珍一大早便做好了中饭，等苏庆春回来一家人吃了中饭便打车去车站。

不知道是不是应了那句话，当一个病人知道自己得了绝症以后，病情会急转直下，因为心理承受不了那个打击。

苏铁军就是这样，自从知道得了胃癌，即使苏庆春已经解释了不是很重，但是他自那天开始就不怎么吃得下东西了。现在每餐只能偶尔吃一点点面条，精神状态也不是很好，不怎么愿意说话，但是好在走路还是可以的。不然回家都只能打车了。

这两天何美珍生怕苏铁军的情况恶化坐不了车，急切地想早点回家，终于等到这天了，他们也算是安然地上了车，路上苏铁军又遇上了腹部疼痛，好在有苏庆春在，及时吃止痛药，也算是得到了缓解，何美珍这才安心。

下午4点多，他们到了县城，原本苏庆福答应借他朋友的车来车站接他们的，但是他又临时变卦了，说是朋友的车没借到，自己索性人也不来了，没办法，苏庆春临时叫了个滴滴。总算是安全地把父亲送回了家。

安顿完父亲苏庆春本来想第二天一大早就坐车回去的，可姑妈听说苏铁军得病了，说想带着那些表哥们一起来看看父亲。

姑妈有三个儿子，假如表哥、表嫂还有姑妈和姑父一起，再带个孩子那就是不少人了，再加上本身家里的人，那人数可多了，这一来就要吃饭，苏庆福也不会做饭，这又要累到母亲了，苏庆春怜悯母亲，于是决定改签下午的票，中午在家接待亲戚们。

到了周日上午，在苏铁军镇上租的房子里，不知道为什么陆陆续续挤满了七大姑八大姨，其实很多人苏庆春都不知道多少年没见了，甚至有些只是听说过，有带着活鸡和鸡蛋来的，也有提着一箱奶来的。

母亲看到他们来也是很意外，因为压根没跟他们说过父亲的事情，一问，有些说是听人说的，有些说是姑妈说的，但是无论听谁说的，既然人家有心来了，那就是人家的一片心意，自然要好好款待，不过他们来了以后大多数都是去父亲房间走了一圈就出来的，最后都围着苏庆春，并带着各式各样的检查报告单给他看。

很多检查单都是几年前的，甚至还有些是折得旧了都看不清字迹的，你一言我一语的，把苏庆春围得都出不去。

何美珍原本还纳闷了，平时也没见这些亲戚来走动，怎么听说苏铁军病了这么好心来看望，原来看望病人是假，看病才是真啊。

反正家里养的鸡，或者是一箱奶，也不花不了多少钱，这还有一顿吃的，还看上了上海专家，何乐而不为呢。

但这可苦了何美珍了，原本她以为也就大姑子和一些外甥过来，没想到来了十几个实在是不太走动的亲戚，而且这些人里面有好些之前跟何美珍都有过节的。

这过节其实也跟由苏庆春引起的，当初苏庆春读书的时候，他家里穷，一到开学就没钱，经常都是人家上了几天课，苏庆春还在地里干活，直到老师来催了，才去学校，其实倒不是何美珍不让孩子去，而是因为她一直在筹钱。

那时候农村的收入就是靠农作物收成，可是读书的时间又不是跟着农作物收成走的，所以一到开学前何美珍就要想办法凑学费，到处借钱想着等收了地里的庄稼就还。

这些人她都找他们借过钱的，何美珍可是记得很清楚的，可是这么多亲戚就没有一个人肯借钱给她的，甚至有一些人还挖苦着："读什么破书啊，又读不出什么东西来，最后还不是当农民，而且，就你们家，别说没钱，就算是有钱也不会借给你们啊，你们还得起钱吗？"

这些话可都是刻在何美珍的心里，就像扎了心一样的疼。现在倒好，有病了知道来找了，何美珍可是不太高兴了。加上家里原本准备的菜根本就不够。别说菜了，就连准备的瓜子、花生都很快被吃完了。

在何美珍看来，这些人就是农村那种最爱占小便宜的妇人，别说吃了，估计吃的同时还往口袋里装点走的那种。何美珍压根就不怎么想招待她们，所以她大声喊道："庆春，我们这里准备的菜没了。"

她本意其实是不想留这些人吃饭的,是真的他们跟自己的交情和行为不值得做这顿饭,可在里面被围得水泄不通的苏庆春哪里听得到母亲的声音啊。

何美珍见状费了好大的劲才挤到苏庆春的身边,她大喊道:"庆春,先别忙了,先去买点菜吧,菜不够了。"

这话按理说,一般识趣的人都会说句:"别忙了,我们坐坐就走!"可并没有一个人说。倒是有人说道:"欸,美珍,买菜这种事情你就自己去吧,这事情哪里劳烦得了庆春啊。"

"是啊,要不让庆福去,庆春这好不容易回来一趟,我们也好找他看看病。"

"就是啊,美珍,你忙你的去吧。"

就这样七大姑八大姨你一句,我一句的,不知道怎么地,很快又把何美珍挤了出来。何美珍一脸的无奈。

苏庆春看情况也知道母亲就算是买菜也做不了这么多人的份。他大声喊道:"妈,你别买了,我们中午就找家饭店吃吧。"

这话其实何美珍就算听到了,但是也当没听见,外面吃,这么多人得多贵啊,何美珍可是知道的。她没停下来,直接往外走,其中一个约莫60来岁的女人,看到何美珍还在走,便拉着何美珍说道:"美珍,别走了,你没听庆春说下馆子啊,还买什么菜啊。"

这时何美珍才看清楚拉自己的人,"哟,这不是三嫂嘛,我开始还没发现你来了呢,怎么你也有时间来啊?"

"这不是听说铁军生病了嘛,自然是要来看看的。"

"您还有时间来看我们铁军啊,真的难得啊。"

"不是听说庆春来了嘛,我正好前段时间医院检查了个病,让庆春看看。"

"我怎么记得当初是谁说我家庆春一辈子都是农民的命,不会有出息的,有钱也不借的啊?"

"呵呵,美珍,你看你这多少年的事情了,还记着干吗啊,那我不是说笑嘛。"对方笑着说道,"赶紧回来休息下吧,别忙了。"

这么多人,至少得有两桌,何美珍知道自己一个人做饭是做不来的,既然他们没打算走,那也没办法了,虽心有不舍,但目前也只有外面吃了。

家庭聚会

在苏庆春大摆两桌宴席招待这些七大姑八大姨的同时，上海的一套老房子里也在享受着一家人的团聚，只是跟那里的热闹比起来，这里显得非常安静。

这是一套位于徐汇区的老公房，房龄有四五十年了，房子很小，只有两室两厅，说是两厅其实也就是在客厅和入户门中间有个小小的吃饭的地方而已，总平方不过 60 左右，这房子的主人便是蔡君梅的亲哥哥蔡君青。

由于蔡君青常年来都是一个人，而蔡君梅女儿也常年在外地，所以他们夫妻俩跟哥哥约好逢年过节都在一起过热闹些，平时在时间允许的情况下一个月也一起吃个饭。

蔡君青平时也很忙，很少在家里吃饭，他的生活起居洗衣做饭这些事情都是依赖保姆，他又不喜欢家里有其他人，就没让保姆居家，而是每天准时晚上来做饭，打扫卫生，周末保姆才一直在的。

此时厨房里保姆和蔡君梅在忙碌着午餐，只见她边端着已经炒好的菜到桌上一边喊道："赶紧过来吃饭吧。"

话音刚落，正在客厅闲聊的蔡君青和蔡君梅的丈夫谭大伟悠闲地走了过来。

两人都戴着眼镜，只是其中一位长得比较高，非常清瘦，头发有些白，消瘦眼角的皱纹就更加明显，但是身姿却很挺拔，看上去也不过五六十的样子。而另外一个是中等身材，有些微胖，比起前面一位，这位虽然皱纹没那么明显，头发也没有那位白的多，但他却有些秃，显得油腻了一些，光从外貌来看，似乎看着年龄是差不多的。

那位有些消瘦的男人走到了蔡君梅旁边坐了下来，并招呼道："大伟，坐吧。"这位正是蔡君青，而那有些微胖的正是蔡君梅的丈夫。

谭大伟听到大舅哥说话后，便靠着蔡君梅那边坐了下来。桌上实际只上了两个菜。

"先慢慢吃吧，不然一会冷掉了。"蔡君梅说完又抱怨道，"哥，我真搞不懂你，干吗不搬去那边住啊？这里太旧了，你看光线这么差，我每次开车来到楼下连停车的地方都没有。"蔡君梅几乎每次来都会抱怨蔡君青住的地方。

其实蔡君青并不是没有大房子住，这房子是80年代的时候他单位发的，而在他儿子结婚的时候在浦东也是买了一套三室两厅的新房子，那房子地段很好，主要是高层，有电梯，蔡君梅现在住惯了电梯房，每次来这里走楼梯都感觉很费劲。

自从儿子过世，儿媳妇带着孙子走了以后那房子一直就这么空着。

"那房子是留给思凡的。"

"问题是思凡跟他妈现在在国外，也不会住，以后我估计也不会住的。就算是会回来住，你们住在一起不是刚刚好嘛。"

"我住不惯那里，而且我们老人家跟年轻人住一起干吗啊，要给年轻人空间。"

"你也想太远了吧，我估计思凡都不会回来了。"

"他回不回来那房子我也要给他留着啊，我觉得这里挺好的，"蔡君青说道，"不说这个了。对了，大伟，你们教育档口是不是打算在我们医院旁边新建个九年教育的学校啊？"

"是啊，你怎么知道的啊？"

"我也是听一朋友说的，对了，他还说她有个侄女明年师范毕业想考那里的老师，问我大概这个学校什么时候能建成。"

"这都问到你那里去了啊？"

"是啊，我也是纳闷了，我哪里知道这学校什么时候建成啊？他这是想要我到你这个教育部副局长这里探口风啊。"

"现在人消息可是灵通啊，那个学校其实只是刚刚批了不久，要建好的话还真说不好呢，哥，要不等到时候有消息了我再告诉你。"

"不管他了。"蔡君青说道，"这样的事情本来我也不愿意理，我只是顺便问下而已，他那边我早就回绝了。"

"哦，呵呵……问你的人估计也不是你熟人啊，不然怎么会向你打听这个事情啊？"

"是啊，也是那边医院的一个主任，平时也不联系的，只是听说你在教育局，就来问问，我当时也是莫名其妙。"

"呵呵，现在这些人啊，有点关系就无孔不入啊！"蔡君梅叹道，"他也不事先搞清楚你是什么样的人，就瞎打听。"

"是啊，要是学术上的事情问问我还行，问这个我真是头疼啊。"

"就是啊！"

"不说他了，对了，你是不是也快要退休了？"

"是啊，后年吧。"

"真快啊，那你怎么打算的啊？"

"嗨，也没什么打算，我们跟哥你不一样，你是就算升上去了还在一线忙，我自从调到教育局以后，都30年没教书了，退休了也就退休了。"

"也好的，退休了正好可以好好休息一下，不过现在还早，有的是时间考虑。"

"是啊！"

话说着的时候保姆正好又端上了一道菜。

"你们先吃，我锅里还煲着汤，马上就好。"

"行，麻烦你了。"蔡君梅说道。

"客气了。"保姆离开不久又端来了汤，并微笑着朝大家说道："蔡院长、谭局长、蔡主任菜都已经上齐了，你们可以吃饭了，两个小时以后我会回来收拾碗筷，你们慢吃。"

"小张，要不你今天就在这里吃饭吧？"蔡君青说道。

"不用了，谢谢了，你们慢用。"小张边脱围裙边回道。

说完保姆小张便轻轻地关上门离开了。

"再见啊！"蔡君梅朝外面的小张挥挥手，之后又转回到饭桌说道，"哥，这小张还是每天回家吃完饭再回来？"

"是啊。"

"这样不是很麻烦嘛，在这里吃就是了，她这样回去吃饭还要骑二十多分钟的车子。"

"是啊，我反正一个人吃不了多少的，之前就跟她说了可以单独盛点菜出来她自己吃，她说不合适，我也就是不强求了，也好，不然我们两个人一起吃饭也挺怪的。"

"有什么好怪的啊！"
"坐在一起没话说，她也拘束。"
"那倒也是，小张也算这些保姆里面比较有分寸的了。"

《红楼梦》主人

蔡君梅说到保姆这才想起来何美珍,何美珍不光是哥哥这些年雇的保姆里面最好的,也是她最佩服的、喜欢的。

她突然说道:"哦,对了,哥,我突然想起一件事。"

"什么事啊?"

"小美姐你还记得吗?"

"哪个小美啊?"蔡君青边夹菜边问道。

"哥,你忘了?这个小美就是以前在我们老房子里帮着你带孩子的保姆啊!"蔡君梅停顿了一会儿回忆道,"当时我记得小宇和笑笑还很小呢。"

"哦,笑笑应该都是刚刚出生不久,我记得夏天来的时候她老是把笑笑放大脸盆里玩,那时候笑笑应该还没学会走路呢。"

"保姆?之前带过小宇和笑笑的保姆换过一波又一波,这一时间还真记不起来你说的是谁了。"

在蔡君青家当过保姆的人还真是不少,特别是当年他和妻子离婚以后,孩子基本都是靠保姆,可是蔡君青对保姆要求也高,所以别说这么多年了,有时候就算是一年内他都可能会换好几个保姆,这蔡君梅突然说起一个保姆来,蔡君青还真不记得,更别说这保姆还是孩子那么小的时候,这可是有些年头了。

蔡君梅一听蔡君青不记得,有些急了,忙解释道:"你不可能不记得啊,她跟别人不一样,她不像一般的保姆,她来到时候我记得前嫂子还没跟你离婚。"蔡君梅停顿了一会儿,想了想,又说道,"那时候她给我的印象就是很喜欢读书,只要一有空就看书,我第一次在你家里看到她的时候,就是看到她一边择菜一边看书,当时我就笑了,想着一个保姆居然看书,本来还以为她在装模作样,结果人家居然看的是庄子的《齐物论》，还跟我说她想要参加高考啊，我记得你也很支持的啊，她走以后你还好几年都会念叨她的啊。"她尽量用更多的信息来提醒蔡君青。

蔡君青一听，脸色一下子就变了，明显已经想起来了，他突然放下了筷子，问道："你说的是何美珍？"

"她的全名我还不知道，就听到你和前嫂子叫她小美。"

"那就是她了。"蔡君青面色凝重地回道。说完，似有所思，然后调整好情绪又问道："你怎么突然提起她了？"

"我前几天在医院见到她了。"

"你碰到她了？"蔡君青惊讶不已。

"是啊，你说巧不巧啊？她居然是小苏的妈妈。"

"小苏？哪个小苏啊？"

"就是现在在我组上的那个苏医生，老陶的学生啊，最近他不是有个实验我觉得有点问题还在你那边做嘛。"

"哦，你说的是那个小伙子啊，听老陶说人不错。"蔡君青这时已经调整好状态，故作镇定地回道。

"是啊，人是不错。"

之后他又觉得不对，"欸，我怎么记得那个小伙子年纪也不小啊，她就有这么大的孩子了？"

"是啊，我当时也很意外，我记得她也比我大不了几岁，小苏好像是80年生的，今年算起来虚岁都有40了呢，

"她在我们家的时候我记得很清楚那时候我还在读初二，算起来那年应该就是79年吧？那时候她都还没结婚，没想到那么快就生孩子了。"蔡君梅慢慢说道。

"嗨，这有什么奇怪的啊，农村人生孩子就比较早。"蔡君青倒是不奇怪，一副理所当然的样子。

"别人生孩子早我不奇怪，当时我不是看着她一心想要读书嘛，那时候我可是很崇拜她的啊，记得我有什么题目不会做都请她教的，她都会，感觉她真的好厉害，独立性也强，学习成绩也好，人漂亮温柔，有礼貌，她当时真是我学习的榜样啊。"

"是嘛，一个保姆当时居然是你学习的榜样，这么厉害的啊？"谭大伟在旁边听着两兄妹谈话也插了句嘴。

"她可不像一般的保姆，她真的是厉害，我记得有一次我去我哥家做

作业，有道题不会正犯难呢，就放在那里，打算等我哥来教我，没想到她看着我为难的样子，问我后，笑了笑，马上给我解答出来了，而且还写了两种方法，当时我就惊呆了，你想想，一个乡下来的保姆，能快速地做出初中最后一道题，而且还是多种方法，就这样让我从此刮目相看了。"蔡君梅说完又补充道，"问题是她不光数学好，语文也很厉害，第一次我看到她看庄子的《齐物论》，之后还发现她记忆力也是超级好，特别是古诗词，她只要看过的都能背下来，主要是她还写的一手好字，你说特别不？"

"一个保姆，真这么神吗？"

谭大伟怀疑地看着蔡君梅，"你是太夸张了吧？"

"是真的，她确实很特别，你别看她是农村来的，但是以她当时的能力确实很多城里的姑娘都不如她。"蔡君青帮蔡君梅解释着。

"你看看吧，我说的话不信，我哥的话你总信了吧？不然你以为普通的一个保姆我能记这么久啊！"

"那真是难得啊，在那个年代，别说农村人，就算是城里的姑娘能读那么多书的都不多啊！用现在的话来说，她就是学霸保姆了。"谭大伟感叹道。

"是啊，不过她有那样的能力其实也不意外，听说她爸爸原本是大学教授，小时候也是住在城里的，后来很早过世了，所以没法继续读书，跟着哥哥和母亲一起回到了乡下老家，但是她以前是打好了基础的。"蔡君青把她的身世如数家珍地告诉了谭大伟。

"哦，难怪啊，我说呢，原来她是大学教授的女儿，那她后来怎么当了你家小保姆啊？"

"嗨，也是巧合，那时候她自己呢家里没钱，一个女孩子母亲逼着结婚嫁给了一个文盲，她自己不乐意就逃到城里了，她一个小姑娘没什么能力和人脉，就只有找保姆的工作养活自己了。"

"哦，原来是这样的啊，这么说来她的命运是挺凄惨的。"

"是啊，也算是苦命人吧。"蔡君青深表赞同。

发黄的信

蔡君梅在一旁看着两人对何美珍的身世都表示了同情,于是她也呼应道:"就是啊,她真是个可怜人啊,要是她父亲没那样,怎么可能去给人家当保姆呢。"

"哥,你知道吧,她后面突然走了,我一直以为是她为考大学做准备呢,"蔡君梅说着自己的想法,"没想到她居然是回家结婚生孩子去了。"

蔡君梅说完还摇摇头,"实在是太可惜了,她那么好的基础啊!"

"你怎么知道人家没去高考啊?"

"去高考了能那么早生孩子啊?"

"兴许考了没过呗?"

"不可能,别人过不了我还相信,她,不可能,她只可能说是考不到理想中的好学校,不可能考不上的。"

"那就没有考到理想的大学,就没去了。"

"她那个时候的条件哪里有的选啊,能去肯定会去。"

"那可说不好,按照你们说的,她家里的情况那么糟糕,肯定是要考不花什么钱的学校,要是考到了花费大的怎么上得了啊?"

蔡君梅和谭大伟是你一言我一语地分析着何美珍以后的生活走向。

"大伟说的对,这也没什么不可能的,兴许就是考了没过,或者考到了,没钱去呗,那就只有结婚呗。"

"就是啊。"

"可是我怎么感觉不可能啊,她那个时候意志那么坚定,肯定是会做好准备报考一个是师范类免学费的学校啊。"

"哎,这没什么好纠结的。"蔡君青看蔡君梅一直纠结,说道。

"哥,你是没看到她,你要是看到了就不会这么说了,现在的她就是个农村妇女,一点都没有当年的样子了,我当时都差点没认出她来,所以也是特别为她惋惜啊。"

"有什么好惋惜的啊,按照你说的,她不是培养出来了一个医学生儿子嘛。"谭大伟说道。

"是啊,挺不错的啊,一个农村妇人培养出这样一个儿子,算是跟她本身也有关系的,一般人也没几个有这个能力了。"

"那倒也是。"蔡君梅说道,"对了,哥,她现在人就在上海给小苏带孩子,我还想约着什么时候我们出来吃个饭,老朋友叙叙旧呢?你看可以吗?"

蔡君青犹豫了一会,说道:"叙旧就不必了吧,这么多年没见了,大家的生活环境都不一样了,也没什么话题了,见面只会尴尬。"

"那倒也是,你要是觉得没必要就算了吧。"

说完三人继续吃饭。

一般蔡君梅夫妻来蔡君青家吃完饭稍作休息就会回家,等他们回家以后,蔡君青准备躺下午休的时候突然想起了何美珍。其实刚刚蔡君梅提出要跟何美珍吃饭的时候,他犹豫了。

他内心是想见见何美珍的,但是又感觉这么多年不见了,很多事情都变了,再见面很多美好的东西破灭了,所以就想把以前的美好回忆埋在心里就好了。可一想到何美珍现在就在上海,让他不自觉地想起了曾经跟何美珍的那段露水情缘。

想到这里,他突然坐了起来,打开抽屉,从一本书里翻出了一封信,一封封面都已经泛黄,但是却看不出一丝折痕的信。

信封上用正楷体写着:蔡君青收

蔡君青呆呆地看着封面,并没有打开里面的信查看,就这样他望着那信封都出了神,往事一幕幕又浮现在他眼前。

那时候蔡君青和妻子的关系非常糟糕,一直在闹离婚,何美珍的出现确实让蔡君青感觉到了温柔贤惠的真实意思,那时候的何美珍帮着他带两个嗷嗷待哺的孩子,一度让蔡君青有错觉,跟那个天天不顾孩子眼里只有权势的母亲比起来眼前的这个姑娘才真的是更适合当两个孩子的妈,因为孩子的这个妈真的不如保姆,甚至孩子都不愿意妈妈抱,每天都是缠着何美珍。

那天晚上蔡君青跟妻子吵架之后确实喝多了,但是喝多了其实并不能让他乱性,可能真的是情意相通吧,他也能感受到何美珍对自己的爱意，可是那一晚他就后悔了，因为他其实是知道何美珍在老家已经跟别人结婚了，而他自己也是已婚之人，他们这样算什么？

他觉得是自己不尊重何美珍，后来他也打算马上离婚，想等着离婚以后便跟何美珍说，让她也离婚，算是给她一个交代。可是还没等蔡君青把话说出来，一天她自己请好了一个保姆，留了一封长信便离开了。

这封长信便是蔡君青收藏在抽屉里保护得极好的那封信。

他没有打开读是因为那里的文字他已经滚瓜烂熟了，还有就是后悔自己没有及时处理这件事情才导致何美珍不告而别。

后来，有很长一段时间他都很想念何美珍，离婚以后也曾想过去找她，但是当时那样的情况，他怎么去找何美珍？不管孩子，不管工作去找？能不能找到？即使找到了，他该怎么办？当时何美珍的情况他很清楚，假如何美珍跟信里所说的一样在乡下好好过日子，那孩子都有了，自己就这么去找她又值不值得呢？

所有的权衡之后，他还是没去找何美珍，这么多年妹妹蔡君梅一直劝他离了婚再找个老婆，但是蔡君青一直没找，一是他觉得再也找不到像何美珍那样对孩子的后妈，怕孩子受委屈；二是他也觉得再也找不到像何美珍这样跟自己这么有契合的人了，怕自己对比，活在别人的回忆里，这对那人也是不公平的。与其这样将就，还不如好好抚养孩子。

当然这一切妹妹蔡君梅都不知道。而现在蔡君青听到蔡君梅说何美珍孩子的事情，他也庆幸自己当初的决定了，假如去找了，那估计看到的只有她一家三口其乐融融的场面了。

想到这里他不禁笑了笑，然后慢慢地把信封小心地放回了原来的书里。

那本珍藏何美珍信的书正是锡剧版《三请樊梨花》。

合上书的那一刻，他才想起来，蔡君梅之前把她嘴里可能是何美珍儿子的那位医生的文章给自己看过，依稀记得他叫苏庆春。

"庆春……"蔡君青念了一遍他的名字，"庆贺新春！"说完他就感觉不对劲，小声念叨着，"80年的，庆贺新春。"

于是他连忙在抽屉里找之前蔡君梅给他的材料，翻找了半天却没找到相关的资料。

核对年龄

何美珍儿子的信息蔡君青没找到，但是他在家里越是细想，越着急，于是他匆忙地拨通了蔡君梅的电话。

"到家了吗？"

"还没到呢，怎么了？"

"你刚刚说你科里的那个小苏，就是小美的儿子是叫苏庆春吗？"

"是啊，哥，怎么了？"

"他叫庆春，是80年生的，庆春是指春天的时候生的意思吗？"蔡君青问道。

"这我不是很清楚诶，应该是春天生的吧。"

"他具体几月份出生的你知道吗？"

"这真的没注意。"

"你那不是有他申请的项目吗？里面应该是有身份信息的，你回家看下具体他是几月份生的，回头发给我。"蔡君青焦急地问道，电话里都听得出来那急促的呼吸声。

"啊？你突然问他什么时候生的干吗啊？"

"哦，没什么，我就好奇随便问问，你帮我查下看。"蔡君青这时才稳定下来情绪。

"哦，那我到家的时候打开电脑看下，再发给你吧。"

"嗯，回去就发给我。"

"哦。"蔡君梅挂完电话还一脸疑惑地说了句，"我哥真是奇怪啊，莫名其妙问我小苏哪个月生的。"

"哪个小苏啊？"谭大伟问道。

"就是刚刚我提到的那个小美的儿子，我们科那个医生。"

"哦，问他干吗啊？"

"就是啊，我也觉得奇怪。"只见蔡君梅眉头紧锁，没再说话了。

蔡君梅听到蔡君青问苏庆春出生年月的事情就很奇怪，不过哥哥是什么性格她也是知道的，只要是他不想说的，怎么问他也不会说，所以回到家她就照做了。

其实当年关于何美珍的事情，蔡君梅知道的也很少，就知道她喜欢读书，关于她之前结过婚的事情是一概不知的，就连她父亲以前是大学老师的事情她也是今天听蔡君青说才知道。

原本她对何美珍的出现只是觉得老友碰面而已，既然哥哥说不聚就不聚了，但是这之后哥哥的表现又显得这么的关心，这又是为何呢？但是当她看到苏庆春的出生年月以后，她惊讶不已。

蔡君梅把苏庆春的出生日期发给蔡君青后陷入了深思。哥哥离婚以后不结婚对此蔡君梅一直很疑惑，当年何美珍突然离开她也很奇怪，因为当时以他们的关系，要走按理也会说一声，而哥哥当时有两个孩子要照顾，也是很需要她的，按理说哥哥也会挽留，可不知道发生了什么事情突然就走了。

现在提起她，哥哥虽然还算是正常，可之后为什么又突然问她孩子的出生年月呢？而苏庆春的出生年月也让人很奇怪。因为她记得很清楚，7月份何美珍还在上海的。这苏庆春怎么可能是隔年3月份生的？这个出生日期是不是错了？

她安慰着自己，可能这个出生年月错了，毕竟那个时候户籍管理还不算很严格，出现错误也是正常的，自己的身份证出生年月就是错的。

可她转而又想，假如苏庆春的出生年月没错，这孩子会是谁的呢？当时在上海也没听何美珍说过有男朋友之类的。

同一时间，蔡君青收到妹妹的短信。"19800204"

蔡君青看到这个信息后整个人原本是站着的，突然愣坐在沙发上了。

这个周末，这个聚会，让两兄妹陷入了一场猜疑战。

苏庆春那边，周日中午吃完饭送走了这批七大姑八大姨之后便紧急返回上海。

这一次的离开，苏庆春在父亲睡的房间多坐了一会，他知道可能跟父亲相处的时间会越来越少了。

回到上海，他又进入了正轨，现在黄小培那边周末都带着苏子轩一起去补习班。

周一，查完房以后，苏庆春开始为下午的手术做准备，而同时他也发现这次医院评职称的消息出来了，还真的跟蔡君梅之前说的一样，这次有了大的变动，对苏庆春来说是个机会，虽然时间还有两个来月，但是他这边的文章还没有发，他急需要通过这篇文章来证明自己的实力。

蔡君梅那边虽然是答应帮自己，但是之后又一直没下文，他又不好意思直接问，毕竟人家是帮忙。正在他犹豫是否要去问蔡君梅的时候，突然蔡君梅喊了句："小苏，你忙吗？"

这简直是绝好的机会啊，苏庆春连忙站起来回道："还好，我这边正好忙完了。"

"哦，我昨天看了下你之前申报的一个项目，看到你是 1980 年 2 月 4 日生的，是吧？"

"对啊。"

"你这个身份证数据是真实的年龄吗？"

"对啊，没错，"苏庆春说道，"不过那日期是农历的，我是二月初四生的，我们老家那边那个时候大部分都是按照农历来的，呵呵……"

"哦，那阳历大概是几月份啊？"

"我出生那年过年比较晚，阳历已经到了 3 月 20 日了。"

"3 月 20 日！"

蔡君梅听到后，脸色一沉。

"是啊，听我妈说我出生那天是春分，在农村春分是播种的季节，所以取名叫庆春。"

"那你知不知道自己是不是早产儿啊？"

"早产？"

"是啊。"

"没听说啊。"苏庆春一脸疑惑地问道，"蔡主任，你怎么突然问起这个啊？"

"哦，没事，我就是之前看到了一个项目比较适合你，但是它是有年龄限制的，就看了下你的年龄，不过按照你这个年龄就不太合适了，不过正巧我发现你这个身份证日期跟我老公的生日是一样的，所以就问问你这个生日准不准。"

"跟您老公一个生日啊？"

"是啊，他也是农历的，我老公刚刚好比你大 18 岁。"

"哦，这么巧啊？"

"是啊，还挺有缘分的。"

"呵呵，是啊。"

"那没事了，你先忙吧。"

蔡君梅说完便想转身离开，苏庆春见状，喊道："蔡主任。"

"怎么了？"

"呵呵，我今天看到院里评职称的消息出来了。"

"哦，出来了是吧？"

"是啊，我看条件还好，就是可能最好是我那文章出来，就好点。"苏庆春委婉地表达了自己的想法。

"哦，你文章那事情我待会去催催看。"蔡君梅也心领神会。

"谢谢蔡主任了，辛苦您了。"

"没事。"

生父浮出水面

蔡君梅说完正准备转身的时候，犹豫了一会，最后还是又转了回来朝苏庆春问道："对了，小苏啊，你爸爸出院了吗？"

"哦，出院了。"

"你看这几天我也是实在忙，你爸爸住院我也没时间去看他，你看什么时候你方便的话我去你家看看你爸和你妈。"

"哦，谢谢蔡主任了，您的好意我心领了，不过我爸妈已经回老家不在上海了。"

"啊？回老家了？不是说你爸和你妈一直在上海吗。"

"是啊，但这不是我爸现在病了嘛，他的情况不也是很好，所以他自己想回去了，我也不好拦着，回去就回去吧，老人的心愿总该满足。"

"哦……你爸的情况你也别太难受了。"蔡君梅之前已经听苏庆春说了他父亲的病，便安慰道。

"我知道，都这样了，难受也没什么用了，总要面对现实。"

"是啊，哦，对了，那你妈还在上海吧？我去单独看看她也一样。"

"她也回去了。"

"啊？她也回去了啊？她不是给你带孩子吗，怎么也回去了啊？"

"本来是给我带孩子的，但我爸一个人回去我也不放心，她要照顾我爸的，我弟弟那个人自己都照顾不了，我也不放心他。"

"哦，那倒也是，你爸爸的照料你妈是最合适的人选。"

"是啊，所以没办法了，只有让我妈回去了。"

"哦……"蔡君梅拖着长调，之后又若有所思地补了句，"小苏啊，你妈跟你说过我们之前碰到过一次吗？"

"哦，说过了，说是她来科里找我的时候正好遇上了您，是您告诉她我上手术的。"

"是啊，那天真是巧啊，我远远的就看到了你妈，最重要的是，我走近以后才发现我跟你妈以前是认识的，这个你知道吗？"蔡君梅试探性地问道。

"啊？您之前认识我妈？是她之前就来过我们科里找过我吗？"

"不是，我认识你妈很久了，应该有几十年了。"

"几十年？不会吧？"苏庆春一脸疑惑地问道，"我妈以前一直在老家啊，你们怎么会认识呢，难道您是什么时候去过我们家那边玩吗？"

"不是，她没告诉你，我们之前认识吗？"

"没有啊，您是不是认错人了？按理说我妈一辈子都待在老家，您一直在上海，不可能认识的啊。"苏庆春还是不敢相信母亲与蔡主任原本相识。

"没有认错，那天我看到她的时候我们就发现互相相识了。"蔡君梅肯定道。

"我妈当时也认识您？"

"当然认识啊，当时我们还聊了一些以前的事情呢。"

"这样啊，那是很奇怪啊，我妈怎么会认识您呢？什么时候认识的啊？"

"这说起来就是好遥远的历史了，我认识你妈的时候算起来那应该都是40多年前的事情了，那时候她还很小很年轻，有一点可以肯定，就是我认识你妈的时候你都还没出生，"蔡君梅娓娓道来。

之后她又看着苏庆春似乎对母亲这段经历丝毫不了解的样子，问道："你妈之前就没跟你说过在你还没出生的时候她来上海工作过吗？她应该不是跟你说的一样一直待在老家从未离开过的。"

蔡君梅这一说，苏庆春脑海里一下子就想起来母亲说自己身世的事情，眼前似乎浮现出了母亲讲自己身世的那个表情。

一时间他感觉自己像做了什么坏事被人发现一般，心跳加快，脸也刷红了。

蔡君梅看苏庆春表情不对，继续问道："她真的就从来没提起过之前的往事？"

苏庆春感觉现在蔡君梅的问话就像在窥探他的身世一般，他迟疑了一会，回道："说是好像说过，不过好像也没待多久吧，所以我也没太注意过，而且是好多年前的事情了。"

"是啊,她当时确实待的时间不久,大概也就几个月吧,但是我们当时却很聊得来,我当时把她当自己的亲姐姐一样看待,可是谁能想到你居然是她的孩子啊。"

"那您当时是怎么认识我妈的啊?"

不知道是出于对自己身世的好奇还是出于对母亲过去事情的好奇,他还是往下问了,但是问完他并没有很期待得到答案,而是默默地低下了头。

"一切都是那么的巧,那时候你妈来上海当保姆,正好就是在我哥哥家,她给我哥带两个孩子。"

苏庆春简直就像是听到了一阵爆炸声一下,耳朵嗡嗡作响,这个回答简直是瞠目结舌啊,让苏庆春惊讶不已。他大声问道:"您说的我妈当时是到蔡院长家当保姆?"

"是啊!是不是感觉太巧了啊?"蔡君梅问道。

苏庆春看着蔡君梅停顿了一会儿回道:"是啊。"

此时的苏庆春已经没有心思听蔡君梅说话了,他甚至后悔刚刚自己的多嘴一问。

"虽然说当时你妈在我哥家工作时间不长,但是当时我们的关系真的很好,我们经常一起聊人生,谈理想,后来她突然走了我都很难过,可是谁也没想到我们在40年后的今天还能再相遇。

"实在是太巧了,而且最巧妙的是你居然是她的儿子,呵呵……这世界有时候真的是很奇妙啊,人都说地球是圆的,人和人之间的缘分是上天注定的,无论你怎么折腾,经历过什么,只要有缘离得再远也会相遇,你说我和你妈是不是就是有缘啊?"

苏庆春还在刚刚蔡君梅说的话里没抽离出来,根本没听到蔡君梅在说什么。

蔡君梅看苏庆春一直愣在那里没回应自己,便又问了句,"小苏,你说我和你妈是不是很有缘分啊?"

这时苏庆春才反应过来,笑着回道:"哦,是啊。"

虽然回答了,但是却没有走心,此时苏庆春脑子里只有母亲之前说的:生父是当时所在住家的东家,那是不是意思是自己的生父就是蔡院长?

这简直是太不可思议了,他不敢相信眼前听到的一切,他很想马上就打电话回去问问母亲蔡君梅说的话是不是真的。

这边蔡君梅还在说着:"本来我那天跟你妈碰到的时候两人就约好了什么时候有空一起出来吃个饭,叙叙旧,但是没想到你妈就这样回去了。等你妈什么时候回上海了一定记得跟我说下,我要请你妈吃个饭。"

正在这时候,突然听到:"苏医生在吗?"

"有人在叫你,那你去忙吧。"

"哦,好。"

303
认祖归宗

就在苏庆春起身朝病人家属犹豫地走去的时候，这个动作刹那间，蔡君梅感觉神似哥哥蔡君青。

蔡君梅从昨天听到哥哥打听苏庆春的出生年月就开始怀疑苏庆春是否和哥哥有关？

这不是莫名其妙的打听，当时蔡君梅是知道哥哥对何美珍很好，但是具体好到哪一步她并不知道，可这一打听就让两人的关系变得很微妙了，而就在刚刚苏庆春关于出生日期的时候，蔡君梅就更加对苏庆春的身世怀疑了，她是妇产科医生，对于出生时间和怀孕日期她是很敏感的，按照苏庆春的出生年月，蔡君梅闭着眼睛也能推算出何美珍怀孕的时间正是在上海做保姆的时候。

还有何美珍并没有告诉苏庆春她们之间的关系，让她又增加了几分怀疑，毕竟她们当初的相识根本没有必要隐瞒苏庆春，而就在刚刚的那一个瞬间的神似让蔡君梅的怀疑又增加了几分，现在的蔡君梅迫切想知道这一切的真相。

回到办公室以后，她拨通了蔡君青的电话。而昨天知道苏庆春出生年月以后的蔡君青这会也没心思上班，正在办公桌前为此事烦恼。

"哥，你在忙吗？"蔡君梅问道。

"还好，你这时候打电话来是有什么事情吗？"

"我是有个事情想要问你。"

"什么事啊？"

"你昨天为什么突然问小苏的出生年月啊？"

"就随便问问啊。"

"真的就随便问问吗？"

"当然了，不然还能因为什么啊？"

"哥，你是什么人我还不知道嘛，别人的事情你从来不关心，昨天却突然问一个从未见过面的人的出生年月日，你不觉得奇怪吗？"

"你到底想说什么啊？"

"不是我想说什么，而是我想问你，你到底想干什么啊？"

蔡君青听到这沉默了一会。

"小梅，这事情你就别问了。"

"我能不问吗，哥，你老实跟我说你是不是昨天听到小美姐孩子的事情就开始怀疑这件事情了，是不是觉得他的出生年月很奇怪，所以就想了解下具体时间，发现他的这个出生时间按照时间推算小美姐应该是在上海怀孕的，而不应该是回家以后怀孕的啊？"蔡君梅步步紧逼。

"他这个身份证出生年月根本证明不了什么，很有可能写错了，也可能他本身就是个早产儿，那这样的推测就完全没有任何意义。"其实这句话只是蔡君青从昨天到现在一直安慰自己的猜测。

"问题是他的出生日期没有错，也没有早产的可能啊。"

"你怎么知道啊？"

"我今天特意问他了，从昨天你问我他出生年月我就有点怀疑，因为那时候我从来没听说过小美姐在上海有什么相好的人，反而是跟你一直很好，你也一直对她很好，但是说老实话，虽然当时你和我嫂子闹得那么僵，但是我从未想过你们之间会有什么，直到昨天，你问我小苏的出生年月，就让我不得不开始怀疑了。"蔡君梅继续说道，"哥，无论以前发生过什么，也没什么好说的了，但是你跟我说实话，小美姐的这个孩子跟你有没有关系啊？"蔡君梅终于问出了自己的疑惑。

"你不要胡思乱想了。"

"哥，我是你妹妹，你就跟我说实话吧，事情都过去40多年了，我们都快是老年人了，还有什么放不下的呢，你就跟我说吧。"

"这事情都过去这么久了，也没什么好说的。"

"真的跟你有关？"

"这个孩子跟我有没有关系我是真不知道，但是我和她确实有过曾经，但是这个真的不重要了，我昨天其实也只是一时好奇问问而已，你别多想了。"

"哥，这事情怎么不重要啊？假如小苏真的跟你有关呢，假如小苏就是你的孩子呢？"

"事情没有那么巧的,就只有那么一次而已。"

"不管是几次,现在事实摆在面前的是他的出生时间跟那时候是吻合的,还有小美姐的离奇出走不就更加佐证了这点嘛,这已经很明显了。"

"小梅,你别多想了,这世上的事情不会有那么巧的,或者这孩子对于自己的出生也并不了解。"

"那就去问小美姐,小苏不知道情况,他妈肯定最清楚了,你要是不好意思问,我去问。"

"小梅,你别乱来,别去问了,没有这个必要了。"

"怎么没必要啊,他很可能就是我们蔡家的孩子。"

"那又怎么样呢?"

"那还能怎么样啊,假如真是你的孩子,那你肯定要跟小美姐说清楚了,告诉小苏,让他认祖归宗的啦。"

"你别胡闹,这么多年,即使是你说的那样我从未尽到过父亲的责任,而且小美按照你说的也见到你了,你今天既然去试探了小苏,肯定是他并不知道这件事情,证明小美也不想让他儿子知道,那就不要去打扰他们了。"

"这怎么是打扰呢,他是谁的儿子那就是谁的,哥,这件事情你可不能再漠不关心了,这件事情不是小事,而且现在小宇也不在了,假如小苏真的是你的孩子,那你肯定要跟他相认啊,以后也好有人在你跟前养老送终。"

"小梅,我不都说了嘛,先不说他是否是我的孩子还未可知,就算是,那我从未抚养过他,我有什么资格让他养老啊。"

"就凭你们是父子啊?"

"我不需要别人给我养老,你别再胡闹了。"

蔡君梅见哥哥很是执拗,又劝说道:"哥,我跟你说啊,我看小苏那个样子肯定是不知道这情况的,而且我以前就听老陶说过他家的事情,说他爸一直对他不好,这说明什么你知道吗? 说明他爸肯定是一直都知道他的身世的,所以才会这样对他,而且现在他爸爸人也病了,估计没多少时间了,他马上就要失去一个父亲了,那你的出现不正是对他父爱的一种补偿嘛。"

"别说了。"这时候的蔡君青有些犹豫了。

"哥,你别再犹豫了,要不这样,我去找小苏要到他妈的电话号码,到时候你自己亲自打电话给小美姐,你亲自问她吧,假如真的是你的孩子,那你们自己商量要不要告诉他,这总行了吧?"

蔡君青一听,停了几秒,说道:"也行,但是你问小苏要电话号码的时候尽量委婉点,不要让人家孩子觉得有什么不妥。"

"我知道了。"说完,蔡君梅便挂了电话。

304 水落石出

下午的手术，原本蔡君梅计划是不上台的，但是为了了解更多的事情，她决定跟着苏庆春一起上台。

手术台上，蔡君梅带着好奇和追踪真相的心态一直打量着苏庆春，现在的她内定笃定苏庆春跟自己哥哥就是有关系，这么些年侄子过世，侄女国外常年不回，哥哥蔡君青一直都是一个人，她比谁都希望蔡君青能有人去关心照顾他。

所以眼前的这个机会，她是不会错过的，她一定要搞清楚苏庆春和哥哥的关系，现在她是越看苏庆春越像自己的哥哥，眉眼之间也有点像她那死去的侄子小宇，想到这里蔡君梅都有点责怪自己了，怎么自己这些年居然都没发现这些细微的联系。

眼看着苏庆春手术做得差不多的时候，蔡君梅突然温柔地说道："小苏啊，待会你下了手术，记得把你妈的电话号码发给我哈。"

"啊？我妈的电话。"

苏庆春听到后停了一下，之后他又继续手上的动作。

苏庆春其实对这件事情很警觉，因为如果母亲没有骗自己，而蔡君梅说的也是真的，那么从上午蔡君梅的话语里他已经猜到了，蔡君梅的哥哥很可能是自己的亲生父亲，而且这个可能性很大，一切只差他跟母亲核对了。现在这个可能是自己姑姑的人要自己妈妈的电话号码，她是为什么呢？是否也跟自己的身世有关？

蔡君梅其实很想跟苏庆春说她怀疑苏庆春就是自己的侄子，但是她想到了哥哥的叮嘱，所以她笑着解释道："是啊，多年的老朋友嘛，本来想约着吃饭的，现在既然她不在上海了，那我打个电话问候下还是应该的嘛。"

"这，没这个必要吧？"苏庆春明显有些勉强。

"要的,而且我们以前真的是很要好的小姐妹,打个电话问候下,也可闲聊下家常嘛,难得联系上了。"

"我妈就是个农村老妇人,没什么见识的,跟您应该没什么共同话题的。"

"在你眼中你妈妈就是个农村老妇人?"

"是啊,不然她还能是什么呀,她就跟其老妇人一样,能聊的也就是一些家长里短、柴米油盐了,您肯定是不会感兴趣的。"

"小苏啊,那你是看错你妈了,你知道吗?你妈当年可是个学霸啊,我当初都没她成绩好,可以说她当时简直是我的偶像啊,字写得好,数学、语文都很拔尖,这样的人在你眼里怎么就会是个毫无见识的妇人呢?"

"是吗?呵呵……这我还真不是很清楚。"

"看来你妈是很少跟你说她以前的事情啊。"

"是啊,以前在老家她每天都是在干活、做饭,她既没那个时间也没那个心情吧。"

"难怪了,看来你是真不了解你妈妈啊。"

"不过即使跟您说的一样,经过这么多年的洗礼,我妈也已然跟乡下老妇同化了,已经不可能再跟您谈论一些高深的事情了。"

"小苏啊,我们并不是要谈论什么高深的事情,其实只是闲聊家常而已,而且一个人的学识是深埋骨子里的,她的见识、她的谈吐是不会丢的,就冲她培养了你这个儿子就知道她不简单了,还有啊,你是真不了解你妈啊,看来我得空真的要好好跟你讲讲你妈的光辉历史。"蔡君梅说完又补充了句,"对了,下了台别忘记把你妈的手机号码给我哈,这手术也差不多了,我先回科里了。"

"哦,好。"

其实苏庆春何尝不知道母亲跟其他妇人的不同啊,他说的这些只是为了让蔡君梅打消要手机号码的念头而已,因为他很害怕这件事情跟自己想的那样,他害怕她们有联系,怕她们联系了真的会牵扯出什么来。

可是现在蔡君梅都这么坚持说了,苏庆春也没理由拒绝她了。下了手术台后他犹豫了许久,还是在下班以后把母亲的电话号码发给了蔡君梅。但是发完电话以后他便打通了母亲的电话。

"妈,吃饭了吗?"

"刚刚吃完。"

"爸那边还好吗?吃得怎么样啊?"

"他不太好,今天吃的都吐了,刚刚我先给他喂的,还没到十分钟就全吐了。"

"都吐了吗?"

"是啊,基本上都吐得差不多了,"何美珍焦急地说道,"莽子啊,他这是什么情况啊?不是说吃点中药会好嘛,现在不但没见起效,反而比之前吐得还严重呢?"

"妈,其实爸这个情况可能中药效果也不会很大。"

"那怎么办啊?"

"现在中药也就是最好的办法,没其他办法了,现在爸的情况可能有点肠梗阻了,他那个肿瘤长在上端,现在这样吐已经算是还好了,之后可能会吐得更加厉害。"

"那有什么解决的方法吗?"

"我那个同学之前就跟我说过了,可能会越来越严重,而且没什么好的办法缓解。"

"那怎么办啊?就让他一直这样下去啊?"

"哎,真的没太好的办法了,只有尽量让他少吐点,留点营养了,其实医生在很多病面前都是无力的。"

听到这样的话,何美珍已经懂意思了,她只小声说了句:"可你爸现在是日渐消瘦啊。"

"哎……妈,我知道,但是他的情况现在也没办法了。"

"那他还会肚子痛,这怎么办啊?"

"肚子痛就吃止痛药,让他减少痛苦了。"

"好吧,我知道了。"

"最近您要辛苦下了。"

"辛苦倒是没事,就是看着你爸那个样子,难受啊。"

"我知道,可是现在的医学真的没办法了,只能减少爸的痛苦了。"

"行吧。"

"哦,对了,妈,我今天打电话给您还有一件事情跟您说。"

"什么事情啊?"

"我们组上的蔡君梅蔡主任您以前是不是认识啊?"

"她跟你说了？"

"嗯，说了。"

"她除了跟你说我们认识，还说什么了？"

苏庆春犹豫了一会，说道："她还说你当年就是在她哥哥家当保姆，是真的吗？"

何美珍沉默了一会儿，回道："是真的。"

"那他哥……"

苏庆春没把话说下去，但是何美珍也知道是什么意思，只应了一声："嗯！"

这一声简单的"嗯"，在苏庆春那里如千斤重。

善意的谎言

两母子都沉默了一会,之后还是苏庆春打破了沉默:"难怪您那天那么奇怪问我关于他们的事情。"

"我也没想到这事情就是这么巧,我本来以为今生都不会再见到他们了,所以你爸要说这事情的时候我也没阻拦,早知道这样我就会极力劝你爸不要把这件事情说出来了,我哪里知道他们一家人居然一直和你生活在一个圈子里,哎……这或许就是命吧,注定你是他们蔡家的人啊。"

"那您之前是不是知道他是一名医生?"

"知道,但是我并不知道他跟你是一个医院的,以前他所在的医院并不是叫这个名字。"

"那是我们医院以前就不叫这个名字,前前后后改了好几次了。"

"哦,原来如此,这我不知道,我要是知道你们在一个医院我也万不能把这事情说出来的。"

"算了,都已经发生了,"苏庆春无奈地说道,"妈,我还有一件事情我想问您,您是不是就是因为他才从小有意无意地暗示我要学医啊?"

何美珍停了几秒,回道:"算是吧。"

"那我明白了,现在我也终于明白您为什么让我要考上海的大学,要我学医了,还有我上大学那年你为什么非要把那本我根本不感兴趣的《红楼梦》塞给我了,您其实内心还是想我与他遇见的,对吗?"这句话,让何美珍沉默了。苏庆春继续说道,"那时候我记得很清楚您跟我说,以后要是有机会能不回来就不回来了,是不是也在暗示我假如发现了生父,就认了他,不要回来了?"苏庆春见何美珍没回应,又说道,"是不是这样啊,您说话啊?"

"那时候确实我有这个私心,毕竟那时候你爸他对你太不好了,但我其实……"

何美珍还没解释完苏庆春便打断道："行了，妈，我知道了，我不怪你，我只是想知道真相。"

"哦，对了，但是有一件事情我希望您能够尊重我，就是不要把我的身世告诉蔡主任。"

"她应该不会知道你的身世的。"

"问题是她今天不但要了您的电话号码，而且也问了很多奇怪的问题，还特意来问我出生年月。"

"问你出生年月？"

"是啊，所以我怀疑她应该是也有这方面的猜测，我想她坚持要您电话搞不好就是为了问这个事情的，可是不管她问没问，这件事情我都希望到此为止了。"

"嗯，那我知道了，你放心吧。"

"行吧，那就先挂了，爸那边您多照顾着点哈。"

"知道了。"说完何美珍便挂电话了。

挂完电话以后她左思右想，最后拨通了黄小培的电话。她还是把苏庆春父亲的事情告诉了黄小培，现在都已经这样了她心里是知道瞒也瞒不住了，这个电话何美珍主要不是为了说这个，而是跟黄小培商量这事情该不该告诉蔡君梅一家。

她知道，要真按照苏庆春说的都来问他出生年月了，她是瞒不住了，但是只要她一口咬定苏庆春不是蔡君青的，也是可以的。她可以有很多借口，可问题是她该不该去按照苏庆春说的隐瞒呢？

何美珍知道黄小培在很多事情上还是比较有想法的，她现在已经没主意了，不知道跟谁商量，此时似乎也只有黄小培最适合了。

黄小培知道苏庆春的性格，但是她内心其实很想知道苏庆春的生父是谁，现在既然已经知道了，而且这个人跟苏庆春还离得这么近，还是同行，黄小培就不得不为此事三思一下了。

这些年苏庆春在工作上勤勤恳恳，任劳任怨但还是个小主治医生，她一直觉得不是他没有能力，而是太不会做人，还有就是没有关系。所以眼前摆着这么好的一个机会，黄小培比苏庆春更加的现实。于是她说道："妈，我们都知道庆春的为人，他这个人很固执自尊心也很强，这要是真的让大家知道了他和蔡主任的关系，他肯定是接受不了的，所以他才让您不要把这事情说出去，可是现在都闹成这样了，木已成舟了，想瞒着肯定瞒不了的,别到时候他们闹起来,就更加尴尬了。"

"是啊,我就是怕我太坚决了,他们那边要是真有那个想法的话,就怕闹得很难看啊。"

"就是说嘛,所以我觉得还不如直接跟他生父那边坦白,并且跟他们商量好,不要让庆春知道他们知道真相,最起码是现在尽量不要让他知道。"

"那那边会同意吗?"

"我觉得应该是会的吧,这事情任谁一下子也很难接受啊,总是要慢慢来的,但是到具体的时候,还是要看您怎么说了,不过我相信您会说清楚的。"

"嗯,那我差不多知道该怎么做了。"打定主意以后何美珍挂了电话。

到了晚上,何美珍果然接到了来自上海的陌生电话,但来电话的不是蔡君梅,而是蔡君青。

"你好,小美!"

"您好!"

礼貌的开场以后,蔡君青还闲聊了一会,之后才奔入主题。

蔡君青会来这个电话也是让何美珍很意外,果然如何美珍想的一样,他已经对苏庆春的身世怀疑了。于是按照黄小培的建议,何美珍如实地告诉了蔡君青真相,但是条件是让他保密。

蔡君青自知当初的事情是自己的错,而且这么多年何美珍也一直没有为了孩子而找自己,他答应了何美珍这个要求。

挂完何美珍的电话以后,他先是整理了下自己的情绪,然后拨通了蔡君梅电话。

"哥,怎么样啊?问到了吗?"

蔡君梅在家一直等着哥哥的电话。

"问了,这事情就到此结束吧。"

"什么意思?难道不是?"

"不是。"

"可是出生年月都对得上啊。"

"人家这孩子早产了一个月,所以这孩子跟我没关系,你别想了。"

"不可能,早产了小苏怎么会不知道啊?"

"人家孩子早产不一定会跟孩子说,还有啊,有一件事情我其实一直没告诉你,小美在来上海之前就结婚了,这件事情你要是不信,也可以去亲自问小美,或者找小苏,他不知道自己是早产儿,但是肯定知道自己父母大概是什么时候结婚的吧?"

蔡君青知道蔡君梅没那么容易放弃,所以总要给她一些真实的事情,她才会相信的。

蔡君梅听到以后,心情一下子低落了下来,她是真的很希望苏庆春就是自己的侄子,她很喜欢苏庆春,更加希望哥哥老来有儿子在旁陪伴,能够享受到膝下儿孙环绕的快乐。

后来,蔡君梅确实不死心,真的去问了苏庆春父母结婚的时间,苏庆春如实相告,这回蔡君梅彻底死心了。

306

顺水推舟

自从蔡君梅问自己父母结婚日期以后,之后的日子里,苏庆春也发现了蔡君梅不再关心自己的身世,他知道这应该是母亲跟她说清楚了,他这心里也踏实了。但是他心里其实很明白,眼前的这个人其实是自己的姑姑,知道这件事情就够了,所以苏庆春对蔡君梅比以前更有了一份感情。

而蔡君梅虽然很失落苏庆春不是自己的亲侄子,但是毕竟他也是何美珍的孩子,她对苏庆春也比从前更加好了。

转眼又到了5月1日,今年的劳动节,苏庆春没有去年那么悠闲可以陪着孩子去迪士尼乐园玩了,蔡君梅那边的实验数据已经出来了,他正在紧锣密鼓地赶着自己的文章,争取在劳动节前全部修改好,并投出去。

而黄小培这边虽然是放长假,但她们其实反而是最忙的。

自从乐平云跟黄小培把心中的结打开以后,黄小培面对谢敏也很坦荡了,自己有什么说什么,也不藏着掖着。

但是黄小培感受到确实谢敏在有意疏远,就连之前说好的她有补习班的分成也已经两个月没有提了,黄小培自己也感觉反正在补习班没做什么事情,没有就没有。

目前她的情况,婆婆也不在这里帮自己带孩子,而且现在她和谢敏这尴尬的关系,想着要不做完这个月就算了。最近她也在找机会跟谢敏说这个事情。

劳动节终于结束了,苏庆春的文章成功投出去了,不出意外,2周之内应该就见刊了,能够赶在评职称之前,他是非常感谢蔡君梅的,为了表示感谢,他第一次主动请人吃饭,一起被邀请的还有蔡君梅的丈夫谭大伟。

原本打算就在自己家里宴请,在家里请客倒不是苏庆春舍不得钱,而是在苏庆春眼里，请自己的姑姑、姑父吃饭，他并没有感觉到不适合。

但对于谭大伟他们来说请客吃饭倒是可以，但是去同事家里吃却是很少见，也有点别扭，在黄小培的提醒下，最后决定在外面饭店吃。

蔡君梅也是欣然接受了。但谭大伟听说蔡君梅下面的医生要请客吃饭，他有点不愿意去了。"你们下面的医生请你吃饭，我去干吗啊？多尴尬啊，也没什么话题。"

"这个医生就是我之前跟你说的那个保姆的儿子，你不是对她妈很好奇吗？不想看看他儿子怎么样？去吧？再说了，我哥也会去。"

"你哥居然也会去？"

"是啊，是不是很意外啊？"

"确实很意外，你哥那么不喜欢社交的一个人，居然也会愿意参加这样的聚会。"

"那你就不懂了，这小苏啊，平时也是不请人吃饭的，也是个不太爱社交的人，这点他们两个倒是挺像的，但是这次人家说了，只是感谢，还带着老婆和孩子，其实就是个家宴，毕竟我们和他妈妈有这层关系，我估计啊，搞不好也是他妈妈的意思。算是老朋友的儿子了，去吧。"

"看来他妈妈确实是个很有魅力的人，不然你可肯定不会去的。"最后谭大伟也答应了这次邀请。

苏庆春这次请客的由头是感谢蔡君梅对他这篇文章的帮助，但是并没有请蔡君青。但是蔡君梅听到这个理由以后马上提出："这件事情其实我帮忙并不大，主要还是我哥那边，你要是真心感谢，要不把我哥叫上？"

"是要感谢蔡院长，但是蔡院长平时那么忙，应该没时间吧？"

要是放在以前苏庆春肯定是希望能够当面感谢蔡院长的，更加希望能真正地当面一睹老院长的风采，但是现在的情况不同以前了，他和蔡君青有这层父子关系，他不敢见到蔡君青，他怕面对他时自己心里不能自持，更加不想面对身世这件事情，所以他便找了一些托词。

"欸，这话你就错了，他就算工作再忙吃个饭的时间还是有的嘛，何况你是小美姐的孩子，跟其他人也不一样，你要请，我想他肯定会来的。你要是觉得不好意思啊，那我跟他说，你看怎么样啊？"

苏庆春是个很不懂得拒绝的人，现在话都说到这分上了，总不可能取消了，他也只有赔笑着说道："好，那就麻烦您帮我转达一下心意，看蔡院长是否有时间能赏脸一起吃个饭，纯粹感谢，没有别的意思，当然也不用为难，没时间没关系的。"

"嗯，好的，那就这么说定了，5号晚上是吧？"

"是。"

"好，那先这么说哈，你先去忙吧，我哥那边交给我，我保证帮你请来。"蔡君梅说完自信满满地离开了。

所以要真说起来这个宴请蔡君青能被邀请算是蔡君梅有意撮合的，蔡君梅没跟丈夫提起这事情是因为他并不知道之前发生的事情，所以她也不想多解释。

这要是以前蔡君梅说这句话苏庆春不知道会有多高兴，蔡君青院长的大名苏庆春早有耳闻，能够请到他吃饭那也是三生有幸的事情了，但是现在不一样了，他们关系他知道，别人不知道，这让苏庆春很尴尬，他怕自己藏不住心事。所以现在他巴不得蔡君梅给的回复是："不好意思啊，我哥说最近比较忙，可能来不了了。"

但是事情总是事与愿违，没过多久，蔡君梅就给了苏庆春答复："小苏啊，我跟我哥说了，正好他有时间，那就这么说定了，到时候见哈。"

苏庆春听到这个回复以后整个人都陷入纠结中。他不知道该不该见蔡君青，他甚至开始后悔安排这个宴请，都在想该用什么理由取消这次聚餐，可当初是自己提出聚餐的，这样贸然又取消，而且都是长辈、领导，这也是很不妥当的。一阵纠结以后，他找到了黄小培。

黄小培知道蔡君青便是苏庆春生父的事情，她原本是瞒着苏庆春的，苏庆春也一直没说这个事情，但是当苏庆春听说这次晚餐蔡君青也会来，实在按耐不住自己纠结的心情，他很希望得到她的建议。最后便把他跟蔡君青的关系说了出来，黄小培自然是顺水推舟，给他分析了这时候断然取消的弊端，所以这宴会是在黄小培的帮助下才得以最终安排上的。

而蔡君青那边，当他接到了蔡君梅的电话说苏庆春邀请自己吃饭的时候也是很激动的。其实他自从知道苏庆春是自己的儿子以后，他也一直想找个由头见见这个孩子，可是他这个身份，是很难找理由主动接近的，而且蔡君梅那边他也怕多联系多打听她会生疑，所以见面的事情也就一直搁浅了。

这回倒是一个好机会，蔡君梅主动打电话而且是苏庆春提议的，这简直是最佳的机会啊，而且听说苏庆春会带上自己的孩子和老婆，他就更加想去看看这素未谋面的儿媳妇和孙女了。

真正的家宴

很快，便到了5号的晚上，苏庆春早早地带着妻女来到了约定的地方，这次见面对他来说意义太大了，他非常紧张，他认为这对于蔡君梅他们是一场普通的同事聚餐，对于自己却像是一次家宴，一次相认。

可蔡君青这边又何尝不是呢，他也很忐忑、紧张，相比起苏庆春最起码以前还算是见过他相比，蔡君青对苏庆春是一无所知。

苏庆春不安地点着菜，黄小培看到他在拿菜单的时候手都有些抖，便安慰道："没事，别紧张，我和你一起面对。"

"我现在心情确实很复杂，说不出来的感觉。"

"我知道你很担心，怕面对这个你从未真正见过面的生父，但是事情都这样了，总是要面对的。"

苏庆春没再说话了，继续低着头点菜。

等服务员刚走不久，只见门慢慢推开了。这时黄小培不自觉地握着苏庆春的手。进来的果然是蔡君梅他们。

苏庆春看到门口进来了三个人，紧张地都不敢出声，坐在原地，黄小培见状，马上站了起来，并用手怼了怼苏庆春，这时苏庆春才反应过来，跟着黄小培一起走到门口迎接他们。

蔡君梅见到苏庆春和黄小培以后第一时间笑着打招呼："小苏，你好，这是你爱人吧？"

"嗯。"

"真漂亮啊！"

蔡君梅说着还主动那个伸手握手。

黄小培忙伸出双手，回道："您好，蔡主任，我叫黄小培，您叫我小培就好。"

"哦，小培，你好，"蔡君梅笑着说道，"对了，我给你们介绍下吧。"

"这位是我哥哥，蔡君青，他现在是清光医院的名誉院长，这位是我老公谭大伟，教育局分管九年义务教育档口的副局长。"

"哦，您好，蔡院长！"

"您好，谭局长！"

黄小培一一跟各位长辈握手问好。

蔡君青和谭大伟也纷纷回应了黄小培。

这本来应该是苏庆春做的，但是他似乎很不擅长这些，只笑着说道："您们好！"

其实原本大家也是要跟苏庆春握手的，但见他这样，谭大伟便回道："苏医生，你好，早就听小梅说她科里有个年轻人年轻有为，现在看来还真是的。"

"那是蔡主任夸张了。"

接下来本来该轮到蔡君青说话的，但是蔡君青只是看着苏庆春，苏庆春也看着他，都没说话，第一次父子对视，竟没有说一句话。

这时候最怕空气中安静下来，大家都感觉到了尴尬。还是黄小培得体，主动说道："要不各位就坐吧！"这才不至于让大家尴尬。

"是啊，我们找了许久，都有点累了，赶紧坐下吧。"蔡君梅也呼应道。

和苏庆春一样，蔡君青也是不太喜欢这样场合的人，从一进门他就开始打量苏庆春，对于刚才尴尬的氛围，坐下后，他也感觉有些不好意思，当他看到苏子轩正坐在黄小培旁，便主动问道："这是你女儿吧？"

其实这话苏庆春知道是问自己。但是不知道为什么，总是反应迟钝，他停了几秒刚想说话的时候，黄小培连忙接话道："哦，对，蔡院长，这是我们的女儿，"黄小培说完又朝苏子轩说道，"轩轩，快叫人。"

"爷爷好。"

这一声爷爷，蔡君青就觉得这趟没白来，他高兴地应道："欸！"

"还有这里，这位是谭爷爷，这位是蔡奶奶。"

苏子轩也很懂礼貌地站起来一个一个喊着。

"这孩子真懂礼貌啊，你叫什么名字啊？"蔡君梅问道。

"我叫苏子轩。"

"哦，子轩真棒。"

蔡君梅说着便低下头拿出了一个包装非常精致的袋子，并递给了苏子轩:"子轩啊,奶奶和爷爷们第一次见你,也不知道喜欢什么,就擅作主张给你买了件外套,希望你会喜欢。"

苏子轩看着面前的这个礼物,看起来很好看的样子,她内心便有点迫不及待地想要打开看看是什么衣服,但是她一直被妈妈教育不能随便拿别人的东西,她眼睛直直地盯着袋子,但是手却不敢伸出去。

黄小培见状忙拒绝道:"欸,蔡主任,怎么能让您破费呢,赶紧拿回去吧。"

"小孩子嘛,总要买点东西的,而且买都买了,哪里有拿回去的道理啊,再说了我们家也没这么大的孩子啊,拿回去也浪费了。"

"这个牌子我知道,很贵的,像这样的衣服没有穿都是可以退的,您还是拿回去退了吧,这么重的礼物我们不能收。"

"就一件衣服,哪里有什么贵不贵重的啊。"

"不行的,蔡主任,没有这个道理,我们不能收。"

蔡君青见黄小培这么见外,说了句:"拿着吧,只要孩子喜欢就好。"

蔡君青是什么人,黄小培自然心里有数,见他发话了,便转头看了一眼苏庆春,只见苏庆春点点头,她才松口:"那轩轩拿着吧。"

苏子轩早就想拿了,妈妈发话了,她连忙接过袋子,说道:"谢谢奶奶,谢谢爷爷!"

"欸,这就对了,这孩子嘴真甜啊,不像你爸,估计像妈妈。"

大家听到后都笑了。

其实说起来这件衣服并不是蔡君梅买的,而是蔡君青买的。

自从蔡君青这边知道这个聚餐以后一直都在想第一次见苏庆春一家人应该送点什么东西,但是又想着自己的身份不太合适送礼物。他本来也想通过蔡君梅送,但是又怕蔡君梅起疑,想想还是算了,最后他决定只给孩子带个小礼物不至于让大家觉得突兀。在见到蔡君梅后他便把衣服拿给了她,让她以自己的名义送给孩子。

蔡君梅还一脸纳闷:"小苏是感谢我们请我们吃饭,你买什么东西啊?"

"又不是见一般的人。"

"什么不一般啊?"

"我是说见小美的孙女总要意思一下的。"

"哦,那倒也是。"

最后蔡君梅还是被蔡君青说服了，接受了这次任务。而他们原本尴尬的氛围也因为苏子轩一下子活跃起来了，接下来，问孩子读书情况的，带孩子难不难的问题一下子话题就展开了。

一聊到孩子，似乎大家都有了话题，而话语中也能感受到蔡君梅他们有多么想要孙辈，对苏子轩也是非常的有耐心。

苏庆春庆幸把女儿带来了，大家的话题都集中在孩子身上，也算是应付了这一关。

校外办学被查

第二天便是周一,大家都开始正式上班了。今天上午上完第三节课,黄小培拿着教本往办公室走的时候,突然接到了主任的电话。

"小黄啊,下课了吗?"

"嗯,刚下课,陈主任。"

"那你来我办公室一趟吧?"

"现在吗?"

"是啊,你快点哈。"

黄小培挂完电话后一脸疑惑,她打算先把书放回办公室再去,可没想到走到办公室的时候发现很多老师看到自己以后表情非常奇怪,原本堆在一起似乎讨论着什么,见到她就散了。

她一脸的懵,问隔壁办公桌且跟她带同一个班的语文老师道:"他们这是干吗啊?怎么看着我进来就散开了,像是在说我似的。"

这位语文老师平时话不多,她抬头看了一眼大家,然后回道:"我不是很清楚欸,我没注意,他们能说你什么啊?"

"不知道啊,你看下我脸上是不是有什么啊?"黄小培说着的时候还不自觉地摸了摸自己的脸。

语文老师打量了下黄小培然后回道:"没什么啊。"

"奇怪,那我怎么感觉他们今天看我的眼神不对啊!"

"你多想了,"语文老师边低着头批改作业边说道,"哦,对了,黄老师,刚刚主任打电话来让你去他办公室一趟。"

"哦,我知道,刚刚他打我手机了。"

"那你赶紧去吧,听口气感觉挺着急的。"

"嗯,那我先过去了。"说完黄小培放下手里的教本,匆匆忙忙地赶到了主任办公室。

等她敲门进去的时候在主任办公室的不只是他一个人，还有好几个人。

陈然主任当时似乎正站在办公桌上找着什么，而另外三位则坐在办公室的沙发上，其中有一位是校长办公室的秘书，但是另外两个看起来40来岁的中年男子，她是从来未见过。

陈主任看到黄小培进来了，说道："黄老师啊，来了，先坐吧。"说完他还继续在办公桌上找东西。

黄小培笑着回应完以后又跟江秘书打了个招呼，"江秘书也在啊。"

"嗯，坐吧！"

之后她看着大家表情都非常凝重，有些拘谨，就坐到了另外一头一人位的沙发上。

当黄小培坐下以后，陈主任也走了过来，手里似乎拿着什么资料，并缓缓地递给了那两位黄小培不认识的人手里。他们似乎就是在等这个资料，等拿到手以后，马上一起低头研究着什么。

"小黄啊，今天叫你过来呢，是件事情想跟你确认下。"

"什么事情啊，主任。"

陈然并没有直接说，而是转头看了一眼校长秘书，只见江秘书也没说话，而是直接从身边的一个文件夹里拿出一张 A4 纸，他靠得黄小培最近，只用手就把纸递到黄小培的面前。"这个你认识吗？"

黄小培低头一看，这是一张营业执照复印件，她再仔细一看，这本营业执照正是谢敏开办的补习班的营业执照。

此时黄小培有些懵了，再回想起大家的氛围和状态不像是谈工作的事情，倒像是来拷问自己的一样。

她盯着那个营业执照看了许久，没说话，现在她也终于明白刚刚她进到办公室的时候大家都在议论纷纷，而当她进来以后大家都不说话却盯着自己的原因了。估计他们几个都知道了自己有这一出遭遇了。

"小黄啊，你先别紧张。"

"哦，要不我先给你介绍下吧，这两位是我们区教育局的人，这位是江秘书你认识的，今天叫你来呢，就是因为有家长到教育局投诉……"

说到这里，陈然停顿了一会儿，看了看江秘书，又说道，"有家长投诉你私自在外办学，哦，办的就是这个行知教育，有没有这件事情啊？"

陈然是个50来岁的中年男子，身材中等，戴着一副眼镜，他是自己教学水平优异早早被提拔上去的，对有实力的老师还是非常看重的，不过这几年可能是行政干久了，说话比原来圆滑一些了，但他对黄小培倒还是不错，特别是他们两个又都教的是数学，他对黄小培的能力还是很认可的。

"小黄啊，我知道你平时是个守本分的人，刚开始我得到电话以后也是矢口否认的，但是呢，他们把这个给我了，所以我今天叫你来就是来了解情况的，这个补习班为什么法人是你的名字啊？这是你办的吗？"

"主任，这……"黄小培咬着嘴唇没把话说完。

"这个行知教育公司跟你是什么关系啊？"

"我……"这事情一时半会黄小培真不知道从哪里说起。

"你别紧张，慢慢说。"陈然说道。

江秘书见黄小培似乎很紧张，便建议道："黄老师啊，要不这样，我问，你来回答吧。"

黄小培点点头。

"这个行知教育是你创办的吗？"

"不是。"

"那为什么是你的名字呢？据我们有关部门调查这个工商登记用的身份信息跟你的是一模一样，应该是不存在同名同姓还身份证号码一样的人吧？"江秘书说道，"还是说是你的身份证被人盗用了？"

"这工商登记确实是用的我的身份证。"黄小培肯定道。

陈然他们听到这个解释以后互相看了对方一眼，这矛盾的对话实在让他们费解。

一直没说话的教育局的一个人听到这里突然问道："那既然你肯定这个工商登记是你的身份证登记，那就是你早就知道这件事情了？"

黄小培点点头。

"那既然如此，这个行知教育不就是你创办的吗？"教育局的人步步紧逼。

"身份证是我的没错，但是这个行知教育真的不是我创办的啊。"黄小培激动地说道。

教育局的人见黄小培很激动，便说道："好，好，那既然你说这行知教育不是你创办的，我们也相信你，但是刚刚你说是你身份证办的营业执照，证明你是知道这件事情，也就是说创办的时候创办人拿了你的身份证，你也是知晓的，那这个创办人是谁你总得告诉我吧？"

问到这的时候，黄小培沉默了。她知道根据学校规定老师是不能在外办学的，她要是把谢敏说出去岂不是背叛了谢敏吗？

她该怎么办？说还是不说啊？不说就是承认自己，但是说了就是告发谢敏了？现在的她真是进退维谷啊！

"小黄啊，我知道你现在也很为难，你怕说出她的名字以后大家不好做人，但是你要是不把拿你身份证的人说出来，那就是坐实了这个补习班就是你办的了。"

陈然本来想劝着黄小培说出她的想法，见黄小培还是不说话，于是他又换了个话题。

"那我们换个话题，这个行知补习班你知道吗？"

"知道。"

"你是在那边教学吗？"黄小培点点头。

坦白交代

这时候江秘书和陈然两人一起看了一眼教育局来的人，看到他们听到这样的回复以后似乎在用笔记录什么，黄小培没敢看，但用余光感觉到了。

"那就是说这个行知教育你承认你是那里的老师，但不承认你是那里的创办人是吗？"教育局的人问道。

黄小培点点头。

陈然听到后，朝黄小培说道："哎呀，黄老师啊，你怎么会犯这样的错误呢？学校里三番五次明令禁止在校外参加补习班的啊，你可是我们多年的先进老师啊，是老师们的楷模啊，怎么会犯这样的错误呢，你这不是明知故犯嘛。"

"陈主任，在校外上补习课确实是我不对，这件事情我愿意检讨，而且最近我也感觉到这个问题的严重性，所以都准备向补习班提出辞职了。"

"哦，是吗？那辞职信写了吗？"

"写了，但是还没来得及交上去。"

"那赶紧交上去。"

教育局的人见陈然一直说这些事情，便阻止了他，"陈主任，现在不是说这个的时候。"

"哦！"

其实陈然也就是想当着教育局人的面证明自己的工作其实做到位了，另外一方面其实是想帮着黄小培。

校外上补习班的事情，其实跟黄小培第一次决定参加补习班说的一样，虽然学校明令禁止，但是这其实就是个学校里公开的秘密而已，很多老师都在校外办学，黄小培不是唯一一个，也不是最早一个，将来也不会是最后一个，可是这事情却偏偏查到她这里了，那她就是典范。

而陈然主任其实心里对于老师校外办学的事情都是有数的，只是睁一只眼闭一只眼，就连他自己的孩子一样在校外参加各种补习课。

现在校外补习变成了屡禁不止的一个风气，想抓却心有余而力不足。

校外办学有利有弊，存在既有他的合理性，包括很多家长也是很支持校外补习的，但是也有部分很反对，这就有了冲突，也就会出现投诉这样的问题了。

教育局的人听了一会以后，其中一人说道："这样吧，江秘书、陈主任，要不还是我们来问吧？"

"哦，好，你们问也好。"陈然尴尬地回道。

其实他心里并不乐意这样，但没有办法，上面来的人，不敢否定，更加怕被说包庇。

只见那人朝黄小培直接问道："你认识谢敏吗？"

黄小培此时心中一惊，心想是不是谢敏也被告发了？

她犹豫了一会儿。

"认识还是不认识？"对方再问了一遍。

"认识。"黄小培紧张地回道。

"你跟她是什么关系？"

"她和我是同事关系，谢敏也是我们学校的老师，而且我们现在还搭着一个班，我教数学，她教英语。"

"你跟她关系好吗？"

"好，挺好的，我们大学还是一个学校的，算是同学。"

"那就是有很深厚的情谊了？"

"算是吧，她算是我最好的朋友吧。"

此时教育局的人停了一会儿，那人朝另外一个人似乎说着什么，并在本子上指指点点。之后他又说道："黄老师，我实话跟你说吧，其实我们教育局接到的家长举报是举报谢敏在校外私自开设补习班，并没有你。"

黄小培听到这里以后瞪大了眼睛看着对方，然后又看了一眼陈然，陈然知道自己刚刚说了假话，此时也不敢跟黄小培眼神交会，他忙看到另外一边。

黄小培心里真是一万个疑惑啊，她鼓足了勇气问道："那为什么……"

"为什么找你问话是吧?"

黄小培点点头。

"因为我们找到谢敏谢老师调查,她告诉我们的是她确实是在这个补习班上课,但是这个补习班不是她办的,而是你办的。"

"啊?她怎么会说是我办的呢?"黄小培听到这个说法简直是惊呆了。

"可是事实就是如此,这个营业执照也是她提供给我们的,这里面法人写得清清楚楚的,是你的名字。"

这时候的黄小培听到谢敏说是自己办的班,甩锅甩给了自己,如果刚刚她还想包庇她,现在心中只有怒火了,特别是这个营业执照居然还是谢敏提供的,这是什么啊?这是为了自己推卸责任直接把自己往火坑里推啊!

"小敏怎么会这么说呢,这个补习班明明就是她办的。"黄小培怒气冲冲地说道。

"可是这营业执照明明白白地写着你的名字。"

"这个我知道,当时是她跟我说,她的名字办营业执照不好办,然后就借了我的。"

"那你就借了?"

"是啊,我当时根本没多想,她跟我说她的梦想就是办一所学校,当时她一心想要办补习班,后来她说自己办补习班什么都弄好了,就差一个证件了。"

"然后你拿你的身份证给她办了?"

"是啊,她当时租房子什么都弄好了,甚至都开始招生了,我总不可能看着她这样只差一步就成功而不帮她吧?所以就给她了。"

"这是什么时候的事情?"

"大概就是去年这个时候吧。"黄小培说道,"不对,应该是快放暑假的时候,时间很紧,我听说她没法办了,我也是替她着急,所以就给她身份证了。"

"你身份证就这样给她了?你就不怕她拿着你的身份证去办其他什么业务吗?比如贷款什么的?"

"我们是非常要好的朋友,根本就没多想。"

"身份证就这么被人拿走了,你心可真大啊。"另外一个人插了句嘴。

"我们当时关系那么好,我从未想过别的。"

"就这样吗？她就没有跟你承诺什么吗？比如：承诺你是总负责人，她只是给你补习班上课的员工？"

"那怎么可能呢，这个补习班所有的投资都是她出的，怎么可能我是总负责人呢，包括招生，也主要是她在运作，当然前期的时候我是参与了，但是仅限于帮着招生而已。"

"就这些?"教育局的人还是不相信，追问着。

"开始的时候她是有承诺她办的这个补习班创业困难，我们最先一起的老师会有利润分红。"

"那分红了吗?"

"分了，大概分了两次吧。"

"不是每月都分?"

"不是的，她后来说补习班经营特殊，不可能每月分利，后来就分了两次，其实说起来分红也不是真正的利益分红，只是比别的老师多发了一万块钱，但是我们确实比其他老师做的事情更多，每周都要值班，其实算起来那两万块钱折合起来就算是我们这一年的加班费而已。"

310

剖析真相

教育局的人听到这里和陈然与江秘书互相对视了一下,然后一直询问的那个人继续说道:"就只有这两万?"

"当然了,这些信息都是我卡里可以查到的。"

"可是据谢敏给我们提供的情况是前期投资的钱虽然是她出的,但是那钱是你借她的,而且补习班收的所有的钱都在你的账户里,这跟你说的可不符啊。"

黄小培听到这里,感觉自己脑子都要炸了,心中一直在问:"小敏怎么这样说啊!"

她感觉自己就像掉进了一个早就布置好的陷阱一般。

"天啊,什么卡啊?我没有卡?"

"你不知道吗?一张建行的卡,主要是用作补习班往来业务的卡。"

经过他们的提醒黄小培这才想起来,她现在都记得这张卡为什么办的。她焦急地解释道:"哦,我知道了,你说的那张补习班收钱的卡确实是我的名字,这个我不否认,但是那张卡根本不在我身上,里面的钱也不是我的啊,我甚至连密码是什么都不知道。"

"是你的卡,怎么会不在你身上呢?"

"我现在还记得那天中午,小敏突然来找我,说营业执照是我的名字,为了税务那边对账方便要拿我的身份证办的卡才行,所以我就去办了一张卡,我都记得那天下午我下了课就去办,银行都快下班了,等办完以后银行就关门了。但是那张卡我办完当天就给小敏了,到现在为止我也只是办卡的时候见过一次,之后再也没见过,我的工资都是单独发到工行去的。"

黄小培此时感觉自己都百口莫辩了,解释完她自己无奈地又补偿道,"我知道我这样解释你们可能会不信,但是我说的都是真的,我之前是真

1086

的对这些不了解，根本没多想其他的。这个补习班真的不是我开的。这个你们要是不信完全可以去问下补习班的其他老师们，一问他们便知道了啊，我就是个在补习班上课的普普通通的老师，跟他们比起来要说不同就是跟小敏熟悉一些而已。"

"这个我们后面会调查清楚的，但是现在的事实是你确实是行知教育的法人，无论是否是你出资，这已经成为既定的事实了，这个是无法狡辩的了，"教育局的人说道，"至于后续具体怎么处理你的事情，我们会和你们学校研究讨论的。"

之后那人看了下手机，又说道，"陈主任、江秘书，那今天我们就到这里吧，我们先回局里了。"说完教育局的两人同时站起来，跟陈然和江秘书长道别了。

黄小培对于刚刚的事情还没缓过神来，一直愣坐在哪里。还是陈然提醒黄小培："黄老师，一起送下徐主任吧？"

"哦，好。"

"不用了，你们留步吧。"说完两人便匆忙离开了。

江秘书见状还是跟在后面，并示意让陈然留在办公室。留在办公室的陈然回到沙发上后长长地叹了口气。

这件事情到现在黄小培和谢敏各执一词，真相还不明朗，但是陈然是了解黄小培和谢敏的，这件事情他更加愿意相信黄小培的话，不光是因为黄小培平时恪守本分，工作勤勤恳恳，为人踏实，还有就是谢敏平时在学校就比较嚣张，工作上从来都是得过且过，很会耍滑头钻空子。

但是谢敏却有个好爸爸，她爸爸在教育局工作，平时她对谁都是看不起的样子，但是即使这样还是有很多人巴结的。

就黄小培的描述，他更加相信黄小培所陈述的，她向黄小培借这么多钱开补习班，他是不太相信的。

他抬头见黄小培是一脸的沮丧，便劝说道："哎……小黄啊，你怎么会发生这样的事情啊？"

"陈主任，我也没想到事情会发展到这一步，原本我就以为只是参加个补习班而已，我可是以前从来没去过啊，也就是去年谢敏拉我去，我才去的，比起他们……"黄小培没把话说完，这话她知道她不该说。

陈然看了一眼，说道："别人的事情不说，但是我是一直很看好你啊，今年的先进教师本来我又准备把你报上去的，现在这个事情闹得这么大，估计你受处分是在所难免了。"

"陈主任，我也不知道事情会变成这个样子，但是请你相信我，我真的不是行知的创办人啊！"

"我相信你有什么用啊，要教育局的人相信你啊，还好人家家长投诉的是谢敏。"

陈然说到这里，黄小培就想到了刚刚进来的时候陈然的话，那不也是害自己嘛。

"那你刚刚说投诉的是我？"

"这事情我要跟你道歉，这话不是我的本意，是教育局的人让我这么说的，主要是想套你的话。"

"哎，算了，反正你不说投诉我，这营业执照上面写的也是我的名字，我是逃不掉的。"

"好在那里备案的投诉人不是你，不然就以现在的事实情况你的工作都难保了。"

"我的工作都可能没了啊？"黄小培之前不知道事情有这么严重。

"难说啊，这要看教育局怎么想了，现在事实是法人是你啊。"

"可是真的跟我没关系啊。"黄小培喊冤道。

"这说出去谁信啊？"

"补习班的老师都可以证明啊。"

"这些都不足以证明的，人家会说你是老板，所以故意这么说的，这事情啊，除非是谢敏亲自为你作证。"陈然颇有见地地替黄小培分析着。

"那我去找小敏，我不指望她给我求情，只希望她说实话而已。"

"我估计你这事情够呛，我看谢敏今天对答如流的样子，明显早就做好准备了，她爸爸就在教育局上班，今天来看她肯定早就知道被投诉的事情了，而且要真按照你说的，补习班真是她办的，那她为什么一开始就用你的信息啊？肯定是早就想到了有朝一日出了事，让你顶着了，你还没看出来啊？"陈然给黄小培点破了其中缘由。

"谢敏跟我一直很要好的，应该不会这样害我吧？"此时的黄小培还对谢敏抱着幻想。

陈然只无奈地冷笑了下，然后说道："不好说哦，这件事情假如能证明是她办的，她其实还有机会，毕竟她爸爸在教育局上班，不至于到开除的地步，但是要是确定是你办的，那你估计只有被开除了。所以你是可以找找她看，求求情，死马当活马医吧。"

听到陈然的话，黄小培如五雷轰顶，终于知道自己的处境了。

陈然看着黄小培情绪低落，又宽慰道，"你也不要有太多的心理负担，先回去安心上课吧，一切等我们消息吧。"

之后黄小培便离开了主任办公室。

寻找安慰

黄小培颤颤巍巍地回到了办公室，此时她发现办公室里已经没有人了，再一看手机已经到了中午12点了。

她坐到了办公桌旁，她的办公桌正靠着窗户，她看到楼下人来人往的学生，甚是热闹，可是她此时心里却是感觉到无比的孤独，她没想到一直被她视为最好的闺蜜会对自己这样，特别是陈然说的可能早就有预谋的，更加让她细思极恐。

最近这段时间，她知道因为乐平云的出现她和谢敏之间有了嫌隙，但是之前她认为自己跟谢敏一直都很好，这样的预谋已久实在让黄小培难以接受。

而再想想陈然主任的话，自己可能因此而被学校开除，这太可怕了，这个工作是黄小培花了几年的时间好不容易考上的编制，假如开除了她该怎么办？带着这个档案上的污点继续待在私立学校吗？

今年黄小培也40岁了，她常听家乡老人说，人到40会有个坎要过，难道这就是自己的坎吗？

这是不是40岁的坎黄小培不清楚，但是她知道她遇到中年危机了，这件事情让她感觉到了有史以来最大的危机，比起以前离婚的决定还要可怕。

她不知道该怎么办？坐在空无一人的办公室里，她无所适从。现在唯一让她想到的，能够得到一丝安慰的事情就是打电话给苏庆春，告知自己的情况，也算是一种心理的发泄吧。

而此时的苏庆春正和蔡君梅一起下手术室，吃完饭往科里走了。

他接过电话以后，只听到苏庆春一声熟悉且再平常不过的"喂"以后，黄小培就没绷住，眼泪刷地一下就掉下来了，"庆春，出事了。"

苏庆春原本还跟蔡君梅有说有笑的，听到电话里黄小培的哭腔，顿时表情就变了，他第一反应就以为是在老家的父亲出事了。马上停下了脚步，问道："是爸出事了吗？"

"不是，是我那个补习班被家长投诉到教育局去了。"

听到这里苏庆春才镇定下来了，继续走着，并安慰道："哦，这事情啊，你先别着急，很多老师都会在校外补习的，应该不是太大问题的，你跟学校坦白一下，态度好点。"

黄小培带着哭腔，声音都有些变了，她稍微调整了下情绪，然后说道："可是这个跟别人不一样，你还记得那个营业执照是我的名字吗？现在他们认定是我办的，而且是小敏说的，我现在不知道该怎么办了，我也是百口莫辩啊。"

苏庆春听到后也是惊讶："啊？她怎么会这样说呢？"

"我也不知道啊，今天教育局的人来调查了，主任说我这种情况要是不能证明补习班不是我办的，很可能会被开除。"黄小培抽泣着，"我要是被开除了可怎么办啊？我都这么大年纪了，难道还要去找工作吗？"

"你先别急了，我觉得这件事情症结还在谢敏那里，你要不先去找到谢敏，好好跟她谈谈，事情既然都已经这样了，我们也不求她包庇，只求她实话实说嘛，她不是跟你很要好吗，应该会帮你的吧！"

"我对她的真心，但是现在她是不是对我真心我真的不知道，不然她怎么会说我呢？"

"在利益面前谁都是先选择自保的，这个也别怪她，毕竟当时她出于什么的原因我们都不知道，但是事后我想她肯定也会想明白的。"苏庆春分析道。

"嗯，现在只有先这样了，那我去找下她看，试试吧，那我先挂了。"

"嗯，先这样吧。"

苏庆春挂完电话以后眉头紧锁，表情凝重，这补习班的事情苏庆春一直都反对的，现在出了事，他也是有些自责当初没有坚持自己的判断。

蔡君梅在旁边看着苏庆春接电话的样子，感觉是有事，出于同事的关心，她问道："怎么了？是你爸爸出事了吗？"

"哦，没有，是我老婆。"

"你老婆怎么了？"

本是家事，苏庆春不太愿意跟别人说起，但现在苏庆春一时间也帮黄小培想不到什么好办法。他想着蔡君梅毕竟比自己年长一些，生活阅历也足，于是他便把黄小培的情况说给蔡君梅听，也希望她能帮着分析分析，看有没有什么好的建议。

蔡君梅一听，便说道："你们怎么会这么傻啊，身份证还能借给别人办营业执照啊？"

"我们也不懂，何况那人是她的好朋友，她当时也就没多想，就给她了，谁也不会想到最后会发生这样的事情啊，"苏庆春说道，"其实一开始她说要去补习班我就反对过，只是后来她一直坚持，我想就算了，早知道就应该坚持反对她去的。"

"其实这事情啊，去补习班倒是没什么，说实话是很多老师都会在校外补习，但是像小培遇到这样的事情还是少，说到底啊，还是你们啊，太相信人了，没有一点心机啊，怎么会傻到把身份证借给别人办营业执照呢，她那朋友啊，不简单哦。"

"哎，她那个朋友我也只是见过几面，她们是学校的同学，后面又在一个学校教书，小培什么事情都相信她。"

"再相信也不能把身份证给人啊，她拿去干什么了你们知道啊？俗话说害人之心不可有，防人之心不可无啊。"

"那你说现在这样的情况，小培找她朋友的机会大吗？"

"这不好说哦，但是大概率是不行的。"蔡君梅解释道，"你看啊，我虽然不认识她这个朋友，但是从你说的这些信息里我就知道小培那朋友心机肯定很深，而且她不是中途改的，是从一开始就没打算拿自己的信息注册，证明她早就知道有这样的风险了，也早就打算把小培坑了，这算什么朋友啊？这不是最佳损友嘛！"

"是啊，我当时也觉得奇怪，怎么她自己办的学校不拿自己的信息办啊，其实我至今也不知道她为什么办不了，可是就算是真的自己办不了，那也会拿亲戚的啊，毕竟是涉及到钱的大事，怎么会放心拿小培身份证办呢，原来是这样的啊。"

"就是啊，这是办企业，要有进账的，而且进账的还不是小数目，怎么可能放心拿一个外人的信息来注册？小培当法人，那只要小培有心，她都可以卷走公司里的钱，这样的事情一般谁敢乱给外人来冒险啊？"这事情啊，只能证明两点：一是这个人本来就知道办教育存在的风险，怕事发以后自己承担责任；二是小培平时太单纯，她善良了，善良到她足够相信这个人不会做出别的事情。"

312 寻找无果

苏庆春被蔡君梅分析的,感觉这事情比自己想的要糟糕得多了。"哎……这事情被您这么一说的,看来也是难办了。"

"事在人为嘛,先让她找找看嘛,或者我们都猜错了呢。"

"嗯,也是。"

"不过即使是能证明这个补习班不是小培办的,她在校外上课也是事实,估计也是要面临处分的。"蔡君梅不乐观地说道。

"处分倒是没事,只要能留住工作就好了,现在就是怕工作都没了。"

"那应该不至于。"

"哎,不知道,且走且看吧。"

"你也别着急,实在到了万不得已的时候,我问下我家老谭,看他有没有什么法子,毕竟他在教育这档口混了这么久,这样的事情估计也有点经验。"

蔡君梅说到这的时候苏庆春才想起来蔡君梅的老公是教育局的。他忙说道:"哦,是啊,谭局长正是教育局的,我都给忘记了,那要是到时候真很麻烦了,估计就要麻烦您帮我们说下了,万分感谢啊!"

"嗨,没事,到时候再看嘛。"

此时他们已经走到办公室了,苏庆春说道:"那我先去忙了。"

"嗯。"说完蔡君梅也回了自己的办公室。

黄小培这边挂了苏庆春电话以后便拨打了谢敏的电话,她想跟谢敏求证教育局的人刚刚说的是不是真的,告诉别人补习班是她一手所为是不是谢敏亲口说的。

但是电话那头回复的却是关机的语音。早上黄小培还看到了谢敏,怎么会关机呢?黄小培再次拨打,还是关机。于是她连忙跑到了补习班。

此时补习班门口有人正在拆除招牌。

她一脸懵地跑了进去，直奔前台，问道："这是怎么了？为什么他们在拆牌子啊？"

走近黄小培才发现前台正在打电话。前台挂完电话以后，回头环顾了四周，然后小声地说道："小培姐，你还不知道啊？我们补习班被人投诉了，正准备解散补习班了。"

"解散？"

"是啊，你看招牌都在拆了，我现在就是在打电话给家长把未上完课的钱退回去。"

"这是谁的意思啊？"

"这还能是谁的意思啊？肯定是敏姐了。"

"她的意思？那小敏现在在这里吗？"

"不在，今天早上她一来交代完这些事情就走了，你找她就打她电话嘛。"

"我打了，关机。"

"不会吧，关机？我 10 点多的时候打还打得通啊。"前台说着的时候也拨了谢敏电话，发现也是关机的，"那估计是手机没电了吧？或者你去学校找下她看。"

"我就是在学校找了，没找到，才来这里的嘛。"

"哦，那就不知道去哪里了哦。"

"哎，这真是急死个人了，她到底会上哪里去了嘛。"黄小培焦急不已。

"现在可不好说啊，我估计现在补习班这样了，很多人要找她了。"前台猜测着。

黄小培想着也对，之后她在前台柜台前思虑了半刻，然后走到柜台后面去找营业执照，发现没有了。

"欸，这营业执照去哪里了啊？"

"什么营业执照啊？"

"就是之前挂这里的啊！"

"今天一大早敏姐就拿走了啊。"

"拿走了？"

"是啊！怎么了？"

黄小培猜想估计就是拿去复印的吧。"哦，没什么。"说完黄小培正想走的时候,又返回来问道:"小王啊,那个营业执照你以前看过吗?"

"看过啊。"

"那那里写的法人是我的名字你注意了吗?"

"知道啊。"

"那你说要是你看到那个营业执照会不会觉得这个补习班就是我开的啊?"黄小培试探性地问道。

"当然会了,我刚来的时候还奇怪怎么什么事情都是敏姐管,不是你管呢,后来才知道敏姐才是老板。"

"就是啊,可是很多人都以为我才是这个补习班的老板,我现在真是……"

"那不至于吧?知道的人肯定都知道是敏姐了。"

"哎……谁说得清楚啊!"

黄小培说完看着前台小王一脸看戏的样子,便没再说了,只交代道,"行吧,我再去别的地方找找看吧,要是小敏回来了,你赶紧给我打电话哈,或者你跟她说让她回给我,就说我有急事找她。"

"好的。"黄小培说完便离开了。

之后黄小培又回学校了,但是谢敏还是不在。她特意去看了课程表,下午谢敏是有一节课的,想着就在学校等着,总能等到她吧。可没想到下午的课谢敏没来,去的是另外一名老师。黄小培一问才知道,谢敏早上来的时候就向教务处请假了,另外一个代课老师也是早上就说好的。

黄小培开始着急了,下午下了课,她又去了趟补习班,发现门口的招牌已经空了,学生没一个来的,但是前台倒是挤满了学生家长,估计家长都是收到了前台的电话来退钱的。

小培本来想去问下小王有没有看到谢敏,但是现在前台根本挤不进去。她在补习班里其他地方找了一圈,还是没找到人,她失落地走了出来。还没走到门口的时候,碰到一位学生家长问道:"黄老师,补习班怎么临时不办了,搞得这么匆忙啊?现在弄得我们一时间都不知道到哪里去报补习班了。"

"具体什么原因我也不清楚,我也是刚刚才知道不办的。"

"你们是打算换过地方还是怎么样啊?我看到短信说只是暂时停办,但是这什么时候开始再办也没说时间,我们到底是等还是不等啊?"

"只说暂时停办吗?"

"是啊,喏,你看,这短信就是这么说的。"

说着家长还把群发短信给黄小培看了。

"这个我真的不清楚,停办的事情还是要亲自问谢老师才知道。"

黄小培说完便走出了补习班,她在补习班的门口站了许久,望着那个没有招牌的门头她又想起来之前的事情了。

那时候他们创立不久,门口一直没做,就是因为一直不知道该给补习班叫什么名字好。后来还是黄小培建议就叫行知。

注册的时候谢敏这个名字是随便取的,因为想好的名字全部都被注册了,无奈随便凑了个名字。但是黄小培觉得行知不错,踏实地行走,一步一个脚印,就像我们学习知识一样。

可现在,这补习班要停了,到底是暂时停办还是永久停办,黄小培不知,为什么这么快就不办她也不知。

现在的黄小培想到之前谢敏说的话,感觉自己就是个傻子,她甚至都怀疑自己根本就不认识谢敏了。

313 打抱不平

正当黄小培凝神看着招牌的时候，突然她感觉有人在后面拍了拍她的肩膀，她警觉地回头一看，发现乐平云正站在她身后面带笑容地看着自己。

"你干吗呢？"乐平云问道但说完他才注意大黄小培脸色蜡黄，神情失落。还没等黄小培回答，乐平云又问道，"小培，你这脸色不太好啊，怎么了？"

"没什么。"黄小培反应了下，之后摇摇头，并有气无力地说道。

"看着你情绪不高啊。"

"是没什么心情。"

"站在这里干吗啊？"

黄小培回答乐平云，但是眼神却不自觉地看着补习班的门口。

乐平云也跟着黄小培的眼神望了过去。

"哦，原来你是在这里感叹这事情啊，我也正好想问你这事呢，你们补习班这是怎么回事啊？怎么突然拆掉招牌了？而且今天我中午吃完饭回来的时候还看到了好多家长围在这里，本来想进去看看你们在不在，后来看着实在太多人了就没进去给你们添乱了。"

"我也想问问怎么回事呢！"黄小培一脸无奈地回道。

"怎么！你都不清楚为什么这样吗？"

"说实话我也是今天中午来的时候才知道补习班的门口在拆招牌。"

"不会吧？"乐平云一脸疑惑地看着黄小培，"这拆招牌可是大事啊？难道你们打算换名字？"

"我真不清楚，只听说可能补习班会解散。"

"啊？不做了？"乐平云惊讶不已。

黄小培给了他一个确定的眼神。

"这么大的事情啊！为什么解散啊？"

黄小培继续摇摇头。

"是补习班发生了什么事情吗？"

"要说发生事情，倒确实是发生了一些事情。"

"什么事情啊？"

"哎……"黄小培只叹了口气，实在是无力再说这事情了。

"我看你今天情绪不太对，脸色也难看，到底发生了什么事情啊？"

"今天我心情确实是糟糕透了。"

"是跟这个补习班有关吗？"

"算是吧，我现在到处找谢敏，但是她就跟在人间蒸发了一样。"

"谢敏？找不到了？"

"是啊，学校和补习班都找不到了，电话也关机了，现在我要是找不到她，我就完了。"

"什么意思啊？找不到她又跟你有什么关系啊？"乐平云被黄小培说得越来越糊涂了。

这时黄小培突然蹲了下来。乐平云看着黄小培似乎非常沮丧，也跟着蹲了下来，问道："小培，你这是怎么了？"

"哎……我现在真是……"

说完黄小培又摇摇头，乐平云从未见过黄小培如此的无助，在他印象中遇到再大的困难黄小培都是能冷静解决的人，这一次，他想黄小培是真的遇到了大事了。

他看了下手机，刚刚4点，便轻轻地扶起了黄小培，并说道："来，你来我办公室，坐下来慢慢说。"

现在的黄小培很无助，她找不到谢敏也不知道该怎么办，正好她想着乐平云平时对很多事情有好的方法，或许这事情能帮得上自己，便一同去了乐平云的办公室。

回到办公室以后，乐平云先是给黄小培倒了一杯水。"喝点水吧，等你冷静下来再告诉我，不急。"

黄小培端过水，但是没喝。只见她慌张地说道："我被人举报校外办学了，现在教育局的人都来学校调查了。"

"校外办学？你不就是在校外上课了吗？怎么变成校外办学了啊！是不是听错了啊？"

"没听错，确实是校外办学。"

"你是说这个补习学校吗？"

"嗯。"

黄小培点点头。

"这不是谢敏办的吗？"

"是啊。"

"所以你现在找她就是想让她帮你解释吗？"

此时黄小培沉默了，然后看着乐平云说道："我不知道，因为举报我校外办学的就是谢敏。"

"啊？"

乐平云听到后不自觉地身子往后倾一点。

"所以我自己都说不清楚我到底是要找谢敏干吗！反正就想马上找到她。"

"到底怎么回事啊？"

在乐平云的继续追问下，黄小培把自己的经历告诉给了乐平云。

乐平云一听，非常地恼怒，他大声说道："谢敏怎么会这样对你啊！虽然她很自私这我是知道的，但是你平时对她多好啊，而且也真心把她当好姐妹，她这件事情做得也太不厚道了，这不是明显地摆了你一道嘛！作为多年的同学她怎么干得出来这样的事情啊？"

"我也不知道怎么会这样，现在她人也找不到了，感觉明显是躲着我啊，"黄小培无助地看着，又问道，"你说，要是我找到了她，她会替我解释吗？"

乐平云没敢直接回答，因为他怕答案会令黄小培失望。看着乐平云的表情，黄小培也明白了意思。她双手捂着脸低着头。

乐平云看到黄小培这么善良的人就这样被污蔑心中真是很气愤，他安慰黄小培道："小培，这事情你也别太着急，船到桥头自然直嘛，肯定会有办法的。"

"我们主任说，假如这件事情谢敏不帮我作证的话，那我可能就会被开除了，我不像你，有能力干大事，我要是不当老师真不知道要去干吗了，现在我真是如热锅上的蚂蚁团团转啊，都不知道该从哪里突破。"

"我明白你现在的心情，换作谁也会着急的，现在最紧要的是找谢敏，不管谢敏会不会帮你，都要想办法找到她，即使她不帮你，至少我们也要当面问问她为什么这样对你，你和她这样要好，她怎么狠得下心啊？她难道真的就是为了自己可以丝毫不管别人吗？"乐平云气愤地说道。

"可是我到处都找了，都没找到啊。"

"她家你找了吗？"

"她家我没找，我不认识她家，就知道住黄浦区。"

"你们这么多年的朋友，她居然都没有带你去过她家啊？"乐平云又是一脸疑惑。

"没有！"

"现在我相信谢敏会这样对你了，在她心里就没把你真当她朋友。"说着乐平云便站了起来，拿起来手机和钥匙准备要出门。

"你去哪里啊？"

"去谢敏家啊！不管现在她在不在家，去看看总是碰碰运气呗。"

"你认识她家？"

"走吧！"

314
三人对峙

乐平云开车带着黄小培来到了谢敏家。

谢敏家在黄浦区的高档小区里。快到谢敏家的时候黄小培看着已经快五点了，她怕自己一时半会回不去，还特意让苏庆春提前下班接孩子。

刚开始听说乐平云知道谢敏家，黄小培还一门心思地祈祷谢敏在家，但是真进了电梯以后她这心里倒开始变得非常忐忑了，感觉是她自己做了坏事一样。

她有些怯生生地朝乐平云问着："待会她要是真在家，你说我该说什么啊？"

"还说什么，直接问她为什么这样害你啊！"

"就这样直接问是不是不给她面子了啊？"

乐平云看出来黄小培此时还在替谢敏考虑，无奈地说道："小培，你要搞清楚，现在是她有错在先，你不用紧张的，你还给她什么面子啊，"乐平云说完又补充道，"这样，待会你要是不知道说什么，让我来说，我倒是要问问她这么害你是为了什么？"

到了谢敏家门口，乐平云走上去就用力地按了几下门铃，黄小培赶紧整理思路，但门并没有反应。

他们互相看了一眼，黄小培说道："是不是不在啊？"

"要不，走吧！"

乐平云还是不死心地按了两下，等了几秒似乎还没开门。

"看来真没在，那走吧。"

正当他们准备要走的时候，突然门开了。两人都不约而同地回过头。

开门的正是谢敏，只见她穿着睡衣，脸上泛着红晕，眼神迷离。她看到黄小培和乐平云在家门口第一反应也是很意外，问道："怎么是你们啊！"

"你果然在家啊！"乐平云没好气地说道，"怎么就不可能是我们啊！"

黄小培倒是很尴尬地打招呼道："小敏！"

谢敏又看了看他们，这回倒是淡定了许多，她说道："你们两个终究还是一块来找我了，既然来了，那就都进来吧！"说着谢敏把门全部打开了然后自己又直接进去了。

黄小培先进去，乐平云紧随其后。

进来以后，他们马上闻到了很浓的酒味，黄小培仔细一看，就在进门不远处有一个小型的吧台，吧台上正放着一瓶红酒和一个高脚杯，杯子里还有些剩余的红酒。

这时黄小培才注意到这房子很大，光客厅的面积就是他们家客厅和餐厅的总面积加起来都不止。

再就说装修，非常的豪华，这装修水准水平，相对比黄小培家，那他们家就算是毛坯了，谢敏家有钱她一直是知道的，但是不知道这么有钱。

很快黄小培走到沙发前，那沙发也是真皮沙发，非常好看，等黄小培坐下以后，谢敏已经悠哉游哉地拿来了两瓶水。

"你们两个找干吗啊？"

"还能找你干吗啊，你自己做了什么事情你不清楚啊？我真不懂，现在你怎么还有心思在家里喝酒。"乐平云直接怼道。

"呦！我们乐大校长什么时候脾气变得这么暴躁了？谁惹你了啊？"

"我没心情在这里跟你开玩笑，你知不知道今天小培到处找你啊？"

"小培找我是她的事情，跟你有什么关系啊？轮得着你来跟我说吗？"谢敏醉意熏熏地说道，"是吧？小培！"

谢敏说是问黄小培，但是只是转身瞟了她一眼，然后马上就转到了乐平云那里。

这一进门两人就敌意四起，搞得黄小培一时半会儿反而不知道说什么了。

谢敏继续朝乐平云说道，"怎么？看起来我做的事情你很生气嘛。你是不是心疼了啊？"

"你说什么啊？你是不是喝醉了连自己说什么都不知道啊？"

"我虽然喝了点酒，但是还不至于喝醉，而且我现在很清醒，说啊，你是不是心疼了啊？"谢敏步步紧逼，"是男人敢想就敢说，不要老是给我玩阴的，敢做敢为。"

"我不是心疼，是心痛。"乐平云也不怯，"谢敏，小培好歹是你多年的同事、朋友，你再狠心也不至于害她啊？"

"我害没害她关你什么事情，她是你什么人需要你来这里问责我啊？"谢敏大声回怼道。

黄小培见两人情绪不太对，她理清了思路，马上站起来解释道："小敏，今天来打扰你，实在不好意思，来你这里是我的主意，不是平云要来，主要是因为我不认识你家，所以平云带我来的，你千万别误会。"

"我误会？我不会误会。"谢敏突然站了起来，盛气凌人地朝黄小培说道，"是，补习班的事情是我说的，我相信教育局的人已经找你谈话了，是我提供的资料，说补习班是你一手办的，那又怎么样？你有证据证明你自己吗？"

黄小培听到谢敏这话，顿时耳朵嗡嗡作响。这还是自己认识的谢敏吗？她什么时候变得如此嚣张跋扈、蛮横无理了？

"你为什么要这么做啊？我是哪里得罪你了吗？"

"你不要在这里装单纯、可怜了好吗？我受够了你那单纯可怜的样子了，你有什么资格来质疑我啊？是，这件事情是我对不起你，那你就没错吗？"谢敏激动地怼着黄小培，"你明明知道我一心想要和平云在一起，我也不止一次当面跟你说过我的想法，可是你呢，还是从中插一脚，插一脚就算了，你们可以正大光明跟我说啊，你们为什么还偷偷摸摸地背着我来往啊？搞得我跟个傻子一样还以为自己有希望。"

"黄小培，你跟我可不一样啊，我是离异，是单身，所以正大光明地求偶，你可是有家室的人啊，你居然能干出这种偷鸡摸狗的事情，你知道你是什么吗？你就是毫无道德底线的小三。"说着谢敏还用力推了一把黄小培，直接把她推到了沙发上。

乐平云看到这里，连忙站起来，挡在了黄小培的面前，喊道："你是不是疯了？"

"呵呵，我疯了？我看你们才是疯了，狗男女！"

"我警告你，你可以侮辱我，但你不要侮辱小培，人家是有老公孩子的人，饭可以乱吃，话可不能乱说。"

"怎么？心疼了，你现在知道人家是有家室的人了？你们当初做那些勾当的时候怎么不想想啊？"

乐平云此时怒火中烧，他瞪了一眼谢敏，然后尽量地压低声音说道：

"谢敏,要不是看在你是个女人的分上,我真想一巴掌扇过去。"

说完乐平云又朝黄小培说道,"小培,走吧,你今天来是要扑空了,跟这个疯子没什么好讲的了。"

而此时的黄小培就一个人傻坐在沙发上,她不敢相信此时听到的一切,还没等来得及反应,就被乐平云拉了起来。

清白一身

谢敏看着两人要走，马上站起来拦住了黄小培。"小培，你不是自称很正义嘛，当初你听到别人小三的事情不是大义凛然嘛，怎么现在自己当小三了就不说话了啊？"

如果说开始黄小培开始对于眼前发生的有些懵，不知所措，那现在谢敏的挑衅算是把黄小培唤醒了。

她突然停了下来，朝乐平云说道："平云，我想谢敏对我们的误会太深了，你还记得我之前跟你说过我在上海没什么朋友，你和谢敏对我来说都很重要吗？"

"记得。"

"所以，我之前对于处理我们之间的问题就知道逃避，之前跟你聊过以后我以为我清楚了，现在看来我错了，既然是三个人之间的问题，那就应该三个人一起当面说清楚，不是吗？"

"可是现在你看看她，头脑都不清楚了，还能谈什么呀？"

"不，我觉得她现在应该是最清醒的时候，以前在我们面前的或许都是穿上了伪装衣服的谢敏。"

说完黄小培又走了回来，镇定地坐到了沙发上。然后朝谢敏说道："小敏，我觉得我们三个人有必要坐下来好好谈谈了，平云，你也来吧。"

此时的乐平云，无奈地看了一眼谢敏。

只见谢敏说道："谈就谈，谁怕谁啊！"说完她也坐到了黄小培对面的沙发上。

乐平云见状，也只好慢慢地走了过来。"行吧，那我们今天三个人就当面把话说清楚。"

黄小培等乐平云坐下后，冷静地说道："谢敏，我听刚刚的话，知道你对我误会很深，现在我们就平心静气地好好说一说，既然这事情的起因是平云，那我就当着你和平云的面说清楚。我，黄小培，从未做过任何背叛我丈夫，背叛家庭的事情，若有谎言，必遭天谴！"

"小培，你没必要跟她发这样的誓言，我们清者自清。"

"不，有时候猜疑是最可怕的事情，它会萌生太多的联想了，我们之前可能最大的错误就是没把事情说直白，搞得现在这个样子。"

"你们就不要在这里演戏了好吗？你们去酒店开房我都看到了，现在还在我面前惺惺作态有意思吗？"谢敏根本不买账。

"开房？你什么时候看到我们开房了？"乐平云嗤之以鼻，"真的可笑之极！"

"这你都能狡辩啊？我看得清清楚楚，你从小培的酒店走出来，到了第二天你们两个又一起进去了。"

"我看你不光是喝醉了，还得了妄想症吧？"

黄小培看乐平云只是一味的攻击，知道他们两个人是说不出什么事情来的。

她镇定地问道："你什么时间看到我们开房了？"

"就你和你家那位吵架住酒店的时候。"谢敏说完横了一眼黄小培。

这时候，黄小培才想起来这事情。"哦，你说的是那时候啊，那时候平云确实去我住的酒店了，但是我们清清白白的。"

"一大早从酒店出来还清清白白，你蒙谁呢？"

"这事情真的没有骗你，不信你问平云，要是我们真做了你想的那种事情，既然你都看到了，我们有必要否认吗？"

黄小培说完，还详细地解释了那天他们具体说了什么。这时，谢敏才意识到自己可能真是误解了，毕竟黄小培确实跟苏庆春的感情很深她也是知道的。只是不知道当初为什么那么笃定他们之间有私情。现在变成了谢敏沉默了。

此时的乐平云见黄小培动情地解释着自己有多么珍惜三人之间的友谊以后，他也算是平复了心情。他叹了口气，说道："谢敏，你这个人就是太多疑了，其实以前所有的事情我都跟你说得清清楚楚，但是你总是不信，反正现在话都说到这里了，那我也把自己的心里话都说出来。"乐平云说完又看着黄小培，"小培，其实这么多年，我确实对你有好感，这种好感从大学开始就有了，但是我从来没跟你说过，因为我当时知道你有个高中同学的男朋友，我当时是很失落，但是同时我也为你高兴，我相信高中同学的感情肯定是很真的。你还记不记得那次我们在迪士尼乐园遇见的事情？"

"记得啊，那天你妈晕倒了，我们就遇到了。"

"其实，我在那之前就看到你了，我看到你和你老公两人牵着手有说有笑，我就知道你是真幸福，所以我没去跟你打招呼，所以后来你们来了，我一眼就认出了你。"

"原来是这样啊。"

"是啊，我不想打扰你，更加不想给你的生活带来困扰，后来我请你们夫妻吃饭，那时我是真心请你们吃饭的，一是谢谢，二是真的祝福你们。还有啊，那次吃饭你问我记不记得谢敏，你还记得吗？"

"记得啊，你当时说不太记得。"

"是啊，其实我说谎了，谢敏可以算是我读大学时候的一个困惑，我怎么可能不记得呢？因为那时候她猛烈追求过我，而我当时却暗恋你，可我知道你有男朋友，所以从来没告诉过你这些，也许就是因为这个谢敏一直对你有敌意，这其实怪我，包括后来她留学回来工作都找过我，所以当时我听到你说和她是好朋友我都很诧异，但是还是没说其他的，因为我不想打扰你们，更加不想掺和到你们的生活里去。"

谢敏听到这里，突然插了句嘴："你真的从来没告诉过小培你的心意？"

"我跟你说过无数次了，我没有，她也从不知道我有过这样的心思，至少之前我从未在她面前表现过。"

"真的吗？"谢敏看着黄小培问道。

"是啊，我确实之前不知道，所以后面想想自从平云来到这里以后，似乎你提到他的时候总想暗示什么，但是我一直不明白，还以为你是不愿意跟他来往呢，搞得我曾经一度以为是我不该介绍你再次认识。"

"是啊，我们其实都在有意回避一些事情，我没想到我这个校址会选到了你们这边，但是有时候又觉得自己为了以前曾经的小事就不跟同学来往没必要，就像小培说的校园里出来的友谊最珍贵，所以我之后真的是摆正心态，用最纯洁的心态跟你们来往，包括谢敏离婚以后，小培老是多方暗示撮合我和你，还有你也多次明里暗里跟我说，可是我都表达得很清楚，我们不合适，这种不合适跟小培，跟其他任何人都没有关系，是真的我们性格不同，价值观也不同，根本不是一路人，何必勉强呢？

"现在我把话跟大家都挑明了,其实也就是希望这件事情就到此结束,不要再有疑问了,还是那句话,我和小培,是不可能的,和你也不可能,我们是朋友,不要在这纯洁的友谊上增加任何一丝污浊,我也希望你明白一切,不要再祸起他人了。"说完乐平云又看着黄小培说道,"小培,走吧。其实今天该说的、不该说的,该知道的,不该知道的,我们都说清楚了,至于她想怎么做,都是她的事情了,我们无法左右她,只求自己问心无愧!"

"嗯!"黄小培点点点头,然后站起来说道,"小敏,事情大概就是这样吧,今天也打扰你了。"

说完,两人便离开了,只留谢敏一人呆坐在沙发上。

告别

之后的几天，黄小培再也没有联系谢敏了，她也不想再求谢敏了，也知道委曲求全并没有什么用，她心想：只要谢敏有心帮自己自然会帮，不愿意帮，再祈求也是枉然。

而谢敏则自那次见面以后也一直都没出现在学校，说是请长假了，这个学期可能不会来了，补习班也就这么散了，只是会计在老师群里发了个通知，说工资按时发放就没有了，她连一句解释的话都没有说。

时间如白驹过隙，转瞬即逝，很快就到6月份了，黄小培这心里，一直惦记着教育局的人，生怕他们再次找来，更怕主任再找自己，这些天可以说她一直过得战战兢兢。

后来黄小培又听说谢敏辞职了。

一天下午，谢敏坐在办公室里，突然接到了陈然主任的电话叫她去办公室。

如果说以前害怕主任找她，现在她反而期待了，因为等待未知的事情是最煎熬的，她宁愿这件事情早点结束。她也已经做好最坏的打算，当她走进主任办公室后就直直地站在办公室桌前，像等待审判的犯人，一动不动。

陈然看到黄小培傻傻地站在前面，笑着说道："你这是干吗啊？坐啊？"

"主任，不用坐了，您说吧，我已经做好准备了。"

陈然看着黄小培的样子俨然一副上断头台的架势。他笑了笑，说道："小黄啊，你这是干什么啊？坐下来说啊。"

黄小培深呼吸，然后说道："我还是站着听您宣布开除我的消息吧。"

"谁说开除你了？"

"您叫我来不是为了校外补习班的事情吗？"

"是为了这事，但是没说要开除你啊。"

"啊？不开除了？"黄小培终于露出了点笑容。

"你也别高兴，虽然没开除，但是还是有处分，"陈然说着从抽屉里拿出一份文件递给了黄小培，并说道，"校内通报以此为戒！"

黄小培迟疑了一会，问道："校内通报那这是记几等过啊？"

"就通报一下，不进档案。"

"真的？"

"真的，不信你自己看下。"

黄小培激动地看着刚刚还没来得及看的文件。

"小黄啊，这次算你运气好啊，也算是谢敏自己有点自知之明，她自己引咎辞职，才算是保全了你，她会这么做我倒是没想到的。"陈然说道。

黄小培听到陈然的话突然停了看文件，然后小声嘀咕着："引咎辞职？我也没想到她会这样做。"

"以后工作上一定要引以为戒，不要再犯错了。"

"嗯，知道了。"

"行了，去忙吧！"

黄小培离开主任办公室以后一直在想陈然说谢敏引咎辞职的事情。她很想打电话感谢谢敏，或者就发条微信，但是她还是没有勇气。

又过了几天，快下班的时候黄小培突然接到谢敏的电话，让她下了课去学校旁边的咖啡屋坐下。下了课黄小培便来到了跟谢敏约定的地方。

黄小培刚一进门就听到了谢敏的喊声，只见谢敏正坐在靠窗的位子上朝自己挥手。黄小培马上走向前，此时黄小培才看清楚谢敏的脸，她发现几天不见谢敏似乎明艳了不少，穿了一条墨绿色的连衣长裙，非常的漂亮。"许久不见，你气色似乎很好。"

"还行吧，以前可能是那个补习班给累的，现在休息了几天舒服多了。"

"你辞职的事情我知道了，学校对我的处分也出来了，谢谢你帮我。"

"我没帮你啊，我只是实话实说而已。"

"实话实说也是帮了我，而且我听主任的意思也是教育局那边把这事情放了下来。我知道你爸爸是教育局的，这事情也只有你能做到了。"

"欸，我们有一说一，我就是实话实说，不存在帮你什么，至于你说的教育局那边，我爸那边也没帮忙，我爸也就是个普通的科长能说上什么话啊，不过我倒是听我爸说你这事情还真是教育局那边有领导发话了，你有这样的关系，有现在的结果，估计无论我说什么都不重要。"

"我并不认识什么教育局的人！我知道是你在帮我。"

谢敏看了一眼黄小培，说道："你知道你这人最大的问题在哪里吗？就是自以为是，总一副很懂得体谅别人的样子，让别人觉得欠着你什么一样，你这样会让别人觉得自己很弱智，好吗？"谢敏自问自答道。

黄小培一脸的尴尬，但似乎又没有反驳的意思。

谢敏看着她的样子，无奈地说道："算了，不说这些了，等下又让我感觉我在欺负你似的，我今天约你来是想告诉你，我要出国了，可能很久都不会回来了，跟你道个别。"

"啊？出国！去哪里啊？"

"去英国，我以前读书的地方，那边联系好了一家博士站点，想继续读书。"

"读书，挺好的，像我们这个年纪还能有机会去出国深造读书是真的很好。"

"嗯。"谢敏说完沉默了一会，然后说道，"对于之前的事情，跟你说声对不起。"

"别这么说，其实我也有错，跟你说的一样，或许我之前说话有时候太没顾忌到你的真实感受吧。今天也很谢谢你来告诉我你出国的消息，什么时候走啊？"

"过几天吧！"

"那到时候我去送你。"

"不用了，我今天就是来跟你道别的。"谢敏说完便看着窗外，似乎有意躲避黄小培的眼神。

这突然说要走，黄小培既意外又不舍，她看着谢敏的样子也沉默了。两人很长一段时间陷入了沉默中。

之后谢敏看了看时间，说道："好了，那就这样吧，你也要去接轩轩了。"说完她从脚下拿出了一个包装精美，大概有七八十厘米长。

"这个是送给轩轩的礼物。"

黄小培连忙拒绝道："欸，不用了。"

"你就拿着吧，你这人有时候就是这样，总是太客气了，让人总感觉太见外了，就是个小礼物而已，是给我儿子买礼物的时候看到的，又不值什么钱，拿着吧，再说也不是给你的。"

黄小培听到这样，便收下了。"谢谢啊！"

"走了！"说完谢敏便镇定地离开了。

黄小培看着谢敏的背影，许久都没移开眼神。

谢敏是黄小培在上海这么多年的朋友，她一直以为谢敏会在自己的生命里固有存在，从未想过有一天会跟她分开，现在眼前这个人就要离开自己，离开中国了，可能一辈子都不会再见了，这一面或许就是永别，她很希望谢敏能回头，跟她挥挥手。

但是谢敏并没有，这么多年的朋友，她不是没有感情，而是她有自己的骄傲，她不想跟黄小培搞得这么感伤。

她的车子就停在咖啡屋门前，而这个角落正好把学校的后门和补习班的门头都尽收眼底。

她上车前看了看学校门口人来人往的学生，再看了一眼补习班，现在门口招牌已经改成了一家便利店的名称了，她看着这一切熟悉的地方心中也不免泛起一丝丝的伤感。

之后她还是回头看了一眼咖啡屋刚刚坐的地方，此时黄小培正好走开了，她没有看到黄小培，黄小培也没有看到她。

只见谢敏不知道朝哪个方向挥了挥手，然后微微一笑，便上了车。或许她是想向过去、向所有的人告别吧！

感悟人生

谢敏走后，很长一段时间黄小培这心里都是空荡荡的，6月份就这样过去了，苏子轩和黄小培他们也马上放假了。

而这些天在老家的苏铁军是身体一天不如一天了，原本黄小培打算把家里收拾好就带着放暑假的女儿去老家看看爷爷。可就在黄小培放暑假的第二天，她接到了婆婆何美珍的电话，苏铁军快不行了。

苏庆春作为长子，她是长媳妇，按照他们老家的习俗是要回去见老人最后一面的，原本她是买了第三天的票，但她连忙改签了高铁票，苏庆春带着老婆和孩子回去了。

当天苏庆春赶到家里的时候已经晚上7点多了，现在父亲已经被搬到老家，看到躺在床上的父亲，骨瘦嶙峋，估计连70斤都没有。

这些天苏铁军是吃什么吐什么，望着父亲的样子，苏庆春忍不住流下了眼泪。他非常难过地喊道："爸！爸，你听得到吗？"

何美珍坐在床头低头朝着苏铁军的耳朵喊道："老苏，莽子和小培还有轩轩回来了，你不是一直很想他们吗？现在他们都回来了，你睁开眼睛看看他们吧！"

只见原本闭着眼睛的苏铁军突然眼睛动了，他似乎在用力睁开，但是也只是微微地动了几下，就像是眯着眼睛一般。

"爸，你现在怎么样啊？"

只听到苏铁军张大嘴巴，发出了一声"啊！"

"爸，你说什么？"

苏庆春凑近了听，但是还是没听懂。

"莽子，别叫了，你爸不能说话了，你去把庆福他们一家叫来，让你爸好好看看你们。"

黄小培听到后，便主动去外面叫他们，很快他们便进来了。一起进来的还有一个长得快有苏庆福一样高的男孩子。

苏庆春看到这个男孩子仔细打量了一会问道："欸，你是子豪吗？"

"嗯。"

"都长这么大了。"

"快叫大伯、大妈。"

苏子豪非常有礼貌地喊道："大伯、大妈！"

"前天我打电话给她妈了，把你爸的情况说了下，昨天他妈就把他送来了，之后她留下200块钱就走了。"

"她人还算不错啊！"

"是啊！"

何美珍说完，又听到了苏铁军的一声"啊"。于是何美珍连忙一个一个介绍站满房间的人。

说完，苏铁军只微微动了下眼睛，然后就咽下气了。

由于是夏天，尸体不好放太久，加上苏铁军本身就只有一个姐姐，其他能沾上点边的也就是之前苏庆春看到的那些七大姑八大姨了。

所以在苏铁军过世的第三天早上，人就下葬了。

苏铁军的葬礼还算办得热闹，而且一家人整整齐齐，就连远在外省的庆福的大儿子子豪也来了，总算是圆了苏庆春奶奶的心愿了，不让儿子成为孤家寡人。

有两个孙子、两个孙女还有两个儿子儿媳妇给他送终，苏铁军这辈子也算是圆满了。

丧礼结束以后，苏庆春把家里亲戚都送走了，之后两兄弟就商量了下母亲的去留。

黄小培那边补习班不做了，也有时间带孩子了，而苏庆福这边正好还有个嗷嗷待哺的孩子，所以苏庆春的建议就是：假如苏庆福有需要，就让母亲留在老家看孩子，等孩子长大了，再到上海去养老，看孩子期间，苏庆春也会每年给1万块钱的赡养费，假如他不需要，那就让母亲现在就跟着自己回上海。苏庆福自然是选择了前者。

苏铁军的离开其实对何美珍来说也是一种解脱，这两个月来，何美珍一直在床前尽心尽力地伺候苏铁军，她也瘦了好多。

由于现在是暑假，而且父亲新丧，所以苏庆春打算带着母亲去上海住两个月。

苏铁军过世的第五天，他们一家三代踏上了回上海的高铁。

上了车以后由于没有带 IPAD 来，苏子轩感觉很无聊，这时候正好暑假，车上很多孩子，她很快就跟其他孩子玩了起来。

"轩轩，赶紧坐到座位上，车辆在行驶中乱走很危险的。"黄小培喊道。

"妈，我知道了，我只是跟一个小妹妹玩会儿。"

"算了，让她去吧，小孩子跟小孩子才有共同话题，"苏庆春说道，"轩轩，你别跑远了，还有不要乱跑哈。"

"我知道了。"

苏庆春听到回复后，也是无聊，慢慢路程，唯有手机才能打发，于是他拿出了手机。

自从家里出来以后，何美珍情绪一直很低落。

黄小培比苏庆春敏感很多，男人总是比较粗心，不会想到这些细节，她很快就注意到了婆婆不愿意说话，她本来想劝劝婆婆，但又觉得不够分量。于是她怼了怼苏庆春，并用眼神暗示苏庆春婆婆情绪不好。

苏庆春这才注意到母亲，他放下手机安慰道："妈，爸已经离开了，您也别想太多了，想开点。"

"是啊，妈，都已经这样了，再难过也于事无补，不如想开点。"黄小培也跟着安慰道。

"我知道，你们放心吧，我没事，只是这一路上我一直想我这一生。"

"一生？"

"是啊！我现在也快 60 来岁了，已经快要入土的人了，其实之前你爸还在的时候我也没想过这些，现在他突然走了，真的是让我不得不开始感觉人生真的就是短短几十年啊。这日子过得就像翻书一样快，转瞬即逝，以前总感觉自己还很年轻，可现在眼见着莽子都这么大了，轩轩都是个大姑娘了，你看子豪，更加是，几年不见都跟他爸爸一样高了，我们是真老了。"

"嗨，妈，就别说您了，我最近都感觉人生匆匆啊。"黄小培说道。

"哎……我还在读书的时候总感觉自己这辈子一定会有番作为，一定要做出个样子来，可是后来才知道现实的残忍，早些年也想过不认命，同命运斗争，痛苦过、挣扎过转过头来才知道曾经的自己有多傻。

"我的人生，其实可以分为两个阶段，一个是 25 岁之前。一个是之后的日子,以前我总是怀念25岁之前的日子,总感觉那样的人生才是真的我,25岁那年,庆福出生了,我的梦想、理想全都毁于一旦,我再也没有机会去追梦了,我也认命了,也终于安定下来了,但是我一直把这个阶段当作是我人生最黑暗的时刻,没有任何意义。

"25岁以后我也感觉我的日子就是转眼一年又一年,过得特别的快,人们总说幸福的日子就过得异常的快,其实以前我一直认为我25岁以前的日子是真我,之后的日子是行尸走肉,现在看来我之前不好看的后半生却是我一生最安定最幸福的日子。"想来就觉得人真是可笑啊!"

说完何美珍冷笑了一下,那一声冷笑或许涵盖了对她一生的总结吧。之后她便以上厕所为理由离开了。

车厢遇见病人

黄小培等何美珍走了以后,突然说道:"我猜你妈这回上厕所要点时间了。"

"为什么啊?"

"你傻啊,你以为你妈真的去上厕所啊,我猜或许她只是想一个人静静地待会,仅此而已。"

苏庆春听到后,反应了一会儿,回道:"也许吧!"

"那就让她静静吧,她这一生确实不容易,我爸在的时候也没少受委屈,但人就怕适应,即使是外人看来很不好的事情,但是她习惯了,我爸不在了本来还以为她清闲自在了,可反而不习惯了。"

"是啊!她需要点时间去慢慢适应现在的生活,不过你妈这命运啊,也算是非常的曲折。"黄小培说完又朝苏庆春问道,"欸,你说,你妈这辈子爱过你爸吗?"

苏庆春看了一眼黄小培然后迟疑了。

黄小培立马解释道,"我是说你这个爸爸。"

"也许刚刚结婚的时候爱过吧,之后就是无尽的痛苦和折磨。"

"我觉得没有,结婚的时候你妈最多是看着你爸老实不讨厌而已,我感觉她能坚持在苏家更多的是感恩,年轻的时候你妈是感恩你爸家的礼金解决了你两个舅舅的老婆,后来感恩你爸收留了你们兄弟俩,所以之后无论你爸如何对她,她都能忍气吞声。

"说起来他们两个人可以说真的不是一个层面的人,你妈年轻的时候应该是很多人追求的对象,有知识、有文化,人也漂亮,你爸则是个大老粗,但是就是这样的两个人却能过一辈子,真的不容易啊,也是奇迹啊!

"都说门不当户不对过不到一起去,我看也不一定准,你爸妈不挺好的嘛。"

"那是你没看到他们年轻的时候是怎么吵的，我妈那时候是真的因为我们兄弟俩不敢离婚，不然早离八百回了，其实我小时候都想他们离婚算了，这样还不至于过得那么累，现在想来，或许我妈是在遇到庆福的生父以后认命了吧，也认清了现实，她比谁都懂自己要的是什么。"

"是啊，很明显她是认命了，其实这样的选择也是睿智的，你刚刚没听她说她就是认命了嘛，不过也挺好的，至少现在在你爸最后的这两月看得出来你妈也是真心对你爸好啊，这样贴心的照顾换谁都做不到啊。"

"嗯，两夫妻最幸福的还是先走的那个。"

苏庆春说完后黄小培看了一眼他，并说道："其实我发现这段时间你也变了不少。"

"变了哪里啊？"

"也说不上来，反正感觉你比以前更有人情味了。"

"人情味？"

"是啊！你不觉得你现在看人的表情都变温和了吗？"

"不是我变了，可能是经历让我成长了吧。"

"也对，以前我感觉你整个人都很阴郁，愁容满面的，总感觉你有心事。"黄小培说道，"也许你小时候的经历注定你性格会比较的内向。"

"嗯，确实，我其实一直都很自卑。"苏庆春意味深长地说道，"我一直很痛恨我爸爸，恨他为何如此狠心对我，要不是我妈，我不可能会读大学，估计连初中都没机会，所以我之前恨透了他，也从未得到过父爱，我曾经恨不得没有这样一个父亲，可是现在在知道自己的身世以后，开始慢慢理解他了。"苏庆春继续说道，"其实，这几天我一直在想一件事情。"

"什么事情啊？"

"就是最近这一年发生的事情，似乎我的生活发生了翻天覆地的变化。"

"是变好还是变坏啊？"

"也不能说变好还是变坏吧，只能说这一年多我经历得太多了，医疗纠纷让我焦头烂额，我师傅内退让我失去方向，再到后来我爸妈来上海了，把家里搅得鸡犬不宁，再到后来我的身世我做梦也不会想到我这可怕的真实身份。"

"是啊,你这么一说,这一年多来确实挺闹腾的,感觉没停过事情。"黄小培呼应道。

"是啊,可正是这样的经历让我感觉到了生活的意义,让我感觉到我们这段婚姻的可贵,或许我唯一遗憾的就是那次医疗事故,让我对自己曾经所梦想、所尊崇的医疗事业开始怀疑了,其实我跟你说实话,那件事情以后很长一段时间我都没能走出去,甚至连听到那个病人一样的病的时候我都有点胆怯,一度对植入性胎盘有了恐惧,害怕自己还会出错,但是还好蔡主任慢慢让我重拾信心。她给了我充分的信任,让我克服了这个困难,不然我真的有可能因为他们而以后害怕甚至不敢接这类病人,那对于我这样一个妇产医生来说是多么可怕的噩梦啊。"

"这种病人及家属是真可恶啊。"

"哎,不提了,反正其实也是好事,他让我吸取了很多经验教训。这也是一种成长嘛。"

"那倒也是。"

这时候玩野的苏子轩总算跑回来了。

"轩轩,你总算玩爽了?赶紧坐下来吧。"

只见轩轩气喘吁吁地看着苏庆春说道:"爸爸,前面一个车厢好像有人晕倒了。"

"啊?哪里啊?"

"就前面一个车厢的。"

轩轩刚说着的时候,车站广播便响起来了,"各位旅客,大家好,我是今天的列车长,现6号车厢有一位老人突然晕倒了,请车上是医生的旅客尽快前往6号车厢,帮忙我们工作人员一同救治乘客,谢谢!"

苏庆春听到后,连忙站起来。

黄小培拉着苏庆春问道:"你去干吗啊!"

"我去6号车厢看看啊。"

"你忘记前段时间新闻里说的那个好像是柳州火车上有人病倒了,一名医生救了人还被要求要执业证书、要签保证书的事情啊,你还敢过去啊?你带执业证书了吗?

"再说了,人家一个老人,你一个妇产科医生,去干吗啊?到时候你救了人还好,要是没救好怎么办啊?你又不是急救方面的专科医生。到时候讹上我们说都说不清楚。

"让那些专业的医生去吧,最近真是多事之秋啊,我真怕又有事啊,还是别去了吧。"

黄小培也不是那么冷血的人,只是因为最近的事太多了,而且也确实前几个月刚刚看到新闻说火车上救人后面被要求拿各种证件的事情,她也心有余悸。

苏庆春被黄小培的话说愣住了。确实自己不是专科医生,要是现在是一个产妇,自己去救治还算是合情合理,但是他现在作为医生,车上有病人,就这样坐着他又觉得不合适。于是站起来的他一时间都不知道该如何是好了。

医之职责

此时苏子轩在一旁看到爸妈在纠结什么，但是她弄不懂这些，只见她拉着苏庆春的手说道："爸爸，我们赶紧去看看吧。"

"不要去了，这车上这么多乘客，又不一定就你一个医生。"黄小培还是坚持着自己的想法，但是声音变小了些。

"可是要是没有别人呢？我好歹也是医生，急救基本知识还是懂的嘛。还是去看看吧，有别的医生我就不管。总行了啊？"

"是啊，妈妈，我们去看看吧，我看着那个奶奶好像挺严重的。"

黄小培其实也不是说铁石心肠，只是真怕了。

这时何美珍走了过来，问道："你们这是干吗啊？"

"妈，庆春想去6号车厢救人，刚刚您听到广播了吗？"

"听到了啊，救人还愣着干吗啊？赶紧去啊！"

"妈，庆春又不是内科医生，这样去会有风险的。"

"什么风险啊，莽子是医生，医生就是治病救人，现在也不是在医院，哪里有那么专业的医生啊，他虽然是妇产科医生，那肯定别的病也懂一些，总比我们强吧，赶紧去吧，医生的职责本来就是治病救人，现在有人要救，还愣着干吗啊！"

何美珍真是一针见血，医生的职责就是治病救人。

"嗯，妈，那我过去了。"

"欸，庆春，要是有人在帮忙，你就不要管了，就站旁边看着，要是没有医生，你再帮忙。"黄小培再三叮嘱。

"嗯，我知道了。"

"爸爸，走了。"

"妈，你和小培在这里等着吧，我和轩轩一起去看看。"

"嗯。"

苏子轩高兴地拉着苏庆春往6号车厢走去。

黄小培看着父女俩走后这心里还是不放心。苏庆春刚走，黄小培就有些焦虑坐不下来，她总怕有事，苏庆春又经常对很多事情不知道怎么处理。

"不行，妈，你是不知道，现在很多真的是帮人帮出麻烦的，我还是过去看看吧。"

何美珍看黄小培确实坐不住，说道："你要去就去吧。"

"嗯！"黄小培说完马上起身走了。

苏庆春这边刚走到6车厢的时候，发现不远处的座位上已经可以看到很多人围在一起，旁边也站着很多列车员。

苏庆春走近一看，只见一个约莫五六十岁的女人被另外一个年轻的女人抱着头。

那年轻的女人边晃动着老人的脑袋边喊道："妈，你怎么了？快醒醒啊。"

苏庆春一看就不对，这要是病人脑梗按照她这摇法哪里受得了啊。他马上冲出了人群，并说道："女士，我是医生，你这样摇晃病人不太好，赶紧把病人平躺放下来吧。"

抱着老人的女人听到有医生马上按照苏庆春说的放下了病人，苏庆春也在一旁帮忙。

等彻底放好病人以后女人才抬起头说道："医生，麻烦您赶紧救救我妈吧。"

苏庆春这时才看到了这女人的正脸，但是看着这女人似乎有些眼熟。可是一时间又想不起来在哪里见过她。

而此时对方似乎一眼认出了苏庆春，她惊讶地喊道："苏医生！"

"你是？"

苏庆春努力回忆了一下，问道，"你是孙梦吗？"

"嗯。"孙梦点点头。

此时黄小培已经走了过来了，她在一旁看到苏庆春似乎和对方认识，就在一旁观察没说话。

只见苏庆春说道："我说刚刚感觉看着你妈妈有点面熟呢，那天好像你来医院的时候就是你妈妈和你老公送来的。"

孙梦有些心虚低着头回道应道："嗯。"

一位看着资历比较老、衣服上写着列车长的人说道:"这位同志,您是医生是吧?"

"嗯!"

"那麻烦您帮忙看下这位乘客,她刚刚突然感觉不适晕倒了。"

孙梦低着头反思虑了几秒,然后拉着苏庆春的手哭着说道:"苏医生,麻烦您救救我妈。"

"她是谁啊?"黄小培突然冲出人群疑惑地问道。

"你怎么来了?"苏庆春小声问道。

"我来看看。"

"她就是刚刚我说的那个病人。就是我刚刚说的那个医疗纠纷的病人。"

"你说的生女孩非说男孩的那个啊!"

"小点声。"

"这样的人,你还敢救啊。"

黄小培连忙拉着苏庆春要走。

苏庆春犹豫着,没说话。

"苏医生,麻烦你救救我妈,她有高血压,刚刚她突然就身体抽搐然后就晕倒了。"

列车长见状连忙拦住了黄小培,并说道:"诶!你这位女同志怎么可以这样呢!"

"这位列车员,真的不是我们狠心不救,我们也是有苦衷的,首先我们没有救她的义务,其次,我老公曾经就是她的医生,而且还被她讹过。这让我们怎么救啊?

"而且我老公是妇产科医生,并不是内科医生,不一定能救好,要是没救好,万一又被她讹上怎么办啊?

"上次就因为她,我老公无缘无故赔了三万块钱,现在万一又要我们赔怎么办啊?我们实在不敢再承担这个风险了。"

黄小培毫不怯场地据理力争。

大家听到这话后先是一惊,而后齐刷刷地看着孙梦,而孙梦低着头没说话。之后大家都开始议论纷纷。

列车长看着孙梦的表情知道黄小培所言非虚,也知道自己再跟黄小培继续理论也没有用了。他突然朝苏庆春说道:"苏医生是吧?我不知道你和这位女士之前经历过什么不愉快的事情，但是现在老人病了，何况你之前还认识她们，就当是一个陌生人也该帮忙嘛。"

"麻烦你帮忙看下这位老人吧，现在在这辆车上也就你医疗知识最熟悉了，我们这站离最近的站点都要 30 分钟的车程，我怕这位老人这样昏迷不行啊。"

"这样的人我们真的不敢救啊。"

"这位女同志，你怎么能这么说呢，医生不就是救死扶伤，怎么可以见死不救呢。"

"我知道你们会感觉我很冷漠，不尽人意，可是这事情你们是没遇到，你们要是遇到了我想你们也不会说得这么大义凛然了，她以前怎么污蔑我老公的，她……"

还没等黄小培说完，苏庆春连忙制止了她，"好了，小培，别说了。"苏庆春说道，"医之职责，我没有任何理由拒绝任何一名病人，只要有一点机会，我都要尽力。"

孙梦并没有理黄小培而是喊着苏庆春："苏医生，求求你救救我妈吧，"

"孙梦，赶紧把你妈妈的衣服扣子解开吧。"

"好。"孙梦哭着应道，"谢谢苏医生。"

"大家请让一下，不然我们没法进行抢救。"苏庆春说着让大家撤到了一定的距离外。

久违的道歉

之后苏庆春简单检查了一下孙梦妈妈。

"你妈妈平时除了高血压还有什么病吗?"

"没有!"孙梦哭着摇摇头,"而且她今天吃了降压药啊!"

"今天可能是太热了,加上家里最近出了点事,我估计是因为这些导致晕倒的。"

苏庆春看孙梦妈妈的情况,应该也不是很严重,现在正值夏天,天气也很热,加上本身有高血压,孙梦的妈妈很可能也有眩晕症。

他立即对孙梦妈妈进行心肺复苏,孙梦妈妈也很快醒来了。

"你感觉怎么样啊?"

"晕……"孙梦妈妈小声地说一句。

苏庆春轻轻地握了下孙梦妈妈的脉搏。

"心跳好像也不是很快。"苏庆春有些疑惑,然后抬头朝列车站问道,"你好,麻烦问下你们这里有血压仪吗?"

"有,有。"旁边的一个乘务员马上拿出了电子血压仪。

苏庆春单膝跪在地上帮孙梦妈妈量了血压。血压仪上赫然地显示55—80。"这高压和低压怎么都这么低啊。"苏庆春低声自语,然后朝孙梦问道,"你妈妈不是平时有高血压吗?"

"是啊!"

孙梦连忙跑到座位上,翻动着包包。

"苏医生,我妈妈就是吃的这个。"

苏庆春看了一眼降压药,说道:"你妈妈吃了多少颗啊?"

"不知道,应该是正常吃的吧!"

"在高温下,人们的血管会扩张,导致血压下降。中暑后,人体大量出汗,会引起血流量减少,进一步造成血压下降,你妈妈估计是中暑了。"

一旁的乘务员听到中暑了，马上说道："医生，中暑了，我们这里有藿香正气水和十滴水。要不要啊？"

"不要……"苏庆春阻止道，"降压药最好不要跟降暑的药一块吃。"

"哦。"

"苏医生，我妈妈没事吧？"孙梦抽泣着问道。

"现在还不好说，目前我看着就像是中暑了。"苏庆春又继续问道，"孙梦，你还有多久到站啊？"

"我们才刚刚上车不久，没有这么快！"孙梦焦急地回道。

苏庆春站起来朝列车长说道："列车长，是这样的，这位病人可能因为天气太热了，引起中暑，不过是否有其他问题，需要到医院进一步的检查。"

"好，那我们到了下一站，马上通知那边叫120过来。"

"嗯，现在情况还算稳定，不过最好给她找个平坦的位子躺着，这样躺在过道也不是办法，毕竟来往的人这么多。"

"嗯，我明白。这个我会安排的，你放心吧。"

黄小培看情况稳定了，说道："既然都稳定了，那我们走吧。"

"谢谢你，苏医生！"列车长握着苏庆春的手说道。

"没事。"

"那我们先走了，中途有什么事情，你可以随时到7号车厢找我们。"

"好的。"

"走了！"黄小培可不希望他们再找上自己。

苏庆春走之前看了一眼跪在地上照顾的孙梦一眼，而后便领着黄小培和苏子轩走了。

"人弄醒了你还不赶紧走，等下再讹上我们怎么办啊？"黄小培边走边责备道。

"不至于了！"

苏庆春刚话说完，便听道："苏医生！"

黄小培转身一看，正是孙梦在后面叫苏庆春，她心中一惊，心想："完了，还真的又讹上了。"

"哦，孙梦啊！有什么事情吗？"

"苏医生，我可以单独跟您谈谈吗？"

"你想干吗？还真像赖上我们啊！我们都给你妈妈治好了，她也醒了，之后可怪不了我们了。"黄小培激动地说道。

"小培，你先带轩轩回去吧！"

"你……"

"你先回去。"苏庆春眼神坚定地看着黄小培。

"好吧，那你早点回来啊！"黄小培说道，"她要是再讹上，我这里有视频录音的。"

"知道了，你赶紧带轩轩回去吧。"

等黄小培走后，孙梦又朝列车员说道："您好，您能帮我暂时看下我妈吗？我找苏医生有点事。"

列车员很爽快地答应了。

之后两人来到了两节车厢链接口。苏庆春先是赔礼道："刚刚不好意思啊，我老婆说话有点难听，不过她这个人并不坏，也对你没有恶意，只是单纯担心我。"

"苏医生，您千万别这么说，您太太刚刚说得对，是我们对不起你，我不是人。"说着孙梦还用力扇了自己一耳光。

孙梦的这一行为着实吓到了苏庆春，他连忙阻止道："诶！你这是干什么啊！"

"对不起，苏医生，关于之前的事情都是我的错。"

"你这话是什么意思啊？"

孙梦说着突然又大哭了起来，连连朝苏庆春鞠了三个躬，并说道："对不起！对不起！"

苏庆春看着孙梦这阵势，连忙说道："诶！孙梦，你这是干什么呀？你都让我有些糊涂了！"

"关于之前的事情，我这一年来其实都很自责，之前的事情我也是被逼的，我婆婆家里非常重男轻女，为了这个男孩子，我都流产了2次了，那一胎我要再不生个男孩子的话，她就会让我老公和我离婚，所以我也是没办法才说了谎的。"

"所以你当时看的确实也是女孩，对吗？"

"嗯！"孙梦点点头。

苏庆春其实内心更加愿意听到孙梦说是意识模糊没看清。现在告诉他这个结果，岂不是亲口承认当初的行为是讹他嘛，即使是过了这么久其实苏庆春还是在安慰自己当初是纠纷只是他们之间沟通的问题,现在知道这样直白的真相还是有些不舒服。

孙梦也知道自己的行为伤害到了苏庆春,不然他的妻子不至于对她有如此大的敌意。于是又说道:"苏医生,我知道我这个行为很无耻,也伤害到了您,可是您不知道那天我婆婆来医院知道是女孩子的表情有多难看,之后她就在医院一顿牢骚,知道我切了子宫更加是破口大骂,我实在是没办法才那么说的。

"我当时想,这么说他们会好过些,但是我也没想到后来他们会这么一闹,那时候的我也没办法只有配合他们。"

"对不起,我真的不是故意要害你的,我也是被逼无奈,我当时想要是我不这么说,我婆婆肯定不会让我有好日子过的,我自从大学毕业就嫁给了我老公,一直没上班,我爸爸也很早去世了,我妈妈也跟着我,我离婚了我都不知道该怎么过。"孙梦说着又自嘲道,"我也是真傻,我那么说无非只是让他们得点钱有点心理安慰,现在不一样光明正大找小三。说到底就是我自己没本事才落得现在家不成家,所以只好带着我妈回家了。"

医疗信仰

苏庆春看着孙梦的样子,也是怪可怜的,现在她丈夫找了小三自己的日子也不好过。如果之前他还有气,现在也就只剩下怜悯了。

"没事,事情都过去这么久了,就让它过去吧。"苏庆春轻描淡写地回道,"不可否认,当初你们家的所有行为确实让我陷入困境,甚至因为你们我都开始对我所热爱的职业开始怀疑,其实换个角度我应该感谢你们的诬陷和成全,让我看清楚自己,也在慢慢成长,我一直以来在患者沟通上也是有欠缺的,也算是给了我改正的机会吧。"

这话倒是让孙梦听着不知道该说什么好了。"苏医生,你真的没有恨我。"

"真的没有,刚刚我太太只是一时气话,你别当真。"

"无论如何,当初我污蔑了您就是我的错,这声对不起我早就该说了。"

"嗨,事情都过去了,就让它过去了,我们也都不要再提了。"

"苏医生,真的谢谢您,也谢谢您刚刚不计前嫌救了我妈妈。"

"没事!"苏庆春说道,"你现在先回去好好照顾你妈妈吧。"

"嗯。"

孙梦转头走了不久又回头看了一眼苏庆春。

苏庆春像朋友一样挥着手,让她回去。

此时孙梦的心中就像是雪中送炭一般的温暖。

苏庆春看着孙梦走了,才回到座位上。

黄小培看到苏庆春回座位以后直接问道:"怎么样?她没为难你吧?"

"没有。"

"那她说什么说这么久啊!"

"道歉。"苏庆春说完又叹道,"哎,她也是个苦命的女人。"

"她那样的人算什么苦命啊！"

何美珍一听，问道："怎么回事啊？"

"妈，就我刚刚跟你说的那个病人。"黄小培继续说道，"对了，她刚刚跟你说什么了？"

于是苏庆春把孙梦的遭遇跟黄小培说了一遍。

"哦，这么说来，她也是不容易啊！遇人不淑！"

"是啊！她那个婆婆和老公我第一眼看到就不是个省油的灯，特别是她婆婆，她老公应该什么事情都听她婆婆的，而且又那么重男轻女，这个孙梦估计平时在家里日子也是不好过啊！"

"虽然刚刚她没有明说，但我感觉她这次跟妈妈一起回家，估计也是在家受不了她老公养小三，然后又气不过而离开的。"

"她老公真是个人渣，她为他拼了命生了两个孩子，还切了子宫，现在她老公还这样待她，我都不知道她还忍啥啊！直接离婚得了。"

"嗨！别人的家务事，我们哪里清楚到底怎么回事啊！反正他们这样自有人家的道理，我们也管不了，俗话说清官都难断家务事，更何况我们这些外人呢！"何美珍说道。

"也是！"

"你们相信命运吗？"苏庆春突然问道。

"你怎么突然这么问啊？"

"我感觉这世上的事情真的很奇妙。"

"怎么说呢？"

"就说今天孙梦这事情吧，似乎老天冥冥注定我们要同一天出发，坐同一班次的车子，甚至我们没有相遇，又碰到她妈妈中暑，让我们见面，然后又让她跟我道歉，让她和我都解开这个心结。你说这事情是不是太巧了。"

"说来也是啊，本来我定的也不是这班车，就因为出门的时候忘记拿身份证了，没办法晚了点，我临时改签的。"

"是啊！或者是老天注定要我们遇见，平时你也不是丢三落四的人，就有意让你忘记而已。"

"呵呵……你什么时候开始信命运说了。"黄小培问道。

"我们学医的，信的只有自然科学，但有些事情有时候就是这么的妙不可言，你不得不去相信有些人、有些事，注定遇见那就是再怎么折腾早晚会相遇。"

"莽子，你真说的这个是没错的，你们年轻人可能不信命，但是我活了这么多年，年轻的时候跟你们一样，但是随着年龄增长，遇到的事情，越来越信了，也确实是那么回事。"

"这么说，想想也是哦，很多事情确实像是注定的。"

"嗨！无论与孙梦相遇是命中安排还是偶然相遇，我能确定的就是我所相信所尊重的医疗信仰并没有改变，而且正是孙梦的出现让我更加确定读书时老师教的并没有错。"

何美珍和黄小培其实并没有多么理解苏庆春的意思，但是有一点她们知道，孙梦的道歉对苏庆春来说意义非凡。

不久后就到站了，苏庆春走到6号车厢帮着孙梦一起把孙梦妈妈抬下车来，120此时也正等在高铁站门口，苏庆春还特意去嘱咐孙梦要跟医生交代清楚了才上车。

上车之前，孙梦再次拉着苏庆春的手，含泪说了句："谢谢！"

两个月后，苏庆春终于在入院12年以后评上了副高职称，之后蔡君梅由于自己身体的问题，她把工作的重点慢慢转到门诊，虽然科里还名义上带着组，但实际很多主要的工作都是苏庆春在做。

四个月以后，武汉开始爆发了一波疫情，苏庆春在其他科室人手空缺的时候积极报名去了武汉支援当地。

作为呼吸科的专家蔡君青虽然退休了，但是也参与到了这次令人闻风丧胆的疫情一线中。他所在的实验室也通过病人标本采集而积极研发疫苗。

2020年3月底，从武汉归来的苏庆春作为科室抗疫一线的英雄不久后便正式开始接替蔡君梅，单独带领一名主治医生、一名入职不久的博士展开了小组工作。

而蔡君梅也彻底脱离住院部，只在门诊看病。

自此苏庆春终于如愿做到了自己一直所追求的目标。

他作为主管医生下班的第一天并没有直接回家而是去找了他的师傅陶建国，两人畅聊了很多，关于曾经他迷失的医疗信仰他终于可以跟师傅分享自己的心得体会了。

从师傅家回来以后苏庆春还特意绕到了之前的那个小公园，他只想下车走一走。

这时候差不多是晚上8点多，之前苏庆春记得这里应该是没什么人的，不知为何今天人特别多也特别热闹。

看到那些跳着广场舞的大妈，苏庆春不知怎的居然驻足了。

这以前对他来说简直就是噪音，现在看着舞蹈也不错，音乐也悦耳，在他准备离开的时候突然听到有人喊了声："爸爸！"

苏庆春转头一看黄小培正带着苏子轩和母亲迎面走来。

"诶！你怎么会在这里啊？"苏庆春好奇地问道。

"这里最近新修了跑道我们经常来散步啊，我还想问你，你不是在你师傅家吗？"

"哦，呵呵……说起来话就长了。"

苏庆春说到这的时候突然挽着黄小培的肩膀笑了笑，黄小培看着苏庆春的样子也笑了笑。

前面女儿在到处乱窜，他一只手搭在妻子的肩上，一只手牵着母亲慢慢地走着，这样的时刻对于苏庆春来说简直是妙不可言，他也算是真的体会到了什么叫苦尽甘来。

图书在版编目（CIP）数据

生活挺甜 / 徐婠著. -- 上海：上海文艺出版社,2023
ISBN 978-7-5321-8642-6
Ⅰ.①生… Ⅱ.①徐… Ⅲ.①长篇小说－中国－当代
Ⅳ.①I247.5
中国版本图书馆CIP数据核字(2023)第001147号

发 行 人：毕　胜
策 划 人：李伟长
责任编辑：冯　凌
封面设计：钱　祯
插　　图：莘　玥

书　　名：生活挺甜
作　　者：徐　婠
出　　版：上海世纪出版集团　　上海文艺出版社
地　　址：上海市闵行区号景路159弄A座2楼　201101
发　　行：上海文艺出版社发行中心发行
　　　　　上海市闵行区号景路159弄A座2楼206室　201101　www.ewen.co
印　　刷：启东市人民印刷有限公司
开　　本：890×1240　1/32
印　　张：35.5
插　　页：4
字　　数：1,020,000
印　　次：2023年3月第1版　2023年3月第1次印刷
Ｉ Ｓ Ｂ Ｎ：978-7-5321-8642-6/I.6806
定　　价：128.00元
告 读 者：如发现本书有质量问题请与印刷厂质量科联系　T:0513-53201888